1957 in Amsterdam: Maarten Koning tritt – unter Protest seiner Frau Nicolien – eine Stelle als wissenschaftlicher Beamter in einem volkskundlichen Büro an. Nun bestimmen Untersuchungsgegenstände wie das Auftreten von Wichtelmännchen oder die Nachgeburt des Pferdes (vergräbt man sie, verbrennt man sie, oder hängt man sie in die Bäume? – je nach »Behandlungsart« ziehen die Amsterdamer Wissenschaftler bedeutende Kulturgrenzen im Lande) seinen Arbeitsalltag und sein Leben. Und dann sind da noch die Kollegen: Direktor Beerta zum Beispiel, der ihn ins Büro geholt hat und eine wahre Meisterschaft entwickelt, immer neue Projekte zu erfinden und Stellen zu schaffen, oder Fräulein Haan, die Maarten in herzlicher Abneigung verbunden ist (und bleibt). Ergebnislose Sitzungen, nutzlose Dienstreisen und wichtige internationale, vor allem aber feuchtfröhliche Kongresse lockern den grauen Büroalltag auf – oder auch nicht.

J. J. Voskuil (1926–2008) war 30 Jahre als wissenschaftlicher Beamter am renommierten Meertens-Institut für Volkskunde in Amsterdam beschäftigt. Seinen Durchbruch als Schriftsteller erlebte er mit seinem Schlüsselroman *Het Bureau*, der in den Jahren 1996 bis 2000 in sieben Bänden erschien. Der Bestseller mit Kultstatus wurde u. a. mit dem F. Bordewijk-Preis und dem Libris-Literaturpreis ausgezeichnet.

J. J. VOSKUIL

DAS BÜRO 1
DIREKTOR BEERTA

Aus dem Niederländischen von Gerd Busse

VERBRECHER VERLAG

J. J. Voskuil. Das Büro
Band 1: Direktor Beerta

Zweite Auflage
Verbrecher Verlag 2019
www.verbrecherei.de

Titel der niederländischen Originalausgabe:
»Het Bureau 1, Meneer Beerta«

Originally published by Uitgeverij G. A. van Oorschot, Amsterdam

Übersetzung aus dem Niederländischen: Gerd Busse
Lektorat: Ulrich Nolte, Ulrich Faure, Kristina Wengorz
Satz: Christian Walter
ISBN: 978-3-95732-006-3

Printed in Germany

Nederlands letterenfonds dutch foundation for literature

Der Verlag dankt der niederländischen Literaturstiftung
für die Förderung der Übersetzung.

1957

»Tag, Herr Beerta«, sagte er.

Herr Beerta stand in der halb geöffneten Tür und blickte ihn unbewegt an, als kämen sie ungelegen. Dann spitzte er die Lippen und nickte kurz. »Tag, Maarten.« Er zwinkerte, ein nervöser Tick.

»Das ist Nicolien«, sagte Maarten.

Herr Beerta nickte ein weiteres Mal und reichte ihr die Hand. »T-tag, Frau Koning.« Beim T stotterte er kurz. Er richtete sich auf, schien für einen kurzen Moment zu zögern und trat dann zur Seite.

»Kommt rein.«

»Wir kommen doch nicht ungelegen?«, fragte Maarten, während Beerta die Tür hinter ihnen schloss.

»Ihr kommt nicht ungelegen«, antwortete Beerta kurz angebunden. »Ich gehe mal vor.«

Beertas Zimmer wurde von einer Stehlampe mit rot geblümtem Pergamentschirm sowie einer kleineren Lampe auf dem Kaminsims erleuchtet, deren roter Schirm am unteren Rand mit Perlenschnüren verziert war. Im Schein der Stehlampe standen ein Sessel und ein Hocker, auf dem eine aufgeschlagene Zeitung lag. Das Licht reichte bis zum unteren Rand der schweren, dunklen Vorhänge, die den Raum vom Fußboden bis zur Decke von der Außenwelt abtrennten. Die seitlichen Wände sowie die Flächen beiderseits der Schiebetür standen voll mit Büchern, in tiefen, braunen Regalen, die ebenfalls bis zur Decke reichten und halb im Dunkeln lagen.

»Setzt euch«, sagte Beerta.

Sie setzten sich auf ein Sofa, das ein wenig schräg in einer Ecke des Raumes stand, während Beerta ihnen gegenüber in einem Sessel außerhalb des Lichtscheins Platz nahm. Von der Stelle, an der Maarten saß, konnte er im vorderen Zimmer einen großen Tisch erkennen, vollgestapelt mit Büchern, zwischen denen eine von einer Schreibtischlampe beleuchtete Schreibmaschine stand. In der Maschine steckte ein Blatt Papier, daneben lag ein aufgeschlagenes Buch.

»Waren Sie gerade am Arbeiten?«, fragte er.

»Ich bin immer am Arbeiten«, antwortete Beerta. Er sah Maarten unbewegt an. »Ich hab' dich lange nicht gesehen.« Es klang vorwurfsvoll.

»Wir haben ein Jahr in Groningen gewohnt«, sagte Maarten. »Ich war dort Lehrer.«

Beerta nickte. »Ich war auch Lehrer«, erwiderte er, als ob das die Sache besser machte. »Und was tust du jetzt?«

»Nichts.«

»Nichts!«, wiederholte Beerta. Er spitzte seine Lippen, halb erstaunt, halb ironisch. »Ich glaube, ich wäre darüber nicht so begeistert.« Er stand auf. »Wollt ihr vielleicht eine Tasse Tee?«

»Ob es ihm passt, dass wir hergekommen sind?«, fragte Nicolien, als Beerta das Zimmer verlassen hatte.

»Natürlich passt es ihm«, sagte Maarten entschieden, aber er war sich seiner Sache nicht sicher. Er ließ seinen Blick über die große, eingerahmte Zeichnung eines Bauernjungen schweifen – ein Werk von Toorop oder von van Konijnenburg –, betrachtete das Batiktuch, das dahinter über den Kaminsims drapiert war, sowie die dunklen Möbel und bestickten Kissen, die dem Raum etwas Unvergängliches gaben, ein Eindruck, der durch das langsame Ticken einer Pendeluhr im vorderen Zimmer noch verstärkt wurde. Es hing ein leichter, etwas drückender Parfümgeruch im Raum, der ihn vage an das Zimmer seiner Großmutter erinnerte, in den letzten Jahren vor ihrem Tod.

»Von Klaas de Ruiter höre ich auch nichts mehr«, sagte Beerta, als er wieder in den Raum kam. Vorsichtig hantierte er mit einer Teekanne, die in einem gestrickten Kannenwärmer in den Farben Rosa, Braun und Blau steckte, aus dem nur der Griff und die Tülle herausragten.

»Der ist auch Lehrer«, sagte Maarten.

»Das weiß ich«, entgegnete Beerta trocken. »Aber ist das ein Grund, mich nicht mehr zu besuchen?«

»Vielleicht hat er viel zu tun«, wandte Nicolien ein. Sie lachte nervös.

»Wir haben alle viel zu tun«, sagte Beerta und verzog dabei ironisch seine Mundwinkel, »außer Maarten natürlich. Möchtet ihr Milch und Zucker?«

Sie bekamen einen Keks aus einer alten Blechtrommel, deren Blümchenmuster bereits an mehreren Stellen verschlissen war.

»Und jetzt schreibst du sicher an einer Doktorarbeit«, sagte Beerta. Er sah Maarten forschend an, führte den Keks zum Mund und biss ein kleines Stück ab.

»Ich schreibe keine Doktorarbeit.«

»Du schreibst keine Doktorarbeit?« Es klang erstaunt, doch Maarten hatte den Eindruck, hinter diesem Erstaunen auch ein wenig Ironie herauszuhören. »Ich dachte immer, das Erste, was einer macht, wenn er mit seinem Studium fertig ist, ist das Schreiben einer Doktorarbeit.«

»Aber Sie haben das doch auch nicht gemacht.«

Beerta lächelte. Nun trat die Ironie deutlich zutage. »Ich bin ein ganz schlechtes Beispiel. Ich würde es gar nicht gern sehen, wenn du mich zum Vorbild nehmen würdest.«

Maarten lachte. »Ich hasse Leute, die eine Doktorarbeit nur wegen des Doktortitels schreiben. Wenn man etwas zu sagen hat, kann man das auch ohne Doktorarbeit tun. Und ich habe nichts zu sagen.«

»Und was meint deine Frau dazu?«

»Ich finde, er hat recht«, sagte Nicolien. »Ich würde nicht wollen, dass er eine Doktorarbeit schreibt.« Sie lachte nervös.

Ihre Antwort überraschte Beerta sichtlich. Er zog seine Augenbrauen hoch und sah sie kurz an, bevor er sich wieder Maarten zuwandte. »Ich habe in meinem ganzen Leben noch keine einzige originelle Idee gehabt«, sagte er mit Nachdruck. »Trotzdem habe ich eine Doktorarbeit geschrieben, ein bisschen spät zwar, und ich glaube auch nicht, dass sie jemand gelesen hat, außer meinem Doktorvater natürlich, aber ich danke unserem lieben Herrgott noch immer Tag für Tag, dass ich sie habe beenden dürfen.«

Maarten lauschte amüsiert, ohne darauf einzugehen. Über sich hörte er Schritte und fragte sich, ob es Karel Ravelli war. Er hatte, wie immer, den Eindruck, dass Beerta seinen Besuch zum Anlass nahm, die ganze Welt an der Nase herumzuführen. In seinen Augen war Beerta der lebende Beweis dafür, dass man sich so weit von der Außenwelt abschirmen konnte, dass man unangreifbar blieb. Das zog ihn an.

»Irgendwann werde ich wohl wieder eine Arbeit annehmen müssen«, antwortete er auf eine Frage Beertas, »aber ich glaube nicht, dass ich wieder unterrichten werde.«

Beerta schien einen Augenblick zu zögern. »Ich habe«, sagte er mit einer kurzen Kopfbewegung, um sein Stottern unter Kontrolle zu bringen, »eine Stelle für dich.« Er sah ihn ernst an. »Wenn du willst, kannst du sie haben.« Das Angebot überraschte Maarten.

»Ich kann für die Arbeiten am Atlas der Volkskultur einen wissenschaftlichen Beamten einstellen«, sagte Beerta, langsam und präzise.

Maarten erinnerte sich vage aus seiner Studienzeit, dass es sich dabei um eines der Projekte handelte, die Beerta schon vor dem Krieg ins Leben gerufen hatte. Danach war es dann auf die lange Bank geschoben worden, weil es zu sehr an das Interesse der Nazis für das niederländische Volkstum erinnerte. Unter den Studenten wurde denn auch verächtlich darüber gesprochen. Nun, da Maarten selbst Arbeit suchte, sprach es ihn an. Wenn es noch irgendwo im niederländischen Wissenschaftssystem einen Winkel ohne auch nur den geringsten Anspruch auf irgendetwas gab, dann ließ er sich hier finden. »Ich könnte es versuchen«, sagte er, ohne lange zu überlegen.

Beerta nickte. »Dann solltest du noch mal darüber nachdenken und mich nächste Woche im Büro besuchen, um mir zu erzählen, warum du es versuchen willst.«

Dieser Vorbehalt wirkte ernüchternd auf Maarten. Er bedauerte, auf das Angebot eingegangen zu sein, und verspürte für einen Augenblick den Drang, seine Worte wieder zurückzunehmen. Unglücklich hörte er Beerta zu, der sich Nicolien zugewandt hatte, und registrierte ihre Antworten, ohne dass die Bedeutung ihrer Worte zu ihm durchdrang. Erst als Beerta den Genever brachte, kam er allmählich wieder zu sich. Als sie sehr viel später das Haus verließen, wusste er zwar noch, dass irgendetwas Unangenehmes gesagt worden war, doch was genau, wusste er nicht mehr.

»Nennen Sie mich ruhig Nicolien«, sagte sie, als Beerta sie erneut mit »Frau Koning« ansprach.

»Tag, Nicolien«, sagte Beerta feierlich. »Ich hoffe, dass ich euch bald einmal wiedersehe«, er machte eine kurze Pause, »wenn Maarten erst einmal im Büro ist.«

»Warum hast du bloß gesagt, dass du es tun willst?«, fragte sie, nachdem sie die erste Seitenstraße überquert hatten.

»Ich muss doch eine Arbeit haben!«, antwortete er verstimmt.

»Aber doch nicht unbedingt in der Wissenschaft!«

»Was macht das schon aus, ob man in der Wissenschaft arbeitet oder woanders.«

»Ich dachte, du kannst Wissenschaft nicht ausstehen.«

»Nein, nur Wissenschaftler, die ihren Status daraus ableiten! Die glauben, dass es von Bedeutung ist!«

»Du brauchst nicht so zu schreien!«

Er beherrschte sich. »Ich schreie nicht.« Er fühlte sich durch ihre Worte in die Enge getrieben und sah keinen Ausweg.

»Ich habe dich doch nur etwas gefragt!«

»Was soll ich sonst tun? Wieder Lehrer werden?«

»Es wird ja wohl auch noch etwas anderes geben.«

»Was denn?«

»Jetzt schreist du schon wieder!«

»Was denn?«, wiederholte er übertrieben ruhig. »Wir haben jetzt doch wohl gesehen, dass ich das nicht kann, Leute um Arbeit bitten und die Hand aufhalten.«

»Und wenn *ich* mir wieder Arbeit suche?«

»Für dich ist das noch schlimmer als für mich.«

Sie blieb die Antwort darauf schuldig. Dies gab ihm Sicherheit genug, um seine Gedanken zu ordnen. »Beerta nimmt es selbst auch nicht ernst«, sagte er. »Er kann jedenfalls relativieren. Und sein Büro genießt keinerlei Ansehen. Alle finden es nur lächerlich.«

»Warum existiert es dann?«

»Weil er Grips hat«, sagte er überzeugt. »Er tut gerade so viel, um sich zu halten. Und was einmal da ist, wird so schnell nicht wieder abgeschafft.« Er blickte zur Seite, weil sie nicht reagierte. »Wenn es mir nicht gefällt, kann ich es doch wieder aufgeben. Ich habe doch auch das Lehrerdasein aufgegeben.«

»Ja«, sagte sie zögernd.

*

Er kannte das Büro durch ein Praktikum während seines Studiums. Es befand sich im Hof des Hauptbüros, dem es auch organisatorisch angehörte, und bestand aus drei Räumen. Beerta saß im hinteren Raum, der in zwei Hälften geteilt war; ihm gehörte die Hälfte, die zum Hof hin lag. Das Mobiliar bestand aus einem außergewöhnlich großen Schreibtisch mit einem Aufsatz, der vor langer Zeit einmal einem berühmten Sprachwissenschaftler gehört hatte, einer Sitzgruppe aus drei Sesseln sowie einem langen Tisch, der zum größten Teil mit Stapeln von Büchern und Papieren bedeckt war. An den drei Wänden waren Bücherregale angebracht. Die Tür befand sich in der Ecke neben dem Fenster und hatte in der oberen Hälfte sechs Glasscheiben, von denen die beiden untersten von der anderen Seite mit einem rosafarbenen Vorhang zugehängt waren, sodass Beerta keinen Einblick in den mittleren Raum hatte, den sich Fräulein Haan und der Zeichner teilten. Im ersten Raum war der Rest des Personals untergebracht, abgesehen vom Hausmeister, der in einer Pförtnerloge am Anfang des Flurs bei der Eingangstür saß. Er stand auf der Schwelle seines kleinen Verschlags, als Maarten die Tür aufstieß und den Flur betrat.

»Tag, Herr de Bruin«, sagte Maarten.

»So, der Koning«, antwortete der Mann erfreut in plattestem Amsterdamer Dialekt. »Junge, das ist lange her.«

Es überraschte Maarten, dass man ihn wiedererkannte und er offenbar immer noch dazugehörte. »Verdammt lange«, sagte er mit einem Lächeln. »Ich bin mit Herrn Beerta verabredet.«

»Und wie geht's deinem Vater?«, fragte de Bruin vertraulich, während sie sich durch den langen Flur zu Beertas Raum begaben, denn wie sein Vater war auch de Bruin ein alter Sozialist. Das schuf ein

Band, von dem Maarten in diesem Fall profitierte. Außerdem war de Bruin ein waschechter Amsterdamer, was ihm in den Augen Maartens die Überlegenheit eines Mannes verlieh, der hier zu Hause ist. Er ging voran, betrat den ersten Raum, in dem Maarten im Vorbeigehen unter den Leuten, die dort an den Schreibtischen saßen, auf den ersten Blick kein bekanntes Gesicht entdecken konnte. Den Zeichner in seinem weißen Kittel, der im mittleren Raum auf einem hohen Hocker hinter seinem Zeichenbrett am Fenster saß, erkannte er jedoch sofort, und dieser ihn ebenfalls.

»Ha, der Koning!«, rief der, eine Spur zu laut. »Schaust du auch mal wieder vorbei?« Er begann, wiehernd zu lachen, ein verkrampftes Lachen, bei dem sein Gesicht für einige Augenblicke zu einer Grimasse erstarrte, und streckte die Hand aus.

Maarten lächelte reserviert. Der Mann irritierte ihn. »Tag, Herr van Ieperen«, sagte er und drückte ihm die Hand.

De Bruin hatte inzwischen die letzte Tür geöffnet, nachdem er zuvor angeklopft hatte. »Herr Beerta, hier ist der Herr Koning.«

»Lass ihn nur eintreten«, hörte er Beerta aus der Ferne antworten. Verglichen mit der flachen, tonlosen Stimme de Bruins klang die von Beerta äußerst nuanciert und ein wenig feminin. Er stand neben seinem Stuhl, als Maarten den Raum betrat, kam ihm mit steifen Bewegungen entgegen und reichte ihm die Hand. »Setz dich«, sagte er ernst, mit einem Nicken in Richtung der Sitzgruppe.

Sie setzten sich an den kleinen runden Tisch, beide mit einem Bücherregal im Rücken.

»Möchtest du rauchen?«

»Nein, danke«, sagte Maarten.

Sie schwiegen einige Augenblicke. Beerta sah ihn unbewegt und ein wenig ironisch an. Er verzog den Mund und spitzte die Lippen. »Und, weißt du schon, weshalb du hier arbeiten willst?«

»In erster Linie, weil es keinen Anspruch auf irgendetwas erhebt.«

Seine Antwort überraschte Beerta. Er zog die Augenbrauen hoch. »Das bedeutet doch hoffentlich nicht, dass du dir hier kein Bein ausreißen willst?« Er stotterte kurz.

»Nein, so war das nicht gemeint.«

Beerta sah ihn prüfend an, als frage er sich, was Maarten damit meinte.

Der lächelte schuldbewusst. »Ich werde meine Sache so gut machen, wie es mir möglich ist. So, wie ein Tischler einen Schrank macht.«

»Und was spricht dich dann so besonders daran an? Denn ein Schrank ist es nicht.«

»Das weiß ich natürlich noch nicht, aber wenn es das ist, was ich denke, dann interessiere ich mich vor allem für die Frage, *warum* Menschen diese Dinge glauben und tun, also für die Psychologie.«

Beerta nickte. »Das hat mich auch immer interessiert.« Es klang aufrichtig, doch wie bei so vielem, was Beerta sagte, hatte Maarten zugleich das Gefühl, dass es sich um nicht mehr als einen Schritt in einem rituellen Tanz handelte. Das amüsierte ihn.

Sie schwiegen eine Weile.

»Hast du schon darüber nachgedacht, was du verdienen möchtest?«

Die Frage durchbrach die Vertraulichkeit. »Das weiß ich nicht«, wehrte er ab. »Das sollten Sie einfach bestimmen.«

Beerta nickte bedächtig. »Ich werde der Kommission vorschlagen, dich einzustellen.«

Auf dem Rückweg traf Maarten im ersten Raum auf Koert Wiegel, den Bibliothekar. Er kannte ihn noch aus seiner Studienzeit.

»He, was machst du denn hier?«, fragte Wiegel erstaunt. Es klang nicht besonders freundlich. Auch früher schon hatte er Maarten das Gefühl vermittelt, als hätte dieser ihm ein unverzeihliches Unrecht zugefügt.

»Ich werde hier vielleicht arbeiten«, antwortete Maarten. Er bemerkte, dass ein älterer Mann, der hinter Wiegel an einem Schreibtisch saß und arbeitete, den Kopf hob und ihn ansah.

»Das ist nicht dein Ernst«, sagte Wiegel, ohne eine Spur von Freude. »Komm mal mit.« Er ging mit kleinen, stolzierenden Schritten voran in den hinteren Teil des Raumes, der hinter einem Bücherregal verborgen lag, das den Raum teilte. Seine Art zu gehen erinnerte an die von Beerta, und unter den Studenten ging man davon aus, dass es einst als Imitation angefangen hatte, wie so vieles bei Wiegel, der ein Meister im Imitieren war. »Kennst du Herrn Veerman?«, fragte er mit einer

Kopfbewegung hin zu einem dicken Mann, der mit dem Rücken zu ihnen vor einer Reihe von Registraturschränken saß und damit beschäftigt war, Zeitungsausschnitte einzusortieren.

»Ach, Herr Wiegel«, sagte der Mann, ohne Maarten zu beachten. »Hier habe ich so einen merkwürdigen Ausschnitt, man könnte sogar sagen, einen sehr merkwürdigen.« Mühsam richtete er sich aus seiner hockenden Stellung auf und reichte Wiegel einen Ausschnitt. Sein Kopf war feuerrot. Er trug ein ebenfalls rotes Oberhemd, das am Hals offen stand, sowie eine weite, unförmige Hose.

»Gleich, Herr Veerman«, wehrte Wiegel ab, »ich habe gerade Besuch.« Er schob einen Stuhl an seinen Schreibtisch. »Setz dich«, forderte er Maarten auf. »Hätte dir nicht etwas Besseres einfallen können?«

»Nein«, antwortete Maarten. Weil er nie wusste, was dieser Mann wirklich meinte und wann er einen Scherz machte, fühlte er sich in seiner Gegenwart unbehaglich.

Wiegel lachte freudlos. »Der eine weiß nicht, wie er hier wegkommen soll, und der andere kommt freiwillig zum Arbeiten her. Gab es keine Stelle an der Universität?«

»Ich möchte nicht mal daran denken!« Hinter sich hörte er Veerman herumkramen und stöhnen. Sollte er tatsächlich eingestellt werden, dann wollte er lieber nicht in dieser Ecke arbeiten müssen.

»Oder als Lehrer?«, fuhr Wiegel fort.

»Du bist doch auch Lehrer gewesen und hast es aufgegeben.«

Wiegel lachte. »Kennst du die Geschichte von dem Lehrer aus Makkum?«

Maarten schüttelte den Kopf.

»Schade, ich auch nicht.« Der Scherz bereitete ihm einen Heidenspaß, doch plötzlich wurde er ernst. »Aber mal ehrlich: Es lässt sich hier aushalten. Zumindest, wenn du Sinn für Humor hast.«

Nicolien war beim Staubsaugen. Als er das Haus betrat, schaute sie auf und schaltete mit dem Fuß den Staubsauger aus. »Und, wie war es?«

»Er wird es der Kommission vorschlagen.« Er lächelte schuldbewusst.

»Aber hat er denn nichts gefragt?«

»Ich glaube, ihm wäre jede Antwort recht gewesen.«

»Aber du hast ihm doch sicher gesagt, dass du die Wissenschaft verabscheust?«

»Ich habe gesagt, es würde mich ansprechen, dass diese Arbeit keinen Anspruch auf irgendetwas erhebt.« Er hatte den Eindruck, dass diese Antwort sie nur halb zufriedenstellte, doch sie sagte nichts. Sie brachte den Staubsauger weg und ging in die Küche, um Kaffee zu machen. Er setzte sich auf die Couch und blickte vor sich hin. Er fühlte sich leer und vielleicht auch ein wenig bedroht, er konnte es nicht eindeutig bestimmen. Unsinn, dachte er missmutig, ebenso gut könnte man damit zufrieden sein. Er schaute hoch. Sie kam mit dem Kaffee ins Zimmer. »Warum weinst du?«, fragte er verstimmt.

»Ich weine nicht«, antwortete sie mit erstickter Stimme. Die Tränen liefen über ihre Wangen.

»Und ob du weinst.«

»Ich hatte so gehofft, du würdest es nicht tun. Ich fand es so schön, zusammen mit dir.«

Es rührte ihn. Er hockte sich neben ihren Stuhl und ergriff ihre Hand. »Aber jeder hat doch eine Stelle.« Er bewegte ihre Hand, die schlaff in der seinen hing, hin und her. »Aber Knöllchen! Jeder hat doch eine Stelle!«

»Bis auf uns«, sagte sie schniefend. »Gib mir mal dein Taschentuch.« Er reichte ihr sein Taschentuch und wartete, während sie sich die Nase schnäuzte.

»Und arbeiten ist doch ein Kompromiss«, sagte sie. »Du hast es selbst gesagt.«

»Aber ich habe nie gesagt, dass ich diesen Kompromiss nicht schließen würde.«

»Das hatte ich aber gehofft! Ich hatte gehofft, dass wir für immer zusammenbleiben und gemeinsam sterben würden.« Sie begann, laut zu schluchzen.

Er lachte, weil es so pathetisch klang. »Das können wir doch immer noch.«

Sie schüttelte den Kopf. »Nein! Nicht, wenn du den ganzen Tag auf der Arbeit bist! Ich fand es schrecklich, als du Lehrer warst! Ich war so froh, als du gekündigt hast und wir wieder nach Amsterdam zurückgegangen sind.«

Er kämpfte seine Rührung nieder, stand auf und setzte sich wieder auf die Couch. »Man muss nun mal Geld verdienen. Und immer wieder eine andere Stelle, das kann ich nicht. Das hat sich doch jetzt gezeigt. Außerdem kann ich jederzeit wieder kündigen.« Es klang nicht sehr logisch. Er war auch nicht in der Lage, logisch zu denken.

»Du bist lieb.« Sie streckte ihre Hand aus. »Vergiss es, es war nicht fair. Natürlich musst du eine Arbeit annehmen. Ich kann es nur nicht ertragen, dass unser Leben zu Ende sein könnte.«

»Aber unser Leben ist doch nicht zu Ende«, sagte er lachend.

»Du verstehst schon, was ich meine.« Es ärgerte sie, dass er sie nicht verstehen wollte. »Natürlich das Leben, das wir jetzt führen.«

Er verstand, doch der Gedanke ängstigte ihn so sehr, dass er ihn gar nicht erst aufkommen lassen wollte.

*

Zwei Wochen später kam ein Brief vom Büro, adressiert an Herrn M. Koning. Er lautete: »Ich habe die Ehre, Ihnen die gestrige Entscheidung der Kommission mitzuteilen, wonach Sie zum 1. Juli d. J. zum wissenschaftlichen Beamten im unteren Rang berufen werden. Über eine kurze Mitteilung, ob Sie die Stelle annehmen, würde ich mich freuen. Der Schriftführer der Kommission, A. P. Beerta.«

Vielleicht hätte Maarten der förmliche Charakter des Briefes erschreckt, wenn ihm nicht sofort aufgefallen wäre, dass Beerta bei Maartens und bei seinem eigenen Namen die Titel weggelassen hatte, als ob er ihm damit zuzwinkern wollte. Außerdem befand sich im Umschlag ein zweiter Brief, der jede Spur von Misstrauen beseitigte: »Lieber Maarten, nach dem offiziellen Brief, den ich dir schrieb, möchte ich dir etwas weniger formell in kurzen Worten sagen, das es für mich eine sehr angenehme Vorstellung ist, das du deinen 31. Geburtstag in unserem Büro feiern wirst. Ich gehe am kommenden Samstagmorgen in die Ferien und werde ungefähr einen Monat wegbleiben, doch ich freue mich schon darauf, dich an deinem ersten Arbeitstag begrüßen zu dürfen. Ich hoffe, es wird dir gefallen. Bis dahin verbleibe ich mit herzlichen Grüßen, auch an deine Frau, dein A. P. Beerta.«

»Er scheint den Unterschied zwischen *dass* und *das* nicht zu kennen«, sagte Nicolien verwundert, als sie den Brief gelesen hatte. »Das hätte ich nicht von Herrn Beerta erwartet.«

Maarten wunderte es ebenfalls, aber er fand es menschlich. Es verriet eine Nonchalance, die seinen Eindruck, dass es zwei Beertas gäbe, noch verstärkte.

*

Er hatte zuerst seine Mutter am Telefon.

»Tag, Maarten«, sagte sie herzlich. »Ich werde Klaas eben rufen.«

Während er wartete, hörte er ganz in der Nähe das Singen des Vogels und, weiter entfernt, aus der Tiefe des Hauses, Klaas' Stimme. Die Zimmertür quietschte, seine Schritte kamen näher, es rumorte im Hörer. »Hoi!«

»Ha!«, sagte Maarten. »Wie geht's?«

»Beschissen. Aber das wusstest du ja schon, sonst hättest du nicht gefragt. Ich kenne dich.«

»Das glaubst du zumindest.«

»Kenne ich dich etwa nicht?«, fragte Klaas mit gespielter Bosheit. »Was gibt's?«

»Ich habe einen Job. Bei Beerta.«

Es war einen Moment still. »Bei Beerta?«, seine Stimme klang plötzlich matt. »Warum in Gottes Namen?«

»Weil unser Geld alle war.«

»Dann muss man doch nicht gleich eine Stelle bei Beerta annehmen!«

Seine Reaktion überraschte Maarten. Von Klaas hatte er eher Zustimmung erwartet. »Wir waren zufällig bei ihm zu Besuch, und da stellte sich heraus, dass er einen Job hatte, für den Atlas für Volkskultur.« Es klang wie eine Entschuldigung.

»Warum bist du dann nicht lieber Lehrer geblieben? Es gibt im Augenblick genügend freie Stellen.«

»Weil ich das eine Katastrophe fand. Als ob ich bei lebendigem Leib begraben würde.«

»Ich finde es im Gegenteil sehr inspirierend.«

»Ja, du! Du glaubst an den Umgang mit der Jugend.« Klaas' Reaktion ärgerte ihn. Er hatte das Gefühl, dass sie dieses Gespräch bereits hundertmal geführt hatten, mehr oder weniger mit denselben Argumenten. Von der Illusion, dass man jung bleibt, indem man einem durch und durch unkritischen Publikum erbauliche Vorträge über dessen Zukunft hält, war nach dem Jahr, in dem er Lehrer gewesen war, nichts übrig geblieben – wenn er diese Illusion denn überhaupt jemals gehabt hatte. Außerdem war er zu der Überzeugung gelangt, dass die pflichtgemäße Verabreichung maßgeschneiderten, programmierten Wissens mehr Schaden als Nutzen bringt, ein Standpunkt, der bei Klaas jedes Mal, wenn er ihn in ihren Gesprächen zu erläutern versuchte, großen Ärger verursachte.

»Sonst wäre ich nicht Lehrer geworden.«

»Und deshalb will ich kein Lehrer mehr sein.«

»Dann mal tschüss«, sagte Klaas launisch. »Mach's gut.« Der Hörer wurde aufgelegt.

»Was hat er gesagt?«, fragte Nicolien.

»Er meint, dass ich wieder Lehrer hätte werden sollen.« Er versuchte, Klaas' Reaktion einzuordnen, doch es gelang ihm nicht. Von seinen Freunden war gerade Klaas derjenige, der den Kontakt mit Beerta gepflegt hatte. Er erinnerte sich, dass er ihm noch hatte erzählen wollen, dass Beerta nach ihm gefragt hatte. Durch die unerwartete Wendung des Gesprächs war daraus nichts geworden. »Da war etwas, was ihm nicht passte«, sagte er nachdenklich.

»Telefongespräche mit Klaas gehen immer daneben. Man kann mit Klaas nicht telefonieren.«

Das schien ihm eine annehmbare Erklärung zu sein.

*

»Du kannst über Mittag wohl nicht nach Hause kommen?«, fragte sie.

Das erschien ihm unwahrscheinlich. Er hatte vergessen, wie lange er mittags frei hatte, aber bestimmt nicht mehr als eine Stunde, und von ihrer Wohnung zum Büro waren es mindestens zwanzig Minuten.

»Wie viele Brote willst du dann mitnehmen?«

»Vier Stullen«, entschied er, »und ein Stück Kuchen.«

Sie schnitt sie ab, belegte sie mit Käse und bestrich sie mit Apfelsirup und steckte sie in kleine Tüten.

»Und einen Apfel.« Er stand auf und nahm einen Apfel aus der Obstschale auf dem Kaminsims.

»Wie willst du sie eigentlich mitnehmen? In deiner Schultasche?«

Das war für ihn das Allerletzte. Mit einer Aktentasche in der Hand zur Arbeit, das war zu deprimierend. »Ich stecke sie in meine Taschen.«

»Beult das nicht aus?«

Er fand, dass es so ging, auch wenn es keine ideale Lösung war. Den Apfel musste er in der Hand tragen.

»Und wie machst du es mit dem Trinken?«

Das wusste er auch nicht. Das Problem irritierte ihn. »Ich werde es dann ja sehen«, schnitt er das Gespräch ab.

Sie ging mit ihm zur Tür. Ein bisschen verlegen standen sie sich gegenüber. Er lachte. »Tschüss, Knöllchen.« Er tippte kurz auf ihren Kopf und gab ihr einen Kuss. Sie hatte Tränen in den Augen. »Nicht weinen, hörst du.«

»Nein, ich weine ja nicht. Ich finde es nur für dich so schrecklich. Und auch noch an deinem Geburtstag.«

»Das macht es nur noch festlicher.« Doch als er die Tür hinter sich schloss und sich abwandte, war ihm traurig zumute. Geistesabwesend und ohne etwas zu sehen lief er durch den Jordaan, wo sie wohnten, kreuzte die vier Grachten, überquerte den Voorburgwal und den Dam und bog in die Damstraat ein. Es war Hochsommer. So früh am Morgen, einem Montagmorgen, war es noch still in den Straßen, eine sommerliche Stille, der er sich vage bewusst war.

De Bruin öffnete ihm die Tür. Im ersten, dem vorderen Raum, war noch niemand, im zweiten auch nicht, doch die Tasche von Fräulein

Haan stand auf ihrem Schreibtisch, und als er auf Beertas Tür zulief, kam sie gerade aus dessen Zimmer. Als sie ihn sah, ließ sie die Tür halb offen. »Tag, Fräulein Haan«, sagte er.

»Tag, Herr Koning«, sagte sie, ohne eine Spur von Freundlichkeit.

»Maarten Koning«, verbesserte er, in einem ungeschickten Versuch, ihr das Du anzubieten. Sie ignorierte es und ging an ihm vorbei zu ihrem Schreibtisch. Verwirrt, erniedrigt durch seine eigene Freundlichkeit, die er als Unterwürfigkeit empfand, betrat er Beertas Zimmer.

Beerta stand aufrecht neben seinem Schreibtisch und sah ihn streng an. »Ich gratuliere dir zum Geburtstag«, sagte er, während er ihm die Hand gab. »Und ich hoffe, dass dieser Tag für dich der erste einer Befriedigung verschaffenden wissenschaftlichen Karriere sein wird.«

Maarten lächelte. »Das hoffe ich auch.« Er hatte das Gefühl, dass mit diesen Worten sein Schicksal besiegelt wurde. Er sah sich um, unsicher, was nun von ihm erwartet wurde.

»Ich hatte mir über-l-legt, dass du in den ersten Wochen bei mir im Zimmer sitzen solltest«, sagte Beerta, bevor Maarten etwas fragen konnte, »dann kann ich dich einarbeiten. Ich habe dafür einen Platz am T-tisch freigemacht.« Er nickte in Richtung des Tisches, auf dem zwischen den Stapeln von Büchern und Schriftstücken eine freie Fläche geschaffen worden war. Hinter dieser freien Fläche stand ein einfacher, altmodischer Stuhl mit einem durchgesessenen Plüschpolster. Maarten ging zögernd zu seinem Platz und legte seinen Apfel an den Rand der Arbeitsfläche.

Beerta holte eine silberne Taschenuhr aus der Brusttasche seines Jacketts und zog sie zu Rate. »Aber erst werde ich dich dem übrigen Personal vorstellen.«

Fräulein Haan und van Ieperen kannte er bereits. Van Ieperen zwinkerte ihm zu, als er hinter Beerta vorbeikam, und zog mit einer Bewegung seines Kopfes eine Grimasse, um deutlich zu machen, dass er das alles für Unsinn hielt. Maarten ignorierte es und folgte Beerta in den ersten Raum. Dort befand sich zu dem Zeitpunkt lediglich ein hochgewachsener, magerer junger Mann. Er stand bei einem der vier Schreibtische, die jeweils zu zweit im vorderen Teil des Raums standen, vor dem Bücherregal, das als Trennwand diente. Beerta ging mit kleinen Schritten auf ihn zu und blieb vor ihm stehen. Der Mann war sicher einen Kopf größer. »Wo ist Meierink?«, fragte er.

Der junge Mann sah ihn unverschämt an. Er hatte glattes, blondes Haar und ein mageres, fanatisches Gesicht mit hohlen Wangen. »Woher soll ich das wissen?«, fragte er gleichgültig. »Bin ich der Hüter meines Bruders?«

Die Antwort schien Beerta zu amüsieren. Er schmunzelte und verzog seinen Mund. »Nein, das würde mich wundern.« Er wandte seinen Kopf in Maartens Richtung. »Darf ich dir Herrn Koning vorstellen? Herr Koning fängt heute bei uns an zu arbeiten. Er wird sich um den Atlas für Volkskultur kümmern.«

Der Mann reichte Maarten achtlos die Hand: »Teun Nijhuis.«

In diesem Augenblick ging die Tür zum Flur auf, und ein schon etwas älterer Mann trat ein. Maarten erkannte ihn und begriff, dass es Meierink sein musste. Der Mann erschrak, als er Beerta sah.

Beerta hatte sich aufgerichtet und sah ihn streng an. »Tag, Herr Meierink«, sagte er in gemessenem Tonfall. »Sie sind zu spät.«

»Es tut mir leid, Herr Beerta«, er hatte eine etwas quengelige Stimme, als ob er zu müde wäre, um zu reden, »aber es ist gestern Abend wieder spät geworden, und da hatte ich Mühe, aus dem Bett zu finden.«

»Bei mir ist es auch spät geworden«, sagte Beerta kühl, »aber ich bin trotzdem pünktlich.«

»Ja, Sie können das vielleicht aushalten, aber ich habe Probleme damit.«

Beerta ignorierte das. »Wann haben Sie Ihr mündliches Examen?«

»In drei Wochen. Aber ich fürchte, dass es schon wieder nicht klappen wird, denn ich habe gestern gehört, dass das Schriftliche nicht so gut war.«

»Sie sollten mal etwas früher zu Bett gehen und etwas mehr Selbstvertrauen haben«, befand Beerta. Er machte eine Geste in Richtung Maarten. »Das ist Herr Koning.«

»Angenehm, Ihre Bekanntschaft zu machen«, sagte Meierink, während sie einander die Hand reichten.

»Herr ter Haar ist krank, und Balk ist im Urlaub«, sagte Beerta, ohne Maarten Zeit zu lassen, das Kennenlernen zu vertiefen. »Das muss also noch warten.« Er ging weiter zu dem Raum hinter dem Bücherregal, in dem Wiegel und Veerman saßen. Veerman saß, ebenso wie beim letzten Mal, hinter dem hölzernen Registraturschrank und las Zeitungsausschnitte, Wiegel blätterte in einem Buch. Er stand auf, als Beerta und Maarten um die Ecke kamen, und grüßte sie – Beerta höflich, Maarten mit seinem Vornamen. »Ihr kennt euch schon«, stellte Beerta fest.

»Wie den gestrigen Tag«, scherzte Wiegel. »Wenngleich ich damit nicht sagen will, dass Herr Koning von gestern ist.«

»Kennen *Sie* Herrn Koning schon?«, fragte Beerta Veerman.

Veerman sah zerstreut hoch, mit seinen Gedanken woanders. »Ich glaube nicht. Ich glaube nicht, dass ich die Ehre hatte.«

»Herr Veerman kümmert sich um das Ausschnittarchiv«, erklärte Beerta. »Und das macht er vorzüglich.«

»Darüber muss ich noch mal mit Ihnen sprechen, Herr Beerta«, sagte Veerman. Er hatte eine etwas feuchte Aussprache, und es schien, als würde sein großer, roter Kopf noch weiter anschwellen, als unterdrückte er nur mit Mühe eine aufkommende Wut.

»Das wird geschehen, sobald ich die Gelegenheit dazu finde«, wehrte Beerta ab.

»Herr Veerman ist seinerzeit ein begabter Läufer gewesen«, erzählte er, als sie über den Flur durch die Hintertür wieder in den Raum von Fräulein Haan kamen. »Ich nehme an, dass er damals schlanker war.« Sie betraten sein Zimmer. »Einmal im Jahr droht er mir mit dem T-tod. Man muss also ein bisschen freundlich zu ihm sein.«

Maarten schloss die Tür hinter sich. »Was ist das für ein Examen, an dem Meierink sitzt?«

»Meierink ist ein Dussel. Aber er sitzt wenigstens jeden Sonntag unter der Kanzel. D-darum habe ich ihn eingestellt.«

»Ist das eine Voraussetzung?«

Beerta drehte sich zu ihm um und sah ihn mit hochgezogenen Augenbrauen an. »Es gibt ihm einen V-vorsprung. Und dabei ist er auch noch Mitglied der sozialdemokratischen Partei. Das sind Dinge, die schwer bei mir wiegen.«

Maarten lachte. Er konnte nicht genau bestimmen, was Beerta wirklich dachte, doch die Ironie war nicht zu verkennen.

»Aber nun zu deiner Arbeit.« Er zog eine Schublade seines Schreibtisches auf und überreichte Maarten einen Stapel von mit kleinen Zeichen bedruckten Karten der Niederlande und Flämisch-Belgiens. »Deine erste Aufgabe ist es, diese Karten mit einem Kommentar zu versehen, mit Ausnahme des Kommentars zu den Karten des Irrlichts, darum werde ich mich kümmern. Ich mache mich nun an die Arbeit. Wenn du Fragen hast, darfst du mich unterbrechen.« Er wandte sich ab und setzte sich an seinen Schreibtisch, mit dem Rücken zu Maarten. Während dieser die Karten mit zu seinem Platz nahm, zog Beerta seine Schreibmaschine zu sich heran, spannte ein paar Blätter, mit Kohlepapier dazwischen, ein, machte eine kurze Pause und begann dann, mit einem Finger verblüffend schnell zu tippen. Dass Maarten hinter ihm saß, schien ihn nicht im Geringsten zu stören.

Maarten schuf auf dem Tisch etwas mehr Platz, stand wieder auf, um die Brotbeutel aus seinen Taschen zu holen, und sah mechanisch die Karten durch. Bei den ersten drei ging es tatsächlich um das Irrlicht, bei den folgenden um andere, sehr unterschiedliche Themen aus dem Umkreis des Volksaberglaubens, doch er war zu abwesend, um die Bedeutung des Ganzen zu begreifen. Außerdem wurde er durch die Nähe Beertas abgelenkt. Während er geistesabwesend die letzte Karte betrachtete, wurde er sich zum ersten Mal an diesem Tag einer bodenlosen Traurigkeit bewusst, die nun wie eine Flutwelle aufstieg und in der er zu ertrinken drohte. Er nahm sich zusammen, indem er sich zwang, hinter die Bedeutung der Kartenbeschriftung zu kommen. Sie gab eine Übersicht über die Verbreitung des Wichtelmännchenglaubens in den Niederlanden und Flämisch-Belgien und war bedeckt mit rot und grün ausgefüllten Kreisen, Dreiecken, Quadraten, Kreuzen und Strichen, hinter denen sich die Antworten aus den Fragebogen verbargen, die er aus seiner Studienzeit kannte. Er betrachtete die Zeichen und versuchte, ein Muster in dem Chaos zu finden, ohne Erfolg. Der einzige Rückhalt im Raum war das hastige Tippen und das regelmäßig wiederkehrende Klingeln der Schreibmaschine von Beerta. Das Tippen wurde erst etwas langsamer, als de Bruin mit dem Kaffee hereinkam.

»Kaffee, Herr Beerta?«, fragte de Bruin.

Das Tippen hörte abrupt auf. »Ja, wahrhaftig«, sagte Beerta. »Kaffee von de Bruin! Nicht auszudenken, wenn ich den ausfallen lassen würde!«

De Bruin kicherte. »Der Kaffee von de Bruin ist braun«, scherzte er. Während er das Tablett zwischen die Bücherstapel schob, drehte sich Beerta mitsamt seinem Stuhl zur Seite und sah vergnügt zu.

»Zwei Löffel Zucker?«, fragte de Bruin. Er zwinkerte Maarten zu. Maarten begriff, dass dieses Spiel häufiger gespielt wurde.

»Noch einen dazu«, sagte Beerta. Er spitzte die Lippen. »Der Löffel muss darin stehen bleiben.«

De Bruin gab noch einen vollen Löffel dazu und goss einen großen Schuss Milch hinein. »Herr Beerta will immer Blümchenkaffee. Nicht wahr, Herr Beerta?«

»Wie meine Mutter ihn machte«, sagte Beerta genüsslich.

»Du auch, Koning?«, fragte de Bruin.

»Keinen Blümchenkaffee!«, mahnte Maarten.

Es war eine graue Brühe, die er nur mit Mühe hinunterbekommen konnte. Nicht gerade etwas, wonach man sich sehnte.

»Wer hat die Karten eigentlich gemacht?«, fragte er, als de Bruin den Raum wieder verlassen hatte.

Beerta saß mit der Tasse in der Hand da und ließ sie sanft kreisen, bevor er einen Schluck nahm. »Ein paar Studenten, unter meiner Anleitung.« Er schnalzte mit den Lippen. »Einen von ihnen wirst du noch treffen. Der ist im Urlaub. Hein de Boer, ein Bauernsohn.« Er sprach das letzte Wort sehr präzise aus, mit deutlicher Ironie. »Ein netter Junge, aber ein kleiner Schwerenöter.«

Es war Maarten nicht klar, was er sich darunter vorstellen musste. »Und gibt es auch ein Beispiel, wie so ein Kommentar gemacht werden muss?«

Beerta blickte ihn von der Seite mit hochgezogenen Augenbrauen an. »Nein, dafür bist du ja gerade angestellt worden.«

Um Punkt halb eins hörte Beerta auf zu tippen. Er hob die Schreibmaschine auf den Tisch, holte eine Serviette, einen kleinen Teller, ein

Messer, eine Butterdose und ein Päckchen Schokoladenstreusel aus einer Schublade seines Schreibtisches, breitete die Serviette aus und machte es sich bequem. Das Brot kam aus einer Dose in seiner Aktentasche.

»Wie lange haben wir eigentlich Mittagspause?«, fragte Maarten.

»Eine Dreiviertelstunde«, antwortete Beerta.

»Und darf ich die auch draußen verbringen?«

»Die darfst du verbringen, wo du willst, wenn du nur rechtzeitig wieder da bist.«

Er ging zur Amstel und aß sein Brot und den Apfel auf einer Bank am Wasser. Es war warm. Das Wasser glänzte in der Sonne. Auf der gegenüberliegenden Seite fuhr eine Straßenbahn vorbei. Das Ganze drang kaum zu ihm durch. Es war, als ob er sich in einem abgeschlossenen Raum befände, abgeschieden von der Außenwelt, nicht fähig, auch nur zu einem einzigen vernünftigen Gedanken.

Wiegel und Nijhuis standen hinter dem Bücherregal und redeten. Veerman war nicht da, sein Stuhl war zurückgeschoben, seine Tasche, eine alte Einkaufstasche, stand daneben. Sie beachteten ihn nicht. Wiegel erzählte einen gewagten Witz, Nijhuis lehnte am Regal und hörte träge zu. »Cherchez la femme«, schloss Wiegel. Nijhuis lächelte müde, während Wiegel sich Maarten zuwandte. Maarten lächelte ebenfalls, obwohl er den Witz nicht mitbekommen hatte. »Haben wir auch Literatur über die Wichtelmännchen?«, fragte er.

Wiegel richtete sich etwas auf, führte die Hände zum Rücken und wippte auf den Zehen. »D-die W-wichtelmännchen«, sagte er mit erhobenem Kinn und sah Maarten dabei streng an. Er zwinkerte. Maarten lachte. Die Imitation war perfekt.

»N-natürlich haben wir L-literatur über die Wichtelmännchen«, fuhr Wiegel fort. »Ich gehe mal eben mit dir mit«, sagte er dann in normalem Tonfall, »sie steht in Beertas Zimmer.«

Beerta war beim Tippen und sah nicht einmal hoch, als sie den Raum betraten und zum Bücherregal an der Rückwand gingen. Ohne einen Augenblick zu zögern zog Wiegel einen Band des *Handwörterbuchs des deutschen Aberglaubens* aus dem Regal, blätterte kurz darin und reichte ihn Maarten. »Fang erst einmal hiermit an, d-damit bist du fürs Erste beschäftigt.« Er stotterte erneut, doch dieses Mal war nicht klar, ob er es mit Absicht tat. Während Wiegel den Raum wieder verließ, setzte Maarten sich auf seinen Stuhl. Er betrachtete das Titelblatt, schlug die Stelle auf, die Wiegel ihm gezeigt hatte, schaute nach, wie viele Seiten der Artikel hatte, und begann zu lesen. Was er las, war neu für ihn und versetzte ihn in Staunen. Für den Autor oder die Autoren – denn der Aufsatz bestand aus einer großen Zahl von Abschnitten, jedes Mal mit einer langen Liste von Hinweisen auf weiterführende Literatur – waren Wichtelmännchen-Erzählungen keine Kindermärchen, wie er immer geglaubt hatte, sondern Erinnerungen an eine vorchristliche Vergangenheit, die bis auf den heutigen Tag mündlich von einer Generation zur nächsten überliefert worden waren. Über die Art der Erinnerungen schienen die Autoren sich nicht einig zu sein. Manche sahen darin die Reste einer vorchristlichen Ahnenverehrung, andere suchten nach einem Volk kleiner, dunkler Menschen, die von unseren Vorfahren unterworfen oder in die entlegensten Winkel Europas vertrieben worden waren, wo sie sich, auf ungastliche Landstriche verteilt, möglicherweise bis auf den heutigen Tag hatten behaupten können. Er las es mit wachsendem Erstaunen und Unverständnis, behindert durch Vagheiten und Unklarheiten im Text, die er zum Teil seinem mangelhaften Wissen über das Thema, zum Teil seinen unzureichenden Deutschkenntnissen zuschrieb. Als er den Aufsatz zu Ende gelesen hatte, hatte er nicht einmal ein Zehntel davon verstanden. Er lehnte sich zurück und blickte gedankenverloren vor sich hin, in dem Gefühl, ohne Karte und Kompass am Rand eines unwirtlichen Gebiets zu stehen. Beerta hatte aufgehört zu tippen. Maarten sah, wie er einen Federhalter in ein Tintenfässchen tauchte und sich zu seinem Papier beugte. Die Feder kratzte. Er richtete sich auf, faltete das Papier auf ein Viertel seiner Größe, steckte es in einen Umschlag, leckte an seinen Fingern und klebte den Umschlag zu. Während er das tat, drehte er sich langsam um und blickte über seine Brille hinweg zu Maarten. »Du weißt, dass du an deinem Geburtstag eine Stunde früher nach Hause darfst?«, sagte er.

Seine Schwiegermutter saß im vorderen Zimmer, in einem Streifen Sonne, der durch die Gardinen hereinfiel. Nicolien saß im Stuhl vor der Zwischentür zum hinteren Zimmer und sah ihn schon, als er die Außentür aufstieß. »Ha, die Jansen«, sagte er zu seiner Schwiegermutter.

»Ha, der Pietersen«, antwortete sie, während er sich zu ihr hinüberbeugte und ihr einen Kuss gab. »Noch meine herzlichen Gratuladingsbums.«

Er lachte und gab Nicolien ebenfalls einen Kuss.

»Du bist früh«, sagte sie. »Wie war es?«

»Weil ich Geburtstag habe.«

»Wie war es?« wiederholte sie.

»Erst mal umziehen.« Er zog die Zwischenvorhänge zu, zog sich um und wusch sich die Hände.

»Und du hast auch eine Stelle, nicht?«, fragte seine Schwiegermutter, als er wieder in das Zimmer kam.

Er nickte.

»Ach Junge, wie schön! Darauf nehmen wir doch sicher einen?«

Er lachte.

»Und, wie war es?«, fragte Nicolien gespannt.

Er setzte sich auf das Sofa. »Idiotisch.«

»Idiotisch?« In ihrer Stimme lag Entrüstung. »Nicht schrecklich?«

»Ach – schrecklich.« Das Wort war ihm zu groß. Wenn es schrecklich wäre, wäre der Gedanke, dort morgen wieder hinzumüssen, völlig unerträglich.

»Und was musst du da jetzt machen?«, fragte seine Schwiegermutter.

Er sah sie an. »Ich muss einen Text über die Wichtelmännchen schreiben.«

»Über die Wichtelmännchen?« Sie lachte ungläubig. »Du verkohlst mich.«

»Ich verkohle Sie niemals.«

»Über Wichtelmännchen! Ein erwachsener Mann!«

Er lachte verlegen, aber auch amüsiert. »Glauben Sie nicht an Wichtelmännchen?«

»Ach, du verrückter Junge, hör doch auf. Wichtelmännchen!«

»Aber als Sie noch jung waren, saßen da keine Wichtelmännchen in den Scheveninger Bosjes?«

Sie lachte, ohne zu antworten. Es war deutlich, dass sie dachte, er würde sie auf den Arm nehmen.

»In den Wäldern von Pex gab es sie schon«, beharrte er. »Da war ein Baum mit einem Loch darin, und wenn wir daran vorbeikamen, habe ich in das Loch gerufen« – er machte die Stimme eines Kindes nach – »›Wichtelmännchen, Wichtelmännchen!‹ Später haben sie Maschendraht davor gespannt. Da sind sie verschwunden.«

»Ach, Kindergeschwätz.«

»Und wenn Kinder und Verrückte nun die Wahrheit sagen?«

»Quälgeist. Das darfst du nicht.«

»Deine Mutter glaubt nicht mehr an Wichtelmännchen«, sagte er zu Nicolien, die gerade wieder den Raum betrat.

»Solltest du nicht lieber mal einen Schnaps einschenken?«, entgegnete sie. Er merkte, dass sie sich ärgerte. Er vermutete, dass die Anwesenheit ihrer Mutter sie irritierte, aber dennoch vermittelte es ihm ein vages Gefühl von Schuld. Als ob er etwas getan hätte, was nicht in Ordnung war.

*

Gegen elf Uhr schob Beerta seinen Stuhl zur Seite und stand auf. Er holte einen kleinen Spiegel und einen Kamm aus seiner Tasche, wandte sich dem Licht zu, kämmte sein Haar und warf noch einen kurzen Blick auf sein Gesicht. Er packte seine Tasche, eine dünne, braune Aktentasche, und drehte sich, die Tasche steif an seiner Seite haltend, zu Maarten um. »Ich fahre jetzt zu einer Sitzung nach Arnheim«, er blinzelte mit einem Auge, presste die Lippen zusammen und stotterte kurz, bevor er seinen Satz fortführte, »ich werde wohl nicht vor Dienstschluss zurück sein, aber wenn jemand anruft, kannst du sagen, dass ich heute Abend zu Hause zu erreichen bin.«

Maarten nickte. »Ich werde es ausrichten.«

»Das sei dir geraten.« Er ging mit kleinen Schritten zur Tür. »Bis morgen.«

»Tschüss, Herr Beerta.«

Beerta schloss die Tür hinter sich. »Ich fahre jetzt zu einer Sitzung nach Arnheim«, hörte Maarten ihn sagen. »Ich werde wohl nicht vor Dienstschluss zurück sein.«

»Und wenn jemand für dich anruft?« – die Stimme Fräulein Haans.

»Dann kannst du sagen, dass ich heute Abend zu Hause zu erreichen bin.«

Maarten hörte, wie seine Schritte sich entfernten und dann die Tür des ersten Raums.

Als Beerta fort war, wurde es sehr still. Nur ein unbestimmbarer Lärm von der Straße drang durch das offen stehende Fenster. In der hinteren Hälfte des Raums, hinter dem Bücherregal und der Glaswand, wurde ein Stuhl verrückt. Dort war jemand, aber er wusste nicht wer. Weil es der Mitarbeiter eines anderen Büros war – eines Ein-Mann-Büros, das im Büro von Beerta untergebracht worden war, zu dessen Missfallen, wie Maarten bemerkt hatte –, war er ihm nicht vorgestellt worden. Er beugte sich wieder über den Wichtelmännchen-Aufsatz, den er in den Griff zu bekommen versuchte. Nun, da er allein war, entspannte er sich halbwegs, doch es gelang ihm nur schlecht, sich zu konzentrieren, als läge der Text hinter dickem Glas.

Um zwölf Uhr rief er nach einigem Zögern von Beertas Schreibtisch aus Nicolien an.

»Ist Beerta nicht da?«, fragte sie.

»Der ist zu einer Sitzung.«

»Und bist du jetzt allein?«

»Ja.« Er spürte, dass keiner von ihnen wusste, was er sagen sollte. »Wie geht's Mutter jetzt?«

»Gut. Wir gehen gleich in die Stadt.«

»Bestell ihr schöne Grüße von mir.«

»Ja.« Es war für einen Moment still. »Womit bist du gerade beschäftigt?«

»Mit den Wichtelmännchen.«

Es entstand eine neuerliche Stille.

»Verrückt, nicht wahr?«, sagte sie dann.

»Ja, verrückt«, antwortete er.

Er aß sein Brot auf dem Papier, in dem es eingewickelt gewesen war, neben dem Buch, schälte seinen Apfel, steckte das Papier wieder ein und warf die Schalen in den Mülleimer bei der Eingangstür, bevor er hinausging. Er spazierte erneut zur Amstel und setzte sich auf dieselbe Bank, doch die Stadt war ihm fremd, als wohne er hier gar nicht.

Er war noch nicht lange an seinem Platz zurück, als das Telefon klingelte.

»Für Herrn Beerta«, sagte der Telefonist des Hauptbüros. »Können Sie es annehmen?«

»Koning«, sagte Maarten.

Es war einen Moment still. »Ich wollte Herrn Beerta sprechen«, sagte eine hohe, affektierte Stimme.

»Herr Beerta ist zu einer Sitzung.«

»Wissen Sie dann vielleicht, wo ich ihn erreichen kann? Sie sprechen mit 't Mannetje.« Ebenso wie Beerta sprach er die Worte sehr präzise aus. »Ich bin Vorsitzender des Bauernwagenvereins und wollte mit Herrn Beerta einen Termin für die Vorstandssitzung machen.«

Die Stimme und der Name des Vereins amüsierten Maarten. Sie suggerierten eine verborgene Welt heimlicher Perversionen.

»Sie können ihn heute Abend zu Hause erreichen«, antwortete er freundlich. Ich bin in einem Bordell gelandet, dachte er, während er den Hörer wieder auflegte. Er schmunzelte. Der Bauernwagenverein! Kaum zu glauben. In diesem Augenblick öffnete sich die Tür hinter ihm. »War das ein Telefonat für Herrn Beerta?«, hörte er Fräulein Haan sagen. Er drehte sich um. Sie stand in der Türöffnung, die Klinke in der Hand. »Ja«, sagte er, »ein Herr 't Mannetje, wegen einer Verabredung für eine Vorstandssitzung des Bauernwagenvereins.«

»Würden Sie dann in Zukunft das Telefonat an mich durchstellen!«, sagte sie zornig. »*Ich* bin seine Stellvertreterin! Nicht Sie!« Ihr Gesicht verzog sich vor Wut. Bevor er antworten konnte, schlug sie die Tür mit Wucht wieder zu.

Er brauchte einige Zeit, um diesen Angriff zu verarbeiten. Erst als er wieder auf seinem Stuhl saß, durchlief ihn eine Welle der Wut. Er fühlte sich erniedrigt und bedroht, und es dauerte lange, bevor er diese Gefühle wieder im Griff hatte. Er versuchte zu arbeiten, doch es gelang ihm nicht, seine Gedanken auf den Aufsatz zu konzentrieren. De Bruin brachte Tee. Er trank seine Tasse geistesabwesend aus. Schließlich stand er auf. Fräulein Haan saß hinter ihrem Schreibtisch und arbeitete. Sie sah nicht auf. Van Ieperen zwinkerte ihm zu, worauf er mit einem matten Lächeln reagierte. Im ersten Raum war nur Meierink. Er las die Zeitung. »Ist Nijhuis nicht da?«, fragte Maarten.

»Ich weiß nicht, wo Nijhuis ist«, antwortete Meierink mit schleppender Stimme, ohne von seiner Zeitung aufzusehen.

Nijhuis stand im Flur und unterhielt sich mit de Bruin. Er lehnte am Türpfosten des Verschlags, in dem de Bruin residierte. Dieser stützte sich mit einer Hand auf dem Tischchen neben dem kleinen, grünen Gasherd ab, auf dem ein Wasserkessel für die zweite Tasse Tee stand. Es war ein großer, verbeulter Aluminiumkessel. »Un' dass du nu man nich' denkst, dass man da auch nur ein' Pfennig mehr für kriegt«, meckerte de Bruin, »obwohl man doch auch noch sonntags den ganzen Weg zum Büro kommt!« Er brach ab, weil er Maarten neben Nijhuis ankommen sah. »So, Koning«, sagte er vergnügt. »Du kommst bestimmt wegen deiner zweiten Tasse Tee! Du wirst noch eben warten müssen, mein Freund.«

Maarten lächelte. »Habt ihr auch Papier und Karteikarten?«, fragte er Nijhuis.

Nijhuis hob sein Kinn und sah ihn von oben herab an. Das vage, farblose Licht, das durch das Mattglas in den Verschlag fiel, akzentuierte seine eingefallenen Gesichtszüge. »Wie viele brauchst du?«

»Hundert?«, versuchte es Maarten.

Das Magazin für Büromaterialien befand sich in einer Ecke des Flurs, in einem kleinen Raum mit einem hohen, schmutzigen Fenster. Nijhuis gab ihm einen Schreibblock und drei Packungen Karteikarten. »Noch mehr?«, fragte er.

»Hast du auch einen Karteikasten?«

Nijhuis durchsuchte die Schränke, sah jedoch keinen Karteikasten. »Komm mal mit.«

Sie gingen weiter in den ersten Raum, zu Nijhuis' Schreibtisch. Am Rand standen drei doppelte Karteikästen übereinandergestapelt. Nijhuis machte den obersten leer, stapelte die Papiere und Karteikarten, die sich darin befanden, auf seinen Schreibtisch und gab Maarten den Kasten.

»Brauchst du den nicht?«

»Das ist nur altes Zeug. Ist *einer* genug?«

Die ganze Zeit über hatte Meierink ungerührt seine Zeitung gelesen, seinen Mund dabei ein wenig geöffnet und die Brille etwas nach vorne geschoben.

Als Maarten mit seinem Karteikasten und den Karten durch den mittleren Raum zurückging, saß Fräulein Haan nicht mehr hinter ihrem Schreibtisch. Van Ieperen machte mit seinem Ellbogen eine Geste, als ob er Maarten einen Stups geben wollte. »Unser Fräulein Haan war mal wieder richtig in Fahrt, was?« Er kicherte. »Mach dir nichts draus. Das geht auch vorbei.«

»Ja, ich weiß.« Der Mann war ihm zuwider.

Sicher wieder in sein Zimmer zurückgekehrt, schob er die Stapel Bücher und Zeitschriften von Beerta noch dichter zusammen, stellte den Karteikasten auf den frei gewordenen Platz und stellte die Päckchen mit Karteikarten aufrecht hinein. Er setzte sich, ohne seinen Stuhl heranzuziehen, und sah aus einiger Entfernung auf das Buch, in dem er gelesen hatte. Er fühlte sich mutlos.

*

»Wenn Sie nicht da sind, wer nimmt dann das Telefon an?«, fragte Maarten.

Beerta hörte auf zu arbeiten und drehte sich mit hochgezogenen Augenbrauen zu ihm um. »Du.«

»Weil Fräulein Haan sich darüber beklagt.«

Beerta stand auf, ging zur Tür, öffnete sie und sah behutsam in den anderen Raum. »Fräulein Haan ist eine besondere Frau«, sagte er, nachdem er die Tür wieder geschlossen hatte, »aber sie hat einen etwas schwierigen Charakter. Du musst dir nichts daraus machen. Das haben Frauen häufiger.« Er war neben dem Tisch stehen geblieben und sah ihn an. »Du wirst von den Schwierigkeiten gehört haben, die ich mit ihr gehabt habe?«

»Ja.« Während seiner Studienzeit hatten gesalzene Geschichten darüber die Runde gemacht.

»Das ist in letzter Zeit etwas besser geworden, aber dein Kommen hat sie wieder ein wenig aus dem Gleichgewicht gebracht. Du darfst ihr das nicht übelnehmen.«

Maarten schüttelte vage den Kopf, ohne zu antworten.

»Du hast von Nijhuis einen Karteikasten bekommen?«, fragte Beerta mit einem Nicken in Richtung des Kastens.

»Ich habe angefangen, Literatur zu sammeln.«

»Gibt das keine Kratzer?«

»Nein.« Er hob den Kasten hoch.

Beerta beugte sich nach vorne und rieb mit seinem Zeigefinger über die Stelle, auf der der Kasten gestanden hatte, ein schmaler, knochiger Finger. »Ich wäre trotzdem vorsichtig damit.« In der Gebärde und im Klang seiner Stimme lag eine verborgene Sinnlichkeit. »Du legst besser ein Stück Pappe darunter.« Er ging zu seinem Schreibtisch und kam mit ein paar Stückchen Pappe zurück, die er aus einem der vielen Fächer geholt hatte.

Etwas irritiert, aber auch amüsiert legte Maarten die Pappen unter den Kasten und fuhr fort, die Literatur zu übertragen, die in den Anmerkungen zu dem Artikel erwähnt wurde. Beerta holte die Schreibmaschine vom Tisch, stellte sie auf seinen Schreibtisch und fing an zu tippen. De Bruin brachte den Kaffee. Wiegel kam mit einem kleinen Stapel Bücher herein. Er blieb an Beertas Schreibtisch stehen und wartete, doch Beerta tippte in wütendem Tempo weiter, ohne ihn zu beachten. »Ich habe hier ein paar neue Bücher, Herr Beerta«, sagte Wiegel schließlich. »Ich nehme an, dass Sie sie selbst einstellen wollen?«

»Legen Sie sie einfach da hin«, antwortete Beerta, ohne das Tippen zu unterbrechen.

»Und ich wollte Ihnen noch sagen, dass ich ab morgen für drei Wochen im Urlaub bin.«

Beerta hörte abrupt auf zu tippen und sah ihn über seine Brille hinweg an, eine dünne, randlose Brille. »Urlaub!« – als ob es sich um eine unverschämte Mitteilung handelte. »Wo fahren Sie hin?«

»Wir fahren mit den Kindern in die Veluwe.«

»Und auch noch in die Veluwe! Ich fahre nie in Urlaub.«

Wiegel presste wie Beerta seine Lippen aufeinander und stotterte kurz. »Ich d-dachte, Sie wären erst kürzlich im Urlaub gewesen.«

Beerta sah ihn an, als würde er überlegen, ob er ihn zurechtweisen sollte, verzichtete aber darauf. »D-das war kein Urlaub, das war eine Sch-studienreise.«

»Ich könnte es auch eine Sch-studienreise nennen.« Wiegel lachte, doch es lag auch Gift in seiner Stimme.

Beerta ignorierte es. »Dann wünsche ich Ihnen viel Spaß«, sagte er trocken und beugte sich wieder über seine Schreibmaschine.

Eine Viertelstunde später ging die Tür erneut auf. »Tag, Herr Beerta«, sagte eine dunkle, kokette Stimme.

Beerta hörte sofort auf zu tippen und drehte sich mitsamt seinem Stuhl um. »Schau mal an«, sagte er amüsiert. »Wer hätte das gedacht.«

Der junge Mann lachte, ein Lachen, das tief aus seiner Kehle kam. Er schien etwa sechs Jahre jünger zu sein als Maarten und hatte ein grob geformtes, gebräuntes Gesicht, bei dem vor allem auffiel, dass es ganz und gar aus Fleisch war. Unter seiner Jacke trug er eine weit offen stehende karierte Bluse.

Beerta musterte ihn amüsiert vom Kopf bis zu den Füßen. »Du bist nicht angezogen.«

»Nicht?« Kokett legte er seinen Kopf zur Seite. »Wieso, Herr Beerta?«

Beerta schob lächelnd seinen Stuhl etwas weiter zur Seite und stand auf. »Hier!« Er strich mit den Fingerspitzen an seiner Krawatte entlang.

Der junge Mann lachte erneut, ein glucksendes Lachen. »Aber Herr

Beerta. Das ist doch *alt*modisch! Es ist doch *Ur*laubszeit!« Er redete mit vielen Betonungen und einem Akzent, den Maarten nicht so recht zuordnen konnte.

»Gerade habe ich zu Herrn Wiegel gesagt, dass ich nie Urlaub habe«, sagte Beerta trocken. »Und ich bin mir sicher, dass deine Mutter es nicht gut finden würde. Darf ich dir Herrn Koning vorstellen?«

»Hein de Boer«, sagte der Junge. Er reichte Maarten eine feuchte Hand.

»Maarten Koning«, sagte Maarten. Der Junge ähnelte jemandem, aber er kam nicht darauf, wem.

»Sie sind also mein neuer Chef«, sagte der junge Mann.

Weil Maarten das so noch gar nicht gesehen hatte, ignorierte er die Bemerkung.

»Und was machst du jetzt hier?«, fragte Beerta. »Doch hoffentlich keinen Urlaub?«

»*Ar*beiten«, sagte der junge Mann.

Plötzlich wusste Maarten, wem er ähnelte: dem Bauernjungen von van Konijnenburg, über Beertas Kaminsims. Er schmunzelte.

Beerta hatte seine Augenbrauen hochgezogen. »Arbeiten?« Als sei es das Letzte, wozu er diesen Jungen für imstande hielt.

»Das ist doch wohl erlaubt, Herr Beerta?«

»Wenn es beim Arbeiten bleibt«, sagte Beerta doppeldeutig. »Aber gut, ich werde dich nicht aufhalten.« Er wandte sich ab und rückte seinen Stuhl an den Schreibtisch heran.

Der junge Mann sah Maarten an.

»Wo sitzt du?«, fragte Maarten.

»Neben Herrn Meierink.« Seine Stimme hatte etwas Gefallsüchtiges, ebenso die Art, wie er seinen Kopf hielt.

Maarten zögerte.

»Komm mal eben mit«, sagte der junge Mann.

Sie verließen den Raum, an Fräulein Haan und van Ieperen vorbei.

»Welche Aufgabe hast du?«, fragte Maarten.

»Ich soll die Kommentare zu den Karten des Irrlichts schreiben. Ich bin studentische Hilfskraft.«

»Aber wollte Beerta das nicht selbst machen?«

»Ich glaube, dass er nur seinen Namen druntersetzt.« Er sagte es ohne Bösartigkeit.

Meierink sah ihnen schläfrig zu. Es störte Maarten, doch weil es nirgendwo sonst einen Platz gab, an dem nicht schon jemand saß, fiel ihm nichts Besseres ein, als es zu ignorieren.

»Und was tust du?«, fragte der Junge. Zu Maartens Erleichterung ging er von selbst zum Du über.

»Ich soll die Kommentare zu den Wichtelmännchen schreiben, aber wenn ich mir die Karten anschaue, sehe ich keine Linie darin.«

Der junge Mann lachte. »Und ich habe mich noch darauf gefreut, dass du kommen würdest. Weil du mir dann erzählen könntest, wie ich es machen muss, denn du bist wenigstens mit deinem Studium fertig.«

»Mit dem Studium fertig!«, sagte Maarten lachend. »Das hat doch nichts zu bedeuten.«

*

»Ach, Koning«, sagte de Bruin, als Maarten morgens hereinkam, »kannst du kurz auf die Klingel aufpassen? Ich muss mal eben nach drüben.« Drüben, das war das Hauptbüro, ein monumentales Gebäude mit vier Stockwerken. De Bruin hatte dort gearbeitet, bevor er zu Beerta versetzt worden war. Beerta hatte dort, als Maarten noch studierte, ebenfalls ein Zimmer gehabt, später zwei, bis das alte Schulgebäude im Garten für ihn und seine sich ausdehnende Belegschaft freigemacht worden war. Maarten hatte ihm noch beim Umzug geholfen, weil er damals gerade studentische Hilfskraft war.

Während de Bruin sich durch den Flur entfernte, setzte Maarten sich auf einen Stuhl in dem Verschlag und wartete. Der Raum hatte ein Fenster aus Milchglas. Außer dem kleinen Gasherd mit dem Aluminiumkessel standen dort ein Küchentisch, zwei alte Stühle und ein Schränkchen. Über dem Tisch hing ein Bürokalender und daneben, etwas höher, die Abbildung eines Segelschiffs auf hoher See, mit geblähten Segeln. Das Bild erinnerte Maarten an eine ähnliche Abbildung, die er als Junge an der Wand seines Zimmers gehabt hatte. Sehr viel tiefer, knapp über dem Tisch, war das ziemlich vergilbte Zeitungsfoto einer Fußballmannschaft angeheftet worden. Auf dem Tisch lag ein aufgeschlagenes Buch mit einem Falzbein. Eine der Aufgaben de Bruins war das Aufschneiden neuer Bücher. Es stand dort auch noch ein Leimtopf, daneben lagen eine Schere, eine Schachtel Heftzwecken, eine Rolle Klebeband und eine Ausgabe der sozialdemokratischen Zeitung *Het Vrije Volk*. Neben dem Gasherd standen eine Flasche Kaffee-Extrakt, die mit einem Pfropf aus Papier verschlossen war, sowie eine geöffnete Dose Buisman-Zuckerextrakt. Im Schränkchen waren Tassen und Teller gestapelt. Maarten betrachtete sie und lauschte zugleich den gedämpften Geräuschen der Straße, hinter der Eingangstür: Schritte, die vorbeigingen, der Lärm eines Motorrads. Von all dem ging eine große Ruhe aus, und er spürte ein vages Verlangen nach einem Leben wie dem von de Bruin, einfach, klar, ohne Ansprüche. Obwohl er darauf wartete, erschrak er, als es schellte. Gleichzeitig wurde gegen die Tür gepoltert. Während er auf den Türöffner drückte, schaute er um die Ecke des Verschlags und sah einen Schatten hinter der Scheibe aus Milchglas. Als die Tür aufging, stand dort ein gekrümmter, missgestalteter Mann, der sich an beiden Pfosten festhielt, seine Beine schräg auseinander. »Ist Cor nicht da?«, fragte er.

»Der ist drüben.«

»Willst du meinen Rollstuhl dann eben reinbringen?« Seine Stimme war heiser. Es klang wie ein Befehl.

Während Maarten ihm entgegeneilte, zog sich der Mann in den Flur hinein, griff mit ausholenden Bewegungen nach den Seitenteilen des Bücherregals, das von der Tür bis zum Ende des Ganges reichte, und setzte, mit den Armen rudernd und sich vorwärts ziehend, dabei überall Halt suchend, seinen Weg fort.

Maarten fand vor der Tür einen Rollstuhl und holte ihn herein. »Wo soll ich ihn lassen?«, fragte er.

»Ist mir schnuppe«, antwortete der Mann grob, er keuchte vor Anstrengung. »Schmeiß ihn da mal irgendwohin.«

Maarten ließ den Rollstuhl in der Ecke neben dem Bücherregal stehen und ging langsam hinter ihm her, unsicher, was von ihm nun erwartet wurde. Gerade in dem Moment, als der Mann am Ende des Flurs die Gartentür erreicht hatte, kam de Bruin herein.

»So, Corretje«, sagte der Mann.

»So, Jantje«, antwortete de Bruin. »Wie geht's, alter Schwede?«

Der Mann verzog seinen Mund zu einem schiefen Lächeln, doch ohne Freude. »Beschissen«, keuchte er. Er blieb in der geöffneten Tür des ersten Raums stehen, um zu Atem zu kommen, und krallte sich dabei wie ein Affe mit ausgestreckten Armen links und rechts fest. Danach arbeitete er sich zu seinem Schreibtisch vor, hinter dem von Meierink, und ließ sich auf seinen Stuhl fallen. Die Sitzfläche des Stuhls, der speziell für ihn gemacht worden war, ächzte. Er streckte seine Arme vor sich über den Schreibtisch, richtete sich wieder auf und reichte Maarten die Hand. »Jan ter Haar.« Er hatte ein abgeklärtes, verletzliches Gesicht, aber auch etwas Unzufriedenes, das dazu im Widerspruch stand.

Maarten blieb zögernd stehen. »Machst du momentan die Fragebogen?« Als er studentische Hilfskraft war, hatte ein anderer auf dem Platz von ter Haar gesessen.

»Ich mache die Korrespondenz. Das ist das Einzige, was ich mit meinem Körper noch kann. Zumindest, wenn ich nicht krank bin.«

Es klang bitter. Er schien sich dessen selbst bewusst zu sein, denn er verzog den Mund. »Aber mach dir nichts draus.«

Maarten schwieg. Er wusste nicht so recht, was er mit diesem Mann anfangen sollte. Zu seiner Erleichterung betrat Meierink in diesem Moment den Raum. »Wir sehen uns noch«, sagte er und machte sich davon, mit sich selbst unzufrieden.

»Was hat ter Haar eigentlich gehabt?«, fragte er, nachdem er Beerta begrüßt hatte.

»Ter Haar hatte Kinderlähmung«, antwortete Beerta, ohne von seiner Arbeit aufzusehen.

»Das scheint mir kein einfaches Leben zu sein.«

»Jeder Mensch muss das Kreuz tragen, das Gott ihm gegeben hat«, sagte Beerta fromm. »Übrigens, hilf mir mal, dran zu denken, dass ich dich Herrn van der Haar vorstelle. Er hat sich sehr interessiert an dir gezeigt.«

Van der Haar war Schriftführer des Hauptbürovorstands und damit praktisch Maartens oberster Arbeitgeber. Er saß in einem großzügig geschnittenen, gut möblierten Raum, mit einem großen Schreibtisch, einem Teppich, einem Konferenztisch und einer Sitzgruppe. Gemeinsam gingen sie über den Kiesweg, der durch den Garten führte, dorthin, nachdem Beerta telefonisch angefragt hatte, ob der Besuch gelegen käme. Maartens erster Eindruck, als sie das Zimmer betraten und van der Haar sich hinter seinem Schreibtisch erhob, war, dass dieser Mann zu klein für diesen Raum war. Es war ein kleiner, magerer Mann in einem Anzug mit Weste und einer tadellos gebundenen Krawatte.

»Darf ich dir Herrn Koning vorstellen?«, fragte Beerta steif.

»Koning«, sagte Maarten, während er van der Haar die Hand gab.

»Setzen Sie sich«, sagte der Mann. Er ging zu Recht davon aus, dass sein Name bereits bekannt war.

Sie nahmen in der Sitzgruppe Platz, in Sesseln, in die sie tief einsanken, anders als die Sessel von Beerta, die hart und prall waren.

»Sie haben Niederländisch studiert?«, fragte der Mann.

»Ja«, sagte Maarten. »Aber das ist schon eine Weile her«, fügte er hinzu, um diese Leistung ein wenig abzuschwächen.

Der Mann ignorierte das. »Ich habe viel Gutes über Sie gehört.«

Maarten wusste nicht, wie er darauf reagieren sollte. Er fand das Gesicht des Mannes reichlich beschränkt und fühlte sich nicht wohl in seiner Haut.

»Ich meine, dass Sie seinerzeit ein ›cum laude‹ erhalten haben.«

»Aber das bedeutet noch nicht, dass ich dieser Arbeit auch gewachsen bin.« Er lachte verlegen.

»Herr Koning ist der einzige Student, dem ich jemals für eine Zwischenprüfung ein ›Sehr gut mit Auszeichnung‹ geben musste«, sagte Beerta. »Er wusste alles.«

Maarten wollte bemerken, dass die Zwischenprüfung auch dementsprechend gewesen war, konnte sich aber gerade noch zurückhalten.

»Jedenfalls gibt uns das die Gewissheit, dass Sie Ihrer Arbeit gewachsen sein werden«, sagte der Mann. »Und nicht nur das. In sieben Jahren geht Herr Beerta in Rente, und das bietet Ihnen sehr gute Aussichten.«

Maarten erschrak. »So habe ich die Sache noch gar nicht betrachtet.« Er mochte nicht einmal daran denken.

Van der Haar fand das nur lobenswert von ihm, und damit war das Kennenlerngespräch beendet.

»Was hat van der Haar eigentlich studiert?«, fragte er, während sie durch den Garten zurückgingen.

»Van der Haar hat eigentlich Kriminalbeamter werden wollen«, antwortete Beerta vertraulich, »ist aber wegen seiner Augen nicht genommen worden. Ich erzähle dir das natürlich streng sub rosa. Er macht gerade ein Jurastudium.«

*

Der Einzige, mit dem Maarten nach dem Besuch bei van der Haar noch keine Bekanntschaft gemacht hatte, war Jaap Balk. Balk hatte gleichzeitig mit Maarten eine neu geschaffene Stelle für die Untersuchung niederländischer Volksnamen angetreten. Davor war er studentische Hilfskraft gewesen. Er hatte Geschichte studiert, doch Maarten konnte sich an seinen Namen nicht erinnern, und als er eines Morgens den ersten Raum betrat und einen Mann seines Alters am Schreibtisch in der Nähe des Fensters sitzen sah, erkannte er ihn nicht. Der Mann war schwer beschäftigt und sah nicht hoch. Maarten musste ein Zögern überwinden, bevor er auf ihn zuging. »Ich bin Maarten Koning.«

Der Mann sah ungehalten auf und reichte ihm geistesabwesend die Hand. »Jaap Balk.«

»Ich bin hier für den Atlas für Volkskultur eingestellt worden«, erläuterte Maarten.

»Das habe ich gehört.« Balk machte Anstalten, sich wieder an die Arbeit zu begeben, doch nun, da Maarten einmal vor ihm stand, fand er es idiotisch, gleich wieder wegzugehen. »Wir müssten uns eigentlich kennen«, sagte er, »aber ich erinnere mich nicht. Du hast doch auch 1946 angefangen.«

»Der Grund wird sein, dass ich ein sehr unregelmäßiger Besucher der Vorlesungen war«, antwortete Balk mit einem hämischen Lachen.

»Ich habe meine Studentenzeit anders verbracht. Wein, Weib und Gesang, um es einmal so auszudrücken.«

»Ich auch«, wollte Maarten sagen, doch er konnte es gerade noch zurückhalten. Es hätte übrigens nicht der Wahrheit entsprochen, nicht einmal ansatzweise. »Wir sehen uns noch.« Er ging mit einer unsicheren Bewegung zum Schreibtisch Hein de Boers hinüber. »Hoi«, sagte er.

»Hi«, sagte Hein.

Maarten nickte vage Meierink und ter Haar zu, die ihn beide ansahen und das Kennenlernen mit Balk interessiert verfolgt hatten, Meierink mit einem unbestimmten Lächeln. »Ich bin eigentlich gekommen, weil ich die Karte des Irrlichts noch einmal sehen wollte«, sagte er, mit seinen Gedanken noch bei der Begegnung. Sie lag neben Hein auf dessen Schreibtisch, und er schob sie ihm hin. Maarten beugte sich darüber und versuchte, sich zu konzentrieren. Ebenso wie die Karte der Wichtelmännchen war die des Irrlichts mit einem Wirrwarr von Zeichen bedeckt, in dem bei oberflächlicher Betrachtung keinerlei Muster zu erkennen war. Wenn es in der Vergangenheit bereits einen Unterschied zwischen freien Friesen, runden Seeländern, Gelres Helden und Hollands Löwen gegeben hatte, dann war darin von ihren Ideen über die Bedeutung des Irrlichts auf den ersten Blick nichts zu erkennen – von den Friesen, Franken und Sachsen ganz zu schweigen. »Wo kommst du eigentlich her?«, fragte er, noch immer etwas abwesend.

»Von hier«, sagte Hein. Er zeigte auf der Karte einen Ort auf der Insel Walcheren. Weil er Maartens Schulter berührte, trat dieser unwillkürlich einen Schritt zur Seite. Er verglich das Zeichen bei diesem Ort mit der Legende in der Kartenecke. »Und glaubt man dort wirklich, dass ein Irrlicht einen Todesfall ankündigt?«, fragte er, irritiert von der körperlichen Nähe.

Hein lachte ein wohltönendes, kokettes Lachen. »Ich habe jedenfalls nie davon gehört.«

»Aber deine Eltern.«

»Meine Eltern auch nicht. Eigentlich niemand, den ich kenne. Für solche Dinge muss man wahrscheinlich die örtlichen Klatschtanten fragen.«

Maarten lachte. »Und die haben es sich ausgedacht.«

»Oder sie haben es aus einem Buch. Oder vielleicht auch tatsächlich von noch älteren Leuten.«

Maarten sah nachdenklich auf die Karte. »Eigentlich müsste man das wissen«, und dann, ohne Übergang, »ihr habt im Krieg unter Wasser gestanden, nicht wahr?« Er blickte zur Seite, weil Balk angefangen hatte, mit erhobener Stimme zu lesen. »Wie war das?«

Hein lachte: »*Span*nend, weißt du. Enorm *span*nend.«

Die Antwort gefiel Maarten. »Eigentlich war der Krieg verdammt scharf.«

Die Bemerkung belustigte Hein wiederum, doch sie störte Meierink, der das Gespräch verfolgt hatte. »Das dürfen Sie so nicht sagen, Herr Koning«, sagte er mahnend. »Wenn man nur an die Menschen denkt, die auf schreckliche Weise ums Leben gekommen sind, dann haben wir kein Recht dazu.«

Inzwischen war die Stimme Balks immer lauter und erregter geworden. Er trommelte nun auch mit den Fingerspitzen auf seinen Schreibtisch, im Rhythmus der Sätze in seinem Buch.

»Natürlich nicht«, beschwichtigte Maarten. Der Mann ärgerte ihn. Er blickte zu Balk. »Aber ich glaube, wir stören.«

Er verließ den Raum wieder durch die Hintertür, an Veerman vorbei. Im mittleren Raum, auf dem Weg zu seinem Platz, blieb er vor dem Regal stehen, in dem die Kartons mit den Fragebogen aufgestapelt waren. Die mit den Fragen über die Wichtelmännchen standen im obersten Regal. Er zog einen Stuhl heran, hob sie herunter und ging mit dem Stapel zurück in Beertas Zimmer, am Schreibtisch von Fräulein Haan vorbei. Er machte die Tür mit dem Ellbogen auf, zog sie hinter sich zu und suchte einen Platz auf dem Tisch, wo er den Stapel hinstellen konnte, als die Tür hinter ihm wieder aufging. »Kannst du deinem Assistenten sagen, dass er sich nicht mit seinen Schuhen auf die Stühle stellt?«, hörte er Fräulein Haan erregt sagen, woraufhin die Tür wieder zuschlug.

Beerta drehte sich um und sah ihn an. »Fräulein Haan fragt, ob du dich in Zukunft nicht mehr mit deinen Schuhen auf die Stühle stellen möchtest.«

»Ich habe es gehört«, antwortete Maarten, während er an den Kartons vorbeilugte und vergeblich nach einem Platz auf dem Tisch suchte.

»Sie hat recht damit. Deine Frau würde auch was dagegen haben.«

»Meine Frau würde das in Ordnung finden«, sagte Maarten mürrisch, »aber ich werde künftig darauf achten.«

Beerta stand auf. »Was machst du da?«

»Nach einem Platz suchen.« Er stellte die Kartons auf die Ecke des Tisches und blickte an den Stapeln entlang. »Der Tisch ist eigentlich zu klein.« Ihm war die Laune verdorben.

»Man kann ihn noch ausziehen.« Beerta bückte sich und versuchte, unter den Tisch zu schauen, doch er war zu steif dafür. »Da ist irgendwo ein Griff.«

Maarten schob die Kartons so weit auf den Tisch, dass sie stehen blieben, und kroch unter den Tisch. »Ich sehe ihn. Was muss ich tun?«

»Umdrehen, aber vorsichtig!«

Maarten sah Beertas Füße, die dicht vor ihm aufgeregt hin- und herliefen. Beerta hatte eine scharfe Falte in der Hose und weite Hosenbeine. Das amüsierte ihn. Er drehte den Griff und drückte mit dem Rücken gegen den Tisch.

»Pass auf!«, warnte Beerta. »Pass doch auf, Junge.«

»Und jetzt?«

»Jetzt ziehen.«

»Das geht nicht gleichzeitig.«

Doch Beerta war bereits um den Tisch herumgelaufen und zog die Platte zu sich heran, wobei zwei Beine unter dem Tisch nach unten fielen.

»Ho!«, warnte Maarten. Er kroch unter dem Tisch hervor und sah zu, während Beerta die Platte ganz herauszog und die Stapel, die noch an Maartens Seite standen, auf seine Seite des Tisches hinüberbrachte. »Bist du jetzt zufrieden?«, fragte er schließlich.

Maarten lachte. »Ja, vorläufig«, sagte er.

Abends wurde er plötzlich wütend. »Es ist doch verrückt, so aufzutreten«, sagte er zu Nicolien.

»Was regst du dich auf«, sagte sie. »Was kümmert es dich.«

»Natürlich kümmert es mich! Mit diesem Weibsstück muss ich zusammenarbeiten! Sie kann doch wohl etwas höflicher sagen, dass ich nicht auf den Stühlen stehen soll? Ich finde das bedrohlich.«

Sie fand es ein wahnsinnig großes Wort für einen so unwichtigen Vorfall und war auch nicht bereit, noch länger darüber zu reden. »So etwas gibt es in jedem Büro«, sagte sie. »Du musst das einfach ignorieren.«

Doch ignorieren konnte er es nicht.

*

Als er am nächsten Morgen ins Büro ging, war er noch immer wütend. Fräulein Haan war noch nicht da. Beerta schon. »Ich weiß nicht, wo ich in Zukunft sitzen werde«, sagte er, nachdem er Beerta begrüßt und Platz genommen hatte. »Ich finde alles in Ordnung, wenn es nur nicht bei Fräulein Haan ist.«

Beerta drehte sich um und sah ihn an. Er stand auf und blieb vor ihm stehen, auf der anderen Seite des Tisches, mit seinen Händen auf dem Rücken. »Ich hatte eigentlich ged-dacht, dass du bei mir bleibst.«

Der Vorschlag überraschte Maarten. »Stört Sie das denn nicht?«

»D-das hängt von dir ab.« Er sah Maarten streng an und zwinkerte unwillkürlich.

Maarten reagierte nicht.

»Ich meine damit, dass alles, was du in diesem Zimmer zu sehen und zu hören bekommst, streng vertraulich ist.«

»Ja«, sagte Maarten vage. Er hatte keine Ahnung, was das wohl sein könnte.

»Du darfst niemals sagen: Der Beerta tut nichts, oder: Der Beerta tut andere Dinge, oder: Der Beerta ist ein Dussel.«

»Das Letzte darf ich natürlich schon sagen.«

Beerta sah ihn streng an. »Ja, dass er ein Dussel ist, darfst du schon sagen.«

Maarten schmunzelte.

»D-dann kannst du jetzt Nijhuis bitten, dir einen Schreibtisch zu suchen«, sagte Beerta. Er wandte sich ab und machte sich wieder an die Arbeit.

Nijhuis kam gerade herein, als Maarten den Flur entlangkam, um ihn zu suchen, gleichzeitig mit Balk. Keiner von beiden grüßte. Maarten entnahm dem, dass es nicht üblich war. Er wartete, bis Nijhuis auf seinem Platz saß und ihn ansah.

»Beerta sagt, dass du einen Schreibtisch für mich hast.«

»Was für einen Schreibtisch?«, fragte Nijhuis unbehaglich.

»Um daran zu arbeiten.«

Nijhuis nickte. »Ich ruf dich an, wenn ich einen gefunden habe.«

Eine Stunde später rief er aus dem Hauptbüro an, dass Maarten kommen könne, um sich einen anzuschauen. Es war ein solider Schreibtisch aus Eichenholz mit fünf Schubladen an jeder Seite und einer in der Mitte. In den Schubladen, die sich geschmeidig öffnen und schließen ließen, waren Schlitze für versetzbare Fächer angebracht. Verglichen mit Maartens eigenem Schreibtisch, einem Jungenschreibtisch aus Fichtenholz, den er im Krieg, als er in die dritte Klasse des Gymnasiums ging, von seinen Eltern bekommen hatte, war dies der Gipfel an Luxus und Professionalität. »Mensch, das ist ja toll«, sagte Maarten begeistert, und als er Nijhuis ansah, meinte er, in dem verschlossenen, harten Gesicht ein Lächeln des Triumphes zu erblicken. Doch im nächsten Augenblick war er sich dessen schon nicht mehr sicher.

Sie trugen ihn schweigend durch den Garten zum Büro und hintenherum durch den mittleren Raum. Van Ieperen ging in Hab-Acht-Stellung, die Wangen gebläht, und salutierte, als sie ihn in Beertas Zimmer hineinbugsierten, und brach in ein nervöses Prusten aus. Beerta war aufgestanden und folgte besorgt ihren Verrichtungen. »Passt auf das Schränkchen auf!«, warnte er aufgeregt. Er machte eine ungeschickte Bewegung, um das Schränkchen, das zwischen den Fenstern an der Wand stand, wegzuziehen, gab es jedoch sofort wieder auf. Es war niedrig, mit einer Glastür, hinter der auf zwei Regalen Stapel von Broschüren und Sonderdrucken lagen. Sie stellten den Schreibtisch ab. »Ihr könnt dieses Schränkchen neben meinen Schreibtisch stellen«, sagte Beerta mit einer Handbewegung, »aber seid vorsichtig, es ist schwer.« Es war schwer wie Blei. Sie mussten es schieben. Danach stellten sie Maartens Schreibtisch dorthin, wo das Schränkchen gestanden hatte, zwischen die Fenster.

»Perfekt«, sagte Maarten zufrieden.

»Brauchst du auch noch eine Schreibmaschine?«, fragte Nijhuis.

Fünf Minuten später war auch eine Schreibmaschine da.

»Der Nijhuis scheint mir sehr gut zu sein«, sagte Maarten, sobald Nijhuis den Raum verlassen hatte.

»Ich bin mit ihm nicht zufrieden«, sagte Beerta zurückhaltend. »In letzter Zeit reißt er sich nicht gerade ein Bein aus.«

»Was hat er früher gemacht?«

»Nijhuis hat in Indonesien gekämpft, als Freiwilliger. Das ist der Grund, weshalb ich ihn hier seinerzeit eingestellt habe. So jemanden konnten wir hier gut gebrauchen.«

Maarten trug den Karteikasten hinüber auf seinen Schreibtisch. Er legte die noch unbenutzten Karteizettel in die oberste Schublade links und sein Brot in die unterste, ordnete die Bücher, mit denen er gerade arbeitete, und machte sich auf die Suche nach Buchstützen und einer Schreibunterlage. Als er zurückkam, war Beerta gerade im Aufbruch begriffen. Er stand mit der Tasche in der einen und einem Brief in der anderen Hand in dem freien Raum zwischen seinem Schreibtisch und dem von Maarten, als ob er auf ihn gewartet hätte. »Jetzt, wo du selbst eine Schreibmaschine hast, solltest du diesen Brief beantworten«, sagte er.

»Kommen Sie noch mal zurück?«

»Ich komme zurück, aber ich weiß noch nicht, wie spät es wird.« Er sagte nicht, wohin er ging.

Maarten nahm den Brief. Er musste ihn zweimal lesen, bevor er begriff, was dort stand, obwohl es doch ein einfacher Brief war. »Sehr geehrter Herr Professor Beerta«, hob der an. »Gerne möchte ich Ihre geschätzte Aufmerksamkeit auf das Folgende lenken. In meiner Jugend wurde in Utrecht, wo meine Eltern von meinem fünften bis zum sechzehnten Lebensjahr lebten, Kindern mit roten Haaren ein Reim hinterhergerufen, an den ich mich folgendermaßen erinnere: ›Leuchtturm ohne Licht, Schieleblick und Arschgesicht‹. Ich weiß nicht, ob dies immer noch geschieht. Doch unlängst kam mir ein anderer Reim zu Ohren: ›Rotes Haar und Erlenholz, sehr viel Kummer, wenig Stolz‹. Dies ist der Anlass meines Briefs. Es wunderte mich nämlich, dass in diesen Reimen Menschen mit roten Haaren Zielscheibe des Spotts sind. Denn es steht wohl fest, dass die Bataver, die seinerzeit unser Land bewohnten, rothaarig waren. Man würde also eher erwarten, dass der Besitz roten Haares einer Person ein gewisses Ansehen verlieh. Das ist jedoch nicht so. Wie lässt sich das erklären? Könnte es vielleicht so sein, dass die bei uns lebenden Bataver von den Römern und den vorrückenden Franken (die zweifellos schwarzhaarig waren, dem Aussehen der Bewohner unserer jetzigen südlichen Provinzen nach zu urteilen) in die unwirtlichen Landstriche unseres Landes zurückgedrängt worden sind, in die Sümpfe (›Rotes Haar und Erlenholz, sehr viel Kummer, wenig Stolz‹), die unfruchtbaren Sandgegenden und Ähnliches, und in der Folge als Staatsbürger zweiter Klasse behandelt wurden? Gerne hätte ich hierzu eine Auskunft. Auch interessiert es mich, ob es noch mehr solcher Reime gibt, die diese Theorie stützen können, und ob sie möglicherweise vor allem in unseren südlichen Provinzen anzutreffen sind, da Letzteres die Theorie natürlich beträchtlich stärken würde. Mit größtem Dank für Ihre Bemühungen und dem Ausdruck vorzüglicher Hochachtung verbleibe ich Ihr erg. W. A. Lebbing. P. S.: Eine Briefmarke für die Antwort füge ich Ihnen bei.«

Maarten legte das Schreiben zur Seite und blickte einen Moment nachdenklich vor sich hin. Der Brief ging ihm gegen den Strich. Es war ein bisschen Wind aufgekommen, der sanft am geöffneten Fenster zog, das an seinem Haken befestigt war. Sommer. Er stand auf und ging in den mittleren Raum, wo die Wörterbücher standen. Fräulein Haan war nicht da. Van Ieperen hob hinter seinem Zeichentisch die Hand: »Ha, die Volkskultur!« Er kicherte.

Maarten lächelte.

»Und, wie gefällt es dir hier?«, fragte van Ieperen vertraulich.

»Das lässt sich noch nicht sagen.«

»Und Anton?« Er dämpfte seine Stimme und machte eine Kopfbewegung in Richtung des Zimmers von Beerta. »Wie ist es, wenn man mit Anton in einem Raum sitzt?«

»Ich fühle mich nicht von ihm belästigt«, entgegnete Maarten, eine Antwort, die er sofort bedauerte, als van Ieperen doppeldeutig zu kichern begann.

»Nun, es gibt einige, die da andere Erfahrungen gemacht haben. Wenn ich noch an die Sache mit Pietje Valkenburg denke. Junge, Junge, das war was. Und Anton«, er führte seine Hand nach hinten, dabei den Oberkörper nach vorne gebeugt, »er hat sich fast in die Hose gemacht!« Er prustete vor Lachen.

Maarten hatte davon gehört. Piet Valkenburg war eine studentische Hilfskraft gewesen, als er selbst schon nicht mehr da gewesen war, und hatte Beerta ins Gerede gebracht. Was genau vorgefallen war, wusste er nicht. »Dieser Piet Valkenburg scheint mir nicht gerade eine zuverlässige Quelle zu sein«, sagte er abwehrend. Er ging zum Regal mit den Sprichwörterbüchern.

»Nein, natürlich nicht«, sagte van Ieperen rasch.

Maarten schenkte ihm keine Aufmerksamkeit mehr. Er blätterte im Stoett, sah unter *rot* und *Haar* nach, fand dort aber nichts. Sicherheitshalber zog er auch noch eine Reihe von Sprichwörterbüchern zu Rate, um herauszufinden, ob sich der Süden vom Norden unterschied, und stieß bei Boekenoogen auf die Bemerkung: »Rotes Haar ist Judashaar; das sich nicht lockt, ist Düwelshaar.« Zufrieden schlug er das Buch wieder zu und nahm es mit zu seinem alten Platz am Tisch, wo jetzt seine Schreibmaschine stand. In einem der Fächer in Beertas Schreibtisch fand er einen Bogen Briefpapier. Als er es in die Schreibmaschine spannte, ging die Tür auf. Van Ieperen trat ein, seine linke Schulter etwas hochgezogen. »Du erzählst es doch nicht weiter, nicht wahr, was ich da eben gesagt habe?«

»Das wusste ich doch schon!«, sagte Maarten gereizt.

»Ja, natürlich, ich meine nur«, sagte van Ieperen nervös. Er schloss die Tür wieder.

»Arschloch«, murmelte Maarten. Er suchte die Tasten an der Schreibmaschine ab, bis er den Randlöser gefunden hatte, und begann zu tippen: »Sehr geehrter Herr, Herr Beerta bat mich, Ihren Brief zu beantworten. Ich habe mir hierzu die mir bekannten Sprichwörter- und Dialektwörterbücher angesehen und fand nur bei Boekenoogen (G. J. BOEKENOOGEN, *De Zaansche volkstaal. Bijdrage tot de kennis van den woordenschat in Noord-Holland.* Leiden 1897, S. 278): ›Rotes Haar ist Judashaar; das sich nicht lockt, ist Düwelshaar.‹ Das lässt mich vermuten, dass die Erklärung für die Abneigung gegen rotes Haar eher in einem biblischen Kontext gesucht werden muss.« Er stoppte und suchte nach einem weiteren Argument. Hatte Judas rotes Haar? Als er in Gedanken in das Buch sah, das neben seiner Schreibmaschine lag, fiel sein Blick auf eine andere Passage auf derselben Seite, ebenfalls unter »Haar: eine bestimmte Sorte widerstandsfähigen Grases, die auf feuchten Böden wächst, lat. Trichodium caninum (van Hall, Landh. Flora 253). Dieses Gewächs heißt auch Haard oder Haardgras.« Er schlug die Begriffe nach, blätterte wieder zurück und fand dann auch noch, eine Seite weiter: »Das rote Haar, eine bestimmte rötlich-zartblättrige Wasserpflanze, die sich an Kaimauern, Kähnen usw. festsetzt und während einiger Wochen im Sommer wächst.« Das gefiel ihm schon besser. Keine Bataver! Gras! Mit einem bösartigen Vergnügen beugte er sich erneut über die Schreibmaschine, schob den Wagen nach rechts, um einen neuen Absatz zu beginnen, und tippte: »Im Übrigen frage ich mich, ob mit ›rotem Haar‹ in der zweiten von Ihnen angeführten Redewendung wirklich ›Menschenhaar‹ gemeint ist oder aber die Grassorte ›Haar‹, ›Haard‹, ›Haardgras‹ (lat. Trichodium caninum), die auf feuchten Böden wächst.« Er stockte erneut. War dieses Gras vielleicht auch rötlich, genau wie die Wasserpflanze? Unwillkürlich blickte er sich um. Er hätte jetzt ein Pflanzenbestimmungsbuch gebrauchen können, hatte aber keine Lust, wieder aufzustehen. »Ist diese Grassorte vielleicht rötlich, ebenso wie die Wasserpflanze, die als ›rotes Haar‹ bezeichnet wird? Dann hätten wir damit eine andere und m. E. annehmbarere Erklärung für die von Ihnen gehörte Redewendung. Von regionalen Unterschieden im Gebrauch dieser Redewendung ist mir jedenfalls nichts bekannt. Hochachtungsvoll, M. Koning. P. S.: Ihre Briefmarke sende ich Ihnen beiliegend wieder zurück, da unser Büro Portofreiheit genießt.« Zufrieden las er den Brief noch einmal durch, brachte das Buch zurück, tippte den Umschlag und setzte sich wieder hinter seinen Schreibtisch, wo er den Rest des Nachmittags mit dem Durchlesen der Fragebogen zubrachte.

Beerta kam gegen vier zurück. Er legte seine Tasche auf eine ausziehbare Platte, die sich seitlich an seinem Schreibtisch befand, und kämmte sein Haar im Taschenspiegel. Maarten wartete, bis er alles wieder verstaut hatte, und gab ihm dann den Brief. »Er ist natürlich ein Idiot«, sagte er.

»Auch Idioten muss man ernst nehmen«, antwortete Beerta. »Idioten können sehr gefährlich sein.« Während er den Brief las, wippte er langsam auf seinen Zehen und rieb seine Lippen übereinander. »Ein Brief muss wie ein Block sein. Er nahm den Durchschlag eines Briefs aus seiner Mappe und legte ihn vor Maarten hin: »So.« Es war ein kleines typografisches Meisterwerk. Nicht nur fingen alle Zeilen von der Anrede bis zum abschließenden Satz auf derselben gedachten Randlinie an, sondern sie brachen rechts auch an nahezu derselben Stelle ab, außer bei der letzten Zeile, die exakt den Platz aussparte, an dem etwas tiefer »Hochachtungsvoll« stand. Verglichen damit war Maartens Brief ein wildes Durcheinander, mit durchgeixten Buchstaben und Zeilen von unterschiedlicher Länge, die außerdem ein paar Mal hinter einer anderen Randlinie anfingen.

»Hast du übrigens daran gedacht, deinen Brief mit zwei Durchschlägen zu tippen?«, fragte Beerta, ohne seinen Kommentar abzuwarten.

»Warum mit zwei Durchschlägen?«

»Wenn so ein Mann später behauptet, dass er den Brief nicht bekommen hat, kannst du ihm den Durchschlag zeigen.«

»Das ist doch kein Beweis.«

»Für mich ist das ein Beweis«, sagte Beerta mit Nachdruck. Es war klar, dass er in diesem Punkt keinen Widerspruch duldete. »Und eigentlich solltest du dir auch ein Korrespondenzbuch anlegen, so wie ich. Das hat mir schon viel Freude bereitet.«

»Aber wie finden Sie den Brief?«

Beerta nahm den Brief wieder zur Hand und las ihn erneut durch.

»Stoett hat nichts«, sagte Maarten, um der Frage zuvorzukommen.

»Ich bin davon ausgegangen, dass in den älteren Sprichwörterbüchern dann wohl auch nichts stehen wird.«

»Eine wichtige Frage«, sagte Beerta, als läse er den Brief erst jetzt. Es war nicht klar, ob er es auch wirklich meinte oder ob er ihn ärgern wollte. »Du solltest dir das eigentlich notieren. Vielleicht können wir mal in einem unserer Fragebogen eine Frage dazu stellen.« Er sah Maarten über seine Brille hinweg an. »Ich hatte dich ohnehin bereits fragen wollen, ob du dir mal Gedanken über den neuen Fragebogen machen kannst. Ich hatte selbst schon an einen zur Volksheilkunde gedacht. Da würde die Frage gut hineinpassen.«

»Aber ist der Brief in Ordnung?«

»Der Brief ist in Ordnung.« Er gab ihn zurück. »Hast du dir das *Wörterbuch der Niederländischen Sprache* schon angesehen?«

»Nein, daran habe ich nicht gedacht.«

»Das *WNS* ist unsere wichtigste Quelle. Das müsstest du als Niederlandist doch wissen.«

»Ich werde es noch tun.«

Überraschenderweise glaubte das *WNS* an die Bataver, mit einem Zitat aus Berkhey: »Vor allem waren unsere Bataver wegen ihres roten oder rötlichen Haares bekannt.« Der Redakteur fügte dem hinzu: »Gegen rotes Haar hat man immer Vorurteile gehabt«, was er im Folgenden noch einmal mit einem Zitat aus de Cock erläuterte: »Bereits in der römischen Antike wurde rotes Haar verabscheut, obwohl sich damals die vornehmen Damen gern mit den rötlichen Haarflechten germanischer Frauen schmückten.« Als er außerdem im fünften Band, unter »Haar«, auch noch das Erlenholz fand, begann er zu vermuten, dass dieser Herr Lebbing seine Weisheiten hier herhatte, obwohl er sich nicht vorstellen konnte, dass er Niederlandist war. Nachdenklich schob er den Band zurück und sah das Regal durch, zog einen Band des Mittelniederländischen Wörterbuchs heraus, suchte das Stichwort »rot« und fand dort wider Erwarten, doch zu seiner größten Genugtuung, das Zitat, das er brauchte, um diesen Herrn Lebbing für immer zum Schweigen zu bringen. Zufrieden ging er in sein Zimmer zurück, das Buch unter dem Arm. »Haben Sie vielleicht etwas Papier für mich?«, fragte er.

Beerta hörte auf zu tippen. »Briefpapier?«, fragte er aufblickend.

»Und auch Durchschlag- und Kohlepapier.«

Beerta griff in das Fach, in dem Maarten es eben selbst gefunden hatte, und reichte es ihm. »Du kannst es in Zukunft auch selbst aus dem Materialmagazin holen.«

»Sehr geehrter Herr«, tippte Maarten. »Herr Beerta bat mich, Ihren Brief zu beantworten. Obwohl Ihre Annahme, dass zwischen der Verspottung von Rothaarigen und den Batavern eine Verbindung hergestellt werden sollte, nicht neu ist (ich gehe davon aus, dass Sie das *Wörterbuch der Niederländischen Sprache* zu Rate gezogen haben), scheint mir die Erklärung von Verwijs und Verdam (E. Verwijs u. J. Verdam, *Mittelniederländisches Wörterbuch.* 6. Band. 's-Gravenhage 1907, Spalte 1616) zuverlässiger. Sie schreiben: Der Ursprung des Volksglaubens liegt einigen zufolge in der Farbe des Fuchses (›a similitudine vulpium‹, Aristot. in physiognom, Kil), doch er wird eher in der häufig vorkommenden Haarfarbe bei den Juden zu finden sein. Dass dieser Glaube noch nicht ausgestorben ist, beweisen allerlei noch heute beim Volk im Umlauf befindliche sprichwörtliche Redewendungen. Die Autoren zitieren eine Reihe mittelalterlicher Beispiele, denen ich noch ein Beispiel aus jüngerer Zeit hinzufügen kann: ›Rotes Haar ist Judashaar; das sich nicht lockt, ist Düwelshaar.‹ (G. J. BOEKENOOGEN, *De Zaansche volkstaal. Bijdrage tot de kennis van den woordenschat in Noord-Holland.* Leiden 1897, S. 278). Im Übrigen frage ich mich ...«, denn obwohl die Herleitung zu einer einfachen Form von Antisemitismus genügt hätte, um Herrn Lebbing in seine Schranken zu weisen, konnte er sich nur schwer von seinem Gras trennen. Der Brief ähnelte, was die Form betraf, bereits etwas mehr einem Block als der erste, und er hatte auch zwei Durchschläge.

*

»Und ich will natürlich auch wissen, ob ich es kann«, sagte Maarten.

»Betrügst du dich damit nicht selbst?«, fragte Klaas.

Sie saßen zu dritt unter dem Vordach des Noord-Zuid Hollandsch Koffiehuis, Klaas mit einem Glas Tonic, Nicolien und Maarten mit einem Glas Bier. Maarten hatte sich mit ihnen nach der Arbeit getroffen, um chinesisch essen zu gehen. Klaas' Bemerkung vermittelte ihm wie immer das Gefühl falschzuspielen. »Nein«, sagte er mit einem schuldbewussten Lachen, »warum sollte ich mich damit betrügen?«

»Warum solltest du es nicht können?«

»So lässt sich natürlich alles verteidigen«, pflichtete Nicolien ihm bei. »Dann kannst du doch auch Professor werden, auch um zu wissen, ob du das kannst.«

Ihre Einmischung ärgerte ihn. »Das ist natürlich Unsinn.«

»Warum ist das Unsinn?«

Darauf hatte er so schnell keine Antwort.

»Das ist überhaupt kein Unsinn«, sagte sie. »Wenn du in die Wissenschaft gehst, kannst du auch genauso gut Professor werden. Obwohl du immer gesagt hast, dass Wissenschaft Betrug ist.«

Das stimmte. Er hatte das gesagt, und er sagte es noch. Er fühlte sich durch ihre Worte in die Enge getrieben und regte sich darüber auf. »Das Wichtigste ist natürlich, dass ich Geld verdienen muss.«

»Das hättest du dir von mir leihen können«, sagte Klaas ruhig.

Das Angebot überraschte ihn. »Das ist sehr nett«, sagte er zögernd. Er suchte nach einem Argument. »Aber das ist natürlich keine Lösung. Ich kann doch nicht mein ganzes Leben lang Geld von dir leihen!«

»Aber warum wirst du dann nicht Postbote?«, fragte Nicolien. »Das fandest du immer so einen netten Beruf.«

»Das ist ein ehrbarer Beruf«, gab er zu. Er erinnerte sich an den Verschlag von de Bruin. »Hausmeister übrigens auch.«

»Das hast du vom Lehrerberuf auch gesagt«, bemerkte Klaas.

»Aber jetzt, wo ich es selbst gewesen bin, denke ich es nicht mehr«, sagte Maarten. »Zumindest, wenn man nicht mehr daran glaubt«, fügte er rasch hinzu.

»Glaubst du denn jetzt an die Wissenschaft?« Es war deutlich, dass Maartens Bemerkung ihn ärgerte. Er saß dort mit zornigem Blick, tief in seinen Stuhl zurückgesunken.

»Ich glaube an nichts«, antwortete Maarten mürrisch. »Einen Schnaps trinken und mit Freunden reden, das ist das Einzige.«

Sie reagierten nicht darauf. Er versuchte nachzudenken, doch weil er es selbst auch nicht verstand, blieb ein Durcheinander in seinem Kopf. »Wenn Beerta mir die Stelle nicht angeboten hätte, hätte ich mich nicht darum beworben. Ich habe sie angenommen, weil wir kein Geld mehr hatten und weil ich denke, dass Beerta auch an nichts glaubt. Er hat sich ein perfektes Alibi aufgebaut, um in dessen Schatten ein eigenes Leben zu führen. Das scheint mir in diesem Augenblick die einzige Lösung. Zumindest, wenn man nicht die Hand aufhalten will.«

»Ich glaube, dass du Beerta überschätzt«, sagte Klaas. »Jedenfalls wäre ich vorsichtig damit, allzu viel Vertrauen in ihn zu setzen.«

»Er hat übrigens nach dir gefragt«, erinnerte sich Maarten. »Er klagte darüber, dass er nichts mehr von dir hört.«

Klaas wurde rot. »Ich höre auch nichts mehr von ihm.«

Die Bemerkung überraschte Maarten, weil sie ihm niemals in den Sinn gekommen wäre, aber er beschäftigte sich nicht weiter damit. »Sollen wir essen gehen?«, schlug er vor.

*

»Du weißt, Essen wegzuwerfen, ist für mich die schlimmste Sünde«, sagte Beerta ins Telefon. Er wartete auf die Antwort und begann dann, in kurzen Stößen zu lachen, als würde man ihn kitzeln. »Nein, Karel! Das kommt nicht vom Krieg! Das hat meine Mutter schon gesagt, als ich noch ein Junge war.« Er wartete erneut auf die Antwort. »Ja, das weiß ich, aber es ist mir egal. Ich esse immer dasselbe, schon mein ganzes Leben lang esse ich immer dasselbe. Und mittags auch. Mittags esse ich immer Schokoladenstreusel.«

Maarten nahm seine Milchflasche und verließ das Zimmer. Als er auf dem Weg zur Eingangstür durch den ersten Raum kam, besann er sich und änderte die Richtung. Hinter dem Bücherregal, am Schreibtisch neben den Registraturschränken mit dem Ausschnittarchiv, war Veerman gerade damit beschäftigt, auf einer Zeitung einen Apfel zu schälen. Währenddessen blickte er in ein Buch, das er schräg gegen einen Stapel Mappen gelehnt hatte. Der Schreibtisch von Wiegel war leer. Maarten blieb stehen. »Tag, Herr Veerman.«

Veerman blickte von seinem Buch auf. Er kniff die Augen zusammen, die nahezu keine Wimpern hatten, sodass sie in seinem dicken, violetten Gesicht fast verschwanden. Seine Haut war schuppig, und er hatte dünnes, nach hinten gekämmtes, pomadisiertes, graues Haar. »Ach, Herr Koning«, sagte er. »Gut, dass ich Sie sehe. Ich habe hier was, das Sie vielleicht interessiert.« Er schob das Buch zur Seite und suchte in einer der Mappen, die randvoll mit Ausschnitten jedweden Formats war. Alles lag kreuz und quer durcheinander. »Als ich es las, dachte ich, das wird Herrn Koning vielleicht interessieren. Weil Sie sich doch mit solchen Sachen beschäftigen.«

Maarten setzte sich auf Wiegels Stuhl, stellte die Flasche auf dessen Schreibtisch und wartete.

»Ein sehr interessanter Ausschnitt«, sagte Veerman, während er suchte. »Es ging um …« Er stockte. »Hier habe ich es, glaube ich.« Er hielt den Artikel dicht vor seine Augen. »Ja, sehr interessant.« Er reichte ihn Maarten und wartete gespannt auf seine Reaktion. Es war ein Bericht über einen Mann, der auf der Heide bei seinem Haus mitten in der Nacht eine hell erleuchtete Schüssel hatte landen sehen, der kleine rote Männchen entstiegen waren. Ein Foto zeigte den Mann: ein sanftes, ausgesprochen hysterisches Gesicht. Mitten durch die Überschrift des Artikels hatte Veerman mit einem dicken blauen Buntstift den Namen der Zeitung und das Datum geschrieben, sodass der Anfang des Artikels schlecht zu lesen war. Doch der Tenor war deutlich. Allein schon der Gedanke, dass er sich mit einem solchen Unsinn beschäftigen sollte, erfüllte Maarten mit Widerwillen. »Ja«, sagte er und gab den Artikel zurück, »wo legen Sie so etwas ab?«

»Ja, das ist gerade das Problem.« Während er sprach, schaute er zu den Mappen hinüber. »Gehört das nun unter ›Astralgeister‹ oder unter ›Moderner Aberglaube‹? Aber eigentlich ist es kein Aberglaube, denn der Mann kann sie durchaus gesehen haben, und Astralgeister sind es auch nicht, würde ich sagen.« Er griff zu einem schmuddeligen Heft und fing an, darin zu blättern, geistesabwesend, vollkommen vertieft in sein Problem.

»Haben Sie keine Mappe mit ›Fliegende Untertassen‹?«

»›Fliegende Untertassen‹«, sagte Veerman nachdenklich, als ob diese

Idee von weit her käme, »aber dann bleibt immer noch das Problem der Einteilung.«

»Dann ändern Sie doch ›Moderner Aberglaube‹ in ›Außerirdische Erscheinungen aus heutiger Zeit‹.« Er wollte das Problem loswerden.

»Das könnte vielleicht die Lösung sein«, sagte Veerman, mehr zu sich selbst. Er blätterte in seinem Heft, bis er eine Seite fand, die er aufmerksam studierte. »Vielleicht könnte das die Lösung sein, obwohl ich mich frage, was ich dann mit dem Verschütten von Salz tun soll.«

Die Frage war nicht mehr an Maarten gerichtet, sodass er nicht darauf reagierte. »Haben Sie auch eine Mappe über Wichtelmännchen?«, fragte er.

Veerman musste eben umschalten, bevor er darauf antworten konnte. »Wichtelmännchen! Ja, natürlich!« Er blätterte in seinem Heft zurück, legte seinen Finger auf eine Seite, nahm das Heft mit zu einem der Registraturschränke und suchte in der obersten Schublade.

»Und Volksheilkunde?«, fragte Maarten, noch bevor Veerman die Wichtelmännchen gefunden hatte.

Veerman reagierte nicht darauf. Er fand die Mappe »Wichtelmännchen« und gab sie Maarten.

»Und Volksheilkunde?«, wiederholte Maarten.

Mit einer vollen Flasche und einem Stapel Mappen unter dem Arm kehrte er in sein Zimmer zurück. Er legte die Mappen auf den Karton mit Fragebogen, holte sein Brot, einen Apfel und ein Glas aus der Schreibtischschublade und nahm ein Blatt Durchschlagpapier als Unterlage. Beerta aß bereits. Er schnitt sein Butterbrot mit Schokoladenstreuseln in kleine Blöcke und schob diese mit gezierten Bewegungen in den Mund.

»Wer ist eigentlich zuständig für Veerman?«, fragte Maarten.

»Wiegel.«

»Und wenn es Probleme gibt?«

»Die gibt es nicht«, antwortete Beerta. »Wiegel ist der geborene Bibliothekar. Wenn es Probleme gibt, löst er sie.«

*

»Sie haben mich gesucht, Herr Beerta?«, fragte Hein de Boer.

»Ja«, sagte Beerta. Er zog den Stuhl mit ein paar ruckartigen Bewegungen quer, sodass er ihn anschauen konnte. »Du bist heute Morgen schon wieder zu spät.«

»Doch nur fünf Minuten.« Er war bei der Tür stehen geblieben.

»Fünf Minuten sind fünf Minuten. Wir fangen hier um neun Uhr an.«

»Gestern war ich fünf Minuten zu früh da.«

»Ob du fünf Minuten zu früh bist, interessiert mich nicht.«

»Aber finden Sie nicht, dass es jetzt schon besser geht?«

»Nein, das finde ich nicht.«

»Denn vorgestern war ich zehn Minuten zu spät.«

»Das weiß ich, darüber habe ich schließlich eine Bemerkung gemacht.«

»Fünf Minuten ist doch besser als zehn Minuten?«

»Das ist es nicht! Es wird erst dann besser, wenn du jeden Morgen pünktlich kommst!«

Hein de Boer schwieg.

»Aber deswegen habe ich dich nicht kommen lassen«, sagte Beerta. »Ich wollte hören, wie es jetzt um den Kommentar bei den Karten des Irrlichts steht.«

»Damit komme ich nicht klar.«

»Was, du kommst damit nicht klar?«

»Ich komme damit nicht klar, Herr Beerta.«

»Ich meine nicht, dass du es höflich sagen sollst. Ich will wissen, *warum* du nicht klarkommst.«

»Ich kann keine Erklärung dafür finden.«

»Keine Erklärung dafür finden?«

»Nein.«

»Meinst du damit etwa, dass ich es selbst machen muss?«

»Wenn Sie eine Erklärung haben wollen, fürchte ich, ja.«

»Aber wozu hast du denn studiert?«

»Ich bin noch nicht fertig mit dem Studium.«

»Das ist wahr. Kannst du etwa auch keine Erklärung finden?«

Maarten merkte, dass die Frage an ihn gerichtet war, und sah über die Schulter. »Nein.«

»Nein?«, fragte Beerta entsetzt. »Und was jetzt? Ich habe der Kommission versprochen, dass im nächsten Jahr eine Ausgabe mit zehn Kommentaren erscheinen wird.«

Es war das erste Mal, dass Maarten davon hörte. Es bestürzte ihn ebenfalls, er konnte nicht sofort reagieren.

»Setz dich mal hin«, sagte Beerta zu Hein, als er keine Antwort erhielt.

Hein setzte sich an den Tisch hinter Maartens Schreibmaschine, während dieser seinen Stuhl umdrehte, sodass sie sich von einem Moment zum anderen in einer Sitzung befanden.

»Warum kannst du keine Erklärung finden?«, fragte Beerta Maarten.

»Aus zwei Gründen«, sagte Maarten. »Erstens, weil die Karten unvollständig sind. Es stehen nur die Antworten der Fragebogen drauf, aber wenn man sich die Literatur ansieht, findet man dort viel mehr Daten aus derselben Periode, von derselben Art Leute, die das Bild manchmal tiefgreifend verändern. Wir müssen uns also erst die Literatur vornehmen und dann neue Karten zeichnen.«

Es war zu sehen, dass diese Antwort Beerta aufbrachte. »Das geht nicht!«, sagte er entschieden. »Die Karten haben Tausende von Gulden pro Stück gekostet. Sie sind vom Topografischen Dienst gedruckt worden. Alle wissen davon. Damit würden wir uns für immer lächerlich machen. Es wäre das Ende des Atlas.« Er wandte sich Hein zu. »Findest du auch, dass die Karten unvollständig sind?«

»Ich habe mir die Literatur noch nicht angeschaut«, gestand Hein.

»Und der zweite Grund?«, fragte Beerta Maarten.

»Es ist so ein Chaos, dass ich nicht einen einzigen Anknüpfungspunkt finden kann. Nur die Bezeichnungen zeigen deutliche regionale Unterschiede, aber das ist Sprache, keine Kultur.«

»Sprache ist auch Kultur.«

Das war Maarten bekannt, doch dafür war er nicht eingestellt worden.

»Was jetzt?«, drängte Beerta, als er schwieg. »Denn du wirst doch mit einer Lösung kommen müssen. Ich kann mich nicht vor der Kommission blamieren.«

»Nein«, sagte Maarten vage.

»Ich gebe dir noch zwei Monate Zeit, um mit einem Vorschlag zu kommen, denn so geht das nicht«, entschied Beerta. Er rückte seinen Stuhl wieder an den Schreibtisch und beugte sich über seine Arbeit.

Hein stand auf. »Na, dann geh ich mal«, sagte er zu Maarten. »Ich werde dann ja hören, was ich tun muss.«

Verstimmt drehte Maarten seinen Stuhl wieder vor seinen Schreibtisch. Er war wütend und fühlte sich bedroht. Er blickte durch das geöffnete Fenster in den Garten, ohne etwas zu sehen. Beertas Kritik lähmte ihn. Er sehnte sich nur noch danach, weit weg zu sein und nie mehr zurückzukommen. »He, du hast mich ganz nervös gemacht«, hörte er Beerta sagen, der seinen Stuhl verrückte. »Die Karten vernichten! Ich weiß nicht, was ich dazu sagen soll!« Maarten war zu verdrossen, um darauf zu antworten. Er fühlte sich ungerecht behandelt. Hinter sich hörte er Beerta herumkramen. Den Geräuschen entnahm er, dass er seine Tasche packte und sich kämmte. »Gut, dass ich jetzt zu einer Sitzung muss«, sagte er. »Das wird mir vielleicht ein bisschen Ablenkung bringen. Darauf freue ich mich schon.« Er ging hinter Maarten vorbei und blieb bei der Tür stehen, ihm halb zugewandt, mit ernstem Gesicht und hielt seine Tasche steif neben sich. »Ich fahre nach Enkhuizen. Ich denke, dass ich am späten Nachmittag wieder zurück bin.«

»Warum bist du so still?«, sagte Nicolien. »Ist was?«

»Nichts ist«, antwortete er.

»Aber du hast den ganzen Abend noch kein Wort gesagt. Ich muss doch wohl nicht dafür büßen, dass du jetzt einen Job hast?«

»Ich habe doch was gesagt.«

»Nichts hast du gesagt!«

»Ich habe gesagt …« Er schwieg. Er wusste bestimmt, dass er etwas gesagt hatte, aber er konnte sich nicht mehr daran erinnern, was es gewesen war. »Ich habe *wohl* etwas gesagt.«

»Nichts hast du gesagt! Du sitzt nur da, guckst vor dich hin und bringst keinen Ton raus!«

»Ich bin müde.«

»Aber du kannst doch wohl etwas sagen, auch wenn du müde bist! So müde wirst du doch wohl nicht sein, dass du nichts mehr sagen kannst!«

»Ich denke.«

»Woran denkst du denn?«

»Das weiß ich nicht. An alles.«

»Ist etwa was passiert heute?«

»Nein, es ist nichts passiert.«

»Warum sagst du dann nichts?«

»Weil ich nichts zu sagen habe!«, fuhr er sie an. »Was soll ich denn sagen?«

»Deswegen brauchst du doch nicht ausfallend zu werden!«

»Ich werde nicht ausfallend.«

»Klar wirst du ausfallend! Siehst du jetzt, dass doch etwas mit dir los ist?«

»Nichts ist mit mir los!«, sagte er heftig. »Ich bin müde, und ich denke! Ich darf doch wohl noch denken! Oder ist das jetzt auch nicht mehr erlaubt?«

»Na, hör mal! Geht's dir noch gut?«, sagte sie entrüstet. »Was habe ich dir getan? Reiz mich bloß nicht!«

»Ich reiz dich nicht.«

»Das sieht aber ganz so aus! Du müsstest dich mal sehen! Als ob du mich auffressen willst!«

Mit einem Ruck stand er auf.

Sie erschrak. »Was tust du jetzt?«, fragte sie ängstlich.

»Ein bisschen spazieren gehen«, antwortete er knapp.

»Dafür bist du also nicht zu müde! Zu müde, um mit mir zu reden, aber nicht, um spazieren zu gehen!«

Er griff nach Pfeife und Tabak, ohne ihr eine Antwort zu geben.

»Dafür bist du also nicht zu müde«, wiederholte sie wütend. Sie stand auf und lief hinter ihm her.

Er öffnete die Tür und zog sie so kräftig hinter sich zu, dass die Türschelle klingelte. Ohne nachzudenken bog er rechts um die Ecke in die Egelantiersstraat. Sobald er allein war, verrauchte seine Wut, doch nun, da er schon einmal draußen war, war er zu starrsinnig, um umzukehren.

Es war ein warmer Sommerabend. Die Sonne war bereits untergegangen, doch die Laternen waren noch nicht an. Die lange, armselige Straße verlor sich in der Dämmerung. An der Ecke zu einer Seitenstraße saßen ein paar Leute auf Stühlen neben ihrer Tür, und ein Stück weiter spielten Kinder. Es war derselbe Weg, den er morgens zur Arbeit ging, aber am Ende der Straße bog er nach links. Er hörte sich selbst laufen und fühlte sich einsam. Das Leben schien aussichtslos. Man müsste Bauer sein. Mit niemandem etwas zu schaffen haben. Allein auf seinem Land unter freiem Himmel. Bauer! Er dachte kurz an das Gespräch mit Beerta und Hein de Boer, doch daran wollte er sich nicht erinnern. Sobald er daran dachte, spürte er erneut Wut in sich aufsteigen, Wut und Machtlosigkeit. Im Gehen stopfte er seine Pfeife. Er blieb kurz stehen, um sie anzuzünden. »Ich gebe dir zwei Monate, um mit einem Vorschlag zu kommen.« Das war mehr, als er ertragen konnte, doch zugleich war er sich nicht sicher, dass es nicht auch Angst vor der Verantwortung war, die man ihm zuschob. Vielleicht wusste Beerta es selbst auch nicht. Doch diese Gedanken waren zu vage, um sie weiterzuverfolgen. Gedankenlos lief er am IJ entlang. Die Straßenlaternen gingen an. Die erleuchteten Fähren glitten über das glatte, schwarze Wasser, auf dem kleine Schiffe mit roten und grünen Lichtern fuhren. Er lief bis zum Ende der De Ruyterkade und dann rechts entlang der Oosterdokskade zurück. In der Biegung klopfte er seine Pfeife auf einem der steinernen Stützpfeiler des Ufergeländers aus. Es war eine krumme Pfeife. Weil er nicht aufpasste, löste sich der Kopf vom Stiel und rutschte, bevor er es verhindern konnte, vom Pfeiler, rollte die Steine am Ufer hinab und fiel ins Wasser. Auch das noch. Er beugte sich über das Geländer und spähte durch das Treibholz, das sich an dieser Stelle angesammelt hatte, doch im Dunkeln war es unmöglich, etwas zu erkennen. Todunglücklich setzte er seinen Weg fort, erfüllt von Mitleid mit dem Kopf seiner Pfeife und mit sich selbst.

Zu Hause war es dunkel. Die Vorhänge zwischen dem Vorder- und dem Hinterzimmer waren zugezogen. Nicolien war schon zu Bett gegangen. Als er eintrat, lag sie, ihm den Rücken zugekehrt, da. Er ging an ihr vorbei zur Küche, putzte sich die Zähne und zog sich im Dunkeln aus. »Meine Pfeife ist ins IJ gefallen«, sagte er, als er ins Bett kroch.

Sie lag dort, ohne sich zu bewegen, ohne zu reagieren.

Als er im Bett war, fühlte er sich so traurig, dass er Mühe hatte, seine Tränen zu bezwingen.

*

Er träumte, dass er von einem blinden Mann verfolgt wurde. Um dem Mann zu entgehen, flüchtete er durch eine Drehtür in ein Gebäude. In dem Gebäude hing blauer Qualm. Er lief in einen Flur. Niemand war dort. Als er weiterlief, hörte er hinter sich das Ticken des Blindenstocks auf den Flurziegeln. In der Ferne, oben im Gebäude, wurde gegen eine Tür geklopft. Er begann, schneller zu laufen, um dem Ticken des Stockes zu entfliehen, rannte eine Treppe hinauf. Der blaue Qualm verdichtete sich. Auf dem Treppenabsatz begegnete ihm ein Mann, der die Treppe hinab zum Ausgang eilte. Das Klopfen wurde lauter, und er hörte jetzt auch Schreie. »Da oben ist jemand eingeschlossen und will heraus!«, rief ihm der Mann im Vorbeilaufen zu. Im selben Augenblick wusste er mit lähmender Gewissheit, dass er selbst es war, der dort schrie.

*

Am nächsten Morgen kam Beerta entgegen seiner Gewohnheit etwas später. Er begrüßte Maarten reserviert und machte sich dann, ohne etwas zu sagen, an die Arbeit. Maarten hörte das Rascheln des Papiers, als er die Post aufschnitt und die Briefe entfaltete. Beerta verrückte seinen Stuhl und legte ein paar der Briefe auf Maartens Schreibtisch. »Kannst du sie beantworten?«

»Ja«, sagte Maarten. Er ließ die Briefe liegen und las sie erst, als de Bruin mit dem Kaffee kam.

»Ich habe gestern schon mal ein paar Zentner Kohlen bestellt, Herr Beerta«, sagte de Bruin. »Denn jetzt sind sie noch billig.«

»Das ist gut, de Bruin«, antwortete Beerta.

Die Briefe enthielten Bitten um Auskünfte. Maarten stand auf und suchte in den Bücherregalen seines Zimmers und in dem von Fräulein Haan nach Literatur. Für Beerta kam ein Besucher, der, als Maarten das Zimmer wieder betrat, mit Beerta am runden Tisch in der Ecke saß. Maarten zögerte und blieb an der Tür stehen. »Soll ich mich woanders hinsetzen?«

»Nein, bleib ruhig da«, sagte Beerta. Er wandte sich seinem Besucher zu. »Darf ich dir kurz vorstellen: das ist Herr Koning.«

Der Mann stand auf. »Spiering.«

Maarten erinnerte sich an den Namen aus der linken Politik, aber er konnte ihn nicht gleich einordnen.

»Herr Koning ist hier für den Atlas für Volkskultur angestellt«, sagte Beerta feierlich.

»Interessant«, fand der Mann. »Ich beneide Sie.«

Maarten lächelte höflich. »Ich weiß nicht, ob das nötig ist.«

»Ich beneide ihn auch«, sagte Beerta. »Der Atlas für Volkskultur ist mein liebstes Hobby, und ich bedauere es manchmal, dass mir so wenig Zeit dafür bleibt. Doch glücklicherweise habe ich in Herrn Koning einen ausgezeichneten Stellvertreter gefunden.« Er sah Maarten mit Nachdruck an.

Maarten reagierte nicht. Er glaubte, Ironie aus Beertas Worten herauszuhören, war sich jedoch nicht sicher.

Die Herren setzten sich wieder. Während Maarten hinter seinem Schreibtisch verschwand, setzten sie ihr Gespräch in gedämpftem Ton fort. Er versuchte, nicht zuzuhören, doch als sich zeigte, dass er sich so nicht konzentrieren konnte, nahm er die Milchflasche und verließ den Raum.

Auf dem Rückweg vom Milchmann blieb er bei Wiegel hängen, der gerade aus dem Urlaub zurück war und Nijhuis darüber berichtete. Erst als er Spiering vorbeikommen sah, ging er in sein Zimmer zurück. Er aß sein Brot und verließ dann das Büro für den Rest der Mittagspause. Im Laufe des Morgens hatte sich der Plan, doch noch einmal nach der Pfeife zu suchen, immer stärker in ihm festgesetzt, obwohl er wusste, dass es aussichtslos war, sie zwischen all dem Gerümpel zu finden. Sobald er draußen war, beschleunigte er unwillkürlich seine Schritte, lief an der Oude Schans entlang und über die Prins Hendrikkade in Richtung Oosterdokskade, mit keinem anderen Ziel vor Augen als der Stelle, an der er die Pfeife verloren hatte. Erst als er die Masse an Treibholz in der Biegung der Oosterdokskade sah, wurde ihm die Hoffnungslosigkeit seines Unternehmens wieder bewusst. Obwohl er es besser wissen musste, beugte er sich über das Geländer, und zu seiner Überraschung sah er fast sofort zwischen all dem Holz und Unrat, ungefähr einen Meter vom Ufer entfernt, ein kleines rundes Stück Holz, nicht größer als einen Quadratzentimeter, in dem er mit Sicherheit die Unterseite seiner Pfeife wiedererkannte. Die Uferwand bestand an dieser Stelle aus Basaltblöcken, die vom Rand fast senkrecht zum Wasser abfielen. Er zog seine Jacke aus, schob sich auf dem Bauch liegend die Wand hinunter und versuchte, während er sich am Rand festklammerte, mit einem Fuß den Pfeifenkopf zu sich heranzuholen. Als das nicht gelang, ließ er sich vorsichtig ins Wasser hinab, bis seine Schuhe den Boden erreichten. Der Boden war schlammig, doch er sank darin nicht ein. Dort, wo er stand, mit einer Hand an der Uferwand, reichte ihm das Treibgut nur bis kurz über die Knie. Er griff nach dem Pfeifenkopf, stopfte ihn in seine Tasche, langte zum Uferrand hinauf und kletterte unter Aufbietung all seiner Kräfte wieder hoch. Keuchend blieb er einen Moment auf dem Bauch liegen, bevor er sich schließlich erhob, mit einem Gefühl enormer Genugtuung. Es musste schon einiges passieren, bevor sich ein Koning kleinkriegen ließ. Mit Wasser in den Schuhen und tropfnasser Hose, doch seine Pfeife in der Hand, ging er zurück zum Büro. Beerta hatte ihm den Rücken zugekehrt und arbeitete. »Haben Sie etwas dagegen, wenn ich kurz nach Hause gehe, um mich umzuziehen?«, fragte Maarten.

Beerta drehte sich langsam um und sah ihn an. »Junge, was ist mit dir passiert?«, sagte er erschrocken.

»Ich habe meine Pfeife aus dem IJ geholt.« Er hatte es beiläufig sagen wollen, doch er konnte ein Lächeln des Triumphes nicht unterdrücken.

»Deine Pfeife aus dem IJ?«, fragte Beerta, der nicht verstand.

»Die habe ich gestern verloren. Gestern Abend, als ich einen Spaziergang gemacht habe.«

»Aber du kannst doch für eine Pfeife nicht dein Leben riskieren! Du hättest ertrinken können.«

So schnell ertrinkt man nicht, wollte Maarten sagen, doch er hielt sich zurück. »Kann ich kurz nach Hause, um mich umzuziehen?«, fragte er erneut.

»Natürlich«, sagte Beerta. Er drehte sich zu seiner Arbeit um. »Und pass auf, dass du dich nicht erkältest.«

*

»Heute wäre meine Großmutter hundertneun Jahre alt geworden«, bemerkte Beerta. Er hatte seinen Terminkalender aufgeschlagen und legte ihn neben sich auf den Schreibtisch.

Maarten reagierte nicht. Er saß hinter der Schreibmaschine und dachte über die Formulierung einer Frage für den neuen Fragebogen nach. »Haben Sie schon mal davon gehört, dass man die Nachgeburt des Pferdes in den Baum hängt?«, fragte er.

»Nein, und von solchen Dingen will ich auch nichts hören. Ich habe ein einziges Mal eine Frage dazu gestellt, auf Drängen von Fräulein Haan, und ich bedauere es noch immer.«

»Aber es scheint ein interessanter Brauch zu sein.«

»Das kann schon sein, aber zum Glück gibt es noch andere interessante Bräuche.«

Noch bevor er ausgesprochen hatte, fand Maarten die richtige Formulierung und begann zu tippen. Beerta schlug ein Buch auf, strich es glatt, stand auf, hob die Schreibmaschine vom Tisch und brachte sie zu seinem Schreibtisch.

Die Tür ging auf. Meierink trat ein. Er blieb an der Tür stehen. »Soeben hat Herr Balk angerufen, Herr Beerta. Er bleibt heute zu Hause, weil er meint, dass das Baby heute noch kommen muss.«

Beerta drehte sich langsam um. »So? Jetzt schon?«

Meierink lachte dümmlich und freute sich diebisch auf das, was er nun sagen würde. »Er sagt, dass das Kind heute kommen muss, denn er will morgen zum Vortrag von Professor Goedkoop.«

»Aha!«, sagte Beerta, ohne eine Miene zu verziehen.

»Als ob er zu dem Vortrag gehen könnte, wenn das Kind heute kommt.«

»Warum nicht?«, fragte Beerta eisig.

»Na, er wird doch eine Menge zu tun haben? Zum Standesamt und so?«

»Ach was, das geht. Das ist doch im Handumdrehen erledigt, so ein Kind.«

Meierink war sich dessen offenbar weniger sicher, aber weil er selbst keine Kinder hatte, wagte er es nicht, seinem Direktor zu widersprechen, und verließ den Raum. Beerta drehte ein schon einmal gebrauchtes Blatt Papier, von dem er einen ganzen Stapel in einem Fach seines Schreibtisches liegen hatte, mit der unbenutzten Seite nach vorne in die Maschine und tippte den Titel des Buches ab. Er dachte einen Moment nach, besann sich, stand auf, lief mit kleinen Schritten zur Tür, öffnete sie und blieb in der Türöffnung stehen. »Ich höre gerade von Meierink, dass Frau Balk heute ein Kind bekommt.«

»Ja und?«, hörte Maarten Fräulein Haan sagen. »Das wussten wir doch schon. Das ist doch nichts Neues!«

»Das ist nichts Neues«, er sprach die Worte sorgfältig aus, als ob er sich zur Präzision zwänge, »aber ich frage mich, ob wir nicht etwas schenken sollten, einen Blumenstrauß oder so.«

»Und jetzt meinst du sicher, dass ich mich darum kümmern soll! Nun, ich denke gar nicht daran!«

»Frauen sind darin nun einmal besser als Männer. Frauen sind feinfühliger.«

»Ja, das sagst du jetzt, weil es dir gerade in den Kram passt. Frag doch deinen Assistenten, der wird doch schon mal Blumen gekauft haben.«

»Der hat zu viel zu tun.«

»Ich habe auch zu viel zu tun. Dann frag eben Meierink!«

Diese Idee sprach Beerta offenbar mehr an, denn Maarten hörte, wie er in den ersten Raum ging. Kurze Zeit später kam er mit Meierink wieder zurück. »Ich habe noch mal darüber nachgedacht«, sagte er, nachdem er die Tür wieder geschlossen hatte, »und ich frage mich, ob es nicht nett wäre, wenn Frau Balk Blumen vom Büro bekommen würde. Darf ich Sie damit betrauen?«

»Das will ich wohl machen«, sagte Meierink träge. »Wie viel soll ich dafür ausgeben?«

»Was schlagen Sie vor?«

»Meierink dachte nach. »Sieben Gulden fünfzig?«

»Ausgezeichnet! Sieben Gulden fünfzig! Bitten Sie de Bruin, Ihnen das Geld aus der Kaffeekasse zu geben.« Er wollte sich wieder an seine Arbeit machen, da fiel ihm noch etwas ein. »Aber denken Sie daran, dass Sie sie erst schicken, wenn das Kind auch wirklich da ist. Sonst bringt es Unglück.«

»Ja, Herr Beerta«, sagte Meierink ergeben.

Kurz darauf ging die Tür erneut auf. De Bruin. »Herr Beerta, Meierink fragt, ob er für das Kind von Balk sieben Gulden fünfzig aus der Kaffeekasse haben kann. Ist das in Ordnung?«

Beerta drehte sich um und sah ihn an. »Ja, das ist in Ordnung.«

»Ich frag auch bloß, denn das kann natürlich jeder sagen, und dann ist die Kaffeekasse im Handumdrehen leer.«

»Nein, es ist in Ordnung.«

»Weil ich davon nix wusste.«

»Aber das Kind ist ja auch noch nicht da. Es wird heute erst geboren. Und darum habe ich Meierink die Erlaubnis gegeben, dich um sieben Gulden fünfzig zu bitten, bevor es so weit ist. Verstehst du?«

Es schien so, als ob de Bruin es nur zur Hälfte verstand, aber er wagte nicht, sich noch länger zu widersetzen.

»Alles muss ich selbst machen«, seufzte Beerta, als de Bruin verschwunden war und er sich wieder an die Arbeit machen konnte. »Nichts kann ich einem anderen überlassen.«

Maarten vermutete, dass das auch gegen ihn gerichtet war, doch es traf ihn nicht. Er reagierte nicht darauf.

Zehn Minuten später wurde die Tür erneut geöffnet. »Sag mal, Anton!« – Fräulein Haan – »Gehst du morgen zum Vortrag von Goedkoop?«

Beerta hörte auf zu tippen und hob seinen Kopf, ohne sich umzusehen. »Ich würde da gern hingehen, aber ich habe morgen Nachmittag eine Sitzung, bei der ich unmöglich fehlen kann.«

»Zu seinen Vorträgen kommen immer so interessante Leute! Und was er zu erzählen hat, ist auch immer *sehr* interessant!« Sie stand dicht bei Maarten, aber nicht so nahe, dass er sie sehen konnte. Als er sich zu ihr umdrehte, zuckte es nervös in ihrem Gesicht.

Beerta wandte sich jetzt doch um: »Ich bedauere es außerordentlich, dass ich nicht kann, aber es geht wirklich nicht.«

»In unserem Fach kann man so ein außergewöhnliches Ereignis doch eigentlich nicht versäumen.«

»Ja, Dé, du hast recht. Ich finde es deshalb auch sehr schade, aber ich kann wirklich nicht. Geh du nur. Ich höre gerade von Meierink, dass Balk auch kommt, dann werdet ihr euch wohl sehen.« Als sie den Raum verließ, wollte er weitertippen, doch er besann sich und folgte ihr. Kurz darauf kam er mit Wiegel zurück. »Setzen Sie sich«, sagte er.

Wiegel zog einen Stuhl zu sich heran und setzte sich ihm gegenüber, an die Ecke seines Schreibtisches.

»Wie hat Ihnen der Urlaub gefallen?«

»Sehr gut.«

»Das freut mich. Und wie steht es mit der Bibliografie?«

»Ausgezeichnet. Vielen Dank.«

Beerta stockte, während er die Schlussfolgerung aus dieser Bemerkung zog. »Ich kann der Kommission also sagen, dass sie ihr in Kürze entgegensehen kann?«

»Das habe ich nicht gesagt.«

»Aber Sie wollen mir doch wohl nicht sagen, dass ich sie noch länger hinhalten muss?«

»Ich kann mir vorstellen, dass das insbesondere für Herrn Vis eine traumatische Erfahrung sein muss«, sagte Wiegel mit einem verschmitzten Lächeln.

Beerta ignorierte die Bemerkung. »Denn das tue ich jetzt schon seit sieben Jahren.«

»Sie sind derjenige, der das Datum genannt hat. Nicht ich.«

»Aber das Datum ist längst verstrichen.«

»Stimmt, aber das liegt nicht an mir.«

Beerta schwieg und sah ihn an. »Wie lange, glauben Sie denn, werden Sie noch brauchen?«

»Das kann ich unmöglich sagen. Ich gebe mein Bestes. Das können Sie der Kommission versichern.«

»Ihnen ist klar, dass Sie mich damit in große Schwierigkeiten bringen.«

»Das tut mir dann leid, aber das war nicht meine Absicht.«

Beerta schwieg erneut. »Gut. Ich habe es zur Kenntnis genommen. Sie können jetzt wieder an die Arbeit gehen.«

»Der Herr Wiegel ist kein einfacher Mensch«, sagte er, sobald dieser den Raum verlassen hatte. »Das kommt daher, weil er so klein ist. Kleine Menschen haben einen Minderwertigkeitskomplex. Napoleon hatte das auch.«

»Was ist das für ein Vortrag von Goedkoop?«, fragte Maarten.

Beerta sah ihn an. »Wolltest du da auch hin?«

»Nein, ich habe mich nur gefragt, worum es geht.«

»Bei den Vorträgen von Goedkoop geht es immer um dasselbe«, sagte Beerta. »Diesen habe ich jetzt schon dreimal gehört, und jedes Mal finde ich ihn aufs Neue f-fesselnd.«

*

»Ach, Herr Koning?«

Maarten blieb stehen und sah sich um. Veerman nahm die Beine in die Hand, als er ihm durch den langen Flur hinterherlief. Er keuchte, als er ihn erreicht hatte. Unvorstellbar, dass dieser Mann seinerzeit ein ziemlich berühmter Marathonläufer gewesen sein sollte. Der magere, fanatische Junge, den Wiegel ihm auf einem Foto gezeigt hatte, ein Junge in einem Hemd mit einer Nummer drauf und einer zu langen kurzen Hose, wie sie Athleten damals trugen, war in dem dicken, formlosen Körper, in der zu engen, billigen Jacke und mit dem großen, roten und schuppigen Kopf nicht wiederzuerkennen. »Entschuldigen Sie bitte, aber darf ich Sie ein Stück begleiten?«

»Natürlich«, sagte Maarten überrascht. Er hielt ihm die Tür auf.

Veerman entschuldigte sich noch einmal, als er vor ihm nach draußen ging. Er blieb stehen, wartete, bis Maarten die Tür geschlossen hatte, und ging dann neben ihm her über die Hoogstraat. Veerman trug eine alte Einkaufstasche, die er in die andere Hand nahm, als sie gegen Maarten stieß.

»Wohnen Sie auch im Zentrum?«, fragte Maarten. Er suchte fieberhaft nach einem Gesprächsthema.

»Ich wohne in Amsterdam-Süd.« Veerman blickte konzentriert in die Ferne.

»Und die Strecke gehen Sie zu Fuß.«

Veerman reagierte nicht darauf. Er war mit seinen Gedanken woanders.

»Und die Strecke gehen Sie zu Fuß?«, wiederholte Maarten, etwas lauter.

Veerman erschrak und blickte kurz zur Seite. »Meist nicht. Oder eigentlich nie«, murmelte er daraufhin. »Ich fahre mit der Straßenbahn.«

»Ich wohne an der Lijnbaansgracht«, erzählte Maarten, um auch seinerseits etwas preiszugeben.

»Ja, oh, aha.« Es hatte nicht den Anschein, dass es ihn besonders interessierte.

Weil Maarten so rasch nichts mehr einfiel, schwieg er. Schweigend gingen sie nebeneinander durch die Damstraat. Um diese Uhrzeit gab es viele Fußgänger und Radfahrer, die von der Arbeit kamen, und es fuhren ziemlich viele Autos, sodass sie ab und zu getrennt wurden. Erst an der Ecke zum Dam hatten sie wieder etwas Platz, doch weil sie nun ohnehin schon fast an der Straßenbahnhaltestelle waren, gab sich Maarten keine Mühe mehr, das Gespräch erneut in Gang zu bringen.

»Ach, Herr Koning, was ich Sie fragen wollte«, sagte Veerman plötzlich – sie hatten den Damrak überquert und waren gerade im Begriff auseinanderzugehen –, »können Sie mir vielleicht ein paar hundert Gulden leihen? Ich habe ziemliche finanzielle Probleme im Augenblick.« Er sah an Maarten vorbei, seinen Blick vermeidend. Die Bitte überrumpelte Maarten. Einen Moment lang wusste er nicht, wie er reagieren sollte, und fühlte sich peinlich berührt. »Nein, die habe ich nicht«, sagte er aufs Geratewohl. »Sonst würde ich nicht arbeiten gehen«, fügte er noch hinzu, als ob das ein überzeugendes Argument wäre.

»Nein, nein, natürlich nicht«, sagte Veerman rasch. »Nehmen Sie es mir nicht übel. Dann werde ich mal. Bis morgen.« Er drehte sich um und ging hastig zur Straßenbahnhaltestelle, an der gerade die 25 einfuhr. Unglücklich, unzufrieden mit sich selbst, überquerte Maarten den Dam. Er schämte sich, ein Gefühl, als ob er Veerman vor dieser Situation hätte schützen müssen und versagt hätte. Ohne sich umzublicken, überquerte er den Voorburgwal in Richtung des Postamts. »Welch ein Elend«, murmelte er mechanisch. Er schüttelte den Kopf, als wolle er dieses Elend abschütteln, womit er allerdings nicht so sehr die finanzielle Situation Veermans als vielmehr die Unzulänglichkeit menschlicher Kontakte meinte.

*

»Ter Haar hat sich bei der Verwaltung über dich beschwert«, sagte Beerta, als Maarten morgens den Raum betrat. Er stand an seinem Schreibtisch und sah ihn ironisch an.

»Über mich?«, fragte Maarten erstaunt.

»Du hast ihm die Schreibmaschine weggenommen.« Am Ende des Satzes wippte er kurz auf den Zehen.

»Seine Schreibmaschine weggenommen?« Die Mitteilung traf ihn hart, und er brauchte einen Moment, um sie in sich aufzunehmen. Dann wurde er wütend. »Ich habe ihm doch die Schreibmaschine nicht weggenommen! Ich habe die Schreibmaschine von Nijhuis bekommen.«

Er legte sein Brot und einen Apfel auf seinen Schreibtisch.

Es schien, als ob seine Wut Beerta amüsierte. »Das weiß ich«, sagte er lächelnd. »Du musst es dir doch nicht so zu Herzen nehmen, Junge. Ter Haar hat es nun mal schwer.«

»Aber das ist doch kein Grund, sich bei der Verwaltung über mich zu beschweren?«

»Natürlich nicht. Das werde ich der Verwaltung auch mitteilen. Deshalb brauchst du dich doch nicht so aufzuregen!«

»Ungerechtigkeit, darüber rege ich mich auf.«

Beerta sah ihn lächelnd an. Das irritierte Maarten. Er legte das Brot in die Schreibtischschublade und verließ den Raum. Nijhuis war schon da. Er stand an seinem Schreibtisch und blickte zu Maarten, als der hereinkam. »Morgen«, sagte Maarten. »Ist ter Haar noch nicht da?«

»Ter Haar hat sich krankgemeldet.«

Das beruhigte Maarten halbwegs. »Wie kann er denn behaupten, dass ich ihm seine Schreibmaschine weggenommen hätte?«

In diesem Augenblick ging die Tür auf. Balk, Meierink und Hein de Boer kamen nacheinander herein.

»Morgen«, sagte Balk.

»Tag, meine Herren«, sagte Meierink.

»Hi«, sagte Hein de Boer.

Sie grüßten zurück, Nijhuis nur mit einem Nicken. »Hat er das behauptet?«, fragte er dann, ohne eine Spur von Überraschung zu zeigen.

»Er hat es an die Verwaltung geschrieben.«

Nijhuis zuckte mit den Achseln. »Irgendeiner muss ja die Schuld haben«, sagte er lakonisch.

»Aber hast du mir *seine* Maschine gegeben?«

Balk hatte sich hingesetzt und begann sofort, laut zu lesen.

»Ja, aber ich habe ihm meine dafür gegeben«, sagte Nijhuis mit einem Nicken zum Schreibtisch ter Haars, »und die ist besser.«

Tatsächlich stand dort eine Maschine etwas neueren Typs.

»Und welche hast du dann?«

»Ich brauche so ein Ding fast nie«, antwortete Nijhuis, »und wenn, dann leihe ich mir eine.«

*

»Hast du noch über den neuen Fragebogen nachgedacht?«, fragte Beerta.

»Ja.« Er stand auf und überreichte Beerta einige lose Blätter. »Hieraus kann man eine Auswahl treffen.«

Beerta erhob sich ebenfalls. Neben seinem Schreibtisch stehend sah er sich die Papiere an, während Maarten auf sein Urteil wartete.

»Warum über Volksheilkunde?«, fragte Beerta und blickte auf.

»Das haben Sie selbst gesagt.«

Beerta hob seine Augenbrauen. »Habe ich das selbst gesagt? Ich werde alt.« Er blätterte die Seiten um und sah sie sich noch einmal an. »Hier steht beispielsweise Sch-stottern. Ich wusste gar nicht, dass sich dagegen etwas machen lässt?«

»Unter den Füßen kitzeln.« Es kostete ihn Mühe, sein Lachen zu unterdrücken. Beerta nickte würdevoll. »Aha.« Er gab ihm die Papiere zurück. »D-dann lieber ein bisschen sch-stottern.« Er wandte sich ab und setzte sich wieder hin.

»Was soll nun damit geschehen?«

»Triff selbst eine Auswahl. Solange es nur nicht um S-sexualität geht. Fräulein Haan will ständig Fragen über S-sexualität stellen. Ich bin dagegen. Wir müssen Rücksicht auf die Nonnen nehmen.«

»Welche Nonnen?«

»Die Nonnen, die unsere Fragebogen ausfüllen«, sagte Beerta. »Die wissen nicht mal, dass es überhaupt so etwas wie S-sexualität gibt.«

*

Das Büro verfügte über eine große Zahl von Korrespondenten, die, verteilt über das ganze Land, regelmäßig die Fragebogen ausfüllten. Um den Kontakt zu ihnen zu festigen, wurden normalerweise zweimal im Jahr Zusammenkünfte organisiert, jedes Mal an einem anderen Ort, zu dem die Korrespondenten aus der Umgebung eingeladen wurden. Die Treffen fanden samstagnachmittags statt. Das erste, an dem Maarten teilnahm, fiel in den Frühherbst seines Einstellungsjahres. An diesem Morgen ging er, wie jeden Samstag, zunächst zum Büro. Zusammen mit Hein de Boer, der so etwas schon einmal mitgemacht hatte, suchte er für eine kleine Präsentation ein paar Karten, Fragebogen und ein etwas willkürliches Sortiment an Büchern über die Gegend zusammen. Anschließend versuchte er, sich darauf vorzubereiten, was er sagen wollte, doch weil er keine Vorstellung von der Zuhörerschaft hatte, war es ihm unmöglich, seine Gedanken zu ordnen. Verdrossen legte er schließlich alle Aufzeichnungen, die er für den neuen Fragebogen gemacht hatte, in eine Mappe und stierte, die Mappe aufgeschlagen, vor sich hin, als Beerta gegen elf den Stift niederlegte, seine Uhr einsteckte, aufstand, sich kämmte und die Tasche packte. »Wir müssen gehen«, sagte Beerta. »Hast du das Ausstellungsmaterial dabei?«

»Das hat Hein de Boer.«

»Beerta nickte. »Dann erinnere ihn noch mal daran.«

Hintereinander gingen sie durch den mittleren Raum, in dem sich nur van Ieperen befand, weil Fräulein Haan bereits vorausgefahren war. »Tag, Herr van Ieperen«, sagte Beerta steif. »Ich wünsche Ihnen ein angenehmes Wochenende.«

»Danke gleichfalls, Herr Beerta«, sagte van Ieperen. Er zwinkerte Maarten zu.

Im ersten Raum schlug Balk das Buch, in dem er gerade las, mit einem Knall zu und griff zu seiner Tasche. »Auf zu den Bauern!«, sagte er vergnügt. Hein de Boer folgte seinem Beispiel.

»Tag, meine Herren!«, sagte Beerta etwas lauter, sodass auch Wiegel und Veerman es hören konnten.

»Tag, Herr Beerta«, ertönte Wiegels Stimme hinter dem Regal. »Wir wünschen Ihnen beiden einen recht erfolgreichen Nachmittag.«

»Vielen Dank«, sagte Beerta trocken.

Nijhuis, der als Einziger von denen, die ihren Platz in der Ecke vor dem Regal hatten, übrigblieb, nickte nur.

De Bruin stand in der Tür seines Verschlags und sah ihnen entgegen. Beerta nickte ihm zu. »Tag, de Bruin. Ich komme später noch mal zurück. Sollte jemand anrufen, dann leg einfach einen Zettel auf meinen Schreibtisch, wenn du willst.«

»Geht in Ordnung, Herr Beerta«, sagte de Bruin.

Draußen bogen sie rechts ab. Balk lief energisch ein paar Schritte vor ihnen her, Maarten und Hein de Boer hielten sich links und rechts neben Beerta. Balk folgend überquerten sie den Platz vor De Waag. Balk schlug den Weg zum Zeedijk ein, doch Beerta bog links in die

Monnikenstraat ein. »Ich nehme immer den Weg, wo die meisten Prostituierten sitzen«, sagte er.

Maarten zögerte, doch Balk war schon zu weit, um ihn zu rufen. Beerta dagegen schien sich um das Auseinanderdriften seiner Herde keinerlei Sorgen zu machen. Er blickte in die Schaufenster, hinter denen die Huren saßen, ohne auch nur mit der Wimper zu zucken. »Sie rufen mich nicht mehr«, stellte er fest. »Sie wissen endlich, dass es mit mir doch nichts wird.«

Balk stand an den Schaltern und wartete auf sie. »Das nächste Mal gehe ich besser allein«, sagte er launisch.

Sie fanden ein leeres Abteil. Maarten und Beerta setzten sich einander gegenüber ans Fenster, Hein de Boer nahm neben Maarten Platz, Balk an der Gangseite. Der zog ein Buch aus seiner Tasche, ließ sich zurücksinken, seine Beine übereinandergeschlagen, und öffnete es: *L'envers de l'histoire contemporaine* von Balzac. Beim Lesen bewegte er seinen freien Fuß rasch hin und her. Beerta sah Hein de Boer amüsiert an. »Hast du eigentlich schon ein Mädchen?«, fragte er.

»Aber Herr Beerta«, sagte er mit einem hohen Lachen, »die wachsen doch nicht an den Bäumen.«

»Eine ist genug. Nimm dir ein Beispiel an Maarten.«

»Und ich bin doch auch noch nicht mit dem Studium fertig!«

»Bevor du es weißt, bist du fünfunddreißig, und dann ist es zu spät. Wenn ein Mann vor seinem Fünfunddreißigsten nicht heiratet, ist mit ihm etwas nicht in Ordnung. D-dann hat er eine Frauenphobie, oder er hat keine Gelegenheit gehabt, sich gesellschaftlich anzupassen.«

»Hein ist doch erst dreiundzwanzig«, kam ihm Maarten zur Hilfe.

»Gerade d-deshalb«, sagte Beerta. »Bevor man es merkt, ist man fünfunddreißig. Und man kann nicht einfach so heiraten. Man muss vorher auch erst noch ein bisschen schmusen. So wollen es die Mädchen.«

Hein kicherte. Maarten schwieg. Das Gespräch gefiel ihm nicht. Außerdem hatte er im Laufe des Morgens Kopfschmerzen bekommen, die allmählich stärker wurden. Er sah auf die vorbeifliegende Landschaft und versuchte, sich zu entspannen. Er lauschte dem Rattern der Räder. Früher, wenn er mit seinen Eltern und seinen Brüdern aus den Ferien zurückkam, sagten die Räder: Wir fahr'n nach Haus' – wir fahr'n nach Haus' – wir fahr'n nach Haus'. Er versuchte, es zu hören, doch es gelang ihm nicht. Vielleicht auf dem Rückweg. Balk blätterte eine Seite um und zog laut den Rotz hoch. Eine Gedichtzeile von Hulshorst. »Wo der Zug in Richtung Norden mit einem gottverlassenen Quietschen stehen bleibt.« Der Zug flog vorbei.

Das Lokal, in dem sie einen Saal gemietet hatten, befand sich in der Innenstadt. Als sie hereinkamen, saßen Fräulein Haan und Meierink im Café hinter einem Strammen Max und einer Tasse Kaffee. »Hättet ihr nicht früher kommen können?«, fragte Fräulein Haan. »Meierink und ich sind längst fertig.«

»Wir wussten, dass die Sache bei euch in guten Händen ist, Dé«, antwortete Beerta. »Wir hätten doch nur im Weg herumgestanden.«

»Einen Strammen Max mit Roastbeef und ein Bierchen!«, sagte Balk zum Kellner, der an den Tisch gekommen war.

»Ist der Saal oben?«, fragte Maarten.

»Aber denken Sie daran, dass Sie keine Unordnung machen, denn wir haben gerade alles aufgeräumt«, warnte Fräulein Haan.

Während Beerta und Balk sich zu den beiden anderen setzten, gingen Hein und Maarten mit ihrer Rolle und der Tasche mit Büchern die Treppe hinauf. Es war ein abgedunkelter, braun vertäfelter Raum. Vor den Fenstern hingen rote Vorhänge. Man hatte Reihen brauner Klappstühle aufgestellt. Am hinteren Ende gab es eine Art Podest mit drei aneinandergeschobenen Tischen, sechs Stühlen und einem Katheder. Die Beleuchtung war fahl, sodass die Karten, die von Fräulein Haan und Meierink mit Heftzwecken an der rechten Wand befestigt worden waren, nicht sofort auffielen. Im Seitengang, unter den Karten, standen zwei Tischchen mit einigen Büchern, Fragebogen und Handschriften. In einem angrenzenden Raum fanden sie einen dritten Tisch, den sie neben die beiden anderen stellten und auf dem sie ihre eigenen Bücher und Fragebogen auslegten. Das Ergebnis war armselig. Während Hein die Karten ausrollte, blickte Maarten zu dem Platz an der Wand, den man ihm freigehalten hatte. Der Gedanke, dass dort gleich auch noch die Karten des Irrlichts und der Wichtelmännchen hängen würden, war deprimierend.

»Sollten wir es nicht so lassen?«, schlug er vor.

»Willst du die Karten nicht aufhängen?«, fragte Hein erstaunt.

»Ich finde es zu ärmlich.«

Hein lachte vergnügt. »Ist gut.« Er rollte die Karten wieder zusammen und steckte sie zurück in den Köcher.

»Es hängen hier sowieso schon genug«, sagte Maarten entschuldigend.

Im Café stand ein Strammer Max für sie bereit. Sie aßen, ohne viel zu reden. Maarten versuchte, darüber nachzudenken, was er gleich erzählen sollte, doch es kam ihm nicht ein vernünftiger Gedanke. Sogar die Sicherheit, dass es in vier Stunden überstanden war, brachte keine Erleichterung. Von seinem Platz aus konnte er die Eingangstür sehen. Er sah die Leute, die hereinkamen oder wieder hinausgingen, ohne jedoch etwas in sich aufzunehmen. »Da kommen die Ersten«, hörte er Fräulein Haan sagen. Ein alter, krummgewachsener Mann mit einem Stock kam herein, gestützt auf eine auch nicht mehr so junge Frau. Sie blieben in der Vorhalle stehen und sahen sich suchend um. Der Mann hatte ein wettergegerbtes Gesicht und trug einen neuen, grauen Mantel. Die Frau trug einen braunen Regenmantel, einen Schal und eine blaue Wollmütze. Fräulein Haan ging auf sie zu, durch die Schwingtür, und schüttelte ihnen herzlich die Hand.

»Gehen Sie doch auch schon mal nach oben«, sagte Beerta zu Meierink. »Wir kommen gleich nach.«

»Ja, das werde ich dann mal tun«, sagte Meierink. Er stand langsam auf.

Maarten sah Fräulein Haan, wie sie dastand und redete, auf etwas zeigte und anschließend langsam mit den zwei Besuchern im Treppenaufgang verschwand. Meierink folgte ihnen.

»Das war ein hervorragender Strammer Max«, sagte Balk zufrieden. Er wischte mit der Serviette ein paarmal kräftig über seinen Mund, warf sie neben seinen Teller und stand energisch auf. »Und jetzt: Auf die Barrikaden!« Ohne auf sie zu warten, marschierte er zur Treppe.

»Wer war das?«, fragte Maarten.

»Das musst du Fräulein Haan fragen«, sagte Beerta. »Sie kennt alle.«

Inzwischen waren etwa zwanzig Korrespondenten eingetroffen. Manche hatten im Saal Platz genommen, andere gingen vor den Büchertischen und den aufgehängten Karten auf und ab. Meierink saß am Eingang hinter einem eigenen Tisch, mit einer Liste vor sich, auf der er gerade zwei Neuankömmlinge, eine Mutter mit ihrer Tochter, abhakte. Balk stand bei einer der Karten und erklärte sie mit einer knappen Armbewegung einem älteren, gesetzten Herrn in einem Anzug mit Weste und goldener Uhrkette. Der Mann hatte ein sehr beschränktes, besserwisserisches Gesicht mit einer randlosen Brille. Fräulein Haan unterhielt sich vorne mit ein paar Frauen, ihren Kopf vorgestreckt, mit einem unablässigen Lächeln auf ihrem Gesicht. Beerta ging zwischen den Leuten hindurch nach vorne und stellte sich dort mit einem rätselhaften Schmunzeln auf, eine Hand auf dem Rücken, das Kinn etwas hochgereckt. Von Zeit zu Zeit wippte er kurz, fast unmerklich, auf seinen Zehen. Maarten wollte ihm folgen, fand es dann aber doch zu komisch, so neben ihm stehen zu müssen, und blieb zögernd in der Nähe seines eigenen Tisches zurück, jedoch in einer solchen Entfernung, dass es für die Leute, die vorbeigingen, so aussah, als wäre es nicht sein Tisch. Er fühlte sich zutiefst unglücklich. Je mehr sich der Saal füllte, desto lauter wurde auch das Stimmengewirr. Es gab Leute, die sich kannten und sich die Hand schüttelten. Es wurde sogar gelacht. Außer dem jungen Mädchen, das mit seiner Mutter hereingekommen war, gab es fast nur alte Leute, manchmal sehr alte, nach dem ersten Eindruck zu urteilen, pensionierte Lehrer, ein paar Bauern, viele einfach gekleidete Frauen fortgeschrittenen Alters mit ausgesprochen blassen oder gerade knallroten Gesichtern, die Blassen oft mit Brille. Vor allem die Hässlichkeit und die Brillen fielen ihm auf. In diesen Menschen war jedenfalls nichts von der viel gerühmten Schönheit des niederländischen Volkes zu finden.

Pünktlich um zwei Uhr betrat Beerta das Podest und setzte sich in die Mitte hinter die drei Tische, aus denen mit Hilfe einer beigefarbenen Tischdecke eine Einheit gemacht worden war. Er legte seine Uhr vor sich, griff zu einem kleinen Holzhammer, blickte in den Saal und klopfte kurz auf den Tisch. »Meine Damen und Herren.« Das Stimmengewirr wurde etwas leiser, Stühle wurden gerückt, und die Leute setzten sich. »Meine Damen und Herren!«, wiederholte Beerta etwas lauter. Seine Stimme war hoch und schrill. Fräulein Haan sagte noch rasch etwas zu den Leuten, mit denen sie zusammengestanden und geredet hatte, und wandte sich dann ab. Das Gemurmel legte sich, das Geräusch des Stühlerückens wurde lauter. Balk ging nun ebenfalls nach vorn. Maarten folgte ihm. Als hätten sie es so abgesprochen, setzten Fräulein Haan sich rechts, Balk und Maarten links neben Beerta. Das Verschieben der Stühle und die Bewegung im Saal, der sich in der Zwischenzeit fast vollständig gefüllt hatte, hörte auf. Hinten im Saal kam noch jemand herein, der flüsternd von Meierink in die Liste eingetragen wurde. Hein de Boer hatte in der Nähe, in der hintersten Reihe, Platz genommen und blickte über die anderen hinweg zum Podium. Es traf noch jemand ein, der sich, nachdem er kurz mit Meierink geflüstert hatte, rasch einen Platz suchte. Danach wurde es still. »Meine Damen und Herren«, sagte Beerta zum dritten Mal, doch jetzt weniger laut. »Im Namen unseres Büros, das auch Ihr Büro ist, heiße ich Sie herzlich willkommen. Ich tue das mit großer Genugtuung, umso mehr, weil Sie heute so zahlreich unserer Einladung gefolgt sind. Wir hoffen, dass dieser Nachmittag nicht nur für uns, sondern auch für Sie lehrreich sein wird, im Interesse der Wissenschaft, der wir alle, Sie und wir, mit so viel Hingabe und jeder auf seine eigene bescheidene Weise, dienen.« Maarten schlug die Mappe auf, die er die ganze Zeit über bei sich getragen hatte. Es waren die Aufzeichnungen, die er in den vergangenen Wochen bei der Vorbereitung des Fragebogens gemacht hatte. Während er sie durchblätterte, hörte er Beerta mit einem Ohr zu. »Für mich persönlich kommt noch hinzu«, fuhr Beerta fort, »dass ich mich darauf gefreut habe, dass dieser Nachmittag gerade hier bei Ihnen stattfindet.« Er machte eine kurze Pause. »Das sage ich natürlich immer«, sagte er dann, mit einem Lachen, »aber heute meine ich wirklich, was ich sage.« Es wurde gelacht, nicht überschwänglich, mehr ein Geraune, das durch den Saal lief. Fräulein Haan schob ihm einen Zettel hin, den er sich verstohlen durchlas. »Bevor ich Ihnen nun die Mitarbeiter des Büros vorstelle«, sagte er, als es wieder still geworden war, »möchte ich einen von Ihnen besonders herzlich begrüßen. Herr van Laar ...« Er blickte in den Saal. In der vordersten Reihe streckte der alte Mann, der als

Allererster hereingekommen war, seinen Stock in die Höhe. »Aha!«, sagte Beerta zufrieden. »Da sitzen Sie also! Herr van Laar, Sie sind einer derjenigen, die seit den Anfängen unserer Fragebogen dabei sind. Es sind insgesamt bisher rund fünfzig Fragebogen, die Sie ausgefüllt haben. Und Sie haben das mit einer Gewissenhaftigkeit und Ausführlichkeit getan, an der sich manch einer ein Beispiel nehmen kann. Ich danke Ihnen recht herzlich dafür und möchte zugleich den Wunsch äußern, dass noch viele Fragebogen folgen mögen.« Nach diesen Worten begann Fräulein Haan, mit halb ausgestreckten Händen zu applaudieren, ein Beispiel, dem der Saal zunächst zögernd, dann zunehmend beherzter, folgte. Van Laar kam mit Hilfe seiner Tochter mühsam hoch, drehte sich zum Publikum um, verbeugte sich und tat dies danach noch einmal zum Podium hin, wo Beerta, Balk und Maarten jetzt ebenfalls applaudierten. Beerta wartete, bis er sich wieder hingesetzt hatte. »Und jetzt stelle ich Ihnen zunächst die Mitarbeiter des Büros vor«, sagte er. »Zu meiner Rechten sitzt Doktor Haan. Die meisten von Ihnen werden sie wohl schon kennen, denn sie arbeitet schon länger bei uns. Dabei hat sie auf ihrem Gebiet, der Volkssprache, großen Sachverstand erworben. Wenn Sie gleich Fragen haben, kann sie sie wie kein anderer beantworten. Das lässt sich noch nicht von den Herren Balk und Koning sagen, die zu meiner Linken sitzen. Sie haben erst in diesem Jahr den Dienst bei uns angetreten, Herr Balk ist für die Volksnamen, Herr Koning für den Atlas für Volkskultur zuständig, doch auch im Hinblick auf ihre Fähigkeiten haben wir das größte Vertrauen. Mein Name schließlich ist Beerta. Dann gebe ich nun das Wort an Doktor Haan.« Es wurde erneut applaudiert, während Fräulein Haan sich mit ein paar Blatt Papier zum Katheder begab. Bevor sie zu sprechen begann, blickte sie mit einem starren Lächeln in den Saal. Die linke Seite ihres Gesichts zuckte einen Moment nervös. »Liebe Leute. Ich darf doch wohl ›Liebe Leute‹ sagen, oder? Denn die meisten von Ihnen kenne ich schon so lange, und mit denen, die ich noch nicht kenne, hoffe ich heute Bekanntschaft zu schließen.« Aus dem Saal ertönte zustimmendes Gemurmel. Von dem, was sie dann sagte, drangen nur Bruchstücke zu Maarten. Er war viel zu sehr davon in Beschlag genommen, was er gleich sagen würde, und blickte auf die Texte vor sich, ohne etwas davon in sich aufzunehmen. Auch die Worte Balks, die er dem Publikum mit viel Rhetorik und schallender Stimme vortrug, als wäre er in einem Saal mit Fachkollegen oder Studenten, entgingen ihm größtenteils. »Und schließlich bitte ich um Ihre Aufmerksamkeit für Herrn Koning«, hörte er Beerta in der Ferne sagen, als der Applaus für Balk verstummt war. Maarten griff zu seiner Mappe und ging zum Katheder, öffnete die Mappe und blickte in den Saal. »Meine Damen und Herren«, sagte er. Im selben Augenblick, beim Anblick all der Köpfe, die zu ihm aufsahen, legte sich eine große Ruhe über ihn, so wie früher in der Theatergruppe seiner Schule. Daran, was er anschließend genau sagte, konnte er sich später nicht mehr erinnern, so sehr er sich auch bemühte. Jedenfalls hatte er über das Fohlen mit dem Breitopf um den Hals geredet, das früher in Friesland herumspukte, über Geisterhasen, die manchmal verzauberte Hexen sind, über Mittel und Wege, um Warzen zum Verschwinden zu bringen, über die Nachgeburt des Pferdes, die in manchen Gegenden unseres Landes in den Baum geworfen wurde, sowie über die Bräuche beim Zahnwechsel, die ihren Ursprung in Totenopfern haben sollten. »Doch worum es uns immer geht, sind die Bräuche an *Ihrem* Wohnort und in *Ihrer* Region, so wie es sie bei *Ihnen* gegeben hat, um so die Unterschiede zwischen den einzelnen Regionen festzuhalten und die Geschichte unseres Landes bis weit zurück vor unsere Zeit schreiben zu können. Ich danke Ihnen.« Während er sich hinsetzte und der Applaus verstummte, wandte Beerta sich erneut dem Saal zu. »Und jetzt möchte ich Sie einladen, auf unsere Kosten eine Tasse Tee zu trinken«, sagte er. »Sie haben dann auch die Gelegenheit, sich unsere Ausstellung anzuschauen. Nach der Pause können Sie dann Ihrerseits Fragen an uns stellen.« Er stand auf, Fräulein Haan ging sofort wieder in den Saal, während Balk und Maarten noch einen Moment stehen blieben. »Das war sehr gut«, sagte Beerta zu Maarten. »Du wirst es schon lernen. Obwohl ich schon das Schlimmste befürchtet habe, als du mit der N-nachgeburt anfingst.«

Noch gebannt von seinem Auftritt ging Maarten in den Saal. Die Leute scharten sich um die Tafeln und die Karten. Hinten aus dem Saal kamen zwei Kellner mit Tabletts, auf denen Tassen mit Tee standen. Die Ventilatoren hoch oben an der Wand fingen an zu brummen.

Es war stickig. Er blieb stehen, weil kein Durchkommen war, und machte einen Schritt zurück, wodurch er dem Gedränge rund um den Tisch von Frau Haan entkam. »Herr Koning, darf ich Sie etwas fragen?« Er erschrak. Ein Mann in einem gepflegten Anzug, den er sofort als Lehrer klassifizierte, stand vor ihm und zeigte auf ihn. »Sie haben da eben etwas über Mittel gegen Warzen gesagt«, er unterbrach sich selbst, »mein Name ist Hageman.«

»Koning«, sagte Maarten und gab ihm die Hand. Er musste laut sprechen, um den Lärm der Ventilatoren zu übertönen.

»Sie haben über die Warzen geredet«, er brachte sein Gesicht und den Finger unangenehm dicht in Maartens Nähe. An seiner rechten Schläfe, unter dem Bügel seiner Brille, hatte er ein großes Muttermal. »Aber als Kinder taten wir da einfach Spucke drauf. Und das half! Wie erklären Sie das?«

Maarten war unwillkürlich zurückgewichen. »Das kann ich nicht erklären«, rief er zurück. Der Mann flößte ihm Abscheu ein.

»Kennen Sie die Bücher von Mellie Uyldert?«

Maarten schüttelte den Kopf.

»Dann sollten Sie die mal lesen. Denn schon Shakespeare hat gesagt: ›There is more between earth and heaven than you have ever dreamed of, Horatio!‹« Er lachte kurz. »Ich danke Ihnen.« Er wandte sich ab und tauchte in der Menge unter.

Das Gespräch hatte Maarten in die Wirklichkeit zurückgebracht. Ich muss hier weg, dachte er. Ohne weiter darüber nachzudenken, ging er beherzten Schrittes an der vordersten Reihe entlang zur gegenüberliegenden Seite des Saals, wo es ruhiger war, und weiter zur Treppe. Draußen, an der frischen Luft, fand er wieder zu sich. Er kniff die Augen zusammen, da das grelle Licht ihn blendete, atmete tief durch und sah auf die Straße voll einkaufender Menschen, die sich in einer anderen Welt befanden. Das Licht tat seinen Augen weh und verschlimmerte den Kopfschmerz, doch die frische Luft um seine Stirn war wohltuend.

Als er wieder nach oben kam, saßen Beerta und Balk schon hinter dem Tisch, und die Leute im Saal waren damit beschäftigt, ihre Plätze einzunehmen.

»Wo warst du?«, fragte Hein, als er vorbeikam. »Man hat dich gesucht.«

»Ich musste kurz frische Luft schnappen.«

»Es ist aber auch wirklich drückend hier, nicht wahr?«

»Ja, man erstickt förmlich.« Er eilte zu seinem Platz, weil Beerta mit dem erhobenen Hammer auf ihn wartete. Sobald er saß, ließ Beerta den Hammer fallen. »Ich setze die Versammlung fort.« Es wurde sofort still. »Für uns kommt jetzt der wichtigste Teil des Nachmittags.« Er blickte hoch, die Ventilatoren drehten sich immer noch. Als er fragend nach hinten in den Saal sah und eine Kopfbewegung machte, stand Hein auf und verschwand. »Denn nun haben Sie das Wort.« Er sprach etwas lauter. »Wir sind neugierig auf das, was Sie uns zu erzählen oder zu fragen haben. Lassen Sie sich nur nicht durch falsche Bescheidenheit davon abhalten. Alles, was Sie mitzuteilen haben, ist für uns wichtig. Denn nochmals: Ohne Sie könnten wir unsere Arbeit nicht machen. Wem darf ich das Wort erteilen?« Er blickte in den Saal.

In der vordersten Reihe streckte van Laar seinen Stock in die Höhe. Im selben Augenblick verstummte das Gebrumm der Ventilatoren, und man hörte nur noch das Geräusch der auslaufenden Rotorblätter.

»Herr van Laar«, sagte Beerta.

Van Laar erhob sich. »Meine Damen und Herren«, begann er und wandte sich halb dem Saal zu. »Ich werde es mal auf Platt sagen, denn was anderes habe ich nie so richtig gelernt.«

»Das wollen wir ja auch gerade so gern«, half ihm Fräulein Haan.

»Denn als ich in der dritten Klasse saß«, sagte van Laar, ohne ihre Unterbrechung zu beachten, »da sagte mein Vater: Ik glöf, dat wie usen Hendrik man nao denn Schaophirten gäft, denn wie wör'n zes Kinner, un use Hendrik was deij Öllste un er möss Geld verdeijnt wer'n. Un so köm use Hendrik in Dienst bie denn Schaophirten, und doar heeft heij bit vandoage keen Speijt van. Aber was der Herr da eben sagte«, er zeigte mit dem Stock auf Maarten und schwankte kurz, worauf seine Tochter rasch aufstand und seinen Arm packte, »das kann ich auch bestätigen, denn Wichtelmännchen, die kennen wir hier nicht, aber Gespenster, die kennen wir wohl. Und darüber wollte ich noch eine Geschichte erzählen, deij ik van denn Schaophirten hört heb.

Denn as we maol mit deij Schaope up het Feld wör'n, do sä deij Schaophirte tou usen Hendrik: Hendrik, sä heij, ik heb leste Nach' so'n komischen Droom hat, dat ik buten was mit de Schaope un ik op deij Siete van Hardenberg allemal Lichter seh'n dö.« Er machte eine kurze Pause und blickte in den Saal. Es war totenstill geworden. »Und dreimal dürft ihr raten, was das war.« Er schwieg erneut, wobei er sich wieder zum Podium wandte. »Das war ein Spukbild! Denn später ist da die große Straße von Ommen nach Coevorden hingekommen. Also ich würde sagen: Gespenster gibt es wirklich. Ich danke Ihnen.« Er ließ sich zurücksinken, während im Saal erst zögernd und dann überzeugender applaudiert wurde. Maarten beugte sich etwas nach vorne und blickte fragend zu Beerta. Er nahm an, dass er darauf reagieren sollte, doch Beerta bemerkte ihn nicht. »Das ist sehr interessant, was Sie da erzählen, Herr van Laar«, sagte er. »Und wir würden es sehr begrüßen, wenn Sie diese Geschichten einmal für uns aufschreiben würden, sodass sie für die Nachkommenschaft erhalten bleiben.«

»Es ist schrecklich schade, dass unser Büro noch kein Tonbandgerät hat«, pflichtete Fräulein Haan ihm bei, »denn es wäre so schrecklich wichtig, dass solche Geschichten auch auf Tonband aufgenommen werden, damit die Menschen später hören können, wie sie erzählt wurden.«

Beerta lächelte feinsinnig. »Doktor Haan ist eine moderne Frau, die mit der Zeit geht«, sagte er in Richtung des Saals. »Doch ich finde diese moderne Technik schaurig.«

»Aber das Tonbandgerät wird es trotzdem geben«, sagte Fräulein Haan lachend dem Saal zugewandt. Sie meinte es als vertraulichen Scherz, doch es steckte zu viel Spannung hinter ihren Worten.

Beerta ging nicht darauf ein. »Wem darf ich jetzt das Wort geben?« Er umfasste den Hammerstiel.

Eine Frau stand auf. »Ja, ich wollte noch was fragen«, sagte sie verlegen, »denn wir werden immer gebeten …«

»Wie ist Ihr Name?«, unterbrach Beerta sie.

»Netjes«, flüsterte Fräulein Haan.

»Frau Netjes.«

»Frau Netjes! Fahren Sie bitte fort.«

»Denn wir werden immer gebeten«, wiederholte Frau Netjes, »die Worte so aufzuschreiben, wie wir sie sprechen, aber oft ist es so, dass man plötzlich nicht mehr genug Buchstaben hat, um die Betonungen aufzuschreiben, so wie sie ausgesprochen werden, wenn ich mal so sagen darf. Kann man dagegen nicht mal etwas unternehmen?«

»Doktor Haan?«, fragte Beerta und wandte sich Fräulein Haan zu.

»Ja, ich kann mir sehr gut vorstellen, dass das manchmal schrecklich schwierig ist«, sagte Fräulein Haan. »Ich würde das selbst auch schrecklich schwierig finden, und ich will jetzt auch nicht noch einmal mit dem Tonbandgerät anfangen, aber das wäre natürlich eine sehr gute Lösung. Solange es diese Lösung nicht gibt, müssen Sie es einfach, so gut es geht, probieren, dann kriegen wir das schon hin. Bisher haben wir es immer hingekriegt.«

»Ich soll es also einfach, so gut es geht, probieren«, stellte die Frau noch einmal klar.

»Ja, bitte«, sagte Fräulein Haan herzlich.

»Vielen Dank«, sagte die Frau verwirrt und setzte sich wieder hin.

»Wer noch?«, fragte Beerta.

Hinten im Saal stand ein Mann auf. »Mein Name ist Pelleboer«, sagte er mit einer Stentorstimme. »Ich habe eine Frage an Doktor Beerta. Sie haben gerade gesagt, dass unsere Arbeit so wichtig für die Wissenschaft ist, und das bringt mich zu der Frage, ob dem nicht eine Vergütung gegenüberstehen könnte, denn an einem solchen Fragebogen sitze ich doch immer mindestens ein paar Stunden, wenn nicht mehr. Also, kann es dafür nicht eine Vergütung geben?«

Aus dem Saal ertönte zustimmendes Gemurmel.

Beerta nickte. »Das werde ich häufiger gefragt, und ich kann die Frage sehr gut verstehen. Wir haben auch schon mehrfach darüber mit dem Ministerium gesprochen, das dieses Problem aber bisher nicht lösen konnte. Nichtsdestotrotz kann ich die Frage sehr gut verstehen. Doch solange es keine Lösung gibt, müssen Sie auch bedenken, dass die Bausteine, die Sie liefern, für die Geschichte Ihrer Gegend gebraucht werden und damit auch der Nachwelt zugutekommen. Das an sich müsste doch schon eine große Genugtuung sein. Ja?« Er sah zu dem Mann in der zweiten Reihe, der seine Hand gehoben hatte, um sich zu melden. Der Mann stand auf. »Mein Name ist van Heijningen, Ingenieur van Heijningen. Ich habe in Delft studiert und arbeite als Chefingenieur beim Straßen- und Wasserbauamt. Ich möchte kurz auf das eingehen, was Herr Koning soeben gesagt hat.« Er wartete einen Moment, um seinen Worten mehr Gewicht zu verleihen. »Er hat darauf hingewiesen, dass Ihr Büro an Traditionen interessiert ist. Ich möchte dem noch hinzufügen, dass Sie es auch zu Ihren Aufgaben rechnen sollten, diese Traditionen am Leben zu erhalten, sodass sie nicht infolge der heutigen Verflachung verloren gehen. Ich gebe Ihnen ein Beispiel. Als meine Tochter vergangene Woche heiratete, hat sie aus meinen Händen, als Sippenoberhaupt, den Gral mit Branntwein empfangen. Es scheint mir von größter Bedeutung, dass sich Ihr Büro für den Erhalt derartiger Traditionen einsetzt. Vielen Dank.«

Während er dort stand und redete, spürte Maarten eine wachsende Wut über dieses Nazigewäsch in sich hochkommen. Das ist keineswegs unsere Aufgabe, dachte er wütend. Er gab Beerta ein Zeichen, dass er antworten wolle, doch Beerta ignorierte es. »Das ist sehr interessant, was Sie da erzählen«, sagte er ernst, »und wir werden bestimmt gern über Ihre Anregung nachdenken.« Er machte eine kurze Pause. »Sie müssen allerdings bedenken, dass der Erhalt von Traditionen nicht zu unserem Auftrag gehört, und als Chefingenieur beim Straßen- und Wasserbauamt werden Sie Verständnis dafür haben, dass wir uns an die Regeln halten, an die uns das Ministerium gebunden hat.«

»Selbstverständlich«, sagte van Heijningen. »Ich hielt es lediglich für meine Pflicht, Sie auf dieses Problem hinzuweisen.«

»Dafür sind wir Ihnen auch sehr dankbar«, sagte Beerta. »Wem darf ich jetzt das Wort geben?«

»Dem Mann sollte man eigentlich das Handwerk legen«, flüsterte Maarten Balk zu. Der zog nur kurz seine Augenbrauen hoch, mit seiner Aufmerksamkeit bereits beim nächsten Fragesteller. Es dauerte eine Weile, bis Maarten dazu ebenfalls wieder imstande war.

Der Nachmittag ging seinem Ende entgegen. Als Letzter bat van Laar um Erlaubnis, ein Gedicht vorzulesen. Er zog ein paar Blätter aus der Jackentasche, setzte mit einer Hand die Brille auf und stellte sich schräg zum Saal. Es war ein langes Gedicht, von dem Maarten nur die ersten Zeilen in Erinnerung blieben. »Wo nun der fetten Kühe Weide, lag einst die große, stille Heide, wo ich umherzog mit dem Hund, vom Morgen bis zur Abendstund.« Das Gedicht erntete einen warmen und lang anhaltenden Applaus.

»Und jetzt einen Schnaps«, sagte Balk zu Maarten, sobald Beerta den Hammer hatte fallen lassen. Er stand auf, sammelte seine Papiere zusammen und drängte sich durch die Menge, hin zur Treppe. Maarten zögerte. Leute kamen zum Podium, um Beerta und Fräulein Haan die Hand zu geben. Er wusste nicht recht, was seine Rolle war. Er kannte niemanden und fühlte sich überflüssig. Als er sah, wie Fräulein Haan herzlich auf ein paar Leute zuging, stieg er mit einem Schuldgefühl das Podium hinab und folgte Balk. Hein de Boer war dabei, in dem Gedränge die Tische leer zu räumen, während Meierink die Heftzwecken aus den Karten pulte und die Karten zusammenrollte. Maarten steckte die letzten Bücher in die Tasche. Hein bückte sich und holte die Kartenrolle unter dem Tisch hervor. »Gehst du auch noch mit auf einen Schnaps?«, fragte Maarten. Zwischen den Korrespondenten, die, eben noch ihre Freunde, nun zu Fremden geworden waren, gingen sie die Treppe hinunter zum Café. Balk saß an der Theke. Etwas ungelenk, weil er niemals an der Theke saß, schob sich Maarten neben ihn auf einen der hohen Hocker. Balk trommelte ungeduldig auf den Schanktisch. »Wo bleibt die Bedienung!«, sagte er, und mit einem Mal erkannte Maarten in ihm seinen eigenen Vater. Dieselbe Art und Weise, seine Ungeduld zu äußern. Er spürte, dass seine Kopfschmerzen wieder zunahmen. Am liebsten wäre er aufgestanden. Er hatte keine Lust auf Schnaps, doch jetzt, da Balk ihn mehr oder weniger mitgenommen hatte, konnte er auch nicht gut wieder einen Rückzieher machen. »Einen Bokma!«, sagte Balk zum Kellner, der inzwischen von der anderen Seite gekommen war. Maarten bestellte auch einen Bokma, Hein einen Vieux mit Zucker. Balk nahm einen Schluck, rieb seine Lippen genießerisch übereinander und schnalzte zufrieden mit der Zunge. »Ein gelungener Nachmittag«, stellte er fest.

»Wie fandest du diesen van Heijningen?«, fragte Maarten.

»Ein Idiot.«

»Ein Faschist!«

»Kein Faschist! Das geht mir zu weit.«

Maarten schwieg. Wenn der kein Faschist ist, ist niemand einer. Er wandte sich zu Hein. »Warum hast du eigentlich angefangen zu studieren?« Es war eine Frage, die er schon lange hatte stellen wollen.

Hein lachte wohltönend. »Weil ich es eine nette Idee fand.«

»Wolltest du denn kein Bauer werden?«

»Nein danke, immer im Dreck. Und mein Vater fand mich dafür auch ungeeignet.«

»Wer übernimmt dann den Betrieb deines Vaters?«

»Mein Bruder.«

Im Stillen beneidete Maarten diesen Bruder.

Auf dem Rückweg saßen sie zu sechst im Abteil, Beerta und Maarten, wie schon auf dem Hinweg, am Fenster.

»Dieser van Heijningen, das ist ein Faschist«, sagte Maarten zu Beerta.

»Natürlich ist das ein Faschist«, antwortete Beerta. »Ich bedauere die Tochter.«

»So einem Mann sollte man eigentlich das Handwerk legen.«

»Das hatte ich schon befürchtet, dass du das vorhattest«, sagte Beerta. »Darum habe ich dich auch lieber nicht zu Wort kommen lassen.«

»Wie war es?«, fragte Nicolien, als er gegen sieben das Zimmer betrat. Sie saß, eine Flasche Genever neben sich, und trank einen Schnaps. Für ihn stand dort ebenfalls ein Glas. Der Tisch war gedeckt.

»Ich habe fürchterliche Kopfschmerzen. Ich gehe ins Bett.«

»Willst du nicht mal mehr etwas essen?«, fragte sie enttäuscht. »Ich habe die ganze Zeit auf dich gewartet.«

»Ich kann wirklich kein Essen mehr sehen«, entschuldigte er sich. »Mir ist schlecht vor Kopfschmerzen.«

*

Die Kopfschmerzen dauerten bis zum Abend des folgenden Tages an. Danach fühlte er sich ungewöhnlich klar. Er sah seine Zukunft scharf und deutlich, ohne jede Illusion. Es gab keinen Ausweg. Man wird älter. Man muss leben. Wenn man unabhängig bleiben will, muss man eine Arbeit haben. Das schien eine schlüssige Begründung, und doch suchte er weiter nach einem Ausweg, um zu entwischen wie eine Ratte, die an den Wänden ihres Käfigs entlangrennt, anstatt sich damit abzufinden, dass der Raum fortan kleiner sein würde. Im Bett dachte er darüber nach. Wann war es schiefgegangen? Das musste lange her sein. Er versuchte, den Weg zu überblicken, dem er bis jetzt gefolgt war, doch die Erinnerungen, die hochkamen, weckten nicht viel mehr als ein vages Selbstmitleid. Er legte sich auf den Rücken und öffnete die Augen. Nicolien schlief. Die Laterne vor ihrem Haus warf ein schwaches Licht ins Zimmer. Aus großer Entfernung hörte man Singen und Geschrei, das wieder erstarb. Wie spät mochte es sein? Spät. Er dachte mit Abscheu an das Treffen, an die Leichtigkeit, mit der sich Fräulein Haan und Balk bewegt hatten, und an sein Unvermögen, dazwischen seinen Platz zu finden. Bei der Erinnerung an sein eigenes Auftreten fühlte er sich zutiefst unglücklich. Ich bin jemand, der sich bedroht fühlt, dachte er, als sei er damit zu einer völlig neuen Schlussfolgerung gelangt. Doch welchen Grund hatte er, sich bedroht zu fühlen? Während er an den Wänden seines Käfigs entlangrannte, wurde es vor den Fenstern allmählich hell. Er lauschte. In der Ferne hörte man Stimmen und Schritte. Zwei Männer, die sich laut unterhaltend und mit ruhigen, kräftigen Schritten näherten.

»Wenn du dir nun mal genau überlegst, was ihr braucht«, hörte er einen von ihnen sagen, als sie näher gekommen waren.

»Ein Bett«, sagte der andere.

»Ein Bett!«, wiederholte der Erste.

»Einen Tisch.«

»Einen Tisch!«

»Stühle.«

»Stühle!«

»Einen Ofen.«

»Einen Ofen!«

Es war einen Moment still. Man hörte nur ihre Schritte auf dem Bürgersteig vor dem Haus.

»Na«, sagte der Erste wieder, »und wenn du jetzt ...« Der Rest war nicht zu verstehen.

Er hatte atemlos gelauscht, auf dem Rücken liegend, und er lauschte weiter, während die Schritte und Stimmen sich langsam entfernten, bis es wieder still war. Da senkte sich Frieden in seine Seele hinab. Vorsichtig drehte er sich auf die linke Seite und versank fast sofort in einen tiefen Schlaf, aus dem ihn der Wecker eine knappe Stunde später wieder herausriss.

*

Als er sein Zimmer betreten wollte, kam Fräulein Haan gerade heraus. Sie grüßte ihn mit abgewandtem Gesicht, eine Unfreundlichkeit, an die er sich noch immer nicht gewöhnt hatte. »Tag, Herr Beerta«, sagte er, als er den Raum betrat.

»Tag, Maarten«, antwortete Beerta. Er wartete, bis Maarten seinen Platz eingenommen hatte, und drehte sich dann langsam zur Seite, sodass er ihn sehen konnte. »Fräulein Haan möchte ab heute mit ›Frau‹ angeredet werden.« Er sagte es in ernstem Ton, doch der Ernst hatte bei Beerta immer etwas Doppeldeutiges, als freue er sich schon im Voraus auf die Wirkung seiner Worte.

»Warum?«, fragte Maarten widerwillig.

»Weil sie findet, dass es ihr als promovierter Frau zusteht.«

»Dann sollte ich mich demnächst wohl mit ›junger Mann‹ anreden lassen«, sagte Maarten mürrisch.

Beerta lächelte. »Was bist du doch für ein altmodischer Mensch. Aber jetzt weißt du es.«

»Ich habe es gehört.«

»Etwas anderes. Du weißt, dass ter Haar nicht mehr zurückkommt?«

Maarten schüttelte erstaunt den Kopf.

»Ter Haar kommt nicht mehr zurück.«

»Warum nicht?«

»Er ist völlig überarbeitet. Er wirft uns vor, dass er zu hart arbeiten musste und dass wir seine Arbeit nicht gewürdigt hätten, aber der Arzt sagt, dass wir uns nichts draus machen sollen, weil das alle sagen, die überarbeitet sind. Ich habe jetzt Nijhuis damit beauftragt, eine Anzeige für seine Nachfolge in die Zeitung zu setzen, und da ich selbst in Kürze für eine Woche nach Deutschland fahre, habe ich ihn auch gebeten, das ein oder andere zu erledigen. Ich habe mir auch überlegt, dass Nijhuis den Nachfolger einarbeiten sollte.«

»Kann Nijhuis das?« Wenn er an die Korrespondenten dachte, denen er in Zwolle begegnet war, konnte er sich nicht vorstellen, dass Nijhuis den richtigen Ton treffen würde.

»Wenn Nijhuis es will, kann er es auch. Es ist nur die Frage, ob er es will, denn das muss man bei ihm immer erst mal sehen.«

Die Tür ging auf. Balk trat ein. »Morgen«, sagte er.

»Tag, Jaap«, sagte Beerta. »Wie fandest du das Treffen?«

»Ausgezeichnet!«, antwortete Balk. »Eine hohe Beteiligung! Außerdem habe ich im Zug den letzten Band von Balzac zu Ende gelesen, sodass ich den Tag gut verbracht habe. Und jetzt kommt Proust dran!«

»Hast du auch Balzac gelesen?«, fragte Beerta Maarten.

»Nur *Le Père Goriot* und *Eugénie Grandet*«, antwortete Maarten, »aber mich haben die nicht so angesprochen.«

»Balzac ist einer der spannendsten Autoren des neunzehnten Jahrhunderts«, sagte Balk. »Seine Milieuschilderungen sind unübertroffen.«

Der apodiktische Ton erinnerte Maarten erneut an seinen Vater und ärgerte ihn. »Ich finde ihn nicht spannend. Ich finde nur jemanden spannend, der über sich selbst schreibt.«

»Unsinn! Hinter der Hälfte seiner Figuren steckt er selbst.«

»Das mag schon sein, aber ich hatte nicht eine Sekunde den Eindruck, dass er über sich selbst nachdenkt, wie zum Beispiel Stendhal.«

»Die Art Literatur mag ich nicht!«

»Ich finde Balzac auch sehr sch-spannend«, sagte Beerta lächelnd. Es war deutlich zu merken, dass er die Diskussion genoss.

Das ärgerte Maarten noch mehr. »Jedenfalls finde ich Stendhal spannender als Balzac.«

»Das ist natürlich großer Unsinn!«, sagte Balk. »Man kann nicht sagen, dass der eine Schriftsteller spannender ist als der andere. Man kann auch nicht sagen, dass Verlaine spannender ist als Homer!«

»Man kann aber sagen, dass man ihn spannender *findet.*«

»Das ist dasselbe«, entschied Balk. »Aber deshalb bin ich nicht gekommen.« Er wandte sich zu Beerta. »Haben Sie hier die zweite Auflage von de Vries?«

Beerta stand auf und holte das Buch aus dem Regal. Balk nahm es und ging, ohne noch etwas zu sagen.

»Balk ist ein intelligenter junger Mann«, sagte Beerta, sobald er den Raum verlassen hatte. »Er wird es noch weit bringen.« In seiner Stimme lag ein unverkennbar piesackender Ton.

*

»Guten Morgen, meine Herren«, sagte Fräulein Haan.

»Tag, Dé«, antwortete Beerta, ohne seine Arbeit zu unterbrechen.

»Tag, Fräulein Haan«, sagte Maarten. Er tat es aus Gewohnheit, ohne dabei nachzudenken, doch als er es erst einmal gesagt hatte, fand er es richtig so.

»Hattest du dieses Jahr noch vor, wieder ein Seminar zu geben, Anton?«, fragte sie.

Beerta legte den Stift weg und drehte sich um. »Das hatte ich vor.«

In der Zeit, als Maarten studiert hatte, waren die Seminare Beertas obligatorisch gewesen, doch nach dem Vorfall mit Pietje Valkenburg hatte man sie für fakultativ erklärt, und es kamen nur noch wenige Studenten.

»Dann solltest du doch mal darüber nachdenken, sie aufzuschreiben. Dann haben sie ein Handbuch und du kannst nächstes Jahr capita selecta geben. Das ist viel spannender.«

Beerta lächelte. »Spannend wird es bei mir nie.«

»Du willst ja nur wieder ein Kompliment hören«, sagte sie verärgert.

»Ein Thema kann noch so sch-spannend sein, in meinen Händen wird es immer zum Sterben langweilig.«

»Das wissen wir jetzt allmählich«, sagte sie kratzbürstig.

»Außerdem muss ich ihnen doch auch die Bücher zeigen.«

»Wenn sie deinen Text auf Papier kriegen, haben sie dafür umso mehr Zeit. Um ein Buch genießen zu können, muss man es eine Weile in Händen gehabt haben.«

»Da hast du recht«, gab Beerta zu. »Ein Buch in meinen Händen ist der höchste Genuss, den ich kenne, ein s-sinnlicher Genuss.«

»Nun denn.«

»Aber ich habe eine Ph-phobie vor dem Schreiben.«

»Dann nimm doch ein Tonbandgerät, um es aufzunehmen.«

»Nein, nein«, sagte Beerta lachend. »Wenn ich mir das vorstelle, mein Gestotter auch noch auf Tonband aufzuzeichnen.«

»Nun, ich würde noch mal darüber nachdenken.«

»Ich glaube wirklich, dass ich sie mal so ein T-tonbandgerät anschaffen lassen werde«, sagte er, als sie den Raum verlassen hatte. »Dann haben wir wenigstens die Quengelei nicht mehr.« Er wollte sich wieder an die Arbeit machen, besann sich, stand auf und ging zu Maartens Schreibtisch, die Hände auf dem Rücken. »Hast du Ahnung von Radios?«

»Nein«, antwortete Maarten.

»Karel will, dass ich ein Radio mit einem eingebauten Plattenspieler anschaffe. Er sagt, dass so etwas viertausend Gulden kostet. Ist das nicht ziemlich teuer?«

»Das ist teuer.«

»Hast du einen Plattenspieler?«

»Nein.«

»Aber du hast doch sicher ein Radiogerät?«

»Ja klar, aber das ist ein altes, noch von meinen Eltern. Ich habe also keine Ahnung, wie viel es gekostet hat. Aber ich glaube, bestimmt nicht mehr als vierhundert Gulden.«

»Es macht mich schrecklich nervös. Ich habe deshalb den ganzen Abend nicht arbeiten können. Viertausend Gulden! Wie viele Bücher ich dafür kaufen könnte! Und dann so ein neues Radio. Ich habe doch noch ein Radio. Ich will überhaupt kein neues.«

»Dann würde ich es auch nicht tun. Müssen Sie das alte dann wegwerfen?«

»Das auch noch. Was soll ich mit dem alten machen? Ich denke, dass ich es besser nicht tue. Ich sage einfach, dass ich darauf verzichte. Er wandte sich ab und setzte sich wieder an seinen Schreibtisch. »Ich höre übrigens nie Radio. Und auch keine Platten. Dafür habe ich überhaupt keine Zeit. Aber wenn ich Karel das sage, lacht er mir ins Gesicht.« Er versuchte, wieder zu arbeiten, kramte auf seinem Schreibtisch herum, blätterte hier und da, zog eine Schublade auf und schob sie wieder zurück. »Es macht mich nervös! Nervös!« Er trug die Schreibmaschine zu seinem Schreibtisch, begann zu tippen, hörte wieder auf und verließ den Raum. Kurz darauf kam er mit Nijhuis zurück, der ein neues Farbband bei sich hatte und es gegen das alte austauschte, während Beerta nervös hinter ihm hin- und hertrippelte.

*

Sobald Maarten am nächsten Morgen an seinem Platz saß, stand Beerta auf. Er stellte sich zwischen die beiden Schreibtische und sah ihn mit einem geheimnisvollen Blick an. »Ich habe heute Nacht geträumt, dass mir ein Finanzbeamter eine Buße von vierhundert Gulden auferlegt hat, weil ich einen privaten Brief auf Büropapier geschrieben hatte.« Er schwieg einen Augenblick, als wäge er seine Worte. »Und das entspricht sogar der Wahrheit, denn ich habe mich mal in einem Brief an einen Korrespondenten, den ich zufälligerweise auch persönlich kannte, nach dem Gesundheitszustand seiner Frau erkundigt.« Er schwieg erneut und presste seine Lippen zusammen. »Der Mann war Direktor eines Postamts gewesen und hat mich dann beim Postfahndungsdienst angezeigt, weil ich einen g-gebührenfreien Umschlag für eine p-persönliche Mitteilung benutzt hatte.« Er sah Maarten ernst an. »Das Verfahren wurde eing-gestellt, aber mich hat das damals sehr erschreckt. Also dachte ich in meinem Traum: Ja, das ist auch so, ich werde mal besser keinen Widerspruch einlegen, aber Karel wird schrecklich böse sein, denn jetzt können wir keinen Apparat kaufen.« Er blickte Maarten abwartend an.

Maarten lächelte.

»Das ist natürlich ein Zeichen, dass ich ihn eigentlich nicht kaufen will.« Er wandte sich ab und setzte sich wieder an den Schreibtisch. »Ich sollte es also nicht tun.«

Das Telefon klingelte. Beerta griff zum Hörer. »Beerta.« Er hörte zu. »Ja, ich arbeite. Ich arbeite immer. … Der arbeitet auch. Wir arbeiten beide. … Ja, nicht jeder hat so eine Arbeit wie du, bei der er bis zehn im Bett liegen bleiben kann.« Er lachte amüsiert. »Nein, Karel! Das habe ich auch nicht gesagt! Du hast mich wieder mal völlig falsch verstanden.« Er lachte erneut, ein tiefes, kokettes Lachen. »Nein, nein, nein! … Aber warum rufst du eigentlich an, ich habe zu tun. … Ich muss noch einen Brief schreiben, und ich habe noch eine Besprechung. … Nein, das passt mir schlecht. … Weil ich zu tun habe. … Nicht *nur* einen Brief und eine Besprechung. … Ja, noch einen Brief. Ich muss heute bestimmt noch zehn Briefe schreiben. … Und wie lange dauert das? … Na gut, wenn es nicht länger dauert, denn ich kann die Zeit eigentlich nicht erübrigen. … Tschühüs.« Er legte den Hörer auf. »Karel will um zwei Uhr dieses Radiogerät mit mir kaufen.« Er blickte sich um, um zu sehen, wie Maarten es aufnehmen würde, doch der lachte nur. Kurz darauf stand er auf. »Sollte Nijhuis nicht Ahnung von Radios haben? Der ist technisch ziemlich begabt.«

»Vielleicht.«

»Karel will, dass wir einen Philips nehmen. Das ist eine zuverlässige Marke, sagt er. Was hast du für eine Marke?«

»Ich habe auch einen Philips.«

»Denn ich habe mal gehört, dass es eine ganze Menge Marken gibt. Telefunken, Grundig und so.«

»Und Erres«, fügte Maarten hinzu.

»Woher weiß man denn, was das Beste ist?«

»Das muss man den Verkäufer fragen.«

»Aber so ein Verkäufer weiß nicht, wie ungeschickt ich bin.«

»So ein Verkäufer hat natürlich eine große Menschenkenntnis.«

»Denn ich brauche etwas mit ganz wenigen Knöpfen. Die dreh ich doch nur kaputt. Bässe und so, das ist nichts für mich.«

»J-jetzt n-nähert sich der Augenblick mit raschen Schritten«, sagte er um Viertel vor zwei. »Ich wollte, dass jetzt der Direktor kommen und sagen würde, ich darf das Gebäude nicht verlassen.« In diesem Moment ging die Tür auf. »Oder ein wichtiger Besuch käme«, sagte er und drehte sich um. Nijhuis kam herein. »Aber nein, es ist nur Nijhuis.«

*

Als er eintrat, stand Beerta mit Fräulein Haan zusammen, und sie unterhielten sich. Beerta unterbrach das Gespräch, drehte sich um und sah ihn mit hochgezogenen Augenbrauen an, ein wenig auf seinen Zehen wippend.

»Ich habe verschlafen«, sagte Maarten.

»Was sagst du da! Das gibt's doch nicht!« Er sah ihn amüsiert an. »Nun ja, wir dachten, dass du krank bist. Das wäre noch schlimmer gewesen.« Er wendete sich wieder zu Fräulein Haan. »Das ist dann geklärt, Dé. Du darfst ihn anschaffen.« Fräulein Haan verließ daraufhin den Raum.

Beerta drehte sich um und setzte sich. »Übrigens«, fuhr er fort, Maarten den Rücken zugekehrt, »ich kann nichts dazu sagen, denn ich habe auch schon einmal verschlafen.«

»Nächste Woche kommt Vanhamme«, sagte Beerta. »Wir müssen dann endlich eine Entscheidung über die erste Ausgabe treffen. Hast du noch mal darüber nachgedacht?«

»Ja«, sagte Maarten. »Ich habe einen Vorschlag.«

Beerta legte den Stift weg und stand auf. »Lass uns dann sofort darüber sprechen. Holst du Hein de Boer dazu?«

»Hein de Boer ist heute nicht da.«

»Wann ist er denn wieder da?«, fragte Beerta unzufrieden. »Wenn ich ihn brauche, ist er nie da.« Er setzte sich in einen der Sessel der Sitzgruppe. »Nun gut, dann müssen wir es ohne ihn machen.« Er sah zu, während Maarten seine Papiere zusammensuchte. »Ich höre«, sagte er, als Maarten sich gesetzt und die Karten zwischen ihnen auf den runden Tisch gelegt hatte. Es war das erste Mal seit seiner Bewerbung, dass sie in der Sitzgruppe saßen.

»Die Karten …«, begann Maarten.

In diesem Augenblick kam de Bruin herein. »Herr Beerta, hier ist ein Herr Bos aus Odoorn, der Sie sprechen möchte.«

»In welcher Angelegenheit will er mich sprechen?«

»Er sagt, er sei Korrespondent und zufällig gerade in Amsterdam.«

»Sag ihm, dass ich gerade in einer Besprechung bin und ihn jetzt unmöglich empfangen kann.« Er besann sich. »Frag Fräulein Haan, ob sie ihn nicht empfangen will.«

»Jawohl, Herr Beerta«, sagte de Bruin. Er schloss die Tür.

»Fahr fort«, sagte Beerta zu Maarten.

»Die Karten sind unvollständig«, sagte Maarten. Er war angespannt, als ob er einen Berg besteigen müsste.

»Das hast du beim letzten Mal auch schon gesagt«, sagte Beerta kratzbürstig, »aber komm mir nicht damit, dass sie vernichtet werden müssen. Das können wir uns nicht erlauben.«

Aus dem angrenzenden Raum kam die Stimme Fräulein Haans. Der Besucher war eingetreten.

»Ja, aber ich will erklären, warum sie unvollständig sind.«

»Das interessiert mich weniger. So etwas wie Vollständigkeit gibt es nicht. Wenn wir warten müssten, bis wir vollständig wären, würde niemals ein Atlas erscheinen.«

»Sie sind unvollständig, weil es darin um Aberglauben geht«, sagte Maarten starrköpfig.

»Volksglauben«, korrigierte Beerta. »Aberglaube ist abwertend.«

»Volksglauben. Und außerdem Volksglauben, an den keiner mehr glaubt.«

»Woher weißt du das?«

»Sie glauben doch auch nicht an Wichtelmännchen.«

»Aber ich bin auch nicht repräsentativ!«, sagte Beerta verstimmt. »Es geht doch gerade um das Gedankengut einfacher Leute. Dort bleiben die Geschichten am längsten erhalten.«

»Das geht aus den Antworten hervor«, ließ Maarten nicht locker.

»Und wenn sie daran glauben, sprechen sie nicht darüber, denn dann machen sie sich lächerlich.«

»Sie wissen, dass sie sich uns gegenüber nicht lächerlich machen, weil wir Wissenschaftler sind.«

»Aber sie wissen nicht, was ihr Nachbar denkt. Wenn wir ihren Nachbarn gefragt hätten, hätten wir wahrscheinlich eine ganz andere Antwort bekommen, während wir so tun, als gelte so eine Antwort für das ganze Dorf. Wenn es ein Brauch gewesen wäre, den jeder sehen kann, wüssten wir halbwegs sicher, dass er in einem solchen Dorf vorkommt oder eben nicht. Jetzt wissen wir es bestenfalls von einer einzigen Person.«

»Vielleicht ist das dann die letzte Person, die es noch weiß«, sagte Beerta triumphierend.

»Aber wenn die Antwort negativ ist, weiß man immer noch nichts!«

Es war deutlich zu merken, dass Beerta es noch nie so betrachtet hatte, und es kostete Maarten denn auch Mühe, seinen eigenen Triumph zu verbergen. »Wenn es also Unterschiede gibt, sagt das ebenfalls nichts. Es gibt übrigens fast keine Unterschiede. Es ist ein gewaltiges Durcheinander, außer auf den Karten der Bezeichnungen für die Phänomene, aber das ist eigentlich eher etwas für Fräulein Haan.«

»*Frau* Haan!«

Maarten reagierte darauf nicht. »Ich kann jedenfalls nichts darüber sagen.« Durch den Willen zu überzeugen war er inzwischen so angespannt, dass er Beerta nicht mehr anschauen konnte, sondern starr auf die Karten vor sich sah.

»Und was schlägst du jetzt vor?«

Maarten sah ihn an. »Dass wir die Karten als eine Übersicht der Antworten betrachten, die wir auf die Fragebogen bekommen haben, ohne Kommentar. Und dass wir im Kommentar ausschließlich den wörtlichen Text der Antworten publizieren sowie die Informationen, die wir in der Literatur gefunden haben.«

»Und wer soll das dann tun?«

»Hein de Boer und ich.«

Beerta dachte nach. »Und wann glaubst du, bist du damit fertig?«

»Das weiß ich nicht, aber wenn ich diese Karten kommentieren muss, werde ich niemals fertig.«

Es war deutlich, dass Beerta diese Antwort unangenehm berührte. »Ich werde darüber nachdenken«, sagte er schließlich.

*

Der Atlas für Volkskultur war ein niederländisch-flämisches Unternehmen, das noch aus der Zeit vor dem Krieg datierte, als Beerta wie so viele, die ein ähnliches Gedankengut pflegten, ein überzeugter Anhänger der großniederländischen Idee gewesen war. Jan Vanhamme, der flämische Redakteur des Atlas, war das auch. Obwohl er ziemlich regelmäßig zum Gedankenaustausch mit Beerta in die Niederlande kam, war Maarten ihm noch nicht begegnet. »Jan Vanhamme ist ein Freund der Niederlande«, antwortete Beerta, als Maarten um nähere Auskunft bat. Aufgrund dieser Information stellte Maarten sich einen dynamischen jungen Mann mit einer großen Stirnlocke vor, eine Art Jugendfoto von den Doolaard. Stattdessen trat ein alter, erschöpfter Mann ein, mit großen Tränensäcken unter den Augen, in einem ausgebeulten dreiteiligen Anzug, in dem der Geruch von Zigarrenrauch hing. Er trug den gelb-blauen Knopf eines Ritterordens in seinem Knopfloch. Aus der Förmlichkeit, mit der Beerta ihn begrüßte, schloss Maarten, dass Beerta und Vanhamme vielleicht Freunde waren, sich aber nicht sonderlich mochten. Als Maarten ihm vorgestellt wurde, blickte Vanhamme an ihm vorbei, mit großen, runden Augen, als sähe er hinter ihm mit einem Gefühl von Heimweh auf sein pappelbestandenes flämisches Polderland. Dabei stieß er aus der Tiefe seiner Kehle ein paar unartikulierte Laute hervor, die alles Mögliche, also vielleicht auch Zustimmung, bedeuten konnten. Sie setzten sich in die Sitzgruppe, Vanhamme auf Maartens Platz, Maarten mit dem Rücken zum Zimmer. Weil es in diesem Fall um eine Besprechung auf höherer Ebene ging, war Hein de Boer nicht eingeladen worden.

»Rauchen Sie doch lieber unsere«, sagte Beerta, als Vanhamme, sich zur Seite beugend, zwei Kisten Zigarren aus der Tasche zog und vor sich auf den Tisch schob. Beerta stand schwungvoll wieder auf, holte eine Kiste Elisabeth Bas aus einer der Schubladen seines Schreibtisches und schob sie neben Vanhammes Kisten.

»Hö, hö«, sagte Vanhamme. Er öffnete den Deckel, nahm eine Zigarre heraus, entfernte das Zellophan und die Banderole, roch kurz an der Zigarre und gab sich dann selbst Feuer, wobei er große Rauchwolken ausblies. Während er damit beschäftigt war, schlug er die Augen auf und sah Beerta mit demselben geistesabwesenden, weiten Blick an, mit dem er auch Maarten angeschaut hatte.

Darauf hatte Beerta gewartet. Er hatte seine Ellbogen auf die Lehnen seines Sessels gestützt, die Fingerspitzen gegeneinandergepresst und nahm seine Zeigefinger von den gespitzten Lippen. »Zunächst einmal möchte ich Ihnen zum Prädikat ›Königlich‹ gratulieren, das Ihrer Kommission verliehen worden ist.«

»Das war fällig, bedeutet aber nichts«, antwortete Vanhamme ohne jede Begeisterung.

»Für das Ansehen des Faches ist es von großer Bedeutung«, fand Beerta. »Es schließt eine Anerkennung ein.«

»O ja«, sagte Vanhamme, »dem Fach wird es nicht schaden.« Er nahm einen Zug aus der Zigarre und blickte auf die Spitze, an der sich ein wenig weiße Asche gebildet hatte.

»Und dem Atlas«, fügte Beerta hinzu.

»Dem Atlas auch nicht«, bestätigte Vanhamme, »auch wenn die Zahl der Gegner dadurch nicht geringer werden wird.«

»Das sagen Sie so, aber wer sind diese Gegner, und was wirft man uns vor?«

Vanhamme gab darauf nicht sofort eine Antwort. Er zog nachdenklich an seiner Zigarre und blickte an Beerta vorbei in die Ferne. »Man wirft uns vor, dass es rausgeschmissenes Geld ist. Man sagt: Ihr seid jetzt schon zwanzig Jahre beschäftigt, und was ist dabei herausgekommen? Gar nichts.«

»Aber das ist doch unberechtigt«, sagte Beerta ein wenig erregt. »Wir haben doch den Rückschlag durch den Krieg gehabt. Das hat uns um Jahre zurückgeworfen.«

»Natürlich, aber so sind die Leute. Herr Beerta, ich habe diesbezüglich keinerlei Illusionen mehr.«

Während er so redete, empfand Maarten eine wachsende Sympathie. Er sah von ihm zu Beerta und stellte fest, dass Beerta neben diesem Mann etwas unverkennbar Scharlatanhaftes hatte.

»Na schön«, sagte Beerta. »Daran wird sich in Kürze etwas ändern, denn ich bin guter Hoffnung, dass wir dieses Jahr in Druck gehen können.«

Vanhamme sah ihn prüfend an, seine Zigarre im Mund. »Hö, hö«, sagte er.

»Herr Koning und ich haben in den vergangenen Monaten einige Male ausführlich über die Kommentare gesprochen und möchten Ihnen jetzt einen Vorschlag unterbreiten.«

Vanhammes Augen wanderten von Beerta zu Maarten, forschend, doch ohne ihn wirklich zu sehen, als wäre er mit seinen Gedanken ganz woanders. »Hö«, sagte er nur. Er zog an seiner Zigarre, nahm sie aus dem Mund und blickte nachdenklich auf die Spitze, während er den Rauch ausblies.

»Wir gehen davon aus, dass die Karten nicht das letzte, sondern das erste Wort sind«, sagte Beerta ernst, »und uns ist vollkommen klar, dass es in vielen Fällen erst nach der Vollendung des Atlas möglich sein wird, das Verbreitungsbild auf den einzelnen Karten zu erklären.«

Es fiel Maarten erneut auf, dass seine Stimme höher war als gewöhnlich, und er merkte daran, dass Beerta nervös war. Das überraschte und verunsicherte ihn auch.

»Hö«, sagte Vanhamme. Er sah Beerta aus seiner Ferne forschend an.

»Unser Vorschlag ist«, er blickte Vanhamme mit großem Ernst direkt in die Augen, »es vorläufig bei der Veröffentlichung des vollständigen Materials zu belassen und es um Informationen aus der Literatur zu ergänzen, sodass auch andere unsere Karten benutzen können. Ich könnte mir vorstellen, dass davon ein wichtiger Impuls für unsere Forschung ausgeht.«

»Sie wollen also den eigentlichen Kommentar vor sich herschieben«, stellte Vanhamme klar.

»Genau! Wir wollen den eigentlichen Kommentar auf einen späteren Zeitpunkt verschieben.«

Vanhamme führte die Zigarre zum Mund und dachte darüber nach, während er einen Zug nahm.

»In der Zwischenzeit haben wir außerdem Gelegenheit, uns die Literatur systematisch anzuschauen, sodass wir vollständig sind«, sagte Beerta mit Nachdruck. »Herr Koning hat das übernommen.«

Vanhamme hatte seine Zigarre zwischen die Lippen gesteckt und sah vor sich hin. Er strich unter seinem Kinn entlang. Als der Name Koning fiel, blickte er kurz zu Maarten, ohne den Kopf zu bewegen. »Unsere Kritiker werden uns bestimmt die Ohren langziehen«, sagte er schließlich.

»Wir werden den Kritikern einen Schritt voraus sein müssen«, stimmte Beerta zu. Er machte eine kurze Pause. »Ich habe darüber nachgedacht. Ich stelle mir vor, dass wir der ersten Ausgabe eine Übersicht der Karten beifügen, die man von uns noch erwarten kann, mit einem detaillierten Zeitplan. Herr Koning und ich werden uns darum kümmern.«

Der Vorschlag überraschte Maarten. Er wollte etwas sagen, doch als Beerta ihm einen gebieterischen Blick zuwarf, schwieg er.

»Damit werden Sie es nicht leicht haben«, prophezeite Vanhamme.

»Das ist uns klar.«

»Und an wie viele Karten haben Sie dabei gedacht?«, wollte Vanhamme wissen.

»Ich hatte an ungefähr zweihundert gedacht, in zwanzig Ausgaben zu jeweils zehn.«

Vanhamme nickte. »So wie der Schweizer Atlas.«

»Richtig«, sagte Beerta.

»Ich hätte nicht erwartet, dass er uns so einfach machen lässt«, sagte Beerta zufrieden, nachdem er Vanhamme hinausbegleitet hatte. »Wenn Vanhamme auf unserer Seite ist, haben wir von den Flamen jedenfalls nichts zu befürchten.« Er nahm den Aschenbecher mit den Zigarrenstummeln und brachte ihn mit kleinen, triumphierenden Schritten aus dem Zimmer. Als er zurück war, verstaute er die Kiste Elisabeth Bas wieder in seinem Schreibtisch und wischte den Tisch mit einem gelben Staubtuch ab, das er zu diesem Zweck in einer gesonderten Schublade liegen hatte. »Aber jetzt müssen wir unsererseits natürlich schon unseren Versprechen nachkommen«, sagte er mit Nachdruck. Er war stehen geblieben, mit der Hand auf der Lehne seines Stuhls, und sah Maarten an.

Maarten saß halb von ihm abgewandt an seinem Schreibtisch. Er reagierte nicht. Er war verstimmt.

»Und ich beauftrage dich hiermit, einen Vorschlag zu entwickeln, sodass wir im Frühjahr etwas haben, das wir Jan Vanhamme und der Kommission vorlegen können.«

»Ich verstehe nicht, wie Sie so etwas versprechen können«, sagte Maarten. »Ich weiß noch nichts. Ich weiß nur etwas über Wichtelmännchen und was man über sie behauptet, und davon verstehe ich noch nicht einmal die Hälfte. Wie kann ich dann das gesamte Gebiet der Volkskultur überblicken.«

»Ach Junge, du nimmst alles viel zu schwer«, sagte Beerta mit einem warmen Klang in seiner Stimme. »So eine Liste ist doch an ein paar Abenden gemacht.«

»Ich wüsste nicht, wie«, sagte Maarten widerwillig.

»Du nimmst das Handbuch, und das liest du dir durch. Das musst du sowieso irgendwann einmal machen, damit schlägst du also zwei Fliegen mit einer Klappe. Und dann suchst du dir die zweihundert wichtigsten Themen heraus. Das Einzige, worauf du achten musst, ist, dass du für jede Rubrik zehn verwandte Themen findest.«

Maarten schwieg. »Was hat Vanhamme eigentlich studiert?«, fragte er nach einer kurzen Pause.

»Vanhamme hat Geschichte studiert, aber er hat sein Studium nie abgeschlossen. Nach dem Ersten Weltkrieg wurde er vom Studium ausgeschlossen, weil er deutschgesinnt war. Vanhamme war ein Freund von Wies Moens.« Er stand auf, hob seine Schreibmaschine vom Tisch, brachte sie zum Schreibtisch und setzte sich. »Ich habe gestern Abend mit deinem Lehrer Springvloed über dich gesprochen. Er hat sich sehr lobend über dich geäußert. Er findet, dass du einen starken Intellekt hast, gehemmt bist, einen riesigen Vaterkomplex hast, aber wenn du einmal loslegst, kann man richtig was erleben.« Er lachte leise, hinten in seiner Kehle. »S-springvloed hat absolut keine Menschenkenntnis«, sagte er vergnügt.

Van Ieperen ging gerade durch die Eingangstür, als Maarten den Flur entlangkam. Er sah seine Silhouette im Gegenlicht der Straße und den Arm, der die Tür wieder schloss. Langsam, um ihn nicht einzuholen, ging er durch den dunklen Gang, öffnete die Tür und betrat die Straße. Vor ihm überquerte van Ieperen die Brücke. Er folgte ihm, verlor ihn zwischen all den Menschen in der Damstraat aus den Augen, doch bei der Kreuzung zum Postamt sah er ihn erneut. Van Ieperen schaute nach links und rechts, überquerte mit großen Schritten die Straße, die linke Schulter etwas hochgezogen, eine Berufskrankheit. Maarten wartete, bis der Verkehr an ihm vorbeigerollt war, und folgte ihm in einiger Entfernung, in sich selbst gekehrt, abgeschirmt durch den Verkehrslärm. Mechanisch wich er den anderen Fußgängern aus, fand in seine Spur zurück, beschleunigte den Schritt bei einer Kreuzung und stoppte, als er sich van Ieperen erneut bis auf etwa zehn Meter genähert hatte. Hintereinanderher gingen sie über den Westermarkt, vor ihnen, in der Verlängerung der Rozengracht, die untergehende Sonne, die auf den Oberleitungen der Straßenbahn und dem Chrom der Autos glänzte und auf die Häuser an der rechten Seite einen gelben Schein warf. Im Strom der Fußgänger, die alle auf dem Weg von ihrer Arbeit nach Hause waren, verlor er van Ieperen erneut aus den Augen und bog rechts in die erste Seitenstraße ab. Im Schatten der Häuser, außerhalb des Lärms, entspannte er sich, als ob er nach Hause käme, in die Geborgenheit, an einen Ort, an dem ihn niemand suchen würde. Gedankenlos folgte er der schmalen Gracht, bog um die Ecke, ging am Schuster vorbei und betrat, mit einem Druck auf den Türgriff und einem Stoß gegen die Tür, sein Haus. Die gläserne Zwischentür war geschlossen. Er warf seinen Mantel und die Jacke aufs Bett und ging ins Hinterzimmer. »Hoi«, sagte er. Sie saß, ihm den Rücken zugekehrt, bei einem Schnaps. Er setzte sich in den Sessel beim Fenster und sah auf dem Tisch nach, ob dort Post lag.

»Wie war es?«, fragte sie.

Er sah sie geistesabwesend an. »Ich habe einen starken Intellekt«, sagte er ironisch, »das findet Springvloed.«

*

Für die Stelle von Jan ter Haar erschienen zwei Bewerber. Nijhuis empfing sie nacheinander im Zimmer von Beerta. Er trat ein, stellte sich an Beertas Schreibtisch und sah zur Tür.

»Geht es los?«, fragte Maarten.

»Der Erste kommt gleich«, antwortete Nijhuis.

Im nächsten Augenblick klopfte es an der Tür, und de Bruin trat ein, gefolgt von einem dicken jungen Mann mit einem dünnen Schnurrbart, in einem gepflegten Anzug und mit einer braunen Aktentasche. »Herr Nijhuis, hier ist ein Herr Bots für Sie«, sagte er in plattestem Amsterdamer Dialekt. Aus der Tatsache, dass er Nijhuis ansonsten immer mit ›Nijhuis‹ anredete, schloss Maarten, dass er instruiert worden war.

»Bots mein Name«, sagte der Mann. Er hatte eine harte, energische Stimme. Er blickte kurz zur Seite, zu Maarten, doch der tat so, als ob er nicht dazugehörte.

»Nijhuis, Personalchef«, antwortete Nijhuis, nicht minder energisch. Hinter Maartens Rücken gaben sie sich die Hand. »Setzen Sie sich.« Maarten hörte hinter sich die Sessel der Sitzgruppe rücken.

»Sie können froh sein, dass ich überhaupt da bin«, sagte Bots, noch bevor sie richtig saßen, »denn die Post hatte Ihren Brief in den falschen Briefkasten geworfen, obwohl Name und Adresse doch deutlich draufstanden. Man versteht nicht, wie so etwas passieren kann! So ein Postbote kann doch wohl lesen? Zum Glück habe ich anständige Nachbarn. Ebenso gut hätten sie den Brief auch in den Abfall schmeißen können. Dann wären wir kein Stück weiter gewesen. Nun gut!« Seine Stimme war nicht nur energisch, sondern auch noch beleidigt.

Nijhuis reagierte nicht. Maarten hörte, wie er in den Papieren blätterte, die er dort am Morgen hingelegt hatte. »Sie sind Adrianus Hermannus Bots?«, fragte er sachlich.

»Jawohl«, antwortete Bots.

»Geboren am 1. September 1929?«

»In der Tat.«

»Und sie wohnen in der Joan Melchior Kemperstraat 41?«

»41, dritter Stock«, korrigierte Bots, »aber das ist nur vorübergehend, denn ich suche nach einer anderen Wohnung.«

»Aber Sie wohnen dort noch?«

»In der Tat.«

Es war erneut für einen Moment still.

»Weiß man schon, was ich verdienen werde?«, fragte Bots.

»Die Details besprechen wir später«, antwortete Nijhuis. »Hatten Sie an ein bestimmtes Gehalt gedacht?«

»Nicht direkt, aber ich rechne doch auf etwa vierhundert Gulden, denn sonst bekomme ich Probleme.«

»Vierhundert Gulden«, wiederholte Nijhuis. »Ich habe es notiert. Sie haben doch keine Schulden?«

»Schulden? Wie kommen Sie darauf?«

»Nein, ich frage nur. Weil Sie über Probleme sprachen.«

Nein, Bots hatte keine Schulden. Es trat erneut Stille ein, in der Nijhuis wahrscheinlich die Akte studierte, denn als er wieder das Wort ergriff, sagte er: »Ich lese hier, dass Sie erst Berufssoldat waren und danach Lagerarbeiter. Gefiel es Ihnen nicht beim Militär?«

»Beim Militär schon, aber von der Politik wurde mir kotzübel.«

»Aha. Und als Lagerarbeiter?«

»Das wirft zu wenig ab.«

»Ich verstehe.«

Es war erneut einen Augenblick still.

»Wann kann ich hier anfangen?«, fragte Bots.

»Sobald wie möglich.«

Die Antwort gefiel Bots offenbar, denn er fragte nicht weiter. »Die Arbeit, die Sie hier tun müssen, ist schon etwas ganz anderes«, sagte Nijhuis.

»In der Anzeige stand ›einfache Verwaltungstätigkeit‹. Was ist das?«

»Beispielsweise das Schreiben von Briefen. Können Sie Briefe schreiben?«

»Briefe?«

»Einfache Briefe.«

»Kein Problem. Man kann alles lernen.«

Maarten hörte, wie Nijhuis die Akte schloss. »Gut«, sagte er. »Sie hören dann von uns. Fürs Erste weiß ich genug.«

»Wollen Sie meine Zeugnisse nicht sehen?«, fragte Bots.

»Ja, die würde ich gern noch sehen«, antwortete Nijhuis.

Maarten hörte, wie Bots die Schnallen seiner Tasche öffnete, und dann das Rascheln von Papier. Es war eine Zeitlang still. »Gut«, sagte Nijhuis dann. »Ich habe sie gesehen. Vielen Dank.«

Die Sessel wurden gerückt. »Lässt sich schon sagen, wie groß meine Chancen sind?«, fragte Bots.

»Es gibt mehrere Bewerber. Sie sind der Erste. Sobald ich entschieden habe, werden Sie benachrichtigt.«

Sie verließen zusammen den Raum. Auf seinem Hinterkopf hatte Bots sein Haar über seine Glatze drapiert wie bei amerikanischen Filmstars in Nachkriegsfilmen.

Zehn Minuten später brachte Nijhuis selbst den anderen Bewerber herein. Es war ein blonder junger Mann mit einem erschrockenen Gesicht. Er trug ein graues Arbeitshemd, am Hals geöffnet, eine weite, braune Manchesterhose und eine Militärtasche an einem Riemen über der Schulter. Er blickte scheu zu Maarten. »Guten Tag, Mijnheer«, sagte er zögernd. Maarten nickte nur, weil er es doch zu komisch gefunden hätte, diesen Jungen mit »Mijnheer« anzusprechen.

»Setzen Sie sich«, sagte Nijhuis.

Sie setzten sich.

»Sie sind Franciscus Veen, geboren am 11. April 1932?«

»Ja«, sagte der junge Mann. Er hatte eine sanfte, nervöse Stimme. »Frans Veen«, fügte er rasch hinzu.

»Haben Sie Zeugnisse bei sich?«

»Oh, ist das nötig?«, fragte der junge Mann erschrocken.

»Wir wollen immer gern wissen, wie Ihr vorheriger Arbeitgeber über Sie denkt.«

»Ich kann noch mal danach fragen.«

»Lassen Sie nur. Ich rufe ihn an.« Es war einen Moment still. »Sie sind Lehrer gewesen, aber damit haben Sie aufgehört. Gefiel Ihnen das nicht?«

»Ich konnte keine Ordnung halten.«

»Und jetzt arbeiten Sie seit Anfang des Jahres beim Amt für Statistik. Warum wollen Sie da jetzt schon wieder weg?«

»Ich finde es dort schrecklich.«

»Schrecklich?«

»Na ja, es wird wohl an mir liegen.«

»Warum glauben Sie, dass es an Ihnen liegt?«

»Das denke ich immer.«

»Aha! Sie finden es also schrecklich! Und warum glauben Sie, wird es hier nicht schrecklich sein?«

»Das weiß ich noch nicht.« Er suchte nach Worten. »Hier gibt es wenigstens Bücher.«

»Aber Sie müssen vor allem Briefe schreiben. Können Sie das?«

»Ich habe Ihnen einen Brief geschrieben.«

»In der Tat.«

Es war erneut einen Augenblick still. »Gut!«, sagte Nijhuis dann. »Ich weiß jetzt genug. Sie erhalten sobald wie möglich Nachricht, wenn ich die anderen Bewerber gesehen habe.«

Die Sessel wurden gerückt. Sie gingen zur Tür. »Tag, Mijnheer«, sagte der Junge verlegen, als er an Maarten vorbeikam. Maarten nickte, ohne ihn anzusehen. Er hörte, wie sich die Tür zum ersten Raum öffnete und dann wieder schloss. Als es wieder still war, griff er zu seiner Milchflasche und ging hinter ihnen her. Nijhuis stand an Meierinks Schreibtisch. Er drehte sich zu Maarten um. »Und? Wer wird es?«

»Der Letzte.«

»Bist du verrückt! Der Erste!«

»Der Letzte hat Grips, der Erste nicht.«

»Aber hast du gesehen, wie er ging?«

Maarten schüttelte den Kopf.

»Nun, ich glaube, er ist vom anderen Ufer, wenn du verstehst, was ich meine, und das können wir hier nicht gebrauchen, davon haben wir hier schon genug herumlaufen.«

Maarten zuckte mit den Achseln. »Das ist doch nicht gesagt? Und außerdem ist er fünfundzwanzig, du brauchst also vor Komplikationen keine Angst zu haben. Wenn er jetzt minderjährig wäre.«

»Aber ich muss ihn schon um mich haben können! Und in diesem Fall … Er ist beim Militär ausgemustert worden. Was steckt dahinter?«

»Die Alternative ist Bots«, sagte Maarten. »Ein Berufssoldat. Ein Mann ohne Verstand. Nur Energie. So jemand tut nur was, wenn Zucht und Ordnung herrschen. Das ist das Einzige, was er will, und das haben wir hier nicht. Außerdem langweilt er sich nach zwei Tagen zu Tode. Wohingegen der andere Lehrer ist, keine Ordnung halten kann und intelligent ist.«

Meierink hatte all die Zeit über dem Gespräch gelauscht und dabei von einem zum andern geschaut. Offenbar wurde ihm die letzte Bemerkung zu viel. »Ach, Herr Koning«, sagte er griesgrämig. »Hören Sie doch auf mit dem Psychologisieren. Denn das hilft uns doch auch nicht weiter.«

*

»Deetje Haan hat Einwände gegen diesen Veen«, sagte Nijhuis. Er war an Maartens Schreibtisch stehen geblieben.

Maarten sah ihn an. Zum ersten Mal hatte er den Eindruck, dass Nijhuis sich viel härter gab, als er war. »Was hat die damit zu tun?«

»Sie vertritt Beerta.«

»Was sind das für Einwände?« Er unterdrückte seinen Widerwillen.

Nijhuis legte Veens Brief auf seinen Schreibtisch und zeigte auf einen Absatz. »In seinem Lebenslauf ist eine Lücke, sagt sie.«

Maarten sah sich den Absatz an, ohne zu verstehen, was damit gemeint war.

»Er ist mit einundzwanzig ins Lehrerseminar gegangen und hat mit achtzehn die Oberrealschule verlassen. Zwischen seinem neunzehnten und seinem einundzwanzigsten Lebensjahr ist also eine Lücke.«

»Dann habe ich in meinem Lebenslauf eine noch größere Lücke.«

»Für sie ist das ein Grund zur Beanstandung. Und dann habe ich den Direktor des Lehrerseminars angerufen und von ihm erfahren, dass er ein Junge mit Idealen ist. Das können wir hier überhaupt nicht gebrauchen.«

*

Das zweite Gespräch mit Frans Veen fand ebenfalls in Beertas Zimmer statt, auch diesmal in Maartens Anwesenheit. Fräulein Haan hatte kurz überlegt, ob sie an dem Gespräch teilnehmen sollte, doch angesichts der Tatsache, dass sie auch Klarheit über die Ausmusterung beim Militärdienst haben wollte, schien es ihr schließlich diskreter, es einem Mann zu überlassen.

»Es gibt noch ein paar Dinge, die ich wissen möchte«, sagte Nijhuis. Er artikulierte seine Worte energisch, noch stärker als beim letzten Mal, was in dieser Umgebung einen possierlich geschäftlichen Eindruck machte. »In erster Linie über die Ausmusterung für den Militärdienst. Sie wissen nicht, weshalb Sie ausgemustert worden sind?«

»Nein, das weiß ich nicht«, sagte der junge Mann zögernd. »Warum wollen Sie das wissen?«

»Jedenfalls nicht aus körperlichen Gründen?«

»Soweit ich weiß, nicht.«

»Warum glauben Sie das?«

»Weil der Doktor sagte, dass mir nichts fehlt.«

»Also ist es aus psychischen Gründen?«

»Das glaube ich auch. Ja, das wird es wohl sein. Ist das ein Problem?« Er fragte verlegen, als ob er sich entschuldigen wollte.

»Ich will es nur wissen«, sagte Nijhuis kurz. »Und dann noch etwas! Ich sehe, dass Sie erst mit dreiundzwanzig die Schule verlassen haben. Was haben Sie davor gemacht?«

»Davor habe ich Lithografie studiert. Zwei Jahre.«

»Aha! Das erklärt es in der Tat. Ich frage Sie das, weil es noch einen anderen Bewerber gibt, und ich möchte mir gern einen Eindruck verschaffen. Es geht nicht darum, dass Sie Ihr Leben bis ins letzte Detail offenlegen.«

»Ja, das verstehe ich«, sagte der junge Mann scheu. »Ich will auch gerne antworten. Wenn ich es kann.«

»Gut so! Dann noch etwas. Ich habe beim Amt für Statistik angerufen, und da erzählt man mir etwas von Südfrankreich. Hatten Sie Pläne in der Richtung?«

»Haben sie das gesagt?«, fragte der junge Mann erstaunt. »Mir ist wohl mal herausgerutscht, dass ich es nett fände, mal ein paar Monate Weintrauben zu pflücken, aber dazu ist es nicht gekommen.«

»Und wenn es jetzt doch einmal dazu kommt?«

Die Frage brachte den jungen Mann offenbar in Verlegenheit, denn er antwortete nicht.

»Nehmen wir an, Sie sind ein Jahr hier. Würden Sie dann sagen: Jetzt gehe ich mal wieder nach Südfrankreich?«

»Das weiß ich wirklich nicht.«

»Sie sind doch kein Herumtreiber?«

Der junge Mann musste darüber lachen. »Ich glaube nicht.«

Maarten blickte rasch über seine Schulter. Er konnte nur Nijhuis' Gesicht sehen, das hart und ungerührt dem jungen Mann zugewandt war.

»Davon werde ich dann mal ausgehen!«

»Ja, natürlich«, sagte der junge Mann verlegen.

Es war für einen Moment still.

»Gut!«, sagte Nijhuis. »Dann werde ich jetzt eine Entscheidung treffen müssen.« Es war erneut still. »Ja, das ist schwierig.« Stille. »Was halten Sie von einem Monat auf Probe?«

*

»Ich genieße jeden Abend meinen Plattenspieler«, sagte Beerta.

Maarten hörte mit dem Tippen auf. Beerta saß, ihm den Rücken zugewandt, an seinem Schreibtisch und sortierte Papiere.

»Und ich bedaure«, fuhr Beerta fort, »dass ich nicht schon viel früher einen Plattenspieler gekauft habe.« Er schaute sich um, mit hochgezogenen Augenbrauen, als mache er Maarten deswegen einen Vorwurf.

»Haben Sie auch schon Platten?«

»Ich habe zwei Platten. Die *Wolgaschiffer* und *Die Moldau*. Unglaublich schön!«

»Das ist nicht viel.«

»Für mich ist das genug. Platten sind teuer. Fast so teuer wie ein Buch. Und ich kann sie mir jeden Abend aufs Neue anhören. Ich finde es ergreifend. Ich finde Musik ergreifend, manchmal sogar mehr noch als ein Gedicht. Außer Henriëtte Roland Holst natürlich.«

»Und Boutens.«

»Und Boutens, aber nur, weil er aus Middelburg kommt. Dafür habe ich eine Schwäche.«

»Und Gorter.«

»Und Gorter! Wie konnte ich den vergessen.« Er zitierte: »›Auf seiner Reise sah ich seinen Flügelschlag, aus dem Reisig, meinem Wiegenzimmer.‹ Ich kann es noch. ›Meine Mutter war eine Stromfrau, und wenn der Mond am Himmel prangte, sah ich, wie sie zu mir kam, eine hohe Frau, und meine Augen schloss mit ihrer sanften Hände Druck.‹«

Maarten lachte. »Woher ist das?«

Beerta wandte sich erneut um. »Aus *Mai*«, sagte er strafend. »Du bist doch Niederlandist? Das solltest du auswendig können.«

Maarten lächelte. Er beugte sich über seine Schreibmaschine und tippte weiter. »Ich kenne nichts auswendig«, sagte er, und ohne Übergang: »Wie kommen wir an das Sandmännchen heran? Sollte das auch etwas mit den Wichtelmännchen zu tun haben?«

»Das Sandmännchen?« Beerta wandte sich wieder ab. »Das Sandmännchen interessiert mich nicht. Und es wird mich auch nie interessieren.« Er besann sich und stand auf. »Ich bin kurz bei Balk.« Er verließ den Raum.

Maarten tippte noch eine Weile, stockte, las, was er geschrieben hatte, zog das Papier aus der Maschine und knüllte es zusammen. Als er aufstand, um es in den Papierkorb zu werfen, kam de Bruin mit der Kohlenschütte herein. »So, Koning«, sagte er.

»So, de Bruin«, antwortete Maarten und warf die Papierkugel in Richtung seines Kopfes. De Bruin machte eine Scheinbewegung, als ob er köpfen wollte. Die Kugel fiel vor seine Füße, und er stieß kurz mit seinem Schuh dagegen, bevor er den Ofen nachfüllte. »Trotzdem haben sie mich neulich in einem Altherrenturnier noch mit Abe verglichen«, sagte er, mit dem Rücken zu Maarten. Er stellte die Schütte ab, drehte sich langsam um, setzte einen Fuß auf das Treppchen vor dem Bücherregal und lehnte sich auf seinen Unterarm. »Das war gegen den VVA.« Er sah Maarten an. »Noch ungeschlagen. Das Mal davor hatten sie noch 1:0 gewonnen. Aber da habe ich nicht mitgespielt.«

»Gewonnen?«

»5:1«, sagte er langsam, im Amsterdamer Dialekt.

»Und wie viele Tore …?«

»Zwei«, sagte de Bruin, noch bevor Maarten zu Ende gesprochen hatte. »Und ein drittes war noch indirekt von mir.« Er zog seine Augenbrauen hoch und nickte. »Ich nehm' den Ball hoch im Strafraum an. Ich lauf' auf den Torwart zu. Und der Verteidiger wird so nervös, dass er ihn ins eigene Tor köpft. Sonst hätt' ich ihn wohl noch reingeschossen. Es ist verrückt, aber das Tor hab' ich noch nie verfehlt.«

»Das können nicht viele von sich behaupten.«

De Bruin schüttelte den Kopf. »Beinharter Schuss, nicht wahr? Nicht so sehr, weil ich so hart schieße, sondern es kommt darauf an, wie man den Ball auf den Fuß nimmt.« Er sah mit einem breiten Lächeln an Maarten vorbei in den Garten und bewegte kurz seinen Unterkiefer. »Das zweite Tor«, sagte er langsam, in der Erinnerung schwelgend, »das war ein Juwel, mein Junge. Ich nehm' den Ball im Strafraum an, und der Verteidiger läuft ins Tor, am Torwart war ich schon vorbei, und ich hol den Ball kurz nach hinten und schieß dann! Hatte er natürlich nicht erwartet.« Er sah Maarten an und nickte. »Einmal hab' ich mich selbst übertroffen, aber da muss ich dazu sagen, dass wir den Wind im Rücken hatten, ehrlich ist ehrlich. Wir hatten also den Wind im Rücken, ich war Mittelstürmer, und ich krieg den Ball am Rand des Strafraums, und ich warte nicht und schieß ihn gleich weiter, Mensch, im selben Augenblick hör ich die Bretter, so hart war der Schuss. Damals hatte man noch Bretter hinten im Tor, das gibt es heute nicht mehr.« Er schwieg und schwelgte in seinen Erinnerungen, während Maarten wartete. »Strafstoß war auch immer drin, nicht wahr?« Er sah Maarten wieder an. »Einmal waren wir im Endspiel eines Pokalturniers, so ein großer Silberpokal«, er richtete sich kurz auf und hielt die Hand anderthalb Meter über den Boden. »Stand: 3:3. Und kurz vor dem Ende, ich denk schon: Das gibt 'ne Verlängerung, nehm' ich den Ball und ab durch die Mitte, und direkt im Strafraum foult mich der Verteidiger, und ich überschlag mich vier-, fünfmal, und dann – Pfiff! Ich denk: Ha! Das gibt einen Elfmeter! Der Torwart fragt: ›Wer schießt ihn?‹ Ich sag': ›Ich will das wohl eben machen.‹ Und er zieht seine Hose hoch, und ich stell mich mit dem Rücken zum Tor, der Schiedsrichter nimmt die Pfeife in den Mund, und der Ball liegt hinter dem Torwart. Er hatte ihn nicht mal gesehen! 4:3!« Er nickte langsam. »Ich sag dir, Koning, wenn ich jetzt wieder anfangen würde zu trainieren, würden sie mich sofort wieder aufstellen.«

»Dir würde die Luft ausgehen.«

»Ach, dafür benutzt man wieder andere Muskeln, nicht wahr?«

»Hast du eigentlich nie in einem großen Verein gespielt?«

»Genug Angebote gehabt, aber nie drauf eingegangen. Ajax hatte damals diese Spione, haben sie übrigens immer noch, und DWS und Blau-Weiß auch. Und wenn sie mich dann beim Spielen gesehen haben, war es nach dem Spiel wieder so weit. Denn ich war sauschnell, nicht wahr? Wenn man dem Ball hinterherlaufen musste, hatte ich ihn neun von zehn Mal. Das sag ich nicht aus Angeberei, das war so.«

»Natürlich.«

»Ich hab' auch viel als Außenstürmer gespielt, aber trotzdem hab' ich Tore gemacht, nicht wahr? Das war eine andere Zeit, damals schossen die Außenstürmer noch keine Tore, das machten die Mittelstürmer und die Mittelfeldspieler, aber trotzdem war ich die Nummer drei, als sie mal gezählt haben.«

Maarten nickte.

De Bruin lächelte. »Einmal, da spielten meine Brüder auch noch mit. Mein ältester Bruder stand im Tor, der andere links- und ich rechtsaußen. Und mein ältester Bruder kriegt den Ball und schießt ihn sofort zu meinem anderen Bruder. Der an der Linie vorbei«, er machte mit dem Arm eine Schlingerbewegung, »und plötzlich vor dem Tor! Und ich war schon ins Mittelfeld gelaufen, denn ich dachte: Wenn ich ein Tor machen kann, dann schnapp' ich mir den Ball. Und stell dir vor, schießt er daneben! Und ich auch fast! Aber ich mach' einen Fallrückzieher, und da muss ich ehrlich sagen, es war nicht meine Absicht, ein Tor zu schießen, aber ich mach einen Fallrückzieher, und ich treff' den Ball so genau, dass er direkt in den Kasten geht. Tor! Na, die Leute haben applaudiert, nicht wahr? Und ich sag': ›Jungs, das war ein schönes Tor, aber ich wollt es gar nicht schießen.‹«

»Hast du immer rechtsaußen gespielt?«, fragte Maarten, als de Bruin schwieg. »Außer Mittelstürmer natürlich.«

»Ich hab' alles gemacht«, sagte de Bruin achtlos. »Vom Torwart bis zum Mittelstürmer.« Die Antwort weckte neue Erinnerungen. »Als Torwart hab' ich mir sogar mal die Schulter gebrochen. »Hier!« Er richtete sich auf, strich am Schlüsselbein entlang und ließ sich wieder fallen. »Das war so. Ich krieg' so einen gemeinen niedrigen Ball in die Ecke …«

In diesem Augenblick betrat Beerta das Zimmer wieder. De Bruin schwieg abrupt, richtete sich auf, nahm den Fuß vom Treppchen und ging zu der Pflanze auf der Ecke des Schreibtisches von Beerta. Er drückte seine Finger in die Erde, während Beerta sich auf seinen Stuhl setzte. »Ich glaube, dass wir das Pflänzchen schon durchkriegen werden, Herr Beerta«, sagte er.

*

Maarten saß am Schreibtisch. Das Fenster war einen Spalt geöffnet. Aus der Ferne drang gedämpft der Verkehrslärm herein. Viertelstündlich spielten die Glocken der Zuiderkerk den Anfang einer Melodie. Aus dem angrenzenden Raum kam manchmal die Stimme Fräulein Haans, die mit van Ieperen eine Karte kontrollierte, eine endlose Reihe von Buchstaben und Ziffern. Er nahm einen neuen Fragebogen aus dem Karton, der neben ihm stand, schlug ihn auf und las die Antwort auf die Frage, die er gerade bearbeitete. Frage: In welche Vorstellung kleidet man das Schläfrigwerden kleiner Kinder (Sandmännchen, Schlaffee, Schlafläuse). Antwort: Früher in ein Nachthemd, heute eher in einen Pyjama. – Es dauerte ein paar Sekunden, bevor die Antwort zu ihm durchdrang. Amüsiert blätterte er zurück, um zu sehen, von wem der Bogen stammte, nahm eine neue Karteikarte vom Stapel und übertrug die Angaben. In diesem Augenblick ging die Tür langsam auf. Er blickte zur Seite und sah einen kleinen, alten Mann mit einem Spitzbart, der die Tür vorsichtig hinter sich schloss und, ohne ihm Beachtung zu schenken, zur Sitzgruppe ging. Er hörte, dass er ein Buch aus dem Regal nahm und sich setzte. Das ärgerte ihn. Der Mann hätte ihn doch zumindest grüßen und sich vorstellen können. Er versuchte, seine Arbeit fortzusetzen, doch die Anwesenheit des fremden Mannes und dessen Geraschel hinter seinem Rücken machte es unmöglich. Irritiert griff er zu seiner Milchflasche und verließ den Raum, an Fräulein Haan und van Ieperen vorbei, die zusammen hinter dem Zeichentisch standen. Im ersten Raum waren nur Wiegel und Meierink. Meierink saß hinter dem Schreibtisch, Wiegel stand daneben.

»Was für einen Idioten habt ihr mir denn da reingeschickt?«, fragte Maarten übellaunig.

Sie unterbrachen ihr Gespräch. Wiegel drehte sich langsam zu ihm um. Seine Züge erstarrten, und er straffte, wie Beerta, den Rücken, sodass es schien, als ob er langsam wüchse. »Ich habe niemanden zu dir geschickt«, antwortete er eisig. »Aber vielleicht meinst du D-doktor van den Akker?«

»Das ist van den Akker?«, fragte Maarten. Er schämte sich. Van den Akker galt als einer der bescheidensten und gebildetsten Vertreter seines Fachs, einer der wenigen, dessen Bücher Pflichtstoff im Examen waren.

»Das ist van den Akker«, bestätigte Wiegel. »Er hat Beertas Erlaubnis, in seinem Zimmer zu arbeiten, wenn er das möchte.« Er sah Maarten streng an. »Und zu Recht!«

»Das wusste ich nicht«, entschuldigte sich Maarten. Er fühlte sich zurechtgewiesen. »Ich dachte, dass es das Sandmännchen wäre«, fügte er hinzu, in einem missglückten Versuch, einen Scherz daraus zu machen.

Wiegel reagierte nicht darauf. Er wandte sich wieder Meierink zu. »Getrocknete Pflaumen helfen auch manchmal. Und jeden Morgen ein ordentliches Stück Roggenbrot, sagt meine Frau.«

Mit einem Gefühl der Erniedrigung ging Maarten durch den Flur zur Eingangstür. Er verfluchte sich selbst, vor allem wegen des letzten, charakterlosen Scherzes. Weg!, dachte er ärgerlich. Bloß weg! Er ging über die Straße zum Milchladen und wartete todunglücklich, bis er an der Reihe war. Er fühlte sich unsicher, bedroht, inmitten einer Welt voller Feinde, und hätte das Büro am liebsten für immer hinter sich gelassen. Als er wieder in sein Zimmer zurückkam, saß van den Akker am kleinen, runden Tisch und schrieb. Maarten zögerte. »Stört es Sie, wenn das Fenster offen ist?«, fragte er.

Van den Akker blickte geistesabwesend hoch. Er hatte etwas Verschrecktes. »Nein, danke«, sagte er rasch. »Vielen Dank, sehr freundlich.«

*

Er träumte, dass er in dem Saal eines großen Gebäudes saß. Es war Nachmittag. Plötzlich ging die Tür auf, und vier betrunkene Soldaten kamen herein. Einer von ihnen griff zu einer Flasche Bier. Er streckte die Hand aus, um ihn davon abzuhalten, doch der Soldat hatte die Flasche bereits an den Mund gesetzt. »Verdammt«, sagte er böse und zeigte auf sein Glas, um deutlich zu machen, dass er selbst fast nichts mehr hatte. Der Soldat nahm das Glas und trank es in einem Zug aus. Die anderen Soldaten hatten sich hingesetzt, schubsten sich gegenseitig und brüllten dabei vor Lachen. Er stand auf und verließ den Saal, um Hilfe zu holen. Die Flure waren verlassen. Es gab große Fenster, durch die er auf die Straße sah. Dort war es beängstigend still. Vor ihm verschwand ein kahlköpfiger Mann in einem gelben Kittel durch zwei Schwingtüren. Als er um eine Ecke bog, sah er in der Halle einen fünften Soldaten in einer hellbraunen Lederjacke. Er saß auf einem Motorrad, dessen Auspuff er knattern ließ. Die Vordertür war geschlossen. Draußen vor der Scheibe der Tür standen Leute, die hereinsahen. Der Soldat war so vertieft in sein Motorrad, dass er ihn nicht bemerkte. Er betrat die Hausmeisterloge. Der Hausmeister, seine Frau und zwei seiner Kinder lagen unbeweglich mit dem Bauch auf dem Tisch. Ihre Arme und Beine waren mit schwarzen Schnürsenkeln so straff zusammengebunden, dass ihre Körper sich gekrümmt hatten. Er wollte zu ihnen eilen, um die Schnürsenkel durchzuschneiden. In dem Moment sah er in einer Ecke, in einem Haufen blutiger Lumpen, das dritte Kind liegen.

*

»Diese Kommissionen und Sitzungen treiben mich noch in den Wahnsinn«, sagte Beerta. »Dann sitze ich da irgendwo und weiß nicht mehr, warum ich da sitze.«

»Aber es verschafft Ihnen ein Alibi«, sagte Maarten.

Beerta hörte auf, seine Post zu sortieren, und sah über seine Schulter, mit hochgezogenen Augenbrauen. »Wie meinst du das?«

»Wenn Sie da sind, können Sie nichts anderes tun.« Er hatte Mühe, sein Lachen zu unterdrücken.

»Ich weiß nicht.« Er wandte sich wieder ab. »Jedenfalls bringt es einen Haufen Arbeit mit sich. Einen Haufen Arbeit! Jetzt haben sie mich wieder gebeten, einen Fragebogen für den Europäischen Atlas zu machen. Und ich habe schon so viel zu tun.«

»Dann übersetzen Sie doch einfach einen von unseren eigenen Fragebogen.«

»Ich denke, dass ich das auch tun werde«, sagte er, als hätte er selbst diesen Schluss gezogen.

Die Tür ging auf. Nijhuis kam herein, gefolgt von Frans Veen. »Hier ist die neue Kraft«, sagte er.

Beerta drehte sich um, schob seinen Stuhl zur Seite und richtete sich auf, zackig, mit erhobenem Kinn.

Frans Veen ging mit einer verlegenen Bewegung, seinen Kopf ein wenig zur Seite geneigt, auf ihn zu und gab ihm die Hand. »Frans Veen«, sagte er schüchtern, fast nicht zu verstehen. Er hatte einen hochroten Kopf bekommen.

»Beerta«, sagte Beerta mit einem ironischen Lachen.

»Angenehm«, murmelte der Junge.

Maarten war jetzt ebenfalls aufgestanden und wartete ab.

Der junge Mann bemerkte es, zögerte und nickte. »Tag, Mijnheer.«

Es schien für einen Moment, als ob er Maarten auch die Hand geben wollte, aber im letzten Moment sah er davon ab.

Maarten zögerte auch. »Tag, Mijnheer.« Es klang idiotisch, und im selben Moment ärgerte er sich, es gesagt zu haben, doch er sah keine Chance, daran noch etwas zu ändern. Gleichzeitig war er sich der Anwesenheit von Nijhuis bewusst, der bewegungslos an der Tür wartete.

»Du bist Lehrer gewesen?«, fragte Beerta.

»Ja, Mijnheer«, antwortete Veen nervös.

»Aber du konntest keine Ordnung halten, habe ich gehört.«

»Nein, ich konnte keine Ordnung halten.«

»Ich konnte auch keine Ordnung halten. Es war bei mir ein einziges D-durcheinander.«

»Bei mir war es auch ein Durcheinander.« Er bewegte seinen Körper.

»Aber hier brauchst du keine Ordnung halten«, beruhigte Beerta ihn ironisch. »Wenn du nur pünktlich bist. Bist du gewissenhaft?«

»Nicht so besonders.«

»Dann wird Nijhuis dir das beibringen müssen. Gewissenhaftigkeit genießt hier Priorität. Wenn du nicht gewissenhaft bist, machst du Fehler, und das können wir uns nicht erlauben. Was wir hier tun, ist für die Ewigkeit bestimmt.«

»Ja, Mijnheer. Ich werde mein Bestes tun.« Es war deutlich zu merken, dass Beerta ihn verunsicherte. Maarten hatte Mitleid mit ihm, doch Beerta schien es eher zu amüsieren. »Gut.« Er nickte. »Ich nehme dich beim Wort.« Er wandte sich ab und setzte sich wieder, woraufhin Veen und Nijhuis den Raum verließen.

»Er ist ein bisschen halbseiden, findest du nicht?«, bemerkte Beerta, als sie die Tür hinter sich geschlossen hatten.

»Ich finde ihn ganz nett.«

»Das kann schon sein, aber er ist auch ein bisschen halbseiden.«

»Jedenfalls ist er intelligenter als der andere Bewerber.«

»Das ist natürlich schön«, gab Beerta zu. »Ich mag intelligente Menschen sehr. Obwohl d-dumme natürlich netter sind. Intelligente Menschen sind immer Strolche.«

»Solange sie einem nur wohlgesinnt sind.«

»Nein, intelligente Menschen sind immer Strolche.« Er sprach das Wort Strolche mit unterdrücktem Vergnügen aus.

Maarten reagierte nicht mehr. Das Gespräch irritierte ihn.

»Aber ich mag Strolche«, sagte Beerta mit etwas Doppeldeutigem in der Stimme.

Kurz nach dem ersten Kaffee wurde es nebenan im Raum von Fräulein Haan plötzlich laut. Maarten hörte die Stimme von Nijhuis, später auch die von Wiegel, und, alle übertönend, die geschäftige Stimme von Fräulein Haan. Es ertönte ein lauter Summton, der sofort wieder gedämpft wurde. Er hörte nun auch das Lachen von Hein de Boer und empfand dies irgendwie als Verrat. Es wurde wieder gesprochen, die Stimme von Fräulein Haan, und dann plötzlich hörte man sie erneut, zehnfach verstärkt, gefolgt von Reden und Gelächter. Beerta stand auf und ging mit beherrschten Schritten zur Tür. »Ich glaube, Fräulein Haan hat ihr Tonbandgerät bekommen«, sagte er amüsiert. Er öffnete mit einem geheimnisvollen Lächeln die Tür und verließ den Raum. Maarten lauschte dem Lärm. Er fühlte sich ausgeschlossen, doch er hatte keine Lust, sich zu den anderen zu gesellen. »Sag du jetzt mal was!«, hörte er Fräulein Haan sagen. »Nein, nein«, protestierte Beerta. »Ich sage nichts.« – »Es ist schon drauf«, rief Wiegel. – »Ist es schon drauf?«, hörte er Beerta sagen, »a-aber das ist …« Seine Worte wurden von seiner eigenen, mehrfach verstärkten Stimme und lautem Gelächter übertönt.

»Es ist ein Werk des T-teufels«, sagte Beerta genüsslich, als er zehn Minuten später den Raum betrat. »Ich finde es gruselig. Ich bin froh, dass ich damit nicht zu arbeiten brauche.« Er setzte sich an den Schreibtisch. »Und ich hoffe, dass du j-jetzt nicht auch so ein D-ding haben willst, denn das würde ich wahrscheinlich nicht überleben.«

*

Zu Nikolaus spendierte Beerta einen Spekulatius zum Kaffee, und alle durften eine Stunde früher nach Hause. Diese Aussicht sorgte dafür, dass es im Laufe des Tages immer unruhiger wurde. Als Maarten nachmittags mit ein paar Päckchen Karteikarten durch das erste Zimmer ging, stand Wiegel vor dem Ofen, die Hände auf dem Rücken, das Kinn hochgereckt und die Lippen geschürzt. Die anderen schauten lachend zu, nur Balk arbeitete in seiner Ecke am Fenster unbeirrt weiter.

»Hast du Pater Cambach noch gekannt?«, fragte Wiegel, als er Maarten hereinkommen sah. Er fiel sofort in seine normale Haltung zurück.

»Nein«, sagte Maarten.

»Pater Cambach«, kündigte Wiegel an. Er hob sein Kinn wieder etwas hoch. »Tag, P-pater«, sagte er steif, mit einem kurzen Nicken. Dann schob er seinen Bauch nach vorn, legte eine Hand darauf und streckte die andere aus. »Tach, Herr Beerta.« – »Setzen Sie sich«, sagte Wiegel alias Beerta sparsam. – »Vielen Dank.« – Es war ein perfekter Rollenwechsel. »Möchten Sie eine Z-zigarre? – »Cherne.« – »Und dann ging Beerta zum Schreibtisch«, fuhr Wiegel fort, »du kennst das, und holte dort eine Kiste Zigarren heraus.« Er hob schelmisch den Finger. »Elisabeth Bas! Weil sie seiner Mutter so ähnelt!« Er lachte vergnügt. »Aber das nur am Rande. Die großen Zigarren! Und als der Pater eine nehmen wollte, zog Beerta plötzlich die Kiste weg.« Er richtete sich wieder auf und straffte sich. »Ach, wie schade. G-gerade fällt mir ein, dass wir ja F-fastenzeit haben. Und ich darf Sie doch nicht in V-versuchung führen.« Er lachte boshaft mit den anderen mit. Auf das Gelächter hin ging die Tür zum Zimmer von Fräulein Haan auf, und van Ieperen schaute kichernd um die Ecke. Als er sie dort versammelt sah, kam er herein, ein bisschen weich in den Knien und voller Vorfreude. Maarten stellte fest, dass Veerman fehlte, und als er in Richtung des Bücherregals blickte, hinter dem er gewöhnlich saß, sah er Veen, der, so glaubte er zu bemerken, etwas unglücklich wirkte.

»Aber Rotteveel hast du doch noch gekannt?«

»Ja, den schon«, sagte Maarten. »Das war noch im Hauptbüro.«

»Rotteveel!«, sagte van Ieperen. Er blies seine Backen auf und prustete keuchend durch seine zusammengepressten Lippen, woraufhin er in ein nervöses Gekicher ausbrach, das von allen ignoriert wurde.

»Das war ein scharfer Umzug«, erinnerte sich Maarten.

»Das war ein sehr schöner Umzug«, pflichtete ihm Wiegel bei.

»Was war denn da?«, fragte Meierink träge, mit einem vagen Lächeln.

»Wir hatten vom dritten Stock auf der gegenüberliegenden Seite bis hierher ein Drahtseil gespannt, quer durch den Garten«, erzählte Maarten. »Durch die Fenster, bis ganz nach hinten. »Und daran haben wir die Bücherkisten mit einem Affenzahn nach unten sausen lassen, an einer Rolle.«

»Wenn sie ankamen, riefen wir: In Deckung!«, unterbrach Wiegel.

»Und dann haben wir uns alle flach auf den Boden geworfen, unter das Fenster, während die Kiste über uns hinwegsauste«, ergänzte Maarten.

»Außer Beerta!«, sagte Wiegel lachend.

»Der hat sich in die Hose gemacht!«, kicherte van Ieperen.

In dem Moment ging die Tür erneut auf. Beerta kam herein. Er blieb in der Türöffnung stehen und blickte seine Untergebenen an.

Van Ieperen erschrak und richtete sich auf. Das Lachen erstarb. Beerta blickte ironisch im Kreis herum. »Wenn das der Nikolaus gehört hat, werdet ihr heute keinen a-angenehmen Abend haben.«

Sie lachten.

»Erinnern Sie sich noch an den Umzug hierher, mit dem Drahtseil?«, fragte Maarten.

»Nein«, antwortete Beerta steif. »Und daran will ich mich auch nicht mehr erinnern. Ich habe davon noch immer A-alpträume.«

*

An einem der letzten Tage jeden Monats kam der Buchhalter des Hauptbüros durch den Garten und brachte die Gehälter. Es war ein dicker, junger Mann in einer viel zu engen Jacke, die er stets in der Mitte zugeknöpft hatte, sodass sie sich um seinen Körper spannte. Weil er darauf bestand, dass jeder das Geld, das er in zugeklebten, durchsichtigen kleinen Umschlägen bei sich hatte, in seiner Anwesenheit nachzählte, dauerte es geraume Zeit, bis er seinen Rundgang bei Beerta beendet hatte. Im Dezember kam er etwas früher als gewöhnlich, wegen der Extraausgaben vor den Festtagen. Maarten sah ihn durch den Garten kommen, mit einem Wollschal, den er sich zweimal um den Hals geschlungen hatte, die Mappe mit den Gehaltsbriefen in der Hand. Gut eine halbe Stunde später klopfte er an der Tür. »Ja!«, rief Maarten, denn der Mann trat niemals ein, bevor er nicht dazu aufgefordert worden war.

»Tag, Herr Koning.«

»Tag, Herr Swenker.«

Während Maarten den Umschlag aufriss und das Geld nachzählte, sah Swenker zu. »Nächstes Mal bekommen Sie mehr.«

»Noch mehr?«, fragte Maarten überrascht. »Jetzt schon?«

»Man hatte Sie viel zu niedrig eingestuft. Ich habe dazu einen Vermerk gemacht. Wenn man das Studium beendet hat, wird man schon seit Jahren gleich zum wissenschaftlichen Beamten befördert. Warum man Sie als Amtsgehilfe eingestuft hat, ist mir ein Rätsel. Haben Sie denn bei Ihrem Einstellungsgespräch keine Forderungen gestellt?« Er sprach mit einem leichten Limburger Akzent.

»Hätte ich das gemusst?« Maarten schob das Kleingeld von der Schreibtischplatte in sein geöffnetes Portemonnaie und faltete das Papiergeld zusammen.

»Natürlich. Sonst sind Sie der Dumme. Wenn es um Geld geht, können Sie niemandem vertrauen.«

»Ich dachte, dass das Gehalt bei allen Beamten feststeht«, sagte Maarten erstaunt. Das Fehlen jeglichen Vertrauens in das Gute im Menschen, das aus den Worten Swenkers sprach, überraschte ihn bei jemandem mit einem so ausdruckslosen, unbeschriebenen Gesicht.

»Wenn Sie auf meinem Stuhl säßen, würden Sie schnell anders darüber denken.«

»Es ist jedenfalls sehr nett von Ihnen«, sagte Maarten verlegen. Er fühlte sich mindestens fünf Jahre jünger als sein Gegenüber, obwohl er wahrscheinlich fünf Jahre älter war.

»Dafür werde ich bezahlt«, antwortete Swenker schlicht. »Ein frohes Fest und einen guten Rutsch!« Das Letztere sagte er in einem etwas lauteren Ton, bevor er sich abwandte und zur Tür hinausging.

»Ich habe eine Gehaltserhöhung bekommen«, erzählte er, sobald er in seinem Sessel saß.

»Warum?«, fragte Nicolien erstaunt.

»Swenker sagt, dass ich zu niedrig eingestuft worden bin.«

»Aber das wirst du doch sicher nicht akzeptieren! Wir haben doch genug!«

»Natürlich akzeptiere ich das«, sagte er gereizt. »Warum sollte ich das nicht akzeptieren?«

»Weil du genug hast!«, sagte sie böse. »Weil du kein Großkotz sein willst! Stell dir das mal vor! Noch mehr Geld! Obwohl wir jetzt schon nicht wissen, wie wir es ausgeben sollen!«

»Wir brauchen es doch nicht auszugeben! Wer sagt denn, dass wir es ausgeben müssen?«

»Was sollen wir denn damit tun, wenn wir es nicht ausgeben? Vielleicht zur Bank bringen? Das willst du mir doch wohl nicht erzählen! Dass du es zur Bank bringen willst!«

»Dann gib es weg.«

»Solche Großkotze sind wir doch wohl noch nicht geworden! Dass wir unser Geld zur Bank bringen! Was glaubst du, wie viel mein Vater sein Leben lang verdient hat? Da müssen wir uns doch in Grund und Boden schämen!«

»Solange wir keine Großkotze sind, brauchen wir uns doch nicht zu schämen.«

»Aber *ich* schäme mich! Bedeutet dir das denn nichts? Ich schäme mich, dass ich mit einem Mann verheiratet bin, der ein solches Gehalt bekommt!«

»Dann musst du dir einen anderen Mann suchen.«

»Tu bloß nicht so, ich bitte dich! Mach darüber keine Witze! Ich meine, was ich sage! Ich will nicht noch mehr Geld! Und ich verlange, dass du es zurückgibst!«

Er zuckte mit den Achseln. »Das werde ich natürlich nicht tun. Ich mache mich doch nicht lächerlich.«

»Aber ich verlange es!«

»Du verlangst gar nichts!«

Sie war aufgestanden und stand wütend vor ihm. »Großkotz!

Scheißkerl! Kohle – darum geht es dir! Wenn du nur Kohle hast!« Sie machte einen missglückten Versuch, die Gebärde mit Daumen und Zeigefinger auszuführen.

Er musste lachen, doch zugleich hatte er – wehrlos wie er war – Angst, dass sie auf ihn losgehen würde, und hielt seinen Arm bereit, um sich zu verteidigen.

»Großkotz!«, sagte sie wütend.

»Ich bin kein Großkotz.«

»Wenn du das Geld akzeptierst, bist du ein Großkotz!«

»Ich bin kein Großkotz.«

»Dann gib es zurück! Sag, dass du dich weigerst, so viel Geld zu verdienen! Dass deine Frau verlangt, dass du es zurückgibst!«

»Ich gebe es nicht zurück. Sie würden mich für verrückt halten.«

»Dann will ich dich hier nicht mehr sehen! Dann fliegst du raus!«

Das machte ihn plötzlich wütend. Er sprang aus seinem Sessel auf, sodass sie erschrocken zurückwich. »Rausfliegen?«, rief er. »Rausfliegen? Wessen Haus ist das eigentlich?« Er stand drohend vor ihr. Sie blickte ihn ängstlich an, einen Arm erhoben, um sich zu schützen. »Wessen Haus ist das eigentlich?«, wiederholte er drohend.

»Mein Haus!«, sagte sie böse.

»Und meins doch sicher auch!«, rief er. Er stieß sie beiseite und ging wütend zur Tür.

»Was tust du?«, fragte sie erschrocken.

»Ich geh weg!«, sagte er böse. Er griff wütend nach seinem Mantel und zog ihn an.

»Nein, geh bitte nicht weg«, sagte sie. Sie lief hinter ihm her und hielt ihn fest. »Ich meine es nicht so. Komm schon, geh bitte nicht.«

Seine Wut legte sich, doch er war zu starrköpfig, um sich aufhalten zu lassen. »Nein!« Er versuchte, sich loszureißen. »Ich geh weg! Ich lass mich nicht so behandeln!«

»Komm schon! Lass mich jetzt nicht betteln.« Sie fing an zu weinen.

Das erweichte ihn. Widerwillig zog er seinen Mantel wieder aus und ging zu seinem Sessel zurück.

Sie ging hinter ihm her. »Ich finde es so furchtbar, dass du eine Arbeit hast«, sagte sie mit erstickter Stimme. »Ich hatte immer gehofft, dass wir zusammenbleiben würden.«

*

»Eigentlich sollteste das Fenster besser zumachen«, sagte de Bruin mit einer Kopfbewegung. »Dagegen kann ich nicht anheizen.« Er schob eine Tasse Kaffee auf Maartens Schreibtisch.

»Ja, aber dann kann ich nicht arbeiten.« Er blickte ihn an und lachte. »Ich muss das Gefühl haben, dass ich flüchten kann.«

De Bruin kicherte. »*Die* Zeit ist zum Glück vorbei.« Er blieb stehen.

»Wie alt warst du eigentlich im Krieg?«, fragte Maarten, während er die Kaffeetasse zu sich heranzog.

»Ich bin Jahrgang 1909, also rechne mal.«

»Hast du nie Probleme gehabt?«

»Einmal«, sagte de Bruin langsam. »Das war bei einer Razzia, damals, mit den Juden, da kam ich nach der Sperrstunde von meiner Verlobten, und plötzlich steht ein Kerl vor mir und hält mir das Gewehr vor den Bauch: ›Hände hoch!‹ Na, Koning, ich schwör dir, ich hab' keine Miene verzogen, aber ich hab' Blut und Wasser geschwitzt.«

Maarten nickte. Er sah de Bruin über den Rand seiner Tasse an und wartete darauf, was nun kommen würde.

»Und dann passierte es auch schon mal, dass man dachte: Das hätt' auch in die Hose gehen können, dann hättste jetzt hier nicht mehr gestanden. So wie beispielsweise, als ich noch bei Lub gearbeitet hab'. Kennst du Lub?«

Maarten schüttelte den Kopf.

»Lub war Tabakgroßhändler. Auf dem Rokin. Ist nach dem Krieg pleitegegangen. Großes Geschäft. Die hatten natürlich auch Kunden, die bei den Nazis waren. Einen kenn' ich noch. Der hatte ein Tabakgeschäft in der Kalverstraat. Den hast du sicher auch noch gekannt.«

»Ich habe damals in Den Haag gewohnt.«

»Der Bursche hat nach dem Krieg gesessen. Also – keiner traute sich da hin, um die Bestellungen abzuliefern.«

»Warum nicht?«

»Keine Ahnung. Vielleicht Angst, dass die Leute sie für Nazis halten könnten. Aber ich hab' gedacht: Wenn es für den Chef ist, dann muss es sein. Geschäft ist Geschäft. Ich nehm' also den Packen und ab zu dem Laden. Und der Bursche hinterm Tresen reißt die Hand hoch und – ›Heil Hitler!‹ Ich sag': ›Guten Morgen!‹ Einfach so, ohne mit der Wimper zu zucken. Na, zuletzt sagte der dann auch ›Guten Morgen‹, aber genauso gut hätte er mich hochnehmen lassen können, denn so 'ne Schätzchen waren es auch nicht. Aber das kennst du ja selbst auch noch.«

Maarten nickte.

»Oder ein anderes Mal. Auch so was. Da musste ich als Schiedsrichter bei einem Spiel irgendwo beim Amsterdamse Bos pfeifen. Stellte sich heraus, dass das alles Wehrmacht war. Hatte vorher keine Ahnung. Die spielten beim Turnier einfach mit. Na, und ich war der Schiedsrichter. Und nach dem Spiel bin ich einfach in die Kantine gegangen, in meiner Schiedsrichterkluft. Ich komm' da rein, und du wirst es nicht glauben, aber da war es rammelvoll mit hohen Tieren. Die saßen da und waren am Fressen, denn das war da verdammt gut. Na ja, ich komm also rein, und einer der Burschen steht auf. Er stellt sich vor mich hin und streckt die Flosse hoch: ›Heil Hitler!‹ Ja, und da stand ich in meiner Schiedsrichterkluft. Hätt' ich mich umgedreht, hätte er mich auf der Stelle erschossen. Ich streck' also die Hand aus und sag: ›Tag, Mijnheer!‹ Einfach so! Was hätt' ich auch anderes machen sollen. Aber das Essen war verdammt gut. Ob du's glaubst oder nicht, aber ich hatte lange nicht mehr so lecker gegessen.« Bei der Erinnerung rieb er sich lächelnd über den Bauch. »Und ich denke: De Bruin, das ist besser bei *dir* im Bauch aufgehoben als bei den Moffen.«

*

»Was ist mit Nijhuis los?«, fragte Maarten.

»Wieso?«, fragte Beerta.

»Weil er mich schon seit ein paar Tagen nicht mehr grüßt.«

Beerta legte den Stift weg und sah sich zu Maarten um. »Nijhuis ist verstimmt, weil ich ihm die Gehaltserhöhung verweigert habe. Ich bin mit ihm nicht zufrieden. Ich finde, dass er in letzter Zeit zu wenig tut.«

»Deswegen braucht er mich doch nicht zu ignorieren?«

»So ist Nijhuis. Ich würde mir nichts draus machen.«

Doch Maarten machte sich etwas daraus. Weil er Nijhuis in dem kleinen Raum, in dem sie eingeschlossen waren, nicht aus dem Weg gehen konnte, empfand er es als bedrohlich, und als sich dessen Haltung in den darauffolgenden Tagen nicht änderte, wurde es zu einer Obsession. Das war der Grund, weshalb er ein paar Tage später, an einem Morgen, als er ihm im Flur begegnete und wieder nicht gegrüßt wurde, plötzlich stehen blieb. »Ist eigentlich was?«, fragte er mit einer Direktheit, die ihn selbst überraschte.

Nijhuis erschrak. »Nein, warum?«

»Weil du nicht grüßt.«

Nijhuis zuckte mit den Achseln. »Warum sollte ich grüßen müssen?«

»Weil ich dich auch grüße.«

»Das sehe ich nicht ein.«

»Ich glaube, dass du nicht grüßt, weil du keine Gehaltserhöhung bekommen hast.«

Nijhuis gab darauf keine Antwort. Er sah von Maarten weg, mit einem harten, verschlossenen Gesichtsausdruck.

»Und du grüßt nicht, weil du denkst, dass ich was über dich erzählt habe.«

Zu seiner Überraschung wurde Nijhuis etwas röter. »Das denke ich überhaupt nicht. Ich grüße niemanden. Solange ich nicht weiß, wer über mich hergezogen hat, schere ich euch alle über einen Kamm.«

»Und das finde ich beleidigend.«

Nijhuis zuckte mit den Achseln. »Wenn du dich beschweren willst, musst du dich an Beerta wenden.«

»Was ist das denn für ein Unsinn«, sagte Maarten böse. »Beerta hat damit nichts zu tun. Wenn du einen von uns verdächtigst, musst du es ihm ins Gesicht sagen.«

Nijhuis reagierte nicht darauf. Sein Gesicht war wieder leichenblass, so wie immer. Er sah an Maarten vorbei, als ob er das Gespräch beenden wollte.

Da er weiterhin schwieg, wandte Maarten sich abrupt ab und ging an ihm vorbei in sein Zimmer. Das Gespräch hatte ihn aufgewühlt, und es dauerte eine geraume Weile, bis er wieder arbeiten konnte, wobei er das unangenehme Gefühl den ganzen Tag nicht loswurde.

Am nächsten Morgen beantwortete Nijhuis seinen Gruß, zurückhaltend und mit einem Nicken.

*

1958

Neben dem Büro war eine schmale Gasse, nicht viel mehr als ein Spalt zwischen den Häusern, der an einer hohen Mauer endete. Es lagen dort alte Kisten und Kartons, Unrat, der sich im Laufe der Zeit angesammelt hatte und zwischen dem manchmal Ratten herumliefen. Ungefähr in der Mitte der Gasse gab es eine Doppeltür, die über einen Abstellraum zum Flur des Büros führte. In diesem Raum konnte das Personal die Fahrräder abstellen. Die Tür wurde jeden Abend von de Bruin verriegelt und morgens wieder aufgeschlossen. Sobald Maarten sie entdeckt hatte, betrat er durch sie das Gebäude, um nicht klingeln zu müssen. Meist begann das Glockenspiel am Zuiderturm zu spielen, wenn er sich dem Büro näherte, und etwa jedes dritte Mal gelang es ihm, genau in diesem Augenblick die Gasse zu betreten und Schlag neun seinen Stuhl unter den Schreibtisch zu ziehen. Der Raum von Fräulein Haan, den er durchqueren musste, um sein eigenes Zimmer zu erreichen, war dann noch leer. Beerta war gewöhnlich schon da oder kam direkt nach ihm herein.

Am Tag nach Neujahr war Beerta der Erste. Als Maarten durch die Tür des Abstellraums den Flur betrat, sah er dessen Mantel und Baskenmütze an der Garderobe hängen, am ersten Haken, wo sie immer hingen. Der Haken wurde von niemandem sonst benutzt, auch nicht, wenn Beerta einmal ein paar Tage nicht da war. Er zögerte, fasste dann aber doch den Entschluss, dem er den ganzen Weg zum Büro mit Schrecken entgegengesehen hatte, und ging den langen Flur zurück zur Eingangstür. De Bruin war in seinem Verschlag dabei, Kaffee zu machen.

»De Bruin«, sagte er. »Ein frohes neues Jahr!« Er betrat den Verschlag und streckte seine Hand aus.

»Ja, ebenfalls«, sagte de Bruin. Sie gaben sich die Hand. »Und dass du mal ein großer Junge wirst.« Er lachte albern.

»Habt ihr noch was gemacht?«, fragte Maarten aus Höflichkeit.

»Karten gespielt und Schnaps getrunken«, sagte de Bruin. »Ist auch nicht mehr das, was es früher mal war. Und ihr?«

»Wir haben mit meiner Schwiegermutter Mensch ärgere dich nicht gespielt.«

»Geht auch. Wenn man sich nur nicht ärgert.« Er lachte über seinen Witz.

»Ich habe mich zu Tode geärgert, denn ich habe verloren.« Er war einen Schritt zurückgewichen und stand bereits wieder auf der Türschwelle.

»Und das kannste nicht gut haben.«

»Nein«, sagte Maarten lachend.

Noch mit dem Lachen im Gesicht ging er den Flur wieder zurück und bog um die Ecke, als sich in ihm alles zusammenzog. Auf dem Weg zu seinem Zimmer merkte er, dass er durch dieses kleine Drecksgespräch bereits gespannt war wie eine Feder. Ich bin ungeeignet für diese Art Traditionen, dachte er zum soundsovielten Mal. Sobald er das Zimmer betrat, schob Beerta seinen Stuhl nach hinten und stand auf. »Tag, Herr Beerta«, sagte er wie gewöhnlich.

Beerta kam ihm mit ernstem Gesicht entgegen. »Ich wünsche dir und deiner Frau zunächst einmal ein glückliches neues Jahr«, er gab Maarten die Hand, »und dann gratuliere ich dir auch noch zu deiner Ernennung zum wissenschaftlichen Beamten.« Er sah ihn feierlich an.

»Ihnen auch«, sagte Maarten verwirrt.

»Hast du angenehme Tage gehabt?«

»Wir haben meine Schwiegermutter zu Besuch.« Ihm fiel zu spät ein, dass er auch auf die Beförderung hätte reagieren müssen.

»Dieses Vergnügen ist mir unbekannt«, sagte Beerta ironisch. »Ich beneide dich.« Er wandte sich ab, wollte sich wieder hinsetzen, doch in dem Moment klopfte es bescheiden an der Tür, und sofort darauf trat van Ieperen ein, noch ohne seinen weißen Kittel.

»Herr Beerta«, sagte er, während er mit ausgestreckter Hand auf Beerta zuging. »Meinen Herzlichen!« Er kicherte nervös.

»Vielen Dank, Herr van Ieperen«, antwortete Beerta beherrscht. »Ich wünsche Ihnen dasselbe.«

»Und dir natürlich auch«, sagte van Ieperen, wobei er Maarten die Hand gab. Vor Nervosität ging er kurz in die Knie und war auch schon wieder zur Tür hinaus, als diese sofort darauf erneut aufging. Wiegel. »Herr Beerta«, sagte er vergnügt, während er mit ausgestreckter Hand zwischen Maarten und dem Tisch auf ihn zuging. »Darf ich Ihnen nach guter alter Sitte ein aufrichtig glückliches neues Jahr wünschen?«

»Das dürfen Sie«, sagte Beerta gnädig. »Ich wünsche Ihnen dasselbe.« Sie gaben sich die Hand.

»Und dir natürlich auch«, sagte Wiegel zu Maarten.

Maarten nickte.

»Und ich hoffe, dass wir beide in diesem Jahr das Vergnügen haben werden, Ihre Bibliografie im Druck erscheinen zu sehen«, sagte Beerta, der noch nicht zu Ende gesprochen hatte.

»Gelegentlich erinnern Sie mich an das Märchen vom Männchen Piggelmee«, sagte Wiegel schmunzelnd, schon wieder auf dem Weg zur Tür.

»Der hatte drei Wünsche frei«, antwortete Beerta. »Mir genügt einer.«

»Ihre Bescheidenheit wird Sie vor seinem Los bewahren«, prophezeite Wiegel mit der Hand am Türgriff.

»Ich danke Ihnen«, sagte Beerta trocken. Er hob seine Schreibmaschine vom Tisch, während Wiegel die Tür hinter sich schloss, und stellte sie auf seinen Schreibtisch. »Diese Neujahrsgratuliererei ist eine richtige Plage. Ich bin froh, wenn ich das wieder hinter mir habe.« Er begann zu tippen. Gleich darauf wurde er von Meierink unterbrochen. »Tag, meine Herren!«

Er trat auf Beerta zu, der sich wieder vom Schreibtisch erhob. »Ich wünsche Ihnen ein glückliches neues Jahr, Herr Beerta«, sagte er schleppend.

»Vielen Dank, Herr Meierink«, antwortete Beerta und gab ihm die Hand. »Ich wünsche Ihnen dasselbe und hoffe, dass Sie dieses Jahr nun endlich Ihr Lehrerexamen schaffen.«

Meierink lachte dümmlich. »Das hoffe ich auch.«

»Sie müssen sich nur immer sagen: Ausdauer und Geduld gewinnen des Glückes Huld.«

»Ja, das denke ich auch manchmal«, gestand Meierink. »Wir werden jedenfalls das Beste hoffen.« Er wandte sich Maarten zu. »Und Ihnen ebenfalls ein glückliches neues Jahr.« Er gab ihm die Hand.

»Ich danke Ihnen«, sagte Maarten. Er wollte noch »gleichfalls« sagen, doch er konnte es nicht über die Lippen bringen.

Noch bevor Meierink zur Tür hinaus war, saß Beerta bereits wieder vor seiner Schreibmaschine und tippte. Fünf Minuten später hörte er auf, zog seine Uhr aus der Brusttasche und schaute darauf. »Es sieht so aus, als ob Nijhuis diesmal nicht kommt.« Er stand auf und verließ den Raum. Maarten hörte, wie er Fräulein Haan ein glückliches neues Jahr wünschte und anschließend die Tür zum ersten Raum öffnete. Es dauerte geraume Zeit, bis er zurückkam. »Hast du dich schon mal mit dem Neuen unterhalten?«, fragte er.

»Nein«, sagte Maarten.

»Ich habe den Eindruck, dass er nicht glücklich ist.« Er nahm wieder an seinem Schreibtisch Platz. »Er hat Probleme.«

»Die hat jeder ab und zu«, wehrte Maarten ab. »So ein reines Vergnügen ist das Leben nun auch wieder nicht.«

»Nein, er hat Probleme«, beharrte Beerta. »Ich glaube, ich werde ihn mal zu mir nach Hause einladen.«

*

»Das scheint mir eine nette Aufgabe für dich«, sagte Beerta.

Es war der Brief einer Sozialarbeiterin an einem Altenheim in Assen. Sie habe von einer betagten Bewohnerin den Fragebogen des Büros bekommen und frage sich nun, ob es nicht eine gute Idee sei, wenn jemand vom Büro die Fragen erläutern und über früher erzählen könne, weil es dafür sicherlich Interesse gebe. Sie wolle dann ihrerseits dafür sorgen, dass eine Reihe von Fragebogen von den Senioren, die aus unterschiedlichen Dörfern stammten, ausgefüllt würden, als nützlicher Zeitvertreib, aber auch im Interesse ihrer schönen Arbeit.

»Was soll ich damit?«, fragte Maarten, nachdem er den Brief zweimal gelesen hatte.

»Du sollst ihr schreiben, dass du ihre Einladung zu schätzen weißt und sie in den nächsten Tagen anrufen wirst, um einen Termin zu vereinbaren. Drente ist immer eine schwierige Provinz gewesen. Und Altenheimbewohner eignen sich hervorragend dafür, weil sie normalerweise aus einfachen Verhältnissen stammen.« Er blickte kurz nach hinten, um zu sehen, wie Maarten reagierte, doch der blieb stumm. Er saß dort mit dem Brief in der Hand, unglücklich.

»Es scheint fast so, als ob du davor zurückschreckst«, frotzelte Beerta. »Ich wäre sicher für so eine kleine Spazierfahrt zu haben. Herrlich. Vielleicht bekommst du sogar ein Stück Kuchen, denn in so einem Haus hat doch ständig jemand Geburtstag. Wenn ich nicht so viel zu tun hätte, würde ich es dir sofort abnehmen.«

»Das weiß ich. Ich würde es Ihnen auch gönnen.«

Er schrieb einen Brief, dass er die Einladung gern annehme, und rief sie ein paar Tage darauf wegen eines Termins an. Eine Woche später fuhr er nach Assen, mit einem Packen Blankofragebogen und den Aufzeichnungen, die er auf dem letzten Korrespondententreffen auch schon benutzt hatte. In einem Café auf dem Markt aß er einen Strammen Max. Er saß am Fenster und sah nach draußen. Es war grau und windig, ein paar Grad über Null, der verlassene Marktplatz machte einen trostlosen Eindruck.

Der Name des Heims lautete Abendsonne. Es war ein neues Gebäude aus gelbem Stein, mit viel Glas und einer Drehtür, die in eine Halle mit Pflanzenkübeln und einem großen Aquarium führte. Dort saßen ein paar Senioren in ihren Sesseln und sahen vor sich hin, manche hatten einen Stock. Es gab einen Kiosk mit Erfrischungen und Blumen sowie einen Tresen, hinter dem ein junges Mädchen saß und häkelte. Sie legte ihre Arbeit weg, als er sich vorstellte.

»Ich möchte gern zu Frau de Jong«, sagte er.

»*Welche* Frau de Jong?«, fragte sie freundlich, mit einem deutlichen Drenter Akzent. »Wir haben hier zwei.«

Er musste auf dem Durchschlag seines Briefes nachsehen. »Frau G. A. de Jong«, sagte er, als er es endlich gefunden hatte.

»Frau Geeske de Jong«, sagte das Mädchen in ein Mikrofon, und Maarten hörte ihre Stimme aus der Tiefe des Raums hallend auf sich zukommen. »Bitte zum Empfang!«

Als ob sie darauf gewartet hätte, betrat eine junge Frau in einem grauen Kostüm durch eine Schwingtür die Halle. »Geeske de Jong«, sagte sie spontan und streckte ihre Hand aus. Sie war ungefähr in seinem Alter.

Maarten zögerte. »Koning«, denn er fand es nach kurzer Überlegung doch etwas komisch, »Maarten Koning« zu sagen.

»Sollen wir erst eben zu mir gehen?«, schlug sie vor.

Er folgte ihr durch die Schwingtür, in dem Gefühl, dass er dies schon einmal erlebt hätte, doch er konnte sich nicht erinnern, wo es gewesen war. Ein alter Mann, der mit weit offenem Hosenstall an der Wand lehnte, wollte sie ansprechen. »Nein, Gijs, gleich«, sagte sie abweisend, »erst dieser Mijnheer«, woraufhin der Angesprochene ein paar unartikulierte Laute ausstieß.

»Solche Bewohner werden gleich auch dabei sein«, sagte sie, während sie die Tür hinter ihm schloss. »Setzen Sie sich. Und deshalb wollte ich Sie vorher lieber warnen, denn es gibt auch Gute unter ihnen. Wir wollen nur keinen Unterschied machen. Rauchen Sie?« Sie selbst hatte sich hinter einen kleinen Schreibtisch gesetzt, schob ihm ein Päckchen Zigaretten zu und schlug die Beine übereinander.

»Nur Pfeife.« Ihn machte die Situation plötzlich verlegen, vielleicht, weil sie gleichaltrig waren. Es erstaunte ihn, dass die Frau ihm gegenüber so sachlich blieb.

Sie selbst steckte sich eine Zigarette an, eine lange Filterzigarette, und mit einer lässigen Handbewegung machte sie die Flamme aus. »Sie werden wohl damit rechnen müssen, dass das Niveau hier nicht besonders hoch ist, sodass Sie es am besten so einfach wie möglich halten. Sie müssen sich nur denken: Es ist für diese Menschen eine Ablenkung. Es holt sie für einen Moment aus dem Alltagstrott. Darum sind wir froh über jeden Besucher. Haben Sie vielleicht eine besondere Verbindung zu Drente?« Sie inhalierte tief und blies den Rauch langsam wieder aus.

»Im Krieg habe ich ein paar Monate bei einem Bauern in Grollo gewohnt.« Die Tragweite der Frage entging ihm.

»Schade, denn die Leute hier wollen immer gern wissen, wo jemand herkommt. Das bricht das Eis. Wie möchten Sie, dass ich Sie vorstelle?«

»Als Mitarbeiter des Büros.«

»Doktor, Doctorandus?«

»Nein, einfach Herr Koning.« Er lächelte.

Es schien, als ob sie das verwirrte. Sie wurde rot. »Sie haben doch studiert?«

»Das hat nichts zu bedeuten.« Ihm drängte sich das Gefühl auf, in einem Theaterstück gelandet zu sein. Das amüsierte ihn, und er merkte, dass es sie verunsicherte.

»Haben Sie vielleicht noch einen besonderen Wunsch?«, fragte sie, plötzlich verlegen.

»Nein, ich werde dann schon sehen.«

»Ich habe ein paar unserer besten Bewohner gebeten, sich nach Ihrem Vortrag im Erker einzufinden, um die Fragebogen auszufüllen.«

Sie sah ihn an, unsicher, wie er es aufnehmen würde.

Er begriff, was von ihm verlangt wurde. »Dem schließe ich mich natürlich gerne an.«

Der Saal war voll, als sie hinter einer Frau eintraten, die in einem Bett lag, das von zwei Pflegerinnen durch den Flur vor ihnen hergerollt wurde. Es roch bereits stickig. In der vordersten Reihe standen ein paar Rollstühle. Zwischen den alten Leuten in geblümten Kleidern und grauen Anzügen mit grauen oder kahlen Köpfen saßen hier und da Pflegerinnen in weißen Kitteln. Er blickte in den Saal, seine Tasche in der Hand, während Frau de Jong zum Rednerpult ging, und hatte das Gefühl, am falschen Ort zu sein. Sie kündigte ihn als Herrn Koning an, der den weiten Weg aus Amsterdam hierhergekommen sei, um etwas über früher zu erzählen, der hier aber auch nicht ganz fremd sei, da er im Krieg ein paar Monate bei einem Bauern in Grollo gewohnt habe. Er schmunzelte, als sie das sagte, und sah über die Köpfe hinweg zur Wand, an der eine Eisenplastik angebracht war. Im Saal verursachte die Mitteilung einige Aufregung, doch als er seinerseits zum Rednerpult ging, wurde es bedrohlich still. Er holte die Mappe mit Aufzeichnungen aus seiner Tasche und blickte ins Publikum.

»Meine Damen und Herren.« Er sah auf all die fremden alten Menschen und fühlte sich überflüssig. »Ich komme zwar aus Amsterdam, aber meine Eltern kommen aus Zwolle, und das ist schon ein Stück näher, nahe genug, um mich hier zu Hause zu fühlen.« Er hörte seine Stimme und fühlte sich wie ein Hanswurst. »Mein Großvater war dort Bäcker«, fuhr er fort in dem Versuch, nicht nur räumlich, sondern auch sozial näher an sein Publikum heranzurücken, ein einfacher Junge aus einfachen Verhältnissen, »und *sein* Großvater hat noch als kleiner Junge gegen Ende der französischen Besatzung die Kosaken durch den Sassenpoort reiten sehen. So nahe ist die Vergangenheit.« Weil ihn die heraufbeschworene Erinnerung an seinen Urgroßvater und vor allem den Sassenpoort aufwühlte, hatten die letzten Worte mehr Kraft, doch es war nicht zu merken, dass sie Eindruck machten – im Saal blieb es totenstill. »Für diese Vergangenheit interessiert sich unser Büro«, fuhr er fort, beflügelt von seiner eigenen Rhetorik, »nicht die Vergangenheit, die in den Geschichtsbüchern steht, die Vergangenheit von Fürsten, Edelleuten und hohen Magistratsdienern, sondern uns interessiert das, was einfache Leute sahen, taten, dachten und glaubten. Und weil diese Vergangenheit nie aufgeschrieben worden ist, ist der einzige Ort, an dem sie noch fortlebt, Ihre Erinnerung. Es sind die Geschichten, die Sie von Ihrem Vater und Ihrer Mutter gehört haben und die diese wiederum von ihren Vätern und Müttern gehört haben, so wie in meiner Familie die Kosaken bis auf den heutigen Tag durch den Sassenpoort reiten.«

Er machte eine kurze Pause. Er spürte keinen Kontakt zum Saal, und ihm wurde klar, dass er über ihre Köpfe hinwegredete. »Und das sind nur die Kosaken«, sagte er, in einem Versuch, sich wieder von dieser allzu persönlichen Vergangenheit zu befreien, auf der Suche nach einer anderen Tonhöhe. »Es gibt Beispiele dafür, dass die Erinnerung der Leute viele Hunderte von Jahre zurückreicht, so wie im Brabanter Peel, wo sich die Menschen von einer Generation zur nächsten erzählten, dass dort ein Mann mit einem Goldhelm begraben läge, bis vor einiger Zeit am angegebenen Ort das Grab eines römischen Zenturios entdeckt wurde, in voller Kriegsausrüstung und mit einem Kupferhelm.« Der Saal reagierte nicht auf diese phantastische Geschichte. Sie ließen seine Worte gelassen über sich ergehen, während er mühsam weiterlavierte. Dass er an ihr Wissen appellierte, das die Generationen ihrer Vorfahren in ihnen angehäuft hatten und das mit ihrem Tod verloren zu gehen drohte, schien sie nicht im mindesten anzusprechen. Jedenfalls gab niemand ein Lebenszeichen von sich, während er ein Beispiel nach dem anderen anführte. Sie reagierten nicht einmal, als er auf dem Gebiet der Volksheilkunde gelandet war, auf dem doch das Wissen Dutzender Generationen von Großmüttern und Heilern in Hülle und Fülle vorhanden sein musste. Mit dem Gefühl, einen Sack Mehl mit sich zu schleppen, dachte er schließlich nur noch an den Schlussstrich, und er hatte den Eindruck, dass der Applaus, mit dem seine Schlussworte empfangen wurden, vor allem Erleichterung ausdrückte. Was Geeske de Jong anschließend sagte, um ihm zu danken, entging ihm. Er hörte nur, dass sie fragte, ob es noch Fragen gäbe oder vielleicht sogar jemand selbst etwas erzählen könne. Für einen Moment sah es so aus, als ob dies nicht der Fall wäre, doch gerade, als er hoffnungsvoll zur Seite sah, in Erwartung des Zeichens für den Abmarsch, hob ein Mann die Hand.

»Ja, Herr Zwiers?«, fragte Frau de Jong.

»Was bedeutet eigentlich der Name Rolde?«, fragte der Mann.

»Das weiß ich nicht«, antwortete Maarten, in dem Gefühl, durchgefallen zu sein.

»Denn ich habe wohl mal gehört, dass der sehr alt ist.«

»Das ist er doch sicher auch, nicht wahr, Herr Koning?«, sagte sie.

»Ja, das ist er sicher«, sagte Maarten.

»Sollte es nicht etwas mit den Hünengräbern zu tun haben?«, schlug der Mann vor, »von rollen, so wie ›Ballo‹ von ›Ball spielen‹?«

Maarten zögerte. »Das scheint mir nicht wahrscheinlich.«

»Denn die Steine mussten gerollt werden«, brachte der Mann vor, »die kann man nicht heben.«

Maarten dachte daran, dass man dann damit auch nicht Ball spielen könnte, doch die Bemerkung behielt er für sich. »Ich werde es mal für Sie nachschauen«, versprach er.

Weitere Fragen gab es nicht.

Herr Zwiers gehörte offenbar zu den zehn Besten des Heims, denn eine Viertelstunde später traf er ihn zusammen mit noch einem Mann sowie acht Frauen im Erker. Maarten teilte die Fragebogen aus, und Frau de Jong gab jedem einen Bleistift.

»Vielleicht können sie die Fragen zuerst kurz durchlesen, bevor wir darüber reden«, schlug Maarten vor.

»Wenn Sie sich den Fragebogen nun erst einmal durchlesen«, sagte Frau de Jong zu den Bewohnern, »anschließend sagt Herr Koning Ihnen dann, was Sie tun sollen.«

»Ich kann meine Brille nicht finden«, sagte eine kleine Frau, während sie nervös in ihrer Tasche wühlte.

»Die haben Sie ja auf«, sagte Frau de Jong lachend.

Die Frau wurde rot. »Ach ja, wie kann ich bloß so dumm sein.«

In der Gewissheit, dass dies alles vollkommen sinnlos war, und nur mit dem Bedürfnis, weit weg zu sein, blickte Maarten an ihnen vorbei nach draußen. Der Erker bot Ausblick auf einen kahlen Streifen Erde, der von einer niedrigen Hecke abgeschlossen wurde. Dahinter lag eine Verkehrsstraße. Es regnete. Der Regen fiel vor den Scheinwerfern der vorbeifahrenden Autos schräg nach unten. Zwiers saß neben ihm. Er hielt den Fragebogen, den Maarten ihm gegeben hatte, weit von sich entfernt und las angespannt. Seine Hände zitterten ein wenig, große, rote Bauernhände mit breiten, flachen Daumennägeln. Die Frau neben ihm bewegte die Lippen, wobei sie mit den Fingern den Worten folgte. An der anderen Seite des Tisches hatten zwei Frauen den Fragebogen zur Seite geschoben und ihre Stricksachen hervorgeholt. Er schämte sich für seine Anwesenheit und empfand sich als Parasit, der sein Geld mit klugen Sprüchen verdiente, die keinen von ihnen interessierten, die ihnen aber als etwas ganz Besonderes aufgetischt wurden.

»Sollen wir dann mal anfangen?«, fragte Frau de Jong.

Während er erklärte, worum es ging – dass sie alle nur aufschreiben sollten, was sie gehört, nicht aber, was sie gelesen hätten, und sie dabei nicht ausführlich genug sein könnten –, kamen zwei Frauen miteinander ins Gespräch. Sie schwiegen kurz, als Frau de Jong leise zischte, doch nicht lange, und er fand eigentlich, dass sie recht hatten, auch wenn es störte. »Vielleicht können wir am besten mal ein Beispiel nehmen«, sagte er. »So wird dort etwa gefragt, was mit der Nachgeburt des Pferdes passierte. Hat einer von Ihnen schon mal gesehen, dass man die in einen Baum hängte?«

»Ja, ich«, sagte eine der Frauen zu seiner Überraschung. Es war die kleine Frau mit der Brille. Sie hatte ein Gesicht voller Runzeln, wie ein schrumpliger Apfel.

»Ach, red doch keinen Unsinn«, sagte die Frau neben ihr.

»Doch, natürlich, bei Jan Naarding.«

»Ach, was redest du da«, sagte die andere kratzbürstig. »So zurückgeblieben sind wir nicht.«

»Wo war das denn?«, fragte Maarten interessiert. »Ich meine, in welchem Dorf?«

»In Zuidvelde«, antwortete die erste schüchtern, »bei Norg.«

»Und Sie?«, fragte Maarten die andere. »Wo kommen Sie her?«

»Auch aus Zuidvelde«, antwortete die Frau widerstrebend. »Wir sind ja Schwestern.« Sie war fast einen Kopf größer und hatte im Gegensatz zu ihrer Schwester ein launisches, beleidigtes Gesicht.

»Bei uns hieß das nicht ›Nachgeburt‹, sondern ›Haom‹«, sagte der zweite Mann unerwartet. Es war ein kleiner Mann mit einer Mütze und einem krummen Rücken. Er hatte einen Zigarrenstummel zwischen den Lippen.

»Haom?«, wiederholte Maarten.

Der Mann schüttelte den Kopf. »Haom!«

»Wie schreibt sich das denn?«

»Das kann man nicht schreiben. Das ist Drenter Dialekt.«

Er verstand das Problem. »Und was hat man bei Ihnen damit gemacht?«

»Das haben sie in den Baum gehängt.« Als ob sich das von selbst verstünde.

»Warum haben sie das gemacht?«

»Damit das Fohlen später den Kopf hochhielt.«

»Und Sie haben das auch gemacht?«

»Alle haben das gemacht.«

»Nein, bei uns hat man das nicht gemacht«, fuhr die zweite Frau erneut streitsüchtig dazwischen. »So rückständig waren wir ja nicht.«

Sogar die strickenden Frauen folgten nun dem Gespräch. Je mehr Leute sich daran beteiligten, umso wirrer und unwirklicher wurde es, sodass er dem Himmel dankte, als um fünf die Essensglocke geläutet wurde. Die freundliche Einladung, doch einen Happen mitzuessen, schlug er aus. Im Übrigen konnte er vor lauter Kopfschmerzen nicht mehr aus den Augen schauen und hätte es nicht sehr viel länger ausgehalten.

*

Sobald Maarten das Zimmer betrat, rückte Beerta seinen Stuhl eine Vierteldrehung herum und sah ihn an. »Ich höre.«

»Was wollen Sie hören?«, fragte Maarten widerstrebend. Er legte sein Brot in die oberste Schublade seines Schreibtisches und setzte sich.

»Wie war es?«

»Es war unanständig.«

»Unanständig?«

»Gut, dann eben pervers.«

»Pervers?«

»Ich habe mich wie ein Leichenfledderer gefühlt. All die Leute, die in ihren Betten und Rollstühlen in einem Saal zusammengetrieben werden, während sie doch wohl Besseres zu tun haben, nur weil wir lieber auf einem Stuhl sitzen als eine Schippe in die Hand zu nehmen, wie sie es ihr Leben lang getan haben. Und das muss dann auch noch als etwas Außergewöhnliches verkauft werden, obwohl es das in Wirklichkeit nicht ist.«

Beerta lauschte schmunzelnd. »Was bist du doch für ein eigenartiger Bursche. Ich mag das.«

»Ja, natürlich.« Er lachte, obwohl er es nicht wollte.

»Und wie viele Fragebogen hast du wieder mitgebracht?«

»Nicht einen einzigen.«

»Nicht einen einzigen?«

»Nein. Und darum ging es auch nicht. Das Einzige, worum es dieser Frau de Jong ging, war, dass ich da eine Kabarettvorstellung auf gehobenem Niveau gegeben habe. Aber es war doch wohl nicht das, was sie erwartet hatte.«

»Du bist da also ganz umsonst hingefahren?«

»Völlig umsonst! Vielleicht kriege ich noch einen Fragebogen nachgeschickt, aber sogar das bezweifle ich.«

»Na ja, wenigstens hast du dich gut amüsiert«, sagte Beerta und schob seinen Stuhl wieder zurück.

*

»Setzen Sie sich«, sagte Beerta gemessen.

Veerman zog einen Stuhl unter dem Tisch hervor und stellte ihn direkt vor Beerta, sodass sie fast Knie an Knie saßen.

»Ich habe Sie ein paar Mal vergeblich gesucht.«

»Ich war nicht da.«

»Das habe ich gemerkt. Aber Sie hätten da sein müssen.«

Veerman reagierte nicht. Als Maarten sich umblickte, sah er, dass er seinen Kopf etwas nach vorne geschoben hatte und rot geworden war.

»Sie wissen, dass wir eine Dreiviertelstunde Mittagspause haben und nicht anderthalb, wie Sie das gelegentlich machen.«

Veerman war nun puterrot. Es war beängstigend zu sehen, wie die Wut sich in seinem Kopf aufstaute. »Und wer sagt das?«, brach es aus ihm hervor.

»Ich sage das«, sagte Beerta ungerührt.

»Und was gibt Ihnen das Recht dazu?«

»Das ist meine Pflicht.«

»Das ist Ihre Pflicht!«, wiederholte Veerman wütend. »Wissen Sie eigentlich, wer hier vor Ihnen sitzt?« Er schob seinen Kopf noch weiter nach vorn, sodass seine Nase fast die von Beerta berührte, der jedoch nicht zurückwich. »Vor Ihnen sitzt ein Genie, Herr Beerta! Und Genies tadelt man nicht, wenn sie zu spät kommen.«

»Da bin ich anderer Meinung, Herr Veerman. Auch Genies müssen pünktlich sein.«

»Genies haben ihre eigene Zeit!«, rief Veerman wütend.

Maarten hatte aufgehört zu arbeiten. Er beobachtete die Szene, bereit, zu Hilfe zu eilen, wenn es nötig sein sollte, auch wenn er keine Ahnung hatte, wie er das bewerkstelligen sollte.

»Denken Sie nur an Kant«, sagte Beerta, ohne auch nur mit der Wimper zu zucken. »Kant war ein Genie, aber auch ein Mann, der die Pünktlichkeit liebte, wie Ihnen zweifellos bekannt sein dürfte.«

Beertas Ruhe brachte Veerman fast zur Explosion. Er hatte sich von seinem Stuhl erhoben und stand nach vorne gebeugt vor Beerta. »Ich habe mit Ihrem Kant nichts zu schaffen!«, schrie er, mit geballten Fäusten. »Ich gehorche meinen eigenen Gesetzen!«

»Aber hier gelten die Gesetze des Büros«, beharrte Beerta. Er war mit diesem Kopf so dicht vor sich in seiner Haltung erstarrt, und Maarten gewann den Eindruck, dass es nicht gut ausgehen könnte.

»Wissen Sie, was Sie sind?«, schnauzte Veerman Beerta an. »Sie sind, Sie sind …« Er suchte nach dem passenden Wort, wich aber etwas zurück, als Beerta sich langsam erhob.

»Und jetzt gehen Sie besser wieder an die Arbeit«, sagte Beerta ruhig, »bevor Sie beleidigend werden, denn das werden Sie später nur bereuen.«

»Ein popliger kleiner Bürokrat«, brach es aus Veerman hervor. »Das sind Sie, Herr Beerta! Ein engstirniger Bürohengst!«

Beerta stand aufrecht da und sah ihn regungslos an, ohne zu reagieren.

»Und das werde ich nicht bereuen!« Er wandte sich ab und verließ den Raum.

Beerta blieb noch einen Moment stehen. Dann drehte er sich um und nahm wieder an seinem Schreibtisch Platz. »Da hätte nicht mehr viel gefehlt«, sagte er trocken. »Ich habe wirklich einen Moment geglaubt, dass mein letztes Stündchen geschlagen hat.«

»Dafür haben Sie sich aber gut gehalten«, fand Maarten.

»Das hat nichts zu sagen«, entgegnete Beerta. »Das ist Angst. In Wirklichkeit habe ich mich zu Tode geängstigt. Ich war froh, dass du hier im Raum warst.«

*

Als Maarten auf dem Weg zu seinem Zimmer den Raum von Fräulein Haan durchquerte, kam de Bruin dort gerade heraus. »Hast du schon von Veerman gehört?«, fragte er.

»Was ist mit Veerman?«, fragte Maarten.

»Tot!«

»Tot?«, sagte Maarten überrascht.

»Schlaganfall! Auf dem Klo!«

»Hier bei uns?« Er blickte unwillkürlich in Richtung der Toiletten.

»Zu Hause! Seine Zimmerwirtin hat gerade angerufen.« Er ging weiter.

Beerta saß hinter seinem Schreibtisch und schrieb.

»Veerman ist tot?«, fragte Maarten.

Beerta drehte sich um und sah ihn an. »Ja, Veerman ist tot«, sagte er feierlich.

Maarten öffnete nachdenklich die Schublade seines Schreibtisches und legte sein Brot hinein. Danach setzte er sich langsam.

Beerta hatte ihn die ganze Zeit beobachtet. »Gleich kommt seine Zimmerwirtin zu Besuch.«

Maarten reagierte nicht darauf. Mechanisch zog er den Karton mit Fragebogen zu sich heran, legte einen Stapel mit dem Kopf nach unten neben den Karton, mit der Pappe, die sie von den übrigen trennte, obenauf, und schlug den nächsten Fragebogen auf. »Das kam unerwartet.«

»Ja, das kam unerwartet«, pflichtete Beerta ihm bei. Er wandte sich ab und machte sich wieder an die Arbeit.

In Gedanken sah Maarten Veerman mit seinem roten Gesicht, dem nach hinten an den Kopf geklatschten, dünnen Haar und seinem gestopften Pullunder über dem roten Hemd gebückt vor den Regalen des Ausschnittarchivs sitzen. Obwohl er ihn nie besonders sympathisch gefunden hatte, spürte er jetzt einen unbestimmten Verlust. Die Tür wurde geöffnet. »Was höre ich? Veerman ist tot?« – die schrille Stimme Fräulein Haans.

Beerta legte seinen Stift wieder hin und sah sich um. »Ja, Dé, Veerman ist tot.«

»Wie kam das denn so plötzlich?« Die linke Seite ihres Gesichts zuckte nervös, als Maarten sie ansah. Sie war an der Tür stehen geblieben.

»Solche Dinge geschehen immer plötzlich.«

»Hatte es vielleicht etwas damit zu tun, dass du dich gestern mit ihm gestritten hast?«

»Das ist möglich«, sagte Beerta zurückhaltend.

»Ich habe dir oft genug gesagt, dass du den Mann schonen musst! Wo er immer so schrecklich aussah!«

»Ja, Dé.«

»Warum hörst du dann nicht auf mich?«, fragte sie böse. »Jetzt hast du die Scherereien.«

Beerta gab darauf keine Antwort. Sie drehte sich um und verließ den Raum wieder.

»Frau Haan geht die Sache nahe«, stellte Beerta fest, während er sich wieder an die Arbeit machte. »Sie hat sehr an Veerman gehangen.« Es lag eine bösartige Ironie in seiner Stimme.

Einige Minuten später kam Wiegel herein. Als er sah, dass Beerta arbeitete, ging er weiter bis zu dessen Schreibtisch. »Ich höre, dass Veerman tot ist?« Seine Stimme klang beunruhigt, und seine Haltung wirkte feierlich, als er die Fingerspitzen einer Hand auf den Rand des Schreibtisches stützte, als wolle er auf diese Weise seine Betroffenheit zum Ausdruck bringen.

»Ja, Veerman ist tot«, bestätigte Beerta und sah auf.

Wiegel schwieg einen Moment. »Das tut mir sehr leid.«

»Mir auch.«

»Er war ein besonderer Mensch.«

Beerta nickte.

»Sehr belesen. Ein Mann mit außergewöhnlichen Gaben.«

Beerta spitzte die Lippen, ohne zu antworten. Er blinzelte nervös mit dem linken Auge.

»Ich werde ihn vermissen.«

»Wir werden ihn alle vermissen«, meinte Beerta.

»Sollen wir noch etwas tun?«

»Wir werden Blumen schicken, und ich habe vor, zur Beerdigung zu gehen.«

»Das ist doch das Mindeste.«

»Kümmern Sie sich dann um die Blumen?«, fragte Beerta.

Veermans Zimmerwirtin kam bereits um halb zehn. Sie war eine einfach gekleidete Frau, mit einer schwarzen Handtasche und einem Hut mit aufgesetztem Schleier.

»Darf ich Ihnen zunächst einmal mein Mitgefühl bekunden?«, sagte Beerta, nachdem sie sich vorgestellt hatten.

»Na, zum Glück waren wir weder verwandt noch verschwägert«, sagte die Frau. Man hörte, dass sie sich Mühe gab, vornehm zu reden.

»Das verstehe ich, aber Sie haben dennoch ein paar schwere Stunden hinter sich.«

»Das kann man wohl sagen! Es war schrecklich! Darf ich?« Sie setzte sich, nahm ihre Handtasche zuerst auf den Schoß, stellte sie dann aber doch neben sich auf den Boden.

»Wie ist das eigentlich genau passiert?«, fragte Beerta mit einer Stimme voller Anteilnahme.

»Das kann ich Ihnen erzählen. Ich war zufällig wach, denn ich schlafe schlecht, und dann nehme ich auch schon mal eine Tablette, aber die helfen oft nicht, und dann werde ich doch wieder wach, und da hörte ich Veerman zur Toilette gehen, das machte er nachts öfter, denn er hatte einen schlechten Stuhlgang, wie es aussieht, und da hörte ich plötzlich einen Schrei, schrecklich, und dann rief Fräulein Versteegen, die wohnt auch bei mir zur Miete, die rief: ›Oh, Fräulein Hofman, kommen Sie schnell und schauen Sie, ich glaube, Herrn Veerman ist schlecht geworden.‹ Na, und dann habe ich meinen Morgenmantel angezogen, und da saß er, aber da war er schon tot.«

Beerta nickte. »Das muss ja furchtbar gewesen sein.« Die Anteilnahme in seiner Stimme hatte etwas Scheinheiliges.

»Es war entsetzlich, denn so mitten in der Nacht, um drei Uhr morgens, bekommt man nicht so schnell Hilfe, denn ich habe auch kein Telefon, sodass er, als sie endlich kamen, schon so steif war, dass sie ihn nicht mal in sein Zimmer kriegen konnten, denn er ist ein großer, stämmiger Mann, und da haben sie ihn in den Flur gelegt, und da hat er bis acht Uhr gelegen.«

»Ganz fürchterlich.«
»Ich werde nie wieder an einen Mann vermieten.«
»Das verstehe ich.«
»Aber weshalb ich eigentlich gekommen bin: Veerman hatte noch Mietschulden bei mir, und ich habe ihm auch was geliehen, das ich nie zurückgekriegt habe, und ich habe mich gefragt, ob hier vielleicht noch etwas Geld für mich liegt, und er muss auch sein Gehalt noch kriegen, hat er gesagt.«
»Unser Gehalt bekommen wir immer am Monatsende.«
»Das kann ich also nicht mitnehmen?«
»Das wird ein Notar regeln müssen.«
»Und werde ich dann benachrichtigt?«
»Darüber werden Sie benachrichtigt.«

»Was denkt sich so eine Frau bloß«, sagte Beerta, nachdem er sie hinausbegleitet hatte. »Man muss dem Himmel danken, dass man keine Zimmerwirtin hat.«
»Es gibt auch nette.«
»Wenn sie nett sind, dann deshalb, weil sie mit einem ins Bett wollen«, sagte Beerta zynisch.

Van Ieperen hielt Maarten an, als der kurz danach vorbeikam. Fräulein Haan saß nicht an ihrem Schreibtisch, ihre Lampe war jedoch an. »Sie haben gestern Streit gehabt, nicht wahr?«, fragte er verschwörerisch.
»Wer?«, fragte Maarten widerstrebend.
Van Ieperen machte eine Kopfbewegung zur Tür. »Beerta und Veerman, darüber, dass er in der Mittagspause immer so lange wegbleibt.« Er sprach gedämpft, aus Angst, man könnte ihn hören.
Maarten schüttelte den Kopf. »Streit ist zu viel gesagt.«
»Ja, ich weiß es natürlich auch nicht«, sagte van Ieperen rasch. Er machte eine Kopfbewegung zum Schreibtisch von Fräulein Haan. »Aber das sagt Dé. Sie sagt, dass er davon wohl den Schlaganfall bekommen hätte.«
»Woher will sie das denn wissen?«, sagte Maarten irritiert. »So etwas lässt sich doch niemals genau feststellen?«

»Natürlich nicht«, sagte van Ieperen sofort. Er gab Maarten einen Stoß mit dem Ellbogen. »Das weiß doch niemand. Und das muss gerade sie sagen! Wo sie sich doch ständig bei Beerta über ihn beschwert hat. Sie und Meierink. Sie ist sogar einmal bei van der Haar gewesen, um sich zu beschweren.«

»Ja? Warum?«

»Keine Ahnung. Weil er sich nie an seine Zeiten hielt und so, und weil er ja *bloß* vom Sozialamt geschickt worden war.« Er hielt plötzlich inne. »Aber das hast du nicht von mir gehört!«

Maarten schüttelte den Kopf.

Van Ieperen lachte mit einem nervösen Schulterzucken und wurde dann erneut vertraulich. »Und diese Frau? Was wollte diese Frau bei Beerta?«

»Das war seine Zimmerwirtin. Die hat ihn gefunden.«

»In seinem Bett.«

»Nein, auf dem Klo.«

»Auf dem Klo? Dé sagte, dass er im Schlaf gestorben sei.«

»Nein, auf dem Klo.«

Van Ieperen hatte nicht mehr die Zeit, darauf zu reagieren, denn die Tür am Ende des Zimmers öffnete sich. Er richtete sich auf, tauchte die Feder in die Tinte und schob die Reißschiene hoch, während seine Augen die Punkte suchten, die er miteinander verbinden musste.

Ziemlich verstimmt ging Maarten weiter zum ersten Raum. Balk und Frans Veen saßen auf ihren Plätzen. Meierink, Wiegel und Nijhuis standen in der hinteren Ecke und unterhielten sich, Wiegel mit der Hand auf Veermans Schreibtisch gestützt. Maarten gesellte sich zu ihnen. »Und was niemand weiß«, sagte Wiegel ernst und wandte sich Maarten zu, »ist, dass er sich 1936 geweigert hat, bei den Olympischen Spielen in Berlin anzutreten, einer von ganz wenigen! Obwohl er doch sicher eine Bronzemedaille geholt hätte.«

»Das wusste ich nicht«, sagte Maarten.

»Das wusste ich auch nicht«, sagte Meierink träge.

Nijhuis lehnte sich an das Regal, mit dem Kopf nach hinten gegen den Pfosten, und sah wortlos zu.

»Das weiß keiner«, wiederholte Wiegel. »Denn wenn es *einen* bescheidenen Menschen gegeben hat, war er es. Daran können wir uns alle ein Beispiel nehmen.« Er blickte Maarten starr an, als ob er ihn damit im Besonderen meinte.

*

Veerman wurde auf dem Ostfriedhof beerdigt. Außer de Bruin, van Ieperen und Fräulein Haan fuhren sie alle mit der Straßenbahn dorthin, Beerta in einem dunklen Mantel und einem schwarzen Filzhut, die anderen in ihrer Alltagskleidung. Nicht weit vom Eingang entfernt fuhr Fräulein Haan mit ihrem kleinen Auto hupend an ihnen vorbei.

»Deetje hat sich einen Renault gekauft«, stellte Nijhuis fest.

»Und sie hat ihn ›Bär‹ genannt«, sagte Wiegel, verstohlen lächelnd.

»Nach mir also«, bemerkte Beerta schmunzelnd.

Die so besiegelte Vertraulichkeit von Männern unter sich, gemeinsam auf einer wichtigen Mission, steigerte sich noch, als sie Fräulein Haan am Eingang des Friedhofs mit einem Polizisten bei ihrem Auto antrafen, auf einem Platz, wo sie nicht hätte parken dürfen. Mit einiger Schadenfreude warteten sie in gebührendem Abstand auf sie, bis sie sich ihnen anschloss. Unmittelbar darauf fuhren der Leichenwagen und ein einziges Begleitfahrzeug langsam auf den Friedhof. Aus dem Begleitfahrzeug stiegen drei Frauen. Zwei von ihnen waren verschleiert, in der dritten erkannte Maarten die Zimmerwirtin. Sonst war niemand da. Langsam gingen sie hinter der Bahre mit den drei Frauen durch die stillen Alleen zum äußersten Ende des Friedhofs, wo ein Grab ausgehoben worden war. Es war einer der ersten Frühlingstage, fast windstill und mit einem fahlen Sonnenlicht. Die Bäume waren noch kahl, doch über den Sträuchern lag ein zarter Hauch von Grün, und von überall her zwitscherten und trällerten Vögel. Dazwischen war das Geräusch ihrer Schritte zu hören. Während sie sich in einem Kreis rund um das Grab aufstellten, traten die beiden verschleierten Frauen vor und begannen, laut zu wehklagen, wobei sie sich auf die Brust schlugen. Maarten beobachtete es, ohne es zu verstehen, und sah auf den Sarg mit Veerman, auf dem ein Strauß Blumen lag. Als die Frauen zurücktraten, drängte plötzlich Veen nach vorne und legte hastig noch eine weiße Tulpe zu dem Strauß. Seine Umhängetasche trug er in der anderen Hand. In der Stille, die darauf folgte, war aus der Ferne das Rauschen des Verkehrs auf dem Middenweg zu hören. Maarten schaute auf den Sarg. Er sah Veerman vor sich, wie er sich auf dem Dam von ihm abgewandt hatte, und das Gefühl drang zu ihm durch, dass er sehr einsam gewesen sein musste. Der Bestattungsunternehmer trat vor und fragte, ob noch jemand das Wort ergreifen wolle. »Ja«, sagte jemand, in dem Maarten im nächsten Augenblick die Zimmerwirtin erkannte. »Wo sind meine Blumen? Ich habe Blumen zur Leichenhalle schicken lassen, und die sind nicht da!«

»Herrlich!«, flüsterte Balk, der neben Maarten stand. »Wie in einer Schmierenkomödie.«

Der Bestattungsunternehmer schien einen Augenblick lang nicht ganz Herr der Situation. Er wandte sich einem der Träger zu, es wurde geflüstert. Dann kehrte er an seinen Platz zurück. »Wir werden der Sache nachgehen, meine Dame«, sagte er.

»Davon hab' ich nichts!«

»Es tut uns leid. Da muss etwas schiefgegangen sein.«

Sie ließ es empört dabei bewenden.

Es wurde keine Trauerrede gehalten. Zwei Träger ließen den Sarg in die Grube hinab. Während die kleine Gruppe sich auf den Rückweg machte, trat Frans Veen an den Rand des Grabes und machte eine verlegene Handbewegung, wie zum Gruß.

Am Ausgang stieg Beerta zu Fräulein Haan ins Auto, wobei er mit seinem Hut gegen das Dach stieß. Sie blieben stehen und schauten zu. Beerta rückte den Hut wieder gerade, Fräulein Haan startete den Motor. Als sie wegfuhren, hob Beerta lächelnd die Hand. Die Stille des Vormittags und der frühe Lenz erinnerten Maarten an die Zeit, als er noch nicht im Büro gewesen war. »Sollen wir zu Fuß gehen?«, schlug er vor.

Balk übernahm mit kurzen, energischen Schritten die Führung, Meierink gesellte sich zu ihm.

»Was waren das für Frauen?«, fragte Maarten. Er ging mit Hein de

Boer, Wiegel und Nijhuis ein paar Schritte hinter Balk und Meierink her. Dahinter folgte Frans Veen, seine Tasche über der Schulter.

»Eine der beiden muss Frau Veerman gewesen sein«, antwortete Wiegel.

»War er verheiratet?«, fragte Maarten erstaunt.

»Veerman hat eine Türkin geheiratet, als er wieder mal in Geldnot war«, sagte Wiegel spöttisch. »Darin war er findig. Aber er hat sie nur einmal gesehen, die Ehe wurde nie vollzogen.«

Maarten verstand nicht, warum die Türkin Veerman dann hatte heiraten wollen, fragte aber nicht weiter.

»Am schönsten finde ich noch immer die Geschichte«, sagte Wiegel vergnügt, »wie er jedes Jahr den Marathon gewinnen musste, weil er den Wanderpokal zum Pfandleiher gebracht hatte«, er lachte, »und er gewann tatsächlich! Er war ein besonderer Mensch. Schade, dass er tot ist.«

Maarten zügelte seine Schritte, bis er neben Veen lief. Eine Weile gingen sie schweigend nebeneinanderher, den Middenweg entlang. Balk und Meierink hatten inzwischen einen ordentlichen Vorsprung. Es war zu sehen, dass Meierink Mühe hatte, das Tempo zu halten. Balk redete.

»Hast du schon mal jemanden beerdigt?«, fragte Maarten.

Veen erschrak. »Nur meine Großeltern«, sagte er scheu. »Und du?« Das Du klang zögernd.

»Meine Mutter. Und einen Lehrer von meiner Schule. An seinem Grab sang der Schulchor ›O Herr, der du die Himmelszelte webst.‹ Das fand ich wunderschön.«

»Ja«, sagte Veen vage.

Sie schwiegen.

»Wie fandest du Veerman?«, fragte Maarten.

Veen sah rasch zur Seite. »Ich fand ihn nett, glaube ich. Wieso?« In seiner Stimme lag Argwohn.

»Ich habe eigentlich nie Kontakt zu ihm gehabt.«

»Nein, vielleicht nicht.«

»Weil du eine Tulpe für ihn mitgebracht hattest.«

Veen wurde rot. »War das komisch?«

»Ich fand es sehr nett.«

»Das war, weil ich dachte«, er suchte nach Worten, »ich denke, dass er einsam war. Glaubst du nicht?«

»Ja, das glaube ich auch.« Ihm wurde klar, dass Veen sich mit Veerman identifizierte, und sah ihn wieder am Grab stehen und grüßen. Der eine Einsame grüßt den anderen. Dennoch ähnelten sie sich nicht.

Sie gingen am Zoologischen Garten vorbei. In dem kleinen Teich zwischen den grünen Sträuchern standen rosafarbene Flamingos. Es roch nach Frühling.

»Wir haben wirklich scharfes Wetter«, sagte Maarten.

»Ja«, sagte Veen. Er sah zur Seite. »Um beerdigt zu werden, meinst du.« Er lächelte.

Die Antwort überraschte Maarten und weckte sein Interesse. Er sah zur Seite.

Veen war rot geworden. »Tut mir leid«, sagte er erschrocken. »Das darf ich natürlich nicht sagen.« Er hatte eine etwas feuchte Aussprache.

Maarten lachte. »Du darfst alles sagen«, sagte er.

*

»Ha«, sagte er überrascht. Henriette saß im Zimmer.

Sie bewegte ihren Kopf nach hinten. »Ha.«

Er setzte sich in den Sessel neben dem Fenster. »Ist Henriette schon lange da?«, fragte er, Nicolien zugewandt.

»Eine Stunde.« Sie sah zu Henriette. »Eine Stunde, oder?«

Henriette nickte.

»Kommst du aus Italien?«, fragte sie.

»Luxemburg.«

»Kohle und Stahl.«

Sie nickte.

»Und Stefano?«

Sie wiegte den Kopf hin und her. »Der ist in Mailand.« Sie schwieg einen Moment. »Ich fahre Montag wieder zurück.« Offenbar wollte sie vermeiden, dass er einen falschen Schluss zog.

Er nickte und sah nachdenklich vor sich hin. »Ich arbeite«, sagte er dann.

»Wie ist das?«

Er lachte. »Idiotisch.« Er dachte an den Streit mit Nicolien nach seiner Gehaltserhöhung. »Nicolien findet, dass ich zu viel verdiene.«

»So habe ich das nicht gesagt«, protestierte Nicolien.

»Es läuft darauf hinaus.« Er sah zu Henriette. »Ich hätte natürlich Bauer werden können, aber wenn es erst einmal so weit ist, merkt man, dass es ein Hirngespinst ist. Für mich jedenfalls.« Er hatte unwillkürlich eine Verteidigungshaltung eingenommen und fühlte sich wie ein Scharlatan.

Henriette reagierte nicht.

»Ich arbeite also. Ich mache es so gut wie möglich. Aber ich glaube nicht daran, und es befriedigt mich nicht«, fasste er seine Situation zusammen. »Das einzig Gute, das sich über die Arbeit sagen lässt, ist, dass niemand sie ernst nimmt. Es ist der größte Unsinn, den man sich denken kann. Die Herkunft der Wichtelmännchen und so.« Er lachte.

»Wie viel braucht ihr?«, fragte sie.

Er verstand nicht, was sie meinte.

»Vielleicht kann ich für Übersetzungsarbeiten sorgen.«

Er blickte zu Nicolien. »Vierhundert Gulden?«

»Vierhundert Gulden sind wahrscheinlich genug«, sagte Nicolien.

»Vierhundert Gulden sind genug«, sagte er zu Henriette. »Aber die Zeit ist vorbei, dass ich jeden Moment eine neue Stelle finden könnte. Eines schönen Tages heißt es: Der Mann taugt nichts.« Er erzählte die Geschichte von der Bewerbung Frans Veens.

Sie musste darüber lachen. »Das scheint mir endlich mal ein netter Bursche zu sein. Und dieser Nijhuis ist natürlich ein großes Arschloch.«

»Das Verrückte ist, dass ich Nijhuis nicht wirklich für ein Arschloch halte. Wahrscheinlich ist er ein Arschloch, aber wenn man ihm so nahe ist, kriegt so jemand fast menschliche Züge. Vielleicht ist das der Vorteil einer solchen Stelle. Zumindest, wenn man das Vorteil nennen will.« Er sah zu Nicolien. »Wollen wir einen Schnaps trinken?« Er stand auf und holte den Genever aus der Küche, während Nicolien die Gläser auf den Tisch stellte. »Du auch einen Genever?«, fragte er Henriette.

Sie nickte.

»Und Beerta«, fuhr er fort, nachdem er einen Schluck genommen hatte. »Es ist faszinierend zu sehen, wie so ein Mann sich behauptet. So werde ich das nie können.«

»Zum Glück auch.«

»Ja, zum Glück … Aber wer ist der Glücklichere? Beerta oder wir? Ich denke, Beerta. Auf lange Sicht zumindest.«

»Tja«, sagte sie überheblich, »aber das ist …« Sie beendete ihren Satz nicht.

»Das ist, was Paul immer sagte«, begriff er.

»Genau!«

Und das traf ihn mehr, als er es sich anmerken ließ.

*

»Und jetzt habe ich vor, meine Studenten ein paar hundert Senioren interviewen zu lassen«, sagte der Besucher, »um ein Bild davon zu bekommen, wie sich die Jugend Anfang des Jahrhunderts vergnügt hat.«

»Einen Augenblick«, unterbrach ihn Beerta. »Sind Sie damit einverstanden, dass ich Herrn Koning einlade, um an diesem Gespräch teilzunehmen? Herr Koning hat nämlich ein besonderes Interesse an Senioren.«

»Gern«, sagte der Besucher.

»Setzt du dich kurz dazu?«, fragte Beerta.

Maarten stand auf.

»Professor Hussem will ein paar hundert Senioren interviewen«, sagte Beerta, nachdem er sie einander vorgestellt und Maarten sich zu ihnen gesetzt hatte. »Deine Erfahrungen werden ihn sicher interessieren.«

»Ich habe keine Erfahrungen«, wehrte Maarten ab.

»Aber natürlich. Du bist doch kürzlich noch in Drente gewesen und hast dort Senioren interviewt.«

»Aber das war ein Fehlschlag.«

»Herr Koning hat *eine* schlechte Eigenschaft«, sagte Beerta in ernstem Ton zu seinem Besucher, »und das ist, dass er sich selbst unterschätzt.« Er sah wieder zu Maarten. »Auch ein Fehlschlag kann für jemand anderen lehrreich sein.«

»Ich bin in der Tat neugierig, etwas über Ihre Erfahrungen zu hören«, sagte der Besucher. Es war ein noch verhältnismäßig junger Mann, nicht sehr viel älter als Maarten.

Maarten fühlte sich in die Enge getrieben. Was er auch sagen würde, er konnte sich nur lächerlich machen. Wenn das Beertas Absicht war, dann war es ein meisterhafter Zug. »Es war ein Fehlschlag, weil es um ein Gruppengespräch über Themen ging, auf denen ein Tabu ruht«, sagte er. »Und außerdem scheint mir ein Seniorenheim keine geeignete Umgebung zu sein, weil die Menschen dort von ihrer Jugend abgeschnitten sind.« Was er sagte, war neu für ihn, und das weckte seinen Enthusiasmus, so als ob er sich mit einem nicht für möglich gehaltenen Sprung in Sicherheit gebracht hätte. Ich bin doch verdammt intelligent, dachte er zufrieden.

»Das ist in der Tat eine lehrreiche Erfahrung«, sagte der Besucher. »Sie haben wohl nicht Soziologie studiert?«

»Nein.«

»Das dachte ich mir«, sagte der Mann freundlich. »Ein Soziologiestudent lernt so etwas im zweiten Studienjahr.«

»Warum musste ich denn mit aller Gewalt dazugeholt werden?«, fragte Maarten verstimmt, als Hussem wieder gegangen war. Er fühlte sich durch Beerta zum Gespött gemacht.

»Weil so ein Hussem nicht denken soll, dass er der Einzige ist, der sich mit dem Interviewen von Senioren beschäftigt«, sagte Beerta ernst. »Du musst immer einen Fuß in der Tür behalten.«

»Aber jetzt weiß er nur, dass das, was wir tun, nichts wert ist.«

»Das denkst *du*«, sagte Beerta. »Was hängen bleibt, ist, dass er mit uns rechnen muss. Darum geht es.«

*

Endlich war es Beerta gelungen, das Ein-Mann-Büro aus dem hinteren Teil des Gebäudes herauszubekommen, sodass es bereits am folgenden Tag von Wiegel und Nijhuis bezogen werden konnte. Maarten konnte sie reden hören, oder vielmehr, er hörte Wiegel reden und verschmitzt kichern, woraus sich schließen ließ, dass Nijhuis wieder einmal kurz an seinem Platz war. Die Ecke hinter dem Regal im ersten Raum mit dem Schreibtisch von Veerman wurde Hein de Boer zugewiesen und war damit zu einer Art Dependance der Abteilung Volkskultur geworden. Die Registraturschränke mit den Ausschnitten waren stehen geblieben, wo sie immer gestanden hatten, in Erwartung eines Nachfolgers für Veerman, der von Beerta, trotz der Proteste Fräulein Haans, beim Sozialamt der Stadt beantragt worden war. Der Einwand Fräulein Haans war vor allem, dass Arbeitnehmer, die vom Sozialamt kämen, undiszipliniert seien – sonst wären sie nicht beim Sozialamt gelandet –, und dadurch Unruhe verursachten. Beerta war jedoch der Meinung, dass man sie dann eben disziplinieren müsse und eine nicht ganz vollwertige, aber kostenlose Arbeitskraft immer noch besser sei als überhaupt keine. »Ich bin nun mal ein sparsamer Mensch«, war sein letztes Argument, und damit musste sie sich abfinden.

»Wer soll den Neuen eigentlich einarbeiten?«, fragte Maarten, als er festgestellt hatte, dass Wiegel die Schränke nicht in sein neues Zimmer mitgenommen hatte.

»Das musst du mit Wiegel ausmachen«, sagte Beerta. »Bis jetzt hat er das immer gemacht, aber ich bin mir nicht sicher, ob er es auch in Zukunft tun wird.«

»Sollten Sie ihn dann nicht besser fragen?«

»Das Verhältnis zwischen Wiegel und mir ist momentan etwas schwierig. Es ist besser, wenn du das selbst machst.«

Maarten sah dem mit Schrecken entgegen. Er fühlte sich nicht in der Position, Wiegel Aufträge zu erteilen, und er hatte auch keine Lust, ihn um einen Gefallen zu bitten. Deshalb verschob er das Gespräch von einem Tag auf den anderen, in dem Bewusstsein, dass der kleine Rest Verantwortungsgefühl, den Wiegel vielleicht noch für die Schränke empfand, jeden Tag kleiner wurde. Um dem Aufschub einen Anschein von Rechtfertigung zu geben und wohl auch, um sich daran zu gewöhnen, dass er selbst künftig die Schränke am Hals haben würde, ging er sie eines Nachmittags zusammen mit Hein de Boer durch. Vorne im ersten Schubfach fanden sie den Durchschlag eines Briefs von Veerman an Beerta. Veerman hatte ausgerechnet, wie oft er sich täglich beim Einstecken neuer Ausschnitte bücken musste beziehungsweise knien, aufstehen, ziehen oder drücken, und er fragte Beerta, ob der, aufgrund der astronomischen Zahlen, auf die er kam, eine Ahnung davon hätte, welche körperlichen Anstrengungen das erforderte. Was er damit erreichen wollte, wurde nicht deutlich, da die zweite Seite des Briefs, wahrscheinlich durch ein falsch eingelegtes Kohlepapier, unbeschriftet geblieben war, doch es lag auf der Hand, dass er um einen Gehaltszuschlag gebeten hatte. Hinter dem Brief steckte eine völlig zerfledderte Inhaltsangabe, die in groben Zügen dem Handbuch folgte. Danach folgte eine chaotisch eingesteckte, kreuz und quer hängende Masse an Mappen, manche mit in schwarzer Tinte kalligrafierten Aufschriften, in denen Maarten die Handschrift Wiegels erkannte, andere von Veerman mit einem dicken, blauen Buntstift wild beschriftet. In den untersten zwei Schubfächern schließlich lagen große Stapel noch nicht einsortierter Ausschnitte, die durch das Auf- und Zuschieben bis in die hintersten Ecken auseinandergeglitten waren und fast bis an den oberen Rand reichten.

»Na«, sagte Hein, als er den Inhalt der Schubfächer sah. Er lachte genüsslich. »Da wird der neue Herr Kollege wohl einiges zu tun haben.«

Maarten nahm den zuoberst liegenden Ausschnitt vom Stapel und sah ihn sich an. Es ging um einen Gerichtsprozess gegen einen Mann, der beschuldigt wurde, eine Katze misshandelt zu haben. »Hexenglaube?«, stand in großer blauer Krakelschrift quer über dem Text. »Und wie bringt man ihm bei, das zu rubrizieren?« Er reichte Hein den Ausschnitt.

Hein sah ihn sich an. »Keine Ahnung.« Er gab ihn lachend zurück. Es schien ihn zu amüsieren.

Wiegel saß an seinem Schreibtisch. Der stand rechts, mit etwas Abstand zur Wand, in einem noch nahezu leeren Zimmer, ihm gegenüber der Schreibtisch von Nijhuis. Auf dem Boden lagen neue Bretter, aus denen der Tischler des Hauptbüros ein Bücherregal bauen sollte. Wiegel war allein. Als Maarten hereinkam, sah er auf. Dieses Hochblicken und sein Platz in diesem großen, leeren Raum erinnerten Maarten an ein Foto von Mussolini in dessen Arbeitszimmer. Er grinste, schlug die Hacken zusammen und salutierte. »Die Abteilung Volkskultur meldet sich zur Stelle.« Seine Stimme war etwas zu laut. Zu seinem eigenen Missfallen.

Wiegel sah ihn an, ohne zu reagieren.

»Ist das der Besucherstuhl?«, fragte Maarten und wies auf einen Stuhl neben Wiegels Schreibtisch. Er versuchte, zum normalen Umgangston zurückzufinden, doch es gelang ihm nicht ganz. Er blieb zu laut. Dass er Wiegel um etwas bitten musste, was dieser ihm abschlagen konnte, ließ ihn verkrampfen.

»Wenn du willst«, sagte Wiegel kühl.

Maarten setzte sich. »Das Ausschnittarchiv!«, sagte er, noch immer ein wenig im militärischen Paradeton.

Wiegels Gesicht drückte Unbehagen aus.

»Du hast es stehen lassen.«

»Ja.«

»Bedeutet das, dass du es abstoßen willst?«

»Ich will überhaupt nichts abstoßen. Es steht, wo es hingehört. In der Abteilung Volkskultur.«

»Aber bis jetzt hast du dich darum gekümmert.«

»Das war dann sehr freundlich von mir«, sagte Wiegel mit einem unfreundlichen Lachen. »Aber jetzt, wo die Abteilung Volkskultur ihre eigene Mannschaft hat, fühle ich mich dazu nicht mehr berufen.«

»Aber du bist der Einzige, der sich damit auskennt.« Er versuchte, seine aufkommende Entrüstung zu unterdrücken.

»Oh, das will ich dir gern erklären.«

»Das ist nett von dir«, sagte Maarten und stand auf. »Ich werde gern Gebrauch davon machen.« Er war rasend, nicht so sehr über die Ablehnung als vielmehr über die Art und Weise, wie Wiegel ihn behandelte. Aber er war auch machtlos, und das war bedrohlich. Weil sein Gesicht starr vor Anspannung war, vermied er es, Wiegel noch einmal anzusehen, und wandte sich ab. »Aber ich werde es erst mal selbst durchgehen«, sagte er im Hinausgehen.

»Tu das«, sagte Wiegel.

»Und?«, fragte Hein.

»Wiegel denkt nicht im Entferntesten daran«, sagte Maarten missmutig. Er zog das erste Schubfach auf und blickte unschlüssig auf das Chaos.

»Und was machen wir jetzt?«

Maarten holte die Übersicht und einen Stapel der vorderen Mappen aus dem Fach. »Ich werde erst mal schauen, was es ist.«

»Wiegel will sich nicht länger um das Ausschnittarchiv kümmern«, sagte er, als er mit dem Stapel Mappen Beertas Zimmer betrat. Er legte den Stapel auf seinen Schreibtisch.

»Das hatte ich schon befürchtet«, sagte Beerta und drehte sich halb um. »Das Problem bei Wiegel ist, dass er nie etwas zu Ende macht. Wiegel ist l-launisch.«

*

Ein paar Tage später schickte das Sozialamt eine Ersatzkraft für Veerman. Der Mann wurde von de Bruin hereingebracht: schon etwas älter, mit einem ziemlich starren Gesicht und kleinen, schlauen Augen, bauernschlau. »Slofstra!«, sagte er laut, als Beerta sich vorstellte. Er hatte einen unverkennbar friesischen Akzent.

»Setzen Sie sich, Herr Slofstra«, sagte Beerta freundlich.

»Vielen Dank.« Er setzte sich, stellte seine Aktentasche neben sich auf den Boden und sah Beerta an. »Je parle toutes les langues, exceptée la langue française, parce que c'est une langue très difficile«, sagte er hart und tonlos, als ob er aus einem Lehrbuch zitierte.

»Gut so«, sagte Beerta ungerührt. »Das kann Ihnen hier nützlich sein.«

»Vielen Dank.«

»Ich habe ein paar Informationen über Sie bekommen«, sagte Beerta und zog ein Blatt zu sich heran.

»Das ist möglich.«

»Und da lese ich, dass Sie Ortspolizist in Oudega gewesen sind. Ist das richtig?«

»In der Tat.«

»Aber da sind Sie wieder weggegangen. Warum?«

»Ich sollte den Laufburschen für den Bürgermeister spielen«, sagte Slofstra überheblich.

»Das gefiel Ihnen nicht.«

»Und wenn ich den Kopf aus der Tür streckte, nahmen mir die Jugendlichen den Knüppel und die Mütze weg. Nein, das war kein Vergnügen mehr.«

»Aber Sie hatten doch sicher eine Pistole dabei?«

»Und mir die sicher auch noch abnehmen lassen!« Er lachte kurz. »Ich bin ja nicht blöd. Ja, ich hatte natürlich eine Pistolentasche um, aber sie hatten schnell raus, dass da nichts drin war.«

»Gut so«, sagte Beerta trocken. »Und dann sind Sie nach Rotterdam gegangen.«

»Ja, mit meiner Mutter.«

»Und da hatten Sie einen Zusammenbruch.«

»In der Tat.«

»Und jetzt sind Sie wieder gesund?«

Slofstra fand das offenbar eine dumme Frage. »Sonst säße ich doch nicht hier!«

»Nein«, gab Beerta zu. »Sind Sie ein pünktlicher Mensch?«

»For time is money«, gab Slofstra zu verstehen.

»Denn wir haben hier schon Leute gehabt, die Probleme hatten, pünktlich zu kommen, und das geht natürlich nicht in einem Büro wie dem unseren.«

»Das verstehe ich.«

»Aber Sie haben keine Probleme damit?«

»Nein, Mijnheer«, sagte Slofstra, als schlüge er die Hacken zusammen.

Das genügte Beerta. Slofstra wurde eingestellt, und Maarten erhielt den Auftrag, ihn mit dem Ausschnittarchiv vertraut zu machen.

*

Als Maarten den Flur durch den Abstellraum betrat, kam de Bruin gerade mit der Kohlenschütte aus dem Zimmer von Fräulein Haan. »Der Mensch von gestern ist schon da.« Er machte eine Kopfbewegung in Richtung des ersten Raums. »Er stand schon vor der Tür.« Seinem Ton war zu entnehmen, dass es ihn irritierte.

Slofstra stand, die Tasche in der Hand, vor den Regalen und betrachtete die Bücher. Als Maarten eintrat, drehte er sich langsam zu ihm um. »Junge, Junge, so viele Bücher.«

Maarten lachte. Er gab ihm die Hand. »Willkommen.«

»Slofstra«, antwortete Slofstra. »Je parle toutes les langues, exceptée la langue française, parce que c'est une langue très difficile.«

»Ja, das weiß ich«, sagte Maarten. Er hatte Mühe, sein Lachen zu unterdrücken. »Wir sind uns gestern schon begegnet.«

»Ihr Name war ...?«

»Koning.«

»Koning! Ich habe mal jemanden gekannt, der hieß auch Koning.«

»Das war bestimmt nicht ich.«

»Es könnte ein Verwandter von Ihnen sein. F. A. Koning.«

»Wir fangen alle mit einem M. oder einem K. an.«

»Das war ein Rechnungsprüfer in Indonesien«, sagte Slofstra, seinen eigenen Gedanken folgend. Er rümpfte die Nase und schüttelte langsam den Kopf. »Kein angenehmer Mensch.«

»Dann war es bestimmt niemand aus der Verwandtschaft.«

Slofstra reagierte nicht darauf. Die Erinnerung an F. A. Koning hatte ihn abgelenkt. Erst als Maarten erneut und etwas lauter das Wort ergriff, sah er ihn wieder an. »Das ist Ihr Platz«, er zeigte auf den Schreibtisch neben dem von Frans Veen, den, den Nijhuis geräumt hatte. »Wenn Sie sich da schon einmal hinsetzen, komme ich sofort zu Ihnen.« Er wandte sich ab und setzte den Weg in sein Zimmer fort. »Herr Slofstra ist eingetroffen«, sagte er, nachdem er Beerta begrüßt hatte.

»Ich bin gespannt«, antwortete Beerta, ohne von der Arbeit aufzublicken. »Jedenfalls ist er pünktlich.«

Maarten nahm die Übersicht und einen Stapel Ausschnitte, die er sich zurechtgelegt hatte, suchte ein paar Zettel und Büroklammern zusammen und ging wieder zurück.

Slofstra, in einem grauen Pullover, hatte sich es sich hinter dem Schreibtisch bequem gemacht. Er hatte seine Jacke mit einem Kleiderbügel an das Bücherregal gehängt und zwei Stifte sowie zwei Bleistifte, darunter ein Vierfarbenbleistift, einen Stempel, ein Stempelkissen und eine Lupe vor sich bereitgelegt.

»Ich habe hier einen Stapel Zeitungsausschnitte«, sagte Maarten und legte ihn vor Slofstra hin, »die müssen nach diesem System hier rubriziert werden«, er legte die Übersicht daneben. »Das wird am Anfang sicher nicht so einfach sein, aber wir werden alles miteinander besprechen. Wenn Sie schon mal an jeden Ausschnitt einen Zettel heften und eine Rubrik darauf schreiben, wenn Sie sie finden können, werden wir uns das in ein paar Tagen ansehen.« Balk trat ein. »Aber zuerst möchte ich Sie Herrn Balk vorstellen«, unterbrach er seinen Auftrag. »Jaap!« Balk blickte unangenehm berührt zur Seite. »Das ist Herr Slofstra, der Nachfolger von Veerman.«

»Balk«, sagte Balk.

»Je parle toutes les langues, exceptée la langue française, parce que c'est une langue très difficile«, sagte Slofstra.

Balk sah ihn erstaunt an und wandte sich dann seinem Schreibtisch zu.

Als Maarten anderthalb Stunden später mit seiner leeren Milchflasche vorbeikam, saß Slofstra an seinem Schreibtisch, die Ausschnitte vor sich. Maarten blieb bei ihm stehen. Außer den Gegenständen, die Slofstra selbst mitgebracht hatte, befanden sich dort nun eine neue Schreibunterlage, ein Topf mit Leim und Pinsel, eine Schere, ein Brieföffner, eine Packung Büroklammern, ein Schälchen für die Schreibutensilien, zwei Radiergummis und ein Fläschchen Füllertinte. »Geht's?«, fragte er.

»Ich hoffe es«, sagte Slofstra skeptisch, »aber Frans will mir helfen, nicht wahr, Frans?«

Veen wurde rot. »Du, ich weiß nicht, ob ich Zeit dafür habe«, sagte er.

»It's all in the time of the boss«, meinte Slofstra. Er wandte sich Maarten zu. »Frans ist Lehrer gewesen. Wenn er es nicht kann, kann ich es auch nicht.«

»Geben Sie das lieber Frans«, sagte er ein paar Tage später. Er gab Maarten die Ausschnitte zurück. »Für mich ist das zu schwierig.«

Er hatte ein Dutzend Ausschnitte säuberlich mit der Schere beschnitten, an jeden von ihnen einen Zettel geheftet und beide, Ausschnitt und Zettel, mit einer gestempelten Unterschrift versehen. Zum Rubrizieren war er nicht gekommen.

*

»Wir müssen noch über den Atlas sprechen«, sagte Beerta. »Hast du kurz Zeit?«

Sie setzten sich an den runden Tisch. Beerta sah Maarten erwartungsvoll an, seine Fingerspitzen aneinandergelegt. »Und?«

»Was wollen Sie wissen?«

»Wann der Atlas fertig ist.«

»In vierhundert Jahren.«

»Ich meine es ernst.«

»Wenn der erste Band im nächsten Jahr erscheint, haben Sie fünfundzwanzig Jahre daran gearbeitet«, rechnete Maarten vor. »Davon ziehen wir fünf Jahre für den Krieg ab, das macht dann zwanzig Jahre. Es gibt zwanzig Bände. Das sind also vierhundert Jahre, oder eigentlich dreihundertachtzig, um genau zu sein.«

»Aber ich habe ganz alleine davorgestanden. Und jetzt bist du da.«

»Gut, zweihundert Jahre.«

»So können wir nicht miteinander reden«, sagte Beerta verärgert. »Ich habe der Kommission versprochen, dass der Atlas fertig sein wird, wenn ich in Rente gehe, und das ist in sieben Jahren. Das wirst du mit einkalkulieren müssen.«

»Rechnen Sie doch mal nach«, sagte Maarten, jetzt ebenfalls ein wenig verärgert. »Neunzehn Bände in sieben Jahren, oder eigentlich sechs, das sind fünfundzwanzig Karten pro Jahr, obwohl van Ieperen nur vier Karten pro Jahr verarbeiten kann, zwei für Fräulein Haan und zwei für uns. Allein van Ieperen braucht dafür schon hundert Jahre.«

»Dann stellen wir noch einen zweiten Zeichner ein.«

»Nein, Sie müssen dann noch zwölf einstellen. Und das wären nur die Zeichner!«

Es war zu offensichtlich, dass die Logik der Zahlen Beerta nervös machte. »Lass es uns von einer anderen Seite betrachten«, sagte er erregt. »Wo ist die Liste mit den Karten?«

»Die habe ich nicht.«

»Die hast du nicht? Aber damit hatte ich dich doch beauftragt?«

»Damit hatten Sie mich zwar beauftragt, aber es ist nicht realisierbar.«

»Warum ist es nicht realisierbar?«

»Weil ich unmöglich aufgrund eines Handbuchs, das außerdem schon vierzig Jahre alt ist, vorhersagen kann, welche Themen eine Karte hergibt. Wenn im Handbuch steht, dass man in Swalmen oder sonst wo am Tag des Heiligen Antonius Nüsse auf den Misthaufen wirft, wie weiß ich dann, ob sie das immer noch tun und ob man das in Roodeschool auch tut? Dazu muss ich erst einen Fragebogen verschicken.«

»In Roodeschool tun sie das bestimmt nicht!«

»Es war ein Beispiel.«

»Und warum können sie es dann in der Schweiz?«

»Weil sie erst ein ganzes Heer von Forschern ins Feld geschickt haben. Als sie mit der Auswertung angefangen haben, stand das Material zur Verfügung.«

»Aber das konnten wir nicht«, klagte Beerta. »Dafür haben wir das Geld nicht bekommen.«

»Dann können wir auch nicht in sieben Jahren einen Atlas machen.«

Es war nicht klar, ob Beerta diese Argumente überzeugten oder ob er sich nur mit ihnen abfand. »Gut«, sagte er nach einer Pause. »Dann sag, wie es gemacht werden muss.«

*

Die Kommission traf sich einmal im Jahr. Sie bestand neben dem Vorsitzenden aus sieben Mitgliedern, von denen einer, Professor Hillebrink, bettlägerig war. Aus diesem Grund fand die Sitzung bei ihm zu Hause statt. Beerta und Maarten fuhren mit dem Zug dorthin. Beim ersten Halt gesellte sich die Vorsitzende zu ihnen. Maarten kannte sie noch aus seiner Studienzeit. Sie war mit Springvloed befreundet und hatte ihn einmal für ein halbes Jahr vertreten. »So, hier sitzt ihr«, sagte sie, als sie ihr Abteil betrat, »dabei habe ich extra eine Fahrkarte Erster Klasse genommen!« Sie ließ sich auf den Platz Beerta gegenüber fallen, ohne ihm die Hand zu geben, und blickte ihn amüsiert an.

»Tag, Kaatje«, sagte Beerta ruhig. »Du weißt, dass ich ein sparsamer Mensch bin.«

»O ja«, sagte sie fröhlich. »Jetzt kommt *das* wieder! Ja, Anton, du bist wirklich ein sparsamer Mensch.«

Beerta nickte mit unterdrückter Ironie. »Du kennst Herrn Koning?«

»Das nun nicht gerade, aber ich habe schon viel von ihm gehört.« Sie sah Maarten an und machte zur Begrüßung, mit der Hand auf der Brust, eine kleine Verbeugung. »Und so weiter, und so fort.« Sie lachte vergnügt.

Maarten hatte sich bereits aufgerichtet, da er erwartete, dass sie ihm die Hand geben würde. Er ließ sich wieder zurücksinken und nickte mit einem verlegenen Lächeln. Unberechenbares Verhalten machte ihn unsicher, und Kaatje Kater hatte den Ruf, schwierig und unberechenbar zu sein.

»Hast du die letzte Ausgabe von *De Gids* gelesen?«, fragte sie und wandte sich an Beerta. »Den Artikel von Hennipstra? Ich meine ja nur.«

»Das war unter seinem Niveau«, fand Beerta.

»Unter seinem Niveau!« Sie lachte herzlich. »Ja, so kann man es auch ausdrücken. Ich fand es eine Unverschämtheit. Wenn man doch …, will ich mal sagen!«

»Schreib doch etwas dagegen.«

»Denn *du* hast zu viel zu tun.«

»Ja, ich habe zu viel zu tun«, sagte Beerta lächelnd.

Maarten hörte zu, ihm war unbehaglich zumute. Er hatte die letzte Ausgabe von *De Gids* nicht gelesen, konnte sich nicht einmal daran erinnern, wann er *De Gids* überhaupt das letzte Mal in der Hand gehabt hatte, und von Hennipstra hatte er nur vage gehört. Während er zuhörte, ohne dass die Bedeutung ihrer Worte zu ihm durchdrang, sah er an Beerta vorbei hinaus auf die vorbeiziehende Weidelandschaft. Draußen herrschte Frühling, ein Frühlingsabend. Der Schatten des Waggons schob sich durch die Weiden, am Rand des Entwässerungsgrabens vorbei. Im Schatten zeichneten sich die Fenster als helle Flecken ab. Über den Weiden mit den Kühen und Schafen lag das goldene Licht der untergehenden Sonne. Die Sehnsucht, dort zu herumzulaufen, ergriff ihn so stark, dass er für einen Moment seine Umgebung vergaß.

»Auch ein Pfefferminzbonbon?«, fragte Kaatje Kater. Sie hatte ihre Tasche geöffnet und hielt ihm eine angebrochene Rolle Pfefferminz hin.

»Gern«, sagte er und schreckte auf. Er zog das oberste Pfefferminzbonbon ungeschickt heraus. »Vielen Dank.« Er hatte den Eindruck, dass sie es vermied, ihn mit Sie anzusprechen, und das gab der Geste eine unerwartete Intimität, mit der er nicht gut umgehen konnte.

Vom Bahnhof gingen sie durch die Innenstadt zum Haus von Hillebrink. Beerta und Kaatje Kater unterhielten sich über eine Ausstellung, die beide besucht hatten. Kaatje Kater kritisierte den Katalog.

»Nein, Kaatje«, sagte Beerta. »Du bist wirklich zu kritisch. Ich finde, das ist ein sehr guter K-katalog. Außerdem ist er von einem guten Freund von mir geschrieben worden.«

»Aha! Das ist des Pudels Kern! Ja, dann ist mir alles klar!«

»Aber wenn ich ihn nicht gut finden würde, hätte ich es auch gesagt.«

»Und du denkst wirklich, dass ich das glaube?« Sie tippte gegen seinen Arm. »Anton! Ich kenne dich!«

»Ja, du kennst mich«, sagte Beerta lächelnd.

Maarten ging auf der anderen Seite neben Beerta, einen Schritt hinter den beiden. Es war still. Die Fensterrahmen der oberen Etagen, die Dachrinnen und die Türme des Doms am Ende der Straße lagen noch im Sonnenlicht, die Straße selbst befand sich bereits im Halbdunkeln. Es waren nur noch wenige Menschen auf den Straßen, und es gab fast keinen Verkehr. Das Laub der Bäume an der Gracht, die sie überquerten, war hellgrün. Auf einer Dachtraufe saß eine Amsel und sang. Er sah sich um und lauschte, doch in Gesellschaft der beiden anderen hatte er nicht das Gefühl, dass er zu diesem Abend gehörte. Der lag unerreichbar fern, in einer anderen Wirklichkeit.

Professor Hillebrink wohnte hinter der Kirche. Dicht vor seinem Haus hielt Kaatje Kater Beerta an. »Sag doch mal. Wie geht es Hillebrink jetzt?«

»Körperlich geht es rasch abwärts, aber geistig ist er noch auf der Höhe«, antwortete Beerta ernst.

»Zum Glück. Ich meine ja nur.«

Sie schellten an einer großen Messingklingel, die im Haus widerhallte. Frau Hillebrink öffnete ihnen. Professor Hillebrink lag auf einer Couch im Wohnzimmer unter einer karierten Decke. Er kam ein kleines Stück hoch, auf einem Ellbogen, um ihnen die Hand zu geben, und ließ sich sofort wieder zurücksinken. Sein Gesicht hatte eine wächserne Farbe und wirkte eingefallen. Es waren noch drei Kommissionsmitglieder im Zimmer, Professor van Straten, emeritiert, Fräulein van der Gracht, eine schon vor langer Zeit pensionierte Lehrerin mit Interesse an Volkskultur, und Piermans, ein verhältnismäßig erfolgreicher Verleger mit viel Volkskultur in seinem Programm. Sie saßen im Halbkreis um die Couch von Professor Hillebrink. Zwischen ihnen stand ein kleiner, mit einem Perserteppich bedeckter Tisch. Einer nach dem anderen kamen sie aus ihren Sesseln hoch, um ihnen die Hand zu geben. Piermans entschuldigte sich im Voraus, dass er in einer Stunde schon wieder wegmüsse, weil er den letzten Zug Richtung Norden erreichen wolle. Die Vorsitzende setzte sich und holte ein Bündel Papiere aus der Tasche. »Sollen wir dann mal anfangen?«, fragte sie und blickte in die Runde. »Oder erwarten wir noch jemanden?« Sie sah Beerta an.

»Wir können anfangen«, sagte Beerta mit einem steifen Nicken.

»Dann eröffne ich die Sitzung und beginne mit den Protokollen. Hat jemand etwas auf Seite eins?«

»In der sechsten Zeile von unten, fünftes Wort, ist ein Tippfehler«, sagte Professor van Straten mit einem leichten Groninger Akzent, »das R muss ein T sein.« Es war ein alter, stämmiger und autoritärer Mann in einem dunklen Anzug mit Weste. Seine Stimme knarzte ein wenig.

Außer Maarten, der keine Papiere hatte, weil er bei der vorherigen Sitzung noch nicht dabei gewesen war, suchten sie alle die Stelle, Professor Hillebrink liegend.

»In der Tat«, sagte Beerta, als er sie gefunden hatte. »Das R muss ein T sein.«

Außer Professor van Straten und der Vorsitzenden brachten alle die Verbesserung in ihren Exemplaren an. Weitere Anmerkungen gab es nicht, sodass das Protokoll mit Dank an den Schriftführer verabschiedet wurde.

»Punkt drei der Tagesordnung: Posteingänge«, fuhr die Vorsitzende fort. »Der Herr Schriftführer!«

»Die Mitglieder Baukema, van Boheemen und Rosiers lassen sich entschuldigen«, sagte Beerta, »die Herren Baukema und van Boheemen wegen Krankheit, Herr Rosiers, weil er unerwarteterweise ein Gutachten für den Minister schreiben muss.« In der letzten Mitteilung klang reichlich Ironie durch.

»Das muss er fast jedes Mal«, sagte die Vorsitzende. »Ich meine ja nur.«

»Herr Rosiers ist damit sch-schwer beschäftigt«, gab Beerta zu. Er blinzelte nervös.

»Und gibt es noch weitere Posteingänge?«

Weitere Posteingänge gab es nicht.

»Dann kommen wir zu Punkt vier, die Zusammensetzung der Kommission. Der Schriftführer hat dazu einen Vorschlag.«

»Ja, Frau Vorsitzende«, sagte Beerta. »Ich möchte der Versammlung vorschlagen, Professor Buitenrust Hettema zum Mitglied der Kommission zu ernennen. Professor Buitenrust Hettema ist der neu ernannte Direktor des Museums. Ich selbst war am Berufungsverfahren eng beteiligt und kann Ihnen versichern, dass ich sehr hohe Erwartungen in ihn setze, auch was die Zukunft unseres Fachs betrifft.«

»Und gibt das keine Probleme mit Na-du-weißt-schon?«, fragte die Vorsitzende mit einer Kopfbewegung in Richtung Tür.

»Ich hatte darüber ein ernstes Gespräch mit ihm«, sagte Beerta, »und er hat mir versichert, dass es, soweit es ihn betrifft, nicht zu Problemen kommen wird.«

»Dann schlage ich vor, den Vorschlag des Schriftführers anzunehmen. Jemand Einwände?« Sie sah in die Runde.

»Ich stimme voll und ganz zu«, sagte Professor van Straten.

»Gern sogar«, sagte Herr Piermans.

»Ich würde es begrüßen«, sagte Professor Hillebrink.

Fräulein van der Gracht nickte.

»Hört, hört!«, sagte die Vorsitzende lachend. »Punkt fünf: Mitteilungen über die Arbeit des Büros. Herr Schriftführer! Schon wieder!«

»Gern, Frau Vorsitzende«, antwortete Beerta.

Von der Stelle aus, an der Maarten saß, am Fußende von Professor Hillebrink neben Beerta, konnte er an Professor van Straten und Fräulein van der Gracht vorbei die Mauer, den unteren Teil eines Kirchenfensters und ein Stück der Kopfsteinpflasterstraße sehen. Vor der Kirche stand ein niedriger grüner Zaun. Es war allmählich dunkler geworden, doch als eine kurze Stille eintrat, konnte er in der Ferne wieder dieselbe oder eine andere Amsel singen hören. Im Zimmer gab es nur noch das Ticken der Pendeluhr auf dem Kaminsims. Während Beerta dasaß und redete, kam Frau Hillebrink mit dem Tee und einer Schale Plätzchen herein. Sie schaltete die Stehlampe in der Ecke und eine kleine Schirmlampe auf einem Schränkchen an und verließ unhörbar wieder das Zimmer. Ein dicker Perserteppich bedeckte fast den gesamten Fußboden. Fräulein van der Gracht saß jetzt im Schein der Lampe. Sie hatte ein verträumtes, bescheidenes Gesicht, ihr graues Haar war zu einem Knoten gebunden. Sie wackelte ein wenig mit dem Kopf.

Beerta teilte mit, dass er an der Gründung zweier Arbeitsgruppen beteiligt gewesen sei, einer zum Volkscharakter und einer zum Bauernhaus, und dass man ihn zum Schriftführer einer internationalen Arbeitsgruppe ernannt habe, die einen Europäischen Atlas zusammenstelle und von der er zugleich auch mit der Verfertigung eines Fragebogens für ganz Europa betraut worden sei, einer Bitte, der er sich nicht habe verschließen können, obwohl die Aufgabe sehr zeitraubend sei.

»Aber auch ehrenvoll«, meinte die Vorsitzende.

»Auch ehrenvoll«, gab Beerta zu.
»Und interessant, würde ich mal sagen.«
»Und interessant.«
Die Kirchenmauer verblasste hinter der Spiegelung des Zimmers in den Fenstern. Zwischen den Fenstern stand ein Blumentischchen mit einem großen Strauß Forsythien in einer chinesischen Vase. Über dem Ganzen hing ein kleines, ovales Porträt.

Beerta erwähnte noch das Treffen mit den Korrespondenten, den Kontakt, den Maarten in Drente gehabt hatte, und das diesbezügliche Gespräch mit Professor Hussem, der sich daran im Zusammenhang mit seinen eigenen Forschungen sehr interessiert gezeigt habe. Er besprach den neuen Fragebogen, den die Kommissionsmitglieder inzwischen erhalten hätten, und teilte mit, dass die Arbeiten am Atlas, dank der Anstellung von Herrn Koning, im letzten Jahr große Fortschritte gemacht hätten, sodass man dem ersten Band Ende des Jahres beziehungsweise spätestens Anfang des kommenden Jahres entgegensehen dürfe. Dass mit Jan Vanhamme, dem flämischen Redaktionsmitglied, eine Übereinkunft bezüglich der Kommentare erzielt worden sei, habe ihm dabei die meiste Genugtuung bereitet, und auch in diesem Punkt sei der Beitrag von Herrn Koning von großer Bedeutung gewesen. Zur zeitlichen Planung für den nächsten Band sagte er nur, dass man beabsichtige, die Informationen in erhöhtem Tempo einzuholen. Über *Ons Tijdschrift*, die flämisch-niederländische Zeitschrift, deren Redaktion er gemeinsam mit Professor Pieters leite, könne er noch berichten, dass seit der letzten Redaktionssitzung wieder vier Ausgaben erschienen seien und die Zahl der Abonnenten um zwei auf zweihundertneunundvierzig gestiegen sei, davon einundachtzig in den Niederlanden.

»Die Frage ist natürlich, ob die sie auch alle lesen«, bemerkte die Vorsitzende.

»Das ist die Frage«, gab Beerta lächelnd zu, »aber das gilt für alle Zeitschriften. Sogar für *De Gids*.«

»War's das?«, fragte die Vorsitzende nach.

»Das war es, Frau Vorsitzende«, sagte Beerta.

»Gut, wem von Ihnen darf ich das Wort erteilen?«

Die darauffolgende Stille wurde von Herrn Piermans genutzt, um aufzustehen und sich nochmals zu entschuldigen, dass er nun wegmüsse, woraufhin er die Sitzung verließ. Gleich darauf trat Frau Hillebrink ein, um eine zweite Tasse Tee einzuschenken und die Vorhänge zu schließen.

»Die einzige Bemerkung, die ich dazu habe, ist, dass ich dem Schriftführer ein Kompliment machen möchte für die Aktivität, die er im vergangenen Jahr an den Tag gelegt hat«, sagte Professor van Straten. »Es freut mich dabei besonders, dass der erste Band des Atlas jetzt erscheinen wird. Das ist wohl einen Glückwunsch wert.«

»Vielen Dank«, sagte Beerta mit einem Nicken.

»Ich schließe mich dem gerne an«, sagte Professor Hillebrink und richtete sich ein wenig auf. Er machte den Eindruck, als fiele ihm das Sprechen schwer.

»Wir schließen uns dem alle an«, sagte die Vorsitzende in einem etwas ungeschickten Versuch, ihm zu helfen.

»Aber ich habe doch noch einen Wunsch«, sagte Hillebrink. »Ich würde es für außerordentlich wichtig halten, wenn das Büro auch einmal eine Untersuchung über die Kultur der Zigeuner durchführen würde. Infolge des Krieges sind nur noch wenige Zigeuner übrig geblieben. Ehe man sich's versieht, ist es zu spät, und das wäre schade, weil damit für immer ein Schatz an Informationen verloren zu gehen droht.«

»Das ist tatsächlich eine gravierende Lücke«, gab Beerta in ernstem Ton zu.

Maarten erschrak. Ihm war unbegreiflich, dass Beerta den Vorschlag nicht mit dem Argument zurückwies, dass sein Auftrag in der Erforschung der niederländischen Kultur bestehe, und sah dieses neue Untersuchungsprojekt geradewegs auf sich zukommen. Einen Moment war er versucht zu protestieren, doch er bezwang sich. Er sah zu Beerta, als wollte er ihn zur Ordnung rufen.

»Ich nehme deshalb den Vorschlag von Professor Hillebrink sehr ernst, Frau Vorsitzende«, sagte Beerta, »und schlage vor, dass ich in den kommenden Monaten die Möglichkeiten untersuche und darüber auf der nächsten Sitzung berichte.«

»Wie konnten Sie bloß zusagen, dass wir eine Untersuchung über die Zigeunerkultur machen«, sagte Maarten, sobald Kaatje Kater ausgestiegen war und sich der Zug wieder in Bewegung gesetzt hatte. »Das können wir doch überhaupt nicht.«

»Das können wir natürlich sehr wohl.«

»Mit Fragebogen? Die Zigeuner warten wahrscheinlich bloß darauf, die sprechen vermutlich nicht einmal Niederländisch.«

»Dazu wird mir schon etwas einfallen.« Er sah Maarten ernst an. »Lass dir eines von mir gesagt sein, mein Junge: Du darfst einen Vorschlag der Kommission niemals ablehnen, wenn er auch noch so unsinnig ist.« Er wartete einen Moment. »Und Hillebrink wird schließlich nicht ewig leben. Nächstes Jahr sind wir schon ein Stück weiter.«

*

»Ich mache mir doch ernsthaft Sorgen um Veen«, sagte Beerta. »Als ich gestern Abend nach der Sitzung kurz vorbeikam, saß er hier immer noch und arbeitete, und ich höre von de Bruin, dass er ihn auch schon ein paarmal morgens angetroffen hätte. Der junge Mann arbeitet nachts. Wusstest du das?«

»Nein«, sagte Maarten.

»Leute, die nachts arbeiten, mit denen stimmt was nicht. Die sind nicht normal.«

»Sie arbeiten doch sicher auch manchmal nachts?« Er misstraute der Besorgtheit Beertas und hatte das Bedürfnis, ihm zu widersprechen.

»Ich arbeite abends«, verbesserte Beerta. »Und dann wird es auch schon mal spät, weil ich viel zu tun habe. Aber ich arbeite doch nicht nachts!«

»Vielleicht hat er auch viel zu tun?«

Beerta drehte sich um und sah ihn mit hochgezogenen Augenbrauen an. »Was hat er denn schon zu tun? Er hat doch einfach nur seine Arbeit? So wie jeder andere?«

Maarten lachte. »Ich weiß nicht, warum er nachts arbeitet.«

»Ich mache mir Sorgen«, wiederholte Beerta und wandte sich wieder ab. Er zog einen Stapel Bücher zu sich heran. »Ich möchte doch noch mal mit ihm darüber sprechen. So geht das nicht.« Er drehte sich zum Tisch um, hob die Schreibmaschine an und brachte sie zu seinem Schreibtisch. »Wie läuft es jetzt mit Slofstra?«

»Die Arbeit am Ausschnittarchiv, das kann er nicht.«

»Das hatte ich schon befürchtet. Und was machst du jetzt?«

»Ich lasse ihn die Fragebogen auf Karteikarten übertragen.«

»Kann er das denn?«

»Fehlerfrei. Es geht nur langsam.«

»Mir ist egal, ob es langsam geht. Wenn es nur fehlerfrei ist. Das ist wichtig.«

»Es ist fehlerfrei. Bloß, dass er alle Rechtschreibfehler, die die Korrespondenten bei ihren Antworten machen, mit Veen bespricht, und den macht das verrückt, glaube ich, sodass ich ihm jetzt den Auftrag gegeben habe, auch die Fehler mit abzuschreiben.«

Beerta hatte inzwischen angefangen zu tippen. »Das würde mich auch verrückt machen«, sagte er, während er tippte, »das kann ich ihm also nicht verübeln.« Der Ton, in dem er dies sagte, ließ erkennen, dass er schon nicht mehr bei der Sache war.

Eine Weile waren sie beide mit ihrer Arbeit beschäftigt. Das Fenster stand offen. Die Zweige des Strauches, der davorstand, wiegten sich träge im Wind, einem nordwestlichen Wind, der die Gerüche des Frühlings in den Raum trug. In einer Ecke des Gartens, auf der Seite des Hauptbüros, hackte der Gärtner den Boden. In der Ferne, aus der Hoogstraat, hörte man die schrille Stimme des Papageis, eines großen, rotblauen Papageis, der dort jeden Morgen vor der Tierhandlung auf die Straße gestellt wurde, auf seiner Stange, mit einer Kette an den Füßen. Das Unrecht, das an diesem Tier begangen wurde, lenkte Maarten ab. »Können wir ihn nicht kaufen?«, hatte Frans Veen gefragt. »Und dann?«, hatte Maarten geantwortet. »Zurückbringen?« Maarten hatte darüber gelacht: »Und in der Zwischenzeit kauft er sich von dem Geld zwei neue.« Dann hatte Slofstra sich eingemischt und war mit einer Geschichte über einen Papagei in Indonesien gekommen, dem er schmutzige Wörter beigebracht hatte. Maarten dachte daran und fühlte sich erneut machtlos. Er blickte auf den Gärtner, der, während er hackte, immer näher kam, und beugte sich unzufrieden wieder über seine sinnlose Arbeit.

Es klopfte, und gleich darauf ging die Tür auf. De Bruin. »Hier ist ein Herr van de Kasteele, Herr Beerta. Er sagt, dass er eine Verabredung mit Ihnen hat.«

»Bring Herrn van de Kasteele nur herein«, antwortete Beerta, ohne sein Tippen zu unterbrechen.

Hinter de Bruin stand ein kleiner, stämmiger Mann mit einer dicken schwarzen Aktentasche. Als er den Raum betrat und de Bruin die Tür wieder hinter ihm geschlossen hatte, hörte Beerta auf zu tippen und stand auf. »Setzt du dich auch dazu?«, fragte er Maarten.

Van de Kasteele war Beigeordneter des Gemeinderats in Didam. Auf eigene Initiative hatte er dort bei den Bewohnern einer Wohnwagensiedlung und anderen Randexistenzen Erzählungen gesammelt und suchte dafür nun einen Verleger, wobei er in erster Linie an das Büro gedacht hatte. Obwohl das Büro bisher noch nicht als Herausgeber in Erscheinung getreten war, hatte Beerta seinen Brief interessant genug gefunden, um eine Verabredung zu treffen und Maarten zu bitten, auch einmal darüber nachzudenken. In Anbetracht der Tatsache, dass er keine Ahnung hatte, worüber genau er nachdenken sollte, hatte Maarten sich nicht weiter um die Bitte gekümmert.

Während van de Kasteele noch einmal erläuterte, was der Zweck seines Kommens sei, betrachtete er ihn. Der Mann gefiel ihm. Er war ein ziemlich müde wirkender, phlegmatischer Mann, der sich keine Illusionen mehr machte und diese Erzählungen loswerden wollte, weil er sie nun mal aufgezeichnet hatte, nicht, um damit Ruhm zu ernten. »Wenn Sie das denken sollten«, sagte er, »will ich diesen Eindruck gern entkräften. Mein Name braucht nicht aufzutauchen, das wäre mir sogar lieber, denn das gibt nur Schwierigkeiten.« Er sprach mit einem leisen, singenden Akzent.

»Diese Wohnwagenbesitzer«, fragte Beerta, ohne auf die Bemerkung einzugehen, »sind das Zigeuner? Ich frage dies, weil wir gerade überlegen, ob wir nicht eine Untersuchung unter Zigeunern starten sollten.«

»Nein, es sind Niederländer«, sagte van de Kasteele. »Zigeuner, das kann ich Ihnen nicht empfehlen. Es ist fast nicht möglich, Zugang zu diesen Kreisen zu bekommen.«

»Dessen sind wir uns durchaus bewusst«, sagte Beerta. »Deshalb interessieren wir uns auch für Ihre Erfahrungen.«

»Zu den Wohnwagenbesitzern würden Sie übrigens auch keinen Zugang bekommen«, sagte van de Kasteele düster und ohne jede Spur Überheblichkeit, »sie würden Ihnen nicht trauen. Es ist so, dass ich als Beigeordneter hin und wieder einmal etwas für sie tun konnte und ihre Sprache spreche.«

»Die Sprache ist sehr wichtig«, räumte Beerta ein. »Ohne die Sprache kommt man nicht weiter.«

Van de Kasteele reagierte nicht darauf. Er legte seine Tasche auf den Tisch, schnallte sie auf und holte ein Tonband heraus. »Hier sind sie. Ich habe sie nicht schriftlich, dazu hatte ich nicht die Zeit, aber vielleicht wollen Sie es sich einmal anhören?«

»Sehr gern«, sagte Beerta. Er nahm das Band und legte es vor sich auf den Tisch. »Wann wollen Sie es zurückhaben?«

»Das hat keine Eile. Es liegt bei mir doch nur herum und verstaubt.«

»Sie hören in jedem Fall so bald wie möglich von uns«, versprach Beerta.

»Kannst du das übernehmen?«, fragte er Maarten, sobald van de Kasteele wieder verschwunden war. Er gab ihm das Band.

»Wenn Sie Fräulein Haan bitten, uns das Tonbandgerät zu leihen.«

Beerta ging sofort zur Tür und sah um die Ecke. »Kann sich Koning dein Tonbandgerät ein paar Tage ausleihen, Dé?«

»Ich denke gar nicht daran«, hörte Maarten sie sagen. »Schaff dir doch selbst eins an.«

»Frau Haan denkt gar nicht daran«, sagte Beerta, nachdem er die Tür wieder geschlossen hatte. »Wir müssen uns also etwas anderes überlegen.«

*

In den Monaten Juli und August musste Beerta einige Wochen lang Examensprüfungen abnehmen. Er kam dann erst spät am Nachmittag ins Büro, um die Post durchzusehen, erfüllt von dem, was er während des Tages erlebt hatte. »Heute hatte ich eine Nonne im Examen«, erzählte er und drehte sich zu Fräulein Haan um, die den Raum betrat, »die hatte ein so ausgesprochenes Madonnengesicht …« Er sah sie geradeheraus an, schon im Voraus den Effekt seiner Worte genießend.

Sie blieb irritiert stehen. In ihrem Gesicht zuckte es nervös.

»… dass ich dachte: Es würde mich nicht wundern, wenn aus ihr mal eine Heilige wird.«

»So, das ist für dich also ein Gütemerkmal! Ein Madonnengesicht!«

»Und dann habe ich ihr ein Befriedigend gegeben, obwohl sie eigentlich ein Mangelhaft verdient hätte. Denn ich dachte, ich will später nicht der böse Mann sein, der ihrer Heiligkeit im Weg gestanden hat. Wirklich, ein engelhaftes Gesicht.«

»Das ist es also, was du an einer Frau schätzt!«, sagte sie verächtlich.

»Ja, ich finde das ergreifend, dieses Madonnenhafte. Soweit ich es feststellen konnte, denn das Meiste steckte in Tüchern.« Er machte lächelnd eine wogende Bewegung über seine Brust.

»Na ja, die Geschmäcker sind verschieden.« Sie legte einen Brief auf seinen Schreibtisch. »Kannst du das mal lesen?«

Er beugte sich schmunzelnd über den Brief. »Ein wirklich engelhaftes Gesicht«, wiederholte er.

Seine Abwesenheit während des Tages machte aus dem Raum eine Oase der Ruhe: keine Telefonate, wenig Störungen. Es konnten Stunden vergehen, in denen Maarten niemanden sah und niemandem Rede und Antwort stehen musste. Er saß am offenen Fenster, lauschte den Geräuschen, die von draußen hereindrangen, blickte in den stillen Garten, in dem manchmal eine Katze lag und sich sonnte, und begann zum ersten Mal seit seiner Einstellung, sich mit dem Schicksal zu versöhnen. Das Verstreichen der Zeit wurde durch die viertelstündliche Melodie des Zuiderturms markiert sowie durch den nasalen, wehmütigen Klang eines Saxofons und einer Posaune, unterstützt von einer Trommel, die jeden Dienstag durch die Hoogstraat zogen.

Etwa Mitte Juli wurde es warm, so warm, dass die Vögel im Garten schwiegen und sogar der Papagei in der Hoogstraat seinen Schnabel hielt. Es schien, als ob es in der Stadt stiller würde, und auch im Büro verlangsamte sich das Leben. Maarten stellte sich vor, dass sich die Räume um ihn herum langsam leerten und er schließlich allein zurückbliebe, regungslos hinter seinem Schreibtisch, während da draußen die Menschen fortzogen. An den Tagen, an denen Beerta nicht erschien, trödelte er herum, bis alle verschwunden waren, nur wegen des Vergnügens, durch Fräulein Haans leeres Zimmer zu gehen, die Tür des Abstellraums hinter sich zu schließen, ohne gesehen zu werden, das Stückchen durch die kühle und muffige Gasse zu gehen, um ins helle Licht der Straße zu gelangen, wo die Wärme auf ihn einstürzte, als er in die Sonne trat.

An einem dieser Tage betrat Beerta den Raum, gerade als Maarten seinen Stuhl unter den Schreibtisch schob, um nach Hause zu gehen. »Bleib mal kurz hier«, sagte Beerta, während er zu seinem Schreibtisch weiterging und einen Blick auf die Post warf. »Ich sehe dich so wenig in den letzten Tagen. Wir haben kaum Gelegenheit, mal miteinander zu sprechen.« Er legte die Post wieder hin, stellte seinen Stuhl schräg, setzte sich und blickte Maarten amüsiert an.

Maarten zog seinen Stuhl wieder unter dem Schreibtisch hervor.

»Du darfst den Stuhl nicht so auf dem Boden schleifen lassen! Davon geht der Belag kaputt. Das findet deine Frau zu Hause auch nicht gut.«

»Meine Frau findet das völlig in Ordnung«, antwortete Maarten, ein wenig irritiert. Er setzte sich.

»Das von Springvloed weißt du schon?«

Maarten schüttelte den Kopf.

»Das ist also noch nicht bis zu dir durchgedrungen?«

»Nein.«

Beerta sah ihn forschend an. »Springvloed hat seine Frau verlassen«, er zwang sich, ernst zu blicken, »und wird eine Studentin heiraten. Das wusstest du noch nicht?«

»Nein.«

»Ja, das weiß ich nie bei dir, denn du behältst immer alles für dich.«

»Ich habe es nicht gewusst.«

»Und ich muss sagen, dass es nicht einmal so eine schlechte Wahl ist. Ein allerliebstes Mädchen. Wirklich allerliebst. Und sanft! Sie hat bei mir noch ihre Zwischenprüfungen gemacht, und ich war sehr von ihr angetan.«

»Das glaube ich sofort«, sagte Maarten ironisch.

»Und er trinkt und raucht wieder. Es scheint, dass das alles wegen seiner Frau war.«

Maarten reagierte nicht darauf. Ihn interessierte Springvloeds Liebesleben nicht, außerdem wollte er nach Hause.

»Und sein Sohn heiratet auch. Der wird Vater.«

»Dann musste er bestimmt heiraten.« Er ärgerte sich sofort über diese Bemerkung, doch sie ließ sich nicht mehr zurücknehmen.

Beerta schmunzelte. »Das weiß ich nicht«, sagte er verschmitzt. »Es kann auch sein, dass er sie erst danach geschwängert hat.«

Seine Wortwahl ärgerte Maarten maßlos. »Ja, wer weiß«, sagte er und lachte, in einem Versuch, seinen Ärger zu verbergen.

*

Ein paar Tage später kam Beerta etwas früher. Er blieb neben Maarten bei den Karteikästen stehen und blickte ihn triumphierend an, seine Tasche in der Hand. »Ich hatte gestern ein interessantes Gespräch mit einem Ps-psychoanalytiker über Springvloed.«

Maarten sah ihn an, mit den Gedanken noch bei der Arbeit.

Beerta wippte auf den Zehenspitzen, in Vorfreude auf die Neuigkeit. »Springvloeds Sohn ist mit einer sehr reichen Frau verheiratet. Wusstest du das?«

»Woher sollte ich das wissen?«

Beerta hob sein Kinn. »Die Eltern der Frau sind geschieden, und ihr Vater hat wieder geheiratet – eine sehr junge Frau.« Er sah Maarten an und wartete auf eine Reaktion, doch weil Maarten nicht begriff, worauf er hinauswollte, blieb die Antwort aus. »Und jetzt sagt dieser P-psychoanalytiker, dass S-springvloed eifersüchtig auf seinen Sohn wäre und sich an dessen Schwiegervater ein Beispiel genommen hätte.«

»Kannte er diesen Schwiegervater denn?«, fragte Maarten ungläubig.

Beerta zog die Augenbrauen hoch. »Ich weiß es nicht«, sagte er geheimnisvoll. »Das sagt der Psychoanalytiker.« Er wandte sich ab, legte seine Tasche auf die Ausziehplatte seines Schreibtisches, zog den Stuhl zurück und setzte sich. Eine Weile war er beschäftigt. »Solltest du noch etwas über Springvloed hören, dann lass es mich wissen«, sagte er nach einer Weile, über seine Schulter blickend.

»Von wem, außer Ihnen, sollte ich etwas hören?«

»Das weiß man nie. Du kennst so viele Leute.«

»Ich kenne niemanden.«

»Trotzdem würde ich es gerne wissen.« Er schnitt mit seinem Brieföffner einen Umschlag auf, entfaltete sorgfältig den Brief und begann, ihn andächtig zu lesen.

»Wenn er wieder angefangen hat zu rauchen und zu trinken, wird er über kurz oder lang natürlich zusammenklappen«, prophezeite Maarten, »denn er kann sich nicht beherrschen.«

Beerta blickte über die Schulter. »Das glaube ich auch«, sagte er ernst. »Und darüber mache ich mir ernsthafte Sorgen.«

*

»So, mein Junge«, sagte sein Vater. Er betrat den Raum, ein kleiner, hagerer Mann mit einer Baskenmütze auf dem Kopf und einem Fotoapparat um den Hals. »Tag, Beerta.«

Beerta stand auf und drehte sich um. »Tag, Koning«, sagte er, ohne eine Spur überrascht zu sein. Sie kannten sich aus der Arbeiterbewegung, in der Maartens Vater zum äußersten rechten und Beerta zum äußersten linken Flügel gehörte. »Du kommst deinen Sohn besuchen?« Sie gaben sich die Hand.

»Ich komme, um ihn zu fotografieren«, antwortete sein Vater.

»Fotografieren!«, wiederholte Beerta mit einer kaum merklichen Ironie. »Das könnte ich nicht. Dafür wäre ich zu ungeschickt.«

»Ach was!«, sagte sein Vater entschieden. »Dafür braucht man nicht geschickt zu sein. Wenn man Amsterdam mag, kann man herrliche

Fotos machen.« Er drehte sich zu Maarten um und holte einen Belichtungsmesser aus der Brusttasche.

»O ja«, sagte Beerta. »Ich bin ein Liebhaber Amsterdams.« Er sah zu, während Maartens Vater mit professionellen Bewegungen die Helligkeit maß.

Maarten genierte sich, während er ihn dabei beobachtete. »Hast du Urlaub?«, fragte er.

»Ich habe mir ein paar Tage Urlaub genommen«, antwortete sein Vater. Er war zum Fenster gegangen und maß erneut das Licht, jetzt mit dem Fenster im Rücken.

»Fotografiert dein Sohn auch?«, fragte Beerta.

»Zu wenig.« Er verschob die Ringe an der Linse seines Fotoapparats und führte den Sucher zum Auge. »Er kann es schon, sogar vorzüglich, aber er macht es zu wenig.« Er blickte durch den Sucher, ging etwas in die Knie, richtete sich wieder auf und trat einen Schritt zur Seite. »Tu mal so, als ob du arbeitest!«

Maarten beugte sich widerwillig über das Buch, in dem er gerade gelesen hatte, und machte Notizen.

Sein Vater drückte ab. »So!« Er sah sich im Raum um. »Und jetzt stell dich mal auf die Leiter!«

»Dann ist es aber genug«, warnte Maarten und stand auf.

Beerta wendete sich ab und setzte sich wieder an seinen Schreibtisch.

Maarten stieg auf der Leiter bis zur vorletzten Sprosse. »Und jetzt?«

»Jetzt nimmst du ein Buch und liest darin.« Er zog einen Stuhl unter dem Tisch hervor und stellte sich darauf, sich mit einer Hand auf der Lehne abstützend. Vorsichtig richtete er sich weiter auf und versuchte, durch den Sucher zu sehen, doch der Stuhl wackelte, sodass er sich mit der Hand wieder zur Lehne tasten musste. Er stieg vom Stuhl herunter und probierte es nun vom Boden aus, stellte die Entfernung neu ein und drückte ab. »Gut so! Das ist ein schönes Foto geworden«, sagte er zufrieden.

Maarten schob das Buch zurück und stieg die Leiter wieder hinab.

Beerta hatte sich umgedreht. »Ich habe viel Freude an deinem Sohn.«

»Das wundert mich nicht«, antwortete sein Vater. »Du würdest an all meinen Söhnen Freude haben. Sein Bruder ist ein hervorragender

Jurist, und sein jüngster Bruder entwickelt sich schnell zu einem international tonangebenden Archäologen.«

Jetzt ist es aber gut, dachte Maarten ärgerlich.

»Das muss dir viel Befriedigung verschaffen.«

Sein Vater lächelte stolz. »Natürlich, aber ich habe nie daran gezweifelt.«

»Ich habe keine Söhne.«

Maarten sah, dass sein Vater mit dieser Bemerkung nicht gut umgehen konnte. »Aber du wirst sicher andere Dinge haben, aus denen du Befriedigung schöpfst«, sagte er schließlich.

»Sicher«, sagte Beerta mit unterdrückter Ironie, »die Politik zum Beispiel.« Eine perfide Bemerkung, über die Maarten schmunzeln musste.

Sein Vater wusste die Bemerkung ebenfalls zu schätzen. »Zum Beispiel«, sagte er lächelnd. Er wandte sich zu Maarten. »Hast du Zeit, mit mir irgendwo etwas essen zu gehen?«

»Darf ich etwas länger wegbleiben?«, fragte Maarten Beerta.

»Mach nur«, sagte Beerta.

Er ging hinter seinem Vater her in den zweiten Raum.

»Guten Tag, meine Dame, guten Tag, meine Herren!«, sagte sein Vater laut zu Fräulein Haan und van Ieperen sowie einem zufällig anwesenden Besucher, der an dem langen Tisch saß.

Maarten genierte sich. Er konnte sich bei niemand anderem vorstellen, dass er von seinem Vater im Büro besucht werden würde.

»Tag, meine Herren!«, sagte sein Vater laut, während sie durch den ersten Raum marschierten.

De Bruin stand in der Tür seines Verschlags. »Tag, Herr Koning«, sagte er. Wenigstens einer, der über den Besuch erfreut war.

»Bonjour«, sagte sein Vater.

»Wo wolltest du essen gehen?«, fragte Maarten, als sie auf der Straße waren.

»Im Schiller.«

»Können wir uns nicht etwas Einfacheres aussuchen?«

»Das Schiller ist gut!«, sagte sein Vater entschieden.

Ohne viel miteinander zu reden, gingen sie an der Gracht entlang zum Rembrandtplein. Im Schiller war es ruhig. Sobald sie saßen, schnipste sein Vater ungeduldig in Richtung des Kellners, der hinten mit einem anderen Gast beschäftigt war.

»Er wird schon kommen«, sagte Maarten.

»Was willst du essen?«, fragte sein Vater, ohne auf die Bemerkung einzugehen.

Maarten nahm ein Champignonomelett, sein Vater Brot mit Camembert. Zu Maartens Ärgernis schmierte er den Camembert auf sein Brot, als ob es Butter wäre. Sie tranken dazu einen Kaffee.

»Was du jetzt erst einmal machen musst, ist eine Doktorarbeit schreiben«, sagte sein Vater.

»Ich denke gar nicht daran«, sagte Maarten entschieden.

»Natürlich denkst du daran! Ich wüsste auch nicht, warum du es nicht tun solltest. Dein Bruder hat auch eine Doktorarbeit geschrieben, und zwar eine sehr gute.«

»Gerade deshalb! Einer in der Familie ist genug.«

»Womit bist du gerade beschäftigt?«

»Mit den Wichtelmännchen.«

»Dann schreib doch eine Doktorarbeit über die Wichtelmännchen! Du wirst sehen, was für einen Erfolg du damit haben wirst.«

Maarten gab keine Antwort. Er erinnerte sich an die Bemerkung von Springvloed. »Springvloed meint, dass ich einen riesigen Vaterkomplex habe«, sagte er nicht ohne Schadenfreude. »Das ist der Grund, weshalb ich nichts zustande bringe.«

»Unsinn!«, sagte sein Vater verärgert. »Springvloed weiß nicht, was er redet! Wenn es nur wahr wäre, dann würdest du vielleicht ein einziges Mal auf deinen alten Vater hören!«

*

»Gestern Abend habe ich eine Frau getroffen, die mit einem Zigeuner verheiratet war«, berichtete Beerta. »Demnächst werde ich mich mit ihr über die Zigeunerkultur unterhalten.«

»Was war das für eine Frau?«

»Eine interessante Frau! Eine Frau, die viel erlebt hat. Da war auch noch ein junger Mann, der Gedichte über Brüste schreibt, und zwar große Brüste«, er deutete schmunzelnd den Umfang an. »Hast du mir nicht erzählt, dass du auch mal so jemanden getroffen hast?«

»Ausgeschlossen«, sagte Maarten beleidigt. »Wenn ich das hätte, würde ich es nicht erzählen.«

»Der Bursche hat eine M-mamma … M-mammema …«

»Eine Mammamanie«, half Maarten.

»Siehst du wohl, dass ich es von dir habe? Sonst hätte ich es nicht gewusst.«

»Wo treffen Sie solche interessanten Menschen?«, fragte Maarten ironisch.

»Bei Freunden. Etwas merkwürdige Freunde. Sie erzählten auch noch, dass van het Reve nicht mehr bei seiner Frau schläft. Wusstest du das?«

»Nein.«

»Oh.« Er schwieg einen Moment. »Van het Reve schläft nicht mehr bei seiner Frau, weil er entdeckt hat, dass er h-homosexuell ist.«

Maarten erschrak über dieses Wort. »Ich wusste, dass er glaubt, homosexuell zu sein«, sagte er rasch, ohne dabei nachzudenken, »aber ich dachte, dass es nur Getue wäre.«

Beerta blickte ihn starr an. »Ich weiß es nicht.« Er blinzelte auf einem Auge. »Ich habe keine Ahnung von diesen Dingen. Von S-sexualität verstehe ich nichts.«

Es entstand eine beklemmende Stille, die erst durchbrochen wurde, als Beerta seine Schreibmaschine vom Tisch auf den Schreibtisch hob. Danach verließ er den Raum. Kurze Zeit später kam er zurück. »Ich höre, dass Frau Haan drei Wochen Urlaub hat. Vielleicht könntest du jetzt das Band abhören?«

Maarten folgte ihm in Fräulein Haans Zimmer, und während Beerta weiterging, holte er den Schlüssel aus ihrer Schreibtischschublade, nahm das Tonbandgerät und brachte es in sein Zimmer. Während er damit beschäftigt war, das Band einzulegen, kam Beerta wieder zurück. Er blieb an Maartens Schreibtisch stehen und sah zu.

»Wo hast du das Tonbandgerät her?«

»Das habe ich aus dem Schreibtisch von Fräulein Haan geholt.«

»Hast du sie um Erlaubnis gefragt?«

»Natürlich nicht.« Er durchschaute die Absicht.

»Nun, von mir hast du die Erlaubnis nicht bekommen.« Er trippelte zu seinem Platz.

Maarten kümmerte sich nicht darum. Er schaltete den Apparat ein, drehte den Lautstärkeregler auf und wartete. Aus dem Lautsprecher ertönte ein Rumoren. Danach hörte er van de Kasteele sagen: »So …, so is het gout, glöf ik. Hend, seg eens wat.« – »Wat mutt ik seggen?«, fragte eine fremde Stimme. – »Ja, so is het gout«, sagte die Stimme van Kasteeles wieder. »Fang eens an.« – »Is egoal, wat?«, fragte die zweite Stimme. – »Dann man van den Düwel.« Nach kurzem Zögern begann die zweite Stimme zu reden, in einem schwer verständlichen Dialekt, während Beerta hinter Maarten zu tippen begonnen hatte. Maarten konnte nur wenig verstehen, aber er lauschte fasziniert. Es war nicht nötig, die Laute zu verstehen, um zu wissen, dass hier ein begnadeter Erzähler am Werk war. Nach seinen Erfahrungen mit den armseligen Antworten in den Fragebogen war es eine Überraschung, dass es in den Niederlanden noch einen solchen Erzähler gab. Er ließ die Laute auf sich einwirken, bis er darin langsam Worte und dann Satzfetzen zu entdecken begann. Nachdem er beide Seiten des Bandes abgehört hatte, fing er erneut an, jetzt mit Papier und Stift, um sich Notizen zu machen. Er war damit so konzentriert beschäftigt, dass ihm nur vage bewusst war, dass Beerta den Raum verließ, wieder zurückkehrte, erneut anfing zu tippen, den Raum wieder verließ und lange Zeit wegblieb.

»Was hältst du davon?«, fragte Beerta, als er wieder zurückkam. Er blieb an Maartens Schreibtisch stehen und sah auf die Notizen, die er gerade machte.

»Es ist toll«, antwortete Maarten.

Drei Tage später schrieb er im Namen Beertas einen Brief, um mitzuteilen, dass sie bereit wären, die Erzählungen herauszugeben, wenn van de Kasteele für eine wortgetreue Abschrift, eine Einleitung mit Angaben über die Gemeinschaft, in der die Erzähler lebten, sowie eine Reihe schriftlicher Porträts sorgen würde.

*

»Weißt du, was mit Veen los ist?«, fragte Beerta, als er den Raum betrat.

»Nein«, sagte Maarten. »Was ist mit ihm?«

»Er ist gestern nicht zur Arbeit erschienen, und heute ist er wieder nicht da. Hat er zu dir irgendetwas gesagt?«

»Warum sollte er mir so etwas erzählen?«

Beerta ignorierte das. »Ich mache mir allmählich wirklich Sorgen. Dass jemand einfach so wegbleibt, ohne etwas zu sagen, ist nicht in Ordnung.«

»Soll ich zu ihm nach Hause gehen?« Beertas Besorgnis griff auf ihn über. »Wo wohnt er?«

»Ich habe Nijhuis gebeten, seine Eltern anzurufen.« Er war unschlüssig an seinem Schreibtisch stehen geblieben. »Er wohnt jetzt bei seinen Eltern.« Er blickte zur Tür. Nijhuis trat ein. »Seine Eltern wissen von nichts«, berichtete er. »Er ist gestern ganz normal zur Arbeit gegangen.« Er blieb stehen und blickte Beerta in Erwartung neuer Instruktionen regungslos an.

»Siehst du«, sagte Beerta erregt. »Das ist nicht in Ordnung.«

»Seine Mutter meinte, dass er so etwas häufiger macht«, sagte Nijhuis. »Bis jetzt ist er aber immer wieder zurückgekommen.«

»Aber das geht doch nicht! Man kann doch nicht einfach so von seinem Büro wegbleiben, ohne jemandem Bescheid zu sagen? Damit bereitet man den Kollegen doch Sorge.«

»Solange sich seine Mutter keine Sorgen macht«, sagte Maarten.

»Aber *ich* mache mir Sorgen! Es kann ihm wer weiß was zugestoßen sein!«

»Brauchen Sie mich noch?«, fragte Nijhuis.

»Nein«, antwortete Beerta. »Du kannst wieder an die Arbeit gehen.«

Nijhuis verließ den Raum.

»Ich mache mir Sorgen«, wiederholte Beerta mehr zu sich selbst. »Ich mache mir Sorgen.« Er schob etwas auf seinem Schreibtisch hin und her, ging um seinen Stuhl herum und blätterte nervös in einem Stapel Papiere.

»Wenn sich seine Mutter keine Sorgen macht, brauchen wir uns auch keine zu machen«, fand Maarten.

»Aber ich *mache* mir Sorgen! Könntest du meine Schreibmaschine auf den Schreibtisch heben?«

Maarten stand erstaunt auf. »Wieso?«

»Mir geht es nicht gut! Ich habe etwas mit meinem Arm, das macht mich nervös. Und jetzt auch noch das mit Veen. Es wird mir alles zu viel.«

»Was ist denn mit Ihrem Arm?«, fragte Maarten, während er die Maschine vom Tisch hob und zu Beertas Schreibtisch brachte.

»Schmerzen! Schmerzen!« Er griff mit der linken Hand an seinen rechten Arm und verzog das Gesicht.

»In Ihrem rechten Arm?«

Beerta nickte, ohne zu antworten.

»Dann wird es wohl nichts Schlimmes sein.«

»Aber es wird nicht besser.«

»Wie lange haben Sie das denn schon?«

»Das weiß ich nicht. Lange.« Er setzte sich, mit der Hand noch an seinem Arm, hinter die Schreibmaschine und führte die rechte Hand an die Tasten. »Vor allem, wenn ich sie so hochhebe.« Er verzog das Gesicht, als ob es ihm Schmerzen bereitete. »Es wird von Tag zu Tag schlimmer.«

Maarten war stehen geblieben und beobachtete es. »Dann würde ich mal zum Arzt gehen.«

»Der lacht mich aus. Ärzte lachen mich immer aus.«

Maarten lachte. »Aber das finden Sie doch gerade schön?«

Beerta versuchte zu lächeln. »Aber nicht jetzt. Und ich finde es auch nicht zum Lachen.« Er probierte zu tippen, ohne seinen Arm loszulassen. Es ging etwas langsamer, doch es ging. »Mir geht es nicht gut«, murmelte er vor sich hin, während er mit einem Finger die Tasten anschlug.

*

»Veen ist zurück«, meldete Nijhuis am darauffolgenden Montag während er den Kopf zur Tür hereinstreckte.

»Sag ihm, er soll mal eben herkommen«, antwortete Beerta.

Kurz darauf betrat Veen den Raum. Er blickte scheu zur Seite in Richtung Maarten und danach wieder zu Beerta. »Sie wollten mich sprechen?«, fragte er nervös.

Beerta hatte ihm den Rücken zugewandt. Er legte seine Brille hin, stand langsam auf, drehte sich um, machte den Rücken gerade und sah ihn starr an. »Ja, ich will dich sprechen. Setz dich mal da hin.«

Veen setzte sich auf den ihm zugewiesenen Stuhl neben dem Schreibtisch, zwischen Beerta und Maarten. Er hatte rote Flecken im Gesicht und machte einen ängstlich gehetzten Eindruck.

Beerta war stehen geblieben. »Ich habe mir Sorgen um dich gemacht.«

»Ja«, sagte Veen verwirrt. »Ich – ich musste plötzlich weg.« In seinen Mundwinkeln hing Schorf, als ob er Fieber hätte.

»Weg?«, wiederholte Beerta erstaunt. Er zog die Augenbrauen hoch.

»Ja, ich musste – ich hielt es plötzlich nicht mehr aus, ich wollte – es ging so nicht weiter.«

»Was ging so nicht weiter?«

»So – so ging es nicht weiter.«

»Gab es da etwa ein hübsches Mädchen?«

»Nein, nein«, er schüttelte den Kopf, »es war einfach nicht mehr – es ging nicht mehr.«

»Und da bist du weggegangen.«

Veen nickte hastig. »Da waren auch Stimmen.«

»Stimmen?« Es machte den Eindruck, als ob Beerta so etwas noch nie gehört hätte.

»Ja, obwohl Stimmen … Es war *eine* Stimme, die das sagte.«

»*Was* sagte?«

»Dass ich wegmüsste.« Er war unter den bohrenden Fragen Beertas feuerrot geworden.

»Wohin musstest?«

»Weg. Da hab' ich – da bin ich per Anhalter los.«

»Per Anhalter!«, sagte Beerta erstaunt. »Wohin bist du per Anhalter gefahren?«

»Ich weiß es nicht. Per Anhalter. Ich wollte weg.«

»Aber du wirst doch wohl wissen, wo du gewesen bist?«

»Ich weiß es nicht. Ich hatte Angst.«

Beerta sah ihn eindringlich an, schweigend. »Warum hast du uns nicht angerufen? Dann hätten wir dir helfen können.«

»Nein, das – das ging nicht.«

»Dann hätten wir uns jedenfalls nicht solche Sorgen gemacht. Denn so haben wir uns große Sorgen gemacht, dass dir etwas passiert sein könnte.«

»Das, das tut mir leid. Das wollte ich nicht.«

»Und jetzt? Ist es jetzt wieder vorbei?«

»Ich denke – ich glaube schon. Ich hoffe es. Ich werde für die Zeit natürlich Urlaub nehmen.«

»Das versteht sich von selbst«, sagte Beerta steif.

»Ja, ja, natürlich«, sagte Veen erschrocken. »So habe ich es nicht gemeint.«

Beerta sah ihn noch einen Moment schweigend an, wobei er langsam auf den Zehen wippte. »Geh dann mal wieder an die Arbeit. Und pass auf, dass es nicht noch mal passiert.«

Während Veen den Raum verließ, setzte er sich wieder an seinen Schreibtisch. »Der Mann ist verrückt, nicht wahr?«, fragte er, als die Tür zu war.

»Jeder ist doch verrückt«, antwortete Maarten. Er hatte beschämt gelauscht.

»Viele Leute sind verrückt«, gab Beerta zu.

»Und das liegt an der Gesellschaft. Die Gesellschaft taugt nichts.«

»Die taugt nichts«, bestätigte Beerta. »Ich kenne eine ganze Menge Leute, die das nicht aushalten. Aber es macht schon einen Unterschied, *wie* verrückt man ist. So ein Mann wie Veen braucht Hilfe. Nicht jeder braucht Hilfe.«

»Ich weiß nicht, ob Veen Hilfe braucht.«

»Veen braucht Hilfe!«, sagte Beerta mit großer Entschiedenheit. »Wenn man nicht mehr in der Lage ist, seine Arbeit ordentlich zu erledigen, braucht man Hilfe. Unwillkürlich griff er an seinen rechten Arm, als er anfangen wollte zu tippen.

*

»Ich muss doch noch mal ernsthaft mit Veen sprechen«, sagte Beerta am folgenden Morgen, als Maarten ins Büro kam, »denn das geht nicht! Man kann nicht einfach so von der Arbeit wegbleiben, ohne sich zu melden. Wenn das noch einmal passiert, werde ich ihn entlassen müssen.«

»Es wird sicher noch einmal passieren.«

»Aber er kann mich doch wohl anrufen oder eine Karte schicken? Das ist doch nicht zu viel verlangt?«

»Das kann er nun gerade nicht.«

»Ich verstehe das nicht. Er kann mir doch alles Mögliche erzählen. Vielleicht ist er einfach nur mit einem Mädchen unterwegs gewesen.«

»Ich kann Ihnen beinahe garantieren, dass es nicht so war«, sagte Maarten irritiert.

Beerta sah ihn mit hochgezogenen Augenbrauen an. »Woher weißt du das?«

»Es war doch offensichtlich, dass er völlig durcheinander war. Er war auf der Flucht.«

»Wovor denn?«

Maarten zuckte die Achseln. »Das weiß ich nicht. Vor sich selbst, glaube ich.«

»Aber er darf doch nicht nur an sich selbst denken. Er muss doch auch daran denken, dass er mich auf diese Weise in größte Schwierigkeiten bringt!«

Maarten sah den Zusammenhang nicht und gab keine Antwort.

»Nun gut«, er wandte sich ab, »jetzt habe ich die Sache am Hals. Ich wollte, wir hätten diesen Burschen hier niemals eingestellt. Er macht uns nur Probleme. Kannst du die Schreibmaschine wieder auf meinen Schreibtisch stellen?«

Nachmittags ging er zum Arzt und kam deprimiert zurück. »Ich habe einen Tennisarm, obwohl ich noch nie in meinem Leben Tennis gespielt habe. Der Doktor sagt, dass ich in den nächsten sechs Wochen nicht tippen darf. Aber das geht natürlich nicht. Es ist Wahnsinn, einem das zu verbieten.« Er setzte sich hinter den Schreibtisch und sah auf die Schreibmaschine, in der noch ein Blatt Papier steckte. Mit seinem linken Zeigefinger tippte er ein paar Buchstaben und hörte dann wieder auf. »Dass so ein Arzt auch keinen Grips im Kopf hat! Sechs Wochen lang nicht tippen! Eine schlimmere Strafe hätte er sich nicht ausdenken können.«

»Dürfen Sie denn mit der Hand schreiben?« Maarten hatte Mühe, sein Lachen zu unterdrücken.

»Darüber hat er nichts gesagt.«

»Dann schreiben Sie es doch mit der Hand!«

»Und wenn ich nun tippen muss?«, sagte Beerta verärgert. »Es gibt Dinge, die lassen sich nicht mit der Hand schreiben.«

»Man kann alles mit der Hand schreiben.«

»Du weißt ja nicht, was du redest! Lass mich jetzt lieber in Ruhe.« Er begann erneut, mit der linken Hand zu tippen. Es ging quälend langsam. Nach einer Viertelstunde gab er es auf. »So geht es nicht. Jetzt tut mir auch noch der linke Arm weh. Bring mal die Schreibmaschine weg.«

Zwei Tage später traf Maarten ihn morgens wieder gut gelaunt hinter dem Schreibtisch an. »Gestern Abend habe ich zum ersten Mal wieder getippt«, sagte er triumphierend, noch ehe Maarten sich hingesetzt hatte.

»Das ist ziemlich dumm.«

»Das ist überhaupt nicht dumm, denn es ist schon ein ganzes Stück besser jetzt! Ich habe sogar einen Moment geglaubt, dass ich wieder ganz gesund bin, aber das ist natürlich nicht so. Aber es ist doch schon sehr viel besser. All diese Dinge sind ja schließlich psychisch.«

*

Die Klingel war so leise, dass man glauben konnte, es hätte überhaupt nicht geläutet. Als Maarten nachsah, stand Veen vor der Tür, seine Militärtasche über der Schulter. »Ha«, sagte Maarten überrascht. Er blieb in der Tür stehen.

»Darf ich hereinkommen?«, fragte Veen scheu.

»Ja, natürlich.« Er ließ ihn herein.

»Ich komme doch nicht ungelegen?«

»Nein, komm nur herein.« Es klang wenig einladend. Er war sich dessen bewusst, brauchte jedoch einen Augenblick, um sich auf diesen unerwarteten Besuch einzustellen. »Das ist Frans Veen«, sagte er zu Nicolien, »er arbeitet bei uns.«

Nicolien war aufgestanden. »Nicolien Koning.«

»Frans«, sagte Veen. »Angenehm.«

Das »Angenehm« irritierte Maarten. »Setz dich«, sagte er.

»Wo hast du gesessen?«, fragte Veen erschrocken.

»Nirgends.« Dass er jetzt auch noch zu Hause von jemandem aus dem Büro besucht wurde, gefiel ihm nicht.

Veen setzte sich, Maarten nahm auf der Couch Platz und begann, sich eine Pfeife zu stopfen.

»Ja, denn ich dachte – ich finde, im Büro bleibt der Kontakt so unpersönlich«, sagte Veen.

»Das finde ich gerade *gut*«, sagte Maarten. »Na ja, nicht in deinem Fall«, fügte er rasch hinzu, als er sah, dass Veen erschrak, »sondern im Allgemeinen.«

»Oh, so meinst du das«, sagte Veen verwirrt.

»Willst du eine Tasse Kaffee?«, fragte Nicolien. Sie ging in die Küche, um Kaffee zu machen.

Veen und Maarten saßen schweigend beieinander. Maarten steckte die Pfeife an und blickte konzentriert auf die Flamme und den Rauch, den er ausblies.

»Ich hatte schon früher kommen wollen«, sagte Veen, »aber ich habe mich nicht recht getraut.«

Maarten sah ihn an. Die fortwährenden Entschuldigungen ärgerten ihn. »Wolltest du mich etwas fragen?«

»Na ja, fragen nicht so direkt … oder vielleicht doch.«

Maarten schwieg. Er lauschte den Geräuschen in der Küche und wollte, dass Nicolien wieder zurückkäme. »Du wohnst bei deinen Eltern?«, fragte er schließlich und sah Veen wieder an.

»Ja.« Veen wurde rot.

Maarten nickte.

»Glaubst du, dass Herr Beerta damit einverstanden wäre, wenn ich einen Hund mit ins Büro bringen würde?«

»Einen Hund?«, fragte Maarten überrascht.

»Ich wollte mir einen Hund zulegen«, sagte Veen verlegen, »gegen die Einsamkeit. Findest du das verrückt?«

»Ich weiß nicht, ob ein Hund dagegen hilft«, sagte Maarten zögernd. »Aber du kannst ihn natürlich fragen.«

»Ich weiß es nicht«, sagte Veen verwirrt. »Er hat mich mal zu sich nach Hause gebeten, und das fand ich nicht so angenehm.«

Maarten fragte sich, ob darin vielleicht der Anlass des Besuchs lag. Er sah zur Seite.

Nicolien kam mit dem Kaffee aus der Küche. »So«, sagte sie. »Wollt ihr ein Stück Kuchen?« Sie stellte den Kaffee und den Kuchen vor sie hin.

»Frans Veen ist auch bei Beerta zu Besuch gewesen«, erzählte Maarten.

»O ja?«, fragte sie. »Wie war es denn?«

»Eigentlich nicht so angenehm«, sagte Veen scheu.

»Warum nicht?«, fragte Nicolien. »Ich finde ihn ganz nett.«

»Ja, ja, das ist er natürlich schon. So meine ich es eigentlich auch nicht.« Er blickte rasch zur Seite, zu Maarten, und errötete.

»Warum hat er dich zu sich nach Hause eingeladen?«, fragte Maarten.

»Oh, das findest du also nicht sonderbar? Er hat mir gesagt, dass er mir helfen wollte, als Freund. Aber wir sind doch überhaupt keine Freunde.«

»Aber könnte er das nicht nett gemeint haben?«, fragte Nicolien.

Veen sah sie hilflos an. »Ja, vielleicht schon, oder?« Er blickte wieder Maarten an, um zu sehen, wie er es aufnahm.

»Ein bisschen komisch ist es schon«, fand Maarten.

»Ja«, sagte Veen, »ja, das habe ich auch gedacht. Und er wollte auch dauernd wissen, ob ich nicht irgendwelche sexuellen Probleme habe, aber über seine eigenen sexuellen Probleme wollte er nicht reden. Die wird er doch wohl auch haben?« Er blickte schnell zu Nicolien, mit hochrotem Kopf. »Denkst du nicht?«

Nicolien lachte verlegen. »Ja, das denke ich auch.«

»Das fandest du nicht angenehm«, fasste Maarten zusammen.

»Und die Art und Weise, wie er mich angesehen hat.«

Maarten lachte. Er konnte es sich schon vorstellen, wie Beerta geschaut hatte. »Wie eine Schlange. Eine Schlange und ein Vögelchen.«

»Woher weißt du das?«, fragte Veen erschrocken.

»Weil ich weiß, wie er guckt«, sagte Maarten erstaunt.

»Ach so.«

»Wie eine Schlange ein Vögelchen anguckt«, verdeutlichte Maarten noch einmal.

»Ja, ich verstehe«, sagte Veen vage.

Sie schwiegen.

»Wegen des Hundes würde ich ihn einfach fragen«, sagte Maarten, »aber natürlich im Büro, nicht bei ihm zu Hause.«

»Ja«, er sah schnell zu Nicolien, »ja, das werde ich dann mal tun.«

Sie tranken den Kaffee und aßen ihr Stück Kuchen, wobei Veen ängstlich seine hohle linke Hand unter den Kuchen hielt, um nichts auf den Boden zu krümeln, eine penible Ängstlichkeit, die Maarten abstieß. Er stellte fest, dass Veen keinen angenehmen Mund hatte, sondern einen verwöhnten, gierigen Mund. »Wie gefällt es dir jetzt im Büro?«, fragte Maarten.

»Nicht besonders«, gestand Veen. »Und dir?«

Maarten lachte. »Auch nicht so besonders.«

»Oh, ich dachte«, er zögerte, »ich dachte, weil du Beertas Nachfolger wirst.«

Maarten sah ihn erstaunt an. »Ich werde doch nicht Beertas Nachfolger!«

»Ach, nein?«, sagte Veen erschrocken. »Weil du doch bei ihm im Zimmer sitzt.« Er sah schnell zu Nicolien.

»Das ist so, weil nirgendwo anders Platz war.« Er fragte sich, ob man so über ihn redete, und fand es keinen besonders angenehmen Gedanken. »Und wohl auch, weil Beerta mich unter seiner Aufsicht haben wollte, glaube ich.«

»Ja, das verstehe ich. Also du findest es auch nicht so angenehm.«

»Weil ich mich unter Menschen nicht wohlfühle.«

»Nein, natürlich nicht.«

»Ich bin jemand, der in seinem eigenen Haus sitzen und dann jeden Tag an den Grenzen entlangpatrouillieren muss.«

»Aber dann musst du erst ein eigenes Haus haben.«

»Das habe ich«, sagte Maarten lachend.

»Sonst kannst du eigentlich nur noch flüchten. Und das ist auch nicht besonders angenehm.«

»Flüchten sollte man niemals!«, sagte Maarten mit großer Entschiedenheit.

»Nein«, sagte Veen vage, »aber wenn es sonst keine ...« Er beendete den Satz nicht.

Maarten schwieg.

»Warum findest du es denn nicht angenehm?«, fragte Nicolien.

»Auch wegen der Menschen, glaube ich.« Er sah Maarten an, als suche er Rückhalt bei ihm.

»Er hat auch nicht gerade die schönste Arbeit«, sagte Maarten zu ihr.

»Einer wie Balk!«, sagte Veen mit unerwarteter Empörung. »Jemand, der sich so verhält, hat doch etwas zu verbergen!« Er spuckte vor lauter Aufregung.

»Oder auch nicht«, sagte Maarten. »Aber Slofstra ist doch verrückt?«

»Du glaubst doch, dass ich auch verrückt bin.« Er lachte.

Maarten schmunzelte. Die Reaktion gefiel ihm.

»Möchte Frans vielleicht einen Schnaps?«, fragte Nicolien.

»Möchtest du einen Schnaps?«, fragte Maarten.

»Geht das?«, fragte er erschrocken. »Falle ich euch denn nicht zur Last?«

»Natürlich fällst du uns zur Last«, sagte Maarten ironisch, »aber das ist kein Grund, jetzt keinen Schnaps zu trinken.« Er sah, dass Veen erschrak. »Das war ein Scherz.« Er stand auf.

Veen stand auch auf. »Wo ist hier das Wasserklosett?«

»Hinten in der Küche«, sagte Maarten, als ob dieses blödsinnige Wort ihn nicht irritierte. Er holte die Flasche Genever aus der Küche und brachte die Gläser. Als Veen zurückkam, ging Nicolien in die

Küche, um den Käse zu holen. »Ich verdiene so wahnsinnig viel Geld, dass wir jeden Tag Genever trinken können«, sagte Maarten, während er einschenkte. »Nutze die Gelegenheit!«

»Warum sagst du nichts?«, fragte Nicolien, nachdem er Veen hinausbegleitet hatte.

»Was soll ich sagen?«

»Wie du ihn fandest, natürlich.«

»Ich weiß es nicht. Wie fandest du das eben?«

»Ich fand ihn ganz nett. Wenigstens ist es einer, der seine Arbeit schrecklich findet.«

»Ja«, er dachte nach, »aber er hat auch etwas Unreines. Und ob ich es nun so toll finde, dass Leute vom Büro mich auch noch zu Hause besuchen, weiß ich nicht.«

»Na ja, ich fand ihn ganz nett«, wiederholte sie. »Lieber so einen als jemanden, der seine Arbeit interessant findet!«

*

Er konnte nicht schlafen. Ihn bedrückte die Aussicht, sein ganzes weiteres Leben zwischen den Leuten vom Büro eingeschlossen zu sein, die allmählich auch noch in sein Haus eindringen würden, sodass es nirgendwo mehr einen Ort gäbe, an dem er sicher war. Er drehte sich auf die andere Seite, um den Gedanken loszuwerden, doch sein Körper war so angespannt, dass er keine fünf Minuten still liegen bleiben konnte. Beerta, Fräulein Haan, van Ieperen, Wiegel, Balk, Slofstra, de Bruin, Meierink, Nijhuis, Veen – er sah sie der Reihe nach vor sich und hörte sie reden, so klar, dass es schien, als wären sie bei ihm im Zimmer. Er öffnete die Augen. Im Zimmer hing das von den Vorhängen gesiebte Licht der Straßenlaterne vor dem Haus. Hinter sich hörte er die ruhigen Atemzüge Nicoliens. Er suchte Rückhalt bei den vertrauten Gegenständen, die er im Zimmer um sich hatte, doch die Gedanken an das Büro wirkten erstickend. Als sein Blick rastlos weitersuchte, sah er plötzlich auf dem Balken zwischen Haustür und

Oberlicht eine Ratte. Er richtete sich sofort auf. Die Bewegung weckte Nicolien. »Da läuft eine Ratte«, sagte er.

Sie wurde langsam wach. »Was?«, fragte sie schläfrig.

»Da läuft eine Ratte! Über der Abtrennung!« Er stieg aus dem Bett.

Sie öffnete die Augen. »Das ist eine Maus«, und schloss sie wieder, um weiterzuschlafen.

»Es ist eine Ratte!«

»Dann ist es eine ganz kleine Ratte.«

Das Tier lief oben auf der Abtrennung entlang und verschwand dann auf der anderen Seite des Vorhangs.

»Außerdem ist Tierschutztag«, sagte sie.

Er knipste das Licht auf seinem Schreibtisch an. Dass auch noch Ratten in sein Haus eindrangen, war mehr, als er momentan ertragen konnte.

»Was tust du da?«, fragte sie.

»Sie muss raus!«

»Reg dich nicht so auf! Ich dachte, dass nur Frauen sich so anstellen. Dreh wenigstens die Lampe aus meinem Gesicht.«

Er drehte die Lampe und schaute hinter den Vorhang. Dann öffnete er mit einer raschen Bewegung die Haustür.

»Du bist wie die Frau von Carmiggelt«, sagte sie hinter ihm.

Er stand im Pyjama vor der offenen Tür und sah auf die Gracht. Es war kalt.

»Du erkältest dich noch«, sagte sie. »Hast du wirklich geglaubt, dass das Tier durch die Tür hinausspaziert? Das sitzt längst wieder in irgendeinem Loch.«

Er hörte, wie sich jemand dem Haus näherte, und schloss die Tür. Seine Armbanduhr zeigte halb zwei. »Es ist verdammt noch mal schon halb zwei. Ich habe die ganze Nacht noch kein Auge zugemacht.«

»Und jetzt hast du mich auch aufgeweckt.«

»Ich musste dir doch sagen, dass da eine Ratte war? Sie saß einen Meter von unserem Bett entfernt!«

»Das kann dir doch egal sein.«

»Das ist mir überhaupt nicht egal. Sie muss raus!«

»Jetzt mach mal das Licht aus und geh schlafen.«

»Ich kann nicht schlafen.«

»Reg dich nicht so auf. Was hast du? Es sieht fast so aus, als wärst du hysterisch geworden.«

»Ich kann nicht schlafen, wenn so ein Viech in mein Haus eindringt.«

»So ein Tier muss doch auch ein Zuhause haben.«

»Aber nicht hier!«

»Stell dich nicht so an. Denk lieber an das Tier! So ein Vergnügen ist es auch nicht, überall weggejagt zu werden.«

Er schaltete das Licht wieder aus und kroch zurück ins Bett. »Und doch will ich es nicht in meinem Haus haben«, sagte er launisch. »Dann legen wir uns eben eine Katze zu.«

»Ja, eine Katze!«, sagte sie entzückt. »Das wäre schön. Aber nicht wegen der Ratten, denn das fände ich traurig.«

Er schwieg. In der Stille hörte er die Ratte in der Ecke herumkratzen, trippeln und ein bisschen nagen. Kurz darauf lief sie über die Vorhangschiene. »Jetzt läuft sie über den Vorhang.« Er richtete sich auf und blickte auf die Stelle, an der er sie gehört hatte.

»Jetzt schlaf endlich! Du machst mich ganz wach.«

Die Ratte fiel mit einem Plumps auf den Boden.

»Hörst du sie?«

»Ja, ich höre sie. Lass sie jetzt mal. Sie tut dir schon nichts.«

»Davor habe ich keine Angst. Ich will sie nur nicht in meinem Haus haben. Ich will niemanden in meinem Haus haben.«

»Du bist entsetzlich kindisch.«

»Niemanden! Auch keine Ratte!«

»Ich wusste gar nicht, dass du so kindisch sein kannst.«

Er schwieg. Die Ratte lief über die Bücher, die sich über ihren Köpfen befanden.

»Jetzt läuft sie über die Bücher«, sagte er. »Gleich fällt sie auf dein Bett.«

Sie sprang auf. »Wo ist sie?« Sie sah hektisch um sich.

Die Ratte verschwand auf der anderen Seite der Betten in der Dunkelheit.

»Jetzt ist sie in der Abstellkammer«, sagte er mit unterdrückter Genugtuung.

Sie legte sich wieder hin. »Dann lass sie bloß da. Da kann sie keinen Schaden anrichten. Und jetzt schlaf! Du kannst einen richtig in Panik versetzen.«

*

»Ich habe dich am Samstag vermisst«, sagte Beerta streng. »Und du hast mich auch nicht benachrichtigt, wie wir es vereinbart hatten.«

Veen stand ihm mit rotem Kopf gegenüber. »Nein, das kam, das war, weil …« Er fasste sich ein Herz. »Ich habe Samstag verschlafen.«

»Verschlafen?«, sagte Beerta erstaunt, als ob er so etwas noch nie zuvor gehört hätte.

Veen blickte rasch seitwärts zu Maarten, als ob er Hilfe suchte. »Ja«, sagte er hilflos.

Beerta wippte auf den Zehenspitzen, die Hände auf dem Rücken. »Und dann war es zu spät, um noch herzukommen?«

»Ja, das heißt …«, er zögerte, »ich wurde wach, und da dachte ich: Jetzt lässt es sich doch nicht wiedergutmachen, und da habe ich erst mal ein Bad genommen.«

»Ein Bad!«

»Ja.« Er sah erneut zu Maarten.

»Und da dachtest du, dass du genug getan hättest.«

»Ja, nein«, er korrigierte sich eilig, »ich meine natürlich nein.«

»Das würde ich auch sagen.« Er betrachtete Veen ironisch.

»Ich hatte vor, Samstagnachmittag und -abend dazubleiben und zu arbeiten«, er stolperte über seine Worte, »aber dann war die Tür verschlossen, und da dachte ich, dass der Arbeitstag noch anfangen würde, aber er war schon vorbei.« Er sah erneut zu Maarten.

»Und dann bist du wieder nach Hause gegangen.«

»Nein, denn ich dachte erst, dass der Arbeitstag noch anfangen würde, also ich dachte: Ich geh mal eben um den Block. Und dann war da auch noch eine Uhr, aber es waren keine Zeiger mehr dran, also da habe ich meine Schwägerin angerufen und sie gefragt, was wir für einen Tag hätten und wie spät es wäre, und die sagte dann, dass es Samstag wäre, zehn vor zwei.« Es kam gestammelt und verwirrt aus ihm heraus. »Und dann bin ich ein Stück mit dem Fahrrad gefahren.«

Beerta hörte mit sichtbarer Ironie zu. »Und jetzt? Weißt du denn jetzt, dass heute Montag ist?«

»Ja, jetzt ist alles wieder in Ordnung. Der Tagesablauf war ein bisschen durcheinander.«

»Gut.«

»Kann ich es nacharbeiten?«

»Du darfst es nacharbeiten, aber nicht nachts.«

»Warum nicht nachts?«, fragte Veen erschrocken.

»Weil die Nacht zum Schlafen da ist. Das dürftest du nach dieser Erfahrung doch wissen.«

»Ja.« Er zögerte. »Darf ich jetzt wieder an die Arbeit?«

»Du kannst wieder an die Arbeit gehen.«

Veen ging zur Tür, um den Raum zu verlassen, besann sich jedoch und drehte sich wieder um. »Da ist noch etwas.«

Beerta sah ihn an. »Was denn?«

»Wären Sie einverstanden, wenn ich mir einen Hund zulegen würde?«

»Einen Hund? Dafür brauchst du mich doch nicht um Erlaubnis zu fragen.«

»Ich meine, dass ich ihn zur Arbeit mitbringe?«

Beerta sah ihn mit hochgezogenen Augenbrauen an. »Solange ich da bin, kommt mir hier kein Hund rein.«

»Oh«, er sah rasch zu Maarten. »Nein, ich dachte …« Er beendete seinen Satz nicht und verließ den Raum.

»Ein Hund!«, sagte Beerta, als Veen draußen war. »Wie ist der Mensch bloß auf *die* Idee gekommen? Und das, wo ich eine Heidenangst vor Hunden habe.«

»Er glaubt, dass es gegen die Einsamkeit hilft«, sagte Maarten.

»Wenn er einsam ist, soll er sich eine Frau suchen. Es gibt Frauen genug.«

»Nicht für jeden.«

»Unsinn«, sagte Beerta missmutig. »Da findet sich immer irgendeine tüchtige Frau, die sich das Los eines solchen Burschen zu Herzen nimmt. Er muss sich nur etwas darum bemühen.«

Die Tür ging auf, Fräulein Haan kam herein. Sie hatte ein Buch in der Hand. »Dieser Slofstra, den du uns hier angebracht hast«, sagte sie entrüstet, »hast du über den eigentlich vorher Referenzen eingeholt?«

Beerta drehte sich in seinem Stuhl um und sah sie an. »Ich bin mit Slofstra sehr zufrieden.«

»Ach komm. Der Mann hat die Intelligenz eines Kindes!« Sie legte das Buch aufgeschlagen auf Beertas Schreibtisch. »Ich hatte ihn gebeten, das Buch aufzuschneiden, und was tut er? Er setzt seinen Stempel vorne hinein!«

»Er stempelt gern«, gab Beerta mit einem Blick auf das Buch zu.

»Aber das geht hier doch nicht!«

»Dann musst du es ihm verbieten.«

»Aber so jemanden können wir hier doch nicht gebrauchen!«

»Wir können ihn sehr gut gebrauchen, denn er kopiert fehlerfrei, und er hat auch schon mal Druckfahnen von mir nachgesehen.«

»Und dann bist du zufrieden! Alles Weitere interessiert dich nicht! Na, es würde mich nicht wundern, wenn der IQ des Mannes nicht höher als fünfzig wäre.«

»Reicht das denn nicht?«, fragte Beerta mit einem ironischen Unterton. »Fünfzig scheint mir schon eine ganze Menge zu sein. Ich wäre froh, wenn ich sie hätte.«

»Ach was«, sagte sie verärgert.

»Was glaubst du denn, wie viel es sein muss?«

»Unsereiner hat einen IQ von hundertzwanzig. Das weißt du ganz genau. Spiel jetzt bloß nicht den Dummen.«

»Davon weiß ich nichts. Hast du es messen lassen?«

»Ach, hör doch auf!« Sie riss das Buch wieder an sich. »Sei doch wenigstens *ein Mal* ernst!« Zornig verließ sie den Raum.

Beerta wandte sich amüsiert ab und beugte sich wieder über seine Arbeit. »Ich glaube, dass ich mit einem IQ von fünfzig schon sehr zufrieden wäre«, sagte er. »Aber ich traue mich nicht, ihn messen zu lassen.«

*

Die Arbeit von Frans Veen bestand in der Pflege der Korrespondentenkontakte. Dies beinhaltete, dass er gegen Ende des Jahres für die Versendung der neuen Fragebogen aus den drei Abteilungen, des von Wiegel verfassten Mitteilungsblatts und der Neujahrsglückwünsche verantwortlich war. Außerdem musste er darauf achten, dass die Korrespondenten die Fragebogen im Laufe des Jahres ausgefüllt wieder zurückschickten. Mit Letzterem sowie mit der Beantwortung der Korrespondentenfragen war ziemlich viel Arbeit verbunden, während die Versandaktion im Dezember jedes Jahr aufs Neue für Hochbetrieb sorgte, weil entweder die Fragebogen oder das Blättchen oder beide zu spät vom Drucker kamen und Beerta darauf bestand, dass sie vor Weihnachten bei den Leuten im Briefkasten liegen mussten. Als Veen in der Woche vor Weihnachten unter Zeitdruck geriet, wurde ihm Slofstra zugewiesen. Das brachte jedoch kaum Entlastung.

»Schaffst du es?«, fragte Maarten. Er war an Veens Schreibtisch stehen geblieben und sah ihm zu.

»Ich fürchte nicht«, antwortete Veen, ohne aufzublicken. Er machte einen gehetzten, nervösen Eindruck. Seine Haut war fleckig. Er nahm einen Umschlag vom Stapel, schrieb, auf der Ecke seines Schreibtisches, eine Adresse von einem Kärtchen aus dem Karteikasten ab, schob routiniert drei Fragebogen, eine Ausgabe des Mitteilungsblatts und die Neujahrsglückwünsche, die in fünf Stapeln vor ihm lagen, in den Umschlag und legte diesen auf Slofstras Schreibtisch. Der hatte sich einen Schwamm und ein Seifenschälchen besorgt und befeuchtete, bis in die letzte Ecke, den Kleberand des Umschlags. Danach klebte er den Umschlag sorgfältig zu und legte ihn neben sich auf den Stapel.

»Wie viele schaffst du davon pro Stunde?«, erkundigte sich Maarten.

»Und Slofstra macht die Sache dicht – hi, ha, ho«, sang Slofstra.

»Dreißig bis vierzig«, antwortete Veen.

Maarten rechnete aus, dass er dann sicher noch drei Tage zu tun hätte. Er sah zum Regal, hinter dem Hein damit beschäftigt war, die Druckfahnen des ersten Bandes des Atlas für Volkskultur zu korrigieren. »Sollen Hein und ich dir helfen?«, schlug er vor. Er suchte nach einem Platz. Hinter ihm saß Meierink mit dem aufgeschlagenen *Graafschapsbode* vor sich, seine Brille auf der Nasenspitze. In der Ecke am Fenster hatte Balk angefangen, laut zu lesen.

»Ich will euch gerne helfen«, rief Hein großmütig von seinem Platz hinter dem Regal.

Da es im ersten Raum keinen Platz gab, zogen sie zu viert an den großen Tisch in Fräulein Haans Zimmer um, in dem sich zu dem Zeitpunkt lediglich van Ieperen aufhielt. Als sie es sich bequem gemacht hatten, kam er kichernd näher.

»Wer zuschaut, muss mit anpacken«, warnte Maarten mit unterdrücktem Ärger. Er steckte die Fragebogen, das Mitteilungsblatt und die Neujahrsglückwünsche in die Umschläge, die von Veen und Hein de Boer beschriftet wurden, und schob sie Slofstra zu.

»Ich werde mich hüten«, kicherte van Ieperen mit einer weichen Bewegung seiner Knie. »Ich schone lieber meine Gesundheit.« Er zog sich wieder zurück.

»Das ist die befriedigendste Arbeit, die es gibt«, fand Maarten. »Alles andere ist Mumpitz.«

Hein musste herzlich darüber lachen. Veen lächelte matt.

Die hintere Tür des Raums öffnete sich, und Wiegel kam mit einem Stapel Bücher vorbei. »Helft einander, dann hilft euch Gott«, sagte er mit einem spöttischen Lachen und verschwand in Beertas Zimmer.

»Dieser Wiegel«, sagte van Ieperen hinter seinem Zeichentisch. Er kicherte nervös.

»Die Kunst besteht darin, es in einer einzigen fließenden Bewegung zu tun«, sagte Maarten, »Um-schlag«, er legte mit einer ausholenden Bewegung einen Umschlag vor sich auf den Tisch, »eins – zwei – drei – vier – fünf«, sammelte die Fragebogen, das Mitteilungsblatt und die Neujahrsglückwünsche zusammen, »rein-ste-cken«, steckte alles zusammen hinein, »ausgleiten lassen«, und schob den Umschlag Slofstra zu.

»Ach, du lieber Nikolaus, kommst nun auch in unser Haus«, sang Slofstra. Der Stapel mit den Umschlägen, die er noch zukleben musste, wuchs sichtbar, jetzt, da sich das Tempo erhöht hatte, doch es schien ihm nichts auszumachen.

»Es ist eine Art Schwimmen«, sagte Maarten zufrieden. »Aber Nikolaus ist vorbei«, sagte er beiläufig zu Slofstra. »Jetzt ist die Zeit der Weihnachtslieder.«

»So sieht es eher aus wie stricken«, fand Frans Veen.

Hein de Boer hatte großen Spaß daran.

»Es klingt wie stricken, aber es ist schwimmen«, beharrte Maarten. »Schau nur.«

Frans Veen hielt kurz im Schreiben inne und sah zu.

»Es ist eine fließende Bewegung«, demonstrierte Maarten. »Die Kunst besteht bloß darin, den Umschlag in dieser Bewegung in dem Augenblick aufzubekommen, in dem man die Sachen hineinschiebt. So!«

»Danke, lieber Nikolaus«, sang Slofstra unbeirrt, als der Umschlag auf seinen Stapel kam.

Frans Veen probierte es auch. Hein de Boer und Maarten beobachteten aufmerksam seine Bewegungen. Wiegel verließ Beertas Zimmer und ging mit einem spöttischen Lächeln hinter ihnen vorbei zurück in seinen Raum. Frans Veen legte den Umschlag mit gebremstem Schwung vor sich hin, zog eine Karte aus dem Karteisystem, legte sie daneben, nahm seinen Stift und begann zu schreiben. »Es stockt beim Schreiben«, stellte er verlegen fest.

»Du musst auch den Namen in einer fließenden Bewegung zu Papier bringen«, sagte Maarten, »als ob es *ein* Buchstabe wäre.«

Es gelang Veen nicht.

»Im Gesamtrhythmus, als Kadenz«, sagte Maarten, als er es erneut probierte.

»Es ist mehr flattern als schwimmen«, fand Veen. »Außerdem ist jeder Name anders.«

»Wie ein Vogel im Käfig«, stellte Maarten fest.

Veen grinste. Er wusste die Anspielung zu schätzen.

»Ein Vögelchen, das konnt' nicht kacken, da es saß auf seinen Hacken«, tönte Slofstra laut.

Das irritierte Maarten. »Warum sagen Sie das jetzt?«, wollte er wissen.

»Es ist in meinem Kopf und will raus!«, antwortete Slofstra.

Beerta verließ, mit der Tasche in der Hand, sein Zimmer. »Oh, hier bist du«, sagte er. »Ich hatte mich schon gefragt, wo du steckst.« Er blieb stehen und sah ironisch zu.

»Sie dürfen gerne helfen«, lud Maarten ihn ein.

»Ich muss zu einer Sitzung«, antwortete Beerta. »Sonst würde ich es bestimmt tun.«

Nijhuis kam herein und blieb ebenfalls stehen, um zuzusehen. Als Beerta sich abwandte und weiterging, zog er auf der Frans Veen gegenüberliegenden Seite einen Stuhl unter dem Tisch hervor. »Gib mir auch einen Stapel«, sagte er. Es klang halb wie eine Bitte, halb wie ein Befehl.

*

In den Tagen zwischen Weihnachten und Neujahr war es still im Büro. Balk, Meierink, Hein de Boer und Slofstra hatten Urlaub genommen, Fräulein Haan war krank. Im ersten Raum war nur Frans Veen, im zweiten van Ieperen sowie ein Herr de Roode, der in den Schulferien an seiner Dissertation arbeitete. Beerta kam etwas später. Er ließ die Tür hinter sich einen Spaltbreit offen, als würde er sich gleich wieder entfernen, und ging zu seinem Schreibtisch. »Veen will mich sprechen«, sagte er. »Ich fürchte, dass es ihm nicht gut geht. Weißt du etwas davon?« Er sah sich zu Maarten um.

»Nein«, sagte Maarten.

»Etwas ist mit diesem Jungen«, sagte Beerta, während er seine Tasche auspackte. »Er verbirgt etwas.« Er ging zurück zur Tür, schaute in den zweiten Raum, und schloss sie dann. »Ich fürchte, dass es nicht gut geht. Er muss hier weg.«

»Warum weg?«

»Weil es so nicht weitergeht. Ich würde ihm wirklich gern helfen, aber er verschließt sich.« Er setzte sich und ordnete seine Papiere. »Er verschließt sich.«

Maarten erinnerte sich, was Veen dazu gesagt hatte, doch er schwieg. »Soll ich rausgehen?«

»Nein, du kannst sitzen bleiben, es sei denn natürlich, er will mich unter vier Augen sprechen, aber das nehme ich nicht an.«

Es klopfte schüchtern an der Tür. Sie öffnete sich, und Veen betrat den Raum. Er blieb verlegen stehen.

Beerta drehte sich auf seinem Stuhl um. »Ich dachte, du wärst hinter mir hergekommen. Komm mal etwas näher.«

»Nein, ich war – ich hatte«, sagte Veen nervös.

»Nimm einen Stuhl und setz dich«, sagte Beerta freundlich.

Veen setzte sich zwischen sie, mit dem Rücken zu Maarten.

»Nun erzähl mal, was los ist.«

»Ich wollte eigentlich sagen, dass ich hier aufhören möchte.«

»Aufhören?«, fragte Beerta erstaunt. »Gefällt es dir denn hier nicht?«

»Doch schon.« Er schwieg.

»Warum willst du dann weg?«

Veen gab darauf keine Antwort.

»Weißt du nicht, warum du hier wegwillst?«

»Doch. Ich möchte hier einfach weg. Es muss ein Ende haben.«

»Was muss ein Ende haben?«

»Das ...«, er zögerte, »eigentlich alles.«

Maarten sah über die Schulter. Beerta blickte Veen starr an. Er blinzelte nervös.

Es wurde still.

»Du willst also hier weg«, sagte Beerta.

»Ja.«

»Was willst du dann tun?«

»Auf eine andere ..., irgendwo anders leben.«

»Eine andere Arbeit.«

»Das ist notwendig, ja.«

»Möchtest du etwa mehr verdienen?«

»Nein, nein, das ist nicht das Problem.«

»Was ist denn dann das Problem?«

»Ich weiß es nicht. Ganz verschwinden.«

»Ganz verschwinden?«

»Dann wäre dieses ganze Elend vorbei, oder nicht?«

Es entstand erneut eine Pause. Maarten stellte sich vor, wie Beerta Veen beobachtete, mit seiner erstaunten Ironie.

»Hast du darüber schon mal mit einem Psychiater gesprochen?«, fragte Beerta. »Oder mit einem Pfarrer?«

»Nein.«

»Warum nicht?«

»Das schien mir nicht so angebracht.« Er schwieg einen Moment. »Glauben Sie nicht?«, fragte er dann unsicher.

»Es sind sehr kluge Leute darunter. Wissenschaftlich gebildete Leute.«

»Ja, ich meine, nein. Ich weiß es nicht. Ich glaube nicht, dass die mir helfen können.«

»Du möchtest also schon, dass man dir hilft?«

»Vielleicht schon, oder nein, eigentlich doch lieber nicht.«

Es wurde erneut still.

»Gut«, sagte Beerta daraufhin. »Du willst also aufhören. Wann willst du aufhören?«

»So bald wie möglich. Das heißt, wenn das geht.«

»Das geht. Ich werde es weitergeben. Ich finde es schade für das Büro. Vielleicht auch schade für dich, aber ich kann dich nun mal nicht zurückhalten. Dann geh.«

Veen stand auf und schob seinen Stuhl unter den Tisch. Er sah aus, als ob er in Tränen ausbrechen wollte, und mied Maartens Blick, als er den Raum verließ.

»Das ist doch wirklich nicht normal«, sagte Beerta, als Veen die Tür hinter sich geschlossen hatte. »Es ist nicht normal.«

»Er ist durcheinander«, glaubte Maarten.

»Ja, das kann man wohl sagen. Aber man kann uns doch nun wirklich nichts vorwerfen. Wir haben doch alles getan, um ihm zu helfen.« Er sah Maarten an, als sei er sich nicht sicher, ob Maarten diese Auffassung teile.

»Jeder ist für sich selbst verantwortlich.«

»Ja«, sagte Beerta. »Jeder ist für sich selbst verantwortlich. Aber man will doch auch helfen, wenn jemand in Schwierigkeiten steckt.«

*

Beerta war etwas früher gegangen, ohne zu sagen, wohin. Maarten war allein im Zimmer. Das Fenster stand offen. Draußen war es neblig. Es wehte nur ein leichter Wind. Ab und zu bewegte sich der Strauch vor dem Fenster. Die kahlen Äste der Japanischen Kirsche, die etwas weiter entfernt stand, wiegten sanft hin und her. Am Boden und auf dem Rasen liefen Stare und hüpften Spatzen umher, um nach Körnern und Käfern zu suchen. Aus dem angrenzenden Zimmer hörte man die Stimmen von Nijhuis und Wiegel. Im Zimmer von Fräulein Haan klirrte de Bruin mit den Tassen. Er lauschte regungslos. Auf der gegenüberliegenden Seite, im Hauptgebäude, brannten die Lampen, unten, im Zimmer von van der Haar, ein Kronleuchter, darüber, im ersten Stock, eine große, gelbe Kugel. Von der Straße her hörte man das Geräusch einer Autohupe, das Röhren eines Motorrads, das quietschende Geräusch einer Fahrradbremse. Er blickte missmutig auf seine Arbeit, nahm seinen Stift, zögerte und sah zur Seite, als die Tür aufging. Frans Veen trat zögernd ein. Er blieb an Maartens Schreibtisch stehen, als ob er sofort weitergehen wolle. »Ich glaube, du fandest es nicht gut, dass ich gekündigt habe, oder?«, sagte er unsicher.

Maarten wandte seinen Blick ab und sah nach draußen, seine Antwort abwägend. »Es fällt mir schwer, darüber ein Urteil abzugeben.«

»Aber du hast mal gesagt, dass man nicht flüchten soll. Ich dachte, dass du vielleicht glaubst, ich wollte flüchten?«

»Ich finde, dass man nicht flüchten soll«, räumte Maarten ein, »weil es keinen Sinn hat. Man macht es nur noch schlimmer.«

»Und wenn es nun die einzige Möglichkeit ist?«

Maarten gab darauf nicht sofort eine Antwort. Er glaubte nicht, dass Flucht eine Möglichkeit war. »Es hängt davon ab, wovor man flüchtet«, sagte er ausweichend.

»Und wenn man es nicht mehr aushält? Es ist doch schrecklich, sein ganzes weiteres Leben mit Leuten wie Slofstra, Meierink und Balk zu verbringen?«

Maarten lachte. Er sah ihn an. »Ja, das ist schrecklich.«

»Dann sollte man besser weggehen, finde ich. Meinst du nicht?«

Maarten schüttelte den Kopf. »Ich weiß es wirklich nicht. Ich finde, dass man nur aus einer Position der Stärke heraus weggehen sollte.«

Es entstand eine unbehagliche Stille. Maarten sah in den Garten hinaus.

Frans Veen zögerte. »Na, dann geh ich mal wieder.«

»Ja«, sagte Maarten.

Als Frans Veen die Tür hinter sich geschlossen hatte, beugte er sich wieder über seine Arbeit und schüttelte kurz missmutig den Kopf, als wollte er mit dieser Bewegung das unbefriedigende Gespräch von sich abschütteln.

*

1959

Der Bus hielt vor dem Konferenzort. Als sie ausstiegen, wurden sie von einem Mann erwartet, der ein paar Reihen vor ihnen gesessen hatte. Er gab Beerta die Hand. »Tag, Beerta.« Er hatte ein rot angelaufenes Gesicht mit einem ungepflegten Schnurrbart und trug einen grünen Lodenmantel und eine reichlich verschlissene, karierte Krawatte.

»Tag, Overzee«, antwortete Beerta steif. »Darf ich dir Herrn Koning vorstellen?«

Overzee und Maarten gaben sich die Hand. Balk wurde von einem anderen Mann begleitet, den er im Bus getroffen hatte. Beide gingen, sich angeregt unterhaltend, vor ihnen her. Es war windig, und es regnete ein wenig.

»Das ist schon wieder eine Weile her«, sagte Overzee zu Beerta. Sie folgten Balk, dem unbekannten Mann und drei älteren Frauen, die ebenfalls im Bus gesessen hatten, eine nasse Allee zwischen ärmlich wirkenden Birken entlang zum Konferenzort. Overzee und Beerta gingen nebeneinander her, Maarten schräg hinter ihnen.

»Ich habe viel zu tun«, entschuldigte sich Beerta.

Overzee versuchte, sich zu erinnern, wann sie sich das letzte Mal gesehen hatten, doch es gelang ihm nicht.

»Womit bist du gerade beschäftigt?«, unterbrach ihn Beerta.

»Ich arbeite an einem Artikel über das Bevölkerungswachstum bis zum Jahre 2000«, sagte Overzee.

»Sehr interessant«, fand Beerta ohne eine Spur von Interesse.

»Aber auch beunruhigend. Wenn man die Zahlen sieht, stehen einem die Haare zu Berge.«

»Die Menschen werden immer mehr«, pflichtete Beerta ihm bei.

»Wobei das intellektuelle Niveau ständig sinkt.«

Maarten stellte fest, dass der Kragen seines Mantels ziemlich fettig war. Er machte keinen sehr reinlichen Eindruck.

»Davon ist mir nichts bekannt«, sagte Beerta zurückhaltend.

»Die Zunahme der Anzahl an Schwachsinnigen infolge der Entwicklung der medizinischen Forschung ist beunruhigend«, sagte Overzee mit großer Entschiedenheit.

»Es gibt viele Schwachsinnige«, gab Beerta mit ironischem Unterton zu.

Balk und seinem Gesprächspartner war es endlich gelungen, die drei älteren Damen zu überholen, und sie eilten, in ihre Unterhaltung vertieft, vor ihnen her zum Gebäude, das hinter einer Biegung am Ende der Allee sichtbar geworden war. Beerta, Overzee und Maarten gingen nun dicht hinter den Damen her.

»Früher wurden sie kastriert«, sagte Overzee laut und blickte zur Seite, »oder umgebracht.«

»Das ist vorbei«, warnte Beerta. »Und ich würde dafür auch nicht gern die Verantwortung übernehmen.«

»Ich habe einen Freund«, sagte Overzee, »der lebt in Den Bosch, und der hat erzählt, dass in seinem Block neunundzwanzig leben! Neunundzwanzig! Und gerade die pflanzen sich fort!«

»Schwachsinnige pflanzen sich sehr langsam fort«, meinte Beerta.

»Schwachsinnige schon, aber geistig Behinderte nicht!«

Sie waren vor dem Gebäude angekommen und traten, während sie sich unterhielten, in einen Flur, der zur Garderobe führte. Dort waren noch mehr Menschen, und es hing ein Geruch von nassen Kleidern in der Luft. Beerta und Overzee waren zu sehr in ihr Gespräch vertieft, um auf ihre Umgebung zu achten. Maarten sah gerade noch, wie Balk durch die offene Tür den Konferenzsaal betrat.

»Und was würdest du dann gegen die Kinderschwemme tun?«, fragte Beerta.

»Dafür gibt es gewisse Mittel.«

»Was für Mittel denn?«

»Mittel eben«, wiederholte Overzee geheimnisvoll.

Sie hängten ihre Mäntel zwischen die anderen Mäntel, jeden an einen eigenen Haken.

»Und woher weiß man, dass dann weniger Schwachsinnige geboren werden?«, wollte Beerta noch wissen.

»Wenn weniger Menschen geboren werden, werden auch weniger Schwachsinnige geboren.«

»Da bin ich mir nicht so sicher.«

»Doch«, prophezeite Overzee, »aber ich muss noch mal kurz da hin«, sagte er und ging in Richtung der Toiletten.

»Mit dem Mann möchte ich niemals in einer Kommission sitzen«, sagte Beerta, als Overzee sich entfernt hatte.

»Hat er etwa was mit den Malthusianern zu tun?«, fragte Maarten. Sie verließen die Garderobe und gingen in den Saal.

»Das weiß ich nicht«, antwortete Beerta. »Ich bin dort nicht Mitglied, und ich bin gegen Geburtenregelung.«

Der Saal war bereits gut gefüllt. In einer der mittleren Reihen stand zwischen denen, die bereits saßen, ein auffallend großer Mann in einem grauen Anzug, mit erhobenem Kinn und vorgeschobener Unterlippe, der den Eingang des Saales fixierte. Er hob den Finger, als Beerta in seine Richtung sah.

»Da ist Buitenrust Hettema«, sagte Beerta und zwängte sich, mit Maarten im Gefolge, durch die Reihe. »Tag, Hettema«, er gab ihm die Hand, »das ist Herr Koning.«

»Ich habe schon nach euch Ausschau gehalten«, sagte er und gab Maarten die Hand. »Buitenrust Hettema.« Er nickte ernst, wobei seine Wangen zitterten.

»Ich habe dein Gestaltungskonzept mit viel Beifall gelesen«, sagte Beerta, sobald sie saßen.

Maarten hörte nicht hin. Er sah sich im Saal um, der nun fast voll war, und lauschte dem Stimmengewirr. Angesichts der Tatsache, dass er niemanden kannte, fühlte er sich ziemlich verloren. Um sein Gesicht zu wahren, holte er das Programm aus seiner Innentasche und sah es durch. Das eigentliche Thema der Konferenz war »Altertumskunde und Religionsgeschichte«, doch bei der Einladung der Redner waren die Organisatoren nicht wählerisch gewesen, sodass sich der ursprüngliche Ansatz in den Titeln der meisten Vorträge nicht wiederfinden ließ. Eine Ausnahme bildete der Beitrag des Professors, der die Konferenz einberufen hatte. Der Titel seines Vortrags lautete schlicht: »Altertumskunde und Religionsgeschichte«. Pünktlich um halb elf betrat er mit einem Bündel Papier das Podium, sagte noch etwas zu einem jungen Mann in einem dunklen Anzug, der ihn bis zum Treppchen begleitet hatte, und stellte sich hinter dem Rednerpult auf, worauf es rasch still wurde. Er ordnete die Papiere vor sich auf der Ablage, beugte sich zur Seite, um ein Lämpchen anzuknipsen, und blickte in den Saal. »Meine Damen und Herren.« Die Konferenz hatte begonnen.

Der Redner war ein großer, stämmiger Mann in einem schwarzen Anzug, schwarzer Krawatte und mit einem leicht nördlichen Akzent. Er entschuldigte sich für seine geringen Kenntnisse des Themas und lud den Saal ein, seine Ausführungen zu ergänzen, wo sie ergänzungsbedürftig seien. Danach holte er eine große, schwarze Brille aus seiner Innentasche, setzte sie auf und hielt sie mit einer Hand in ihrer Position, während er von seinem Papier abzulesen begann, nahm die Brille wieder ab, um in den Saal zu blicken, schwenkte beim Beenden seines Satzes die Brille von sich weg, setzte sie wieder auf die Nase und beugte sich erneut über sein Papier. Der Nachdruck, mit dem er sprach, war der eines Mannes, der keinen Widerspruch duldet, auch, wenn er wenig oder gar nichts von seinem Thema versteht. Das weckte zunehmend Maartens Widerstand, sodass er schließlich kaum noch in der Lage war, den Ausführungen zu folgen. Was er davon mitbekam, war, dass nach Meinung dieses Professors manche Steine noch die Spuren der religiösen Auffassungen unserer Urahnen trügen und es höchste Zeit sei, dass die Altertumsforscher dem mehr systematische Aufmerksamkeit widmeten. Ihm zufolge gab es dafür viele Beispiele, doch zur Illustration führte er eigentlich nur eines an: die Rillen in der Mauer der St.-Plechelmus-Kirche in Oldenzaal. Er sah darin Versuche der alten Oldenzaaler, in den Stein einzudringen, um ihm so seine Kraft zu entreißen, auch wenn er diese Interpretation gern gegen eine andere eintauschen würde.

Man höre sich bloß diesen Unsinn an, dachte Maarten verärgert, und als am Schluss ein warmer Applaus aus dem Saal erklang, beteiligte er sich nicht daran. »Das ist doch Unsinn, was der Mann behauptet«, sagte er zu Beerta, der im Gegensatz zu Maarten applaudierte, den Kopf zum Redner erhoben.

»Natürlich ist es Unsinn«, antwortete Beerta in dem Lärm um ihn herum und ohne das Klatschen zu unterbrechen. »Was Zandstra sagt, ist fast immer Unsinn, aber so eine Konferenz organisiert er doch mal eben.«

Die Antwort stellte Maarten nicht zufrieden. »Es gibt viel bessere Erklärungen dafür«, sagte er, als der Applaus verebbt war.

»Dann sag es!«

Maarten schwieg. Ihm wurde klar, dass dies die Konsequenz seiner Kritik war, und das verwirrte ihn.

Buitenrust Hettema stand auf. »Mein Name ist Buitenrust Hettema«, sagte er mit einer etwas affektierten Stimme. »Ich habe Ihren Vortrag gehört und frage mich, ob Sie den Artikel von van Deinse kennen.«

»Den kenne ich nicht«, antwortete Zandstra. »Was steht da drin?«

»Das weiß ich nicht so genau, aber er könnte für Sie interessant sein. Sie können ihn bei uns im Museum einsehen.« Er setzte sich wieder hin.

In ihrer Art war diese Intervention vernichtend. Maarten wusste, was in dem Artikel stand. Es war einer der Aufsätze, die eine sehr viel plausiblere Erklärung lieferten als die, die Zandstra gerade präsentiert hatte. Der Gedanke versetzte ihn derart in Erregung, dass er kaum auf die anderen Reaktionen aus dem Saal hörte. Fieberhaft suchte er nach einer vernichtenden Formulierung, mit der er diesen Aufschneider in die Schranken weisen konnte, verhedderte sich in seinen Gedanken und fühlte, wie er unter dem Druck der Forderung nach Konsequenz immer unglücklicher wurde. Abwesend lauschte er den Worten eines weiteren Zuhörers, ohne dass deren Bedeutung zu ihm durchdrang. »Niemand?«, hörte er Zandstra in der Ferne sagen. Ohne weiter nachzudenken, stand Maarten auf. »Es gibt sehr viel bessere Erklärungen!«, sagte er laut. Es klang unerhört aggressiv.

»Dann lade ich Sie nun zum Mittagessen im Restaurant ein«, sagte Zandstra, ohne Maartens Worten Beachtung zu schenken.

Um ihn herum erhoben sich die Leute lärmend und setzten sich in Bewegung, um die Reihen zu verlassen. Maarten wollte noch etwas sagen, doch da Zandstra sich ebenfalls abwandte und von der Bühne stieg, schwieg er. Er sah Beerta an und lachte hilflos.

»Beim nächsten Mal musst du es etwas besser t-timen«, sagte Beerta.

»Skandalös, so schlecht, wie das vorbereitet war«, sagte Buitenrust Hettema. Er war rot vor Wut und wackelte mit dem Kopf, sodass seine Wangen zitterten.

»Er hätte sich besser vorbereiten müssen«, pflichtete ihm Beerta bei.

»Es ist auf jeden Fall unverschämt«, sagte Buitenrust Hettema mit unterdrückter Wut.

Als Maarten das Restaurant betrat, war es bereits voll mit Leuten, die sich unterhielten und ihre Plätze suchten. An dem Tisch, an dem Beerta und Buitenrust Hettema saßen, war kein Platz mehr. Mit etwas Mühe fand er einen leeren Stuhl an einem der hinteren Tische, vor einer fensterlosen Wand. »Ist dieser Stuhl frei?«, fragte er verlegen.

Nur der Mann am Kopf des Tisches blickte auf. Er nickte. Maarten zögerte. Er wusste nicht, ob er sich vorstellen musste, aber da niemand auf ihn achtete, nickte er nur und setzte sich. Die fünf anderen waren damit beschäftigt, sich mit Brot und Belag zu versorgen, wobei sie kurze Bitten austauschten. Nachdem er einen Moment zugeschaut hatte, reihte er sich ein und legte ein dunkles Brot auf seinen Teller. »Darf ich Sie um die Butter bitten?«, fragte der Mann neben ihm, als Maarten gerade dabei war, mit einer kleinen Gabel eine Scheibe Leberwurst auf seinen Teller zu heben. Maarten reichte ihm die Schale mit den Butterstückchen, nahm selbst auch eines und öffnete das Papier. Befangen schmierte er sein Brot, legte die Leberwurst darauf, vergewisserte sich, dass sich jedermann bedient hatte, und wollte gerade beginnen, als vorne im Saal, dort wo an einem etwas längeren Tisch die Prominenten saßen, mit dem Messer gegen einen Teller geklopft wurde. »Darf ich einen Moment um Ruhe bitten?«, fragte die Stimme von Zandstra. Es wurde ganz still. Der Mann neben Maarten bekreuzigte sich, der Mann ihm gegenüber faltete die Hände und senkte den Kopf. In der Stille ertönte aus der Küche das Klirren des Geschirrs und eine Stimme, die in lautem Ton etwas sagte. Maarten senkte den Kopf auch ein wenig, um nicht indiskret zu sein, sah aber doch, dass die Frau ihm gegenüber, eine ältere, resolute Dame, einfach vor sich hin blickte. »Dann wünsche ich Ihnen einen guten Appetit«, sagte

Zandstra laut. Daraufhin öffneten sich in dem wieder einsetzenden Stimmgewirr die Schwingtüren zur Küche, und Serviererinnen mit Suppentabletts und Kaffeekannen betraten den Saal.

»Womit sind Sie gerade beschäftigt, wenn ich fragen darf?«, erkundigte sich der Mann, der neben Maarten, am Kopfende des Tisches, saß.

Maarten brauchte einen Moment, bis er begriff, dass sich die Frage an ihn richtete. »Mit Wichtelmännchen«, sagte er dann.

Der Mann sah ihn verwundert an, etwas unsicher. »Sehr interessant«, fand er.

Maarten nickte vage und sah auf, da die Suppe gerade kam. Er überlegte, ob er nun seinerseits fragen musste, was der Mann tat, doch da er dies zu indiskret fand und es ihn überdies nicht interessierte, schwieg er.

»Ich hatte den Eindruck, dass Zandstra völlig neue Wege einschlagen wollte«, sagte der Mann zu der älteren Dame, die Maarten gegenübersaß.

»Ich fand es außerordentlich fesselnd«, antwortete die Frau mit einem ausgeprägten Leidener Akzent.

Maarten sah kurz zu ihr und beugte sich dann wieder über seine Suppe. Während er sie in sich hineinlöffelte, folgte er mit halbem Ohr den Gesprächen um sich herum.

»Dazu weiß ich noch eine nette Geschichte«, übertönte der Mann, der ihm schräg gegenübersaß, die Unterhaltung.

Maarten sah auf und begegnete dem Blick des Mannes, der ihn sofort in das Gespräch einbezog – ein hochgewachsener Mann mit einem nackten Gesicht und dünnem, nach hinten gekämmtem Haar.

»Sie kennen meine Frau nicht«, sagte der Mann zu Maartens Nachbarn, mit einem anschließenden seitlichen Blick zu Maarten, »aber wenn ich Ihnen jetzt erzähle, dass sie sehr jung und charmant aussieht, werden Sie es besser verstehen.« Er lächelte voller Vorfreude. »Ich habe nämlich in einer Mitgliederliste entdeckt, dass ein Neffe von mir Trompeter in einem Residenzorchester ist, ein ziemlich großer Neffe, wir sind nämlich alle ziemlich groß, während meine Frau gerade ziemlich klein ist. Und obwohl ich nie in Konzerte gehe, einfach, weil ich dafür keine Zeit habe, wollte ich mir den Spaß machen, ihn einmal meiner Frau vorzustellen und dann zu ihm zu sagen: Sag einfach Tante.« Er lachte vergnügt, mit der Szene noch vor Augen.

Der Mann neben Maarten lachte ein wenig mit. Maarten wartete noch auf die Pointe.

»Also habe ich einmal Karten für ein Konzert für zwei Trompeten gekauft«, er machte eine kurze Pause, mit unterdrückter Freude, »und dieser Neffe war nun der dritte Trompeter!« Er lachte aus voller Brust.

Der Mann neben Maarten fand es eine schöne Geschichte. Maarten wusste nicht recht, wie er reagieren sollte. »Vielleicht wird es noch einmal ein Stück für drei Trompeten geben«, sagte er schließlich, unfreundlicher, als es gemeint war.

»Wer weiß«, sagte der Mann desinteressiert und begann ein neues Gespräch mit seinem Nachbarn auf der anderen Seite.

Nach dem Mittagessen hatten sie noch eine halbe Stunde Zeit. Als Maarten aus dem Speisesaal kam und die Halle betrat, standen dort lauter Grüppchen von Leuten, die sich unterhielten. Ihm kam kurz der Gedanke, sich der Gruppe um Balk und Beerta anzuschließen, er verwarf ihn jedoch sofort wieder. Ohne sich umzusehen, als wäre er mit einem klaren Ziel unterwegs, durchquerte er die Halle, ging an der Garderobe vorbei durch die Eingangstür und in den Garten hinaus. Die Kälte und die Feuchtigkeit taten gut. Er eilte den Weg entlang, vom Gebäude weg, und blickte sich erst um, als er das Gefühl hatte, halbwegs außer Sicht zu sein. Aus der Ferne sah er hinter den beschlagenen Fenstern, im Licht der Deckenlampen, die schemenhaften Silhouetten der Menschen in der Halle. Er fühlte sich befreit und zugleich von Gott verlassen. Er zitterte. Ohne Mantel war es kalt draußen. Er drehte sich um, weil hinter ihm ein paar Leute nach draußen kamen, und schlug einen Seitenweg ein. Das Gelände war dünn bewaldet, mit mickrigen Birken sowie hier und da ein paar Tannen, dazwischen morastige Wege. Er begegnete zwei Männern, die eifrig ins Gespräch vertieft waren, und etwas weiter einem Dreiergrüppchen. Es waren noch mehr Leute auf die Idee gekommen, frische Luft zu schnappen, und er sah sie, als er hinten um das Gebäude gegangen war, in kleinen Gruppen überall zwischen dem dürren Gehölz herumlaufen, hin und wieder jemanden allein. Einmal kreuzte sein Weg den Beertas, der mit ernster Miene einem kleinen, dicken Mann zuhörte und ihn im Vorbeigehen mit einem leichten, ironischen Nicken grüßte. Um all den Menschen zu entgehen, ging er den Weg hinunter zur Bushaltestelle und blieb dort stehen. Es war ein stiller Weg. Auf der gegenüberliegenden Seite, in stacheldrahtumzäunten Weiden, liefen ein paar Schafe. Er stellte fest, dass seine Sohlen ein Loch hatten, und fühlte sich nass, kalt und zutiefst unglücklich.

Als er in den Saal zurückkam, saß Buitenrust Hettema bereits auf seinem Platz. Maarten nickte ihm verlegen zu und setzte sich neben den noch leeren Stuhl von Beerta.

»Wir müssen uns mal unterhalten«, sagte Buitenrust Hettema und wandte sich ihm zu. Er sprach jedes Wort sehr deutlich aus, wie jemand spricht, der sich durch nichts aus der Fassung bringen lässt.

»Ja«, sagte Maarten. »Sie sind jetzt auch in der Kommission.«

»Ja, das auch.« Er wandte sich wieder ab und sah vor sich hin, woraus Maarten den Schluss zog, dass seine Bemerkung falsch gewesen war.

Beerta kam in die Reihe. Er lächelte geheimnisvoll, nachdem er sich hingesetzt hatte. »Ich habe eine interessante Neuigkeit«, sagte er vergnügt. »Es scheint, dass de Graaf Zandstra überhaupt nicht als Nachfolger haben wollte, sondern dass Zandstra ihn einfach rausgedrängt hat. Das erklärt, warum er jetzt nicht da ist.«

»Aber de Graaf ist doch viel besser«, sagte Maarten.

»Ja«, sagte Beerta mysteriös.

Buitenrust Hettema schien die Bemerkung nicht gehört zu haben. Er blickte mit hochgerecktem Kinn in die Ferne, als sei er mit seinen Gedanken woanders.

So sah Maarten ihn auch in der Pause zwischen den Gruppen sich unterhaltender Menschen stehen, in der Mitte der Halle, eine Tasse Tee in der Hand, die Unterlippe nach vorne geschoben. Durch seine Körpergröße überragte er alle, und um ihn herum war es leer: ein einsamer

Mann, doch einer, dem das nichts anhaben konnte. Maarten stand seitlich am Fenster und fragte sich, ob er wegen dieses Gesprächs zu ihm hingehen sollte, doch weil er keine Ahnung hatte, worüber sie reden sollten, blieb er, wo er stand. Ein Mann kam auf ihn zu, in dem er im letzten Moment Overzee erkannte. Overzee erkannte ihn ebenfalls. »O nein«, sagte er, »Sie habe ich schon kennengelernt.« Er wandte sich ab und zog weiter.

*

»Herr Koning«, sagte Slofstra. »Kann ich Sie eben sprechen?«

»Ja, Herr Slofstra«, antwortete Maarten. Er blieb stehen.

Meierink blickte träge auf und lauschte.

»Ich habe meinem Schwager erzählt, dass Frans weggeht, und der sagte: Kannst du die Stelle nicht kriegen?« Er sah Maarten listig an. »Der Name meines Schwagers ist Balk! Doctorandus T. Balk, Referendar bei der Stadt Utrecht. Er hat Ökonomie studiert.«

Maarten zögerte.

»Wenn Sie bei Herrn Beerta vielleicht ein gutes Wort für mich einlegen würden.«

»Aber können Sie das denn?«

»Ja, natürlich. Und sonst frage ich einfach Nijhuis, der hat sowieso nichts zu tun. Der sitzt den ganzen Tag da und dreht Zigaretten.«

»Ich werde Herrn Beerta sagen, dass Sie die Stelle gern haben würden«, entschied Maarten.

»Vielen Dank, Mijnheer.« Er richtete sich auf, als wollte er Haltung annehmen.

»Slofstra möchte gern Veens Stelle haben«, sagte Maarten, als er den Raum betrat.

Beerta drehte sich langsam um und sah ihn an. »Kann er das denn?«

»Wenn Fräulein Haan und ich die Briefe schreiben. Die normalen Routinearbeiten kann er.«

»Er ist ein Roboter«, gab Beerta zu. »Aber ein Roboter kann sehr nützlich sein, zumindest solange andere die Kopfarbeit erledigen.« Er sah Maarten forschend an, als erwartete er von ihm die Entscheidung.

»Ich finde, dass ein Büro wie das unsere in erster Linie eine soziale Funktion hat. So ein Mensch findet nirgendwo anders eine Arbeit.«

»Ich werde darüber nachdenken.« Beerta machte sich wieder an die Arbeit.

Eine Weile waren sie, jeder für sich, beschäftigt. Maarten las den Jahresbericht. »Haben Sie eigentlich noch einmal mit der Frau dieses Zigeuners gesprochen?«, fragte er.

»Ich hatte eine interessante Unterhaltung mit ihr«, antwortete Beerta, ohne seine Arbeit zu unterbrechen.

»Weil Sie darüber nichts im Jahresbericht schreiben.«

»Ich habe vor, die Kommission darüber mündlich zu informieren.«

Aus seinem Ton schloss Maarten, dass Beerta momentan anderes im Kopf hatte, sodass er nicht weiterfragte.

»Wenn ich nun van der Haar sage, dass der Mann ein Roboter ist, nimmt er ihn nicht«, sagte Beerta eine halbe Stunde später, wobei er sich zu Maarten umdrehte. »Was glaubst du?«

»Damit hat van der Haar doch nichts zu schaffen? Das entscheiden doch Sie?«

»Es ist immer klug, ihm das Gefühl zu geben, dass er mitmischt. Vor allem jetzt, wo er gerade den Rang eines Direktors bekommen hat.«

»Das halte ich für Unsinn.«

»Natürlich ist das kein Unsinn. Du hast keinen Takt!« Seine Stimme klang gereizt. Er zuckte mit den Achseln. »Nun gut.« Er machte sich erneut an die Arbeit. Wieder eine halbe Stunde später sagte er: »Ich werde van der Haar doch sagen, dass er ein Roboter ist, denn wenn es mir dann später vorgeworfen wird, kann ich mich darauf berufen.« Er wandte sich um, um zu sehen, wie Maarten darauf reagierte.

»Ich habe nichts dagegen«, sagte Maarten missgelaunt, »aber ich finde es nach wie vor idiotisch.«

*

Nach einigen großen Bränden in der Innenstadt hatte van der Haar beschlossen, dass Gerbrandy und Dekker, Hausmeister und Telefonist des Hauptbüros, sowie de Bruin jeden Abend die Gebäude auf mögliche Brandherde kontrollieren sollten. Einige Tage später ließ er eine Stechuhr bestellen, und der Tischler erhielt den Auftrag, an zwölf verschiedenen Stellen ein Kontrollschloss anzubringen, das sie betätigen mussten. Letzteres war für de Bruin unannehmbar. »Das muss man sich mal vorstellen, Koning«, sagte er zu Maarten, als der morgens ins Büro kam. »Ich arbeite hier jetzt dreizehn Jahre, und sie haben nie auch nur so viel an mir auszusetzen gehabt«, er schnippte mit den Fingern, »aber wenn sie drauf bestehen, mach ich es nicht! Und das werde ich van der Haar auch sagen! Dann kann er sich ja jemand anderen suchen. Ich habe meine Ehre, auch wenn ich kein Jura studiert habe.«

»Und, was hat van der Haar gesagt?«, fragte Maarten, als de Bruin den Kaffee brachte.

»Ich bin noch nicht bei ihm gewesen, denn offiziell weiß ich noch von nichts, nicht wahr? Gerbrandy weiß es schon, der hat die Gerätschaft ausgepackt, aber er darf es noch keinem erzählen. Aber ich hab' jetzt Gerbrandy und Dekker so weit, dass sie sich ebenfalls weigern. Wenn man uns nicht traut, dann machen wir es eben nicht!«

»Was ist denn los?«, fragte Beerta und drehte sich um.

»De Bruin hat Wachdienst«, antwortete Maarten.

»Wachdienst?«, wiederholte Beerta erstaunt.

»Wenn mal ein Feuer ausbricht«, verdeutlichte de Bruin, »aber jetzt will Herr van der Haar, dass wir eine Stechuhr benutzen, so eine mit Schlüsseln, die man umdrehen muss, obwohl man nie auch nur irgendetwas an mir auszusetzen gehabt hat, das wissen Sie ja selbst.«

»Und bekommst du dafür auch etwas?«

»Fünfzig Gulden.«

»Fünfzig Gulden! Das würde ich sofort übernehmen! Fünfzig Gulden! Dafür würde ich gern so einen kleinen Schlüssel umdrehen! Eine Stechuhr! Herrlich! Ich wollte immer schon eine Stechuhr haben!« Er rieb sich die Hände. »Sag Herrn van der Haar nur, dass ich es mache, wenn ihr nicht wollt. Fünfzig Gulden! Unglaublich!«

De Bruin lächelte matt. »Das sagen Sie jetzt, Herr Beerta, aber wenn man Ihnen nicht vertrauen würde, würden Sie anders reden, und so denken auch Gerbrandy und Dekker darüber.« Er nahm das Tablett und verließ den Raum.

»Ich glaube, dass es van der Haar zu Kopf gestiegen ist, dass er Direktor geworden ist«, sagte Beerta, sobald de Bruin draußen war. »Der will sich aufspielen. Lächerlich! Solange ich hier arbeite, hat es noch nie einen Brand gegeben.«

»Und, was macht die Sache jetzt?«, erkundigte sich Maarten nachmittags.

De Bruin saß in seinem Verschlag und war dabei, aus den Zeitungen Artikel auszuschneiden, die Beerta zuvor angestrichen hatte. Er legte die Schere hin. »Stell dir vor, Gerbrandy hat mal nachgefragt, aber wir haben Pech. Die können uns vertraglich verpflichten. Und Dekker sagt, dass er auf das Geld nicht verzichten kann. Na, ich könnte gut drauf verzichten. Meine Ehre ist mir noch immer mehr wert als die lumpigen fünfzig Gulden. Und das werd' ich van der Haar auch sagen. Dafür hat man sich jetzt dreizehn Jahre krummgelegt. Nie ist was verschwunden. Jeden Morgen bin ich vor den anderen da, um es schön warm zu machen. Dafür krieg' ich keinen Cent. Ist mir egal, mach ich gern, aber dann müssen sie mir nicht mit so was kommen.«

»Ich würde es mir nicht so zu Herzen nehmen.«

»Du hast gut reden, dir ist es nicht passiert. Aber ich werde es ihm sagen!«

»Stell dich dann ein bisschen weiter rechts hin«, sagte Maarten, »dann kann ich dich sehen.«

Später am Nachmittag sah er sie zu viert aus dem Hauptbüro durch den Garten in Richtung des Büros schlendern: Gerbrandy und Dekker in gelben Kitteln, de Bruin in seinem alten, gestopften Pullover und der Tischler halb in Leder. Es regnete ein wenig, und es wehte ein starker Wind. Bevor sie das Büro betraten, bückte sich Dekker noch kurz, um eine Pflanze zu betrachten. Wenig später kamen sie in den Raum. Der Tischler, ein schon etwas älterer Mann mit einer Glatze, schritt voran. Er grüßte. Gerbrandy und Dekker murmelten etwas, de Bruin sagte nichts. »Und hier«, sagte der Tischler. Die anderen folgten ihm zu der Ecke hinter Beertas Schreibtisch und blickten schweigend auf die angegebene Stelle. Beerta hatte aufgehört zu arbeiten und sah zu. »Das ist dann die zehnte«, sagte Gerbrandy trübsinnig.

»Und?«, fragte Maarten, als er um fünf Uhr an de Bruins Verschlag vorbeikam, um das Büro zu verlassen.

»Ich hab' es ihm gesagt«, sagte de Bruin träge, »aber er sagt: ›De Bruin, du musst mir glauben, das ist keine Frage von Trauen oder Nicht-Trauen, aber ich bin dem Staat gegenüber verantwortlich.‹ Er hatte die Unterlagen schon fertig, um mich zwingen zu können. Das hatte ich von Gerbrandy. Ich sag': ›Herr van der Haar, möchte der Staat denn etwa, dass wir uns den Hals brechen?‹ Denn du wirst es nicht glauben, aber da war ein Schlüssel dabei, da musste man auf eine kleine Leiter steigen und mit einer Hand die Leiter festhalten, während man mit der anderen den Schlüssel umdreht, und das auch noch mit diesem Ding vor dem Bauch! Er sagt: ›De Bruin‹, sagt er, ›ich werde sofort den Auftrag geben, dass das geändert wird!‹ Das ist doch auch zu verrückt! Auf so einer Leiter! Und dann vielleicht auch noch mit einer Hand den Schlüssel umdrehen! Das geht gar nicht! Auch wenn man es wollte!«

*

»Ich habe mir überlegt, mal mit dem Bruder von Veen zu reden«, sagte Beerta. »Ich finde, dass wir den Jungen nicht so einfach seinem Schicksal überlassen können.«

»Ich wusste nicht, dass er einen Bruder hat«, sagte Maarten.

»Er hat einen Bruder. Und an dem hängt er sehr.«

»Und glauben Sie, dass er wegen des Bruders seine Meinung ändern könnte?«

»Das weiß ich nicht. Aber ich will es trotzdem versuchen. Er darf nur nicht wissen, dass ich den Bruder anrufe, und jetzt habe ich mir überlegt, dass ich ihn anrufe und frage, ob Frans Veen da ist, und wenn er dann Ja sagt, lege ich auf, ohne meinen Namen zu nennen. Und wenn er nicht da ist, verabrede ich mich mit ihm. Was hältst du davon?«

»Und was wollen Sie dem Bruder sagen?«, fragte Maarten skeptisch.

»Ich werde ihm sagen, dass er seinen Bruder überzeugen soll, etwas sozialer zu werden, denn er ist nicht sozial! Der Bruder ist es schon! Er hat also ein Vorbild.«

Maarten lachte.

»Du bist anderer Meinung?«, fragte Beerta etwas verstimmt.

»Ja, aber ich finde es nett.«

Beertas Gesicht erstarrte. »Ich habe nicht die Absicht, nett zu sein«, sagte er steif. »Ich fühle mich verantwortlich!«

»Dann finde ich es verantwortlich«, verbesserte sich Maarten lachend.

*

»Haben Sie schon die Ausstellung über die Amsterdamer Juden im Historischen Kabinett gesehen?«, fragte Maarten. Das Historische Kabinett befand sich schräg gegenüber dem Hauptbüro, und er hatte seine Mittagspause genutzt, um die Ausstellung zu besuchen.

»Nein«, antwortete Beerta, während er weiterarbeitete. Er sah nicht auf. »Muss ich das denn?«

»Ja. Es ist eine gute Ausstellung.«

»Ach«, er legte den Stift weg, »warum erzählst du mir das jetzt? Ich habe überhaupt keine Lust, die Ausstellung zu besuchen.« Er stand auf und drehte sich mürrisch zu Maarten um. »Du solltest doch wissen, dass ich überhaupt keine Zeit habe, Ausstellungen zu besuchen!«

»Dann gehen Sie eben nicht.« Maarten zog den Stuhl unter seinem Schreibtisch hervor, um sich wieder an die Arbeit zu machen.

»Ich habe genug von all den Ausstellungen! Sie sollen mir eine Einladung schicken! Im Übrigen will ich überhaupt keine Ausstellungen sehen.«

»Weil Sie da Leute treffen.«

»Da treffe ich Leute, ja! Und dann weiß jeder, dass ich dort gewesen bin!«

»Na, dann gehen Sie eben nicht. Es ist eine nette Ausstellung, aber Sie hätten auch zu spät davon erfahren können.«

»Das ist es ja gerade! Dass es eine nette Ausstellung ist! Dann sagt demnächst jeder: Ach herrje, bist du nicht in der Ausstellung gewesen? Die solltest du aber gesehen haben. Du hältst doch so viel von den Juden.« Er trippelte zum Tisch und kramte in den Papierstapeln. »Ach, wie ärgerlich.« Er sah nach draußen. »Und es regnet auch noch! Ich habe überhaupt keine Lust darauf!« Er stampfte mit dem Fuß auf.

Maarten gab darauf keine Antwort mehr. Er machte sich an die Arbeit. Fünf Minuten später packte Beerta seine Tasche und verließ den Raum. »Na, dann bis nachher«, sagte er kurz angebunden.

Anderthalb Stunden später war er zurück. Er blieb neben Maartens Schreibtisch stehen, die Tasche in der Hand. »Ich habe in meinem ganzen Leben noch nie etwas *so* genossen!«, sagte er feierlich. »Alle Erinnerungen an früher kamen zurück! Es war herrlich! Ich hätte es dir sehr übel genommen, wenn du mir diese Ausstellung verschwiegen hättest!« Er sah Maarten streng an. »Und ich nehme es dir sehr übel, dass du nicht mit mehr Nachdruck gesagt hast: ›Da musst du hin!‹«

»Ich duze Sie doch gar nicht.«

»Dann hättest du sagen müssen: ›Da müssen *Sie* hin!‹«

*

»Bleib du mal kurz stehen!« Der Anschnauzer hallte noch in seinem Kopf nach. Als ob er ihr Hund wäre. Natürlich hätte er nicht stehen bleiben sollen. Er hätte sie schlichtweg ignorieren sollen. Doch er *war* stehen geblieben. Gedemütigt und wütend auf sich selbst drehte er sich im Bett um. Er hatte sich so gedemütigt gefühlt, dass er es nicht einmal Nicolien hatte erzählen können. »Bleib du mal kurz stehen!« Warum war er bloß stehen geblieben? Was für ein Feigling er gewesen war! Das hätte sich sonst niemand gefallen lassen! Das Blut schoss ihm in den Kopf, wenn er an diesen Augenblick zurückdachte. Sie hatte wütend den Raum betreten: Weshalb niemand während ihrer Krankheit die eingegangenen Fragebogen kontrolliert habe. Das war an Beerta gerichtet, aber gemeint hatte sie ihn. Als ob *sie* sie nachsehen würde, wenn *er* krank wäre! *Das* hätte er sagen sollen. Doch anstatt es zu sagen oder, noch besser, zu schweigen, hatte er, noch bevor Beerta reagieren konnte, geantwortet, dass er angenommen habe, dass Nijhuis das getan hätte. Als ob das in dem Moment wichtig gewesen wäre. Wobei ihm außerdem hätte klar sein können, dass Nijhuis es nicht getan hatte. Und als er hinausgehen wollte, um Nijhuis danach zu fragen, hatte sie ihn angeschnauzt, ohne ihn anzusehen und ohne ihre Tirade gegen Beerta zu unterbrechen: Bleib du mal kurz stehen! Allein die Erinnerung war unerträglich. Wovor hatte er bloß Angst gehabt? Unhöflich zu sein? Einem solchen Weibsstück gegenüber? Er kam um vor Wut und Selbstverachtung. Was gab einem solchen Weib bloß das Recht dazu, so aufzutreten? Was konnte man von einer Welt erwarten, in der solche Menschen ungestraft ihr Maul aufreißen durften? Der Gedanke, dass diese Menschen ihren Willen bekamen, die Tatsache, dass Beerta schließlich versprochen hatte, beim nächsten Mal darauf zu achten, dass es gemacht würde, war bedrohlich. »Bleib du mal kurz stehen!« Woher nahm sie die Unverschämtheit? Wer gab ihr das gottverdammte Recht dazu? Ein Weib mit dem Gehirn eines Spatzen! Er versuchte, die Erinnerung an den demütigenden Vorfall loszuwerden, indem er den Klängen der Nacht lauschte, doch sogar die wiedererkennbaren Geräusche – die Nachbarn, die betrunken nach Hause kamen und fluchend die Treppe hinaufpolterten, ein Mann, der im Vorbeigehen ans Fenster klopfte, das Heulen eines Hundes, weit weg, auf der gegenüberliegenden Seite der Gracht – schienen bedrohlich. Wie ein Tier, das in seinem Dschungelversteck liegt, so fühlte er sich.

*

»Früher kannte ich keine Angst«, sagte Maarten. »Als wir studierten, meine ich. Jetzt fühle ich mich oft bedroht.« Er blickte von Klaas zu Nicolien. »Geht euch das nicht so?«

»Bei mir ist es eher umgekehrt«, sagte Klaas.

Henriette schwieg.

»Wie erklärst du dir das?«, fragte Maarten und wandte sich Klaas zu.

»Ich glaube, dass ich jetzt mehr als früher das Gefühl habe, dort zu sein, wo ich hingehöre.«

»Du bist glücklich.«

Klaas grinste. »Ja! Alter Sack!«

Maarten lachte. »Und du?«, fragte er Henriette. »Bist du auch glücklich?«

Sie zuckte widerwillig die Achseln. »Na, darauf gebe ich keine Antwort.«

Maarten nahm einen Schluck von seinem Schnaps und dachte nach.

»Wollt ihr noch etwas Käse?«, fragte Nicolien.

Er sah zu, wie sie den Käse auf den Tisch stellte, und nahm ein Stückchen, vor den anderen. »Bei mir im Büro ist ein junger Mann, der hat gekündigt, weil er sich bedroht fühlt.«

»Frans Veen«, sagte Henriette.

»Frans Veen!«

»Ich fand das sehr schön«, sagte Nicolien. »Er ist einmal hier gewesen, und ich fand ihn sehr nett.«

»Ich fand ihn nicht so nett wie Nicolien«, sagte Maarten, »aber das ist jetzt nicht so wichtig. Ich habe ihm gesagt, dass ich finde, dass man nicht flüchten darf, sondern nur aus einer Position der Stärke heraus gehen sollte. Versteht ihr das? Oder ist das Unsinn?«

Henriette nickte kurz. Es blieb unklar, ob sie es verstand oder für Unsinn hielt.

»Warum sollte er nicht weggehen, wenn er sich bedroht fühlt?«, wollte Klaas wissen.

»Weil ich glaube, dass es dann immer schlimmer wird.«

Klaas zog die Augenbrauen zusammen. Es war zu sehen, dass er der Argumentation nicht folgen konnte.

»Manchmal«, erklärte Maarten, »natürlich nicht immer, sondern nur manchmal, fühle ich mich so bedroht, dass ich dir die Orte, an denen ich mich noch sicher fühle, an einer Hand aufzählen könnte: meine Wohnung, der schmale Korridor zwischen meiner Wohnung und dem Büro, das Büro. Darum herum lauert die Gefahr. Doch im Büro ist es auch schon fast nicht mehr zu ertragen. Wenn ich im Raum nebenan Fräulein Haan lachen höre, oder wenn der größte Mist, wie zum Beispiel die Wissenschaft, ernst genommen wird, ist meine erste Reaktion: bloß weg hier! – genau wie bei Frans Veen. Aber wenn ich dem nachgeben und mich in meine Wohnung zurückziehen würde, wäre der nächste Schritt, dass ich mich nicht mehr aus dem Haus traue.«

Sie hörten zu. Klaas sah ihn skeptisch an. Maarten erinnerte sich an einen Traum, der illustrierte, was er meinte. »Ich habe davon geträumt«, sagte er und stand auf. Er ging ins vordere Zimmer, um ein Heft zu holen. Als er zurückkam, saßen sie noch genauso da wie vorher und schwiegen. Er blätterte in dem Heft, bis er den Traum gefunden hatte, und las ihn dann vor. »Ich träumte, dass ich wach wurde. Die Haustür stand offen. Der Vorhang wehte ins Hausinnere herein. An der Rückseite meines Bettes stand ein fremdes Fahrrad mit einer Tasche am Lenker, in der Holzschuhe steckten. Auf dem Boden lag altes Zeug. An der Wand zwischen Fenster und Haustür stand noch ein Fahrrad. Vor der Tür waren Stühle und anderer Hausrat aufgestapelt. Es war noch dunkel. Nicolien war wach geworden. ›Was ist los?‹, fragte sie schläfrig. – ›Sie haben die Tür aufgebrochen‹, antwortete ich. Dort steht jetzt alter Plunder. – ›Was macht das jetzt schon‹, sagte sie. ›Du regst dich aber auch immer so schnell auf.‹ – Ich war verängstigt, angespannt. Ich stand auf, um die Tür zu schließen. Sie war der Länge nach zerbrochen. Die Scharniere hingen noch an einem Splitter von ungefähr fünf Zentimeter Länge. Ich schloss die Tür. Daran, wie der Nachbar von oben hereinkam, erinnere ich mich nicht. Es war ein stämmiger, gedrungener Mann mit einem roten Kopf. Er trat aggressiv auf. Ich hatte Angst. ›Sie haben die Tür kaputt gemacht‹, sagte ich. – ›Ich konnte nicht herein‹, sagte er. ›Und wenn ich um vier Uhr nachts nach Hause komme, mache ich kurzen Prozess. Ich musste den Kram irgendwie loswerden. Außerdem liegt meine Frau im Krankenhaus.‹ –

Seine Frau würde ein Kind bekommen. – ›Schauen Sie‹, sagte ich, ›wenn wir Ihnen helfen können, tun wir es gern, aber ich sähe es doch lieber, dass Sie hier nicht alles kurz und klein schlagen.‹ – ›O ja‹, sagte er und sah mich prüfend an. ›Das hat dein Vorgänger, dieser Meier, auch gesagt, aber wenn es darauf ankam, waren es nur leere Sprüche. Aber wir werden sehen.‹ Er legte sich auf den Boden, mit den Armen unter dem Kopf und weit gespreizten Beinen und sah mich spöttisch an. ›Hol dann mal ein paar Kilo Kartoffeln für mich‹, sagte er, ›und koch mir mein Essen.‹ – ›Das habe ich nicht gemeint‹, sagte ich. ›Das werde ich natürlich nicht tun.‹ Diese Antwort schien den Mann zu interessieren, denn er hob seinen Kopf etwas und sah mich an. Dann wurde ich wach.« Er schwieg und sah sie an, während er das Heft vor sich auf den Tisch legte.

»Ein scharfer Traum«, sagte Henriette.

»Hast du das wirklich geträumt?«, fragte Klaas ungläubig.

»Ja.« Er lächelte. »Aber warum träumt man so etwas?«

Auf diese Frage hatten sie keine Antwort.

»Vor einer Weile sagte mein Vater zu mir: ›Was du jetzt machen musst, ist eine Doktorarbeit schreiben.‹ Ich fand das verdammt bedrohlich. Dass der eigene Vater einen so schlecht kennt, dass er so etwas sagt.«

»*Das* ist die Erklärung«, sagte Henriette.

»Ich glaube auch, dass das die Erklärung ist«, sagte Maarten. »Wenn der eigene Vater dich nicht versteht, was kann man dann von anderen Menschen erwarten. Unheil. Bedrohung. Ich kriege nur deswegen keins auf die Birne, weil ich schweige und böse aus der Wäsche schaue. Sie kennen meine Schwäche nicht. Wie der Mann in dem Traum. Aber ich habe keine Kraft. Ich habe verdammte Angst vor den Menschen. Ich fühle mich eigentlich nur wohl bei einer Beerdigung, wenn die Rollen verteilt sind und meine Rolle klar ist.«

»Nimmst du dich selbst nicht viel zu wichtig?«, fragte Klaas.

Maarten sah ihn an. »Wenn *ich* mich nicht wichtig nehme, wer tut es dann?«

»Früher habe ich geträumt«, sagte Henriette abrupt, »dass ich mit Paul auf Korallenfelsen kletterte und durch einen Feldstecher auf hohe, weiße Türme schaute. Aber Paul musste mir dabei mit der Mechanik helfen. Damit kannte ich mich nicht aus.«

Was das damit nun genau zu tun hatte, war Maarten nicht klar, aber er hatte das Gefühl, dass sie den Nagel auf den Kopf getroffen hatte.

*

Als er morgens ins Büro kam, traf er Slofstra im Raum von Fräulein Haan, an der Tür zu Beertas Zimmer. »Mein Prüfbescheid ist da«, sagte er.

»Und?«, fragte Maarten.

»Ich darf noch nicht rein.«

Maarten betrat den Raum, Nijhuis stand bei Beerta. Beerta hatte den Brief in der Hand. »Ich höre gerade, dass Slofstra abgelehnt worden ist«, sagte er ernst.

»Warum?«, fragte Maarten.

»Das steht dort nicht. Das darf ich nicht wissen.«

Nijhuis schwieg.

Es klopfte. Die Tür ging auf, Slofstra sah um die Ecke. »Darf ich schon reinkommen?«

»Warten Sie noch einen Moment, Herr Slofstra«, sagte Beerta. »Ich lasse Sie dann rufen.«

»Vielen Dank. Tag, meine Herren.« Die Tür schloss sich wieder.

»Brauchen Sie mich noch?«, fragte Nijhuis.

»Nein, geh nur«, sagte Beerta.

»Was nun?«, fragte er, als Nijhuis den Raum verlassen hatte. Er sah Maarten fragend an.

Maarten war unsicher stehen geblieben. »Sie werden es ihm sagen müssen.«

Beerta trippelte bei seinem Stuhl auf und ab. »In solchen Momenten wünschte ich mir, kein Direktor zu sein.« Er setzte sich wieder hin und nahm den Brief erneut in die Hand. »Und dass sie keinen Grund angeben«, sagte er verärgert. »Vielleicht ist das ja gerade der Grund, weshalb wir ihn anstellen wollen.«

Das schien Maarten nicht undenkbar.

»Ach! Und das gerade jetzt! Ausgerechnet, wo ich heute Morgen mal richtig vorankommen wollte. Ich muss einen Haufen Briefe schreiben. Ich habe jede Menge zu tun.«

»Ich würde den Knoten einfach durchschlagen«, sagte Maarten. »Einmal muss es doch sein.«

Beerta gab darauf keine Antwort. Er legte den Brief wieder weg und sah vor sich hin. »Sag ihm dann, dass er hereinkommen kann«, sagte er schließlich gereizt.

»Wollen Sie ihn unter vier Augen sprechen?«

»Ja, das scheint mir besser. Vielleicht kann er mir im Vertrauen erzählen, was der Grund ist.«

Slofstra stand vor der Tür. Hinter seinem Rücken zog van Ieperen Grimassen in Richtung Maarten.

»Sie können reinkommen«, sagte Maarten.

»Ich danke Ihnen«, sagte Slofstra förmlich. Er betrat den Raum.

»Er ist abgelehnt worden, nicht wahr?«, sagte van Ieperen aus dem Mundwinkel und mit einer Kopfbewegung zum Raum von Beerta.

»Ja«, sagte Maarten widerwillig.

»Was, denkst du, könnte der Grund sein?« Er machte eine Handbewegung vor seinem Kopf entlang. »Könnte es etwa …« Er grinste und ging in die Knie.

»Ich weiß es wirklich nicht.« Maarten ging weiter zum ersten Raum.

Nijhuis stand an Meierinks Schreibtisch. Sie sahen ihn an, als er eintrat. »Ist er bei Beerta?«, fragte Nijhuis.

»Ja«, antwortete Maarten.

Hein de Boer tauchte hinter dem Regal auf. In der Ecke am Fenster arbeitete Balk unbeirrt weiter.

»Er ist abgelehnt worden, nicht wahr?«, sagte Meierink langsam. »Das wird wohl ein Schlag für ihn sein. Er hat von nichts anderem mehr gesprochen.«

»Er hat es sicher nicht erwartet«, meinte Nijhuis.

Vom Flur her hörte man das Klirren des Tabletts mit Tassen. De Bruin trat ein. »Und? Nijhuis? Was stand in dem Brief?«, fragte er, während er das Tablett auf den ihm am nächsten gelegenen Schreibtisch schob.

»Er ist abgelehnt worden«, sagte Nijhuis.

»Das war zu erwarten«, sagte de Bruin, ohne eine Spur der Überraschung zu zeigen. »Ich glaube, dass er nicht alle Tassen im Schrank hat. Jeden Morgen, wenn ich hier mit meinem Moped ankomme, steht er schon vor der Tür. Das ist doch nicht normal! Der Mann muss sich doch mal untersuchen lassen.« Er schenkte eine Tasse ein und brachte sie Balk. »Kaffee, Herr Balk.«

»Dank dir«, murmelte Balk. Ohne von der Arbeit aufzusehen, zog er die Tasse zu sich heran.

»Du kannst mir den Kaffee auch hier geben, de Bruin«, sagte Maarten.

»Wird geschehen«, sagte de Bruin vergnügt.

In diesem Augenblick öffnete sich die Zwischentür, und Slofstra trat ein. Er schloss die Tür und ging mit geistesabwesendem Blick an seinen Schreibtisch. Sie schwiegen beschämt. Die Zwischentür öffnete sich erneut, langsamer, van Ieperen trat ein und blieb an der Tür stehen. Slofstra setzte sich, legte die Hände auf den Schreibtisch und sah in den Kreis. »Abgelehnt!«, sagte er laut.

Es wurde still.

»Wieso das denn?«, fragte de Bruin.

»Was können sie für einen Grund dafür haben?«, fragte Meierink.

»Weil ich vor Jahren einmal Selbstmord begehen wollte«, sagte Slofstra laut, ohne dabei jemanden im Besonderen anzusehen, »als meine Mutter gestorben war. Da habe ich eine Zeitlang in einer Einrichtung gesessen. Ich habe noch ein Papier davon.« Er hob seine Tasche auf den Schreibtisch, schnallte den Riemen los und holte ein dickes Dossier heraus. Während die anderen schweigend zusahen, begann er, darin zu blättern, zog ein Dokument heraus und legte es mit der Schrift zu ihnen auf die Ecke seines Schreibtisches. »Seht mal!« Niemand rührte sich. Er achtete nicht darauf. »Es ist mir früher schon mal passiert.« Er suchte weiter. »Damals haben sie mich an meinen Hausarzt verwiesen, Doktor Attema. Der sagte: Alles Quatsch! Darüber hätten Sie überhaupt nicht reden sollen. Aber wie kann das jetzt sein? Wenn sie da so eine dicke Akte über dich haben!« Er fand das Schriftstück, das er gesucht hatte, und hielt es vor sich hin. »Hier!« Er zeigte auf eine Zeile. »Abgelehnt wegen einer Depression in jüngster Anamnese und suizidalen Neigungen. Das ist Lateinisch für Selbstmord.« Er sah auf, mit einigem Triumph. »Aber das will doch nicht heißen, dass ich noch einmal einen Selbstmordversuch begehe! Ich werde mich hüten! Einmal ist genug! Nicht wahr?«

»Außerdem wird dadurch niemand belästigt«, fand Maarten.

»So ist es!«, sagte Slofstra mit großer Überzeugung.

»Jedenfalls ist es Scheiße«, sagte Maarten. Er nahm die Tasse, die ihm de Bruin reichte, wandte sich ab und ging zurück in seinen Raum.

Beerta tippte.

»Er glaubt, dass er abgelehnt worden ist, weil er nach dem Tod seiner Mutter Selbstmord begehen wollte«, sagte Maarten.

Beerta hörte auf zu tippen und drehte sich um. »Ja, das hat er mir erzählt.«

»Aber es ist doch verrückt, den Mann sein Leben lang damit zu verfolgen! Außerdem: Wenn er wieder in eine Einrichtung kommen würde, müsste die Gemeinschaft es doch auch bezahlen? Wovor um Himmels willen haben sie Angst?«

»Ich verstehe es auch nicht«, stimmte Beerta zu. »Es scheint mir stark übertrieben.«

Es klopfte. Slofstra kam herein. »Tag, meine Herren.«

»Tag, Herr Slofstra«, sagte Beerta.

»Herr Beerta! Herr Meierink fragt sich, ob Sie da nichts mehr tun können.«

Beerta schüttelte den Kopf. »Nein, Herr Slofstra, ich kann da nichts mehr tun.«

Slofstra streckte den Rücken durch. »Vielen Dank.« Er schlug seine Hacken zusammen. »Guten Tag, meine Herren!«, drehte sich um und ging zur Tür hinaus.

»Können Sie wirklich nichts mehr für ihn tun?«, fragte Maarten. »Das ist doch Unrecht!«

Beerta zögerte. »Ich könnte eine Nachuntersuchung beantragen.«

»Dann müssen wir eine Nachuntersuchung beantragen!«

»Ich werde eine Nachuntersuchung beantragen«, versprach Beerta.

*

Zwei Wochen später, als die Nachricht kam, dass Slofstra bei der Nachuntersuchung für gesund befunden worden war, nahm Beerta Kontakt zu dessen Betreuer beim Sozialamt auf. Der zuständige Beamte kam am nächsten Morgen vorbei, ein müde wirkender Mann mit Amsterdamer Akzent und einer schweren, schwarzen Aktentasche. »Ich verstehe das Problem«, erklärte er, noch bevor Beerta etwas gesagt hatte, und setzte sich. »Sie sind nicht der Erste. Es ist mit diesem Mann jedes Mal dasselbe. Er lässt sich nichts sagen. Ich nehme Ihnen das nicht übel.« Er holte ein Dossier aus der Aktentasche und legte es vor sich auf den kleinen Tisch.

Beerta beobachtete ihn mit einer leichten Ironie, das Kinn etwas nach oben gereckt.

»Da bleibt mir nichts übrig, als etwas anderes für ihn zu finden«, sagte der Mann.

»Ich werde Ihnen mal etwas erzählen«, sagte Beerta. Er blinzelte nervös und wartete einen Moment, bevor er weitersprach. »Wir stellen den Mann ein.«

»Einstellen?« Er sah Beerta bestürzt an.

»Wir können ihn sehr gut brauchen«, sagte Beerta. »Für unser Büro hat er genau die richtigen Qualitäten.«

*

»Bist du nie in Deutschland gewesen?«, fragte Beerta ungläubig.

Sie saßen einander gegenüber im Zug, auf dem Weg zum Kongress des Atlas für deutsche Volkskultur, und waren gerade vom deutschen Zoll kontrolliert worden. Maarten hatte sein Erstaunen darüber ausgedrückt, dass die Zöllner noch genauso gekleidet waren und sich genauso verhielten wie im Krieg.

»Nein«, sagte Maarten. »Man fährt nicht nach Deutschland. Jedenfalls nicht zum Vergnügen.« Er musste etwas lauter sprechen, um sich trotz des Ratterns des Zugs verständlich zu machen.

Beerta spitzte die Lippen und nickte ironisch. »Ich fühle mich nirgends wohler als in Deutschland.«

Maarten lachte. Er blickte auf die vorbeifliegende deutsche Landschaft.

»Deutschland ist für mich in erster Linie das Land Goethes und Heines«, sagte Beerta.

»Und das Stefan Georges und Rilkes«, ergänzte Maarten.

»Woher weißt du das?«, fragte Beerta erstaunt.

»Weil Sie keine Gelegenheit auslassen, es zu betonen.«

»Und das Stefan Georges und Rilkes«, bestätigte Beerta.

»Werden Sie nie an den Krieg erinnert?«

»Doch natürlich, aber in der Bibel steht: Denn ich werde ihre Ungerechtigkeiten vergeben und ihrer Sünden nicht mehr gedenken.«

Maarten reagierte nicht. Ihm fiel auf, dass die Häuser unmittelbar hinter der Grenze anders waren als in den Niederlanden, massiver, mit kleineren Fenstern und aus dunklerem Backstein, ungefähr so, wie die Helme der deutschen Soldaten sich von denen der niederländischen unterschieden. »Sogar ihre Häuser sind verdammt deutsch«, bemerkte er.

»Natürlich sind ihre Häuser deutsch«, Beerta warf einen flüchtigen Blick aus dem Fenster des Abteils, »es wäre auch nicht gut, wenn es anders wäre.«

Er vertiefte sich wieder in seine Zeitung. »Liest du noch immer *Het Vrije Volk*?«, fragte er, als er eine Seite umschlug. Er ließ die Zeitung kurz sinken, um ihn sehen zu können.

»Ja«, sagte Maarten.

Beerta schüttelte den Kopf. »Du musst doch mal die *NRC* abonnieren. Für einen Intellektuellen gehört es sich, die *NRC* zu abonnieren.«

»Ich bin kein Intellektueller. Ich bin Büroangestellter.«

»Manche Büroangestellten sind auch Intellektuelle.«

Der Zug verlangsamte seine Geschwindigkeit und hielt. Oberhausen. Maarten betrachtete die Menschen auf dem Bahnsteig und wunderte sich erneut über die Unterschiede: Frauen mit Männerhüten, manche mit einer Feder, Männer in ärmlichen, phantasielosen Anzügen, mit bleichen Gesichtern. Und vergiss nicht das Trinkgeld für das Zimmermädchen, hatte Wiegel mit einem verschmitzten Lächeln gesagt, als er losgegangen war, um Geld zu holen, denn das kann richtig teuer werden. Er erinnerte sich an die Bemerkung und empfand eine leichte Erregung. »Wie machen Sie das in Deutschland mit den Trinkgeldern?«, fragte er, als der Zug sich wieder in Bewegung setzte.

»Genauso wie in den Niederlanden.«

»Wie machen Sie das denn in den Niederlanden?«

Beerta ließ die Zeitung sinken und sah ihn an. »Wenn ein Herr einen Mann trifft, gibt der Herr dem Mann ein Trinkgeld.«

»Und wie viel gibt so ein Herr dann?«

»Was er in seiner Tasche findet«, antwortete Beerta und vertiefte sich wieder in seine Zeitung.

Bei der Einfahrt in den Bahnhof fuhr der Zug wie eine Straßenbahn zwischen grünen Hecken hindurch, links und rechts die Häuser des Städtchens. Beerta trug einen kleinen, braunen Koffer, Maarten eine grüne Armeetasche mit U.S. darauf und unter dem anderen Arm die erste Ausgabe ihres Atlas, die einige Tage zuvor erschienen war. Der Bahnhofsvorplatz machte einen provinziellen Eindruck. Es gab wenig Verkehr. Die umliegenden Häuser, neu und charakterlos, lagen im fahlen Sonnenlicht. Es herrschte drückendes Frühlingswetter, wie vor einem Gewitter. Hundert Meter vom Bahnhof entfernt, beim Eingang eines Fußgängertunnels, lag eine kleine Grünanlage. Am Wegesrand, ein wenig abseits der vorbeilaufenden Menschen, spielte ein Mann ohne Beine auf einer Klarinette. Es klang wehmütig, ein wenig falsch. Vor ihm stand eine Zigarrenkiste, in der ein paar Münzen lagen.

Das Hotel, in dem Zimmer für sie reserviert waren, lag unmittelbar hinter dem Bahnhof an einer stillen Allee mit großen Herrenhäusern, die vom Krieg verschont geblieben waren. Die Zwischentür zwischen dem Vestibül und der Halle hatte kleine gelbe und rote Bleiglasscheiben, die Halle war mit einem dicken Teppich ausgelegt, auf dem große, dunkelbraune, auf Hochglanz polierte Möbel standen. Hinter den Bleiglasfenstern sah man verzerrt einen Speisesaal. An einem kleinen Schreibtisch füllten sie die erforderlichen Formulare aus. »Der Herr Professor im ersten und der Herr im vierten Stock«, sagte die Frau, die sie empfing, zu zwei Mädchen in schwarzen Kleidern und mit weißen

Schürzen. Das Mädchen, dem Maarten zugewiesen worden war, wollte seine Tasche nehmen, doch das ließ er nicht zu. »Sie ist nicht schwer«, sagte er, eine dumme Bemerkung. Beschämt folgte er ihr über einen dicken Läufer, stieg eine breite Treppe hinauf, die nach dem ersten Stockwerk schmaler wurde, und suchte dabei vergeblich nach einer Bemerkung, die die Beklemmung des gemeinsamen Treppensteigens hätte brechen können. Sie öffnete eine Tür. Ein Zimmer mit einem Dachfenster. Er fragte sich, ob er jetzt ein Trinkgeld geben musste, brachte es aber nicht fertig. Das Mädchen war stehen geblieben. »Haben Sie vielleicht noch einen Wunsch?« Es klang einladend. Er drehte sich zu ihr um. Es war ein attraktives Mädchen. »Nein, danke«, sagte er verwirrt und wandte sich ab. Während sie die Tür hinter sich schloss, stellte er seine Tasche auf eine Couch und legte den Atlas daneben auf den Boden, unzufrieden mit sich selbst. Er sah sich um, ohne etwas in sich aufzunehmen, stieß das Fenster auf, ging zum Waschbecken, wusch sich die Hände, nahm den Atlas, schloss die Tür und stieg wieder die Treppe zur Halle hinab. Dort war niemand. Das Sonnenlicht fiel durch das Bleiglas in farbigen Rauten auf den Teppich. Er wartete auf einer Holzbank mit gedrechselten Beinen, durchbrochener Sitzfläche und einer Lehne aus Korb, wie seine Tante eine hatte. Beerta blieb lange weg. Als er endlich herunterkam, war sein Gesicht rosig, als hätte er sich gewaschen und rasiert. Sie gingen den Weg zurück zu dem Platz auf der anderen Seite der Bahnstrecke. Der Klarinettenspieler hatte seinen Rumpf etwas verschoben und hing leicht vornüber. Er starrte geistesabwesend in die leere Zigarrenkiste. Jetzt, da er darauf achtete, sah Maarten zwischen den Passanten mehrere Männer mit künstlichen Gliedmaßen, steifen Beinen und Lederhänden, was der stillen, drückenden Atmosphäre etwas Düsteres gab. Sie fanden einen freien Tisch auf einer Terrasse am Rande des Platzes, unter einem blühenden Kastanienbaum, und bestellten Brot mit Käse. Maarten nahm ein Glas Bier dazu. »Haben Sie diesem Mädchen nun ein Trinkgeld gegeben?«, fragte er. Er hatte dies schon vorher fragen wollen, konnte es jedoch erst jetzt über seine Lippen bringen, da sie in sicherer Entfernung vom Hotel waren.

»Natürlich«, sagte Beerta. »Sie hat doch meinen Koffer getragen.«

Er sah Maarten an. »Du hast eine Kastanienblüte im Haar.« Seine Stimme war weich.

Maarten strich sie brüsk weg. Die Bemerkung gefiel ihm nicht. Er sah sie durch die Augen eines Außenstehenden hier sitzen – ein älterer Homosexueller mit seinem jungen Freund – und fühlte sich unbehaglich.

Am Eingang zur Universität trafen sie Jan Vanhamme. Er hatte ihnen den Rücken zugewandt und machte seine Zigarre in einem roten Metallkübel aus, der zu diesem Zweck dort stand. Als er sich umdrehte, sah er sie. »Ah, da seid ihr«, sagte er erfreut. Ebenso wie Maarten hatte er ein Exemplar ihres Atlas unter dem Arm.

Sie gingen zu dritt die Treppe hinauf, in gewisser Weise drei Landsleute.

»Ich habe in meinem Hotel nach Ihnen gefragt«, sagte Vanhamme, »aber Sie waren dort nicht eingetragen.«

»In welchem Hotel hat man Sie untergebracht?«, erkundigte sich Beerta.

»Im Bergischen Hof«, antwortete Vanhamme.

»Ja! Im Bergischen Hof!«, sagte Beerta. »Das ist uns sparsamen Holländern nicht vergönnt. Wir sind schon mit einem einfachen, gutbürgerlichen Hotel zufrieden.«

»Es ist ein gutes Hotel«, sagte Vanhamme, mit seinen Gedanken bereits woanders. »Ich bin gerne da.« Er sah Maarten an. »Ich sehe, dass Sie auch den Atlas bei sich haben?«

Beerta war stehen geblieben und hatte sich zu einer Gruppe von drei Männern umgedreht, die hinter ihnen die Treppe hinaufstieg. Sie drückten ihm die Hand und gaben laut auf Deutsch ihrer Freude Ausdruck, ihn wiederzusehen. Zu sechst, Vanhamme und Maarten etwas abseits, stiegen sie weiter hinauf zum Eingang des Saales, wo sie von Professor Seiner und einigen anderen, deren Namen Maarten nicht kannte, mit großer Herzlichkeit empfangen wurden. Hinter ihnen traten noch mehr Männer und auch ein paar Frauen ein. Die meisten schienen Beerta zu kennen. Er schüttelte links und rechts Hände, steif, in aufrechter Haltung und jedes Mal mit einem kurzen Nicken, und ging weiter nach vorn, ohne sich um Maarten zu kümmern, in einigem Abstand gefolgt von einem zerstreut dreinblickenden Vanhamme, mit seinem Exemplar ihres Atlas noch immer unter dem Arm. Maarten blieb stehen. Nachdem er eine Weile gezögert hatte, während immer mehr Menschen eintraten und begrüßt wurden, wandte er sich einem jungen Mann seines Alters zu, der zu der Gruppe gehörte, die sie am Eingang willkommen geheißen hatte. »Können Sie mir bitte sagen, wo die Ausstellung ist?«, fragte er. »Ich möchte …«, er zögerte, weil er nach dem richtigen Geschlecht im Deutschen suchte, »unseren Atlas dort hinlegen.« Er hob den Atlas ein wenig hoch und fühlte sich schäbig.

»Selbstverständlich, ich helfe Ihnen«, sagte der junge Mann sofort.

»Das brauchen Sie nicht«, wehrte Maarten ab.

»Aber natürlich.« Er ähnelte Balk ein wenig, war aber freundlicher. Sie verließen zusammen den Saal und betraten einen Seitengang.

»Sind wir uns schon einmal begegnet?«, fragte der junge Mann.

»Nein. Ich bin hier noch nie gewesen.«

Der junge Mann blieb stehen und streckte seine Hand aus. »Güntermann.« Offenbar hatte er vergessen, dass er Maarten schon begrüßt hatte.

Sie betraten einen schmalen Raum, in dem links und rechts auf Stützen Atlanten ausgestellt waren. Es war niemand da. Bei einer offenen Stelle mit dem Schild »Niederlande« blieb Güntermann stehen. Er sah sofort, dass der niederländische Atlas größer war, als man erwartet hatte, und begann, Platz zu schaffen, indem er die Nachbarn zur Linken und zur Rechten zusammenschob. »Sie arbeiten bei Professor Beerta?«, fragte er, während Maarten den Atlas und die erste Ausgabe des Kommentars auspackte.

»Ja«, antwortete Maarten mit einem so Deutsch wie möglich klingenden a.

»Das dürfte sehr anregend sein.«

»Ja«, antwortete Maarten vage. Das war nicht, was ihm als Erstes eingefallen wäre.

»Ich finde, solche Themen, wie Sie sie in den Niederlanden bearbeiten, sind ungeheuer interessant.«

»Die Wichtelmännchen«, verdeutlichte Maarten. Offenbar war der junge Mann auf dem Laufenden über das, was sich bei ihnen tat, und da er selbst keine blasse Ahnung vom Inhalt des deutschen Atlas hatte, wunderte es ihn.

»Zum Beispiel.«

»Es hat auch seine Schwierigkeiten.«

»Selbstverständlich, wie all unsere Themen.«

Maarten hatte darauf keine Antwort. Er empfand es als ein unmögliches Gespräch. Doch Güntermann erwartete auch keine Antwort. Er sah auf seine Uhr. »Ich bitte um Verzeihung, aber ich soll protokollieren. Wir sehen uns noch.« Und er ging zurück in den Saal.

Als Maarten den Saal betrat, ein steil nach unten zulaufendes Amphitheater, war dieser zu drei Vierteln gefüllt. Beerta saß in der vordersten Reihe, Jan Vanhamme ein paar Sitze von ihm entfernt. Beerta war im Gespräch mit einem ziemlich heruntergekommenen Mann, der eine Narbe auf seiner Wange hatte. Maarten zögerte und setzte sich dann auf einen Platz am Seitengang, in einer der hinteren Reihen, in der, soweit es sich erkennen ließ, vor allem Studenten saßen. Nach einigem Suchen entdeckte er Seiner und Güntermann links vorne, Güntermann zuhörend mit einem Schreibblock vor sich, während Seiner auf ihn einredete. Sonst kannte er niemanden. Ein alter, steif wirkender Mann mit rot angelaufenem Gesicht bestieg das Podium. Es wurde still. Er blickte in den Saal. »Meine Herrschaften, liebe Freunde und Kollegen.«

Vom Rest drangen nur noch Fetzen zu Maarten durch. Er verlor das Interesse, machte zwar noch einen Versuch, das Deutsch zu verstehen, gab es jedoch bald wieder auf und erschrak, als plötzlich alle mit den Knöcheln auf die Pulte zu klopfen begannen, eine Form von Applaus, die ihm unbekannt war und an der er sich nicht beteiligte. Je weiter der Nachmittag voranschritt, erst mit dem Vortrag eines Professors, dessen Namen er sofort wieder vergaß, dann mit Seiners Vortrag, von dem er nicht einmal die Hälfte begriff, desto fremder fühlte er sich in der Gesellschaft der Menschen um ihn herum. Er beobachtete die anwesenden Studenten, verwundert über den Eifer, mit dem sie die Worte, die sich über sie ergossen, aufzeichneten, ein Ritual, dessen Sinnlosigkeit ein vernichtendes Urteil über die Künste beinhaltete, die hier dargeboten wurden. Eigentlich müsste man darüber ein Buch schreiben, dachte er, als ob es ein Negerstamm in Afrika wäre, und er lächelte, als er sich die heilige Empörung vorstellte, die dies hervorrufen würde. Doch die Freude verschwand sofort bei dem Gedanken, dass ihm in diesem Ritual ein Platz zugewiesen werden würde, und der Gewissheit, dass er sich in dieser Gesellschaft niemals angemessen würde bewegen können. Als Seiner endlich, gegen halb acht, zum Schluss kam und der Saal klopfte, war von diesen widerstreitenden Empfindungen nur noch eine übrig: Weg! Noch bevor der klopfende Applaus verklungen war, stand er auf und verließ vor den anderen den Saal. Er stieg die Marmortreppe hinab. Im Treppenhaus war es unnatürlich still. Hinter ihm hörte er den Lärm der Horde, die den Saal zu verlassen begann. Mit großen Schritten durchquerte er die Halle, stieß die Eingangstür auf, rannte die Freitreppe hinab, lief mitten im Verkehr über die Straße, bog in eine Seitenstraße und verlangsamte dort seinen Schritt. Wie ein gewöhnlicher Spaziergänger nahm er eine weitere Seitenstraße und entfernte sich so im Zickzack in unbekannter Richtung vom Zentrum. Es war noch hell, und der Frühling hing in der Luft. Er fühlte sich befreit, doch auch unwirklich, als befände er sich in einem Vakuum. Bei dem Viertel, in dem er gelandet war, handelte es sich um eine stille, bürgerliche Gegend mit älteren, etwas plumpen und mit grauem Zement verputzten Häusern, die vom Krieg verschont geblieben waren. Zwischen den Häusern befand sich ein Restaurant, das Zum Adler hieß und gutbürgerliche Küche versprach. Er ging langsam daran vorbei, doch weil die Fenster hoch über der Straße lagen, über einem Souterrain, konnte er nicht hineinsehen. Als er noch einmal vorbeigegangen war, überwand er seine Scheu, ermutigt durch die gutbürgerliche Küche, und trat ein. Es war ein dunkel dekorierter, schlichter Raum mit etwa einem Dutzend Tischen, von denen die meisten mit einem, manchmal auch zwei Gästen besetzt waren. Eine schon ältere, streng blickende Frau wies auf einen etwas abseits stehenden Tisch, als sei sie nicht gerade begeistert, dass so spät noch ein Niederländer hereinkam. Angespannt sah er sich die Karte an, die, soweit er es auf die Schnelle beurteilen konnte, nahezu vollständig aus Schweinefleischgerichten bestand, und bestellte dann auf gut Glück eine Suppe, ein Fleischgericht und ein

Glas Bier. Während er, mit einer enormen weißen Serviette über den Knien, gedankenverloren seine viel zu heiße Suppe in sich hineinlöffelte, kam die Frau noch einmal vorbei, um die Vorhänge zu schließen, die mit Holzringen an einer glänzenden braunen Stange befestigt waren und von der Decke bis zum Boden reichten. Das ist also das Abenteuer, dachte er vage, bestärkt in der im Laufe des Tages verschiedentlich gehegten Vermutung, dass er für dieses Leben nur schlecht gerüstet war.

Als er wieder auf der Straße stand, war es fast dunkel. Er lief durch die Stadt, durch ausgestorbene Einkaufsstraßen, gelangte an den Rhein, dessen Wasser im fahlen Schein der Lampen an der Uferpromenade mit hoher Geschwindigkeit in Richtung seines Heimatlandes floss, kehrte wieder zurück und zwang sich, auf dem Markt ein Café zu betreten. Da er angesichts der dicken Bleiglasscheiben von außen nicht sehen konnte, was sich drinnen abspielte, und lediglich etwas Stimmengewirr aufgefangen hatte, war er überrascht, als sich herausstellte, dass es voller Studenten war, die an großen, braunen Tischen saßen. Es herrschte ein gewaltiger Lärm, doch da sich die allgemeine Aufmerksamkeit auf ein Fernsehgerät hoch oben in einer Ecke richtete, bemerkte man ihn nicht. Es war ein Fußballspiel im Gange, dem man mit lautem Schreien, Jubel und Rufen folgte. Er bestellte ein Glas Bier bei einem müden, nuttig wirkenden Mädchen, das aussah, als sei es mit allen Anwesenden nacheinander im Bett gewesen, gab ihm aufs Geratewohl etwas Geld und sah mit dem Glas in der Hand dem Spiel zu. Er hatte keine Ahnung, was da gerade lief, doch die plumpen Körper, die kurzgeschorenen Haare und die roten Köpfe des Publikums um ihn herum bestätigten all seine Vorurteile. Tor. Es brach ein grenzenloser Jubel los, die Zuschauer sprangen auf, Arme wurden in die Luft gestreckt, man hämmerte mit Knöcheln und Fäusten auf die Tische, und zwischen alldem wurde laut nach Bier gerufen. Der junge Mann neben Maarten stieß ihn an. »Sie sind doch kein Franzose?«

»Nein«, rief Maarten zurück. »Holländer.«

»Stört es Sie, wenn wir lustig sind?«

»Nein, nein«, rief Maarten und schüttelte zusätzlich den Kopf.

»Sehr gut«, rief der junge Mann und wandte sich wieder ab. Es klang nicht direkt unfreundlich, hatte jedoch etwas Bedrohliches, genug, um ihn zu veranlassen, sich aufzumachen, nachdem er sein Glas ausgetrunken hatte.

Die Halle seines Hotels war leer, doch aus dem Zimmer oder der Küche hinter der Halle kamen Stimmen. Er nahm seinen Schlüssel vom Haken und ging die Treppe hinauf. In seinem Zimmer war es still und frisch. Er setzte sich aufs Bett und lauschte. Durch das offene Fenster drangen Geräusche herein, eine Frauenstimme von unten, die schmeichelnd die Katze rief, und weiter entfernt der gedämpfte Lärm des Bahnhofs und der Stadt. Er schloss daraus, dass sein Zimmer an der Rückseite lag, knipste die Lampe neben seinem Bett an und zog sich aus. Soweit er sich erinnern konnte, war es das erste Mal seit seinem Hochzeitstag, dass er alleine schlief. Er kroch zwischen die kühlen Laken, zog sich die Daunendecke über, knipste die Lampe wieder aus und lauschte. Im Treppenhaus hörte man die Stimmen heimkehrender Gäste. Es gab das Geräusch fließenden Wassers, die Wasserleitungen klapperten. In der Ferne ertönte ganz hell, als käme sie über das Wasser, die Stimme aus dem Bahnhofslautsprecher. Ein Zug rollte in den Bahnhof ein und kam pfeifend und quietschend zum Stehen. In der Stille erklang noch einmal der Lautsprecher, dann setzte sich der Zug wieder in Bewegung. Er schlummerte wieder ein und wurde erneut wach. In der Stille der Nacht rollten die Züge vorbei, kamen zum Stehen und setzten sich wieder in Bewegung, und es erklang die Stimme aus dem Lautsprecher. Das erinnerte ihn an den Krieg.

»Ich habe dich gestern Abend vermisst«, sagte Beerta beim Frühstück.
»Ich war in der Stadt«, antwortete Maarten.
Beerta ging nicht darauf ein. Er war heftig mit dem Durchschneiden und Schmieren eines harten Brötchens beschäftigt, das er anschließend sparsam mit Marmelade bestrich. Um ihn herum waren alle Tische mit deutschen Männern besetzt. Die Frau vom Hotel brachte ihnen eine Kanne Kaffee und stellte eine zweite Kanne auf den Tisch neben ihnen, an dem ein junges deutsches Ehepaar schweigend frühstückte, der Mann mit einer aufgeschlagenen Zeitung neben seinem Teller.

»Ich hatte ein ausführliches Gespräch mit Seiner«, erzählte Beerta, während er ein Stück von seinem Brötchen abschnitt, »und er stimmt mir zu, dass die Karte erst der Anfang ist und wir mit der definitiven Erklärung warten sollten, bis der Atlas vollendet ist. Aber er denkt auch, dass es gut wäre, wenn wir in der Zwischenzeit schon mal einen Versuch in dieser Richtung unternehmen würden, wenn auch nur, um die Aufmerksamkeit des Publikums wachzuhalten.« Er führte das Brötchenstück an den Mund, wobei er Maarten ansah. »Hast du schon mit Güntermann gesprochen?«

»Kurz.«

»Seiner setzt hohe Erwartungen in ihn. Er sieht in ihm seinen Nachfolger.«

Maarten nickte.

»Es wäre gut, wenn du mal mit ihm sprechen würdest, denn er ist auch derjenige, der demnächst unseren Atlas rezensieren wird.«

»Ja«, sagte Maarten neutral. Er schenkte Beerta Kaffee ein.

»Ho! Nicht so viel!«, warnte Beerta. »Wie bei de Bruin! Mensch, sieh doch mal! So viel habe ich mein Lebtag noch nicht getrunken!«

»Dann nehme ich ihn«, sagte Maarten. Er tauschte die Tassen aus und schenkte Beerta gerade so viel Kaffee ein, dass nur gerade der Boden bedeckt war, und Beerta füllte die Tasse mit Milch auf.

Er schüttete drei Löffel Zucker dazu, rührte um, nahm vorsichtig, mit gespitzten Lippen, einen Schluck. »So ist es besser, wenn er auch nicht an den Kaffee von de Bruin heranreicht. So einen Kaffee kriegst du nirgends.«

»Und ich kenne keinen scheußlicheren Kaffee.«

Beerta schmunzelte amüsiert. Er wollte etwas sagen, wurde jedoch durch eine schon etwas ältere Frau unterbrochen, die sich ihrem Tisch genähert hatte. »Darf ich mich zu Ihnen setzen?«, fragte sie auf Deutsch.

»Aber gerne, Frau Professor«, antwortete Beerta, ebenfalls auf Deutsch und mit einer steifen Verbeugung.

»Ach, ich bitte Sie, lassen wir doch das ›Frau Professor‹«, sagte sie und zog den Stuhl zwischen Maarten und Beerta unter dem Tisch hervor. »Sagen Sie doch ›Frau Kollegin‹.«

»Aber Sie sind Professor, und ich nicht.«

»Das hat zwischen uns doch keine Bedeutung, Herr Beerta. Wir kennen uns ja schon so lange.«

»Wie fanden Sie die Vorlesung von Professor Seiner?«, fragte Beerta, während die Frau eine Scheibe Roggenbrot auf ihren Teller legte.

»Sehr anregend, wie immer, wenn Seiner einen Vortrag hält.«

»Ich fand ihn ausgezeichnet«, pflichtete Beerta ihr bei. »Meiner Meinung nach ist er ein sehr großer Gelehrter, der für das Ansehen unseres Faches von größter Bedeutung sein wird.«

»Ganz Ihrer Meinung.« Sie belegte ihre Roggenbrotschnitte mit Käse. »Völlig einverstanden.«

Es entstand eine Stille, in der sie alle drei mit ihrem Frühstück beschäftigt waren.

»Sie sind für heute Abend auch eingeladen?«, fragte Beerta.

»Zu den Seiners«, bestätigte die Frau. »Aber gewiss. Wir alle doch, oder?«

Professor Seiner wohnte in einem Pendlerdorf, eine halbe Stunde außerhalb der Stadt. Sie fuhren in einer grünen Straßenbahn hin, die vom Bahnhofsvorplatz abfuhr und am Fuß des Hügels endete, auf dem das Dorf gebaut worden war. Als sie ausstiegen, war es bereits dämmrig. Die Luft fühlte sich feucht an, es war windstill, und in der Stille der nahenden Dunkelheit erklang aus den Bäumen und Sträuchern der Gesang von Drosseln und Nachtigallen. In einer losen Gruppe von etwa fünfzehn Leuten stiegen sie den Hügel zu Seiners Haus hinauf, das irgendwo auf halbem Wege zur Kuppe stand. Maarten bildete den Schluss, zusammen mit einem Tschechen, der beim Mittagessen an seinem Tisch gesessen hatte, ein melancholischer, erschöpft wirkender Mann, der wenig sprach, wahrscheinlich auch, weil er wie Maarten schlecht Deutsch sprach. Er keuchte ein wenig, während sie hinter den anderen her stiegen, und blieb mitten auf dem Weg stehen, um wieder zu Atem zu kommen. Maarten blieb ebenfalls stehen und schaute über das stille Land, wo in der Ferne hier und da Lichter angingen und aus dem perlend der Gesang von Vögeln aufstieg. Ein merkwürdiges Land, das ihn in nichts an seine Heimat erinnerte, in der stillen Abenddämmerung jedoch etwas Zeitloses hatte. Er hörte die sich entfernenden Stimmen und Schritte der anderen und den schweren, etwas pfeifenden Atem des fremden Mannes neben sich, der wie er in die dämmerige Ferne sah. Der Mann holte tief Atem. »Es duftet nach dem Frühling.«

»Ja«, antwortete Maarten. »Frühling in Deutschland.«

»Ja«, sagte der Mann ergeben. »Deutschland.«

»Haben Sie unter den Deutschen gelitten?«, fragte Maarten.

»Sie haben meinen Bruder ermordet, meinen älteren Bruder.« Es klang gelassen, mit einem Unterton von Bitterkeit.

»Schrecklich.« Er wusste nicht recht, wie er auf diese Mitteilung reagieren sollte.

»Ja, schrecklich.«

Sie setzten sich wieder in Bewegung. Vor ihnen betraten die anderen den Vorgarten einer Villa und gingen auf die Tür zu. Das kurze Gespräch hatte Maarten in seiner Sympathie bestärkt. Er fühlte sich diesem Mann verbunden und betrachtete sie beide als Bündnispartner, die es in eine feindliche Umgebung verschlagen hatte. Das machte ihm Mut.

Seiner stand in der Tür und erwartete sie. »Willkommen! Willkommen!«, sagte er gastfreundlich. »Sie platzen mitten in die Diskussion hinein!«

Am letzten Tag wurde ein Ausflug unternommen. Der Bus fuhr um acht Uhr vom Bergischen Hof ab, in dem die meisten ausländischen Gäste untergebracht worden waren, und als Beerta und Maarten mit Frau Professor Heim in ihrer Mitte ankamen, stiegen die anderen gerade ein. Sie schlossen sich an. Beerta und Frau Heim schüttelten links und rechts Hände, Maarten wurde etwas nach hinten abgedrängt und sah durch die Windschutzscheibe, wie sie den Bus bestiegen und Beerta neben einem Mann Platz nahm, der einen grünen Jägerhut trug, den er offenbar speziell für diesen Anlass aufgesetzt hatte. Güntermann, in einer grünen Alpenweste, unterhielt sich mit dem Busfahrer und zeigte ihm etwas auf der Karte, die dieser über dem Lenkrad ausgebreitet hatte.

»Morgen«, sagte Maarten.

»Guten Morgen, Herr Koning«, antwortete Güntermann und sah auf.

Mit dem unzufriedenen Gefühl, es nicht richtig gemacht zu haben, schob sich Maarten in den Bus hinein, hinter einem Mann mit Kniebundhose und einer ärmellosen Lederweste, und suchte nach einem Platz für sich allein am Fenster. Doch die Fensterplätze waren alle schon besetzt. Zögernd sah er sich um, unsicher, neben wen er sich setzen könnte.

»Wenn Sie wollen, habe ich hier einen Platz für Sie«, sagte die Stimme von Jan Vanhamme neben ihm.

»Gerne«, sagte Maarten erfreut. »Gibt man sich bei Ihnen in Flandern morgens auch die Hand?«, fragte er, während er sich setzte, dankbar, einfach nur Niederländisch sprechen zu können.

»Manche«, antwortete Vanhamme, »was mich betrifft, muss es nicht sein.« Er schwieg einen Moment, dachte nach. »Das würde vielleicht eine interessante Karte ergeben, weil ja die Grenze in diesem Fall nicht der Sprachgrenze folgt, sondern nach meinem Dafürhalten eher weiter auf niederländischer Seite liegt. Ein Beispiel für den französischen Einfluss in Flandern. Ihr Niederländer haltet dem besser stand als wir.«

»Aber die Deutschen tun es doch auch.«

»Das sind hier Rheinländer«, differenzierte Vanhamme. »Ich weiß nicht, wie das bei den Westfalen und Preußen ist.«

Das wusste Maarten auch nicht, doch weil Güntermann das Mikrofon an seinen Mund geführt und um Aufmerksamkeit gebeten hatte, sah er von einer weiteren Behandlung des Problems ab. Güntermann las die Namen vor, um sicher zu sein, dass alle da waren. Jeder antwortete mit »Anwesend« oder »Präsent« oder »Hier«, außer Herrn Doktor Sonderegger.

»Herr Doktor Sonderegger?«, wiederholte Güntermann und sah sich im Bus um.

»Der ist schon abgereist«, rief jemand von hinten.

»So, so«, sagte Güntermann. Er strich den Namen durch. »Sie können abfahren«, sagte er zum Busfahrer. »Wir fahren jetzt«, sagte er erneut durchs Mikrofon, »durch das älteste Viertel der Stadt, die schon in der Zeit der Römer gegründet worden ist, und dann zur Autobahn Richtung Süden, wohin unsere heutige Exkursion führen wird. Dass sich die Römer gerade hier angesiedelt haben, ist nicht verwunderlich, wenn man bedenkt, dass die Einwohner dieser Stadt noch heute durchschnittlich ein Jahr länger leben als die übrigen Bundesbürger.« Es war ein Scherz, und am Stimmengewirr im Bus ließ sich erkennen, dass man ihn zu schätzen wusste.

»Haben Sie verstanden, was Seiner gestern meinte, als er einen Unterschied zwischen dem Inhalt und der Form von Traditionen machte?«, fragte Maarten.

»Mein Deutsch ist sehr schlecht«, antwortete Vanhamme.

»Meins auch«, versicherte Maarten.

Sie bogen auf die Schnellstraße, zu ihrer Linken floss der Rhein, glänzend in der fahlen Sonne, am gegenüberliegenden Ufer sah man grüne Hügel. Güntermann hatte sich auf einen Platz neben den Fahrer gesetzt. Eine Weile glitten sie lautlos zwischen dem übrigen Verkehr dahin.

»Für unsere ausländischen Gäste!«, sagte Güntermann durch das Mikrofon. »Zur Linken sehen Sie jetzt den Drachenfels.«

»Haben Sie schon mal versucht, auf einer unserer Karten eine Verbreitungsgrenze zu finden?«, fragte Maarten. »So wie Seiner das in seinem Vortrag angesprochen hat.«

»Ich habe vor, mich nach den Sommerferien in das Thema zu vertiefen«, antwortete Vanhamme.

»Mit den Wichtelmännchen ist es mir nicht gelungen. Das ist ein Chaos.«

»Ich fürchte, dass wir uns mit diesen Wichtelmännchen in Schwierigkeiten gebracht haben«, gab Vanhamme zu. »Was sagt Herr Beerta dazu?«

»Der hat sich noch nicht damit beschäftigt.«

Vanhamme nickte abwesend. »Herr Beerta hat viel zu tun.«

Er holte eine Zigarrenschachtel aus seiner Innentasche, wollte eine Zigarre herausnehmen, erinnerte sich in diesem Moment daran, dass er im Bus nicht rauchen durfte, machte die Schachtel wieder zu und steckte sie weg. »Ich schätze uns glücklich, dass wenigstens Sie Ihre ganze Zeit darauf verwenden können«, sagte er und sah auf.

*

Als Maarten sich dem Büro näherte, stand Slofstra vor der Tür, die Tasche in der Hand.

»Ist de Bruin nicht da?«, fragte Maarten, nachdem sie sich begrüßt hatten.

»De Bruin macht vierzehn Tage Urlaub«, antwortete Slofstra, »in der Pension Ruimzicht in Valkenburg, weil er übermorgen fünfundzwanzig Jahre verheiratet ist.«

»Und Nijhuis?«

»Nijhuis ist nicht da.«

In diesem Augenblick erklang vom Turm her das Glockenspiel. Maarten sah nach oben. Es war Punkt neun Uhr. Von der Brücke her kam van Ieperen mit großen Schritten auf sie zu, geistesabwesend. Sie schauten zu ihm herüber. Er bemerkte sie erst, als er dicht vor ihnen stand.

»So«, sagte er, wie zum Gruß. Ohne seinen Schritt zu verlangsamen, ging er an ihnen vorbei und betrat die Gasse.

»Was ist das doch für ein merkwürdiger Kauz«, sagte Slofstra kopfschüttelnd.

Das Glockenspiel verstummte. Beim ersten Schlag der Glocke kam van Ieperen wieder aus der Gasse heraus. »Ist keiner da?«, fragte er mit einer Grimasse.

»De Bruin ist im Urlaub«, antwortete Slofstra teilnahmslos. »In der Pension Ruimzicht in Valkenburg, weil er übermorgen fünfundzwanzig Jahre verheiratet ist.«

»Wer hat eigentlich sonst noch einen Schlüssel?«, fragte Maarten.

»Beerta, Nijhuis und Dé«, antwortete van Ieperen.

Maarten sah unschlüssig auf die Straße und dann zum Giebel hoch. Im ersten Stock stand ein Fenster offen, doch er erinnerte sich, dass die Tür zum Innenhof hinter dem Verschlag von de Bruin abgeschlossen war.

Meierink kam gemächlich die Straße entlang. »Guten Morgen, meine Herren«, sagte er, als er sie erreicht hatte. »Ist de Bruin nicht da?«

»De Bruin ist im Urlaub«, antwortete Maarten.

»In der Pension Ruimzicht in Valkenburg«, ergänzte Slofstra.

»Also werden wir warten müssen«, folgerte Meierink gelassen.

Zu viert standen sie schweigend vor der Tür.

»Ist Nijhuis auch nicht da?«, fragte Meierink.

»Nein«, antwortete Maarten, »und Beerta ist zu einer Sitzung.«

»Aber wusste Nijhuis denn nicht, dass de Bruin Urlaub hat?«, wollte Meierink wissen.

»Das nehme ich an«, sagte Maarten.

»Dann hätte er doch wohl pünktlich da sein können?«

Niemand reagierte darauf. Über ihren Köpfen erklang wieder das Glockenspiel. Viertel nach neun. Maarten sah die Straße entlang. Balk kam mit entschlossenem Schritt auf sie zu. Als er sie stehen sah, nahm sein Gesicht einen unbehaglichen Ausdruck an. »Was ist denn das für ein Unsinn?«, sagte er, ohne zu grüßen.

»Hast du einen Schlüssel?«, fragte Maarten.

»Nein, warum?«, sagte Balk ungeduldig. »Wenn alle dafür sorgen, dass sie pünktlich da sind, brauche ich keinen Schlüssel!« Er wandte sich zu Meierink. »Ich bin in der Bibliothek. Um halb elf kommt ein Besucher. Sag ihm, dass er mich anrufen soll, um einen neuen Termin zu vereinbaren.«

Er drehte sich um und ging wieder weg. Auf der Brücke begegnete er Wiegel, der gemütlich mit dem Fahrrad angefahren kam, ohne dass Balk ihn bemerkte. Wiegel blickte zu ihm und dann sofort wieder auf die Straße, um den Verkehr an der Gracht im Auge zu behalten. Auf der gegenüberliegenden Straßenseite stieg er von seinem Fahrrad und überquerte, das Rad schiebend, die Straße. »Es gibt doch wohl keine Probleme, meine Herren?«, fragte er.

»Wir warten auf Nijhuis«, antwortete Maarten. »De Bruin ist im Urlaub.«

»Ist denn schon jemand auf die Idee gekommen, Gerbrandy nach dem Schlüssel zur Gartentür zu fragen?«, entgegnete Wiegel.

Niemand war auf die Idee gekommen.

»Dann werde ich das tun. Muss nur eben mein Fahrrad abstellen.« Er fuhr mit dem Fahrrad in die Gasse, kam kurz darauf wieder heraus und ging mit einem amüsierten Lächeln an ihnen vorbei.

Sie sahen ihm nach, bis er um die Ecke verschwand. Gleich danach kam Fräulein Haan über die Brücke. Sie tat so, als sähe sie sie nicht, bis sie dicht bei ihnen war. In ihrem Gesicht zuckte es nervös. »Können Sie nicht rein?« Sie holte einen Schlüssel aus der Tasche und öffnete die Tür. »Treten Sie ein! Herr Slofstra, sorgen Sie für den Kaffee? Und sortieren Sie die Post?« Es lag Triumph in ihrer Stimme.

»Jawohl!«, sagte Slofstra. Er betrat den Verschlag und knipste das Licht an. Sie ging vor ihnen her. Als sie fast am Ende des Flurs waren, kam Wiegel durch die Gartentür herein. Fräulein Haan blieb stehen. »Sie sind da?«, fragte sie, unangenehm berührt.

»Ich b-bin immer da«, antwortete Wiegel und richtete sich auf. »T-tag und N-nacht.«

*

»Kann ich einen Schlüssel haben?«, fragte Maarten.

Beerta drehte sich auf seinem Stuhl herum und sah ihn an. »Warum willst du einen Schlüssel haben?«

»Weil wir gestern bis halb zehn vor der Tür gestanden haben.«

»Bis halb zehn vor der Tür gestanden?«, wiederholte Beerta erstaunt. »War Frau Haan denn nicht da?«

»Die wird wohl nicht gewusst haben, dass Nijhuis krank ist.«

Beerta erstarrte. »Wie meinst du das? Frau Haan ist doch immer da?«

Seine Reaktion überraschte Maarten. Er konnte nicht glauben, dass Beerta nicht wusste, dass Fräulein Haan regelmäßig erst um halb zehn oder noch später kam, und ganz bestimmt, wenn sie tags zuvor in der Provinz gewesen war. »Sie ist doch häufiger erst um halb zehn da«, sagte er mit dem Gefühl, ein Geheimnis verraten zu haben.

Beerta war aufgestanden, noch bevor er den Satz beendet hatte. Er ging mit kleinen, energischen Schritten hinter ihm vorbei, öffnete die Tür, sah in das Zimmer von Fräulein Haan und sagte zu van Ieperen: »Ich höre gerade, dass Fräulein Haan manchmal erst um halb zehn kommt. Ist das so?«

»Auch wenn Sie da sind«, sagte Maarten missmutig.

»Davon ist mir nichts bekannt«, hörte er van Ieperen sagen. Beerta schloss die Tür und ging zurück an seinen Schreibtisch. Es hatte den Anschein, als sei er wütend, doch weil er nichts sagte, war sich Maarten dessen nicht sicher, und er verstand auch nicht, warum er selbst wütend war.

»Ich habe nichts dagegen, dass du einen Schlüssel bekommst«, sagte Beerta nach einer Weile. »Lass doch einfach einen nachmachen.«

Maarten stand auf. »Darf ich dann Ihren Schlüssel kurz haben?«

Beerta zog ein Schlüsseletui aus der Hosentasche, suchte zwischen den anderen Schlüsseln den für das Büro heraus und überreichte ihn Maarten. Der nahm seine Milchflasche und verließ den Raum mit der Flasche und dem Schlüssel.

»Was war das denn gerade?«, fragte van Ieperen gedämpft.

»Nichts«, antwortete Maarten widerwillig.

»Er fragt mich, ob Fräulein Haan wohl mal um halb zehn kommt! Ich sage«, er richtete sich auf und blies seine Backen auf, »Neiiin«, woraufhin er in Gekicher ausbrach.

»Aber das weiß doch jeder«, sagte Maarten verstimmt. »Sie tut es auch, wenn er da ist.«

»Manchmal kommt sie sogar noch später«, sagte van Ieperen kichernd.

*

»Wir müssen mal kurz miteinander reden«, sagte Beerta.

Maarten hörte auf zu tippen.

»Nein, besser hier.« Er stand auf und ging zur Sitzgruppe. Maarten gesellte sich zu ihm.

Beerta sah ihn fest an. »W-was schreibst du für die Ausgabe der *Mitteilungen*?«

Die Frage erstaunte Maarten. »Nichts. Das macht Wiegel doch immer?«

»Diesmal nicht. Der Atlas existiert fünfundzwanzig Jahre, und als der Atlas von Frau Haan fünfundzwanzig Jahre alt war, hat sie auch selbst einen Artikel in den *Mitteilungen* geschrieben.«

»Dann liegt es doch näher, dass Sie das machen«, sagte Maarten und wurde böse.

»Das liegt überhaupt nicht nahe, denn ich habe viel zu tun. Bald muss ich wieder die Abschlussexamina abnehmen, und man hat mich jetzt auch gefragt, ob ich die *Oosthoek*-Enzyklopädie übernehmen will. Außerdem muss ich noch Rezensionen für *Ons Tijdschrift* schreiben. Ich habe zu viel zu tun, um mir noch etwas aufzuhalsen. Diesmal musst du es machen.«

»Aber der Atlas hat doch Vorrang?«

»Der Atlas hat Vorrang, doch als Direktor kann ich mich nicht so einfach meinen anderen Verpflichtungen entziehen. Aber du schon!«

Maarten schluckte seinen Ärger herunter und schwieg.

»Womit bist du gerade beschäftigt?«, fragte Beerta.

»Mit dem Aufhängen der Nachgeburt des Pferdes.«

»Hast du kein anderes Thema?«

»Nein.«

»Dann schreib einen Artikel über das Aufhängen der Nachgeburt des Pferdes.«

Maarten schüttelte den Kopf. »Ich wüsste nicht, was ich darüber schreiben sollte.«

»Natürlich weißt du, was du darüber schreiben sollst. Du bist jetzt lange genug hier. Und du hast Grips. Darüber lässt sich eine ganze Menge schreiben.«

»Ich kann den Leuten doch nicht ihre eigenen Antworten servieren?«

»Natürlich kannst du den Leuten ihre eigenen Antworten servieren. Du musst aber auch eine Erklärung geben, damit sie verstehen, warum wir die Fragen stellen. Das ist diesen Leuten wichtig.«

»Das kann ich nicht«, sagte Maarten entschieden.

»Dann erteile ich dir den Auftrag dazu!«

Maarten schwieg.

»Ich verstehe wirklich nicht, warum du so ein Problem daraus machst«, sagte Beerta, etwas freundlicher.

»Wann muss es fertig sein?«

»Das musst du Wiegel fragen.«

Maarten schwieg erneut. Er blickte vor sich hin, während Beerta ihn ansah. »Ich werde es versuchen«, sagte er schließlich.

*

Kurz vor dem Voorburgwal holte van Ieperen ihn ein. »Läuft und denkt nur an seine Arbeit«, sagte er und kicherte.

Maarten erschrak und blickte zur Seite. »Nein, tu ich nicht.«

»Weiß ich wohl«, beschwichtigte van Ieperen. »Ich habe es nur so gesagt.«

Zusammen gingen sie über die Brücke.

»Wie lange brauchen Sie für den Weg zum Büro?«, erkundigte sich Maarten.

Van Ieperen brauchte vierzig Minuten, Maarten fünfundzwanzig.

»Das hält einen fit«, meinte van Ieperen.

Sie näherten sich dem Büro. Maarten holte den Schlüssel aus seiner Gesäßtasche und verlangsamte seinen Schritt. Van Ieperen lief einfach weiter. »Na, dann mal tschüss.« Er ging in die Gasse, während Maarten stehen blieb und die Tür öffnete. De Bruin stand in der Tür seines Verschlags und sah ihn an. »Woher hast du den Schlüssel?« Er schien unangenehm überrascht.

»Von Herrn Beerta.« Er blieb stehen. »Wie war's?«

»Davon hat er mir nichts gesagt.«

»Du warst im Urlaub.«

Es schellte. De Bruin drückte auf den Knopf neben dem Türpfosten und sah nach, wer hereinkam. Meierink.

»Na, de Bruin, wieder da?«, fragte Meierink.

Maarten ging weiter. Als er den Raum von Fräulein Haan betrat, nahm van Ieperen gerade seinen weißen Kittel vom Haken. Zu seinem Leidwesen war Fräulein Haan schon da. »Tag, Fräulein Haan«, sagte er.

»Tag, Herr Koning«, antwortete sie, ohne von ihrer Arbeit aufzublicken, und nicht besonders freundlich.

Er öffnete die Tür zu Beertas Zimmer und sah unwillkürlich auf seine Uhr. Drei Minuten zu spät. »Tag, Herr Beerta«, sagte er.

»Tag, Maarten«, antwortete Beerta.

Er legte sein Brot und den Apfel in die Schreibtischschublade und zog seinen Stuhl nach hinten.

*

Maarten schaute auf, als jemand ein Fahrrad vor das Fenster stellte. »Frans Veen«, sagte er überrascht.

Draußen war es noch hell, aber es begann zu dämmern. Frans Veen ließ rasch einen Blick über die Gracht schweifen, beugte sich über sein Fahrrad, um es abzuschließen, steckte den Schlüssel in seine Umhängetasche und ging auf die Tür zu. In dem Augenblick, als er seine Hand ausstreckte, um zu klingeln, machte Maarten die Tür auf. »Tag, Frans«, sagte er.

»Hattest du mich schon gesehen?«, fragte Frans erschrocken.

»Ich sehe alles. Komm rein.«

Frans setzte den Fuß über die Schwelle und betrat das Zimmer.

»Tag, Frans«, sagte Nicolien. Sie erhob sich aus ihrem Sessel.

»Oh, es tut mir leid«, sagte Frans verwirrt. »Ich hätte vielleicht besser nicht einfach so kommen sollen?« Er zögerte, bevor er ihr die Hand gab.

»Du kannst immer kommen«, sagte Maarten.

»Ja, natürlich«, pflichtete Nicolien ihm bei.

Frans hörte nicht zu. Er zog eine Tüte aus seiner Tasche und gab sie Nicolien. »Ich habe etwas für euch mitgebracht. Zumindest, wenn du es magst.«

Sie öffnete die Tüte und sah hinein. »Oh, wie lecker«, und zu Maarten: »Gefüllte Datteln.«

»Lecker«, sagte Maarten.

»Ja, aber vielleicht findet ihr es überhaupt nicht lecker.«

»Doch, sehr«, versicherte sie.

Scheu sah er in Richtung des anderen Zimmers. »Beim letzten Mal habt ihr doch hinten gesessen? Oder …« Er zögerte, unsicher, ob er vielleicht indiskret war.

»Im Sommer sitzen wir immer vorn«, antwortete sie. »Wegen des Lichts.«

»O ja, natürlich«, sagte er, als ob er eine dumme Bemerkung gemacht hatte.

Sie setzten sich.

»Willst du Kaffee?«, fragte Nicolien.

Er zögerte. »Ja, gern. Wenn es nicht zu viel Umstände macht.«

»Willst du deine Jacke nicht ausziehen?«, fragte Maarten, während Nicolien in die Küche ging.

»Ja, eigentlich schon.« Er stand wieder auf, zog die Jacke aus und sah sich um.

»Hinter dem Vorhang«, sagte Maarten. »Leg sie einfach über die Fahrräder.«

Er legte sie hinter den Vorhang und kam wieder zum Sessel zurück.

»Was machst du jetzt?«, fragte Maarten. Er hatte sich auf die Couch gesetzt und begann, eine Pfeife zu stopfen.

»Ich bin wieder Lehrer geworden«, sagte Frans. »So muss es doch auch sein, nicht wahr?« Er wurde rot. »Weil man nicht flüchten darf.«

Maarten lächelte. »Ja, so muss es sein. Wo?«

»In Nieuwe Tonge.«

»In Nieuwe Tonge!«, sagte Maarten überrascht.

»Ja«, sagte Frans verwirrt. »Ich dachte … ich hatte gehofft, dass ich da keine Disziplinprobleme bekommen würde.«

»Aber die hast du schon.«

Frans nickte. »Es ist ein Chaos. War es bei dir kein Chaos?«

»Es waren keine kleinen Kinder, das war also viel einfacher. Was meinst du damit, ein Chaos?«

»Hinterhergejohle auf der Straße, Erdklumpen durch die Fenster schmeißen, schreien und durch die Klasse laufen. Na ja, ein Chaos eben.«

»Und was machst du dann?«

»Rufen, dass sie ihren Mund halten sollen. Oder ich schweige oder schreie, eigentlich alles, nur nicht schlagen. Dabei sagen sie selbst, dass ich draufhauen soll, aber wenn ich das mache, habe ich Angst, dass ich mal einen totschlage, das lass ich also lieber bleiben.«

»Ich glaube, das würde ich auch machen.«

»Oh, du also auch«, sagte Frans, halbwegs beruhigt.

»Ich werde schon beim Gedanken an solche Kinder wütend.«

»Oh, zum Glück.«

Nicolien kam mit dem Kaffee aus der Küche zurück.

»Frans ist Lehrer in Nieuwe Tonge geworden«, berichtete Maarten.

»Ja?«, fragte sie. »Findest du das nicht schrecklich?«
»Ja, eigentlich schon.«
»Es ist ein Chaos bei ihm in der Klasse«, erläuterte Maarten.
»Der Rektor schlägt aber wohl drauf«, erzählte Frans. »Der wälzt sich manchmal im Kampf mit so einem Bauernjungen über den Flur. Na, damit fange ich besser nicht an.«
»Sie sind wie Tiere«, fand Maarten. »Nur im Achtzigjährigen Krieg, da hätten wir sie brauchen können, aber na ja, das ist lange her.«
»Vielleicht werden sie später etwas netter«, sagte Frans, »wenn sie selbst Bauern sind.«
»O ja«, sagte Maarten, »später, aber davon hast *du* nichts.«
»Nein«, gab Frans zu.
Sie tranken ihren Kaffee und aßen eine gefüllte Dattel dazu.
»Lecker«, sagte Maarten noch einmal. »Sind die aus Nieuwe Tonge?«
»Nein, die sind von hier. In Nieuwe Tonge gibt es nur alt gewordene Erdnüsse.«
»Zum Schnaps.«
»Ja, sie saufen, was das Zeug hält. Vor allem samstagabends.«
»Und dann werden sie aggressiv.«
Frans nickte. »Dann lässt man sich besser nicht auf der Straße sehen.«
»Darum bist du hier.«
Frans lachte und wurde rot. »Ich war schon vorher mal an der Tür.«
»Aber gibt es denn nichts, was dir gefällt?«, fragte Maarten nach einer Weile.
Frans dachte nach. »Ich sitze abends immer in der Schule, denn, na ja, in meinem Wohnheim ist es furchtbar.« Frans erschrak. »Es sind sehr nette Leute, das schon, aber es ist zum Verrücktwerden, deshalb sitze ich abends lieber in der Schule, und wenn ich dann nach Hause gehe, nach zwölf, ist niemand auf der Straße, alle schlafen, nur das Licht der Laternen und das Geräusch von Kies unter meinen Füßen, das ist scharf. Als ob ich allmächtig wäre.« Er blickte unsicher von Maarten zu Nicolien und wieder zu Maarten. »Könnt ihr euch das vorstellen?«
»Ja«, sagte Maarten nachdenklich. »So war es im Krieg.«
In der Stille hörten sie draußen auf der Straße Leute kommen.

Unwillkürlich sahen sie alle drei zum Fenster. In der Dämmerung gingen ein Mann und eine Frau vorbei. Im Zimmer war es dunkel geworden, bis auf das Licht der Kerze, die Nicolien auf den Tisch gestellt hatte.

»Stört euch das nicht, so nahe an der Straße?«, fragte Frans schüchtern. Er sah schnell von Maarten zu Nicolien.

»Sie sehen uns nicht«, sagte Maarten.

Nicolien stand auf. Sie machte die Lampe an und zog die Vorhänge zu. »Mich stört es schon, gesehen zu werden«, sagte sie.

»Mich auch«, sagte Frans dankbar.

»Nicolien traut sich nicht mal, die Fenster von außen zu putzen«, erzählte Maarten, »das mache ich. Und manchmal traut sie sich fast nicht vor die Tür.«

Nicolien lachte.

»Ich auch nicht.«

Maarten schüttelte den Kopf. »Damit habe ich keine Probleme.«

»Je mehr man gesehen wird, umso besser«, folgerte Frans. »Oh, sorry«, entschuldigte er sich und wurde rot, »so war das nicht gemeint.«

»Nein, aber du hast recht«, sagte Maarten. »Als ich noch ein Junge war, habe ich mich mit meinem Hockeyschläger in die Tür der Straßenbahn gestellt.« Er sah Nicolien provozierend an.

»Schrecklich«, sagte Nicolien. »Ich glaube, ich würde im Boden versinken.«

Frans lachte verlegen.

»Und ich finde es auch überhaupt nicht nett«, fügte sie hinzu.

»Vielleicht bin ich auch nicht nett.« Die Bemerkung war für sie bestimmt gewesen. Er wusste, dass sie es nicht gut fand, dennoch ärgerte ihn ihre Reaktion jedes Mal aufs Neue.

Frans schien es nicht zu bemerken. Er sah von einem zum anderen. »Hört ihr eigentlich manchmal Stimmen?«, fragte er unsicher. Er sah Maarten an.

Nicolien schüttelte den Kopf. »Nein«, sagte sie verlegen. »Ich glaube nicht.«

Maarten dachte nach. »Was für Stimmen?«

»Dass man gerufen wird, zum Beispiel.«

»Ja, wenn ich sehr müde bin.«

»Meinst du, dass es daran liegt?«

»Ich glaube, dass man dann den Kram nicht mehr ganz unter Kontrolle hat. Schläfst du schlecht?«

Frans reagierte scheu. »Bei fremden Leuten kann ich eigentlich nicht schlafen. Mit diesen dünnen Wänden sind sie ständig bei dir im Zimmer.«

»So geht es mir im Büro. Seit ich im Büro bin, schlafe ich schlecht.«

Sie schwiegen.

»Ist Wiegel noch da?«, fragte Frans.

»Warum sollte Wiegel nicht da sein?«

Frans erschrak. »Weil er, als ich wegging, sagte, dass ich völlig recht hätte und dass er auch nicht mehr lange bleiben würde – aber vielleicht hätte ich das nicht erzählen dürfen?«

Die Mitteilung überraschte Maarten.

»Ich hatte noch überlegt, sein Nachfolger zu werden.«

»Das hört sich für mich nach Geschwätz an«, sagte Maarten.

»Ja, für mich eigentlich auch. Vielleicht wollte er nur etwas Nettes sagen?«

»Ich finde es nicht so nett.«

»Ich finde ihn auch nicht nett«, gestand Frans. »Dieser Hintern, echt der Hintern eines Strebers, eines kleinen Jungen, der schon früh laufen kann und selbst Bescheid sagen kommt, dass er in die Hose gemacht hat. ›Koertje nie wieder machen. Koertje Staatsexamen gemacht und Bärtchen tragen.‹« Er lachte verlegen, weil Maarten zu lachen begann.

»Erkennst du die Streber *daran*?«, fragte Maarten.

»Ja, oder sollte man das nicht?«, fragte Frans erschrocken.

»Doch«, beruhigte ihn Maarten. »Willst du einen Schnaps?«

Er holte den Genever und kam mit der Flasche und drei Gläsern zurück. »Ich habe jetzt einen Schlüssel«, erzählte er. »Diese Woche kam ich zufällig zur gleichen Zeit wie van Ieperen bei der Eingangstür an, ich hole den Schlüssel aus der Tasche, um hineinzugehen, und er läuft geradeaus weiter in die Gasse, als gäbe es keinen Schlüssel. Verstehst du das?«

»Vielleicht ist es Groll, weil er keinen Schlüssel hat. Er ist natürlich schon viel länger da. Ja, ich rede so daher, weißt du.«

»Das habe ich später auch gedacht. Übrigens kein besonders netter Mann.«

»Ich denke, dass er einfach verrückt ist.«

»Ja, er ist verrückt«, bestätigte Maarten, »aber auf eine ganz unangenehme Weise.« Er schenkte die Gläser voll. Nicolien stand auf, um den Käse zu holen. »Wiegel!«, sagte er nachdenklich, nachdem er einen Schluck genommen hatte, »van Ieperen!«, er stellte das Glas langsam zurück, »und Fräulein Haan nicht zu vergessen! Balk! Meierink! Slofstra!« – er lachte und sah Frans an. »Mein Gott, mein Gott, warum hast du mich verlassen?«

Frans lachte mit.

Es entstand eine neuerliche Stille, in der sie alle drei etwas tranken und Käse aßen.

»Beim letzten Mal lag hier der *Brief an den Vater* von Kafka auf dem Tisch«, sagte Frans verlegen. Er erschrak über seine Bemerkung. »Oder hätte ich das nicht sehen dürfen?«

»Natürlich durftest du das sehen. Dafür lag es doch da!«, fügte er etwas bösartig hinzu. »Ich hatte es doch extra hingelegt.«

»Ja, natürlich. Aber es könnte vielleicht ein Problem von dir sein?« In der Eile des Parierens verschluckte Frans beinahe die Worte, doch er fasste sich wieder. »Ich wollte fragen, ob ich es mal ausleihen könnte.«

»*Ist* es mein Problem?«, fragte Maarten Nicolien.

»Natürlich ist es dein Problem«, sagte sie. »Dein Vater ist doch auch so autoritär?«

»*So* autoritär nicht.«

»Dein Vater ist schrecklich autoritär! Wie kannst du jetzt sagen, dass er nicht autoritär ist!«

»Mein Vater ist ein ganz verlegener, unsicherer, gehemmter Mann«, erzählte Maarten Frans, »der sich keinen Rat weiß, wenn er unter Menschen ist. Deshalb schaut er ständig böse und schnauzt jeden an, und dabei tut er so, als ob er alles besser weiß, um das Gespräch so schnell wie möglich hinter sich zu bringen.«

»Na, aber das ist doch schrecklich!«, sagte Nicolien.

»Ja, aber darin ähnelt er, glaube ich, nicht dem Vater von Kafka.« Er sah Frans an.

»Keine Ahnung«, sagte Frans verlegen. »Ich habe es nicht gelesen.«

»Wenn er Kafkas Vater ähnelt, dann weil er von der Angst besessen ist, dass seine Söhne sich gesellschaftlich nicht behaupten werden«, fuhr Maarten fort. »Das ist ein typisches Problem der zweiten Generation. Das Einzige, was für ihn zählt, ist, dass ich eine Doktorarbeit schreibe, Professor werde und aufsteige. Unvorstellbar, dass er mich fragen würde: ›Junge, was erwartest du dir eigentlich vom Leben?‹« Seine eigenen Worte berührten ihn, zu seinem Missfallen. Er schlug die Augen nieder und blickte starr auf seinen Schnaps. »Unvorstellbar«, wiederholte er kopfschüttelnd.

»Ja, das scheint mir tatsächlich kein besonders einfacher Vater zu sein«, murmelte Frans.

Maarten sah ihn an: »Hat dein Vater das denn nicht?«

»Nein«, sagte Frans verwirrt. »Eher meine Mutter. Eigentlich schäme ich mich für meinen Vater, glaube ich.«

»Ich wollte dich noch bitten, Beerta nicht zu erzählen, dass ich bei euch gewesen bin«, sagte er verlegen, als er schon an der Tür war. »Er hat mir einen Brief geschrieben, aber ich habe eigentlich nicht viel Lust, ihn wieder zu besuchen. Verstehst du das?«

»Ja, das verstehe ich«, sagte Maarten verwundert. »Ich werde es für mich behalten.« Er sah zu, wie Frans sein Fahrrad aufschloss, ein Damenfahrrad. Es war still in der Gracht. Das Licht der Laternen schien friedlich über die Pflastersteine und das plätschernde Wasser. Die Gracht wurde gerade durchgespült. »Hier gibt es keinen Kies«, sagte er in die Stille hinein.

»Nein.« Frans lachte. »Kies erinnert mich, glaube ich, an einen Friedhof.«

»Das gibt dir Ruhe«, verstand Maarten.

»Ja, ich glaube schon. Also, gute Nacht!« Er stieg auf sein Fahrrad und fuhr nach einer leichten Schlingerbewegung die Gracht hinunter.

Maarten ging wieder ins Haus und schloss die Tür.

»Wie fandest du es?«, fragte Nicolien.

»Er ist jedenfalls ein intelligenter Bursche, aber so unsicher wie sonst was.« Er dachte nach. »Und warum ich Beerta nicht erzählen darf, dass er hier gewesen ist, verstehe ich nicht.«

*

Ungefähr in der Mitte des Schlosses blieb der Schlüssel stecken, und so sehr er auch drückte und rüttelte, er bekam ihn nicht weiter hinein. Mit Mühe zog er ihn wieder heraus und ging missmutig in die Gasse und durch den Fahrradabstellraum. Als er von hinten herum zur Eingangstür zurückkam, traf er de Bruin in der Tür zu seinem Verschlag. »Was ist mit dem Schloss?«, fragte er.

»Das Schloss wurde ausgetauscht«, antwortete de Bruin kühl.

»Warum?«

»Weil zu viele Leute einen Schlüssel hatten. Auftrag von Herrn van der Haar. So kann ich die Verantwortung nich' mehr tragen.«

Ohne etwas zu sagen, drehte Maarten sich um und ging über den Flur zurück in sein Zimmer. Beerta saß hinter seinem Schreibtisch und arbeitete. »De Bruin hat das Schloss austauschen lassen«, sagte er mit unterdrückter Wut.

Beerta drehte sich um und sah ihn ernst an. »De Bruin hat sich bei van der Haar beschwert.« Er zwinkerte nervös.

»Warum um Himmels willen?«

»Weil er findet, dass zu viele Leute einen Schlüssel haben. De Bruin fühlt sich verantwortlich.«

»Aber das bestimmen doch Sie?«

»Ja.« Er sah ihn fest an. »Aber van der Haar ist ein mächtiger Mann.«

»Kann ich Ihren Schlüssel haben?«

Beerta zögerte. »Was willst du damit tun?«

»Einen nachmachen lassen.«

Es war offensichtlich, dass Beerta dadurch in einen Zwiespalt geriet.

»Das sind doch Kommissmethoden«, sagte Maarten wütend. »Ich finde das bedrohlich.«

Beerta drehte sich um, nahm einen Schlüssel von seinem Schreibtisch und reichte ihn Maarten. »Aber lass es de Bruin nicht merken«, sagte er mit schwacher Stimme.

»Vielen Dank.« Er drehte sich um und ging den Flur wieder zurück zur Eingangstür. De Bruin saß an seinem Tisch und schnitt gerade ein Buch auf. Wütend zog Maarten die Tür hinter sich zu und nahm den Weg Richtung Dam. Auf halbem Wege gab es einen Schlüsseldienst. Er konnte darauf warten. Als er mit dem neuen Schlüssel das Büro betrat, erschien de Bruin in der Tür seines Verschlags und sah ihn mit einem an Feindschaft grenzenden Erstaunen an. »Tag, de Bruin«, sagte Maarten mit unterdrücktem Triumph. Ohne sich weiter um ihn zu kümmern, ging er an ihm vorbei durch den Flur und zurück in sein Zimmer. De Bruin hatte bei ihm verspielt.

*

Es war drückend heiß. Obwohl alle Fenster offen standen, drang kein Windhauch herein. Am Ende des Vormittags fiel ein Sonnenstrahl in das Zimmer und schob sich weiter bis zur Mitte des Raums. Draußen lag der Garten in der Hitze. Aus den umliegenden Räumen hörte man kein Geräusch. Beerta hatte seine Jacke ausgezogen und saß im Hemd am Schreibtisch. Maarten hatte sich mit seiner Schreibmaschine an die äußerste Ecke des Tisches zurückgezogen, so weit wie möglich von der Sonne entfernt. Er saß mit ausgestreckten Beinen auf seinem Stuhl, einen Arm hinter sich über die Rückenlehne gelegt, und versuchte, seine Gedanken auf das Buch zu konzentrieren, das er schräg gegen die Schreibmaschine gestellt hatte, doch die Wärme machte ihn zu schläfrig, um den Inhalt in sich aufzunehmen. Er schloss die Augen und hörte undeutlich das Rascheln der Zeitungsausschnitte, die Beerta gerade sortierte, schrak hoch, als Beerta lautstark nieste, und döste wieder ein. »›Denn ich weiß, dass in mir, das ist in meinem Fleische, wohnt nichts Gutes‹«, rezitierte Beerta, »›denn Wollen habe ich wohl, aber vollbringen das Gute finde ich nicht. Denn das Gute, das ich will, das tue ich nicht; sondern das Böse, das ich nicht will, das tue ich.‹ Wo steht das?«

»In der Bibel, glaube ich«, sagte Maarten träge.

»Ja, sicher, aber wo?«

»Das weiß ich nicht.«

»Römer 7, Vers 18 und 19. Deine Bibelkenntnisse sind nicht berauschend.«

»Es ist zu warm.«

Beerta drehte sich in seinem Stuhl um. »Ist dir so warm?«

»Zumindest friere ich nicht.«

Beerta schüttelte den Kopf. »Als ich so alt war wie du, war es noch viel wärmer.«

»Das war also 1926«, rechnete Maarten nach. »In dem Jahr wurde ich geboren.«

»Hoho«, sagte Beerta lachend.

»Nein, Sie sind siebenundzwanzig Jahre älter«, korrigierte sich Maarten. Er versuchte auszurechnen, welches Jahr es nun wirklich war, gab es aber auf. »Ich kann es jetzt nicht ausrechnen, aber klar ist, dass ich es auch erlebt habe.«

»Du hast mich auf jeden Fall davon überzeugt, dass dir warm ist.« Er beugte sich wieder über seine Zeitungsausschnitte.

Eine Viertelstunde später stand er auf und verließ den Raum. Maarten blickte in sein Buch und versuchte zu verstehen, was man in den verschiedenen Teilen der Welt mit der Nachgeburt gemacht hatte, bevor die westliche Zivilisation dem ein Ende bereitet hatte.

»Am Schreibtisch von Hein de Boer ist es am kühlsten«, berichtete Beerta, als er das Zimmer wieder betrat. »Du könntest dort arbeiten, denn Hein ist nicht da.«

»Kein Bedarf. Ich sitze hier gut. Ich werde nicht auch noch Sachen durch die Gegend schleppen.«

Beerta setzte sich wieder. »Nun gut, in drei Stunden darfst du nach Hause.«

»Drei Stunden und neun Minuten«, korrigierte Maarten. »Es ist neun vor zwei.«

»Nein, heute darfst du etwas früher gehen.«

Um zehn vor fünf stand Beerta auf. Er öffnete die Tür zu Fräulein Haans Zimmer, in dem zu dem Zeitpunkt nur van Ieperen saß, und trat ein paar Schritte über die Schwelle. »Herr van Ieperen«, hörte Maarten ihn sagen, »wenn Sie heute etwas früher nach Hause wollen, bei der Hitze, dann tun Sie das ruhig«, woraufhin er zum ersten Raum weiterging, um auch dort die frohe Botschaft zu verkünden.

*

»Ich bin noch nie im Museum gewesen«, sagte Maarten. »Haben Sie etwas dagegen, wenn ich mal hingehen würde?«

»Hast du denn keine Urlaubstage mehr?«

»Nicht, um ins Museum zu gehen.«

»Und am Sonntag? Sonntags ist das Museum auch geöffnet. Und am Samstagnachmittag auch.«

»Aber ich möchte gern unter der Woche gehen«, sagte Maarten ziemlich gereizt.

Beerta sah ihn prüfend an.

»Sie gehen doch selbst auch regelmäßig ins Museum.«

»Das ist im Rahmen meiner Arbeit. Ich sitze in der Kommission. Ich komme übrigens nie in das Museum selbst. Dafür habe ich keine Zeit. Ich komme nicht weiter als zum Kommissionszimmer.«

»Ich will dort auch wegen meiner Arbeit hin.«

Beerta wägte das Argument nachdenklich ab. »Gut. Wenn du dann nur Buitenrust Hettema deine Aufwartung machst.«

»Ich werde natürlich Buitenrust Hettema *nicht* meine Aufwartung machen.«

»Warum nicht?«, fragte Beerta verwundert. »Wenn ich ein Museum besuche, lasse ich mich immer beim Direktor anmelden. Darauf legt so ein Mann Wert.«

»Weil ich nicht wegen Buitenrust Hettema dorthin gehe, sondern wegen des Museums.«

»Du bist ein Querkopf.«

»Ich bin kein Querkopf. Ich habe nur keine Lust, Buitenrust Hettema auf die Nerven zu fallen.«

»Du fällst Buitenrust Hettema nicht auf die Nerven. Er wird sich gekränkt fühlen, wenn er hört, dass du da gewesen bist, ohne ihn zu begrüßen.«

Maarten schwieg. »Ich werde sehen.«

Sie machten sich beide wieder an ihre Arbeit.

»Wann wolltest du ins Museum?«, fragte Beerta nach einer Weile.

»Morgen.«

»Morgen?« Er drehte sich in seinem Stuhl um. »Geht es nicht nächste Woche?«

»Ich kann auch nächste Woche gehen«, sagte Maarten widerwillig.

Sie beschäftigten sich wieder einige Zeit mit ihrer Arbeit.

»Dann geh morgen«, sagte Beerta, »wenn du unbedingt morgen gehen willst.«

»Gut«, sagte Maarten.

De Bruin brachte den Tee. Beerta schob seinen Stuhl etwas zurück, nahm die Tasse in die Hand und rührte um. Maarten arbeitete weiter. Er hatte die Karte des Aufhängens der Nachgeburt des Pferdes ausgerollt und betrachtete aufmerksam das Kartenbild.

»Ich denke, dass ich mal eine Woche Urlaub nehme«, sagte Beerta und sah vor sich hin. »Dann kann ich auch einmal wieder ein paar Museen besuchen.«

»In Rotterdam läuft gerade eine Ausstellung über mexikanische Kunst«, sagte Maarten, die Anspielung hinter der Bemerkung ignorierend.

»Mexikanische Kunst«, sagte Beerta mit einigem Grausen. Er sah Maarten an. »Soll ich dir mal was erzählen?« Er hörte auf zu rühren.

Maarten lauschte.

»Aber das darfst du niemandem weitererzählen.«

Maarten schüttelte den Kopf.

»Ich bin so beschränkt«, sagte Beerta leise, die Silben einzeln betonend, »das interessiert mich nicht die Bohne!«

Maarten lachte. »Und die Ausstellung über etruskische Kunst?«

Beerta führte seine Finger an die Lippen. »Da bin ich nie gewesen«, er dämpfte seine Stimme, »aber das mochte ich niemandem erzählen.« Er lächelte geheimnisvoll. »Aber wenn es eine Ausstellung über ein

Dorf in Seeland geben würde«, sagte er wieder in normalem Ton, mit der Aufmerksamkeit bei seinem Tee, »dann würde ich sofort hingehen.«

*

In der deutschen und der niederländischen Literatur wurde das Aufhängen der Nachgeburt des Pferdes vom Ursprung her als ein Opfer an den germanischen Gott Wodan gesehen. Zu Maartens Überraschung schrieb fast die Hälfte der Korrespondenten, dass sie den Brauch kannten, doch als er ihre Antworten in die Karte eintrug, waren diese, genau wie bei der Frage nach den Wichtelmännchen, ungleichmäßig über das Land verteilt. In manchen Provinzen (Friesland, Drente, Gelderland, Utrecht und Zuid-Holland) kannte man ihn in fast jedem Dorf, in den übrigen kam er seltener vor, und in Limburg war er sogar nahezu unbekannt. Er zerbrach sich eine Weile vergeblich den Kopf darüber, bis er beim nochmaligen Lesen der Fragebogen entdeckte, dass die Nachgeburt, wenn sie schon nicht aufgehängt, gelegentlich doch mit einigem Zeremoniell begraben wurde. Diese Entdeckung verursachte bei ihm eine fieberhafte Erregung, in der er in rasendem Tempo alle Berichte über das Begraben, Vernichten, an die Schweine Verfüttern und auf den Misthaufen Werfen mit in die Karte einzeichnete und sah, wie sich Limburg unter seinen Händen weiter vom Rest des Landes abzugrenzen begann. Während das Aufhängen, Begraben und Vernichten sich überall mehr oder weniger die Waage hielt, wurde in Limburg fast nur begraben. Noch bevor er, sich von Nord nach Süd arbeitend, Vaals erreicht hatte, ergriff ihn eine grenzenlose Begeisterung. Er blickte von der Karte hoch, auf Beertas Rücken. »Ich glaube doch tatsächlich, dass ich eine Kulturgrenze entdeckt habe«, sagte er mit kaum unterdrückter Freude.

»Schön«, sagte Beerta, ohne sich umzudrehen. »Siehst du wohl, dass es geht? Wenn du nur genügend Daten hast.«

»Wollen Sie sie sehen?«

»Ich werde sie mir gleich anschauen, wenn der Artikel fertig ist. Ich habe im Moment keine Zeit.«

»Ich glaube, dass Sie sich der historischen Bedeutung dieses Augenblicks nicht bewusst sind. Dies ist die erste Kulturgrenze auf unseren Karten.«

Beerta drehte sich langsam auf seinem Stuhl um und sah ihn mit hochgezogenen Augenbrauen an. »Natürlich bin ich mir der historischen Bedeutung des Augenblicks bewusst. Ich hätte es auch nicht anders erwartet, denn dafür bist du hier eingestellt worden.«

»Um Ihnen historische Augenblicke zu bescheren.«

»In der Tat«, sagte Beerta steif. Er wandte sich ab und nahm seine Arbeit wieder auf.

Beertas Reaktion ärgerte Maarten maßlos und nahm ihm die Freude über seine Entdeckung. Er zeichnete die Karte ab, setzte sich an seinen Schreibtisch, aß sein Brot und ging in der Dreiviertelstunde, die er Mittagspause hatte, zur Amstel und zurück.

Als er zurückkam, war Beerta weg. Zwei Stunden später traf er, gleichzeitig mit de Bruin, wieder ein. De Bruin schenkte ihnen eine Tasse Tee ein und verließ den Raum. Beerta nahm einen kleinen Schluck, blätterte mit einer Hand in einem Buch, das auf seinem Schreibtisch lag, und zog seinen Stuhl etwas näher an den Schreibtisch heran, um sich wieder an die Arbeit zu machen. Maarten saß am Tisch, hinter seiner Schreibmaschine, die ausgerollte Karte neben sich. Er hatte aufgehört zu tippen und trank seinen Tee. »Wer hat eigentlich seinerzeit die Initiative zu dem Atlas ergriffen?«, fragte er, als Beerta sich wieder über die Arbeit beugte.

Beerta drehte sich auf seinem Stuhl um und sah ihn über die Brille hinweg an. »Das kann man nicht so einfach beantworten. Warum fragst du?«

»Aber Sie haben keinen Widerstand dagegen geleistet?«

»Nein«, sagte Beerta erstaunt. »Warum sollte ich. Ich fand es sehr wichtig. Aber warum fragst du mich das?«

»Weil es Sie nicht im Geringsten interessiert.«

Es war zu sehen, dass Beerta von dieser Bemerkung überrumpelt war. Er legte die Brille weg, erhob sich von seinem Stuhl und sah Maarten von der anderen Seite des Tisches unsicher und vage lächelnd an. »Weil es mich nicht im Geringsten interessiert?«, fragte er ungläubig.

Vielleicht hätte Maarten unter anderen Umständen Mitleid mit ihm gehabt, doch dafür war er jetzt nicht in der Stimmung. »Sie haben nie etwas daran getan. Sie haben die Initiative ergriffen. Danach haben Sie eine oder zwei Probekarten gezeichnet. Und in den folgenden zweihundertfünfzig Jahren dürfen andere für Sie die Arbeit machen. Sie haben sich nicht einmal die Mühe gemacht, die Arbeit Ihrer Untergebenen auch nur oberflächlich zu kontrollieren.«

Beerta war rot geworden, doch er lächelte immer noch, als traue er seinen Ohren nicht. »Ich habe Fehler gemacht«, gab er zögernd zu, »große Fehler. Das kannst du mir in der Tat vorwerfen.«

»Sie haben keine Fehler gemacht«, sagte Maarten irritiert. »Ich werfe Ihnen nichts vor. Sie haben kein Interesse gehabt, weil Sie es im Grunde genommen nicht wichtig finden. Es interessiert Sie nicht. Das Einzige, was Sie interessiert, ist, dass es der Kritik standhält. Und darüber brauchen Sie sich keine Sorgen zu machen, weil Sie viel Wohlwollen genießen.«

Einen Augenblick lang war Beerta sprachlos. Er setzte sich Maarten gegenüber auf den Rand eines Stuhls und sah ihn unsicher an. »Das hat mir noch nie jemand gesagt. Das ist wirklich neu für mich. Ich soll nicht das geringste Interesse gehabt haben?«

»Sie haben nie einen Aufsatz über eine Karte geschrieben!«

»Weil ich keine Zeit hatte, aber ich habe es immer für sehr wichtig gehalten.«

»Dann hätten Sie die Fehler sehen müssen, die gemacht worden sind! Das sind nicht einfach nur Fehler! Es sind grundsätzliche Fehler! Keine der Karten ist brauchbar! Nicht eine einzige! Sie haben nicht einmal über das Prinzip einer solchen Karte nachgedacht!«

»Aber ich habe nie Zeit!«

»Das kostet keine Zeit!«, sagte Maarten entschieden. »Wenn Sie sich eine solche Karte auch nur zehn Minuten angesehen und danach mit etwas anderem angefangen hätten, hätten Sie sogar im Schlaf gemerkt, dass sie nicht zu gebrauchen ist. Stattdessen haben Sie Hein de Boer, der natürlich auch nichts davon versteht, herumwursteln lassen.«

»Ja, ich weiß«, sagte Beerta betreten. »Ich bin nicht intelligent. Du bist viel intelligenter.«

»Das ist keine Frage der Intelligenz«, sagte Maarten und wurde böse. »Das ist eine Frage des Interesses!«

»Aber was ist mit all den anderen Dingen?«, fragte Beerta klagend. »Ich muss mich doch auch mit Dialekten und Volksnamen beschäftigen! Und all die Bücher, die ich rezensieren muss! Und die Kommissionen, in denen ich sitze. Und jetzt haben sie mich auch noch gefragt, ob ich an der *Oosthoek*-Enzyklopädie mitarbeiten will. Ich kann doch nicht alles machen!«

»Dann hatten Sie daran eben größeres Interesse.«

»Nein, aber es muss auch gemacht werden.«

»Sie sagen immer«, unterbrach ihn Maarten, »dass in unserem Büro der Atlas für Sie am wichtigsten ist! Dann hätten Sie dem Vorrang einräumen müssen! Übrigens, wenn Sie wirklich Interesse gehabt hätten, hätten Sie immer Zeit gefunden, notfalls im Bett!«

»Aber ich habe doch auch ein Recht auf Freizeit. Das haben andere doch auch!«

»Sie haben Recht auf alles! Es ist mir völlig egal, dass Sie kein Interesse an diesem Atlas haben. Wenn Sie es nur zugeben! Wenn Sie nur zugeben, dass es ein Unding ist, das weiterexistiert, weil man es nun einmal angefangen hat, aber das Sie eigentlich wieder abschaffen müssten.«

Beerta musste darüber lachen, aber es kam nicht von Herzen. »Du bist wohl nicht bei Trost. Abschaffen! Allein schon der Gedanke.«

»Was bringt es denn? Wie viele Karten sind jetzt schon gezeichnet worden? Fünfzig? Sechzig? Und was zeigen sie? Nichts! Doch, *eine* Kulturgrenze bei der Nachgeburt des Pferdes. Vielleicht. Und was noch?«

»Aber es ist doch sehr wichtig, dass es diese Karten gibt!«

»Wofür denn?«

»Für später«, sagte Beerta unsicher, »im internationalen Zusammenhang vielleicht.«

»Dann sollten wir einen internationalen Atlas machen.«

»Dazu habe ich doch auch die Initiative ergriffen.«

»Ja, die Initiative, aber auf dieselbe halbherzige Weise! Sie mögen es, Sitzungen abzuhalten, in Kommissionen zu sitzen und sich Freunde zu machen! Was den Rest betrifft, tun Sie nur das Allernotwendigste und überlassen es noch lieber jemand anderem. Was Sie tun, tun Sie ausschließlich, um nicht angegriffen zu werden.«

Beerta schwieg. Er sah Maarten betroffen an. Schließlich stand er auf. Er wandte sich ab und setzte sich wieder an seinen Schreibtisch. »Ich werde darüber nachdenken, aber ich glaube nicht, dass du recht hast.« Er stand wieder auf, um seine Schreibmaschine vom Tisch auf seinen Schreibtisch zu stellen, spannte ein Blatt Papier ein, setzte sich und zog ein Buch zu sich heran. Nach fünf oder sechs Anschlägen hörte er auf. Er drehte sich um. »Du bist doch nicht von der ein oder anderen Partei bezahlt worden, um mir einen Minderwertigkeitskomplex einzureden?«

Maarten reagierte nicht darauf.

Beerta begann erneut zu tippen, langsam, als bekäme er die Buchstaben nur mit Mühe aus der Maschine heraus. In die Stille hinein sagte er, mit den Augen auf dem Papier, die Hände auf den Tasten: »Ich bin ein Nichts. Mein ganzes Leben war sinnlos. Alles, was ich getan habe, ist fehlerhaft und erbärmlich«, und als Maarten nicht darauf reagierte: »Da glaubt man, dass man eine Sicherheit im Leben gefunden hat, die Idee mit dem Atlas, und dann muss man sich sagen lassen, dass man sie nie geliebt hat, die einzige Geliebte, die mir immer treu geblieben ist.« Er stotterte ein wenig, und es schien, als ob er weinte.

*

»Aber das geht doch zu weit«, sagte Klaas. »Jemandem, der sich sein ganzes Leben lang selbst betrogen hat und jetzt denkt, dass er es zu etwas gebracht hat, kannst du doch nicht mit seinen sechzig Jahren noch die Wahrheit sagen? Den musst du schonen.«

»Schonen?«, fragte Maarten fassungslos. »Während er mir die Aufgaben überträgt, auf die er selbst keine Lust hat? Und es mich die größte Mühe kostet, einen Tag ins Museum zu dürfen?«

»Ich verstehe es auch nicht, warum du all diese Dinge gesagt hast«, pflichtete Nicolien Klaas bei. »Du fandest es doch gerade immer gut an ihm, dass er seine Arbeit nicht wichtig findet?«

»*Das* werfe ich ihm nicht vor! Natürlich finde ich das gut! Ich werfe ihm vor, dass er nur so *tut*, als ob er es wichtig findet, und mir deswegen die Pistole auf die Brust setzt!«

»Das kann dir doch egal sein«, sagte sie. »Du regst dich immer so auf.«

»Ja, das kann dir doch eigentlich egal sein«, sagte Klaas. »Das ist seine Art, sich zu behaupten.«

»Es sieht fast so aus, als ob du selbst es wichtig findest«, sagte Nicolien.

»Aber ich finde es idiotisch!«, sagte Maarten verzweifelt. »Ich finde es lächerlich, dass erwachsene Menschen damit ihre Zeit verbringen! Es ist vollkommen sinnlos! Aber man soll es dann auch zugeben! Dann ist es wenigstens halbwegs zu ertragen!«

»Faktisch gibt er es zu«, meinte Klaas. »Er sieht es nur nicht ein.«

»Und das nehme ich ihm übel!«, sagte Maarten. »Wenn er zu mir sagen würde: Hör mal, deine Nachgeburt interessiert mich einen Dreck, ist das für mich in Ordnung, aber wenn ich dann antworten würde: Mich interessiert das auch nicht, ich gehe heute Nachmittag ein bisschen im Polder spazieren, würde er sagen: Hoho, unsere Pause machen wir hier von Viertel nach zwölf bis eins, während er selbst seine Zeit mit Nebentätigkeiten und auf Sitzungen verbringt, wo sich seine Freunde treffen.«

»Aber gerade hast du gesagt, es hätte dich geärgert, dass er kein Interesse zeigte«, sagte Klaas, »als du diese Kulturgrenze entdeckt hattest.«

»Aber er tut so, als ob er es wichtig findet.«

»In so einem Moment tust du das doch auch«, sagte Nicolien. »Du hast selbst gesagt, dass du begeistert warst.«

Darauf hatte er nicht sofort eine Antwort parat. »Ja«, sagte er widerwillig. »Aber das ist ein Strohfeuer. Hinterher fühle ich mich betrogen.«

»Vielleicht denkt Beerta genauso darüber«, meinte Klaas.

Maarten schüttelte den Kopf. »Ja, das dachte ich früher auch, aber je länger ich ihn kenne, desto weniger glaube ich daran. Beerta ist kein Opfer. Beerta profitiert. Ich muss *ihm* helfen, *seine* Privilegien zu verteidigen.«

*

»Wir müssen uns einmal ernsthaft miteinander unterhalten«, sagte Beerta, »unter vier Augen.« Er sah Maarten ernst an.

Maarten erschrak, doch er hatte sich sofort wieder unter Kontrolle. »Hier?«

»Besser bei mir zu Hause.«

»Gut. Darf ich Nicolien dann mitbringen?«

Beerta zögerte. »Aber ich werde dir Vorwürfe machen.«

»Das ist mir egal.«

Beerta sah ihn prüfend an. »Könnt ihr dann heute Abend?«

Maarten vermutete, dass sich das Gespräch um seine Kritik drehen würde. Er hatte nicht die Absicht, seine Worte zurückzunehmen, und bereitete sich darauf vor, am Ende des Gesprächs die Kündigung einreichen zu müssen. Beerta wirkte für den Rest des Tages steif und angespannt. Anders als sonst wechselten sie fast kein Wort miteinander.

Es war noch hell, als sie klingelten. Maarten war so angespannt, dass er nichts mitbekam. Sie setzten sich. Er griff zur Pfeife. Beerta machte Tee. Er stellte die Kanne unter die Strickmütze auf den Tisch zu den drei Tassen, einem Teesieb und einem Zuckertopf, die er dort schon bereitgestellt hatte, holte ein Kännchen Milch aus der Küche und eine Keksdose aus dem Schrank. Seine Handgriffe waren präzise und gemessen. Schließlich setzte er sich hin, neben die Stehlampe. Er legte die Fingerspitzen aneinander, stützte die Ellbogen auf die Lehnen seines Sessels und sah Maarten ernst an. »Dann werde ich mal anfangen«, sagte er langsam, »denn ich habe diesem Gespräch mit Schrecken entgegengesehen.« Er wartete einen Moment, als wäge er seine Worte sorgfältig ab. Er blinzelte nervös. »Gefällt es dir eigentlich im Büro?«

Die Frage überraschte Maarten. »Ich glaube nicht, dass es mir woanders besser gefallen würde.«

»Das ist natürlich keine Antwort«, sagte Beerta freundlich.

»Nein«, gab Maarten zu. Er sah zu Nicolien. »Gefällt es mir?«

»Ich glaube nicht«, sagte sie verlegen und lachte.

Maarten dachte nach.

»Wollt ihr eine Tasse Tee?«, fragte Beerta. Er stand auf, schenkte jedem eine halbe Tasse voll, öffnete die Dose und bot ihnen einen Keks an. Als er wieder saß, sah er Maarten abwartend an.

»Ich bin jemand, der sich fortwährend bedroht fühlt«, sagte Maarten. »Wenn ich die Wahl hätte, würde ich keine Stelle annehmen, sondern zu Hause bleiben. Aber ich habe keine Wahl.«

»Von wem fühlst du dich denn bedroht?«, fragte Beerta.

»Eigentlich von jedem, aber vor allem von den Strebern, Leuten, die aggressiv sind und einen Platz für sich einfordern. Wenn ich beispielsweise nur die Stimme von so einem Fräulein Haan durch die Tür höre, kocht mir schon das Blut.«

Die Bemerkung amüsierte Beerta. »Ganz normal ist das nicht.«

»Nein, das ist nicht normal. Meine Familie hätte bei der Landwirtschaft bleiben sollen, mit einem eigenen Hof und einem eigenen Stück Land, auf dem kein anderer etwas zu sagen hat.«

»Wann hat deine Familie die Landwirtschaft aufgegeben?«, fragte Beerta.

Maarten lachte. »Gegen Ende des 16. Jahrhunderts. Damals ist ein Koning in die Stadt gezogen. Von dem stamme ich ab.«

»Das ist lange her.«

»Das ist die Familie meines Vaters. Der Vater meiner Mutter war Gärtner. Aber das hier habe ich von meinem Vater.«

»Ich wäre nicht so gerne Bauer«, gestand Beerta.

Maarten lachte. Er konnte sich Beerta nicht als Bauer vorstellen. »Nein.« Er erinnerte sich an einen Bauern in Laguiole. »Wir waren vorigen Herbst in der Auvergne«, erzählte er, »– wir sind immer in der Auvergne –, auf dem Markt in Laguiole. Das ist einer der größten Viehmärkte in der Auvergne, Tausende von Kühen. Da stand ein Bauer mit einer einzigen Kuh, ein magerer Mann, mit einem verkrampften, ein wenig sanften, hysterischen Gesicht. Am Nachmittag stand er noch immer da. Es war da schon ein bisschen ruhiger geworden, die Kühe um ihn herum, von anderen Bauern, hatte man längst abtransportiert. Ab und zu kamen Viehaufkäufer vorbei, aber er konnte die Kuh nicht verkaufen. Unter ihnen war ein dicker Händler, mit einem unglaublich unsympathischen Gesicht und so einem Stock. Der kam ein paarmal zurück. Nach seinem letzten Angebot rief der Bauer laut: ›Non, non!‹, mit Tränen in den Augen. Eine Viertelstunde später sahen wir ihn mit seiner Kuh weggehen, zurück nach Hause.« Er lachte. »Dieser Bauer bin ich.«

»Kein besonders guter Bauer also.«

»Nein, vielleicht ist das der Grund, weshalb der alte Koning in die Stadt gezogen ist.« Er sah zu Nicolien. »Erinnerst du dich noch?«

»Ja«, sagte sie. »Es war ziemlich traurig.«

»Nicolien musste deswegen fast weinen.«

»Du auch.«

»Ich auch«, gab Maarten zu, »fast.«

»Aber du bist kein Bauer«, sagte Beerta. »Wollt ihr noch eine Tasse Tee?«

»Nein«, gab Maarten zu.

Sie bekamen eine zweite Tasse Tee.

»Natürlich kommt noch hinzu«, sagte Maarten nach einer Weile, »oder vielleicht hängt es auch damit zusammen, dass ich die Arbeit so eines Bauern sinnvoll finde und das, was wir tun, völlig sinnlos. Wer hat schon etwas davon, dass ich mich, wer weiß wie lange, mit den Wichtelmännchen oder der Nachgeburt des Pferdes beschäftige.«

»Vielleicht niemand«, gab Beerta zu, »aber trotzdem kann es wichtig sein. Ich lese momentan eine Lautlehre des Beveländischen. Vielleicht bin ich der Einzige, aber ich lese es wie einen Roman.« Er lachte ironisch.

Maarten lächelte. »Aber fühlen Sie sich denn niemals schuldig?«

Beerta sah ihn an und spitzte die Lippen. »›Ich bin ein Schuldner der Griechen und der Ungriechen, der Weisen und der Unweisen‹«, rezitierte er, und danach, in normalem Tonfall: »Ich f-fühle mich immer schuldig. Deshalb bin ich jeden Tag aufs Neue dankbar, dass ich ins Büro darf. Ich frage mich, womit ich das verdient habe.«

»Und Sie finden das alles auch interessant?«

»Ich finde das alles gleichermaßen fesselnd.«

»Abgesehen natürlich von der Nachgeburt des Pferdes.« Es lag eine gewisse Bosheit in Maartens Stimme.

»Abgesehen von der Nachgeburt des Pferdes«, bestätigte Beerta mit einem prüden Lächeln. »Ich finde es ein ekelhaftes Thema. Ich wollte, wir hätten nie danach gefragt.«

»Aber du fühlst dich doch selbst nie schuldig?«, bemerkte Nicolien.

»Nein, aber ich frage es auch Herrn Beerta. Weil er seine Arbeit mag.«

Sie schwiegen.

»Und was hast du jetzt vor?«, fragte Beerta. Er sah ihn starr an.

»Nichts. Solange Sie Direktor sind, halte ich es schon aus.«

Beerta nickte. Es war ihm nicht anzusehen, wie er es aufnahm.

»Sie wollten mir noch Vorwürfe machen«, erinnerte ihn Maarten nach einer neuerlichen Stille.

»Vorwürfe?«, fragte Beerta erstaunt. »Was könnte ich dir vorwerfen, mein Junge? Ich habe keine Vorwürfe.«

Maarten sah ihn verwundert an.

»Ich hatte Angst, du würdest kündigen«, sagte Beerta. »Deshalb habe ich dem Gespräch mit so viel Schrecken entgegengesehen.«

»Ich wüsste nicht, wo ich hingehen sollte. Lehrer zu sein, fand ich schrecklich, und ich darf gar nicht daran denken, zwischen den Dreckskerlen von der Uni zu sitzen. Dann bleibt wenig übrig.«

»Das Einzige, was ich an dir kritisieren könnte, ist, dass du nicht ehrgeizig bist, oder vielleicht bist du sogar zu ehrgeizig.«

Maarten lächelte. Er hörte die Bemerkung zwar, doch sie drang nicht zu ihm durch. Das Gespräch hatte ihn erleichtert. Er sah Nicolien an. »Gibst du mir meinen Tabak?« Sie holte seinen Tabaksbeutel aus der Tasche und gab ihn ihm.

Beerta stand auf. »Wollt ihr was trinken?«

»Gern«, sagte Maarten, während er seine Pfeife stopfte.

»Was wollt ihr trinken?«

»Haben Sie jungen Genever?«

»Ich habe jungen Genever. Und N-nicolien?«

»Ich auch gern«, sagte Nicolien.

»Ich dachte, Frauen trinken keinen Genever«, sagte Beerta, genau wie beim letzten Mal.

»Nicolien schon«, sagte Maarten. »Ihr Großvater war Wirt.«

Nicolien lachte.

Bei der Tür, die hinter einem dunkelbraunen Vorhang verborgen war, zögerte Beerta. »Karel würde dich gern mal wieder treffen.« Er wartete einen Moment, als würde er es sich noch einmal überlegen. »Du hast doch nichts dagegen?«

Sie hörten, wie er in den Flur ging und, gedämpft durch die Tür und den Vorhang, nach oben rief, von oben dann die Stimme Karels und anschließend Gepolter. Karel betrat das Zimmer. »Hi!«, sagte er mit breitem Grinsen. Er trug eine große Brille mit schwarzem Gestell, doch sein Gesicht hatte sich, seit Maarten ihn das letzte Mal gesehen hatte, kaum verändert. Seine Hand war warm und feucht.

»Das ist Nicolien«, sagte Maarten.

»Nicolien Koning«, sagte Nicolien, während sie ihm die Hand gab.

»Nett, dich einmal kennenzulernen«, sagte Karel grinsend. »Anton spricht so oft über euch.«

»Was willst du trinken, Karel?«, fragte Beerta, als er das Zimmer betrat.

»Gib mir einen Rotwein – Wein ist der beste Longdrink, habe ich entdeckt«, sagte er zu Maarten. Er setzte sich und sah ihn mit einem breiten Grinsen an. »Wie lange ist das her?«

»Dreizehn Jahre? Als du auf Jura umgestiegen bist.«

Karel nickte.

»Pass auf! Du kleckerst!«, warnte Beerta, als Karel ihm das Glas abnahm.

»Anton hat immer Angst, dass ich kleckere«, sagte Karel grinsend. »Auf den Teppich seiner Mutter.«

»Weil du so unbeherrscht bist«, sagte Beerta geziert. »Du solltest dir mal ein Beispiel an Maarten nehmen.«

»So redet er immer«, sagte Karel zu Maarten. »Es ist zum Verrücktwerden.«

Beerta lächelte zärtlich.

»Was machst du im Moment so?«, fragte Karel. »Anton hat erzählt, dass du Erzählungen über Wichtelmännchen kartierst.« Er lachte herzlich.

»Ich bin jetzt mit der Nachgeburt des Pferdes beschäftigt.«

»Die Nachgeburt des Pferdes!«, rief Karel. Er drehte sich zu Beerta. »Das hast du mir ja gar nicht erzählt! Das fandest du sicher zu schmutzig!« Er sah wieder zu Maarten. »Hat er dir nicht gesagt, dass du an die Nonnen denken sollst? Anton glaubt noch immer, dass alle Nonnen Jungfrauen sind!«

»Aber Karel!«, schmunzelte Beerta. »So etwas kannst du doch nicht sagen, wenn eine Dame dabei ist!«

»Siehst du!«, sagte Karel ausgelassen. »Er denkt, dass die Frauen noch genauso sind wie zu Zeiten seiner Mutter. Aber warum in Gottes Namen die Nachgeburt des Pferdes? Kannst du dir nicht etwas anderes überlegen?«

Maarten lachte. »Ich finde, es ist ein ausgezeichnetes Thema.«

»Schreib lieber über den Teufel oder über Hexen. Das ist ein Thema, mit dem du Aufmerksamkeit erregst. Darüber lässt sich sogar eine Doktorarbeit schreiben. Dann wird Anton mit seinen Beziehungen schon dafür sorgen, dass ein Lehrstuhl für dich geschaffen wird.«

»Aber Karel!«, protestierte Beerta, schockiert aber auch genussvoll. »Red nicht so dummes Zeug! Du weißt ja nicht einmal, ob Maarten überhaupt Professor werden will.«

»Willst du kein Professor werden?«, fragte Karel erstaunt.

»Nein«, sagte Maarten.

»Aber das ist doch die einzige Möglichkeit, unabhängig zu sein?«

»Solange ich bei Herrn Beerta bin, brauche ich das nicht.«

»Hast du ihm etwa noch nicht gesagt, dass er dich einfach Anton nennen soll?«, fragte Karel Beerta.

»Karel! Jetzt ist es gut!«, warnte Beerta.

»Sag einfach nur Anton, hörst du!«, sagte Karel zu Maarten, »das findet er toll. Er denkt immer, dass er als Direktor Distanz wahren muss, weil er mit Dé Haan so schlechte Erfahrungen gemacht hat.«

Beerta lächelte beschämt.

»Was machst du gerade?«, fragte Maarten, um das Gespräch auf ein anderes Thema zu bringen.

»Du hast meine Antrittsvorlesung doch sicher gelesen?«

»Ja, aber das war doch Unsinn.«

»Unsinn?« Er lachte herzlich darüber.

»Die Vorlesung über das Schlechte im Menschen meinst du?«, sagte Maarten.

»O ja, du bist natürlich Sozialist, genau wie Anton. Du denkst noch immer, dass an allem Übel die Gesellschaft schuld ist.«

»Natürlich denke ich das, aber das interessiert mich eigentlich nicht.«

»Du sagst also so einem armen Schlucker, der ein Ding gedreht oder im Suff seine Tochter vergewaltigt hat …«

»Karel!«, warnte Beerta.

»… alles die Schuld der Gesellschaft, aber du musst trotzdem in den Knast, sieh mal zu. Damit züchtest du doch Wiederholungstäter!«

»Diese Leute interessieren mich nicht.«

»Aber du schließt sie schon weg!«, rief Karel aufgeregt. »Du bescherst ihnen für den Rest ihres Lebens Schuldgefühle!«

»Karel! Reg dich doch nicht so auf!«, sagte Beerta lächelnd.

»Wenn es zu bunt wird, schließ ich sie weg«, sagte Maarten. »Mit den Schuldgefühlen müssen sie selbst klarkommen.«

»Präventiv!«, höhnte Karel.

»Oder aus Rache.«

»Rache?«, fragte Karel fassungslos. Er hob die Arme. »Das ist doch tiefstes Mittelalter!«

»Wenn zwei Männer einen alten Bauern auf grausame Weise umbringen, weil er ein paar hundert Gulden bei sich hat, dürfen sie, soweit es mich betrifft, getötet werden.« Er spürte, dass schon das Beispiel allein eine gewaltige Wut in ihm aufsteigen ließ.

»Ich bin gegen die Todesstrafe«, warnte Beerta.

»Ich auch«, sagte Maarten, »aber nur, weil sie von einem anderen vollzogen werden muss.«

»Ich bin auch gegen die Todesstrafe«, sagte Nicolien. »Und ich bin anderer Meinung als Maarten.«

»Siehst du!«, sagte Karel zu Maarten. »Deine eigene Frau ist anderer Meinung als du.«

Maarten konnte dies nur schwer ertragen, nahm sich aber zusammen.

»Wollt ihr noch einen Sch-schnaps?«, fragte Beerta.

Er schenkte ihnen noch einmal nach. Es entstand eine Stille.

»Der Mensch neigt zum Übel«, bemerkte Beerta.

»Ja, das kann man wohl sagen«, sagte Karel. »Aber es geht nicht an, ihn deshalb wegzuschließen.«

»Ich meine damit, dass jede Gesellschaft ihr eigenes Übel hat«, sagte Maarten, »und dass derjenige, der diese zufälligen gesellschaftlichen Regeln nicht befolgt, ausgestoßen wird. Das sind meine Freunde. Die anderen interessieren mich nicht.«

»Nenn mal ein Beispiel«, bat Karel.

Maarten antwortete nicht sofort. Er wollte sagen, dass Karel selbst und Beerta so ein Beispiel seien, aber er behielt es für sich. »Ich bin so ein Beispiel«, sagte er schließlich.

*

Im Herbst fuhr Beerta, ohne, wie er selbst sagte, Lust dazu zu haben, sondern weil sein Hausarzt es ihm befohlen hatte, zusammen mit Karel in Urlaub. De Bruin bekam von Fräulein Haan den Auftrag, die Post für den Direktor auf ihren Schreibtisch zu legen, von wo aus sie dann wieder auf Beertas Schreibtisch wanderte. Als Maarten einmal den *Zeeuwse Courant*, den Beerta las, aus dem Briefkasten geholt hatte, wurde de Bruin zur Verantwortung gezogen. Nicht, weil Fräulein Haan den *Zeeuwse Courant* selbst las, sondern weil sie die Zeitung auf Beertas Schreibtisch legen wollte. Maarten ließ es über sich ergehen, auch wenn es ihn aufregte.

Am zweiten Samstag während des Urlaubs von Beerta lag er mit Kopfschmerzen im Bett. Als er am Montag wieder zur Arbeit kam, war die leere Milchflasche von seinem Schreibtisch verschwunden. Er sah es sofort und ging zum Verschlag von de Bruin, der gerade mit dem Kaffee beschäftigt war. »Hast du meine Milchflasche gesehen?«, fragte er.

De Bruin drehte sich langsam um. »Die habe ich hier.« Er holte sie aus dem Schrank. »Die habe ich für dich aufgehoben. Deetje Haan fand, dass es kein Anblick wäre, und wollte, dass ich sie wegschmeiße.«

»Danke.« Er hatte de Bruin die Sache mit dem Schlüssel nicht verziehen und keine Lust, gemeinsame Sache mit ihm zu machen. Wütend ging er mit der Flasche zurück in sein Zimmer. Als er den zweiten Raum betrat, telefonierte Fräulein Haan gerade. »Das scheint mir herrlich, in einem Büro zu arbeiten, in dem man einem anderen nicht einen Tritt geben muss, um selbst hochzukommen«, sagte sie mit zuckersüßer Stimme in den Hörer. Sie schaute auf und sah Maarten mit seiner Milchflasche vorbeikommen, woraufhin sie ihren Blick wieder senkte. Maarten ging in sein Zimmer und stellte die Flasche kraftvoll auf seinen Schreibtisch. »Was für ein Weibsstück!«, sagte er wütend. »Gott beschütze den, der mit ihr zusammenarbeiten muss!«

*

Halb im Schlaf sah er sich selbst als kleines Tier, das verzweifelt durch einen hohen grauen Raum rannte, ohne einen Ausgang finden zu können.

*

»Und jetzt möchtest du Wiegels Stelle haben«, sagte Beerta.

»Ja, wenn das möglich ist«, sagte Frans zögernd.

Maarten konnte ihn nicht sehen, weil er ihm den Rücken zukehrte, doch er konnte sich die Szene vorstellen: Beerta aufrecht, steif und ironisch, Frans schüchtern und errötend.

»Woher wusstest du, dass Wiegels Stelle frei geworden ist?«, wollte Beerta wissen. »Ich habe nichts mehr von dir gehört.« Es lag ein Vorwurf in seiner Stimme.

»Von Maarten«, antwortete Frans schüchtern.

»Ich habe ihm geschrieben, dass Wiegel zum Museum wechselt«, sagte Maarten, ohne sich umzudrehen.

»Ja, Wiegel wechselt zum Museum«, bestätigte Beerta. »Für das Büro ist das ein großer Verlust, denn Wiegel ist ein guter Bibliothekar.«

Es war eine Weile still.

»Und jetzt möchtest du also seine Stelle haben«, fasste Beerta zusammen.

»Ja«, sagte Frans.

»Warum möchtest du eigentlich seine Stelle haben?«

»Weil Sie früher einmal gesagt haben, dass es vielleicht eine Stelle für mich wäre.«

»Weil *ich* das gesagt habe?« Der Zweifel in seiner Stimme hatte den Unterton einer Zurechtweisung.

»Na ja«, sagte Frans verwirrt, »und weil ich es selbst natürlich auch denke.«

»Aber damals warst du noch hier.«

»Ja, das stimmt.«

»Und jetzt bist du Lehrer.«

Frans schwieg. Maarten hatte Mitleid mit ihm. Er verdächtigte Beerta, ein sadistisches Vergnügen an der Situation zu haben, und fragte sich, wofür der sich rächen wollte.

»Gefällt es dir denn nicht als Lehrer?«

»Nicht besonders.«

»Warum gefällt es dir nicht?«

»Weil es ein Chaos ist.«

»Ein Chaos?«, wiederholte Beerta, als hätte er so etwas noch nie gehört.

»Durch die Klasse laufen und schreien und so.«

Beerta reagierte nicht darauf. Als Maarten sich umdrehte, sah er, dass er Frans streng ansah, eine Augenbraue dabei hochgezogen. Frans blickte mit rotem Kopf vor sich hin.

»Hast du dich auch schon woanders beworben?«, fragte Beerta schließlich.

»Ja, als Lithograf.«

»Als Lithograf!«, sagte Beerta überrascht. »Das ist einmal etwas ganz anderes.«

»Ich habe auch noch die Ausbildung zum Lithografen gemacht.«

Es entstand eine neuerliche Stille.

»Und warum dachtest du nun, dass du hier besser zurechtkommen würdest?«

»Das weiß ich nicht«, sagte Frans verwirrt. »Ich dachte … ich kenne mich hier natürlich ein bisschen aus, da dachte ich … ich weiß eigentlich nicht, was ich dachte.«

»Denn ich glaube, dass du jetzt besser mal Lithograf werden kannst.«

»Oh, das glauben Sie.«

»Jedenfalls gibt es hier keinen Platz mehr für dich.«

»Nein«, er zögerte. »Warum eigentlich nicht?«

»Wer das Büro einmal verlassen hat, den nehme ich nicht wieder zurück«, antwortete Beerta streng. Er wartete einen Moment. »Aber ich kann dir einen Empfehlungsbrief schreiben.«

»Warum wollen Sie Frans nicht zurücknehmen?«, fragte Maarten, sobald dieser zur Tür hinaus war.

»Weil ich jemanden, der das Büro einmal verlassen hat, nicht wieder zurücknehme«, antwortete Beerta knapp. Er wandte sich von Maarten ab und setzte sich an seinen Schreibtisch.

»Was ist denn das für ein eigenartiges Prinzip?«

»Das ist kein Prinzip! Und es steht dir nicht an zu beurteilen, ob es eigenartig ist.«

Maarten nahm die Zurechtweisung hin, aber sie verletzte ihn doch.

»Außerdem traue ich ihm nicht. Er ist arrogant. Er weiß nicht, was er will. Und er sollte auch etwas mehr Interesse an anderen haben. Sonst geht es nicht.«

Maarten reagierte nicht darauf. Er verstand nicht, was das eine mit dem anderen zu tun haben sollte, doch nach der Zurechtweisung hatte er keine Lust, darauf einzugehen.

*

»Setzen Sie sich«, sagte Beerta steif.

»Wenn Sie gestatten«, sagte der Mann bescheiden.

Maarten hatte aufgehört zu tippen und betrachtete ihn. Es war ein hochgewachsener Mann mit dem Ansatz einer Glatze, einer etwas versteinerten Gesichtsfarbe und unangenehm wirkenden Hängebacken.

»Sie sind …«, sagte Beerta, während er den Brief nahm und den Namen suchte.

»Herr de Gruiter«, antwortete der Mann. »C. P. de Gruiter.« Er hatte eine leise, etwas salbungsvolle, überkultivierte Stimme und hielt seinen Blick gesenkt, als wolle er eigentlich erst ein Gebet sprechen.

Beerta spitzte die Lippen. »Carel Pieter?«

»Ja, Herr Beerta«, antwortete de Gruiter. »Das heißt, das sind in der Tat die Initialen. Die Vornamen lauten ein wenig anders.«

»Wie lauten die Vornamen denn?«, wollte Beerta wissen, während er im Brief nach der Antwort suchte.

»Caspar Paulus, aber man nennt mich normalerweise ›Herr de Gruiter‹. Das ist jedenfalls das, was ich bevorzuge.«

»Aha!«, sagte Beerta ironisch. Er nahm den Brief hoch und las ihn nun aufmerksam. »Sie sind einunddreißig Jahre alt?«

»In der Tat, Herr Beerta.«

»Sie haben eine Bibliothekarsausbildung absolviert?«

»Sicher, Herr Beerta.«

Beerta blickte über den Rand des Briefs. »Sie schreiben auch, dass Sie bekennendes Mitglied der niederdeutsch-reformierten Kirche sind. Das brauchten Sie nicht zu erwähnen.«

»Ja, Herr Beerta, das ist mir bekannt, aber mir liegt daran, in einer Umgebung zu arbeiten, in der ich mich auch geistig zu Hause fühle.«

»Sehr vernünftig«, sagte Beerta zustimmend. »Bei wem sitzen Sie unter der Kanzel?«

»Bei Pfarrer Visser, Herr Beerta.«

Beerta sah ihn an. »Das freut mich.«

»Sie kennen ihn?«

»Es ist auch mein Pfarrer.«

»Sieh mal an, was für ein Zufall!«

»Ja, ein echter Zufall«, gab Beerta zu, mit einem Hauch von Ironie.

»Ein leidenschaftlicher Redner«, meinte de Gruiter, der seine Hände gefaltet hatte. »Es ist jeden Sonntag aufs Neue ein Vergnügen, ihm zuzuhören.« Er hatte sich vorne auf den Rand seines Stuhls gesetzt und die Hosenbeine hochgezogen, um keine Beulen in den Stoff zu machen. Er trug Sockenhalter.

»Da haben Sie recht«, sagte Beerta. Er legte den Brief wieder auf den Tisch und sah ihn an. »Sie bewerben sich also um die Stelle als Bibliothekar?«

»In der Tat, Herr Beerta.« Er bückte sich zu seiner Tasche, einer flachen, gut gepflegten Tasche, die er gegen ein Stuhlbein gestellt hatte. »Vielleicht möchten Sie meine Zeugnisse sehen?« Er überreichte Beerta seine Papiere, die dieser flüchtig zur Kenntnis nahm. »Ich darf Sie vielleicht noch darauf hinweisen, dass ich Jahrgangsbester war?« Er folgte, nach vorne gebeugt, Beertas Blick über seine Papiere. »Sie können es dort nicht sehen, aber es ist vielleicht nicht ohne Bedeutung.«

»Sie haben gute Noten«, sagte Beerta zustimmend. Er gab ihm die Papiere zurück.

»Vielen Dank.«

»Wissen Sie etwas über die Art unserer Bibliothek?«

»Ich werde das erst eben wegstecken, sonst geht es vielleicht verloren.« Er legte die Papiere zurück in eine Mappe, schob diese in seine Tasche, schloss sie und stellte sie wieder ans Stuhlbein. »Ich gehe davon aus, dass Ihre Bibliothek stark spezialisiert ist?«, fragte er, nachdem er sich wieder aufgerichtet hatte.

»In der Tat. Wir sind spezialisiert auf niederländische Dialekte, Volksnamen und Volkskultur.« Er blinzelte nervös.

De Gruiter sah ihn etwas befremdet an, wahrscheinlich, weil er nicht wusste, wie er das Blinzeln zu deuten hatte.

»Sehr interessant. Zufälligerweise sind das auch meine Hobbys.«

»Haben Sie noch weitere Hobbys?«

De Gruiter nickte. »Ich sammle Bücher.«

»Was für Bücher?«

»Im Prinzip alle Bücher, aber insbesondere Bibeln.«

»Bibeln?«, wiederholte Beerta überrascht.

»Ja, Herr Beerta. Ich habe schon fünf, darunter eine *Statenbijbel*. Darüber freue ich mich ganz besonders.«

»Das ist in der Tat ein kostbarer Besitz«, pflichtete ihm Beerta bei. »Ich kann mir vorstellen, dass Sie darauf stolz sind.«

»Bibeln!«, sagte er, als de Gruiter sich verabschiedet hatte. »So einen haben wir hier noch nicht gehabt. Und dann noch bekennendes Mitglied!« Er drehte sich zu seinem Schreibtisch um und rieb sich die Hände. »Da wird aus dem Vollen geschöpft!«

»Sie haben nicht gefragt, ob er auch Mitglied bei den Sozialdemokraten ist«, erinnerte ihn Maarten.

»Das ist er zweifellos«, sagte Beerta mit großer Entschiedenheit. Er drehte sich um und sah Maarten an. »Du wirst doch zugeben müssen, dass er ein besonders kultivierter Mensch ist.«

»Er ist der Sohn eines evangelisch-reformierten Spießbürgers, dem man mit einem Stock Benehmen beigebracht hat«, antwortete Maarten.

Beerta schmunzelte amüsiert. »Du bist zu kritisch.«

»Ich bin für Frans Veen.«

»Der kommt nicht in Betracht«, sagte Beerta steif, während er sich an seinen Schreibtisch setzte.

*

Gleichzeitig mit Koert Wiegel nahm Hein de Boer Abschied, da er sich im letzten Jahr seines Studiums befand. Als Ersatz schickte Springvloed Bart Asjes, einen Studenten aus dem dritten Jahr, der seiner Einschätzung nach hervorragend für die Art Forschung geeignet sei, die in Beertas Büro betrieben wurde. Es war ein kleiner, blonder, junger Mann mit einem runden, bartlosen Gesicht und dicken Brillengläsern, durch die seine Augen auffallend groß wirkten. Er sprach sehr gewählt, mit präzise betonten Konsonanten. »Ich kann Ihnen nicht versprechen, dass ich die Aufträge, die ich von Ihnen erhalte, zu Ihrer Zufriedenheit erledigen werde, doch Sie können versichert sein, dass ich mein Bestes tun werde«, sagte er zu Beerta, »denn die Untersuchungen, die von Ihrem Büro durchgeführt werden, interessieren mich in besonderem Maße.«

»Ein altmodischer, solider junger Mann«, stellte Beerta fest, als er wieder verschwunden war, »solche müsste es mehr geben. Arbeitest du ihn ein?«

Maarten empfing ihn also an dem Tag, als er seinen Dienst antrat, und zeigte ihm seinen Platz hinter dem Bücherregal im ersten Raum, neben den Schränken des Ausschnittarchivs. Er hatte sich vorgenommen, ihn sofort Bart zu nennen, doch der junge Mann sprach ihn so nachdrücklich mit Herr und Sie an, dass er seinerseits auch Herr und Sie zu sagen begann, wobei er dem dann wieder auszuweichen versuchte, da er fand, dass es so possierlich klang.

»Vielleicht können Sie mir noch einige zusätzliche Informationen geben?«, fragte der junge Mann, als Maarten ihm das ganze Büro gezeigt hatte und sie an den Platz hinter dem Bücherregal zurückgekehrt waren. »Ich habe ein paar Punkte aufgeschrieben, über die ich noch gerne Aufschluss erhalten würde.« Er holte ein Notizbuch und einen Stift aus seiner Innentasche.

»Sollen wir uns dann mal hinsetzen?«, schlug Maarten vor. Er zog einen Stuhl zu sich heran.

»Das ist in der Tat einfacher.« Er setzte sich auf das, was nun sein Stuhl geworden war, jedoch in einigem Abstand von seinem Schreibtisch, sodass sein Platz einen vorläufigen Charakter behielt. Als er die genannten Punkte gefunden hatte, führte er das Buch etwas näher an die Augen, um lesen zu können. »Punkt eins: Wie sind die Arbeitszeiten geregelt?« Er las die Frage vor, als wäre sie von jemand anderem aufgeschrieben worden und er kenne sie noch nicht. Sogar das R sprach er sorgfältig und mit Betonung aus.

»Von neun bis fünf, und samstags von neun bis Viertel vor eins«, antwortete Maarten, »mit einer Dreiviertelstunde Mittagspause.«

Der junge Mann schrieb es sorgfältig auf, mit dem Buch auf den Knien, anschließend führte er es wieder etwas näher ans Gesicht. »Gibt es eine feste Zeit für die Mittagspause?«

»Nein, das kann jeder selbst entscheiden.«

Auch das wurde aufgeschrieben, mit einem Punkt hinter der Antwort. »Drittens: Wie sind meine Arbeitszeiten?«

»Das ist mir egal.« Er suchte nach einer Formulierung, ohne dabei die Anredeform benutzen zu müssen. »Wenn jemand halbtags arbeitet, darf er das, soweit es mich betrifft, selbst einteilen.«

Der junge Mann sah ihn verwundert an, überrascht durch die geringe Exaktheit der Antwort. »Aber wollen Sie denn nicht wissen, wann ich da bin?«

»Das merke ich dann schon.«

Der junge Mann zögerte, entschloss sich dann jedoch, diese Antwort nicht aufzuschreiben. »Viertens: Gibt es eine Liste mit den Namen der Mitarbeiter und ihrer Funktion?«

Mit dieser Frage hatte Maarten nicht gerechnet. Soweit er wusste, gab es keine solche Liste, und eigentlich war das merkwürdig. »Nein, aber wir können sie mal eben machen.« Er dachte einen kurzen Moment nach, um das Büro zu überblicken. »Im hintersten Raum, zum Garten hin, sitzt Herr Beerta …«

»Einen Moment bitte. Dafür muss ich eben ein eigenes Blatt nehmen.« Er schlug eine Seite um und zog seinen Stuhl nun doch etwas an den Schreibtisch heran, um sein Buch darauf ablegen zu können, aber nicht so weit, dass er direkt am Schreibtisch saß.

»A. P. Beerta«, sagte Maarten, als der junge Mann anfangen wollte zu schreiben.

Der junge Mann sah auf. »Herr Beerta ist doch promoviert?«

»Ja. Und ich bin also Maarten Koning. Ich sitze auch dort.«

»Sind Sie ebenfalls promoviert?« Er ergriff die ausgestreckte Hand nicht.

»Nein.«

»Aber Sie haben studiert?«

»Ich habe auch bei Springvloed studiert.«

Das überraschte den jungen Mann. »Aber das muss dann schon lange her sein«, er erschrak selbst über seine Bemerkung, »ich meine, ich habe Sie dort nie gesehen.«

Maarten lachte. »Ich bin Jahrgang 46.« Er sah von einiger Entfernung aus zu, wie der junge Mann seinen Namen mit »Drs. M. Koning« eintrug, da er schließlich studiert und einen Abschluss als Doctorandus hatte. Danach arbeitete er die Liste ab: C. P. de Gruiter, der seinen Dienst am selben Tag angetreten hatte, und T. Nijhuis im anderen hinteren Zimmer, Fräulein Dr. D. Haan und van Ieperen, dessen Initialen er nicht kannte, im zweiten Raum, und im ersten Drs. J. Balk, der an diesem Morgen nicht da war, G. Meierink und D. Slofstra.

»Herr Slofstra schreibt für uns die Fragebogen ab«, teilte er zur Erläuterung mit.

»And all there is still more to do«, sagte Slofstra laut hinter dem Regal.

Der junge Mann erschrak. »Es ist hellhörig hier«, sagte er besorgt.

»Das macht nichts«, rief Slofstra zurück. »Wenn Herr Balk es nur nicht hört, denn dann fängt er an, laut zu lesen.« Er lachte etwas metallisch. Plötzlich tauchte sein Kopf mit einem geheimnisvollen Lächeln hinter dem Regal auf. »Je parle toutes les langues, exceptée la langue française …«

»… parce que c'est une langue très difficile«, ergänzte Maarten.

»Richtig«, sagte Slofstra fröhlich. »Sie kennen es schon, aber Herr Asjes noch nicht.«

»Ach, Herr Slofstra, mischen Sie sich doch nicht immer ein«, sagte Meierink in leierndem Tonfall aus der Ferne.

»Jawohl, Herr Meierink«, antwortete Slofstra gehorsam und verschwand wieder.

Der junge Mann sah Maarten unsicher an.

»Und dann gibt es noch C. de Bruin, er ist Hausmeister und sitzt im Verschlag an der Tür«, sagte Maarten, ohne Slofstra weiter zu beachten.

»Und worin genau besteht nun meine Aufgabe?«, fragte der junge Mann, als er alles aufgeschrieben hatte. Er ließ das R rollen.

Maarten zögerte kurz, schlug dann jedoch den Knoten kurzerhand durch. »Du weißt, was eine Sprachenkarte ist?«

»Darüber habe ich ein Seminar gehabt.«

»Solche Karten machen wir auch, aber für Kulturphänomene.« Er zog einen Kasten mit Fragebogen zu sich heran, die er auf dem Schreibtisch bereitgestellt hatte, und schlug den obersten Bogen auf. »Es geht darum, dass …«, er zögerte, ob er mit dem Du weitermachen sollte, »dass Sie die Antworten auf eine dieser Fragen in eine Karte eintragen.« Er rollte eine Entwurfskarte aus, die ebenfalls bereitlag. Dieses Geduze und Gesieze irritierte ihn, und deshalb war er nicht bei der Sache. Am liebsten hätte er das Gespräch beendet.

»Und muss ich eine solche Karte dann auch erklären?«

»Ja«, sagte Maarten geistesabwesend.

Der junge Mann erschrak. »Ich weiß nicht, ob ich das kann.«

Das brachte Maarten in die Wirklichkeit zurück. »Das ist auch fast nie möglich. Ich bin jetzt zweieinhalb Jahre hier und habe nur ein einziges Mal eine Kulturgrenze auf einer solchen Karte entdeckt. Und dann weiß ich noch immer nicht, wie ich sie erklären soll.«

»Was muss das ärgerlich sein, wenn man so wenig Resultate hat«, sagte der junge Mann mitfühlend.

So hatte es Maarten noch niemals betrachtet. »Nein. Ich glaube nicht, dass es mir etwas ausmacht.«

»Aber Sie werden doch wohl eine Absicht verfolgen mit diesen Karten?«

»Nein. Ob ich jetzt das oder etwas anderes mache. Ich mache es so gut wie möglich, aber es ist natürlich Unsinn.«

»Ich finde es überhaupt nicht unsinnig«, sagte der junge Mann bestürzt. »Ich finde es sehr wichtig. Deshalb habe ich auch angefangen zu studieren.«

Maarten betrachtete ihn nun etwas aufmerksamer. Der Standpunkt war so deutlich, dass er dem nichts entgegenzusetzen hatte.

»Ich habe angefangen zu studieren, weil ich nicht wusste, was ich sonst machen sollte.«

»Es interessiert Sie also eigentlich nicht, was Sie machen.«

»Es interessiert mich kein Stück.«

»Dann muss es abscheulich für Sie sein, etwas machen zu müssen, was Sie nicht interessiert.«

Maarten lachte. »So dramatisch ist das nicht.« Zugleich hatte er das Gefühl, dass er, verglichen mit diesem jungen Mann, ein Falschspieler war, und da das kein angenehmes Gefühl war, wischte er es beiseite. »Gibt es noch etwas, was du wissen möchtest?« Er beugte sich über die Karte, als stünde etwas darauf, das der Erklärung bedurfte.

»Mir wäre es wichtig, wenn Sie mich am Anfang ein wenig betreuen würden.«

»Natürlich. Es liegt auf der Hand, dass wir alle Probleme besprechen.«

»Vielen Dank«, sagte der Junge höflich.

»Der scheint mir was draufzuhaben«, sagte Maarten, als er in sein Zimmer zurückkam.

»Das scheint mir auch so«, sagte Beerta, ohne von seiner Arbeit aufzublicken. »Ich habe großes Vertrauen in ihn.«

Ein paar Stunden später klopfte es an der Tür. Beerta musste »Ja!«, rufen, bevor sie sich öffnete. Bart Asjes kam höflich herein.

»Ich störe doch nicht?«, fragte er besorgt.

»Du störst nie«, antwortete Maarten so freundlich wie möglich, »und du brauchst auch nicht anzuklopfen.«

»Oh«, sagte Bart bestürzt. »Das wusste ich nicht.« Er hatte einen Zettel in der Hand. »Ich habe eine Aufstellung der Tage und Stunden gemacht, an denen ich beabsichtige, hier präsent zu sein. Würden Sie sie sich einmal dahingehend ansehen, ob Sie sich damit einverstanden erklären können?« Er überreichte Maarten den Zettel und wartete auf eine Reaktion.

Maarten sah ihn sich an. »Arbeitsplan von B. Asjes« stand oben als Überschrift. Darunter waren die sieben Tage der Woche aufgelistet und hinter jedem Tag die Stunden, an denen er da zu sein gedachte, oder, wie zum Beispiel beim Sonntag, ein Strich. In der letzten Spalte hatte er die Stunden noch einmal einzeln aufgeführt und darunter, unter einem etwas längeren Strich, die Summe geschrieben, sodass man auf einen Blick sehen konnte, dass es zwanzig waren. Die Wochentage sowie die Zeiten für den Dienstbeginn und das Dienstende waren mit einem Lineal unterstrichen. »Darf ich es behalten?« Er wusste nicht recht, wie er darauf reagieren sollte.

»So war es in der Tat gedacht. Wenn es in Ordnung ist, gehe ich jetzt also und komme dann morgen wieder.«

»Ja, ist gut.«

»Auf Wiedersehen, Herr Beerta«, sagte Bart höflich. »Auf Wiedersehen, Herr Koning.«

»Auf Wiedersehen, Bart«, antwortete Beerta, ohne sich umzudrehen.

»Wiedersehen, Bart«, antwortete Maarten nun ebenfalls, etwas weniger deutlich.

»Ein anständiger Junge«, sagte Beerta zufrieden, als Bart die Tür hinter sich geschlossen hatte. »Fast so wohlerzogen wie Herr de Gruiter.« Das Letztere war eine Provokation, die von Maarten ignoriert wurde.

*

Beerta gähnte laut, in einer unverschämten Lautstärke, wie er sie beim Niesen hatte. Weil dies nicht mit der peniblen Gewissenhaftigkeit im Einklang stand, mit der er sich sonst an die Regeln der Etikette hielt, wunderte Maarten sich darüber, und manchmal irritierte es ihn. »Was war eigentlich Ihr Vater von Beruf?«, fragte er, um seinem Ärger Luft zu machen.

»Mein Vater war Schiffsmakler«, antwortete Beerta. »Warum fragst du?«

»Nur so«, denn diese Antwort genügte ihm. Von einem Schiffsmakler braucht man nicht zu erwarten, dass er seinem Sohn das Gähnen und Niesen beibringt.

Beerta beugte sich über seine Schreibmaschine und gähnte erneut, woraufhin er mit dem Tippen fortfuhr. Er tippte den Brief zu Ende, spannte ihn aus der Maschine aus, las ihn noch einmal, tauchte die Feder in die Tinte und unterschrieb. »Ich hatte gestern Abend ein interessantes Gespräch«, sagte er, während er mit einem Löschblatt die Tinte seiner Unterschrift trocken tupfte. »Es wird dich auch interessieren.« Er wartete einen Moment, wie um die Spannung zu erhöhen. »Ein Freund von mir hat entdeckt, dass die Liebesgedichte von Jacques Perk ursprünglich Willem Kloos gewidmet waren.« Er drehte sich langsam in seinem Stuhl um und sah Maarten an. »Denn das scheint eine ganz merkwürdige Beziehung gewesen zu sein zwischen Kloos und diesem jungen Burschen.« In seiner Stimme lag eine unterdrückte Sinnlichkeit.

»Warum sollte mich das interessieren?«, fragte Maarten.

»Du bist doch Niederlandist?«

»Tja«, sagte Maarten gleichgültig.

»Jedenfalls lese ich die Gedichte jetzt mit ganz anderen Augen.« Er wandte sich ab.

Maarten ignorierte die Bemerkung. Er hatte die Bitte eines Amerikaners um Informationen über niederländische Schiffskobolde auf seinem Schreibtisch gefunden und fragte sich, wo er diese Informationen hernehmen sollte.

»Er erzählte mir auch von jemandem, der Multiple Sklerose hat. Kennst du jemanden, der Multiple Sklerose hat?«

»Ich glaube nicht«, antwortete Maarten geistesabwesend. »Haben Sie schon mal von niederländischen Schiffskobolden gehört?«

»Nein. Ich habe diesen Brief gelesen. Es scheint eine sehr unangenehme Krankheit zu sein.«

»Aber auch eine seltene Krankheit«, schwächte Maarten ab.

»Ich gehe davon aus, dass man jede Krankheit bekommen kann«, beharrte Beerta. Er drehte sich wieder um.

»Und jetzt glauben Sie, dass Sie Multiple Sklerose haben.«

»Ja. Ich muss bloß noch mal in der Enzyklopädie nachsehen, was die Symptome sind.«

Maarten lachte.

Das Telefon klingelte. Beerta nahm ab. »Beerta.« Er lauschte. »Ich werde es ihm sagen.« Er legte den Hörer wieder auf. »Das war de Bruin. Da sind zwanzig neue Karteikästen für dich gekommen.«

De Bruin und Nijhuis standen vorne im Flur vor drei Stapeln Pappkartons, in denen die Karteikästen verpackt waren.

»Deine Karteikästen«, sagte de Bruin, als Maarten sich zu ihnen gesellt hatte.

»Ich sehe es«, antwortete Maarten.

Nijhuis sagte nichts.

Zu dritt betrachteten sie die Stapel wie drei Möbelpacker, die ihre Kräfte für eine schwere Aufgabe sammeln.

»Wo willst du sie hinhaben?«

»In mein Zimmer.« Er griff zwei Kartons von dem Stapel, der ihm am nächsten war, und nahm sie vor die Brust. »Da kann noch einer drauf«, sagte er zu Nijhuis.

Nijhuis stellte einen dritten Karton auf die beiden anderen.

Maarten ließ den Stapel etwas sinken, damit er darüber hinwegsehen konnte und wollte sich gerade abwenden, als es schellte.

»Wart ma eben«, sagte de Bruin. Er drückte auf den Knopf.

In der sich öffnenden Tür erschien ein junger Mann, dessen Gesicht vor dem hellen Tageslicht nur schwer zu erkennen war.

»He, Ansing«, sagte de Bruin. »Komm rein, mein Junge.«

»Tag, de Bruin«, sagte der junge Mann ruhig. »Tag, Teun.« Er sah zu Maarten und stellte sich in Positur. »Hendrik Ansing.« Durch die stramme Haltung und sein kurzes, nach Bauernart geschnittenes Haar machte er einen militärisch-zackigen Eindruck, ein Berufssoldat auf Wochenendurlaub.

»Maarten Koning«, antwortete Maarten hinter seinem Stapel Karteikästen. Der Name des jungen Manns kam ihm irgendwie bekannt vor.

»Kann ich helfen?«, fragte er mit einem deutlich östlichen Akzent. Ohne die Antwort abzuwarten, hob er vier Kartons vom Boden auf und wandte sich an Maarten. »Wo gehen wir hin?«

»In Beertas Zimmer.« Nun fiel ihm ein, woher er ihn kannte: Er war einer der studentischen Hilfskräfte, die, ebenso wie er selbst, im Laufe der Jahre bei Beerta gearbeitet hatten.

»Hat Herr Beerta jetzt ein Karteisystem?«, fragte Ansing, während sie mit den Kartons nebeneinander her über den Flur gingen.

»Nein, ich habe ein Karteisystem. Ich sitze bei Beerta im Zimmer.«

»Ich dachte schon. Das scheint mir nämlich nichts für Herrn Beerta zu sein. Na ja, ich will damit nichts Unfreundliches sagen …«

»Natürlich nicht, aber für ein Karteisystem hat Beerta keine Zeit.«

»Aha!«

Maarten dachte über den Ton nach, in dem Ansing dies sagte, doch er konnte keine Spur von Ironie darin entdecken.

»Tag, Herr Meierink, Tag, Jaap«, sagte Ansing laut, als sie durch den ersten Raum gingen.

Meierink blickte träge auf, ein wenig erstaunt beim Anblick der Kartons. Balk hörte nichts.

»Herr Koning!«, rief Slofstra vom hintersten Schreibtisch. »Können Sie kurz kommen?«

»Ich komme«, antwortete Maarten, während er mit der Unterseite seines Stapels die Klinke der Zwischentür herunterdrückte.

»Vielen Dank.«

Bart Asjes kam hinter dem Regal hervor, doch Maarten ging weiter in den zweiten Raum.

»Ha, der Ansing«, sagte van Ieperen kichernd. Fräulein Haan war nicht da.

»Hier ist Hendrik Ansing«, sagte Maarten, als er Beertas Raum betrat. Er schob den Stapel auf die Ecke seines Schreibtisches.

Beerta stand auf und drehte sich steif um. »T-tag, Hendrik.«

»Tag, Herr Beerta«, antwortete Ansing. Er konnte gerade noch über die Kartons hinwegsehen. Nijhuis und de Bruin kamen hinter ihm her, jeder mit drei Kartons, und dahinter Bart Asjes. »Warum haben Sie mich nicht eben verständigt«, sagte er besorgt, »dann hätte ich Ihnen helfen können.« Der Raum war plötzlich brechend voll.

»Wo soll ich sie hinstellen?«, fragte Ansing.

»Auf meinen Schreibtisch«, sagte Maarten. Er lächelte – die Kartons gaben ihm ein Gefühl der Macht. »Vielleicht kannst du mir beim Rest helfen?«, sagte er zu Bart, während Ansing, Nijhuis und de Bruin ihre Stapel auf Maartens Schreibtisch schoben.

Als er mit Nijhuis und Bart Asjes die restlichen sieben Kartons in sein Zimmer brachte, saßen Beerta und Hendrik Ansing in den Sesseln der Sitzgruppe. Bart und Nijhuis verließen den Raum wieder, Maarten setzte sich an seine Schreibmaschine, an der er gerade mit dem Exzerpieren einer Zeitschrift aus dem neunzehnten Jahrhundert über den Kludde, einen Wassergeist aus dem belgischen Volksglauben, beschäftigt gewesen war. Er blätterte ein wenig, spannte eine neue Karteikarte in die Maschine, bedachte, dass es stören würde, und setzte mit dem Bleistift einen Punkt vor die Stelle, die er hatte abtippen wollen.

»Und weißt du schon, warum du hier arbeiten willst?«, fragte Beerta. Maarten fiel die Ironie in seiner Haltung auf. Beerta hob sie sich in unterschiedlichen Dosierungen für die Menschen auf, die er sympathisch fand, als wolle er sie merken lassen, dass er das alles nicht ernst nahm.

»Ach, Herr Beerta«, antwortete Ansing, steif und gerade, »ich glaube, dass Müßiggang einem Menschen nicht guttut.« Auch in seiner Art zu reden war er geradeheraus und entschlossen.

»Wovon lebst du denn jetzt?«

»Von Kreuzworträtseln, Herr Beerta.«

»Von Kreuzworträtseln?« wiederholte Beerta erstaunt. »Ich habe gar nicht gewusst, dass man davon leben kann.«

»Wenn man nur genug löst.«

»Was ist genug?«

»Durchschnittlich zehn am Tag, aber, Herr Beerta«, er beugte sich etwas vor, ohne den Rücken krumm zu machen, und legte die Hand auf den Bauch, »ich liebe Kreuzworträtsel.«

Beerta betrachtete seine Jacke. »Was hast du da für eine Auszeichnung am Revers? Doch nicht für das Lösen von Kreuzworträtseln?« An seiner Stimme hörte man, dass er entzückt war.

Ansing folgte seinem Blick und lächelte. Er richtete sich auf, zog die Jacke glatt und sagte, wobei er Beerta direkt in die Augen sah: »Herr Beerta, Sie sitzen hier dem niederländischen Meister im Pistolenschießen gegenüber.«

Beerta schmunzelte amüsiert. »Weiß Springvloed das?«

»Ach.«

»Ich glaube, ich hätte keine ruhige Sekunde, wenn ich Springvloed wäre.«

»Ach, ich hege keinen Groll gegen Professor Springvloed.«

»Hat er mit dir darüber noch mal gesprochen?«

»Nein, Herr Beerta, aber er hat mich schließlich meinen Abschluss machen lassen, und das reicht mir.«

Maarten erinnerte sich dunkel, einmal etwas über einen heftigen Konflikt zwischen Ansing und Springvloed gehört zu haben, doch er hatte vergessen, worum es dabei gegangen war. Es war nach seiner Zeit gewesen. Seine Sympathie lag jedenfalls auf Seiten Ansings. Plötzlich fiel ihm ein, dass Slofstra ihn etwas hatte fragen wollen, und er verließ den Raum.

»Wird Ansing hier wieder arbeiten?«, fragte van Ieperen geheimnisvoll, als Maarten vorbeikam.

»Ich habe den Eindruck«, antwortete Maarten.

»Netter Junge.« Er kicherte.

Maarten betrat den ersten Raum. »Was wollten Sie mich fragen, Herr Slofstra?«

»Ja, schauen Sie mal eben«, sagte Slofstra mit seiner kräftigen, nasalen Stimme. Er blätterte in dem Stapel Fragebogen, den er gerade bearbeitete, zurück, bis er gefunden hatte, was er suchte. »Was steht hier eigentlich?«

Maarten nahm den Fragebogen und sah auf die spitze Handschrift. »Kornpiesler.«

»Muss das nicht ›Kornpisser‹ heißen?«, fragte Slofstra verschmitzt.

Maarten sah, dass Meierink interessiert seinen Kopf hob.

»Da steht ›Kornpiesler‹!«

»Aber es wird doch wohl ›Pisser‹ sein?«

»Kann schon sein, aber wir haben vereinbart, dass Sie aufschreiben, was dort steht.«

»Ja, Mijnheer«, antwortete Slofstra gehorsam.

»Bei solchen Dingen können Sie jetzt übrigens auch Asjes fragen«, sagte Maarten, um den autoritären Charakter seiner Bemerkung etwas abzuschwächen.

»Aber Herr Asjes ist noch nicht so auf dem Laufenden.«

»Ich auch nicht«, antwortete Maarten lächelnd. »Es sieht nur so aus.« Er ging weiter zu dem Platz, an dem Bart Asjes saß, hinter dem Bücherregal. Bart saß tief gebeugt über einem der Fragebogen, die Maarten ihm gegeben hatte. »Wie läuft es so?«, fragte Maarten.

Bart blickte hoch. »Danke. Ich finde es sehr interessant.«

Maarten zog einen Stuhl heran, nahm einen Stapel Karteikarten, die Bart angelegt hatte, und blätterte sie durch. Barts Handschrift war klein und sehr präzise, ohne Unklarheiten, genauso wie er redete. »Es ist ein sehr interessantes Thema«, sagte Maarten geistesabwesend. Er dachte an das Gespräch zwischen Beerta und Ansing. Plötzlich fiel ihm ein, dass Beerta mit der Einstellung Ansings dem Drängen Fräulein Haans entgegenkommen wollte, wie er einen wissenschaftlichen Assistenten zu bekommen, und das weckte seine Wut.

»Darf ich Sie vielleicht etwas fragen, wo Sie doch schon hier sind?«, fragte Bart. Er blieb auch weiterhin hartnäckig und deutlich dabei, ihn zu siezen.

»Natürlich. Übrigens, auch wenn ich nicht da bin.« Es klang sarkastisch. Weil es nicht so gemeint war, suchte er nach einer Bemerkung, um den Sarkasmus wieder abzumildern, doch als er so schnell nichts finden konnte, ließ er es bleiben, etwas unzufrieden mit sich selbst.

»Ich habe nämlich in die Schubladen geschaut«, er zeigte auf das Ausschnittarchiv. »Das war doch gestattet?«

»Ja, natürlich, das ist unser Ausschnittarchiv.«

»Aber nun habe ich gesehen, dass es zwei Schubladen mit Ausschnitten gibt, die noch nicht eingeordnet sind.« Er bückte sich und zog die unterste Schublade auf, um zu zeigen, was er entdeckt hatte.

Maarten beugte sich nach vorne und betrachtete den Inhalt. Es sah genauso aus wie immer: ein ungeordneter Stapel kreuz und quer durcheinander liegender Zeitungsausschnitte. »Ja, der Mann, der das gemacht hat, ist tot.« Für einen Moment sah er das rote, aufgedunsene Gesicht Veermans mit seinem dicken Körper in der viel zu engen Jacke vor sich und empfand Mitleid. »Es war ein netter Mann«, fügte er, mehr zu sich selbst, hinzu, »obwohl ...«, er zögerte. »Er war Marathonläufer gewesen.«

»Soll ich das vielleicht fortführen?«

Der Vorschlag überraschte Maarten. Er sah ihn an. »Machen wir es dann zusammen.«

»Es lag nicht in meiner Absicht, Sie auch noch damit zu belasten«, sagte Bart erschrocken. »Ich wollte es tun, um zu helfen. Und weil mir so ein Archiv sehr wichtig erscheint. Es wäre schade, wenn man es verwahrlosen ließe.«

»Wir machen es zusammen«, beschloss Maarten. Er nahm einen großen Stapel Ausschnitte aus dem Schrank und legte ihn auf Barts Schreibtisch. »Dann besprechen wir einmal pro Woche die Problemfälle. In Ordnung?«

»Das fände ich sehr nett, aber es sollte wirklich keine Extrabelastung für Sie sein.«

Maarten war aufgestanden und suchte in der obersten Schublade. »Nein, das ist es nicht. Es muss auch noch irgendwo eine Übersicht liegen.«

»Die habe ich hier.« Sie lag auf Barts Schreibtisch.

»Danke.« Er nahm sie ihm ab und blätterte darin. Das Papier war durch den Gebrauch schmuddelig und dünn geworden, die Seiten waren voller Risse und Eselsohren. »Gab es nicht auch noch einen Durchschlag?« Er sah in die Schublade.

»Da sind sie!« Er holte zwei Durchschläge aus der obersten Schublade.

»Hervorragend!« Er legte sie auf den Schreibtisch.

»Ich habe noch eine Frage ...« Bart zögerte. »Ich habe gesehen, dass Sie ein Karteisystem haben. Darf ich da auch hineinschauen?«

»Natürlich. Es gehört nicht mir, sondern uns allen.«

»Oh, das wusste ich nicht. Ich dachte, dass es vielleicht für Ihre Doktorarbeit wäre.«

»Ich schreibe keine Doktorarbeit. Das finde ich Unsinn.«

»Oh, nehmen Sie es mir nicht übel.«

»Nein, natürlich nicht.« Es ärgerte ihn. »Die Idee ist, in diesem Karteisystem alle Informationen über Kultur unterzubringen, wie in einer Art Wörterbuch.«

»Das scheint mir sehr viel Arbeit zu sein.«

»It's all in the time of the boss«, sagte Slofstra laut hinter dem Regal.

Maarten lachte. »Richtig!« Er stand auf und nahm den Stapel Zeitungsausschnitte.

»Und dann habe ich noch eine Frage. Ich habe gesehen, dass Sie einen Artikel über die Nachgeburt des Pferdes geschrieben haben. Darf ich den lesen?«

»In der letzten Ausgabe des Mitteilungsblattes«, bestätigte Maarten. »Natürlich darfst du den lesen. Ich werde dir ein Exemplar geben.« Er wollte weg. Trotz der Wertschätzung, die er zeigte, gingen ihm das fortwährende Interesse und die Bedeutung, die Bart allem und jedem beimaß, auf die Nerven, und er hatte das Gefühl, dass es ihm nicht mehr lange gelingen würde, dies zu verbergen.

Als er mit seinem Stapel Ausschnitte und der Übersicht den Raum betrat, war Ansing verschwunden. Beerta stand an seinem Schreibtisch und kramte darauf herum. Maarten legte den Stapel auf die Ecke des Tisches, blieb vor seinem Schreibtisch stehen und suchte einen Platz, an den er die Karteikästen stellen könnte.

»Frau Haan bekommt endlich einen Assistenten«, sagte Beerta zufrieden und drehte sich um. »Und zwar einen guten.«

»So etwas hatte ich schon vermutet.« Er maß die Lücke zwischen dem kleinen Regal mit Beertas Sonderdrucken und seinem Schreibtisch aus. »Wann fängt er an?«

»Zum nächsten Ersten. Mensch, was willst du bloß mit all den Karteikästen machen?«

»Wenn man einen Stellungskrieg anfängt, muss man sich erst eingraben.« Er schnitt mit seinem Taschenmesser das Klebeband an einem der Kartons auf und holte den Karteikasten heraus.

»Und wie weit soll die Stellung reichen?«

»Auf die Dauer von meinem Schreibtisch bis zur Wand.«

»Dann kann ich also nicht mehr nach draußen schauen?«

»Nein, aber so weit ist es noch nicht.«

»Aber das geht doch nicht, dass ich nicht mehr nach draußen schauen kann!«

Maarten richtete sich auf. »Dieses Fenster bleibt frei.« Er zeigte auf das Fenster links von seinem Schreibtisch. »Oder wir müssen ein Stück von dem Bücherregal leerräumen.«

»Nein, das auf keinen Fall«, sagte Beerta entschieden. »Die Bücher bleiben hier! Dann lieber vor die Fenster.«

»Eigentlich müsste der Tischler hier einen langen, schmalen Tisch machen.« Er wies auf den Raum zwischen seinem Schreibtisch und dem kleinen Regal. »Sonst werden die Stapel zu wacklig.«

»Mach, was du willst«, sagte Beerta schicksalsergeben. Er sah zu, wie Maarten die Kästen einen nach dem anderen neben seinem Schreibtisch aufbaute, in Stapeln zu vier, exakt bis zum kleinen Regal und nach oben hin bis zu den Fenstervorhängen. »Ich habe das Gefühl, ein Kuckuckskind in meinem Nest zu haben.«

»Aber dann haben Sie selbst das Ei gelegt.«

Die Antwort amüsierte Beerta.

»Was war das für ein Konflikt zwischen Springvloed und Ansing?«, fragte Maarten, während er schnitt, auspackte und stapelte.

»Das ist zu kompliziert, um es zu erzählen. Das solltest du ihn besser selbst fragen.« Er hatte den Stapel mit Zeitungsausschnitten entdeckt und nahm den obersten in die Hand. »Was sind das für Ausschnitte?«

»Die werden Bart und ich einsortieren.«

»Der hier handelt von jungen Burschen auf Süd-Beveland. Wer hat das ausgeschnitten?«

Maarten erhob sich und betrachtete den Ausschnitt. Es war ein Artikel, den er selbst aus dem *Zeeuwse Courant* ausgeschnitten hatte, als Beerta im Urlaub gewesen war. »Den habe ich ausgeschnitten.«

»Darf ich ihn dann haben? Für meine eigene Sammlung?«

Maarten zögerte. »Nein, der Ausschnitt gehört dem Büro.«

Beerta betrachtete ihn gierig, drängte aber nicht weiter. »Wenn du so einen Ausschnitt datierst, musst du nicht ›59‹, sondern ›1959‹ schreiben, sonst weiß man in zweihundert Jahren nicht mehr, aus welchem Jahrhundert er stammt«, sagte er.

*

1960

»Ich habe Ihren Aufsatz gelesen«, sagte Bart. »Ich kann nicht sagen, dass ich ihn nicht interessant fand, aber er hat mich dennoch nicht überzeugt.«

»Warum hat er dich nicht überzeugt?«, fragte Maarten, seinen Widerwillen unterdrückend. Er hatte nicht das geringste Bedürfnis nach einem Gespräch über diesen Aufsatz, der für ihn Vergangenheit war.

»Aber vielleicht haben Sie jetzt keine Zeit, darüber zu reden?«, sagte Bart, als merke er, dass Maarten keine Lust darauf hatte.

»Nein, natürlich habe ich Zeit«, sagte Maarten mit der ganzen Überzeugung, die er aufbringen konnte. Er zog einen Stuhl zu sich heran und setzte sich. Es ärgerte ihn, dass dieser Junge ihn weiter siezte, doch ihm fehlte der Mut, darüber eine Bemerkung zu machen. Jedes Mal, wenn er für sich selbst etwas in der Richtung formulierte, empfand er Widerwillen, als würde er mit einer solchen Bemerkung den anderen zu einer Vertraulichkeit zwingen. Ich duze ihn doch auch, dachte er irritiert.

»Wenn ich Sie recht verstanden habe, lautet Ihre Schlussfolgerung, dass das Vergraben der Nachgeburt in Limburg etwas anderes ist als in anderen Gegenden.« Er setzte die Worte sehr sorgfältig, so als müssten sie sofort gedruckt werden. »Aber Sie haben jetzt vielleicht überhaupt keine Zeit dafür?«

»Ja, doch, ich habe Zeit«, sagte Maarten ungeduldig.

»Was mir fehlt, ist der Beweis! Sie beweisen es nicht! Es bleibt bei einer Hypothese!« Er betonte die letzten beiden Silben.

»Ich beweise es indirekt.« Er beugte sich vor, um den Aufsatz vom Schreibtisch zu nehmen, schlug ihn bei der Karte auf und schob ihn zurück, sodass sie beide hineinschauen konnten. »Wenn in Limburg von hundert Leuten hundert die Nachgeburt vergraben und im Rest des Landes dreißig, während weitere dreißig sie aufhängen und dreißig sie auf den Misthaufen werfen, ist das Vergraben in Limburg etwas anderes als im Rest des Landes.« Er legte seinen Finger auf die Karte.

»Das verstehe ich nun nicht. Ich verstehe nicht, warum das Vergraben an einem Ort etwas anderes sein soll als an einem anderen Ort. Vergraben ist doch Vergraben?«

»Vergraben ist zwar Vergraben, aber deshalb muss es nicht immer Vergraben gewesen sein!«

»Das verstehe ich nicht. Warum soll Vergraben nicht immer Vergraben gewesen sein?«

Der Einwand irritierte Maarten. Er gab ihm ein Gefühl der Machtlosigkeit. Verwirrt dachte er nach, auf der Suche nach dem Argument, das diesen Jungen überzeugen könnte. »Es ist ein indirekter Beweis«, versuchte er es. »Hast du ein naturwissenschaftliches Gymnasium besucht?«

»Nein, ein humanistisches.«

»Dann andersherum!« Er sagte es mit Nachdruck, als ob dieser Nachdruck Bart überzeugen würde. »Vor tausend oder zweitausend Jahren wurde die Nachgeburt überall aufgehängt, außer in Limburg – dort wurde sie vergraben. Doch in beiden Fällen ging es um den Schutz vor bösen Mächten, die das Fohlen bedrohten. Dann kam das Christentum. Das Christentum sah im Aufhängen eine heidnische Handlung. Im Vergraben nicht, denn das machten die Christen selbst. Das Aufhängen geriet also in Misskredit und wurde allmählich aufgegeben. Aber man musste irgendwohin mit dem Zeug. Deshalb findest du in dem Gebiet, in dem sie aufgehängt wurde, alles Mögliche: Vergraben, Auf-den-Misthaufen-Werfen, An-die-Schweine-Verfüttern, egal was. In Limburg findet man das nicht. Dort vergrub man einfach weiter, wie man es immer schon getan hatte, auch als man dem schon keine besondere Bedeutung mehr beimaß.«

Bart hatte geduldig zugehört. »Aber das ist kein Beweis!«, sagte er, als Maarten seine Ausführungen beendet hatte. »Das ist eine Hypothese!« Er betrachtete die Karte. »Und in Limburg sind es auch keine hundert Leute!«

»Sozusagen«, erwiderte Maarten und warf einen Blick auf die Karte.

Bart beugte sich über die Karte und begann, mit seiner Fingerspitze die Zeichen zu zählen. Er tippte jedes Zeichen kurz an.

Maarten sah ungeduldig zu. Er fand das sinnlos.

»Ich zähle fünfunddreißig«, sagte Bart, als er Vaals erreicht hatte.

»Ich meine natürlich hundert Prozent!«

»Aber es sind auch keine hundert Prozent! Denn ich sehe hier zwei Berichte«, er legte seinen Finger auf die Karte, »in denen behauptet wird, dass man die Nachgeburt sehr wohl aufhänge. Und hier sind noch zwei, laut denen man sie«, er unterbrach sich kurz, um sich die Legende anzusehen, »auf den Misthaufen wirft.« Es lag keine Spur von Triumph in seiner Stimme, nur Präzision.

»Dann eben neunzig Prozent. Es ist also wahrscheinlich ein Übergangsgebiet, aber der Unterschied zum Rest des Landes ist deutlich zu erkennen.«

»Sie nehmen also *an*, dass man die Nachgeburt in Limburg immer vergraben hat und im Rest des Landes nicht«, fasste Bart noch einmal zusammen.

»Nein«, korrigierte Maarten. »Ich behaupte, dass das Vergraben im Rest des Landes eine der Möglichkeiten war, sich der Nachgeburt zu entledigen, wenn man die ursprünglich sakrale Handlung unter dem Druck der öffentlichen Meinung aufgegeben hatte, und dass in Limburg die sakrale Handlung nahtlos in eine normale hygienische Maßnahme überging.«

»Aber Sie haben dafür keinen Beweis!«

Maarten betrachtete, mutlos geworden, die Karte. »Ich wüsste nicht, wie ich es anders erklären sollte. Oder man müsste annehmen«, er dachte nach, »dass irgendein Bischof von Roermond das Aufhängen erfolgreicher unterdrückt hat als seine Kollegen im Rest des Landes.«

»Warum nehmen Sie das dann nicht als Hypothese?«

»Weil es mir höchst unwahrscheinlich erscheint.«

»Aber hätten Sie das dann nicht zuerst untersuchen müssen?«

Maarten lachte. »Ich wüsste nicht wie. Außerdem hatte ich dafür auch keine Zeit.«

»Ich glaube, ich hätte das doch erst untersucht.«

Maarten stand auf. Es reichte ihm. »Kommst du mit den Ausschnitten voran?«, fragte er.

Eine Stunde später klopfte es ganz leise an der Tür. Bart. Er klopfte, obwohl er wusste, dass es nicht nötig war, doch dann trat er ein, ohne ein Herein abzuwarten. Er hatte ein Buch bei sich, das er aufgeschlagen auf Maartens Schreibtisch legte. »Das Bistum Roermond hat ein Archiv.« Er zeigte auf die entsprechende Passage.

Maarten sah es sich an, ohne dass der Inhalt des Textes zu ihm durchdrang. Er schlug die Titelseite auf und las gedankenverloren den Titel. »Wo hast du das gefunden?«

»Bei Herrn de Gruiter. Sie können in diesem Archiv nachschauen, ob dort schon mal Maßnahmen gegen den Brauch ergriffen worden sind.«

»Dann soll ich zu diesem Archiv fahren?« Er mochte nicht einmal daran denken.

»Ja.«

Maarten sah hoch zu ihm. »Bist du denn schon mal in so einem Archiv gewesen?«

»Natürlich. Sie denn nicht?«

Maarten schüttelte den Kopf. »Zu meiner Zeit war das noch nicht nötig. Wie geht das vor sich?«

Die Frage erstaunte Bart sichtlich.

»Ich meine, wie findet man sich da zurecht?«

»Sie gehen hinein und sagen dem Archivar, was Sie suchen. Der hilft Ihnen dann weiter.«

Maarten lächelte. »Wenn ich so jemanden frage, was der Bischof mit der Nachgeburt des Pferdes getan hat, denkt er, dass ich ihn auf den Arm nehmen will.«

»Das weiß ich nicht. Er wird wohl häufiger ungewöhnliche Fragen zu hören bekommen. Es dient doch einem wissenschaftlichen Zweck?« Er legte die Betonung auf Zweck, das CK dabei überdeutlich aussprechend.

Maarten sah sich in seiner Phantasie in einer monumentalen Halle einem schwarz gekleideten Priester gegenüberstehen. Das erinnerte ihn an einen Jungen an seiner Schule, der kurz nach der Befreiung von den deutschen Besatzern mit einem Maßband beim Pastor der Weigelianerkirche erschienen war, um auszumessen, wie viele Pferde man in der Kirche unterbringen könnte, wenn die Russen kämen. Die Erinnerung weckte in ihm ein stilles Vergnügen. Er zögerte, ob er sie erzählen sollte, sah dann jedoch davon ab, weil ihm der Zusammenhang selbst nicht klar war. Stattdessen zog er die Ausgabe mit seinem Aufsatz zwischen den auf seinem Schreibtisch aufgereihten Büchern hervor und schlug sie auf der Titelseite auf. »Eigentlich hätte dort als Untertitel stehen müssen«, sagte er, »›auf der Basis einer Auswertung der im Besitz des Büros von Herrn Beerta befindlichen Daten‹.«

*

»Sieh an! Noch ein Buch aus meiner Bibliothek!«, sagte sein Vater. Er zog eines der Bücher ein Stück aus dem Regal heraus und stieß es wieder zurück. »Dafür ist der alte Herr noch gut genug.«

Maarten folgte der Inspektionstour von der Couch aus. »Das hast du mir gegeben.«

»Geliehen, meinst du wohl«, sagte sein Vater ironisch. »Geben tue ich nichts. Ich verschenke doch nicht alles vor meinem Tod. Wo steht die Doktorarbeit deines Bruders?«

»Im Abstellraum.«

»Es ist im Übrigen eine verdammt gute Doktorarbeit.«

»Das kann ich nicht beurteilen.«

Nicolien kam aus der Küche. »Hier ist die Suppe. Kommt ihr zu Tisch?«

»Dann sage ich es dir«, sagte sein Vater und drehte sich um.

»Du kannst es ebenso wenig beurteilen.« Er stand auf. »Es ist nicht dein Fach.«

»Aber ich kann schon beurteilen, ob etwas gut geschrieben ist. Und das ist verdammt gut geschrieben.«

Sie setzten sich an den Tisch.

»Es gibt für jeden fünf Klöße«, sagte Nicolien.

»Ich werde mal auftun«, sagte Maarten. Er stellte sich hin und rührte mit der Schöpfkelle durch die Suppe. »Gib mir mal deinen Teller.« Er schöpfte die Suppe in ihren Teller.

»Ich habe einen Kloß zu viel«, warnte sie.

»Das regeln wir gleich. Vater!«

»Ich finde es nach wie vor schade, dass du keine Doktorarbeit schreibst«, sagte sein Vater und hielt ihm den Teller hin.

»Ich mache da nicht mit. Gib Vater deinen Kloß, er hat einen zu wenig.«

»Ich habe genug. Behalt ihn ruhig, mein Kind.« Doch Nicolien hatte den Kloß bereits mit ihrem Löffel in seinen Teller gelegt. »Dann eben ein Buch«, sagte er zu Maarten. Er fing an zu essen, ohne zu warten, bis Maarten sich selbst aufgetan hatte.

»Man soll nur dann schreiben, wenn man etwas zu sagen hat.« Es ärgerte ihn, dass sein Vater bereits aß.

»Unsinn! Du *hast* etwas zu sagen. Die Kunst besteht nur darin, ein Thema zu finden, an dem du Spaß hast.«

»Und das gibt es nicht.«

»Du könntest beispielsweise versuchen, eine Verbindung zwischen der heutigen Volkskultur und der Archäologie zu finden. Dann kann dein anderer Bruder dich mit Informationen versorgen.«

»Diese Verbindung gibt es nicht. Das ist eine völlig überholte Idee.«

»Siehst du, dass du darüber etwas weißt!« Er hatte seine Suppe bereits aufgegessen und schob den Teller beiseite.

»Aber ich habe keinen Spaß daran.«

»Dann etwas, an dem du Spaß hast!«

»Ich habe nur Spaß daran, Suppe zu essen!«, sagte Maarten verärgert.

»Dann schreibst du eben darüber!«

»Nein, ich ziehe es vor, Suppe zu *essen*. Ich will nicht darüber schreiben.«

Sein Vater zuckte mit den Achseln. »Dann musst du es selbst wissen.«

»Vielleicht möchte Vater noch einen Teller Suppe?«, fragte Nicolien.

»Aber erst, wenn wir unseren Teller leer haben!« Es tat ihm sofort leid. »Willst du noch einen Teller Suppe?«, fragte er seinen Vater.

»Ich möchte keine Suppe mehr«, sagte sein Vater.

Es entstand eine drückende Stille. Sein Vater trommelte mit den Fingern seiner rechten Hand auf den Tisch. Maarten und Nicolien aßen ihre Teller leer.

»Springvloed hat mir eine Assistentenstelle angeboten«, sagte Maarten. Er hasste sich sofort dafür. Er hatte es nicht erzählen wollen, weil er keinen Moment überlegt hatte, darauf einzugehen. Warum sagte er es dann? Um seinen Vater merken zu lassen, dass er nicht irgendein dahergelaufener Bursche war?

»Das nimmst du doch sicher an?«

»Das werde ich natürlich nicht tun.«

»Warum nicht? Das ist *die* Chance, Karriere zu machen.«

»Ich will keine Karriere machen. Und ich finde es auch von Springvloed nicht in Ordnung. Er ist mit Beerta befreundet, da wirbt man ihm keine Leute ab.« Er gab Nicolien seinen Teller, die aufgestanden war, um die Suppe wieder in die Küche zu bringen. »Willst du wirklich keine Suppe mehr?«, fragte sie.

»Das ist Unsinn«, sagte sein Vater, während Maarten sie ansah und seinen Kopf schüttelte. »So ein Mann nimmt natürlich den Besten. Das würde ich auch tun, wenn ich er wäre. Und Beerta ist ein guter Mann, aber sein Büro ist doch nur ein verstaubter Außenposten. Man lacht darüber.«

»Und deshalb fühle ich mich dort wohl. Ich darf gar nicht daran denken, dass ich mich gegen die Scheißkerle von der Uni durchsetzen müsste.«

»Mit diesen Scheißkerlen hast du nichts zu tun. Dein Bruder ist jetzt auch an der Uni, und der setzt sich hervorragend durch. Ich sehe nicht ein, warum du das nicht auch können solltest.«

»Ich glaube nicht, dass ich es könnte, aber auf jeden Fall will ich es nicht.« Er sah zu Nicolien, die mit einem Topf hereinkam. »Was essen wir?«, fragte er, um das Gespräch zu beenden.

»Spitzkohl mit Würstchen.«

»Wollen wir Bier dazu trinken?« Er stand auf.

»Für mich nicht«, warnte sein Vater.

»Ja, das wissen wir.« Er ging in die Küche und zum Innenhof. Das

Gespräch hatte ihn in Anspannung versetzt. Er spürte Druck auf seinen Schläfen und einen langsam heraufziehenden Kopfschmerz. Er sah aus dem Dunkeln nach oben. Aus dem Fenster der Nachbarn über ihnen fiel ein Streifen Licht. Der Himmel darüber wurde durch die Lichter der Stadt rötlich erleuchtet. Er zog zwei Flaschen Bier aus dem Kasten und ging damit zurück ins Zimmer. Sein Vater und Nicolien saßen schweigend da und warteten auf ihn. »Warst du eigentlich immer Abstinenzler?«, fragte er, während er einschenkte.

»Ja.«

»Weil dein Vater es auch war.«

»Das weiß ich nicht mehr«, antwortete sein Vater widerstrebend. »Es ist möglich.«

»Und warum war dein Vater Abstinenzler?«

»Ich glaube, weil er das Elend gesehen hatte, das von Alkohol ausgeht.«

»Nicht, weil er Angst davor hatte?«

»Nein! Mein Vater hatte vor nichts Angst!«

Maarten lachte. Meiner schon, dachte er, aber er behielt diesen Gedanken für sich.

»Und wie sind eure weiteren Pläne?«, fragte sein Vater, sobald er seine Mahlzeit beendet hatte. »Gibt es keinen Film?« Wenn er bei ihnen aß, wollte er anschließend immer ins Kino.

»Ich sehe sofort nach«, antwortete Maarten. »Erst mein Essen.«

Sein Vater wartete ungeduldig, während sie hastig ihre Teller leer aßen. Noch bevor sie den letzten Bissen verzehrt hatten, stand er auf. Er setzte sich an den kleinen Tisch und stopfte eine Pfeife.

»Möchtet ihr noch Kaffee?«, fragte Nicolien.

»Natürlich möchte ich Kaffee«, sagte Maartens Vater.

Sie räumten zusammen ab. Während Nicolien abzuspülen begann und Kaffee kochte, setzte sich Maarten mit der Zeitung auf die Couch. Sein Vater kramte mit der Hand zwischen den Büchern auf dem Tischchen herum. Er zog ein Buch heraus und blätterte darin. Maarten hatte inzwischen das Kinoprogramm gefunden und studierte es.

»Taugt das Buch was?«, fragte sein Vater.

Maarten sah auf. »Das Verhältnis zu seinem Vater ist interessant.«
Sein Vater blätterte weiter.

»Da ist ein Foto von ihm drin«, doch sein Vater hatte das Buch schon wieder zurückgeschoben und ein anderes genommen. Er legte es sofort wieder weg und sah zu Maarten. »Ist was dabei?«

»Wir könnten ins Tuschinski gehen.«

»Dann gehen wir ins Tuschinski«, beschloss sein Vater.

Vor der linken Kasse stand eine Schlange. Als sein Vater das sah, trat er auf die rechte Kasse zu.

»Nein, nicht die teuren Plätze«, warnte Maarten, »dann sitzen wir hinten und können fast nichts sehen.«

Sein Vater war vor der Kasse stehen geblieben und studierte die Preise. Loge und vorderer Balkon. Die Loge war am teuersten.

»Auf keinen Fall Loge!«, warnte Maarten, als sein Vater auf die Kasse zuging.

»Warum nicht?«

»Weil man dann an der Seite sitzt«, sagte Maarten – was nicht ganz der Wahrheit entsprach.

Sein Vater zögerte. Die Plätze auf dem vorderen Balkon kosteten 1,40. Sein Blick fiel auf eine Tafel an der Seite der Kasse: Parkett (2,00) und Sperrsitz (2,50) im Saal. »Das müssen wir haben«, sagte er entschieden.

Sie folgten ihm ins Foyer zu den Filmsälen.

»Jetzt nimmt er doch die teuren Plätze«, sagte Nicolien missmutig, als Maartens Vater an der Kasse mit lauter Stimme drei Mal Sperrsitz verlangte.

»Ich kann es nicht mehr ändern«, antwortete Maarten unglücklich.

Sie warteten in einiger Entfernung, bis sein Vater sich mit den drei Eintrittskarten in der Hand wieder zu ihnen gesellte. »Wenn ihr jetzt nicht gut sehen könnt«, sagte er, »dann weiß ich auch nicht, denn das hier sind die teuersten Plätze, die es gibt.«

»Trinken wir noch eine Tasse Kaffee?«, fragte sein Vater, als sie wieder draußen standen. Es nieselte.

»Im De Kroon«, schlug Maarten vor.

»Ist das was?«, fragte sein Vater misstrauisch. »Wollen wir nicht lieber ins Schiller gehen?«

»Ich will jetzt mal ins De Kroon.«

Aber das De Kroon war nicht viel besser. Es war ein hohler, leerer Raum mit kleinen Perserteppichen auf den Tischen, in dessen hinterem Teil eine russische Kapelle spielte. Sie setzten sich ans Fenster, so weit wie möglich von der Kapelle entfernt. Sein Vater bestellte Kaffee. »Wollt ihr etwas dazu?«, fragte er, als der Kellner schon wegging.

»Ich nicht«, sagte Nicolien.

»Ich auch nicht«, sagte Maarten. Er sah im Fenster ihre Spiegelbilder und dahinter, undeutlich, den verlassenen Platz im Regen und die Lichter der Laternen. Sie schwiegen. Maarten suchte vergeblich nach einem Gesprächsthema. Nicolien saß in sich gekehrt und ein wenig unglücklich daneben. Der Kellner brachte den Kaffee. Nicolien und Maarten bedienten sich mit Zucker und Milch. Sein Vater trank den Kaffee schwarz. Hinten spielte die Kapelle eine Melodie, die nach Zigeunermusik klang. Als die Instrumente verstummten, wurde an einem oder zwei Tischen in dem nahezu leeren Saal verhalten applaudiert.

»Kennt ihr den Witz über Brigitte Bardot, die beim Papst zur Audienz kommt?«, fragte sein Vater.

»Nein«, sagte Maarten. Er erwartete nichts Besonderes. Er konnte sich auch nicht erinnern, dass er seinen Vater jemals einen Witz hatte erzählen hören.

»Brigitte Bardot ist beim Papst in der Audienz«, er lachte, ein etwas schiefes, verlegenes Lachen. »Sie macht eine Verbeugung«, er beugte sich etwas nach vorn, mit seiner Pfeife im Mund, als spähe er in Brigitte Bardots Dekolleté. »Er schaut und schaut und sagt dann: ›Mon Dieu, mon Dieu.‹ Und als sie weggeht, noch einmal. Er beugt sich vor«, er machte es erneut nach, »schaut und schaut und sagt noch einmal: ›Mon Dieu.‹ Sie geht weg. Er dreht sich um. Gott steht hinter ihm. Der Papst erschrickt, doch dann sagt Gott: ›Du bist ein Papst nach meinem Geschmack! Du rufst mich wenigstens, wenn es was zu sehen gibt.‹« Er lachte verschmitzt.

Maarten zwang sich zu einem Schmunzeln. Er schämte sich. Es war kein Witz für seinen Vater. Und außerdem war er schlecht erzählt. »Von wem hast du den Witz?«, fragte er.

»Das weiß ich nicht mehr«, sagte sein Vater, als schämte er sich jetzt auch.

In der Stille, die auf den Witz folgte, erinnerte sich Maarten an Frans Veens Bitte. »Bei mir im Büro hat jemand gearbeitet, der sich bei der Firma Enschedé als Lithograf beworben hat.«

»Eine gute Firma«, sagte sein Vater.

»Aber sie haben ihn nicht genommen. Und jetzt denkt er, es kommt daher, dass er Abonnent von *De Groene Amsterdammer* ist. Er hat mich gebeten, dich zu fragen, ob das möglich ist.«

»Unsinn! Was ist das für ein Mann? Ist das alles?«

»Ja.«

»Dann ist er nicht ganz richtig im Kopf.«

»Das ist er auch nicht, glaube ich, aber es würde ihn beruhigen, wenn er von dir hören würde, dass man beim Staatsschutz keine Akte über ihn hat.«

»Ich habe keine Kontakte zu dem Verein, aber du kannst ihm sagen, dass das blanker Unsinn ist. Wenn sie bei solchen Kleinigkeiten schon eine Akte anlegen würden, müsste das halbe Land beim Staatsschutz arbeiten. Wie kommt der Mann auf so einen Unsinn?«

»Den holt er aus seinem Kopf.«

»Dann muss er diesen Kopf mal untersuchen lassen. Ich habe auch mal so einen Mann bei mir zu Hause gehabt. Er dachte, dass die Russen hinter ihm her wären, weil er ein Mittel gegen Krebs entdeckt hatte. Das glaubte er wenigstens. Ich habe zu ihm gesagt: ›Mein Herr, Sie können es mir ruhig glauben, die Russen haben Besseres zu tun. Gehen Sie ruhig nach Hause, dann werden Sie sehen, dass nichts passiert.‹ Ich habe nie mehr etwas von diesem Mann gehört.«

Sie schwiegen erneut.

»Sollten wir nicht nach Hause gehen?«, fragte Nicolien.

Sein Vater stand auf. »Ich werde Hans anrufen. Wo ist hier das Telefon?« Er sah sich um und ging dann auf gut Glück ins Innere des Cafés. Maarten fiel auf, dass er etwas unsicher auf den Beinen war, wie ein alter Mann.

»Wir lassen uns doch nicht mit dem Auto nach Hause bringen, oder?«, sagte Nicolien. »Wir gehen zu Fuß. Es ist doch schon verrückt genug, dass Hans seinen freien Abend opfern muss, weil dein Vater ins Kino will.«

»Ja«, sagte Maarten. »Das ist verrückt.«

Sein Vater blieb lange weg. Nach einer kurzen Pause nahm die Kapelle wieder ihren Platz ein und begann mit einer neuen Zigeunermelodie. Inzwischen waren weitere Gäste gekommen, sodass das Café jetzt halb voll war.

»Was war das wieder für ein schrecklicher Abend«, sagte Nicolien.

»Ja.« Er vermied es, sie anzusehen.

»Und wie er über Frans Veen gesprochen hat.«

»Ja. Ziemlich dumm.« Er sah seinen Vater aus dem rückwärtigen Teil des Cafés suchend auf sie zukommen. So aus der Ferne, zwischen den anderen Menschen, war er ein kleiner, kümmerlicher Mann mit einem traurigen, fahlen Gesicht. Als er sie entdeckte, gab er kurz ein Zeichen, zufrieden, sie wiedergefunden zu haben, und bahnte sich den Weg zu ihnen. »Hans ist unterwegs«, sagte er, als er sie erreicht hatte. Er setzte sich und sah sich um. »Wo ist der Kellner?« Er streckte die Hand in die Höhe und winkte ungeduldig, ohne dass eine Bedienung zu sehen war.

»Warte doch eben«, sagte Maarten. »Es wird schon jemand kommen.«

Da kam ein Kellner mit einem vollen Tablett um die Ecke. Sein Vater winkte erneut, heftiger, und noch einmal, als der Kellner die Getränke abgeliefert hatte und mit dem leeren Tablett auf sie zukam.

»Wie viel macht das?«, fragte sein Vater ungeduldig, als sich der Kellner ihrem Tisch genähert hatte.

Maarten sah nach draußen. Das Auto fuhr vor.

»Drei Tassen Kaffee, das macht eins fünfunddreißig«, sagte der Mann.

»Ist das inklusive Bedienung?«

Der Kellner nickte.

Sein Vater warf zwei Gulden auf den Tisch, und als der Kellner das Wechselgeld hingelegt hatte, schob er ihm fünfzehn Cent hin, doch der Mann hatte sich bereits abgewandt. »Kellner!«, rief er. »Kellner!« Der Mann war bereits hinten im Saal, als er sich umdrehte. Sein Vater zeigte auf den Tisch und ging dann hinter ihnen her, aus dem Café hinaus. Hans sah sie kommen und machte von innen die Tür auf. Es nieselte.

»Wir gehen zu Fuß«, sagte Maarten, als sein Vater einsteigen wollte. »Du brauchst uns nicht nach Hause zu bringen.«

Sein Vater drehte sich mit der Hand am Türgriff um. »Natürlich werdet ihr nicht zu Fuß gehen!«, entschied er. »Bei diesem Sauwetter könnt ihr nicht zu Fuß gehen!«

»So ein Sauwetter ist es auch wieder nicht. Und wir gehen gern zu Fuß.«

»Steigt jetzt mal ein!«

Maarten zögerte. Er sah seinen Vater dort stehen, mit der Hand am Türgriff, und hatte plötzlich Mitleid mit ihm. Er sah Nicolien an. »Lass uns mitfahren.«

Nicolien sah ihn böse an, doch sie stieg ein, während Maarten neben dem Fahrer Platz nahm.

»Wenn ihr mich mal besuchen kommt«, sagte sein Vater, als sie vor ihrem Haus hielten, »kann ich euch meine Dias zeigen.«

*

Ihm träumte, dass er mit seiner Mutter sprach. »Ihr habt doch auch noch woanders gewohnt, außer in Groningen?«, fragte sie.

Er konnte sich nicht daran erinnern.

»Ja, denn Vater fragte mich diese Woche: ›Wo hat Maarten eigentlich *noch* gewohnt, bevor das Haus abgerissen wurde?‹«

Er war erstaunt. »Hat Vater das gefragt?«, sagte er. »Aber der hat doch überhaupt kein Interesse an meinem Leben?«

*

»Ha, Frans«, sagte er. Es fiel ihm auf, dass Frans schwarze Lederhandschuhe trug. »Trägst du Handschuhe?«, fragte er erstaunt, als Frans die Tür hinter ihnen schloss.

»Gehört sich das denn nicht?«, fragte Frans erschrocken.

»Wir tragen keine Handschuhe«, sagte Maarten ironisch.

»Oh, das wusste ich nicht«, er wurde rot, »ich dachte gerade … ich habe es getan, um dazuzugehören.«

»Es ist zu angepasst.« Er beobachtete Frans, wie er den Riemen seiner Tasche über den Kopf hob und seine Jacke auszog. Beim Ausziehen der Jacke verströmte er einen durchdringenden Schweißgeruch.

»Aber man soll doch angepasst sein?« Er legte die Jacke aufs Bett und ging weiter zur Zwischentür.

»Ja, natürlich, aber auf seine eigene Weise.« Er ging hinter ihm her ins Zimmer.

»Tag«, sagte Frans verlegen zu Nicolien.

»Tag, Frans«, sagte sie erfreut.

»Frans trägt schwarze Lederhandschuhe«, berichtete Maarten.

»Ach ja?«

»Ja, ich wusste es nicht«, entschuldigte sich Frans. »Ich dachte, dass es sich so gehört. Mein Bruder trägt auch immer Handschuhe.« Er strauchelte über seine eigenen Worte.

»Wenn Frans unbedingt Handschuhe tragen will …«, sagte sie zu Maarten.

Maarten lachte.

Frans suchte in seiner Tasche. »Ich habe auch diesmal wieder eine Kerze mitgebracht. Und das hier.« Er gab ihr eine Kerze und einen in grobes Papier eingewickelten Gegenstand, der sich, als sie ihn ausgepackt hatte, als Kerzenständer entpuppte.

»Hey, das ist scharf«, sagte sie. »Danke schön.« Sie zeigte ihn Maarten. »Ein Kerzenständer!«

»Scharf«, sagte Maarten.

Frans hatte wieder einen roten Kopf bekommen.

»Setz dich«, sagte Maarten, während Nicolien den Ständer mit der Kerze darin auf den kleinen Tisch stellte. Er selbst setzte sich auf die Couch.

»Möchtest du Kaffee?«, fragte Nicolien.

»Ja, gern.« Er setzte sich. »Hast du noch etwas von deinem Vater erfahren?«, fragte er scheu.

»Ja«, er holte seine Pfeife aus der Tasche und griff zum Tabak, »mein Vater hält es für Unsinn.« Aus der Küche kam das Geräusch der Kaffeemühle.

»Ja, vielleicht ist es das auch. Glaubst du nicht?« Er blickte rasch zur Seite, um zu sehen, was Maarten selbst darüber dachte.

»Für dich ist es kein Unsinn«, antwortete Maarten, der sich auf das Stopfen seiner Pfeife konzentrierte.

»Nein. Ich habe auch schon mal von jemandem gehört, der aus diesem Grund keine Anstellung als Lehrer bekommen hat. Aber vielleicht war das auch einfach nur ...«, er zögerte einen Moment, »Unsinn?« Er blickte aufs Neue rasch zu Maarten, als wolle er dessen Urteil von seinem Gesicht ablesen.

Das irritierte Maarten, doch er unterdrückte seinen Ärger. »Ich glaube, dass mein Vater es einfach nicht weiß. Er kennt dort auch niemanden. Der Einzige, der so etwas vielleicht wissen könnte, ist Beerta. Der hat überall Kontakte. Ich habe ihn schon zweimal danach gefragt, aber er reagierte ziemlich vage. Ich glaube nicht, dass er etwas tun wird.«

»Ich bin noch mal bei ihm zu Besuch gewesen.«

»Wie war das?« Er zeigte keine Überraschung.

»Er fing wieder damit an, dass er den Eindruck habe, ich hätte sexuelle Probleme, und dass es gut wäre, wenn ich einmal offen darüber reden würde.« Er wurde rot. »Natürlich habe ich sexuelle Probleme. Die wird wohl jeder haben, meinst du nicht? Aber darüber brauche ich doch wohl keine Rechenschaft abzulegen?« Er war jetzt puterrot geworden, aber dieses Mal auch vor Entrüstung.

»Nein, natürlich nicht.«

»Und dann sagte er auch noch, ein Pfarrer hätte die ganze Bibel daraufhin durchsucht, aber nirgendwo stünde, dass man nicht homosexuell sein dürfe. Als ob feststeht, dass ich homosexuell bin. Wenn man Angst vor Frauen hat, bedeutet das doch noch nicht, dass man homosexuell ist? Es gibt einfach Menschen, die vor allem und jedem Angst haben.«

»Vasalis«, sagte Maarten lächelnd.

Frans lächelte jetzt auch. »Ja, zum Beispiel Vasalis.«

Maarten stand auf und ging zum Bücherregal. Er suchte die Vasalis-Bände.

Nicolien betrat den Raum mit drei Tassen Kaffee und einer Schale mit geschnittenem Honigkuchen. »So«, sagte sie.

»Wie geht das Gedicht von Vasalis noch gleich?«, fragte Maarten.

»Welches Gedicht?«, fragte sie.

»›Vor all und jedem hab' ich Angst‹.«

Sie dachte nach. »Geht es nicht so: ›Vor fast allem hab' ich Angst gehabt?‹«

Maarten hatte es gefunden. »Ja, du hast recht: ›Vor fast allem hab' ich Angst gehabt! Vor dem Dunkel, vor Figuren an der Wand, vor der heis'ren Stimme meines Nachbarn, vor dem Fest, den Blicken im Café und vor mir selbst. Das sind die Ängste, denen ich gehörte.‹« Er las das Gedicht für sich selbst zu Ende, schlug den Band wieder zu und stellte ihn zurück. »Das handelt also nicht von dir. Verglichen mit dir ist Vasalis eine begnadete Person.«

Frans lachte. »Ja, so ist es wohl.«

Nicolien steckte die Kerze an. »Willst du eine Zigarette von uns?«, fragte sie, als Frans eine Zigarette drehen wollte. Sie hielt ihm die Packung hin.

»Ja, gern«, sagte er verlegen. Während er die Zigarette aus der Packung zog, machte er eine unwillkürliche Bewegung mit dem Oberkörper.

Maarten schob ihm den Ständer mit der brennenden Kerze hin, um ihm Feuer zu geben.

»Nein, lieber ein Streichholz«, sagte Frans.

»Warum?«, fragte Maarten erstaunt.

Frans errötete. »Ich denke, weil eine Kerze rein ist und eine Zigarette unrein. Geht es euch etwa nicht so?«

»Nein«, er lächelte boshaft, »sie sind doch beide weiß.«

»Ja, das ist natürlich so. Das würde dein Vater also wohl auch für Unsinn halten.« Er errötete wieder.

Maarten lachte. Er spürte den verborgenen Stachel in der Bemerkung. »Das würde er sicher. Was das betrifft, ähnele ich meinem Vater.«

»Du ähnelst deinem Vater kein Stück«, sagte Nicolien entrüstet.

»Natürlich ähnele ich meinem Vater.«

»Kein Stück!«, wiederholte sie drohend. »Sonst wäre ich nicht mit dir verheiratet!«

Maarten schwieg.

Frans blickte beunruhigt von einem zum andern. Er tippte die Asche seiner Zigarette in den Aschenbecher, den Nicolien ihm hingestellt hatte.

»Wie geht es jetzt in der Schule?«, fragte Maarten.

»Eigentlich nicht so gut. Der Schulleiter hat zu mir gesagt, dass er sich, wenn er in meiner Haut stecken würde, schon zweimal aufgehängt hätte.«

»Ist einmal denn nicht genug?«

»Das dachte ich eigentlich auch. Er hat natürlich einen dickeren Hals.«

Sie lachten.

Frans sah ihn an. »Aber das ist für dich natürlich eine Flucht.« Gleich darauf blickte er rasch zu Nicolien.

Maarten zögerte. Die Feststellung hatte etwas Unheimliches. »Ja. Ich finde, man muss den Kopf über Wasser halten.«

»Ja, das finde ich natürlich auch«, sagte Frans hastig.

Sie schwiegen.

»Kennt ihr das auch, dass Leute auf der Straße euch nicht ausweichen?«, fragte Frans. Er blickte von einem zum andern.

»Manche«, sagte Maarten.

»Ich kann darüber unglaublich wütend werden, im Nachhinein.«

»Darüber kann man sich in der Tat aufregen.«

»Und was passiert, wenn man mal auf seinem Recht besteht?« Er stotterte vor Aufregung. »Dann hört man: ›Du bist ja komisch.‹ Man wird einfach nicht ernst genommen.« Er sah zu Nicolien.

Nicolien lachte verlegen.

»Dafür gibt es natürlich Regeln«, gab Maarten zu bedenken. »Wenn du dich konsequent rechts hältst, bist du im Recht. Dann traust du dich auch eher.«

»Außer wenn jemand dicht bei seiner Tür ist.«

Maarten fand das eine intelligente Bemerkung. »Oder wenn es regnet und auf deiner Seite jemand unter einer Markise entlanggeht«, sagte er nachdenklich, »dann ist es sehr schwer, sein Recht durchzusetzen, vor allem, wenn die Person älter ist oder wenn es sich um eine Frau handelt.« Er erinnerte sich an einen Vorfall, der noch nicht so lange her war, und lachte. »Ich kam vor ein paar Tagen über die Brücke, in der Nähe des Büros, und da stand ein Auto halb auf dem Bürgersteig, sodass es nur noch einen schmalen Durchgang gab. Und gerade, als ich dazwischen hindurchgehen wollte, kam von der anderen Seite ein Mann, ungefähr in meinem Alter, ein Chinese. Er ging rechts, ich links. Ich zögerte, und er wich aus, um das Auto herum.« Es amüsierte ihn noch immer. »Die Regel lautet also: Alt kommt vor jung, weiblich vor männlich, weiß vor gelb.«

»Und normal vor verrückt«, ergänzte Frans.

»Und natürlich normal vor verrückt.«

»Aber das ist doch furchtbar rassistisch?«, sagte Nicolien verstimmt.

»Natürlich ist das rassistisch, aber es ist eine Tatsache. Wenn ich in der Straßenbahn für eine Frau aufstehe, und es ist zufälligerweise eine Frau aus Indonesien, fühle ich mich viel besser, als wenn es eine Weiße wäre. Dagegen kann man nichts tun.«

»Ja, so geht es mir auch«, sagte Frans mit scheuem Blick zu Nicolien.

»Aber nett ist es natürlich nicht.«

»Nein«, gab Frans zu, »nett ist es nicht.«

»Eigentlich müsste man solche Dinge genau notieren«, fand Maarten. »Dann bekommt man ein Bild von den Kräfteverhältnissen in der Gesellschaft, denn das Ganze entwickelt sich natürlich auch noch, zum Beispiel, wenn jemand, der stark ist, alt wird. Was geschieht dann? Was passiert mit Beerta, wenn er demnächst alt ist? Das ist verdammt interessant. Allein dafür ist es schon die Mühe wert, am Leben zu bleiben.« Er sah Frans an.

Frans lachte verlegen.

Sie tranken einen Schnaps und aßen ein Stück Käse.

»Ist das dein Teddybär?«, fragte Frans und zeigte mit dem Kopf auf einen verschlissenen kleinen Teddybären auf dem Kaminsims. Er wurde rot. »Oder darf ich das nicht fragen?«

»Nein, es ist *mein* Teddy«, sagte Nicolien. »Den habe ich bekommen, als ich ein Jahr alt wurde.« Sie stand auf, um ihn zu holen, und gab ihn Frans. »Ist das nicht ein hübscher Teddy?«

Frans betrachtete ihn. »Manchmal kriege ich einen Teddybären zum Übernachten. Von meinem Neffen.« Er lachte verlegen. »Ihr kennt doch den Reim?«

»Welchen Reim?«, fragte Nicolien.

Frans wurde rot. »Wenn ich abends schlafen geh«, sagte er hastig, »kommt der Teddy mit ins Nest. Und der kleine Bärenmann schläft als Erster, tief und fest. Als ich heut morgen aufgewacht, hatte Teddy Langeweile! Wir sind dann eins, zwei, hoppsassa aus dem Bett in Windeseile.« Er lachte und legte den Teddy vorsichtig auf den Tisch, als hätte er Angst, ihm wehzutun.

Als er wegging, begleitete Maarten ihn nach draußen. Frans beugte sich über sein Fahrrad und öffnete das Schloss. Es war still an der Gracht. »Ist das das Fahrrad von deiner Mutter?«, fragte Maarten. Seine Stimme klang laut in der Stille.

»Nein, das ist mein eigenes Fahrrad.« Er lachte. »Roland Holst fährt doch auch auf einem Damenfahrrad?«

»Findest du es einfacher?«

»Findest du es denn nicht komisch, mit so einer Stange vor deiner Hose zu fahren? So als hätte man eine Dauererektion.«

Daran hatte Maarten noch nie gedacht. »Dann musst du den Lenker etwas höher stellen.«

Sie standen nebeneinander und schauten auf das Fahrrad.

»Noch lieber hätte ich natürlich ein neutrales Fahrrad, aber die gibt es nicht.«

»Doch, es gibt welche mit Kreuzstangen.« Er deutete an, wie das Ganze aussah.

»Das sind Transportfahrräder.«

»Wie sie der Metzger hat«, verdeutlichte Maarten. »Das geht natürlich gar nicht.«

Frans lachte. »Nein.« Er schob das Fahrrad auf die Straße. »Na, dann werde ich mal fahren. Mach's gut.« Er schwang das Bein nach hinten, als stiege er auf ein Herrenfahrrad, und fuhr los.

Maarten ging über die Fahrbahn zum Ufer der Gracht und schaute noch kurz auf das Wasser, bevor er wieder ins Haus ging.

*

»Asjes hat sich dieses Buch hier ausgeliehen«, sagte er. Er war mit dem Buch, in dem Bart das Archiv des Bischofs von Roermond gefunden hatte, am Schreibtisch von de Gruiter stehen geblieben.

De Gruiter hob langsam den Kopf und sah Maarten geistesabwesend an. »Ich lese gerade das Buch über die Hexenprozesse, das wir für Sie angeschafft haben«, sagte er träge, »das ist doch furchtbar. Pfui!«

»In der Tat«, sagte Maarten schmunzelnd. Er hob das Buch, das er bei sich hatte, ein wenig hoch.

»Damit haben wir doch eine schreckliche Schuld auf uns geladen.«

Maarten wusste nicht, was er darauf entgegnen sollte.

»Und nicht nur alte, sondern auch hübsche, junge Frauen« – als ob das die Schuld noch größer machte –, »weil sie mit dem Teufel gebuhlt haben sollen. Ich frage mich, was wir uns darunter vorstellen müssen?« Er sah Maarten mit glasigen Augen an.

»Ich habe keine Ahnung.« Der Mann und die Frage gefielen ihm nicht. »Asjes hat sich dieses Buch hier ausgeliehen«, wiederholte er. »Wissen Sie, wo es gestanden hat?«

De Gruiter legte das Buch über die Hexenprozesse hin. »Darf ich es mal sehen?«, fragte er mit einer Stimme voller Unbehagen. Er nahm es Maarten aus der Hand, sah sich das Titelblatt an, blätterte darin, betrachtete die Signatur und stand dann langsam auf.

Maarten sah zu Nijhuis, der schräg gegenüber von de Gruiter saß und Zeitung las, die Beine ausgestreckt, sodass seine Füße unter dem Schreibtisch hervorragten. Er schenkte ihnen keine Beachtung. Das Telefon klingelte. De Gruiter kam zurück und nahm den Hörer ab. »De Gruiter … Tag, Herr Swenker … Eine Unterschrift? … Und warum muss ich deswegen zu Ihnen kommen? … Glauben Sie etwa, dass ich hier nichts zu tun habe? Ich bin doch nicht Ihr Laufbursche! … Gut. Tag, Herr Swenker.« Er legte den Hörer auf. »Was denkt sich der Mann bloß«, sagte er, mehr zu sich selbst als zu Maarten. Er drehte sich wieder zum Bücherregal um, betrachtete noch einmal die Signatur und suchte anschließend die Lücke, in der das Buch gestanden hatte. »Schauen Sie mal«, sagte er missmutig. »Herr Asjes hat keinen Pappstreifen dazwischen gestellt, obwohl ich doch klar und deutlich darum gebeten habe.«

»Hätte er einen Pappstreifen dazwischen stellen müssen?«, fragte Maarten. Er kannte die Regelung nicht.

»Dafür hängt doch das Schild hier?« Er zeigte auf ein kleines Pappschild, das auf Augenhöhe mit einer Heftzwecke am Bücherregal befestigt war. »Wie soll ich es sonst bekannt geben?«

»Vielleicht können Sie eine Mitteilung herumschicken?« Von dort, wo Maarten stand, konnte er das Pappschild nicht lesen, und es wäre ihm auch nicht aufgefallen.

»Ich fürchte, das wird dann wohl nicht zu umgehen sein.« Er stellte das Buch sorgfältig an seinen Platz, stieß mit dem Handrücken kurz gegen die Reihe, in der es nun stand, sodass die Bücher genau auf einer Linie standen, und drehte sich zu seinem Schreibtisch um. Bevor er sich hinsetzte, zog er seine Hosenbeine kurz oberhalb der Kniescheiben hoch.

»Gut«, sagte Maarten. »Vielen Dank.« Er wollte sich abwenden.

»Haben Sie vielleicht noch einen Moment?«, fragte de Gruiter.

Maarten blieb stehen.

»Sie haben doch Niederlandistik studiert?«

»Ja.«

»Ist das ein schwieriges Studium?«

»Nein.«

»Ich habe das Lehrerexamen. Glauben Sie, dass Herr Beerta mir gestatten würde, während der Dienstzeit mein Diplom zu machen?«

»Das weiß ich wirklich nicht. Das werden Sie ihn selbst fragen müssen.«

»Aber Sie haben da doch Einfluss darauf? Sie könnten doch vielleicht ein gutes Wort für mich einlegen?«

»Nein, das hat überhaupt keinen Sinn.« Das Gespräch wurde für ihn immer unangenehmer, und er wollte weg.

»Das tut mir dann sehr leid«, sagte de Gruiter verstimmt, als ob er es Maarten zum Vorwurf machte.

Mein Gott, was für ein Arschloch, dachte Maarten verärgert, während er den Raum verließ. Im Flur begegnete er Swenker, der auf dem Weg zu de Gruiter war.

»Tag, Herr Koning«, sagte Swenker mit wohltönender Stimme. »Es will einfach kein Frühling werden.«

»Aber er kommt bestimmt«, prophezeite Maarten.

Bart saß hinter seinem Schreibtisch im Schein einer Lampe und las einen Zeitungsausschnitt, seine Augen dicht über dem Text, genau wie Veerman seinerzeit. Auf seinem Schreibtisch lag, in kleinen Stapeln, eine große Zahl von Ausschnitten. An jedem Ausschnitt war mit einer Büroklammer ein kleines Stück Papier befestigt.

»Tag Bart«, sagte Maarten.

Bart sah hoch. »Tag, Herr Koning.« Seine ganze Haltung drückte Höflichkeit aus. Das schuf eine solche Distanz, dass Maarten erneut von seinem Vorhaben absah, ihm das Du anzubieten. Er zog einen Stuhl heran. »Geht es?«

»Es ist nicht immer einfach. Vor allem nicht, den Begriff zu bestimmen, unter dem manche der Ausschnitte einsortiert werden müssen.«

Maarten zog einen Stapel zu sich heran und las den Text auf dem Zettel, der am obersten Ausschnitt befestigt war. Er enthielt in einer kleinen, aber deutlichen Handschrift eine kurze Zusammenfassung des Inhalts und darunter, rot unterstrichen, den Titel der Mappe, mit einem Fragezeichen. »Ausschnitte über Zigeuner würde ich nicht aufheben«, sagte er und legte den Ausschnitt zurück.

Bart nahm ihn hoch und betrachtete ihn aus der Nähe. »Der Handschrift nach zu urteilen, hat dies doch Herr Beerta ausgeschnitten?«

»Ja, weil Hillebrink sich dafür interessierte, aber jetzt, wo Hillebrink tot ist, hat es keinen Sinn mehr.«

Bart sah ihn erstaunt an.

»Hillebrink saß in der Kommission. Er wollte, dass wir auch die Kultur der Zigeuner erforschen.«

»Sind Sie damit denn nicht einverstanden?«

»Nein, wir beschäftigen uns mit der niederländischen Kultur.«

»Und wenn die Zigeuner nun in den Niederlanden leben?«
»Dann bleibt es trotzdem Zigeunerkultur.«
»Und was machen wir dann mit der Kultur der Juden?«
»Auch nichts.«
»Das finde ich ziemlich rassistisch. Es tut mir leid, dass ich das sagen muss.«
»Rassistisch?«, wiederholte Maarten erstaunt. »Es ist unser Auftrag. Wir sollen Kulturgrenzen feststellen. Darauf hat die Kultur von Zigeunern und Juden keinen Einfluss.«
»Dessen bin ich mir nicht so sicher«, sagte Bart dickköpfig. »Dafür würde ich doch gern erst den Beweis sehen.«
Maarten schwieg. Er fand die Bemerkung unsinnig, doch da er über dieses Problem noch nie nachgedacht hatte, konnte er so schnell nichts entgegnen.
»Und ich würde doch auch gern Herrn Beertas Urteil dazu hören. Weil er den Artikel ausgeschnitten hat.«

»Bart und ich möchten gern Ihr Urteil hören«, sagte Maarten.
Beerta hörte auf zu tippen und drehte sich in seinem Stuhl um.
»Tag, Herr Beerta«, sagte Bart.
»Tag, Bart«, sagte Beerta. »Worüber wollt ihr mein Urteil hören?«
Maarten gab ihm den Ausschnitt. »Finden Sie, dass wir diese Art Ausschnitte noch aufheben müssen, jetzt, da Hillebrink tot ist?«
Beerta betrachtete den Artikel. »Den habe ich ausgeschnitten«, stellte er fest.
»Ja, für die Untersuchung, mit der Hillebrink Sie beauftragt hatte.«
Beerta betrachtete den Ausschnitt erneut. »Warum sollten wir das wegwerfen?« Er sah Maarten an.
»Weil es um Zigeuner geht.«
»Du weißt, dass ich nie etwas wegwerfe.« Er gab ihm den Ausschnitt zurück. »Man weiß nie, wofür es gut ist.«
»Aber dann kann man gleich alles aufheben.«
»Das würde ich auch am liebsten tun, aber das geht nun einmal nicht. Damit habe ich mich abgefunden.«
»Aber warum dann die Zigeuner?«

Beerta zog die Augenbrauen hoch. »Zigeuner interessieren mich.«

»Und Juden?«

»Die Juden interessieren mich noch viel mehr. Die Juden! Das alte Volk!«

»Ich habe über sie auch ein dickes Dossier vorgefunden«, sagte Bart nun.

»Siehst du«, sagte Beerta zu Maarten, »was ich über die Juden finde, schneide ich aus.«

»Und die Chinesen?«, fragte Maarten.

»Die Chinesen interessieren mich weniger, aber ich hätte nichts dagegen, wenn ihr dazu etwas ausschneiden würdet. Und ich würde sicher keine Ausschnitte wegwerfen. War das das Problem?«

»Ja«, sagte Maarten. Ihm war klar, dass weiterer Widerstand sinnlos war.

»Dann ist das also geklärt«, sagte Beerta zufrieden, während er sich wieder seiner Schreibmaschine zuwandte.

Als Maarten in sein Zimmer zurückkam, fand er Beerta beim Schnüffeln in seinem Karteisystem. Er sah Maarten an, als fühle er sich ertappt. »Ich habe mich gefragt, ob du hier drin auch etwas über das Bürgermeistern hast«, sagte er mit einem geheimnisvollen Lachen.

»Was ist das?« Er setzte sich an seinen Schreibtisch.

»Weißt du das nicht?« Er machte einen Schritt auf Maarten zu und sah ihn lächelnd an, die Hände auf dem Rücken.

»Nein.«

»Das ist, wenn in einem Dorf ein Junge gesch-schlechtsreif wird und ihn die älteren Jungen dann an einen stillen Ort mitnehmen, wo sie diesem jungen Burschen die Hose ausziehen und ihn …«, er zögerte, »zum B-bürgermeister machen.« Er blickte Maarten direkt in die Augen, und es lag deutlich Erregung in seiner Stimme. »Hast du wirklich niemals davon gehört?«

»Nein«, sagte Maarten abwehrend.

Beerta wippte kurz auf den Zehenspitzen. »Das kommt daher, weil du aus der Stadt bist.« Er wartete einen Moment. »Dort wirft so ein Junge das Dienstmädchen aufs Bett und befriedigt sich an ihm.«

»Davon habe ich noch nie gehört.« Ihm war unbehaglich.

»Nein?«, fragte Beerta erstaunt. »Wie lief das denn bei euch in Den Haag?« In seinen Worten klang etwas Provozierendes durch.

»Jedenfalls nicht so.« Er zog das Buch, das aufgeschlagen auf seinem Schreibtisch lag, zu sich heran, um deutlich zu machen, dass ihn das Gespräch nicht interessierte.

»Solche Bräuche interessieren mich«, sagte Beerta, während er sich abwandte. »Es ist nur schade, dass wir danach nicht fragen können.« Er blieb stehen und drehte sich wieder um, weil die Tür aufging. Nijhuis betrat den Raum. Beerta sah ihn abwartend an, sein Kinn erhoben.

»Ich möchte wieder auf meinen alten Platz zurück«, sagte Nijhuis. Sein Gesicht wirkte hart, als ob er sich auf Widerstand vorbereitete.

»Warum?«, fragte Beerta.

»Weil ich es bei diesem Pharisäer nicht aushalte.«

Beerta hob die Augenbrauen. »Wen meinst du?«

»Herrn de Gruiter.« Er versuchte, die salbungsvolle Stimme de Gruiters nachzuahmen.

»Dann wirst du neben Slofstra sitzen.«

»Alles lieber als de Gruiter.«

Beerta zuckte mit den Achseln. »Gut. Tu, was du willst. Ich werde dich nicht zwingen.«

*

»Ach«, sagte Hendrik Ansing, »das ist schon so unheimlich lange her. Ich kann mich kaum noch erinnern.« Er legte seinen Unterarm auf den Tisch, der ihm als Arbeitsplatz zugewiesen worden war, und richtete sich auf. Er trug ein altes, zu enges Jackett mit großen Karos sowie eine unordentliche Krawatte, über der der oberste Hemdknopf offen stand, weil sein Hals zu dick war. Er hatte ein unscheinbares, bäuerliches Gesicht mit kleinen, müden Augen, als sei er sehr spät ins Bett gegangen. Maarten saß ihm gegenüber. Van Ieperen hörte aus der Entfernung mit; er stand hinter seinem Zeichentisch.

»Wie lange denn?«, fragte Maarten.

»Drei Jahre. Ich korrigiere: vier Jahre.«

»Das ist lange«, gab Maarten zu.

»Kurz gesagt, ging es darum«, sagte Ansing laut, während er in seinen Erinnerungen kramte, »dass wir für die Untersuchung von einem der Assistenten Springvloeds einen Satz bilden sollten, in dem das Wort *vorerst* vorkam. Ich habe dann geschrieben«, er runzelte die Stirn in äußerster Anstrengung, präzise zu sein: »›Ich hörte soeben, dass unser Professor unter die Straßenbahn gekommen ist. Vorerst gehe ich davon aus, dass er es nicht überlebt hat.‹ Und darunter: ›Hendrik Ansing‹. Die Sätze sollten zwar eigentlich anonym bleiben, aber ich fand das kindisch.«

Maarten lachte. Van Ieperen kicherte. Doch Hendrik Ansing schien die Erinnerung nicht amüsant zu finden, eher läppisch. »Da haben sie dann einen gewaltigen Schreck bekommen, scheint es, und«, er legte seine Hände auf die Brust und beugte sich für einen Zwischensatz etwas nach vorn, »– so wurde mir erzählt – am selben Abend noch Springvloed angerufen. Der war damals in der Schweiz und hat mich dann für ein Jahr vom Studium ausgeschlossen. Ehrlich gesagt, fand ich das alles etwas übertrieben.«

»Ganz schön übertrieben«, sagte Maarten amüsiert.

»Aber hat es mich umgehauen?«

»Nein!«

Sie schwiegen.

»Wie lange bist du jetzt hier?«, erkundigte sich Ansing.

»Fast drei Jahre.«

Sie schwiegen erneut.

»Ich kannte Beerta von früher«, erklärte Maarten, »aus meiner Studentenzeit. Als wir eines Abends bei ihm zu Besuch waren, sagte er, dass er diese Stelle hier für mich hätte.«

Ansing zeigte keine Überraschung. »So ist es mir auch ergangen.«

»Hast du Seminare bei ihm besucht?«

»Ja.«

»Fakultativ!«

»Ja.«

»Zu meiner Zeit waren sie obligatorisch, aber nach der Sache mit Pietje Valkenburg sind sie fakultativ geworden.«

»Oh, davon weiß ich nichts«, sagte Ansing und richtete sich auf. Er zeigte keine Spur von Interesse.

Sie schwiegen.

»Ich kannte Beerta über einen Freund von mir«, erinnerte sich Maarten. »Der war häufiger bei ihm zu Hause, nachdem er ihn in einem Jugendlager kennengelernt hatte, das Beerta geleitet hat, kurz nach dem Krieg.«

»Ich kannte ihn über Pfarrer Visser.«

»Pfarrer Visser?«, fragte Maarten erstaunt.

»Ja, das war so: Mein Vater hatte Angst, dass ich in Amsterdam an die falschen Freunde geraten würde, und hat Pfarrer Visser gebeten, auf mich aufzupassen. Der hat mich dann zu Herrn Beerta weitergeschickt, weil den solche Fälle interessierten.« Es war keine Spur von Ironie in seiner Stimme.

»Und Anton fand das natürlich prima«, sagte van Ieperen hinter seinem Zeichentisch und kicherte.

»Wie ist dein Vater denn an Pfarrer Visser gekommen?«, fragte Maarten, van Ieperens Bemerkung ignorierend.

»Mein Vater ist Pfarrer. Ja«, er legte seine Hand auf die Brust, »aber nur ein einfacher Dorfpfarrer.«

Maarten lachte. »Ganz schön verrückt.«

»Ach«, sagte Ansing. Es war deutlich, dass er nicht verstand, was daran verrückt sein sollte.

*

Gut ein Jahr nach der Veröffentlichung der ersten Ausgabe des niederländisch-flämischen Atlas für Volkskultur erschienen fast zeitgleich die ersten Kritiken, eine von Wolf Güntermann in einer deutschen Zeitschrift und eine von Professor Dr. G. J. Pieters in *Ons Tijdschrift*, deren Redakteur er zusammen mit Beerta war. Güntermann zeigte sich von der Veröffentlichung angetan, bedauerte aber, dass die Redaktion beschlossen habe, nur die positiven und nicht die negativen Antworten in die Karten aufzunehmen, und sie aus einem in seinen Augen übertriebenen Purismus davon abgesehen habe, Kommentare zu liefern, sodass der Betrachter über die Hintergründe der Verbreitung der kartierten Phänomene im Ungewissen gelassen würde. Professor Pieters wünschte den beiden Redakteuren, ihren Mitarbeitern, dem Zeichner, den Druckern, dem Hauptbüro und dem Ministerium, das das Ganze finanziert hatte, viel Glück mit diesem herausragenden Ergebnis und würdigte ihre Bemühungen, die zu diesem Resultat geführt hätten, wollte aber nicht verhehlen, dass die Karten seines Erachtens weit davon entfernt wären, vollständig zu sein. Um Letzteres zu erläutern, verwies er auf die Volkserzählungen, die seine Studenten unter seiner Leitung an verschiedenen Orten Flanderns aufgezeichnet hätten und die ein Vielfaches dessen böten, was an Antworten auf den durch das Büro verschickten Fragebogen eingegangen sei, und es verwundere ihn, dass man von dieser einzigartigen flämischen Unternehmung keinen Gebrauch gemacht, ja, sie im Kommentar nicht einmal erwähnt habe. Aus diesem Grund plädiere er für einen überarbeiteten, aktualisierten und vervollständigten Nachdruck der Karten, ein Unterfangen, für das er die zuständigen Redakteure als in jeder Hinsicht kompetent erachte und von dessen Gelingen er bereits im Voraus überzeugt sei.

»Wir werden den Mann in unsere Redaktion aufnehmen müssen«, sagte Beerta, nachdem er den Beitrag gelesen hatte. »Ich mache mir selbst den Vorwurf, dass ich das nicht schon früher getan habe.« Er gab Maarten die Zeitschrift und machte sich, während er seine Reaktion abwartete, wieder an die Arbeit.

Maarten las den Artikel mit wachsendem Erstaunen. »Aber wussten Sie denn nicht, dass Pieters diese Erzählungen hat sammeln lassen?«, fragte er, nachdem er die Besprechung gelesen hatte.

Beerta drehte sich auf seinem Stuhl um. »Natürlich wusste ich das nicht. Sonst hätte ich es doch wohl erwähnt.«

»Und Vanhamme auch nicht?«

»Das nehme ich an.«

»Aber Sie sitzen doch zusammen in der Redaktion bei *Ons Tijdschrift*?«

»Das hat nichts zu sagen. *Ons Tijdschrift*, das ist Pieters, und es ist nicht Pieters Art, so etwas mitzuteilen, wenn er sich übergangen fühlt.«

»Aber dann gehört er nicht in die Redaktion des Atlas!«, sagte Maarten entrüstet. »Dann muss er eins aufs Dach kriegen!«

»Pieters ist ein mächtiger Mann«, sagte Beerta ergeben, »und Jan Vanhamme wird alt. Das müssen wir berücksichtigen. Ich werde Vanhamme einen Brief schreiben, dass wir Pieters einladen müssen beizutreten, dann haben wir in Zukunft keine Probleme mehr mit ihm.«

»Das verstehe ich nicht.«

»Das kommt schon noch. Als ich so alt war wie du, habe ich auch so reagiert. Auf die Dauer lernst du einzusehen, dass du damit nichts erreichst. Du erreichst nur etwas, wenn du dir deine Feinde zu Freunden machen kannst. Lass dir das von mir gesagt sein.« Er stand auf und brachte seine Schreibmaschine vom Tisch zu seinem Schreibtisch. »Jan Vanhamme wird wohl etwas dagegen haben«, sagte er, während er ein Blatt Briefpapier und zwei Durchschläge in die Maschine spannte, »denn die beiden vertragen sich nicht, aber darüber muss er sich eben hinwegsetzen. Das Fortbestehen des Atlas steht auf dem Spiel.« Er drehte an der Rolle, tippte links oben die Adresse, schob für das Datum den Wagen durch, betätigte den Zeilenheber zwei Mal, tippte die Anrede, betätigte den Zeilenheber erneut, dachte – den rechten Zeigefinger über den Tasten – kurz nach, bevor er in hoher Geschwindigkeit mit einem Finger zu tippen begann.

*

»Ich habe noch einmal darüber nachgedacht«, sagte Beerta am nächsten Morgen, »aber wir werden doch etwas unternehmen müssen. Es geht nicht an, dass man in Flandern demnächst viel mehr Informationen hat als in den Niederlanden. Setz dich mal hierhin, wir müssen kurz darüber reden.«

Sie setzten sich in die Sitzecke.

»Wie willst du das machen?« Er blickte Maarten abwartend an.

»Da lässt sich nichts machen.«

»Natürlich lässt sich da was machen«, sagte Beerta gereizt. »Was die Flamen können, können wir auch.«

»Zunächst einmal: Wir haben überhaupt keine Studenten.«

»Und weiter?«

»Und weiter bezweifle ich, ob wir in unserem Land noch Erzählungen finden.«

»Das werden wir herausfinden müssen. Hast du noch etwas von van de Kasteele gehört?«

»Nein.«

»Dann würde ich ihm noch mal schreiben.«

Maarten gab darauf keine Antwort. Er hatte keine Lust, van de Kasteele hinterherzulaufen. »Also: Wir haben keine Studenten«, wiederholte er.

»Kannst du es denn nicht selbst machen, zusammen mit Bart?«

»Das ist ausgeschlossen«, sagte Maarten verärgert. »Es geht um Hunderte von Orten. Und wenn man hört, wie viel Mühe es van de Kasteele gekostet hat, obwohl er die Leute kannte und ihren Dialekt sprach.«

»Es wäre trotzdem gut, wenn du mal ein paar Stichproben machen würdest.«

Maarten schwieg. Er hatte keine Ahnung, wie er das anstellen sollte, und er mochte nicht daran denken, mit wildfremden Leuten über Wichtelmännchen reden zu müssen.

»Du wirst einen Vorschlag machen müssen.«

»Die einzige Möglichkeit besteht darin, dass wir eine Reihe von Leuten für die Feldforschung einstellen, die systematisch das Land abarbeiten, so, wie man es in der Schweiz gemacht hat.«

»Wie viele müssten das denn sein?«

»Fünfundzwanzig?«

»Fünfundzwanzig!?«

»Zwei für jede Provinz. Das ist noch eher niedrig gerechnet.«

»Fünfundzwanzig sind zu viel«, entschied Beerta. »Dafür bekomme ich das Geld nicht. Sind drei nicht genug?«

»Drei? Wie soll das gehen? In unserem Ortsnamenverzeichnis stehen allein schon dreitausend Orte. In jedem Ort müssten doch wenigstens zehn Leute besucht werden, durchschnittlich, und dann wahrscheinlich sogar mehrmals. Das sind dreißigtausend Leute, neunzigtausend Besuche, geteilt durch fünfundzwanzig, dann ist so ein Interviewer sicher tausend Tage beschäftigt, das sind drei Jahre!«

»Drei Jahre, das ist natürlich ausgeschlossen«, sagte Beerta unzufrieden. »So lange können wir nicht warten.«

»Und außerdem«, er hatte noch nicht ausgeredet, »kann man einen Limburger doch nicht nach Groningen schicken. So ein Interviewer müsste in seiner eigenen Region bleiben. Fünfundzwanzig, mindestens! Besser sogar dreißig! Drei für jede Provinz!«

»Gut. Du hast mich überzeugt. Die Frage ist nur, wie wir das finanzieren sollen.«

»Das können wir nicht finanzieren. Fünfundzwanzig Leute, das ist mehr als eine Million pro Jahr.«

Beerta dachte nach. »Das bedeutet, dass wir mit Rentnern arbeiten müssen, gegen eine kleine Vergütung«, er schwieg nachdenklich. »Ich überlege mir, ob wir dafür nicht eine Förderung von der Forschungsgemeinschaft bekommen können. Nächste Woche treffe ich den Direktor, das ist ein guter Freund von mir, da werde ich einmal einen Versuchsballon steigen lassen.«

*

Slofstra stand hinter seinem Schreibtisch und packte seine Tasche. Meierink und Nijhuis arbeiteten noch. »Bis morgen«, sagte Maarten. Er schloss die Tür hinter sich. Im Flur wurde er von einer abergläubischen Furcht überfallen. Halb amüsiert, halb im Ernst kehrte er um, öffnete die Tür erneut und streckte seinen Kopf ins Zimmer. Meierink war nun auch aufgestanden. »So Gott will.« Er schloss die Tür und ging zum zweiten Mal über den Flur. De Bruin stand in der Öffnung seines Verschlags. »Wiedersehen, de Bruin«, sagte er.

»Wiedersehen, Koning«, antwortete de Bruin. »Mahlzeit.«

Draußen herrschte Hochsommer. Die Bäume an den Grachten, an denen er vorbeiging, waren tief grün, niemand trug eine Jacke. Er überquerte den Dam in Richtung Postamt, bog um die Ecke und ging mechanisch im Strom der Passanten die Raadhuisstraat hinunter, an der Westerkerk vorbei und durch die erste Seitenstraße, die Egelantiersgracht, nach Hause. In der Nähe seines Hauses begegnete er zu seinem Leidwesen der Frau des Kohlenträgers aus dem dritten Stock.

»Na, alter Junge«, sagte sie.

»Tag, Mevrouw«, sagte er scheu.

Unzufrieden mit sich selbst betrat er das Haus. Er nahm die Zeitung von der Fußmatte und legte sie auf die Couch, zog die Jacke aus und einen Pullover an und ging weiter ins hintere Zimmer. Nach der Sonne und dem Licht draußen war es hier kühl und dunkel. Nicolien war bei ihrer Mutter. Er schob das Fenster hoch, ging in die Küche, öffnete die Tür zum Hinterhof, blickte sich einen Moment unentschlossen um, öffnete dann die Glastür des Küchenschranks, um das Olivenöl herauszuholen, goss etwas Öl in die Pfanne, die auf dem Herd stand, und zündete das Gas an. Während das Öl heiß wurde, schnitt er vier braune Scheiben Brot zu Würfeln, warf sie in das Öl, gab vier Tomaten dazu, schlug zwei Eier am Pfannenrand auf und gab sie dazu, legte ein paar Scheiben Käse darüber und rundete das Ganze mit fünf Knoblauchzehen und etwas Maggi ab. Während er die Masse umrührte, blickte er ruhelos vor sich hin, hinter sich die geöffnete Tür zum Hinterhof. Aus den anderen Hinterhöfen hörte er Kinderstimmen, das Geräusch einer Badewanne, die an eine Wand gehängt wurde, das Schlagen einer Tür, Gekreische. Ein Flugzeug flog dicht über das Haus hinweg. Westwind. Er war müde und desorientiert. Als die Masse zu brodeln und zu dampfen begann, holte er zwei Flaschen Bier aus dem Hinterhof, ein Glas aus der Küchenvitrine und einen Löffel aus der Schublade. Auf dem Hocker am Küchentisch sitzend stellte er die Pfanne auf den Marmoruntersetzer und schaufelte das Gericht in sich hinein, ab und zu einen Schluck Bier dazu trinkend. Er blickte durch die geöffnete Tür auf den Hinterhof, den Fliegenschrank und die hohen Fenster des hinteren Zimmers, von denen eines hochgeschoben war. Die Fliegengaze in der Schranktür hatte sich an einer Ecke gelöst. Er musste es noch reparieren, aber nicht jetzt. Bei Kamphuis wurde die Klospülung betätigt. Die Klotür quietschte. Kamphuis redete mit dem Hund. Der Hund wurde alt. Kamphuis ließ nachts eine Lampe für ihn brennen, weil er Angst hatte, der Hund könnte sich sonst den Kopf stoßen. So schnell stoßen Hunde sich nicht den Kopf, dachte er. Er ertappte sich dabei, dass Kamphuis ihn irritierte. Warum? Weil er alt wurde? Das wäre nicht nett. Alles ärgerte ihn, stellte er fest. Ich bin ein schwieriger Mensch, wie mein Vater. Er dachte an die wütende Reaktion Nicoliens, wenn er es wagen würde, so etwas laut auszusprechen, obwohl es doch die Wahrheit war, und er fühlte sich unverstanden. Langsam trank er sein Glas leer, stellte die Pfanne in das Spülbecken und das Glas neben die Spüle, füllte die Pfanne zur Hälfte mit Wasser und brachte die leeren Flaschen zurück in den Hinterhof. Als er ins Zimmer zurückkam, klingelte das Telefon. Nicolien.

»Was tust du gerade?«, fragte sie.

»Ich habe gegessen.«

»Was hast du gegessen?«

Er erzählte es ihr. »Wie geht es Mutter jetzt?«

»Etwas besser. Ich glaube, dass ich morgen wieder nach Hause kann.«

»Du brauchst dich nicht zu beeilen.«

»Nein. Wie war es heute im Büro?«

»Normal.«

Während sie redeten, sah er durch die Gardine auf die Gracht. Es begann zu dämmern. Ein Mann auf einem Fahrrad kam vorbei. Mit einer Hand hielt er ein großes Paket hinten auf dem Gepäckträger im Gleichgewicht.

»Und was machst du jetzt?«, fragte sie.

»Die Zeitung lesen, glaube ich.«

Als er den Hörer aufgelegt hatte, blieb er noch einen Moment sitzen. Zwei Männer kamen vorbei, nahe am Fenster, einen Meter von ihm entfernt. »Das Dümmste, was ein Mensch machen kann, ist, negativ zu sein«, sagte der eine. »Dann hast du nur dich selbst auf deiner Seite.«

Blödsinn, dachte Maarten. Er stand auf, nahm die Zeitung von der Couch, setzte sich mit dem Rücken zum Fenster und las im letzten Abendlicht die Schlagzeilen auf der Titelseite sowie den Wetterbericht. Er schlug die Zeitung auf, las hier und da einen Artikel, blätterte weiter, las noch etwas, faltete sie wieder zusammen und legte sie weg. Die

Zeitung enthielt nichts, was ihn interessierte. Er stand auf und ging durch das hintere Zimmer in die Küche. In der geöffneten Tür zum Hinterhof blieb er stehen. Es war still. Er fühlte sich ruhelos, leer, als ob das Haus nun, da Nicolien nicht da war, keine Kraft mehr hätte. Aufrecht, reglos, die Hände in den Hosentaschen, suchte er Halt in der chaotischen Leere, in der er zu verschwinden drohte, doch er fand nichts. Sein Leben ängstigte ihn. Es schien sinnlos geworden zu sein.

*

»Ich höre von Ansing, dass du bei der Forschungsgemeinschaft Geld für ein Forschungsvorhaben von Koning beantragt hast«, sagte Fräulein Haan entrüstet, als sie den Raum betrat. Sie ließ die Tür geöffnet und blieb hinter Maarten stehen. »Das hättest du auch mal für mich tun können! Du wusstest doch, dass ich einen Plan für eine Untersuchung über die Umgangssprache habe?«

Beerta drehte sich in seinem Stuhl um und sah sie über seine Brille hinweg an. »Das wusste ich nicht. Davon war mir nichts bekannt.«

»Ach was! Das wusstest du ganz genau! Ich muss doch nicht über alles Buch führen?«

»Das wäre unter diesen Umständen vernünftig gewesen, denn ich kann mich nicht erinnern, so einen Plan jemals gesehen zu haben.«

»Natürlich hast du ihn niemals gesehen! Ich mache doch keinen Plan, wenn ich nicht vorher weiß, dass ich Geld dafür bekomme. Wir haben mehrmals darüber gesprochen, dass es schrecklich wichtig wäre, das mal zu erforschen.«

»Das wäre sehr wichtig, aber ich kann mich nicht erinnern, dass wir dabei über eine Förderung durch die Forschungsgemeinschaft gesprochen haben.«

»Das ist doch nicht *meine* Aufgabe! Das ist die Aufgabe des Direktors! *Du* bist der Direktor, nicht ich!«

»Ich bin der Direktor«, gab Beerta zu, »aber du bist Abteilungsleiterin! Wenn du willst, dass ich einen Antrag stelle, musst du erst mit einem Plan kommen. Schreib was auf, dann werde ich schauen, ob ich es einreichen kann. Es ist übrigens gar nicht gesagt, dass Koning Geld dafür bekommt. Die Forschungsgemeinschaft ist derzeit sehr sparsam.«

»Wann musst du den Plan haben?«

»Wann du willst.«

»Dann bekommst du ihn diese Woche noch!« Sie drehte sich wütend um und schlug die Tür mit einem Knall hinter sich zu.

»Ich verstehe nicht, wie Sie es so lange mit diesem Frauenzimmer ausgehalten haben«, sagte Maarten. »Ich glaube, ich wäre wahnsinnig geworden.«

»Ach«, sagte Beerta weise, »man kann froh sein, dass man nicht mit ihr verheiratet ist. Das hätte einem auch passieren können.«

*

Die Küchentür war geschlossen. Nicolien war in der Küche. Er stellte das Tonbandgerät auf den Hocker, warf seine Jacke auf die Couch, holte den Leinenbeutel mit dem Mikrofon aus seiner Tasche und setzte sich auf die Couch, während er den Hocker zu sich heranzog. Er hob den Deckel des Tonbandgeräts hoch, zog das Mikrofon aus dem Beutel, steckte den Stecker in die Steckdose und stand auf, um das andere Ende der Schnur mit dem Tonbandgerät zu verbinden. Sofort nachdem er, zurück auf der Couch, den roten und den schwarzen Knopf gedrückt hatte, das grüne Auge aufleuchtete und das Band anfing zu laufen, ging die Küchentür auf. Nicolien kam durch das hintere Zimmer auf ihn zu. »Warum hast du nicht mal ›Hallo‹ gesagt?« Im selben Augenblick sah sie das Tonbandgerät und blieb in der Türöffnung zwischen den beiden Zimmern stehen. »Was hast du da?«, fragte sie argwöhnisch.

»Warte mal!« Er regulierte die Lautstärke.

»Du hast da doch nicht etwa ein Tonbandgerät?«, fragte sie entrüstet.

Er sah hoch und lachte unsicher.

»Du hast da doch nicht etwa ein Tonbandgerät?«, wiederholte sie böse.

»Doch.« Er fühlte sich schäbig.

Erst in diesem Augenblick bemerkte sie, dass sich das Band drehte. »Du bist doch nicht etwa am Aufnehmen?«

Er sah, wie die grünen Stäbchen durch die Kraft ihrer Stimme ausschlugen. »Schrei nicht so!«, warnte er.

»Mach das Ding aus!«, rief sie wütend. Sie ging auf den Tisch zu. »Ausmachen!«

»Warum?« Er hatte Angst, dass sie den Apparat vom Hocker werfen würde, und hielt seine Hände bereit, um ihn zu schützen.

»Weil ich es *will*! Weil ich dieses Scheißding nicht in meinem Haus haben will! Ausmachen, sag ich!« Sie war außer sich.

Widerwillig schaltete er den Apparat aus. »Verdammt noch mal«, sagte er missmutig.

»Was fällt dir ein, mich heimlich aufzunehmen! In meinem eigenen Haus! Und ich weiß von nichts! Was fällt dir bloß ein!«

»Es war nicht heimlich!«, sagte er und wurde seinerseits zornig. »Ich wollte dich nur mal hören lassen, wie deine Stimme klingt! Ich dachte, es würde dir gefallen!«

»Gefallen?«, wiederholte sie wütend. »Gefallen? Kennst du mich noch immer nicht? Weißt du nach sechzehn Jahren immer noch nicht, dass ich so ein Scheißding nicht in meinem Haus haben will? Es ist schon schlimm genug, dass du im Büro damit zu tun hast! Dann brauchst du es doch nicht auch noch mit nach Hause zu bringen! Was ist bloß in dich gefahren?«

»Ich muss morgen damit nach Marken.« Er fühlte sich durch die Kraft ihrer Wut in die Enge getrieben.

»Nach Marken? Hättest du es nicht im Büro lassen können? Du kannst doch wohl erst im Büro vorbeigehen, um es abzuholen, anstatt so ein Scheißding ins Haus zu bringen? Ich will diese Technik nicht! Ich will den Dreckskram nicht in meinem Haus haben! Dass du so ein Ding im Büro benutzt, ist schon schlimm genug! Du brauchst es nicht auch noch mit nach Hause zu bringen!«

»Ich muss damit üben.«

»Dann mach das gefälligst im Büro!«

»Das ging nicht, denn ich habe es erst am späten Nachmittag erfahren. Beerta hat den Termin gemacht.«

»Dann machst du das eben nicht! Dann gehst du eben so, ohne zu üben! Was hast du da zu tun, auf Marken?«

»Erzählungen von Fischern aufnehmen.«

»Und dafür brauchst du ein Tonbandgerät?«

»Natürlich brauche ich dafür ein Tonbandgerät.«

»Und wie haben sie das früher gemacht? Damals hatten sie doch auch nicht so ein Scheißding? Wie haben sie das denn früher gemacht?«

Er zuckte mit den Achseln.

»Wie haben sie das früher gemacht?«, wiederholte sie gebieterisch.

»Früher haben sie das überhaupt nicht gemacht«, sagte er mürrisch. »Damals hat man keine Erzählungen aufgenommen.«

»Und warum muss das jetzt plötzlich sein? Warum braucht man die Scheißdinger jetzt auf einmal?«

»Weil es viel schöner ist.«

»Schöner? Du willst mir doch wohl nicht erzählen, dass du es schöner findest? Du bist doch kein Mann der Technik, hoffe ich? Du bist doch kein Raumfahrer? Dann wäre ich nicht mit dir verheiratet!«

»Ach, hör doch auf.« Er stand auf und zog den Stecker aus der Dose.

»Dann wäre ich nicht mit dir verheiratet!«, wiederholte sie.

Er zog das Mikrofon aus der Buchse und legte den Deckel auf das Gehäuse.

»Hörst du mich?«

»Ja«, sagte er widerwillig.

»Und was sagst du dazu?«

»Oh.«

»Oh?«

»Dazu sage ich ›Oh‹«, wiederholte er. Er stellte das Tonbandgerät neben der Couch auf den Boden. »Was soll ich sonst dazu sagen?« Er legte seine Unterarme auf die Knie und sah vor sich hin, gekränkt.

»Damit das ein für alle Mal klar ist: Ich will diesen Dreck hier nicht im Haus haben«, sagte sie böse. »Den lässt du mal schön im Büro!« Sie drehte sich um und ging zurück in die Küche.

Er blieb zusammengesunken auf der Couch sitzen, erniedrigt, unverstanden und erfüllt von Selbstmitleid. Er hörte, wie sie das hintere

Zimmer wieder betrat und zwischen der Küche und dem Tisch hin- und herlief. Der Boden knarrte unter ihren Füßen.

»Kommst du zu Tisch?«, fragte sie kurz angebunden.

Er stand langsam auf und setzte sich an den Tisch, legte die Serviette über die Knie und wartete, ohne aufzusehen, bis sie sich bedient hatte.

»Warum musst du jetzt auf einmal nach Marken?«, fragte sie, als beide ihren Teller gefüllt und mit dem Essen angefangen hatten.

»Um Erzählungen aufzunehmen«, antwortete er widerwillig.

»Willst du etwa nicht reden?«

»Doch.«

»Oh, ich dachte schon. Es klang nämlich nicht sehr freundlich.«

»Ich bin auch nicht freundlich.«

»Nicht freundlich?« Sie hörte auf zu essen. »Warum bist du nicht freundlich? Was habe ich dir getan?«

»Das weißt du ganz genau.«

»Das weiß ich nicht!«

»Weil du wie eine Verrückte herumgeschrien hast wegen dieses Tonbandgeräts.«

»Wie eine Verrückte herumgeschrien?« Ihre Wut flammte erneut auf. »Nur weil ich so ein Scheißding nicht im Haus haben will, sagst du, dass ich wie eine Verrückte herumgeschrien habe? Darf ich das etwa nicht? Darf ich etwa diese Scheißtechnik nicht blöd finden? Findest du es etwa nicht mehr nett, dass ich sie blöd finde? Kommt das für dich jetzt so plötzlich, dass ich wie eine Verrückte herumschreie? Früher hast du es immer nett gefunden! Damals fandest du es nett, dass ich solche Dinge nicht im Haus haben wollte! Als du noch nicht in diesem Scheißbüro warst, war es für dich selbstverständlich, dass ich es blöd fand! Warum hast du dich plötzlich so verändert? Warum darf ich es plötzlich nicht mehr blöd finden?«

»Du darfst alles«, sagte er mürrisch. »Wenn du nur keinen Streit anfängst.«

»Ich? Streit anfangen? Wer fängt denn hier Streit an? Wer gibt denn hier so eine idiotische Antwort, wenn ich freundlich frage, was du auf Marken zu tun hast? Oder darf ich das etwa auch nicht mehr fragen?«

»Also: Ich fahre nach Marken, um Erzählungen aufzunehmen.«

»Und darf ich vielleicht auch noch erfahren, warum du da plötzlich Erzählungen aufnehmen musst?«

»Weil Beerta es mir aufgetragen hat.«

»Und warum hat Beerta es dir aufgetragen? Beerta findet Tonbandgeräte doch auch blöd!«

Er zuckte mit den Achseln. Er hatte keine Lust auf dieses Gespräch.

»Willst du mir darauf keine Antwort geben?«

»Weil man in Flandern Erzählungen auf Band aufgenommen hat«, sagte er mit Widerwillen, »will Beerta, dass ich es hier auch probiere. Und jetzt hat er jemanden getroffen, der jemand anderen kennt, der auf Marken wohnt, und der kennt wiederum ein paar alte Fischer, die etwas erzählen können. Und das habe ich erst heute Nachmittag erfahren. Und deshalb habe ich das Tonbandgerät mitgenommen, um ein bisschen zu üben, weil ich noch nie etwas mit so einem Ding aufgenommen habe. Das ist alles.«

»Und warum konntest du das dann nicht einfach so erzählen?«, fragte sie verstimmt.

Er gab darauf keine Antwort.

»Musst du nicht üben?«, fragte sie, als sie nach dem Essen im Zimmer saßen.

Er las gerade die Zeitung. »Ich darf doch nicht üben«, antwortete er, noch immer gekränkt.

»Aber du musst doch üben! Oder musst du etwa nicht üben?«

»Ich brauche nicht zu üben. Ich mache es einfach so.«

»Und warum sagst du dann erst, dass du üben musst?«

Darauf hatte er keine Antwort.

»Du lässt es doch nicht meinetwegen bleiben?«

»Natürlich lasse ich es deinetwegen bleiben!«, platzte es aus ihm heraus. »Denkst du denn, dass ich noch einmal so einen Scheiß mitmachen will?«

»Dann möchte ich, dass du jetzt übst!«

»Ich habe keine Lust zu üben.«

»Aber ich *will*, dass du übst. Sonst bedeutet es für mich, dass du noch immer böse bist!«

»Gleich.«

»Wann gleich?«

»Wenn ich die Zeitung gelesen habe.«

»Dass du es dann aber auch tust!«

Mit einem Seufzer legte er die Zeitung weg. »Verdammt noch mal! Erst darf man nicht üben, und dann muss man üben. Ich will überhaupt nicht mehr üben.« Er hob widerwillig das Tonbandgerät auf den Hocker und nahm den Deckel ab.

»Und ich will auch hören, wie meine Stimme klingt.«

Er gab darauf keine Antwort, stand auf, um den Stecker in die Steckdose zu stecken, und spulte zurück. Das Band lief von der Spule, weil er es nicht rechtzeitig gestoppt hatte. Das lose Ende wirbelte mit einem kratzenden Geräusch im Kreis herum. Er legte es wieder ein, drehte die Spule mit der Hand ein paarmal herum und drückte auf die Wiedergabetaste. »Warum hast du nicht mal ›Hallo‹ gesagt?«, ertönte Nicoliens Stimme. »Warte mal«, hörte er sich selbst sagen. Er schmunzelte, drehte den Lautstärkeregler etwas höher und lauschte gespannt, über den Apparat gebeugt. »Du hast da doch nicht etwa ein Tonbandgerät?« – »Doch.« – »Du bist doch nicht etwa am Aufnehmen?« – Er blickte verstohlen hoch. Sie hörte mit einem verlegenen Gesichtsausdruck zu. – »Du bist doch nicht etwa am Aufnehmen?« – »Schrei nicht so!« – »Mach das Ding aus! Ausmachen!« – Es knackte ein wenig. »Warum?« – »Weil ich es *will*! Weil ich dieses Scheißding nicht in meinem Haus haben will! Ausmachen, sag ich!« Es klickte, der Apparat war ausgeschaltet worden. Er drückte die Stopptaste und sah sie an, abwartend, unsicher.

»Ich finde es furchtbar«, sagte sie. »Das ist überhaupt nicht meine Stimme!«

»Doch, es ist deine Stimme.«

»Das kann nicht sein! So klingt meine Stimme nicht! So rede ich nicht!«

»Genau *so* klingt deine Stimme! So redest du!«

»Aber so *will* ich nicht reden! Du kannst es doch sicher abschneiden? Ich will nicht, dass es auf dem Band bleibt! Es kann doch wieder weggemacht werden?«

»Ich werde es löschen.«

»Dann mach das! Denn so will ich es nicht! Ich will nicht, dass meine Stimme so auf dem Band ist! Lösch es!«

»Ich verstehe nicht, dass du es kein bisschen interessant findest«, sagte er, während er das Band zurückspulte und anhielt. »So hören andere deine Stimme.«

»So hören andere meine Stimme überhaupt nicht! Hörst du? So hören andere meine Stimme überhaupt nicht! Ich *will* es nicht!«

Er zuckte mit den Achseln und drückte die rote und die schwarze Taste.

»Was machst du jetzt?«, fragte sie argwöhnisch.

»Ich lösche es wieder.«

»Ist es dann weg?«

»Ja, natürlich ist es dann weg«, sagte er mürrisch. »Wenn man es löscht, ist es weg.«

*

Das Haus stand am Rande des Dorfes. Es war neuer als die anderen. Eine Frau um die vierzig machte ihm auf. »Ich bin Koning«, sagte er, »vom Büro in Amsterdam.« Er wechselte das Tonbandgerät von der rechten in die linke Hand, um sie zu begrüßen.

»Koning?«, wiederholte sie, als sie ihn in das kleine Vorderzimmer geführt hatte. »Ich hatte gedacht, dass ein Herr Doktor Beerta kommen würde.«

»Ich bin seine rechte Hand, eine seiner rechten Hände.«

»Weil der Inspektor es sagte.«

Er lächelte, ohne weiter darauf einzugehen. Er war im Zimmer stehen geblieben und wartete, bis sie ihn aufforderte, sich zu setzen.

»Wollen Sie sich nicht setzen?«, fragte sie. »Ich hole eben meinen Mann.« Sie verließ das Zimmer.

Nach kurzem Zögern setzte er sich auf die Couch und sah sich um. Ein kleines Zimmer, mit einem dreieckigen Tischchen, einer Couch, zwei Sesseln und ein paar Stühlen, einem kleinen Bücherregal, einem großen Fernsehapparat, Messinggegenständen auf dem Kaminsims, einem Gemälde an der Wand, sehr hell. Aus dem hinteren Teil des Hauses kamen Stimmen. »Koning?«, hörte er eine Männerstimme fragen. Schritte. Die Tür ging auf. Ein jovialer, etwas scharlatanhaft wirkender Mann, der sich mit einem kräftigen Händedruck als van Altena vorstellte.

»Koning«, sagte Maarten.

»Ein Volendamer Name«, stellte der Mann fest.

»Aber ich bin kein Volendamer.«

»Wahrscheinlich nicht.«

Seine Frau kam ebenfalls wieder ins Zimmer. »Möchten Sie vielleicht eine Tasse Kaffee?«

»Und wofür ist das nun eigentlich genau?«, fragte der Mann. »Für die Zeitung?«

»Nein.« Die Frage brachte ihn in Verlegenheit. Er konnte diesem Mann doch schwerlich erzählen, dass die Erzählungen gebraucht würden, um Kulturgrenzen festzustellen.

»Weil die von der Zeitung hier manchmal vorbeikommen, und die können die Leute auf der Insel ganz und gar nicht ausstehen. Das macht sie kopfscheu.«

»Nein, es ist für das Archiv. Wir nehmen die Erzählungen auf, um sie für die Nachwelt zu bewahren, damit sie nicht verloren gehen.«

»Eine Art Bibliothek.«

»Ungefähr, aber eine aus Tonbändern.« Er langte zum Griff des Tonbandgeräts, um es auf die Couch zu heben, doch in dem Moment kam die Frau mit dem Kaffee herein. »Erst mal eine Tasse Kaffee«, sagte sie herzlich.

Er nahm ihr die Tasse ab, während er sich fragte, wo die Erzähler waren, und ob dieser Mann vielleicht zu ihnen gehörte. »Sie kennen Herrn Beerta nicht?«, fragte er.

»Nein, der Inspektor rief mich an, ob ich Doktor Beerta behilflich sein könnte. Ich bin Lehrerin.«

»Sie kennen das Büro also auch nicht.«

»Nein, eigentlich nicht.«

»Der Herr sammelt die Erzählungen für das Archiv«, erklärte ihr Mann.

»Ach so«, sagte sie. »Ja, ich dachte schon, wofür brauchen Sie die bloß.«

»Für das Archiv«, bestätigte Maarten.

»Und warum kommen Sie dann nach Marken?«

»Wir sind überall. Es geht darum, das ganze Land systematisch abzuarbeiten, damit wir später wissen, welche Geschichten man sich früher erzählt hat.«

»Oh, so ist das. Ja, nein, wir dachten einen Moment, dass es vielleicht für die Zeitung ist, das mögen sie hier nicht so.«

»Nein, es ist nicht für die Zeitung.«

Es entstand eine Stille.

»Sind Sie beide von Marken?«, fragte Maarten.

»Nein, wir kommen aus Monnikendam«, antwortete der Mann, »aber meine Frau ist hier Lehrerin, deswegen.«

»Mein Mann arbeitet auf dem Festland«, ergänzte die Frau.

»Aber Sie kennen die Leute hier.«

»Jeder kennt jeden«, versicherte der Mann. »Es ist praktisch eine einzige große Familie.«

»Leben Sie hier schon lange?« Er begann, sich zu fragen, ob sonst noch jemand eingeladen war. Nichts deutete darauf hin, dass man noch jemanden erwartete.

»Acht Jahre«, antwortete der Mann.

»Davor haben wir in Monnikendam gewohnt«, erläuterte die Frau, »aber dann konnten wir dieses Haus hier bekommen.«

Es entstand eine neuerliche Stille. Der Mann blickte auf die Armbanduhr. »Sie sind spät dran«, sagte er zu Maartens Erleichterung.

»Sie werden schon kommen«, sagte seine Frau. »Ich habe heute Morgen noch zwei von ihnen gesprochen.«

»Wie viele kommen denn?«, fragte Maarten.

»Drei«, sagte sie. »Drei alte Fischer.«

Maarten nickte. »Sind Sie einverstanden, wenn ich das Tonbandgerät schon mal aufbaue? Dann können Sie auch mal Ihre eigene Stimme hören.« Er stellte das Tonbandgerät auf die Couch, suchte eine Steckdose und stellte das Mikrofon auf das Tischchen, ausgerichtet auf die leeren Stühle. Die beiden sahen schweigend zu.

»Haben Sie schon mal so ein Ding gesehen?«, fragte Maarten und drückte die rote und die schwarze Taste herunter.

»Nie«, sagte der Mann, »aber ich habe davon gehört.« Er beugte sich etwas nach vorn. »Seltsam.«

Maarten achtete auf die grünen Anzeigestäbchen und drehte am Lautstärkeregler. »Es ist ein schönes Gerät«, sagte er.

In diesem Augenblick klingelte im Flur das Telefon. Die Frau verließ das Zimmer. Sie hörten sie in der Ferne reden, den Hörer auflegen und zurückkommen. »Kes kommt nicht«, sagte sie, als sie den Raum betrat.

»Warum nicht?«, fragte der Mann.

»Er ist plötzlich verhindert.«

»So wird es wohl sein«, sagte der Mann skeptisch.

Maarten drückte die Stopptaste. »Wollen Sie jetzt ein Stück hören?« Er spulte das Band zurück, stoppte erneut, aber zu spät, sodass er das Band wieder einlegen musste. »Das ist immer ein Elend«, sagte er. »Dafür sollten sie sich noch mal etwas überlegen.«

Draußen kam ein Kind in Holzschuhen die Treppe zur Eingangstür herauf und bollerte gegen die Tür. Die Frau verließ erneut den Raum. Maarten hörte, wie sie die Tür öffnete. »Tag, Jan«, sagte sie.

»Ich soll schöne Grüße von meinem Opa bestellen, und dass er nicht kommen kann«, sagte ein Junge gehetzt, dabei über seine Worte stolpernd.

»Das ist schade«, sagte die Frau. »Bestell ihm schöne Grüße. Ich spreche ihn dann noch.«

Gleich darauf liefen die Holzschuhe die Treppe wieder hinunter und entfernten sich.

»Commandeur kommt nicht«, sagte die Frau, als sie das Zimmer betrat. »Das war Jan.«

»Dann haben wir nur noch Schouten«, sagte ihr Mann.

»Aber das ist auch der Beste.«

»Das ist der Beste«, gab er zu.

»Wollen Sie es dann mal eben hören?«, fragte Maarten.

Die Frau nickte. Sie schien mit ihren Gedanken nicht ganz bei der Sache.

Er drückte die Wiedergabetaste. »Warum hast du nicht mal Hallo gesagt?«, ertönte Nicoliens Stimme lautstark durch das kleine Zimmer. Er drückte die Stopptaste. »Das ist meine Frau«, sagte er verlegen, »das hätte ich löschen müssen.«

Die beiden reagierten nicht.

Er drückte die Taste erneut. »Nie«, ertönte die Stimme des Mannes, »aber ich habe schon mal davon gehört. Seltsam.« – »Es ist ein schönes Gerät« – das war Maartens Stimme. In der Ferne hörte man das Klingeln des Telefons. Das Verschieben eines Stuhls, Schritte, die Stimme der Frau im Flur, unverständlich, und dann, aus der Nähe: »Kes kommt nicht.« – »Warum nicht?«, fragte ihr Mann. Wieder Stühlerücken. »Er ist plötzlich verhindert.«

Sie lauschten atemlos. »Ist das meine Stimme?«, fragte der Mann ungläubig.

»Ja, natürlich«, sagte seine Frau.

Er schüttelte den Kopf. »Unglaublich.« Er lachte vergnügt. »Da kann man mal sehen.«

Maarten spulte das Band zurück.

»Möchten Sie vielleicht eine Tasse Tee?«, fragte die Frau und stand auf.

Ihr Mann sah auf die Armbanduhr. »Ich weiß nicht, aber ich habe so eine Ahnung, dass Schouten auch nicht kommt.«

»Wir warten noch eine halbe Stunde«, entschied seine Frau. »Wenn er dann nicht da ist, ist ihm etwas dazwischengekommen.«

Eine Stunde später fuhr Maarten über eine spiegelglatte See wieder zurück. Er stand auf dem Achterdeck mit dem Tonbandgerät zwischen den Füßen und blickte auf die Hafenmole und die Holzhäuser um den Hafen herum, von denen er sich langsam entfernte. Das Schiff zog tiefe Furchen, die keilförmig ausliefen und die Insel schließlich zu umfassen schienen. Über dem Wasser schwebten Möwen. Vor der Küste dümpelte eine Gruppe von Schwänen im Wasser. Er lauschte dem tuckernden Geräusch des Motors und fühlte sich unglaublich erleichtert bei dem Gedanken, dass er diese Leute nie mehr wiederzusehen brauchte.

*

Der Beamte, der die Beratung zu den Förderanträgen durchführen sollte, hieß Buisman. Maarten schätzte ihn nicht älter als vierzig. Er hatte ein intelligentes, verletzlich wirkendes Gesicht und machte einen zu Tode erschöpften Eindruck. »Sie haben zwei Anträge eingereicht«, sagte er zu Beerta, während er eine Mappe aus der Tasche zog. Er schlug sie auf und warf einen hastigen Blick auf die beiden Briefe von Beerta, die sich darin befanden. »Einen für ein Forschungsvorhaben über Erzählungen und einen über Sprache.«

»Die Erzählforschung wird von Herrn Koning durchgeführt, das Vorhaben über die Sprache von Frau Doktor Haan«, sagte Beerta steif.

»Genau.« Er blickte flüchtig zu Maarten und danach wieder zu Beerta. »Dann kommen wir erst einmal zur Erzählforschung.«

Beerta nickte, als ob er nur am Rande damit zu tun hätte. Der Mann sah wieder zu Maarten. Maarten war klar, dass Beerta den Antrag nicht selbst verteidigen wollte und fühlte sich in die Enge getrieben. »Soll ich etwas dazu sagen?«, fragte er überflüssigerweise.

»Ja«, sagte Beerta.

Maarten blickte starr vor sich hin und ordnete seine Gedanken. »Dann sollte ich zunächst etwas zur Vorgeschichte sagen.« Er blickte auf. Der Mann sah ihn aufmerksam an. Er hatte einen Schreibblock auf den Schoß gelegt und machte eine Notiz. Sein Gesicht gefiel Maarten. Ein integrer, intelligenter Mann. Das beruhigte ihn halbwegs. »Wir machen einen Atlas«, sagte er. »Dafür kartieren wir Kulturphänomene, unter anderem traditionelle Erzählmotive, hinter denen sich alter Volksglaube verbirgt. Die Idee ist, dass diese Motive beziehungsweise Glaubensvorstellungen eine bestimmte Verbreitung haben, und diese Verbreitungsgrenzen auch die Grenzen einer historischen Kulturlandschaft darstellen. Bis jetzt haben wir solche Erzählmotive mit Hilfe von Fragebogen gesammelt, aber das liefert zu wenig Resultate. In Flandern hat man es mit Interviewern gemacht, dann bekommt man das Zehn- oder Zwanzigfache. Mit dem Antrag verfolgen wir das Ziel, auch hier Interviewer einsetzen zu können.«

Der Mann hatte interessiert zugehört. Als Maarten schwieg, plötzlich orientierungslos, machte er sich eine Notiz. »Können Sie mir so eine Karte zeigen?«

»Herr Koning hat gerade einen außerordentlich interessanten Aufsatz über das Aufhängen der Nachgeburt des Pferdes geschrieben«, sagte Beerta, während Maarten aufstand, um eine Karte zu holen.

»So interessant ist er nicht«, sagte Maarten, »denn ich kann die Ergebnisse nicht erklären.« Er zog seine Schreibtischschublade auf und holte die erste Ausgabe des Atlas heraus. »Und außerdem ist es kein Beispiel für Erzählforschung.« Er kam mit der Karte der Wichtelmännchen zurück und legte sie vor Buisman auf den Tisch. »Das hier ist so ein Beispiel.«

Buisman beugte sich interessiert über die Karte und ließ seinen Blick vom Kartenbild zur Legende wandern, um die Bedeutung der verschiedenen Zeichen zu entziffern. Maarten folgte seinem Blick. Beerta sah aus einiger Entfernung zu.

»Können Sie mir auch so eine Kulturlandschaft zeigen?«, fragte Buisman.

»Nein. Ich bin erst ein einziges Mal auf eine Kulturgrenze gestoßen, bei der Nachgeburt des Pferdes, und selbst da sind noch einige Fragen offen.«

Buisman machte sich eine Notiz. »Und warum glauben Sie, dass es Ihnen gelingt, wenn Sie mehr Daten haben?«

»Das glaube ich nicht, das hoffe ich. Es kann gut sein, dass es ein Chaos bleibt, bloß ein etwas größeres.« Er lachte. »Vielleicht wird es aber nicht einmal größer, wenn sich zeigt, dass sich überhaupt keine Erzählungen mehr finden lassen, auch nicht mit Interviewern.«

»Herr Koning sieht immer gern schwarz«, mischte sich Beerta ein. »Die reiche Ernte in Flandern lässt mich fest darauf vertrauen, dass wir hier auch Erfolg haben werden, und auf keinen Fall dürfen wir in unserem Land hinterherhinken.«

Buisman machte erneut eine Notiz. »Und wie wollen Sie an die Interviewer kommen?«, fragte er Maarten.

»In erster Linie über unsere festen Korrespondenten.«

Während sie die technischen und finanziellen Details des Unternehmens durchgingen, entspannte sich Maarten allmählich, und als de Bruin mit dem Kaffee kam, war er voll und ganz in seinem Element.

»Unser Hausmeister macht den Kaffee mit dem Buisman-Extrakt«, bemerkte er, als de Bruin den Raum verlassen hatte und Buisman seine Tasse zu sich heranzog. Er lachte.

»Mit denen bin ich in der Tat verwandt«, sagte Buisman lächelnd.

Sie tranken ihren Kaffee. Buisman sah sich um. »Sie haben es hier ruhig.«

Beerta lächelte. »Die Ruhe ist nur Schein. Wir haben viel zu tun.«

»Ist es nicht anstrengend, so schnell ein Urteil über ganz unterschiedliche Forschungsvorhaben abgeben zu müssen?«, fragte Maarten.

»Ja«, sagte Buisman, »das ist sehr anstrengend, aber es ist auch interessant, weil man so vielen verschiedenen Menschen begegnet.«

»Darum beneide ich Sie vor allem«, sagte Beerta.

Fräulein Haan saß in einem hübschen Kleid hinter ihrem Schreibtisch und wartete, bis sie gerufen wurde.

»Herr Beerta fragt, ob Sie kommen können«, sagte Maarten, als er den Raum betrat.

Sie stand sofort auf, nahm eine Mappe, die auf ihrem Schreibtisch bereitlag, und ging, ohne etwas zu sagen, durch die offen stehende Tür in Beertas Zimmer. Sie machte einen angespannten Eindruck.

Maarten ging weiter zu dem Tisch, an dem Ansing saß und arbeitete, und setzte sich ihm gegenüber. Er wirkte abwesend.

Ansing legte seinen Farbstift zur Seite und richtete sich auf. Er war damit beschäftigt, eine Karte zu zeichnen.

Maarten zog die Karte zu sich heran und betrachtete sie. »Eure Karten haben deutliche Grenzen«, sagte er, mit seinen Gedanken noch bei dem Gespräch. »Ich verstehe nicht, woran das liegt.«

»Wie war es?«, fragte Ansing.

»Wir bekommen die Förderung nie.«

»Warum nicht?«

»Weil dieser Mann sofort begriffen hat, dass es Quatsch ist. Ein intelligenter Mann.«

Ansing sah ihn müde an, ohne zu reagieren.

»Das einzig Nette war, dass er mit Buisman verwandt ist.« Er lachte.

»Warum ist es eigentlich Quatsch?«, fragte Ansing. »Kannst du mir das erklären?«

»Findest du denn nicht, dass es Quatsch ist?« Er merkte, dass van Ieperen aufgehört hatte zu zeichnen und mithörte. Das irritierte ihn.

Ansing legte eine Hand auf seine Brust. »Ich habe immer gedacht, dass das meine Eigenart wäre.«

»Das ist es natürlich auch.«

Sie schwiegen. Maarten hatte sich einen Bleistift genommen. Er stellte ihn senkrecht hin und ließ ihn ganz vorsichtig los. Der Bleistift blieb stehen. »Schau mal, was ich kann!«, sagte er stolz.

Ansing hatte interessiert zugeschaut. Er nahm auch einen Bleistift und stellte ihn hin. Er hatte große Hände mit dicken Fingern. Trotzdem blieb auch sein Bleistift stehen. »Das ist nicht so schwierig.«

»Und doch können es die meisten Menschen nicht.«

Ansing gab keine Antwort. Er stellte einen zweiten Bleistift neben den ersten und griff zu einem dritten. »Das ist nichts Besonderes. Ich weiß nicht, was das für Menschen sind.«

»*Dafür* sollten wir Fördermittel beantragen«, sagte Maarten, ohne sich entmutigen zu lassen. Er stand auf. »Ich werde mal bei Bart vorbeischauen.«

Bart saß und las, doch er schob sofort sein Buch weg, als Maarten einen Stuhl heranzog. »Ist der Herr schon wieder weg?«

»Der spricht jetzt mit Fräulein Haan.«

»Hat Frau Haan denn auch einen Antrag eingereicht?«

»Als sie hörte, dass Beerta für uns eine Förderung beantragt hatte, wollte sie auch eine. Aber wir brauchen uns keine Sorgen zu machen, wir kriegen sie nicht.«

»Das wäre furchtbar schade.«

»Nein, warum? Ich darf gar nicht daran denken. Ich wüsste nicht, wo ich die Zeit hernehmen sollte, um das auch noch zu organisieren.«

»Aber haben Sie Herrn Beerta das denn nicht gesagt?«

»Das hat überhaupt keinen Sinn.«

»Ich glaube schon, dass ich es Herrn Beerta sagen würde. Was, wenn Sie die Förderung doch bekommen, dann haben Sie viel zu viel zu tun.« In seiner Stimme lag Besorgnis.

»Wir bekommen sie nicht«, versicherte Maarten. »Der Mann ist doch nicht verrückt. Er ist intelligent.«

Einen Monat später kam die Mitteilung, dass der Förderantrag für die Erzählforschung bewilligt und der für die Sprachforschung abgelehnt worden war.

*

»Jetzt, wo Nijhuis krank ist, müsst ihr wohl selbst eure Haushaltsplanung machen«, sagte Beerta.

»Was hat Nijhuis eigentlich?«, fragte Maarten.

»Nijhuis hat es am Herzen.«

»Am Herzen?«

»Ja, das hat mich auch gewundert.«

»Müssen wir dann nicht etwas für ihn organisieren?«

Beerta drehte sich um und blickte ihn über seine Brille hinweg an. »Was wolltest du denn organisieren?«

»Ihm etwas bringen?«

»Gut, dann bring ihm etwas.« Er machte sich wieder an die Arbeit. »Sag de Bruin, er soll dir etwas Geld aus der Kaffeekasse geben.«

Maarten dachte nach. »Wo ist er jetzt?«

»Er ist zu Hause«, antwortete Beerta, ohne von der Arbeit aufzublicken.

Maarten dachte erneut nach, doch da er zu keinem Entschluss kam, schob er das Problem weg. Er erhob sich und sah auf die Stapel mit Mappen auf dem Tisch hinter Beerta.

»Suchst du etwas?«, fragte Beerta.

»Den letzten Haushaltsplan.«

Beerta stand auf und ging zum Tisch. Er zog eine Mappe aus einem der Stapel, blätterte darin und reichte Maarten eine Einlegemappe. In dem Moment ging die Tür auf. Balk trat ein. Er hatte ein gelbes Stück Papier in der Hand, einen alten Bibliotheksschein, wie sie von Beerta als Schmierpapier benutzt wurden. »Wie kann ich eine Kostenaufstellung machen, wenn ich den alten Haushaltsplan nicht habe?«, sagte er übellaunig.

»Den wollte ich dir gerade bringen«, sagte Beerta. Er reichte ihm genauso ein Mäppchen, wie er es Maarten gegeben hatte.

Wortlos verließ Balk den Raum.

Maarten setzte sich an den Schreibtisch und schlug die Mappe auf. »Wo wohnt Nijhuis eigentlich?«

»An der Lindengracht.«

»Das ist bei mir in der Nähe.«

»Ja, das ist bei dir in der Nähe, aber jetzt muss ich endlich arbeiten.«

Maarten ging die Mappe durch. Sie enthielt die jährlich wiederkehrenden Rubriken mit immer ungefähr denselben Zahlen. Die Zahlen sagten ihm nichts. Er betrachtete sie eine Weile, stand auf und verließ den Raum mit dem letzten Blatt aus der Mappe in der Hand. Fräulein Haan saß an ihrem Schreibtisch, van Ieperen stand hinter dem Zeichentisch, Ansing saß ungefähr in der Mitte des Raums an seinem Tisch. Maarten blieb bei ihm stehen. »Hast du Lust, gleich mit zu Nijhuis zu gehen?«

Ansing richtete sich auf. »Ja, klar.«

Fräulein Haan sah hoch. »Ist Nijhuis krank?«

»Ja«, sagte Maarten widerwillig. Er fand es schwierig, das Wort direkt an sie zu richten. Offenbar ging es ihr genauso, denn in ihrem Gesicht zuckte es.

»Was fehlt ihm?«

»Er hat es am Herzen.«

»Sie gehen doch für uns alle?«

»Natürlich.« Er wendete sich Ansing zu. »Am späten Nachmittag?«

»Wenn ich die Erlaubnis dazu bekomme.« Er sah Fräulein Haan an.

»Für so etwas bekommen Sie die Erlaubnis«, sagte sie knapp. »Was bringt ihr ihm mit?«

»Ich hatte an einen Früchtekorb gedacht«, antwortete Maarten widerwillig. Sie nickte und machte sich wieder an die Arbeit.

Van Ieperen hatte aufmerksam zugehört und zwinkerte ihm zu.

Maarten ging weiter zum Zimmer von de Gruiter. Der las und zupfte dabei sanft an seinem Ohrläppchen. Als Maarten eintrat, blickte er träge auf. »Ich lese hier gerade, dass man in Flandern gegen Schuppen einen Maulwurf zu Tode quetscht«, sagte er mit Schaudern. »Das ist doch grauenhaft.« Sein Gesicht drückte tiefen Abscheu aus.

»Ja, das macht man da«, sagte Maarten.

»Aber das ist doch nicht normal! Solche Dinge passieren bei uns doch wohl hoffentlich nicht mehr? Das machen sie da in Flandern doch bestimmt, weil sie noch katholisch sind.«

»Ich glaube nicht, dass es damit etwas zu tun hat. Es ist primitiv.«

»Aber so etwas erwartet man doch nicht von zivilisierten Menschen!«

»Kennen Sie die *Oubliette* von Vestdijk?«

»Wo man die Armen in den Keller steckt?«

Maarten nickte. »Das ist derselbe Gedankengang.«

De Gruiter erschauderte. »Und die jungen Mädchen, die sie erst befruchten, und später schießen sie auf sie.« Er schüttelte den Kopf. »Abscheulich! Ich habe deshalb die ganze Nacht nicht schlafen können.«

Maarten sah ihn erstaunt an. Er erinnerte sich nicht an die jungen Mädchen, die geschwängert wurden.

»Pfui! Was ist das alles für ein Elend! Wie kommen die bloß darauf?«

»Aber ich bin eigentlich wegen einer anderen Sache hier«, sagte Maarten. Er legte das Papier mit dem Haushalt des vorangegangenen Jahres vor de Gruiter hin. »Können Sie mal nachsehen, wie viel wir im letzten Jahr für die Bibliothek ausgegeben haben?«

De Gruiter betrachtete das Blatt. Es dauerte eine Weile, bis die Frage zu ihm durchdrang. »Nein, das müssten Sie Nijhuis fragen.«

»Nijhuis ist krank.«

»Nijhuis ist krank?« Ihm ging ein Licht auf. »Ja, ich habe nämlich schon ein paarmal gedacht … Nein, das weiß ich wirklich nicht. Da müsste ich alles zusammenzählen, und dafür habe ich keine Zeit. Sie können aber das Buch bekommen.« Er zog eine Schublade auf und händigte Maarten ein Heft im Folioformat aus.

Maarten schlug es auf. Es enthielt die Titel der angeschafften Bücher, davor das Eingangsdatum und dahinter den Betrag, den sie gekostet hatten. »Gut«, er schloss es wieder, »vielen Dank.«

Zurück in seinem Zimmer setzte er sich an den Schreibtisch. Er öffnete das Heft, betrachtete die Zahlenreihen, blätterte zurück zum Anfang des Jahres und zählte die Seiten. Nachdenklich hob er den Kopf und sah in den Garten. Beim Hauptbüro war der Gärtner damit beschäftigt, die Blumenbeete mit Stroh abzudecken. Mechanisch zog er eine Schreibtischschublade auf, holte ein Blatt Schmierpapier heraus und legte es neben das Heft. Anschließend begann er zu zählen, zuerst genau, doch schon bald nur noch in Dezimalschritten. Unten auf der sechsten Seite stoppte er kurz. »Noch etwas«, sagte er und blickte über die Schulter. »Wer kümmert sich jetzt um die Verschickung der Fragebogen? Denn Slofstra kann das nicht allein.«

»Ich werde Meierink damit beauftragen«, antwortete Beerta.

»Dann wird es niemals pünktlich fertig.«

»Dann muss de Gruiter ihm eben helfen.«

»Wenn er das denn macht«, sagte Maarten skeptisch.

»Er wird es schon machen«, sagte Beerta, ohne von der Arbeit aufzusehen. »De Gruiter ist nicht Wiegel.« Wenig später stand er auf und verließ den Raum. Etwa zehn Minuten später hörte Maarten seine Stimme und die de Gruiters im hinteren Zimmer. Das Gespräch dauerte bestimmt eine halbe Stunde. In dieser Zeit beendete Maarten die Arbeit an der Haushaltsplanung, ging zum Tisch, setzte sich hinter seine Schreibmaschine und begann zu tippen.

»Meierink und de Gruiter sind bereit, dieses eine Mal die Verantwortung zu übernehmen«, sagte Beerta, als er wieder hereinkam, »obwohl beide gerade sehr beschäftigt sind.« Er rieb sich die Hände. »Sie arbeiten beide hart.« Er blieb an seinem Schreibtisch stehen und sah Maarten amüsiert an. »Ich hatte ein ausführliches Gespräch mit de Gruiter.« Er senkte seine Stimme. »Wusstest du, dass er nicht mal ein Girokonto hat?« Er kicherte. »So weltfremd, wie der Mann ist.«

Maarten lachte. »Ich habe den Haushaltsplan fertig.« Er zog die Blätter aus der Schreibmaschine und gab Beerta das oberste.

Beerta sah es sich an, dabei seine Lippen spitzend. »Warum hast du den Posten Publikationen gestrichen?« Er blickte Maarten an.

»Weil es im nächsten Jahr keine Publikationen gibt.«

»Und was ist mit dem zweiten Band des Atlas?«

»Der ist noch lange nicht fertig.«

»Aber darauf zähle ich«, sagte Beerta gebieterisch. »Wir haben sowieso schon ein Jahr übersprungen. Wir können es nicht noch ein Jahr verschieben.«

»Ich wüsste nicht, wie ich das schaffen sollte«, sagte Maarten trotzig. »Jetzt, wo wir die Förderung bekommen haben, muss ich das Erzählvorhaben organisieren, und wir müssen außerdem alle Erzählungen, die in Flandern aufgezeichnet worden sind, in die Karten einarbeiten. Wir können nach der Kritik von Pieters nicht noch einmal mit unvollständigen Karten kommen.«

»Dann machst du eben Karten über Themen, die vollständig sind.«

»Das geht nicht in einem Jahr. Außerdem wollten Sie nach der Kritik von Güntermann Kommentare haben. Das kostet Zeit.«

»Dann bittest du eben jemanden, dir zu helfen.«

»Wen?«

Beerta presste die Lippen aufeinander. »Jedenfalls kannst du so einen Posten nicht einfach streichen. Dann kriegst du ihn nie wieder zurück.«

»Da bin ich anderer Meinung. Ich finde, dass man erst dann einen Betrag aufführen sollte, wenn eine Publikation vorliegt, die der Mühe wert ist. Sonst gibt es einen Saustall.«

»Du bist ein Querkopf«, sagte Beerta unzufrieden. »Ich werde es mir überlegen, aber ich denke nicht, dass ich den Haushaltsplan so akzeptiere.« Er wandte sich ab, legte das Blatt auf einen Stapel zu seiner Linken und setzte sich. »Dann noch lieber so ein Herr de Gruiter«, sagte er. »Der macht wenigstens, was man ihm sagt.«

»Herr Koning!«, rief Slofstra, als Ansing und Maarten auf dem Weg nach draußen durch den ersten Raum gingen.

»Jetzt nicht, Herr Slofstra«, antwortete Maarten, ohne seinen Schritt zu verlangsamen. »Wir müssen jetzt zu Nijhuis.«

»Aber ich werde heiraten.«

»Geht ihr zu Nijhuis?«, fragte Meierink und sah auf.

»Heiraten?«, fragte Maarten. Er blieb stehen. »Ja«, sagte er zu Meierink, »wir wollen ihm etwas vom Büro bringen.«

Ansing war weitergegangen und wartete bei der Tür, mit der Hand an der Klinke.

»Ich bin bei einem Heiratsinstitut registriert!« Er hielt ein Papier hoch. »Wollen Sie es nicht kurz sehen?«

»Bestell ihm schöne Grüße und wünsch ihm gute Besserung«, sagte Meierink.

»Mach ich«, antwortete Maarten, während er an Meierink vorbei zu Slofstra ging. Er nahm das Papier. Es handelte sich um eine Mitteilung des Nationalen Christlichen Büros für Heiratsvermittlung, wonach Slofstra als Kandidat registriert worden war.

»Jetzt, wo ich eine Stelle habe, muss ich doch auch eine Frau haben«, erklärte Slofstra. »Denn so ist das nichts.«

»Haben Sie schon jemanden vermittelt bekommen?«, fragte Maarten, während er ihm das Papier zurückgab.

Slofstra musste über diese dumme Bemerkung herzlich lachen. »Wie sollte das wohl gehen? Ich bin gerade erst registriert worden! Ich musste einen ganzen Fragebogen ausfüllen! Den müssen die natürlich erst lesen!«

»Was müssen sie denn wissen?«

»Welche Charaktereigenschaften ich habe und so.«

»Und welche sind das?«

»Immer vergnügt und grundehrlich!«

Maarten lachte. »Das scheint mir eine gute Zusammenfassung. Aber jetzt muss ich zu Nijhuis.«

»Grüßen Sie ihn! Was hat er eigentlich?«

»Er hat es am Herzen.« Er ging weiter zur Tür.

»Das ist nicht so schön.« Er machte ein besorgtes Gesicht. »Wünschen Sie ihm gute Besserung! Von Slofstra!«

»Slofstra ist hier der Einzige, der normal ist«, sagte Maarten amüsiert, während sie durch den Flur zur Eingangstür gingen.

»Das hängt von der Definition ab«, fand Ansing.

Sie grüßten de Bruin, der in seinem Verschlag stand und die Tassen abwusch. Ansing hielt Maarten die Tür auf, sie traten auf die Straße. Draußen war es neblig und kühl. Es begann bereits zu dämmern.

»Und wie lautet die Definition?«, fragte Maarten.

»Ach, ich glaube, dass ich im Büro alle normal finde.«

Maarten lachte.

Sie gingen über die Brücke und bogen rechts ab. Als sie in der Nähe des Nieuwmarkt waren, kam ein Motorrad mit hoher Geschwindigkeit von rechts, nahm scharf die Kurve, hätte um ein Haar die Bürgersteigkante gestreift und sauste dicht an ihnen vorbei. »Arschloch!«, rief Maarten und sah sich um. Ansing, der sich dicht an der Bordsteinkante befand, ging unbeirrt weiter.

»Stell dir vor, er hätte den Bürgersteig mitgenommen«, sagte Maarten wütend.

»Dann hätte er mir ziemlich weh getan«, gab Ansing zu.

Die Antwort amüsierte Maarten. »So einen Mann könnte ich mit Freuden umbringen.«

»Dann könntest du mit dem Umbringen gleich weitermachen«, fand Ansing.

Auf dem Platz, an der Mauer der Waag, standen Weihnachtsbäume. Der Händler, ein Mann mit einer Mütze, schlug die Arme um den Körper, um sich warm zu halten. Über den Bäumen hing eine Karbidlampe, deren Flamme in der nebligen Dämmerung aufleuchtete. Sie gingen den Zeedijk hinunter und an der Prins Hendrikkade entlang. In einem Obst- und Gemüsegeschäft am Beginn der Haarlemmerstraat kauften sie einen großen Karton mit Obst, den Ansing wie selbstverständlich an sich nahm.

Nijhuis wohnte am Anfang der Lindengracht, im ersten Stock eines kleinen, alten Hauses. Sie fanden ihn im vorderen Zimmer. Er saß in einem altmodischen Ledersessel, die Beine ausgestreckt. Das Zimmer lag im Halbdunkeln. Es gab nur das Licht einer Lampe an der Ecke des Kamins sowie einer kleineren Lampe beim Plattenspielertisch hinten im Raum. Außer ihm selbst waren da noch seine Frau und zwei kleine Kinder, die am Tisch vor dem Fenster saßen und malten. In der Dämmerung wirkte sein Gesicht noch blasser als sonst.

»Tag, Teun«, sagte Maarten und war sich im selben Moment bewusst, dass dies das erste Mal war, dass er Nijhuis beim Vornamen anredete.

Nijhuis nickte. Einen Augenblick schien es, als ob er ihnen die Hand geben wollte, doch dann sah er davon ab.

»Setzt euch doch«, sagte seine Frau. Sie selbst setzte sich zu den Kindern an den Tisch, während Maarten und Ansing in den beiden anderen Sesseln Platz nahmen.

Ansing schob den Karton mit Obst zwischen sich auf das Tischchen. »Das ist vom Büro«, sagte er laut.

»Vielen Dank«, sagte Nijhuis. »Und danke auch den anderen.« Seine Stimme war heiser. Er hustete.

»Wie geht's?«, fragte Maarten, während er ihn prüfend ansah.

Hinter ihnen sprach die Frau leise mit den Kindern.

»Beschissen.«

»Du hast was am Herzen«, sagte Ansing.

Nijhuis nickte.

»Was hast du genau?«, fragte Maarten.

»Ich warte auf die Aufnahme. Sie wissen es nicht.«

»Was tut es denn? Oder was tut es nicht?«

»Es schlägt zu langsam.« Er wartete einen Moment. »Ich habe mich schon eine ganze Weile ziemlich beschissen gefühlt.«

»Ein Sportlerherz«, stellte Ansing fest.

Nijhuis lächelte matt. »Ja. Wie läuft's im Büro?«

»Ich habe dich heute verflucht«, gestand Maarten, »denn ich musste, jetzt, wo du nicht da bist, die Haushaltsplanung machen.«

»Einfach dieselben Zahlen wie im Vorjahr«, sagte Nijhuis.

»Ich habe den Posten Publikationen gestrichen.«

»Das gibt Ärger. Das wird Anton niemals schlucken.«

»Den Ärger gibt es schon.«

»Und Slofstra?«, fragte Nijhuis. Er sprach leise. Es hatte den Anschein, dass das Gespräch ihn ermüdete.

»Slofstra hat sich bei einem Heiratsinstitut einschreiben lassen.«

Nijhuis lächelte. »Jetzt, wo er eine Stelle hat.«

Sie schwiegen. Maarten suchte vergeblich nach einem neuen Gesprächsthema. Nijhuis blickte geistesabwesend vor sich hin, mit den Armen auf den Sessellehnen. Sein Gesicht hatte ein wenig Farbe bekommen. In die Wirklichkeit zurückgekehrt, sah er Maarten an. »Bestell Slofstra schöne Grüße von mir.«

»Er sah ziemlich krank aus«, sagte Ansing, als sie auf der Straße waren.

»Ja«, sagte Maarten. Er schwieg. Der Besuch hatte ihn nachdenklich gemacht. »Es war traurig«, fügte er noch hinzu.

Sie gingen schweigend an der Gracht entlang, in Richtung seines Hauses. Die Straßenlaternen brannten. Der Nebel war dicker geworden.

»Was hast du jetzt vor?«, fragte Maarten.

»Ich denke, ich werde irgendwo essen gehen. Jetzt noch selbst etwas zu machen, habe ich keine Lust.«

»Wenn du Lust auf einen Schnaps hast?«

Nicolien saß unter der Lampe im hinteren Zimmer und las die Zeitung, als sie eintraten.

»Leg deinen Mantel einfach aufs Bett«, sagte Maarten zu Ansing. Er öffnete die gläserne Zwischentür.

»Du bist spät«, sagte sie und sah auf.

»Wir sind bei Nijhuis gewesen. Er ist krank. Das hier ist Hendrik Ansing.«

Ansing trat aus dem Dunkel hinter ihm in den Raum.

Sie stand auf. »Nicolien Koning«, sagte sie verlegen.

»Hendrik Ansing.« Er richtete sich auf, mit der linken Hand auf dem Bauch, und gab ihr die Hand.

»Ich habe Hendrik auf einen Schnaps mitgebracht«, sagte Maarten.

»Wenn es recht ist«, sagte Ansing, »denn ich schneie hier einfach so rein.«

»Hendrik findet alle im Büro normal«, teilte Maarten mit.

»So habe ich das nicht gesagt!«, protestierte Ansing.

»Slofstra auch?«, fragte sie.

»Darum ging es ja gerade«, sagte Ansing. »Maarten sagte, dass Slofstra für ihn der einzig Normale ist. Das geht mir nun wirklich zu weit!«

»Willst du alten oder jungen Genever?«, fragte Maarten, während er in die Küche ging.

»Einen alten, bitte«, sagte Ansing.

»Und du?«, fragte Maarten.

Nicolien wollte auch einen alten.

Er holte den alten und den jungen Genever aus der Küche und ging damit zurück ins Zimmer.

»Was hat Nijhuis?«, fragte Nicolien.

»Nijhuis hat es am Herzen«, antwortete Maarten, während er die Gläser hinstellte.

»Er hatte ganz schön zu kratzen«, fand Ansing. Er sah auf die Flasche, aus der Maarten sein Glas füllte.

Sie nahmen einen Schluck. Ansing stellte sein Glas wieder zurück und stand auf. »Darf ich hier auch mein Jackett ausziehen?«

»Häng es einfach über den Stuhl«, sagte Maarten.

Ansing drapierte seine Jacke über die Stuhllehne und sah sich um. »Ich finde, ihr habt es gemütlich hier!«, sagte er, bevor er sich wieder hinsetzte. Er trug einen unförmigen braunen Pullover, der am unteren Rand kaputt war.

»Und warum ist es nun Quatsch?«, fragte Maarten. »Hast du darüber noch mal nachgedacht?«

Ansing legte seine Hand auf die Brust. »Das waren nicht meine Worte. Es waren deine.«

»Hendrik findet, dass Wissenschaft Quatsch ist«, sagte Maarten lachend zu Nicolien.

»Na!«, entgegnete Ansing. »Das geht jetzt doch ein bisschen weit!«

»Aber es ist doch Quatsch!«, sagte Maarten. »Es ist doch idiotisch, dass zehn Leute, davon die Hälfte mit einem großzügigen Gehalt, Beertas Hobbys pflegen. Das ist so, als ob man zu zehnt für jemand anderen Briefmarken sammelt. Ich sehe keinen Unterschied, außer, dass man dafür nicht bezahlt würde.«

Es war deutlich, dass diese Sicht auf die Wissenschaft für Ansing neu war. »Ich glaube, wenn ich so darüber dächte, würde ich mir eine andere Stelle suchen.«

»Und wenn es nun keine andere Stelle gibt? Denn das trifft auf jede Stelle in unserem Fach zu. Das Problem ist, dass wir schlicht und ergreifend mit einem Haufen überschüssigen Intellekts dasitzen: Söhnchen von Pastoren, Lehrern, Journalisten und Beamten, die alle zu zart gebaut sind, um eine Schippe in die Hand zu nehmen, aber von der Straße ferngehalten werden müssen, weil sie sonst anfangen, Schwierigkeiten zu machen, oder verrückt würden.« Er lachte. »Ich meine, was ich sage. Das erklärt auch die endlosen, blutleeren Spezialisierungen in unserem Fach: Es gibt immer mehr von diesen Schwächlingen, die darauf warten, untergebracht zu werden.«

»Ich fühle mich eigentlich nicht wie ein Schwächling«, sagte Ansing.

Maarten lachte. Er trank langsam von seinem Schnaps. »Es ist natürlich alles noch viel schmieriger«, sagte er nachdenklich. »Warum gibt es in so einem Büro fast keine Frauen? Warum stellt jemand wie Beerta immer nur junge Burschen ein? Wenn man richtig darüber nachdenkt, ist die Wissenschaft doch nichts anderes als ein einziges großes, von der Gesellschaft finanziertes Bordell, und nicht nur die Wissenschaft, sondern auch der ganze Beamtenapparat.« Der Gedanke belustigte ihn. Er erinnerte sich an das Telefongespräch mit 't Mannetje an einem der ersten Tage im Büro. »Nichts als ein einziger großer Bauernwagenverein.«

»Du willst doch wohl nicht sagen, dass Beerta homosexuell ist?«, fragte Ansing.

Maarten sah ihn erstaunt an. »Natürlich ist er homosexuell. Er wohnt doch auch mit Ravelli zusammen.«

»Mit Ravelli?«, sagte Ansing erstaunt. »Dahinter habe ich nie etwas vermutet. Nein! Daran habe ich nie gedacht.« Er legte die Hand auf die Brust. »Aber vielleicht, weil ich selbst nicht homosexuell bin?«

»Wer weiß«, sagte Maarten skeptisch.

Ansing ging ein Licht auf. »Jetzt verstehe ich auch, warum Ravelli mir erzählt hat, dass sechsundneunzig Prozent aller Männer bisexuell sind. Ich fand das eine ziemlich verrückte Geschichte. Na, dann gehöre ich sicher zu den vier Prozent, habe ich damals gedacht, denn dazu habe ich nun überhaupt keine Neigung.«

Nicolien stand auf. »Ich muss in die Küche. Möchtest du vielleicht zum Essen bleiben?«

»Na ja!« Er richtete sich auf. »Ja, gerne! Aber ihr habt doch überhaupt nicht mit mir gerechnet?«

*

Maarten saß an der Schreibmaschine. Beerta war aufgestanden, mit dem Kaffee in der Hand. Er rührte langsam darin herum, drehte sich in Maartens Richtung und beobachtete ihn amüsiert, während er die

Tasse zum Mund führte. »Du weißt doch Bescheid über die Sache mit Pietje Valkenburg?« Er nahm vorsichtig einen Schluck.

Maarten hörte auf zu tippen. »Ich habe davon gehört.«

Beerta sah ihn an. »Du weißt doch einiges.« Er schwenkte die Tasse langsam im Kreis. »Du weißt natürlich auch Bescheid über meine Verurteilung?«

»Nein, wann war das?«

Beerta zögerte. Es hatte den Anschein, als ob er diese Antwort nicht erwartet hatte. »1940.«

»Und aus welchem Grund?«

»Weißt du das wirklich nicht?«, fragte Beerta ungläubig.

»Nein.«

»Dann frage ich mich, ob ich es dir erzählen sollte.« Er zögerte und blickt Maarten streng an. »Es ging um die Anschuldigung eines minderjährigen Jungen, dass ich gewisse Handlungen mit ihm verrichtet hätte, was natürlich nicht stimmt.« Er blinzelte nervös.

»Und warum hat man Sie dann verurteilt?« Er verbarg ein wachsendes Unbehagen.

Beerta zögerte erneut. »Es ist so kompliziert, das alles zu erzählen, dass ich nicht weiß, ob ich überhaupt damit anfangen sollte.« Er schwieg einen Moment. »Wenn ich es erzähle, sage ich immer dazu, dass man einen Tag, eine Nacht und noch einen Tag zuhören muss, um alles zu verstehen.«

»Das ist lang.« Maarten fragte sich, ob er sich wieder an die Arbeit machen sollte, doch da es ihm unhöflich erschien, zögerte er und sah unschlüssig vor sich hin, mit den Fingern über den Tasten.

Beerta betrachtete ihn. »Es ist so, dass der Staatsanwalt, der den Fall vor Gericht gebracht hat, etwas gegen mich hatte und den Richter überzeugen konnte, obwohl der Psychiater, der als Sachverständiger gehört wurde, erklärte, dass ich so etwas unmöglich getan haben könnte, einfach, weil ich nicht so veranlagt bin. Ein unangenehmer Mensch übrigens, dieser Psychiater, ein harter Mann, aber was das betraf, hatte er jedenfalls recht.« Er schwieg.

»Kannten Sie den Staatsanwalt denn?«, fragte Maarten, um die Stille zu beenden.

»Nein, den kannte ich nicht.« Er dachte nach. »Dann werde ich doch noch etwas mehr erzählen müssen.« Er schwieg, offenbar, um seine Gedanken zu ordnen. »Dieser Junge, der mich beschuldigt hat, war ein äußerst zwielichtiger Bursche, mit einer ganz schlechten Reputation, der mit allerhand hohen Herren ein Verhältnis gehabt hatte, und der Staatsanwalt wollte dies dann anhängig machen, aber weil so viele hohe Herren betroffen waren, hat er das Verfahren einstellen müssen, sonst hätte es einen gewaltigen Skandal gegeben. Und dann fanden sie in dem Notizbuch des Jungen, in dem all die Namen standen, auch meinen. Ich weiß nicht mehr, warum. Ich hatte diesen Jungen einmal getroffen, aber da war nichts vorgefallen. Der Staatsanwalt dachte damals wahrscheinlich: Die hohen Herren kann ich nicht kriegen, aber diesen kleinen Mann in Amsterdam werden wir uns greifen. Noch am selben Tag hat er von der Sittenpolizei eine Durchsuchung in meinem Büro, das war damals noch gegenüber, und bei mir zu Hause durchführen lassen.« Er wandte sich ab, stellte die Tasse auf seinen Schreibtisch, drehte den Stuhl in Maartens Richtung und setzte sich. »Langweilt es dich?«

»Nein, ich verstehe es nur nicht.«

Beerta nickte ernst. »Das kommt, weil es so kompliziert ist. Und es wird noch viel komplizierter«, er legte die Hände gegeneinander, »denn bei der Durchsuchung haben sie sehr belastendes Material gefunden, sehr belastend.« Er sah Maarten starr an.

Maarten lauschte, ohne etwas zu sagen.

»Ja, im Nachhinein versteht man nicht, wie so etwas möglich ist, aber damals wurde das sehr ernst genommen.« Er blinzelte erneut. »Ich hatte damals nämlich gerade von einem alten Junggesellen ein umfangreiches Manuskript bekommen, und das lag noch auf meinem Schreibtisch, und dazu gehörte auch eine Mappe mit Ausschnitten aus deutschen Blättern der Jahre um 1890, aus dem *Simplicissimus* und so, mit Abbildungen von Mädchen, die Schläge auf den nackten Po bekommen. Ich hatte noch zum Vorsitzenden der Kommission gesagt, der damals zufällig zu Besuch kam: ›Was dieser alte Junggeselle doch für verrückten Hobbys nachgeht!‹ Und diese Mappe war das Erste, was ich sah, als ich zum Untersuchungsrichter musste, sie lag oben auf der Akte. Und das Erste, was er sagte, war: ›Sie gehen aber merkwürdigen Hobbys nach. Seit wann ist das bei Ihnen so?‹ Und ich fand das so dumm, dass ich sagte: ›Oh, das ist angeboren.‹ Dass er sich nicht mal gefragt hatte, wie ich denn dazu käme, Zeitungsausschnitte aus dem Jahre 1890 zu sammeln! Abgesehen von der Tatsache, dass Ausschnitte aus dem Deutschland des neunzehnten Jahrhunderts natürlich niemals Pornografie sein können. Ich habe die Mappe auch nie zurückbekommen. Ich habe mich später noch darum bemüht, weil sie schließlich zum Manuskript gehörte, doch sie war nicht mehr auffindbar, sie wird also wohl bei dem ein oder anderen Sammler am Gericht hängen geblieben sein.«

»Und dafür sind Sie verurteilt worden?«, fragte Maarten ungläubig.

»Nicht dafür! Aber sie hatten bei der Hausdurchsuchung auch mein Tagebuch gefunden, und darin standen allerlei Phantasien, die sehr belastend waren. Als ich beim Untersuchungsrichter war, sah ich, dass vieles rot unterstrichen war, aber er hatte begriffen, denn er sagte sofort: Das Tagebuch ist Literatur, das lege ich mal zur Seite. Und trotzdem ist in der Gerichtsverhandlung daraus zitiert worden. Ich war damals rasend. Man hat sogar noch eine Passage in das Urteil aufgenommen.«

»Über diesen Jungen.«

»Nein, über mich selbst. Das Tagebuch handelt nur von mir selbst. Ich bin introvertiert.«

»Es standen also überhaupt keine Tatsachen in dem Tagebuch?«

»Nein, warum fragst du?«

»Weil ich es unglaublich finde.«

»Es *ist* auch unglaublich! Das sagte ich dir schon! Und das war auch die Meinung des Psychiaters, für die er vom Gericht ordentlich eins auf den Deckel bekommen hat, weil er sich mit der Schuldfrage befasst hatte. Er hätte nur Bericht erstatten dürfen. Aber ich langweile dich.«

»Nein, Sie langweilen mich nicht. Ich verstehe es nur nicht. Dieser Psychiater hat also das Tagebuch gelesen?«

Beerta nickte. »Er hat das Tagebuch gelesen. Eines Tages kam er in meine Zelle, denn ich saß damals in Untersuchungshaft, und sagte: ›Sie führen Tagebuch. Darf ich es lesen?‹ – ›Nein, natürlich nicht‹, sagte ich. – ›Ich will es lesen‹, sagte er. – ›Das geht nicht‹, sagte ich, ›denn es stehen dort auch Dinge über Sie drin.‹ – ›Und keine positiven‹, sagte er. – ›Nein‹, sagte ich, ›keine positiven.‹ Denn ich fand ihn wirklich schrecklich. Aber schließlich habe ich es ihm doch geben müssen. Ich war in der schwächeren Position, und dann gibt man eben nach.«

»Und aufgrund des Tagebuchs kam der Psychiater also zu dem Schluss, dass Sie es nicht getan hatten?«

»Ja. Der Psychiater sagte: ›Ich bin hundert Prozent, nein, nicht hundert Prozent, denn das ist natürlich nicht möglich, aber ich bin zu siebenundneunzig Prozent sicher, dass Beerta es nicht getan hat, denn er hat einen starken Mutterkomplex und würde nie etwas tun, was seine Mutter nicht gutheißen würde. Und wenn er es dennoch täte, würde er bestimmt ein Geständnis ablegen, denn er hat ein unglaublich starkes Strafbedürfnis.‹ Und das hatte er sehr gut erkannt, denn ich finde es eigentlich herrlich, bestraft zu werden.«

Maarten schüttelte den Kopf. »Wie kann jemand zu siebenundneunzig Prozent sicher sein? Worauf stützt er sich? Woher weiß er das?«

»Das wusste er natürlich auch nicht. Er stützte sich hauptsächlich auf den Charakter dieses Jungen, der war ein pathologischer Lügner. Und er sagte damals auch etwas, das ich zwar merkwürdig fand, aber dessen Richtigkeit ich später ebenfalls erkannt habe. Er sagte, dass dieser Junge in mich verliebt gewesen wäre und ich jemand sei, oder war, in den sich junge Burschen verlieben. Ich selbst merke so etwas nicht, aber es scheint doch so zu sein. Und im Nachhinein habe ich begriffen, dass das auch bei Pietje Valkenburg der Fall gewesen sein muss, denn er war ein ziemlich ekliges Bürschchen, ein komischer Junge, aber Springvloed drängte so darauf, dass ich ihn hier anstellen sollte, weil er Führung bräuchte, dass ich es schließlich getan habe. Auch ein Junge, der, ebenso wie der andere, mit so merkwürdigen Geschichten ankam, dass er mit Männern ins Bett ginge und dass das so schön wäre, und ob ich das nicht auch einmal mit ihm tun wolle. ›Aber darauf habe ich überhaupt keine Lust, mein Junge‹, habe ich dann gesagt. Aber eigentlich hätte ich ihn natürlich wegschicken müssen. Ich hatte nur Mitleid mit ihm. Und dann hat er zu seinem Vater gesagt, ich glaube, um sich zu rächen, dass ich ihn belästigen würde. Und so ist die Sache ins Rollen gekommen. Aber das wusstest du ja schon.«

»So im Detail wusste ich es nicht. Ich fand es nur nicht so klug, dass Ihre Vorlesungen damals ausgesetzt wurden. Das ist natürlich *der* Weg, um etwas an die große Glocke zu hängen.«

»Das war auch nicht klug, aber das wollte der Vorsitzende der Fakultät so. Springvloed stand von Anfang an hinter mir.«

Es war einen Moment still.

»Aber jetzt verstehst du natürlich auch, warum das damals so ein Problem für mich war, denn ich war ja schon einmal wegen einer ähnlichen Sache verurteilt worden, und damals hatten sie mich nicht entlassen, obwohl sie es durchaus gekonnt hätten, doch der Präsident des Hauptbüros hat es nicht getan, weil mein Psychiater ihn beschwor, dass ich unschuldig sei. Aber dann kam es zu der Sache mit Pietje Valkenburg, und ich hätte es verstehen können, wenn sie mir diesmal gekündigt hätten, vor allem auch, weil ich zu der Zeit noch eine andere Affäre hatte, eine echte Affäre, mit einer Frau, einer Freundin von Frau Haan, aber das ist auch so kompliziert, dass es fast nicht zu erzählen ist.« Er sah Maarten durchdringend an.

Maarten reagierte nicht.

»Das war so: Diese Freundin, die hatte öfter was mit Männern, und eines Tages wollte sie auch mit mir ins Bett, und ich war ebenfalls nicht abgeneigt, aber sie war verheiratet, also habe ich gesagt: ›Nein, ich will erst ein Gespräch mit deinem Mann führen.‹ Nun, dann haben wir zu dritt miteinander gesprochen, und ihr Mann sagte: ›Ja, das ist in Ordnung, denn wir lassen uns gegenseitig völlige Freiheit, und ich selbst habe ein Verhältnis mit der und der, also macht ruhig, was ihr wollt.‹ Also ist was daraus geworden. Doch die Frau ist dann gestorben, und hinterher hat ihr Mann dann offenbar doch Rachegelüste bekommen und hat es überall herumerzählt, da kam ich also wieder ins Gerede, aber diesmal war es begründet. Und dann wurde ich von einem Freund gewarnt. Denn eigentlich bin ich vogelfrei, und das finde ich herrlich, das macht alles viel einfacher. Obwohl es komischerweise nichts an mir zu beanstanden gibt, weil ich dazu einfach nicht fähig bin. Ich habe also nur einen Mutterkomplex. Aber ich kann mir vorstellen, dass es für andere doch belastend ist, Umgang mit mir zu pflegen. Als also Karel in die Wohnung über mir einziehen wollte, habe ich zu ihm gesagt: ›Nein, nein, denn die Dinge liegen so und so, du wirst deinen guten Ruf damit beschädigen, denn die Leute werden sich ihren Teil denken.‹ Aber als er mir versicherte, dass alle geradezu empört darüber seien, wie ich behandelt worden war, und man mich sehr schätze, habe ich schließlich zugestimmt. Aber deswegen wollte ich mit ihm zunächst auch nicht in Urlaub fahren. Erst vor drei Jahren haben wir das erste Mal zusammen Urlaub gemacht. Auch weil ich Angst habe, dass man sich etwas dabei denken könnte. Ich bin nun einmal vogelfrei.« Er sah Maarten geradewegs an. »Jetzt verstehst du vielleicht auch, warum ich immer so vorsichtig bin, wenn ich jemanden einstelle, wie zum Beispiel Frans Veen. Wenn ich glaube, dass jemand vielleicht homosexuelle Neigungen hat, kann ich ihn hier im Büro nicht gebrauchen.«

*

1961

»Herr Beerta, verzeihen Sie, wenn ich Sie störe«, sagte Bart, der bei der Tür stehen geblieben war, »aber dürfte ich Sie in den nächsten Tagen vielleicht einmal kurz sprechen?«

Beerta drehte sich um und blickte Bart über die Brille hinweg an. »Du störst mich nicht. Und du kannst mich auch jetzt sprechen.« Er nahm seine Brille ab, legte sie auf den Schreibtisch und sah Bart abwartend an.

Bart zögerte.

»Ich nehme an, dass du nichts dagegen hast, wenn Herr Koning dabei ist?«

»Nein, gewiss nicht«, sagte Bart rasch. »Im Gegenteil.«

»Worüber wolltest du denn mit mir sprechen?«

»Ich störe Sie wirklich nicht? Denn es könnte schon zehn Minuten dauern.«

Beerta verstand. »Möchtest du dich vielleicht setzen?«

»Gern.« Er kam näher und setzte sich auf den Stuhl, den Beerta ihm anwies, zwischen dessen Schreibtisch und dem von Maarten.

Beerta nickte. »Schieß los.«

»Die Sache ist die«, er formulierte sorgfältig, »dass ich gern von meiner Aufgabe entbunden werden möchte.«

»Von deiner Aufgabe entbunden?«, wiederholte Beerta und zog die Augenbrauen zusammen.

Maarten hatte aufgehört zu arbeiten und sah von der Seite aus zu.

»Ja, nicht weil es mir hier nicht gefällt«, beeilte sich Bart, »sogar ganz im Gegenteil, ich finde die Arbeit äußerst interessant, sondern weil mein Studium sonst zu kurz kommt.«

»Das darf natürlich nicht passieren. Weiß Professor Springvloed schon davon?«

»Mit Professor Springvloed habe ich darüber noch nicht gesprochen. Ich wollte erst mit Ihnen reden.«

»Möchtest du, dass ich mit ihm darüber spreche? Wenn ich ihn darum bitte, wird er dir sicher einen Dispens gewähren.«

»Das ist sehr freundlich von Ihnen«, sagte Bart erschrocken, »aber das wäre mir nicht so lieb.«

»Warum nicht? Ich brauche ihn nur zu fragen.«

»Weil ich mein Studium gern in vollem Umfang abschließen möchte.«

»Das ehrt dich natürlich, doch für uns wäre es schon sehr schade, denn du bist gerade eingearbeitet.«

»Das tut mir auch furchtbar leid, aber ich sehe augenblicklich wirklich keine andere Möglichkeit. Ich wollte Sie jedoch um Erlaubnis bitten, meine Arbeit am Ausschnittarchiv fortsetzen zu dürfen. Natürlich unbezahlt.«

»Warum gerade diese Arbeit und die andere nicht?«

»Weil Herr Koning sonst wieder jemanden einarbeiten muss, wo er ohnehin schon so viel zu tun hat.«

Beerta nickte. »Besprich das dann mit Herrn Koning.«

»Gern.«

Beerta sah ihn prüfend an. »Gut. Ich werde Professor Springvloed bitten, einen Nachfolger für dich zu benennen.« Er wollte sich wieder abwenden.

»Vielleicht darf ich dazu noch etwas bemerken?«, fragte Bart.

Beerta sah ihn an.

»Ein Kommilitone von mir sucht eine Halbtagsstelle. Ich habe ihm versprochen, Sie darauf anzusprechen.«

»Wie heißt er?«

»Stoutjesdijk. C. A. Stoutjesdijk.«

»Ein seeländischer Name«, stellte Beerta fest.

»Seine Eltern leben in der Tat in Seeland.«

»Was studiert er?«

»Medizin.«

»Medizin!«, sagte Beerta nachdenklich. »Ich werde das mit Herrn Koning besprechen.«

»Ich bedanke mich im Namen von Herrn Stoutjesdijk«

»Gibt es noch was?«

»Nein, vielen Dank. Das war alles.«

»Wusstest du davon?«, fragte Beerta, nachdem Bart den Raum verlassen hatte.

»Nein«, sagte Maarten. »Bart ist jemand, der den Dienstweg einhält.«

»Das ist lobenswert von ihm, aber *wir* haben die Probleme. Was hältst du von diesem Stoutjesdijk?«

»Den würde ich mir gern einmal anschauen.«

»Einen Medizinstudenten?«

»Er könnte den Fragebogen zur Volksheilkunde ausarbeiten.«

»Darauf hätte ich selbst kommen können«, stimmte Beerta zu. »Außerdem ist er ein Seeländer. Lade ihn mal ein.«

»Was ist dieser Stoutjesdijk für einer?«, fragte Maarten, während er einen Stuhl zu sich heranzog.

»Er ist ein Kommilitone«, antwortete Bart.

»Ich meine: Ist er nett?«

»Er ist ein guter Bekannter von mir«, sagte Bart vorsichtig, »aber ich weiß natürlich nicht, ob Sie ihn nett finden.«

»Ist er zuverlässig?«

»Das kann ich nicht beurteilen. So gut kenne ich ihn nicht, dass ich darüber ein Urteil fällen möchte.«

Maarten nickte. »Dann frag ihn, ob er mal vorbeikommen kann.«

»Soll ich ihn bitten, Sie anzurufen, um einen Termin zu vereinbaren?«

»Nein«, sagte Maarten, »das ist nicht nötig. Er soll einfach kommen, wenn es ihm passt.«

*

»Hilfst du mir, den Tisch leer zu räumen?«, fragte Beerta. »Dann sage ich Frau Haan und Balk Bescheid.«

»Soll ich ihn einziehen?«

»Einziehen ist nicht nötig«, antwortete Beerta und verließ den Raum.

Maarten trug die Bücherstapel und Beertas Mappen zu dessen Schreibtisch und brachte seine eigene Schreibmaschine, die Zeitschrift, mit der er gerade beschäftigt war, sowie den Stapel mit Karteikarten hinüber zu seinem Schreibtisch. Auf der Tischplatte blieben die Abdrücke der Stapel im Staub zurück. Er setzte sich wieder an seinen Schreibtisch und wartete, zog eine Schublade auf und holte einen Stapel Schmierpapier heraus. Beerta blieb lange weg. Maarten hörte ihn auf der anderen Seite der Tür mit Fräulein Haan reden. »Ich bin dagegen …«, sagte sie. Wogegen sie war, konnte er nicht verstehen. Er sah in den Garten und in das erleuchtete Zimmer im Hauptbüro, in dem van der Haar an seinem Schreibtisch saß und arbeitete. Hinter der Wand tippte de Gruiter auf seiner Schreibmaschine. Maarten zog die Zeitschrift, in der er gelesen hatte, zu sich heran und blickte zerstreut auf die aufgeschlagene Seite. Mechanisch spannte er eine Karteikarte in die Schreibmaschine, zog den Wagen nach rechts und tippte, links oben, das Schlagwort. Die Tür ging auf. Fräulein Haan trat ein, gefolgt von Beerta. »Und es ist furchtbar wichtig, dass dem nun auch mal Aufmerksamkeit geschenkt wird«, sagte sie. »Nicht immer die ausgetretenen Pfade beschreiten.«

»Das ist sicherlich wichtig«, antwortete Beerta. Er wollte die Tür hinter sich schließen, ließ sie jedoch wieder los, weil Balk hinter ihm herkam.

Maarten stand auf und drehte seinen Stuhl um, sodass er am unteren Tischende stand.

»Mensch, ist das hier kalt«, sagte Fräulein Haan. Sie zog die Schultern hoch, presste ihre Oberarme an den Körper und zitterte. »Kann das Fenster nicht mal zugemacht werden?«

»Ich mache es zu«, sagte Maarten. Er ging hinter ihr vorbei, hob den Haken hoch und schloss das Fenster.

Beerta hatte das Staubtuch genommen und wischte den Tisch ab.

»Das sieht doch nach nichts aus mit all diesen Karteikästen«, sagte Fräulein Haan, während sie sich auf den Stuhl setzte, der dem Ofen am nächsten stand. »Bald kann man nicht einmal mehr hinausschauen.«

»Für die Wissenschaft müssen Opfer gebracht werden«, sagte Balk, der sich dazusetzte.

»Aber doch nicht auf Kosten von allem anderen«, sagte sie.

»Ich habe mich auch daran gewöhnen müssen«, gestand Beerta,

»aber wir müssen nun mal mit dem Platz auskommen.« Er hatte einen Stapel Papiere von seinem Schreibtisch genommen und teilte sie aus. Maarten zog das Schriftstück zu sich heran. Es war der Haushaltsplan. Fast im selben Moment sah er, dass Beerta bei der Abteilung Volkskultur den Posten Publikationen nicht nur wieder aufgeführt, sondern ihn sogar erweitert hatte. Das überraschte ihn, doch er hatte keine Zeit, lange darüber nachzudenken.

»Das sind nur die Sachkosten«, bemerkte Fräulein Haan. »Bedeutet das, dass wir über die Personalkosten nicht reden?«

»Wir können über alles reden«, sagte Beerta, »aber das hier ist der Haushaltsplan, den Nijhuis immer aufgestellt hat und den ich jetzt, da Nijhuis krank ist, auf jeden Fall mit euch besprechen wollte.« Er setzte sich auf die andere Seite des Tisches, gegenüber von Balk und Fräulein Haan. Der Tisch war viel zu groß für vier Personen, sodass links und rechts von ihm enorm viel Platz frei war.

»Wie geht es Nijhuis jetzt?«, fragte Fräulein Haan.

»Nijhuis liegt im Wilhelmina-Krankenhaus«, antwortete Beerta. Er sah zu Maarten. »Du bist dagewesen.«

»Er liegt im Wilhelmina-Krankenhaus«, bestätigte Maarten, »aber sie haben noch nichts finden können.«

In Fräulein Haans Gesicht zuckte es, während sie ihn ansah. Gleich darauf wandte sie sich wieder an Beerta. »Heißt das, dass er vorläufig nicht zurückkommt?«

»Vorläufig nicht«, sagte Maarten. »Das scheint mir ausgeschlossen.«

»Das bedeutet, dass während der ganzen Zeit nichts an der Korrespondentenverwaltung getan wird«, sagte Fräulein Haan zu Beerta, »denn Slofstra kann man vergessen.«

Beerta blinzelte. »Ich habe an Slofstra nichts auszusetzen.«

»Ach, komm, hast du schon mal einen seiner Briefe gelesen?«

»Er hat erst kürzlich wieder Druckfahnen für mich korrigiert, und das macht er ausgezeichnet.«

»Aber hast du schon mal einen Brief von ihm an die Korrespondenten gelesen? Es läuft doch darauf hinaus, dass ich sie alle selbst schreibe.«

Und ich doch wohl auch, dachte Maarten.

»Hast du eine andere Lösung?«, fragte Beerta.

»Beauftrage Meierink damit.«

»Kommt nicht infrage!«, ging Balk dazwischen. »Meierink hat seine eigene Arbeit, und ich möchte entschieden dagegen protestieren, dass er ohne mein Wissen bei der Verschickung eingesetzt worden ist! So etwas hätte mit mir besprochen werden müssen!«

»Du warst nicht da«, verteidigte sich Beerta.

»So lange war ich nicht weg.«

»Gut«, sagte Beerta beschwichtigend, »dann gibt es also keine andere Lösung.«

»Dann frag de Gruiter!«, sagte Fräulein Haan.

»De Gruiter hat zu viel zu tun.«

»Dann stell noch einen ein!«

»Aber Dé«, klagte Beerta, »sei doch jetzt mal vernünftig. Dafür haben wir das Geld doch nicht.«

»Dann wirst du eben mit van der Haar reden. Schließlich bist du der Direktor!«

»Gut, ich werde mit van der Haar darüber reden, aber solange der keine Lösung findet, werden wir uns behelfen müssen.«

»Wenn du schon mit van der Haar sprichst, bring dann auch zur Sprache, dass ich noch eine zweite wissenschaftliche Kraft haben möchte und ein Mädchen für alles, das mich endlich einmal von all diesem Verwaltungskram erlöst.«

»Aber du hast doch schon eine zweite wissenschaftliche Kraft.«

»Ich meine ja auch eine dritte! Du weißt genau, was ich meine!«

»Und ihr?«, fragte Beerta, sich Balk und Maarten zuwendend. »Wollt ihr das etwa auch?«

»Das ist das Minimum«, fand Balk. »Ich hatte schon vorgehabt, in der Kommission dafür zu plädieren.«

»Und du?«, fragte Beerta Maarten.

»Ich habe genug«, antwortete Maarten.

»Gut«, sagte Beerta. »Darf ich davon ausgehen, dass der Punkt Personalkosten damit abgehandelt ist?«

»Die Personalkosten ja, aber ich habe auch noch andere Wünsche«, sagte Fräulein Haan.

»Ich auch«, sagte Balk.

»Dann zunächst also Frau Haan«, entschied Beerta.

»Wann sagst du de Bruin endlich mal, dass er andere Tassen anschaffen soll! Es ist alles so schmuddelig. Und dann die Kleider, die er trägt, dieses Hemd und der alte, kaputte Pullover. Ich muss mich vor den Besuchern schämen. Er kann doch wohl wenigstens seine Hände waschen und sich einen Schlips umbinden, wenn er den Kaffee bringt?«

»Es gibt hier doch wohl einige, die keinen Schlips tragen«, bemerkte Maarten. Er war kaum Herr seiner Stimme, so verärgert war er.

»Aber Sie sehen ansonsten immer ordentlich aus!«, platzte es aus ihr heraus.

Der Ausbruch überraschte Maarten und brachte ihn zum Schweigen.

»De Bruin kommt nun einmal aus einer anderen sozialen Schicht als wir«, sagte Beerta, »aber ansonsten ist er ein prima Kerl.«

»Das ist doch kein Grund, so herumzulaufen«, ließ Fräulein Haan nicht locker. »Schau dir da drüben doch mal Gerbrandy und Dekker an, die laufen doch auch nicht so herum!«

»Die haben Kittel.«

»Dann ziehst du de Bruin auch einen Kittel an!«

»Aber Dé«, sagte Beerta schmunzelnd. Die Idee amüsierte ihn.

»Jedenfalls finde ich, dass du etwas unternehmen musst!«

»Gut«, sagte Beerta. »Jaap?«

»Ich bin noch nicht fertig!«, sagte Fräulein Haan. »Ich möchte auch, dass endlich einmal etwas mit diesen Lumpen geschieht, die hier vor den Fenstern hängen, und anständige Teppiche auf den Boden kommen! Sieh dir diesen hier an! Der ist völlig ausgefranst und verschlissen! Damit kann man sich doch nicht sehen lassen, wenn man Besucher empfängt!«

»Das kommt, weil Koning mit seinem Stuhl herumrutscht«, sagte Beerta.

»Dann verbiete es ihm!«

»Das habe ich schon mal getan.«

»Aber es hilft nicht«, sagte Maarten.

Sie ignorierte es. »Jedenfalls möchte ich in meinem Raum endlich einmal einen ordentlichen Teppich haben, und neues Linoleum, denn auf dem, was da jetzt liegt, werden wir uns eines Tages alle noch den Hals brechen.«

Balk war ungeduldig geworden. Er trommelte auf den Tisch und zog die Augenbrauen zusammen. Beerta bemerkte es. »War es das, was du zu sagen hattest?«

»Vorläufig ja.«

»Jaap?«, fragte Beerta.

Balk blickte wütend drein. »Wenn noch mehr Leute kommen, kriegen wir ein Raumproblem. Können Sie das Hauptbüro nicht bitten, die Turnhalle zu räumen?« Die Turnhalle lag auf der anderen Seite des Flurs, dem ersten Raum gegenüber. Sie wurde vom Hauptbüro als Lagerraum benutzt. Der Vorschlag überraschte Beerta. Er sah Balk nachdenklich an. »Das ist ein guter Vorschlag«, entschied er schließlich. »Ich werde darüber nachdenken. Noch etwas?«

»Nein.«

»Und du?«, fragte Beerta Maarten.

»Auch nicht.«

»Dann kommen wir jetzt zum eigentlichen Thema dieser Sitzung, zur Sachkostenaufstellung. Hat jemand dazu etwas zu bemerken?«

Sie studierten das Papier, das Beerta ihnen gegeben hatte, während dieser zusah. Als sie gerade damit beschäftigt waren, kam de Bruin mit dem Tablett herein. »Kaffee, Herr Beerta?«

»Gern, de Bruin«, sagte Beerta. »Ich habe schon darauf gewartet.«

»Sie werden nicht der Einzige sein«, vermutete de Bruin.

Maarten beobachtete ihn, während er die Tassen vollschenkte, und stellte fest, dass seine Hände tatsächlich nicht ganz sauber waren und der Kragen seines Oberhemds einen Schmutzrand hatte.

»Noch einen Löffel?«, fragte de Bruin Beerta und hielt einen Löffel mit Zucker hoch.

»Gern«, sagte Beerta.

De Bruin lachte vergnügt. »Wir kennen uns, nicht wahr, Herr Beerta?« Er hob das Tablett wieder hoch und verließ den Raum.

»Das ist es, was ich meine«, sagte Fräulein Haan mit gerümpfter Nase. Sie zeigte auf einen schwarzen Riss in ihrer Tasse. »Das ist doch eine Sauerei!«

»Ach«, sagte Beerta. »Ich schätze es an de Bruin, dass er sparsam mit dem Geschirr umgeht.«

»Aber das sollte nicht auf Kosten der Hygiene geschehen.«

»Da hast du recht«, beschwichtigte Beerta.

»Können wir dann jetzt den Haushaltsplan behandeln?«, schlug Balk ungeduldig vor.

Sie gingen den Haushaltsplan Punkt für Punkt durch.

»Ich verstehe nicht, warum die Volkskultur doppelt so viel Geld für ihre Fragebogen bekommen muss wie wir«, sagte Fräulein Haan, als sie beim Posten Fragebogen angelangt waren.

»Weil die Volkskulturfragebogen doppelt so dick sind«, antwortete Beerta.

»Das hätte dann doch erst diskutiert werden müssen.«

»Das konnte nicht diskutiert werden, das hat die Kommission entschieden«, sagte Beerta nicht ganz wahrheitsgemäß.

»Damit habe ich nichts zu schaffen. Es geht darum, dass sie so unsere Korrespondenten überfordern und dass das auf Kosten meiner Fragebogen geht.«

»Den Einwand kann ich nicht teilen«, antwortete Beerta. »Die meisten unserer Korrespondenten finden es herrlich, solche dicken Fragebogen zu bekommen. Die machen das zu ihrem Vergnügen.«

»Da habe ich aber etwas ganz anderes gehört!«

»Bring das dann mal zu Papier, dann werden wir später noch darüber sprechen. Der Posten Publikationen.«

Maarten hatte die ganze Zeit darauf gewartet, doch nun, da er an der Reihe war, sah er von einer Bemerkung ab, weil er keine Lust hatte, die Angelegenheit im Beisein Balks und Fräulein Haans durchzufechten.

»Du auch nicht?«, fragte ihn Beerta, nachdem Fräulein Haan und Balk gesagt hatten, dass sie keinen Kommentar hätten.

»Nein«, sagte Maarten, »jedenfalls nicht jetzt.«

»Dann möchte ich etwas dazu bemerken«, sagte Beerta. »Ich sehe, dass du den Posten Publikationen erhöht hast. Das musst du begründen können.«

Er sah Maarten starr an. In seinem Ton schwang ein wenig Schikane mit.

Der Angriff kam so unvermittelt, dass Maarten einen Moment nicht wusste, was er darauf erwidern sollte. Er fühlte Wut in sich aufsteigen und schaute böse zurück. »Das kann ich nicht begründen.«

»Das musst du begründen.«

»Nein, denn es lässt sich nicht begründen.«

»Warum lässt es sich nicht begründen?«

Balk begann, mit der rechten Hand auf die Tischplatte zu trommeln.

»Weil es sich nicht begründen *lässt*, denn wir *haben* keine Publikationen. Ich schlage vor, den Posten zu streichen. Ich weiß nicht, wie er da hingekommen ist.« Er war wütend.

»Könnt ihr die Diskussion nicht unter euch fortsetzen?«, fragte Balk. »Ich habe auch noch etwas anderes zu tun!«

Das löste die Spannung halbwegs.

»Gut«, sagte Beerta. »Wir werden das noch mal besprechen.« Er wandte seinen Blick von Maarten ab und richtete ihn auf die beiden anderen. »Dann schließe ich die Sitzung.«

»Was war das für ein Kasperletheater?«, fragte Maarten böse, als Balk und Fräulein Haan den Raum verlassen hatten. Er war aufgestanden.

»Das war kein Kasperletheater«, sagte Beerta ernst. Er war am Tisch stehen geblieben, mit einer Hand auf der Tischplatte. »Ich will, dass du dich für diesen Posten verantwortlich fühlst!« Er blinzelte.

»Und wenn es keine Publikationen gibt?«

»Dann gibst du das Geld für etwas anderes aus und lässt dir eine Ausrede einfallen! Aber du streichst den Posten nicht!«

»Aber das ist doch idiotisch!«

»Das ist nicht idiotisch. Damit zeigst du der Kommission, dass es dir ernst ist! Darauf nimmst du zu wenig Rücksicht!« Er sah Maarten fest in die Augen. »Und dann noch etwas! Wenn Frau Haan zwei zusätzliche Stellen fordert, musst du auch zwei zusätzliche Stellen fordern! Balk hat das kapiert. Auch wenn du selbst glaubst, dass du sie nicht brauchst. Das bist du deiner Abteilung schuldig. Und hilf mir jetzt mal, die Sachen wieder auf den Tisch zu räumen.« Er wandte sich seinem Schreibtisch zu und begann, die Stapel, die Maarten dort abgelegt hatte, auf den Tisch zurückzuräumen.

Maarten beobachtete ihn, fassungslos. Alles in ihm sträubte sich gegen Beertas Worte, doch er hatte ihnen nichts entgegenzusetzen und fühlte sich im Stich gelassen. Langsam drehte er sich zu seinem Schreibtisch um, hob die Schreibmaschine hoch und trug sie auf ihren Platz zurück.

Beerta war stehen geblieben und sah ihn an. »Wenn man die Verantwortung trägt«, sagte er mit unerwarteter Wärme in der Stimme, »muss man nun einmal Entscheidungen treffen, auch wenn sie einem sinnlos vorkommen. Das kannst du mir ruhig glauben.«

*

Er träumte, dass er von einem merkwürdigen, scheuernden Geräusch wach wurde. Als er die Augen öffnete, war es dämmrig. Rund um sein Bett war eine Mauer aus großen Steinen hochgezogen worden. Dahinter hörte er gedämpfte Stimmen. Eine Hand legte einen Stein auf die Wand und vermauerte ihn, wobei erneut dieses scheuernde Geräusch zu hören war. Er wollte sich aufrichten, doch er war wie gelähmt und konnte nur seinen Kopf bewegen. Ein weiterer Stein wurde auf die Mauer gelegt. Er versuchte zu rufen, doch es kam kein Ton heraus. Da wurde er wach. Noch halb im Schlaf hörte er von draußen, aus der Ferne, das Kreischen einer Katze. Es klang ängstlich, herzzerreißend, und ließ ihn sofort hellwach werden. Er richtete sich halb auf und horchte: Das Kreischen eines Tieres in höchster Not. Einen Augenblick zögerte er, dann schlug er die Bettdecke zurück und stieg aus dem Bett. Nicolien wurde wach. »Was machst du?«, fragte sie schläfrig.

»Eine Katze«, antwortete er gedämpft, während er sich im Dunkeln eilig ankleidete.

»Was, eine Katze?« Sie richtete sich auf. In diesem Moment hörte sie das Kreischen ebenfalls. »Was kann mit der Katze sein?«, fragte sie erschrocken.

»Ich weiß es nicht«, sagte er angespannt. Er stieg in seine Schuhe, band sich eilig die Schnürsenkel zu, zog seine Lodenjacke von der Gardinenstange, schloss die Tür auf und ging auf die Gracht hinaus, während er die Jacke anzog. Draußen war es totenstill. Das Kreischen hatte aufgehört. Um die Lichter der Laternen hing ein leichter Nebel. Es war kalt. Er hatte keine Ahnung, wie spät es war. Während er so dastand, unschlüssig, und darauf wartete, dass das Kreischen wieder anfangen würde, kam von links, über die Brücke, ganz langsam ein Polizeiauto. Es fuhr im Kriechtempo vorbei und bog rechts in die Egelantiersstraat ein. Danach war es erneut still. Auf gut Glück bog er rechts ab, in die Dunkelheit starrend. An der Ecke sah er die Rücklichter des Polizeiautos im Nebel verschwinden. Er ging an der Gracht entlang bis zu der kleinen Brücke am Ende der Tuinstraat, aufmerksam lauschend, doch in der Stille hörte er nur seine eigenen Schritte. Er überquerte die Brücke, die unter seinen Füßen ein ungewöhnlich hohles Geräusch von sich gab, und ging weiter bis zur Marnixstraat. Ein Auto fuhr mit hoher Geschwindigkeit vorbei, danach war es wieder still. Er ging an der Westerkade zurück, auf der seinem Haus gegenüberliegenden Seite, bis zu ihrem Ende. Nur Nebel und Stille, keine Katze.

»Und?«, fragte Nicolien gespannt, als er die Wohnung wieder betrat.

»Ich kann nichts finden.« Er zog sich wieder aus.

»Es klang so beängstigend.«

»Ja, es klang beängstigend.« Er ärgerte sich.

»Hast du auch überall gesucht?«

»Wo soll man suchen?«, antwortete er gereizt. »Es ist stockdunkel.« Er kroch wieder ins Bett. »Versuch, wieder zu schlafen.«

»Ich kann nicht mehr schlafen.«

»Versuch es trotzdem.«

Plötzlich hörte er in der Stille draußen erneut die Katze, doch jetzt war es kein Kreischen wie eben, sondern ein langgestrecktes, klägliches Jammern, wie das Weinen eines Kindes.

»Da ist es wieder«, sagte sie.

Er war schon aus dem Bett und zog sich hastig wieder an.

Sie hatte sich aufrecht hingesetzt. »Was kann das bloß sein?«, fragte sie besorgt.

Das Jammern hielt an, nahezu ohne Unterbrechung, auch noch, als er wieder draußen stand und die Tür hinter sich zuzog. Es kam von links, von der Egelantiersgracht. Er ging in diese Richtung. Als er die Brücke hinaufging, sah er auf der gegenüberliegenden Seite im Licht einer Laterne einen Mann im Nebel hin- und herlaufen. Im selben Moment sah er an der Wand des Eckhauses die Katze liegen, eine schwarz-weiße Katze. Sie lag auf einer alten Decke und jammerte erbärmlich. Der Mann blieb stehen. Er trug eine Postbotenuniform.

»Was ist mit der Katze?«, fragte Maarten, nicht besonders freundlich.

»Die habe ich aus dem Wasser geholt«, antwortete der Mann schuldbewusst.

»Ich nehme sie mit.«

»Vielen Dank«, sagte der Mann. Er wandte sich ab und ging.

Maarten hob die Katze hoch. Sie war triefnass. Das Jammern ging in ein leises Wehklagen über, als Maarten sie nach Hause trug. Die kläglich wimmernde Katze gegen die Brust gedrückt, betrat er die Wohnung. »Da hast du deine Katze«, sagte er. Er hatte plötzlich Tränen in den Augen.

»Oh.« Sie war aus dem Bett gekommen und nahm ihm die Katze ab. »Wie nass sie ist!«

»Sie hat in der Gracht gelegen.«

»Komm mal mit.« Sie ging in das hintere Zimmer. Das Wimmern war zu einem leisen Weinen geworden. »Nimmst du sie kurz?« Sie gab ihm die Katze zurück und bückte sich, um den Ofen zu schüren. Danach holte sie ein Handtuch aus dem Schrank. Sie hockte sich vor den Ofen, legte die weinende Katze auf den Boden und hielt sie fest, doch sie wehrte sich nicht, auch nicht, als sie sie mit dem Handtuch abzureiben begann. Es war eine noch junge, jedoch sehr lange, grob gebaute Katze mit viel Weiß. Sie zitterte vor Kälte und vielleicht auch vor Angst.

»Sollen wir den Heizstrahler nicht auch noch dazustellen?«, schlug er vor.

»Ja, mach das ruhig«, sagte sie, ohne mit dem Reiben aufzuhören.

»Wie ist sie bloß in die Gracht geraten?«, fragte sie, als er den Heizstrahler hingestellt hatte.

»Vielleicht hatte sie Durst.«

»Und wie ist sie dann wieder herausgekommen?«

»Ein Postbote hat sie herausgeholt.«

»Wie nett von dem Mann.«

»Ja.« Er dachte an das kurze Gespräch und fühlte sich schuldig.

»Hast du dich bei ihm bedankt?«, fragte sie, als erriete sie seine Gedanken.

»Nein, er hat sich bei mir bedankt.«

»Aber du musst dich bei so jemandem doch bedanken!« In ihrer Stimme lag Entrüstung.

»Ja, natürlich.«

Sie legte die Katze auf die andere Seite. Unter ihr hatte sich eine nasse Stelle auf der Matte gebildet. Das Wimmern war verstummt. Sie fing in der Wärme des Ofens sogar ein wenig an zu schnurren. »Hol mal ein Tuch«, sagte sie. »Am besten eine Moltondecke.« Mit seinen Gedanken bei dem Postboten suchte er eine Decke und wurde das unbefriedigende Gefühl nicht los, falsch gehandelt zu haben und es nicht wiedergutmachen zu können.

*

»Wie geht's der Katze?«, fragte Hendrik Ansing. Er stand an Maartens Schreibtisch.

»Die Katze stirbt«, antwortete Maarten. »Sie isst und trinkt nicht und muss ständig Spritzen gegen den Flüssigkeitsverlust bekommen.«

Ansing hörte schläfrig zu. Sein Gesicht zeigte keinerlei Reaktion. Maarten sah an ihm vorbei in den Garten.

»Ich habe von Bart gehört, dass er geht«, sagte Ansing.

Maarten nickte.

»Hast du schon jemand anderen?«

»Vielleicht einen Freund von Bart.« Er sah auf. »Wieso?«

»Dann will ich nichts gesagt haben.«

»Weißt du vielleicht jemanden?«

»Ein Mädchen, das ich kenne – sie studiert Niederländisch –, sie würde hier gern arbeiten.«

»Ein nettes Mädchen?«

»Das weiß ich doch nicht. Das ist zu persönlich.«

»Ist sie denn zuverlässig?«

»Bestimmt.«

»Bitte sie doch, mal vorbeizukommen.«

»Aber ich will diesem Freund von Bart keinen Knüppel zwischen die Beine werfen.« Er legte die Hand auf die Brust.

»Nein, lass sie mal vorbeikommen. Wie heißt sie?«

»Annechien Rensink.«

»Annechien Rensink«, wiederholte Maarten, sich den Namen einprägend.

Sie schwiegen.

»Womit bist du gerade beschäftigt?«, fragte Ansing.

»Mit der Organisation des Erzählvorhabens. Ich muss die Leute besuchen, die sich angemeldet haben.«

»Das wird noch ein schönes Stück Arbeit werden.«

»Ja. Ich denke, dass ich Nicolien mitnehme.«

Sie schwiegen erneut.

»Dann ans Werk«, sagte Ansing.

Maarten stand auf. »Ja. Ich gehe kurz zu Bart.«

Sie verließen den Raum. Maarten ging weiter ins erste Zimmer. Bart stand an seinem Schreibtisch und unterhielt sich mit de Gruiter. Maarten schlenderte an ihnen vorbei, ging durch die rückwärtige Tür hinaus und kam durch den zweiten Raum zurück. Er setzte sich Ansing gegenüber an den Tisch. Ansing hatte für sich einen eigenen Tisch ergattert und ihn vor das Bücherregal gestellt, zwischen zwei Registraturschränke, außerhalb des Blickfelds von Fräulein Haan. »Bart spricht mit de Gruiter«, sagte er.

Ansing hatte seine Arbeit unterbrochen. Sie schwiegen.

Maarten zog die Karte zu sich heran, an der Ansing gerade gezeichnet hatte, und betrachtete sie aufmerksam. »Es ist eine schöne Karte geworden.«

»Ach, es sagt mir nicht so viel.« Er sprach mit lauter Stimme, ohne sich um Fräulein Haan zu kümmern, die an ihrem Schreibtisch saß und arbeitete.

»Mir auch nicht, aber es ist schließlich unsere Aufgabe.«

»Das schon.«

»Was hält dein Vater von der Arbeit, die du hier machst?«

»Ich glaube nicht, dass er sich damit beschäftigt.«

»Er hält also nichts davon«, stellte Maarten fest.

»Warum sollte er nichts davon halten?«, fragte Ansing ein wenig erstaunt.

Maarten lachte. »Weil sie nichts darstellt.«

»Ach.«

»Vielleicht hätte es dein Vater lieber gesehen, dass du auch Pfarrer geworden wärst.«

»Das ist gut möglich, aber wenn, dann hat er es sich jedenfalls niemals anmerken lassen.«

»Hast du nie darüber nachgedacht?«

»Nein, darüber habe ich nie nachgedacht.«

»Merkwürdig.«

»Warum ist das merkwürdig?«

Maarten lachte. »Ich finde es merkwürdig.«

Ansing dachte nach. »Ich habe schon mal daran gedacht, Arzt zu werden, aber das ist auch so eine Sache.«

»Nachts aus dem Bett und so.«

»Zum Beispiel. Und das ständige Klagen.«

»Ich wollte auch Arzt werden«, erinnerte sich Maarten. Er lachte. »Ich werde mal nachsehen, was Bart jetzt macht.« Er stand auf. Während Ansing sich wieder über seine Arbeit beugte, verließ er den Raum. Vom Flur aus sah er durch die Glasscheibe in der Tür, dass Bart und de Gruiter noch in derselben Haltung dastanden wie vorher und sich unterhielten. Er ging zur Toilette und danach in sein Zimmer. Eine Stunde später, als er Milch holen wollte, traf er Bart allein an. Er stellte die Flasche auf dessen Schreibtisch, zog einen Stuhl zu sich heran und setzte sich. »Wann bist du mit deinem Studium fertig?«, fragte er.

Bart sah ihn erschrocken an. »Darüber wage ich noch keine Prognose abzugeben.«

»Du bist im vierten Studienjahr.«

»Ja, aber ich muss erst noch meine Zwischenprüfung machen.«

Maarten nickte. »Hast du dir schon mal überlegt, was du danach machen willst?«

»Nein. Dafür ist es noch zu früh.«

»Lehrer?«

»Ja, vielleicht.«

Maarten zögerte. »Wäre es für dich, wenn es dann so weit ist, vorstellbar, hier eine Stelle anzutreten?«

Die Frage überraschte Bart sichtlich. »Darüber habe ich noch nie nachgedacht.«

»Ja, aber nehmen wir an, dass es möglich wäre.«

»Dann würde ich das sicherlich ernsthaft in Erwägung ziehen … Aber ich möchte mich auf nichts festlegen«, fügte er rasch hinzu.

»Das verstehe ich. Es war auch nur eine Frage.«

Beerta war zurück und saß an seinem Schreibtisch.

»Bart kann sich vorstellen, hier zu arbeiten, wenn er mit dem Studium fertig ist«, sagte Maarten, nachdem er die Tür hinter sich geschlossen hatte. »Wenn auch unter Vorbehalt.«

Beerta drehte sich um und sah ihn über die Brille hinweg an. »Das ist keine schlechte Wahl. Wann ist er fertig?«

»In zwei oder drei Jahren.«

»Dann trage ich ihn schon mal in den Haushaltsplan ein.«

»Das ist zu früh.«

»Nein, das ist nicht zu früh, denn beim ersten Mal wird so etwas immer abgelehnt. Überlass das mal mir.«

Maarten setzte sich hin. »Ich habe noch jemanden für diese Assistentenstelle, eine Niederlandistin.«

Beerta drehte sich erneut um. »Wo hast du die denn her?«

»Von Hendrik Ansing.«

»Frauen sind nicht so mein Fall.«

»Das weiß ich.«

Beerta zog die Augenbrauen hoch. »Ich meine, auf der Arbeit.«

»Natürlich.« Er lachte.

»Wie willst du sie denn bezahlen?«

»Aus der Förderung. Stoutjesdijk für den Atlas und die Frau für das Erzählvorhaben.«

Beerta dachte einen Moment nach. »Gut, aber nur, wenn sie etwas taugt.«

Das Telefon klingelte. Beerta nahm das Gespräch entgegen und lauschte. »Für dich«, er hielt den Hörer hoch.

Maarten stand überrascht auf. Er dachte sofort an die Katze. Besorgt nahm er den Hörer in die Hand. »Ja?«

»Deine Frau«, sagte der Telefonist.

Etwas klickte. »Tag«, ihre Stimme klang munter. »Sie hat ein bisschen was gegessen!«

»Ja?«, sagte er erfreut.

»Bist du nicht froh?«

»Natürlich bin ich froh.«

»Davon merke ich nicht viel!«

»Aber ich bin wirklich froh!« Mit Beerta so dicht neben sich konnte er unmöglich anders reagieren.

»Sie kam ganz vorsichtig unter der Couch hervor, als ich im Sessel saß, und dann fing sie an zu essen. Ist das nicht schön?«

»Ja, toll.«

»Tschüss dann, ich erzähle nachher mehr, denn ich glaube nicht, dass du ganz bei der Sache bist.« Ihre Stimme klang enttäuscht.

»Tschüss, bis nachher.« Er legte den Hörer auf, ging zurück an seinen Schreibtisch, besann sich und verließ den Raum, um Ansing zu besuchen. »Die Katze hat etwas gegessen.«

Ansing richtete sich auf und sah ihn schläfrig an, ohne zu antworten.

*

Beerta war schon da. Als Maarten sich hinsetzte, stand er auf und stellte sich mit einem geheimnisvollen Lächeln an dessen Schreibtisch. Er sah ihn an, die Hände auf dem Rücken, und wippte langsam auf seinen Zehenspitzen. »Du hast doch Freud gelesen?«

»Nicht alles.«

»Aber *Die Traumdeutung* hast du gelesen?«

Maarten nickte.

»Dann habe ich einen interessanten Traum für dich.« Er wartete einen Moment, lächelnd.

Maarten lauschte und war auf der Hut.

»Ich saß im Gefängnis, das kommt natürlich daher, weil ich dir die Geschichte erzählt habe, das hat mir wieder alles in Erinnerung gebracht, und da kam ein Mädchen mit einer Schale Äpfel für den Direktor vorbei, wirklich ein bildschönes Mädchen«, er presste die Lippen aufeinander, »und ich betrachtete die Äpfel, denn ich hatte Lust auf einen Apfel. Ich dachte noch: Der Direktor bekommt natürlich Äpfel und ich nicht, aber ich fand, dass ich – trotz meines ›Strafbedürfnisses‹ – auch welche verdient hätte. Das Mädchen sah das und hatte wahrscheinlich Mitleid mit mir, denn sie nahm einen Apfel aus der Schale und steckte ihn mir heimlich zu.« Er lächelte. »Mir war auch klar, dass das etwas ganz Besonderes war. Wenn sie erwischt worden wäre, wären schreckliche Dinge mit ihr geschehen, denn es war ein sehr strenges Gefängnis.« Er lächelte vergnügt und wippte auf den Zehenspitzen. »Aber als ich den Apfel anfasste, war er ganz weich, und als ich ihn mir ansah, merkte ich, dass er verfault war. Sie sah es, wurde rot und sagte, dass es ihr leidtue, aber dass es das Einzige wäre, was sie mir geben könnte.« Er lachte verstohlen, während er Maarten eindringlich ansah. »Und jetzt sollst du das mal psychoanalytisch deuten.«

»Das scheint mir nicht so schwer zu sein.«

»Und was bedeutet es dann?« Er zog die Augenbrauen hoch.

»Sie haben doch einen Freund, der Psychoanalytiker ist?«

Beerta lachte. »Der lacht mir ins Gesicht. Der sagt natürlich, dass ich mit einem Mädchen ins Bett will.« Er drehte sich um und griff zu seiner Tasche. »Bist du heute hier?«

»Ich bin immer hier.«

»Ich fahre nach Enkhuizen. Ich denke, dass ich im Laufe des Nachmittags wieder zurück bin.« Er ging, immer noch schmunzelnd, zur Tür und verließ den Raum.

Ein paar Minuten später ging die Tür wieder auf. Balk trat ein. Er wies lächelnd mit dem Finger auf Maarten. »Wie steht's um deine Penunzen?«

Maarten begriff nicht sofort, was er meint. Die unerwartete Freundlichkeit überrumpelte ihn. Als er »Penunzen« übersetzt hatte, versuchte er, blitzschnell zu überblicken, welche Absicht dahintersteckte, ohne dass ihm dies gelang. »Ich habe mehr als genug«, antwortete er auf gut Glück.

»Kannst du mir dann zweihundert Gulden leihen?«

Maarten war völlig überrascht von der Frage. Er hatte so wenig Kontakt zu Balk, dass er sie nicht erwartet hätte. Dass sich jemand mit seinem Gehalt Geld von einem Fremden leihen würde, überstieg seine Vorstellungskraft. »So viel habe ich nicht bei mir«, sagte er und griff dabei unwillkürlich nach seiner Innentasche.

»Ich gebe dir meine Bankverbindung. Hast du mal ein Stück Papier?«

Maarten zog widerwillig die Schreibtischschublade auf und gab ihm ein Blatt Schmierpapier.

»Hast du auch einen Stift?« Er schnippte ungeduldig mit den Fingern.

Maarten gab ihm seinen Stift und sah machtlos zu, während Balk seine Kontonummer aufschrieb. »Zweihundert Gulden sind genug. Du kriegst sie zu gegebener Zeit zurück. Danke!«

Das Lächeln war verschwunden. Er wandte sich ab und verließ den Raum ebenso gehetzt, wie er gekommen war. Maarten blieb gedemütigt zurück. Er sah widerwillig auf den Zettel, faltete ihn langsam zusammen und steckte ihn in seine Brieftasche. Herrgott noch mal, dachte er. Er fühlte sich bedroht, ein Gefühl, das den ganzen Tag anhielt und ihn an seiner Arbeit hinderte.

*

»Lieber Maarten,

insgesamt muss ich fünfzehn Briefe schreiben. Zwei sind schon fertig, verzweifelte Briefe. Ich glaube, dass ich jetzt eine Stinklaune habe, also ist es die richtige Gelegenheit, euch zu schreiben.

Aber, aber, höre ich dich sagen, das werden wir uns jetzt erst mal genau anschauen. Aber in deinem Hinterkopf regt sich die Frage, warum. Verstehe ich gut, brauchst dich dafür nicht zu schämen. Die Art, wie du deine Gefühle verbirgst, kenne ich inzwischen. Das darf ich ruhig behaupten, denn du hast auch so getan, als ob du mich durchschaust, pardon – durchschaut hattest. So verstehen wir uns also gegenseitig (auf sprachliche Fehler habe ich rechtzeitig hingewiesen).

Du trinkst deswegen nicht einen Schnaps weniger, nicht wahr, und isst dein Stückchen Käse dazu.

Junge, Junge, was ist das Leben doch für ein Scheiß. Na ja, ein bisschen arbeiten, etwas essen und abwarten. Schau, wie sie laufen und sich zu Tode streben. Da gibt es doch tatsächlich noch einen, der glaubt, dass er leidet. Aber das muss er ja selber wissen. Heute oder morgen verkriecht er sich bestimmt in eine Ecke. Oder er geht daran zugrunde. Muss er ja selber wissen. Da lässt sich nichts machen. Ja, wenn man genau hinsieht, kann man was zu sehen bekommen und lachen. Man muss nur dafür sorgen, dass man einen sicheren Beobachtungsposten hat.

Da schaut man dumm aus der Wäsche, wenn einfach so ein Kater in dein Haus eindringt. Einfach symbolisch, ein solcher Kater in deinem Haus. Bei mir wäre letzte Woche fast einer gewesen. Nein, nicht symbolisch, sondern in Wirklichkeit. Und nicht schwarz-weiß, sondern rot. Es hätte nicht viel gefehlt, und ich wäre in meinem Zimmer zerplatzt. Stell dir vor, all die Blutspritzer auf der Tapete. Das wäre eine schmierige Angelegenheit.

Und da sitzt man mit all seinen Büchern und meint, das Bücherlesen überstanden zu haben. Deshalb bleibt man sitzen: um die eigenen Sachen zu bewachen, unter dem Motto: Bewahre das dir anvertraute Pfand.

Übrigens sitze ich hier und bin noch viel mehr eingesperrt als du. Nein, nicht darum. Es ist nicht wie in der Tiefsee. Nein, diesen Druck können die Lungen schon vertragen.

Nein, Zarathustra beispielsweise hat sich grundsätzlich geirrt. Als er die Berge hinabstieg, hätte er zerspringen müssen. Siehst du, dann hätte es nur eine Explosion gegeben, kein Buch, und anschließend Totenstille.

Aha, du vermutest schon viel. Ja, es wird auch eine Zeit kommen, in der man mit dem Leben nicht mehr hinter dem Berg halten muss. Dann schmeißt man es einfach irgendwohin, und dann sagt man (man = sage ich so zu mir selbst): Sehr schön, das ist wenigstens überstanden. Du merkst schon, dass ich diese Schikanen doch nicht lange ausgehalten habe. Ich habe mich nur über dein Gekläffe geärgert. So wie der Hund meines Großvaters. Nie machte er das Maul auf, bis auf das eine Mal, als in einer Schlachterei ein paar Artgenossen von ihm hingen. So jedenfalls mein Großvater.

Du findest natürlich, dass ich mich anstelle bei dem, was ich schreibe. Hast recht damit. Ich versuche, dir jedoch im selben Ton zu antworten, nur ein bisschen härter, denn du hast mir voraus, dass du ein dickeres Fell hast. Übrigens liegt mir das Unverfrorene nicht. Nein, es lässt sich auch nicht durchhalten, sanft zueinander zu sein. Fast alle Möglichkeiten sind abgeschnitten. Es ist besser, rechtzeitig Schluss zu machen.

Lieber Maarten, ich habe in mein Tagebuch mehrere Seiten lang mein Erstaunen und meine Wertschätzung und auch wohl meine Ablehnung auf fast jungenhafte Weise über dich geschrieben. Das bleibt so. Auch Nicolien fand ich immer sehr nett. Ich kann mir nicht vorstellen, dass sie jemals trübsinnig sein wird. Ich stelle mir vor, wie schön das für dich sein muss.

Es tut mir sehr leid, dass ich euch nicht mehr besuchen kann. Jedenfalls sind diese, meine freundlichen Grüße, für dich und Nicolien.

frans.«

Während Maarten dasaß und den Brief las, sah Nicolien gespannt zu. Als er ihn zu Ende gelesen hatte, faltete er ihn langsam zusammen, steckte ihn wieder in den Umschlag und legte ihn vor sich auf den kleinen Tisch. Ohne aufzusehen, griff er zu seiner Pfeife und begann, sie zu stopfen.

»Und?«, fragte sie. »Was hältst du davon?«

»Was soll ich davon halten?«, sagte er widerstrebend.

»Was du davon hältst! Du kannst doch wohl sagen, was du davon hältst?«

Er sah sie ein wenig irritiert an. »Es ist kein netter Brief.«

»Aber er ist verzweifelt! Er sagt, dass er Selbstmord begehen wird!«

»Ja, er ist verzweifelt, aber das ist noch kein Grund, einen solchen Brief zu schreiben.«

»Und wenn er dann Selbstmord begeht?«

»Dann soll er es tun.« Er zog den Brief aus dem Umschlag und las die letzten Zeilen noch einmal. »Vielleicht hat er schon Selbstmord begangen.«

»Aber das wäre doch schrecklich!«

Er zuckte mit den Achseln, legte den Brief zurück und steckte seine Pfeife an.

»Müssen wir dann nicht was unternehmen?«, fragte sie verzweifelt.

»Dagegen lässt sich nichts unternehmen. Ich habe übrigens nicht das geringste Bedürfnis, etwas dagegen zu unternehmen.« Er sah sie an. »Wenn man Selbstmord begeht, ist das doch noch kein Grund, jemandem einen solchen Brief zu schreiben? Er will die Verantwortung abschieben, und das hasse ich wie die Pest.«

»So ist er nun einmal.«

»Ja, so ist er. Und das ist genau, was ich an ihm nicht leiden kann.«

Sie schwieg. »So hart kann ich nicht sein. Ich habe Mitleid mit einem Menschen, wenn er einen solchen Brief schreibt.«

»Ja, und ich nicht.«

Sie zog den Brief zu sich heran und sah hinein. »Er ist vor allem gegen dich gerichtet.«

»Ja.«

»Aber warum?«

»Vielleicht, weil ich gesagt habe, dass man nicht flüchten darf.«

Sie las den Brief aufmerksam durch. »Und der Brief, den du ihm geschrieben hast, als wir Jonas gefunden hatten, hat ihm offenbar auch nicht gefallen.«

»Nein.« Er nahm den Brief wieder an sich und las die letzten beiden Absätze. »Das war doch ein netter Brief?«

»Ich fand, es war ein netter Brief.«

Sie schwiegen.

»Vielleicht findet er dich zu selbstsicher. Du kannst so selbstsicher tun.«

»Aber ich bin doch überhaupt nicht selbstsicher?«

»Nein, aber die Leute glauben es.«

»Aber ich kann mich doch nicht anders geben als ich bin … oder was ich tue.«

»Nein.« Sie sah ihn aufgelöst an. »Was sollen wir jetzt tun?«

»Nichts.«

»Willst du ihm nicht antworten?«

»Auf so einen Brief kann man doch nicht antworten«, sagte er unwirsch. »Es ist ein Abschiedsbrief!« Er stand auf. »Willst du einen Schnaps?«, fragte er sarkastisch. »Mit einem Stück Käse?«

Sie antwortete nicht. Sie sah zu ihm auf, unglücklich. »Er tut mir so leid«, sagte sie.

*

»Hast du Zigarren dabei?«, fragte Beerta.

»Ist das nötig?«, fragte Maarten.

»Du musst immer Zigarren dabeihaben, und eine Rolle Schokoladenplätzchen. Dann bietest du dem Mann eine Zigarre an und seiner Frau ein Plätzchen.«

»Ich weiß nicht mal, ob überhaupt ein Mann dabei ist«, sagte Maarten widerwillig. »Der Korrespondent hat nur vor einer Frau gesprochen.«

»Dann gibst du dem Korrespondenten eine Zigarre. Wer ist es?«

»Kroezenkamp.«

»Kennt Frau Haan ihn?«

»Das weiß ich nicht.«

Beerta ging zur Tür und öffnete sie. »Dé, kennst du Kroezenkamp?«

»Der Mitarbeiter aus Winterswijk«, sagte Fräulein Haan. »Natürlich kenne ich den. Warum willst du das wissen?«

»Weil Koning mit ihm eine Bandaufnahme machen will.«

»Das ist ein sehr guter Mitarbeiter.«

»Danke.« Er schloss die Tür wieder. »Hast du's gehört? Wenn es ein guter Mitarbeiter ist, musst du ihm sicher eine Zigarre anbieten.«

Kroezenkamp war einer der Korrespondenten, die auf den Aufruf im Mitteilungsblatt reagiert hatten, beim Sammeln von Volkserzählungen und Volksglauben behilflich zu sein. Der Besuch, den Maarten ihm abstattete, diente dem Kennenlernen, wobei gleichzeitig eine Probeaufnahme gemacht werden sollte. Als Maarten und Nicolien im Regen den Zug in Winterswijk verließen, stand er auf dem Bahnsteig und erwartete sie. »Tag, Herr Koning«, sagte er mit einem stark östlichen Akzent, als sie, ohne ihn zu bemerken, an ihm vorbei unter der Überdachung Richtung Ausgang gingen.

Maarten blickte überrascht zur Seite. Es war ein noch junger Mann, in seinem Alter, mit einer Brille und einem freundlichen, bescheidenen Gesicht. »Herr Kroezenkamp?«, fragte er.

»So ist es«, sagte Kroezenkamp.

Sie gaben sich die Hand.

»Das ist meine Frau«, sagte Maarten. »Die habe ich einfach mal mitgebracht.«

»Tag, Frau Koning«, er gab ihr ebenfalls die Hand.

Nicolien lachte verlegen.

»Mein Auto steht vor dem Bahnhof«, sagte Kroezenkamp.

»Woher wussten Sie, dass wir es waren?«, fragte Maarten, als sie durch den kleinen Bahnhof nach draußen gingen.

»Das sieht man. Leute aus dem Westen kann man sofort erkennen. Und Sie haben ein Tonbandgerät bei sich.«

»Woran sehen Sie das denn?«, fragte Maarten neugierig.

»An der Art zu laufen und an der Haltung, glaube ich. Es ist alles etwas gehetzter als bei uns.«

Sie stiegen ins Auto, Nicolien setzte sich neben Kroezenkamp, Maarten nach hinten. Kroezenkamp fuhr durch das Dorf, auf einer Straße, die auf beiden Seiten von hohen Bäumen gesäumt war, gelegentlich tauchte ein Bauernhof auf. Durch die verregneten Fenster sah Maarten undeutlich eine wellige Landschaft, schwarze und hellgrüne Äcker mit einigen Weiden hier und da. Durch die von den Wischerblättern erzeugte freie Fläche sah er zwischen Nicolien und Kroezenkamp hindurch die nassen Klinkersteine und die feuchten, schwarzen Stämme der Bäume.

»Wohin fahren wir?«, fragte er.

»Nach Rekken«, antwortete Kroezenkamp.

Sie schwiegen.

»Die Frau, die wir dort besuchen werden, ist eine ganz besondere Frau«, sagte Kroezenkamp nach einer Weile, seine Aufmerksamkeit auf die Straße gerichtet. »Sie wohnt sehr abgelegen, dicht bie de dütsche Grenze.«

»Wie kommt sie an ihre Geschichten?«, fragte Maarten.

»Die hat sie von ihrem Vater. Der war Rektor an der Grundschule. Sie hat sein ganzes Leben lang für ihn gesorgt. Vor fünfzehn Jahren ist er gestorben.«

»Also ist sie schon alt.«

»Achtzig, glöf ik. Also nicht mehr so jung.«

Maarten lächelte. Er sah im Rückspiegel das Gesicht Kroezenkamps, doch das blieb ernst, sogar ein wenig abwesend.

Gut eine Viertelstunde später lenkte Kroezenkamp seinen Wagen in eine Seitenstraße, die in einen Sandweg mündete, und brachte ihn bei einer kleinen, weißen Pforte zum Stehen. Als er den Motor abgestellt hatte und sie ausstiegen, war die Stille überwältigend. Der Regen hatte aufgehört. Ein feuchter Nebel hing um die Bäume und Sträucher, zwischen denen halb verborgen das Haus stand. Die Pforte quietschte, als Kroezenkamp sie aufstieß, und fiel mit einem leisen Schlag wieder hinter ihnen zu, als sie zwischen den Sträuchern den Weg entlang zur Eingangstür gingen. In der Rabatte vor dem Haus blühten Schneeglöckchen. Kroezenkamp blieb vor der Tür stehen. »Sie hat uns schon gesehen«, sagte er. Die Tür ging langsam auf. In der Diele stand eine kleine, zart gebaute, alte Frau, ihre grauen Haare in einem Knoten hinten am Kopf.

»Ach, Seij sünt er al«, sagte sie. Ihr Kopf wackelte ein bisschen. Sie ging vor ihnen her ins Wohnzimmer. »Schall ik eerst moal een Tass

Tee moaken?«, fragte sie, als sie sich hingesetzt hatten. Die Geräusche aus der Küche und das Ticken der Pendeluhr auf dem Kamin vertieften die Stille im Haus. Auf einem Tisch mit einer dunkelgeblümten Plüschdecke lag ein aufgeschlagenes Heft. »Das ist sechzig Jahre alt«, sagte Kroezenkamp gedämpft. Maarten stellte das Tonbandgerät auf einen Stuhl und schloss das Mikrofon an. Er suchte eine Steckdose und fand sie in einer Ecke, neben dem Teetisch, einem altmodischen Tischchen auf geschwungenen, dunkelbraunen Beinen. Während er damit beschäftigt war, kam die Frau mit der Teekanne herein und stellte sie auf ein Stövchen. »Dat is noch oaltmoud'sch«, sagte Kroezenkamp, als sie eine Schale mit Bonbons aus dem Schrank holte. Von dort, wo Maarten saß, konnte er die Pforte sehen. An der Wand stand ein Sekretär mit Rollverschluss, auf dem sich Schreibgerätschaften und ein Pfeifenständer mit Pfeifen befanden. »So«, sagte die Frau, während sie sich an den Tisch setzte, auf dem das aufgeschlagene Heft lag. »Un nu loat ik de Leitung an Heern Kroezenkamp oaver.« Sie sah ihn an. »Ik draff doch woll Platt schnacken?«

»Dat was jo Sinn der Sache«, sagte Kroezenkamp.

»Verstoat Seij dat woll?«, erkundigte sich die Frau bei Maarten und Nicolien.

»Ja«, sagte Maarten, »wir können es nur nicht sprechen.«

Nicolien lachte.

»Süll'n wie dann man eens anfangen?«, schlug Kroezenkamp vor.

Maarten zögerte. »Ich würde eigentlich gern die Pendeluhr anhalten«, sagte er zu der Frau. »Geht das?«

»O joa.« Sie stand auf und hielt die Pendeluhr an.

»Ich kann mir vorstellen, dass Sie das komisch finden«, sagte Maarten entschuldigend, »aber man hört es überdeutlich auf dem Band.«

»O wat, ik find dat nich komisch.« Sie schüttelte sanft den Kopf. Sie war etwas rot geworden.

»De Geschichte över't Kinnerwiegen«, sagte Kroezenkamp, »dat heb ik altied een mooie Geschichte funn'n.«

Maarten schaltete das Tonbandgerät ein und betrachtete das Aufleuchten des grünen Auges.

»Dat is van den katholischen Knech«, bestätigte die Frau. »Joa, dat is een mooie Geschichte.« Sie blätterte im Heft, bis sie die Geschichte gefunden hatte. »Dat was van een evangelischen Timmermann, deij had een katholischen Knech.« Sie hielt ihren Blick auf die Seite vor ihr gerichtet. »Un deij Afsproak was, dat man nie över'n Globen schnackt. Un dat güng ook joarelang gout. Oawer eenes gou'en Doages, dat was jüst Wiehnach'n und deij Knech wull noar de Nachtmisse, dat heette bie de Katholiken ›Kinnerwiegen‹, do was dat buten so koalt und dat schneijde, dat deij Buur sä: Wullst du nich leijwer in't Bett blieben, Anton? Oawer deij Knech güng doch. Nächsten Dag sä heij: Buur, ik goa weg. Denn deij Buur had över'n Globen schnackt.« Sie sah hoch. »Is dat nich een mooie Geschichte?« Sie war gerührt.

»Ja«, sagte Kroezenkamp. »Dat is een mooie Geschichte.«

»Ich finde es auch eine sehr schöne Geschichte«, sagte Nicolien.

»So etwas erwartet man eher von einem Calvinisten«, sagte Maarten. »Nicht von einem Katholiken.«

»Oawer deij Katholiken hebt ook eren Globen«, sagte die Frau. »Denn up de Schoule heb ik näben een katholischet Wicht säten. Un ik weet noch, dat se morgens binnenköm un huulde, joa, een Pastor was krank, un seij was bang dat heij dood güng, heij was al so oalt, en het was so'n netten Kerl, ja, un heij güng ook dood, en do seij se: Nu dröft wi nich meer doaröver schnacken, denn dann mutt ik lachern, un dat draf ik nich, segt Pappen un Mammen, dat is Sünde. – *Dat* was Sünde, dat se doaröver huulden, joa.«

»Merkwürdig«, fand Maarten.

»Oawer schall ik nu eerst 'n Tass' Tee inschenken?«

»Ich kenne die Geschichte«, sagte Maarten, während sie am Teetisch einschenkte.

»Van dat Wicht?«

»Nein, von dem katholischen Knecht.«

»Die steht bei Heuvel«, sagte Kroezenkamp.

»Dat kann best«, sagte die Frau, »dat mien Voader dat van Heuvel heeft. Als heij so wat lees, dann schreef heij dat in sien Heft.«

»Sind die Geschichten von Ihrem Vater?«, fragte Maarten.

»Wat in dit Heft stoat, is van mien Voader.«

»Und das hatte er gelesen?«

»Doar schreef heij dann över.«

»Und Sie selbst, haben Sie schon mal etwas über Wichtelmännchen gehört?«

»Erdmännkes«, verdeutlichte Kroezenkamp.

»Nee, doaröver hebt se hier nich schnackt.«

»Und Irrlichter?«

»Och, erg morassig is dat hier nich, doarum heb je dat dan nich so.«

»Dat van den Arbeiter und den Buur sien Speckschnitzel, dat find ik ook altied so'n mooie Geschichte«, sagte Kroezenkamp.

»Joa, dat is ook een mooie Geschichte«, bestätigte sie. Sie blätterte in ihrem Heft. »Se seeten an 'nen Disch«, erzählte sie, während sie suchte, »deij Bur un siene Arbeiters, oawer doar, wo deij Bur sit, doar – hier heb ik het – ligt de grootste Speckschnitzel boven up den Pannkouken, un do segt een Arbeiter tou den annern: ›Vanoavend krieg ik den Buur sien Speckschnitzel!‹ – ›Joa, dat segst du wol, oawer wie wulls du dat moaken?‹ – ›Nu, gie sült het sehn!‹ – Un oavens, als se sitten güngen, geef heij an als dusend Mann, un seij segden: ›Doar glooft wie niks van!‹ – ›Nu‹, sä heij do, ›dat is jüs so woar als ik hier nu deij Kumm'n ümdraai‹ – un heij draait deij Kumm'n so, dat heij de … un heij nimmt den Speckschnitzel van den Bur und legt hem op sien eigen'n Teller.«

Sie lachten. »Ist das auch von Ihrem Vater?«, fragte Maarten.

»Dat is ook van mien Voader.«

»Aber Sie wissen nicht, wo er das gelesen hat?«

»Villicht bie Odink?«

»Und Hexen?«

»Nee, Bigloof, dat is hier nich«, sagte sie mit großer Entschiedenheit. »Dat Eenzige, wat se hier woll eens gloofden, dat Heiligoavond, dat dann de Natur greun werd.«

»Auch keine Spukgeschichten?«, beharrte Maarten.

»Nu, nee – ja doar wör'n in deij Tied welke, deij güngen nich noar Schoule, doar geef dat woll eens wat Bigloof, bie dat Sort Lüt, oawer dat is verkeert, dat mutt nich noch anwackert weern.«

»Dat van den Buur, deij nachts een Vörgefeuhl kreeg, dat vind ik ook altied een mooie Geschichte«, sagte Kroezenkamp.

»Ik meende, dat was dat Wicht«, sagte die Frau, »de Frau van den Dodensegger.«

Auch diese Geschichte stand im Heft des verstorbenen Grundschulrektors.

Als sie weggingen, wurde es bereits dunkel. Die Frau pflückte einen kleinen Strauß Schneeglöckchen für Nicolien und blieb an der Pforte stehen, bis Kroezenkamp den Wagen gewendet hatte und sie auf dem Sandweg zurückfuhren. Als Maarten sich noch einmal umblickte, sah er sie zum Haus zurückgehen. Schweigend blickte er zwischen Kroezenkamp und Nicolien hindurch auf die Straße. Kroezenkamp hatte die Scheinwerfer angemacht. Sie warfen einen Lichtkegel auf das Pflaster vor ihnen, der Motor brummte. Die Bäume entlang der Straße stachen dunkel gegen den Himmel ab.

»Ich glaube, dass Sie dafür eigentlich nicht gekommen sind«, sagte Kroezenkamp.

»Nein«, sagte Maarten, »dafür sind wir eigentlich nicht gekommen, aber es war eine nette Frau.«

»Es war eine sehr nette Frau!«, sagte Nicolien mit Nachdruck.

»Es ist eine weise Frau«, meinte Kroezenkamp.

Maarten reagierte nicht. Er hatte rasende Kopfschmerzen bekommen.

*

Kaum saß Maarten an seinem Schreibtisch, betrat Hendrik Ansing den Raum. »Wie war es?«, fragte er.

»Alles, was sie wusste, hatte sie von ihrem Vater, und der wiederum hatte es von Heuvel.«

»Es hat also nichts gebracht.«

»Es war eine nette Frau.« Er lachte. »Der wissenschaftliche Beamte, Herr Koning, führte Untersuchungen über das Vorkommen von Wichtelmännchen in der Achterhoek durch.«

Ansing sah ihn teilnahmslos an. »Ich muss in Kürze auch mit dem Tonbandgerät los.«

»Wegen der Bezeichnungen von bäuerlichen Gerätschaften«, riet Maarten.

In dem Moment trat Beerta ein. »Habt ihr de Gruiter gesehen?«

»De Gruiter ist an seinem Platz«, antwortete Ansing.

»Er ist *nicht* an seinem Platz.«

»Dann ist er mal eben zum Klo.«

»Ich brauche ihn«, sagte Beerta verstimmt. Er verließ den Raum wieder.

»Vielleicht können wir zusammen gehen?«, schlug Ansing vor.

»In Ordnung«, sagte Maarten. »Gib mir Bescheid.«

Während Ansing das Zimmer wieder verließ, stellte er das Tonbandgerät auf den Schreibtisch, legte das Band ein, das er in der Achterhoek aufgenommen hatte, stellte den Zähler auf null und startete den Apparat. »... den katholischen Knech«, sagte die Stimme Fräulein Benninks. »Joa, dat is een mooie Geschichte.« Er lauschte und notierte, was er hörte. Während er das Band abhörte, sah er das kleine, mit altmodischen Möbeln vollgestopfte Zimmer mit der redenden, zerbrechlichen alten Frau auf ihrem Stuhl am Tisch, und es schien, als habe er die Stille des Hauses und des nebligen Winternachmittags draußen auch mit aufgenommen. Er hörte es sich an, und zu seiner Überraschung empfand er Heimweh. Während er damit beschäftigt war, kam Beerta wieder herein. Er blieb an Maartens Schreibtisch stehen, während dieser das Tonbandgerät ausschaltete und aufsah.

»Herr de Gruiter ist sehr verärgert über dein Verhalten«, sagte Beerta.

»Was habe ich getan?«

»Du hast ein Buch aus dem Regal geholt und es versäumt, einen Pappstreifen an die Stelle zu stecken, wo du es herausgezogen hast. Er hat mir die Stelle gezeigt.«

»Das schickt sich nicht«, gab Maarten zu.

»Und er wirft mir vor, dass ich immer meine schützende Hand über dich halte«, fuhr Beerta fort, der die Erinnerung an den Vorfall noch immer genoss. Er ging weiter zu seinem Schreibtisch. »Ich habe versprechen müssen, dass ich dich deswegen ernsthaft zur Rede stelle. Das tue ich hiermit.« Er hob seine Schreibmaschine vom Tisch und stellte sie auf den Schreibtisch.

»Und was hat er gesagt, als Sie das versprachen?«

»Er sagte«, Beerta setzte sich, »›das finde ich fein‹!« Er blickte, den Kopf etwas nach vorne geneigt, über die Schulter und schmunzelte. »Und er hat mich eingeladen, ihm einen Besuch abzustatten.«

»Das kann er doch nicht machen? Er ist noch nie bei Ihnen gewesen.«

»Nein, das kann man nicht machen. Herr de Gruiter weiß nicht immer, was sich gehört.« Er spannte ein Blatt mit mehreren Durchschlägen in seine Schreibmaschine und zog den Wagen nach rechts. Er begann zu tippen, hörte wieder auf und drehte sich ein weiteres Mal um. »›Und dann schenke ich Ihnen ein gutes Glas Wein ein‹«, sagte er. In seiner Stimme lag Ironie. Er wandte sich ab, führte den Finger über die Tastatur, »wir werden sehen«, und tippte in rasendem Tempo weiter.

*

»Lieber Maarten,

es ist schon etwas schwierig, dir wieder einen Brief zu schreiben. Aber es ist nun einmal so, dass die Worte nicht selbst Verantwortung tragen, und solange ich kein Fossil bin, hast du das Recht, mich zu fragen: Und was jetzt?

Nichts. Einfach nichts mehr. Wieder abwarten.

Das kommt daher, weil ich plötzlich wieder froh war. Einfach so, für einen Moment. Dann ist es so, als ob ich religiös bin. Schön, mir ist kalt, und schön der Winkel, in dem die Sonne steht, und schön der Junge mit seinem Hund an der Leine usw. Ich weiß nicht, wie gefangen du bist, doch es überkommt mich manchmal, dass ich es in meiner eigenen Zelle schön finde und plötzlich entdecke, dass es noch eine Außenwelt gibt. Ein paar Stunden echte Freiheit. Sicher, es ist schon wieder vorbei. Aber ich bin wenigstens draußen gewesen. Das herrlich hochmütige Gefühl den anderen gegenüber, die davon nichts wissen, die in ihren stummen Schaufenstern zu Papier werden.

Nicht einmal Briefe brauche ich mehr zu schreiben. Aber wenn ich es nun doch mache? Ich bin nicht zur Freiheit in der Lage, mit all ihren Konsequenzen: Die Außenwelt ist so gut wie ganz und gar ein Polizist, der mir, in meinem eigenen Interesse, sagt er, manchmal einen höllischen Schrecken einjagt.

O Gott, was bin ich wieder am Faseln.

Das kommt daher, weil ich auch nichts mehr weiß. Ich konnte es nie ausstehen, daraus nicht schlau werden zu können, aber jetzt herrscht schließlich das Klima einer gehobenen Gleichgültigkeit.

Muss ich jetzt vor dir unbedingt Rechenschaft ablegen? Es gibt um mich herum genügend Menschen dieser Art. Und es ist sehr unangenehm, dich zu einem Polizeibeamten zu machen. Darum hast du nie gebeten, und das habe ich mir nie gewünscht. Ein kleines Unglück, nennen wir meinen Unsinn: ein kleines Unglück. Es ist doch wohl nicht so, dass du plötzlich dachtest: Schau, der Frans, der enttäuscht mich jetzt aber, das hätte ich nicht von ihm erwartet, nein, der enttäuscht mich sehr.

Wenn dies so ist, musst du es unbedingt sagen.

Was für ein ruhiger Brief ansonsten, findest du nicht? Viel reiner als der vorige. Und so gut wie keine Neuigkeiten. Nur die Bekanntgabe der Genesung. Wirklich, ich habe nie die Absicht gehabt, dir mein Wohl und Wehe zu melden. Diese Konsequenz ist denn auch ärgerlich.

Und nächstes Mal schreibe ich dir wieder in altmodischer Distanz – die gibt es zwischen Amsterdam und Overflakkee, und davon kann ich Gebrauch machen, falls du es schon satthast.

Zwei Seiten fast voll.

Vorbei.

Mit freundlichen Grüßen, dir und Nicolien, von Frans aus Overflakkee.«

*

»Lieber Frans,

deinen Brief habe ich mit Vergnügen gelesen. Nicolien auch. Wir finden es immer nett, wenn du uns besuchst. Aber das wusstest du schon, vielleicht ist es deshalb überflüssig, es noch mal zu schreiben. Doch etwas anderes fällt mir nicht ein.

Mit herzlichen Grüßen von Maarten und Nicolien«

*

»Frau Koning hier.«

»Tag«, sagte er.

»Tag.«

Im Hintergrund hörte er Stimmen. »Was höre ich?«

»Zwei Männer sitzen draußen vor dem Fenster. Ist Beerta nicht da?«

»Beerta ist in Arnheim. Ich bringe Hendrik gleich mit. Ist das in Ordnung?«

»Wie nett.«

»Gut. Bis gleich.« Er legte auf. »Du bist willkommen. Nicolien findet es sogar nett.«

Sie nahmen den üblichen Weg zu Maartens Haus. Hendrik hielt sich kerzengerade, als trüge er ein Korsett, und ruderte mit den Armen. Obwohl sie ungefähr gleich groß waren, hatte Maarten das Gefühl, einen Kopf kleiner zu sein. »Was hast du eigentlich während deines Studiums gemacht, wenn du nicht studiert hast?«, fragte Maarten, als sie den Damrak überquert hatten.

»Nicht viel«, antwortete Hendrik. »Ich glaube, ich habe die meiste Zeit in meinem Zimmer gesessen.«

»Hattest du keine Freunde?«

Hendrik musste über die Frage nachdenken. »Eigentlich nicht. Ja, ich habe mich natürlich schon mal mit jemandem unterhalten, aber Freunde, nein, so konnte man das eigentlich nicht nennen.«

Schweigend überquerten sie den Voorburgwal in Richtung Postamt und bogen um die Ecke in die Raadhuisstraat.

»Hattest *du* denn Freunde?«, fragte Hendrik.

»Ja, ich hatte ein paar Freunde.«

Das schien Hendrik nicht zu interessieren. Er blickte geistesabwesend in die Ferne. Zügig marschierend überholten sie fortwährend andere Leute, die auf dem Weg von ihrer Arbeit nach Hause waren.

»Ich bin wohl mal schwimmen gegangen«, erinnerte sich Hendrik, als sie über die Brücke der Prinsengracht gingen.

»Schwimmen.«

»Ja. Bist du denn nie schwimmen gegangen?«

»Nein. Nie.«

»Und ich habe auch viel gepuzzelt.«

»Und als du klein warst?«

»Ach. Man bleibt doch immer der Sohn des Pfarrers.« Er sprach die letzten Worte unwillkürlich mit einem stark östlichen Akzent aus.

Nicolien kam mit umgebundener Schürze aus der Küche, als sie das Zimmer betraten. »Tag«, sagte sie.

»Tag, Nicolien«, sagte Hendrik.

Sie gaben sich die Hand.

»Das ist Jonas«, sagte Maarten. Die Katze lag in einem Pappkarton vor dem Ofen und sah argwöhnisch zu Hendrik auf.

»Den Kasten hat Slofstra gemacht. Da war ursprünglich ein Karteikasten drin.« Er hockte sich neben die Katze und strich ihr über den Kopf.

»Tag, Jonas.« Die Katze begann, leise zu schnurren.

»Nennt ihr sie Jonas?«, fragte Hendrik erstaunt. »Na, dann kann man sich besser gleich Kinder anschaffen.«

»Wie würdest *du* denn eine Katze nennen?«, fragte Maarten und stand auf.

»Und wenn man nun keine Kinder will, sondern lieber eine Katze?«, bemerkte Nicolien in scharfem Ton.

»Ich habe keine Katze«, antwortete Hendrik.

»Und zu Hause?«

»Da haben sie schon eine Katze. Das heißt, das letzte Mal hatten sie noch eine.«

»Und wie nennst du die dann?«, ließ Maarten nicht locker.

»›Katze‹! Einfach ›Katze‹!«

»Und wir nennen sie eben Jonas«, sagte Nicolien. Sie lachte. »Wenn das erlaubt ist.« Es klang aggressiv.

»Oh«, er legte seine Hand auf die Brust und richtete sich etwas auf, »ich wollte euch nicht beleidigen. Es wunderte mich nur.«

»Möchtest du einen Schnaps?«, fragte Maarten.

»Ja, gern.«

»Wir können Radieschen dazu essen«, sagte Nicolien aus der Küche heraus. »Es gibt Sauerkraut.«

»Es gibt Sauerkraut«, meldete Maarten, als er das Zimmer betrat, eine Flasche in der Hand und eine zweite unter dem Arm.

»Lecker!«, sagte Hendrik. »Sauerkraut mag ich!«

Maarten holte die Gläser aus der Küche, Nicolien kam mit den Radieschen.

»Hendrik hat niemals Freunde gehabt«, erzählte Maarten, als sie um den kleinen Tisch herum saßen und er die Gläser vollgeschenkt hatte.

»Nein?«, sagte sie. »Ich eigentlich auch nicht.«

»Na ja, niemals Freunde ...«, relativierte Hendrik. »Es ist eher so, dass ich nicht weiß, was man darunter zu verstehen hat. Ich bin natürlich schon mal mit jemandem etwas trinken gegangen.«

»Aber so wie bei dir, das ist auch ungewöhnlich«, sagte Nicolien zu Maarten, »dass ihr ganze Abende und Nächte zusammengesessen und geredet habt.«

»O nein«, sagte Hendrik, »nach einer Stunde habe ich alles gesagt, was ich sagen wollte. Ich wüsste nicht, worüber wir dann noch reden sollten.«

»Über den Sinn des Lebens?«, versuchte es Maarten.

»Ich glaube nicht, dass ich jemals geglaubt habe, dass das Leben einen Sinn hat. Ich wüsste auch nicht, was sich darüber sagen ließe.«

Maarten lachte: »Literatur?«

»Ja, Literatur«, gab Hendrik zu, »aber dann muss man schon zufällig dasselbe Buch wie der andere gelesen haben. Und dann läuft es normalerweise darauf hinaus, dass der eine es gut findet und der andere schlecht. Na ja: gut ... Meist liegt es natürlich irgendwo dazwischen.«

»Nenn mal ein Buch, das du gut findest.«

Hendrik dachte nach. »Keine Ahnung. Ja, manche Bücher von Vestdijk finde ich gut, aber auch nicht alle. Und ich wüsste nicht, was ich darüber sagen sollte.«

Sie schwiegen. Maarten suchte nach einem Thema, das Hendrik interessieren würde, fand jedoch keines. Er sah Nicolien an. »Wie war es heute?«

Sie lachte. »Gut.«

»Nichts Besonderes?«

»Nein, nichts Besonderes. Und bei dir?«

»Ich habe die beiden neuen Leute zum Vorstellungsgespräch dagehabt, den Freund von Bart und die Freundin von Hendrik.«

»Na ja, Freundin!«, protestierte Hendrik. »Ich kenne sie flüchtig aus den Vorlesungen.«

»Und?«, fragte Nicolien.

»Ich nehme sie beide.«

»Aber doch nicht, weil ich darum gebeten habe?«, fragte Hendrik beunruhigt.

»Aber hast du denn Platz für beide?«, fragte sie.

»Wiegel und Veerman saßen dort auch zu zweit.«

»Du hast das doch nicht gemacht, um mir einen Gefallen zu tun?«, wiederholte Hendrik seine Frage. »Denn das war nicht meine Absicht.«

»Nein«, beruhigte Maarten ihn. »Ich fand sie beide nett, und ich kann gut zwei Leute gebrauchen.«

»Dann ist es in Ordnung. Wenn du es nur nicht mir zuliebe tust.«

Sie gingen zum Tisch, Maarten legte eine Platte auf und ließ Jonas, der vor der Tür saß und wartete, in die Küche. Die New Orleans Wanderers begannen zu spielen.

»Wenn wir uns zum Essen an den Tisch setzen, will Jonas immer nach draußen«, sagte Nicolien. »Da will er nicht dabei sein.« Sie lachte, stand auf und ging zum Plattenspieler, um die Musik etwas leiser zu stellen. »Denk doch an die Nachbarn!«

»Ich denke an die Nachbarn«, sagte Maarten verärgert.

»Du denkst nicht an die Nachbarn!«

»Was habt ihr für Nachbarn?«, fragte Hendrik.

»Neben uns wohnt ein pensionierter Lehrer«, sagte Maarten, seine

Verärgerung unterdrückend, »über ihm ein Taxifahrer, über dem ein Kohlenträger, über uns ein Monteur, der bei der Straßenbahn arbeitet, über dem eine alte Frau und auf der anderen Seite ein Lumpensammler.«

Hendrik nahm es ohne Reaktion zur Kenntnis.

»Der Monteur hat in Korea gekämpft und veranstaltet große Partys«, erzählte Maarten, »bei denen sie stundenlang auf den Boden stampfen und ›Hoeperdepoep zat op de stoep‹ singen.« Er zeigte auf ein Stück Pappe an der Decke. »Da ist er einmal mit seinem Fuß durchgebrochen.«

Hendrik sah zu der Stelle und setzte seine Mahlzeit unbewegt fort. »Es ist sehr lecker, Nicolien«, sagte er.

Nach dem Essen setzten sie sich wieder an den kleinen Tisch und tranken Kaffee. Maarten stopfte sich eine Pfeife. Hendrik holte eine Schachtel Zigarren aus seiner Jacke, die im vorderen Zimmer lag, und steckte sich eine an. Eine Weile saßen sie schweigend da. Hendrik tippte nachdenklich die Asche von der Zigarre, richtete sich auf und wandte sich Maarten zu. »Warum findest du es eigentlich merkwürdig, dass ich kein Pfarrer werden wollte?«

Maarten erinnerte sich an die Bemerkung. Offenbar hatte Hendrik darüber nachgedacht. »Weil du enorm unter dem Druck deines Vaters stehst. Den Eindruck habe ich zumindest.«

»Das sehe ich nicht so.«

»Ich stehe auch unter dem Druck meines Vaters, aber im Vergleich zu dir bin ich ein Leichtfuß.«

»Na, hör mal!«, sagte Hendrik, als fände er, dass Maarten zu weit ginge.

»Es ist ein Eindruck.«

»Aber woraus leitest du den denn ab?«

Maarten dachte nach. »Mein Vater sagt nie etwas. Er schweigt. Wenn ich zum Beispiel mit einer guten Note nach Hause kam, sagte er nichts. Er beachtete es nicht, als wäre es selbstverständlich. Dadurch hatte ich immer das Gefühl, nicht genug getan zu haben. Ich genügte seinen Ansprüchen nicht, aber ich wusste nicht, worin diese bestanden. Es gab eine Norm, die ich nicht kannte und der ich nicht entsprach. Ich glaube, dass du auch so einen Vater hast.«

»Warum glaubst du das?«

»Tja. Die Art und Weise, wie du dich verhältst.«

»Na, hör mal! Ich glaube nicht, dass ich mich anders verhalte als die anderen.«

»Stellt dein Vater mal eine Frage? Ich meine, zeigt er schon mal Interesse an dem, was du denkst?«

Hendrik richtete sich etwas auf. »Nein. Ich glaube nicht, dass er sich damit beschäftigt.«

»Und wenn du am Wochenende nach Hause fährst, was sagt er dann?«

»Ich fahre am Wochenende fast nie nach Hause.«

»Aber du fährst doch ab und zu mal nach Hause?«

»Selten.«

»Und was sagt er dann?«

Hendrik dachte nach.

»Na, Junge, bist du da?«, half Maarten. Er schmunzelte.

»Ich glaube nicht, dass er etwas sagt. Zumindest kann ich mich nicht daran erinnern. Normalerweise sitzt er in seinem Arbeitszimmer, und wenn wir dann essen wollen, kommt er zu Tisch.«

»Und was sagt er dann?«, drängte Maarten.

Hendrik dachte erneut nach. »Nichts«, sagte er schließlich, »aber er wird wohl bemerken, dass ich da bin, zumindest ...« Er dachte nach. »Ja, da bin ich mir ziemlich sicher.«

*

Für seinen Vater hatte man einen Platz in der Mitte der ersten Balkonreihe reserviert. Er saß zwischen Nicolien und Maartens Schwägerin. Daneben saßen auf der einen Seite Maarten und der Direktor des Unternehmens, in dem sein Vater dreißig Jahre lang gearbeitet hatte, und auf der anderen Seite Maartens Bruder und Gijs van de Akker, der Nachfolger seines Vaters, ein noch jüngerer Mann, etwas älter als Maarten, der Sohn eines Jugendfreundes seines Vaters. Die übrigen Mitarbeiter, ein paar hundert, saßen hinter ihnen sowie unten im Saal und sahen, ohne darauf zu reagieren, in einer peinlichen, etwas verlegenen Stille einer Parodie auf *My Fair Lady* zu, in der Professor King seinem jugendlichen Nachfolger Thijs die Kniffe des Fachs beizubringen versuchte. Er tat dies in einem pedantischen, autoritären Tonfall, getränkt von pragmatischem Zynismus. Darin klang zwar die Kritik der Mitarbeiter an seinem Vater durch, allerdings – aus Furcht, ihn zu verletzen – so abgemildert und durch das ungeschickte, etwas ängstliche Spiel des dicken Jungen, der den Professor King geben musste, so unbeholfen, dass es eher peinlich als geschliffen wirkte. Außerdem hatten die Texter in Maartens Augen ihre Chance vertan, indem sie wiederholt die Freundschaft zwischen Professor King und Thijs' Vater betonten und das Ganze dadurch in die Nähe des Nepotismus rückten. Der Text und das Fehlen jeglicher Reaktion machten eines deutlich: Der Mann, von dem sie Abschied nahmen, war ein Fremder für sie, und niemand würde ihm eine Träne nachweinen. Während diese Erkenntnis langsam zu ihm durchdrang und ein wachsendes Gefühl des Unbehagens bei ihm hervorrief, sah er ab und zu verstohlen zur Seite. Das Gesicht seines Vaters wirkte blass und verkrampft. Er blickte starr zur Bühne, mit einem ironischen Lächeln, das wie eingefroren auf seinem Gesicht lag. Manchmal lachte er kurz, lautlos, ohne Freude und in solch unwahrscheinlichen Momenten, dass Maarten sicher war, dass ihn nichts von dem erreichte, was auf der Bühne gesagt wurde. Da saß, mit seinem vom vielen Schreiben etwas gekrümmten Rücken, ein unscheinbarer, kleiner Mann in einem schlecht sitzenden Anzug, die Hände auf den Knien. Als Maarten auf die Hände sah, bemerkte er, dass sie sich verkrampften. Sein Vater. Er empfand Mitleid, und zugleich fühlte er sich bedroht, schutzlos und irritiert, denn so sollte ein Vater nicht sein. Er betrachtete den Direktor neben sich, einen grobschlächtigen, korpulenten Mann, der das Ganze, vielleicht als Einziger im Saal, unbefangen genoss. Als Maarten zu ihm sah, blickte er zur Seite. »Findest du das nicht herrlich?«, sagte er halblaut, sodass es weithin zu hören war, und Maarten sah in seinen halb geöffneten Mund, in dem ein paar Goldzähne blinkten.

Als Professor King und Thijs am Schluss des Stückes die Internationale anstimmten, stand der Direktor auf und sang lauthals mit. Unten im Saal schaute man nach oben, einige Leute erhoben sich, um sie herum stand man ebenfalls auf. Sein Vater zögerte, blickte sich um und folgte ihrem Beispiel, zwischen seinen Kindern. Was zweifellos als ein befreiender mehrstimmiger Gesang gedacht war, wurde zu einem halb gemurmelten, dünnen Singsang, aus dem, deutlich erkennbar, die kräftige Stimme des Direktors herausstach. Sein Vater unternahm einen kurzen Versuch mitzusingen, gab ihn jedoch bald wieder auf und sah etwas verlegen in den Raum, wie jemand, der beim Beten nicht mitmacht. Anschließend gab es eine Pause. Sie stiegen die Treppe hinunter ins Foyer. Sein Vater ging, wie im Traum, geradewegs zu einem Tisch in der Ecke und setzte sich dort hin, mit dem Rücken zur Wand. Seine Kinder, der Direktor und sein Nachfolger scharten sich um ihn. »War das nicht toll?«, fragte sein Bruder Maarten, an seinem Vater vorbei. Er musste etwas lauter sprechen, um sich in dem Stimmengewirr verständlich zu machen.

»Nein«, sagte Maarten, »ich fand es peinlich.«

»Unsinn!«, sagte sein Vater. »Ich weiß nicht, was daran peinlich war. Es war eine Parodie!«

Der Direktor, der sich neben ihn gesetzt hatte, stand wieder auf und verließ sie, um sich in das Gedränge zwischen den Tischen und vor dem Büffet mit den Speisen und Getränken zu mischen. Gijs van de Akker, der neben seinem Bruder saß, lauschte dem Gespräch, ein verlegen wirkender Mann, der Maarten entfernt an seinen Vater erinnerte.

»Es war eine Parodie«, gab Maarten zu, »aber sie war nicht gut. Sie ging am Ziel vorbei. Wenn man Vater parodieren will, muss man das ganz anders machen.«

»Das sehe ich nicht so«, sagte sein Bruder.

»Da bin ich völlig anderer Meinung!«, sagte sein Vater. »Es war ein prima Paar!«

»Das habe ich auch nicht gesagt«, sagte Maarten verärgert. »Darum geht es mir nicht.«

»Und wie sie das in kurzer Zeit zur Bühnenreife gebracht haben, das ist große Klasse!«, sagte sein Vater in entschiedenem Tonfall. Er wandte sich ab, zog die Hände aus der Tasche, legte sie auf die Lehnen seines Stuhls und betrachtete eine junge Frau, die mit einem Tablett voller Getränke und Leckereien vor dem Direktor her auf sie zukam. Seine Finger machten Bewegungen, als überlegte er aufzustehen, sich aber nicht entscheiden könnte. Sein Gesicht zuckte nervös.

»Was sie überhaupt nicht gesehen haben, ist die Tatsache, dass Vater sich auf dieser Stelle todunglücklich gefühlt hat«, sagte Maarten zu seinem Bruder. »Seit er Chefredakteur ist, hat er nie mehr einen Affen nachgemacht, obwohl das seine beste Nummer war.« Er rückte mit seinem Stuhl etwas zurück, weil die Frau das Tablett zwischen ihnen auf den Tisch schob.

»Was möchten Sie haben, Vater?«, fragte seine Schwägerin.

»Wenn man so argumentiert wie du, bleibt wenig übrig«, fand sein Bruder.

»Nichts«, gab Maarten zu.

»Gib mir mal ein Glas Tonic«, sagte sein Vater.

Sie nahm ein Glas vom Tablett, während die junge Frau in gebeugter Haltung wartete. Hinter ihr und um sie herum drängten sich und lärmten die anderen Gäste.

»Und wollen Sie auch ein Häppchen?«, fragte seine Schwägerin.

»Gib mir einfach irgendwas«, sagte sein Vater gleichgültig.

Während sie ein Häppchen für ihn aussuchte, bedienten die anderen sich ebenfalls. Sein Bruder und Gijs van de Akker nahmen, ebenso wie sein Vater, ein Glas Tonic, Maarten und Nicolien ein Gläschen Genever.

»Denk daran, dass du dich nicht betrinkst, so mitten am Nachmittag«, warnte sein Vater. Als überzeugter Abstinenzler konnte er es noch immer nicht gut mit ansehen, dass seine Kinder Alkohol tranken.

Der Direktor hatte sich wieder hingesetzt und nahm einen Schnaps. »Was dein Vater zu wenig trinkt, trinke ich zu viel«, sagte er zu Maarten. Ein Mann blieb an ihrem Tisch stehen. Er hatte ein Päckchen in der Hand. »Tag, Koning«, sagte er.

Sein Vater schrak hoch. Er hatte gerade sein Glas in die Hand genommen und wusste so schnell nicht, wo er es lassen sollte. »Na so was«, sagte er. »Wie geht's dir?« Er wollte aufstehen, doch mit dem Glas in der Hand gelang es ihm nicht.

»Ich war zufällig im Lande und wollte dir ein Abschiedsgeschenk bringen«, sagte der Mann.

Seine Schwägerin flüsterte seinem Vater etwas zu und nahm ihm sein Glas ab.

Sein Vater stand mit einem verlegenen Lächeln auf. »Jeker!« Er streckte die Hand aus.

Der Mann lachte und gab ihm das Päckchen. »Zur Erinnerung.«

»Das schätze ich sehr.« Er sah auf das Päckchen und dann wieder zu dem Mann. Die Situation machte ihn zu verlegen, als dass er wüsste, was er tun oder noch sagen sollte.

»Auspacken, Vater«, flüsterte seine Schwägerin, etwas zu laut.

»Ja, natürlich.« Er suchte einen Anfang, zog nervös an der Verpackung und riss sie nach einigem Gefummel auf, wobei alle zusahen. Es kam eine kleine Schachtel zum Vorschein, in der eine Pfeife steckte.

»Eine Pfeife«, sagte er überrascht. »Damit hast du mir eine große Freude gemacht!« Er streckte erneut die Hand aus, unsicher, wie er seine Dankbarkeit zeigen sollte.

»Wie fandest du das Stück?«, fragte der Direktor.

»Ich habe meinen Vater darin nicht erkannt«, antwortete Maarten.

Der Direktor sah ihn erstaunt an. »Aber natürlich hast du deinen Vater darin nicht erkannt! Stell dir vor, du hättest ihn erkannt! Du wärst rasend vor Wut gewesen! Es geht nicht um deinen Vater! Es geht um die Feier! Dass die Jungs das gemeinsam gemacht haben, und dass sie alle zusammen hier sind, das ist gut fürs Geschäft! Und für nichts anderes!« Er beugte sich zu Maarten hinüber und legte seine Hand auf dessen Arm. »Ich werde dir etwas anderes erzählen!« Seine Brille näherte sich Maartens Gesicht, während er versuchte, trotz des Lärms um ihn herum leiser zu reden. »Dein Vater wollte die Feier nicht einmal, er wollte den Laden durch die Hintertür verlassen! Ich habe zu ihm gesagt: ›Bist du jetzt völlig übergeschnappt? Das kommt überhaupt nicht infrage! Du kriegst ein rauschendes Fest! Und ich will keine Proteste dagegen hören!‹ Nicht, weil es so nett ist, so ein Fest – nett ist es auch –, sondern weil es in erster Linie gut ist für die Solidarität! Die Leute müssen wissen, wo sie hingehören, dann arbeiten sie in den Wochen danach mit doppeltem Vergnügen.«

Maarten lachte. Ihm war nicht wohl zumute mit diesem großen Gesicht so dicht vor seinem.

»Dabei behaupte ich nicht, dass dein Vater so ein idealer Jubilar ist«, fuhr der Mann fort. »Was das betrifft, kann ich mir durchaus Besseres vorstellen. Ich habe mal für eine ähnliche Feier Alex de Haas gemietet. Ein prima Junge! Er hat den Saal zum Kochen gebracht! Aber in der Pause sagt er zu mir: ›Herman, da ist ein Bursche, der macht mich irre, der verzieht keine Miene.‹ Das war dein Vater!« Er kam mit seinem Gesicht noch näher, damit ihn niemand hören konnte. »Und es ist nicht so, dass ich etwas gegen deinen Vater hätte! Ich bewundere ihn! Wenn ich diesen Mann dort sitzen sehe, mit den zwei Ringen an den Fingern, dann werde ich ganz still. Dann denke ich: Herman, das ist ein guter Mensch! Der ist treu! Ich sage es ehrlich: Wenn meine Frau stirbt, werde ich aufrichtig um sie trauern, sie ist eine liebe Frau, doch binnen eines Jahres habe ich eine andere!« Er leerte sein Schnapsglas in einem Zug, stellte es schwungvoll auf den Tisch und stand auf. »Ich hole noch einen. Soll ich dir auch einen mitbringen?«

*

»Das wirst du wohl auch unterschreiben wollen«, sagte Beerta. Er legte eine Liste mit Unterschriften auf Maartens Schreibtisch, blieb daneben stehen und wartete.

Maarten sah sich die Liste an. Es war ein Protest gegen die Gräueltaten der französischen Armee in Algerien. Zwischen den Unterschriften sah er außer den Namen von Beerta und Karel Ravelli die von de Bruin, Balk, Meierink, de Gruiter, van Ieperen, Fräulein Haan und Ansing. »Nein«, sagte er und gab die Liste zurück, »das unterschreibe ich nicht.«

»Wie du willst«, sagte Beerta gekränkt. Er wandte sich ab und setzte sich an seinen Schreibtisch.

Seine Reaktion rief in Maarten ein Schuldgefühl wach. Er sah über seine Schulter. »Wenn Slofstra mit der Liste herumgegangen wäre, hätte niemand unterschrieben. Ich finde, ein Direktor sollte das nicht tun.«

»Slofstra hat nicht unterschrieben«, antwortete Beerta förmlich. »Slofstra ist rechts.«

»Wenn das hier links ist, dann ist es links zum Sparpreis.«

»Ich habe es zur Kenntnis genommen.« Er begann zu tippen.

Maarten schwieg. Er versuchte, seine Arbeit wieder aufzunehmen, doch es gelang ihm nicht. Der Vorfall wurmte ihn. Schließlich stand er auf und verließ den Raum. Fräulein Haan war nicht da. Hendrik Ansing saß an seinem Tisch. Als Maarten sich auf den Stuhl ihm gegenübersetzte, sah er auf und legte seinen Bleistift hin.

»Hast du die Liste für Algerien unterschrieben?«, fragte Maarten.

»Ja«, sagte Hendrik. »Ist das denn nicht erlaubt?«

»Doch, natürlich.« Er schwieg.

»Du hast nicht unterschrieben.«

»Nein.«

Hendrik sah ihn prüfend an. »Warum nicht?«

Maarten dachte nach. »In erster Linie, weil ich nichts darüber weiß.«

»Ich bin davon ausgegangen, dass Beerta etwas darüber weiß.«

»Aber ich glaube, vor allem, weil es mir zuwider ist. Wenn ich diese Namen sehe, dann weiß ich, dass einer nach dem anderen von der Fahne gehen würde, wenn es darauf ankäme. Algerien, dafür kann jeder unterschreiben, da kann nichts schiefgehen.«

»Wenn alle so darüber dächten …« Hendrik brachte den Satz nicht zu Ende.

Maarten sah ihn an. »Glaubst du, dass das etwas ausmachen würde?«

»Nein«, gab Hendrik zu. »Das glaube ich nicht.« Er richtete sich unwillkürlich etwas auf.

»Eben.« Er stand auf, schob den Stuhl unter den Tisch zurück und verließ den Raum.

Eine Viertelstunde später, als er wieder hinter seinem Schreibtisch saß, betrat Hendrik den Raum. Er blieb kerzengerade an der Tür stehen und knöpfte den mittleren Knopf seiner Jacke zu. »Herr Beerta«, sagte er.

Beerta hörte auf zu tippen und drehte sich um.

»Kann ich meine Unterschrift noch von der Liste streichen?«

Beerta zog seine Augenbrauen hoch und sah ihn über seine Brille hinweg an. »Wieso? Du hast doch unterschrieben?«

»Maarten hat mich davon überzeugt, dass es nicht richtig war.«

Beerta schob die Liste an die Seite seines Schreibtisches. »Nur zu«, sagte er kühl und tippte weiter.

*

»Veen hier«, sagte eine tiefe Männerstimme. »Ich bin der Vater von Frans.« Er hatte einen deutlichen Amsterdamer Akzent.

»Tag, Herr Veen«, sagte Maarten.

»Tag, Herr Koning. Sie werden sich fragen, warum ich Sie anrufe, aber Frans ist in die Valeriusklinik aufgenommen worden.«

»In die Valeriusklinik?«

»Sie verstehen schon.«

»Was hat er denn?«

»König Ödipus.«

Maarten brauchte einen Moment, den Inhalt der Mitteilung zu sich durchdringen zu lassen.

»Und jetzt fände er es nett, wenn Sie und Ihre Frau ihn einmal besuchen würden«, sagte Veen, ohne Maartens Reaktion abzuwarten. »Wenn Sie dazu Lust verspüren, natürlich.«

»Natürlich! Wie lange ist er denn schon dort?«

»Zwei Wochen. Der Junge hat es schwer, und ich glaube, dass er Sie und Ihre Frau sehr mag.«

»Das weiß ich nicht, aber wir werden ihn natürlich besuchen.«

»Darüber wird er sich sehr freuen«, sagte Veen herzlich. »Seien Sie gewiss, dass Sie damit ein gutes Werk tun.«

*

»Frans Veen ist in der Valeriusklinik«, sagte Maarten, sobald er wieder an seinem Schreibtisch saß.

Beerta blickte überrascht auf und drehte sich um. »Was erzählst du mir da!«

Maarten wandte sich um. Er lachte schuldbewusst, verlegen angesichts des Aufsehens, das er mit seiner Bemerkung erregt hatte. »Ja.«

Beerta legte seine Brille hin und stand auf. »Ich habe immer gedacht, dass mit dem Jungen etwas nicht stimmt«, sagte er und kam näher. »Er hatte Probleme, und er hat sich abgesondert.«

»Seinem Vater zufolge hat er einen Ödipuskomplex. Ich weiß nicht, was ich mir darunter vorzustellen habe.«

»Einen Ödipuskomplex?«, sagte Beerta erstaunt. »Den haben wir doch alle! Deswegen muss man doch nicht in die Valeriusklinik aufgenommen werden?« Er blickte Maarten starr an, als ob er dachte, dass dieser ihm etwas verschwieg.

»Vielleicht ist es bei ihm schlimmer als bei uns«, vermutete Maarten ironisch. Er lachte, er fühlte sich nicht recht wohl unter diesem Blick.

Beerta reagierte nicht auf die Bemerkung. Er sah Maarten weiterhin prüfend an. »Wie schade«, sagte er schließlich, »dass ich den Jungen nicht unter unseren Fittichen halten konnte.« Er wandte sich ab. »In der Valeriusklinik«, sagte er, jetzt mehr zu sich selbst. »Wenn es einen Ort gibt, an dem man besser nicht sein sollte, dann ist es die Valeriusklinik.«

»Und die psychiatrische Abteilung des Wilhelmina-Krankenhauses«, fügte Maarten hinzu, aus dem Bedürfnis heraus, die Sache ein wenig zu entdramatisieren.

Beerta reagierte nicht darauf. Er drehte ein Blatt in die Schreibmaschine und begann zu tippen.

*

Frans lag in einem weißen Bett. Die Betten um ihn herum, entlang der Wände des Saals, waren leer und mit weißen Tagesdecken abgedeckt. Zwischen den Betten ging ein Mann auf und ab, der ein Buch wie ein Brevier in den Händen hielt. Frans und der Mann waren die Einzigen im Saal. Als sie eintraten, richtete sich Frans auf dem Ellbogen auf und schob ein Buch von sich weg. Er trug einen hellblauen Pyjama mit einem dunkelblauen Kragen. Er war dick geworden. »Hallo«, sagte er verlegen. Der lesende Mann war stehen geblieben und sah zu ihnen herüber.

»Schau mal, das haben wir dir mitgebracht«, sagte Nicolien. Sie lachte nervös, während sie ihm eine Melone überreichte.

Er musste sich aufrichten, um sie entgegenzunehmen. Er hatte einen roten Kopf bekommen.

»Ich dachte, bei dieser Hitze ist das bestimmt lecker.«

»Ja«, sagte er vage. »Danke.« Er legte die Melone auf den Nachttisch.

Maarten sah sich um. Er holte zwei Stühle, die an einem Tisch standen, und stellte sie vor das Bett. Der lesende Mann hielt Abstand und beobachtete sie. Er hatte einen rotblonden Bart, der nach vorne abstand, und trug einen dunkelblauen Morgenmantel mit grünen Karos. Sie setzten sich. Maarten sah Frans prüfend an. »Wie geht's?«

»Ich bin eingewiesen worden.« Er blickte scheu zu dem Mann mit dem Bart. Der drehte sich um und ging mit dem Buch in den Händen zum Ende des Saals, wo die Waschbecken waren. »Der Mann macht mich verrückt«, sagte er nervös, wie zu sich selbst.

Maarten sah dem Mann hinterher. »Was ist mit ihm?«

»Er ist verrückt. Alle hier sind verrückt.« Er versuchte zu lachen.

Maarten sah auf die leeren Betten. »Wo sind die anderen?«

»Die sind im Freigang.«

»Wie im Gefängnis.«

Frans lächelte matt.

Sie schwiegen. In die Stille hinein hörte man die Schritte des Mannes. Er hatte sich am Ende des Saals umgedreht und bewegte sich wieder in ihre Richtung. Das Sonnenlicht, das durch die Bleiglasscheiben des Oberlichts hereinfiel, lag in bunten Fächern auf Frans' Bett. Es roch nach Lysol. Der Mann blieb an derselben Stelle stehen, an der er kurz zuvor schon einmal haltgemacht hatte, und sah zu ihnen herüber.

»Was hast du gerade gelesen?«, fragte Nicolien.

Frans hob das Buch kurz hoch, sodass sie den Titel lesen konnte. *The Waves*. Er sah wieder zu dem Mann hinüber, der sich umdrehte und von ihnen entfernte.

»Das ist scharf, nicht?«, sagte sie verlegen.

»Ja«, antwortete er geistesabwesend. Er sah sie erschreckt an. »Wie geht es euch?«

»Gut«, antwortete Maarten.

»Jetzt beobachtet er uns im Spiegel«, sagte Frans ängstlich. »Wenn man noch nicht verrückt ist, dann machen sie einen hier verrückt.«

Sie schwiegen. Die Wand hinter Frans' Bett war bis auf Kopfhöhe gelb gestrichen, darüber war sie weiß. Auf dem Gelb befanden sich Schmutzstreifen. An der seitlichen Wand hing das Gemälde eines Kornfeldes mit Klatschmohn.

»Es ist stickig hier«, stellte Maarten fest. »Können wir nicht ein Fenster aufmachen?« Die Schritte hinter ihm gingen ihm auf die Nerven.

»Nein, die gehen nicht auf.«

»Die Katze, die wir gefunden haben, ist ein bisschen verrückt«, erzählte Nicolien. »Wenn es dir wieder besser geht, musst du sie dir mal ansehen kommen.«

»Ja, gerne.« Er sah wieder zu dem Mann. »Jetzt beobachtet er uns aus dem Waschraum.«

Maarten drehte sich um. Er sah den Mann mit einer Zigarette im Halbdunkeln sitzen. Sie schwiegen wieder. Maarten zog das Buch zu sich heran und blätterte darin.

»Wie geht es im Büro?«, fragte Frans.

»Gut.« Er legte das Buch wieder zurück. »Nijhuis liegt auch im Krankenhaus. Schon seit Januar.«

»Was fehlt ihm?«

»Er hat was am Herzen, aber sie wissen nicht, was.«

Sie schwiegen.

»Ich besuche ihn ab und zu.«

»Ich mag ihn nicht besonders«, gestand Frans. »Er ist mir zu hart.« Er sah scheu zu Maarten, als befürchtete er, etwas Falsches gesagt zu haben.

»Aber auch zu sich selbst.«

»Ja, das mag ich nicht so besonders. Die Leute, die so hart zu sich selbst sind, mit denen stimmt was nicht. Meinst du nicht?«

»Die kriegen es am Herzen.«

»Ja, vielleicht auch.«

»Ja, das ist nicht schön«, gab Maarten zu. Von dort, wo er saß, konnte er ein Stück des Gartens sehen. Dort stand eine Silbertanne, und es gab einen Rasenplatz mit weißen Stühlen.

»Darfst du hier nie raus?«, fragte Nicolien.

»Ich möchte gern mal ein Wochenende raus, aber ich weiß nicht, wohin. Zu meinen Eltern lieber nicht, und mein Bruder will mich wegen der Kinder nicht haben.«

»Aber dann komm doch zu uns?«

»Ginge das denn?« Er sah schnell zu Maarten.

»Natürlich«, sagte Maarten ohne viel Begeisterung.

»Das fände ich sehr nett.« Er sah zu Nicolien und dann sofort wieder zu Maarten, als traue er dem Angebot nicht ganz.

Hinter ihnen hatte der Mann mit dem Bart seine Wanderung wieder aufgenommen.

»Was machen sie hier eigentlich mit dir?«, fragte Maarten.

»Beobachten.«

»Reden?«

»Ja, auch reden.« Er sah Maarten forschend an, als vermutete er, dass der mehr darüber wüsste als er selbst.

»Was hast du denn genau? Bist du verwirrt, oder hast du Ängste, oder hörst du Stimmen?«

»Ich weiß es eigentlich nicht«, sagte Frans vage. »Vor allem Ängste, glaube ich, und ich bin auch trübsinnig.« Er sah Maarten an. »Du bist doch manchmal auch trübsinnig?«

»Ja, aber ich liege nicht in der Valeriusklinik.«

»Nein. Ich natürlich schon.« Er lächelte ein wenig. »Mein Psychiater glaubt, ich bin in meinen sozialen Kontakten gestört. Dann wird das wohl so sein. Meinst du nicht auch?«

»Ich bin in meinen sozialen Kontakten auch gestört.«

»Ja, eben. Vielleicht ist das alles bloß Unsinn.« Er sah schnell zu Nicolien.

Nicolien lachte.

Sie schwiegen. Hinter ihnen hörte man die Schritte des Mannes mit dem Bart. In einem der Waschbecken gluckerte es. Draußen, unter dem Fenster, schloss jemand ein Fahrrad ab.

»Ich habe euch keinen besonders netten Brief geschrieben, nicht wahr?«, sagte Frans. Er blickte prüfend von Maarten zu Nicolien.

Nicolien lachte.

»Ja«, sagte Maarten.

»Darüber brauchen wir doch nicht mehr zu reden, oder?«

Maarten schüttelte den Kopf. »Nein, wenn du nur nicht denkst, dass es jemanden gibt, dem es etwas ausmachen würde, wenn du Selbstmord begehst. Du täuschst dich, wenn du meinst, dass du auf diese Weise Rache nehmen kannst.«

»Das habe ich auch nicht geglaubt«, sagte Frans erschrocken. »Ich hatte nur Angst, dass ihr alle bei mir bleiben würdet, und deshalb wollte ich das ungeschehen machen.«

Maarten sah ihn verständnislos an.

»Das verstehst du vielleicht nicht, oder?«, fragte Frans hilflos.

»Nein.«

»Es ist vielleicht auch ein bisschen rätselhaft«, sagte Frans resigniert.

Auf dem Weg zum Ausgang wurden sie von einer Pflegerin angesprochen. »Sind Sie der Besuch von Herrn Veen? Der Doktor würde Sie gern kurz sprechen.« Sie brachte sie zu der geöffneten Tür eines kleinen Zimmers, in dem ein Mann in einem weißen Kittel saß und schrieb. Er ließ sie auf dem Gang warten. Er hatte eine Welle im Haar und trug eine randlose Brille. Als er aufstand und in den Gang kam, stellte er sich als Doktor Zweers vor. Ein Mann mit einem beschränkten Gesichtsausdruck. Er sah sie prüfend an. »Sie sind mit Herrn Veen befreundet?«

»Ja«, sagte Maarten.

»Ich habe Sie kommen lassen, weil ich auch einmal jemanden außerhalb der Familie Veen sprechen wollte.«

Maarten betrachtete sein Gesicht. Er konnte sich nicht vorstellen, dass dieser dumme Mann Frans heilen könnte.

»Welchen Eindruck haben Sie von ihm?«, fragte der Mann.

Maarten zögerte. »Er ist ungewöhnlich ängstlich und unsicher.« Er hatte das Gefühl, Frans zu verleumden.

Der Mann sah ihn lange an, als ob er seine Gedanken lesen wollte. »Ist das immer so gewesen?«

»Solange ich ihn kenne.«

Eine Pflegerin kam vorbei. Sie grüßte den Arzt.

»Er würde gern einmal ein Wochenende zu uns kommen«, sagte Nicolien. »Ginge das?«

Der Mann sah sie an, als müsste er seine Antwort sorgfältig abwägen. »Solange sein Zustand so ist, wie er jetzt ist, ist das ausgeschlossen.« Er blickte wieder zu Maarten. »Können Sie mir nicht etwas über ihn erzählen? Es fällt uns sehr schwer, uns ein Bild von ihm zu machen. Wie ist er mit Ihnen umgegangen? Wie verhält er sich?«

»Scheu.«

Der Mann nickte.

»Und verletzlich.« Er schwieg, suchte nach einem Beispiel.

»Und wie reagieren Sie darauf?«, fragte der Mann, als Maarten weiterhin schwieg.

»Ich weiß nicht, wie ich darauf reagieren soll. Ich habe die Neigung, dagegen anzugehen, aber mir scheint, dass er das nicht ertragen kann.«

Der Mann nickte, abwartend.

Eine Gruppe Männer kam vorbei, für die Maarten einen Schritt zur Seite treten musste. »Wie soll man auf jemanden reagieren, der so unsicher ist?«, fragte er.

»In der Tat.« Er sah Maarten eindringlich an. Als dieser weiterhin schwieg, stand er auf. »Gut. Ich danke Ihnen, dass Sie kommen konnten. Ich werde zu gegebener Zeit, wenn es ihm etwas besser geht, überlegen, ob er Sie besuchen darf.«

»Wie lange wird das noch dauern?«, fragte Nicolien.

»Darüber lässt sich nichts sagen. Solange er so schlecht mitarbeitet, ist es für uns außerordentlich schwer, ihn zu heilen.«

»Was für ein schrecklicher Mann«, sagte Nicolien, sobald sie auf der Straße standen.

»Ein Dummkopf«, bestätigte Maarten. Er sah zu den Fenstern im ersten Stock, doch welches das von Frans war, ließ sich nicht sagen.
»Na, wenn dieser Mann Frans heilen soll!«, sagte Nicolien entrüstet.
»Er wird es selbst tun müssen«, fand Maarten.

*

Er träumte, dass er noch ein Junge war und in seinem Zimmer lag und schlief, in dem Haus, in dem er während des Krieges mit seinen Eltern gewohnt hatte. Er wurde wach, weil die Schlafzimmertür quietschte und sich langsam öffnete. Sein Vater betrat das Zimmer. Sein Oberkörper war entblößt. Mit einer Hand hielt er seine Hose fest, die Hosenträger hingen herab. Im Halbdunkeln wirkten seine Haut bleich und die Schultern schmal. Als Maarten sich erhob, fasste sein Vater ihn bei der Schulter und sah ihn mit einem merkwürdigen Blick an. Einen Moment lang glaubte Maarten, er wolle ihm etwas Ernstes erzählen, dass er Krebs habe oder bald sterben würde. Plötzlich packte sein Vater ihn mit der anderen Hand an der Kehle und versuchte, ihn zu würgen. Er wollte sich wehren, doch er fühlte sich wie gelähmt, weil es doch sein Vater war. Mit einem Gefühl auswegloser Traurigkeit wachte er auf.

*

Erst als er schon an der Tür war, sah Maarten durch die Gardinen, dass es Frans war. Er öffnete die Tür. »Hey«, sagte er überrascht.
Frans trat sofort über die Schwelle. »Ich bin geflohen«, sagte er schnell. Ängstlich blickte er um sich.
Maarten schloss die Tür und drehte sich um. Frans stand voller Panik im Zimmer. »Kommen sie mir auch nicht hinterher?« Nicolien war ebenfalls aufgestanden. Maarten öffnete die Tür noch einmal und trat hinaus. Auf der Gracht war es still. »Da ist niemand«, sagte er, als er wieder hereinkam. »Setz dich.« Er war angespannt.

Frans setzte sich hin. »Hast du eine Zigarette?«, fragte er schüchtern.

Nicolien reichte ihm das Päckchen. Seine Finger zitterten, als er versuchte, eine herauszuziehen.

»Soll ich es für dich tun?«, fragte sie.

»Gern. Ich bin ein bisschen nervös.«

Sie zog eine Zigarette aus dem Päckchen und reichte sie ihm. Dann gab sie ihm Feuer.

»Danke.« Er inhalierte tief, zitternd. Sein Gesicht war voller roter Flecken, bis hinunter zum Hals. »Ich habe es nicht mehr ausgehalten. Ich hoffe, dass ihr mir das nicht übel nehmt.« Er sah rasch von Nicolien zu Maarten, der sich inzwischen auf die Couch gesetzt hatte.

»Willst du eine Tasse Kaffee?«, fragte Nicolien.

Er nickte. »Ja, gern.«

Sie ging in die Küche.

Er zog nervös an seiner Zigarette und blickte zum Fenster. »Man kann uns hier doch nicht sehen?«

»Nein«, sagte Maarten. »Solange das Licht nicht an ist, sieht man nichts.«

»Ich dachte, ich werde verrückt. Und als ich hörte, dass ich dieses Wochenende nicht herausdürfte, bin ich geflohen.«

»Wie hast du das geschafft?« Maarten saß vorne auf dem Rand der Couch, seine Fingerspitzen auf den Tisch gestützt, um die Anspannung unter Kontrolle zu halten. Die war so groß, dass er zitterte.

»Als wir in den Garten gingen.« Frans redete und rauchte hastig, dabei tief inhalierend. »Da bin ich ein bisschen herumgelaufen, und als der Pfleger mal kurz nicht hinsah, habe ich mich hinter ein paar Sträucher gestellt und bin zur Valeriusstraat gegangen und dann in einem Stück zum Ende des Vondelparks gerannt.« Er schreckte hoch, weil jemand dicht am Fenster vorbeiging. »Sie können uns auch wirklich nicht sehen?«

»Nein«, sagte Maarten und blickte kurz zur Seite.

Nicolien kam mit dem Kaffee herein.

Frans drückte seine Zigarette aus und griff zum Päckchen. »Ich darf doch noch eine, oder?«, fragte er Nicolien.

Maarten stopfte eine Pfeife und ließ sich in die Kissen zurücksinken. »Und was jetzt?«

Frans sah ihn scheu an. »Kann ich bei euch untertauchen?« Er blickte rasch zu Nicolien.

Nicolien sah Maarten fragend an. »Ja, oder?«

Maarten antwortete nicht. Er zog an seiner Pfeife und betrachtete deren Kopf.

»Wenn sie mich finden, bringen sie mich wieder zurück.«

»Du bist doch freiwillig dort?«

»Ja«, sagte Frans verwirrt. »Oder nein, ich weiß es eigentlich nicht. Ich habe natürlich unterschrieben.«

»Was bedeutet das?«

»Dass ich zuerst die Therapie beenden muss, glaube ich. Ich weiß es nicht so genau.«

»Aber er kann doch hierbleiben?«, sagte Nicolien.

Maarten gab keine Antwort. Er mochte nicht daran denken, dass Frans bei ihnen untertauchen würde, in diesem einen Zimmer, das nur durch eine gläserne Zwischenwand abgetrennt war. »Wer entscheidet, ob die Therapie beendet ist?«, fragte er und sah Frans an.

»Der Psychiater.«

»Zweers.«

»Nein, van der Meer. Zweers ist nur da, weil van der Meer gerade im Urlaub ist.«

Sie schwiegen. Frans sah ab und zu scheu in Richtung Fenster, noch immer nicht ganz davon überzeugt, dass sie nicht gesehen werden konnten.

»Zweers hat uns um ein Gespräch gebeten.«

»Ja«, sagte Frans. Er bekam einen roten Kopf.

»Wir fanden, dass er ein schrecklicher Mensch ist«, sagte Nicolien.

»Ja«, sagte Frans abwesend, »ja, er ist ein schrecklicher Mensch.« Er sah Maarten an. »Da gibt es noch etwas Unangenehmes.« Er war knallrot geworden.

Maarten sah ihn abwartend an und zog dabei an seiner Pfeife. »Was denn?«, fragte er, als Frans nicht weiterredete.

»Du wirst es ziemlich unangenehm finden, glaube ich«, sagte Frans nervös, »aber er hat gefragt, ob ich vielleicht ein Verhältnis mit dir gehabt hätte.«

Die Bemerkung überraschte Maarten. Er wusste nicht gleich, wie er darauf reagieren sollte, und zog seine Augenbrauen hoch.

»Ja, ich kann es auch nicht ändern«, sagte Frans hilflos. »Mir ist es unglaublich unangenehm, aber ich kann es nicht ändern.« Er stotterte ein wenig, und in seinen Mundwinkeln bildete sich etwas Speichel. »Sorry«, entschuldigte er sich.

»Warum sollte ich das unangenehm finden?« Frans Auftreten erzeugte in ihm leichten Widerwillen, und dadurch hatte er sich selbst wieder unter Kontrolle.

»Ich dachte, dass es dir sehr unangenehm wäre.«

»Es sagt mehr über ihn selbst als über mich.«

»Oh, findest du? Ja, das ist vielleicht auch so.« Er schwieg betreten. »Ich habe natürlich gesagt, dass es nicht so ist. Und ich habe auch gesagt, dass du doch verheiratet bist, aber er meint, das spiele keine Rolle«, er sah Maarten ängstlich an, »oder findest du schon?«

»Ja, das finde ich schon.« Frans' Verhalten irritierte ihn.

»O ja, ich eigentlich auch«, sagte Frans verwirrt. »Das habe ich natürlich auch gesagt.«

»Dieser Mensch entscheidet also nicht darüber, ob du geheilt bist.«

»Nein, das tut van der Meer.«

»Und dieser van der Meer, ist das auch so ein dummer Mensch?«

»Nein, nein, van der Meer nicht.«

Sie schwiegen. Maarten dachte nach. Er hielt nichts von der Idee des Untertauchens.

»Aber warum sollte Frans nicht hierbleiben können, wenn er es dort so schlimm findet?«, fragte Nicolien.

Frans sah sie dankbar an.

»Weil es sinnlos ist«, sagte Maarten. »Wie stellst du dir das vor?« Er sah Frans an. »Wie lange wolltest du denn hierbleiben?«

Frans wurde rot. »Das weiß ich nicht. Darüber habe ich noch nicht nachgedacht. Bis sie mich nicht mehr suchen?« Er sah Maarten an, als erwarte er von ihm eine Antwort.

»Aber solange du die Therapie nicht beendet hast, suchen sie dich.«

»Ja«, sagte Frans hilflos, »ja, das denke ich auch.«

»Dann musst du erst die Therapie beenden.«

»Findest du?«

»Wenn du flüchtest, machst du es nur noch schlimmer«, sagte Maarten mit großer Entschiedenheit. »Du musst sie davon überzeugen, dass du dich dem Leben stellen kannst, sonst bleibst du auf der Flucht.« Er hatte begonnen, vor Anspannung zu zittern, und es fiel ihm schwer, dieses Zittern unter Kontrolle zu halten.

»Ja«, sagte Frans, ohne davon überzeugt zu sein.

Sie redeten den ganzen Abend und einen Großteil der Nacht darüber, bis Frans gegen vier Uhr in der Klinik anrief. Anschließend brachten sie ihn in einem Taxi hin. Als das Taxi abgefahren war, war es totenstill auf dem Platz vor der Klinik. Im Osten wurde es schon hell. Sie klingelten. Eine Nachtschwester machte ihnen auf. »Hallo«, sagte Frans. Er machte einen niedergeschlagenen Eindruck. In seiner Hand hatte er einen Gedichtband von Emily Dickinson, den Nicolien ihm gegeben hatte. Als die Tür wieder geschlossen war, sahen sie durch das Mattglas die Schemen der beiden in der Vorhalle verschwinden.

»Ob wir das richtig gemacht haben?«, fragte sie. »Er fand es so schrecklich.«

»Doch«, sagte er entschieden.

»Er denkt bestimmt, dass wir ihn verraten haben.«

Maarten antwortete nicht.

Sie überquerten die Valeriusstraat und gingen durch die totenstille Emmalaan zum Vondelpark. Es war niemand auf der Straße. Nur das Gezwitscher der Vögel war zu hören.

*

Als Maarten über die Brücke kam, sah er Hendrik mit seinem Fahrrad aus der Gasse herauskommen. Kurz vor der Ecke trafen sie sich. Maarten sah auf die Uhr. Es war Punkt neun. Hendrik hielt an.

»Gehst du schon wieder?«, fragte Maarten.

»Mir ist gerade eingefallen, dass ich meine Brille vergessen habe«, antwortete Hendrik. Er fuhr wieder an und sah sich um, bevor er links abbog. Das Glockenspiel begann. Maarten zog den Schlüssel aus der Tasche und betrat das Büro. De Bruin stand im Eingang seines Verschlages. »Tag, de Bruin«, sagte er.

»So, der Koning«, antwortete de Bruin.

Maarten lief im Dämmerlicht, das durch die Milchglasscheiben hereinfiel, durch den langen Flur. Beim Gehen tickte er kurz mit seinem Ring gegen das Bücherregal an der Wand. Er bog rechts um die Ecke und wieder nach links, ging am Abstellraum vorbei, bis er die Tür zu Fräulein Haans Zimmer erreicht hatte. Van Ieperen stand bereits hinter seinem Reißbrett. »Tag, Herr van Ieperen«, sagte er im Vorbeigehen.

»Ha, der Koning«, antwortete van Ieperen. Er kicherte nervös.

Maarten öffnete die Tür zu seinem Zimmer. Beerta stand neben seinem Schreibtisch, den Kopf zum Licht gereckt und kämmte sich mit Blick in einen Taschenspiegel sein Haar. »Tag, Herr Beerta«, sagte Maarten.

»Tag, Maarten«, antwortete Beerta. Er steckte den Spiegel wieder in die Innentasche und beobachtete Maarten, während dieser sich an seinen Schreibtisch setzte. »Ich bin gestern zum ersten Mal in meinem Leben Kanu gefahren. Es war eine Offenbarung.«

»Kanu gefahren?« Er blickte zur Seite. »Ich dachte, Sie mögen kein Wasser?« Er konnte sich Beerta nicht in einem Kanu vorstellen.

»Ja, aber das hier war mit einem Jungen«, sagte Beerta amüsiert. Er wippte kurz auf den Zehen.

Maarten sah ihn an. Beertas Gesicht war von der Sonne gerötet und hatte dadurch etwas Heruntergekommenes. »Was sagt Karel dazu?«

»Karel ist in Amerika.« Er sah Maarten ironisch an und zwinkerte.

»Ich bin noch nie Kanu gefahren«, sagte Maarten und wandte sich der Arbeit zu, »das heißt«, er erinnerte sich an einen Klassenausflug während des Krieges, »ein einziges Mal, und da bin ich gekentert.«

»O nein, bei diesem Jungen fühlte ich mich v-vollkommen sicher.« Er lächelte, als Maarten spöttisch zur Seite sah. »V-vollkommen. Ich hatte keine S-sekunde Angst, dass ich kentern würde.«

»Was hatten Sie denn an?« Er konnte sich Beerta nicht in Sportkleidung vorstellen.

»Das hier.« Er machte eine kokette Bewegung. Unter einem hellgrauen Sommeranzug mit seiner üblichen roten Krawatte trug er einen auffälligen weißen Pullunder, den Maarten vorher noch nie gesehen hatte.

»Und damit sind Sie gerudert?«, fragte Maarten ungläubig.

»*Ich* habe nicht gerudert! Der Junge hat gerudert!«

»Dann war es ein Ruderboot.«

»Nein, es war ein K-kanu. Der Junge sagte, es wäre ein Kanu.« Er schmunzelte amüsiert.

»Wie hat dieser Junge denn gerudert?«

»So.« Er machte mit seinen Händen drehende Bewegungen vor der Brust, als würde er ein Knäuel Wolle aufwickeln.

In dem Moment ging die Tür auf. »Weißt du, wo Ansing ist?«, fragte Fräulein Haan, die in der Tür stehen geblieben war.

Beerta ließ die Hände sinken und sah sie lächelnd an. »Ist er nicht da?«

»Er ist nicht da«, antwortete sie unzufrieden. »Wie schrecklich du wieder aussiehst. In deinem Alter solltest du dir wirklich etwas anderes anziehen.«

»Sehe ich wirklich so schrecklich aus?« Mit einem ironischen Schmunzeln wandte er sich Maarten zu.

»Ist mir nicht aufgefallen«, antwortete Maarten.

»Ach, hören Sie doch auf«, sagte Fräulein Haan verärgert, »wo Sie selbst immer so ordentlich aussehen.« Sie machte die Tür hinter sich zu.

»Fräulein Haan hat ein Auge auf dich geworfen«, stellte Beerta fest. Er schob seinen Stuhl zurück und setzte sich an seinen Schreibtisch. »Ich habe nun endlich meinen Reiz für sie verloren.«

Maarten zog einen Kasten mit Fragebogen zu sich heran und nahm den obersten vom Stapel.

»Wohin fahrt ihr in den Ferien?«, fragte Beerta.

»In die Auvergne.« Er griff zu einer Karteikarte.

»Schon wieder in die Auvergne? Im letzten Jahr warst du doch auch schon in der Auvergne.«

»Wir fahren immer in die Auvergne.« Er schrieb die Nummer des

Fragebogens und die Frage in die linke obere Ecke, dann die Codenummer des Ortes in die rechte, und fing an, die Antwort zu übertragen.

Beerta legte den Stift weg und sah ihn über die Schulter an. »Was wollt ihr da bloß? Da gibt es doch keine Kultur!«

»Ödnis und Einsamkeit«, antwortete Maarten, ohne seine Arbeit zu unterbrechen.

»Warum fahrt ihr nicht mal nach Spanien?«

»Zu Franco?«

»Warum nicht?«

Maarten drehte sich nun auch um. »Sind Sie denn schon einmal in Spanien gewesen?«

Beerta blinzelte nervös. »Ich kenne sogar Kommunisten, die dort gewesen sind.«

»Ja, während des Bürgerkriegs.«

»Nein, danach.«

»Und war das kein Problem?«

Beerta sah ihn ernst an. »Doch«, gab er zu. »D-das war anfangs ein Problem. Aber dann habe ich mich ausführlich darüber unterhalten, mit sehr linken Leuten, und die haben mir alle geraten hinzufahren.« Er schwieg einen Moment, als überlege er, was er sagen sollte. »Ich bin dort mit den Balks gewesen. Du weißt, dass Balk Kommunist war?«

»Nein.«

»Als Balk studierte, war er Kommunist. Jetzt ist er Sozialdemokrat.«

»Und wie fanden Sie es im Nachhinein?«

»Ich bedauere es nicht«, sagte Beerta ernst. »Die Soldaten beispielsweise laufen dort viel lümmelhafter herum als bei uns.«

»Ach ja?«, sagte Maarten skeptisch.

»Und im Zug kannst du offen über Politik reden.«

»Auf Niederländisch.«

»Nein, auch auf Spanisch.«

»Woher wissen Sie das?«

»Ich hatte den Eindruck.«

Maarten beugte sich wieder über seine Arbeit, legte den Fragebogen zur Seite, nahm den nächsten und eine neue Karteikarte und übertrug mechanisch, was vor ihm lag, während er über das nachdachte, was Beerta gesagt hatte. War Franco wirklich der Grund, dass er nicht nach Spanien fuhr? »Aber auch ohne Franco würde ich nicht nach Spanien fahren«, gestand er, ohne seine Arbeit zu unterbrechen, und noch bevor er eine Antwort auf die Frage gefunden hatte. »Ich habe einfach Angst vor einer neuen Umgebung. Ich glaube, am liebsten würde ich einfach zu Hause bleiben.«

»Ja, so geht es mir auch.« Plötzlich lag Wärme in Beertas Stimme. »Eigentlich würde ich am liebsten überhaupt keine Ferien haben. Ich habe auch jahrelang keinen Urlaub genommen. Ich tue es nur, weil Karel so darauf drängt und der Arzt es mir verordnet hat.«

Die Antwort irritierte Maarten, doch er hatte keine Zeit, darüber nachzudenken, weil sich die Tür erneut öffnete. Diesmal war es Hendrik. Er legte einen Brief auf Maartens Schreibtisch und wollte wieder zur Tür hinaus.

»Frau Haan hat dich gesucht«, sagte Beerta. Er hatte sich etwas weiter umgedreht, sodass er Hendrik sehen konnte. Seine Stimme klang vorwurfsvoll.

»Ich weiß, Herr Beerta«, antwortete Hendrik und richtete sich auf. Er schloss den mittleren Knopf seines Jacketts. »Ich habe sie inzwischen gesprochen.«

»Du bist zu spät gekommen.«

»Ja, Herr Beerta.«

»Und du weißt, dass du pünktlich sein musst.«

»Ja, Herr Beerta.«

Beerta sah ihn streng an. »Wie kommt es dann, dass du trotzdem zu spät kommst, wenn du weißt, dass du pünktlich sein musst?«

»Es wird nicht wieder vorkommen, Herr Beerta.«

»Er hatte seine Brille vergessen«, sagte Maarten. »Ich habe ihn auf dem Weg zum Büro getroffen.« Er verstand nicht, weshalb Hendrik sich nicht verteidigte.

»Stimmt das?«, fragte Beerta Hendrik.

»Ja, Herr Beerta.«

»Warum sagst du es dann nicht?«

»Ach, ich finde das kindisch.«

Seine Antwort erstaunte Beerta. Er stand auf. »Was meinst du mit ›kindisch‹? Bezieht sich das auf den Vorwurf, dass du zu spät gekommen bist?«

»Das bezieht sich auf meine Brille, Herr Beerta«, antwortete Hendrik, noch immer in Hab-Acht-Stellung.

»Dann ist es gut.« Er sah Hendrik ironisch an. »Du bist schlecht angezogen.« Seine Stimme hatte einen deutlich erotischen Unterton, er strich kurz an seinem Hals entlang. »Frau Haan nimmt Anstoß daran.«

»Pardon, Herr Beerta.« Er schloss den obersten Knopf seines Oberhemdes unter der Krawatte.

»Dann kannst du jetzt wieder gehen«, sagte Beerta und wandte sich wieder seinem Schreibtisch zu.

Während Hendrik den Raum verließ, zog Maarten den Brief, den dieser auf seinen Schreibtisch gelegt hatte, zu sich heran. Es war das Schreiben eines Korrespondenten mit einer Theorie über das Ursächsische, dem Hendrik seine Antwort beigefügt hatte. An den Brief des Korrespondenten hatte Maarten selbst einen Zettel mit einer Büroklammer befestigt: »Hendrik, kannst du diesem Sack eine Antwort geben? Maarten.« Sein Blick fiel auf den Zettel und er sah, dass Hendrik das Wort Sack sorgfältig durchgestrichen und durch Mann ersetzt hatte.

»Aber so ein Urlaub wie eurer wäre bestimmt nichts für mich«, sagte Beerta hinter ihm. »Mich sprechen Städte an, mit denen eine Erinnerung verbunden ist. Ich liebe Florenz, weil es die Stadt Dantes ist, und wenn ich sein Haus sehe, bin ich gerührt. Und so ist Avignon die Stadt, in der Petrarca Laura getroffen hat. Wenn es so etwas nicht gibt, sagt mir eine Stadt nichts. Dann brauche ich nicht hinzufahren. Das geht dir also nicht so?«

»Nein«, seine Gedanken waren noch bei der Korrektur Hendriks, »mir geht es nicht so.«

»Dann verpasst du eine Menge.«

»Zweifellos.«

»Und dann bereiten wir so eine Tour auch gründlich vor.« Er störte sich nicht an Maartens Ironie. »Wenn wir also beispielsweise vor einer Kathedrale stehen, dann wissen wir: Jetzt müssen wir nach oben schauen, weil die Rosette so schön ist. Und dann sorgen wir auch noch dafür, dass wir im richtigen Moment dort sind, wenn die Sonne darauf scheint.«

»Schrecklich!«

Beerta drehte sich um. »Findest du das schrecklich?«

»Ja«, er lachte, »aber das macht nichts.«

»Du findest es doch nicht snobistisch?«

»Doch, ich finde es snobistisch. Aber wenn Sie Ihren Spaß daran haben ...« Er nahm den Brief und stand auf. »Ich bin kurz bei Hendrik.« Er verließ den Raum. Hendrik saß an seinem Tisch. »Warum hast du den Sack in Mann verändert?«, fragte Maarten und hielt den Brief hoch.

Hendrik sah ihn müde an. Es dauerte einen Moment, bis es zu ihm durchdrang, was Maarten von ihm wollte. »Für mich war er kein Sack. Der Mann findet es einfach interessant.«

»Aber so etwas findet man doch nicht interessant!«

»Ach.«

»Das Ursächsische!«

»Wenn es dem Mann nun einmal Spaß macht. Und ich finde es auch nicht gut, wenn Slofstra so etwas sieht.«

»Aber er ist ein Faschist!«

»Ach, ein Faschist ... Ich mag diese Haarspalterei nicht.«

»Haarspalterei?«

»Ja, aber ich meine es nicht böse.« Er legte die Hand auf die Brust. »Ich habe mit diesem Mann bloß keine Probleme.«

Maarten war zu erstaunt, um noch etwas zu sagen. »Gut.« Er wandte sich ab und ging etwas angeschlagen in sein Zimmer zurück.

Beerta stand am Tisch und fummelte an seiner Schreibmaschine herum. Er hatte eine Spule mit einem Farbband in der Hand. »Kannst du ein neues Farbband für mich einlegen, jetzt, wo Nijhuis nicht da ist?«

»Können Sie das nicht selbst?«, fragte Maarten, halb erstaunt, halb verärgert.

»Nein, dafür fehlt mir das technische Verständnis.«

Maarten legte den Brief auf seinen Schreibtisch und kam näher. Er nahm Beerta die Spule aus der Hand und sah sich die Schreibmaschine an. Es war eine Underwood aus den frühen Dreißigerjahren, als Beerta angefangen hatte zu arbeiten. Er zog die leere Spule vom Stift und versuchte, sie durch die neue zu ersetzen, die jedoch nicht passte. »Die Spule passt nicht. Haben Sie keine andere?«

»Nein. Die hier benutzt Nijhuis auch immer.«

»Gibt es keine anderen?«

»Ich glaube nicht.«

»Aber das ist doch verrückt!«

»Das weiß ich nicht. Es ist natürlich eine alte Schreibmaschine, aber ich möchte sie für kein Geld der Welt missen.«

»Nein, natürlich nicht.« Er versuchte herauszufinden, weshalb die Spule nicht passte, und stellte fest, dass sie zu groß war. »Sie ist zu groß.«

»Ja, das hat Nijhuis auch schon mal gesagt.«

Maarten besah sich die Schreibmaschine und dachte nach. Er setzte die leere Spule wieder auf den Stift und drehte mit einem Finger daran. »Dann werden wir das Band umspulen müssen.«

»Wenn das geht …«, sagte Beerta unschlüssig.

Maarten legte die alte und die neue Spule nebeneinander. Sie waren gleich dick. »Ja, das geht.« Er befestigte das Band in der leeren Spule, setzte sie auf den Stift und drehte sie mit einem Finger herum, während er die neue Spule in der anderen Hand hielt. »Das dauert ja eine Ewigkeit.«

»Wenn ich nur wieder tippen kann.« Er holte einen Stapel Mappen vom Tisch, trug ihn zu seinem Schreibtisch und blieb dann neben Maarten stehen und wartete. Da auch das alte Band noch herausgerollt werden musste, dauerte es einige Zeit. Das machte Beerta nervös. »Dass mir das jetzt auch noch dazwischenkommt, wo ich sowieso schon so viel zu tun habe.«

Während Maarten mit dem Band beschäftigt war, kam de Bruin mit dem Kaffee herein. »Kaffee!« Er stellte sein Tablett auf eine Ecke des Tisches und schenkte die Tassen voll. Als er sie ihnen hingestellt hatte, blieb er stehen. »Ich bin gestern bei Jan ter Haar gewesen, Herr Beerta.«

»So, und wie geht es ihm?«, fragte Beerta ohne viel Interesse.

»Nicht gut.«

»Warum geht es ihm nicht gut?«

»Ach, wissen Sie, das ist, weil der Junge so schwermütig ist. Ich denke manchmal, dass es mich nicht wundern würde, wenn es ihm noch einmal genauso ergeht wie seinem Vater.«

»Ja, das könnte gut sein. Aber darüber muss man sich doch hinwegsetzen können.«

»Ja, Herr Beerta, aber wissen Sie, woran das liegt? Er hat keinen Biss!«

»Nein, er hat keinen Biss«, gab Beerta zu. »Ich habe es auch immer für sehr unklug gehalten, dass er sich arbeitsunfähig hat schreiben lassen. Der Mensch muss arbeiten. Das tue ich auch.«

»Und wenn man dann auch noch schwermütig ist, ist das großer Mist«, fand de Bruin, seinen Gedanken folgend.

»Ja, das ist sehr unangenehm. Das verstehe ich. Und doch wäre es besser, wenn er ein bisschen mehr auf Zack wäre! Ich bin auch schwermütig. Alle Seeländer sind schwermütig.«

»Kommt ter Haar aus Seeland?«, fragte Maarten. Er war damit beschäftigt, das Band in die Halterung zu friemeln.

»Nein, ter Haar ist kein Seeländer«, sagte Beerta. »Ich bin Seeländer. Aber ich setze mich darüber hinweg, über die Schwermütigkeit. Ich habe meine Arbeit, und ich habe Spaß daran. Und solange ich meinen Verstand und meine Augen habe, werde ich mich auch weiterhin darüber hinwegsetzen.«

*

»Denkst du noch manchmal darüber nach zu kündigen?«, fragte Klaas.

Sie hatten sich nach dem Essen wieder ins vordere Zimmer gesetzt, ins Licht der späten Abendsonne, das in einem breiten Streifen vom Fenster durch die offene Zwischentür bis ins hintere Zimmer reichte. Klaas saß mit dem Rücken zum Licht. Seine abstehenden Ohren waren im Gegenlicht rot und durchscheinend. Maarten saß auf der Couch. Nicolien hatte ihren Sessel etwas zur Seite geschoben, in den Schatten des Raumteilers zwischen dem Fenster und der Haustür. Der Rauch ihrer Zigarette kräuselte sich im Sonnenlicht nach oben und zog durch das offene Kippfenster ab. Von draußen hörte man die Stimmen von Passanten, die Geräusche eines vorbeifahrenden Autos, eine Fahrradklingel.

»Nein«, sagte Maarten.

»Du weißt, dass ich dir hundertfünfzig Gulden im Monat geben kann.«

»Ja, und ich finde das verdammt nett, aber ich denke nicht, dass ich es annehmen kann.«

»Doch nicht, weil es dich belasten würde?«

»Nein.«

»Sieht man einmal von deiner Getränkerechnung ab«, witzelte Klaas.

Maarten schmunzelte. Er hatte seine Pfeife gestopft und zündete sorgfältig den Tabak an, wobei er große Rauchwolken ausstieß. Danach legte er das Streichholz in den Aschenbecher und ließ sich nach hinten sinken. Er dachte nach. »Es gibt Tage, an denen ich Gott danke, dass ich im Büro sein darf. Warum?«

»Aber du findest es doch auch schrecklich?«, fragte Nicolien.

»Ja, an anderen Tagen finde ich es schrecklich. Wenn Hendrik Ansing auf einem Zettel Sack in Mann verändert, könnte ich auf der Stelle aus dem Büro rennen, so bedroht fühle ich mich.«

»Und das nimmst du Frans übel«, sagte Nicolien.

»Das nehme ich Frans nicht übel. Ich finde nur, dass man dem nicht nachgeben darf.«

»Worum ging es denn?«, wollte Klaas wissen.

»Um einen Faschisten mit einer Theorie über das Ursächsische. Auf diesem Zettel hatte ich Hendrik gebeten, ihm zu antworten.«

»Nur weil man sich für das Ursächsische interessiert, muss man doch noch kein Faschist sein? Ich wollte darüber mal ein Referat schreiben.«

»Das fand Hendrik auch. Ich finde es bedrohlich.«

»Du findest also, dass ich dich bedrohe!«, sagte Klaas laut. »Das fehlt uns gerade noch.« Er grinste.

»Nein, denn du bist auch ein Sack«, antwortete Maarten schmunzelnd.

»Ja, zieh dich nur aus der Affäre!«, sagte Klaas amüsiert.

Maarten sah Nicolien an. »Ich kann Frans schon verstehen. Ich verstehe, warum jemand verletzbar ist. Ich finde nur, dass er sich noch verwundbarer macht, wenn er dem nachgibt. Das irritiert mich.«

»Er ist nun einmal so«, sagte sie trotzig. »Ich finde das nett.«

»Wenn jemand ein Loser ist, findet Nicolien ihn nett«, sagte Maarten zu Klaas.

Klaas hörte lächelnd zu.

»Du doch auch, hoffentlich«, sagte sie giftig.

»Loser irritieren mich. Das ist schlecht, ich weiß es, aber es ist die Wahrheit.«

»Das sagst du nur, um mich zu ärgern.«

Er schüttelte den Kopf und wandte sich wieder an Klaas. »Beerta wollte, dass ich einen Aufruf gegen das Auftreten der Franzosen in Algerien unterschreibe. Das habe ich nicht gemacht.«

»Ich habe auch so einen Aufruf unterschrieben«, sagte Klaas.

»Das hätte ich auch getan«, sagte Nicolien, »wenn Maarten ihn mitgebracht hätte.«

»Einer der Gedanken, die mir kamen, ich habe natürlich eine ganze Menge gedacht, aber einer der Gedanken war: Haut nur drauf! Ordnung!« Er lachte. »Das ist sehr schlecht.«

»Dann bist du selbst ein Faschist«, fand Klaas.

»Das meint er nicht so«, sagte Nicolien verärgert, »denn sonst wäre ich nicht mit ihm verheiratet.«

»Ja«, sagte Maarten amüsiert. Er setzte sich aufrecht hin und beugte sich nach vorn. »Ich liebe solche Gespräche. Je komplizierter, desto besser.«

»Was hat Beerta dazu gesagt?«, fragte Klaas.

»Beerta war pikiert.«

»Ich glaube, das wäre ich auch gewesen.«

»Natürlich«, sagte Nicolien.

»Aber ich fand auch, dass Beerta das in seiner Position nicht tun sollte. Und ich fand es auch verdammt billig, von hier aus die glasklaren Standpunkte in die Welt zu schicken, zusammen mit all den anderen Leuten vom Büro, die, wenn es darauf ankommt, keinen Finger krumm machen würden.«

»Da bin ich anderer Meinung«, sagte Klaas. »Wenn man so denkt, kann man nie mehr gegen irgendetwas protestieren.«

»Für sich allein!«

»Aber dann erreichst du nichts.«

»Und für dich allein tust du es auch nicht«, sagte Nicolien.

»Nein, bei Algerien nicht«, gab Maarten zu. Er dachte nach. »Und vielleicht bei etwas anderem auch nicht. Ich weiß es nicht.«

Sie schwiegen.

Maarten sah Klaas an. »Beerta hat übrigens wieder gefragt, warum du ihn nicht mehr besuchen kommst.«

Klaas wurde rot.

»Klaas de Ruiter weicht mir aus, hat er gesagt.«

»Dann sag ihm, dass ich ihn besuchen werde, wenn mein Bart ab ist«, sagte Klaas in einem nicht ganz gelungenen Versuch, einen Scherz daraus zu machen.

*

Nicolien wartete, während Maarten die Tür abschloss. »Wohin gehen wir?«

»Nach links.«

Sie folgten der Gracht in Richtung des Raampoort. Es war ein Sommerabend, und es wehte ein kühler Ostwind, der bereits ein wenig Herbst in sich trug. Auf der Straße war es still.

»Wo wolltest du hin?«, fragte sie. Sie überquerten die Brücke zur Nassaukade.

»Zu den gelben Stühlen?«

»Ist das nicht zu kalt?«

»Jedenfalls haben wir dann ein Ziel.«

Sie folgten der Da Costakade. An der Ecke zur De Clercqstraat sahen sie sich ein blaues Hemd in der Auslage eines Herrenausstatters an und verglichen die Farbe mit dem Blau des Hemds, das Maarten trug.

»Das ist blauer«, fand sie.

»Kobaltblau«, sagte er, ohne zu wissen, was das genau war.

Sie überquerten die De Clercqstraat und sahen sich bei Kok im Schaufenster die dort ausgestellten Fernsehgeräte an.

»Sollen wir uns nicht auch mal einen Fernseher anschaffen?«, stichelte er.

»Ich denke gar nicht daran«, sagte sie entschieden. »Ich will so ein Ding nicht im Haus haben! Und sich dann jeden Abend diesen Scheißdreck ansehen!«

»Das hast du selbst in der Hand.«

»Ich will es nicht!«

Über ihren Köpfen lehnte sich ein altes Ehepaar aus dem Fenster und sah auf sie herab. Sie gingen weiter. Auf dem breiten Bürgersteig gingen ein paar Leute, vor allem Männer, ansonsten herrschte kaum Verkehr. Zwei Jungen kamen, tief über die Lenker ihrer Fahrräder gebeugt und mit nur einer Reifenbreite Abstand, aus der Seitenstraße, rasten um die Kurve, fuhren die Brücke hinunter, wo ein anderer Junge sie mit einem weißen Taschentuch abwinkte. Sie gingen über die Brücke und bogen an der Kreuzung nach links ab, in die Bilderdijkstraat. In dem Moment kam eine Straßenbahn und hielt an der Haltestelle.

»Weißt du noch, wo Flap und Toosje gewohnt haben?«, fragte er und sah hoch.

»Ich glaube, dort«, sie zeigte auf einen Erker. Die Fenster waren schmutzig, gelbe Vorhänge hingen davor. Der Giebel über dem Erker lag im Licht der untergehenden Sonne. Der Himmel darüber war blassblau.

»Wie lange ist das schon her?«, fragte er sich.

»Sieben Jahre?«

»Wir werden alt. Bevor wir es merken, sind wir tot.«

Sie ergriff seine Hand. »Ich will nicht alt werden.«

»Aber wir werden alt.«

In einer Seitenstraße spielte eine Kapelle der Heilsarmee *Näher, mein Gott, zu dir*. Drei Kinder und eine alte Frau standen auf dem Bürgersteig und hörten zu. Er blieb stehen, zögerte und ging dann in ihre Richtung.

»Was tust du?«, fragte sie.

»Zuhören.«

Sie zog ihn zurück. »Nein, das will ich nicht.«

Er blieb in einiger Entfernung stehen.

Die Kapelle verstummte, ein Mädchen in Uniform griff zum Mikrofon. Als sie zu reden begann, wandte er sich ab. »Schade«, sagte er.

»Du weißt, dass ich es nicht mag, wenn du dir so etwas anhörst.«

»Ich finde es schön.«

»Aber dir ist es nicht ernst, und das macht mich traurig.«

»Die Leute sind nicht bedauernswert«, sagte er entschieden. »Die haben ihren Glauben. In ihren Augen sind wir viel bedauernswerter.«

An der Kreuzung zum Overtoom bogen sie rechts ab. Vor dem Sitz der Heilsarmee standen Leute in Sonntagskleidung und Heilsarmisten. Zwei von ihnen, ein Mann und eine Frau, fuhren auf einem cremefarbenen Motorroller vor, mit weißen Helmen über ihren schwarzen Uniformen. Ein paar Häuser weiter öffnete ein hochgewachsener junger Mann mit einem kleinen Kopf die Haustür und trat ein.

»Den Jungen kenne ich«, sagte er.

»Woher denn?«

»Aus der Mensa. Ich kenne ihn schon, solange ich in Amsterdam lebe, aber ich weiß nicht, wer er ist.« Er schmunzelte amüsiert. »So ist es eigentlich am schönsten: die Menschen kennen und sich doch fremd bleiben. Dieser Gedanke könnte mir Tränen in die Augen treiben.«

Sie überquerten den nahezu verlassenen Overtoom in Richtung Gerard Brandtstraat. Die Straße lag bereits komplett im Schatten, lediglich in den Wipfeln der hohen Bäume hinter dem Zaun gab es noch Sonnenlicht. Es roch feucht, nach faulendem Holz. Sie gingen am Zaun entlang und betrachteten die Häuser auf der anderen Straßenseite.

»Da würde ich gern wohnen«, sagte er.

»Ja«, sagte sie.

»Schön ruhig, mit Blick auf die Bäume.« Andächtig betrachtete er ein Haus nach dem anderen. »Das Haus neben der Kirche ist das schönste, aber da wird wohl der Pfarrer wohnen, das kriegen wir also nicht.«

»Sollte der nicht da wohnen?« Sie zeigte auf ein Haus neben der Kirche, in einem der Fenster stand eine blühende Bromelie stand.

»Mit einer solchen Bromelie? Nein, da wohnt der Küster.«

Sie gingen durch einen der Seiteneingänge und bogen rechts in den Vondelpark ab. Die Luft war gesättigt vom duftenden Grün der Bäume und Sträucher. Im Teegarten mit den gelben Stühlen war niemand. Innen brannte nur noch eine Lampe über dem Ausschank.

»Sie haben zu«, stellte er fest.

»So früh?«

»Tja.«

Sie gingen weiter, nach links, in Richtung des weißen Pavillons. Auf einer Bank saßen acht hochaufgeschossene Burschen. Sie schrien und pfiffen ein paar Mädchen hinterher, die auf dem Fahrrad vorbeifuhren.

»Komm mal hierher!«, schrie einer von ihnen, ein großer, dicker Junge in einer Lederjacke mit fettigen, pomadigen Haaren. »Dann werde ich mir mal deine Muschi greifen und meinen Schwanz reinstecken!« Die anderen brüllten. Die Mädchen fuhren, so schnell sie konnten, an der Bank vorbei auf Maarten und Nicolien zu.

Sie ergriff seinen Arm. »Sollen wir nicht umkehren?«, fragte sie ängstlich.

»Bist du verrückt!« Er spürte heftige Wut in sich aufsteigen.

Der Junge, der geschrien hatte, stand drohend auf und kam mit zwei anderen hinter sich auf sie zu. »Soll ich dir die Gurgel durchschneiden?«, rief er aus der Ferne, zur großen Freude der Zurückbleibenden.

»Einfach weitergehen«, sagte er gedämpft. Mit einer kurzen Armbewegung befreite er sich aus dem Griff, mit dem sie sich bei ihm eingehakt hatte, und ging weiter, ohne den Burschen Aufmerksamkeit zu schenken. Gleichzeitig beobachtete er sie jedoch aus den Augenwinkeln. Seine Knie zitterten. Ein paar Meter von ihnen entfernt blieben die Jungen stehen und schwiegen. Ohne noch etwas zu sagen, ließen sie sie passieren. Im dem Augenblick kamen ihnen zwei Mädchen entgegen. Auf der Bank wurde geschrien und gepfiffen. »Stehen bleiben! Stehen bleiben, verdammt noch mal!«, rief ihnen der dicke Junge hinterher. Als Maarten sich umblickte, sah er das eine Mädchen schnell weiterfahren. Das Fahrrad des anderen hielt der dicke Junge am Gepäckträger fest, einer seiner Freunde packte sie am Arm, doch sie riss sich los und rannte weg, hinter ihrer Freundin her, die ein Stück weiter angehalten hatte.

Maarten blieb ebenfalls stehen, unsicher. »Verdammt noch mal!«, sagte er wütend.

»Was sollen wir jetzt tun?«, fragte Nicolien.

Er gab keine Antwort. Die Jungen fuhren mit dem Fahrrad zur Bank, gaben ihm einen Tritt, es rollte ein Stück, begann zu kippen, wurde jedoch von einem der Jungen auf der Bank aufgefangen. Maarten machte einen Schritt in ihre Richtung, stemmte seine Hände in die Seite und sah zu, ohne zu wissen, was er tun sollte. Als er sich kurz umdrehte, bemerkte er, dass in dem Pavillon mit den weißen Stühlen fünfzig Meter weiter Leute saßen. »Vielleicht könntest du Hilfe holen?«, sagte er.

»Nein, ich lass dich nicht allein«, sagte sie entschieden.

Er stand reglos da, die Hände an den Hüften, während die Jungs mit dem Fahrrad herumspielten und die Mädchen aus sicherer Entfernung zusahen. Schließlich stellte einer der Burschen das Fahrrad an einen Baum und brachte es kurze Zeit später, als die Mädchen es nicht zu holen wagten, noch ein paar Bäume weiter. Dort holten sie es sich zurück. Als sie wegfuhren, drehten Maarten und Nicolien sich ebenfalls um und gingen weiter, am Pavillon vorbei, in dem Leute saßen und sich ruhig unterhielten. Sein Körper zitterte vor Anspannung.

»Was soll man bloß mit solchen Proleten machen?«, fragte sie.

Eine derart rechte Bemerkung aus ihrem Munde erstaunte ihn. »An die Wand stellen und erschießen«, antwortete er grimmig. Er musste sich zwingen, seine Stimme im Griff zu behalten.

»Nein, ich meine es ernst.«

Er hätte sagen können, dass er es ernst meinte, doch ihm war auch klar, dass er damit die Stimmung verderben würde. »Jedenfalls mehr Polizeiüberwachung«, sagte er, etwas gemäßigter.

»Und warum gibt es die dann nicht?«

»Weil sie dafür kein Geld übrig haben.«

»Dafür sollten sie es dann doch besser übrig haben«, sagte sie zu seinem Erstaunen.

»Und eine verlängerte Wehrpflicht. Dann wird es ihnen schon vergehen.«

Ein blondes Mädchen auf einem Fahrrad kam ihnen entgegen.

»Aber wenn du dann den Falschen bestrafst?«, fragte sie sich. »Einen Jungen, der vielleicht nur ein einziges Mal mitgemacht hat?«

»Das hätte er dann besser bleiben lassen sollen«, antwortete er rachedurstig.

In diesem Moment erklang aus der Ferne ein Pfeifen und Johlen. Er blieb stehen und sah sich um, ohnmächtig. »Ich könnte sie echt erschießen«, sagte er und regte sich erneut auf. »Auch wenn sie nur ein einziges Mal mitmachen.«

»Sag doch nicht so komische Sachen«, sagte sie.

Er schwieg. Sie gingen unter der Vondelbrücke hindurch. In den Rabatten auf der linken Seite des Weges standen stark duftende Blumen in verschiedenen Farben. In der Marnixstraat begegneten sie erneut dem Jungen mit dem kleinen Kopf, nun auf einem Fahrrad, mit einer Rolle unter dem Arm, noch immer mit derselben Regenjacke bekleidet.

Als sie im Bett lagen, in der Dunkelheit, bekam sie plötzlich Angst. »Ich habe Angst«, sagte sie.

»Wovor hast du Angst?«, fragte er.

»Ich weiß es nicht. Ich habe Angst.«

Er schlug die Decke zur Seite und kroch zu ihr ins Bett. »Wovor hast du Angst?«, fragte er noch einmal, als sie nebeneinander lagen.

»Vor dem Älterwerden.«

»Ja«, sagte er.

»Und vor dem Sterben. Bald sind wir beide tot. Oder einer von uns ist tot. Wenn du tot bist, will ich auch tot sein, dann will ich nicht mehr leben.«

»Und was ist mit Jonas?«

»Ja, Jonas.« Sie schwieg.

»Es wäre einfacher, wenn wir an Gott glauben würden, dann könnten wir denken, dass letztendlich alles nur noch besser wird.«

»So wie bei deinem Vater.«

»Ja.«

»Würdest du dich dann auch taufen lassen?«

»Nein, eine Kirche brauche ich nicht. Ich kann auch ohne Kirche leben.«

Sie setzte sich auf. »Nein.« In der Dunkelheit, beim vagen Licht der Straßenlaterne, das durch die Vorhänge ins Zimmer fiel, war ihr Gesicht ein heller Fleck. »Fängst du wirklich an, an Gott zu glauben?« Sie begann zu lachen, ließ sich zurücksinken und kugelte sich vor Vergnügen.

Zurück in seinem Bett, Nicolien schlafend neben sich, dachte er wieder mit plötzlich aufkommender Wut an die Burschen im Park. Er blieb nicht stehen, sondern ging auf sie zu und schlug den Großen in der Lederjacke mit einem gewaltigen Kinnhaken zu Boden, im nächsten Moment warf er einen der beiden anderen, der auf seinen Rücken gesprungen war, über seine Schulter und trat dem dritten brutal zwischen die Beine, sodass er, sich vor Schmerzen krümmend, liegen blieb. Er sah, wie der zweite versuchte, sich wieder aufzurappeln, und versetzte ihm, bevor dieser reagieren konnte, mit aller Kraft einen Kinnhaken, sodass er erneut zu Boden sank. Er richtete sich langsam auf, drohend, in Richtung der Bank, bei der die fünf anderen standen und zusahen, doch als er auf sie zuging, machten sie sich aus dem Staub. Im selben Augenblick stoppte ein Polizeiwagen mit heulenden Sirenen. Zwei Polizisten sprangen heraus und nahmen Maarten fest. Zitternd vor aufgestauter Wut wälzte er sich von einer Seite zur anderen. Erst als er den Kampf ein paarmal, in unterschiedlichen Varianten, wiederholt hatte, gelang es ihm, sich zur Ruhe zu zwingen. Er sah sich selbst vor dem Richter stehen, wissend, dass er einen der drei getötet hatte (zuerst waren es alle drei, was ihm dann aber doch etwas zu viel erschien) und zwei von ihm schwer verletzt worden waren. »Bereuen Sie es?«, fragte der Richter. »Nein, Euer Ehren«, antwortete er, beziehungsweise: »Nein, Herr Richter« – das ist besser: Herr Richter, Herr Staatsanwalt – »Nein, Herr Richter«, oder, noch besser: »Wenn ich mit Ja oder Nein antworten muss, dann nein, Herr Richter! Aber es ist etwas komplizierter. Ich hatte nicht die Absicht zu töten. Ich wurde angegriffen, nachdem ich gesagt hatte, dass sie das Mädchen in Ruhe lassen sollten!« – Dennoch gefiel es ihm nicht. Noch besser wäre es natürlich, dachte er, das Pack in hartem, direktem Ton anzusprechen, sodass es den Burschen gar nicht erst in den Sinn käme aufzumucken. Er dachte darüber nach, unzufrieden mit sich selbst, bis er gegen Morgen endlich erschöpft einschlief.

*

»Ha«, sagte Maarten erfreut.

Nijhuis nickte, während er die Tür hinter sich schloss. Er blieb dort stehen und sah in Beertas Richtung, der, ihm den Rücken zugekehrt, am Schreibtisch saß und arbeitete. »Ich bin wieder da.« Er sah blass und erschöpft aus.

Beerta drehte sich um und sah ihn über die Brille hinweg an. »Ich habe von Koning gehört, dass du zurückkommst.« Er legte seine Brille auf den Schreibtisch und stand auf. »Setz dich doch.«

Sie nahmen in der Sitzecke Platz.

»Wie geht es dir jetzt?«, fragte Beerta.

»Gut.«

»Was heißt gut?«

»Ich habe einen Herzschrittmacher bekommen«, sagte Nijhuis gleichmütig.

»Einen Herzschrittmacher«, wiederholte Beerta. »Was ist das?«

»Eine Batterie.«

Beerta zog die Augenbrauen hoch. »Eigenartig. Was die Wissenschaft nicht alles zustande bringt. Früher gab es das nicht.«

Nijhuis reagierte darauf nicht.

»Und jetzt kannst du also wieder normal arbeiten?«

»Das müssen wir ausprobieren.«

»Wenn man so einen Herzschrittmacher hat, wird es doch wohl gehen?«

»Das wollen wir hoffen.«

Beerta musterte ihn. »Gut. Du kannst wieder an deine Arbeit gehen.«

»Ein Herzschrittmacher!«, sagte er, nachdem Nijhuis den Raum verlassen hatte. »Hast du gewusst, dass es so etwas gibt?« Er war stehen geblieben und sah Maarten an.

»Von Nijhuis. Ich wusste auch nicht, dass es so etwas gibt.«

»Was muss ich mir darunter vorstellen?«

»Er hat einen Kasten unter seinem Arm, aus dem zwei Drähte zu seinem Herzen laufen.«

Beerta erschauderte. »Ich darf gar nicht daran denken. Ich finde es gruselig.«

»Aber ich hatte es Ihnen doch erzählt.«

»Dann habe ich es schon wieder vergessen.« Er nahm an seinem Schreibtisch Platz. »Ich will eigentlich auch nichts darüber hören.« Er setzte seine Brille auf und beugte sich über die Schreibmaschine. »Ein Herzschrittmacher!« Er fing wieder an zu tippen. »Ich hoffe nicht, dass ich auch mal so ein Ding brauche.«

Eine Zeitlang saßen beide und arbeiteten. Beerta tippte, Maarten las. Beertas Maschine klingelte mit einer bemerkenswerten Regelmäßigkeit, so, als brauche er keine Sekunde nachzudenken. Als er fertig war, spannte er das Papier aus der Maschine und las den Text noch einmal durch. Dann trug er die Schreibmaschine zum Tisch zurück, legte die getippten Seiten zusammen mit den Durchschlägen in eine Mappe, klappte das Buch, das er rezensiert hatte, zu und legte es auf die Ecke des Tisches. »Wieder ein Buch, das ich dem Büro schenke«, sagte er zufrieden. »Sechsunddreißig Gulden! Und die schenke ich einfach so weg!«

»Eigentlich müssten Sie dem Büro natürlich alle Bücher schenken«, sagte Maarten, ohne von der Arbeit aufzusehen. »Nicht nur die, die Sie nicht gut finden.«

»Wieso?«

»Weil Sie sie in Ihrer Bürozeit rezensieren.«

»Aber ich lese sie abends! In meiner Freizeit!«

»Sie haben mal gesagt, dass ein wissenschaftlicher Beamter vierundzwanzig Stunden am Tag im Dienst ist.«

»Das habe ich gesagt, aber die Bücher, die er rezensiert, darf er behalten.«

Maarten lachte.

»Du bist ein ganz schöner Puritaner. Aber ich mag das. Ich bin selbst auch so.«

»Außer, wenn es um Bücher geht.«

»Außer, wenn es um Bücher geht«, gab Beerta zu. »Für ein Buch würde ich, glaube ich … einen Mord begehen ist zu viel gesagt, aber es würde mir nichts ausmachen, es zu stehlen. Das ist natürlich streng sub rosa.«

»Natürlich!« Er drehte sich um. »Haben Sie schon mal ein Buch gestohlen?«

»Nein«, sagte Beerta ernst. »Dafür b-bin ich zu ungeschickt. Man würde mich sofort erwischen.« Er setzte sich wieder hinter den Schreibtisch und zog eine Mappe zu sich heran. »Aber ich würde mich nicht schuldig fühlen, und das heißt schon was bei einem, der sich immer schuldig fühlt.« Er schlug die Mappe auf und vertiefte sich in den Text.

Maarten stand auf, nahm das Buch, in dem er gerade gelesen hatte, und verließ den Raum. Als er bei van Ieperen vorbeikam, bedeutete ihm dieser mit einer Kopfbewegung, stehen zu bleiben. »Er sagt, dass er wieder gesund ist«, er machte eine Bewegung in Richtung des ersten Raums, »aber glaubst du das?«

»Er sieht schlecht aus«, gab Maarten zu.

»Wenn du mich fragst, hat er sich das in Indonesien geholt. Erzähl es nicht weiter, hörst du, aber wenn man hört, was er da so getrieben hat …«

»Hat *er* das erzählt?«, fragte Maarten ungläubig.

»Wiegel! Er hat das alles Wiegel erzählt. Scherereien mit Frauen und so.« Er kicherte.

»Aber davon kriegt man es doch nicht am Herzen?«

»Na, ich weiß nicht, aber gesund scheint es mir auch nicht.«

Maarten reagierte nicht.

»Ich wette, dass er morgen wieder zu Hause ist.«

»Wir werden sehen.« Er ging in den ersten Raum. Nijhuis saß an seinem Schreibtisch, neben Slofstra. Maarten ging an Meierink vorbei und blieb bei Slofstra stehen. »Herr Slofstra. Haben Sie Zeit, diese Passagen auf Karteikarten zu übertragen?« Er zeigte Slofstra das Buch, in dem er die betreffenden Abschnitte mit Bleistift markiert hatte.

»You are the boss«, antwortete Slofstra und nahm ihm das Buch ab.

Maarten blieb stehen. »Wie läuft es jetzt mit Ihrer Verlobten?«

»Das ist schon wieder vorbei«, antwortete Slofstra gleichmütig.

»Vorbei?«

»Ich durfte das Gartenhäuschen anstreichen«, sagte Slofstra mit seiner kräftigen, näselnden Stimme, »aber schlafen – vergiss es! Und als ich fertig war, konnte ich gehen!«

»Das ist nicht so nett.«

»Nein, aber ich kriege eine andere! Die Benachrichtigung habe ich schon bekommen. Eine Witwe! Das ist auch besser, denn die Letzte hat zu viel Sperenzchen gemacht.«

Maarten nickte. »Haben Sie schon eine Verabredung?«

»Nächste Woche!« Er bückte sich, stellte seine Tasche auf den Schreibtisch und holte eine Mappe heraus. »Sie heißt Dijk! Dijk-Straat! Grietje Dijk-Straat! Straat ist ihr Mädchenname.« Er zog ein Papier aus der Mappe und reichte es Maarten.

Maarten sah sich das Papier an. »Gut so.« Er gab es wieder zurück.

»Ach, Herr Slofstra, können Sie nicht mal einen Moment Ihren Mund halten?«, fragte Meierink in seinem leiernden Tonfall und drehte sich um.

»Herr Koning hat mich doch gefragt!«

»Aber uns stört es.« Er wandte sich wieder ab.

Slofstra zuckte mit den Achseln. »Sie hören es«, sagte er zu Maarten. »Ich darf nicht so viel reden.«

»Ich höre es«, sagte Maarten lächelnd.

»Aber ich schere mich nicht darum.«

Maarten wandte sich lächelnd ab und richtete das Wort an Nijhuis. »Wie geht's?«

Nijhuis zuckte mit den Achseln. »Es geht«, sagte er steif. Vor ihm lagen Listen und Stapel mit Rechnungen. Er sah leichenblass aus und hatte dunkle Ränder unter den Augen.

»So ein erster Tag ist verdammt schwer. Das ist schon nach einem Urlaub so.«

»Ich glaube, dass ich gleich wieder nach Hause gehe.«

»Ja.« Er blieb noch kurz stehen, ohne zu wissen, was er noch sagen sollte, was er nicht bereits gesagt hatte, während Nijhuis ein wenig in den Papieren auf seinem Schreibtisch blätterte. Danach ging er, unzufrieden mit sich selbst, weiter zum Raum hinter dem Bücherregal. Bart war auch da. Er saß an seinem Tisch, den er gegen das Bücherregal geschoben hatte, und sortierte Ausschnitte, mit dem Rücken zu Stoutjesdijk und Annechien Rensink, nahezu Stuhl an Stuhl. »Tag, Bart, Tag, Annechien, Tag, Stoutjesdijk«, sagte Maarten.

»Tag, Herr Koning«, sagten Bart und Stoutjesdijk fast gleichzeitig.

Annechien nickte nur, ohne sich umzudrehen.

Maarten blieb stehen und sah zu. Durch das hartnäckige Siezen durch Bart und Stoutjesdijk fühlte er sich in ihrer Gesellschaft unwohl. Fortan heiße ich Maarten, und es wird sich geduzt, dachte er und richtete sich in Gedanken etwas auf, um seinen Worten Nachdruck zu verleihen. Doch er schwieg, zu verlegen, um eine solche Bemerkung zu machen, und noch zusätzlich gehemmt durch Barts unzweideutig formelles Verhalten. Annechien Rensink war die Einzige, die *du* sagte – zumindest wenn die anderen nicht dabei waren. Er schüttelte den Gedanken von sich ab und wand sich zwischen den Stühlen von Bart und Stoutjesdijk zu ihrem Platz hindurch. »Es geht schon«, sagte er, als Bart nach vorne rückte. »Ihr sitzt hier verdammt eng beisammen.«

»Ich hatte zufällig ein paar Stunden Zeit«, entschuldigte sich Bart.

»Nein, das meine ich nicht. Mich stört es nicht.« Er blieb neben Annechien stehen. Sie war damit beschäftigt, ein umfangreiches Manuskript mit Erzählungen und losen Aufzeichnungen zu ordnen, auf das sie bei der Durchsicht des Manuskriptschranks in Fräulein Haans Zimmer gestoßen war. »Kommst du klar?«

»Ja«, sagte Annechien, ohne aufzusehen. Sie hatte etwas Abweisendes, was den Kontakt für ihn schwierig machte.

»Soll ich nicht helfen?«

»Ich wüsste nicht, wie«, sagte sie, nicht sonderlich freundlich.

Er blieb noch einen Moment stehen, während sie fortfuhr, Papiere aus dem Manuskript auszusortieren. Er wandte sich Stoutjesdijk zu, der gerade an einem Artikel für das Mitteilungsblatt über die Heilmittel gegen Warzen arbeitete. »Geht es voran?«, fragte er.

»Ich bin fast fertig damit«, antwortete Stoutjesdijk. »Ich bringe es Ihnen, bevor ich zur Uni fahre.« Obwohl er genauso alt war wie Bart, machte er einen sehr viel erwachseneren Eindruck, als hätte ihn der Umgang mit Krankheit und Tod bereits gezeichnet.

»Ist es interessant?« Maarten war sich bewusst, dass er das Du vermied.

»Ich finde es interessant«, antwortete Stoutjesdijk in ruhigem Ton.

Unzufrieden mit sich selbst kehrte Maarten nach einem Gang zur Toilette in sein Zimmer zurück. »Die Drei haben es da verdammt eng«, sagte er zu Beerta.

Beerta drehte sich um. »Wen meinst du?«

»Bart, Fräulein Rensink und Stoutjesdijk.«

»Van der Haar hat mir versprochen, dass er nächstes Jahr die Turnhalle räumen lässt. Dann haben wir mehr Platz.«

»Kann ich dann nicht das hintere Zimmer bekommen und de Gruiter wieder den alten Platz von Wiegel?«

»Möchtest du denn hier weg?«, fragte Beerta.

»Nein, es ist für die studentischen Hilfskräfte. Weil Bart hier bald den ganzen Tag sitzen wird, wenn die Stelle genehmigt wird.«

Beerta blickte ihn nachdenklich an. »Das ist eine gute Idee. Sie könnte von mir sein.« Er wandte sich wieder seiner Arbeit zu. »Erinnere mich daran, wenn es so weit ist.«

Eine halbe Stunde später kam Stoutjesdijk und brachte seinen Artikel.

»Vielen Dank«, sagte Maarten erfreut.

Stoutjesdijk blieb stehen. »Da ist noch etwas.«

Maarten sah ihn erwartungsvoll an.

»Nennen Sie mich in Zukunft bitte ›Kees‹ oder ›Herr Stoutjesdijk‹ statt ›Stoutjesdijk‹.«

»Gut«, sagte Maarten verwirrt.

»Ich danke Ihnen.« Er öffnete die Tür. »Auf Wiedersehen, Herr Koning, bis morgen.«

Es dauerte einen Moment, bis Maarten diese unerwartete Bitte verarbeitet hatte. Er fühlte sich bedroht und todunglücklich. »Diese verdammten Anredeformen!«, sagte er halb zu sich selbst.

»Was sagst du?«

»Dieses Duzen und Siezen«, sagte Maarten verdrossen. »In England haben sie damit keine Probleme.«

»Aber du bist nicht in England. Und darüber kannst du froh sein.«

Er sah über die Schulter. »Außerdem finde ich es sehr gut, dass die Jungs Sie zu dir sagen. Man sollte es mit dem Duzen nicht zu eilig haben.«

*

Als sie mit dem Auto gegen halb fünf das Dorf erreichten, wurde es schon dunkel. Es war stürmisch, mit gelegentlichen Regenschauern dazwischen. Vom Dorf war nicht viel mehr zu erkennen als die Umrisse der Bauernhöfe und vereinzelt beleuchtete Fenster. Maarten schaltete das Licht an und betrachtete die Karte, die auf seinem Schoß lag. »Boesman«, sagte er. »Nummer sechzig.« Er knipste das Licht wieder aus und versuchte, durch das regennasse Fenster die Hausnummern an den Einfahrtstoren zu den Bauernhöfen zu erkennen. »Das war zweiunddreißig.«

Hendrik starrte durch die regenverhangene Windschutzscheibe auf die Straße, machte kurz den Scheibenwischer an und stellte ihn sofort wieder aus. Der Regen hatte wieder aufgehört.

»Ist es nicht dort?«, fragte Nicolien. Sie saß neben Hendrik und zeigte auf ein großes, etwas abseits gelegenes Gehöft.

»Das muss es sein«, sagte Hendrik. Er bog in die Einfahrt. An der Stirnseite des Hauses war ein Mann im Schein einer Lampe dabei, einen Anhänger mit Futterrüben abzuladen. Hendrik brachte das Auto neben dem Anhänger zum Stehen und stellte den Motor ab. Der Mann unterbrach seine Arbeit und sah vom Anhänger aus zu. »Eeb'n froagen«, sagte Hendrik. Er stieg aus, knöpfte mit einer Hand seine Jacke zu und ging auf den Wagen zu. »Sünt wie hier richtig bie Boesman?« Er sah hinauf.

»Dat sünt gie«, sagte der Mann von oben herunter.

»Mien Noam is Ansing! Wie koamt van't Büro in Amsterdam. Ik heb Seij noch 'n Breijf schräben.«

»Ach, deij Herr Ansing!«, sagte der Mann. »Ik koam.« Er kletterte vom Anhänger, ging auf Hendrik zu und gab ihm die Hand. Aus dem Auto heraus sah Maarten, wie sie sich unterhielten. Hendrik zeigte mit einer kurzen Bewegung in die Ferne, der Mann nickte. Er konnte ihre Stimmen hören, doch im Wind verwehten sie, sodass er sie nicht mehr verstehen konnte.

»Ich bin fix und fertig«, sagte Nicolien. »Ich wäre froh, wenn wir etwas zu trinken bekämen. Wir werden doch nicht mehr reden müssen?«

»Ich glaube nicht«, sagte Maarten. Er sah zu den beiden Männern hinüber. Hendrik verabschiedete sich mit einer knappen Gebärde und kam zum Auto zurück. »Wie sünt ... Wir sind um acht Uhr willkommen«, sagte er, während er sich ans Steuer setzte. Er zog die Tür zu, drehte sich um und fuhr rückwärts wieder aus der Einfahrt hinaus auf die Straße.

Als sie abends zurückkamen, war es stockfinster. Über den Türen der Tenne brannte eine Lampe. Das Innere war nur spärlich beleuchtet. Dort standen einige kleinere landwirtschaftliche Maschinen: ein Pflug, ein Kunstdüngerstreuer, eine moderne Egge und ein neuer Trecker. Die Stallungen für die Kühe waren leer. Dort standen lediglich ein paar Kisten mit Saatkartoffeln. Durch eine Tür, hinter der Licht brannte, betraten sie die Waschküche. Hendrik ging voran, Nicolien trug die Mikrofone, Maarten folgte als Letzter mit dem Tonbandgerät. Im Flur öffnete sich eine Tür, und im Licht des Wohnzimmers sah man Boesman stehen.

»Sünt gie al doar, Lüer?«, sagte er. »Koamt rinn.« Um den Tisch, im Schein einer Lampe, saßen zwei ältere Bauern, die ihnen von Boesman als Hoiting und Zwiers vorgestellt wurden. Während Hendrik und Nicolien sich an den Tisch setzten, suchte Maarten einen Platz für das Tonbandgerät, der außerhalb des Lichtscheins lag, und schloss die Mikrofone an.

»Willt wie dann anfang'n?«, schlug Boesman vor. Er schniefte und zwinkerte mit den Augen. »Hebt Seij den Apparoat al anmoakt?«

Maarten drückte die Tasten und beobachtete das magische Auge. »Ja«, sagte er.

»Dann will ik Seij eerst eens noamens disse lüttke Kommission begreuten«, sagte Boesman, »un hoffe dat het een gelungenen Oabend word, vör Seij, als Lüer van de Wissenschaft, oawer ook vör us un u Dörp.«

»Besten Dank«, sagte Hendrik mit einer kleinen, steifen Verbeugung.

Maarten drehte am Lautstärkeregler. Er saß neben dem rotglühenden Füllofen und spürte die Wärme an der dem Ofen zugewandten Körperhälfte.

»Un doarüm heb ik vanoabend twee öllere Buur'ns inloadt, üm hier bië te seijn, weil seij beter weten als ik dat weet, wo dat hier freuher tougüng, so dat dat vör löter fasteholen wer'n kann, und dat is deij Heer Hoiting – heij word nächstet Joar vief'nachtzig –, un deij Heer Zwiers, deij jüst achtzig wor'n is. Dann zal ik eens säggen: Heer Ansing, Seij hebt nu dat Wort, denn Seij weet am besten, wat Seij froagen willt.«

»Dat will ik gern doun«, sagte Hendrik.

»Wenn ik Seij so schnacken hör, glöf ik, dat Seij hier gout Bescheijd weet«, sagte Hoiting.

»Ik bin nich wiet van hier upwossen«, antwortete Hendrik.

»Ansing?«, fragte Hoiting.

»Van P'schtor Ansing?«, fragte Zwiers.

»Jüs'«, sagte Hendrik.

Maarten war heiß geworden. Er stand auf, zog die Jacke aus und hängte sie über die Lehne seines Stuhls.

»Dat heb ik mie al dach'«, sagte Boesman.

»Dann schloa ik vör, dat wie eerst öwer 't Bur'nwark schnackt, so als dat freuher was«, sagte Hendrik, »bevör deij ganzen Maschinen doar wör'n, so als dat nu is, also dat Pleugen, Maaien und dat Döschken. Doar will ik gern mehr öwer weten, un deij Heer Koning interessiert sick besünders daorvör, wie dat Läben freuher was, wat vör Geschicht'n man sick vertelt heeft, wat vör Gebräuche er wör'n, of dat Bigloof geef un aal so wat.« Er blickte in die kleine Runde. »Wekke will eerst wat säggen?«

»Fang du man eens an, Zwiers«, sagte Boesman, »dann kann Hoiting wat mehr öwer dat Läben van freuher vertellen.«

»Dat will ik woll doun«, sagte Zwiers.

»Un wenn heij dann anfangt mit sien Pleugen«, sagte Boesman und sah Hendrik an, »draf doar dann ook dat Saien un Eggen bie, Heer Ansing? Dann hebt wie dat ganze Joar rund.«

»Dat is gout«, antwortete Hendrik.

»Dann fang ik eens mit ’t Pleugen an«, sagte Zwiers.

»Willt deij Heeren und deij Dame villich eerst een Tass’ Kaffee?«, fragte Boesman.

»Loat us dat man eerst doun«, fand Hoiting.

Boesman stand auf. Er teilte Tassen aus, die er vom Teetisch an der anderen Seite des Ofens holte, und stellte einen Zuckertopf und ein Kännchen Milch mitten auf den Tisch. Die Kaffeekanne stand auf dem Ofen. »Un miene Frouw heeft doar noch een poar Plätzken biedoan«, sagte er. »Dat mögt gie doch woll?« Er stellte eine Schale mit Plätzchen dazu.

»Ik bruuk doar niks bie«, sagte Zwiers.

»Hes’ du Tähnenkählte, mien Jungen, dat du nich mehr bieten kanns’?«, fragte Hoiting.

»Ik eet me’läwe kien Plätzken«, erklärte Zwiers. »Ik heb ’n Gebit, un dat set sick aal faste in ’t Gebit.«

»Kump dat nu aal up ’n Apparoat?«, erkundigte sich Boesman besorgt.

»Was wir nicht brauchen, löschen wir wieder«, beruhigte ihn Maarten.

Hendrik tastete in seine Innentasche und zog eine Kiste Elisabeth Bas heraus. »Draf ik deij Heeren villich ’n Zigar’n anbeijen?«

»Deij heb ik ook noch woll«, sagte Boesman, während er die Tassen füllte.

»Oawer wie willt ook wat teröge gäben«, sagte Hendrik. Er ließ die Schachtel herumgehen.

»Dat sünt wekke vör sönndoags«, stellte Zwiers zufrieden fest.

»In Amsterdam neemt se ’t aal van ’n groten Hopen«, meinte Boesman.

»Aber auch nur, wenn wir bei Ihnen zu Besuch sind«, sagte Maarten. Er schämte sich.

Die Zigarren wurden mit Umsicht angezündet, man tat Zucker und Milch in die Tassen und rührte um.

»Schall ik dann eens anfangen?«, fragte Zwiers.

»Joa, gerne«, antwortete Hendrik.

»Schall ik dann eens mit dat Pleugen anfangen?«, fragte Zwiers noch einmal.

»Joa, un dann ook gern, wie dat genau güng«, sagte Hendrik. »An wekke Siete se anfangen sünt, inne Mitte oder anne Siete, un of se dann vörn oder achtern noch 'n lüttket Stück öwerbehoël'n hebt, un wat se doar tou seg' hebt, un dat aal.«

Zwiers nickte. Er nahm einen Zug von der Zigarre, richtete sich ein wenig auf und sah auf das Mikrofon. »Dann fang ik moal mit dat Pleugen an«, sagte er laut, als hielte er einer kleinen Menge einen Vortrag. Das grüne Lichtsignal am Tonbandgerät flackerte auf, Maarten drehte am Regler. Es war heiß im Zimmer. Er zog auch den Pullover aus und hängte ihn über seine Jacke. Während Zwiers das Jahr durchging, döste er ab und zu ein. Die Wärme und der Alkohol, den sie vor und während der üppigen Mahlzeit in ihrem Hotel zu sich genommen hatten, machten ihn schläfrig. Allmählich, nach einer Woche, in der sie zu dritt von einem Bauernhof zum nächsten gezogen waren, begann er, Details zu erkennen, wunderte sich jedoch noch immer jedes Mal über die Leichtigkeit, mit der Hendrik reagierte und Fragen stellte, als wäre er selbst ein Bauer. Während er zuhörte, achtete er vage auf das grüne Lämpchen. Seine Augenlider fielen zu, er schrak auf, beugte sich nach vorn, um den Zähler abzulesen, und sank wieder zurück, dabei gegen den Schlaf ankämpfend. Er wachte von der lauten Stimme Boesmans auf: »Eerst noch eens een Tass Kaffee? Un dann vertelt Hoitink öwer freuher?« Er stand auf, holte die Kanne vom Ofen und schenkte die Tassen wieder voll. »Hebt Seij sick dat ungefähr so vörstellt?«

»Ja, ausgezeichnet«, sagte Maarten.

»Ik wüss nich, wat ik noch mehr froagen kunn«, sagte Hendrik.

»Bin ik nu anne Rege?«, fragte Hoiting.

»Joa«, sagte Boesman, »und denk doaran, 't gaait um deij Tied vör'n Eersten Weltkrieg, so als du dat noch kennt hest.«

»Dat begriep ik«, sagte Hoiting. Er zog das Mikrofon zu sich heran und sah in die Runde. »Kann ik anfang'n?«

»Ja«, sagte Maarten, ein Auge auf das grüne Licht gerichtet.

»Als ik so teröge denk an deij Tied vör den Eersten Weltkrieg«, begann Hoiting in getragenem Ton, »dann was dat, vergläken mit vandoage, ruhig un friedlich. Un besünders hier in u Dörp. Us Dörp bestünd domoals bloß ut 'n poar Hüser, deij Rest was Land: Haaide, Haaide un noch eens Haaide, kilometer- un kilometerwiet. Un wenn ik mie öwerdag eens ümm'nkeek up dat grote Haaidestück, dann dacht ik, woahnst du hier nu alleijn ünner den wieten Himmel in deij grote Welt? Un dann was het so still, dat man deij Immen hör'n kunn un deij Vögel singen. Un bie Elling, dat is deij Imker, deij annen Rand vanne Haaide woahnde, stünn'n domoals noch hoge Dannen un Eijken, un doar up de Drift wüssen wilde Rousen, Bickelbeer'n un Orchideen, un wieter wech in 't Mouer Thymian un Wacholder, so dat we dach'en, wie leeft in 't Paradies.« Er schwieg einen Moment, versunken in seine Erinnerungen. »Un domoals geef het Lüer, deij wüssen, dat sick dat ändern schull«, fuhr er fort, »denn oabends, wenn 't düster was, bin ik gern eens noar buten goan, un doar heb ik dann immer lüttke helle Lichter seijn. Up mehrere Oabende heb ik se seijn. Un dann sä miene Mamm'n: ›Och, mien Jung'n‹, sä se, ›dat is'n Vörteijken. Doar kump noch eens wat.‹ – Un nu vertel ik dat af un tou eens an de jüngeren Lüer bie us, oawer deij sägt dann: ›Och, dat hest du die inbeelt.‹ Un ik kann se dat ook nich verdenken, denn als ik noch so jung was, heb ik voaken bie miene Oma säten. Un wenn dat dunkel werd, keek ze ut 't Fenster noar buten, un upeens sä se: ›Nu kiek doch eens, Jung'n. Doar bewägt sick twee Führkugeln.‹ Ik sä: ›Woar dann, Oma?‹ – ›Doar, uppen Sandweg‹, sä se. – Ik sä: ›Ik seij niks, dat beelst du die in.‹ – ›Tweije‹, sä se, ›'n groten Führbaal vöran‹, sä se, ›un doar zit 'n roten achter. Deij zit doar direkt achter‹, sä se. – ›Ik seij niks, Oma.‹ – ›Al weer een‹, sä se. ›Weer een rot Licht, un dat loopt achter dat rode, dat loopt achter dat witte achteran‹, sä se. – Oawer Oma was domoals al olt. Ik sä: ›Wenn du dat sägs', dann schall dat woll so wäsen.‹ – ›Süs' du dann ook deij Pöhle doar nich stoan, mien Jung'n?‹, sä se. – Ik sä: ›Nee, doar stoaht doch kiene Pöhle. Dat is deij ole Sandweg. Doar staait enners niks.‹ – ›Süs' du se dann nich?‹ – Ik sä: ›Ikke nich.‹ – ›Ik seij se woll‹, sä se. – Ik sä: ›Oawer doar is doch niks, Oma!‹ – ›Woarschienlik is doar ook niks, oawer ik seij se.‹ –

Miene Oma is nich so olt woar'n un doaröver storben, oawer seij heeft Rech' behoël'n. Wat Oma domoals seijn heeft, was er doar noch nich, oawer ik kann dat vandoage seijn. Nu gif' het dat woll. Vör'n poar Joar is hier nämlich 'n stroaten anlegt wor'n, un sietdem flitzt deij Autos doar langers, mit helle Lichter, un 'n rot Licht doar achteran. Deij groten Pöhle, deij se doar seijn het, dat sünt vandoage deij Telefon- un Radiopöhle. Wat u Oma domoals seijn heeft, dat kann ik vandoage wücklich seijn.« Er schwieg und sah Hendrik an. »Is dat so gout?«, fragte er in normalem Ton.

»Oawer wat du nu noch goar nich vertelt hes', Hoiting«, sagte Boesman, »dat is, dat bie Winterdag, wenn deij Runde öwer 't Ufer treed, dat ganze Land wekenlang ünner Woater stünd, un dat er dann een Foutpad ut Holt tüschken deij Buurnhüser anlegt werd, mit een wit farwd Gelänner un Petroleumlüchten, so dat dat ganze Dörp isoliert was.«

»Dat weet ik ook noch«, sagte Zwiers.

»Das, was sie über früher erzählt haben, war scharf«, sagte Maarten, als sie spät abends im Sturm und in der Dunkelheit zu ihrem Hotel zurückfuhren.

»Ja«, sagte Hendrik geistesabwesend. Seine Gedanken waren beim Lichtkegel seines Autos in der Dunkelheit vor ihm.

*

»Hendrik ist unglaublich gut«, sagte Maarten. »Eigentlich müsste er in unserem Atlas auch die Ausgabe über die Landarbeit machen.«

Beerta legte den Stift hin und drehte sich langsam um. »Und wie hast du dir das vorgestellt?« Er legte seine Brille neben sich auf den Schreibtisch, ein Zeichen, dass er bereit war, darüber zu reden.

»Wenn man ihm nun eine eigene Abteilung geben würde, zwischen der von Fräulein Haan und der von uns? Bauernsprache und Landarbeit. Dann könnte er an beiden Atlanten mitarbeiten. Sonst muss das alles für uns noch mal gemacht werden.«

Beerta hörte mit ernster Miene zu.

»Und bald werden wir es auch noch einmal für den Europäischen Atlas machen müssen. Wenn Hendrik eine eigene Abteilung hat, kann er das ebenfalls übernehmen und seine Arbeit darauf abstimmen.«

»Glaubst du, dass er das kann?«, fragte Beerta zögernd.

»Das kann er«, sagte Maarten entschieden. »Wenn Sie gesehen hätten, wie er mit den Bauern umgeht, würden Sie nicht daran zweifeln.«

»Dann müssten wir van der Land und Buitenrust Hettema auch einbeziehen«, überlegte Beerta, »denn die interessieren sich ebenfalls dafür.«

»Und für die Sprache Weinert und Heertjes!« Während er redete, begann er, sich für seinen Plan immer mehr zu begeistern. »Dann haben Sie eine Kommission mit Wageningen, dem Museum, Nimwegen und Groningen.«

Beerta spitzte die Lippen und nickte. »Ich werde mal darüber nachdenken«, er drehte sich um, »auch wenn ich befürchte, dass Frau Haan Einspruch erheben wird.«

»Es geht doch nicht darum, was Fräulein Haan davon hält«, sagte Maarten empört. »Dann sorgen Sie dafür, dass sie einen anderen kriegt. Sie hat doch auch etwas davon! Es geht doch ums Büro?«

»Als ob das so einfach wäre …« Er beendete den Satz nicht, in Gedanken bereits wieder bei der Arbeit.

Maarten stand auf. Nun, da seine Begeisterung entfacht war, hielt es ihn nicht mehr auf seinem Platz.

»Weiß Hendrik davon?«, fragte Beerta, ohne aufzusehen.

»Nein.«

»Halte es dann noch so lange sub rosa, bis ich eine Entscheidung getroffen habe.«

»Gut. Ich bin kurz bei Stoutjesdijk und Fräulein Rensink.« Er nahm seine Flasche und verließ den Raum.

*

»Gleich kommt das Fernsehen zu Herrn Balk!«, rief Slofstra hinter seinem Schreibtisch, als Maarten mit seiner leeren Milchflasche vorbeikam. »Aber ich soll mich nicht einmischen!«

»Und warum tun Sie es dann?«, fragte Meierink und drehte sich zu ihm um.

»Ich mische mich doch gar nicht ein!«

»Es sieht aber so aus.«

Balk saß in seiner Ecke am Fenster und arbeitete unbeirrt weiter, als ginge ihn die Sache nichts an.

Als Maarten im Milchgeschäft stand, sah er, wie das Kamerateam ankam, drei Männer beladen mit Apparaturen. Unmittelbar nach ihnen betrat er das Büro. De Bruin stand in der Öffnung seines Verschlags. »Meine Herren!«, sagte er.

»Wir haben eine Verabredung mit dem Direktor«, sagte der vordere Mann, ein flotter Bursche in einer Lederjacke, »Herrn Balk.« Die beiden anderen Männer warteten gelassen, der eine mit einer Kamera, der andere mit der Beleuchtungs- und Aufnahmeapparatur.

»Der Direktor heißt zufälligerweise Beerta«, wies de Bruin sie zurecht. Der Mann imponierte ihm nicht.

»Beerta dann.«

Das Missverständnis amüsierte Maarten. »Ich nehme sie schon mit, de Bruin«, sagte er.

»Kommen Sie nur«, sagte er zu dem Mann in der Lederjacke. Sie gingen nebeneinanderher durch den Flur, gefolgt von den beiden anderen. »Wollen Sie zu Beerta oder zu Balk?«, fragte er.

»Zum Direktor«, antwortete der Mann, »aber mir wurde gesagt, dass er Balk heißt.«

»Worum geht es?«

»Um Volksnamen.«

»Dann müssen Sie zu Balk.« Er öffnete die Tür und führte sie in den ersten Raum. »Jaap!«, rief er.

Balk stand auf und kam den Männern mit einem wichtigtuerischen Lächeln entgegen.

»Sind Sie Herr Beerta?«, fragte der Mann, während die beiden anderen einen Platz suchten, um ihre Gerätschaften abzulegen.

»Ich bin Balk!«

Die Antwort stürzte den Mann einen Moment in Verwirrung. Er holte einen Block und einen Stift aus der Tasche und schlug den Block auf. »Wie schreibt man das?«

»Balk!«, antwortete Balk ungeduldig. »Einfach Balk! J. C. Balk! Ich habe Ihnen einen Brief geschrieben!« Er sah zu, während der Mann seinen Namen aufschrieb. »Und denken Sie daran: Ich bin Doktor!«

Inzwischen war Meierink aufgestanden und nähergekommen.

»Und das hier ist Herr Meierink!«, sagte Balk mit einer kurzen Geste in Richtung Meierink. »G. Meierink! Meierink mit i!«

»Sind Sie vielleicht auch Doktor?«, fragte der Mann, nachdem er den Namen aufgeschrieben hatte.

»Nein, das nicht«, antwortete Meierink, er lachte geschmeichelt, »ich bin kein Doktor.«

»Und was ist dann Ihre Funktion?«

»Ja, wie soll ich das beschreiben.« Er blickte zögernd zu Balk.

»Herr Meierink ist mein erster Assistent«, sagte Balk ungeduldig.

»Wenn Sie ein paar Monate später gekommen wären, hätte ich vielleicht noch eine andere Funktion nennen können, denn dann habe ich mein Examen in der Tasche«, sagte Meierink, ohne sich um Balks Worte zu kümmern.

»Aber ich bin nicht ein paar Monate später da.«

»Nein, nun, dann schreiben Sie einfach ›Beamter‹. Ich bin auch Historiker, aber in erster Linie bin ich eigentlich Beamter.«

»Wo wollen Sie uns filmen?«, unterbrach Balk in sachlichem Ton.

»Die Herren können meinen Schreibtisch benutzen!«, sagte Slofstra.

»Sie sollten sich doch nicht einmischen, Herr Slofstra«, sagte Meierink, während Maarten den Raum verließ.

»Was ist da los?«, fragte van Ieperen, als er vorbeikam.

»Das Fernsehen für Balk«, antwortete Maarten.

Fräulein Haan sah von der Arbeit auf. »Ist das Fernsehen wegen Balk da?«, fragte sie überrascht. In ihrem Gesicht zuckte es, als sie Maarten ansah.

»Ja.« Er betrat sein Zimmer. »Das Fernsehen ist da«, sagte er, »wegen Balk.«

Beerta blickte überrascht auf. »Was erzählst du mir da?«

»Wer ist eigentlich Balks zweiter Assistent?«, fragte Maarten, während er sich hinsetzte. Seine Stimme klang falsch vor unterdrücktem Sarkasmus.

Die Tür ging auf. Fräulein Haan. »Wusstest du, dass Balk das Fernsehen hat kommen lassen?«, fragte sie entrüstet.

Beerta drehte sich noch etwas weiter um und sah sie über seine Brille hinweg an. »Ich höre das soeben von Koning. Es ist neu für mich.«

»Aber so etwas hast du doch zu wissen?«

»Ich habe es nicht gewusst.«

»Das ist doch die Höhe! Balk ist doch nicht das Büro? Dann werden sie doch sicher auch zu dir und zu mir kommen?«

»Vielleicht machen sie das auch.« Er verzog ironisch seinen Mund.

»Kannst du nicht mal fragen? Du bist doch der Direktor? Du kannst dir doch nicht einfach auf der Nase herumtanzen lassen?«

Beerta legte seine Brille hin und stand auf. »Ich werde mal eben hingehen. Ich möchte das auch sehen.«

»Und sag ihnen, dass ich um zwölf Uhr wegmuss. Sie müssen dann vorher vorbeikommen«, sagte Fräulein Haan, während sie zusammen den Raum verließen.

Eine Viertelstunde später kam Beerta schmunzelnd zurück.

»Sind sie schon wieder weg?«, fragte Maarten.

»Nein, sie sind noch nicht weg«, antwortete Beerta, »doch merkwürdigerweise haben sie kein Interesse an Frau Haan. Die haben Mut!« Man sah, dass er sich diebisch freute. Er setzte sich an den Schreibtisch und rieb sich die Hände. »Wir müssten jede Woche so in der Öffentlichkeit sein!« Er blickte neckisch über seine Schulter. »Ich sollte euch dazu zwingen, bei Strafe der Entlassung.«

»Warum eigentlich?«

»Weil es gut ist fürs Büro.«

Maarten lachte. »Daran glauben Sie doch selbst nicht. Außerdem ist es keine Art, dass ein großer Junge wie Sie einem Untergebenen, der sich nicht wehren kann, mit einem solchen Geschwätz kommt.«

»Hi, hi«, lachte Beerta amüsiert.

Als Maarten eine Stunde später wieder durch den ersten Raum kam, schloss der Mann mit dem Aufnahmegerät gerade die Tür zum Flur hinter sich. Balk ging in großen Schritten zu seinem Schreibtisch. Hinten, am Bücherregal, standen Nijhuis, Stoutjesdijk, Annechien Rensink und de Gruiter und unterhielten sich. Meierink gesellte sich zu ihnen. Balk setzte sich und schlug ein Buch auf. »So!«, sagte er und sah kurz auf. »Und jetzt wieder an die Wissenschaft!«

*

Beerta grüßte ihn steif. Er legte seine Tasche auf die seitliche Ablage seines Schreibtisches und wandte sich dem Fenster zu, während er Kamm und Spiegel aus der Innentasche zog. Mit dem Gesicht zum Licht gestreckt kämmte er sein Haar. Dann setzte er sich, stand wieder auf und suchte etwas in einem der Stapel von Mappen auf dem Tisch. Er nahm eine Mappe mit zu seinem Schreibtisch und schlug sie auf.

»Wie war es im Museum?«, fragte Maarten. Er hatte das Gefühl, dass etwas passiert war, und suchte vergeblich nach dem Grund.

»Wie immer«, antwortete Beerta kühl. Er blätterte schweigend in der Mappe.

Maarten fühlte sich schuldig, ohne zu wissen, warum.

»Ich habe noch mit Wiegel gesprochen«, sagte Beerta wie beiläufig.

»So.« Er fragte sich, ob er Wiegel etwas über Beerta erzählt haben könnte, doch er hatte ihn so lange nicht mehr gesehen, dass er es für wenig wahrscheinlich hielt.

»Er erzählte mir von den Schwierigkeiten in seiner Familie und war sehr erstaunt, dass du mir nichts davon erzählt hast. In Arnheim weiß es schon jeder.« Es klang wie ein Vorwurf.

»Ich kann mich nicht erinnern, dass er mir etwas erzählt hat.«

»Sehr diskret von dir.«

»Was sind das denn für Schwierigkeiten.«

»Nein, Herr Koning, wenn Sie diskret sind, bin ich es auch.«

Maarten schwieg. Der Vorwurf war so skurril, dass er nicht wusste, wie er darauf reagieren sollte. Trotzdem blieb Beerta noch ein paar

Stunden verstimmt. »Des Weiteren hat sich Wiegel sehr lobend über deinen Freund Klene geäußert«, sagte er, als setze er ein soeben unterbrochenes Gespräch fort.

»Warum?«

»Er findet ihn ehrgeizig und so interessiert und freundlich.«

»Und das sind genau die Gründe, weshalb er kein Freund von mir ist«, sagte Maarten mürrisch. »Er ist zu ehrgeizig, zu interessiert und zu freundlich. Wiegel mag ich übrigens auch nicht.«

»Wen magst du eigentlich überhaupt?«

»Sie.«

Diese Antwort amüsierte Beerta und brach das Eis.

»Er hat auf Sie doch auch keinen angenehmen Eindruck gemacht?«, erinnerte Maarten ihn.

»Aber ich sage doch nicht, dass sich daran etwas geändert hat?«, sagte Beerta.

*

Hendrik betrat den Raum, ging hinter Maarten vorbei und stöberte zwischen den Büchern im Regal an der Rückwand. Er zog ein Buch heraus, blätterte kurz darin, schob es wieder zurück, griff zum nächsten und drehte sich dann mit dem aufgeschlagenen Buch in der Hand um. Sein Gesicht wirkte müde und geistesabwesend. »Herr Beerta!«, sagte er. »Ich betrachte es als meine Pflicht, Sie darüber in Kenntnis zu setzen, dass Fräulein Rensink und ich uns nächsten Monat verloben werden. Sie bekommen noch eine Karte, doch weil wir beide hier arbeiten …« Er beendete den Satz nicht.

Beerta drehte sich um und sah ihn an. »So! Davon wusste ich nichts.«

»Das konnten Sie auch nicht wissen.«

»Hast du es gewusst?«, fragte Beerta Maarten.

»Nein«, sagte Maarten.

Hendrik drehte sich wieder zum Regal, stellte das Buch zurück und zog ein neues heraus.

Beerta musterte ihn amüsiert. »Wenn das nur nicht bedeutet, dass ihr hier anfangt herumzuschmusen, denn dann muss ich Fräulein Rensink entlassen. Ich habe das schon mal gemacht.«

Seine Worte schienen nicht zu Hendrik durchzudringen. Statt zu antworten, ließ er mit lautem Geräusch einen fahren. »Pardon«, sagte er geistesabwesend. Dann drehte er sich langsam um und sah Beerta schläfrig an. »Was haben Sie gesagt, Herr Beerta?«, fragte er.

*

»Hast du Koning erlaubt, für sich selbst Neujahrskarten zu verschicken?«, fragte Fräulein Haan wütend. Sie blieb in der Tür stehen.

Beerta drehte sich um. Er sah Maarten an. »Hast du Neujahrskarten verschickt?«

»Ja«, sagte Maarten, er spürte eine heftige Wut in sich aufsteigen, »an die Leute, bei denen ich in diesem Jahr Tonbandaufnahmen gemacht habe.«

»Die Neujahrskarten sind für die Korrespondenten!«, schnauzte Fräulein Haan Beerta an, als ob er selbst geantwortet hätte.

»Ich betrachte diese Leute auch als Korrespondenten«, sagte Maarten zu Beerta, seine Wut nur mit Mühe bezähmend.

»Ich verstehe nicht, was du dagegen hast«, sagte Beerta zu Fräulein Haan und legte seine Brille neben sich.

»Ich finde es ekelhaft! Wenn Koning Karten verschickt, dann darf ich auch Karten verschicken!«

»Natürlich darfst du das. Das verbietet dir doch niemand.«

»Aber ich habe keine Zeit dafür, weil ich in Urlaub fahre.«

»Dann lässt du es eben machen.«

»Das geht nicht!«

»Aber jetzt sei doch mal vernünftig, Dé.«

»Ich bin vernünftig! Ich will, dass du es Koning verbietest!«

Beerta zuckte mit den Achseln und wandte sich ab, ohne zu antworten.

»Und wenn du dich weigerst, es zu verbieten, werde ich selbst meine Maßnahmen ergreifen!« Sie schlug die Tür mit einem Knall zu.

»Was unser Herrgott vorgehabt hat, als er die Frau erschuf, übersteigt meinen Verstand«, seufzte Beerta.

»Es gibt auch andere.«

»Das ist ein Glück«, antwortete Beerta ohne große Überzeugung. »Wenn ich nicht so einen niedrigen IQ hätte, wäre ich an dieser Frau schon lange verrückt geworden.«

Slofstra betrat den Raum. Er schloss die Tür und blieb an Maartens Schreibtisch stehen. »Sie hatten mich gebeten, die Neujahrskarten zu verschicken, aber das geht nicht, denn Frau Haan hat mir die Umschläge weggenommen.« Er sah Maarten ungerührt an, als ginge es um eine alltägliche Mitteilung.

»Gibt es keine anderen Umschläge?«, fragte Maarten.

»Sie sind alle! Nijhuis hat es versäumt, neue zu bestellen.«

Maarten sah Beerta an.

Beerta hatte sich umgedreht, um dem Gespräch zu folgen. »Haben Sie denn noch Neujahrskarten?«, fragte er Slofstra.

»Jawohl, Mijnheer.«

»Dann verbiete ich Ihnen, sie Frau Haan zu geben.«

»Jawohl, Mijnheer.« Er verließ den Raum.

Beerta stand auf, nahm den Stapel Karten von seinem eigenen Schreibtisch und legte ihn in eine der Schubladen. »Bevor sie sie mir noch vom Schreibtisch holt«, sagte er streitlustig.

In diesem Moment wurde die Tür erneut lautstark geöffnet. »Hast du Slofstra verboten, mir Neujahrskarten zu geben?«, fragte Fräulein Haan wütend.

Beerta richtete sich auf. »Ja, das habe ich ihm verboten.«

»Könntest du das bitteschön lassen! Wenn du mich schon für eine Diebin hältst, dann brauchst du es wenigstens Slofstra nicht merken zu lassen!« Kraftvoll schloss sie die Tür.

Beerta sah ihr nach. Dann wandte er sich seinem Schreibtisch zu und setzte sich. »Jetzt ist es aber gut!«, sagte er. »Mir haben die Knie gezittert. Auf die Weise kriege ich es auch noch am Herzen, genau wie Nijhuis.«

*

1962

»Liebe Nicolien, lieber Maarten,

ein frohes neues Jahr. So gehört es sich, vorbehaltlich jedes kritischen Hintergedankens, der unvermeidlich ist. Das wissen wir schon lange, Frans, so stelle ich mir vor, werdet ihr nun sagen. Ihr werdet es mir also schon nicht übel nehmen. Außerdem habe ich seit einem Monat ein Zimmer im Amsterdamer Arbeiterheim, sodass dieses Thema auch schon abgehandelt ist. Ich bin also aus der Valeriusklinik entlassen worden. Das wusstet ihr vielleicht nicht, oder vielleicht doch. Es spielt keine Rolle. Was gibt es noch? Es sind nur Banalitäten. Den einzigen Kontakt, den ich noch zur Außenwelt habe, ist der Kontakt zu Dr. van der Meer, den ich alle vierzehn Tage besuche. Dr. van der Meer hatte einen Weihnachtsbaum bei sich stehen. Als ich wegging, dachte ich: Soll ich oder soll ich nicht? Ich entschied mich, es zu tun. Ich sagte: ›O ja, frohe Weihnachten!‹ – ›Vielen Dank, Herr Veen‹, und er lachte mir direkt ins Gesicht. Warum stellt er sich dann einen Weihnachtsbaum hin?

Wieder rede ich über meinen Arzt. Die einzigen Neuigkeiten, die ich empfange, stammen aus dem Kontakt zu dem Arzt. Denn es gibt keinen anderen Kontakt. Und darum fange ich an, ungenießbar zu werden. Ich verstehe das gut. Ich kann doch unmöglich über die Brände erzählen, die ich schon im Arbeiterheim gelegt habe, über die Zugunglücke, die ich geschehen sah, über die Nadeln, die man mir durch die Lippen sticht, über Wölfe, die sich gegenseitig umbringen, über die Reise, die ich doch nicht machen werde, über meine Abkehr von Buddha, über die rosa Farbe, die mein Zimmer zuletzt hatte. Und so weiter. Das müsste ich ausführlich beschreiben, wenn ihr es verstehen wollt.

Mäuse im Bett, Käfer im Bett, Larven, die an der Wand entlangkriechen. Und dann plötzlich! Da fährt das Zimmer, mit mir darin, ins Universum: Da fahre ich zu Gott. Mal eben nachschauen, ob ich mich schon nähere. Weg! Wieder da. Viel zu neugierig gewesen.

Eine Kerze anzünden. Gerade so lange in die Flamme sehen, bis sie von selbst niedergebrannt ist. Kein Nebenfeuer machen. Wenn sie ausgebrannt ist, dann ... Damit beschäftige ich mich, während ich zuschaue. Wenn an der Kerze schließlich nur noch eine kleine blaue Flamme brennt, dauert es noch eine halbe Stunde. Ich erinnere mich, dass ich eine ausführliche Beschreibung des Phänomens Gasflamme gemacht habe. Was geschieht, wenn die Kerze aus ist? Nichts, gar nichts. Tagelang liege ich im Bett, ohne einen Augenblick zu schlafen. Dann sage ich schließlich mitten in der Nacht laut, wenn es so still ist, dass ich einen Zug aus Haarlem ankommen hören kann: Ich werde hier verrückt. Und dann habe ich eine ähnliche Empfindung, wie ich sie damals, kurz vor der Einlieferung in die Klinik, hatte, als ich in das Stadion eingedrungen war.

Ich habe einen Fisch auf den Steinen totgeschlagen. Aber ich habe noch nie eine Spinne zerdrückt, eine Raupe zertreten. Ich habe einmal mit dem Fahrrad einen Frosch überfahren, aus Versehen. Doch ich habe mal gesehen, wie ein Pferd kastriert wurde, ich habe zugesehen, während es dort lag und schwitzte, schnaubte und sich schüttelte. ›Hast du sie nicht alle, erzähl das deinem Psychiater, aber nicht uns.‹

Ich habe euch die größten Widerwärtigkeiten, die geschehen sind und die nicht geschehen sind, vorenthalten.

Es ist nur zur Illustration, um euch eine ungefähre Vorstellung zu vermitteln, wie es ist, wenn man ganz und gar allein ist mit seinem Unterbewussten, dass ich zu Recht immer sparsamer werde mit Worten.

Soweit es mich betrifft, gäbe es einen totalitären Staat, keinerlei Gedankenfreiheit. (Ich wäre übrigens schon lange kaputtgemacht worden.)

›Soweit es uns betrifft, schon, Frans‹, oder: ›Nein, nicht, Frans.‹

Ihr seid sicher; es gibt jede Menge Möglichkeiten, den Gefahren auszuweichen. Ihr könnt es nicht begreifen.

Ich liebe sie. Ich liebe sie nicht. Dann plötzlich: Es ist unmöglich, ich muss sie lieben, denn dieser eine Moment und dieser andere Moment. Eins, zwei, drei im Zug. Unterwegs. Die Frage des Psychiaters: ›Sind Sie homosexuell oder nicht?‹ Wenn es so ist, darf ich nicht zu ihr gehen. Wenn ich mich mit dieser Frage beschäftige, suche ich nach einer Ausrede. Beschäftige ich mich nicht damit, begegne ich jemandem, den ich idealisiert habe und der nicht existiert.

Dann wieder: Was bin ich jetzt? Habe ich ein Herz? Ja, denn ich stecke voller Ängste und Begierden. Ich fahre mit demselben Zug zurück. Ich bin nichts. Ich bin ein Feigling. Ich kann nur murmeln: to be or not to be. Und es kann womöglich noch einmal in einem totalen Schlachtfest enden.

Ich gehe zu weit.

Ich erinnere mich an ein Gespräch mit euch. Ich habe es seinerzeit notiert und werde es für euch abschreiben, um euch zu zeigen, dass ihr mich nicht begreift.

Ich habe es gerade durchgelesen und beschlossen, es lieber doch nicht abzuschreiben. Es ist allzu hart, wenn ich es euch einfach so schicke. Dann lese ich es lieber mal vor.

Ach, es spielt auch keine Rolle.

So nehme ich es euch übel, dass ihr mich nie besuchen kommt. Doch wem nehme ich das nicht übel? Würde ich selber bei einem Griesgram zu Besuch kommen? Und wie? Ich kann mich hier kaum selbst bewegen.

Es gibt einen Mann, der hier wohnt, den ich auf den ersten Blick nett fand, der jedoch nur über seinen Kellnerberuf, Frauen und seine Leiden schwatzen und im Übrigen unglaubliche Mengen Kaffee trinken kann.

Schon seit Wochen tue ich so, als ob ich nicht zu Hause wäre. Ich habe seinerzeit gesagt, dass ich auf Reisen ginge. Und seit dieser Zeit kommt er mindestens einmal am Tag vorbei. Er nennt mich Franciscus.

›Franciscus, bist du schon wieder zu Hause?‹

›Franciscus, bist du zu Hause?‹

›Franciscus, schläfst du noch?‹

›Franciscus! Er schläft sicher.‹

Ich habe nie das Radio an, weil ich nicht zu Hause bin.

Ich habe die Vorhänge immer zugezogen und eine Lampe an, weil es hier bei Tageslicht nicht auszuhalten ist.

Mir ist niemals kalt. Ich habe ständig Durst. Ich habe wenig Appetit. Bücher lese ich nicht. Dann und wann lese ich Landkarten.

›Frans ist erloschen.‹

Ganz und gar nicht. Vorige Woche habe ich noch ein Glas kaputt geworfen. Sogar das kleine Wunder entgeht mir nicht auf meinen seltenen Gängen nach draußen. Das Gerippe eines Pappelblattes, das ich vor einiger Zeit fand, füge ich als Beweis bei.

Plötzlich gehe ich nach draußen. Ich sehe mich um. Wo? Wo? Ich gehe weiter. Hinter mir ist ein Mädchen. Umdrehen, plötzlich umdrehen. Sie biegt links ab. Da geht eine Nonne mit einer Tasche in der Hand. ›Schwester, hören Sie mir kurz zu: Es geht so nicht weiter.‹ Sie biegt um die Ecke.

Ich nehme 4 statt 1 Tablette Largactil und 8 statt 1 Schlaftablette. Obwohl ich im Hinterkopf weiß, dass ich es überleben werde, lege ich mich ausgestreckt aufs Bett, falte die Hände auf der Brust und warte darauf, dass ich zu einer würdigen Leiche werde.

So, endlich. Ich treffe Entscheidungen. Einen Abend lang beschäftige ich mich nur damit, was ich tun werde. Ich überlege und überlege. Auf die Dauer zeigt sich, dass ich nichts anderes tue, als Lieder vor mich hinzusummen. *Parlo mi d'amore* und einen Marsch von Sousa, usw. Und immer wieder dieser Marsch. Ich drehe mich um und sehe Landschaften, doch zum Schluss kommen wieder die Lieder. Christliche Lieder, Soldatenlieder aus der Besatzungszeit, reihenweise Banalitäten.

Ich habe einmal gedacht, in meinem Zimmer meine Instinkte so anspannen zu können, dass das Gewebe reißt, die Haut platzt, Blut an die Wand spritzt und schließlich alle Dämme brechen. (Genau wie der Soldat, der sich die scharfe Granate vor den Bauch hält.) Doch dafür hat man Türen gemacht, und deshalb laufe ich immer weg.

›Jetzt treibst du es doch ein wenig zu bunt, Frans!‹

Dennoch hatte ich vor nicht allzu langer Zeit den Plan, den ich früher schon einmal umgesetzt habe. Ich wohnte da; ich hatte ein Zimmer auf dem Spitzboden. Schließlich habe ich den Schrank und den Tisch auf die Luke gestellt: Ich will sie nicht mehr sehen, ich gehe hier nie mehr weg. Unter allerhand Bedrohungen habe ich dort ungefähr anderthalb Tage verbracht. Dann hatte ich solch einen Hunger, dass ich herausgekommen bin.

Es ist das Prinzip der Säulenheiligen. Doch denen steckte man Lebensmittel zu.

Denn was will ich? Ich kann das Schloss so einstellen, dass es sich von außen unmöglich öffnen lässt. Ich kann die Tür noch zunageln, und den Schrank davor. Sie müssen das Schloss kaputt schießen, die Fenster einschlagen, aber dann ist es immer noch unmöglich hereinzukommen, denn der Schrank ist an der Tür festgenagelt. Von der anderen Seite wird die Leiter vor mein Fenster gedreht, doch ich werfe mit Flaschen, Stuhl und Tisch. Sobald trotzdem jemand vor dem Fenster auftaucht, werde ich mit den Pfeilen drohen, die ich hier habe, und in der Aufregung nicht aufhören zu schießen. Die Tür wird dann wieder bearbeitet werden, und mit Äxten werden sie versuchen, eine Öffnung ins Zimmer hineinzuschlagen. Aber ich stehe mit einem gespannten Bogen vor der Öffnung. Dennoch kommt einer durch. Ich schieße. Er taumelt mit einem Schrei zurück; ein Pfeil in seinem Bauch. Eine Tränengasgranate wird ins Zimmer geworfen. Ich hebe das Ding mit einer Büchse vom Boden auf und werfe es aus dem Fenster. Ich höre Schreie von Menschen, die sich unten versammelt haben. Vom Flur aus wird auf meine Beine geschossen. Schnell richte ich das Bett auf und verschanze mich dahinter. Der Bogen ist wieder gespannt. Niemand wagt sich hinein. Plötzlich greift mir von hinten jemand in die Haare. Es ist ihnen inzwischen gelungen, über die Leiter bis an mein Fenster zu kommen. Sofort nehme ich den Pfeil und steche wahllos nach hinten. Doch der Pfeil wird mir aus den Händen gewunden. Noch immer hält er mich an den Haaren fest. Während ich mich ein wenig umdrehe, schlage ich ihm mit dem Bogen ins Gesicht. Er bückt sich. Er fällt fast hin, lässt aber nicht los. Als ich das Gepolter im Zimmer höre, ist es schon zu spät. Man greift nach meinen Händen, dreht meine Arme nach hinten, und ich bin verloren. Ich liege mit gefesselten Händen und Füßen da. Ich schreie. Zwischen den anderen steht neben mir ein schrecklich großer Dr. van der Meer. Er öffnet meine Hose und gibt mir eine Spritze in den Schenkel.

Endlich mit Gewalt überrumpelt.

Neulich bin ich mit Pfeil und Bogen nach Heemstede gefahren. Ich hatte einen Brief an den Pfeil geklebt. Auf der gegenüberliegenden Seite der dunklen Allee lege ich an. Ich schieße: Tack (das ist doch das Geräusch eines einschlagenden Pfeils), mitten in van der Meers Tür. Das kommt davon, wenn er mich in seinem Auto verfolgt.

Doch jetzt ist es genug. Was denkt ihr, soll ich doch mal vorbeikommen? Auf jeden Fall freundliche Grüße. Frans.«

*

»Ich habe einen Brief von Frans Veen bekommen«, sagte Beerta. Er stand vor dem Ofen mit den Händen auf dem Rücken und sah zu Maarten hinüber, der am Tisch hinter seiner Schreibmaschine saß.

»Ich auch«, sagte Maarten. Er spannte eine Karteikarte in die Schreibmaschine.

»Er fragt sich, ob er homo-s-sexuell ist«, er blinzelte nervös, »schreibt er dir das auch?«

»Nein. Ich glaube es zumindest nicht.«

»Weißt du das nicht?«, fragte Beerta erstaunt.

»Es war ein so langer Brief«, entschuldigte sich Maarten. Er wollte sich wieder ans Tippen machen, wartete aber aus Höflichkeit.

»Mit dem Burschen ist doch etwas nicht in Ordnung. Der Junge hat etwas.«

Maarten reagierte darauf nicht.

»Ich habe mal gehört, dass Homo-s-sexuelle einen Mutterkomplex haben«, er wippte auf den Zehen, »hast du davon schon mal gehört?«

»Ja«, sagte Maarten unwillig.

»Karel kann Männer mit einem Mutterkomplex nicht ausstehen. Männer mit einem Mutterkomplex findet er schrecklich. Darum kann er auch seinen Schwager nicht leiden. Sein Schwager hat einen Mutterkomplex. Der geht jedes Mal zu seiner Mutter, die drei Häuser weiter wohnt, und sagt, dass seine Mutter viel besser kocht, obwohl Karels Schwester doch wirklich sehr gut kocht. Aber es ist dennoch eine glückliche Ehe.«

»Oh.« Maarten sah Beerta an. Er wollte arbeiten, das Thema gefiel ihm nicht.

»Ich wiederum habe beispielsweise einen Schuhkomplex«, fuhr Beerta fort, ohne sich um Maartens Ungeduld zu scheren. Er hob eine Augenbraue. »Das Erste, was ich morgens mache, ist meine Schuhe anzuziehen, das Letzte am Abend, sie wieder auszuziehen. Pantoffeln sind nichts für mich. Ich habe zwar einen Fußsack gehabt, von meiner Mutter, doch da waren die Motten drin, den hat die Haushaltshilfe dann weggeworfen.«

»Ja, das kommt vor«, sagte Maarten. Er sah zur Seite, weil die Tür aufging. De Bruin kam herein.

»Guten Morgen, meine Herren«, sagte de Bruin.

»Tag, de Bruin«, sagte Beerta.

Maarten sagte nichts, weil er de Bruin schon gesehen hatte.

»Schauen Sie mal, Herr Beerta«, er hatte die Post dabei, »wir kriegen doch von der Druckerei Holland immer zwei Kalender. Einen für Sie und einen für Frau Haan?«

»Ja«, sagte Beerta. Er nahm die Umschläge von de Bruin.

»Und jetzt hat Slofstra auch noch um einen für sich gebeten, sehen Sie mal.« Er zeigte auf die Adresse. »An Herrn D. Slofstra! Das geht doch nicht! Dann kann der doch besser in meinem Zimmer hängen! Man kann doch nicht einfach so etwas für sich bestellen?«

Beerta sah sich die Adresse an und spitzte die Lippen. »Hat Slofstra den Kalender schon gesehen?« Er blickte de Bruin verschmitzt an.

»Nein, Herr Beerta. Ich hab' ihn gerade in der Post gefunden.«

»Dann kannst du einen behalten, aber das darfst du Slofstra nicht erzählen, denn sonst gibt es wieder Ärger.«

»Ja, Herr Beerta.«

Gemeinsam zogen sie die Kalender aus den Umschlägen, die de Bruin in den Papierkorb neben Beertas Schreibtisch stopfte. »Vielen Dank«, sagte er noch und verließ mit seinem Kalender den Raum.

»Slofstra geht manchmal ein bisschen zu weit«, fand Beerta, »das sollte er nicht tun, denn das kann de Bruin nicht haben.« Er legte die beiden anderen Kalender auf seinen Schreibtisch und drehte sich erneut zu Maarten um. »Gestern war ich auf einer Versammlung der Kirchenhistorischen Gesellschaft – du weißt, dass ich da Mitglied bin?«

Maarten hörte mit dem Tippen auf. »Nein.«

»Ich bin Mitglied der Kirchenhistorischen Gesellschaft«, wiederholte Beerta, während er auf ihn hinabsah, »und da hat ein Professor über das Wunder von Nicäa gesprochen. Weißt du, was das ist?«

»Nein.«

»Deine Kenntnis der Kirchengeschichte ist nicht sehr beeindruckend. Na ja, als ich so alt war wie du, hätte ich es vielleicht auch nicht gewusst.« Er sah Maarten ironisch an. »Auf dem Konzil von Nicäa zählte man bei den Abstimmungen jedes Mal dreihundertneunundzwanzig Stimmzettel, obwohl es nur dreihundertachtundzwanzig Stimmberechtigte gab. Hast du wirklich nie davon gehört?«

Maarten schüttelte den Kopf.

»Dreihundertneunundzwanzig!«, wiederholte Beerta. »Sie zählten wieder und wieder, aber es waren tatsächlich dreihundertneunundzwanzig. Und da kam plötzlich jemand auf die Idee, dass der Heilige Geist mit abgestimmt hätte.« Er schwieg einen Moment, um es zu Maarten durchdringen zu lassen. »Und das Interessante ist, so merkwürdig es auch klingt, dass wir das jetzt alle glauben.«

»Merkwürdig.« Er fühlte eine unerklärliche, ohnmächtige Wut in sich aufsteigen und hatte Mühe, sie zu verbergen. Um deutlich zu machen, dass er arbeiten wollte, sah er in sein Buch.

»Sehr merkwürdig«, bestätigte Beerta. Er sah zur Tür.

Slofstra betrat den Raum. »Herr Beerta!«, sagte er mit seiner lauten, näselnden Stimme. »Kann ich Sie grad mal stören? Hier ist Frau Moederman!« Er drehte sich zu einer Person um, die noch in Fräulein Haans Zimmer stand. »Kommen Sie nur rein!« Er sah wieder zu Beerta. »Frau Moederman kommt zu uns wegen der Korrespondentenadministration, weil ich das nicht kann!«

»Lass Frau Moederman nur herein«, sagte Beerta. Frau Moederman war eine schon etwas ältere Frau mit einem freundlichen, runden, etwas sorgenvollen Gesicht.

»Ich bin Beerta«, sagte Beerta steif. Er gab ihr die Hand.

»Tag, Herr Beerta.« Sie wackelte leicht mit dem Kopf.

»Sie wollen also hier arbeiten.«

»Ja, Herr Beerta.«

»Und Frau Haan hat Ihnen gesagt, was man von Ihnen erwartet?«

»Ja, Herr Beerta.«

In der Zwischenzeit hatte Slofstra die Umschläge im Papierkorb entdeckt. Er zog sie heraus, weil es hübsche Umschläge waren, und sah dann, dass einer an ihn adressiert war. »Sieh mal an«, unterbrach er das Gespräch zwischen Beerta und Frau Moederman, »der ist für mich! Das ist der Kalender der Druckerei Holland.«

»Ja«, sagte Beerta und richtete sich ein wenig auf, »aber den haben wir Ihnen nicht gegeben, denn Sie verlangen manchmal etwas zu viel. Ein Beamter im Dienst darf nichts für sich selbst verlangen!«

»Das weiß ich«, antwortete Slofstra gehorsam.

»Und dennoch tun Sie es gelegentlich.«

»Ja, Herr Beerta.«

»Gut, dann lassen Sie sich das gesagt sein.«

»Danke.« Er sah auf den Umschlag. »Darf ich den Umschlag denn haben?«

»Soweit es mich betrifft, dürfen Sie auch den Kalender haben. Aber dann müssen Sie ihn sich von de Bruin holen, denn der hat ihn jetzt.«

»Wenn de Bruin ihn gern haben will, darf er ihn behalten«, sagte Slofstra großmütig.

Während der ganzen Zeit hatte Frau Moederman etwas geistesabwesend danebengestanden, als sei sie mit ihren Gedanken woanders.

»Haben Sie Herrn Koning schon kennengelernt?«, fragte Beerta und wandte sich ihr wieder ganz zu.

»De Bruin ist doch ein Esel«, sagte Beerta, als Frau Moederman und Slofstra den Raum wieder verlassen hatten. »Er hätte die Umschläge natürlich vernichten müssen. Ich werde ihm das noch mal sagen.«

»Diese Frau Moederman macht jetzt also die gesamte Korrespondentenadministration?«, fragte Maarten.

»So ist es geplant.«

»Sie ist also auch für Slofstra zuständig?«

»Ja, soweit es um die Korrespondentenadministration geht.«

»Und Nijhuis?«

»Nijhuis schafft das nicht, jetzt, wo er nur ein paar Stunden am Tag arbeitet. Nijhuis ist ein Problem.« Er sah Maarten ernst an, wobei er zu überlegen schien, ob er dem noch etwas hinzufügen sollte. »Was ich dir jetzt erzählen werde, ist streng sub rosa«, sagte er langsam, »aber van der Haar hat vor, Nijhuis dienstunfähig schreiben zu lassen.«

*

»Herr Koning!«, sagte Slofstra laut, als Maarten durch den ersten Raum kam. »Ich habe wegen meiner Hochzeit einen Brief von Herrn van der Haar bekommen! Möchten Sie ihn lesen?« Er hielt ihn hoch.

»Natürlich möchte ich ihn lesen«, sagte Maarten. Er ging zwischen den Schreibtischen von Meierink und Frau Moederman zu Slofstra hinüber und nahm den Brief. Während er ihn auseinanderfaltete, sah Slofstra abwartend zu, als wollte er den Brief selbst lesen. Der Brief enthielt, wie es in amtlichen Schreiben üblich war, keine Anrede. Dort stand: »Namens des Personals des Hauptbüros habe ich die Ehre, Ihnen viel Glück bei der von Ihnen beabsichtigten Trauung mit Frau G. Straat zu wünschen, die am Donnerstag, den 11. Januar, um 15.30 Uhr in der Reformierten Kirche in Zaandam stattfindet. N.N. van der Haar, Direktor«.

»Ein herzlicher Brief«, sagte Maarten ironisch.

»Geht so«, sagte Slofstra, plötzlich nicht mehr interessiert.

»Er hat ihn von Fräulein Voshardt tippen lassen. Schauen Sie nur.« Er faltete den Brief wieder auseinander und zeigte Maarten das Kürzel oben im Briefkopf. »Das V steht für Voshardt!«

»Ich sehe es.« Er wandte sich ab, lächelnd, und begegnete Nijhuis' Blick, der an dem Schreibtisch neben Slofstra saß und zugesehen hatte.

»Ich habe auch einen Brief von van der Haar bekommen«, sagte Nijhuis und schob Maarten einen Brief hin.

Auch dieses Schreiben hatte keine Anrede: »Hiermit teile ich Ihnen mit, dass wir beabsichtigen, Sie im Zusammenhang mit Ihrer gesundheitlichen Verfassung noch einmal amtsärztlich untersuchen zu lassen. Widerspruch gegen diese Entscheidung ist nach dem geltenden Verfahren schriftlich innerhalb einer Woche bei mir einzureichen. N. N. van der Haar, Direktor«.

Maarten las sich den Brief zweimal durch, bevor er ihn Nijhuis zurückgab. »Und was jetzt?« Er fühlte sich unbehaglich, weil Beerta ihn bereits informiert hatte. Hinter ihm hatte Slofstra den Telefonhörer abgenommen. »Sie sprechen mit Slofstra«, hörte Maarten ihn sagen. »Spreche ich mit dem Schreibwarengeschäft Dijkstra?«

»Das akzeptiere ich natürlich nicht«, sagte Nijhuis. Er wirkte angespannt und völlig erschöpft. Er war noch magerer geworden.

»Ich bin Pensionsgast bei Frau Groen«, sagte Slofstra. »Ich habe drei Jahre bei ihr gewohnt, gehe dort aber im Zusammenhang mit meiner Hochzeit am 1. Februar weg.«

»Du willst nicht ausgemustert werden«, stellte Maarten fest.

»Nein, ich möchte weiter arbeiten«, sagte Nijhuis.

»Frau Groen hat eine Anzeige bei Ihnen ins Fenster gehängt«, sagte Slofstra. »Darauf hat sich jemand gemeldet. Und nun hat sie mich gebeten, Sie zu bitten, die Anzeige aus dem Fenster zu entfernen, weil die Leute sonst umsonst kommen. Würden Sie dafür sorgen?«

Maarten schmunzelte.

»Es stimmt auch nicht«, sagte Nijhuis.

»Danke«, sagte Slofstra und drückte den Hörer kräftig auf die Gabel.

»Nach dem Beamtenreglement dürfen sie mich erst nach anderthalb Jahren zur Untersuchung schicken, und nach dem Rentengesetz sind sie dazu erst nach drei Jahren verpflichtet, aber nur, wenn man in diesen drei Jahren nicht zur Arbeit erschienen ist.«

Maarten setzte sich auf die Ecke des Schreibtisches von Slofstra. »Wer könnte dahinterstecken?«

Nijhuis zuckte mit den Achseln. »Van der Haar.«

»Welches Interesse hätte er daran?«

»Wenn die Buchhaltung nicht in Ordnung ist, muss er es ausbaden.«

»Und die ist nicht in Ordnung.«

»Ich bin natürlich im Rückstand.«

Maarten nickte.

Nijhuis zog eine Schreibtischschublade auf und reichte Maarten ein Blatt Papier. »Das ist der Entwurf.«

Der Brief war nicht an van der Haar, sondern an den Verwaltungsrat des Hauptbüros gerichtet. Nijhuis nahm darin Bezug auf van der Haars Schreiben. Er wies darauf hin, dass im Beamtenreglement ein Zeitraum von anderthalb Jahren genannt werde, während er erst ein Jahr und drei Monate krank sei und seine Arbeit inzwischen teilweise wieder aufgenommen habe. Und er drückte seine Enttäuschung darüber aus, dass die Entscheidung, ihn erneut amtsärztlich untersuchen zu lassen, von einem Direktor getroffen worden war, der selbst oft krank sei und deshalb verstehen müsse, was eine solche Maßnahme für einen Menschen bedeute. Unterschrieben: T. Nijhuis.

»Sehr gut«, sagte Maarten, während er den Brief zurückgab. Vor allem der letzte Satz befriedigte die bei ihm wachgerufenen Rachegefühle.

»Ich werde mal mit Beerta darüber sprechen.«

Beerta saß an seinem Schreibtisch.

»Nijhuis hat einen Brief von van der Haar bekommen«, sagte Maarten.

Beerta drehte sich um. »Das habe ich dir erzählt.« Er legte seine Brille weg.

»Aber Nijhuis sagt, dass sie ihn überhaupt nicht amtsärztlich untersuchen lassen dürfen, weil das laut Beamtenreglement erst nach anderthalb Jahren passieren darf. Und sogar dann ist es noch nicht nötig.«

Beerta war bleich geworden. »Dann haben sie mich hereingelegt.«

»Was haben sie denn gesagt?«

»Swenker hat mir einen Paragrafen vorgelesen, aus dem hervorgeht, dass es sein muss.«

»Was war das denn für ein Paragraf?«

»Das weiß ich nicht«, sagte Beerta aufgebracht. »Er hat die Papiere wieder mitgenommen.« Er sah Maarten fest an. »Sie haben mich reingelegt!«

»Jedenfalls wird Nijhuis Widerspruch einlegen«, er setzte sich an seinen Schreibtisch, »dann wird es damit also wohl nichts werden.«

Beerta antwortete nicht darauf. Er blieb noch einen Moment Maarten halb zugewandt auf seinem Stuhl sitzen und sah ihn an, bevor er sich ebenfalls wieder an die Arbeit machte.

*

Am Tag, als Slofstra den Bund der Ehe schloss, wehte ein Sturm aus Nordwesten, der im Laufe des Nachmittags Windstärke zehn erreichte. Sie waren zu fünft: Balk, Meierink, de Gruiter, Hendrik und Maarten. Nijhuis hatte wegen des Sturms von seinem Vorhaben mitzugehen, absehen müssen, Beerta musste zu einer Sitzung, Fräulein Haan war noch im Urlaub, van Ieperen machte nie mit, Frau Moederman war noch nicht lange genug da, und de Bruin fand, dass er das Büro nicht unbeaufsichtigt lassen konnte.

Vom Bahnhof aus liefen sie gegen den Wind ankämpfend durch einen kleinen Park und an einer kleinen Gracht entlang zu der alten Kirche im Herzen Zaandams. Die Straße war ausgestorben. Alles klapperte, quietschte und knarrte. Die kahlen Bäumchen und Sträucher peitschten im Wind hin und her, Papier wurde vom Sturm hoch in die Luft getrieben, zwischen pfeilschnell vorbeiwischenden Möwen hindurch. Als sie bei der Kirche ankamen, fuhr gerade der Hochzeitszug vor, ein Hochzeitswagen mit einem Begleitfahrzeug und ein gewöhnliches Auto. Die Autos stoppten am Rande des Platzes. Slofstra stieg aus, sah sie sofort und hob die Hand. Er rief auch etwas, doch das war im Wind nicht zu verstehen. Außerdem verlor er im selben Moment seinen Hut, griff vergebens danach und rannte ihm dann hinterher. Der Hut rollte im Sturm auf der Krempe zur anderen Seite des Platzes, wo er von einem Zuschauer aufgefangen wurde. Inzwischen waren Frau Slofstra und der Rest der Familie aus den Autos gestiegen und standen mit flatternden Mänteln im Wind, um auf ihn zu warten. Slofstra kam, gegen den Wind gebeugt, vergnügt zurück, mit dem Ärmel seines Mantels den Hut abputzend. Er fasste seiner Frau plötzlich um die Taille, mit dem Hut in der Hand, und schob sie wie eine Schubkarre gegen den Sturm zur Kirche. Sie protestierte kreischend und versuchte, sich von ihm loszumachen, doch er hatte sie fest im Griff und ließ sie erst frei, als sie die Kirche betraten. Seine Kollegen folgten ihm, hinter der Familie und zwischen einer Handvoll interessierter Zuschauer. Im Kircheninnern verursachte der Sturm einen ohrenbetäubenden Lärm. Er schlug gegen die Fenster und ließ die Dachpfannen klappern. Der hohe, dämmrige Kirchenraum wirkte wie eine Trommel, in der die Worte des Pfarrers und das Singen der Psalmen verloren gingen. An der Spitze dieses Getöses saß Slofstra, aufrecht und offenbar nicht beteiligt an dem, was um ihn herum geschah.

Im Konsistorialzimmer bestand Gelegenheit zum Gratulieren. Sie schlossen sich zu fünft der kleinen Schlange an und warteten, bis sie an der Reihe waren. Auf einem großen, auf Hochglanz polierten Tisch standen wie bei einer Beerdigung Tassen mit Kaffee und kleine Teller mit Kuchenstücken, die den Leuten, die ihre Glückwünsche übermittelt hatten, von zwei älteren Frauen in Sonntagskleidern gereicht wurden.

»Und das ist Herr Koning«, sagte Slofstra zu seiner Frau, als Maarten an der Reihe war. »Wenn Herr Beerta nicht da ist, ist Herr Koning der Chef.«

»Dann ist de Bruin der Chef«, korrigierte Maarten. Er gab Frau Slofstra die Hand. »Tag, Frau Slofstra, meine Glückwünsche.«

»Frau Dijk-Straat«, sagte sie, bevor Maarten zu Ende gesprochen hatte. Sie war blondiert, hatte dunkle Ringe unter den Augen und sprach ihren früheren Namen übertrieben vornehm aus. Slofstra musste herzlich lachen. »Der ist gut!«, rief er. »Ja, das würde de Bruin so passen!«

»Sie haben einen guten Mann bekommen«, sagte Maarten. Die Situation machte ihn verlegen.

»Glauben Sie?«, fragte sie zögernd.

»Ich werde Sie mal meiner Schwester und meinem Schwager vorstellen«, sagte Slofstra und fasste Maarten am Arm.

»Aber Sie müssen doch hierbleiben?«, sagte Maarten.

»Egal! Das regelt sich schon!« Er nahm ihn mit an das Ende der Reihe, wo ein älteres Ehepaar stand, eine kräftige Frau in einem dunkelblauen Kostüm sowie ein stämmiger, pompös wirkender Mann in einem Westenanzug. »Das ist Herr Koning«, sagte Slofstra zu ihnen.

»Und das hier sind meine Schwester und mein Schwager«, sagte er zu Maarten. »Mein Schwager heißt Balk. Genau wie Herr Balk.«

»Balk!«, sagte der Mann. Er gab Maarten die Hand. »Angenehm, Sie kennenzulernen.«

»Mein Schwager ist Dezernent bei der Stadt Utrecht«, erläuterte Slofstra.

»Das weiß ich«, sagte Maarten.

»Das wussten Sie?«, fragte der Mann interessiert.

»Ihr Schwager hat es mir einmal erzählt.«

Der Mann verstand. Sein Interesse sank schlagartig.

»Sie kommen doch noch auf den Empfang?«, fragte Slofstra. »Herr Balk, Herr Meierink und Herr de Gruiter sind verhindert.«

Die Einladung überrumpelte Maarten. »Wo ist denn der Empfang?«, fragte er, um Zeit zu gewinnen.

»Im Haus meiner Frau. Sonst ist niemand vom Büro da!«

Maarten überwand sein Zögern. »Gut, aber ich bleibe nicht lange.«

»Dann sehe ich Sie nachher«, sagte Slofstra zufrieden und entfernte sich von ihnen.

»Sie arbeiten auch im Büro von Herrn Beerta?«, fragte Slofstras Schwager.

»Ja«, sagte Maarten. Er suchte mit seinen Blicken nach Hendrik und entdeckte ihn mit einer Tasse Kaffee und einem Stück Kuchen in der Hand.

»Mein Schwager hat mir davon erzählt. Es scheint mir eine interessante Arbeit zu sein, die Sie dort machen.«

»Ja«, stimmte ihm seine Frau zu.

»Was machen Sie dort genau?«, fragte der Mann. »Denn aus den Erzählungen meines Schwagers werde ich nicht ganz schlau.«

Maarten sah ihn an. Er wollte diese Leute loswerden, wusste aber nicht, wie. »Ich beschäftige mich unter anderem mit Erzählungen über Wichtelmännchen.« Das entsprach längst nicht mehr der Wahrheit, doch die Erfahrung hatte ihn gelehrt, dass diese Antwort bei Außenstehenden den gewünschten Effekt erzielte.

»Erzählungen über Wichtelmännchen …«, wiederholte der Mann überrascht.

»Merkwürdig, dass es an solchen Dingen auch Interesse gibt«, sagte seine Frau.

»Und auch mit Mittelchen gegen Warzen und den Schluckauf und Ähnliches«, fügte Maarten hinzu.

»Und darüber schreiben Sie eine Doktorarbeit? Oder sind Sie etwa schon promoviert?«

»Nein, ich bin nicht promoviert.« Ob er eine Doktorarbeit schrieb, ließ er im Ungewissen. Das Gespräch bedrückte ihn. »Wissen Sie, wo das Haus Ihrer Schwägerin ist?«

»Das ist ein ganzes Stück außerhalb Zaandams«, antwortete der Mann. »Am Deich. Sie können mit uns mitfahren.«

»Nein, ich laufe lieber. Ich sitze sowieso schon viel zu viel drinnen«, entschuldigte er sich.

Hendrik begleitete ihn. Auf dem Deich kam der Wind schräg von vorn. Sie kämpften unter einem schmutziggrauen Himmel, der von dunklen Wolken durchzogen wurde, schräg vornüber gebeugt gegen den Sturm an, ohne etwas zu sagen. Bei den Häusern, an denen sie vorbeikamen, klapperte und knarrte es, ein Mülleimer rollte über die Straße und blieb am Bordstein bei einem Laternenpfahl liegen, auf der Straße selbst lagen abgebrochene Äste, der Wind heulte in den Telegrafendrähten über ihren Köpfen. Das Haus von Frau Slofstra lag weit außerhalb des bebauten Gebiets, in einer kleinen Häuserreihe, dort, wo der Deich eine leichte Biegung machte. Dahinter lag das flache Polderland mit Tümpeln und Gräben, darüber hingen dunkle Wolken, die hoch über dem Haus hinwegtrieben. Drinnen hatte man das Licht angemacht, die Fenster waren beschlagen. Als sie vor der Tür standen, im Windschatten des Hauses, und darauf warteten, eingelassen zu werden, sah Maarten durch die beschlagenen Fenster auf der Fensterbank Blumengestecke stehen und dahinter, vage, menschliche Schemen. Ein Mann, ungefähr in ihrem Alter, der auch in der Kirche gewesen war, öffnete ihnen und stellte sich als Jan Dijk vor. Sie legten ihre Mäntel auf einen großen Haufen in der Ecke der Diele und folgten ihm ins Innere. Als sie eintraten, erhob sich Slofstra, der mit seiner Frau an einem Tisch mit dem Rücken zum Fenster saß, von seinem

Stuhl. »Darf ich einen Moment um Ruhe bitten?«, rief er mit lauter Stimme. Der Raum war voller Menschen, die entlang der Wände auf ihren Stühlen saßen und sich unterhielten. Das Stimmengewirr legte sich. »Bei den Herrschaften, die soeben hereingekommen sind, handelt es sich um die Herren Koning und Ansing von meinem Büro! Herr Koning ist mein Chef! Guten Tag, meine Herren!« Er setzte sich wieder. Die Unterhaltungen wurden wieder aufgenommen. Maarten und Hendrik suchten sich einen Stuhl. Neben Slofstras Schwager war noch einer frei. Maarten tat so, als sähe er ihn nicht, doch der Mann war bereits halb aufgestanden und machte eine einladende Handbewegung, sodass er, um nicht unhöflich zu sein, schließlich doch neben ihm Platz nahm.

»Es war sicher ein ziemlich langer Spaziergang«, sagte der Mann.

»Ja.« Er betrachtete das Tablett mit Getränken, das ihm ein Mädchen hinhielt, und nahm einen Schnaps herunter. »Danke.«

»Ich bin Grietje Dijk«, sagte sie und wurde rot. Sie ähnelte ihrer Mutter, doch es schien, dass das Leben sie noch nicht verbittert hatte.

»Es war sicher ein ziemlich langer Spaziergang«, wiederholte der Mann neben ihm, offenbar in der Annahme, dass Maarten ihn nicht gehört hätte.

»Es ging«, antwortete Maarten, um einmal etwas anderes zu sagen.

Slofstra saß, den Arm um seine Frau gelegt, auf der Lehne ihres Stuhls. Er trug eine weiße Blume im Knopfloch und sah geistesabwesend in den Raum, während sich seine Frau mit den Leuten in ihrer Nähe unterhielt. Auf dem Tisch vor ihnen standen Blumengestecke und leere Tassen. Überall wurde gesprochen.

»Meine Frau und ich haben uns oft Sorgen um meinen Schwager gemacht«, sagte Slofstras Schwager in dem Lärm. »Er ist ein bisschen kindlich.«

»Er ist ein feiner Kerl«, antwortete Maarten.

»Und nach dem Tod seiner Mutter hat er eine sehr schwere Zeit durchgemacht.«

»Davon habe ich gehört.«

»Ja, das posaunt er überall herum«, sagte der Mann missmutig. »Er weiß absolut nicht, was er erzählen darf und was nicht.«

»Ich finde das nett an ihm«, versicherte Maarten und sah ihn dabei kurz an.

»Darum sind wir froh, dass er es doch noch so gut getroffen hat, mit seiner Arbeit und jetzt mit seiner Ehe.«

Ein Mann mit einem Fotoapparat war aufgestanden. Slofstra sah es, zog seine Frau zu sich heran und wollte ihr einen Kuss geben. Doch sie stieß ihn von sich. »Lass das«, rief sie schnippisch. Es wurde gelacht. Die Aufmerksamkeit richtete sich auf das Brautpaar.

»Ich darf dir doch wohl einen Kuss geben?«, rief Slofstra. Er versuchte erneut, sie an sich zu ziehen, doch sie hielt ihn auf Distanz. »Dann nicht«, sagte er resigniert und blickte in die Linse. Im selben Moment leuchtete das Blitzlicht auf. »Fertig!«, rief der Fotograf. »Sie will nicht geküsst werden«, erläuterte Slofstra und sah in den Raum. »Wer nicht will, der hat schon, sage ich da nur.«

»Schrecklich«, sagte Maarten, als Hendrik und er wieder auf dem Deich standen. »Was für eine Ehe!« Inzwischen war es dunkel geworden. Vor ihnen sah man in einer leichten Wegbiegung das Licht der Straßenlaternen.

»Ach«, sagte Hendrik, »ich fand sie ganz nett.«

»Es ist doch klar, dass sie diesen Mann nicht liebt! Sie heiratet ihn nur, um einen Mann im Haus zu haben!«

»Man muss sich doch nicht unbedingt lieben, um verheiratet zu sein!«

»Warum heiratet man dann?«

»Weil man sonst allein ist.« Sie schritten voran, den Wind schräg im Rücken. »Ich glaube, dass Slofstra ziemlich einsam ist.«

»Dann soll er doch zu den Huren gehen.«

»Gehst du zu den Huren?«, fragte Hendrik und sah zur Seite.

»Nein.«

»Na denn!«

»Aber ich bin verheiratet.«

»Das ist Slofstra jetzt auch. Ich sehe wirklich nicht, was daran so schrecklich sein soll.«

Sie schwiegen. Im donnernden Getöse des Sturms, der über das flache

Land wehte, waren ihre Schritte nicht zu hören. Es gab keinen Verkehr. In den wenigen Häusern am Deich, an denen sie vorbeikamen, brannte hier und da Licht. Die Natriumlampen warfen einen fahlen Schein auf den Asphalt vor ihnen.

»Stell dir so ein Leben vor«, sagte Maarten. »Tagsüber eine Arbeit, die völlig sinnlos ist, und abends eine Frau, die dich lieber gehen als kommen sieht. Das nenne ich Einsamkeit.«

»Ich glaube nicht, dass Slofstra seine Arbeit sinnlos findet. Niemand von den Leuten im Büro findet sie sinnlos, glaube ich.«

»Aber sie ist sinnlos.«

»Kennst du eine Arbeit, die das nicht ist?«

Maarten dachte nach. »Was die Bauern tun, die wir besucht haben, finde ich nicht sinnlos.«

»Ein Leben lang in der Erde herumzukratzen?«, fragte Hendrik skeptisch. »Ich glaube nicht, dass ich das besonders toll finden würde.«

»Jedenfalls ist es ohne Anspruch.«

»Es hat den Anspruch, dass es Sinn hat. Und der Bauer, der pflügte in einem fort.«

Maarten schwieg. Er dachte, nicht zum ersten Mal, dass seine Abneigung vor allem der Angst vor dem entsprang, was endgültig war. Er fragte sich, wie dies bei Hendrik war, und erinnerte sich an das Gespräch mit Beerta über das Wunder von Nicäa. »Kennst du das Wunder von Nicäa?«, fragte er.

»Ja, klar.«

Die Antwort überraschte Maarten. »Das mit den Stimmzetteln?«

»Ja.«

»Glaubst du daran?«

»Nein, natürlich nicht.«

Die Antwort freute Maarten. »Beerta glaubt daran«, sagte er mit kaum verhohlener Aggression.

»Das sagt er«, erwiderte Hendrik skeptisch.

»Kannst du dir vorstellen, dass es mich wahnsinnig wütend gemacht hat, als er das sagte?« Er blickte zur Seite.

»Nein«, sagte Hendrik erstaunt. »Warum?«

»Weil ich darin dieselbe Feigheit spüre wie in dem Glauben der anderen an die Wissenschaft. Mich kann das wahnsinnig wütend machen. Aber dir geht es also nicht so?«

»Nein«, wiederholte Hendrik, »das ist mir zu extrem.«

*

»Ist Anton nicht da?«, fragte Nijhuis. Er blieb an Maartens Schreibtisch stehen.

»Nein«, sagte Maarten, »er ist in Arnheim.«

Nijhuis wandte sein Gesicht ab und sah zur gegenüberliegenden Gebäudeseite, wo van der Haar an seinem Schreibtisch saß. »Van der Haar hat mich angerufen. Er sagt, dass die Bitte, mich für dienstuntauglich erklären zu lassen, von Beerta ausgegangen sei.«

»Das kann nicht sein!« Maarten lehnte sich zurück und sah Nijhuis an.

»Er behauptet, dass er mir den Brief zeigen kann.«

Maarten brauchte einen Moment, die Mitteilung zu verarbeiten. »Ich werde ihn danach fragen.«

»Es ist mir eigentlich egal.« Er sah zu van der Haar hinüber. »Ich bin davon überzeugt, dass van der Haar dahintersteckt. Beerta hätte keinen Nutzen davon.«

»Ich werde ihn trotzdem fragen«, sagte Maarten.

»Ist noch was passiert?«, fragte Beerta, als er gegen halb fünf aus Arnheim zurückkam. Er legte die Tasche auf die Seitenablage seines Schreibtisches und drehte sich zu Maarten um.

»Ja«, sagte Maarten. Er legte seinen Stift hin und sah Beerta an. »Nijhuis hat einen Anruf von van der Haar bekommen.« Er wartete einen Moment, um seine Gefühle unter Kontrolle zu bringen. »Van der Haar sagt, dass die Bitte, ihn dienstuntauglich schreiben zu lassen, von Ihnen ausgegangen wäre.«

Beerta wurde blass. »Das ist schändlich!«, sagte er zornig. »Er lässt mich die Sache ausbaden! Das nehme ich ihm sehr übel!« Er sah Maarten fest an. »Das glaubst du doch nicht?«

»Er sagt, dass er ihm den Brief zeigen kann.«

»Das soll er mal machen! Darauf bin ich sehr gespannt!« Er wandte sich seinem Schreibtisch zu, drehte sich jedoch sofort wieder um. »Und wenn du das glauben würdest, würde ich es dir sehr übelnehmen!«

»Ich weiß nicht, was ich glauben soll.«

»Dann würde ich an deiner Stelle noch einmal gut darüber nachdenken!«

»Könnten Sie van der Haar nicht darauf ansprechen?«

»Ich denke nicht daran«, sagte Beerta gekränkt. »Ich spiele doch sein Spiel nicht mit.«

*

»Natürlich habe ich einen Brief unterschrieben«, sagte er am nächsten Morgen, als Maarten sich an seinen Schreibtisch gesetzt hatte. Mit schuldbewusstem Lächeln drehte er sich zu ihm um.

Maarten sah ihn an, unsicher, wie er darauf reagieren sollte.

»Aber ich habe ihn *nicht* gelesen!« Er sah Maarten aufrichtig an. »Das heißt, Swenker hat mir den Brief vorgelesen, und dann habe ich ihn unterschrieben, weil ich dachte, dass es schon seine Ordnung hätte. Aber wenn du mich jetzt fragen würdest, was darin stand, könnte ich es dir nicht sagen, denn Swenker hat ihn sofort wieder mitgenommen. Ich habe nicht einmal einen Durchschlag davon. Erzähl Nijhuis das ruhig.«

»Gut.« Er wusste nicht, was er davon halten sollte. Beerta sah ihn noch immer an, als ob er seine Gedanken erraten wollte, wandte sich ab und machte sich wieder an die Arbeit.

Eine knappe Stunde später stand Maarten auf und verließ das Zimmer. Fräulein Haan war aus dem Urlaub zurück. Er grüßte sie, ging an van Ieperen vorbei in den vorderen Raum und blieb am Schreibtisch von Nijhuis stehen: »Beerta hat tatsächlich einen Brief unterschrieben.«

Nijhuis zuckte mit den Achseln. »So etwas habe ich mir schon gedacht.«

»Aber ich glaube, dass er dich unterstützen wird, wenn es darauf ankommt.«

»Das glaube ich nicht. Aber das ist mir auch egal.«

Maarten zögerte noch einen Moment und ging dann weiter zum Materialmagazin. Mit ein paar Packen Karteikarten ging er hintenherum zurück, an Hendrik vorbei. »Beerta hat den Brief doch unterschrieben«, erzählte er.

Hendrik sah ihn an, ohne zu reagieren.

»Er hat ihn unterschrieben, ohne ihn gelesen zu haben. Swenker hat ihn vorgelesen.«

»Kann er dann nicht einen Brief an den Verwaltungsrat schreiben, dass es auf einem Missverständnis beruht?«

»Das habe ich nicht gefragt.«

»Ich finde das alles ziemlich merkwürdig.«

»Herr Koning!«, sagte Fräulein Haan und sah hoch, als er an ihr vorbei in sein Zimmer zurückgehen wollte – es zuckte nervös in ihrem Gesicht. »Was war das mit Nijhuis? Ich höre von van Ieperen, dass man da drüben vorhat, ihn zu entlassen?«

Hinter ihr zog van Ieperen eine Grimasse und schüttelte den Kopf.

»Sie wollen ihn noch einmal untersuchen lassen«, sagte Maarten, ebenfalls angespannt, »weil er so lange krank ist.«

»Aber er arbeitet doch schon wieder?«

»Er hat auch Widerspruch eingelegt.«

»Was sagt Herr Beerta dazu?«

»Der sagt, dass sie ihn hereingelegt hätten.«

Sie nickte. »Ich danke Ihnen.«

Er ging in sein Zimmer. Beerta legte den Hörer auf und drehte sich um. »Ich höre gerade von van der Haar, dass wir Asjes einstellen dürfen.«

»Jetzt schon?«

»Es scheint, dass du dich nicht mal darüber freust«, sagte Beerta gereizt.

»Doch, aber es ist zu früh.«

»Zu früh?«, fragte Beerta verstimmt. »Wann ist er denn mit seinem Studium fertig?«

»Frühestens in einem Jahr.«

»Das geht nicht! Dann soll er zusehen, dass er früher fertig wird.«

»Da kennen Sie Bart nicht!«

Die Tür ging auf.

»Wir sprechen noch darüber«, sagte Beerta und wandte sich ab.

Hendrik trat ein. »Herr Beerta!«, er blieb in der Tür stehen, richtete sich auf und knöpfte sein Jackett zu, »vielleicht mische ich mich in Dinge ein, die mich nichts angehen, aber können Sie nicht einen Brief an den Verwaltungsrat schreiben, dass man von der Nachuntersuchung bei Teun Nijhuis absieht?«

Beerta richtete sich ebenfalls auf und sah ihn streng an. »Du mischst dich in der Tat in Dinge ein, die dich nichts angehen!«

»Dessen bin ich mir bewusst, aber ich finde dennoch, dass ich mich für ihn einsetzen muss!«

Bevor Beerta antworten konnte, wurde die Tür erneut geöffnet, und Fräulein Haan betrat den Raum. »Redet ihr über Nijhuis?« Sie wandte sich Beerta zu. »Ich habe von Koning gehört, dass die von drüben Nijhuis noch einmal untersuchen lassen wollen?«

Beerta nickte. »Van der Haar will Nijhuis untersuchen lassen.«

»Aber das lässt du doch nicht zu, dass sie dir vorschreiben, was du zu tun und zu lassen hast? Dagegen wirst du doch etwas unternehmen? Wenn du es nicht willst, können sie doch nichts machen?«

»Das ist Angelegenheit des Verwaltungsrats«, antwortete Beerta steif.

»Und wenn sich der Verwaltungsrat nun irrt? Dann bist du doch derjenige, der das geraderücken muss?«

»Der Verwaltungsrat irrt sich nicht«, antwortete Beerta mit großer Entschiedenheit. »Mit einem so hervorragenden Juristen wie Pameijer ist das ausgeschlossen.«

»Und wenn sie sich nun doch einmal irren?«, bemerkte Hendrik. »Nijhuis sagt, dass sie ihn nicht einmal für eine Nachuntersuchung vorschlagen *dürfen*. Das verstoße gegen das Beamtenreglement.«

»Das werden sie dann schon selbst merken«, sagte Beerta zornig, »und ich finde, dass ihr euch da nicht einzumischen habt. Das ist eine Angelegenheit des Verwaltungsrats und des Direktors! Damit habt ihr nichts zu schaffen!«

»Und wenn wir finden, dass wir sehr wohl etwas damit zu schaffen haben?«, sagte Fräulein Haan.

»Dann fordere ich euch dennoch auf, den Raum zu verlassen!«, sagte Beerta mit vor Wut hochrotem Kopf. »Ich habe zu tun! Ich muss arbeiten! Ich habe keine Zeit für euch!«

»Wenn du nur nicht glaubst, dass sich die Sache damit für dich erledigt hat!«, sagte Fräulein Haan, während sie gefolgt von Hendrik den Raum verließ.

»Alle glauben hier, dass sie mit unbewiesenen Anschuldigungen kommen können«, sagte Beerta wütend, wobei er sich abwandte, »und dann fuchteln sie mit Paragrafen herum, die sie nicht einmal kennen! Ich will, dass das aufhört! Ich will arbeiten!«

Maarten hatte die ganze Zeit über geschwiegen. Er stand an seinem Schreibtisch und sah Beerta an. »Ich finde, dass Sie es schätzen sollten, dass Hendrik sich für Nijhuis einsetzt.«

»Ich schätze es nicht!«, sagte Beerta gereizt. Er zog seinen Stuhl wütend zu sich heran und setzte sich hin. »Ich habe mit van der Haar darüber gesprochen, und er hat mir versichert, dass alles seine Richtigkeit hat und er für Nijhuis tun will, was er kann, auch wenn ihn dieser Brief an den Verwaltungsrat natürlich schon sehr verletzt hat. Das war sehr unklug von Nijhuis! Und jetzt will ich nichts mehr davon hören!«

*

Es war früh. Nijhuis war noch allein.

»Kannst du mir mal diese Paragrafen aus dem Beamtenreglement und dem Pensionsgesetz zeigen?«, fragte Maarten, nachdem er die Tür des vorderen Raumes hinter sich geschlossen hatte. Nijhuis zog eine Schublade seines Schreibtisches auf und holte die beiden Broschüren heraus. Er schlug sie bei zwei eingelegten Papierstreifen auf und schob sie Maarten zu. Die betreffenden Paragrafen waren angestrichen.

Maarten legte seinen Apfel auf Nijhuis' Schreibtisch, zog einen Stuhl zu sich heran und begann, aufmerksam zu lesen. »Ja«, sagte er, als er damit fertig war. »Und das sind die Einzigen?« Er blätterte mit einer Hand im Beamtenreglement.

»Ja.«

»Darf ich mir die mal ausleihen?«

»Du kannst sie behalten. Ich habe noch mehr davon.«

Maarten schob sie zurück. »Dann behalte du die mit deinen Zetteln mal.«

Mit dem Apfel in der einen und den beiden Broschüren in der anderen Hand betrat er sein Zimmer. Slofstra stand vor dem Bücherregal und musterte grübelnd die Reihen.

»Tag, Herr Slofstra«, sagte Maarten.

»Tag, Herr Koning«, sagte Slofstra geistesabwesend.

»Suchen Sie etwas?« Er legte sein Brot in die Schublade.

»Ich suche ein Mittel gegen das Schnarchen.«

»Wofür brauchen Sie das?«

»Ich darf nicht bei meiner Frau schlafen, weil ich schnarche, und da dachte ich, dass Sie vielleicht ein Buch darüber haben.«

Die Bemerkung amüsierte Maarten, obwohl er zugleich Mitleid mit Slofstra hatte. »Die Bücher, die ich habe, werden Ihnen nicht weiterhelfen«, sagte er und ging zum Bücherregal. Er zog erst den *Bakker* und danach den *Van den Andel* heraus und schlug die Register auf. Über Schnarchen stand dort nichts. »Kennen Sie ein Mittel gegen das Schnarchen?«, fragte er Beerta, der den Raum betrat.

»Ich schnarche nicht«, antwortete Beerta.

»Ich darf nicht bei meiner Frau schlafen, weil ich schnarche«, erläuterte Slofstra.

»Das ist der Vorteil, wenn man Junggeselle ist«, meinte Beerta. »Nein, ich glaube nicht, dass es ein Mittel dagegen gibt.«

»Vielen Dank«, sagte Slofstra. »Guten Tag, meine Herren!« Er verließ den Raum.

Beerta kämmte sein Haar. »Bis so eine Frau mal zufrieden ist! Ich bin froh, dass ich nicht in Slofstras Haut stecke.«

Maarten nahm die Gesetzestexte von seinem Schreibtisch und wartete, bis Beerta seinen Taschenspiegel und den Kamm wieder eingesteckt hatte. »Ich habe hier das Beamtenreglement und das Pensionsgesetz.«

»Hört das denn nie auf?«, fragte Beerta verärgert. Er setzte sich.

»Sie müssen doch wissen, was Sie unterschrieben haben.«

Beerta streckte seine Hand aus. »Dann zeig mal her.«

Maarten schlug die Gesetze auf und zeigte auf die Paragrafen. Beerta las sie widerwillig. »Diese Paragrafen haben sie mir nicht vorgelesen. Wenn sie sie mir vorgelesen hätten, hätte ich niemals unterschrieben.« Er schob die Broschüren von sich weg.

»Es gibt keine anderen.«

»Die gibt es wohl. Und jetzt möchte ich, dass du die Sache auf sich beruhen lässt. Warte erst einmal ab, was der Verwaltungsrat tut. All dieses Misstrauen schafft nur ein unangenehmes Klima. Ich will nichts mehr darüber hören!«

*

»Maarten, hast du mal einen Moment Zeit?«, fragte Meierink, als Maarten nach der Mittagspause vorbeikam. Die anderen Schreibtische im Raum waren noch leer.

»Ja, natürlich«, sagte Maarten überrascht. Es war das erste Mal, dass Meierink ihn mit seinem Vornamen ansprach und ihn duzte, und er spürte schlagartig den Beginn einer Freundschaft.

»Du hast sicher davon gehört, dass sie Teun noch einmal untersuchen lassen wollen?« Er blickte Maarten über seine Brille hinweg an, sein Mund stand offen.

»Ja«, sagte Maarten verlegen. Jetzt, da Meierink ihn mit Maarten angesprochen hatte, suchte er nach einer Gelegenheit, um Geert zu sagen, aber »Ja, Geert« fand er doch reichlich komisch.

»Herr de Gruiter und ich haben einen Brief an den Verwaltungsrat aufgesetzt«, sagte Meierink träge. Er reichte Maarten das Papier. »Könntest du mal schauen, ob du damit einverstanden wärst?«

Maarten sah auf das Blatt. Es dauerte einen Moment, bevor er seine Gedanken ordnen konnte, noch befangen durch die unerwartete Intimität, danach las er sinngemäß, dass man den Verwaltungsrat bitte, den Zeitpunkt der Nachuntersuchung auf den letzten gesetzlich dafür festgelegten Termin zu verschieben. »Natürlich«, sagte er und gab das Papier zurück.

»Du würdest ihn so also auch unterschreiben?«

»Ja, warum nicht?« Es war ihm nicht klar gewesen, dass dies der Zweck des Ganzen war, doch nun, da er seine Zustimmung erteilt hatte, hatte es keinen Sinn, noch einmal darüber nachzudenken. Die Neigung, den Brief dann erst noch einmal lesen zu wollen, unterdrückte er sofort.

»Dann werde ich ihn auch den anderen vorlegen«, beendete Meierink das Gespräch.

Noch etwas verwirrt von diesem Wandel der zwischenmenschlichen Beziehung ging Maarten in sein Zimmer und setzte sich an den Schreibtisch. Es war still um ihn herum, dennoch war er unruhig. Er stand auf, ging zu Beertas Schreibtisch und rief Nicolien an. »Was machst du gerade?«, fragte er.

»Ich wollte einkaufen gehen.«

»Wie geht es Jonas?«

»Gut. Er liegt hier auf dem kleinen Bücherregal.«

»Meierink und de Gruiter haben wegen Nijhuis einen Brief an den Verwaltungsrat geschrieben.«

»Ach, wie nett.«

»Ja, nett.«

»Ich dachte, du fändest sie nicht so nett.«

»Nein, aber das hier finde ich nett.«

Es war einen Moment still.

»Was wirst du jetzt tun?«, fragte sie.

»Nichts. Arbeiten.«

Sie beendeten das Gespräch.

Eine halbe Stunde später ging die Tür auf. Fräulein Haan. »Herr Koning. Haben Sie auch den Brief von Meierink und de Gruiter gelesen?«

»Ja«, sagte Maarten und sah auf.

»Haben Sie dann einen Moment Zeit für eine Besprechung?«

»Ja, natürlich.« Er stand auf und folgte ihr in ihr Zimmer. Sie ging weiter in den ersten Raum.

Van Ieperen war hinter seinem Zeichentisch zum Vorschein gekommen und zuckte kichernd mit den Schultern. »Sie ist total verrückt geworden«, sagte er und tippte sich an die Stirn. Er streckte sich und äffte ihre Sprechweise nach. »Frau Direktorin.« Er kicherte nervös.

Hendrik saß bereits an dem langen Tisch in der Mitte des Raums. Als Maarten sich neben ihn setzte, kam de Gruiter durch die Hintertür herein.

Fräulein Haan saß am Kopfende des Tisches, Balk zu ihrer Rechten, Meierink und de Gruiter links von ihr. Neben Balk saßen Hendrik, Maarten und Slofstra, neben de Gruiter van Ieperen und Frau Moederman. Meierink teilte Durchschläge seines Briefes aus.

»Müssen wir auf de Bruin warten?«, fragte Fräulein Haan.

»De Bruin kommt gleich«, sagte Meierink. »Er macht gerade Tee.«

»Dann lasst uns anfangen. Haben alle den Brief gelesen?«

»Ich habe ihn gelesen!«, sagte Slofstra.

»Sind alle mit dem Inhalt einverstanden?« Sie blickte in die Runde.

»In dieser Form nicht«, sagte Balk barsch.

»Was hast du denn daran auszusetzen?« Es fiel Maarten auf, dass sie Balk duzte.

»Offiziell ist uns nicht mitgeteilt worden, dass Nijhuis zur Nachuntersuchung geschickt werden soll. Wir haben es *vernommen*!«

»Wir werden das ändern«, sagte Meierink. Er sah de Gruiter an.

»Doch, es ist uns *mitgeteilt* worden«, sagte de Gruiter.

»Davon weiß ich dann aber nichts«, sagte Balk, »und es würde mich in hohem Maße erstaunen! Warum sollte uns der Verwaltungsrat das mitteilen?«

Van Ieperen kicherte und zwinkerte Maarten zu.

»Der Verwaltungsrat hat es uns auch nicht mitgeteilt«, korrigierte de Gruiter förmlich. »Nijhuis hat es uns mitgeteilt.«

»Ja, Nijhuis!«, sagte Balk verächtlich. Er sah Fräulein Haan an. »Ich schlage also vor, die Passage zu ändern.«

»Wir werden sie ändern«, sagte Meierink.

»Und wenn du schon beim Ändern bist«, sagte Balk, »dann streich auch die ›hochgelehrten Herren‹ in der Anrede. In einem amtlichen Brief verwendet man keine Anrede, und außerdem ist zumindest einer der Verwaltungsratsmitglieder nicht ›hochgelehrt‹, sondern ›sehr gelehrt‹.«

»Ein Professor ist ›hochgelehrt‹, und ein Doktor ist ›sehr gelehrt‹«, bemerkte Slofstra. »Herr Balk ist ›sehr gelehrt‹. Das steht in meinem Kalender.« Er zog einen Taschenkalender aus der Tasche, suchte die Seite mit den niederländischen Titulaturen und hielt sie Maarten hin. »Schauen Sie selbst.«

»Ja«, sagte Maarten. »Ich weiß.«

De Bruin betrat den Raum mit einem Tablett, auf dem der Tee stand. »Der Tee!« Er ließ die Tür hinter sich offen, um die Klingel hören zu können. Während er die Tassen verteilte und den Tee einschenkte, wurde geschwiegen.

»Sind wir so weit?«, fragte Fräulein Haan ungeduldig, als de Bruin fast fertig war. »Gibt es noch jemanden, der etwas sagen möchte?«

»Ich schlage vor, die Nummern der Paragrafen im Beamtenreglement ebenfalls zu erwähnen«, sagte Hendrik.

»Sollten sie die nicht kennen?«, fragte Fräulein Haan.

»Darum geht es nicht«, sagte Balk entschieden. »Sie müssen erwähnt werden!«

»Haben Sie das notiert?«, fragte Fräulein Haan Meierink.

»Sollten wir nicht auch an das menschliche Mitgefühl der Verwaltungsratsmitglieder appellieren?«, fragte Frau Moederman, die leicht mit dem Kopf wackelte. »Es geht doch auch um den Menschen?«

»Unsinn!«, sagte Balk. »Dafür sind sie nicht angestellt worden!«

»Da bin ich anderer Meinung, Herr Balk«, sagte Frau Moederman.

»Weiß Nijhuis eigentlich von diesem Brief?«, fragte Fräulein Haan.

»Ja, Nijhuis weiß davon«, sagte Meierink.

»Ist es sicher, dass er nicht dienstuntauglich geschrieben werden will?«

»Mir hat er gesagt, dass er weiterarbeiten will«, sagte Maarten.

»Nijhuis glaubt, dass Herr van der Haar dahintersteckt!«, bemerkte Slofstra.

»Herr Slofstra, halten Sie sich doch da raus«, sagte Meierink gereizt.

»Ich darf doch sicher auch etwas sagen, wenn ich zu dieser Sitzung eingeladen worden bin!«, verteidigte sich Slofstra.

»Und was machen wir mit Herrn Beerta?«, fragte Fräulein Haan.

»Ich kann Herrn Beerta fragen, ob er den Brief auch unterschreiben will«, bot Maarten an.

*

»Wir haben einen Brief an den Verwaltungsrat geschrieben«, sagte Maarten am nächsten Morgen, nachdem Beerta sich an seinen Schreibtisch gesetzt hatte. Er stand auf und legte Beerta den Brief hin. »Vielleicht möchten Sie ihn auch unterschreiben?« Während dieser den Brief las, blieb er neben ihm stehen und wartete.

»Wer hat den Brief geschrieben?«, fragte Beerta, als er ihn gelesen hatte. Er sah mit starrem Gesichtsausdruck zu Maarten hoch.

»De Gruiter und Meierink.«

Beerta gab ihm den Brief zurück. »Das ist nicht besonders klug von den beiden. Ich habe den Brief nicht gesehen.«

»Warum ist das nicht klug?«, fragte Maarten verblüfft.

»Weil van der Haar es ihnen nicht danken wird.«

»Van der Haar weiß doch nicht, dass sie ihn geschrieben haben?«

»So etwas sickert durch. Und von dir, Hendrik und Balk finde ich es auch nicht klug. Ich hätte gedacht, dass du vernünftiger wärst.«

Maarten reagierte nicht darauf. Er setzte sich wieder an seinen Schreibtisch und legte den Brief neben sich. Beertas Reaktion empfand er als bedrohlich. Er versuchte, nicht daran zu denken, doch es wurmte ihn.

»Wann hattet ihr gedacht, den Brief abzuschicken?«, fragte Beerta eine halbe Stunde später.

»Heute.«

Beerta drehte sich um und sah ihn an. »Dann gebe ich dir den ernstgemeinten Rat, vorher um ein Gespräch mit van der Haar zu bitten. Vielleicht kann er euch erklären, was die Beweggründe dafür sind, Nijhuis dienstuntauglich schreiben zu lassen.«

Maarten hatte den Kopf gehoben. Er sah nachdenklich vor sich hin, ohne zu antworten.

»Du kannst von mir alle Informationen bekommen«, drängte Beerta. Als Maarten nicht reagierte, stand er auf, drehte sich zum Tisch um und suchte in den Stapeln mit Mappen. Er zog eine Mappe heraus und legte sie neben sich. »Da hast du alles. Ich will nichts mehr damit zu tun haben.«

Maarten zog die Mappe heran und schlug sie auf. Oben lag der Durchschlag eines Briefes an den Verwaltungsrat, in dem Beerta – unter Verweis auf die Paragrafen aus dem Beamtenreglement und dem Rentengesetz, von denen er gesagt hatte, dass er sie nicht kenne – darum bat, Nijhuis wegen lang andauernder Erkrankung nachuntersuchen zu lassen. Der Brief war auf Beertas Schreibmaschine getippt und trug links oben die Kürzel B/B. Maarten sah ihn sich an, fassungslos. »Sie haben also doch einen Durchschlag des Briefes«, sagte er.

»Natürlich habe ich einen Durchschlag«, sagte Beerta. »Ich habe immer von allem einen Durchschlag.«

»Und Sie haben mir gesagt, dass Sie die Paragrafen nicht kennen.«

»Welche Paragrafen?«

»Diese!« Er stand auf und zeigte Beerta die Paragrafen in seinem Brief.

Beerta las sie. »Daran kann ich mich überhaupt nicht mehr erinnern«, sagte er verärgert. »Ich verstehe auch nicht, dass ihr so viel Aufhebens davon macht. Ich würde es sehr ungehörig finden, auch Nijhuis gegenüber, mit einer solchen Untersuchung bis zum letztmöglichen Termin zu warten.«

Verblüfft legte Maarten den Brief in die Mappe zurück. Er nahm den Brief des Büros, griff zu seiner leeren Milchflasche und verließ den Raum. Vor dem Schreibtisch von Fräulein Haan blieb er stehen. »Herr Beerta will den Brief nicht unterschreiben.« Wie immer musste er einen Widerstand überwinden, um das Wort an sie zu richten.

Sie sah auf, angespannt. »Das wundert mich nicht.«

»Und er rät uns, erst van der Haar um ein Gespräch zu bitten.«

»Das hat doch keinen Sinn mehr?«

»Nein, das hat keinen Sinn.« Er gab ihr den Brief.

»Glauben Sie, dass wir dazu noch eine Sitzung anberaumen sollten?«, fragte sie, plötzlich unsicher.

»Nein, wir sollten ihn einfach abschicken.«

Als er mit einer vollen Milchflasche in sein Zimmer zurückkam, stand Beerta an seinem Schreibtisch. »Van der Haar will nichts mehr davon hören«, sagte er. »Er findet, dass schon genug darüber geredet worden ist. Das hatte ich bereits befürchtet.«

Als Maarten von seinem Mittagsspaziergang zurückkam, traf er im vorderen Raum Meierink und de Gruiter mit bedrückten Gesichtern an.

»Hast du Herrn Beerta erzählt, dass wir diesen Brief geschrieben haben?«, fragte Meierink.

»Ja«, sagte Maarten. Er fühlte sich sofort schuldig.

»Er sagt, dass wir Schwierigkeiten bekommen würden, wenn wir ihn abschicken.«

»Sehr unangenehm«, fand de Gruiter.

»Was für Schwierigkeiten?«, fragte Maarten.

»Weil letztendlich van der Haar über unsere Beförderung entscheidet.«

»Aber das ist doch völlig verrückt«, sagte Maarten entrüstet.

»Es wäre schon besser gewesen, wenn er nicht gewusst hätte, dass wir diesen Brief geschrieben haben«, meinte de Gruiter.

»Eigentlich haben wir ihn doch auch alle gemeinsam geschrieben?«, ergänzte Meierink.

»Ich habe keinen Augenblick geglaubt, dass es jemandem schaden könnte«, verteidigte sich Maarten.

»Aber wir müssen es jetzt ausbaden«, sagte de Gruiter. »Denn das war natürlich nicht der Sinn der Sache, dass wir dadurch auch noch Schwierigkeiten bekommen würden.«

»Was genau hat er gesagt?«, fragte Maarten, ohne auf die Bemerkung einzugehen.

»Er sagte, dass er nicht versteht, warum wir kein Vertrauen zu van der Haar haben, und dass wir noch einmal gut darüber nachdenken sollten, weil er sich ernsthaft gekränkt fühlen würde, wenn wir uns hinter seinem Rücken an den Verwaltungsrat wenden«, sagte Meierink.

»Und jetzt erfahren wir von Frau Haan, dass sie den Brief schon verschickt hat«, sagte de Gruiter. »Das hätten wir gern erst noch einmal besprochen.«

Maarten fühlte sich angesprochen. »Das war doch schon entschieden?«

»Aber wenn wir das gewusst hätten«, sagte de Gruiter, »dann hätten wir doch gern noch einmal darüber reden wollen.«

»Denn das ist natürlich ein ganz neuer Gesichtspunkt«, sagte Meierink. »Es war natürlich nicht unsere Absicht, van der Haar zu kränken.«

Maarten wusste nicht, was er darauf antworten sollte. Er fühlte sich vor allem schuldig, doch ihre Worte weckten auch Widerwillen. »Ich werde Beerta fragen, was er damit gemeint hat«, sagte er schließlich grimmig. Er ging in sein Zimmer. Beerta stand am Schreibtisch und sah ihn an, sein Kinn triumphierend erhoben, als hätte er auf ihn gewartet. »Was haben Sie de Gruiter und Meierink erzählt?«, fragte Maarten böse.

»Ich habe ihnen die Konsequenzen ihres Verhaltens vor Augen geführt, wie es meine Pflicht ist.«

»Und jetzt sitzen sie in Sack und Asche da.«

Beerta lächelte amüsiert. »Sehr gut!« Er rieb sich die Hände. »Das ist genau, was ich wollte. Lass sie nur in der Klemme sitzen.«

*

»Ich höre von Ansing, dass du de Gruiter und Meierink gedroht hast, sie würden nicht befördert, und zu Koning gesagt hast, dass es gut wäre, dass die beiden nun in der Klemme sitzen!«, sagte Fräulein Haan wütend, als sie am nächsten Morgen den Raum betrat. »Was sind das denn für hinterhältige Methoden?«

Beerta stand auf und sah sie kühl an. »Ich benutze keine hinterhältigen Methoden, und ich erwarte, dass du deine Worte zurücknimmst.«

»Hat Herr Beerta Ihnen das erzählt oder nicht?«, fragte sie und wandte sich direkt an Maarten.

Maarten stand nun auch auf. Er fühlte sich in die Enge getrieben. »Das haben Sie gesagt«, sagte er zu Beerta.

»Das war Sarkasmus«, sagte Beerta steif. »Du hast das falsch verstanden.« Er wandte sich Fräulein Haan zu. »Ich habe die beiden jungen Männer zu mir gerufen, um sie zu beruhigen. Ich habe gesagt, dass sie zwar die Initiative ergriffen hätten, aber keine Angst haben müssten, dass dies Konsequenzen für sie haben würde, zumindest, soweit es an mir liegt.« Er sah ihr direkt ins Gesicht.

»Wenn du dich nur daran hältst!«, sagte sie, ihre Wut bezähmend.

»Natürlich halte ich mich daran. Und ich verstehe nicht, dass du auch nur eine Sekunde lang etwas anderes glauben konntest. Du kennst mich.«

»Ja, ich kenne dich«, antwortete sie höhnisch. Sie verließ den Raum wieder.

Beerta wandte sich Maarten zu. »Ich nehme dir das sehr übel! Wir hatten verabredet, dass du die Dinge, die in diesem Raum besprochen werden, nicht weitererzählst. Du hast mein Vertrauen missbraucht.« Er drehte sich um und begab sich an den Schreibtisch. »Das werde ich dir so bald nicht vergessen.«

Die Bemerkung kränkte Maarten. Wortlos setzte er sich an seinen Schreibtisch. Er sah in den Garten, ohne etwas wahrzunehmen, unfähig zu arbeiten, und mit dem einzigen Wunsch, weit weg zu sein. So saß er zehn Minuten später immer noch da, als er Fräulein Haan über den Gartenweg zum Hauptbüro gehen sah. Sie stieg die Treppe zum Hintereingang hinauf. Kurze Zeit später sah er van der Haar von seinem Schreibtisch aufstehen und konnte vage im Hintergrund erkennen, wie sie den Raum betrat. Sie gaben sich die Hand und verschwanden aus dem Blickfeld. Maarten stand auf und verließ das Zimmer.

»Deetje ist zu van der Haar bestellt worden«, sagte van Ieperen. Er machte eine Kopfbewegung zur gegenüberliegenden Gebäudeseite und kicherte.

»Warum?«, fragte Maarten.

»Was weiß ich. Die beiden werden sich bestimmt auch dieses Mal wieder einig werden. Trau ihnen bloß nicht.«

Maarten ging weiter zu dem Platz, an dem Hendrik saß. Er zog einen Stuhl vom Mitteltisch heran und setzte sich ihm gegenüber.

Hendrik legte seinen Stift hin.

»Ich verstehe das Ganze nicht mehr«, sagte Maarten.

»Ach«, sagte Hendrik. »Es wird wahrscheinlich glimpflich ausgehen.«

Sie schwiegen.

Maarten dachte über den Ausdruck nach. »Eigentlich eine merkwürdige Redewendung, ›glimpflich ausgehen‹.«

»Vielleicht hat es etwas mit Feuer zu tun«, vermutete Hendrik. Er stand auf, holte den *Stoett* aus dem Regal und schlug ihn auf. »›Es ist glimpflich ausgegangen …‹« Er kam zurück, während er vorlas, seine Stimme hatte etwas Dozierendes bekommen. »›Das heißt: Wir dachten, dass etwas Schlimmes geschehen würde, doch es ist nur eine Kleinigkeit und wird nicht zu Konsequenzen führen …‹«

»Das ist es.«

Hendrik sah kurz hoch, um ihn zum Schweigen zu bringen. »›Das Adjektiv glimpflich kann eine Ableitung sein von dem heute veralteten Substantiv Glimpf, das so viel wie Nachsicht, Fug und Billigkeit bedeutet, oder von dem nicht mehr gebräuchlichen Adjektiv glimpf, d. h. angemessen …‹«

»Genau!«, sagte Maarten zufrieden.

Hendrik hob irritiert die Hand. »*Harrebomée* zwei, zweihundertsiebzig A.« Er schlug das Buch zu und brachte es an seinen Platz zurück.

»Der Wissenschaft ist alles zuzutrauen«, sagte Maarten, als Hendrik sich wieder gesetzt hatte.

Sie schwiegen.

»Was sagt Teun jetzt dazu?«, fragte Hendrik.

»Teun glaubt, dass es eine Frage des Prestiges geworden ist. Laut Swenker ist van der Haar rasend vor Wut.«

Hendrik nickte.

»Da kommt sie wieder«, warnte van Ieperen. Hinter seinem Zeichentisch bewegte er seine Beine auf und nieder, als marschierte er, und kicherte.

Von seinem Platz aus konnte Maarten sehen, wie sie die Treppe hinabstieg und in den Garten ging. Kurze Zeit später betrat sie den Raum.

»Das Gespräch hat mir doch einen anderen Blickwinkel auf die

Angelegenheit eröffnet«, sagte sie. Sie setzte sich an ihren Schreibtisch. »Es ist schade, dass es nicht früher stattgefunden hat.« Sie drehte sich zu ihnen um. »Van der Haar zufolge ist der Rückstand von Nijhuis so groß, dass er keinen Überblick mehr über die Finanzen hat, und das geht natürlich nicht.« Ihr Kopf zitterte.

Hendrik und Maarten hörten zu, ohne zu reagieren.

»Und solange Nijhuis im Dienst ist, hat er kein Geld, um jemand anderen einzustellen.«

»Warum lässt er es dann nicht Swenker machen?«, fragte Hendrik.

»Das weiß ich nicht«, sagte sie unsicher. »Das geht bestimmt nicht.«

»Es geht doch darum, dass Nijhuis weiterarbeiten möchte und sie ihn nicht dienstuntauglich zu schreiben brauchen?«

»Und darüber hat er nun gerade so menschlich gesprochen«, sagte sie warmherzig. »Ich habe den Eindruck, dass er bei alldem in erster Linie an die menschliche Seite der Angelegenheit gedacht hat, aber mit dem Rücken zur Wand steht. So hat er es gesagt.«

»Das finde ich ziemlich merkwürdig«, sagte Hendrik ruhig. »Wenn ich er wäre, hätte ich doch erst einmal nach einer anderen Lösung gesucht.«

*

Ein paar Tage später erhielt Beerta ein vertrauliches Schreiben des Verwaltungsrates. Er stand am Schreibtisch, während er es öffnete. »Der Verwaltungsrat schickt mir euren Brief zur Stellungnahme«, sagte er amüsiert und drehte sich zu Maarten um. »Ich wusste gar nicht, dass ihr einen Brief geschrieben hattet.« Er sah ihn ironisch an.

Maarten reagierte nicht darauf. Er war wütend.

»Wenn ich ihn gelesen hätte, würde ich euch sicher abgeraten haben.«

»Gut, dass wir Ihnen den Brief nicht zum Lesen gegeben haben«, sagte Maarten giftig.

Als Beerta in der Bibliothek war, nahm Maarten den Brief von dessen Schreibtisch und las ihn sich durch. Dem Schreiben des Verwaltungsrats lag der Durchschlag eines Briefs von van der Haar bei, in dem er dem Verwaltungsrat riet, den Brief der Belegschaft an Beerta zu schicken, da dieser ihn noch nicht zur Kenntnis nehmen konnte, wie er ihm telefonisch mitgeteilt habe.

»Das muss ich jetzt geschickt anfassen«, sagte Beerta nachmittags, nachdem er die Schreibmaschine auf seinen Schreibtisch gestellt hatte. »Ich muss den Brief so schreiben, dass beide Seiten zufrieden sind, der Verwaltungsrat und ihr.« Er sah mit einem Lächeln über die Schulter, um zu sehen, ob Maarten reagierte.

Maarten reagierte nicht. Er unterdrückte seine Wut und verließ kurze Zeit später den Raum, um seinerseits zur Bibliothek zu gehen.

*

»Liebe Nicolien, lieber Maarten,

es gibt einen kleinen Stillstand und eine Eröffnung. Ich muss jetzt einen Moment warten und nicht aufgeregt um mich herum suchen, wo ich geblieben war. Von hier kann ich es ausreichend überblicken. Ich weiß, womit ich alsbald weiterzumachen habe. Ich darf mich nicht fragen, wie ich das Intervall überbrücke. Ich muss still sein, bis sie fertig sind und umgeschaltet haben. Wenn ich mich aufrege, sausen die Stationen hintereinander vorbei, und ich laufe Gefahr, schwindelig von dem Krach zu werden. Bald wird das Wartezeichen wohl zu hören sein. Woher ich das weiß? Weil ich hören kann, wie das Geräusch verkehrt herum ankommt, ungefähr so, wie es verklungen ist – mit ungefähr meine ich nur die Richtung. Sobald ich aufgeweckt worden bin, läuft die andere Welle zurück. Darin bewege ich mich. Jetzt kann ich also noch abwarten. Bald, wenn ich wieder drin bin, werde ich euch nicht erreichen können, wenn der eine Zyklus nach dem anderen ausgeführt wird. Dann schließen sich alle Türen vor und hinter mir, und die Chöre haben sich rund um mich herum im Saal aufgestellt. Madrigale. Danach der Saal mit allen Symphonien von Mozart. Und dann der erniedrigende Raum, in dem die banalen Liedchen gesungen werden. Und so weiter. Beispielsweise der Wasserkreislauf. Ich stehe gerade mitten zwischen kommunaler Wasserleitung und städtischer Straßenreinigung. Ich kann es mir sehr viel ausgedehnter vorstellen, so ausgedehnt. Ich sollte es nicht wagen. Nein, ich lasse mich nicht in die Irre führen. Ich bin verpflichtet, das Licht anzumachen und nach dem schrecklichen Spülgriff am WC zu greifen. Ich greife zwar höher, doch das ist noch viel zu nahe. Ich habe für den Durchlauf zu sorgen. Denn, pass auf, wenn das für immer erledigt ist. Ja, sie haben etwas erfunden, und sie sind stark. Doch ich bleibe so viel wie möglich in derselben Haltung, um es so lange wie möglich durchzuhalten. Die Zahlen habe ich schließlich auch überwunden. Sicher, sie werden bald mit einem neuen Vorrat an Reihen kommen. 2-4-8-16-32-64-128-256-512-1014-2028-4056-8112. Ich glaube das gern. Ich kann es schon ziemlich gut. Doch jetzt ist es nicht nötig. Sie wollen natürlich, dass ich über die Grenze gehe. Jedes Mal, wenn ich kurz davorstehe, erschrecke ich mich zu Tode, Panik. Also dann wieder von vorne anfangen und endlich in einer neuen Reihe. Es ist wahr, wenn ich einmal darüber hinweg sein werde, kann ich endlos weitermachen. Ich weiß, dass die Rechenmaschine mit der größten Anzahl an Möglichkeiten mit nur zwei Impulsen arbeitet, also dual.

Aber wie ist die Haltung? Eine Schreibhaltung. Gut. Sie haben probiert, ein Interview mit mir zu führen, und versucht dahinterzukommen, was der Anlass zum Schreiben dieses weltberühmten Buches gewesen ist, das auch ins Tschechische übersetzt werden sollte. Sie haben mich zum Schreiben eines zweiten, erklärenden Bandes anstiften wollen. Doch das ist nicht gelungen, so sehr sie auch bohrten. Ich hatte schließlich unter einem Pseudonym geschrieben – und zu Recht –, war also unauffindbar. Und ich habe gewaltig gelacht! Haben Sie das öfter, Herr Veen? Dann kann ich mich nicht mehr zurückhalten. So vernünftig ich auch bin, es ist unmöglich, Haltung zu bewahren. Ich bitte nur um ein Glas Wasser, und wenn ich es ausgetrunken habe, ist es noch verrückter geworden. Und so weiter.

Ich schreibe zur Gänze auf den Gezeiten. Deshalb habe ich eine schematische Übersicht der Bewegungen von Wasser und Licht gemacht und Diagramme zusammengestellt, um meine Zeiten und meine

Lage zu bestimmen. Was ich daneben noch alles entdeckt habe. Ich war dabei, als der Gott Krishna mit all seinen Armen und Beinen in seinem Kreis gefangen saß, erstarrt. Dass er noch einmal ein letztes Mal zucken wird und gefriert. Dass er zu Boden geworfen werden könnte wie ein gekrümmtes Tiefkühlhähnchen auf den Tresen – sprich: Altar. Nämlich, was für ein Leviathan er ist. Wie ich auf meine Worte achten muss. Sie sind schon am Drängeln, die Worte. Es wird Zeit – nein, es gibt noch Zeit. Es ist noch zu früh. Ich gehe noch nicht. Man stelle sich vor, sie setzen mich in Bewegung – lassen sich nicht anmerken, dass ich nicht mitsinge, dass ich so tue, als ob ich singe –, und dort am Rande steht er und hält eine Bücklingshaut hoch, sodass ich ihn nicht sehen kann. *Mein Schild und mein Vertrauen* in so vielen Kombinationen wie möglich mit der Nationalhymne. Pflichtgetreu habe ich es getan, doch es ist mir nicht gelungen. Anders und aufs Neue. Und so weiter.

Ich höre jetzt auf. Ich muss den Durchlauf im Auge behalten, er darf nicht zum Stillstand kommen. Man weiß, dass das Wasser vornüber klatschen kann (das wird im *Hamlet*, in der Friedhofsepisode, bewiesen. Doch ich wusste es früher – ungefähr vor 1 Jahr, Datum lässt sich rekonstruieren. Ich kann außerdem die Orte zeigen, wo es eventuell passieren könnte.)

Die Regulierung muss für mich mit dem Zenit im Gleichgewicht sein, wenn die Dienstmagd des Herrn mit dem Sonnenbrillenstar erscheint. Es ist jetzt 23.15 Uhr. Gleich werden wir wieder zu tun haben. Und ich muss es im Auge behalten. Dazu bin ich verpflichtet. Ihr versteht natürlich, bis wie weit ich es im Auge behalten kann. Morgen ziehe ich um. In die Prinsengracht. Das ist scheußlich, denn es gibt keine Enklaven; es ist dort brechend voll.

Was könnten sie wollen, in ihren Rohren und Leitungen, das ich euch schreibe(?). Ich habe diesen Brief rechtzeitig geschrieben. Ich muss aufpassen und nicht weiterschreiben. Ich will es verteidigen. Wenn es erst einmal bloß auf der Post ist, dann ist es wenigstens außer Reichweite, jenseits der feindlichen Linien, hinter der Zensur, nicht über das Rote Kreuz, sondern durch Falschheit in der Schrift. Der Code ist der einfachste, den es gibt, nämlich buchstäblich, was dort

steht. Weitere Hinweise sind irreführend und nicht von mir. Ich höre also rechtzeitig auf. Mit freundlichen Grüßen
frans«

*

»Herr Beerta!«, sagte Slofstra, als er den Raum betrat.

»Ja, Herr Slofstra?«, sagte Beerta, ohne von der Arbeit aufzusehen.

»Ich bin gerade dabei, die Druckfahnen nachzusehen, aber da steht was, was nicht stimmt.«

Beerta sah zur Seite und streckte die Hand nach hinten über seine Schulter, ohne Slofstra dabei anzusehen. »Worum geht es denn?«

»Sie schreiben hier über ein geschwängertes Mädchen.« Er ignorierte die Hand, er war schräg hinter Beerta stehen geblieben und sah in die Druckfahnen. »Sehen Sie nur!« Mit dem Finger auf die beiden Worte zeigend hielt er Beerta die Blätter unter die Nase.

Beerta zog seine Hand wieder zurück und sah sich die betreffende Passage an. »Und was stimmt daran nicht?«

»Das geht so nicht! Die Luft ist geschwängert, nicht aber ein Mädchen!«

Beerta drehte sich um und sah Maarten an. »Was sagst du dazu?«

»Ich finde es ein schmutziges Wort«, antwortete Maarten mürrisch, »und ich verstehe nicht, wie es in Ihr ansonsten doch sehr kultiviertes Vokabular geraten konnte.«

Die Antwort berührte Beerta peinlich. »Das verstehe ich nicht.« Er stand auf. »Ich finde, es ist ein ganz normales Wort.« Er holte das Wörterbuch aus dem Zimmer von Fräulein Haan und kam, darin blätternd, zurück, während Maarten und Slofstra warteten. »Hier!«, sagte er triumphierend. Er ging zu Maarten und zeigte ihm eine Passage, in der »geschwängert« tatsächlich in der verwendeten Bedeutung benutzt wurde.

Maarten sah sie sich flüchtig an. »Diese Passage stammt aus dem Jahre 1780. Als Sprachwissenschaftler müssten Sie doch wissen, dass gerade solche Ausdrücke schnell veralten und als unkultiviert gelten.«

»Was soll ich jetzt tun?«, wollte Slofstra wissen.

»Wodurch soll Slofstra es ersetzen?«, fragte Beerta Maarten.

»Schwanger!«

Beerta sah sich erneut die bewusste Passage an. »Das geht nicht«, sagte er irritiert, »dann muss ich den ganzen Satz umstellen. Wie weiß man sonst, dass es durch diesen Jüngling geschieht?«

Slofstra lachte laut. »Das ist doch klar wie Kloßbrühe!«, sagte er. »Es gibt schließlich keinen anderen.«

*

Maarten saß bei Stoutjesdijk, als er die Mitglieder der Kommission, begleitet von Fräulein Haan, vorbeikommen hörte. Als er hintenherum in sein Zimmer zurückging, hörte er, wie sie im Flur mit einem von ihnen redete, nach den kargen Reaktionen zu urteilen, mit Professor Heertjes. In seinem Zimmer hing dichter Zigarrenqualm. Beerta war damit beschäftigt, die Stapel mit den Mappen und Büchern von seinem Schreibtisch auf den Mitteltisch hinüberzutragen. Sein Gesicht war gerötet. Maarten schloss die Tür, öffnete das Fenster und stellte seine Schreibmaschine auf ihren Platz zurück. Während er beschäftigt war, seine Tischseite wieder einzurichten, ging die Tür auf, und Fräulein Haan trat ein. »Warum hast du mir nicht gesagt, dass du der Kommission vorschlagen würdest, Ansing eine eigene Abteilung zu geben?«, fragte sie wütend.

Beerta blieb stehen und drehte sich um. »Weil das eine Angelegenheit zwischen dem Direktor und der Kommission ist«, sagte er in gemessenem Tonfall.

»Dass du es nur weißt: Ich werde mich damit nicht abfinden! Ansing ist mein Assistent! Und ich entscheide, was ihm aufgetragen wird!«

»Letztendlich entscheide ich das. Ich trage hier die Verantwortung.«

»Die Verantwortung!«, höhnte sie. »Du hast noch nie für irgendetwas die Verantwortung getragen! Denn du versteckst dich doch immer nur hinter anderen! Wenn nicht hinter van der Haar, dann hinter der Kommission!«

Beerta zuckte mit den Achseln und wandte sich ab.

»Dass du es nur weißt: Ich werde der Kommission einen Brief schreiben, dass Ansing für diese Aufgabe ungeeignet ist!«

»Aber jetzt sei doch mal vernünftig, Dé«, beschwor Beerta sie und drehte sich wieder zu ihr um. »Es ist doch auch in deinem Interesse!«

»Jemand, der noch nie etwas publiziert hat!«, sagte sie wütend. »Der schon mehr als zwei Jahre mit der Karte des Pflügens beschäftigt ist! Lass ihn erst mal eine Doktorarbeit schreiben, bevor du ihn zum Leiter einer solchen Abteilung machst!« Sie wandte sich abrupt ab und verließ den Raum, die Tür dabei mit einem Knall hinter sich zuschlagend.

»Sie ist imstande, es zu tun«, sagte Beerta und sah ihr hinterher. »Ich möchte doch zu gern wissen, wofür unser Herrgott mich strafen wollte, als er diese Frau auf meinen Weg führte.« Er wandte sich ab, hob einen weiteren Stapel von seinem Schreibtisch und trug ihn zum Tisch. »Du siehst, dass es nicht so einfach ist«, sagte er zu Maarten. »Und ich habe die Sache am Hals.«

Maarten reagierte nicht. Er hatte sich an seinen Schreibtisch gesetzt und legte die Arbeit vor sich hin. Beerta ging hinter ihm vorbei und öffnete die Tür. »Ist Frau Haan weggegangen?«, hörte Maarten ihn fragen.

»Soweit ich weiß, schon«, antwortete van Ieperen.

Kurz darauf kam Beerta mit Hendrik zurück. »Setz dich mal«, sagte er.

Sie setzten sich an seinen Schreibtisch, Beerta auf seinen Stuhl, Hendrik auf einen Stuhl, den er unter dem Tisch hervorzog.

»Ich habe der Kommission vorgeschlagen, dir eine eigene Abteilung zu geben, die zwischen den Abteilungen Sprache und Volkskultur angesiedelt sein soll, und deinen Auftrag von der bäuerlichen Sprache auf die Arbeit in der Landwirtschaft auszuweiten. Wäre das etwas für dich?«

»Ja, Herr Beerta.«

»Hat Maarten schon mit dir darüber gesprochen?«

»Nein, Herr Beerta. Ich wusste nichts davon.«

»Weil du kaum überrascht bist.«

»Dessen bin ich mir nicht bewusst, Herr Beerta.«

»Gut. Ich habe also vorgeschlagen, eine Abteilung ›Bäuerliche Sprache und Arbeiten in der Landwirtschaft‹ zu schaffen. Würdest du dir das zutrauen?«

»Das weiß ich nicht, Herr Beerta.«

»Warum weißt du das nicht?«

»Weil ich das doch erst beweisen müsste.«

»Maarten meint, du kannst es.«

Maarten sah hinüber. Hendrik saß aufrecht auf seinem Stuhl. Die Bemerkung hatte ihn in Verlegenheit gebracht. Er gab nicht sofort Antwort, sondern richtete sich zunächst auf. »Das hat er dann zu verantworten.«

»Aber würdest du es auch wollen?«

»Ich will es gern probieren.«

»Denn sonst lasse ich es bleiben.«

Hendrik reagierte nicht darauf.

»Ein Einwand der Kommission lautet, dass du noch nichts publiziert hast.«

»Ja, Herr Beerta, das ist richtig.«

»Wie weit bist du jetzt mit deinem Kommentar zur Karte des Pflügens?«

»Damit habe ich noch nicht angefangen.«

»Warum nicht?«

»Ich habe Schwierigkeiten damit, eine Erklärung für die Unterschiede zu finden, Herr Beerta.«

»Was ist daran so schwierig?«

»Das weiß ich nicht.« Er dachte nach, während Beerta ihn musterte. »Vielleicht liegt es daran, dass mein Wissen über die Geschichte der Landwirtschaft noch Lücken hat.«

Beerta nickte. »Dann wird es Zeit, dass du das änderst.«

»Jawohl, Herr Beerta.«

»Die Kommission wollte auch wissen, ob du schon Pläne bezüglich einer Doktorarbeit hast.«

»Nein, Herr Beerta.«

»Was ›nein‹?«

»Ich habe noch keine Pläne.«

»Warum nicht? Wenn man mit seinem Studium fertig ist, ist es doch das Erste, woran man denkt, eine Doktorarbeit zu schreiben?«

»Ich habe noch nicht daran gedacht.«

»Dann wird es Zeit, dass du dich einmal damit beschäftigst, denn sonst, fürchte ich, bekommen wir Schwierigkeiten.« Es klang ziemlich verärgert.

»Jawohl, Herr Beerta.«

Es war still.

»Gut«, sagte Beerta schließlich. »Geh jetzt wieder an die Arbeit und tu, was ich dir gesagt habe.«

»Ich schreibe doch auch keine Doktorarbeit«, sagte Maarten, als Hendrik den Raum verlassen hatte, »und ich publiziere ebenfalls nichts.«

»Du bist ein anderer Fall«, antwortete Beerta. »In deinem Fall hab' ich nicht mit Frau Haan zu tun.«

*

»Ich wüsste nicht, warum man keine Doktorarbeit schreiben sollte«, sagte Hendrik träge.

Zu dritt saßen sie nach dem Essen um den Ofen herum, Jonas in seinem Karton zu ihren Füßen, Hendriks und Nicoliens Kaffeetassen auf einem Hocker zwischen den beiden, die von Maarten neben ihm auf dem Teetisch. Die Wände des Ofens glühten, aus dem Kessel, der auf der heißen Platte stand, stieg etwas Dampf auf. Auf dem Kaminsims brannte eine Kerze, von Zeit zu Zeit röhrte der Wind im Schornstein. Der Regen prasselte auf den Hinterhof.

»Aber du schreibst doch auch keine«, parierte Maarten.

»Weil ich faul bin. Vielleicht schreibe ich übrigens doch mal eine.« Er bückte sich und zog seine Schuhe aus.

»Das würde ich dann verdammt schäbig finden.«

»Ach«, er richtete sich wieder auf, »schäbig! Ich wüsste nicht, was daran schäbig sein sollte.«

»Aber du findest es doch bestimmt schäbig, dass sie versuchen, dich zu *zwingen*!«, sagte Nicolien in scharfem Ton.

»Nein. Von ihrem Standpunkt aus ist es verständlich. Sie finden das nun einmal wichtig.«

Seine Antwort regte Maarten auf. »Aber darum geht es hier doch gerade! Dass *sie* es wichtig finden! Obwohl *du* es nicht wichtig findest!«

»Ja«, pflichtete ihm Nicolien bei.

»Es gibt noch mehr Dinge, die ich nicht wichtig finde. Ich glaube, dass ich eigentlich nichts wichtig finde.«

»Dann musst du *das* wichtig finden«, sagte Maarten.

»Warum? Das sehe ich nicht ein.«

»Weil sie dich mit dem, was sie wichtig finden, zu tyrannisieren versuchen.«

»Diese Dé Haan ist doch ein Miststück!«, sagte Nicolien.

»Ach«, sagte Hendrik. »Warum sollte sie ein Miststück sein? Ich finde sie eher bedauernswert. Eine bedauernswerte Frau.«

»Aber trotzdem versucht sie, dir ein Bein zu stellen«, sagte Maarten.

»Dafür wird sie wohl ihre Gründe haben. Das kann mir nichts anhaben.«

»Fühlst du dich denn nicht bedroht?«, fragte Maarten erstaunt.

»Nein«, er sah Maarten an, seine Augen waren klein vor Mattigkeit, »warum sollte ich mich bedroht fühlen?«

»Weil sie versuchen, Macht über dich auszuüben.«

»Ach! Das geht mir zu weit!«

Nicolien stand auf. »Wollt ihr noch Kaffee?«

»Ich nehme noch eine Tasse«, sagte Hendrik.

»Gern«, sagte Maarten.

Hendrik streckte seine Beine etwas weiter vor und stieß gegen den Karton. Die Katze sah erschrocken hoch. »Entschuldige, Jonas«, sagte er. »Das wollte ich nicht.« Maarten bückte sich und zog den Karton etwas zu sich heran. Die Katze legte sich wieder hin. Hendrik streckte seine Beine aus und bewegte seine bestrumpften Füße in der Wärme des Ofens behaglich hin und her. »Ich denke, dass Menschen gerade so viel Macht über einen ausüben können, wie man es ihnen erlaubt«, sagte er träge.

»Es ist natürlich Angst«, gab Maarten zu. »Feigheit.«

»Feigheit würde ich es nicht nennen wollen.«

»Dann Ohnmacht. Sie schreiben eine Doktorarbeit, um einen Titel zu haben, und sie benutzen den Titel, um Macht auszuüben. Es geht nicht um die Qualität, es geht um das System, denn so eine Doktorarbeit stellt doch nichts dar. Und gegen das System ist man machtlos. Wenn man keine Doktorarbeit schreibt, hat man nicht das Recht mitzureden, und wenn man eine geschrieben hat, gehört man dazu. Wenn ich darüber nachdenke, werde ich rasend vor Wut. Vor Ohnmacht.«

»Wollt ihr vielleicht einen Cognac dazu?«, fragte Nicolien, die mit dem Kaffee hereinkam.

»Nun!«, sagte Hendrik. »Da sage ich nicht nein.«

»Kannst du ihn dann mal holen?«, fragte sie Maarten.

Maarten stand auf. Er holte drei Gläser aus dem Schrank und eine Flasche Cognac, die in der Zimmerecke stand. »Ich finde es unerträglich, dass so eine Dé Haan die Chance bekommen soll zu verhindern, dass du eine Arbeit machst, in der du gut bist und die du interessant findest, weil sie befürchtet, Macht einzubüßen.«

»Ich weiß gar nicht, ob ich darin tatsächlich so gut bin.«

»Dann nimm es einfach mal an!« Er stellte die Gläser hinter Hendrik auf den Tisch, schenkte ein und kippte sie, eines nach dem anderen, auf die Seite, um zu sehen, ob der Cognac bis zum Rand reichte. »Schau mal!«, sagte er stolz. »Präzisionsarbeit!«

Hendrik drehte sich um und sah zu, während Maarten die Gläser noch einmal auf die Seite legte, um sein Können zu demonstrieren. Er reichte Hendrik ein Glas, gab Nicolien eines und nahm das dritte mit zu seinem Sessel.

»Und ich weiß auch nicht, ob ich es so interessant finde«, sagte Hendrik.

»Ja, interessant! Was ist schon interessant! Interessant finde ich es auch nicht!«

»Na dann.«

Maarten sah auf sein Glas und schwenkte den Cognac langsam im Kreis. Hinter ihnen schlug eine Sturmböe den Regen gegen die Fensterscheiben. Der Wind heulte im Ofen. »Ich habe einfach etwas gegen

Leute, die Macht haben wollen«, sagte er nachdenklich. »Darum dreht es sich.«

Hendrik nippte an seinem Glas, ohne zu antworten. Er stellte es neben sich, zog seine Krawatte etwas weiter nach unten und krempelte die Hemdsärmel ein paarmal um.

Maarten beobachtete ihn. »Wollen wir eine Partie Schach spielen?«

»Das ist ein guter Vorschlag«, antwortete Hendrik.

*

»Van der Haar gibt heute Nachmittag einen Empfang«, sagte Beerta, sobald Maarten auf seinem Platz saß. »Wir sind auch eingeladen.«

»Warum?«, fragte Maarten.

Beerta drehte sich um. »Hast du denn die Zeitung nicht gelesen?«

»Doch, natürlich.«

»Van der Haar hat eine königliche Auszeichnung bekommen.«

»Ach, so etwas lese ich nicht.«

»Liest du so etwas nicht?«

»Nein, warum sollte ich das lesen?«

»Weil fast immer jemand dabei ist, den man kennt.«

»Ich kenne keine Leute, die von der Königin ausgezeichnet werden.«

»Jetzt kennst du also jemanden.«

Maarten gab darauf keine Antwort. Er sah zur gegenüberliegenden Gebäudeseite, wo van der Haar hinter dem Schreibtisch saß und telefonierte.

»Für van der Haar ist es ein Höhepunkt in seiner Karriere«, sagte Beerta. »Er hat mir anvertraut, dass in seiner Familie noch nie jemand eine königliche Auszeichnung bekommen hat.«

»In Ihrer denn?«

»In der meinigen auch nicht, aber ich bin Sozialist. Van der Haar nicht. Und mir wird man auch keine geben. Wenn sie dich jemals fragen, ob ich eine königliche Auszeichnung haben möchte, dann kannst du sagen: Herr Beerta will keine, denn er ist Sozialist.«

Maarten schmunzelte. »Doktor Beerta«, korrigierte er.

»Doktor Beerta«, wiederholte Beerta. Er stand auf, ging mit kurzen Schritten hinter Maarten vorbei und verließ den Raum. Er schloss die Tür hinter sich. »Van der Haar gibt heute Nachmittag einen Empfang«, hörte Maarten ihn sagen, »weil er eine königliche Auszeichnung bekommen hat. Ihr seid alle eingeladen.« Danach ging er weiter. Er blieb geraume Zeit weg. Der Letzte, bei dem er vorbeiging, war de Gruiter. Maarten hörte seine Stimme durch die Wand zum Hinterzimmer.

»Wie waren die Reaktionen?«, fragte Maarten, als Beerta zurückgekehrt war.

»Alle gönnen es ihm«, sagte Beerta, während er sich wieder hinsetzte. »Van der Haar ist beliebt. Ich wollte, mein Personal würde hinter meinem Rücken so über mich reden.«

»Ich gönne es ihm auch, aber ich gehe nicht hin.«

Beerta drehte sich erschrocken um. »Das wäre sehr unklug.«

»Trotzdem gehe ich nicht«, sagte Maarten starrköpfig. »Ich finde es idiotisch, jemanden zu so etwas zu beglückwünschen.«

Beerta sah ihn von der Seite an. »Natürlich ist es idiotisch, aber das ist noch lange kein Grund, es nicht zu tun, wenn man jemandem damit eine Freude bereitet.«

»Ich finde es schon einen Grund.« Er sah kurz zur Seite.

»Sogar Balk, der ein Linker ist, geht hin.«

»Nicht, weil ich links bin«, sagte Maarten mürrisch, »sondern weil ich es idiotisch finde.«

Beerta zuckte mit den Achseln und wandte sich ab. »Denk noch mal darüber nach«, sagte er.

Um halb vier legte Beerta seine Brille hin und stand auf. Er kämmte sich das Haar mit Blick in seinen Taschenspiegel, verstaute Kamm und Spiegel sorgfältig und ging zur Tür. An Maartens Schreibtisch blieb er stehen. »Hast du noch mal darüber nachgedacht?«, fragte er ernst.

»Ja, ich gehe nicht.«

»Du musst es selbst wissen«, sagte Beerta steif. Er verließ den Raum.

Kurze Zeit später sah Maarten ihn neben Fräulein Haan und gefolgt von van Ieperen über den Gartenweg zum Hintereingang des Hauptbüros gehen. Ein paar Meter dahinter folgten Balk, Meierink, de Gruiter und Slofstra. Als Beerta und Fräulein Haan die Freitreppe erreicht hatten, wurde die Tür seines Zimmers geöffnet. Hendrik sah hinein. »Gehst du nicht zu van der Haar?«

»Nein.«

»Dann gehe ich auch nicht.«

Die Solidarität rührte Maarten. »Ich finde es Unsinn«, sagte er, wie um sich zu entschuldigen. In dem Moment öffnete sich hinter Hendrik die Tür zwischen dem ersten und dem zweiten Zimmer. Hendrik drehte sich langsam um. De Bruin trat ein. »Sag mal, Koning«, sagte er, an Hendrik vorbei, »ich hab' gehört, dass du nicht rübergehst. Könntest du dann auf die Klingel achten? Dann kann ich auch mal eben vorbeischauen.«

»Gut«, sagte Maarten.

»Dann lass ich die Türen so lange offen.« Er drehte sich um und ging zurück. »Ich bin mal eben weg, aber Koning passt auf die Klingel auf«, hörte Maarten ihn im vorderen Raum sagen.

»Sitzt da noch jemand?«, fragte Maarten.

»Frau Moederman, glaube ich«, sagte Hendrik.

»Ja, natürlich, Frau Moederman.« Er stand auf und ging in das vordere Zimmer. Die Türen zum Flur standen offen. Frau Moederman kramte nervös in der chaotischen Masse von Papieren, die über ihren Schreibtisch verstreut lagen. Ihr Gesicht war von der Anspannung gerötet und ihr Kopf bewegte sich leicht hin und her, als redete sie mit sich selbst. »Gehen Sie nicht zum Empfang?«, fragte Maarten.

»Doch«, sagte sie verwirrt und sah auf. »Nur das hier noch kurz fertigmachen, ich komme sofort.«

»Sie brauchen nicht.« Er war stehen geblieben und betrachtete sie mit Sympathie.

»Nein, ich gehe sofort«, sagte sie, sich entschuldigend. »Ich bin nur noch kurz hiermit beschäftigt.«

Maarten ging zurück in den zweiten Raum. Hendrik saß wieder an seinem Tisch. Maarten zog einen Stuhl unter dem Mitteltisch hervor und setzte sich Hendrik gegenüber. Von dort, wo er saß, konnte er in den Garten sehen. In der Stille hörte er Frau Moederman im vorderen Raum mit Papieren rascheln. »Frau Moederman arbeitet sich zu Tode.«

»Ich finde, sie ist eine nette Frau«, sagte Hendrik.

Sie schwiegen.

»Hast du schon mal darüber nachgedacht, warum du nichts schön findest?«, fragte Maarten.

»Nein.«

Maarten nickte bedächtig.

»Ich weiß übrigens nicht einmal, ob ich tatsächlich nichts schön finde«, sagte Hendrik nach einer Pause.

»Ja, körperliche Genüsse, einen Schnaps trinken und so, aber das meine ich nicht. Ich meine, auf geistigem Gebiet.«

»Nein, auf geistigem Gebiet finde ich, glaube ich, nichts schön«, gab Hendrik zu, »außer Kreuzworträtsel zu lösen.«

»Das liegt wohl an unseren Vätern, oder?«

»Du, das weiß ich nicht.«

»Wenn dein Vater dich niemals lobt, denkst du, dass das wirklich Wichtige erst noch kommt.«

»Es ist eher so, dass ich alles so kindisch finde«, überlegte Hendrik. »Beispielsweise so eine Karte des Pflügens. Wer braucht so etwas eigentlich?«

»Das ist es auch«, gab Maarten zu. »Es muss mit Mühen verbunden sein.«

»Aber es kostet mich durchaus Mühe.«

Maarten lachte. »Weil es so kindisch ist. Du willst es so machen, dass es Sinn bekommt, aber das gelingt dir nicht.«

»Ach was.«

Sie schwiegen erneut. Im Raum nebenan hustete Frau Moederman leise.

»Wenn sich Frau Moederman nicht beeilt, verpasst sie den Empfang«, bemerkte Maarten.

»Ja.«

»Das ist auch so etwas. Wie kann man sich bloß über so eine Königliche Auszeichnung freuen.«

»Das verstehe ich auch nicht.«

»Was für ein Mensch muss man dafür sein.«

»Ach, so jemand ist wahrscheinlich ganz glücklich.«

»Dann lieber unglücklich, wenn man dafür kein Arschloch sein muss.«

»Ob er ein Arschloch ist, weiß ich nicht. Dazu kenne ich ihn nicht gut genug.«

»Und was ist mit der Angelegenheit um Nijhuis?«

Hendrik gab darauf keine Antwort.

Maarten stand auf und ging in den vorderen Raum. Frau Moederman saß noch genauso da wie zuvor. Sie stapelte ihre Papiere um, machte Notizen und blätterte im Codebuch. »Sind Sie noch nicht fertig?«, fragte er.

»Doch, Herr Koning, ich bin sofort fertig«, sagte sie nervös. »Nur noch das hier.«

Er sah ihr noch einen Moment zu und ging dann wieder zu seinem Stuhl gegenüber von Hendrik zurück. »Ob Frau Moederman glücklich ist?«, fragte er, als er wieder saß.

»Ich weiß es wirklich nicht«, sagte Hendrik. »Ich glaube es nicht.«

»Du hast keine besonders gute Figur gemacht«, sagte Beerta, als er den Raum betrat. Es war kurz vor Büroschluss. Maarten war gerade im Begriff, nach Hause zu gehen. Beerta blieb an Maartens Schreibtisch stehen und sah ihn an. Sein Gesicht war rot angelaufen. »Das könntest du demnächst, wenn es um meine Nachfolge geht, womöglich noch bereuen.«

»Wie war es?«, fragte Maarten, die Bemerkung ignorierend.

»Wir haben ein herrliches Stück Torte bekommen. Und ein herrliches Gläschen Wein. Du hast etwas verpasst.«

»Schade.«

Beerta blinzelte nervös und spitzte die Lippen. »Van der Haar hat noch kurz überlegt, ob er uns für euch ein Stück mitgeben sollte, hat dann aber doch davon abgesehen.«

»Zu Recht!«

Beerta nickte. »Zu Recht!«, wiederholte er.

*

»Hier ist Bart«, sagte Maarten. Er hatte zusammen mit Bart den Raum betreten und blieb an der Tür stehen.

Beerta legte seine Brille hin. »Lass Bart nur hereinkommen.«

»Wenn es Ihnen ungelegen kommt, kann ich natürlich auch ein andermal kommen«, sagte Bart höflich.

Beerta stand auf und drehte sich um. »Es kommt nicht ungelegen.« Er nickte in Richtung der Sitzgruppe. »Setz dich mal eben.«

Bart ging hinter dem Tisch vorbei zur Sitzgruppe, Maarten blieb an seinem Schreibtisch stehen.

»Kommst du auch dazu?«, fragte Beerta.

Sie setzten sich zu dritt um den kleinen Tisch, Bart mit den Händen auf den Knien.

»Ich habe dich lange nicht gesehen«, sagte Beerta. »Bist du krank gewesen?«

»Ich hatte ziemlich viel zu tun«, entschuldigte sich Bart, »und dadurch habe ich nicht die Gelegenheit gefunden, auch noch hierher zu kommen.«

»Viel zu tun?«

»Ich hatte Prüfungen.«

»Richtig.« Er sah Bart musternd an. »Und wann bist du nun mit deinem Studium fertig?«

»Oh, dazu kann ich noch nichts sagen.«

Beerta spitzte die Lippen. »Ich frage dich das, weil ich von Herrn Koning gehört habe, dass du hier nach deinem Studium arbeiten willst.«

»So habe ich das nicht formuliert«, sagte Bart erschrocken, »das muss Herr Koning dann nicht richtig verstanden haben.«

»Wie hast du es denn formuliert?«

»Ich habe gesagt, dass ich es ernsthaft in Erwägung ziehen würde, aber dass ich mich noch nicht festlegen könne.«

Beerta sah Maarten an. »Hat er das so gesagt?«

»Ja«, sagte Maarten.

»Gut.« Er wandte sich wieder Bart zu. »Du weißt, dass wir einen Haushaltstitel für dich beantragt haben?«

»Das ist sehr freundlich von Ihnen.«

»Aber wusstest du das?«

»Nein, das wusste ich nicht. Und ich weiß auch nicht, ob ich das überhaupt annehmen kann.«

»Der Titel wurde uns zuerkannt«, sagte Beerta feierlich.

»Das kommt etwas überraschend«, sagte Bart.

»Für uns auch. Und darum möchten wir wissen, wann du mit dem Studium fertig bist.«

»Das verstehe ich. Und ich finde es sehr freundlich von Ihnen, dass Sie so großes Vertrauen in mich setzen, aber ich kann wirklich noch nichts dazu sagen.«

»Kannst du darüber denn nicht einmal mit Professor Springvloed sprechen?«

»Ich will gern darüber nachdenken, aber ich fürchte, das geht nicht.«

»Denk einmal darüber nach.«

»Wenn Sie es wünschen«, sagte Bart zögerlich, »will ich gern darüber nachdenken, aber ich kann Ihnen nicht versprechen, dass ich es auch machen werde.« Es war ihm anzumerken, dass ihm die Situation über den Kopf wuchs.

»Gut.« Beerta stand auf. »Dann höre ich von dir, wie es weitergeht.« Bart und Maarten standen ebenfalls auf.

»Ich habe auch noch etwas mit dir zu besprechen«, sagte Beerta, als Maarten Bart folgen und den Raum verlassen wollte.

Maarten blieb stehen.

Beerta nahm einen Kasten mit Fragebogen von seinem Schreibtisch und stellte ihn auf Maartens Tisch. »Hast du diesen Kasten bearbeitet?«

Maarten sah sich die Beschriftung an. Es war ein Kasten mit Fragen zum Kinderschreck. »Ja«, sagte er.

»Den kannst du doch so nicht wieder wegstellen«, sagte Beerta irritiert und zeigte auf den Inhalt: Einige der Fragebogen ragten seitlich aus dem Stapel heraus, sodass sie gegen den Rand des Kastens hochgedrückt wurden. »Ich wollte sie mir gestern ansehen und finde das hier! So gehen sie kaputt!«

»Ich sehe es.« Er nahm die Fragebogen aus dem Kasten, stieß den Stapel mit der Unterkante ein paarmal auf den Tisch und brachte ihn anschließend mit der flachen Hand auf Stoß. »So?«

»So ist es besser. Und pass auf, dass es nicht noch einmal passiert.«

»Brauchen Sie den Kasten noch?« Er legte den Stapel zurück. »Oder kann ich ihn wieder wegstellen?« Er fragte sich, was Beerta mit dem Kasten gemacht hatte.

»Nein, ich brauche ihn nicht mehr. Stell ihn ruhig wieder weg.«

»Der Kasten!«, sagte van Ieperen, als Maarten damit den Raum betrat. Er kicherte. »Du hast wohl schwer einen auf den Deckel gekriegt?«

»Ach, halb so wild.« Er ging zum Schrank mit den Fragebogen und zog eine kleine Trittleiter unter die Stelle, wo der Kasten hingehörte.

»Als ich Deetje gestern mit dem Kasten zu Anton hereingehen sah, dachte ich: Da blüht ihm was.«

»Hat Fräulein Haan mit dem Kasten gearbeitet?«, fragte Maarten erstaunt.

»Ja, aber das darfst du nicht wissen.«

»Nein, natürlich nicht.« Er spürte Wut aufsteigen, während er in sein Zimmer zurückging. »Ich habe gehört, dass Fräulein Haan Ihnen den Kasten gebracht hat«, sagte er verärgert, während er die Tür hinter sich zuzog.

Beerta setzte seine Brille ab und drehte sich um. »Was gibt es daran auszusetzen?«

»Erstens hat sie in diesem Kasten nichts zu suchen!«, sagte Maarten wütend. »Es sind meine Fragebogen! Und zweitens finde ich, dass es sich für Sie nicht gehört, mir von ihr nachspionieren zu lassen!«

»Wer sagt denn, dass ich dir nachspionieren lasse?«

»Sie haben auf sie gehört, anstatt ihr zu sagen, dass sie sich um Dinge kümmert, die sie einen Dreck angehen!«

»Woher weißt du denn, was ich ihr gesagt habe?«

»Was haben Sie denn gesagt?«

»Sie hat mir einen Kasten gezeigt, und ich habe gesehen, dass er nicht in Ordnung war. Als Direktor habe ich das Recht dazu, und ich finde, dass es dir nicht ansteht, dahinter irgendwelche Absichten zu vermuten.«

»Wenn Fräulein Haan mit so einer Sache ankommt, habe ich allen Grund, etwas dahinter zu vermuten«, sagte Maarten, etwas begütigend.

»Ich schätze es an ihr, dass sie sich um die Fragebogen kümmert, und du könntest durchaus etwas netter zu ihr sein. Es bereitet ihr großen Kummer, dass du so zu ihr bist. Du solltest sie einmal zum Essen einladen, statt dich ihr gegenüber immer so unfreundlich zu benehmen.«

Maarten reagierte nicht darauf. »Ich bin bei Bart«, sagte er und wandte sich ab.

*

»Ich habe eine Einladung zu einem Kongress bekommen«, erzählte er, als sie am Tisch saßen.

»Schon wieder?«, frage sie.

»Schon wieder?« Ihre Reaktion ärgerte ihn. »Ich bekomme fast nie eine Einladung.«

»Du bist gerade erst auf einem Kongress gewesen!« Ihre Stimme war voller Entrüstung. »Du machst doch nichts anderes mehr, als zu Kongressen zu gehen! Du bist schon wie Beerta.«

Er zwang sich zur Ruhe. »Das war vor drei Jahren.«

»Vor zwei Jahren!«

»Vor drei Jahren!«

»Vor zwei Jahren!«

»Jedenfalls hat es damit nichts zu tun. Das hier ist ein ganz anderer Kongress.«

»Was ist das denn für ein Kongress?«

»Es ist ein Jubiläumskongress.«

»Ein Jubiläumskongress?« Ihre Stimme hob sich vor Empörung. »Aber da musst du doch sicher nicht hin? Was ist das überhaupt, ein Jubiläumskongress?«

»Die belgische Kommission existiert fünfundzwanzig Jahre.«

»Und da musst du dann hin? Damit hast du doch nichts zu schaffen? Du lachst doch sonst über diesen Unsinn? Als ihr fünfundzwanzig Jahre alt geworden seid, habt ihr doch auch keinen Jubiläumskongress gemacht!«

»Nein«, gab er zu.

»Na also! Warum solltest du dann zu ihrem Kongress gehen? Lass andere da mal hingehen! Leute, die es schön finden, einen solchen Quatsch mitzumachen! Arschlöcher!«

»Ich denke darüber nach.«

»Du denkst darüber nach?« Sie hatte aufgehört zu essen und sah ihn wütend an. »Warum um Himmels willen denkst du darüber nach?«

Unter ihrem wütenden Blick schlug er die Augen nieder und versuchte, sorgfältig ein Stück von seinem Fleisch abzuschneiden. »Erstens, weil Beerta findet, dass ich hinmuss, und zweitens, weil ich keine Argumente habe.«

»Du hast keine Argumente?« Sie ballte die Faust neben ihrem Teller und beugte sich nach vorn, als wolle sie sich auf ihn stürzen.

»Wenn ich nicht hingehe, weiß ich nicht, ob ich bloß deswegen nicht gehe, weil ich es für Unsinn halte oder weil ich Angst habe«, sagte er, sich aufs Äußerste beherrschend.

»Du musst also erst wieder experimentieren? Du musst es wieder einmal machen, bevor du weißt, dass es Unsinn ist! Es reicht dir nicht, dass ich es dir sage!«

»Wenn ich nein sage, will ich wissen, warum ich nein sage«, erwiderte er. Er richtete sich auf und sah sie wütend an. »Wenn ich nein sage, weil ich Angst habe, werde ich immer ängstlicher! Wenn ich nein sage, weil es Unsinn ist, ist es Unsinn!«

Sie erschrak kurz, fasste sich jedoch sofort wieder. »Und wenn ich dir nun sage, dass es Unsinn ist?«

»Das reicht nicht.«

»Das reicht nicht?« Ihre Stimme wurde wieder schrill vor Bosheit.

»Nein! Das reicht nicht!«, wiederholte er wütend. »Und ob es reicht, entscheide ich! Es ist meine Stelle! Nicht deine!«

Sie schwieg. »Wann ist dieser Kongress?«, fragte sie.

»Anfang September«, sagte er widerwillig.

»Dann kannst du nicht gehen. Da sind wir in den Ferien.«

»Wir können doch danach noch in die Ferien fahren.«

»Du willst deinen Urlaub doch wohl nicht wegen eines solchen Scheißkongresses verschieben?«

Er gab keine Antwort und wandte seine Aufmerksamkeit dem Essen zu.

»Antworte!«, sagte sie drohend. »Du willst deinen Urlaub doch wohl nicht wegen eines solchen Scheißkongresses verschieben?«

»Ich verschiebe ihn nicht«, sagte er beherrscht. »Der Kongress ist am 14. zu Ende, also können wir am 14. in den Urlaub fahren!«

»Am 14. in den Urlaub? Wir können doch nicht am 14. in den Urlaub fahren, wenn der Kongress erst am 14. zu Ende ist!«

»Weil der Kongress in Brüssel ist.«

»Und was ist mit mir? Soll ich etwa allein mit den Rucksäcken nach Brüssel fahren? Ich denke ja gar nicht daran! Wie kommst du bloß auf eine solche Schnapsidee!«

Er blickte angespannt vor sich auf den Teller. »Ich hatte vorschlagen wollen, dass du mit zu diesem Kongress fährst.«

»Ich?«, fragte sie entrüstet. »Ich mit zu diesem Kongress? Ich denke ja gar nicht daran! Ich und zu einem solchen Unsinn mitfahren!«

»Du bist auch eingeladen.«

»Ich und eingeladen?« Sie lachte. »Na, dann kennen sie mich noch nicht! Stell dir nur vor! Die Frau des Herrn Wissenschaftler! Und dann soll ich sicher auch noch mit all diesen Arschlöchern reden! Das glaubst du doch wohl selbst nicht! Du glaubst doch wohl nicht, dass ich das tun würde? Du kennst mich doch!«

»Ja, ich kenne dich«, sagte er beherrscht.

»Na also!«, sagte sie zornig. »Red dann nicht so idiotisches Zeug!«

*

»So, Junge«, sagte sein Vater.

»Tag, Vater«, sagte er. Er stellte das Tonbandgerät in die Vorhalle, hängte seine Jacke an die Garderobe und folgte seinem Vater in dessen Zimmer. Draußen war es noch hell, im Haus begann es bereits zu dämmern. Das Grün der Sträucher und Bäume im Garten hatte in diesem späten Frühjahrslicht etwas Unwirkliches. Die Zweige wiegten sich im Abendwind. Es war ganz still, so, als sei niemand im Zimmer. Er nahm in der Sitzecke Platz, bei den Gartentüren. »Was hast du gerade gemacht?«

»Ich habe einen Apfel gegessen.« Auf dem Tisch stand ein Teller mit Apfelschalen, einem Obstmesser und einem Stückchen Apfel. Neben dem Teller lag eine aufgeschlagene Zeitung. Auf dem Tisch befanden sich neben einem Stapel Bücher ein Aschenbecher, Pfeifen und ein Tabaksbeutel.

»Hast du schon etwas gegessen?«, fragte sein Vater.

»Im Bahnhofsrestaurant in Amersfoort. Ich habe einen Mitarbeiter besucht, der Erzählungen sammelt.«

Sein Vater schnitt eine Scheibe von dem Apfelstück ab. »Willst du dir eine Pfeife stopfen?« Er reichte Maarten seinen Tabaksbeutel.

Maarten holte die Pfeife aus der Jackentasche und begann, sie sorgfältig zu stopfen, während sein Vater den Apfel aß.

Als er ihn aufgegessen hatte, stand er auf und brachte den Teller durch eine offen stehende Tür im hinteren Teil des Zimmers in die kleine Küche. Maarten hörte das Auf- und Zuklappen des Abfalleimerdeckels und danach Wasser aus einem Hahn strömen. »Willst du eine Tasse Kaffee?«, fragte sein Vater aus der Küche.

»Kannst du das denn?«

»Natürlich kann ich das. Ich habe jetzt eine Maschine.«

Maarten lauschte den Geräuschen in der Küche. Er hörte, wie sein Vater die Tassen auf die Spüle stellte, einen Löffel auf eine Untertasse legte, das Röcheln der Maschine. Kurz darauf kam er mit zwei Tassen herein. »Ich habe keine Milch.«

»Das macht nichts.« Er nahm die Tasse entgegen und merkte, dass die Hand seines Vaters ein wenig zitterte. Das rührte ihn, doch es hatte auch etwas Bedrohliches. »Bekommst du ab und zu noch Besuch?«, fragte er.

»Nicht so oft.« Er suchte sich eine Pfeife aus und begann, sie zu stopfen.

»Auch nicht von der Arbeit?«

»Gerda und ihr Mann waren kürzlich mal hier. Das sind nette Leute. Und ich habe natürlich auch noch Kontakt zu Gijs. Gijs ist ein prima Junge.«

»Und selber gehst du auch nicht.«

»Das soll man als alter Mann niemals tun. Man hält die Leute nur von der Arbeit ab. Und ich kann mich gut allein unterhalten.«

Sie schwiegen und rauchten. Maarten folgte mit den Augen dem Rauch, den er ausblies und der sich im Raum auflöste. Das Zusammensein mit seinem Vater hatte immer etwas Beklemmendes, doch er wusste nicht, wie er diese Beklemmung durchbrechen sollte.

»Ein Verleger hat mich gefragt, ob ich nicht meine Memoiren schreiben wolle«, sagte sein Vater. »Was hältst du davon?«

Die Frage überraschte Maarten. Er konnte sich nicht daran erinnern, dass sein Vater ihn jemals um sein Urteil gebeten hätte.

»Ich würde es nicht tun«, sagte er, bevor er noch richtig darüber nachgedacht hatte.

»Ja, zu dem Schluss bin ich auch gekommen.«

»Es sei denn, dass man ganz hart sein kann und genau das ausspricht, was man über die Menschen denkt.« Eine leichte Erregung ergriff ihn, die ihn daran hinderte, klar zu denken, er redete aufs Geratewohl. »Aber ich glaube nicht, dass du das kannst.«

»Nein, das kann ich nicht«, gab sein Vater zu. »Ich glaube also, dass ich es nicht mache.«

Sie schwiegen. Es dauerte einen Moment, bis sich Maartens Begeisterung über die Vertraulichkeit des Gesprächs gelegt hatte und er seine Gedanken wieder halbwegs unter Kontrolle hatte. Er beugte sich etwas nach vorne und nahm das oberste Buch vom Stapel. »Was liest du gerade?« Seine Stimme war noch etwas unsicher.

»Hauptsächlich Krimis. Der, den du da in der Hand hast, ist gut. Du kannst ihn dir ausleihen.«

Maarten lachte. Er legte das Buch wieder zurück. »Vielleicht nach der Rente«, wehrte er ab. »Im Augenblick habe ich dafür keine Zeit.«

*

»Jemand für Herrn Beerta. Übernehmen Sie ihn?«, fragte der Telefonist.

»Koning!«, wiederholte Maarten. Er nahm einen gelben Leihschein vom Stapel und suchte einen Bleistift.

»Karel Ravelli!«

»Tag, Karel.« Er legte den Zettel wieder weg.

»Ich hatte nach Beerta gefragt.«

»Der ist in Leeuwarden.«

»Was will er *da* nun wieder? Davon hat er mir nichts gesagt!«

»Die Vereinigung der Volkstanzgruppen.«

»Die Vereinigung der Volkstanzgruppen!«, rief Karel aufgeregt. Er lachte laut. »Darum hat er natürlich auch nichts davon gesagt!« Er lachte erneut ausgelassen.

Maarten schmunzelte. »Ich kann es mir auch nur schwer vorstellen.«

»Sag mal, jetzt, wo ich dich schon mal am Telefon habe: Ihr wolltet mich doch immer mal besuchen kommen, weißt du noch?«

»Ja«, sagte Maarten zögernd.

»Können wir dann nicht gleich einen Termin machen? Oder bist du momentan zu beschäftigt?« Er lachte erneut. »Das sagt Anton immer, wenn er keine Lust hat.«

»Nein, ich bin nicht zu beschäftigt«, sagte Maarten ohne große Begeisterung.

»Denn sonst kommen wir nie dazu!«

»Nein.«

Sie legten einen Termin fest. Als er den Hörer aufgelegt hatte, nahm er ihn sofort wieder ab und rief Nicolien an.

»Ich hatte gerade Karel Ravelli am Telefon.«

»Ja?«

»Er wollte sich verabreden.«

»Und was hast du gesagt?«

»Ich habe einen Termin für Freitag gemacht.«

»Ach«, sagte sie verstimmt. »Konntest du dich nicht herausreden?«

»Nein.«

»Ich finde, er ist ein fürchterlicher Mensch.«

»Ja.«

»Und Beerta? Kommt Beerta dann auch?«

»Das nehme ich an.«

»Das ist wenigstens etwas. Beerta finde ich nett.«

*

»Ich bin lange nicht mehr hier gewesen«, sagte Frans scheu. Er trug einen schwarzen Pullover, eine schwarze Cordhose, schwarze Sandalen, schwarze Socken und verbreitete einen starken Schweißgeruch. »Das kommt daher«, er zögerte, »weil ich es euch eigentlich immer noch übelnehme, dass ihr mich damals in die Valeriusklinik zurückgeschickt habt.« Er blickte rasch von Nicolien zu Maarten. »Versteht ihr das?«

»Nein«, sagte Maarten, »das verstehe ich nicht.« Die Bemerkung weckte seine Aggressionen.

»Oh«, sagte Frans verdattert, »nein, vielleicht ist es auch Unsinn.« Er blickte rasch zu Nicolien und dann wieder zu Maarten.

»Ich glaube, ich verstehe es schon«, sagte Nicolien.

»Ja?«, fragte Frans hoffnungsvoll.

»Wie hattest du dir das denn vorgestellt?«, fragte Maarten, ihre Bemerkung ignorierend. »Dass du hier für den Rest deines Lebens im Hinterzimmer sitzen würdest und wir jedes Mal an dir vorbeimüssten, wenn wir zum Klo gehen oder uns waschen oder Essen kochen wollen? Das hätte dich in den totalen Wahnsinn getrieben, und uns auch.« Er fand es so verrückt, dass Frans ihm dies übelnahm, dass er seine Wut nur mit Mühe kontrollieren konnte.

»Ja, das ist natürlich so«, sagte Frans schnell, »es ist natürlich Unsinn, es war nur so ein Gedanke. Mein Bruder sagte auch schon, dass es idiotisch wäre.«

Sie schwiegen. Maarten suchte nach einer Pfeife und langte nach seinem Tabak.

»Deswegen bin ich eigentlich auch nicht hier«, sagte Frans hilflos. »Es war eher so, dass ich plötzlich daran dachte. Habt ihr das nie?«

»Möchten Sie Tee und Zucker in Ihre Nase?«, rief Maarten.

»Oh«, sagte Frans verblüfft und sah Nicolien an.

Maarten lachte. »Das ist ein Witz von meinem Vater. Ein Freud'scher Versprecher über eine Frau mit einer riesigen Nase.«

»Ach so.« Er lachte unbehaglich.

»Möchtest du eine Tasse Kaffee?«, fragte Nicolien. Sie stand auf.

»Ja«, sagte Frans zögernd, während er zu ihr hochsah, »wenn ...«

»Wenn ich dir damit keine Ungelegenheiten bereite«, ergänzte

Maarten, in den Worten von Nicoliens Mutter. Er hatte seine Irritation noch immer nicht ganz unter Kontrolle.

»Du auch noch eine?«, fragte Nicolien.

Er nickte.

Sie ging durch das Hinterzimmer zur Küche.

»Du wohnst jetzt in der Prinsengracht?«, fragte Maarten. Er steckte seine Pfeife in den Mund und kramte nach den Streichhölzern.

»Ja.« Er zögerte. »Ich hatte gedacht, dass ihr mich vielleicht noch mal besuchen würdet.«

»Aber wir kennen die Nummer doch überhaupt nicht?«

»Ja, das ist natürlich so«, er lief rot an, »vielleicht soll man auch besser nicht besucht werden. Das ist vielleicht reiner.«

Maarten verstand nicht, warum es reiner sein sollte, doch er reagierte nicht darauf. »Hast du dort ein Zimmer?« Er sah Frans an, noch immer etwas widerwillig.

»Ja, zusammen mit einem Freund.«

»Einem Freund?«

»Na ja, ich meine damit nicht … Es ist nicht so, ich meine, mit einem Freund«, er verstrickte sich in dem, was er meinte, »einem normalen Freund, meine ich.«

Maarten war nicht sicher, ob er es verstanden hatte, doch er fragte nicht weiter.

Nicolien kam aus der Küche zurück. Sie stellte den Kaffee vor sie hin und hielt Frans einen Teller mit geschmierten Rosinenbutterbroten hin. »Willst du ein Rosinenbutterbrot?«

»Danke, gern.« Er versuchte, mit den Fingerspitzen eines der Brote vom Teller zu nehmen, doch es gelang ihm nicht besonders gut, weil er es fast nicht zu berühren wagte. Er wurde erneut rot.

»Soll ich es machen?« Sie nahm ein Butterbrot herunter und legte es auf seine Untertasse.

»Danke«, sagte er erleichtert.

Maarten sah zu. »Dafür müsste man eigentlich eine Kunsthand haben. Einen Greifer. Wie bei einem Glücksautomaten.«

»Ja.« Frans wurde knallrot.

Sie tranken ihren Kaffee. Frans aß sein Butterbrot, als habe er Angst davor zu krümeln. Maarten wandte seinen Blick ab.

»Musst du jetzt noch zum Psychiater?«, fragte Nicolien.

»Ja, sonst wäre es nicht möglich.« Er sah Maarten an. »Es geht noch nicht so gut.«

»Was hast du denn?«, fragte Maarten.

Frans konnte nicht sofort antworten, weil er einen Bissen im Mund hatte. Während er ihn hastig hinunterschluckte, sah Maarten ihn an. Frans wurde erneut rot. »Zwangsvorstellungen. Ängste.«

»Was denn zum Beispiel für Zwangsvorstellungen?«

»Würmer beispielsweise«, sagte Frans scheu. »Wenn ich irgendwo gesessen habe, an meinem Tisch zum Beispiel, sehe ich hinterher überall Würmer. Zuerst dachte ich, dass sie von der Katze kämen, aber dann habe ich die Katze nicht mehr hereingelassen, und jetzt sind sie immer noch da.« Er blickte hilflos von Maarten zu Nicolien. »Ich denke jetzt also, dass sie von mir kommen, aber das wird wohl Unsinn sein, glaubt ihr nicht?«

»Wie sehen die Würmer aus?«, fragte Maarten.

»Klein und weiß. Sie haben rote Köpfe. Hat Jonas die nicht?«

»Jonas hat keine Würmer«, sagte Nicolien.

»O nein, natürlich nicht«, sagte Frans erschrocken. »Entschuldigung.«

»Und was sagt van der Meer dazu?«, fragte Maarten.

»Der lacht mich aus. Als ob mir das weiterhilft.«

»Komisch. Aber eigentlich ist das keine Zwangsvorstellung.«

»Nein, natürlich nicht«, sagte Frans hastig. »Es ist eher eine fixe Idee, meinst du.«

»Aber du hast darunter zu leiden.«

»Ja. Ich mache jetzt jeden Tag den Tisch und das Zimmer mit Seifenlauge sauber, aber das hilft auch nicht. Du kannst dir vorstellen, dass ich jetzt, wenn ich sitze und lese, ständig scharf auf den Tisch gucke, ob ich sie wieder sehen kann.«

»Vielleicht haben Hausfrauen das auch«, sagte Maarten schmunzelnd, »dass sie glauben, sie hätten Würmer. Bloß reden sie nicht darüber.« Er sah Nicolien an.

»Ich mache das Zimmer nie mit Seifenlauge sauber!«, sagte Nicolien entrüstet.

»Nein, aber du glaubst auch nicht, dass du Würmer hast.« Das Gespräch amüsierte ihn.

Frans lachte ein bisschen, aber nicht von Herzen.

»Und weiter?«, fragte Maarten und sah ihn an.

»Das reicht erst mal«, sage Frans verlegen, »oder meinst du nicht?«

Maarten nickte.

Sie schwiegen.

»Wollt ihr noch eine Tasse?«, fragte Nicolien. Sie stand auf.

»Ich habe gehört, dass Erfrieren der schönste Tod wäre«, sagte Frans, als sie den Kaffee eingeschenkt hatte. Er sah von Nicolien zu Maarten. »Habt ihr das auch schon gehört?«

»Ich dachte, Ertrinken«, sagte Maarten.

»Oh.«

»Ertrinken ist das Einatmen von Wasser«, zitierte Maarten, »Augen, Ohren, Lymphkanäle, das alles trinkt sich endlich satt.«

»Nein, ich dachte, Erfrieren. Ich habe gehört, dass man dann allerlei Halluzinationen bekommt, und zwar angenehme.«

»Beim Ertrinken scheint man sein gesamtes Leben noch einmal vor sich zu sehen«, erinnerte sich Maarten.

»Das finde ich eigentlich nicht so schön. Das wissen wir ja nun.«

Maarten lachte. »Wie will man das denn machen? Sich in den Gefrierschrank setzen?«

»Man könnte nach Norwegen fahren und dann einfach in die Berge gehen.«

»Mit seinen Tagebüchern in einem Köfferchen. Denn die muss man da oben natürlich vorzeigen.«

Frans schmunzelte, obwohl ihm offenkundig nicht danach zumute war. »Ja, zum Beispiel«, sagte er.

Als Maarten ihn zur Tür brachte und er schon draußen war, drehte er sich zögernd um. »Ich würde gern einmal mit euch spazieren gehen? Ginge das?«

»Ja, natürlich geht das. Schön.« Es klang nicht sehr überzeugend.

»Vielleicht Sonntag?«
»Gut.«

»Ich fand dich nicht besonders freundlich«, sagte Nicolien, als er wieder ins Zimmer kam.

»Er irritiert mich. Ich kann diese Hilflosigkeit nicht ausstehen.«

»Aber das ist, weil er krank ist.«

»Ja«, sagte er widerwillig.

»Dann kannst du doch wohl etwas netter sein?«

»Ja, ich war nicht sehr nett«, gab er zu.

*

Karel Ravelli öffnete ihnen mit einem breiten Grinsen. Er trug eine Brille mit einem schweren, schwarzen Gestell und einen gut geschnittenen grauen Anzug. Er war dick geworden. »Kommt herein!«, sagte er. Seine Hand fühlte sich feucht an, eine schlaffe Hand. Er ging vor ihnen her, eine schmale Treppe hinauf in den ersten Stock. Auf dem Boden des Vorzimmers, in das sie eintraten, lag schwarzes Linoleum. Durch die Bäume vor dem Haus hatte das Licht bei den Fenstern eine grünliche Farbe. In der Mitte des Zimmers standen drei schwarze Armstühle aus Stahl um ein tadellos in Grau und Rot lackiertes Tischchen gruppiert, auf dem sich lediglich ein sauberer Aschenbecher befand und etwas seitlich davon eine dezente Stehlampe. Neben den geöffneten Schiebetüren zwischen dem vorderen und dem hinteren Zimmer stand ein Ficus. Die Wand wurde von einem schwarz lackierten Bücherregal ausgefüllt, an der anderen Wand hing der Abguss eines Wasserspeiers. »Wollt ihr erst Tee?«, fragte er laut. »Dann setze ich eben Wasser auf. Macht es euch inzwischen bequem.«

Während Nicolien sich hinsetzte, warf Maarten einen Blick ins Hinterzimmer. Auf einem Tisch standen eine Schale mit Käsegebäck, eine Schale mit Erdnüssen, ein Brett mit Camemberttoasts und eine Flasche Wein mit einem Korkenzieher daneben. Er ging weiter zum Fenster und blickte auf die Gracht. Das Fenster war zur Hälfte hochgeschoben. Draußen hörte man die Geräusche des Sommerabends, gedämpft durch das tiefgrüne Laub der Bäume. In der Gracht vor dem Haus lag ein verwittertes, ehemals weißes Hausboot mit einem grünen Rand entlang des Daches. »Er wohnt hier schon ganz schön scharf«, sagte er.

»Ja«, sagte sie.

»Bewunderst du meinen Ausblick?«, fragte Karel, der den Raum betrat. »Für mich ist das der schönste Fleck Amsterdams, gleich nach der Gouden Bocht! Nur die Hausboote sind eine bloody shame, die sollte man verbieten.«

»Die finde ich gerade schön«, sagte Nicolien.

»Ich auch! Aber nicht hier! Dafür gibt es den Seitenkanal F. Neulich kam der Besitzer bei mir an und fragte mich, ob er ein Buch von mir leihen könnte! Er hatte gesehen, dass ich Bücher habe!« Er lachte herzlich. »Das hätte ich mir dann auf dem Flohmarkt Waterlooplein wieder zurückholen können!« In der Ferne begann ein Wasserkessel zu pfeifen. »Einen Augenblick noch!« Er verließ den Raum wieder.

Maarten setzte sich. Er vermied es, Nicolien anzusehen.

»Wir bleiben doch nicht allzu lange, oder?«, fragte sie beklommen.

»Wir werden sehen«, wehrte er ab.

»Denn du hast immer so viel Sitzfleisch.«

Er gab darauf keine Antwort.

Karel kam mit einer weißen Teekanne zurück. »Anton hat dafür einen gestrickten Kannenwärmer«, sagte er grinsend, »noch von seiner Mutter.« Er stülpte eine beigefarbene Haube über die Kanne und stellte sie auf einen Teetisch, auf dem auch weiße Tassen und ein weißer Zuckertopf standen.

»Fährst du noch nach Israel?«, fragte Maarten.

»Woher weißt du das?« Er setzte sich. »Oh, das weißt du natürlich von Beerta! Ende nächster Woche!«

»Weil sie deine Reise zuerst nicht bezahlen wollten?«

»Ach, das weißt du auch schon?«, sagte Karel vergnügt. »Beerta erzählt aber auch alles weiter! Die Reise wird bezahlt! Und weißt du, worauf ich mich freue? Dass ich das Ganze auch noch mit ein paar Tagen Istanbul verbinden kann! Das ist ein Lebenstraum von mir.«

»Kaffee trinken am Goldenen Horn«, begriff Maarten.

Karel hob seine Hände hoch. »Nein, gerade das geht nicht!« Sein

Ton hatte etwas Schmerzvolles. »Da gibt es nur Kneipen und Huren! Das macht es so traurig! Das haben all diese Hafenstädte! Piräus auch! Obwohl sie doch eine so einzigartige Promenade haben könnten! Wie in Neapel! Kennt ihr Neapel?« Er sah Nicolien an.

»Nein«, sagte Nicolien.

»Das ist herrlich! Da müsst ihr anyhow mal hin! Eine breite Promenade! Rundherum beleuchtet! Mit Hotels, Restaurants und dazwischen kleinen Parks und Streichorchestern. Eine echte Promenade, um herrlich darauf zu flanieren!«

»Den kriegt Istanbul bestimmt auch noch«, tröstete Maarten. »Wenn der Tourismus das Ganze erst einmal richtig verdorben hat.«

Karel hörte es nicht oder schenkte dem keine Aufmerksamkeit. Er war aufgesprungen und ging zum Teetisch. »Wollt ihr Zucker und Milch?«

»Worüber hältst du deine Vorlesungen in Israel?«, fragte Maarten, als sie ihren Tee hatten.

»Über Recht und Unrecht.«

»Was ist Unrecht?«

»Unrecht?« Er beugte sich vor und sah Maarten durch seine Brille an, während er nach einer Antwort suchte. »Unrecht ist«, er blickte ihn fest und unverwandt an, »Unrecht ist beispielsweise, was jetzt gerade mit diesem Boudewijn H. passiert! Die Art und Weise, wie der Junge behandelt wird!« Er regte sich auf. »Stell dir vor, dass du mit sechzehn einen Freund getötet hättest und dann die ganze Welt über dich herfiele! Was soll dieser Junge tun? Und der Einzige, der das versteht, der nobelste, edelste Mensch, den man sich vorstellen kann, ein Mensch mit einem warmen, mitfühlenden Herzen«, er regte sich immer mehr auf, »der es verdammt Scheiße findet, dass so ein Junge, der sein ganzes Leben noch vor sich hat, einen Mord verübt hat, ausgerechnet so ein Mann wird vom Minister gerügt, weil er diesen Jungen persönlich aus dem Haus, in dem er wohnte, abgeholt hat! Als ob er das nicht auch getan hätte, wenn der Junge in einer Hütte gewohnt hätte!« Er schwang seine Arme. »Aber nein! Weil der Junge nun einmal zufällig in einem Haus mit achtundvierzig Zimmern wohnt, hätte er es nicht tun dürfen, und jetzt fallen die Journalisten wie die Geier über ihn her, um ihn der Klassenjustiz zu beschuldigen! Klassenjustiz!« Er lachte höhnisch. »Als ob der Mann sich gedacht hat: Sieh mal an, das ist ein Haus mit achtundvierzig Zimmern, da werde ich mal schön Klassenjustiz üben!« Er schlug sich vor den Kopf. »Wie kommen sie bloß auf einen solchen Unsinn? Dafür ist der Mann viel zu gutherzig! Weißt du, was ich getan habe, als er seine Rüge bekommen hat?« Er sah Maarten durchdringend an. »Weißt du, was ich getan habe? Ich bin zu ihm hingegangen und habe ihm einen warmen Händedruck gegeben!«

Das hätte ich nicht besonders angenehm gefunden, wollte Maarten sagen, doch er verkniff es sich. »Mir scheint, dass die Sache doch etwas komplizierter ist«, sagte er. »De Bruin, unser Hausmeister, und Slofstra, unser kleinster Angestellter, sind auch beide noble, edle und gutherzige Menschen, aber trotzdem buckeln sie nach oben und treten nach unten. Oder glaubst du, dass sich de Bruin sagt, wenn er zu Beerta geht: ›Bei dem werde ich mal schön buckeln‹? Das geschieht mit einem reinen Gewissen, ohne irgendwelche Hintergedanken.«

Karel schmunzelte amüsiert. »Das ist etwas anderes.«

»Außerdem hat er die Polizei die ganze Nacht im Regen nach dem Jungen suchen lassen, obwohl er bei ihm zu Hause saß.«

»Oh, aber das finde ich herrlich!« Er regte sich erneut auf. »Das kann ich nur herrlich finden! Davon werden sie schon kein Rheuma bekommen haben! Sie haben nur für die Katz gearbeitet! Was glaubst du, was diese Kerle sonst gemacht hätten? Die hätten die schönste Klassenjustiz betrieben! Umgekehrte Klassenjustiz! Wenn die etwas von einem Haus mit achtundvierzig Zimmern hören, fühlen sie sich erst richtig wohl! Ein hübscher Skandal! Da werden wir mal eine schöne kleine Ermittlung durchführen! Das ist nun gerade das Elend in den Niederlanden, dass alle Zeter und Mordio schreien, wenn jemand aus einem besseren Milieu ein Verbrechen begeht! Achte mal darauf! Wenn ein Intellektueller etwas getan hat, steht es am nächsten Tag *so groß* in der Zeitung«, er streckte seine Hände weit auseinander. »Achte mal darauf! Wenn du jemals einen Mord verüben solltest, was Gott verhüten möge, wirst du sehr viel härter bestraft als Otto Normalverbraucher! Das sind die Niederlande!«

»Ist das so?«, fragte Maarten skeptisch.

»Natürlich ist das so!«

»Woher weißt du das?«

»Weil ich darüber habe forschen lassen!«

»Kriege ich dann mehr Jahre? Oder wie geht das?«

»Ach, du verrennst dich in die Anzahl der Jahre. Die Jahre sind nicht wichtig, wohl aber die Zeitungen und das Ermittlungsverfahren! Weißt du, was sie mit Boudewijn H. gemacht haben?«

»Nein.«

»Na, das ist auch gut so, denn wenn du das wüsstest, würdest du weinen!«

Maarten schmunzelte. »Haben sie ihn denn geschlagen?«

»Ach, geschlagen! Da gibt es schon noch andere Methoden!« Er federte hoch, in heftiger Erregung. »Siebenunddreißig Mal haben sie den Jungen den Mord rekonstruieren lassen! Siebenunddreißig Mal! Siebenunddreißig Mal zum Tatort!« Er sprang auf und machte es vor. »Wo hast du dies hingelegt? Antworte! Wo hast du das hingelegt? Antworte! Und dann kurz etwas essen, und dann wieder aufs Neue! Siebenunddreißig Mal! Obwohl er schon längst gestanden hatte!« Er sank in seinen Stuhl zurück. In diesem Moment klingelte das Telefon. »Einen Augenblick.« Er stand auf und ging ins Hinterzimmer. »Ravelli«, hörte Maarten ihn sagen. Er lachte. »Wir sitzen hier einfach und diskutieren! ... Sicher denke ich an die Nachbarn! ... Komm dann dazu! ... Bis gleich!« Er kam schmunzelnd zurück. »Das war Beerta. Er hatte Angst, dass wir uns streiten würden und die Nachbarn es hören könnten. Wollt ihr noch eine Tasse Tee?«

»Habt ihr Nachbarn?«, fragte Maarten, während Karel den Tee einschenkte.

»Oben drüber. Ein Ehepaar.« Er stellte den Tee vor sie hin und bot ihnen einen Keks an. »Über die Art und Weise, in der Polizei und Gericht diese Dinge angehen, kann ich mich maßlos aufregen«, sagte er und nahm wieder Platz. »Sie machen wirklich alles verkehrt! Aber auch wirklich alles! *Das* ist Unrecht!«

»Wie würdest du es denn machen?«, fragte Maarten.

»Völlig anders!«

»Gib mal ein Beispiel!«

»Ja, ein Beispiel …«

»Der Fall Boudewijn H.«, schlug Maarten vor. »Du bist Untersuchungsrichter.«

»Gut.« Er richtete sich auf und sah Maarten mit einem durchdringenden Blick an, sofort in seiner Rolle. »Ich würde ihn zum Beispiel fragen, ob er weiß, warum er es getan hat.«

Maarten lachte. »Und was glaubst du, wird er antworten?«

»Ja, das weiß ich natürlich nicht, denn ich kenne die Akte nicht! Ich habe keine Fakten!«

»Dann bin ich Boudewijn H.«

»Gut.«

»Auf deine Frage antworte ich: ›Nein, ich weiß es nicht‹. Es scheint mir unwahrscheinlich, dass er etwas anderes antworten wird. Ich habe sein Bild gesehen. Dieser Junge wird immer erst einmal nein sagen.«

»Siehst du! Da sieht man es mal wieder!«, platzte Karel los. »Du hast sein Bild gesehen! Darauf kannst du doch kein Urteil aufbauen?«

»Natürlich kann ich das. Aber das ist auch egal, denn was er auch sagen würde, in der Praxis würde es darauf hinauslaufen. Glaubst du wirklich, dass man einen derart komplizierten Vorfall in Worte fassen kann, vorausgesetzt, man hat eine Ahnung von den eigenen Motiven? Das einzige Motiv, das du erwarten kannst, ist eines, das er in Büchern gelesen hat und das ihn in einem möglichst günstigen Licht erscheinen lässt.«

»Ich hätte das wahrscheinlich auch nicht gefragt«, gab Karel zu. »Wahrscheinlich würde ich fragen, was er nun vorhabe zu tun.«

»Gut. Die Antwort ist wieder, dass er das nicht weiß.«

»Aber wir wissen auch rein gar nichts über ihn!« Er hob die Hände. »Wenn ich mit meinen Studenten einen Fall behandle, hole ich mir immer die Akte dazu!«

»Und weiß man dann mehr über jemanden? Das Einzige, was man dort findet, sind die Klischees, mit denen ein anderer ihn belegt.«

»Man muss die Akten hinzuziehen!«, unterbrach ihn Karel. »Man kann sich nicht so einfach in jemanden hineinversetzen, der einen Mord begangen hat! Das kann keiner! Man muss die Fakten kennen! Und die kenne ich, wenn ich die Akten habe.«

»Die Fakten kenne ich auch. Er hat eine Scheißjugend gehabt. Derzeit hat jeder, der etwas getan hat, eine Scheißjugend gehabt.«

Die Antwort belustigte Karel. »Aber es ist eine Tatsache!«, sagte er lachend. »Sie waren alle bis zu ihrem vierten Lebensjahr Bettnässer!«

»Na bitte!«, sagte Maarten triumphierend. »Du liest in den Akten, was in Mode ist, und benutzt es anschließend, um deine Studenten zu verblüffen. Du benutzt deine Akten als Autorität!«

»Nein, nein!«, rief Karel, federte hoch und zeigte auf Maarten. »Ich gebe gern zu, dass die Akten nicht viel wert sind, noch viel weniger als du glaubst! Aber man weiß zumindest etwas! Sagen wir, null Komma ein Prozent! Ohne Akten sind es null Prozent!«

»Diese null Komma ein Prozent sind Interpretation«, ließ Maarten nicht locker. »Du bist den Ärger los, aber mit der Wirklichkeit hat es nichts zu tun. Es ist völlig unmöglich, sich in jemanden hineinzuversetzen. Man kann sich selbst in ihn hineinprojizieren, und auf diese Projektion gründest du dann wiederum dein Urteil.«

»Aber es ist nun einmal gerade so, dass ich mir niemals ein Urteil bilde!«, rief Karel verzweifelt und schwang die Arme nach oben. »Das ist auch so etwas! Ich bleibe immer unsicher über den Wert eines Menschen! Ich bin kein Psychiater! Du glaubst, dass ich ein Psychiater bin! Das Einzige, was ich beurteilen kann, ist die Situation! Man hat diese oder jene Situation! Und hier hat man einen Jungen, der mit sechzehn einen Mord begangen hat, und das ist schrecklich! Tu was dagegen! Sprich darüber! Versuche, den Jungen mit seiner Schuld zu versöhnen! Das ist Recht!«

»Aber du kannst diesen Jungen überhaupt nicht mit seiner Schuld versöhnen. Er versteht es selbst nicht. Glaubst du denn, dass ein sechzehnjähriger Junge weiß, was Todesangst ist? Das weiß er erst, wenn er fünfunddreißig oder fünfundvierzig ist. Ein Mord im Alter von fünfunddreißig ist etwas ganz anderes als einer mit sechzehn. Je älter er wird, desto weniger wird er es begreifen. Er kann es verdrängen. Aber begreifen?«

»Ja, Todesangst!«, rief Karel. »Was ist das nun wieder? Warum muss jetzt auch noch Todesangst dazukommen? Ich weiß nicht einmal, was das ist, Todesangst! Warum sollte ich es dann bei diesem Jungen verstehen? Vor ein paar Tagen noch! Vor ein paar Tagen habe ich den Film über die Beerdigung van Gasterens gesehen! Weißt du, was ich dachte? Weißt du, was ich dachte? Ich dachte: Ich wollte, ich läge dort! Keine Angst mehr vor der Atombombe und all dem anderen Elend, das uns droht!«

Maarten begann, laut zu lachen. Das brachte Karel aus dem Konzept. Er sah Maarten verdattert an und schmunzelte. Dann erinnerte er sich offenbar daran, dass Nicolien auch da war, denn er sah sie an. »Willst du vielleicht ein Gläschen Wein?« Er stand auf und ging in das hintere Zimmer. Maarten hörte ihn den Telefonhörer abnehmen und eine Nummer wählen. Im darunterliegenden Zimmer klingelte das Telefon, und er hörte gedämpft Beertas Stimme. »Kommst du noch?«, fragte Karel. Die Stimme gab eine unverständliche Antwort. »Dann leg das mal eben zur Seite. Das hier ist wichtiger als deine Arbeit.« Die Stimme antwortete wieder. Karel lachte herzlich. »Das wirst du dann schon hören. Bis gleich.« Er legte den Hörer auf, verschob etwas und kam mit einem normalen Armsessel wieder herein. »Beerta kommt auch noch«, er stellte den Sessel zwischen seinen eigenen und den von Maarten, »aber nicht lange, denn er muss noch arbeiten.« Es klang amüsiert. Er ging wieder in den hinteren Raum. Maarten stand auf und sah sich im Bücherregal um. Im Hinterzimmer wurde die Flasche entkorkt. Die Treppe knarrte. Maarten drehte sich um und sah zur Tür. Beerta kam herein. Er blinzelte nervös, als er Maarten dort stehen sah. »Ihr kennt einander, oder?«, scherzte Karel, als er mit dem Wein und der Schale mit dem Käsegebäck hereinkam. Beerta nickte steif, spitzte die Lippen und gab Nicolien die Hand. »Tag, N-nicolien.« Er nickte Maarten zu. »Tag, Maarten.« Karel kam mit vier Gläsern und dem Schälchen mit Erdnüssen aus dem Hinterzimmer. Beerta setzte sich.

»Es fehlte nur wenig, und ich hätte der D-diskussion w-wortwörtlich folgen können«, sagte er.

»Karel will ein Buch über Boudewijn H. schreiben«, sagte Maarten.

»Ja?« Beerta hob die Augenbrauen und sah Karel fragend an.

»Das ist ja was!«, rief Karel aufgeregt. »So entstehen Gerüchte! Der Fall Boudewijn H. ist einer von mehreren Fällen! Ich schreibe keine case stories! Dann könnte ich gleich neunzigtausend case stories schreiben!« Er schenkte den Wein in die Gläser. Bei Beertas Glas hielt er die Flasche kurz hoch. »Du auch, Anton? Oder willst du lieber Genever?«

»Gib mir ruhig auch Wein«, sagte Beerta sauer. Er saß aufrecht in seinem Sessel, höher als die anderen, und machte in diesem glatten, modernen Raum einen etwas entwurzelten Eindruck.

»Was schreibst du denn?«, fragte Maarten.

»Ein theoretisches Werk.«

»Das Beschreiben eines konkreten Falls ist der beste Weg, eine Theorie zu verkaufen«, meinte Maarten, »das fand ich auf der Sonntagsschule auch schon.«

»Das höre ich zum ersten Mal, dass du auf der Sonntagsschule gewesen bist«, sagte Beerta amüsiert.

»Haben Sie das nie gemerkt?«, fragte Maarten.

Beerta schmunzelte.

»Prost!«, sagte Karel und hielt sein Glas hoch.

Sie hoben ihre Gläser und nahmen alle vier einen Schluck, worauf Beerta und Karel ihre Gläser noch einmal erhoben, ein Ritual, das Maarten und Nicolien nicht kannten.

»Und was willst du damit dann erreichen«, fragte Maarten, der den Gesprächsfaden wieder aufgriff, »wenn du keinen konkreten Fall behandelst?«

»Erreichen? Erreichen? Letztendlich will ich natürlich das Bewusstsein verändern, wer möchte das nicht?«

»Die Menschen bessern«, brachte es Maarten auf den Punkt.

»Nicht bessern!«, rief Karel aus. »Das geht schon lange nicht mehr! Das ist eine völlig veraltete Vorstellung! Das haben sie früher geglaubt, ja! Schuld! Wenn jemand ein Verbrechen begangen hat, muss man ihm die adäquaten Schuldgefühle vermitteln! Ob er nun acht oder zehn Jahre bekommt, das ist egal! Wenn er nur Einsicht in seine Schuld aufbringt. Einsicht, darum geht es!«

Maarten lachte. »Ach, hör doch auf. Schuld ist nichts anderes als der Konflikt zwischen einem Charakter und seiner Umgebung.«

»Na, hör mal«, fiel Karel ihm ins Wort, »sprich jetzt bitte nicht über diesen veralteten Begriff des Charakters, sag lieber: der Mensch *an sich*!«

»Dann eben Persönlichkeitsstruktur.«

»Das ist schon etwas besser.«

»Schuld ist also nichts anderes als ein Konflikt zwischen der Persönlichkeitsstruktur eines Menschen und seiner Umgebung«, wiederholte Maarten. »Derselbe Mörder ist unter anderen Umständen oder in einer anderen Umgebung plötzlich kein Mörder, weil sein Mord gebilligt wird. Es hängt also von der Gesellschaft ab.«

»Da haben wir es wieder!« Verzweifelt hob er die Arme hoch. »Die Gesellschaft ist an allem schuld! Das Dogma, mit dem der Sozialismus uns zu tyrannisieren versucht.«

»Ich sage nicht, dass die Gesellschaft schuld ist«, unterbrach ihn Maarten. »Ich will damit nur sagen, dass das Vermitteln adäquater Schuldgefühle geistiger Zwang ist.«

»Der Sozialismus!«, rief Karel. »Der Sozialismus ist geistiger Zwang!«

»Karel!«, warnte Beerta lächelnd. »Denk doch an die Nachbarn!«

»Ja, weil du auch ein Sozialist bist!«, sagte Karel grinsend. »Das willst du natürlich nicht hören.«

»Das Individuum muss sich der Gemeinschaft anpassen«, sagte Beerta steif.

»Natürlich muss sich das Individuum der Gemeinschaft *nicht* anpassen«, sagte Maarten verärgert. »Das Individuum muss sich überhaupt nicht anpassen! Es muss für seine Eigenarten einstehen! Wenn man ein Mistkerl ist, bleibt man ein Mistkerl, auch wenn einem Schuldgefühle eingeredet werden. Man wird dann höchstens ein heuchlerischer Mistkerl! Wenn man jemandem Schuldgefühle einredet, nimmt man quasiphilosophische Polizeiaufgaben wahr! Man hat keine Schuldgefühle zu haben!«

»Und der Mann, der morgens Streit mit seiner Frau gehabt hat und abends eine Blume mitbringt, hat der denn etwa keine Schuldgefühle?«, fragte Karel.

Maarten lachte. »Das ist doch kein Beispiel.«

»Nun, dann ein anderes Beispiel!« Er schwang seinen Arm hin und her. »Jemand, der Hakenkreuze an Synagogen malt, dann zur Einsicht gebracht wird und sehr viel Gutes für die Juden tut!«

»Das ist ebenfalls Antisemitismus, nur aus Sicht der Gesellschaft nicht so gefährlich.«

»Dann solltest du mal der Van-der-Hoeven-Klinik in Utrecht einen Besuch abstatten, dann würdest du sehen, welche Resultate sie dort erzielen!«

»Gib mal ein Beispiel.«

»Da fällt mir so schnell nichts ein, aber du wärst überrascht!«

»In Russland erzielen sie auch außergewöhnliche Resultate, mit Gehirnwäschen, und in Amerika mit dem Abtrennen der Hypophyse, aber was bringt das? Es geht mir doch gerade darum, dass man jemandem keine Schulgefühle vermitteln kann, ohne seiner Persönlichkeit Gewalt anzutun.«

»Das sehe ich aber ganz anders!«

»Wer für die Juden ist, ist kein Antisemit«, meinte Beerta.

»Dann bring Argumente«, sagte Maarten zu Karel. »Natürlich ist das ein Antisemit«, sagte er seitwärts zu Beerta.

»Warte nur auf mein Buch«, sagte Karel. Er hielt die Flasche hoch. »Wollt ihr noch Wein?«

»So jemanden nenne *ich* einen Philosemiten!«, sagte Beerta.

»Wann erscheint es?«, fragte Maarten skeptisch. Er sah rasch zu Beerta. »Das ist dasselbe.«

»Bald«, versprach Karel. »Ich muss es jetzt schreiben, denn in zwanzig Jahren ist es veraltet.«

»Warum?«

»Weil ich es mit den heutigen Begrifflichkeiten schreibe, und die sind in zwanzig Jahren veraltet!«, sagte Karel, ein wenig verzweifelt angesichts von so viel Dummheit.

»Dann würde ich es lieber nicht schreiben.«

Karel sah ihn an, die Flasche erhoben. »Und wenn es nun *mein* Mittel wäre, mich auszudrücken? ›Geh in die Welt hinaus und verkünde das Evangelium‹, heißt es in der Bibel. Und daran halte ich mich!«

*

Unterwegs zur Bushaltestelle fiel Frans plötzlich ein, dass er den Vestdijk-Roman noch in seiner Tasche hatte. »Den hatte ich zurückgeben wollen«, sagte er erschrocken.

»Sieh mal an«, sagte Maarten, »dann können wir uns, wenn es nötig ist, noch etwas vorlesen.«

»Soll ich ihn jetzt zurückgeben?« Er wollte die Schnallen schon aufmachen.

»Besser, wenn wir zurück sind, sonst muss ich ihn den ganzen Weg tragen.«

»O ja, natürlich. Entschuldigung.«

Maarten lachte. »Nein, warum? Man kann es ja einmal probieren.«

Frans wurde rot.

Maarten nahm sich erneut vor, freundlicher zu sein. Er sah zum Himmel hinauf, ein hoher, grauer Himmel. »Schade, dass die Sonne nicht scheint«, bemerkte er.

»Dann wird es schnell zu warm«, fand Nicolien.

»Ich glaube, ich finde es jetzt schon warm«, sagte Frans.

Auf der Straße war es noch still, die Stille eines frühen Sonntagmorgens. Sie überquerten die Rozengracht, die zu dieser Stunde noch einen verlassenen Eindruck machte. Bei der Haltestelle warteten sie auf den Bus.

»Jetzt müsste man ein Auto haben«, sagte Frans.

»Aber dann könnte man unseren Spaziergang nicht machen«, sagte Maarten, »denn dann müsste man wieder zurück.«

»Ja, aber so meine ich es nicht«, sagte Frans rasch.

Maarten wollte fragen, wie er es denn meinte, doch er behielt es für sich. Der Bus kam über die Brücke und schwenkte zur Haltestelle hinüber. Maarten stieg als Erster ein und ließ seine Fahrkarte dreimal abstempeln, während Nicolien und Frans an ihm vorbeigingen. Der Bus war voll. Die paar Plätze, die noch frei waren, lagen weit auseinander. Sie blieben im Gang stehen, mit den Händen an den Stangen, und schwankten jedes Mal vor und zurück, wenn der Bus abbremste und wieder anfuhr. Zwei Haltestellen weiter stiegen ein paar Leute aus. »Drei Plätze!«, rief Maarten. Er ließ den Platz neben Nicolien frei, damit Frans sich dort hinsetzen konnte, doch der blieb stehen und tat so, als habe er es nicht gehört. Das ärgerte Maarten flüchtig.

»Bitte halten Sie Ihren Sitzplatz für Schwerbehinderte frei«, sagte er mit einigem Sarkasmus, als sie an der Centraal Station ausgestiegen waren.

»Ja«, sagte Frans und wurde rot, »aber sich so früh am Morgen schon auf einen Platz zu setzen, der noch warm ist von jemand anderem ... Geht dir das nicht so?«

»Doch«, er musste kurz darüber nachdenken, »aber ich gebe dem nicht nach.«

»Ja, das ist vielleicht auch besser.«

»Na ja ... besser«, sagte Maarten relativierend.

Nicolien lachte.

Sie gingen an der Centraal Station vorbei, stiegen in das Bergmann-Boot und fuhren durch das grüne Dunkel unter der Eisenbahnbrücke hindurch auf das weite IJ hinaus. Auf den Wellen trieben lange Schlieren grüner Algen. Auf der gegenüberliegenden Seite drehte das Schiff vor der Anlegestelle, sie stiegen das Ufer hoch und warteten bei der Haltestelle auf den Bus. Im Bus setzte sich Frans auf einen Platz ihnen gegenüber. Hinter ihm saßen nebeneinander eine auffallend große, dicke Frau und ein kleiner Mann mit einem etwas zu großen Sonntagshut. Maarten sah zu ihnen hin und fragte sich, ob sie zusammengehörten. Erst als sie in Watergang gemeinsam ausstiegen und die Frau auf den Mann wartete, wurde es klar. »Die Frau gehörte zu dem Mann«, stellte er zufrieden fest.

»Welche Frau?«, fragte Nicolien.

Frans sah sich um.

»Die da!« Der Bus fuhr wieder an, und sie fuhren an ihnen vorbei. »Was wird der Mann für eine Mutterbindung haben«, sagte er, sich umsehend. »Etwas für Karel Ravelli.« Er sah Frans an. »Wir waren bei Karel Ravelli zu Besuch.«

»Der Freund von Beerta«, begriff Frans.

Maarten nickte.

»Wie war es?«

»Schrecklich«, sagte Nicolien.

»Karel zufolge müssen wir dem Verbrecher die Einsicht vermitteln, dass er Schuld hat«, sagte Maarten.

»Oh«, sagte Frans, »das ist nicht so schön.«

»Nein.«

»Als ob man an seinen eigenen Schuldgefühlen nicht schon genug hätte.«

»Mehr noch: Man sollte sie überhaupt nicht haben.«

»Nein, vielleicht nicht«, er zögerte und wurde rot, »aber wenn man sie nun einmal hat?«

»Dann lässt es sich nicht ändern.«

»Nein«, sagte Frans verwirrt. »Das ist natürlich aussichtslos.«

Maarten reagierte nicht darauf.

Vom Busbahnhof Purmerend aus gingen sie nach Neck und dann links zum Wormerdeich hinauf, Maarten voran, Nicolien in der Mitte.

»Vor vierzehn Tagen haben wir junge Haubentaucher gesehen«, erzählte Nicolien hinter ihm, »einer saß auf dem Rücken der Mutter.«

»Das hört sich scharf an«, hörte Maarten Frans sagen.

Aus dem Ringkanal flog ein Schwarm Enten hoch. Er versuchte, sie mit dem Fernglas einzufangen, doch er verlor sie hinter einem Obstgarten aus den Augen. »Was waren das für Enten?«, fragte er.

Er drehte sich um. Sie waren stehen geblieben.

»Vielleicht Tafelenten?«, schlug Frans vor.

Maarten holte das Vogelbuch aus der Tasche und schlug das Register auf. »Sie waren oben dunkelbraun und unten grau. Sollten es Pfeifenten gewesen sein?«

»Ja«, sagte Nicolien, »das denke ich auch.«

»Aber dann würde man sie selbstverständlich doch mal pfeifen hören müssen«, sagte Frans.

»Pfeifen sie?«, fragte Maarten und sah ihn an.

»Ja, das dachte ich«, sagte Frans vorsichtig, »ich glaube, wenn sie nachts über einen hinwegfliegen.«

Maarten blätterte in seinem Buch. »Ja, sie pfeifen. Hohes Geräusch, pfeifend iwiew.«

»Aber vielleicht pfeifen sie nicht immer?«

»Das kann sein.« Er sah wieder in sein Buch. »Jedenfalls waren es keine gewöhnlichen Wildenten, die haben orangefarbene Füße.«

»Ja, die haben orangefarbene Füße«, bestätigte Frans.

»Sollen wir hier nicht etwas essen?«, schlug Nicolien vor.

Maarten holte die Kunststoffjacken aus der Tasche, gab sie ihr und sah wieder in sein Buch, während Nicolien die Jacken ausbreitete. In seine Lektüre vertieft setzte er sich hin.

»Wir haben auch Brot für dich mitgenommen«, sagte Nicolien, »aber es ist Wurst drauf. Magst du das überhaupt?«

»Ja, doch, wenn ich bei anderen bin, darf ich Fleisch essen.«

»Schaust du mal?«, fragte Maarten und reichte Frans das Buch. »Seite 44 und 65.«

Frans wurde rot und sah sich die Fotos an. Er blätterte ein wenig.

»Auf Seite 76 siehst du sie im Flug«, half Maarten. Er nahm ein Wurstbrot von Nicolien entgegen und biss hinein.

»Hier«, sagte Nicolien und reichte Frans ebenfalls ein Brot.

Frans gab das Buch zurück. »Ich sehe es nicht«, entschuldigte er sich verwirrt. »Ich glaube, dass es junge Enten waren.«

»Das ist doch verdammt unbefriedigend«, fand Maarten. Er vertiefte sich wieder in das Buch, die Hand mit dem Wurstbrot in der Luft. Schließlich legte er das Buch hin. Vor ihnen befand sich der Obstgarten. Links davon lag der Polder mit der langen, geraden Baumreihe entlang der Straße nach Zaandam. Es war ganz still, man hörte nur das Brummen eines Flugzeugs. Frans sah durch sein Fernglas. »Ich glaube, ich habe einen Raubvogel gesehen«, sagte er. »Sieh mal! Da! Ein Turmfalke!« Er reichte sein Fernglas an Nicolien weiter.

Sie sah hinein und drehte an dem Rädchen. »Ich sehe ihn nicht.« Sie gab das Fernglas wieder zurück.

»Woran siehst du, dass es ein Turmfalke ist?«, fragte Maarten.

»Da! Er kommt hinter dem Baum hervor.«

Maarten sah ihn jetzt auch.

»Hör mal!« – der Vogel schrie so etwas wie ki-hi-ki-hi – »Es ist ein Turmfalke.«

Maarten schlug ihn in seinem Buch nach. »Schön«, sagte er zufrieden, als er ihn gefunden hatte.

»Was kümmert es dich, wie er heißt?«, fragte Nicolien.

»Ich will es wissen«, sagte Maarten. »Ich bin ein Mann der Wissenschaft.«

»Und ich dachte, du hasst die Wissenschaft wie die Pest?«

»Das tu ich auch, aber nicht *diese* Wissenschaft.«

»Das macht doch keinen Unterschied!«

Frans hatte die Tasche geöffnet und drehte eine Zigarette. »Oder darf man draußen nicht rauchen?«, fragte er, sich plötzlich besinnend. Er blickte sie unsicher an. »Eigentlich darf man das natürlich nicht.«

»Man darf alles«, entschied Maarten. Er legte sich hin. Es war ganz still. In der Stille hörte er die Bienen und Fliegen summen. Er lauschte. »Da vorne sitzen oft Löffelreiher«, sagte er. Nicolien und Frans hatten sich auch hingelegt. Eine Weile wurde nicht gesprochen. Im Ringkanal hinter ihnen quakten Enten. In der Ferne rumpelte ein Zug vorbei. »Was hört ihr jetzt?«, fragte er.

»Ich höre einen Zug«, sagte Nicolien.

»Und was noch?« – weit entfernt bellte ein Hund – »Ich höre einen Hund.«

Es war erneut still. Sie horchten nun alle drei.

»Ich höre Luftbläschen im Wasser«, sagte Frans.

Maarten versuchte, sie ebenfalls zu hören. Es kostete ihn Mühe. »Komisch, wenn man in die Ferne lauscht, kann man nichts in der Nähe hören. Das sagt natürlich etwas über den Charakter eines Menschen.«

»In der Ferne ist die Gefahr«, sagte Frans. »Ist es nicht so?« Er richtete sich auf seinem Ellbogen auf und sah in ihre Richtung. »Ich habe mich jetzt doch für die Psychiatrie in Wolfheze angemeldet«, sagte er verlegen. »Das wollte ich schon die ganze Zeit erzählen.«

Maarten setzte sich auf. »Warum?«

»Wenn man krank ist, müssen sie einen doch heilen«, sagte Frans scheu. »Findest du nicht auch?«

*

Aus Maarten Konings Tagebuch:

»Widerstand gegen die Angst: Das Ticken des Weckers. Das Rascheln meines Briefes in N.s Händen. Während sie liest, schiebt sie das Papier nervös hin und her. ›Er ist schön‹, sagt sie. ›Soll ich ihn zusammenfalten?‹ – ›Ja‹, antworte ich. – Sie raschelt erneut damit herum, trödelt ein wenig und fängt an, ihn zusammenzufalten. ›Er ist vielleicht etwas undeutlich geschrieben‹, sagt sie. ›Nein, aber es geht schon.‹ – ›Ja‹, sage ich. – Die Antwort befriedigt sie nicht. ›Denkst du, dass Henriette es lesen kann, Maarten?‹, fragt sie, etwas lauter. Ihre Stimme hat etwas Gebieterisches. ›Es ist so dünn.‹ – ›Ach, das wird schon gehen‹, sage ich murmelnd. – Sie faltet den Brief weiter zusammen und greift zur Zeitung. Ich sehe ihr Spiegelbild in dem Glas neben mir. ›Na so was‹, sagt sie. Sie bricht abrupt ab, als sie sieht, dass ich schreibe. ›Entschuldige.‹ Sie steht auf, geht kurz durchs Zimmer, betrachtet sich selbst in der Spiegelung der Fensterscheibe und setzt sich wieder. Sie legt die Zeitung auf die Knie und liest, nun mit der Hand an ihrem Kopf. Sie reibt sich eine Augenbraue. Oben pfeift ein Kessel. Sie legt die Zeitung wieder weg, auf den Boden, setzt sich woanders hin, spielt an ihrer Armbanduhr herum, nimmt eine Zigarette und legt sich die Zeitung wieder auf den Schoß. Sie hält die Zigarette mit dem Mundstück an die Stirn, nimmt einen Zug, hält sie neben ihre Wange und führt die Hand wieder zu ihrem Kopf. Während sie liest, ist ihre Hand fortwährend beschäftigt. Ein Moped fährt vorbei. Der Tisch knarrt, während ich schreibe. Die Schale mit Obst wackelt hin und her. Es ist unmöglich, alles aufzuschreiben. Sie bewegt sich so oft, dass es anfängt, mich zu irritieren, jetzt, da ich versuche, alles festzuhalten. Wieder fährt ein Moped vorbei. Zwei Autos. Die Stille, die hier doch ziemlich groß ist, lässt sich nur beschreiben, wenn man allein im Zimmer ist, und dann auch nur, wenn es ein stilles Zimmer ist. Ein Kind fährt auf Rollschuhen am Fenster vorbei. ›Kannst du noch etwas sehen?‹, fragt sie. Ich stehe auf und verrücke, ohne dabei etwas zu denken, die Lampe, um so wenig wie möglich gestört zu werden. ›Nein‹, sage ich. Ich setze mich wieder. Sie steht auch auf, verrückt einen Stuhl, stellt die Lampe so hin, dass das Licht besser auf mein Heft fällt, und setzt sich wieder hin. Allein schon mit der Beschreibung N.s hätte ich alle Hände voll zu tun. Es spielt keine Rolle, habe ich geschrieben, wenn die Gedanken nur in eine andere Richtung gedrängt werden. Das Ticken des Weckers, das Rascheln der Zeitung. In der Marnixstraat fährt eine Straßenbahn vorbei und fast zur gleichen Zeit eine aus der anderen Richtung. Kinderstimmen vor der Tür. Ein Auto in der Marnixstraat.

Wenn man versucht, alles aufzuschreiben, hat man die Neigung, sich Geräuschen gegenüber zu verschließen. Man konzentriert sich auf Lagen und Arten von Geräuschen. Es ist schwierig, gleichzeitig alles zu hören. Wie auf der Wanderung mit Frans. Und doch, denkt man dann, liegt da der Widerstand gegen die Angst. Angst ist, wenn man nichts weiter hört und sieht als sich selbst, und da dies einmal ein Ende haben muss, muss man sein Inneres nach außen kehren. Ein reizvolles Bild. Solange man nicht alle Geräusche hört, hat man sein Inneres nur ein kleines bisschen nach außen gekehrt. ›Möchtest du Kaffee?‹, fragt sie. – ›Ja.‹ – ›Oder willst du damit lieber noch etwas warten?‹ – ›Nein.‹ – ›Und, wie geht es dir jetzt, Boon?‹ – Sie spricht mit Jonas. – ›Wie geht es dir? Sollen wir mal schauen, ob du noch einen Floh hast, Boon?‹ Sie geht in die Küche, füllt Bohnen in die Kaffeemühle und mahlt, während sie auf dem Stuhl am Fenster sitzt, den Kaffee. Bevor ich dies habe aufschreiben können, ist sie bereits wieder zurück in der Küche und spült etwas ab. Die Kaffeemühle schabt über den Spülstein, ein Teelöffel klirrt leise. Sie kommt schon wieder zurück. ›Komm‹, sagt sie zu Jonas. Sie verrückt einen Stuhl. Sie sitzt wieder und raschelt mit der Zeitung. Man kommt nicht mit. Wenn man es versucht, wird einem bewusst, wie sehr Schreiben simplifiziert. Das Wasser singt. Sie raschelt nervös mit der Zeitung, beugt sich vor und wieder zurück. Wenn man einen einzelnen Menschen vollständig beschreiben wollte, würde der Leser den Eindruck bekommen, es mit einem Idioten zu tun zu haben. Nur in einem Tagebuch kann man sich das erlauben. Wenn man durchhält, sollte es gehen. Was bedeutet, dass man so schnell schreiben muss, dass keine Zeit zum Nachdenken bleibt: keine Kritik, keine Bremsen, keine Angst davor, Unsinn zu schreiben. Denken lähmt. Die Alternative ist der Heimtrainer. Im Schaufenster von Neef steht einer, der in mir das alte Verlangen weckte, auch einen zu besitzen. Die Gefahr bei diesen körperlichen Hilfsmitteln ist nur, dass ich sie immer intensiver benutze, weil meine Gedanken sonst nicht zur Ruhe kommen. Das ist schon einmal bei der Morgengymnastik passiert, bis ich schließlich halbtot zur Arbeit kam und damit aufhören musste. Unsinn schreiben, Nonsens, die Sache am Laufen halten, Worte bilden, bis man leer ist. Ich werde es probieren. Jedes Mal einen anderen Ausgangspunkt wählen, schreiben, was ich höre, und abwarten, was daraus wird. Das Ticken des Weckers. Das Rascheln der Zeitung zwischen N.s Fingern. Sie schnalzt mit der Zunge, leise, kaum hörbar. Ein Auto kommt vorbei. Ihr Stuhl knarrt. Der Tisch knarrt unter dem wechselnden Gewicht meiner Hand. Sie rührt in ihrer Tasse und legt mit einem Tick den Teelöffel auf der Untertasse ab. Eigentlich ist dies die einzig akzeptable Form des Tagebuchschreibens. Dass ich jetzt dazu komme, ist reiner Zufall, oder dem Umstand zu verdanken, dass ich wegen Krankheit zwei Tage zu Hause bin und drei Tage nicht im Büro gewesen bin. Wenn man abends kaputt heimkommt und dann aufschreiben muss, was tagsüber passiert ist, weiß man nicht, womit man anfangen soll, zumindest, solange es keine Richtung im eigenen Leben gibt. Solange ich dort bin, gibt es nicht viel Richtung. Um schreiben zu können, muss man ein rechtes und konsequentes Leben führen, mit allen Dummheiten, die dazugehören, aber es ist dann wenigsten die eigene Dummheit und nicht diese ameisenhafte Jagd nach dem Geld.

Ich bin aufgestanden und habe Johnny Dodds aufgelegt, mit dem Gefühl, dass ich das Vorstehende doch eigentlich zu schnell geschrieben habe, gemessen an dem Druck auf meiner Brust und dem Gefühl, ersticken zu müssen. Man muss ruhig und entspannt schreiben, aber doch schnell. Das versuche mal einer! Das Leben ist nicht einfach (wenn ich das je gedacht haben sollte), auch wenn die Prinzipien klar sind. Schreibt man schließlich nicht gegen die Angst an? Dann muss man nicht vor ihr herschreiben, als ob einem jemand auf den Fersen wäre. Ist doch klar, dass man da außer Atem kommt. Den Fakten ruhig ins Auge blicken und dann zielen, ohne zu zittern.

Jonas hat sich aufrecht hingesetzt und streckt seinen Kopf über die Tischkante. Er putzt und kratzt sich und sieht dann mich und meinen Stift kurz an. Er sieht wieder vor sich hin, putzt sich erneut kurz, sieht sein Spiegelbild im Glas und gähnt. Daran nehme man sich ein Beispiel. Seit diese Ängste angefangen haben (vor nunmehr vier Jahren), habe ich mir bereits an Hunderten von Tieren und Menschen ein Beispiel genommen. Manchmal hilft es für eine kurze Weile, doch es hilft nicht wirklich. Irgendwo ist etwas schiefgelaufen, etwas in der Erziehung und etwas im Nervensystem, vorzugsweise eine Kombination aus beiden. Wenn ich einen Körper wie ein Stier hätte, mit Adern und Schlagadern so dick wie mein Handgelenk, dann könnte ich lachen. Und wenn mein Vater mir ein anderes Beispiel gegeben hätte, könnte ich ebenfalls lachen. Es wäre ein etwas anderes Lachen, doch das ist egal, wenn es nur Spaß macht, und Spaß habe ich zu wenig. Wie ich das Leben auch drehe und wende, ich sehe nicht viel Sinn darin. Und doch habe ich alles, was mein Herz begehrt, und außerdem noch eine tiefe Verachtung für das, was ich nicht begehre. Nur wenn ich schreibe, habe ich manchmal Spaß, einen etwas grimmigen Spaß, aber immerhin Spaß. Während ich dies aufschreibe, bin ich mir bewusst, dass sich Henriette über eine solche Bemerkung enorm ärgern würde. Man hat nicht zu schreiben, ebenso wenig, wie man eine Stelle zu haben hat. Ich kenne den Standpunkt und habe Hochachtung davor, aber in der Praxis hilft er mir nicht. Es klingelt. So sei es.«

Es wurde noch einmal kräftig an der Klingel gezogen, ein paarmal hintereinander. Maarten hatte seinen Stift zur Seite gelegt und sah zu Nicolien. »Gehst du?«

»Geh du lieber.« Sie versuchte, von ihrem Stuhl aus zu sehen, wer vor der Tür stand. »Wer kann das bloß sein?«

Vor der Tür stand jemand, laut pfeifend. Im Halbdunkeln war seine Gestalt vage hinter den Gardinen zu erkennen.

»Hendrik?«, mutmaßte Maarten.

»Der macht doch nie so einen Krach?«

Nahe der Tür sah er, dass es tatsächlich Hendrik war, und öffnete.

»Ich hab' Licht brenn'n gesehn, darum dachte ich: Sie wer'n wohl noch auf sein«, sagte Hendrik laut. »Kann ich reinkomm'n?« Sein Gesicht war aufgeschwemmt, und er roch nach Alkohol. »Ich hab' gedacht, du wärst krank, aber du siehst eigentlich nicht krank aus.«

»Nein«, sagte Maarten, »ich hatte eine Kopfschmerzattacke. Morgen bin ich wieder da.«

Hendrik war bereits zum Hinterzimmer weitergegangen. »Tag, Nicolien«, er gab ihr die Hand. »Ihr sitzt im Sommer doch sonst immer im vorderen Zimmer?«

»Ja, aber das ist wegen des Lärms«, sagte Nicolien.

»Lärm?«, fragte Hendrik erstaunt. Er hob den Kopf. »Ich höre nichts!«
»Nein, aber nachts.«
»Oh, nachts«, sagte er, als hätte er es nun verstanden. »Ja, das weiß ich natürlich nicht, denn nachts bin ich hier noch nie gewesen!« Er stand mitten im Raum, aufrecht und breitschultrig.
»Willst du dich nicht setzen?«, fragte Nicolien.
»Ja, gerne. Das heißt«, er steckte seine Hand in die Innentasche und zog einen Umschlag heraus, »ich komme heute aus einem besonderen Anlass.« Er richtete sich auf und führte seine linke Hand an das Jackett, als ob er es zuknöpfen wollte. »Ich werde nämlich heiraten und wollte euch das nicht per Post schicken!« Mit einer steifen Verbeugung überreichte er Nicolien den Umschlag.
»Ach, wie schön.« Sie öffnete den Umschlag und faltete die Hochzeitsanzeige auseinander.
Maarten sah zu.
»Na ja, schön!«, sagte Hendrik und zog die Augenbrauen zusammen. »Ja, eigentlich kann man es wohl als schön bezeichnen, natürlich. Ja, natürlich, du hast recht. Es ist schön!«
»Mit Annechien Rensink«, stellte Maarten fest. Er nahm Nicolien die Karte ab und betrachtete sie.
»Herzlichen Glückwunsch«, sagte Nicolien.
»Vielen Dank«, sagte Hendrik steif.
»Und willst du jetzt eine Tasse Kaffee?«
»Sehr gern! Die kann ich jetzt gut gebrauchen!«
»Schnaps hast du ja schon gehabt«, bemerkte Maarten bösartig.
»Wie meinst du das?«, fragte Hendrik argwöhnisch. Er setzte sich.
»Ich hatte den Eindruck.«
»Ich verstehe nicht, was das miteinander zu tun hat«, sagte Hendrik verstört. »Ihr seid doch auch verheiratet?«
Weil Maarten der Zusammenhang nicht deutlich war, lachte er nur.
»Ich hätte dir die Karte natürlich auch im Büro geben können, aber ich dachte: Ach, komm, ich bring sie eben vorbei.«
»Sehr gut«, fand Maarten.
»Und es war ein schöner Abend, also konnte ich auch gleich noch einen kleinen Spaziergang machen.«

»Natürlich.«

»Und so viele Leute kenne ich nun auch wieder nicht, also konnte ich die Karte gut kurz vorbeibringen!«

»Was haben deine Eltern dazu gesagt?«, fragte Maarten. »Oder wissen die es noch nicht?«

»Meine Eltern!« Er richtete sich auf. »Meine Mutter meint, dass es gut für mich ist. Schön! Und mein Vater hat sich dazu nicht geäußert, aber für ihn ist es wohl auch in Ordnung.«

»Möchtest du vielleicht ein Stück Rosinenbrot dazu?«, fragte Nicolien, als sie aus der Küche kam.

»Da sage ich nicht nein!«

»Habt ihr schon eine Wohnung?«, fragte Maarten.

»Ja, wir können eine Etage in der Oranje Nassaulaan mieten. Zur Untermiete natürlich!«

»Na bitte.«

»Ist das etwa nicht in Ordnung?«, fragte Hendrik und sah ihn misstrauisch an.

»Schick!«

»Aber du findest es nicht in Ordnung!«

»Warum sollte das nicht in Ordnung sein?«

»Na, dann ist es ja gut. Nicht jeder muss es ja so machen wie ihr?«

»Nein, natürlich nicht.« Er spürte in Hendriks Verhalten einen aggressiven Unterton, und weil er nicht wusste, worauf sich dieser gründete, war er auf der Hut. »Wir sind auch verheiratet«, fügte er hinzu, in der Annahme, dass dort irgendwo das Problem steckte.

»Daran habe ich auch gedacht.«

»Hier«, sagte Nicolien und stellte eine Schale mit Rosinenbrot auf den kleinen Tisch zwischen ihnen. »Ihr bedient euch doch selbst?«

»Lecker, Nicolien.« Hendrik streckte seinen Arm aus und nahm ein Stück. »Darauf hatte ich gerade richtig Appetit.«

»Möchtest du ein Glas Cognac dazu?«, fragte Maarten, halb neckend und halb in dem Versuch, seinen Fehler wiedergutzumachen.

»Und ich möchte auch gern ein Glas Cognac dazu«, sagte Hendrik.

*

»Habt ihr auch eine Karte von Hendrik bekommen?«, fragte Beerta. Er stand an seinem Schreibtisch, die Hochzeitsanzeige in der Hand.

»Ja«, sagte Maarten.

»Geht ihr hin?«

»Nein. Wir sind dann im Urlaub, und außerdem hassen wir solche Feierlichkeiten. Wenn es wenigstens Slofstra wäre.«

Beerta hörte nicht zu. »Mir passt es überhaupt nicht. An diesem Nachmittag habe ich die Sitzung der Gesellschaft, und da kann ich eigentlich nicht fehlen.«

»Ich glaube nicht, dass er dem viel Bedeutung beimisst.«

»Warum muss er denn auch ausgerechnet am Freitag heiraten«, sagte Beerta verstimmt. »Es hätte doch auch ein anderer Tag sein können!«

»Ist diese Sitzung denn so wichtig?«

»Alle Sitzungen sind wichtig. Man trifft interessante Leute, und außerdem haben sie auf den Sitzungen der Gesellschaft immer diese leckeren Kekse.«

»Dann können Sie nicht zu ihrer Hochzeit kommen.«

»Nein, und das ist mir sehr unangenehm.« Er wollte sich abwenden, um sich an seinen Schreibtisch zu setzen, als sich die Tür öffnete. Hendrik betrat den Raum. Beerta drehte sich wieder um. »Ich habe gerade deine Karte erhalten«, sagte er und sah ihm in die Augen. »Ich sehe, dass ihr nur standesamtlich heiratet?«

»Ja, Herr Beerta.« Er blieb stehen und nahm Haltung an.

»Das sagt mir nichts, so ein Standesbeamter! Das bleibt doch eine Formalität!«

»In der Tat, Herr Beerta. So ist es auch beabsichtigt.«

»Eine Ehe muss vor Gott geschlossen werden, sonst ist es keine Ehe.«

»Das sagt mein Vater auch, Herr Beerta.«

Beerta nickte. »Deshalb möchte ich auch nicht kommen, wenn du nichts dagegen hast.« Er sah Hendrik unbewegt an.

»Warum sollte ich etwas dagegen haben?«

»Weil dir natürlich etwas daran liegt, dass die Leute daran Anteil nehmen.«

»Daran liegt mir nichts. Ich glaube, dass ich selbst auch nicht hingehen würde.«

»Warum haben Sie nicht einfach gesagt, dass Sie zu einer Sitzung müssen?«, fragte Maarten, als Hendrik den Raum verlassen hatte.

Beerta sah ihn verwundert an. »Das braucht Hendrik doch nicht zu wissen! Das wäre nicht nett gewesen.« Er wartete einen Moment. »Und ich zähle darauf, dass dies sub rosa bleibt.«

*

»Liebe Nicolien, lieber Maarten,

ich bin jetzt in Wolfheze. Gestern, am Mittwoch, bin ich hierhergebracht worden. Der Krankenwagen fuhr 120 km/h, sodass ich den Eindruck bekam, doch schon ein ernster Fall zu sein. Unterwegs habe ich anhalten lassen, um Tabak zu kaufen. Der Zigarrenhändler, der das Auto nicht gesehen hatte, wünschte mir einen angenehmen Urlaub und schönes Wetter, weil ich einen so großen Vorrat kaufte.

Im Bad gewesen. Ich muss ungeheuer aufpassen, was ich schreibe, denn die Briefe werden gelesen. Ich fühle mich also ausgezeichnet. Herrlich finde ich es hier. Über die Leute lässt sich nichts Schlechtes sagen, ich würde es nicht wagen. Was bilde ich mir ein, ich habe hier doch selbst auch ein Bett. Keine Klagen. Noch herrlicher scheint es mir, bald wieder heil und gesund die freie Welt zu betreten. Und ich werde an der Förderung meiner Heilung mitarbeiten. Ich bin also ganz und gar offenherzig gegenüber den Pflegern.

Pfeil-und-Bogen-Schießen ist hier nicht drin. Wohl aber neue Kleidung. Ich habe jetzt piekfeine Klamotten. Keine Anstaltskleidung, wurde mir gleich gesagt, als ich hier hereinkam, sondern ein Anzug usw. Hier nichts von dem Lärm wie in den Kneipen und Cafés, keine Straßenbahnen und Autos, sondern Ruhe. Manchmal ist es hier auch nett, so wie im Augenblick. Mit sechsundzwanzig Mann trinken wir Kaffee im Erholungsraum, ungefähr 8 mal 8 Schritte. Das Radio läuft. Es gibt mehrere Tische. Wenn sich mein Zustand bessert, werde ich ›nach vorn‹ befördert. Dort sind es 60 Leute. Und schließlich dann die freie Welt (ich weiß nicht, wie viele Millionen Menschen es gibt, und dann rede ich noch nicht mal von lokalen Konzentrationen).

Hurra, bald darf ich in die Werkstatt hier nebenan. Manche Leute mit zwei linken Händen wie ich oder einem Hang zum Philosophieren scheinen Wäscheklammern zu machen. Doch man lernt, mit den Leuten umzugehen und sich einer Sache anzupassen. Das ist wichtiger als die Arbeit selbst. Soeben wird das Lied *Endattewetoffejongenszijn* angestimmt. Doch gegen das Radio ist kein Kraut gewachsen.

Habe ich schon genug gesagt?

Die Geranie hier vor mir auf dem Deckchen mitten auf dem runden Tisch berührt mich ein wenig. Dieselbe Zensur darf ruhig lesen, dass ich schon ein Jahr gegen die Psychiatrie kämpfe und auch in Zukunft notfalls an dieser Geranie festhalten werde, die stocksteif ihr Schweigen verteidigt, und dass ich beim Ertragen von Gewalt bis hin zur absoluten Zermürbung – ich rede dummes Zeug – und Anpassung an Ich-weiß-nicht-was meine Maßnahmen doch noch zu ergreifen vermag. Ihr seht, ich werde ein wenig trübsinnig. Das kommt daher, dass ich einen Brief schreibe, etwas zu zurückgezogen. Kommt, ich werde die anderen besuchen, die Mitmenschen. Ein Scherz tut einem so gut. ›Komm, wir gehen ins Bett‹, sagte soeben der Pfleger. Ich werde die Achterbahn des großen Blutkreislaufs hin zum kleinen beschreiben – geschlossen. Meinen eigenen Schlaf.

Schlaft gut,

mit freundlichen Grüßen

Frans

Ich fand es sehr schön am Sonntag, ganz anders schön als hier natürlich. Noch täglich habe ich die Bilder unseres Spaziergangs vor Augen.«

*

Weil der Kongress in Belgien eine unverhoffte Gelegenheit bot, auch Vanhamme einen Besuch abzustatten, reisten sie einen Tag früher ab und legten einen Zwischenstopp in Antwerpen ein. Im Zug las Beerta in der *Edda*, Maarten las *Vrij Nederland*, Nicolien hatte zwar ein Buch bei sich, da sie sich jedoch in Gegenwart anderer Menschen nicht konzentrieren konnte, las sie nicht. In Antwerpen angekommen, tranken sie zuerst in einem Café gegenüber dem Bahnhof eine Tasse Kaffee. Danach gingen sie die Keyserlei hinunter, aßen einen Happen in einem Lokal auf dem Groenplaats, besuchten kurz das Folkloremuseum, in dem gerade eine Ausstellung mit Milieuzeichnungen zu sehen war, und nahmen dann den Bus in den Außenbezirk, in dem Vanhamme wohnte.

Vanhammes Haus befand sich in einer stillen Straße gegenüber einem kleinen Park. Es stand in einer Reihe ganz unterschiedlicher Häuser, war aus dunklen, violettroten Backsteinen erbaut und hatte einen hohen, angebauten Erker in der Beletage, eine dreistufige Treppe sowie schmale, ins Mauerwerk eingelassene Pfeiler zu beiden Seiten der monumentalen Eingangstür. Beerta klingelte, doch es war nicht zu hören.

Vanhamme öffnete ihnen. »Ah, da sind Sie ja«, sagte er. Er sah Nicolien mit seinen hervorstehenden Augen an. Seit dem letzten Mal, als Maarten ihm begegnet war, war er magerer geworden. Der Hemdkragen war viel zu weit, er sah schlecht aus.

»Frau Koning geht auch zum Kongress«, sagte Beerta.

»Nicolien Koning«, sagte Nicolien verlegen, als sie Vanhamme die Hand gab.

»Hö«, sagte Vanhamme.

Er ging vor ihnen her in das Zimmer hinter dem Erker, in dem es wegen der dunklen Vorhänge neben den Fenstern und den bleiverglasten Oberlichtern ziemlich dämmrig war. »Meine Frau kommt sofort«, sagte er.

Im Zimmer standen, auf schweren Beinen, große, dunkelbraune Möbelstücke. Auf den Tischen lagen Perserteppiche, auf dem Boden ein dunkler Teppich, der fast den gesamten Fußboden bedeckte. An den Wänden hingen Stiche, die wahrscheinlich aus dem neunzehnten Jahrhundert stammten, Gemälde, doch im Halbdunkeln ließ sich dies nicht gut erkennen. Was vor allem auffiel, als sie sich hingesetzt hatten, war die Stille im Haus, als läge im Nachbarraum jemand aufgebahrt.

»Möchten Sie alle drei Tee?«, fragte Vanhamme, »oder wollen Sie vielleicht etwas anderes?« In diesem Moment öffnete sich die Tür, vor der ein Vorhang hing, und eine kleine, schon etwas ältere Frau betrat den Raum. »Das ist meine Frau«, sagte Vanhamme. Sie sah ihn an.

»Das hier sind Herr Beerta sowie Herr und Frau Koning aus Amsterdam.« Mit ihr redete er etwas langsamer und mit Betonung.

»Guten Tag, Frau Vanhamme«, sagte Beerta und gab ihr die Hand, »es freut mich, Ihre Bekanntschaft zu machen.«

Die Frau lachte verlegen und sah sich zu ihrem Mann um.

»Meine Frau ist stocktaub«, sagte Vanhamme. »Sie hört nichts. – Herr Beerta ist erfreut, deine Bekanntschaft zu machen«, sagte er zu seiner Frau. »Nur mich versteht sie«, sagte er zu Beerta.

»Ich auch«, sagte die Frau. Sie hatte eine schrille, tonlose Stimme. In ihrem Verhalten lag etwas Entschuldigendes.

»Hat Ihre Frau das schon lange?«, fragte Beerta mitleidig, als Frau Vanhamme das Zimmer wieder verlassen hatte, um Tee zu machen.

»Seit sie ein junges Mädchen ist.« Er nahm eine Zigarre aus einer Schachtel und schob Maarten die Schachtel zu. »Rauchen Sie?«

»Das ist ziemlich lange«, fand Beerta. »Und lässt sich dagegen nichts machen?«

»Sie war mein Nachbarsmädchen«, erklärte Vanhamme und lächelte, »oder, wenn Sie so wollen, ich ihr Nachbarsjunge«, als ob damit befriedigend erklärt wäre, weshalb er eine stocktaube Frau geheiratet hatte. »Sie haben alles Mögliche probiert, aber es ist nichts zu machen.«

Es wurde still. Vanhamme zündete ein Streichholz an, zog an seiner Zigarre und blies den Rauch aus.

Es gibt keine Uhr, stellte Maarten für sich selbst fest, deshalb ist es so still. Er sah zu der großen Standuhr an der dunklen Seite des Kamins. Sie gab kein Lebenszeichen von sich.

»Doch nun zum Atlas«, sagte Vanhamme. Er schlug die Beine etwas mühsam übereinander und sah hinter seiner Zigarre zu Beerta.

»Sie sind lange krank gewesen«, sagte Beerta. »Wie geht es Ihnen?«

»Ich war fast tot«, sagte Vanhamme ruhig. »Wir waren in den Ferien«, er dachte kurz nach, »ja, wir haben Ferien gemacht, das war noch im vorigen Jahr, und da bekam ich von einem Moment auf den anderen eine Magenblutung, dass ich dachte, ich müsste sterben, aber jetzt geht es mir wieder besser, auch wenn ich noch nicht hundertprozentig wieder auf dem Damm bin.« Er zog an seiner Zigarre und sah Beerta abwartend an.

Frau Vanhamme kam mit der Teekanne und einem Milchkännchen herein und stellte beides auf einem aufwendig verzierten Mahagonitisch ab. »Machst du weiter?«, fragte sie ihren Mann.

»Ja, mache ich«, antwortete er und sah sie an.

Sie verließ das Zimmer wieder.

»Also zum Atlas«, sagte Beerta. Er zog einen Zettel aus der Innentasche und hielt ihn vor sich. »Wir werden nun endlich entscheiden müssen, ob wir Professor Pieters in die Redaktion des Atlas aufnehmen, denn ich fürchte, dass es sonst zu spät ist.« Er sah zu Vanhamme.

»Hö«, sagte Vanhamme. Nachdenklich zog er an seiner Zigarre, stand auf und wandte sich dem Teetisch zu. »Ich fürchte, dass wir damit das Trojanische Pferd hereinholen, aber Sie haben wahrscheinlich recht, wir können ihn nicht länger umgehen.«

»Haben Sie schon mal bei ihm vorgefühlt?«

»Ich habe kürzlich mit ihm darüber gesprochen. Er stellt seine Bedingungen, wie ich schon befürchtet hatte.« Er stellte die Tassen auseinander und schenkte ein.

»Und die wären?«

»Dass wir die Karten mit den Daten aus seiner Erzähluntersuchung versehen. Erst wenn wir das tun, will er darüber nachdenken.«

»Jetzt, wo wir in den Niederlanden gute Resultate damit zu erzielen beginnen, wird das weniger problematisch.«

»Hö.« Er stellte ihnen die Tassen auf den runden Tisch und platzierte einen Zuckertopf und das Milchkännchen dazwischen.

Es trat Stille ein, in der Beerta vorsichtig Milch in seinen Tee schüttete und sich Zucker nahm, dann den Topf und das Kännchen an Nicolien weiterreichte.

»Von Ihrer Seite müssen wir dann allerdings Herrn Koning in die Redaktion aufnehmen«, fand Vanhamme. Er sah Maarten an.

»Aber …«, sagte Maarten. Er suchte nach einem Argument, um den Vorschlag abzuwehren, konnte jedoch so rasch keines finden.

»Wenn er das will, stimme ich dem gern zu«, sagte Beerta.

Maarten sah rasch zu Nicolien herüber. Er fühlte sich in die Ecke getrieben.

»Mit Ihrem Vorschlag, die Karten der Wichtelmännchen zu vernichten«, sagte Vanhamme zu Maarten, während er sich nach vorne beugte, um die Asche von seiner Zigarre zu streifen, »haben Sie uns vor ernster Kritik bewahrt. Von Professor Pieters hätten wir dafür Zunder bekommen.« Er führte die Zigarre wieder zum Mund und sah Maarten nachdenklich an, während er einen Zug nahm.

»Die Karten konnten so nicht veröffentlicht werden«, sagte Maarten.

»Nein, und sie hätten so nicht gezeichnet werden dürfen«, fand Vanhamme, »es ist mir unbegreiflich, dass uns das entgangen ist.«

»Aber dadurch sind wir mit unserem Zeitplan in Rückstand geraten«, meinte Beerta. »Die zweite Ausgabe hätte längst erscheinen müssen.«

Vanhamme stand auf. »Während meiner Krankheit habe ich ein paar Karten gezeichnet, die ganz interessant aussehen und möglicherweise den Platz der Wichtelmännchen einnehmen können.« Von einem Tisch hinten im Zimmer holte er eine Rolle mit Karten. »Ich würde sie Ihnen gern einmal zeigen.« Er kam zurück, schob die Tassen zur Seite und rollte die Karten auseinander. Maarten beugte sich vor, um sie an der Ecke festzuhalten. Vanhamme hielt sie an der anderen Seite fest. Da er wegen seiner Zigarre eine Hand frei behalten musste, rollten die Karten sich seitlich zusammen. Er behalf sich, indem er seine Tasse und die von Beerta auf die Ecken stellte und beugte sich vor. »Sehen Sie.« Er zeigte mit der Spitze seiner Zigarre auf die Karte.

Maarten las die Überschrift. Es war eine Karte der Anrufung von Heiligen um gutes Wetter.

»Überraschend ist, dass hier eine deutliche Kulturgrenze verläuft, die mit der Grenze des niederländischen Reichs zusammenfällt.«

»Das ist komisch«, sagte Maarten. Im fahlen Licht waren die Bleistiftzeichen auf der Karte kaum zu erkennen. Er beugte sich zur Seite, damit Nicolien auch etwas sehen konnte.

»Wie erklären Sie das?«, fragte Vanhamme.

»Das würde bedeuten, dass die Grenze aus der Zeit nach 1839 datiert.« Dass ein Belgier und ein Niederländer so unbeteiligt über die Loslösung Belgiens von den Niederlanden redeten, rührte ihn.

Vanhamme zog an seiner Zigarre. »Das ist sicher möglich.«

»Es sei denn, die Bistumsgrenzen verliefen damals schon dort«, korrigierte Maarten sich. »Dann heißt es Henne oder Ei.«

»Das werden wir untersuchen müssen«, meinte Vanhamme, »aber das wird Zeit kosten.«

»Das macht doch nichts?«

Vanhamme lächelte. »Sie sind noch jung, aber Herr Beerta und ich haben Eile.«

Sie sahen zu Beerta hinüber. Sein Kinn war auf die Brust gesunken, die Augen waren geschlossen. Er schlief.

*

Maarten und Nicolien waren von den Kongressveranstaltern im Hotel de la Gare untergebracht worden, einem Zweisternehotel beim Nordbahnhof, Beerta im Hotel Royal, einem Viersternehotel an einem Boulevard näher beim Zentrum. Dort nahmen sie Abschied voneinander, nachdem sie in einem italienischen Restaurant am Boulevard Adolphe Max gegessen hatten, und da der Kongress erst am Sonntagnachmittag eröffnet wurde, verabredeten sie sich für den darauffolgenden Morgen in einem kleinen Park auf halbem Weg zwischen den beiden Hotels.

Maarten und Nicolien waren zuerst da. Es war ein stiller Sonntagmorgen unter einem leicht bewölkten Himmel. Im Park blühten ein paar späte Rosen, und es roch nach Herbst. Es war noch frisch. Sie setzten sich auf eine Bank und sahen Beerta bereits von Weitem auf der gegenüberliegenden Seite des Boulevards kommen. Er trug einen hellgrauen Sommeranzug mit weißem Einstecktuch sowie ein hellblaues Hemd, und er kam kerzengerade, mit kleinen, vorsichtigen Schritten, seinen Blick geradeaus gerichtet, auf sie zu. An der Bordsteinkante blieb er stehen, sah nach links und rechts, ließ ein Auto vorbeifahren und beeilte sich dann, auf die gegenüberliegende Straßenseite zu gelangen. Als sie von der Bank aufstanden, bemerkte er sie. Er ging auf sie zu und nickte steif, mit einem ironisch verzogenen Mund. »T-tag, Nicolien, T-tag, Maarten.«

»Wie haben Sie geschlafen?«, fragte Maarten.

»Ich schlafe immer gut. Wie ist euer Hotel?«

»Wir haben ein eigenes WC.«

»Ein eigenes WC habe ich auch, aber das ist doch nichts Besonderes.«

»Für uns schon«, sagte Nicolien und lachte. »Wir haben noch nie ein eigenes WC gehabt.«

»Außer zu Hause, nehme ich an«, sagte Beerta.

Sie lachten.

»Und habt ihr euch schon entschieden, wo wir hingehen?«, fragte Beerta.

»Wir wollten zu den Marollen«, sagte Maarten.

»Zu den Marollen? Ins Arbeiterviertel?«, wiederholte Beerta überrascht und hob die Augenbrauen. »Warum zu den Marollen?«

»Das finden wir interessant.«

»Ihr wisst doch wohl, dass das ein Armenviertel ist?«

»Ja, gerade darum.«

»Ich finde das interessant, so ein Armenviertel«, sagte Nicolien.

Beerta sah sie erstaunt an. »So etwas habe ich ja noch nie gehört. Ein Armenviertel, interessant! Ich finde es einzig und allein gruselig. Ich hätte erwartet, dass ihr vorschlagen würdet, zur St.-Gudule-Kathedrale zu gehen. Wenn man in Brüssel ist, geht man doch in die St. Gudule?«

»Die St. Gudule habe ich schon einmal gesehen«, sagte Maarten. »Sie hat mich überhaupt nicht beeindruckt.«

»Ich hoffe, dass das ein Scherz war«, sagte Beerta steif.

Maarten lachte. »Jedenfalls möchte ich jetzt am liebsten in die Marollen.«

»Nun denn, auf deine Verantwortung«, gab Beerta nach.

Sie folgten einem Boulevard in Richtung Zentrum. Der Verkehr nahm allmählich zu. Auf dem Grote Markt standen bereits ein paar Busse, und es bildeten sich Grüppchen von Touristen beim Rathaus und vor den Gildehäusern.

»Wenn ich in Brüssel bin, gehe ich immer zuerst auf den Grote Markt«, sagte Beerta zufrieden, »und dann zur St. Gudule, aber das geht ja heute nicht.«

»Nein«, sagte Maarten, »das geht nicht.«

»Du bist hart zu mir«, fand Beerta, »aber das hier möchte ich doch noch eben sehen.« Er betrat den Platz, ihnen immer einen Schritt voraus. Vor dem Rathaus blieb er stehen, die Hände hinter seinem Rücken, den Kopf aufgerichtet. »Das ist für mich ein Genuss«, sagte er, während er die Szenerie in sich aufnahm. »Ihr wisst doch, dass der Turm von Jan van Ruysbroeck stammt?«

»Nein«, sagte Maarten.

Beerta sah ihn erstaunt an. »Was hast du eigentlich studiert? Elektrotechnik?«

»Jedenfalls keine Kunstgeschichte.« Er hatte Mühe, sein Lachen zu unterdrücken.

»Dann erfährst du nun von mir, dass dies eines der schönsten Beispiele für bürgerliche Gotik ist.«

Maarten sah noch einmal hin. »Stimmt.«

»Du bist ein Barbar. Du enttäuschst mich.« Er wandte sich Nicolien zu. »Hast du es auch nicht gewusst?«

»Nein.« Sie lachte.

Maarten studierte den Stadtplan, den sie vom Kongressbüro bekommen hatten. »Sollen wir auch noch beim Manneken Pis vorbei?«, fragte er. »Das ist hier ganz in der Nähe.«

»Manneken Pis interessiert mich nicht«, antwortete Beerta prüde.

»Mich auch nicht«, sagte Maarten.

»Dann sind wir wenigstens darin einer Meinung«, sagte Beerta erleichtert.

Sie verließen den Grote Markt an der Südseite und überquerten die Lombardstraat. Es liefen eine Menge Touristen herum, und hier und da waren auch Geschäfte geöffnet. Maarten fragte sich, ob dies bereits die Marollen waren, doch es gab nichts, woran dies zu erkennen gewesen wäre.

»Da ist eine Kirche«, rief Beerta. »Lasst uns die mal eben anschauen.«

Es war eine Kirche mit einem viereckigen, hellgrauen Natursteinturm und einem Schieferdach. Sie überquerten den Boulevard und blieben davor stehen. Durch einen Seiteneingang gingen Leute ein und aus. Beerta holte seine Brille und einen kleinen Stadtführer aus der Innentasche, setzte die Brille auf und begann, das Büchlein zu studieren. »Das muss die Kapellekerk sein. Dann sehe ich die wenigstens auch einmal.« Er las vor: »›Die Kapellekerk weist alle Eigenschaften der Brabanter Kunst des fünfzehnten und sechzehnten Jahrhunderts auf. In der Kirche finden Sie die Grabstätten des Heiligen Bonifatius, Pieter Bruegels und Frans Anneessens' …‹«, er unterbrach sich selbst, »Pieter *Bruegel!* Das dürfen wir nicht verpassen!« Er lief vor ihnen her zum Seiteneingang und ging zwischen den Kirchgängern ins Innere. Sie folgten ihm durch das Portal. Das Kircheninnere lag im Halbdunkeln. Der Geruch von Weihrauch und Kleidern schlug ihnen entgegen. Überall gingen und saßen Menschen. Kerzen brannten. Am Altar stand ein Priester, der die Messe las und dem zwei weitere Priester und einige Messdiener Beistand leisteten. Er sang den Text der Liturgie, und die Menschen in der Kirche antworteten. Beerta war am Eingang stehen geblieben, im Dunkeln. Sie schlossen sich ihm an. »Es ist schade«, sagte er leise, »aber wir können jetzt nichts besichtigen.«

Maarten antwortete nicht. Er beobachtete die Menschen und die liturgischen Handlungen am Altar und lauschte. Leute gingen an ihm vorbei und betraten das Kircheninnere. Sie tauchten ihre Finger in das Weihwasserbecken, bekreuzigten sich und machten einen tiefen Knicks in Richtung Altar, als sie am Mittelgang vorüberkamen. Es waren überwiegend alte, schwarz gekleidete Frauen, aber nicht ausschließlich. Als er sich umsah, waren Beerta und Nicolien verschwunden. Gegen den Strom folgte er ihnen nach draußen. Sie standen im grellen Sonnenlicht vor dem Eingang und warteten auf ihn.

»Dem Reiseführer zufolge ist dies hier das Herz der Marollen«, sagte Beerta feierlich. »Wenn Karel mich hier sehen könnte, würde er denken, dass ich nicht ganz richtig im Kopf bin.« Er steckte seine Brille und den Reiseführer wieder ein.

Sie verließen den Boulevard und gingen in das Viertel hinein. Davon, dass es sich um ein Armenviertel handelte, war nichts zu bemerken. Verhältnismäßig hohe, langweilige Häuser in einer nahezu verlassenen Straße, die bis auf einen schmalen Streifen Sonnenlicht auf dem rechten Bürgersteig größtenteils im Schatten lag. Lediglich in den Seitenstraßen gab es genügend Sonne. An einer Ecke blieben Maarten und Nicolien stehen. Sie schauten in die Seitenstraße, während Beerta ein paar Schritte vor ihnen ungeduldig wartete. Sobald sie weitergingen, eilte er ihnen mit kleinen, nervösen Trippelschritten voran, ohne nach rechts oder links zu sehen. »Für mich ist das nichts«, sagte er, als er zum soundsovielten Mal stehen geblieben war, um auf sie zu warten. »Ich tue das, weil ihr es so gern wolltet, aber für mich war es das letzte Mal.«

»Der Amsterdamer Jordaan ist viel armseliger«, fand Maarten.

»Ja, aber wer interessiert sich schon für den Jordaan! Da kann man sich als anständiger Mensch doch auch nicht blicken lassen.«

Zufällig kamen sie an einem Platz vorbei, auf dem gerade Markt war. Es standen dort lauter Marktstände, zwischen denen Gedränge herrschte.

»Bücher!«, sagte Beerta. Er lebte sofort auf und eilte ihnen voran auf eine Ecke des Marktes zu, an der sich Stände mit gebrauchten Büchern befanden. »Seht mal!«, sagte er aufgeregt, als sie sich ihm wieder angeschlossen hatten. Er schob sich zwischen die Bücher, die Rücken an Rücken auf einem langen Tisch aufgereiht standen, und zog immer wieder einmal eines heraus. »Verlaine! Rimbaud! Sogar Gide! Sie haben hier alles! Wollt ihr nicht etwas kaufen?«

Sie aßen in einem einfachen Restaurant beim Hallepoort. Auf dem Rückweg stiegen sie, durch das belgische Bier etwas schläfrig und träge geworden, die Stufen zum Justizpalast hinauf. Am Fuße des Palastes blieben sie stehen und sahen hoch. Beerta griff zu seinem Buch und begann zu suchen. »›Der gewaltige Gebäudeblock des Justizpalastes wurde von 1866 bis 1883 erbaut, an dem Ort, an dem zuvor der Stadtgalgen gestanden hatte‹«, las er vor. »›In diesem Bauwerk mit seiner 103 Meter hohen Kuppel gibt es mehr als 350 Säle. Es ist das größte im 19. Jahrhundert in Europa errichtete Gebäude.‹« Er schlug das Buch wieder zu und sah auf. »Das sagt mir nichts. Das ganze neunzehnte Jahrhundert sagt mir nichts.«

»Vielleicht in zwei- oder dreihundert Jahren?«, schlug Maarten vor.

»Zweifellos«, sagte Beerta ironisch, »das heißt zumindest, wenn ich dann noch lebe.«

Sie drehten sich um und sahen über die Stadt. Es war etwas diesig, trotz der Nachmittagssonne. Die Autos auf dem Boulevard unter ihnen erschienen klein. Sie stiegen die Treppen wieder hinab und gingen auf einer breiten Straße in Richtung Kongresspalast, als sie am Palast des Grafen von Egmont vorbeikamen. Beim Standbild der Grafen von Egmont und Hoorne, mit den Armen um die Schultern des anderen, dort oben auf ihrem Sockel, blieb Beerta stehen. »So etwas finde ich nun wiederum ergreifend«, sagte er und sah hinauf. »Die beiden Männer, die so viel für unser Land getan haben und deren Spuren sich hier überall finden. Das hat doch etwas Besonderes, wenn man das weiß.« Er sah mit hochgezogenen Augenbrauen zur Seite.

»Aber das Standbild stammt aus dem neunzehnten Jahrhundert«, sagte Maarten.

»Das Standbild schon, aber es steht an einem geweihten Ort.« Er zog die Uhr aus seiner Brusttasche. »Ich sehe, dass wir nur noch eine Viertelstunde haben. Wie weit ist es noch?«

Es war weiter, als sie gedacht hatten. Als sich immer deutlicher zeigte, dass sie es nicht rechtzeitig schaffen würden, nahm Beertas Nervosität zu. Er beschleunigte seine Schritte und eilte voraus. »Wir kommen zu spät!«, sagte er mit rotem Gesicht.

»Es macht doch nichts, wenn wir etwas zu spät sind«, sagte Maarten, der hinter ihm ging. Nicolien und er hatten Mühe, ihm zu folgen.

»Red keinen Unsinn«, sagte Beerta gereizt. »Wir können es uns nicht erlauben, zu spät zu kommen.« Waghalsig überquerte er eine Straße und beschleunigte noch einmal seine Schritte.

»Wenn wir zu spät sind, gehen wir wieder«, rief Maarten. »So eine Eröffnung bedeutet doch nichts?«

Beerta gab darauf nicht einmal eine Antwort. Er hatte einen ordentlichen Vorsprung erreicht und schien in Panik. Sie gingen in einen Laufschritt über, die seltenen Passanten, die ihnen begegneten, sahen ihnen hinterher. Dicht auf Beertas Fersen hasteten sie zum Kongresspalast. In der gläsernen Fassade war kein Eingang zu finden, auch nicht, nachdem sie um eine Ecke gebogen waren. Beerta blieb stehen, drückte sein Gesicht gegen das Glas, hielt seine Hand schützend gegen die Augen und spähte ins Innere, dann rannte er weiter. Erst an der nächsten Ecke fanden sie eine Schwingtür. Die Halle, die sie betraten, war wie ausgestorben – bis auf einen Portier, der rechts hinter einem Tresen saß und sie ansah. Einen Augenblick lang schien Beerta aus dem Konzept geraten zu sein, doch dann ging er hastig auf den Mann zu. »Wo ist der Kongress?«, fragte er. »Wir müssen zum Kongress.«

»Ich weiß nichts von einem Kongress«, antwortete der Mann ruhig.

»Aber wir sind hier wegen des Kongresses!«, sagte Beerta verzweifelt.

Maarten und Nicolien hatten inzwischen zu ihm aufgeschlossen. Der Portier griff zum Telefon und wählte eine Nummer. »Hier ist ein Herr, der zum Kongress will.« Er sah Beerta an. »Was für ein Kongress ist das?«

»Der Kongress für Volkskultur«, sagte Beerta nervös.

»Der Kongress für Volkskultur«, sagte der Portier ins Telefon.

Er lauschte. »Ah ja. Ich werde es ihm sagen. Danke.« Er wandte sich Beerta zu. »Das ist nicht hier, sondern im Palast der Schönen Künste.«

Zwanzig Minuten zu spät betraten sie den Palast der Schönen Künste. Auch dort war die Halle wie ausgestorben, doch hinter einer Doppeltür erklang Applaus. Ohne zu zögern eilte Beerta voran und stieß die Türen auf. Dahinter lag ein Amphitheater, bis oben hin mit Menschen gefüllt. Unten stand, hinter einem Katheder, der Minister für die Schönen Künste und hielt seine Eröffnungsansprache. Während sich Maarten und Nicolien gleich bei den Türen einen Platz suchten, ging Beerta, ohne ihnen weiter Beachtung zu schenken, den breiten Mittelgang hinab, links und rechts grüßend. Als er ungefähr die Hälfte seines Wegs zurückgelegt hatte, unterbrach der Minister seine Rede und wartete. Plötzlich war es ganz still im Saal. Beerta legte die letzten Meter in beschleunigtem Tempo zurück, machte eine leichte Verbeugung, nahm in der ersten Reihe Platz und beugte sich zu seinem linken Sitznachbarn, um ihm kurz etwas zuzuflüstern. Gleich darauf fuhr der Minister mit seiner Ansprache fort.

*

»Und, Anton, bist du nicht stolz, dass du jetzt endlich deine königliche Auszeichnung bekommen hast?«, fragte Kaatje Kater und legte ihre Hand auf Beertas Arm.

»Es ist keine königliche Auszeichnung«, korrigierte Beerta sie mit einem steifen Lachen. »Es ist eine Medaille.«

»Ja, aber ich meine ja nur«, sagte Kaatje Kater amüsiert.

»Ich fand, es war eine ziemlich armselige Vorstellung«, bemerkte Buitenrust Hettema. »Wenn sie dich schon wegen deiner Verdienste für die Wissenschaft ehren wollten, wäre doch auch wohl eine königliche Auszeichnung drin gewesen, würde ich sagen. Das hier erinnert an einen Blechorden.«

»Eine königliche Auszeichnung hätte ich nicht angenommen«, sagte Beerta.

»Hört, hört!«, rief Kaatje Kater fröhlich.

»Ich bin Sozialist und Republikaner«, verdeutlichte Beerta.

»Ich kenne genügend Sozialisten, die stolz darauf waren, als sie eine königliche Auszeichnung bekamen«, sagte van der Land. Im Gegensatz zu Beerta und Buitenrust Hettema, die beide einen hellgrauen Sommeranzug trugen, trug er einen dunklen Anzug mit einer dunklen Krawatte.

Maarten lauschte. Er fühlte sich unbehaglich. Ihm war vage bewusst, dass dieses Gefühl durch die Anwesenheit Nicoliens, die schweigend neben ihm saß, noch verstärkt wurde, so als müsste er ihr gegenüber Rechenschaft darüber ablegen, was von den anderen gesagt wurde. Mit einem erstarrten Lächeln hörte er ihrem Gespräch zu und suchte nach einer Bemerkung, mit der er sich an der Unterhaltung beteiligen konnte, doch was ihm einfiel, erschien ihm so unbedeutend, dass er nicht wagte, es auszusprechen. Solange er hinten im Saal in verhältnismäßiger Anonymität der Rede des Ministers und den Ehrungen von acht prominenten europäischen Koryphäen – darunter Beerta – durch Professor Pieters, den Vorsitzenden der belgischen Kommission, hatte lauschen können, war er sich noch einigermaßen beschützt vorgekommen, und auch während des Empfangs hatte man es in der Ecke, in die Nicolien und er sich zurückgezogen hatten, aushalten können. Doch jetzt, da sie mit den anderen Mitgliedern der niederländischen Delegation in einem Restaurant auf dem Grote Markt gelandet waren und er an dem geselligen Beisammensein teilnehmen musste, fühlte er sich todunglücklich, und er wusste, ohne dass er sie anzusehen brauchte, dass es Nicolien ebenso ging.

»In Niederländisch-Ostindien hatten wir einen Archivbeamten«, erzählte Buitenrust Hettema, »der einmal zu mir sagte: ›Müünheer, Müünheer‹, er hatte so einen Mäuschenmund und redete ein bisschen so«, er machte einen Mäuschenmund und klapperte mit den Zähnen, »›ist es wahr, dass, wenn die Sozialisten an die Macht kommen, sie die Königin ermorden?‹ Ich sagte: ›Ja, das ist wahr, aber du darfst es nicht weitersagen.‹« Er lachte plötzlich, entwaffnend und jungenhaft.

»Ja, in Niederländisch-Ostindien!«, sagte Kaatje Kater, »da sieht man mal wieder!«

»Ich hatte einen Freund«, erzählte van der Land und beugte seinen Kopf etwas nach vorn, »der bekam von seinen alten Leuten zu hören, dass er sich zu Hause nicht mehr blicken zu lassen brauche, sollte er es wagen, Sozialist zu werden.« Er artikulierte seine Worte so, als spräche er zu einer Gesellschaft von Taubstummen, wobei er seine Mundwinkel auseinanderzog. »Hat er dann auch nicht gemacht.«

Beerta lächelte reserviert. Maarten wollte bemerkten, dass er selbst sich zu Hause nicht mehr blicken lassen könnte, wenn er rechtsliberal wählen würde, doch bevor er sich dazu entschließen konnte, stand der Kellner an ihrem Tisch.

»Für mich eine Consommé de volaille à la Royale«, sagte Kaatje Kater und musste darüber lachen, »und danach eine Selle d'agneau aux laitues braisées, was auch immer das sein mag.« Sie schob die Karte von sich weg und sah triumphierend in die kleine Runde.

Die anderen schlossen sich ihr an, außer Buitenrust Hettema, der Darnes de saumon à la Béarnaise bestellte.

»Und trinken wir noch etwas dazu?«, fragte Kaatje Kater.

»Der Wein geht auf meine Rechnung«, sagte Beerta.

»Aber nein doch«, sagte Kaatje Kater und tippte ihm auf den Arm, »Anton!«

»Das ist natürlich, weil du die Medaille bekommen hast«, mutmaßte Buitenrust Hettema.

»So hat sie doch noch einen Sinn gehabt«, meinte van der Land.

Beerta reagierte nicht. Er sah mit gespitzten Lippen auf die Weinkarte. »Bringen Sie uns einen Côte du Rhône, Nummer 18«, sagte er schließlich und gab die Karte zurück.

»Was ist dieser Pieters eigentlich für ein Mensch?«, fragte Kaatje Kater. »Ich meine ja nur, wie muss ich mir diesen Mann vorstellen?«

»Pieters ist ein mächtiger Mann«, antwortete Beerta, während er die Serviette auf seinen Schoß legte.

»Er macht nicht den Eindruck eines großen Gelehrten«, bemerkte Buitenrust Hettema.

»Das ist auch nicht nötig, wenn man mächtig ist«, fand Beerta.

»Er hat seinerzeit die erste Ausgabe des Atlas kritisiert«, brachte Maarten in Erinnerung, froh, dass er endlich etwas zum Gespräch beitragen konnte. Er war inzwischen so angespannt, dass er Mühe hatte, die richtige Tonhöhe zu treffen.

»Natürlich«, sagte Kaatje Kater. »Man stelle sich vor, dass wir das vergessen könnten!«

»Wenn man mächtig ist, muss man Kritik äußern«, bemerkte van der Land aus den Mundwinkeln.

Buitenrust Hettema sah auf ihn herab, seine Unterlippe etwas nach vorne geschoben. Er war sicher einen Kopf größer als van der Land und beäugte ihn ein wenig abschätzig.

»Und was werdet ihr nun dagegen tun?«, fragte Kaatje Kater.

»Wir werden ihn in die Redaktion aufnehmen«, antwortete Beerta mit einem Schmunzeln, »aber das werden wir dir natürlich erst noch vorschlagen.«

»Hört, hört!«, rief Kaatje Kater fröhlich. »Ich meine ja nur.«

*

Am zweiten Tag des Kongresses wurden die fast einhundert Wissenschaftler mit ihren Frauen in vier Bussen von Brüssel nach Gent gefahren. In den Morgenstunden lauschten sie den Vorträgen eines schwedischen und eines französischen Wissenschaftlers über die Kultur der schwedischen Dockarbeiter und die Straßenrufe französischer Hausierer. Im weiteren Verlauf wurden sie von der Stadtverwaltung unter Leitung des Bürgermeisters und des Stadtdirektors im Rathaus empfangen, anschließend servierte man ihnen im Ratskeller an langen

Tischen altflämische Gerichte, bestehend aus einer Suppe mit allerhand Gemüse darin, gefolgt von einer Platte mit Schweineohren und -schwänzen, als Gemüse Strandflieder und Queller sowie als Getränk ein schweres belgisches Bier. Die Mahlzeit war üppig und zog sich hin, sodass die Teilnehmer zum Schluss nur mit Mühe dazu zu bewegen waren, den Keller wieder zu verlassen, um sich dösig und träge und in das gleißende Sonnenlicht blinzelnd auf den Weg zum Museum zu machen. Dort sahen sie zu ihrer Erleichterung, dass man am Rand des Platzes vor dem Eingang ein paar Reihen Stühle aufgestellt hatte, mitten in die Sonne, sodass sie sich, in Erwartung einer Demonstration alter Handwerke, die speziell aus diesem Anlass zum Leben erweckt worden waren, sofort wieder hinsetzen konnten. In dem Bedürfnis, an die Darbietungen des Vormittags anzuknüpfen, wurden von speziell gekleideten flämischen Sprachforschern zunächst die Straßenrufe flämischer Hausierer zu Gehör gebracht, woraufhin in einer kurzen Pantomime die Geschichte des Museums, das ursprünglich ein Krankenhaus gewesen war, dargestellt wurde. Das Spiel fand seinen Höhepunkt in einem Volkstanz, bei dem der Tanzgruppe aus irgendeinem Grund ein Mann fehlte, für den dann von einem der Mädchen ein Ersatz im Publikum gesucht wurde. Zu seinem Entsetzen wurde Maarten von ihr auserwählt, und bevor er noch wusste, wie ihm geschah, führte sie ihn an der Hand auf den Platz, zwischen die anderen Tänzer. »Aber ich kann überhaupt nicht tanzen«, sagte er unglücklich. – »Das ist auch nicht nötig«, beruhigte sie ihn, »folgen Sie mir einfach«, und sie lachte ihm aufmunternd zu, während die Musik aus Fideln und Flöten wieder einsetzte. Stampfend, in die Hände klatschend, die Knie und den Rücken etwas gebeugt, versuchte er auch tatsächlich, ihr zu folgen, doch das Lachen, das von weit her zu ihm drang, sagte ihm, dass seine Rolle eher die eines Clowns als die eines ausländischen Prinzen war, den er wahrscheinlich darstellen sollte. Und als er sich schließlich, todunglücklich, unter donnerndem Applaus wieder zurückgeleiten ließ, hätte er sich am liebsten für den Rest des Nachmittags unter seinem Stuhl versteckt, bis die Erinnerung an seinen Auftritt von den nachfolgenden Programmpunkten aus dem Gedächtnis seiner Fachkollegen gelöscht worden war.

»Warum hat sie gerade dich ausgesucht?«, fragte Nicolien verstimmt, als er wieder neben ihr stand.

»Ich weiß es wirklich nicht«, sagte er, als müsse er sich entschuldigen.

So fühlte er sich immer noch, als ihm ein paar Stunden später, nach der Demonstration alter Handwerke und einem Rundgang durch das Museum, im Empfangssaal von der Direktion ein Aperitif angeboten wurde.

»Herr Koning«, sagte jemand hinter ihm.

Er drehte sich um. Vor ihm stand ein kleiner, dicker Mann, mit einem kugelrunden Kopf, der scheinbar ohne Hals auf seinen Schultern saß, und hellen, blauen Augen. Er musste zu Maarten aufblicken.

»Sie wissen, wer ich bin?«

»Professor Pieters«, antwortete Maarten ohne nachzudenken, und er ärgerte sich sofort, weil er es idiotisch fand, Leute mit ihrem Titel anzusprechen.

»Richtig!«, sagte der Mann zufrieden. »Ich habe von Doktor Beerta gehört, dass Sie ein sehr großes Karteisystem haben. Stimmt das?«

»Nicht so groß«, sagte Maarten aus einer instinktiven Neigung heraus, ein noch unbekanntes Unheil abzuwenden.

»Doktor Beerta sprach von einhunderttausend Karteikarten.«

»So etwa. Ungefähr einhundert Kästen.«

»Das nenne ich groß.«

Maarten lachte.

Pieters ergriff seinen Arm. »Sie werden mir für *Ons Tijdschrift* einen Artikel über Ihr Karteisystem schreiben. Einen Artikel von acht Seiten.«

»Aber es ist nicht für die Öffentlichkeit bestimmt«, protestierte Maarten. »Es dient ausschließlich unserer eigenen Forschung.«

»Darüber reden wir noch«, sagte Pieters und drückte seinen Arm. »Ich werde einmal nach Amsterdam kommen, um darüber zu reden. Merken Sie sich vorläufig, worum ich Sie gebeten habe!« Er drehte sich um und lief geschäftig zu jemand anderem weiter.

Gleich darauf kam Beerta zu ihm, er hielt ein Glas Wein in der Hand. »Und?« Er machte den Eindruck, als habe er zu viel getrunken.

»Amüsiert ihr euch?« Um ihn herum hörte man das Stimmengewirr der gelehrten Kongressteilnehmer.

»Nicht besonders«, sagte Maarten, noch immer fassungslos.

»Aber du hast immerhin schon getanzt.«

»Das ist wahr.«

»Und auch noch mit einem besonders netten Mädchen. Ich wollte, sie hätte mich ausgesucht.« Er blickte zu Nicolien. »Fandest du nicht auch?«

Nicolien lachte.

»Ich hätte es Ihnen gegönnt«, sagte Maarten vergrätzt.

Zwinkernd nahm Beerta einen Schluck und sah Maarten amüsiert an. »Was wollte Professor Pieters?«

»Er will, dass ich einen Artikel über das Karteisystem schreibe.«

»Und das machst du natürlich.«

»Ich glaube nicht.«

»Wenn Professor Pieters um so etwas bittet, kannst du nicht ablehnen«, sagte Beerta nachdrücklich. »Pieters muss unser Freund bleiben.«

*

Etwas abseits stehend, in einer Ecke bei der Garderobe, ließen sie die anderen vorgehen, bis der letzte Teilnehmer im Saal verschwunden war. Die Türen wurden geschlossen. Plötzlich war es ganz still in der Halle.

»So«, sagte er, »schnell!« Er sah auf seine Armbanduhr: »Viertel nach zwölf müssen wir wieder hier sein.«

Sie gingen durch die Halle zum Ausgang. Draußen regnete es, ein leichter Nieselregen. Als sie die Treppe hinunterstiegen, kam van der Land gerade hastig angelaufen. Er trug einen dunklen Regenmantel und hielt eine Aktentasche in der Hand.

»Van der Land!«, warnte Maarten erschrocken.

Van der Land blieb stehen. »Was für ein Zufall«, sagte er mit einem Schmunzeln. »Ihr wollt schwänzen! Recht habt ihr.«

»Wir wollten noch etwas von der Stadt sehen«, entschuldigte sich Maarten.

»Etwas dagegen, wenn ich mitkomme? Die Vorträge muss ich mir nicht anhören. Davon verstehe ich doch nichts.«

»Nein«, sagte Maarten vage.

»Außerdem«, er ging auf der anderen Seite neben Nicolien »die Leute, die sich selbst gern reden hören … Wenn sie etwas zu sagen haben, lese ich es lieber hinterher. Und meistens stellt man dann fest, dass es nicht viel taugt. Wohin wolltet ihr?«

Sie liefen im Nieselregen durch eine Grünanlage in Richtung Stadt.

»Wir haben kein bestimmtes Ziel«, sagte Maarten, der sich unbehaglich fühlte, »einfach in die Stadt.«

»In der Stadt gibt es nichts Besonderes. Da komme ich gerade her, weil ich etwas Spielzeug für meine Kinder kaufen wollte, sonst hätte ich es besser lassen können.«

»Wie viele Kinder haben Sie?«, fragte Maarten höflich.

»Drei! Habt ihr keine Kinder?«

»Nein.« Der Deutlichkeit halber schüttelte er den Kopf.

»Wenn ihr erst einmal welche habt, werdet ihr merken, wie verdammt schön das ist.«

Maarten lächelte. Nicolien ging schweigend zwischen ihnen. An ihrem Gesicht erkannte er, dass sie sich ärgerte, doch er wusste auch nicht, wie er es ändern sollte. Er fühlte sich unglücklich.

Sie kamen an eine Brücke und überquerten die Maas. Über dem schmutzfarbenen Fluss war der Himmel grau. Stromabwärts lagen die schwarzen und grauen Häuser Lüttichs unter dem schmuddeligen Rauch der Fabrikschornsteine, die sich gegen den Horizont abhoben. Maarten betrachtete sie fasziniert, doch die Anwesenheit van der Lands hinderte ihn daran, die Szenerie zu genießen.

»Habt ihr Lust auf eine Tasse Kaffee?«, fragte van der Land. »Ich zahle.«

»Wollen wir eine Tasse Kaffee trinken?«, fragte Maarten Nicolien.

»Gut«, sagte Nicolien widerwillig.

»Vielleicht, wenn wir etwas näher am Zentrum sind?«, schlug Maarten vor.

»Wenn ihr mich fragt, gibt es nicht einmal ein Zentrum, oder alles ist hier Zentrum«, sagte van der Land. »Ich habe selten ein so dreckiges, verwahrlostes Durcheinander gesehen.«

»Das finde ich gerade scharf daran.«

»O ja, aber wenn man sich vorstellt, dass man hier wohnen muss. Ein Tag ist mehr als genug. Da ist eine Kneipe!« Vom Rand des Kais aus, auf dem sie gingen, überquerte er die gepflasterte Straße und betrat vor ihnen ein Café. Im Inneren war es still. Sie zogen ihre Mäntel aus und setzten sich an einen Tisch vor dem Fenster. Außer den nassen Pflastersteinen und der Kaieinfassung aus Beton gab es nichts weiter zu sehen als gelegentlich vorbeifahrende Autos. Darüber verschwand die Welt in einem grauen, nebligen Regen. Der Wirt kam und fragte auf Französisch, was sie wünschten. Van der Land bestellte auf Niederländisch drei Tassen Kaffee. »Die Leute weigern sich einfach, Niederländisch zu sprechen«, sagte er, »aber verstehen tun sie es verdammt gut.«

»Es sind Wallonen«, sagte Maarten zu ihrer Entschuldigung.

»Aber deswegen können sie doch Niederländisch sprechen, wenn sie hören, dass sie es mit Niederländern zu tun haben? Das haben sie doch sicher in der Schule gelernt?«

»Sind Sie früher schon einmal hier gewesen?«, fragte Maarten, um das Gespräch auf ein anderes Thema zu bringen.

»Noch nie. Es ist sogar das erste Mal, dass ich überhaupt im Ausland bin, aber das darf man heutzutage fast nicht mehr erzählen.« Er hatte seine Unterarme auf den Tisch gelegt, nahm einen Bierdeckel und drehte ihn zwischen seinen Fingern hin und her.

»Auch nie in Paris gewesen?«, fragte Maarten ungläubig.

»Nein, nie! Als wir jung waren, war Krieg, und nach dem Krieg kamen die Kinder. Außerdem hatten wir damals kein Geld dafür. Aber ich habe es auch nie vermisst.«

Der Wirt brachte den Kaffee, drei Tassen, auf denen ein Filter stand. Van der Land hob den Filter hoch und sah in seine Tasse.

»Sie müssen einen Moment warten«, warnte ihn Maarten.

Mit einer Grimasse stellte van der Land den Filter wieder auf die Tasse.

»Sollen wir uns duzen?«, schlug er vor und sah auf. Er sah von Maarten zu Nicolien. »Ich bin sonst nicht so schnell dabei, doch ihr gehört zu den paar Menschen in dieser Gesellschaft, denen ich es gern anbieten würde.«

»Gut«, sagte Maarten verwirrt. »Gern.«

»Ich habe auch den Eindruck, dass wir ungefähr gleich alt sind. Zumindest wir beide«, sagte er zu Maarten. »Deine Frau ist wahrscheinlich etwas jünger?«

Nicolien lachte. »Maarten ist ein halbes Jahr älter.«

»Das hätte ich nicht gedacht«, sagte van der Land überrascht. »Wie alt bist du?«

»Sechsunddreißig«, sagte Maarten.

»Ich bin zweiundvierzig. Der Unterschied ist also nicht so groß.«

»Aber du bist immerhin Mitglied meiner Kommission.«

»Das bedeutet doch nichts. Das hätte doch auch umgekehrt sein können. Der einzige Sinn, den eine solche Kommission hat, ist der, dass man sich gegenseitig unterstützt, wenn es nötig ist, zumindest, wenn man sich vertraut, und das tue ich seit unserer ersten Begegnung.«

Maarten lachte verlegen. »Dazu habe ich bisher noch nicht viel Anlass gegeben.«

»Das kommt noch.« Er hob erneut den Filter hoch. »Ist er jetzt durch?«

Nicolien sah in seine Tasse. »Noch einen Moment.«

»Was für ein idiotisches System«, fand van der Land. »Dafür fährt man nun nach Belgien.« Er wurde wieder ernst. »Und du stehst außerdem bei Beerta enorm unter Druck – wie ich bei van Herfte. Das ist äußerst frustrierend.«

Van Herfte war der Professor, bei dem van der Land als höherer wissenschaftlicher Beamter beschäftigt war. Die Einschätzung war neu für Maarten. Er glaubte nicht daran, doch er schwieg.

*

Aus dem Tagebuch von Maarten Koning:

»St. Donat. Stark bewölkt, kalt. Fast ohne auszuruhen hierhergelaufen. Hoch, weit. Seit halb zwei sitzen wir im Café und lesen immer wieder dieselbe Zeitung. Ein Fliegenfänger mit sterbenden und toten Fliegen hängt von der Decke. In der Küche, hinter dem Café, reden Frauen und ein kleines Mädchen. Vor dem Fenster hängen Gardinen mit eingewebten kleinen Kreuzen. Die Kreuze sind unregelmäßig verteilt. Die Absicht dahinter ist nicht klar. Hinter den Gardinen liegt ein verregneter Garten mit Margeriten, Ringelblumen und Gemüse. Vor dem Fenster Gitter. Ein nettes Café. Noch eine Stunde bis zum Essen. Aus der Küche hört man Tanzmusik und das Klappern von Töpfen und Löffeln. Eine Frau redet monoton. Es riecht gut. Zwiebeln. Ein Mann ist hereingekommen. Er sitzt hinter uns an einem knarrenden Tisch, lesend oder schreibend. N. fingert an der Zeitung herum, die sie wahrscheinlich schon zum fünften Mal liest. Ein zweiter Mann. Er grüßt, wechselt ein paar Worte mit dem ersten und geht weiter in die Küche, wo er ein Gespräch beginnt. Das Gespräch wird von der Stimme des Nachrichtensprechers übertönt. Es ist kalt. Es regnet noch immer. Was lässt diese Cafés so hohl wirken? Der Boden mit Holzplanken? Die Leere? Die Nachrichten werden von einer Fanfare unterbrochen. Ferien werden zum Teil auch durch das Vergnügen geprägt, sich nach seinem Zuhause zu sehnen, nach dem Ofen und der eigenen Lampe, der eigenen Zeitung, den eigenen Stühlen und nach den zurückliegenden Ferien. Sacrée vie de vie.

Noch eine Dreiviertelstunde. Das Klo ist in der Garage. Dort steht ein Tretauto, und es liegt ein Haufen Gerümpel herum. Das Klo ist ein Loch im Boden, von dem man wie der geölte Blitz wegrennen muss, wenn man abgezogen hat. Es fällt mir auf, dass ich in diesen Ferien, verglichen mit den vorherigen, nur wenig beobachte. Oder bilde ich mir das ein? Liegt es am Land? Oder habe ich mich mehr zum Touristen entwickelt? Bin ich mehr mit mir selbst beschäftigt und weniger an der Umgebung interessiert? Ich habe die Neigung, Letzteres zu denken. Zunehmende Isolierung, Beklemmungen, Schmerzen in der Brust und so weiter. Seit vier Jahren kenne ich das Gefühl nicht mehr, frei und selbstständig zu sein. Stattdessen eine fortwährende, ängstliche Hast, so, als ob ich vor etwas fliehen muss. Da ich nicht weiß, wovor, weiß ich auch nicht, wie. Es ist alles sehr logisch. Die Folge ist ein zunehmendes Bedürfnis, zu Hause zu sein, in einer Umgebung, die so klein und so übersichtlich wie möglich ist. Niemanden sehen, nichts erleben, was die Situation verkompliziert, und dann die Dinge in aller Ruhe betrachten.«

*

In der Türöffnung von de Bruins Verschlag stand ein kleiner Mann in einem schlecht sitzenden braunen Anzug.

Maarten blieb stehen: »Ist de Bruin nicht da?«

»De Bruin liecht im Krankenhaus«, sagte der Mann. »Ich bin der Vertreter.«

Maarten streckte zögernd die Hand aus. »Ich bin Koning. Ich arbeite hier.«

»Hindriks«, sagte der Mann. »Angenehm.« Es war ein schon etwas älterer Mann mit Froschgesicht und großen Tränensäcken unter den Augen.

»Was hat de Bruin?«

»Das kann ich Sie nich sagen. Ich bin auch gerade erst gekommen. Woll'n Se vielleich'n Kaffee? Ich hab' gerade aufgesetzt.«

»Später gerne.« Er lächelte, um nicht unfreundlich zu wirken, und ging hintenherum in sein Zimmer.

»Schönen Urlaub gehabt?«, fragte van Ieperen.

»Ich sehne mich schon nach dem nächsten«, antwortete Maarten.

Van Ieperen kicherte.

Beerta saß bereits am Schreibtisch.

»Tag, Herr Beerta«, sagte Maarten. »Ich habe gehört, dass de Bruin im Krankenhaus liegt?«

»De Bruin liegt im Krankenhaus«, bestätigte Beerta. Er drehte sich um. »Wie war's?«

»Gut. Was hat er?«

»De Bruin hatte einen Herzinfarkt.«

»Einen Herzinfarkt? Dabei spielt er doch regelmäßig Fußball!«

»Das scheint nichts zu nutzen. Ich bin zumindest wieder einmal froh, dass ich nicht Fußball spiele.«

»Hat er ihn denn beim Fußballspielen bekommen?«

»Nein, hier, während der Arbeit.«

»Dann liegt es also an der Arbeit.«

»Vom Arbeiten bekommt man keinen Herzinfarkt.«

Maarten lachte. »Das wäre erst noch zu beweisen.«

»Etwas anderes«, er stellte seinen Stuhl schräg, um Maarten ansehen zu können. »Ich habe ein Gespräch mit Springvloed gehabt. Springvloed zufolge kann Bart problemlos bis zum Ende des Jahres sein Studium abschließen. Wir müssen also noch einmal mit ihm sprechen.«

Maarten hatte seinen Stuhl zurückgeschoben und setzte sich hin. Er reagierte nicht sofort.

»Was meinst du?«

»Gut«, sagte Maarten widerwillig. »Sobald er kommt, werde ich ihn fragen.«

»Wir können es nicht verantworten, dass die Stelle noch länger unbesetzt bleibt.«

»Das weiß ich nicht, aber ich werde ihn fragen. Ist noch mehr passiert?«

»Weiter nichts, außer, dass Frau de Gruiter eine Fehlgeburt gehabt hat.«

»Das interessiert mich weniger.« Er zog seine Schreibtischschublade auf und begann, die Arbeit, mit der er vor dem Urlaub beschäftigt gewesen war, auf dem Schreibtisch auszubreiten.

»Mich interessiert es schon. De Gruiter hat es nicht leicht.«

Maarten lächelte irritiert. Er antwortete nicht.

Beerta rückte seinen Stuhl zurück, um die Arbeit wieder aufzunehmen. »Und Meierink hat endlich sein Lehrerexamen bestanden.«

»Na bitte.«

»Ich habe nicht den Eindruck, dass du mit viel Spaß an die Arbeit gehst«, sagte Beerta und drehte sich dabei um.

»Ich muss mich eben erst wieder eingewöhnen«, entschuldigte sich Maarten. »Es ist zu viel gleichzeitig.«

»Dann gewöhn dich erst mal wieder ein«, sagte Beerta mit einiger Wärme. »Ich werde dich vorläufig nicht belästigen.«

Eine Weile saßen sie beide, einander den Rücken zukehrend, und arbeiteten.

»Ist eigentlich schon jemand bei de Bruin gewesen?«, fragte Maarten, ohne von der Arbeit aufzusehen.

»Nijhuis.«

Maarten sah auf seine Uhr. Er stand auf und verließ das Zimmer. Fräulein Haan saß am Schreibtisch. Er grüßte sie und ging weiter. Hendrik saß an seinem Tisch und sah schläfrig auf. Maarten blieb stehen. »Du bist verheiratet.«

»Ja«, sagte Hendrik.

»Wie war es?«

»Ach, wie das eben so ist.«

Sie schwiegen.

»Ihr müsst einmal zum Essen kommen«, sagte Hendrik.

Maarten nickte.

»Ich werde das mal mit Annechien besprechen.«

»Wir müssen auch noch zu de Bruin.«

»Ja, das hatte ich mir auch schon überlegt.« Er schwieg einen Moment. »Wie war euer Urlaub?«

»Wir sind fünfhundert Kilometer gelaufen«, sagte Maarten nicht ohne Stolz.

Hendrik nahm es zur Kenntnis, ohne eine Miene zu verziehen.

»Aber das erzähle ich dir ein andermal.«

Hendrik nickte und beugte sich wieder über seine Arbeit.

Maarten verließ den Raum durch die Hintertür. Als er über den Flur ging, kam Nijhuis gerade aus der Toilette. Maarten wartete, bis er ihn erreicht hatte. »Tag, Teun.«

Nijhuis nickte.

Maarten wollte fragen, wie es ihm ginge, doch als er das zu Tode erschöpfte Gesicht sah, behielt er die Frage für sich. »Du bist bei de Bruin gewesen?«

»Ja.«

»Wie geht es ihm?«

»Schlecht.«

»Wird er sterben?«

»Wer nicht?«, antwortete Nijhuis bitter.

Maarten schmunzelte. Du und ich, wollte er antworten, doch er verkniff es sich. »Wo liegt er?«

»Wo ich auch war. Im selben Zimmer.«

Sie gingen hintenherum in den ersten Raum. Nijhuis setzte seinen Weg fort, Maarten blieb stehen. Kees Stoutjesdijk und Annechien Ansing saßen an ihren Schreibtischen. »Tag, Kees«, sagte Maarten. Er gab Annechien die Hand. »Herzlichen Glückwunsch nachträglich.«

»Danke«, sagte sie spröde.

Er blieb stehen, unsicher, was er sagen sollte. »Wie geht es euch hier?« Er sah zu ihren Schreibtischen.

»Gut«, sagte Annechien.

»Wir amüsieren uns köstlich«, versicherte Stoutjesdijk.

»Tag, Herr Koning!«, rief Slofstra hinter dem Schrank hervor. »De Bruin hat einen Herzinfarkt gehabt!«

»Das habe ich gehört.«

»Oh.«

»Ich komme gleich zurück«, sagte Maarten zu seinem Assistenten und ging weiter. Slofstra, Nijhuis, Meierink, Frau Moederman, Balk, alle saßen sie an ihren Schreibtischen. Er blieb bei Slofstra stehen. »Vermissen Sie ihn?«

»Das nun nicht gerade«, sagte Slofstra desinteressiert, »aber wenn das Herz nicht mehr mitmacht, ist das natürlich nicht so gut.«

»Aber sein Herz macht noch mit.«

»Ja, schon, aber wie? Fragen Sie nur Nijhuis!«

Meierink drehte sich um. »Jetzt reicht es mal wieder, Herr Slofstra.«

Maarten lachte. »Du hast bestanden, nicht wahr?«

Meierinks Gesicht hellte sich auf. Er erhob sich und reichte Maarten die Hand. »Vielen Dank«, sagte er schleppend, noch bevor Maarten ihm hatte gratulieren können, »aber es stand wieder einmal auf Messers Schneide.«

»Das macht nichts«, fand Maarten, »wenn der Druck nur weg ist. Tag, Jaap. Tag, Frau Moederman.«

Balk murmelte etwas. Frau Moederman hatte sich ihm lächelnd zugewandt. »Tag, Herr Koning. Ich habe gehört, dass Sie gewandert sind. Das finde ich auch so schön. Das haben mein Mann und ich auch immer gemacht. Ich finde, es passt zu Ihnen!«

Maarten lächelte geschmeichelt. Er wollte ihr etwas antworten, doch in diesem Moment ging die Tür auf und Hindriks kam unbeholfen mit dem Tablett herein. Er trug eine etwas schmuddelige kurze weiße Jacke, wie Kellner sie anhaben, und hatte Mühe, mit dem Tablett durch die Tür zu kommen. »Der Kaffee!«, kündigte er an. Während Maarten hinzueilte und die Tür hinter ihm schloss, stellte Hindriks das Tablett auf dem Schreibtisch von Frau Moederman ab, oben auf die Fragebogen, die dort gestapelt lagen.

»Passen Sie doch auf, Herr Hindriks!«, mahnte Frau Moederman.

»Ja klar, ich pass schon auf«, schnaufte er. Er stellte die Tassen auseinander und griff zur Kaffeekanne. Beim Einschenken zitterte seine Hand, sodass der Kaffeestrahl gefährlich über den Tassen hin und her schwabberte. Er fiepte beim Atmen.

Maarten beobachtete ihn. »Sind Sie Kellner gewesen?«, fragte er.

»Nein, Bäcker«, sagte Hindriks, mit den Gedanken beim Kaffee.

»Mein Großvater war auch Bäcker«, sagte Maarten. »Wo?«

Hindriks richtete sich auf, die Kaffeekanne in der Hand, und sah Maarten an. Er war mehr als einen Kopf kleiner. »Kennen Sie die Anzeige von Müller?« Er schnappte nach Luft. »Rosinenbrot, das muss von Müller sein. Kennen Sie die?«

»Ja«, sagte Maarten.

»Wenn's bei Hindriks alle ist«, sagte Hindriks spaßig, »haben wir dann immer gesagt.«

»Wie war's?«, fragte Nicolien.

Maarten setzte sich auf die Couch. »Ich bin geschafft.«

»Aber du brauchst doch auch nicht gleich am ersten Tag so idiotisch hart zu arbeiten!«

»Ich habe überhaupt nicht hart gearbeitet«, sagte er entrüstet. »Ich habe keinen Fatz getan.«

»Jetzt friss mich doch nicht gleich auf! Ich habe dir doch nichts getan!«

»Ich habe nicht hart gearbeitet«, wiederholte er etwas ruhiger.

»Haben Henrik und Annechien noch etwas über den Umschlag mit den Blumen gesagt, den wir ihnen aus der Auvergne geschickt haben?«

»Nein.« Er sah sie an. »De Bruin hatte einen Herzinfarkt.«

*

»Ich finde es sehr nett von Professor Springvloed, dass er sagt, ich könne mein Studium schon im Dezember abschließen«, sagte Bart höflich, »aber dennoch glaube ich nicht, dass ich das wirklich kann.«

»Wann könntest du es denn abschließen?«, fragte Beerta ungeduldig.

»Das kann ich wirklich noch nicht sagen.«

»Aber du hast doch wohl eine ungefähre Vorstellung? Du wirst doch wissen, wie weit du in etwa bist?«

»Ich weiß zwar, wie weit ich bin, aber ich weiß nicht, wie lange ich für den Rest noch brauche.«

»Bis zum Frühjahr?«

»Ich weiß es wirklich nicht.«

»Denn du verstehst, dass wir nicht ewig warten können. Wir haben im Haushalt Geld für dich eingeplant, für das wir jetzt auch eine Bestimmung finden müssen.«

»Aber das war doch nicht auf meine Bitte hin?«, sagte Bart erschrocken.

»Das war nicht auf deine Bitte hin, aber es war dennoch für dich gedacht.«

»Das schätze ich natürlich sehr.«

»Sie haben das Geld in den Haushaltsplan eingestellt, weil Sie dachten, dass wir es im ersten Jahr doch nicht bekommen würden«, erinnerte ihn Maarten.

»Das tut hier nichts zur Sache«, sagte Beerta verärgert. »Wir haben es nun einmal bekommen, und darüber bin ich froh. Es geht jetzt darum, dass wir es auch ausgeben, sonst heißt es beim nächsten Mal: Der Beerta beantragt zwar Geld, aber er hat nicht einmal eine Bestimmung dafür, den brauchen wir also nicht mehr ernst zu nehmen.«

»Das wäre mir sehr unangenehm«, sagte Bart.

»Und deshalb dränge ich so darauf, dass du dich beeilst.«

»Aber Bart kann doch nicht das Opfer Ihrer Entscheidung sein?«, sagte Maarten, nun ebenfalls verärgert.

»Oh, aber ich fühle mich überhaupt nicht als Opfer«, sagte Bart. »Ich finde es sehr nett, dass Sie beide sich so viel Mühe geben. Ich kann nur nicht versprechen, dass ich so schnell mein Studium beende. Dafür muss ich noch zu viel tun.«

»Aber Frühjahr nächsten Jahres ist doch nicht zu viel verlangt?«, sagte Beerta. »Wenn Professor Springvloed sagt, dass du jetzt im Herbst dein Studium abschließen könntest, dann kannst du doch wohl bis zum Frühjahr fertig sein?«

»Ich kann dazu bloß jetzt noch nichts sagen.«

»Warum sollte Bart nicht einfach in seinem eigenen Tempo fertig werden«, sagte Maarten. »so lange können wir doch befristete Kräfte einstellen?«

»Es ist nicht so, dass ich mich nicht beeilen will«, sagte Bart, »sondern, weil es wirklich nicht schneller geht, zumindest meiner Meinung nach.«

»Aber du kannst doch wohl versprechen, dass du dein Bestes geben wirst, um im Frühjahr dein Studium zu beenden?«, sagte Beerta. »Ich verstehe wirklich nicht, warum du das nicht versprechen kannst.«

Barts Gesicht nahm einen gequälten Ausdruck an, Maarten hatte Mitleid mit ihm. »Ich kann es wirklich nicht versprechen«, wiederholte Bart verzweifelt. »Ich würde es ja gern, um Ihnen einen Gefallen zu tun, aber ich kann es wirklich nicht.«

Beerta zuckte missmutig mit den Achseln. »Dann werden wir uns vielleicht genötigt sehen, jemand anderen einzustellen, auch wenn es mir natürlich leidtäte.«

»Davon kann selbstverständlich keine Rede sein«, sagte Maarten.

»Vielleicht wird das dann doch das Beste sein«, sagte Bart, »denn ich möchte natürlich nicht gern, dass Sie durch mich in Schwierigkeiten kommen.«

»Gut«, sagte Beerta, »ich werde sehen. Vorläufig gehe ich davon aus, dass du das Studium im Frühjahr beendest, und wenn dir das nicht gelingt, werde ich erneut eine Entscheidung treffen müssen.«

»Vielen Dank. Ich schätze es sehr, dass Sie so viel Vertrauen in mich setzen. Und Herr Koning natürlich auch.« Er nickte, es war fast eine kleine Verbeugung, und wartete, ob noch mehr kommen würde. »Kann ich dann jetzt gehen?«, fragte er, während Beerta ihn schweigend musterte. »Ich muss nämlich noch in die Vorlesung.«

»Du kannst gehen. Und denke daran, was ich dir gesagt habe.«

»Ja, natürlich. Ich werde bestimmt daran denken. Und ich schätze es überaus, dass Sie so viel Geduld mit mir haben.«

»Der Junge irritiert mich«, sagte Beerta, sobald Bart den Raum verlassen hatte, »wenn du mich fragst, wird er niemals mit dem Studium fertig.«

»Er wird schon fertig werden«, sagte Maarten, »aber ich finde, dass Sie ihn nicht so drängen sollten.«

»Was soll ich denn tun? Du weißt ja nicht, was du redest! Ich muss demnächst der Kommission gegenüber begründen, warum ich die Stelle immer noch nicht besetzt habe!«

»Das ist Ihre eigene Schuld. Dafür können Sie Bart doch nicht verantwortlich machen.«

»Ich habe keine Schuld«, sagte Beerta knapp. »Und ich lasse mir das auch nicht einreden! Ich mache nur meine Arbeit!«

»Soll ich es der Kommission gegenüber begründen? Ich habe ihn schließlich ausgesucht.«

»Warte erst einmal das Frühjahr ab«, sagte Beerta. »Wenn er dann noch nicht mit dem Studium fertig ist, werde ich gezwungen sein, andere Maßnahmen zu ergreifen.«

*

»Er irritiert mich immer mehr«, sagte Maarten. Zwischen den Bücherstapeln auf dem kleinen Tisch suchte er nach seiner Pfeife, nahm seinen Tabaksbeutel und lehnte sich in die Kissen zurück, während er den Beutel aufmachte.

»Warum?«, fragte Klaas. Er hatte einen Ellbogen auf die Lehne seines Sessels gestellt und hielt die Hand hoch, den Ringfinger um den Mittelfinger gekrümmt.

»Früher habe ich gedacht, dass seine Ironie Selbstironie wäre«, er stopfte die Pfeife, »doch das ist es nicht, es ist Selbstverteidigung. Er wappnet sich im Voraus gegen Kritik.«

»Ich finde, dass Ironie immer Selbstverteidigung ist.«

»Ein Beispiel! Die Titel! Wenn er etwas ins Abwesenheitsbuch einträgt, schreibt er konsequent: Doktor Haan und Doktor Balk, und seit der Doctorandus ein Titel geworden ist, auch Doctorandus Koning! Dasselbe bei internen Schreiben, Entwürfen, überall! Wenn er sie auf einem Treffen der Korrespondenten ankündigt, nennt er sie immer Doktor Haan und Doktor Balk, vor einfachen Leuten, die oft nur die Volksschule besucht haben! Dahinter verbirgt sich dann wohl Ironie, aber eine Ironie, die ihm selbst nicht schadet. Das ist typisch!« Er steckte die Pfeife in den Mund, böse, und beugte sich nach vorn, um zu den Streichhölzern zu greifen. »Das kann mich rasend machen.«

Klaas hatte schmunzelnd zugehört. »Seiner Generation bedeutet die Wissenschaft nun einmal etwas anderes als uns.«

»Das ist doch Unsinn. Wer so über die Wissenschaft redet, taugt nichts.«

»Erzähl doch mal von der Medaille, die er bekommen hat«, sagte Nicolien. »Wie er darauf reagiert hat.«

»Ja«, er schmunzelte, wollte ansetzen und schüttelte dann den Kopf. »Erzähl du es nur.«

»Was war da?«, fragte Klaas.

»In Brüssel hat er zusammen mit sieben anderen Wissenschaftlern eine Medaille bekommen«, erzählte Maarten dann doch, »für seine Verdienste um die europäische Kulturgeschichte.« Er sah zu Nicolien hinüber. »Aber ich weiß nicht, ob er darauf nun wirklich stolz war.«

»Ich denke schon. Aber mich irritiert er nicht so sehr«, sagte sie zu Klaas. »Ich finde ihn immer noch ziemlich nett.«

»Ich fände es nicht so schlimm, wenn er tatsächlich stolz darauf wäre«, bemerkte Klaas. »Schließlich ist es sein Werk.«

»Es ist auch kein gutes Beispiel«, gab Maarten zu. »Das ist es nicht. Natürlich fühlt man sich in einem solchen Augenblick geschmeichelt, auch wenn es der größte Unsinn ist, beziehungsweise …«, er dachte nach, »ja, geschmeichelt, nennen wir es ruhig geschmeichelt. Es geht darum, dass man anschließend seine Unabhängigkeit bewahrt.«

»Aber das tut er doch auch?«, sagte Nicolien.

»Außer natürlich in der Sache Nijhuis. Die hat er zwar jetzt verloren, aber wenn es nach ihm gegangen wäre, hätten sie Nijhuis rausgeschmissen. Das tut man nicht, wenn man seine eigene Stellung unwichtig findet.«

»Was ist das für eine Sache?«, wollte Klaas wissen.

»Das ist zu kompliziert«, er steckte die Pfeife an. »Er hat versucht, jemanden, der krank war, rauszuekeln, wahrscheinlich, weil van der Haar es wollte, und als wir uns dagegen gewehrt haben, hat er sich hinter der Leitung versteckt.« Er blickte zur Seite, Jonas war auf die Fensterbank gesprungen und sah durch den Vorhang ins Zimmer. »Weil er sich nicht traute, sich gegen van der Haar zu stellen, hat er Nijhuis einfach fallen lassen.« Er stand auf. »Das ist feige.« Er ging zur Küche und öffnete die Tür. »Komm nur rein.« Jonas lief an ihm vorbei ins Zimmer, blieb auf der Schwelle stehen, reckte den Hals und sah zu Klaas.

»Tag, Jonas«, sagte Klaas. Er streckte die Hand aus.

Die Katze lief zu ihm, schnupperte an seiner Hand und wandte sich dann Nicolien zu. »Komm nur«, sagte sie. Jonas sprang auf ihren Schoß und begann zu schnurren.

Klaas hatte lächelnd zugesehen. »Frisst er keine Vögel?«

»Er hat Angst vor Vögeln«, sie lachte. »Neulich hatten wir hier eine Maus, und da ist er vor Angst unter die Couch gekrochen.«

»Genau wie Beerta«, scherzte Klaas.

»Aber Beerta stellt immerhin Fallen auf«, sagte Maarten. »Er lässt sie nur von jemand anderem leeren.«

Klaas schmunzelte. Er saß lang ausgestreckt in seinem Sessel, mit einer Hand in der Tasche.

Eine Weile saßen sie schweigend da. Maarten erinnerte sich an den Besuch bei Karel Ravelli und die Bemerkung Beertas, dass das Individuum sich der Gemeinschaft anpassen müsse. Er dachte darüber nach, während er an seiner Pfeife zog. »Aber solche Feigheiten sind natürlich entscheidend für das Selbstwertgefühl«, sagte er nachdenklich. »Wenn es darauf ankommt, verrät Beerta sogar sich selbst.«

»Wieso?«, fragte Klaas.

»Beispielsweise, indem er sich nicht traut, zu seinem Verhältnis mit Karel Ravelli zu stehen. Das muss alles geheim bleiben. Keiner darf es wissen.« Er schwieg, weil Klaas zu seiner Überraschung rot wurde. Das verwirrte ihn. »Und das rechtfertigt er dann mit der Bemerkung, dass das Individuum sich an die Gemeinschaft anpassen muss«, sagte er etwas beiläufiger, während er den Kopf abwandte und zu den Streichhölzern griff. »Weil die Gemeinschaft es nicht gut findet, existiert es nicht.«

»Findest du denn, dass man sich gegen die Gesellschaft stellen sollte?« Seine Stimme klang heiser.

»Ich finde, dass man zu sich selbst stehen muss. Wenn die Gemeinschaft sagt, dass ich verrückt bin, kann mich die Gemeinschaft gernhaben.« Seine Stimme war emotionsgeladen.

»Wie überlegen wir uns wieder einmal vorkommen«, sagte Klaas abfällig.

»Soll ich mich selbst etwa für ein Arschloch halten?«, fragte Maarten scharf.

»Vielleicht wäre das ab und zu gar nicht schlecht.«

»Aber man kann sich doch nicht selbst für ein Arschloch halten!«, sagte Nicolien heftig.

»Warum nicht?«, fragte Klaas. »Ich halte mich selbst manchmal für ein Riesenarschloch.«

»Weil es eine Hundsgemeinheit ist!«, sagte Nicolien. »Weil es nicht in Ordnung ist, ein Arschloch sein zu wollen!«

»Warum sollte man sich selbst für ein Arschloch halten?«, fragte Maarten.

»Beispielsweise, weil man, verglichen mit dem Menschen, der man sein möchte, versagt.«

»Was für ein Mensch möchtest du denn sein?«

»Und ich würde niemals einen anderen verurteilen, so wie du es bei Beerta tust.«

»Aber was für ein Mensch würdest du denn gern sein?«, wiederholte Maarten seine Frage.

Klaas zuckte mit den Achseln. »Ach, lass nur.« Er sah plötzlich niedergeschlagen aus.

»Worum es geht, ist, dass der Mensch, der du sein möchtest, nicht existiert«, beharrte Maarten, »dass das völliger Unsinn ist, um einen klein zu halten. Genau, was Beerta sagt: ›Das Individuum muss sich der Gemeinschaft anpassen!‹ Man muss sich nicht anpassen! Man muss man selbst sein!«

»Ja«, sagte Klaas verächtlich, »eine schöne Schweinerei würde das geben. Da bin ich nur froh, dass ich, was das betrifft, noch genügend Schamgefühl habe.«

»Aber was bleibt dann noch übrig?«

»Nichts. Ich wäre auch ebenso gern tot.«

Maarten sah ihn verblüfft an.

»Aber so etwas darfst du doch nicht sagen!«, sagte Nicolien. »Das ist doch eine Schande, dir selbst und deinen Freunden gegenüber!«

»Reden wir auch lieber über etwas anderes«, schlug Klaas vor.

Eine Weile saßen sie in gedrückter Stimmung beieinander. Nicolien stand auf. »Deckst du den Tisch?«, fragte sie, während sie in die Küche ging.

Maarten deckte den Tisch, holte eine Flasche Wein aus der Küche und machte die Lampe an. Klaas hatte ein Buch von dem kleinen Tisch genommen und blätterte darin. *Tegen de wind* von Hanny Michaelis. »Ist es gut?«, fragte er.

»Ich finde es toll«, sagte Maarten, mit den Gläsern vom Schrank zum Tisch unterwegs.

Klaas las ein Gedicht.

»Sie war die Frau von Gerard van het Reve.«

Klaas schlug das Buch zu und schob es auf den Tisch zurück. Er stand auf, stellte sich vor das Bücherregal und ließ seine Blicke die Reihen entlangwandern, zog ein Buch heraus, schob es wieder zurück, nahm das nächste Buch, las ein wenig und stellte es wieder an seinen Platz. Er drehte sich um und bückte sich zu dem Kater hinunter, der sich in Nicoliens Sessel gelegt hatte. »So, Jonas.« Er streichelte ihn, ging in die Küche und zog die Tür hinter sich zu. »Die Küche könntet ihr auch mal wieder streichen«, hörte Maarten ihn zu Nicolien sagen. »Findest du?«, fragte Nicolien. Dann wurde die Klotür geöffnet.

Nicolien kam mit zwei Schüsseln herein, eine mit Gemüse, die andere mit Kartoffeln. »So, wir können essen.«

Bei Tisch kehrte seine Heiterkeit allmählich zurück. Maarten erzählte vom Urlaub, Klaas von seiner Schule, und als sie nach dem Essen zusammensaßen und Kaffee tranken, schien der Vorfall vergessen.

Es klingelte, so sacht, dass es fast nicht zu hören war, und gleich darauf noch zweimal.

»Frans?«, fragte Maarten überrascht. Er stand auf.

»Er wird doch nicht wieder geflohen sein?«, fragte Nicolien.

»Wer weiß.« Er ging durch die Zwischentür ins vordere Zimmer zur Haustür.

»Habt ihr Besuch?«, fragte Frans erschrocken, als er durch die Glastür Klaas erblickte.

»Ja, aber das macht nichts. Es ist Klaas de Ruiter.«

»Soll ich dann ein andermal wiederkommen?« Er war zögernd stehen geblieben, die Hand an der Umhängetasche.

»Nein, natürlich nicht. Außerdem geht er sowieso bald.«

Sie betraten das Zimmer.

»Das ist Frans Veen«, sagte Maarten. »Das ist Klaas de Ruiter.«

»Tag, Mijnheer«, sagte Frans. Er gab Klaas die Hand.

»Nenn mich einfach Onkel Klaas«, witzelte Klaas.

Frans wurde rot. »Soll ich mich dann mal hierhin setzen?«, fragte er verlegen, mit einem Kopfnicken in Richtung des einzigen noch freien Sessels. Er stellte seine Tasche neben sich auf den Boden.

Maarten hatte sich wieder auf die Couch gesetzt und sah Frans an. An seinen Händen und Schultern spürte er, wie angespannt er war. »Bist du geflüchtet?«, fragte er.

Frans sah Klaas rasch von der Seite an. »Nein, ich bin einfach gegangen. Ich habe dem Psychiater gesagt, dass es so keinen Sinn mehr hätte, und da hat er mich gehen lassen. Ich wurde verrückt da, statt geheilt zu werden.« Er sah wieder Klaas an.

Klaas saß lang ausgestreckt in seinem Sessel und schaute ihn mit einem vagen Lächeln an.

»Und wie hat der Psychiater darauf reagiert?«, fragte Maarten.

»Erst wollte er mich nicht gehen lassen, aber dann bekam er einen Anruf, und er sagte: ›Nein, ich habe im Augenblick kein Bett frei.‹ Und da habe ich ganz laut gesagt: ›Aber Sie haben doch mein Bett!‹ Und dann durfte ich gehen.«

»Komisch«, sagte Maarten ungläubig. Er griff wieder zu seiner Pfeife und steckte sie in den Mund, während er mechanisch nach den Streichhölzern suchte.

»Findet ihr das falsch?« Er blickte scheu zu Nicolien und von ihr zu Maarten.

»Nein, ich finde das sehr gut«, sagte Maarten. »Ich verstehe nur den Psychiater nicht.«

»Du findest, er hätte mich dabehalten müssen?«

»Nein, dass er so unsicher ist.«

»Ich glaube, dass sie sich da auch keinen Rat wissen. Glaubst du nicht? Ich habe ihnen geschrieben, dass ich mich jetzt selbst um mich kümmern werde.«

Maarten nickte. »Sehr gut.« Er nahm seinen Pfeifenstopfer und drückte den Tabak in den Kopf. »Und jetzt?«

»Jetzt bin ich wieder bei meinen Eltern.« Er lachte verlegen. »Aber ich kriege wahrscheinlich eine Wohnung und vielleicht auch eine Stelle«, er sah wieder zu Nicolien, »in einem Institut in der Nähe des Artis-Zoos.«

»Was musst du da machen?«, fragte Maarten.

»Käfer zeichnen«, er sah erneut Nicolien an. »Ich finde das interessant, ihr nicht?«

»Wie hast du das denn geschafft?«, fragte Maarten erstaunt.

»Über den Sozialdienst. Mein Vater ist Freimaurer«, fügte er mit einem entschuldigenden Lachen hinzu, »und der Direktor auch.«

»Hast du denn schon mal Käfer gezeichnet?«, fragte Klaas.

Frans blickte rasch zur Seite. »Nein«, er sah wieder zu Maarten, als suche er Unterstützung.

»Onkel Klaas ist bei der Naturfreundejugend gewesen«, erklärte Maarten. »Der interessiert sich für Käfer.«

»Oh.« Es war deutlich, dass die Anwesenheit Klaas' ihn beunruhigte. »Ich war auch bei der Naturfreundejugend.«

Klaas sah ihn mit einem Lächeln an. »Aber du interessierst dich nicht für Käfer.«

»Doch, schon.«

Sie schwiegen.

Maarten steckte wieder seine Pfeife an und suchte nach einem Thema, doch bevor er eines gefunden hatte, stand Klaas auf. Maarten sah ihn an. »Gehst du?«

»Ja, ich werde mal gehen.«

Maarten stand auch auf.

»Ich finde selbst raus.« Er reichte Frans die Hand. »Auf Wiedersehen.« Das verwirrte Frans erneut. Er wurde rot und stand auch auf. »Ja«, sagte er, während er Klaas verlegen die Hand schüttelte.

*

»Das erzähle ich natürlich jedes Mal«, sagte Beerta mit einem charmanten Lächeln, »aber heute meine ich es auch tatsächlich.« Er stand aufrecht hinter dem Tisch, eine Hand mit den Knöcheln locker aufgestützt. Maarten sah sich im Saal um. Außer Buitenrust Hettema und van der Land, die sich einen der vorderen Tische ausgesucht hatten, saßen dort etwa zwanzig Korrespondenten ungleichmäßig an den Tischen in dem viel zu großen Raum verteilt. Ein Mann lachte und sagte etwas zu seiner dicken, in ein Blümchenkleid verpackten Frau. Ganz hinten, an einem Tisch bei der Tür und weit entfernt von den anderen, saß Slofstra, seinen Kopf etwas erhoben und die Unterlippe vorgestreckt, so als ob er eine Zigarre rauchen würde. Doch Slofstra rauchte nicht.

»Und dann gebe ich das Wort jetzt an Doktor Haan«, sagte Beerta. Seine Worte verursachten bei Maarten eine Welle des Unbehagens. Beerta setzte sich, Fräulein Haan stand auf und ging zum Rednerpult auf der anderen Seite des Vorstandstisches, an dem Balk, Meierink und Frau Moederman saßen. Unter den Blicken, die auf sie gerichtet waren, bewegte sie sich mädchenhaft ungelenk, und als sie vom Rednerpult aus in den Saal hineinsah, war ihr Gesicht auf der Maarten zugewandten Seite zu einem Lächeln erstarrt. »Liebe Freunde«, sagte sie. »Ich darf doch wohl ›Liebe Freunde‹ sagen? Denn die meisten von Ihnen kenne ich schon so lange …« Das Fenster hinter ihr ging auf einen Innenhof hinaus. Die untere Hälfte des Daches vom Hinterhaus wurde von der Sonne beschienen, mit einem blauen Himmel darüber. Draußen war es frisch und herbstlich. Er dachte einen Augenblick mit Heimweh an den endlosen Raum nördlich von Amsterdam während eines herbstlichen Samstagnachmittags: das grüne Land, den gelben Schilfkragen um die Seen herum, den Deich, das glitzernde Wasser des Ijsselmeers – doch im nächsten Moment brachte ihn der Anblick der mühsam zusammengetrommelten, traurigen Gruppe von Leuten in diesem stickigen Saal und die Stimme von Fräulein Haan, die sich bis aufs Äußerste abmühte, herzlich und gesellig zu klingen, in die Wirklichkeit zurück. Mit Widerwillen betrachtete er einen stämmigen, autoritären Mann an einem der Tische beim Fenster. Der Mann trug einen dreiteiligen, grauen Anzug, im Knopfloch steckte ein kleiner Orden. Seine Frau saß ein wenig schüchtern neben ihm und schüttelte leicht ihren Kopf, als sei sie nicht mit dem einverstanden, was Fräulein Haan sagte. Aus dem Bedürfnis heraus, dem etwas entgegenzusetzen, beugte Maarten sich seitlich zu Hendrik hinüber. »Der Mann da links«, flüsterte er, »der mit dem Ritterorden. Ähnelt der deinem Vater?« Hendrik, der gerade versuchte, seinen Bleistift senkrecht hinzustellen, blickte träge in die angegebene Richtung und schüttelte langsam den Kopf. Maarten hatte den Blick bereits abgewandt und musterte die anderen Anwesenden. Sie waren alle da: der schon etwas ältere, unverheiratete Bauersmann mit seinem leicht hysterisch wirkenden Gesicht und dem schiefgewachsenen Hals, der Lehrer, der vor langer Zeit durch das Staatsexamen für das Lehramt an Grundschulen gefallen war und nun durch das Ausfüllen der Fragebogen für die Wissenschaftler des Büros nach Anerkennung suchte, die Mutter mit ihrer unverheirateten Tochter, die ihre Arbeit übernehmen sollte, die ältlichen Ehepaare, die nicht hatten nein sagen können, als man sie um ihre Mitarbeit gebeten hatte, und die eigentlich auch stolz darauf waren, sowie der Mann, der einen Artikel über die Geschichte seines Geburtsortes oder seiner Familie geschrieben hatte und jetzt im Dorf als gelehrt galt. Während Maarten sich in die phantasierten

Lebensläufe vertiefte, ging sein Widerwille in Mitleid über. Er betrachtete Fräulein Haan, lauschte missmutig der Wichtigtuerei und Selbstzufriedenheit, die ihrer gesamten Zurschaustellung von Herzlichkeit und Geselligkeit zugrunde lag, und glaubte zu verstehen, wie die Welt tatsächlich war. Schlecht also. Sein Blick schweifte zu den vorderen Tischen, an denen Buitenrust Hettema und van der Land saßen. Buitenrust Hettema saß aufrecht da, mit hochgezogenen Augenbrauen und vorgeschobener Unterlippe, und hörte zu, als hätte er noch nie in seinem Leben etwas so Belangloses mitgemacht. Van der Land lauschte fromm, die Pfeife locker in seinem Mund. Maarten fragte sich, was sie davon hielten. Er konnte sich nicht vorstellen, dass sie sich amüsierten.

»Wie fanden Sie den Nachmittag?«, fragte er Buitenrust Hettema, als sie in kleinen Gruppen auf dem Rückweg zum Bahnhof waren.

»Ich fand es sehr interessant«, versicherte Buitenrust Hettema.

Van der Land nahm die Pfeife aus dem Mund. »Vor allem, was du über das Sammeln von Erzählungen erzählt hast.« Er beugte sich nach vorne und zeigte mit der Pfeife auf Maarten. »Ich habe gar nicht gewusst, dass sich bei uns im Land noch so viele von diesen Erzählungen finden lassen.« Er schüttelte den Kopf, wobei sich seine Wangen und der Mund mitbewegten.

»Ich auch nicht«, sagte Maarten.

»Und in dieser Qualität!«, sagte van der Land nachdrücklich.

»Ja, es sind schöne Geschichten dabei«, gab Maarten zu. Er wandte sich wieder Buitenrust Hettema zu, der zwischen ihnen ging. »Fanden Sie es wirklich interessant?«

Buitenrust Hettema sah ein wenig überheblich auf ihn herunter. »Warum sollte ich es nicht interessant finden?«

»Ich hätte mir auch vorstellen können, dass es für Sie ein verlorener Nachmittag gewesen wäre.«

»Wie kommst du denn darauf?«, fragte Buitenrust Hettema erstaunt.

»Das ist deine Bescheidenheit«, meinte van der Land und beugte sich erneut nach vorn. »Man kann sich nun mal nicht vorstellen, dass ein anderer das, was man tut, interessant findet. Das geht mir auch so.«

»Es ist eher so, dass ich mich vor den Korrespondenten schäme.« Er begann, sich unglücklich zu fühlen.

»Das verstehe ich nicht«, sagte Buitenrust Hettema.

»Die Korrespondenten haben keinen Grund zum Klagen«, meinte van der Land. »Allein schon, was ihr, du über die Erzählungen und Ansing über das Pflügen, erzählt habt, hat den Nachmittag zu einem Gewinn gemacht. Übrigens, Fräulein Haan und Balk fand ich auch sehr gut.«

Maarten lachte, aber nicht von Herzen. »Dann können wir uns ja glücklich schätzen«, meinte er.

*

»Du hast bei Buitenrust Hettema keinen guten Eindruck hinterlassen«, sagte Beerta, sobald Maarten am Montagmorgen den Raum betreten hatte. Er stand an seinem Schreibtisch und sah Maarten fest in die Augen.

»Wieso?«, fragte Maarten. Er blieb stehen.

»Du hast gesagt, du könntest dir vorstellen, dass es für ihn ein verlorener Nachmittag gewesen wäre. Er fand, das sei eine zynische Bemerkung gewesen.«

»Zynisch?« Er spürte, wie das Blut in seinen Kopf stieg. »Weil ich mich über diese Wichtigtuerei ärgere?«

»So etwas kannst du zu *mir* sagen«, sagte Beerta verstimmt, »aber doch nicht zu einem Mitglied der Kommission. Das gehört sich nicht! Wir können froh sein, dass Buitenrust Hettema Interesse an unserer Arbeit zeigt.«

Seine Worte brachten Maarten aus der Fassung. »Bedeutet das, dass ich keine Kritik äußern darf?«

»Natürlich darfst du Kritik äußern, aber nicht, wenn du mir damit in den Rücken fällst. Ich nehme dir das sehr übel!«

Maarten schwieg. Er schob seinen Stuhl nach hinten und setzte sich, böse und unglücklich.

»Allmählich müsstest du doch wissen, was du sagen kannst und was nicht«, sagte Beerta. Er setzte sich ebenfalls und zog seinen Stuhl mit ruckartigen Bewegungen an den Schreibtisch. »Um halb zehn haben wir eine Nachbesprechung«, fügte er knapp hinzu.

»Weiß Frau Moederman Bescheid?«, fragte Beerta.

»Ich habe ihr gesagt, dass wir uns um halb zehn treffen«, sagte Fräulein Haan, »aber du weißt ja, wie sie ist.« Sie schüttelte sich und bewegte ihre Schultern. »Was habt ihr es hier doch immer kalt!«

»Sieh mal nach, wo sie bleibt«, sagte Beerta zu Maarten.

Maarten stand auf.

»Und Meierink?«, fragte Beerta Balk.

»Meierink wird dabei nicht benötigt«, sagte Balk barsch.

Maarten verließ den Raum.

»Sicher wieder eine Sitzung«, sagte van Ieperen. Er grinste, richtete sich auf und verzog das Gesicht. »Denn wir sind ja *so* wichtig!« Er prustete los.

Maarten reagierte nicht. Er ging in den ersten Raum. Der Schreibtisch von Nijhuis war leer. »Frau Moederman?«, mahnte er.

»Ja, Herr Koning, ich komme.« Mit rotem Kopf kramte sie zwischen den Papieren auf ihrem Schreibtisch herum. »Ich suche die Anwesenheitsliste.«

»Ist Nijhuis nicht da?«, fragte Maarten Meierink.

»Nijhuis hat sich krankgemeldet«, antwortete Meierink, ohne von seiner Zeitung aufzublicken.

»Herr Koning!«, rief Slofstra. »Kommen Sie mal! Ich habe etwas für Sie!« Er stellte seine Tasche auf den Schreibtisch, machte den Verschluss auf und zog, nachdem er eine Weile gesucht hatte, ein Blatt Papier heraus.

Maarten war näher gekommen.

»Sehen Sie!« Er hielt Maarten das Blatt hin. Es handelte sich um die etwas ungeschickte Zeichnung eines kleinen Bauernhofs am Rande eines Wassergrabens, mit einigen Obstbäumen und einem Zaun. »Das ist für Sie!«

Maarten sah sich die Zeichnung an und fragte sich, was er damit sollte.

»Die hat mein Vater gezeichnet. Sehen Sie nur!« Er zeigte auf einen

Namen in der rechten unteren Ecke. »A. Slofstra! Anne Slofstra! So hieß mein Vater!«

»Aber dann sollten Sie sie doch behalten?«

»Nein, denn meine Frau sagt, sie will das Zeug nicht länger im Haus haben, und deshalb, dachte ich, gebe ich es Ihnen! Denn Sie werden bestimmt ein Plätzchen dafür haben! Und Sie haben mir damals auch diese Stelle hier besorgt!«

»Na ja, vielen Dank«, sagte Maarten verlegen.

»So, Herr Koning, ich bin so weit«, sagte Frau Moederman.

»Ich komme mit«, sagte Maarten. »Ich freue mich sehr darüber«, sagte er zu Slofstra.

»Ich danke Ihnen«, sagte Slofstra förmlich. Er setzte sich, in Gedanken bereits wieder woanders.

Maarten, die Zeichnung in der Hand, ging hinter Frau Moederman her durch den zweiten Raum in das Zimmer von Beerta. Beerta, Fräulein Haan und Hendrik sahen sie an, als sie den Raum betraten. Balk sah missmutig vor sich hin und trommelte auf den Tisch.

»Entschuldigen Sie, Herr Beerta«, sagte Frau Moederman, sie wackelte leicht mit dem Kopf, der noch rot war vor Aufregung, »aber ich konnte so schnell die Papiere nicht finden.«

»Aber Sie haben sie gefunden«, stellte Beerta fest.

»Ja, zum Glück.« Sie nahm neben Balk Platz.

Maarten setzte sich neben Hendrik an das Ende des Tisches und legte die Zeichnung vor sich hin. »Von Slofstras Vater«, sagte er zu Hendrik.

Hendrik betrachtete die Zeichnung ohne viel Interesse.

»Bist du auch so weit?«, fragte Beerta vom Kopf des Tisches.

Maarten sah ihn verwundert an. »Ich war die ganze Zeit so weit.«

»Dann können wir ja anfangen.« Er legte seine Armbanduhr vor sich auf den Tisch und sah in die kleine Runde. »Ich nehme an, dass jeder von Ihnen das Treffen am Samstag, ebenso wie ich, gelungen fand.« Sein Blick wanderte zu Maarten, und er sah ihn eindringlich an.

»Sehr gelungen«, sagte Fräulein Haan. »Ich habe wieder ein paar sehr wichtige Kontakte gehabt.«

Frau Moederman nickte zustimmend. »Und so nette Menschen«, sagte sie warmherzig.

»Das war auch mein Eindruck«, sagte Beerta zufrieden.

»Ich fand es mäßig«, sagte Balk, »ein mäßiges Treffen.«

Beerta zog die Augenbrauen hoch und sah zur Seite. »Mäßig?«

»Mäßig!«, wiederholte Balk. »Ich frage mich, ob wir in dieser Form damit weitermachen sollten. So ist es verlorene Zeit!«

Maarten sah ihn an, als ob er ihn zum ersten Mal bemerkte. Seine Worte weckten eine kaum zu verbergende Genugtuung.

»Ehrlich gesagt fand ich es sogar einen Reinfall«, sagte Hendrik. »Denn was kam schon dabei raus?«

Im Gesicht von Fräulein Haan, die Hendrik gegenübersaß, zuckte es nervös. Beerta schien unangenehm überrascht.

»Aber einen Reinfall können Sie es doch nicht nennen, Herr Ansing«, sagte Frau Moederman. »Was dieser Herr mit dem unglücklich verwachsenen Hals, Herr Abbas, über seine Jugend auf dem Bauernhof erzählte, muss doch auch für Sie sehr interessant gewesen sein.«

Hendrik richtete sich auf. »Frau Moederman!« Er legte die Hand auf die Brust. »Entschuldigen Sie! Ich will niemanden beleidigen! Aber dafür müssen wir doch nicht mit zehn Mann nach Rotterdam fahren?«

»Genau!«, sagte Balk. »Zehn Mann für zwanzig Korrespondenten, das steht in keinem Verhältnis. Das hätten auch zwei machen können! Zwei sind genug!«

»Es waren nicht zwanzig, Herr Balk, es waren fünfundzwanzig«, korrigierte Frau Moederman, »und wir waren zu acht.«

»Dann eben fünfundzwanzig!«, sagte Balk ungeduldig. »Das macht keinen Unterschied!«

»Aber wie wollt ihr dann den Kontakt zu unseren Korrespondenten aufrechterhalten?«, fragte Fräulein Haan. »Ich habe gerade diese persönlichen Kontakte immer schrecklich wichtig gefunden.«

»Wir sind in der Tat auf die persönlichen Kontakte angewiesen«, pflichtete Beerta ihr bei. »Darum bin ich ja auch so froh, dass Frau Moederman jetzt dabei ist.«

Die Einmischung Beertas ärgerte Maarten über die Maßen. Beerta, der auf solchen Treffen nie auch nur das geringste Interesse an den Korrespondenten zeigte. »Aber das kann man doch keine persönlichen Kontakte nennen!«, sagte er mit kaum unterdrückter Empörung.

»Sieben Leute hinter einem Tisch, die einer nach dem anderen gelehrte Reden schwingen, das sind doch keine persönlichen Kontakte! Das tun wir doch nur, um zu zeigen, wie wichtig wir sind!«

»Unsinn!«, sagte Balk. »Von diesen Reden können sie wenigstens noch etwas lernen!«

»Dafür ist ja gerade die Pause da«, sagte Fräulein Haan. »Persönliche Kontakte knüpfen Sie in der Pause.«

»Ja, so sehe ich es auch«, sagte Frau Moederman. »In der Pause kann man mit den Leuten reden.«

»Aber das kann ich nicht«, gab Maarten zu. »Die Pausen finde ich schrecklich.«

»Das strahlen Sie aus!«, sagte Fräulein Haan lachend.

Ihre Bemerkung überraschte Maarten. Er sah sie an, doch er konnte keine Spur von Boshaftigkeit entdecken. »Ja«, gab er zu. »So wird es wohl sein.«

»Ich habe mich allerdings gefragt, warum Sie einen Saal im Zentrum und nicht beim Bahnhof gemietet haben«, sagte Beerta zu Frau Moederman. »Diesmal war die Beteiligung schon sehr mäßig, weniger, als wir es gewohnt sind.«

Sie wurde rot. »Er war mir vom Fremdenverkehrsamt empfohlen worden.«

»Vielleicht sollten Sie das nächste Mal besser darauf achten, denn ich fand es in der Tat auch ein sehr mäßiges Treffen, vielleicht sogar das schlechteste, das wir jemals gehabt haben.« Er sah sie eindringlich an.

»Rotterdam ist auch wirklich sehr groß«, kam Fräulein Haan ihr zur Hilfe, »das nächste Mal sollten wir vielleicht doch besser einen etwas kleineren Ort aussuchen.«

*

»Ist Beerta nicht da?«, fragte Buitenrust Hettema. Er blieb bei der Tür stehen und sah auf Beertas leeren Stuhl.

»Tag, Herr Buitenrust Hettema«, sagte Maarten und stand auf. »Herr Beerta ist in Middelburg.«

»Wo sollte er auch sonst sein?«, sagte Buitenrust Hettema mit einem schiefen Lachen. Er gab Maarten die Hand. »Nein, aber ich war zufällig in der Gegend und wollte eigentlich mal in dein Karteisystem schauen.«

»Das ist möglich«, sagte Maarten zögernd. »Was möchten Sie wissen?« Er erinnerte sich an die Bemerkung Beertas, dass Buitenrust Hettema ihn als zynisch empfunden hätte, und das verunsicherte ihn.

»Nichts Bestimmtes. Es ist eher, um einmal zu schauen, wie es aufgebaut ist.« Er sah an Maarten vorbei zu den Kästen, die vor dem rechten Fenster aufgestapelt waren.

Maarten drehte sich um. »Das ist es«, sagte er noch etwas geistesabwesend und wies mit einer Kopfbewegung auf die Kästen.

Buitenrust Hettema kam ein paar Schritte näher und blieb vor den Kästen stehen. »Welcher Einteilung bist du gefolgt?«, fragte er.

»Es hat keine Einteilung. Es ist ein Schlagwortkatalog.« Er zog willkürlich einen Karteikasten auf und schob ihn langsam wieder zu.

Buitenrust Hettema sah ihn etwas befremdet an. »Aber dann hast du doch eine Liste mit Schlagwörtern?«

»Nein. Im Prinzip steht jedes Wort darin.«

Buitenrust Hettema zog ein Fach auf und lief mit den Fingern durch die Karteikarten. Er stockte. »Ich suche gerade Buchsbaum, aber das fehlt.«

»Einen Augenblick«, sagte Maarten. Er ging zu seiner Schreibmaschine, nahm eine rote Karteikarte von einem Stapel, spannte sie ein, tippte links oben Buchsbaum und darunter, in der ersten Zeile, siehe: Palmbaum, und kam mit der Karteikarte zurück zu den Kästen. »Jetzt steht es drin«, sagte er, während er die Karte in die offene Lücke steckte. Er hatte Mühe, sein Lachen zu unterdrücken.

Buitenrust Hettema nahm die Karteikarte heraus und betrachtete sie skeptisch. »Und was bedeutet das nun?«

»Dass Sie unter Palmbaum nachsehen müssen.«

»Umständlich ist es schon«, fand er, während er zu dem Kasten mit Palmbaum weiterging. »Wäre das nicht einfacher gegangen?«

»Ich wüsste nicht, wie.« Maarten setzte sich wieder an seinen Schreibtisch und sah zu, wie Buitenrust Hettema die Karteikarten mit Palmbaum durchging. Dabei erinnerte er sich erneut an Beertas Bemerkung. Er zögerte kurz, einen winzigen Augenblick. »Sie fanden meine

Bemerkung am Samstag, dass es ein verlorener Nachmittag war, zynisch?«, fragte er, bevor er recht darüber nachgedacht hatte.

Buitenrust Hettema richtete sich auf und sah ihn an. »Wie kommst du denn darauf?«, fragte er erstaunt.

»Das hat Herr Beerta gesagt«, erwiderte Maarten gespannt.

»Ich fand den Nachmittag nett.«

»Na, dann ist es gut, dann habe ich es wohl falsch verstanden«, sagte Maarten hastig. Im nächsten Moment war er sich schon nicht mehr sicher, ob er es wirklich falsch verstanden hatte, aber da war es schon zu spät, um noch einmal darauf zurückzukommen. Er überdachte Buitenrust Hettemas Reaktion und fühlte sich bedroht.

Buitenrust Hettema steckte die Karteikarten zurück und schob das Fach wieder zu. »Deinem Karteisystem fehlt allerdings noch die ordnende Hand«, fand er.

Maarten hatte den Eindruck, dass seine Stimme unsicher klang, aber es konnte auch gut sein, dass er sich das nur einbildete.

*

»Annechien Ansing«, sagte sie reserviert, als sie Nicolien die Hand gab.

»Nicolien Koning«, sagte Nicolien. »Das haben wir dir mitgebracht«, sie überreichte Annechien den Blumenstrauß und lachte nervös. »Für eure neue Wohnung.«

»Danke«, sagte Annechien, ohne die Blumen anzusehen.

Sie betraten den Flur.

»Wenn ihr eure Mäntel vielleicht aufhängen wollt?«, sagte Annechien. »Dort ist eine Garderobe.«

Hendrik kam, eine grüne Schürze umgebunden, aus der Küche. »So, seid ihr da?«, sagte er lautstark. »Tag, Nicolien.« Er gab Nicolien die Hand. Sein Gesicht war rot. Es hatte den Anschein, als fühle er sich nicht sehr behaglich. »Kommt rein, würde ich ma' sagen.«

»Zeigst du ihnen den Weg ins Wohnzimmer, Hendrik?«, fragte Annechien, während Maarten und Nicolien ihre Mäntel an die Garderobe hängten.

»Und das ist also das Wohnzimmer!«, sagte Hendrik und stieß die Tür auf. »Ja, es ist noch nicht fertig eingerichtet, nicht wahr, aber ihr könnt es euch wohl vorstellen.«

Sie blieben stehen und sahen sich um. Es war ein großer, hoher, dunkel vertäfelter Raum. Die langen, hellgrauen Vorhänge waren geschlossen. Davor standen eine Sitzgruppe, eine Bank und drei weiße Buchenholzstühle, die um einen quadratischen Tisch gruppiert waren und von einer kleinen Stehlampe beschienen wurden. Im hinteren Teil des Zimmers stand ein altmodischer Esstisch, über dem eine Lampe mit einem gefalteten Schirm hing. Auf dem Tisch lag eine weiße Tischdecke mit Tischsets aus Schilf, auf denen vier Teller mit Besteck standen. An der dem Fenster gegenüberliegenden Wand lehnten Bücherstapel, Regalbretter und Gestelle.

»Ein scharfes Zimmer«, sagte Maarten.

»Ihr seht, ich bin noch dabei, 'n Bücherregal zu machen!«, sagte Hendrik. »Wollt ihr 'nen Schnaps?«

»Ja, gern«, sagte Nicolien.

»Einen alten Genever?«

»Was du da hast«, sagte Maarten.

»Für mich einen alten«, sagte Nicolien.

»Ich schau mal.« Er verließ das Zimmer.

Sie setzten sich hin und sahen sich etwas ratlos im Raum um.

»Wirklich ein scharfes Zimmer«, sagte Maarten.

»Ja«, sagte sie.

»Groß und hoch ...« »Hast du keinen Genever gekauft?«, hörte er Hendrik in der Küche fragen. »Das ist doch nicht meine Aufgabe?«, antwortete Annechien. »Ich hatte dich doch darum gebeten!« Seine Stimme klang verärgert. »Nun, es ist keiner da.« »Es gibt keinen Genever«, sagte Maarten. Er fühlte sich fehl am Platze und vermied es, Nicolien anzusehen.

»Nein«, sagte sie.

»Es tut mir leid, aber der Genever ist alle«, sagte Hendrik, als er den Raum betrat, »aber es gibt noch zwei Flaschen Bier.« Er hatte sie bei sich.

»Bier ist auch gut«, sagte Maarten.

Hendrik holte zwei Gläser aus dem Schrank und stellte sie vor sie auf den kleinen quadratischen Tisch.

»Und du?«, fragte Maarten.

»Ich trinke augenblicklich nicht. Ich werde davon zu dick.«

»Vom Trinken wird man doch nicht dick!«, sagte Nicolien. In ihrer Stimme lag Entrüstung.

»Nicolien!«, sagte Hendrik. »Du vielleicht nicht, aber ich schon! Ich scheine dazu veranlagt zu sein.« Er entfernte die Kronkorken von den Flaschen und schenkte fachmännisch ein, das Glas schräg haltend.

»Einschenken kannst du immerhin noch«, stellte Maarten fest.

»Danke«, sagte Hendrik trocken.

»Ihr könnt zu Tisch kommen«, sagte Annechien, als sie das Zimmer betrat, zwei Schalen in den Händen. »Wenn du den Bratensaft noch eben holst, Hendrik.«

Hendrik verließ das Zimmer.

»Sollen wir unser Bier mitnehmen?«, fragte Maarten, halb zu Annechien, halb zu Nicolien. Er stand auf.

»Wie ihr wollt«, sagte Annechien.

Sie nahmen ihr Bier mit zum Esstisch und blieben dort zögernd stehen. »Wo sollen wir sitzen?«, fragte Maarten.

»Setzt euch irgendwohin. Es ist egal, wo.« Der Ton, in dem sie dies sagte, verursachte Maarten ein Schuldgefühl.

Sie setzten sich nebeneinander an die rückwärtige Seite des Tisches und sahen auf die Schalen.

»Fangt an«, sagte sie und nahm die Deckel ab.

Es gab Chicorée mit Kartoffeln. Für jeden gab es zwei Strünke, vier von ihnen waren mit einer Scheibe Schinken umwickelt.

»Lecker!«, sagte Maarten.

»Ich hoffe es«, sagte Annechien.

Hendrik kam mit dem Bratentopf herein. »Ist es so richtig?«

»Nein, natürlich nicht«, sagte sie gereizt. »Du hättest den Saft in die Soßenschüssel gießen sollen.«

»Und was ist mit dem Fleisch?«, fragte er verstimmt.

»Das Fleisch ist für morgen!«

»Das wusste ich nicht.« Er wollte den Topf wieder zurückbringen.

»Nein, lass nur«, sagte sie.

Sie taten sich alle vier auf.

»Chicorée mit Rindfleisch und Kartoffeln«, sagte Maarten, »das essen Nicoliens Eltern immer sonntags.«

»Meine Eltern auch«, sagte Annechien.

»Und deine?«, fragte Maarten Hendrik.

»Das weiß ich nicht«, sagte Hendrik. »Ich glaube, dass die einfach irgendwas essen.«

»Wie findest du Hendriks Eltern?«, fragte Maarten Annechien.

»Ach, es geht. Ganz normal«, sagte sie abwehrend.

»Hat er nicht einen sehr autoritären Vater?«

»Davon habe ich nichts gemerkt.«

»Ich glaube, dass das mehr euer Problem ist«, sagte Hendrik.

»Mein Problem ist das des ältesten Sohnes«, antwortete Maarten. »Deines übrigens auch.« Er wandte sich Annechien zu. »Älteste Söhne bilden sich immer ein, dass sie zu wenig Liebe bekommen haben.« In seiner Stimme lag ein spöttischer Unterton. »Haben sie natürlich auch! Und den Rest ihres Lebens hegen sie deswegen Groll.«

»Das kann ich mir nicht vorstellen«, sagte sie, »dass Hendrik zu wenig Liebe bekommen hat.«

»Auf mich trifft es auch nicht zu«, sagte Hendrik und legte die Hand auf die Brust.

»Und auf mich?«, fragte Maarten Nicolien.

»Ich weiß nicht«, sagte Nicolien. Sie lachte nervös.

Maarten lachte ebenfalls.

Eine Weile aßen sie schweigend.

»Verstehst du das?«, fragte Maarten und wandte sich Hendrik zu. »Als wir in Rotterdam waren, habe ich Buitenrust Hettema gefragt, ob es für ihn nicht ein verlorener Nachmittag gewesen wäre. Das hat er Beerta zugetragen, und Beerta wirft mir jetzt vor, dass ich ihm damit in den Rücken gefallen wäre.« Ohne es zu wollen, hatte er vor Empörung die Stimme erhoben.

»Ich hätte das nicht gesagt«, sagte Hendrik.

»Weil du nie etwas sagst.«

»Das weiß ich nicht, ob ich nie etwas sage.«

»Du findest also, dass Beerta recht hat?«

»Buitenrust Hettema ist Mitglied der Kommission«, sagte Hendrik. »Ich kann Beerta da schon verstehen.«

»Annechien kann uns nicht ausstehen«, sagte Nicolien, als sie spätabends durch den Vondelpark zurückgingen.

»Meinst du?«, fragte er unsicher.

»Das hast du doch wohl gemerkt!«

»Nein, woran merkt man das denn?«

»Aber das merkt man doch! So wie wir empfangen worden sind! Es war nicht einmal Genever im Haus, obwohl Hendrik bei uns doch immer so großzügig bewirtet wird!«

»Ja«, sagte er unschlüssig.

»Und sie haben doch auch nie etwas zu den Blumen gesagt, die wir ihnen damals aus der Auvergne geschickt haben. Und die Blumen, die ich mitgebracht habe, hat sie einfach in der Küche stehen lassen. Ich habe mich schwarzgeärgert!«

Er schwieg. Sie gingen auf dem breiten Weg zwischen den kahlen Bäumen. Es wehte ein starker Wind. Die Äste schwankten vor dem Licht der Laternen hin und her und warfen bizarre Schatten auf den Kies.

»Warum ist das so?«, fragte er.

»Ich glaube, sie denkt, dass wir einen schlechten Einfluss auf Hendrik haben. So eine Frau will natürlich Kinder haben! Die möchte keinen Mann, der trinkt und über solche Dinge redet!«

»Vielleicht ...« Eigentlich wollte er nicht darüber reden. Er betrachtete den Mond, der kurz zwischen den vorbeiziehenden schwarzen Wolken zum Vorschein kam, und die rote Glut über der Stadt, und er merkte, dass er traurig war.

*

»Es sieht so aus, Frau Vorsitzende«, sagte Beerta, »dass Frau Haan sich mit dem Beschluss abfinden wird, Herrn Ansing mit der Untersuchung der bäuerlichen Arbeit zu betrauen.«

»Hört, hört!«, sagte Kaatje Kater.

»Eine wichtige Mitteilung«, fand Professor Stelmaker.

Nach Professor Hillebrinks Tod sowie Professor van Stratens und Herrn Piermans Abschied war Professor Stelmaker zusammen mit van der Land und Professor Vervloet der Kommission beigetreten. Stelmaker war Jurist.

»Aber wir sind noch nicht am Ziel!«, warnte Beerta.

»Kann ich dabei noch behilflich sein?«, fragte Kaatje Kater. »Ich meine ja nur …«

Beerta schmunzelte. »Es scheint mir besser, hier behutsam vorzugehen, Frau Vorsitzende.«

»Aber doch nicht zu behutsam, Herr Schriftführer?«, sagte Kaatje Kater lachend und tippte Beerta auf den Arm. »Wir kennen einander schließlich und so weiter und so fort.«

»Ich bin tatsächlich behutsam«, gab Beerta lächelnd zu, »aber das ist manchmal auch nötig.«

»Und was beinhaltet das genau: bäuerliche Arbeit?«, wollte Buitenrust Hettema wissen. Aus seiner Stimme klang Skepsis. Er saß kerzengerade neben Beerta, seine Unterlippe etwas nach vorne geschoben, und sah aus der Höhe auf die Gesellschaft herab.

»Vielleicht kann Herr Koning besser darauf antworten, Frau Vorsitzende«, sagte Beerta. »Die Idee, Ansing diesen Auftrag zu geben, stammt von ihm.«

»Aber natürlich«, sagte Kaatje Kater lachend. Sie sah zu dem Ende des Tisches, an dem Maarten saß und protokollierte. Ihre Augen wirkten durch die Brillengläser stark vergrößert. »Herr Koning, Sie hören es! Laut Herrn Beerta wissen Sie mehr darüber!«

Maarten lächelte etwas unbehaglich. »Nicht so viel wie Ansing.«

»Na, hören Sie mal«, sagte Kaatje Kater fröhlich, »so können wir ewig weitermachen. Ich meine ja nur. Und Ansing ist jetzt nicht hier.«

»Es geht im Wesentlichen darum, dass er bäuerliche Techniken und bäuerliche Gerätschaften untersuchen wird«, sagte Maarten, sich ein Herz fassend.

»Frau Vorsitzende«, sagte van der Land und nahm die Pfeife aus dem Mund. Er beugte sich vor, über den Tisch, und betonte jedes seiner

Worte. »Ich bin den Entwurf des Fragebogens zum Thema Dreschen, den Herr Ansing für diese Sitzung gemacht hat, durchgegangen und muss sagen, dass ich von dem Wissen, das Herr Ansing sich in kurzer Zeit angeeignet hat, sehr beeindruckt bin, und deshalb unterstütze ich das Vorhaben von ganzem Herzen.«

»Ja«, sagte Professor Vervloet, »dem schließe ich mich gerne an.« Von seinem Platz neben Kaatje Kater aus sah er sehr freundlich zu Maarten hinüber, als wollte er sich dafür entschuldigen, dass auch er in dieser Kommission saß, obwohl er als Anthropologe doch lediglich Tropenerfahrung hatte.

»Soweit ich es beurteilen kann, scheint es auch mir eine gediegene Arbeit zu sein, Frau Vorsitzende«, sagte Stelmaker, »doch ebenso wie der Kollege Buitenrust Hettema habe ich das Bedürfnis nach einer näheren Begründung. Warum wird nun gerade dieses Thema angeschnitten, obwohl so viele andere Themen ebenfalls auf ein näheres Studium warten, Themen, die vielleicht eher auf unserem Terrain liegen?«

»Herr Koning, Sie hören es!«, sagte Kaatje Kater. »Die Herren möchten eine nähere Begründung.«

»Ja«, sagte Maarten. Er fühlte sich in die Enge getrieben und verstand auch nicht, was Buitenrust Hettema zu seiner Frage veranlasste, obwohl er notabene Direktor des Museums war. Dieser letzte Gedanke weckte seine Aggression und behinderte ihn bei der Suche nach einer Antwort. »Eine der Ausgaben des Atlas muss die bäuerliche Arbeit behandeln«, er richtete sich unwillkürlich an Buitenrust Hettema und sah ihn feindselig an, »und wenn es *ein* Thema gibt, bei dem sich deutliche Kulturgrenzen erwarten lassen, dann ist es dieses.«

»Vielleicht halte ich nicht so viel von dieser Suche nach Kulturgrenzen«, sagte Buitenrust Hettema skeptisch. »Ich fände es interessanter, wenn wir das Verhalten des Menschen untersuchen würden.«

»Ja, der Mensch!«, rief Kaatje Kater und hob ihre Arme hoch. »Wen interessiert das nicht?«

»Aber ist das auch unser Auftrag?«, fragte Stelmaker. »Vielleicht kann uns der Schriftführer dazu Näheres sagen?«

»Schriftführer?«, sagte Kaatje Kater und wandte sich Beerta zu.

»Unser Auftrag ist es in der Tat, Kulturgrenzen zu erforschen, Frau

Vorsitzende«, sagte Beerta, »was aber nicht bedeutet, dass der Mensch für uns nicht wichtig ist.«

»Sie hören es«, sagte Kaatje Kater zu Stelmaker. »Der Mensch ist auch wichtig.« Sie beugte sich nach vorn, ihre Hände auf die Tischkante gestützt, und schüttelte sich vor Lachen. »Das Problem ist also gelöst. Noch etwas?« Sie sah zu Vervloet.

Vervloet schüttelte bescheiden den Kopf.

»Ja, ich habe noch etwas, Frau Vorsitzende«, sagte Beerta. »Ich schlage vor, eine kleine Kommission speziell für die Begleitung Ansings ins Leben zu rufen.«

»Ausgezeichnet!«, sagte Kaatje Kater. »Und wer soll da rein?«

»Ich denke da an Professor Buitenrust Hettema und an Herrn van der Land«, sagte Beerta. »Von der Sprachenkommission könnten dann noch die Professoren Weinert und Heertjes dazukommen.«

»Und die Herren nehmen die Nominierung natürlich gern an?«, vermutete Kaatje Kater.

»Gern, Frau Vorsitzende«, sagte van der Land und beugte sich vor.

»Ich will es wohl machen«, sagte Buitenrust Hettema sparsam.

»Sollte unser Kommissionsmitglied Rosiers nicht auch mit dabei sein?«, fragte Stelmaker. »Er ist jetzt nicht hier, aber ich glaube, dass er auf diesem Gebiet besonders kompetent ist.«

»Kompetent!«, sagte Kaatje Kater. »Über die Kompetenzen von Rosiers sollten wir jetzt besser nicht diskutieren, denn das würde eine längere Unterhaltung werden, und ich möchte pünktlich nach Hause! Herr Schriftführer! Sie haben sicherlich an Herrn Rosiers gedacht?« Sie beugte sich hinüber und berührte, ironisch lächelnd, seinen Arm.

»Sicher, Frau Vorsitzende«, antwortete Beerta, auch mit Ironie, »aber ich glaube nicht, dass Herr Rosiers nun gerade auf diesem Gebiet fachlich so versiert ist. Und in diesem Fall kommt noch hinzu, aber das ist nicht fürs Protokoll, dass er sich sehr gut mit Frau Haan versteht, was mir in diesem Fall problematisch erscheint.«

Während er dies sagte, sah Buitenrust Hettema, der Nachfolger Rosiers im Museum, starr vor sich hin, als ginge ihn die Sache nichts an. Maarten wusste, dass bei Beertas Überlegungen auch das schlechte Verhältnis zwischen ihm und Rosiers eine Rolle gespielt hatte.

»Zufriedengestellt, Herr Stelmaker?«, fragte Kaatje Kater.

»Vielen Dank, Frau Vorsitzende«, antwortete Stelmaker förmlich. »Ich habe das vor allem gefragt, weil ich Herrn Rosiers als Mitglied dieser Kommission sehr schätze.«

»Das tun wir alle«, sagte Kaatje Kater fröhlich, »und so weiter und so fort. Ist der Tagesordnungspunkt damit abgehandelt, Herr Schriftführer?«

»Ich denke schon«, sagte Beerta, »bis auf die Tatsache, dass Frau Haan die Bedingung gestellt hat, dass Ansing promoviert, bevor er zum Abteilungsleiter ernannt wird.«

»Das versteht sich von selbst!«, fand Kaatje Kater. Sie sah Maarten an. »Und da gibt es noch mehr Kandidaten!« Ihr Gesicht war freundlich, doch der Ton unmissverständlich fordernd.

»Muss ich das protokollieren?«, fragte Maarten.

»Das brauchen Sie nicht zu protokollieren«, antwortete Kaatje Kater, »wenn Sie es sich nur zu Herzen nehmen.« Sie lachte.

Maarten reagierte nicht. Er beugte sich über das Papier und zog einen Strich.

»Nächster Tagesordnungspunkt«, sagte Kaatje Kater. »Der Schriftführer hat das Wort. Schon wieder!«

Beerta blätterte um und zog ein neues Blatt zu sich heran. »Es betrifft die Auflösung der Stiftung für Musikkultur von Frau Veldhoven. Das Hauptbüro ist bereit, das Volksmusikarchiv dem Büro für Volkskultur als Unterabteilung einzugliedern, und zwar zum 1. Januar, sodass wir in Zukunft das gesamte Gebiet der Kultur abdecken werden. Ich bin davon sehr angetan, wie Sie sich wohl denken können, denn dafür habe ich mich schon seit der Gründung des Büros eingesetzt.«

»Dann hätten wir also eigentlich Torte zum Tee bekommen müssen«, fand Kaatje Kater.

»Wir haben noch nicht den 1. Januar«, antwortete Beerta schmunzelnd.

»Und du bist ein sparsamer Mensch!«, fügte Kaatje Kater hinzu.

»In der Tat«, sagte Beerta mit einem steifen Nicken. »Ich bin ein sparsamer Mann.«

»Und was bedeutet das jetzt?«, fragte Kaatje Kater. »Ich meine ja nur.«

»Dass wir eine Mitarbeiterin hinzubekommen und einen Experten für sie in die Kommission berufen müssen.«

»Und haben Sie einen Vorschlag?«

»Ich selbst denke da an Frau Wagenmaker.«

»Dann haben wir also demnächst einen Stellmacher und einen Wagenmacher«, sagte Kaatje Kater vergnügt. »Dagegen wird wohl niemand etwas einzuwenden haben?« Sie sah lachend in die Runde.

»Soweit es mich betrifft, nicht«, sagte Stelmaker steif, »aber vielleicht kann der Schriftführer diesen Vorschlag noch etwas näher erläutern?«

»Und es würde mich auch interessieren, wer diese Frau Veldhoven ist«, pflichtete Buitenrust Hettema ihm bei. Er schwieg und sah zur Tür. Jemand hatte angeklopft. Die Tür ging langsam auf, und Hindriks schaute vorsichtig um die Ecke, ein Tablett mit Tee in den Händen. »Kann ich reinkommen?«, fragte er in besorgtem Ton Maarten, der ihm am nächsten saß.

*

Beerta betrat mit Hendrik das Zimmer. »Setz dich mal dahin.« Er nickte kurz in Richtung der Sitzecke, lief mit kleinen Schritten zu seinem Schreibtisch, während Hendrik sich setzte, nahm einen Brief hoch, den er gerade gelesen hatte, und drehte sich zu Maarten um. »Kommst du auch mal zu uns? Ich habe etwas mit euch zu besprechen.« Sein Gesicht war ernst.

Maarten stand auf und schloss sich ihnen an.

Beerta legte den Brief auf die Knie und sah sie an. »Ich habe einen Brief von Rosiers bekommen«, er blinzelte nervös und wartete einen Moment. »Er schreibt mir«, er sah sie einen nach dem anderen an, »dass er von Frau Haan gehört habe, es würde hier im Büro herablassend über ihn geredet.« Er wartete erneut ein paar Sekunden. »Wisst ihr davon?« Er sah von Hendrik zu Maarten.

Obwohl Maarten sich an keine Bemerkung erinnern konnte, fühlte er sich sofort schuldig. »Was wurde denn geredet?«, fragte er, um Zeit zu gewinnen.

»Jemand hat gesagt«, er sah auf den Brief, »er hätte nie etwas zur bäuerlichen Kultur gemacht«, er sah Hendrik und Maarten eindringlich an, »und bittet mich«, er warf erneut einen Blick auf den Brief, »ihm einen Namen zu nennen, sodass er demjenigen, der das behauptet, einmal den Marsch blasen kann.« Er sah wieder auf. »Für mich ist das eine sehr ernste Sache! Rosiers ist Mitglied der Kommission und berät außerdem den Minister!« Er schwieg.

Maarten und Hendrik schwiegen ebenfalls.

Beerta sah Hendrik an. »Hast du das gesagt?«

»Nein, Herr Beerta.«

Beerta sah zu Maarten. »Hast du es dann etwa gesagt?«

Maarten schüttelte den Kopf. »Ich kann mich nicht daran erinnern.«

»Einer von euch muss es doch gesagt haben. So etwas denkt Frau Haan sich doch nicht aus?«

»Wenn ich so etwas gesagt hätte, dann sicher nicht in Gegenwart von Fräulein Haan«, sagte Maarten. »Ich spreche nie mit Fräulein Haan.«

»Dann musst du es also gesagt haben«, sagte Beerta zu Hendrik.

»Nein, Herr Beerta. Ich habe es nicht gesagt.«

Es war still.

»Ich betrachte dies als eine sehr ernste Angelegenheit!«, sagte Beerta.

»Wenn ich mich recht erinnere, haben Sie es selbst gesagt«, sagte Hendrik. »Als wir zu viert über den Fragebogen zum Dreschen geredet haben. Frau Haan schlug vor, Rosiers um Rat zu fragen.«

Beerta sah ihn überrascht an. »Habe ich das selbst gesagt?«

Maarten erinnerte sich nun ebenfalls daran. »Ja, das haben Sie in der Tat gesagt«, stellte er mit einiger Schadenfreude fest.

»Aber warum habe ich das denn gesagt?«, fragte Beerta, »denn ich habe doch sehr große Hochachtung vor Rosiers Fachwissen.«

»Das weiß ich natürlich nicht«, sagte Hendrik, »aber Sie haben es gesagt.«

Beerta sah auf den Brief. »Ich fürchte, du hast recht.« Er dachte nach. »Was nun? … Wisst ihr was?« Er schob den Brief auf den Tisch. »Ich werde den Brief einfach nicht beantworten.«

»Sie können auch schreiben, dass Sie es gesagt haben«, schlug Maarten vor.

Beerta sah ihn mit hochgezogenen Augenbrauen an. »Die Bemerkung will ich nicht gehört haben.«

»Denn schließlich *hat* Rosiers sich niemals mit bäuerlicher Kultur beschäftigt«, sagte Maarten boshaft.

»Das hat er sehr wohl«, sagte Beerta steif. »Er hat nur nicht die Gelegenheit gehabt, darüber zu publizieren! Das weiß ich zufällig, weil er es mir erzählt hat.«

*

»Ich wollte heute Nachmittag in die Bibliothek«, sagte Maarten.

Beerta hörte auf zu tippen und sah ihn über die Schulter hinweg an. »Was willst du denn da machen?« An seiner Stimme war zu hören, dass es ihm nicht passte.

»Arbeiten.«

»Arbeiten!«, wiederholte Beerta. »Muss das gerade heute Nachmittag sein?«

»Ja«, sagte Maarten, ohne sich umzudrehen. »Wieso?«

»Weil ich heute Nachmittag etwas einkaufen wollte.«

»Aber das können Sie doch trotzdem?«

»Nein, denn dann wäre das Büro unbesetzt.«

Maarten drehte sich unwillig um. »Und wie machen Sie das dann, wenn ich im Urlaub bin?«

»Das ist etwas anderes.«

»Das ist dann ein Notfall«, vermutete Maarten.

»Als ich übrigens so alt war wie du, habe ich nie Urlaub gemacht.«

»Das weiß ich, aber das Leben ist hektischer geworden.« Er wandte sich wieder ab.

»Das muss sich erst noch zeigen.« Beerta drehte sich wieder zu seiner Schreibmaschine um. »Dann werde ich den Einkauf vor dem Mittagessen erledigen müssen«, sagte er resigniert. Er tippte einen Buchstaben.

»Wenn das möglich ist.«

»Es wird wohl nicht anders gehen.«

»Fräulein Haan ist da, Hendrik ist da, Balk ist da, und Meierink ist auch da«, sagte Maarten irritiert, »ich verstehe nicht, warum Sie glauben, dass das Büro dann nicht besetzt ist.«

Beerta gab darauf keine Antwort. Er tippte langsam seinen Brief zu Ende, drehte das Papier aus der Maschine, tippte die Adresse auf den Umschlag, brachte die Schreibmaschine zum Tisch, setzte sich wieder hin, tauchte seine Feder in die Tinte, unterzeichnete den Brief, legte ein Löschblatt darauf und rieb mit der Hand darüber. Er faltete den Brief zusammen, leckte sich ein paarmal die Finger, um den Rand des Umschlags nass zu machen, und klebte ihn zu. Anschließend stand er auf und nahm seine Tasche von der Ausziehplatte seines Schreibtisches. »Dann gehe ich jetzt mal.«

»Prima«, sagte Maarten, ohne dabei aufzusehen.

»In einer halben Stunde bin ich wieder zurück.« Er ging hinter ihm vorbei. Bei der Tür angelangt, blieb er stehen und drehte sich um. »Es ist äußerst misslich, dass du mir nicht früher sagst, dass du zur Bibliothek gehst«, er sah zu Maarten hinüber, »dann hätte ich mich darauf einstellen können.«

»Ich habe es nicht früher gewusst.«

»Warum nicht?« Seine Stimme klang gereizt. »So etwas fällt einem doch nicht plötzlich ein?«

Maarten sah ihn jetzt seinerseits an. »Ich musste erst den Jahresbericht abschließen. Der war um halb zwölf fertig, aber es hätte auch den ganzen Tag dauern können.«

»Und doch finde ich es misslich, dass du es nicht früher gesagt hast«, er drehte sich mit einer gemessenen Bewegung um und drückte die Türklinke herunter. »Ich hoffe, dass du wenigstens noch da bist, wenn ich zurückkomme.«

*

Maarten blieb an Frau Moedermans Schreibtisch stehen und sah zu, während sie einen Umschlag aufschnitt, die Fragebogen und Beilagen herauszog und vor sich hinlegte, auf die kleine, noch freie Fläche inmitten der Stapel von Umschlägen, aufgefalteter und bereits kodierter

Fragebogen und Karteikästen um sie herum. »Sind schon viele Fragebogen eingegangen?«, fragte er.

»Bestimmt schon hundert, schätze ich.« Sie suchte, während ihr Kopf leicht wackelte, in einem Karteikasten herum, stellte eine Karte hoch, zog die Karte, die sich davor befand, heraus und schrieb die Codenummer der Karte in das Feld oben rechts auf dem Fragebogen. Dann hakte sie den Bogen auf der Karte ab. »Wollen Sie schon mal ein paar sehen?«

»Nein, das mache ich später.«

Sie öffnete einen anderen Kasten und suchte erneut eine Karteikarte, diesmal für einen zweiten Fragebogen, den sie aus dem Umschlag gezogen hatte.

»Die ersten Fragebogen sind übrigens nicht die besten«, sagte er. »Die besten kommen noch.«

»Oh, aber es sind sehr gute Fragebogen dabei! Ich finde es immer schade, dass ich so wenig Zeit habe, mich da hineinzuvertiefen.« Sie hakte den Bogen auf der Karteikarte ab und steckte sie zurück in den Kasten.

Maarten nahm einen Fragebogen von einem der Stapel, die sie schon bearbeitet hatte, und schlug ihn auf. »Ich traue dem nicht. Leute, die vor Neujahr ihre Fragebogen einschicken, haben Klarschiff machen wollen, wohingegen Leute, die danach kommen, sich vorgenommen haben, ihr Leben zu ändern. Achten Sie nur einmal darauf.«

Frau Moederman schmunzelte. »Ach, Herr Koning.«

»Nehmen Sie sich das denn am Silvesterabend nicht vor?« Er sah sie ironisch an.

»In meinem Alter macht man das nicht mehr.«

»Und Sie, Herr Slofstra?«, fragte Maarten über ihren Kopf hinweg.

»Ich werde mich hüten!«, antwortete Slofstra.

»Aber Sie essen doch wenigstens Oliebollen?«

»Kein Stück!«

»Warum nicht?«

»Meine Frau findet, dass ich zu dick werde!«

Maarten sah Meierink an, der reglos neben ihm saß und las. »Esst ihr Oliebollen, Geert?«

Meierink blickte träge auf. »Was?«

»Ob ihr Oliebollen esst.«

»Wir gehen immer zu unseren Verwandten.«

»Und dann singt ihr *Uren, dagen, maanden, jaren*, vermutete Maarten.

Meierink lachte dümmlich. »Ihr vielleicht.«

»Ich bin nicht evangelisch-reformiert.«

»Aber *wenn* Sie reformiert wären, würden Sie es sicher auch nicht tun«, sagte Frau Moederman.

»Warum nicht?«

»Weil Sie ein zu nüchterner Mensch dafür sind.«

»Nüchtern?«, fragte Maarten verwundert. »Ich bin überhaupt nicht nüchtern. Ich höre mir jeden Abend um halb elf das *Ave verum* an, und das finde ich herrlich! Das treibt mir die Tränen in die Augen!«

»Nein, das finden Sie überhaupt nicht herrlich«, sagte Frau Moederman freundlich, »das sagen Sie nur so! Sie sind ein Spötter.«

Maarten hörte lachend und ein bisschen verlegen zu. »Aber ich finde es wirklich schön.«

Frau Moederman schüttelte den Kopf. »Nein, das sagen Sie zwar, aber Sie meinen es nicht so.«

»Spötterhäuser brennen nicht«, sagte Slofstra laut.

»Eine komische Redewendung«, fand Maarten.

»Das hat meine Mutter immer gesagt.«

»Meine Schwiegermutter auch. Aber soweit ich weiß, brennen sie sogar besonders gut!«

»Möglich«, sagte Slofstra desinteressiert. »Sie werden das besser wissen.«

*

1963

De Gruiter verließ den Raum. Maarten setzte sich wieder an die Schreibmaschine. Beerta blieb vor dem Ofen stehen, die Hände auf dem Rücken, und sah Maarten an. »Bei wem habt ihr am Silvesterabend unter der Kanzel gesessen?«, fragte er mit einiger Ironie.

»Bei niemandem«, antwortete Maarten missmutig.

»Bei niemandem?« Er hob die Augenbrauen. »Ich dachte, ihr geht am Silvesterabend immer in die Kirche.«

»Das haben wir ein einziges Mal gemacht, um meinen Schwiegereltern einen Gefallen zu tun, aber der Pfarrer war ein solcher Scharlatan, dass wir das nie wieder gemacht haben.«

»Dann solltest du doch mal zu Overbosch gehen. Overbosch ist kein Scharlatan.«

»Sind Sie bei Overbosch gewesen?«, fragte Maarten, um dem Gespräch eine andere Wendung zu geben.

»Ich bin jetzt in der Weihnachtszeit viermal bei Overbosch gewesen und fand es jedes Mal aufs Neue sch-spannend. Es hat mich sehr erbaut.«

»Was muss ich mir denn darunter vorstellen?«, fragte Maarten skeptisch.

»Ich bring dir gern mal ein Gemeindeblatt mit, in dem etwas von ihm steht«, versprach Beerta. »Overbosch ist intelligent.«

Maarten reagierte nicht darauf. Er spannte eine Karteikarte in die Schreibmaschine und zog das Buch, das daneben lag, etwas näher zu sich heran.

»Wenn ihr nicht in die Kirche geht, was macht ihr dann an so einem Silvesterabend, wenn ich fragen darf?«, fragte Beerta.

»Wir haben mit meiner Schwiegermutter Mensch ärgere dich nicht gespielt, Oliebollen gegessen und Glühwein getrunken. Ich habe verloren.« Er tippte ein Schlagwort auf die Karteikarte, drückte auf den Tabulator und schrieb anschließend die Jahreszahl.

Beerta lächelte. »Karel und ich haben Silvester zusammen mit einem Grüppchen Künstler gefeiert, die alle ein Verhältnis miteinander haben. Erst waren wir im De Kring, und als wir alle schon ein bisschen betrunken waren, sind wir mit zwei Autos zu mir nach Hause gefahren und haben da noch bis drei Uhr weitergemacht.«

»War Overbosch auch dabei?«

»Overbosch war nicht dabei. Wohl aber eine sehr sinnliche Frau, so eine mit großen Brüsten, die sie ständig an mich drückte«, er machte eine etwas feminin wirkende Bewegung und schmunzelte, »eine noch sehr jung aussehende Frau, aber doch schon mit einem erwachsenen Sohn, die Frau eines Psychiaters.«

»Die müsste es doch besser wissen.«

»Vielleicht wusste sie es auch besser«, sagte Beerta amüsiert. Er wippte auf seinen Zehen und ließ sich dann langsam auf die Hacken zurücksinken, »aber das war ihr dann nicht anzumerken.«

Es klopfte leise an der Tür. Beerta sah an Maarten vorbei und hob die Augenbrauen. Die Tür öffnete sich, Frau Moederman trat ein. »Entschuldigen Sie, meine Herren«, sie sah von Beerta zu Maarten, als suche sie jemanden, »aber ich wollte Ihnen noch ein frohes neues Jahr wünschen.«

Beerta richtete sich ein wenig auf und nickte. »Das dürfen Sie, Frau Moederman«, sagte er gönnerhaft. »Das schätze ich sehr.«

*

Maarten träumte, dass er sich mit Hendrik, Fräulein Haan und Beerta in einer Sitzung befand. Es kam zu einer Meinungsverschiedenheit bezüglich der Übersetzung eines technischen Begriffs. Hendrik schlug französisches Dreieck vor, doch Fräulein Haan beharrte auf Carambolage. Hendrik wollte sich dem nicht beugen. »Es *ist* ein französisches Dreieck!«, sagte er und richtete sich auf. »Und damit Schluss!«

Sein Auftreten brachte Maarten in Verlegenheit. Es behagte ihm nicht, dass man sich stritt, und er schämte sich dafür. Doch er fand auch, dass er Hendrik nicht im Stich lassen durfte, und nahm sich selbst übel, dass er zögerte. »Ich gebe Hendrik recht«, sagte er schließlich. »Aber warum darf ich eigentlich nie Recht bekommen, wenn ich recht habe«, sagte Fräulein Haan, »ihr seid immer gegen mich.« Es schien, als würde sie anfangen zu weinen. Das machte Beerta unsicher. »Ich schlage vor, zum nächsten Punkt zu kommen«, sagte er. Das irritierte Maarten. »Wenn Sie ›französisches Dreieck‹ auch besser finden, ist die Sache entschieden«, sagte er böse werdend. »Wenn Sie beides gleich gut finden, ebenfalls! Sie haben die Entscheidung in der Hand!« Doch Beerta hatte nicht den Mut, sie zu treffen.

*

Neben der obersten Klingel war ein Kärtchen mit seinem Namen befestigt: Frans Veen. Darunter stand etwas kleiner: E. N. V. E. Maarten drückte dreimal kurz auf die Klingel. Sie warteten. Aus dem Fenster neben der Tür fiel Licht durch einen Spalt der Vorhänge. Es gab einen kleinen Vorgarten mit Kies, begrenzt von einem niedrigen Zaun. Frans' Fahrrad lehnte an der Fensterbank. »Er muss da sein«, sagte Maarten. Im selben Moment ging hinter der kleinen Scheibe in der Tür das Licht an, und die Tür sprang auf. Sie betraten das Treppenhaus. »Maarten und Nicolien!«, rief er nach oben. Von dort kam eine unverständliche Antwort. Sie stiegen eine schmale, steile und ausgetretene Treppe hinauf. Im ersten Stock befand sich ein kleiner Flur mit einem Kokosläufer und einem Kinderfahrrad in der Ecke, dahinter begann eine neue Treppe.

Frans stand oben an der vierten Treppe in der Tür, doch sobald er sie sah, verschwand er und kam erst wieder zum Vorschein, als sie keuchend den Absatz vor seiner Tür erreicht hatten.

»Ha«, sagte er.

»Was bedeutet E. N. V. E.?«, fragte Maarten.

»Nichts.«

Maarten lachte.

»Jeder ist doch irgendwo Mitglied?«, erläuterte Frans, wie um sich zu entschuldigen. »Findest du nicht?«

»Wir nicht«, sagte Maarten. »Na ja, beim Tierschutzverein natürlich und bei unserem Rundfunksender.« Er ging an Frans vorbei in den kleinen Flur.

»Schau, das haben wir für dich mitgebracht, einen Genever«, sagte Nicolien hinter ihm. »Oder darfst du das noch nicht?«

»Danke. Natürlich darf ich das, ich nehme keine Tabletten mehr.«

»Sehr gut«, fand Maarten.

Vorne links war eine kleine Küche. Aus dem angrenzenden Zimmer kam Licht. Der Flur wurde durch eine kleine Lampe aus gefärbtem Glas schwach beleuchtet. Eine schräg stehende Leiter führte zu einer Dachluke. An der rückwärtigen Wand, neben der Tür zur Wohnstube, stand ein Schränkchen mit einer altmodischen Pendeluhr darauf.

»Wollt ihr vielleicht eure Mäntel ausziehen?«, fragte Frans unsicher.

»Ja, das hatten wir vor«, sagte Maarten. In dem Aplomb, mit dem er es sagte, erkannte er zu seinem eigenen Missfallen seinen Vater. »Es ist kalt«, fügte er hinzu, um die Bemerkung abzuschwächen.

»Ja, die Wasserleitung ist zugefroren.« Er nahm Nicolien den Mantel ab, entfernte seinen eigenen von der Leiter und hängte beide Mäntel an dessen Platz, als wolle er vermeiden, dass sie miteinander in Berührung kämen.

»Und wie machst du das jetzt?«, fragte Maarten, als er das Zimmer betrat.

»Ich kann unten Wasser holen. Das sind nette Leute.«

»Wie lästig«, sagte Nicolien. Sie lachte.

»Bei dem Kinderfahrrad«, stellte Maarten fest.

»Nein, ein Stockwerk höher.«

Es war ein kleines Zimmer, nicht sehr viel mehr als drei mal drei Meter, mit weißen Wänden und einem weißen Kaminsims sowie grünen Vorhängen vor den Fenstern. Im Raum befanden sich ein Holztisch mit drei Peddigrohrstühlen, eine Schreibtischlampe und ein Ölofen. Seitlich im Halbdunkeln stand ein kleiner Tisch mit den Überresten eines Radios, in denen Lämpchen leuchteten.

»Wollt ihr Kaffee?«, fragte Frans nervös.

»Gern«, sagte Maarten und drehte sich zu ihm um.

»Ja, gern«, sagte Nicolien.

»Ich habe auch noch Käse und Wein«, sagte Frans unsicher.

»Den gibt es anschließend«, entschied Maarten, und er erkannte darin abermals seinen Vater wieder.

Während Frans den Raum verließ, setzte Nicolien sich in den Korbsessel neben dem Ölofen. Maarten blieb stehen, die Hände in der Tasche. Die Wände waren nahezu kahl. Der einzige Wandschmuck bestand aus der Reproduktion eines Frauenporträts. Ihre Augen waren mit einem Streifen Papier überklebt. Auf dem Kaminsims lag ein Apfel, daneben ein ausgestopfter Handschuh, dessen Finger nach oben zeigten, dahinter stand das Foto eines Tigers. Auf der anderen Seite des Kaminsimses lag, unter einem Glas, ein Marienkäfer aus Wolle. Das Glas wurde durch ein Streichholz etwas angehoben. Während er es betrachtete, spürte er an seinen Beinen die Wärme des Ölofens. »Warum hat die Frau einen Papierstreifen vor den Augen?«, fragte er, als Frans mit den Tassen ins Zimmer kam.

»Weil sie mich zu viel angesehen hat.« Er stellte die Tassen ab.

»Warum hast du sie denn aufgehängt?«

Frans wurde rot. »Ich glaube, weil ich auch gern eine Frau haben möchte. Meinst du nicht?«

Maarten setzte sich in den Sessel auf der anderen Seite des Ofens und nahm seine Tasse in den Schoß. Hinter der kleinen Scheibe im Ofen flackerte die Flamme und jagte ihren Lichtschein über den Fußboden, auf dem über Platten aus brauner Presspappe eine chinesische Matte lag. »Eine scharfe Wohnung«, sagte er. »Verdammt ruhig.«

»Ja«, sagte Nicolien.

»Findest du?«, fragte Frans. »Ja, ich finde das eigentlich auch.«

»Und deine Arbeit?«, wollte Maarten wissen.

»Die ist eigentlich auch scharf«, er lachte ein wenig, »na ja, du verstehst, was ich meine.«

»Käfer!«

»Ja, und natürlich das, was dazugehört.«

Maarten sah ihn fragend an.

»Ich meine die menschlichen Beziehungen.«
Maarten nickte, ohne es zu verstehen.
Sie schwiegen.
»Seht ihr noch manchmal diesen Freund, den ich damals bei euch getroffen habe?«, fragte Frans zögernd.
»Klaas?«, fragte Maarten.
»Er ist erst kürzlich wieder dagewesen, nicht wahr?«, sagte Nicolien zu Maarten.
»Ich fand den Besuch eigentlich nicht besonders angenehm.«
»Warum nicht?«, fragte Maarten erstaunt.
»So, wie er mich angesehen hat.«
Maarten schüttelte den Kopf.
»Oh, findest du das nicht?«
»Nein.« Er sah Nicolien an. »Hast du etwas davon gemerkt?«
»Er kann manchmal schon eigenartig schauen«, meinte sie.
»Vielleicht habe ich es mir nur eingebildet«, sagte Frans hastig. »Aber ich habe geträumt, dass er hinter mir her war und mich vergewaltigen wollte. Ich fand das sehr unangenehm.«
»Das hört sich für mich nach keinem schönen Traum an«, gab Maarten zu. Weil Frans außerhalb des Lichtkegels auf der anderen Seite des Tisches saß, konnte er dessen Gesicht nur vage erkennen. Dennoch spürte er, wie so oft, wenn er es betrachtete, einen leichten Widerwillen.
»Glaubt ihr eigentlich, dass ich ihm so etwas erzählen sollte?« Er blickte rasch in Richtung Nicolien.
»Nun«, sagte sie zögernd und lachte, »das würde ich lieber nicht tun.«
»Warum solltest du das erzählen?«, fragte Maarten, etwas irritiert.
»Weil ich finde, dass man für so einen Traum verantwortlich ist«, er sah erneut Nicolien an, »aber das findet ihr wohl nicht?«
»Nein, sicher nicht«, sagte Nicolien.
»Stell dir vor«, sagte Maarten, »was das geben würde.«
»Ich habe auch schon mal von *dir* geträumt«, gestand Frans.
Maarten nickte, auf der Hut. Er fragte nicht, was Frans denn geträumt habe.

»Dass wir mit den Armen um die Schultern des andern die Treppe hinabgeschwebt sind.« Er lachte verlegen und sah dann rasch zu Nicolien.

Nicolien lachte.

»Ein komischer Traum«, fand Maarten.

»Ja, das fand ich auch.« Er wurde rot. »Aber ja, seit Freud wissen wir natürlich, was das bedeutet.« Er sah erneut zu Nicolien hinüber.

»Ja«, sagte Maarten vage. Er fühlte sich unbehaglich.

Frans stand mit einer verlegenen Bewegung auf. »Sollen wir dann jetzt den Käse und den Wein probieren? Ich habe einen Elsässer und einen Côtes du Rhône. Welchen soll ich nehmen?«

»Welchen Käse hast du?«, fragte Maarten.

»O ja, natürlich, das hätte ich dazusagen müssen. Ein Stück Brie und ein Stückchen Ziegenkäse, aber der Côtes du Rhône ist jetzt vielleicht zu kalt? Denn der steht in der Küche.«

»Den Elsässer«, entschied Maarten.

»Dann nehme ich die Tassen jetzt mit.« Er griff nach Maartens Tasse.

»Du kannst die Untertassen vielleicht stehen lassen«, fand Nicolien.

»Ja?« Er zögerte. »Nein, das finde ich eigentlich nicht so hygienisch.« Er ging mit den Tassen in die Küche und kam kurze Zeit später mit dem Käse, einem Paket Toastbrot, drei kleinen Tellern und drei Messern zurück. Anschließend holte er eine Flasche Wein und drei Gläser. Sie sahen zu, während er den Wein entkorkte und danach endlos die Gläser mit einem Tuch polierte, wobei er sie ab und zu gegen das Licht der Lampe hielt, um zu sehen, ob sie sauber waren.

Maarten betrachtete kritisch das Glas, das er bekommen hatte. »Hier ist noch ein Fleck.« Er gab das Glas zurück und zeigte auf den Fleck.

»Hey, was soll das denn?«, sagte Nicolien verstimmt.

Frans wurde rot.

»Ach, gib nur her«, sagte Maarten verlegen und nahm das Glas zurück, »es war nur ein Scherz.«

»Aber kein netter«, fand Nicolien.

»Nein«, gab Maarten zu.

»Ich kann das schon aushalten, lass nur«, sagte Frans lächelnd. Seine Hand bebte ein wenig, als er einschenkte. Anschließend verteilte er den Käse auf die drei Teller, ängstlich besorgt, ihn nicht mit den Händen zu berühren, was ihm jedoch nur zum Teil gelang.

Maarten nahm einen Schluck. »Verdammt lecker«, sagte er, um seine Bemerkung wiedergutzumachen.

»Der Verkäufer sagte, dass es ein sehr guter wäre«, sagte Frans.

Sie tranken schweigend ihren Wein und aßen vom Käse. In der Stille hörte man lediglich das Knistern der Flamme im Ölofen.

»Ich habe in Wolfheze Tagebuch geführt«, sagte Frans zögernd. »Soll ich euch etwas daraus vorlesen?«

Als sie aufstanden, war es spät. Maarten drehte sich halb um und sah noch einmal zum Kaminsims. »Warum hast du eigentlich ein Streichholz unter das Glas gelegt?«

»Ach, das«, sagte Frans. »Ja. Wir wollen doch auch gern atmen? Würdest du dort keine Beklemmungen kriegen?«

»Es war scharf, was er vorgelesen hat, nicht wahr?«, sagte sie, als sie in der Kälte über den stillen Platz nach Hause gingen.

»Ja«, sagte er. »Nur, wenn er über seinen Körper schreibt, spüre ich Widerwillen, wie beim Polieren der Weingläser, diese übertriebene Reinlichkeit, die kann ich nicht ertragen.«

»Ach, so ist er nun einmal. Das solltest du gar nicht beachten. Ich fand es übrigens überhaupt nicht nett, dass du eine Bemerkung darüber gemacht hast.«

»Nein, das war nicht nett«, gab er noch einmal zu.

»Warum hast du es dann gesagt?«, fragte sie verstimmt. »Vielleicht, um zu sticheln?«

»Ich glaube schon. Und um meinen Ärger abzureagieren.«

»Das finde ich hundsgemein Frans gegenüber«, sagte sie, in Zorn geratend.

»Ach, hundsgemein.«

»Ja! Hundsgemein!«, wiederholte sie. »Man kann es nicht anders nennen!«

*

»Hast du das Geld, das du Balk geliehen hast, eigentlich schon zurückbekommen?«, fragte sie.

»Nein«, sagte er.

»Wie lange ist das jetzt her?«

Er dachte nach. »Ich glaube, zwei Jahre.«

»Solltest du es dann nicht mal zurückverlangen? Es ist doch verrückt, dass er das Geld einfach nicht zurückgibt? Er verdient doch selbst auch?«

»Ja, aber ich finde es blöd, ihn darum bitten zu müssen.«

»Das ist auch blöd. Aber wenn du nicht danach fragst, bekommst du es nie zurück! Das wirst du sehen! Du musst danach fragen! Er kann dir das Geld doch nicht bis ans Lebensende schuldig bleiben?«

»Nein.«

»Ja, wenn er fast nichts verdienen würde, so wie Frans Veen! Aber er verdient genauso viel wie wir! Dann ist es doch lächerlich, es nicht zurückzugeben?«

»Ich glaube, dass er sogar mehr verdient, denn er ist Doktor und ich bin es nicht.«

»Aha, also auch noch mehr! Warum forderst du es dann nicht mal zurück?«

»Ich werde es zurückfordern, aber ich sehe dem mit Schrecken entgegen.«

»Dem brauchst du doch nicht mit Schrecken entgegenzusehen? Es ist doch nicht deine Schuld, dass er es nicht zurückgibt! Es ist einfach unverschämt, darauf überhaupt nicht mehr zurückzukommen.«

»Er wird es vergessen haben.«

»So etwas vergisst man doch nicht! Wenn wir uns von jemandem Geld leihen würden, würden wir es doch auch nicht vergessen?«

»Nein, aber wir leihen uns ja auch nichts.«

»Und doch will ich, dass du es zurückverlangst.«

»Gut.«

»Du verlangst es also zurück?«

»Ich werde es zurückverlangen«, versprach er, »aber ich weiß nicht, ob ich es heute schon tue.«

*

»Jemand hat für Sie angerufen«, sagte Maarten, als Beerta gegen halb vier zurückkam.

»Wer denn?«, fragte Beerta. Er legte seine Tasche auf den Schreibtisch und öffnete die Lasche.

»Er hat seinen Namen nicht genannt. Ich hatte ihn schon öfter am Telefon. Er will noch mal anrufen.«

»Dann weiß ich schon, wer es ist. Schaust du mal her?«

Maarten drehte sich um.

»Das ist ein Kaufvertrag, den lege ich hier in diese Schublade.« Er zog ein Schubfach seines Schreibtisches auf und legte den Vertrag hinein. »Wenn mir etwas zustößt, bist du der Einzige, der davon weiß.« Sorgfältig schloss er die Schublade und drehte sich wieder zu Maarten um. »Es ist der Kaufvertrag für ein Auto, das ich für Karel gekauft habe, aber ich will nicht, dass es bekannt wird, denn dann fangen die Leute an, alles Mögliche zu denken. Bei dir ist er sicher.« Er sah Maarten ernst an.

»Ja.« Er fühlte sich geschmeichelt, aber auch etwas verlegen.

»Wir haben schon gesagt, dass wir, wenn es Frühling wird, damit auch einmal einen Ausflug mit euch machen müssen.«

»Das wäre nett.«

»Dann werden wir, wenn es so weit ist, mal einen Termin ausmachen.« Er setzte sich und zog seinen Stuhl mit ein paar kurzen Rucken an den Schreibtisch.

»Wer ist eigentlich dieses Fräulein, das nachmittags am Schreibtisch von Nijhuis sitzt?«, fragte Maarten.

»Das ist Fräulein Bavelaar«, sagte Beerta, ohne sich umzudrehen. »Die ist vom Hauptbüro geschickt worden, um den Rückstand von Nijhuis aufzuarbeiten. Nijhuis hat ein völliges Durcheinander hinterlassen.«

»Und bleibt sie dann hier?«

»Ich hoffe nicht. Das ist jedenfalls nicht beabsichtigt.« Er schlug eine Mappe auf und suchte zwischen den Papieren herum, die darin lagen. »Es ist keine einfache Frau.«

Maarten zögerte, stand auf und verließ das Zimmer. Als er den ersten Raum betrat, sah er Balk dort sitzen und erinnerte sich mit einigem

Unbehagen, dass er Nicolien versprochen hatte, sein Geld zurückzufordern. Fräulein Bavelaar saß hinter Frau Moederman an Nijhuis' Schreibtisch, der mit Papieren übersät war. Sie bemerkte Maarten nicht, als er näher kam. Vor ihr stand ein Aschenbecher, voll mit halb aufgerauchten Filterzigaretten. Sie hatte eine Zigarette zwischen den Fingern, tippte ab und zu mechanisch die Asche ab und schrieb mit der anderen Hand Zahlen untereinander, die sie aus den Papieren übernahm.

»Herr Koning, wollen Sie vielleicht ein Bonbon?«, rief Slofstra. Er streckte die Hand aus, in der zwei Lakritzbonbons lagen. »Von Fräulein Bavelaar bekommen.«

Bei der Erwähnung ihres Namens sah Fräulein Bavelaar auf.

»Nein, die sind für Sie«, sagte Maarten. Er sah sie an. »Sie sind Fräulein Bavelaar?«

»Ja.« Sie hatte etwas Argwöhnisches, ein mageres, todmüdes Gesicht, am Mundstück ihrer Zigarette haftete Lippenstift.

»Ich bin Koning«, er streckte die Hand aus, »ich sitze bei Herrn Beerta im Zimmer.«

»Angenehm, Fräulein Bavelaar.« Sie machte eine Bewegung, als wolle sie aufstehen, ließ sich jedoch sofort wieder zurücksinken.

»Sie sind hier als Ersatz für Nijhuis?«

»Ja, das heißt, ich bin hier nur vorübergehend. Ich hoffe, dass Nijhuis die Arbeit bald wieder übernehmen kann.« Sie hatte eine raue, etwas schrille Stimme, und man hörte einen leichten Dialekt heraus. Der Argwohn wich nicht von ihrem Gesicht, als habe sie gelernt, dass man niemandem vertrauen könne. Die Zigarettenstummel im Aschenbecher waren hinter dem Mundstück umgeknickt, überall befand sich Lippenstift.

»Fräulein Bavelaar macht die Buchhaltung«, sagte Slofstra, »weil Nijhuis ein Chaos veranstaltet hat.«

»Na ja … ein Chaos«, sagte sie. »Nijhuis ist krank, so dürfen Sie nicht über ihn reden, Herr Slofstra.«

»Tue ich auch nicht«, beschwichtigte Slofstra. »Ich meine es nicht böse.«

»Ist es kein Chaos?«, fragte Maarten amüsiert.

»Ach, es geht«, sagte sie abwehrend. »Und Nijhuis kann nichts dafür, oder? Es ist doch auch so schlimm genug?«

»Ja«, gab Maarten zu. Er wusste nicht recht, wie er das Gespräch beenden sollte, und sah zu Slofstra. »Kommen Sie voran?«

»Ich schon!«

»Schön.« Er wandte sich ab und ging, ohne weiter nachzudenken, zu Balk. Als er an dessen Schreibtisch stehen blieb, sah Balk auf. »Erinnerst du dich noch, dass du dir seinerzeit Geld von mir geliehen hast?«

Balks Gesicht verzog sich, irritiert.

»Ich hätte es gern zurück, denn ich brauche es«, fügte er unnötigerweise hinzu.

Balk griff in seine Innentasche. »Wie viel?«

»Zweihundert Gulden.«

Balk zog eine Brieftasche hervor, holte zweihundert Gulden heraus und gab sie Maarten. »Bitte«, sagte er und beugte sich wieder über seine Arbeit.

*

»Hast du gesehen, dass der *Bakker* hier für zwanzig Gulden angeboten wird?«, sagte Beerta, während er vom Schreibtisch aufstand.

»Im Katalog von Wever«, sagte Maarten und sah hoch.

»Danach suche ich schon seit Jahren. Zwanzig Gulden! Das ist wirklich spottbillig!« Er streckte seine Hand zum Telefon aus.

»Stoutjesdijk hat ihn schon gekauft«, informierte ihn Maarten.

Beerta zog die Hand zurück und sah ihn fassungslos an. »Stoutjesdijk?«

»Ich habe ihn darauf hingewiesen.«

»Aber dann hättest du doch erst an mich denken müssen?«

»Sie waren in Middelburg, und ich wusste nicht, dass Sie nach dem Buch suchen.«

»Natürlich habe ich nach dem Buch gesucht! Es ist ein sehr seltenes Buch! Das Buch hätte *ich* haben wollen.«

»Jetzt hat Stoutjesdijk es eben.« Er wollte sich wieder an die Arbeit machen.

»Nein, warte mal! Erst musst du mir einmal erklären, wofür Stoutjesdijk das Buch braucht.«

Maarten sah wieder auf. »Stoutjesdijk denkt darüber nach, eine Doktorarbeit über Volksheilkunde zu schreiben, und deshalb hat er mich gebeten, auf den *Bakker* zu achten. Das habe ich getan. Dass Sie auch danach suchen, habe ich nicht gewusst.«

»Das nehme ich dir sehr übel!«, sagte Beerta verärgert.

*

»Aber ich will überhaupt keine neuen Tapeten«, sagte Beerta ins Telefon, »ich bin sehr zufrieden mit dem, was dort jetzt hängt. … Nein, Karel, meine Mutter hat da nie gewohnt. … Nein, auch nicht von Harm. … Ja, Harm ist tot, aber seine Tapeten sind noch gut. … Und dann soll ich sicher auch einen neuen Teppich kaufen. … Siehst du! Nun, ich denke nicht daran! … Gut, lass uns noch mal darüber reden, aber glaube bloß nicht, dass ich es tue. … Was ist das für ein Brief? … Mach ihn dann mal auf. … Lies mal vor. … Ja, Herr Dekker? … Ich lege auf. Karel? Ich ruf dich gleich zurück.« Er legte den Hörer auf. »Da ist ein Anruf für dich.« Er blieb neben dem Apparat stehen und sah Maarten an. Das Telefon klingelte.

Maarten stand auf und nahm den Hörer von der Gabel. »Koning!«

»Tag!«

»Tag.«

»Wenn du zum Markt gehst, kannst du dann sechs Zitronen und eine Knoblauchknolle mitbringen?«

»Gut. Ist das alles?«

»Ja. Hast du gehört? Sechs Zitronen und eine Knoblauchknolle!«

»Ja, ich habe es gehört.«

»Gut, bis später.«

»Bis später.« Er legte den Hörer wieder auf.

»War das Nicolien?«, fragte Beerta.

»Ja.« Er ging zu seinem Platz zurück. »Ich muss etwas für sie einkaufen.«

»Aber das gehört sich doch nicht, dass deswegen ein Gespräch von mir unterbrochen wird!« Seine Stimme klang zornig.

»Nein«, gab Maarten zu, »aber das konnte sie nicht wissen.«

Beerta hatte den Hörer von der Gabel genommen und wählte eine Nummer. Maarten konnte es am anderen Ende der Leitung klingeln hören und erkannte die Stimme des Telefonisten, als dieser das Gespräch annahm. »Herr Dekker!«, sagte Beerta entrüstet. »Sie haben gerade ein Telefonat von mir wegen eines privaten Gesprächs zwischen Herrn und Frau Koning unterbrochen! Aus welchem Grund haben Sie das getan? ... Damit habe ich nichts zu schaffen. Sie wissen, dass ich es dem Personal verboten habe, private Telefongespräche zu führen! ... Dann können Sie fragen, ob es dringend ist, und wenn es nicht dringend ist, sagen Sie, dass ich es verboten habe! ... Das ist dann also abgemacht! ...« Er legte den Hörer verärgert auf und nahm ihn sofort wieder ab. An den ruckartigen Bewegungen, mit denen er die Nummer wählte, war zu erkennen, dass er wütend war. Er wartete. Am anderen Ende wurde der Hörer abgenommen. »Ja, Karel«, sagte Beerta knapp, »da bin ich wieder. Wir wurden unterbrochen!«

*

»Ich habe noch mal darüber nachgedacht«, sagte Beerta zwei Tage später, legte seine Brille hin und stand auf, »aber ich finde es doch nicht in Ordnung, dass du Stoutjesdijk den *Bakker* hast kaufen lassen.« Er sah Maarten herrisch an.

Maarten hatte den Stuhl bereits nach hinten gezogen, um sich hinzusetzen. Er blieb stehen, mit der Hand an der Lehne, und erwiderte den Blick. »Das verstehe ich nicht.«

»Wenn du ihn schon nicht für mich kaufen wolltest, hättest du ihn für das Büro kaufen müssen. Du bist hier für das Büro angestellt und nicht für Stoutjesdijk.«

»Das Büro hat ihn schon.«

»Dann hättest du ihn für das Hauptbüro kaufen sollen! So ein seltenes Buch hättest du dir für diesen Preis nicht durch die Lappen gehen lassen dürfen! Ich hätte ohne Weiteres dreißig Gulden dafür bezahlt!«

»Wir kaufen nie etwas für das Hauptbüro, und dass Sie das Buch haben wollten, wusste ich nicht.«

»Das hättest du aber wissen *können*!«, fiel ihm Beerta ins Wort.

»Und auch wenn ich es gewusst hätte, hätte ich es Stoutjesdijk gegeben«, sagte Maarten zornig, »denn er braucht es dringend, und bei Ihnen ist es nur bibliophiles Interesse.«

»Das hast du nicht zu beurteilen!«, sagte Beerta wütend. »Ich bin hier der Direktor! Du hast dich nach mir zu richten!«

»Dass Sie der Direktor sind, interessiert mich in diesem Fall kein bisschen! Es geht hier nicht um das Büro, sondern um Ihr Privatinteresse, und ich sehe keinen Grund, warum das Interesse von Stoutjesdijk weniger wichtig sein soll!«

»Dann sage ich es dir jetzt!« Er stampfte mit dem Fuß auf, rot vor Wut. »Und damit Schluss!«

Maarten reagierte nicht darauf. Er zog den Stuhl zurück und setzte sich. Als er mechanisch zu einer Karteikarte griff, zitterte seine Hand vor unterdrückter Wut.

Beerta setzte sich wieder an den Schreibtisch, stand jedoch sofort wieder auf, steckte ein paar Papiere in seine Tasche und ging hinter Maarten vorbei zur Tür. »Ich gehe in die Bibliothek«, sagte er verdrießlich, ohne zur Seite zu sehen.

*

Als er am späten Nachmittag nach Hause ging, waren die Lampen in Fräulein Haans Zimmer bereits ausgeschaltet. Im Hauptgebäude brannte noch Licht. Es fiel in unscharfen Rechtecken auf die dünne Schicht Schnee und beschien Fräulein Haans Schreibtisch und van Ieperens Zeichentisch, der wie jeden Abend mit braunem Packpapier abgedeckt worden war. Auch im ersten Raum und im Flur war es bereits dunkel, doch durch den Spalt der Tür zur Turnhalle fiel noch

Licht. Er öffnete sie und sah hinein. Im Halbdunkeln lagen auf dem frisch verlegten Linoleum neue Regalbretter und Gestelle. Davor stand ein Sägebock inmitten von Sägemehl und Holzresten. An der seitlichen Wand war ein Teil des Rahmens für ein Bücherregal aufgebaut worden. Ganz hinten, an einem Schreibtisch, mit dem Gesicht zur Tür, saß Stoutjesdijk unter dem Licht einer Bürolampe und schrieb. Er sah auf, als Maarten eintrat.

»Du bist noch da?«, fragte Maarten. Seine Stimme klang hohl in dem hohen, leeren Raum.

»Ich komme gleich mit«, antwortete Stoutjesdijk. Er schlug den Fragebogen, mit dem er beschäftigt war, zu, legte ihn auf den bereits bearbeiteten Stapel und ordnete die Karteikarten, die er geschrieben hatte.

Während er damit beschäftigt war, beobachtete Maarten ihn aus der Entfernung. »Es wird nicht mehr lange dauern, bis du hier sitzen kannst«, sagte er.

»Aber danach bekommen wir doch den Raum von de Gruiter?« Stoutjesdijk stand auf, nahm seinen Mantel vom Nagel, griff zu seiner Tasche, schaltete das Licht aus und folgte Maarten zur Eingangstür.

Im Flur war es kalt, kälter als in den Büroräumen. Am Ende, bei der Eingangstür, drang Licht aus de Bruins Verschlag. Hindriks war noch da. Breitbeinig saß er auf einem Stuhl, ein Stück vom Tisch entfernt, seine Schultern hochgezogen, den Rücken etwas gekrümmt und die Hand auf der Brust. Er keuchte.

Maarten war stehen geblieben: »Ist Ihnen nicht gut?«

Hindriks winkte ab. »Geht schon vorbei«, sagte er mühsam. Er schnappte nach Luft, die Atemnot färbte sein Gesicht grau.

Stoutjesdijk war nun auch nähergekommen. Sie sahen unschlüssig zu. Hindriks versuchte zu lächeln, doch er brachte nicht mehr als eine Grimasse zustande.

»Können wir etwas tun?«, fragte Maarten.

Hindriks schüttelte den Kopf.

»Haben Sie Medikamente genommen?«, fragte Stoutjesdijk.

Der Ton, in dem er dies sagte, erinnerte Maarten daran, dass er Medizin studierte.

Hindriks nickte beklommen und klopfte sich auf die Brust.

»Ob er ein Glas Wasser haben möchte?«, fragte Maarten Stoutjesdijk.

Hindriks schüttelte den Kopf.

Sie zögerten.

»Soll ich Ihre Frau anrufen?«, fragte Maarten.

Hindriks schüttelte den Kopf. »Nein, Sie können wirklich gehen.« Er griff zur Tischkante und richtete sich mühsam auf. »Es geht mir schon besser.« Er lächelte. Bei jedem Atemzug fiepte es tief aus seiner Brust.

»Ich denke, wir können gehen«, sagte Stoutjesdijk.

»Wenn Sie nur keinen Unsinn machen«, sagte Maarten zu Hindriks. »*Ein* de Bruin reicht.«

»Ja, Herr Koning«, sagte Hindriks.

Sie wandten sich ab. Maarten öffnete die Eingangstür. Draußen war es kalt. Der Schnee war zertrampelt, es lag nur noch etwas Matsch herum. Zwischen anderen Fußgängern gingen sie nebeneinanderher in Richtung Dam. »Dagegen lässt sich sicher noch nichts machen, oder?«, fragte Maarten.

»Nein«, sagte Stoutjesdijk. »Man kann so einen Anfall mit Adrenalin oder Euphyllin abmildern, aber das ist ein Notbehelf.«

»Und in der Volksheilkunde?«

Stoutjesdijk lachte. »Ich habe den *Bakker* gerade erst bekommen.« Er hielt kurz inne, um auf dem Bürgersteig einen entgegenkommenden Passanten vorbeizulassen. Hintereinander überquerten sie die Brücke.

»Warum haben Sie das Buch eigentlich nicht selbst gekauft?«, fragte Stoutjesdijk, als er wieder neben ihm ging.

»Warum sollte ich?«

»Weil es Ihr Fach ist.«

»Ich halte mein Fach für Unsinn.«

Stoutjesdijk lachte herzlich. »Warum machen Sie es dann?«

»Weil mir nichts Besseres einfällt.«

Schweigend gingen sie eine Weile inmitten des Verkehrs der Heimwärtsstrebenden. Es begann wieder zu schneien, ein feinkörniger Schnee, der vor dem Licht der Laternen herabrieselte. In der Kälte war ihr Atem zu sehen. Maarten spürte, wie die nasse Kälte der Straße durch seine Schuhe in den Körper hinaufstieg.

»Darf ich Sie etwas fragen?«, fragte Stoutjesdijk.

»Ja, natürlich.«

»Ich möchte heiraten, und nun würde ich gern achthundert Gulden von jemandem leihen.«

Maarten zögerte. Er dachte an Veerman. Fast an derselben Stelle hatte Veerman ihn dasselbe gefragt. Er spürte noch immer die Scham, nun, da er daran zurückdachte, nicht, weil er sich nicht darauf eingelassen hatte, sondern er schämte sich für Veerman. Im selben Moment dachte er an Balk. »Die habe ich nicht«, sagte er.

Stoutjesdijk lachte. »Macht nichts! Aber ich dachte: Ich versuche es mal.«

»Natürlich«, sagte Maarten. Er fühlte sich wie ein Großkotz, ein Mann, der nur noch dafür gut ist, dass man ihn um Geld angeht.

Als er allein im Schnee zwischen den Menschen und den sich bewegenden Lichtern den breiten Bürgersteig der Raadhuisstraat entlangging, war er traurig. Er dachte an den Konflikt mit Beerta und fühlte sich bedroht. Ein erwachsener Mann. Woran er auch dachte – es gab nichts mehr, was ihm Schutz bot. Erst als er rechts abbog, in die schmale Straße, die ihn zur Gracht führte, in der er wohnte, atmete er etwas freier, so als träte er in den Windschatten.

»Wie war es heute?«, fragte Nicolien, als er auf der Couch saß.

»Schrecklich.«

»Was ist denn passiert?«

Er schüttelte den Kopf. »Das lässt sich kaum erzählen.«

»Aber warum kündigst du dann nicht?«

»Weil ich nicht wüsste, wo ich dann hin sollte«, sagte er mutlos.

*

»De Bruin hat einen Herzinfarkt gehabt«, erzählte Maarten.

»Oh, das wusste ich nicht«, sagte Frans.

»Hatte ich das nicht erzählt?«

»Nein.«

»Vor einem halben Jahr hat er einen Herzinfarkt gehabt.«

»Ich fand ihn nicht so besonders nett.« Er sah kurz zu Nicolien.

Maarten ignorierte die Bemerkung. »Es steht jetzt fest, dass er nicht wieder zurückkommt, aber er weigert sich, seinen Schlüssel abzugeben. Das ärgert mich, und ich merke, dass es Beerta auch ärgert. Verstehst du das?«

»Vielleicht will er sich nicht eingestehen, dass er nicht zurückkommt?« Er sah erneut zu Nicolien.

»Ich finde das eigentlich ganz liebenswert«, sagte Nicolien.

»Nein, ob du verstehst, dass es mich ärgert«, verdeutlichte Maarten.

»Ach, das meinst du. Nein, ich glaube, das verstehe ich nicht. Du kannst doch einfach einen nachmachen lassen? Dann kann er ihn behalten.«

»Das weiß ich auch, aber es ärgert mich trotzdem!« Er nahm die Flasche und schenkte Frans nach, sah zu Nicoliens Glas, doch sie hatte noch, schraubte die Kappe auf die Flasche und stellte sie wieder neben das Tischbein. »Ich bin zwar freundlich zu de Bruin und besuche ihn auch manchmal, aber wenn ich meinem Ärger nachgeben würde, würde ich den Schlüssel zurückfordern, auch wenn ich wüsste, dass er dann wieder einen Herzinfarkt bekommt, oder vielleicht sogar gerade, weil ich es wüsste.«

»Das finde ich nicht besonders nett«, sagte Frans und sah zu Nicolien. »Findest du nicht auch?«

»Nein«, sagte sie, »und ich glaube es auch nicht. Das sagst du bloß, weil du dich selbst immer schlechtmachen musst.«

»Das ist Unsinn«, sagte Maarten verärgert. »Natürlich sage ich das nicht einfach so. Warum sollte ich es anders sagen?«

»Weil du ein Querkopf bist.«

Er reagierte nicht darauf.

»Vielleicht ist es wie bei mir damals, als ich auf der Straße niemandem ausweichen wollte«, vermutete Frans.

»Das ist etwas ganz anderes. Das hast du getan, weil du dich nicht in die Ecke bugsieren lassen wolltest.«

»So ein Schlüssel bedeutet natürlich Macht.«

»Für de Bruin schon.« Er erinnerte sich plötzlich, dass de Bruin das Schloss hatte auswechseln lassen, als er selbst einen Schlüssel bekommen hatte. »Vielleicht nehme ich es ihm noch übel, dass er damals das Schloss hat auswechseln lassen. Vielleicht ist es das.«

»Ja«, sagte Frans vage.

Maarten trank seinen Schnaps aus und schenkte sich nach.

»Ich auch«, sagte Nicolien und schob ihm das Glas hin.

»Entschuldige.« Er schenkte auch ihr nach. »Aber warum findest du es eigentlich nicht nett?«, fragte er und wandte sich Frans zu. »So sind doch die Menschen? De Bruin ist selbst auch so.«

»Ja, natürlich, aber ich mag es nicht so besonders. Ich finde es zu hart, glaube ich.«

»Du willst lieber, dass die Menschen sanft zueinander sind.« Es lag etwas Boshaftes in seiner Stimme.

»Ja«, sagte Frans verlegen.

»›Seien wir sanft zueinander, mein Kind, und lass uns nicht das hohe, stolze Wort der Liebe sprechen‹«, zitierte Maarten Adriaan Roland Holst. »Ich habe das immer für ein verdammt schmieriges Gedicht gehalten.«

Frans war rot geworden. »Ja, entschuldige bitte.«

»Aber das ist doch etwas ganz anderes!«, sagte Nicolien.

»Ja«, sagte Frans und sah sie dankbar an, »das dachte ich eigentlich auch.«

Maarten lachte. »Ja, das ist etwas anderes.« Er griff wieder zu seiner Pfeife und nahm den Tabaksbeutel vom Tisch.

»Aber für dich wäre so ein Schlüssel dann doch auch Macht?«, vermutete Frans.

»Für mich?« Er stopfte die Pfeife, ohne hinzusehen, den Blick vor sich auf den Tisch gerichtet. »Nein, für mich ist es, glaube ich, keine Macht. Es würde mir auch nichts ausmachen, wenn jeder einen Schlüssel hätte. Ich fände das sogar ganz gut. Als ob es unser Haus wäre, mit einem Vater und einer Mutter«, er schmunzelte, »Beerta und Fräulein Haan, das ist allerdings gewöhnungsbedürftig.«

»In einer psychiatrischen Anstalt haben auch immer die anderen die Schlüssel«, erinnerte sich Frans.

»Ja, das Büro ist eine psychiatrische Anstalt, weil nicht jeder einen Schlüssel hat.« Er lachte. »Aber ich habe einen, also habe ich Macht, und gleichzeitig hasse ich Leute, die daraus Macht ableiten. Da kannst du dir vorstellen, was für ein Leben ich habe.«

»Vielleicht solltest du dann doch besser Macht haben.«

Sie schwiegen. Maarten steckte umständlich den Tabak in seiner Pfeife an, Nicolien schob Frans das Päckchen Gauloises hin, als sie sah, dass er sich eine Zigarette drehen wollte.

»Ich nehme jetzt mal eine von mir selbst, okay?«, sagte Frans verlegen.

»Ja, natürlich«, sagte sie.

»Was machst du jetzt eigentlich?«, fragte Maarten.

»Ich habe das Analschild einer Milbe gezeichnet«, sagte Frans und wurde rot. »Die Milbe saß in der Nase einer Brandente.«

»Ganz schön verrückt«, sagte Maarten.

»Ich musste mich auch erst daran gewöhnen. An die Idee, meine ich. Ich denke dann schnell, dass es etwas Schmutziges ist.« Er sah zu Maarten. »Geht es dir nicht so?«

»Ich habe noch nie so etwas gesehen«, wich Maarten aus.

»Ich werde mal so eine Zeichnung für dich mitbringen.«

Maarten nickte.

»Ich denke jetzt darüber nach, auch mal einen Schafskötel zu zeichnen. Vielleicht können wir wieder einmal eine Wanderung machen?« Er sah rasch zu Nicolien. »Oder wandert ihr derzeit nicht?«

»Warum einen Schafskötel?«, fragte Maarten.

»Vielleicht, um es zu überwinden? Ach, ich weiß es auch nicht.«

»Nein, solche Dinge weiß man nicht«, gab Maarten zu.

*

Beerta stand neben seinem Schreibtisch und sah zur Tür, als Maarten eintrat.

»Tag, Herr Beerta«, sagte Maarten. Er stellte seine Tasche an den Schreibtisch und zog den Stuhl darunter hervor.

»Ich habe gestern Asjes gesprochen«, sagte Beerta, ohne seinen Gruß zu erwidern, »und ich habe deswegen die ganze Nacht nicht schlafen können.« An seiner Stimme war zu hören, dass er aufgewühlt war. Er sah Maarten starr an.

»Wo war das?«, fragte Maarten, während er sich setzte.

»Bei der Promotion von Frau Bakker.«

Maarten reagierte nicht sofort. Er griff zu seinem Stift, lehnte sich nach hinten und sah Beerta von der Seite an. »Und was hat er gesagt?«

»Er sagte, dass er in diesem Frühjahr noch nicht mit dem Studium fertig wird, und auch in diesem Jahr nicht. Ohne eine Miene zu verziehen! Einfach frisch von der Leber weg! Als ob das die normalste Sache der Welt wäre!«

Maarten hörte zu, ohne zu reagieren.

»Und plötzlich wurde mir klar: Genau wie van de Ven!« Seine Stimme überschlug sich. »Ich konnte kaum glauben, was ich da zu hören bekam! Ich habe deswegen die ganze Nacht wach gelegen!«

»Wer ist van de Ven?«

»Van de Ven ist jemand, der sehr gut ist, aber nie etwas zu Ende bringt. Einer, der sogar am Wörterbuch zu langsam arbeitete. Sogar am Wörterbuch!« Er sah Maarten eindringlich an.

Maarten wandte den Kopf ab. Er sah auf seinen Stift, damit beschäftigt, die Mitteilung zu verarbeiten und seine Position zu bestimmen.

»Und dieser Bursche ist genauso! Der bringt sein Studium nie zu Ende! Der hält uns einfach nur hin! Ich habe also gesagt, dass wir nicht länger warten können, weil ich es nicht länger verantworten kann.« Er wartete einen Moment, damit Maarten reagieren konnte, doch der reagierte nicht, sondern sah konzentriert auf seinen Stift und versuchte, ihn senkrecht aufzustellen, was unmöglich war, da der Stift unten abgerundet war. »Und außerdem habe ich dort auch Hein de Boer getroffen«, sagte Beerta, als Maarten weiterhin schwieg. »Der ist im Gegensatz zu Asjes fertig mit dem Studium und würde sehr gern hier anfangen, also sollten wir Hein de Boer nehmen. So geht es nicht weiter.« Er wartete erneut auf eine Reaktion.

Dass Beerta mit Hein de Boer kam, machte Maarten misstrauisch. Er sah hoch. »Ich habe nichts gegen Hein de Boer, aber Asjes ist besser. Wir nehmen Asjes.« Er musste eine aufkommende Aggression unterdrücken, als er Beerta ansah.

Beerta war rot geworden. »Ausgeschlossen! Ich habe übrigens stark den Eindruck, dass der Bursche es selbst nicht mehr will. Er ist nicht interessiert!«

»Das glaube ich nicht.«

»Er ist nicht interessiert!«, wiederholte Beerta. »Sonst würde er das doch nicht so einfach sagen? Dann hätte er mich doch gefragt, ob ich nicht bei Springvloed ein gutes Wort für ihn einlegen könnte? Er weiß doch, dass ich bei Springvloed Einfluss habe?«

»Das will er natürlich nicht. Dafür ist er zu korrekt.«

»Was siehst du eigentlich in diesem Jungen?«, fragte Beerta gemein.

Es lag Maarten auf den Lippen, zu fragen, was Beerta in Hein de Boer sah, doch er behielt es für sich. »Er glaubt an diese Arbeit«, sagte er mit Nachdruck, »er ist gewissenhaft, er hat Verstand, und er ist zuverlässig. Ich finde, das sind Gründe genug, ihn zu nehmen.«

»Und wenn er nun gar nicht mehr hier anfangen will?«

»Das werde ich ihn fragen.«

Nachdem der Hörer abgenommen worden war, blieb es einen Augenblick still.

»Ja, hier Asjes.«

»Tag, Bart«, er zögerte, »Maarten Koning.«

»Tag, Herr Koning.«

Dass er die ausgestreckte Hand nicht annahm, brachte Maarten einen Moment aus dem Konzept. »Du hast Herrn Beerta gesprochen?«

»Ja, den habe ich gesprochen.«

»Und du wirst dieses Jahr noch nicht mit dem Studium fertig?«

»Nein, und ich kann auch wirklich nicht sagen, wann ich mein Studium abschließe.« Seine Stimme hatte etwas Verzweifeltes.

»Das ist auch nicht nötig. Das ist mir egal. Wenn ich nur sicher weiß, dass du gern bei uns im Büro anfangen willst.«

»Das will ich ganz bestimmt. Wenn ich nur nicht gezwungen werde, mein Studium zu beschleunigen, denn das kann ich nicht.«

»Das brauchst du auch nicht. Herr Beerta hat sich nur Sorgen gemacht, dass du vielleicht überhaupt kein Interesse mehr hast, und in dem Fall will er nicht länger warten.«

»Nein, er hat schon gesagt, dass er mit Ihnen besprechen wolle, was nun geschehen soll. Ich finde es sehr unangenehm, dass ich Herrn Beerta so viele Probleme bereite.«

»Davon kann keine Rede sein.« Es war beruhigend zu hören, dass Beerta sich Bart gegenüber doch noch ein Hintertürchen offengehalten hatte. »Wenn du wirklich hier arbeiten willst, werden wir schon eine Lösung finden.«

»Dessen können Sie gewiss sein. Ich kann nur noch nicht sagen, wann.«

»Das macht nichts. Läuft es gut mit deinem Studium?«

»Vielen Dank. Es läuft gut, nur nicht so schnell.«

Maarten lachte. »Ja, das verstehe ich, aber das ist mir wirklich egal.«

*

Beerta kam eine halbe Stunde später als sonst. Er ging mit kleinen, gemessenen Schritten zu seinem Schreibtisch. »Ich bin beim Arzt gewesen«, sagte er, legte seine Tasche hin und drehte sich zu Maarten um. »Fällt dir nichts an mir auf?« Er blinzelte nervös.

Maarten sah ihn an. Sein Gesicht wirkte etwas mehr gerötet als sonst, aber nicht auffallend. »Nein.«

»Hier«, er strich über die linke Gesichtshälfte, »es ist ganz dick!« Er sah Maarten erneut an und streckte seinen Kopf etwas nach vorn.

»Vielleicht ist es etwas dicker.«

»Das ist ein Ödem! Ich habe ein Ödem! Das habe ich noch nie gehabt!« Er wandte sich ab, öffnete die Tasche und zog einen Stapel Papiere heraus, die er auf den Schreibtisch legte. Danach drehte er sich wieder zu Maarten um. »Als ich gestern Abend nach Hause kam, sagte Karel: Was hast du! Dein Gesicht ist so dick!« Er strich erneut über das Gesicht. »Es war ganz dick! Noch dicker als jetzt, ein abscheulicher Anblick!« Er sah Maarten vorwurfsvoll an. »Und das kommt, weil ich mich so über die Sache mit Asjes aufgeregt habe.« Sein Gesicht hatte etwas von einem Scharlatan.

Maarten konnte nur mit Mühe ein Lachen unterdrücken. »Das ist nicht nötig, denn ich habe mit ihm telefoniert.«

»Das wird dann wohl sehr interessant gewesen sein. Du brauchst es mir nicht zu erzählen. Ich habe beschlossen, mich nicht mehr darum zu kümmern. Ich werde die Sache nicht weiter verfolgen.« Er drehte sich zu seinem Schreibtisch um. »Meine Gesundheit geht über alles! Ich habe Karel versprechen müssen, mich deswegen nicht mehr aufzuregen.«

»Er will immer noch sehr gern hier anfangen, aber er kann nur nicht sagen, wann, und ich schlage vor, für das Geld so lange zwei Studenten anzustellen.«

»Ich will nicht mehr darüber sprechen. Ich werde die Sache Kaatje Kater vorlegen. Dann soll *sie* entscheiden.«

»Gut.« Maarten unterdrückte eine aufsteigende Wut. »Und sagen Sie ihr dann auch, dass ich gehe, wenn sie nicht tut, was ich will!«

Beerta drehte sich wie von der Tarantel gestochen um. »Das ist ungehörig, damit zu drohen!«, platzte es aus ihm heraus. Er wurde rot.

»Nicht, wenn es mir ernst ist«, sagte Maarten aufgebracht. »In zwei Jahren gehen Sie in Rente, aber ich muss hier noch dreißig oder vierzig Jahre sitzen! Ich will dafür zuständig sein! Ich muss mit ihm klarkommen, nicht Sie! Und wenn ich die Verantwortung nicht übernehmen kann, gehe ich!«

Beerta sah ihn fassungslos an. Dann zuckte er mit den Achseln und wandte sich ab, ohne etwas zu sagen. Er setzte sich und suchte zwischen den Papieren, die er von zu Hause mitgenommen hatte, legte sie zur Seite und nahm eines der Blätter wieder in die Hand. Er stand auf, trug seine Schreibmaschine zum Schreibtisch und spannte das Blatt ein.

Bei alledem hatte Maarten ihm mit verhaltener Wut zugesehen, seine Hände auf der Tischkante beiderseits der Schreibmaschine. Erst als Beerta zu tippen begann, entspannte er sich.

*

»Un giff dat hier ook noch Geschich'n öwer Spökenkiekereij oder Liekenzüge oder Lüer, deij nachts in 't Düstern van'n Wech wechhoalt woarn sünt?«, fragte Hendrik.

»Seij segt woll eens, dat als deij Uhl'n röpp', giff dat 'n Doden«, antwortete der Mann.

»Gibt es hier noch Eulen, bei all den Unkrautvertilgungsmitteln?«, fragte Maarten.

»Dat is een van de lesten«, sagte der Mann und zeigte nach oben.

Oben auf dem Kabinettschrank, im Halbdunkeln, stand eine ausgestopfte Schleiereule.

»Hebt Seij deij hier funn'n?«, fragte Hendrik.

»Deij heb ik fang'n. Deij seet hier bie mi boaben upp'n Balken, in't Haai.«

Hendrik runzelte die Stirn. »Woarüm?«

»Um üm u'testoppen.«

»Aber das sind doch so nette Tiere!«, sagte Nicolien. In ihrer Stimme lag Entrüstung.

»Joa, för de Rotten«, sagte der Mann. »Oawer änners sünt 't Äöhster.«

»Wo hebt Seij üm dann fangen?«, fragte Hendrik.

»Ik heb dat Uhlenlock dicht moakt, un dann heb ik üm solang'n mit de Fork'n joagt, bit heij inne Ecke seet, un do heb ik 'n Strick üm sien Haals doan un toutrokk'n, oawer dat was 'n Oas, denn a's ik van't Land teröge köm, lähfde heij noch.« Er lachte.

Maarten hörte zu, starr vor Abscheu. Er blickte bewegungslos auf das grüne Lämpchen des Tonbandgeräts, das bei den holprigen Stimmstößen des Mannes aufglomm und wieder erlosch, als spiegele sich darin der Todeskampf der Schleiereule. Sein Ekel war so groß, dass er den Mann nicht mehr ansehen konnte. Er wollte weg, wusste aber nicht, wie.

»Ik weet nich, of Seij woll eens junge Hunn'n versoapen hebt, oawer deij könnt ook strampeln«, sagte der Mann.

Hendrik stand entschlossen auf. »Herr Bokkers«, er knöpfte das Jackett zu, »jetzt ist es aber gut!« Maarten glaubte für einen Moment, dass er eine Schlägerei anfangen würde, doch so weit kam es nicht.

»Hebt Seij genouch?«, fragte der Mann.

»Joa«, sagte Hendrik. »Wie hebt genouch!«

»Willt gie noch ’n Schluck? Gie könnt ruhig noch wat blieben.«

»Nein, wir müssen weg!«, sagte Hendrik.

Maarten war aufgestanden. Er zog die Schnur aus der Steckdose, nahm das Mikrofon vom Tisch, steckte es in die Tasche und legte den Deckel auf das Tonbandgerät. »Ich bin fertig«, sagte er.

»Tschüss, Herr Bokkers«, sagte Hendrik. Er gab dem Mann nicht die Hand. »Wir finden schon raus.« Er wandte sich ab und ging zur Tür, ohne sich noch länger um den Mann zu kümmern.

»Joa, dat was mi een Vergneugen«, sagte der Mann verdutzt.

Nicolien ging, ohne etwas zu sagen, hinter Hendrik her.

»Wiedersehen, Herr Bokkers«, sagte Maarten, als er mit dem Tonbandgerät und der Tasche an dem Mann vorbeiging, um sich ihnen anzuschließen.

Der Mann folgte zögernd durch die Diele zum Einfahrtstor. Hendrik stieg ins Auto, Nicolien wartete an der Wagentür, bis Maarten eintraf. Um die kahlen Pappeln am Rande des Gehöftes hing ein leichter Nebel, der unmerklich in die Dämmerung überging. Es war totenstill. Im nächsten Moment sprang der Motor an, und die Scheinwerfer warfen ihr Licht über den Hof.

»Wiedersehen, Herr Bokkers«, sagte Maarten noch einmal, ohne den Mann anzusehen. »Danke.« Er fühlte sich wie ein Feigling.

»Joa, kiekt eens weer vörbie«, sagte der Mann.

Maarten zwängte sich mit der Tasche und dem Tonbandgerät ins Auto. Nicolien stieg vorne ein und zog die Wagentür hinter sich zu. Sie fuhren vom Hof in Richtung Straße. Hendrik sah in den Spiegel und dann wieder auf den Weg. Sein Gesicht war starr. »Wo fahren wir hin?«

»Ins Avenarius?«, schlug Maarten vor.

Ohne ein Wort zu sagen, bog Hendrik an der Straße links ab.

Maarten sah noch einmal seitwärts zu dem Bauernhof, der in der nebligen Dämmerung zwischen dem Gehölz nur noch undeutlich zu sehen war. An der Ecke, in dem Zimmer, in dem sie gesessen hatten, brannte Licht. »Was für ein Scheißkerl«, sagte er.

»Ich fand es schrecklich«, sagte Nicolien.

»Das war kein netter Mensch«, bestätigte Hendrik.

»Es würde mich nicht wundern, wenn der Kerl im Krieg mit den Nazis kollaboriert hätte«, sagte Maarten.

»Das wäre möglich«, sagte Hendrik.

»Die arme Eule«, sagte Nicolien.

Der Gedanke an die Eule war unerträglich. »Solche Scheißkerle sollte man erschießen«, sagte Maarten rachsüchtig.

»Ach«, sagte Hendrik, »dann hat man innerhalb kürzester Zeit wieder neue.«

»Aber man wäre sie dann wenigstens für diesen Zeitraum los.«

»Ja, das Interregnum wäre angenehm«, gab Hendrik zu. Er sah auf die Uhr. »Wir sind da doch verhältnismäßig lange gewesen.«

»Ich fand es großartig, wie du dem ein Ende gemacht hast«, sagte Maarten. »Ich dachte einen Moment, du würdest eine Schlägerei anfangen.«

»Mir hat es gereicht«, sagte Hendrik einfach.

Sie hatten einen Tisch am Fenster. Hinten in dem großen, gedämpft beleuchteten Raum saßen noch ein paar Leute. Am Lesetisch saß ein einzelner Mann. Aus der Nähe des Ausschanks erklang leise ein Hornkonzert von Mozart. Während sie beim Abendessen saßen, wurde der Nebel draußen immer dichter. Schließlich waren die Lampen am Eingang und die Laternen an der Straße vor dem Hotel nur noch vage zu erkennen. Es waren keine Autos mehr unterwegs. »Im Radio heißt es, dass wir keine zwanzig Meter Sicht haben«, sagte der Wirt, als er den Kaffee brachte, »und der Nebel soll noch dichter werden.«

»Ihr bleibt besser hier«, sagte Hendrik.

»Und was ist mit dir?«, fragte Maarten.

»Ich habe Annechien versprochen, nach Hause zu kommen.«

»Bei diesem Nebel?«

»Annechien mag es nicht, wenn sie allein ist, jetzt, wo sie das Kind erwartet.«

»Dann fahren wir natürlich mit«, beschloss Maarten.

Draußen war es unwahrscheinlich still, so still, dass sie, als sie beim

Auto standen, den leisen Aufprall der Nebeltröpfchen auf dem Autodach hören konnten. Hendrik kurbelte das Fenster herunter. »Wenn es euch stört, könnt ihr es ruhig sagen«, sagte er zu Nicolien. Es war kein Verkehr. Behutsam, eingeschlossen vom dichten Nebel, fuhren sie in ihrem kleinen, von den Lämpchen des Armaturenbretts vage erleuchteten Gehäuse durch ein unbekanntes Land. Hendrik stieg ein paarmal aus, um einen Wegweiser zu studieren, einmal, um zu sehen, ob sie sich überhaupt noch auf der rechten Straßenseite befanden. Sie sahen, wie er sich dicht vor dem Auto bückte und den Boden betrachtete. »Wir sind links gefahren«, sagte er, als er wieder eingestiegen war, und lenkte den Wagen nach rechts.

»Woher weißt du das?«, fragte Maarten.

»Ich sehe das am Mittelstreifen.«

Und zum dritten Mal an diesem Tag spürte Maarten ein Zusammengehörigkeitsgefühl, das sie seit Annechien nicht mehr gekannt hatten.

*

»Lutschst du jetzt schon Pfefferminzbonbons?«, fragte Beerta erstaunt. »Darauf hätte ich so früh am Morgen noch keine Lust.«

»Ich auch nicht«, sagte Maarten, »aber wir haben gestern Abend Zwiebeln gegessen, und jetzt fühlt sich mein Mund wie ein trockener Schwamm an.«

»Ich mag keine Zwiebeln«, sagte Beerta spröde.

»Dabei habe ich gedacht, dass Sie starke Sympathien für Deutschland hätten.«

»Ich habe zwar Sympathien für Deutschland, aber nicht für deutsche Frikadellen, falls du das meinst.«

Maarten lachte. »Und auch nicht für Hackfleischsoße?«

»Auch nicht für Hackfleischsoße.«

»Schade.«

»Meine Sympathien für Deutschland gelten übrigens dem Deutschland Rilkes und Stefan Georges, und ich bin mir ziemlich sicher, dass die auch nie Zwiebeln gegessen haben. Und falls das doch der Fall wäre, würde mich das sehr enttäuschen.« Er stand auf. Auf dem Weg zur Tür blieb er hinter Maarten stehen. »Womit bist du gerade beschäftigt?«

»Mit dem Kommentar zu Karte neunzehn.«

»Und wann erscheint jetzt der zweite Band?«

»Das lässt sich noch nicht sagen.«

»Aber die Sache kommt in Schwung?«

»Wenn Sie es so nennen wollen.«

Beerta wandte sich ab und verließ den Raum. Ein paar Sekunden später öffnete sich die Tür, und Hendrik trat ein. Er blieb an Maartens Schreibtisch stehen und sah ihm mit verschlafenen Augen bei der Arbeit zu. Maarten hob den Kopf und wartete.

»Ich habe hier die Zusammenfassungen der Tonbandaufnahmen«, sagte Hendrik. »Willst du sie noch sehen?«

»Ja, gerne.«

Hendrik legte einen Stapel Papiere neben ihn. »Kommst du voran?«

»Das Problem ist die Erklärung der Kulturgrenzen. Ich versuche, sie auf Basis der Verbreitung zu datieren, aber ich kriege es nicht in den Griff.«

»Nein«, sagte Hendrik abwesend. Er zögerte kurz, furzte deutlich vernehmbar und ohne jegliche Scham, drehte sich um und verließ den Raum, Maarten in einem bestialischen Gestank zurücklassend. Gleich darauf ging die Tür wieder auf und Beerta kam zurück. »Jetzt rieche ich auch, dass du Zwiebeln gegessen hast«, sagte er, während er hinter Maartens Rücken zu seinem Schreibtisch ging.

»Das weiß ich nicht.«

»Wieso?«, fragte Beerta und drehte sich um. »Ich rieche es doch!«

»Es kann auch ein anderer gewesen sein.«

Beerta zog die Augenbrauen hoch. »Wen meinst du? Wer sollte es denn sonst gewesen sein?«

Maarten zögerte. Er begriff, dass er sich in eine unmögliche Position manövriert hatte, und fand so rasch keinen Ausweg. »Ich habe den Eindruck, dass Hendrik auch Zwiebeln gegessen hat«, sagte er, halb murmelnd, und gleich darauf schämte er sich zutiefst, weil er einen Freund verraten hatte.

*

Anlässlich der Inbetriebnahme der früheren Turnhalle durch seine Abteilung organisierte Balk eine Feier, zu der er neben den Mitgliedern seiner Kommission und den Mitarbeitern des Büros eine große Zahl von Fachkollegen, Mitglieder seiner ehemaligen Studentenvereinigung und Studienfreunde eingeladen hatte, was dem Fest den Anstrich eines akademischen Ereignisses gab. Obwohl Beerta es bedenklich fand, entschied Balk außerdem, dass nicht nur Wein, Sherry und Portwein, sondern auch Genever ausgeschenkt werden sollte. Die Getränke, Gläser und Häppchen wurden von Hindriks herangeschleppt, der aus diesem Anlass seine weiße Jacke hatte waschen und stärken lassen und den ganzen Tag geschäftig darin herumlief. Im Laufe des Tages wurden auch andere Mitarbeiter unruhig, was sich an der ungewöhnlichen Lautstärke in den Zimmern und auf den Fluren bemerkbar machte. Balk selbst schien das anstehende Ereignis noch am wenigsten zu berühren. Eine Viertelstunde vor Beginn betrat er konzentriert das Zimmer, in dem Beerta und Maarten saßen, zog ein Buch aus dem Regal, blätterte eifrig darin und blieb einige Augenblicke stehen, um zu lesen, stellte das Buch dann zurück und verließ den Raum wieder, ohne auch nur eine Anspielung auf die bevorstehende Feier zu machen.

»Ich finde es einfach bewundernswert«, sagte Beerta. Er stand auf, holte seinen Spiegel aus der Tasche, kämmte sein Haar und verließ seinerseits mit einem geheimnisvollen Lächeln das Zimmer, im selben Moment, in dem die Klingel der Eingangstür in der Ferne die ersten Gäste ankündigte.

Maarten folgte ihm eine halbe Stunde später. Die beiden anderen Räume waren bereits verlassen. Als er die Tür zum Flur öffnete, schlug ihm der Lärm aus der Turnhalle entgegen. Es klingelte. Durch den langen Flur kamen ihm ein paar Leute entgegen. Slofstra beugte sich aus der Öffnung der Pförtnerloge, mit dem Gesicht zur Eingangstür. Die Turnhalle war voll mit Leuten, die sich unterhielten. Über ihren Köpfen, in dem Licht, das durch das Glasdach ins Innere fiel, war die Luft verqualmt. Der Erste, den Maarten sah, war Hindriks in seiner weißen Jacke. Er stand hinter einem Tisch voller Gläser, eine Flasche Genever in der Hand. Balk machte sich aus einer Gruppe los und ging mit ausgestreckten Händen auf die Personen zu, die soeben hinter Maarten hereingekommen waren. »Willkommen«, sagte er. »Willkommen in meinem neuen Domizil!« In dem Mann, dem er die Hand drückte, erkannte Maarten einen Professor, bei dem er selbst auch noch Seminare besucht hatte. In einer Ecke hinter dem Tisch, an dem Hindriks stand, sah er de Gruiter, Frau Moederman und Fräulein Bavelaar stehen, mit kleinen Gläsern in ihren Händen. Neben ihm redete Rentjes, Balks neue studentische Hilfskraft, stockend und schrill auf ein paar ältere Burschen ein, die Maarten vage bekannt vorkamen. Er hatte sich eine Pfeife mit einem großen Kopf wie die von Balk angeschafft, die er kraftvoll umklammerte. Maarten trat einen Schritt zurück, sodass er das Bücherregal im Rücken hatte, und suchte mit seinen Augen einen Weg zwischen den Dutzenden von Gruppen und Grüppchen, die sich, über den Raum verteilt, angeregt unterhielten, rauchten, tranken, zumeist Männer in ihren besten Anzügen, ein paar Frauen. Der Lärm füllte den Raum. Frau Leguyt, Balks Sekretärin, die wie Rentjes soeben erst ihren Dienst bei ihm angetreten hatte und mit der Maarten noch kein Wort gewechselt hatte, ging in einem eng anliegenden Kostüm über einem gewaltigen Busen, der für viel Aufsehen sorgte, amüsiert mit einem Tablett voller Häppchen zwischen den Leuten herum. Sie blieb bei einer Gruppe von Männern stehen, unter denen Maarten Professor Glashouwer erkannte, und reagierte, wie man sehen konnte, mit einer witzigen Bemerkung auf deren Scherze. Er beobachtete die Szene und fühlte sich ausgeschlossen. Van der Haar betrat die Turnhalle, gefolgt von einem langen, kräftig gebauten Mann mit rotem Gesicht, in dem Maarten Papendal vermutete, einen Juristen, der soeben eingestellt worden war, um van der Haar zu gegebener Zeit abzulösen. Van der Haar bahnte sich einen Weg durch die Menge, direkt auf Beerta zu, und einer nach dem anderen schüttelte ihm die Hand. Während sie sich unterhielten, gesellte sich Balk zu ihnen. Er stellte ihnen seine Frau vor und sagte etwas mit einem charmanten Lachen, das Maarten bei ihm bisher noch nicht gesehen hatte. Dann führte er sie mit einer knappen Geste zum Tisch mit den Getränken und ging dann entschlossen auf einen Neuankömmling zu. Van der Haar und Papendal wandten sich vom Tisch ab, jeder ein Glas in der Hand, und suchten sich einen Platz in dem Gewühl. Bevor Maarten darauf gefasst war, hatte van der Haar ihn entdeckt und kam mit Papendal im Schlepptau auf ihn zu. »Tag, Herr Koning«, sagte er mit näselnder Stimme und gab Maarten die Hand, »darf ich Ihnen vielleicht Herrn Papendal vorstellen?«

»Papendal«, sagte Papendal, blinzelte kurz und beugte sich etwas nach vorn, weil er so groß war. Sein Gesicht war tiefrosafarben, bartlos, und er trug eine Brille mit einem schweren Gestell. »Ich habe viel von Ihnen gehört.«

Die Bemerkung überraschte Maarten. »Ja?«, fragte er ungläubig.

»Na ja«, sagte Papendal, jetzt auch verlegen, »Sie verstehen schon, was ich meine.«

»Sie sind der Nachfolger von Herrn van der Haar?«, stellte Maarten fest, um auch etwas zu sagen.

Papendal erschrak und schlug die Hand vor den Mund. »Aber Herr Koning«, sagte er mit hoher, sich überschlagender Stimme, »das dürfen Sie doch nicht sagen.« Er sah van der Haar von der Seite an.

»Oh, das wusste ich nicht«, sagte Maarten verwirrt.

Van der Haar blickte desinteressiert an ihm vorbei in die Menge, aus der sich gerade Fräulein Haan löste und auf sie zukam. »Tag, Herr van der Haar«, sagte sie herzlich und gab ihm die Hand. »Wollen Sie mir Herrn Papendal nicht auch kurz vorstellen?«

Ich muss hier weg, dachte Maarten. Er schob sich hinter van der Haar vorbei, der mit Fräulein Haan beschäftigt war und es nicht bemerkte, und war mit ein paar Schritten auf dem Flur. Dort war es kühl und still. Er ging an den beiden Reihen von Garderobenhaken voll mit fremden Mänteln vorbei, von denen ein schwerer Geruch ausging. Als er um die Ecke gebogen war, hörte er den Lärm nur noch gedämpft. In einer der beiden Toiletten wurde die Spülung betätigt, und das Wasser stürzte in das Becken. Ein ihm unbekannter Mann kam heraus und nickte, als er auf dem Weg zurück in die Turnhalle an ihm vorbeiging. Maarten nickte zurück. Er ging weiter bis zum Ende des Flurs. Die Tür stand offen. Er trat über die Schwelle und sah sich um. Das Zimmer war einige Tage zuvor, als Balk in die Turnhalle umgezogen war, unter Protest von de Gruiter geräumt worden. Der hatte dafür einen Platz im ersten Raum bezogen, hinter dem Regal, dort, wo Wiegel früher gesessen hatte. Die Regale waren leer. An den Wänden standen nun die

Registraturschränke des Ausschnittarchivs sowie die Schreibtische von Annechien Ansing, Kees Stoutjesdijk und Heidi Bruul, einer jungen Frau mit Brille und einem stechenden Blick, die seit Kurzem ebenfalls für Maarten arbeitete. Er setzte sich auf den Rand eines der Schreibtische und betrachtete das leere Regal an der Rückwand. Die Stille war wohltuend. Nur, wenn er die Ohren spitzte, konnte er, weit entfernt, den Lärm der Feier hören. Über den Flur näherten sich Schritte. Die Toilettentür wurde auf- und zugemacht, der Riegel wurde zugeschoben, die Brille hochgeklappt, jemand pinkelte und betätigte gleich darauf die Spülung. Er blickte nach oben und sah durch die Fenster über dem Regal die Rückseiten der Häuser der Sint Antoniebreestraat mit einem Giebelfenster und darüber den grauen Himmel. Die Schritte entfernten sich wieder und verschwanden hinter der Biegung des Flurs. Er stand wieder auf und ging in den zweiten Raum, in dem die Kästen mit Fragebogen standen. Er war leer. Er zog die Leiter zu der Stelle, an der fast an der Decke die ältesten Fragebogen untergebracht waren, und sah von der obersten Sprosse aus hinunter in den Raum, auf Hendriks Schreibtisch zwischen den beiden Öfen, den Tisch von Fräulein Haan vor dem Fenster sowie auf van Ieperens Zeichentisch, als sähe er das alles zum ersten Mal. Während er dort stand, bemerkte er, wie van der Haar und Papendal hintereinander durch den Garten zurück zum Hauptbüro gingen, die Eingangstreppe hochstiegen und im Gebäude verschwanden. Das erfüllte ihn mit Genugtuung. Die ältesten Fragebogen befanden sich in acht Kästen. Er zog die obersten vier heraus, stieg damit die Leiter hinunter und brachte sie in sein neues Zimmer, wo er sie, auf einem Stuhl stehend, in das oberste Fach des Regals schob. Anschließend hängte er sein Jackett über einen Stuhl und begann, die gut 180 Kästen seiner Abteilung aus Fräulein Haans Zimmer zu holen und an ihren neuen Platz zu bringen. Während er damit beschäftigt war, schaute Hendrik vorbei. »Was tust du da?«, fragte er.

»Ich bringe die Kästen rüber«, antwortete Maarten.

Ohne etwas zu sagen, zog Hendrik sein Jackett aus und begann mitzuhelfen. »Das ist eine ganze Menge«, sagte er, als sie das zweite Fach gefüllt hatten und nebeneinanderstehend das Ergebnis betrachteten.

»Ja, das ist eine ganze Menge«, bestätigte Maarten.

Als sie eine Stunde später durch den Flur zurückgingen, war die Feier noch in vollem Gange.

»Was machst du jetzt?«, fragte Hendrik.

»Ich gehe nach Hause.«

»Ich bleib noch ein bisschen. Bis morgen.« Er ging durch die offenen Türen wieder in das Getöse hinein. Maarten suchte seinen Mantel unter den anderen Mänteln, an der Stelle, an die er ihn am Morgen gehängt hatte. Während er damit beschäftigt war, kam Professor Glashouwer aus der Turnhalle, gestützt von Frau Leguyt. Er redete unzusammenhängend, was sie zu amüsieren schien. Schwankend, die Arme umeinander geschlungen, bogen sie um die Ecke, auf dem Weg zur Eingangstür. Maarten folgte ihnen in einiger Entfernung. Im Halbdunkeln wirkte die Silhouette des völlig betrunkenen Mannes, der mit einem Arm um den Hals der Frau hing und von ihr nur mit Mühe auf den Beinen gehalten wurde, grotesk. Die Szene weckte seinen Abscheu, doch sie hatte auch etwas Unwirkliches. Er verlangsamte seine Schritte, um den beiden die Gelegenheit zu geben, die Eingangstür zu öffnen, und wartete bei der Pförtnerloge, bis sie die Tür hinter sich zugezogen hatten. Als er selbst in der abendlichen Dämmerung ins Freie trat, in den normalen Strom von Menschen auf dem Nachhauseweg, waren sie nicht mehr zu sehen, als ob es sie nie gegeben hätte.

*

»Tag, Herr Beerta«, sagte Maarten.

»Tag, Maarten«, antwortete Beerta, ohne sich umzudrehen.

Maarten zog seinen Stuhl unter dem Schreibtisch hervor und setzte sich. »Ist es gestern noch spät geworden?«

»Ich bin um sechs Uhr nach Hause gegangen, aber ich habe gehört, dass es noch ziemlich lange gedauert hat und einige Mitarbeiter sich schwer danebenbenommen haben.«

»Auf so einem Fest sollte man eigentlich nur Milch ausschenken«, fand Maarten. »Wenn die Leute sich nicht wohlfühlen, fangen sie an zu saufen.«

»Und Limonade«, ergänzte Beerta. »Limonade ist mir noch lieber.«

»Mit einem Strohhalm!«

»Mit einem Strohhalm, dann geht es nicht so schnell.«

»Aus der Flasche.«

»Genau!«

Es war eine Weile still.

»Aber ich habe ein paar interessante Neuigkeiten erfahren«, sagte Beerta.

In diesem Augenblick klopfte es, und die Tür wurde vorsichtig geöffnet. Hindriks trat ein. Er trat ein paar Schritte in den Raum hinein und blieb zwischen den Schreibtischen von Beerta und Maarten stehen. »Herr Beerta?«

Beerta sah zur Seite. »Ja, Herr Hindriks?«

»Ich sollte mich wohl für das entschuldigen, was gestern vorgefallen ist.« Er hielt den Kopf etwas gebeugt. »Das hätte nicht passieren dürfen.«

Beerta sah ihn an. »Es ist in Ordnung, Herr Hindriks«, sagte er gönnerhaft. »Und sorgen Sie dafür, dass es in Zukunft auch tatsächlich nicht wieder passiert.«

»Ja, Herr Beerta.« Er blieb stehen, als ob er erwartete, dass noch mehr kommen würde.

»Und gehen Sie jetzt ruhig wieder an die Arbeit.«

»Vielen Dank. Danke sehr.« Er wandte sich ab und verließ erleichtert den Raum.

»Hindriks ist nicht der Schlechteste«, fand Beerta, als Hindriks die Tür hinter sich geschlossen hatte. »Ich habe schon Schlimmeres erlebt.«

*

Es war früher Nachmittag. Beerta war auf einer Sitzung, Maarten saß am Schreibtisch und arbeitete. Die Tür ging auf, und Nijhuis trat ein. Er blieb an Maartens Schreibtisch stehen, die Hände in der Hosentasche, und blickte in den Garten. Maarten legte den Stift weg und lehnte sich zurück. Hinter der Wand hörte man gedämpft die Stimmen von Heidi Bruul und Annechien Ansing.

»Hast du eigentlich Angst zu sterben?«, fragte Nijhuis und starrte in den Garten.

»Das weiß ich nicht«, sagte Maarten nachdenklich, »ich kann mich nicht daran erinnern, mal Todesangst gehabt zu haben.«

»Ich schon«, sagte Nijhuis, noch bevor Maarten zu Ende gesprochen hatte.

Die Bemerkung war für Nijhuis ungewöhnlich offenherzig, sodass Maarten nicht sofort darauf reagierte. »Warum?«, fragte er schließlich.

»Ich glaube, weil ich lieber am Leben bleibe.« Es war wahrscheinlich sarkastisch gemeint, doch es klang bitter. Sein Blick war noch immer starr auf den Garten gerichtet.

Maarten sah ihn an. »Wie geht es dir jetzt?«

»Beschissen. Mein Herz reagiert kaum noch auf den Schrittmacher.«

»Und dann fühlst du dich müde.«

»Wie ein Maulesel.«

»Es ist doch eine verdammte Scheißkrankheit.«

Nijhuis reagierte darauf nicht.

Sie schwiegen eine Weile. Maarten spielte mit seinem Stift und dachte nach, ohne dass ihm etwas einfiel, bis Nijhuis sich abwandte und den Raum wieder verließ. Maarten blieb mit dem Gefühl zurück, versagt zu haben.

*

Fräulein Bavelaar war schon da. Sie legte den Telefonhörer auf die Gabel, als er eintrat, und sah ihn an. »Nijhuis ist tot.« Sie hatte Tränen in den Augen.

Maarten blieb stehen.

Fräulein Bavelaar suchte in ihrer Tasche nach einem Taschentuch und schnäuzte sich die Nase. »Wegen der Frau und den Kindern«, sagte sie mit erstickter Stimme.

»Ja«, sagte er.

»Und was das Schlimmste ist«, sie wischte sich mit dem Taschentuch ihr Gesicht ab, »ich glaube, dass es meine Schuld ist! Weil ich seine Arbeit übernommen habe. Das hat er nicht verwinden können.«

»Das ist doch Unsinn.«

»Nein, das ist kein Unsinn«, sagte sie halb weinend, »ich empfinde es wirklich so.«

»Aber es ist Unsinn.« Angesichts der weinenden Frau fühlte er sich hilflos. »Er war schon krank, bevor Sie hier angefangen haben.«

»Aber ich bin schuld, dass es schlimmer geworden ist. Wenn ich hier nicht angefangen hätte, hätte er vielleicht durchgehalten.«

»Ach was.« Es irritierte ihn. »Wer hat angerufen?«

»Seine Frau.« Sie versuchte, ihren Kummer unter Kontrolle zu bekommen, schniefte und fuhr mit dem Taschentuch unter ihren Augen entlang. »Hoffentlich ist es schnell gegangen.«

»Hat sie das nicht gesagt?«

Sie schüttelte den Kopf. »Das wusste sie nicht. Sie glaubt es.« Ihre Stimme stockte kurz. »Sie hofft es. Ach, das hoffen wir natürlich alle.«

»Für seine Frau ist es noch schlimmer.«

Sie nickte. »Ja«, sie hatte sich wieder einigermaßen unter Kontrolle, »für seine Frau ist es noch schlimmer. Und für die Kinder.«

*

Nijhuis wurde auf dem Vredehof beerdigt. Sie gingen zu acht hin. Es war eine komplizierte Verbindung, mit zwei Straßenbahnen und dann noch ein Stück zu Fuß.

»Sie wissen nicht, was sich gehört«, sagte Beerta. »Sie hätten mir als Direktor natürlich einen Platz im vorderen Auto anbieten müssen.«

De Bruin war auch da. Er saß auf einer der hinteren Bänke in der Trauerhalle, ein wenig in sich zusammengesunken.

»Tag, de Bruin«, sagte Maarten, als er sich neben ihn schob.

»So, der Koning.«

»Schön, dass du gekommen bist.«

»Ach ja, weißt du, genauso gut hätte ich da auch liegen können.«

Er nickte in Richtung des Sargs, der vorne in dem kleinen Saal aufgestellt war.

Die Orgel spielte. In der ersten Reihe saß Nijhuis' Frau mit den beiden Kindern. Es waren viele Menschen gekommen. Als der Bestattungsunternehmer fragte, ob jemand etwas sagen möchte, trat Beerta aus einer der hinteren Reihen vor, in denen die Belegschaft des Büros saß.

»Frau Nijhuis«, sagte er, »verehrte Anwesende. Wir sind hier zusammengekommen, um Teun Nijhuis die letzte Ehre zu erweisen, in einem Alter, in dem bei anderen das Leben erst anfängt.«

Maarten betrachtete den Sarg. Es lag ein gelbes Gesteck darauf, davor lagen noch einige wenige Blumen. Es war ein ungewöhnlich langer Sarg. Nijhuis war ziemlich groß gewesen. Mit halbem Ohr lauschte er Beertas Worten und versuchte, sich an Nijhuis zu erinnern, ohne dass es ihm ganz gelang, so, als finge er bereits an, ihn zu vergessen, noch bevor er richtig unter der Erde war. Beerta sprach mit großem Ernst und hoher Wertschätzung, doch seine Worte waren wenig inspiriert. Es lief darauf hinaus, dass er Nijhuis für seine große Hingabe lobte und ihn eine Stütze des Büros nannte, einen, auf den man jederzeit zählen konnte, bis ihm seine Krankheit das Arbeiten unmöglich gemacht hatte. »Dass so ein junger Mann, in so jungen Jahren, der sein ganzes Leben noch vor sich hat, aus unserer Mitte gerissen wird, könnte uns bitter stimmen, wenn wir uns nicht dessen bewusst wären, dass Gott seine eigenen Pläne mit uns hat, und ich hoffe aus der Tiefe meines Herzens, Frau Nijhuis, dass Er Ihnen die Kraft geben wird, sich dieser Gewissheit zu beugen.« Danach wandte er sich dem Sarg zu und sagte mit einem kurzen Nicken: »Adé, Teun, mach's gut.«

Furchtbar, dachte Maarten. Er schämte sich.

Auf Beerta folgte ein Pfarrer, und zum Schluss sprach ein Mann, der Nijhuis sehr ähnlich sah, nur etwas älter und mit vorgestrecktem Unterkiefer, ein Dankeswort. Die Orgel setzte ein. Sie standen auf, um dem Sarg zu folgen. De Bruin blieb sitzen.

»Kommst du nicht mit?«, fragte Maarten.

»Das haut nich' hin, mein Junge«, sagte de Bruin, »aber Herr Beerta hat schön gesprochen, nicht wahr?«

»Es geht so«, sagte Maarten knapp.

Während de Bruin allein zurückblieb, drängten sie sich langsam hintereinander aus der Halle zum Friedhof hinaus. Es war ein Vorfrühlingstag, so wie der Tag, an dem Veerman beerdigt worden war, vielleicht etwas drückender. Sie versammelten sich um das Grab. Er betrachtete das harte, verschlossene Gesicht von Nijhuis' Frau sowie ihre beiden Kinder und versuchte, an Nijhuis zu denken, wie er vor ein paar Tagen bei ihm im Zimmer gestanden hatte, doch es gelang ihm nicht. Es rührte ihn nicht. Und doch mochte ich ihn ganz gern, dachte er vage, als sie in die Halle zurückgingen, um seiner Frau zu kondolieren.

*

»Wie heißt noch mal das Wort für ›ein Mädchen unkeusch berühren‹?«, fragte Beerta und drehte sich zu Maarten um, der an seiner Schreibmaschine am Mitteltisch saß. »So«, er hielt die Hand hoch, rieb die Finger aneinander und kniff dabei die Augen zu.

»Ich habe keine Ahnung«, sagte Maarten. Er fragte sich, wofür um alles in der Welt Beerta das brauchte.

»Ich glaube ›fingern‹?«

»Vielleicht ›befingern‹. Ich weiß es wirklich nicht.«

»Nein, das bedeutet, glaube ich, an die Vulva fassen, aber ich meine es mehr *so*.« Er rieb seine Finger erneut aneinander, die Hand erhoben. »Unkeusch berühren meine ich, so ein bisschen fummeln.«

»Das weiß ich nicht«, antwortete Maarten widerstrebend.

»Weißt du das nicht?«, fragte Beerta erstaunt. Er drehte sich noch etwas weiter um, sodass er Maarten ansehen konnte. »Das müsstest du doch wissen.«

»Aber ich weiß es nicht.«

Es hatte den Anschein, dass diese Antwort Beerta in höchstem Maße erstaunte. »Na gut«, er beugte sich wieder über seinen Text, »dann werde ich es eben alleine herausfinden müssen.«

Einen Moment später stand er auf und verließ den Raum. Er blieb lange weg. Als er zurückkam, hatte er einen dürren Mann bei sich, der Maarten entfernt an van der Haar erinnerte. »Setzen Sie sich«, sagte Beerta. »Es trifft sich ausgezeichnet, dass ich Sie gerade treffe. Ich wollte Sie nämlich schon seit einiger Zeit um einen persönlichen Rat bitten.«

Der Mann setzte sich in die Sitzgruppe.

»Rauchen Sie?«, fragte Beerta und zog die oberste Schublade seines Schreibtisches auf.

»Sicher«, sagte der Mann.

Beerta stellte zwei Zigarrenkisten der Marken Elisabeth Bas und Agio geöffnet vor ihn auf den Tisch und setzte sich. »Die Sache ist die«, sagte er, während der Mann eine Zigarre aussuchte, und legte die Fingerspitzen aneinander. »Vor einiger Zeit habe ich zusammen mit dem Nachbarn, der über mir wohnt und Professor ist, das Haus gekauft, in dem wir beide wohnen. Der Nachbar hat darin nur zwei Zimmer, obwohl er Professor ist.« Er wartete einen Moment und sah den Mann eindringlich an. »Also nicht einmal ein Arbeitszimmer!«

Der Mann beugte sich etwas nach links, zog ein kleines Notizbuch aus der Tasche, legte es mit einer Hand offen vor sich auf den runden Tisch, holte einen Stift aus der Tasche, zog die Kappe ab und machte eine Notiz. Anschließend steckte er die Zigarre wieder in den Mund, entzündete ein Streichholz und sah Beerta an.

»Nun wohnt über ihm eine Familie mit einem Kind«, fuhr Beerta fort. »Das Kind war erst klein, aber jetzt fängt es an, größer zu werden. Die Leute nehmen natürlich Rücksicht, aber sie bekommen hin und wieder doch mal Besuch. Und vor allem wegen des Kindes ist bei uns eine verzweifelte und wirklich unhaltbare Situation entstanden, denn dieser Professor muss natürlich Seminare vorbereiten, und er arbeitet außerdem noch an einem Buch, und es ist ihm unmöglich, sich zu konzentrieren. Ein unhaltbarer Zustand!«

Der Mann nickte. Er nahm einen Zug aus seiner Zigarre und betrachtete sie beifällig.

»Und jetzt kann diese Familie endlich eine Fünfzimmerwohnung bekommen, um die wir uns sehr bemüht haben, aber jetzt will das Wohnungsamt dem nicht zustimmen, denn sie sagen: Da gibt es noch irgendwo ein kleines Zimmer, und aus dem Wohnzimmer kann man gut zwei Räume machen oder etwas in der Art, also ist es eine Siebenzimmerwohnung. Verstehen Sie? Lässt sich da nichts machen? Denn es ist wirklich ein unhaltbarer Zustand.«

Der Mann dachte nach. »Für eine dreiköpfige Familie ist eine Fünfzimmerwohnung natürlich auch immer noch sehr großzügig.«

»Aber Sie wissen noch nicht, dass der Mann Architekt ist!«

»Oh, der Mann ist Architekt!« Er machte eine Notiz. »Das ändert die Sache in der Tat. Haben Sie das auch angegeben?«

»Wir haben wirklich alles gesagt«, stöhnte Beerta verzweifelt, »doch das Wohnungsamt geht in keiner Weise auf unsere Argumente ein.«

Der Mann nickte. »Auf dem Amt werden sie natürlich mit solchen Problemen zugeschüttet.«

»Darum bin ich so froh, dass ich Sie jetzt gerade treffe, denn Sie haben Einfluss.«

»Ich kenne den Direktor gut«, gab der Mann zu.

»Könnten Sie dann nicht ein gutes Wort für uns einlegen?«, fragte Beerta unterwürfig. »Sie werden verstehen, dass ich Sie nicht darum bitten würde, wenn die Situation nicht so verzweifelt wäre.«

»Das verstehe ich.« Er schlug das Büchlein zu und steckte es wieder in seine Tasche. »Ich werde ihn anrufen. Ich denke, das lässt sich regeln.«

»Vielen Dank«, sagte Beerta. »Damit tun Sie uns einen großen Gefallen.«

»Das hat sich ausgezeichnet getroffen«, sagte Beerta, nachdem er den Mann hinausbegleitet hatte. Er strahlte vor Zufriedenheit.

»Was war das für ein Mann?«, fragte Maarten. Es kostete ihn Mühe, sein Missfallen zu verbergen.

»Das war jemand von der Stadt, der mit Balk in einer Kommission sitzt.«

»Ich wusste nicht, dass Karel so unter diesen Leuten zu leiden hat.«

Beerta drehte sich um. »Das hat er auch nicht«, sagte er mit einem geheimnisvollen Lächeln. Er wartete einen Moment und wog seine Worte ab. »Eigentlich ist es gar nicht so schlimm, aber Karel hat einen

Freund, einen Musiker. Der hat zwar ein Zimmer, aber Karel möchte ihm gern die Wohnung über sich geben.« Er sah Maarten triumphierend an. »Aber das bleibt natürlich strikt sub rosa.«

*

»So ein Schuft!«, sagte Henriette aus der Tiefe ihres Herzens.

»Und das bei jemandem, der behauptet, links zu sein!«, sagte Maarten. Er sah Klaas an.

Klaas sah gequält drein.

»Aber das hat doch nichts damit zu tun«, sagte Nicolien, »dass er links ist! Ich bin auch links, aber ich würde so einen Mann nicht fragen, ob er mir hilft!«

»Das meine ich ja.«

»Aber warum hast du denn nichts dazu gesagt?«, fragte Klaas.

Die Frage verwirrte ihn. »Weil ich nichts damit zu tun habe. Wenn es um das Büro gegangen wäre, wäre es etwas anderes gewesen.«

»Aber du hältst es nicht sub rosa.«

»Nein, euch gegenüber nicht! Weil ich wissen will, was ihr davon haltet! Hendrik Ansing würde ich so etwas nicht erzählen, obwohl ich sehr gut mit ihm klarkomme.«

»Ich finde es nicht so wichtig, glaube ich«, sagte Klaas.

»Ich weiß nicht!«, sagte Henriette.

»Du findest also, dass man für sich selbst um eine Vorzugsbehandlung bitten darf?«, hakte Maarten nach.

»Das findest du doch bestimmt nicht!«, sagte Nicolien.

»Ach«, sagte Klaas, »auch wenn man nicht darum bittet, bekommt man sie doch, weil man nun einmal in der Position ist. Du wirst doch auch schon mal von der Position deines Vaters profitiert haben.«

»Ja, aber das ist doch etwas ganz anderes!«, sagte Maarten entrüstet.

Klaas hob die Hand. »Ich sehe keinen Unterschied.«

»Mein Onkel sagt«, warf Henriette ein, »dass ich Professor bin, kann ich nicht ändern, aber wenn ich beim Gemüsehändler stehe, bin ich schlicht und einfach Herr Fagel. *Das* ist scharf!«

»Natürlich«, sagte Nicolien. »So ist es doch richtig! Das denkst du doch auch?«

»Ich würde es selbst nicht tun«, gab Klaas zu.

»Na also!«, sagte Nicolien.

»Aber ich denke, es kommt daher, weil ich Angst habe, erwischt zu werden, von Maarten beispielsweise.« Er schmunzelte.

»Ja«, pflichtete Maarten bei, »das ist natürlich ein Punkt.« Er dachte nach. »›Zeig mir einen Mann, der sagt, was wahr ist‹«, zitierte er, halb in Gedanken, »›wenn der Teufel da ist. Der tut, was recht ist, auch wenn kein Richter da ist. Der seinem Gewissen die Treu erweist, auch wenn die Belohnung Strafe heißt.‹«

»So ist es!«, sagte Henriette.

»Von wem ist das?«, fragte Klaas.

»Das sagte mein Vater früher immer.«

»Aber dein Vater wird doch wohl auch hin und wieder seine Beziehungen ausgenutzt haben? Beispielsweise für deinen Bruder.«

»Das fand ich unbegreiflich.«

»Und dazu hast du auch nichts gesagt.«

»Nein«, gab Maarten zu. »Ich fand es zu peinlich. Wenn ich mich schäme, kann ich nichts mehr sagen.«

»Das verstehe ich nicht«, sagte Klaas. »Ich glaube, ich hätte keine Probleme damit.«

»Aber du schämst dich ja auch nicht.«

»Nein«, gab Klaas zu. »Ich kann mich nicht darüber aufregen. So sind die Menschen nun mal. Und Beerta ist außerdem alleinstehend. Menschen, die alleinstehend sind, kriegen in dieser Gesellschaft nie eine Wohnung, wenn sie keinen Gönner haben.« Seine Stimme klang erregt.

»Aber Beerta hat doch eine Wohnung.«

»Aber dieser Musiker nicht.« Er errötete.

Sie schwiegen.

»Wollt ihr noch was trinken?«, fragte Maarten. Er sah Henriette an.

»Ich habe genug gehabt«, sagte Klaas.

»Ich möchte gern noch einen Schnaps«, sagte Nicolien.

Henriette schüttelte den Kopf, ein kurzes Schaudern.

»Und du auch einen?«, fragte Maarten Klaas.

»Hast du für mich ein Glas Limonade?«, scherzte Klaas. »Nein, gib mir ein Gläschen Portwein.«

»Ich würde gern noch einmal am Deich entlang nach Monnikendam laufen«, sagte Henriette, als Maarten aufstand, um die Flasche zu holen.

»Das ist eine gute Idee, nicht wahr, Maarten?«, sagte Nicolien.

»Dann an einem Samstag«, sagte Maarten.

»Vielleicht können wir auch diesen Frans fragen, ob er mitkommt?«, schlug Klaas vor.

*

Als er morgens in der Frühe aus der Bloedstraat kommend den Nieuwmarkt überqueren wollte, wurde er von einem alten, ärmlich gekleideten Mann angehalten. »Mijnheer, darf ich Sie etwas fragen?«, sagte er unterwürfig.

Maarten erstarrte. Er blieb stehen und sah den Mann widerwillig an.

»Könnte ich bitte vielleicht eine Tasse Kaffee von Ihnen bekommen?«

»Ich habe kein Geld bei mir«, antwortete Maarten abwehrend und ging weiter. Im nächsten Augenblick tat es ihm leid. Alles erschien plötzlich sinnlos. Der Tag war verdorben. Dies war das Erste in einer Reihe von Ärgernissen. Er verlangsamte seine Schritte, zögerte, ging weiter. Auf der anderen Seite des Wassers blieb er stehen. Er holte sein Portemonnaie aus der Tasche und sah hinein, nahm einen Gulden heraus, zögerte erneut, steckte das Portemonnaie wieder ein und ging, mit dem Gulden in der Hand, langsam weiter. Was sollte er sagen? Dass er doch Geld bei sich hatte? Lächerlich. Nach ein paar Schritten drehte er sich entschlossen um und ging zurück. Einfach sagen, wie es war, lächerlich oder nicht. Währenddessen suchte er zwischen den Menschen auf dem Platz die Stelle, an der er den Mann getroffen hatte. Er war nicht mehr da. Flüchtig blickte er in das Café zwischen der Bloedstraat und dem Barndesteeg, ging langsam an den Häusern und Cafés vorbei um De Waag herum, blieb, obwohl er es besser wusste, erneut stehen, um die Menschen auf dem Platz zu mustern, und stellte schließlich mit einiger Erleichterung fest, dass der Mann tatsächlich nicht mehr da war. In der Ferne begannen die Glocken vom Turm der Zuiderkerk zu spielen. Er war zu spät. Während er seine Schritte beschleunigte, zog er sein Portemonnaie aus der Gesäßtasche und legte den Gulden wieder hinein, halb beschämt, halb erleichtert, aber auch in der Gewissheit, dass dieser Vorfall bezeichnend für ihn war und sich daran nichts ändern ließ.

*

Es war eine schwarze Ente. Beerta stieg aus – er trug einen hellgrauen Sommeranzug mit einem Einstecktuch – und ging auf ihre Haustür zu, doch bevor er klingeln konnte, hatte Maarten bereits geöffnet, und sie kamen heraus.

»So herzlich bin ich noch nie empfangen worden«, sagte Beerta lachend. Karel saß grinsend am Steuer. »Und, was sagt ihr?«, rief er.

»Toll!«, versicherte Maarten. »Sieht fast echt aus.«

Die Antwort amüsierte Karel.

»Willst du vielleicht vorne sitzen, Nicolien?«, fragte Beerta.

»Nein, Sie sollten neben Karel sitzen«, fand sie.

»Auf dem Todessitz«, fügte Maarten hinzu.

Hinter ihrem Auto stoppte ein anderer Wagen.

Nicolien und Maarten zwängten sich auf den Rücksitz, Beerta setzte sich neben Karel und zog die Wagentür zu.

»Hat Anton schon erzählt, wo wir hinfahren?«, fragte Karel und drehte sich um.

»Wie könnte ich das erzählt haben, Karel?«, sagte Beerta. »Wir sind doch gerade erst gekommen.«

Das Auto hinter ihnen hupte.

»Ja, warte du nur«, sagte Karel und hob die Hand. »Niemand hat hier Eile.«

Beerta drehte sich zu dem Auto um. »Aber *der* Mann hat es vielleicht eilig«, sagte er besorgt.

»Dann muss er eben warten! Am Sonntagmorgen hat man keine Eile zu haben. Die Kirche fängt erst in einer Stunde an.« Er lachte herzlich.

Das Auto hupte erneut.

»Jetzt mach schon«, sagte Beerta, »und hör auf zu spotten. Vielleicht muss der Mann ja ins Krankenhaus.«

»Sicher zu seiner Mutter«, sagte Karel fröhlich. »Das ist es natürlich, woran du denkst.« Er drückte aufs Gaspedal und schaltete, während sie der Gracht folgten. »Erst fahren wir zur Hexenwaage nach Oudewater«, rief er gegen das Geräusch des Motors an, »das ist eine Idee von Anton, der möchte, dass wir uns da wiegen lassen.« Er nahm seine Hand vom Lenkrad und fuchtelte damit herum.

»Karel!«, warnte Beerta. »Du sollst beide Hände am Steuer lassen!«

»Anton hat Angst, dass wir einen Unfall bauen!«, sagte Karel lachend. »Denn dann ist am Montag keiner im Büro!«

»Ja, das ist eine Obsession von ihm«, sagte Maarten.

»Siehst du!«, rief Karel und sah zur Seite. »Sogar dein Personal hat gemerkt, dass du nicht ganz normal bist!«

»Pass auf!«, warnte Beerta, doch seinem Gesicht sah man an, dass er sich köstlich amüsierte.

»Und dann von Oudewater an der Vlist entlang nach Schoonhoven«, fuhr Karel fort, während er nach links in die Marnixstraat einbog. Bis auf einen Fahrradfahrer war die Straße so früh am Morgen noch wie ausgestorben.

»Pass auf!«, warnte Beerta. »Ein Radfahrer!«

»Du glaubst doch wohl nicht, dass ich ihn nicht sehe?«, rief Karel. »Eigentlich sollte ich ihm zur Strafe den Weg abschneiden!« Er gab dem Lenkrad einen Ruck, sodass das Auto kurz hin und her schleuderte.

»Karel!«, warnte Beerta ängstlich.

Karel lachte: »Was kann dich schon so ein Radfahrer kümmern?«

»Wir sind auch Radfahrer«, warnte Nicolien. »Die haben Vorfahrt.«

»Ja, das habe ich früher auch gesagt«, rief Karel über die Schulter hinweg, »als ich noch Fahrrad gefahren bin, aber wenn ihr demnächst auch ein Auto habt, werdet ihr darüber anders denken.«

»Wir schaffen uns bestimmt kein Auto an«, sagte Nicolien.

»Na, warten wir's ab«, rief Karel vergnügt. »Das wird sich schon noch ändern.«

»Wann hast du eigentlich deinen Führerschein gemacht?«, fragte Maarten, als Karel in einer Kurve die Bordsteinkante berührte.

»Vor sieben Monaten«, rief Karel.

»Und sofort bestanden«, vermutete Maarten.

Die Bemerkung amüsierte Karel. »Nein, beim sechsten Mal! Und weißt du, was der Mann anschließend gesagt hat?« Er sah rasch über die Schulter. »Weißt du, was der Mann gesagt hat?« Er lachte. »Herr Ravelli, hat er gesagt, es ist, weil Sie es sind, aber *ich* würde nicht gern bei Ihnen im Auto sitzen.«

»Karel!«, warnte Beerta.

»Den habe ich doch gesehen«, rief Karel, während er haarscharf an einem Fahrradfahrer vorbeifuhr. Er zeigte aus dem Fenster. »Sieh du dir nur die Schönheiten der Natur an. Ach, richtig, daran liegt dir nichts.« Er wies zur anderen Seite. »Dann sieh dir die Hausgiebel an.«

Sie fuhren an der Amstel entlang stadtauswärts. Das Wasser war unruhig, obwohl nur wenige Boote unterwegs waren. Auf der Terrasse des Cafés Het Kalfje standen die Stühle bereit, die Fahnen flatterten im Wind.

»Und wohin fahren wir nach unserem Besuch in Schoonhoven?«, fragte Maarten.

»Ach ja, ich wollte es gerade erzählen«, erinnerte sich Karel und zeigte nach rechts. »Der Bannpfahl!«

»Ja, den kennen wir«, sagte Maarten, ohne zur Seite zu sehen. »Und wenn wir in Schoonhoven waren?«

»Von Schoonhoven aus fahren wir an der Lek vorbei nach Wijk bij Duurstede«, rief Karel, »und dort hat Anton noch eine Überraschung für uns. Nicht wahr, Anton?«

»Ja, wenn wir lebend ankommen«, antwortete Beerta skeptisch. Im Gegensatz zu Karel hielt er seine volle Aufmerksamkeit auf die Straße gerichtet.

Seine Skepsis amüsierte Karel. »Und danach zurück an der Lange Linschoten vorbei«, rief er. »Kennt ihr das?«

»Wir kennen alles«, antwortete Maarten, »aber zu Fuß.«
»Und auf dem Fahrrad«, ergänzte Nicolien.
»Aber das macht ihr dann doch nicht an einem Tag?«
»Fünf Tage«, schätzte Maarten. »Zu Fuß.«
»Fünf Tage!«, rief Karel und hob die Hände vom Lenkrad, »dafür würde ich niemals die Geduld aufbringen! Das ist das Schöne an so einem Auto, dass man sich in ein paar Stunden alles ansehen kann! Dann kriegst du auch einen Überblick!«
Maarten reagierte nicht darauf. Er sah durch das kleine Fenster nach draußen, zu den Weiden, auf denen das Vieh graste, seine Hände neben sich auf dem Sitz, aus dem er bei jeder Straßenunebenheit kurz hochwippte.

»Was machst du eigentlich so den ganzen Tag, wenn Maarten nicht zu Hause ist?«, fragte Karel, als sie in Schoonhoven in einem Straßencafé nahe der Fähre saßen und einen Strammen Max aßen.
»Nichts«, sagte Nicolien verlegen. Sie lachte.
»Nichts?«, rief Karel in höchster Verwunderung. »Aber du hast doch bestimmt einen Job?«
»Nein.«
»Du hast einen Job gehabt«, sagte Maarten.
»Ja, für vier halbe Tage, aber als du angefangen hast zu arbeiten, habe ich damit aufgehört.«
»Aber langweilst du dich dann nicht?«, fragte Karel. »Ich glaube, ich würde das nicht aushalten.«
»Nein, gar nicht.« Sie lachte nervös.
»Nicolien kann stundenlang überhaupt nichts tun«, sagte Maarten.
»Das habe ich nie gekonnt«, sagte Beerta. »Und ich verstehe auch nicht, dass andere es können.«
Nicolien lachte. »Es ist aber so.«
»Das Schlimmste, was mir passieren könnte, wäre, wenn man mir verbieten würde zu arbeiten«, sagte Karel. Er sprach so laut, dass sich die Leute am Tisch vor ihm umdrehten, aber er achtete nicht darauf.
»Arbeiten kann man auch, wenn man nichts tut«, meinte Maarten.
»Wenn man dir die Bücher wegnimmt?«, rief Karel aufgeregt. »Oder

wenn man nicht mehr in die Bibliothek kann? Man wüsste nicht, wie einem geschähe! Todunglücklich würde man sich fühlen!«

»Man hat doch immer noch seinen Kopf?«

»Seinen Kopf!«, rief Karel und lachte genüsslich. »Was machst du in Gottes Namen mit deinem Kopf, wenn du keine Bücher hast, kein Papier, keine Schreibmaschine?« Er wedelte mit beiden Händen herum. »›Versuch es nur, von deinem Kopf lebt höchstens eine Laus!‹«, zitierte er.

Maarten lachte.

»Das Schlimmste, was man jemandem antun kann, ist, ihm das Publizieren zu verbieten«, fand Beerta. »Dass über manche Leute nach dem Krieg ein Publikationsverbot verhängt worden ist, habe ich immer für sehr grausam gehalten. Intellektuelle dürften einander so etwas nicht antun.«

»Na ja«, sagte Maarten relativierend.

»Nein, das Publizieren darf man niemandem verbieten«, beharrte Beerta.

»Und du sagst immer, dass du nicht kreativ bist!«, rief Karel.

»Das bin ich auch nicht, aber ich publiziere dennoch. Ich finde es herrlich, Dinge abzuschreiben. Das habe ich schon als Kind herrlich gefunden.« Er verzog ironisch den Mund.

»Und wenn er findet, dass es zu schwierig wird, fragt er mich und setzt dann seinen Namen darunter!«, sagte Karel fröhlich.

»Das ist nur ein einziges Mal passiert«, korrigierte ihn Beerta.

»Und die Male darauf!«, sagte Karel ausgelassen.

Maarten sah zur Fähre, die beladen mit Autos und Radfahrern, langsam auf das Ufer zusteuerte. Auf der gegenüberliegenden Seite standen bereits weitere und warteten. Die Ränder der Sonnenschirme auf der Terrasse flatterten im Wind, doch dort, wo sie saßen, an der Mauer des Cafés, herrschte warmes Sommerwetter. »Es ist verdammt scharf hier«, sagte er.

Beerta lachte. »Das sagst du häufiger. Ich würde mich das nicht trauen. Ich habe gelernt, dass das ein Fluch ist.«

Sie aßen in der Keizerskroon in Wijk bij Duurstede unter Bäumen an einem kleinen Tisch vor dem Fenster, von wo aus sie den Markt überblicken konnten, links die Kirche. Das Fenster war ganz hochgeschoben worden. Es war schattig und still. Sie hatten gerade die Suppe gegessen und warteten auf das Hähnchen.

»Aber jetzt haben wir ständig über mich geredet«, sagte Karel. »Was machst du denn eigentlich momentan?«

»Ich sitze am Kommentar zur Karte des Wasserschrecks«, antwortete Maarten.

»Des Wasserschrecks?«, fragte Karel erstaunt. »Was muss ich mir denn darunter vorstellen? Ich dachte, du beschäftigst dich mit Wichtelmännchen?«

»Mit der Nachgeburt des Pferdes«, korrigierte Maarten.

»Ach ja«, sagte Karel lachend, »die Nachgeburt des Pferdes! Wogegen Anton sich so gewehrt hat. Und warum machst du das jetzt nicht mehr?«

»Weil ich damit fertig bin.«

»Und was ist dabei herausgekommen?«

Das Hähnchen kam. Sie rückten alle vier etwas nach hinten, um den beiden Kellnern Gelegenheit zu geben, die Teller und Schälchen auf dem Tisch zu verteilen, und sahen ihnen dabei zu.

»Nichts«, sagte Maarten, als die Kellner sich entfernt hatten.

»Nichts?«, rief Karel.

Einer der Kellner kam zurück und zeigte Beerta den Wein. Der nickte. Sie sahen zu, während der Mann ihm einschenkte. Beerta nahm ein vorsichtiges Schlückchen, nickte erneut und stellte das Glas hin. Der Kellner füllte die Gläser.

»Na ja, nichts«, sagte Maarten. »Ich habe natürlich eine Kulturgrenze entdeckt. Auf der einen Seite wird aufgehängt, auf der anderen begraben. Aber was ich auch mache, sie lässt sich nicht datieren.«

»Nun, dann datierst du sie eben einfach nicht?«

Maarten lachte. »Ja, so habe ich es dann auch gemacht.« Er nahm sein Besteck und betrachtete das Hähnchen. Es war ein halbes Hähnchen in einer Champignonsoße. Vorsichtig suchte er mit der Messerspitze eine Stelle, die ihm Halt bieten konnte. »Es sieht lecker aus«, sagte er.

»Aber warum willst du sie denn mit aller Gewalt datieren?«, fragte Karel. »Das ist doch Zeitverschwendung! Warum schreibst du nicht etwas, aus dem du einen Bestseller machen kannst?«

»Das ist nicht mein Auftrag«, sagte Maarten, der mit dem Hähnchen beschäftigt war.

»Dann änderst du deinen Auftrag! Sie können dich doch nicht zwingen, etwas zu tun, das nicht möglich ist? Anton ist mit allem einverstanden!«

»Mit vielem«, korrigierte Beerta, »aber nicht mit allem.«

»Wenn er einen Bestseller schreibt, bist du doch hochzufrieden.«

»Aber dieser Bestseller sollte dann schon der Atlas sein«, sagte Beerta.

Im selben Moment rutschte das Hähnchen unter Maartens Besteck weg und landete auf Beertas Schoß. Der erschrak und wich zurück. Maarten sah erschrocken zu, Karel richtete sich halb auf. Beerta betrachtete das Hähnchen auf seinem Schoß. »Aha«, sagte er trocken und hob es mit den Fingerspitzen hoch, »nach diesem Gespräch hätte es auch die Nachgeburt eines Pferdes gewesen sein können, und das wäre schlimmer!« Er reichte Maarten das Hähnchen. »Hier hast du dein Hähnchen zurück«, sagte er freundlich. »Ich wusste gar nicht, dass du so gut zielen kannst!«

Nicolien lachte nervös.

»Und was machen wir jetzt?«, fragte Maarten bestürzt.

Beerta stand auf. Auf seiner hellen Sommerhose und dem Jackett waren große Fettflecken. »Es ist schade, dass ich mir meine Serviette noch nicht aufgelegt hatte.« Er begutachtete den Schaden. »Das wird mir eine Lehre sein. Ich werde es kurz auswaschen. Esst ihr inzwischen nur weiter.«

Er entfernte sich mit kleinen, steifen Schritten.

»Wie hast du das denn gemacht?«, fragte Karel.

»Ich weiß es nicht«, sagte Maarten, der sich tief unglücklich fühlte, »es ist mir unter der Gabel weggerutscht.«

»Wenn du darauf aus gewesen wärst, wäre es dir sicher nicht gelungen«, meinte Karel.

Sie ließen alle drei ihre Blicke im Restaurant umherwandern und warteten auf Beerta.

Er kam mit kleinen Schritten aus dem Halbdunkeln zurück. Sein Jackett und die Hose waren klatschnass. Er schmunzelte ironisch und setzte sich hin. »So«, sagte er, »als ich herkam, habe ich mich schon auf mein Hähnchen gefreut. Ich hoffe, dass eures auch so gut ist.«

»Sind die Flecken rausgegangen?«, fragte Maarten.

»Wenn der Anzug chemisch gereinigt ist, sieht man nichts mehr davon«, versicherte Beerta.

»Aber dann bezahle ich die Reinigung.« Sofort ärgerte er sich über seine Bemerkung.

»Das ist wirklich nicht nötig, ich hätte ihn sowieso reinigen lassen müssen.«

Maarten schämte sich.

Es war einen Augenblick still.

Beerta hob sein Glas in die Höhe und sah in die Runde. »Worauf sollen wir anstoßen?«

Sie nahmen ihre Gläser und erhoben sie.

»Ich schlage vor: auf das Hähnchen!«, sagte Karel.

»Auf das Hähnchen!«, sagte Beerta zustimmend. »Denn ich glaube nicht, dass ich jemals ein so gutes Hähnchen gegessen habe.« Er blickte einen nach dem anderen an, nahm vorsichtig einen kleinen Schluck und sah sie erneut an. Maarten und Nicolien kannten das Ritual nun auch und folgten ein wenig zögernd dem Beispiel.

»Und jetzt habe ich euch noch nicht einmal verraten, was die Überraschung ist«, sagte Beerta, während er sein Glas wieder hinstellte. Er sah Karel an. »Erzählst du es?«

»Es ist *dein* Plan!«

»Gut.« Er wartete einen Moment. »Wir haben Karten für das Klang- und Lichtspiel gekauft.« Er sah sie so feierlich an, als ginge es um eine Einladung zur Parlamentseröffnung.

»Solltest du jetzt nicht bezahlen?«, fragte Nicolien, als der Kellner Beerta den Teller mit der Rechnung brachte.

»Ja, natürlich.« Er streckte die Hand aus, um den Teller zu nehmen.

»Nein«, sagte Beerta lachend und zog den Teller zu sich heran, »das kommt gar nicht infrage. Heute seid ihr meine Gäste.«

»Aber das geht doch nicht!«, sagte Nicolien.

»Warum geht das nicht?«, fragte Beerta.

»Dass Sie alles bezahlen?«

»Du glaubst doch nicht, dass ich notleidend bin?«

Sie lachte nervös. »Nein, natürlich nicht.«

»Oh«, sagte er mit einem ironischen Nicken, »das will ich aber auch meinen.« Er faltete die Rechnung auf, sah auf den Endbetrag, legte hundert Gulden auf den Teller, stand auf und blickte in die Runde. »So! Wir können gehen.«

Maarten betrachtete das Jackett und die Hose und stellte fest, dass sich die nassen Flecken in große Kreise verwandelt hatten.

Im Zwielicht unter dem schweren Grün der Bäume überquerten sie den Markt und gingen durch eine Straße mit kleinen Häusern und an Gartenzäunen vorbei, in der es nach Jasmin duftete. Über den Gärten schwirrten Fledermäuse. Die Menschen, die ihnen begegneten, waren wie sie auf dem Weg zur Schlossruine am Rande des Städtchens, wo das Klang- und Lichtspiel stattfand. Auf einer freien Fläche gegenüber dem Eingang zum Schloss, vor dem eine Zugbrücke war, hatte man Bänke aufgestellt. Als sie aus dem Schatten der Bäume heraus die Fläche betraten, sahen sie dort etwa zwanzig Leute sitzen. Sie suchten sich einen Platz und warteten, während um sie herum immer mehr Plätze besetzt wurden, ohne dass es voll wurde. Die Ruine lag im Dunkeln vor ihnen, auf der anderen Seite der Gracht. Der Himmel verlor sein letztes Licht, und es erschienen Sterne. Ein Gong ertönte, die Gespräche verstummten, rund um die Ruine gingen Lichter an, ein Scheinwerfer tauchte die Zugbrücke in helles Licht, und aus Lautsprechern hörte man das Geräusch galoppierender Pferde, die über die Brücke zogen. Die Hufe klapperten auf den Steinen des Innenhofs. Es erklangen Stimmen, und man hörte Füße, die auf dem Boden aufsetzten, das Klirren von Pferdegeschirr, Befehle. Plötzlich war es still. Dann begann eine Stimme zu sprechen. Maarten betrachtete die Ruine und das aus- und angehende Licht der Scheinwerfer, ohne auf die Stimme zu achten. Eine andere Stimme antwortete. Eine Männer- und eine Frauenstimme sangen, begleitet von einem Saiteninstrument, ein mittelalterliches Lied. Er lauschte der Musik und fragte sich, was die Leute von diesem Kitsch halten mochten. Das Ganze ließ ihn kalt. Nicolien stieß ihn an. »Schau mal, Beerta weint«, flüsterte sie. Er sah an ihr vorbei zu Beerta hinüber, der sein Gesicht mit einem großen, weißen Taschentuch abtupfte. Im Licht der Scheinwerfer sah man, dass es tränennass war.

*

Vom Flur aus konnte er sie durch die Fenster in der Tür sitzen sehen. Sie sahen auf, als er eintrat. »Tag, Kees. Tag, Annechien. Tag, Heidi«, sagte er, in der Reihenfolge, in der sie angestellt worden waren. Nur Annechien begrüßte ihn mit Vornamen. Er blieb mitten im Raum stehen und sah sich um. Hinter Kees hing ein Plakat mit einem Stierkämpfer, ansonsten war die Wand weiß. Unter den Fenstern standen Kästen mit Fragebogen auf einer Länge von drei Metern bis zur Unterkante der Fenster aufgestapelt. »Wie geht's hier voran?«, fragte er. Er blickte von einem zum andern.

»Ganz gut«, sagte Annechien. Sie trug ein weit geschnittenes, braunes Kleid ohne Gürtel, ihr Gesicht wirkte etwas aufgedunsen.

»Jedenfalls besser als vorher«, fand Stoutjesdijk.

»Ich werde Fräulein Bavelaar fragen, ob ihr Schreibtischlampen bekommen könnt«, sagte Maarten, der den Eindruck hatte, dass der Raum vielleicht deswegen so kahl wirkte. In der Gesellschaft seines Personals fühlte er sich unbehaglich, und er war sich bewusst, dass er auch darin seinem Vater ähnelte, über den man sich erzählte, dass er niemals sein Zimmer verlassen hatte.

»Dürfen wir eigentlich auch mal etwas fragen?«, sagte Heidi. Es klang aggressiv und gekränkt, doch fast alles, was Heidi sagte, klang so. Sogar ihr Gesicht sah aggressiv und gekränkt aus.

»Natürlich«, sagte Maarten.

»Was machen wir hier eigentlich?«

»Was ihr macht?« Die Frage amüsierte ihn. Er zog einen Stuhl heran, der in seiner Nähe stand, und setzte sich rittlings darauf, mit seinen Armen auf der Lehne. »Annechien überträgt die Erzählungen, die hereinkommen, auf Karteikarten, Kees die Daten aus dem Fragebogen 21 über Volksheilkunde und du die aus dem Fragebogen 1.«

»Ja, das ist schon klar, aber was hat das für einen Sinn, all die Daten noch einmal abzuschreiben und in ein Karteisystem zu stecken? Das kostet doch unglaublich viel Geld!«

»Ja, das kostet Geld«, gab er zu.

»Und? Was hat das für einen Sinn? Das verstehe ich nicht. Sie stehen da doch gut, in den Fragebogen!«

Maarten dachte nach. Er sah Annechien an. »Warum tun wir das?«, fragte er.

»Das weiß ich nicht«, sagte sie. »Das ist mir auch egal.«

»Wir machen einen Atlas«, sagte Maarten zu Heidi. »In diesen Atlas kommen Karten, auf denen man die Verbreitung von allerhand Phänomenen sehen kann. Die Daten dafür stammen aus einer ganzen Reihe von Quellen: Fragebogen, Erzählungen, der Literatur, Zeitungsausschnitten, und so weiter. Und weil sich unmöglich im Voraus sagen lässt, welche Phänomene eine interessante Verbreitung haben, und man auch nicht jedes Mal all die Quellen wieder durchsuchen kann, sammeln wir systematisch alle Daten, die wir finden, und zwar nach Stichworten. Wenn man dann wissen will, ob eine Karte Sinn ergibt, braucht man nur noch in das Karteisystem zu schauen.«

»Und wann ergibt so eine Karte Sinn?«, fragte sie etwas unsicher.

Er lachte. »Wenn sich eine Kulturgrenze darauf findet.«

»Was ist das, eine Kulturgrenze?« Ihre Hartnäckigkeit machte sie selbst verlegen. »Ist nur so eine Frage«, entschuldigte sie sich. »Ich möchte einfach wissen, womit ich mich eigentlich beschäftige.«

Er stand auf und zog den Stuhl unter sich fort. »Ich werde dir ein Beispiel geben. Einen Moment.« Er verließ den Raum. »Ich habe jetzt eine wissenschaftliche Hilfskraft«, sagte er amüsiert, als er sein Zimmer betrat, »die wissen möchte, was der Sinn hinter dem Atlas ist.«

»Das ist doch nicht so schwer«, antwortete Beerta, ohne von der Arbeit aufzublicken.

»Na ja...« Er suchte zwischen den Karten, die auf der Ecke des Tisches lagen, die über die Nachgeburt des Pferdes. »Einfach ist etwas anderes.«

»Es ist schlicht und ergreifend für die Wissenschaft.«

»Ja, die Wissenschaft«, sagte Maarten skeptisch und zog ein Exemplar der *Mitteilungen* mit seinem Artikel über die Nachgeburt aus dem Bücherregal, das auf seinem Schreibtisch stand. »Ich fürchte, dass das kein Argument ist.«

»Dann gehört sie nicht hierher. Wer ist es?«

»Heidi Bruul«, antwortete Maarten, während er die Tür öffnete und den Raum wieder verließ.

»Das hier ist die Karte der Nachgeburt des Pferdes«, er legte die Karte auf ihren Schreibtisch, »und das ist für dich«, er schob ihr das Exemplar der *Mitteilungen* zu. »Was ich gleich erzählen werde, steht da drin.«

Sie beugte sich über die Karte. Kees Stoutjesdijk stand auf und sah ihr über die Schulter.

»Wenn du genau hinschaust, siehst du hier eine Grenze.« Er zog eine Linie, die das östliche Brabant und Limburg vom Rest der Niederlande abschnitt. »Siehst du das?«

»Nein«, sagte sie.

Stoutjesdijk beugte sich vor und sah genauer hin.

»Du musst auf dieses Zeichen achten. Auf der einen Seite kommt es häufiger vor, auf der anderen Seite fast gar nicht.«

»Ja, ich glaube, dass ich es sehe«, sagte sie zögernd.

»Die Leute auf dieser Seite haben die Nachgeburt aufgehängt oder hängen sie noch immer auf, die auf der anderen Seite nicht. Das ist eine Kulturgrenze.«

»Und was bedeutet das jetzt? Es sind doch dieselben Leute!«

»Ja, jetzt! Aber vielleicht hat es dort früher eine politische, religiöse oder ethnische Grenze gegeben. Das weiß man nicht.«

»Und wann weiß man es?«

»Wenn man dieselbe Grenze auch bei anderen Phänomenen findet.«

»Aber die haben Sie noch nicht gefunden«, stellte Stoutjesdijk fest.

»Nein. Wir haben erst zwei Kulturgrenzen gefunden, die andere verläuft hier«, er zeigte auf die Staatsgrenze, »die hat Vanhamme entdeckt, aber die muss aus einer anderen Zeit stammen.«

»Und all die anderen Angaben?«, fragte Heidi. »Nehmen wir die denn nur aus Spaß an der Freude ins Karteisystem auf?«

»Wir müssen doch auch Auskünfte geben.« Er richtete sich auf. »Wir bekommen sicher hundert Anfragen pro Jahr. Ich würde mir keinen Rat wissen, wenn ich kein Karteisystem hätte, denn aus dem Kopf weiß ich nichts.« Er rollte die Karte wieder zusammen.

»Es ist also auch eine Art Wörterbuch.«

»Ja, es ist eine Art Wörterbuch.«

»Gut, dann verstehe ich es.«

»Ergibt es dann Sinn?«

»Ja, natürlich ergibt es dann Sinn«, sagte sie entrüstet. »Ein Wörterbuch! Das ist doch immer sinnvoll!«

Er lachte. »Gut.« Er wandte sich ab. Annechien hatte während der gesamten Zeit weitergetippt. Er blieb bei ihr stehen. »Wann kommt denn das Kind?«, fragte er.

»Nächsten Monat«, sagte sie, ohne aufzublicken.

»Und wie lange wolltest du noch arbeiten?«

»Bis Ende des Monats.«

»Dann werde ich mal langsam Ersatz suchen«, sagte er und tat sein Bestes, um es möglichst freundlich klingen zu lassen.

»Und was ist der Sinn?«, fragte Beerta, als Maarten den Raum wieder betrat.

»Der Sinn ist, dass das Karteisystem ein Wörterbuch ist.« Er legte die Karte auf den Stapel zurück.

Beerta legte die Brille hin und stand auf. »Das ist keine schlechte Idee.« Er sah Maarten an. »Das hätte auch von mir sein können.«

Es klopfte. Sie sahen beide zur Tür.

»Du brauchst nicht anzuklopfen«, sagte Maarten, als Heidi eintrat.

»Das wusste ich nicht.« Sie sah kurz zu Beerta, grüßte ihn jedoch nicht. »Ich habe gehört, dass Sie jemanden suchen, und ich glaube, dass mein Freund hier gern arbeiten würde.«

»Wie heißt er?«

»Ad Muller.«

»Er soll mal vorbeikommen.«

Beerta hatte unbewegt zugesehen. »Ist das Fräulein Bruul?«, fragte er, als Heidi den Raum wieder verlassen hatte.

»Ja.«

»Ist sie mir schon mal vorgestellt worden?«

»Ja, natürlich«, sagte Maarten entrüstet.

»Ich kann mich nicht daran erinnern, aber ich werde alt. Sie ähnelt Frau Haan ein wenig, findest du nicht?«

»Vielleicht ist das ja der Grund, weshalb Sie sich nicht mehr an sie erinnern?«, äußerte Maarten boshaft.

»Das könnte sehr gut sein. Ich wäre vorsichtig mit ihr. Es ist besser, Männer einzustellen.« Er spitzte die Lippen und setzte sich wieder an den Schreibtisch. »Wie läuft es eigentlich mit diesem S-stoutjesdijk? Hat der schon mit seiner D-doktorarbeit angefangen?«

*

»Ich habe heute Nacht noch mal darüber nachgedacht«, sagte Beerta, als Maarten morgens eintrat. Er stand am Karteisystem und stieß das Schubfach, in dem er etwas nachgeschlagen hatte, wieder zu. »Sollen wir das Wörterbuch nicht zusammen machen?« Er sah Maarten listig an.

Der Vorschlag überraschte Maarten. Er empfand ihn als unsittlich. »Es ist noch lange nicht fertig«, wehrte er ab.

»Wie lange dauert es denn noch?«

»Jahre«, sagte Maarten stur. Er setzte sich.

»Warum Jahre?«, fragte Beerta erstaunt. »So etwas braucht doch nicht Jahre zu dauern?«

»Allein schon die Eingabe der Daten aus den Fragebogen dauert Jahre, und dann noch die aus der Literatur und dem Ausschnittarchiv!«

»So viel Arbeit ist das doch nicht!«

»Wir haben fünfunddreißigtausend Fragebogen im Haus«, rechnete Maarten vor, »sagen wir zwanzig Daten pro Fragebogen, das ist niedrig angesetzt, das sind siebenhunderttausend Karteikarten. Niemand tippt mehr als fünfunddreißig Karteikarten in der Stunde. Das sind also zwanzigtausend Stunden. Eine Woche hat vierzig Stunden, das sind fünftausend Wochen, ein Jahr hat fünfzig Wochen, das sind hundert Jahre.

Nehmen wir an, dass wir zu fünft daran arbeiten, dann sind wir allein damit schon zwanzig Jahre beschäftigt. Und dann kommt jedes Jahr ein Fragebogen dazu.«

Beerta hatte zögernd, fast liebkosend, seine Hand auf den Griff des ersten Kastens gelegt. »Aber wir könnten doch schon mal mit dem A anfangen?«, sagte er, ohne Maarten zuzuhören, »du nimmst immer alles viel zu schwer.«

*

Beim Bäcker war es brechend voll. Während Nicolien die Eingangstreppe hinaufstieg und sich zu den Menschen gesellte, die darauf warteten, an die Reihe zu kommen, setzte er sich auf die unterste Stufe, ganz nach außen, in die Sonne. Er stützte seine Ellbogen auf die Knie und beobachtete den Verkehr. Es herrschte frisches, herbstliches Wetter. Der Wind wehte gelbe Blätter über den Bürgersteig. Sie glitten und taumelten zwischen den Schuhen der Passanten hindurch, häuften sich am Rand der Eingangstreppe auf, lösten sich wieder und wirbelten weiter die Rozengracht hinunter. Er betrachtete die Szene und fühlte sich nach Wochen des Eingeengtseins zum ersten Mal wieder halbwegs entspannt. Ein Hund kam vorbei, ein kleiner Hund mit kurzen Beinen, auf dem Weg zu einem Ziel, das nur er allein kannte. Maarten folgte ihm mit seinen Augen, bis er zwischen den Passanten aus dem Blickfeld verschwand, und sah dann zur Straßenbahn, die in voller Fahrt vorbeifuhr, etwa fünfzig Meter weiter abbremste und an der Haltestelle Ecke Lijnbaansgracht zum Stehen kam. Es stiegen ein paar Leute aus, andere stiegen ein, die Türen schlossen sich, doch die Straßenbahn blieb vor der roten Ampel stehen. Die Selbstverständlichkeit, mit der der Fahrer sich den Regeln fügte, vermittelte ihm ein Glücksgefühl, als gäbe dies dem Leben Sinn. Sein Blick blieb weiter auf die Bahn gerichtet, bis die Ampel wieder auf Grün sprang und die Straßenbahn sich in Bewegung setzte. Von seiner niedrigen Position aus beobachtete er die Menschen, die, ebenfalls mit ihren Einkäufen beschäftigt, vorbeikamen, und stellte fest, dass es noch früh war. Er dachte an Paris und fühlte sich wie im Urlaub. Noch zwei Wochen. Für einen Moment wanderten seine Gedanken zum Büro, wandten sich jedoch sofort wieder davon ab. An der Bordsteinkante stand ein alter Mann mit einem Stock. Er trug einen Regenmantel aus Gabardine und einen alten Hut mit einem Kniff in der Mitte, so wie ihn sein Vater und sein Schwiegervater früher getragen hatten. Er betrachtete den Mann aufmerksam und beschloss, dass es ein pensionierter Lehrer sein müsse, was erneut ein Glücksgefühl in ihm erzeugte. Ordnung muss sein. Der Mann hob seinen Stock, ein Auto, das aus Richtung des Westermarktes kam, bremste und hielt, der alte Mann schlurfte mit erhobenem Stock langsam über die Fahrbahn, an den Autos vorbei, die auch auf der Gegenfahrbahn für ihn angehalten hatten. Erst als er den Bürgersteig fast erreicht hatte, setzten sie sich wieder in Bewegung. Maarten nickte beifällig und sah auf. Dicht vor ihm hatten sich ein kleines Mädchen und ein Mann um die vierzig getroffen, allem Anschein nach ein Bauarbeiter mit einem vom Alkohol gezeichneten Gesicht. »Schau mal, was ich habe!«, sagte das Mädchen. Sie öffnete den Mund und tippte mit ihren Fingern auf die Zähne. »Giftzähne!« Der Mann betrachtete sie und schmunzelte. »Nein«, sagte er in Amsterdamer Platt, »du meinst wohl Stiftzähne?«, und das rührte Maarten so sehr, dass ihm die Tränen in die Augen schossen.

*

»Ich sollte doch meinen Freund mitbringen?«, sagte Heidi – sie stand in der Tür. »Nun! Hier ist er!« Sie drehte sich um. »Den Rest kannst du dann ja selbst übernehmen«, sagte sie in schneidendem Ton zu jemandem, der hinter ihr stand. Ein schmächtiger, ostindisch aussehender junger Mann betrat, an ihr vorbei, den Raum. Maarten stand auf.

»Ad Muller«, sagte der junge Mann, während er Maarten die Hand gab. Er hatte große, braune Augen und einen etwas naiven, erstaunten Gesichtsausdruck, als sei die Welt neu für ihn.

»Koning«, sagte Maarten mechanisch. Erst danach fiel ihm ein, dass er »Maarten Koning« hätte sagen müssen.

»Ich habe gehört, dass Sie ein Wörterbuch machen«, sagte der junge Mann. »Ich würde gern dabei mitmachen.« Er hatte ein eigenartig herausforderndes Lachen, als wollte er sagen: Und jetzt du!

Beerta hatte sich in seinem Stuhl umgedreht und legte die Brille weg.

»Ich werde Sie zuerst einmal Herrn Beerta vorstellen«, sagte Maarten. Er wandte sich Beerta zu. »Das ist«, er zögerte kurz, »Herr Muller, der Freund von Fräulein Bruul.«

Beerta stand auf.

»Sagen Sie ruhig Ad zu mir«, sagte der junge Mann, während er Beerta die Hand reichte.

Beerta richtete sich auf und spitzte ironisch die Lippen. »Von Adriaan.«

»Adrianus«, verbesserte der junge Mann.

»Bedeutet das, dass du katholisch bist?«, fragte Beerta.

»Soweit ich weiß, nicht«, sagte der junge Mann keck.

»So etwas weiß man doch!« Man konnte sehen, dass der junge Mann ihn amüsierte.

»Nein, ich bin nicht katholisch.«

Beerta nickte bedächtig. »Und du studierst?«

»Deutsch«, mit demselben herausfordernden Lachen.

»Deutsch?«, sagte Beerta überrascht. »Warum Deutsch?«

»Weil es eine schöne Sprache ist.«

Beerta nickte. »Das finde ich auch.«

»Sie finden das auch?«, fragte der junge Mann überrascht.

»Warum sollte ich das nicht finden?«, fragte Beerta mit gespieltem Erstaunen.

»Weil es fast niemand findet.«

»Deutsch ist für mich die Sprache von Rilke und Stefan George.« Er blickte dem jungen Mann direkt in die Augen. »Kennst du die?«

»Ja, natürlich.«

»Und wie findest du sie?«

»Ein bisschen sanft?«, sagte der Junge zögernd, fast fragend.

Beerta schmunzelte. »Ja, aber mir kann es nicht sanft genug sein.« Er sah den jungen Mann an und zwinkerte. »›Die sanften Kräfte werden sicher siegen ganz am End.‹« Er wartete kurz, als erwarte er eine

Reaktion, doch der junge Mann schwieg. »Kennst du Henriette Roland Holst?«

»Nur davon gehört.«

»Dann werde ich dir mal etwas von ihr zu lesen geben«, er spitzte die Lippen, »zumindest, wenn Herr Koning dich haben will, denn das ist kein bequemer Zeitgenosse.«

»Er könnte die Arbeit von Annechien Ansing machen«, sagte Maarten, Beertas Bemerkung ignorierend.

Beerta nickte. »Das ist eine gute Idee«, er wandte sich ab, »dann zeig ihm mal, was er zu tun hat.«

Maarten ging zum Karteisystem und drehte sich zu Ad Muller um. »Das ist das Wörterbuch, von dem Heidi gesprochen hat.«

Ad Muller kam neugierig näher. Maarten zog ein Schubfach auf. Muller beugte sich über die Karteikarten und blätterte ein paar um. In seinem Blick und seiner Haltung lag etwas Begieriges. »Und wann ist das hier fertig?«, fragte er.

»Wenn ich in Rente gehe«, antwortete Maarten. In seiner Stimme lag ein boshaftes Vergnügen. Er war sich sicher, dass Beerta lauschte.

Muller zog ein zweites Schubfach auf und sah auch dort hinein.

»Das schreckt dich nicht ab?«, fragte Maarten.

»Nein, im Gegenteil«, sagte der junge Mann und sah auf. »Ich finde es herrlich, an etwas Großem zu arbeiten.«

»Herr Koning nimmt die Dinge manchmal etwas schwer«, warnte Beerta.

»Aber dieses Mal nicht«, parierte Maarten.

*

»So!«, sagte sein Vater. Er schob sein Schälchen von sich weg, wischte sich mit der Serviette den Mund ab und stand auf. »Das war lecker, Kind! Jetzt noch den Kaffee!« Er setzte sich in den Sessel am kleinen Tisch und begann, seine Pfeife zu stopfen.

»Du wirst noch einen Moment warten müssen, bis wir auch aufgegessen haben«, ermahnte ihn Maarten, während er seinen Joghurt auslöffelte – er spürte Nicoliens aufkeimende Wut neben sich. »Mein Vater sagte dann immer: Der Kellner muss auch essen.«

»Daran kann ich mich nicht erinnern«, sagte sein Vater, während er den Tabak andrückte. »Wenn du nur darauf achtgibst, dass ich um halb acht wegmuss.«

»Worüber wirst du eigentlich sprechen?«

»Über meine Reise nach Israel.« Er zündete die Pfeife an, warf das Streichholz in Richtung Aschenbecher und beugte sich vor, um das oberste Buch vom Stapel auf dem kleinen Tisch zu nehmen. Gerard Reve: *Op weg naar het einde*. »Ich werde ihnen meine Dias zeigen.« Er schlug das Buch auf.

Maarten stand auf. Er wollte Nicoliens Schälchen nehmen, um es zusammen mit seinem eigenen in die Küche zu bringen.

»Lass nur«, sie nahm ihm das Schälchen ab, in ihrer Stimme lag unterdrückte Wut, »ich mach das schon, setz du dich nur zu deinem Vater.« Sie ging mit den Schälchen in die Küche.

»Wer kommt eigentlich?«, fragte Maarten, während er sich auf die Couch setzte. Er fühlte sich schuldig, sowohl seinem Vater als auch Nicolien gegenüber. Er hörte, wie sie wütend in der Küche den Kaffee mahlte.

»Genossen von der Partei«, antwortete sein Vater, während er in dem Buch blätterte. »Abschnitt West, glaube ich. Taugt das Buch was?«

»Ich finde es sehr gut.« Er sah zu, während sein Vater andächtig eine Seite las.

»Willst du dir keine Pfeife stopfen?«, fragte sein Vater. Er hielt ihm seinen Tabaksbeutel hin, ohne von seiner Lektüre aufzublicken.

»Nicht gleich nach dem Essen.«

Sein Vater steckte den Tabaksbeutel wieder ein und blätterte die Seite um.

Maarten beobachtete die Katze, die aus der Küche ins Zimmer kam und neben ihn auf die Couch sprang. »Na, Jonas?« Er streichelte ihren Kopf und kraulte sie hinter dem Ohr. Die Katze begann zu schnurren.

»Der Mann schreibt gut«, sagte sein Vater, während er das Buch zuklappte und auf den Stapel zurücklegte, »aber ich bin zu alt dafür.«

»Wofür bist du denn nicht zu alt?«

»Krimis. Der Rest interessiert mich nicht mehr.«

»Mochtest du früher eigentlich Rilke und Stefan George?«

»Stefan George nicht. Rilke … ja, aber das ist lange her. Warum fragst du?« Er sah Maarten forschend an.

»Weil Beerta große Stücke darauf hält.«

»Beerta! Ja, das kann ich mir vorstellen. Das ist genau das Richtige für ihn.«

»Und Henriette Roland Holst?«

»Daran kann ich mich nicht mehr erinnern«, sagte sein Vater unwillig. »Wahrscheinlich schon. Das gehörte damals dazu. Ich glaube, dass ich sogar etwas von ihr habe.«

»Auf jeden Fall hast du *De Nieuwe Geboorte* und *Opwaartsche Wegen*.«

»Woher weißt du das?«, fragte sein Vater argwöhnisch. »Stehen die jetzt etwa in eurem Bücherschrank?«

Maarten lachte. »Ich mag ihre Sachen nicht.«

»Na, dann ist ja gut«, sagte der Vater ironisch. »Wenn du sie nicht magst, dann stehen sie bei mir ja sicher.«

Nicolien kam mit dem Kaffee herein. »Bitte«, sie stellte die Tasse vor seinen Vater hin.

»Du hast doch keinen Zucker hineingetan?«, fragte sein Vater.

»Nein«, sagte sie.

»Ich frage ja nur.« Er sah auf seine Armbanduhr. »In zehn Minuten muss ich los. Wie weit ist es zu Fuß?«

»Zwanzig Minuten«, schätzte Maarten. »Ich begleite dich.«

Es stürmte. An der Gracht gingen sie noch halbwegs geschützt, doch kaum waren sie um die Ecke gebogen und hatten die Brücke über die Nassaukade überquert, kam der Wind direkt von vorn. Das Wasser der Singelgracht klatschte gegen das Ufer. Wild schlingerten die Lichter der Laternen im Wasser hin und her. Außerhalb des Lichtscheins war es stockdunkel. Schweigend kämpften sie sich nebeneinander gegen den Wind weiter in Richtung der Markthallen. Über dem Wintermantel trug sein Vater einen Plastikregenmantel, der um seine Beine flatterte.

In der rechten Hand hatte er sein Köfferchen mit den Dias. Auf der Brücke über die Kostverlorenvaart blieb er stehen. Er nahm den Koffer in die andere Hand und griff zum Geländer. »Warte kurz«, sagte er.

Maarten blieb stehen und sah ihn an. Sein Vater keuchte. Im Licht der Natriumlampen wirkte sein Gesicht fahl. »Kannst du nicht mehr?«, fragte er beunruhigt.

»Bei diesem Wind kriege ich kaum Luft.« Er richtete sich etwas auf, um seinen Brustkorb zu dehnen.

Maarten lachte. Es war Unsicherheit, doch es klang wie Schadenfreude, und er war sich auch nicht ganz sicher, dass keine Schadenfreude dabei war.

»Ja, mein Junge«, sagte sein Vater resigniert, »dein Vater ist nicht mehr so jung.«

Maarten schämte sich. »Soll ich den Koffer tragen?« Er streckte die Hand aus.

»Nein«, er hielt den Koffer fest, »es geht schon wieder.« Der Plastikmantel spannte sich so eng über seinen Wintermantel, dass er aussah wie eine vollgestopfte Wurst, obwohl er doch nur ein kleiner, dürrer Mann war.

Ganz langsam gingen sie die letzten hundert Meter gegen den Wind zum Marcanti. Erst im Windschatten des Gebäudes kam sein Vater wieder etwas zu Atem. Er blieb einen Moment stehen, bevor er eintrat, als wolle er sich erst wieder völlig im Griff haben, und setzte dann entschlossen die Drehtür in Bewegung. Die Halle war menschenleer. In der Ferne, aus einem erleuchteten Raum, hörte man Stimmengewirr. »Dort wird es sein«, sagte sein Vater und schritt auf die Garderobe zu. Während er seinen Mantel aufhängte, kamen weitere Personen durch die Drehtür auf sie zu. Scheu wandte sich sein Vater ab, offenbar unsicher über seine Rolle, und ging, mit Maarten im Gefolge, in Richtung des Lärms.

Als sie den Saal betraten, wurden sie von einem Mann in Maartens Alter mit einem runden Gesicht, blondem, nach hinten gekämmtem Haar und einem roten Cordjackett angesprochen.

»Tag, Herr Koning. Ich bin van der Vaart.«

»Bonjour«, sagte sein Vater und gab ihm die Hand.

»Haben Sie Ihre Dias dabei?«

»Natürlich habe ich meine Dias dabei«, sagte sein Vater mit einem schiefen Lächeln. »Sie denken doch nicht, dass ich schon senil bin?«

Van der Vaart lachte herzlich. »Ich würde es nicht wagen.«

»Aber Sie wollen sie bestimmt haben.« Er legte den Koffer auf ein in der Nähe stehendes Tischchen und öffnete die Klappe. Im Inneren befanden sich vier Dia-Magazine. Sein Vater zog ein Dia heraus und hielt es gegen das Licht einer Lampe über seinem Kopf, ein Auge zugekniffen. Van der Vaart und Maarten sahen zu. Hinter ihnen betraten weitere Menschen den Saal. Maarten sah sich um: viele ältere, grauhaarige Leute, schätzungsweise hundert. Der Saal war erfüllt von ihren Stimmen. Am Ende, vor einem Vorhang, war eine Leinwand aufgespannt, daneben stand ein Rednerpult mit einem Glas Wasser darauf.

»O Gott«, murmelte sein Vater, »jetzt habe ich doch …« Er steckte das Dia wieder zurück, nahm ein weiteres aus dem folgenden Magazin, hielt es ans Licht, steckte es zurück, nahm eines aus dem dritten und schließlich aus dem vierten Magazin.

»Einen Augenblick«, sagte van der Vaart zu Maarten. »Ich bin sofort wieder da.« Er entfernte sich diskret.

Sein Vater blickte auf. »Jetzt habe ich statt der Israel-Dias die Dias mit den Enkeln mitgenommen.« Er sah Maarten an, als suche er seine Unterstützung.

»Großer Gott«, sagte Maarten erschrocken.

Sein Vater blickte in den Saal auf die Rücken der Menschen, die gekommen waren, um seine Israel-Dias zu sehen.

»Soll ich Kees anrufen, dass er sie mit dem Auto bringt?«

Sein Vater schüttelte den Kopf. »Kees ist nicht zu Hause. Der ist auch auf einer Versammlung.« Er dachte nach und fasste dann einen Entschluss. »Mir bleibt nichts anderes übrig, als ihnen etwas über meine Enkel zu erzählen.« Er blickte in den Saal. »Die meisten sind alt. Das finden sie sicher auch nett. Wo ist dieser Mann?« Er suchte zwischen den Menschen nach van der Vaart.

»Möchtest du, dass ich bleibe?«, fragte Maarten. Er zog den Reißverschluss seiner Segeljacke herunter.

Sein Vater sah ihn an. »Nein, mein Junge, das wird dich doch nur langweilen. Geh ruhig nach Hause.«

»Und wenn du hier fertig bist?«

»Kees holt mich mit dem Auto ab, du brauchst dich also nicht um mich zu kümmern«, sagte sein Vater entschieden. »Da ist er!« Er ging entschlossen auf den Mann im roten Jackett zu, der ihm entgegenkam. »Ich habe mich entschlossen, heute Abend einmal über etwas ganz anderes zu reden«, hörte Maarten ihn sagen. Den Rest konnte er nicht verstehen, da sie sich in dem allgemeinen Gemurmel in Richtung des Diaprojektors entfernten, der im Mittelgang stand. Ein zweiter Mann, der neben dem Apparat auf einem Stuhl saß, stand auf und schüttelte seinem Vater die Hand. Der Koffer öffnete sich wieder, eines der Magazine wurde in den Projektor geschoben, die anderen wurden auf einen Stuhl gestellt, woraufhin van der Vaart seinen Vater mit nach vorne nahm und selbst hinter das Rednerpult trat. »Genossen!« Er tippte auf das Mikrofon, das Gemurmel verstummte. »Genossen!«, wiederholte er.

Maarten drehte sich um und verließ den Saal in Richtung der menschenleeren Halle. Sein Vater tat ihm leid, doch zugleich war er erleichtert wegzukommen. Hinter sich hörte er Applaus. Kurz beschlichen ihn Zweifel, ob er nicht doch hätte bleiben sollen, doch als er draußen war und mit dem Sturm im Rücken nach Hause zurückging, gelang es ihm, sie von sich abzuschütteln.

»Und, wie lief es?«, fragte Nicolien, als er das Zimmer betrat. Sie saß unter dem Licht der Lampe und las die Zeitung. Jonas lag auf ihrem Schoß.

»Er hatte statt der Israel-Dias die mit den Kindern von Kees mitgenommen.«

»Und jetzt?«

»Nichts jetzt.« Er lachte. »Jetzt hält er *darüber* seinen Vortrag.«

»Aber hättest du dann nicht bleiben müssen?«, fragte sie. »Das ist doch traurig!«

*

»Ich habe es genossen«, versicherte Beerta. Er stand mit dem Rücken zum Ofen und beobachtete Maarten, der seine Seite des Tisches aufräumte. »Wenn ich dort leben würde, wäre ich ganz bestimmt auch Kommunist.«

»Haben Sie denn nichts vom Regime bemerkt?«, fragte Maarten.

»Nein. Das Einzige, was man merkt, ist, dass die Menschen dort etwas ärmer sind, aber das Gehalt der Professoren ist genauso hoch wie hier, und die wissenschaftlichen Mitarbeiter werden zwar etwas schlechter als bei uns bezahlt, aber immer noch ganz ordentlich. Ich bin noch nie in einem Land gewesen, in dem die Intellektuellen eine solche Wertschätzung genießen.«

»Merkwürdig.« Er stellte die Schreibmaschine auf seinen Schreibtisch.

»Warum ist das merkwürdig?«

»Weil Intellektuelle doch Profiteure sind? Und man sollte meinen, dass das nichts für Kommunisten ist.«

Die Bemerkung amüsierte Beerta. »Du hast doch merkwürdige Auffassungen.«

»Was halten die Arbeiter davon?« Er setzte sich ans Ende des Tisches und sah Beerta an.

Beerta griff zu einem Stapel Papiere und trug ihn von seiner Seite des Tisches zum Schreibtisch. »Mit Arbeitern habe ich nicht gesprochen. Außer mit dem Chauffeur meines Autos, und der fand den Unterschied tatsächlich zu groß für einen kommunistischen Staat, aber das war, wie gesagt, ein Chauffeur.«

»Was verdiente der denn?«

»Dieser Chauffeur verdiente 4.800 Mark pro Jahr, ein Professor verdient 36.000 Mark und der Rector magnificus sogar 180.000 Mark, habe ich mir sagen lassen, aber er ist natürlich ein hohes Parteimitglied, das lässt sich also schon erklären. Aber er hatte recht, der Unterschied ist ein bisschen groß.«

»Das meine ich auch.«

»Aber das ist doch nicht so erstaunlich?« Er unterbrach den Transport seiner Stapel einen Moment und sah Maarten an. »Es ist doch völlig klar, dass jeder versucht zu bekommen, was er bekommen kann!

Ich finde es nur wichtig, dass es in diesem Fall die Intellektuellen sind, die daraus einen Vorteil schlagen. In Westdeutschland sind es die Kapitalisten, die sind ihnen da auch alle zuwider.« Sein Gesicht wurde ernst. »Ich habe einen Professor gesprochen, einen sehr gebildeten Mann mit einem tadellosen Ruf, der hat mir gesagt: ›Was wir den Westdeutschen übelnehmen, ist die Tatsache, dass die alles abgreifen und im Luxus baden, während wir für das büßen müssen, was wir Deutschen verbrochen haben.‹ Du wirst verstehen, dass mich das sehr angesprochen hat.«

»Aber glauben Sie das?«, fragte Maarten, reichlich irritiert.

»Natürlich glaube ich das. Warum sollte ich das nicht glauben? Ich würde genauso darüber reden, wenn ich Deutscher wäre.«

Die Tür ging auf. Fräulein Veldhoven trat ein.

»Tag, Frau Veldhoven, kommen Sie herein«, sagte Beerta und richtete sich auf. Er nickte.

Maarten stand auf. »Tag, Fräulein Veldhoven.« Er gab ihr die Hand.

»Tag, Herr Koning«, sagte sie. »Tag, Herr Beerta.« Sie hatte eine etwas gekünstelte Art zu sprechen und ein zartgeschnittenes Gesicht mit einer kleinen, spitzen Nase und war sehr akkurat gekleidet.

»Wie läuft es in der Frans van Mierisstraat?«, fragte Beerta.

»Darüber wollte ich gerade mit Ihnen sprechen«, sagte sie rasch, »denn es sieht jetzt doch so aus, dass wir dort recht bald wieder wegmüssen.«

Beerta nickte. »Ich hatte darüber ein Gespräch mit van der Haar. Im Hauptbüro überlegt man, ob man hier im Garten nicht eine Baracke für Sie bauen lässt.«

»Glauben Sie, dass das die Lösung ist?«, fragte sie besorgt.

»Dessen bin ich mir sicher«, sagte Beerta mit Nachdruck.

»Wenn Sie es sagen, wird es natürlich schon so sein«, sagte sie zögernd, »aber bei Baracke denkt man doch sofort wieder an eine zeitlich befristete Unterbringung.«

»Sie können mir vertrauen.«

»Davon muss ich dann wohl ausgehen.« Sie sah auf ihre Armbanduhr, eine kleine Uhr an einem zarten Handgelenk. »Sie haben noch nicht angefangen. Kann ich noch kurz etwas mit Fräulein Bavelaar besprechen?«

»Wir fangen in fünf Minuten an«, sagte Beerta und hob einen Stapel vom Tisch. Er drehte sich zu seinem Schreibtisch.

Fräulein Veldhoven stellte ihre Tasche auf den Tisch und verließ den Raum. Sofort darauf trat Fräulein Haan ein. »Tag, Herr Koning«, sagte sie, ohne Maarten anzusehen. Ihr Blick richtete sich auf Beerta. »Du hast natürlich wieder deinen Spaß gehabt.« In ihrer Stimme lag ein wenig Sarkasmus.

Beerta drehte sich um. »Ich habe meinen Spaß gehabt.«

»Das habe ich mir schon gedacht.« Sie nahm ihren Platz neben dem Ofen ein.

Balk kam gehetzt herein. »Und? Spaß gehabt?« Mit einem Knall ließ er ein Bündel Papiere auf den Tisch fallen und setzte sich gut gelaunt hin.

»In der Tat«, sagte Beerta ironisch.

»Noch im Theater gewesen? Brecht?« Er sah Beerta amüsiert an, seine Hände übereinander auf den Papieren.

»Wir sind in der Oper gewesen«, erzählte Beerta, der hinter seinem Stuhl stand, mit der Hand auf der Lehne. »Als ob die Zeit stillgestanden hätte. Die Herren in Smoking, die Damen in Abendkleidern, solche, die bis oben geschlossen sind«, er strich mit der Hand an seinem Hals vorbei, »sodass man ihre Brüste nicht sehen konnte.« Er schmunzelte. »So gefällt es mir am besten.«

»Ach, tu doch nicht so prüde«, sagte Fräulein Haan verärgert. »Das sagst du doch nur!«

Balk zeigte sich amüsiert.

Beerta sah sie mit einem ironischen Glanz in den Augen an. »Keineswegs, denn ich *bin* prüde.«

»Ach, hör doch auf. Ich weiß es doch wohl besser!«

Beerta betrachtete sie schmunzelnd, ohne zu antworten.

Fräulein Veldhoven und Fräulein Bavelaar traten ein, gefolgt von de Gruiter und, kurz darauf, Hendrik. Stühle wurden gerückt, während sich jeder einen Platz suchte. Beerta nahm einen Stapel Papiere von seinem Schreibtisch und setzte sich ans Kopfende des Tisches. Er wartete, bis alle saßen. »Ist Frau Moederman nicht da?«

»Frau Moederman ist krank«, sagte Fräulein Bavelaar.

»Krank?«, fragte Beerta erstaunt. »Was hat sie denn?«

»Migräne.«

»Dann werden wir dieses Mal ohne sie auskommen müssen.« Er blickte in die Runde. »Es gibt drei Dinge, die ich heute auf jeden Fall besprechen möchte. Das sind: das Briefarchiv, der Jahresbericht und der Haushaltsplan für das kommende Jahr. Zunächst einmal das Briefarchiv. Fräulein Bavelaar hat das Wort.«

»Ich?«, fragte Fräulein Bavelaar erschrocken.

»Sie hatten doch einen Vorschlag?«

»Na ja, einen Vorschlag. Ich frage mich bloß, wo es hinsoll, denn es nimmt unglaublich viel Platz ein, und ich finde das System auch ziemlich kompliziert.«

»Das System hat Wiegel noch entwickelt, ich habe also großes Vertrauen, dass es funktioniert.«

»Na ja, ich kapiere es häufig nicht und kann nichts wiederfinden.«

»Ich finde, dass Fräulein Bavelaar recht hat«, bemerkte de Gruiter. »Ich finde es auch oft sehr schwierig.«

»Gibt es noch weitere Einwände gegen das System?«, fragte Beerta stirnrunzelnd und blickte in die Runde.

»Gegen das System nicht«, sagte Fräulein Haan, »aber wann schaffen wir endlich einmal diese abscheuliche Regel ab, dass von jedem Brief zwei Durchschläge gemacht werden müssen? Wenn wir schon über Platzmangel reden! Das frisst Platz!«

»Ich habe oft meine Freude daran gehabt«, versicherte Beerta.

»Ach, hör doch auf! Ich noch nie.«

»Das liegt dann an dir.«

»Wenn man sie nicht braucht, macht man sie eben nicht!«, sagte Balk. »Ich mache nie zwei Durchschläge!«

Beerta hörte schmunzelnd zu.

»Aber können wir dann nicht besser das, was wir nicht mehr benutzen, vernichten?«, fragte Fräulein Bavelaar.

»Ich vernichte nie etwas«, sagte Beerta.

»Ach, jetzt sei doch mal ernst«, sagte Fräulein Haan.

»Aber Dé. Ich *bin* ernst! Ich habe noch nie auch nur einen Schnipsel Papier vernichtet!«

»Wenn wir es vermeiden, Durchschläge zu machen, brauchen wir sie auch nicht zu vernichten«, meinte de Gruiter.

»Genau!«, sagte Balk.

»Da bin ich doch anderer Meinung«, sagte Fräulein Bavelaar. »Es gibt eine ganze Menge Zeug, das nach fünf Jahren vernichtet werden kann.«

»Nennen Sie mal ein Beispiel!«, sagte Beerta.

»Nun, die Einladungen zu den Symposien beispielsweise, die Einladungen an die Referenten, die Saalmiete, die Einladungen an die Teilnehmer, das kann man nach fünf Jahren doch vernichten? Oder?«

»Nein«, sagte Beerta. »Das darf nicht vernichtet werden.«

»Aber warum denn nicht?«

»Versuchen Sie es gar nicht erst«, sagte Fräulein Haan. »Herr Beerta wird mit Sicherheit niemals seine Zustimmung geben, dass etwas vernichtet wird.«

»Für ein Symposium werde ich als Referenten zum Beispiel Pater Willibrord einladen«, sagte Beerta und zwinkerte, »aber der lehnt ab, weil er immer ablehnt! Nehmen wir nun an, dass man mir in fünf Jahren den Vorwurf macht, dass ich ihn nicht habe reden lassen. Dann kann ich, mit den Dokumenten in der Hand, beweisen, dass ich das sehr wohl versucht habe.« In seinem Blick lag Triumph.

»In fünf Jahren denken wir uns einfach etwas aus«, sagte Fräulein Haan.

»Aber wenn wir diesen Brief haben, ist das nicht nötig.«

»Man könnte doch auch sagen, dass man sich nicht mehr daran erinnert«, bemerkte Maarten.

Beerta sah ihn von der anderen Seite des Tisches an. »Aber das ist schwach«, sagte er. »Wenn man sagt, dass man sich nicht mehr daran erinnert, heißt es: ›Beerta wird alt! Es wird Zeit, dass der endlich in Rente geht!‹«

*

1964

»Kannst du Ansings Assistenten nicht mal verbieten, so viel zu rauchen?«, fragte Fräulein Haan wütend, als sie den Raum betrat. Beerta legte seine Brille weg und drehte sich um. »Raucht er so viel?«

»Ach, komm schon, das wirst du doch wohl gemerkt haben?«, sagte sie verärgert. »Er tut nichts anderes!« Sie war hinter Maarten stehen geblieben.

»Nein, das habe ich nicht gemerkt.«

»Aber du siehst doch, dass sein Aschenbecher immer voller Kippen ist?«

»Ich schaue nicht in Aschenbecher«, antwortete Beerta steif. »Aschenbecher interessieren mich nicht.«

»Nun, wenn du nur weißt, dass ich das nicht länger aushalte! Wenn du das nicht beenden willst, verlange ich, dass du einen anderen Platz für ihn suchst! Mit so jemandem will ich nicht den ganzen Tag im selben Raum sitzen!«

Beerta stand auf und griff, während er sich aufrichtete, zur Stuhllehne. »Aber das bisschen Rauch ist doch nicht so schlimm«, sagte er versöhnlich. »Koning raucht auch, aber ich habe mich noch nie darüber beschwert.«

»Koning raucht Pfeife! Das ist etwas anderes!«

»Ich sehe nicht, warum das etwas anderes sein soll.«

»Jetzt stell dich nicht dümmer als du bist! Du hast doch sicher die Zeitung gelesen?«

»Natürlich habe ich die Zeitung gelesen.«

»Dann hast du doch gelesen, dass man vom Zigarettenrauch Krebs bekommt?«

»Wirklich?«

»Ja, natürlich! Das hat man kürzlich herausgefunden!«

»Das wusste ich nicht«, gab Beerta zu. »Das habe ich dann sicher übersehen.«

»Dann weißt du es jetzt! Und ich erwarte nun von dir als Direktor, dass du etwas dagegen unternimmst!«

»Ja, Dé«, sagte Beerta fügsam. »Ich werde darüber nachdenken.«

»Nicht nachdenken! Machen!«

»Aber ich muss doch erst überlegen, wie ich es mache?«

»Hauptsache, es dauert nicht zu lange, denn ich bin mit meiner Geduld am Ende!« Sie verließ den Raum so resolut, wie sie gekommen war.

»Was mache ich jetzt bloß?«, seufzte Beerta. Er wandte sich ab und setzte sich wieder an den Schreibtisch.

»Nichts«, sagte Maarten.

»Du hast gut reden.«

»Es dreht sich doch nur darum, dass er ein Assistent von Hendrik ist.« Er unterdrückte eine aufkommende Wut. »Wenn es ihr eigener Assistent wäre, würde sie kein Wort darüber verlieren.«

Beerta gab darauf keine Antwort.

»Was ist das eigentlich für ein Bursche?«, fragte er nach einer Weile, ohne von der Arbeit aufzublicken.

»Ein Neurotiker.«

»Wie ist er denn hierhergekommen?«

»Er ist ein Freund von Stoutjesdijk.«

»Ich meine, wer hat ihn denn eingestellt?«

»Ich. Von Asjes' Geld.«

Beerta legte die Brille weg und sah über die Schulter. »Dann ist er also eigentlich dein Assistent.«

»Ich denke nicht daran, ihm zu sagen, dass er nicht rauchen darf!«, beschied ihn Maarten.

Beerta setzte sich die Brille auf und wandte sich wieder seiner Arbeit zu. Er seufzte. Stoutjesdijk kam mit einem Kasten Karteikarten herein. Er grüßte und zog einen Stuhl vor das Karteisystem. Beerta unterbrach seine Arbeit. Er setzte die Brille ab und sah ihn von der Seite an. »Ich habe gehört, dass der junge Mann, der hier nebenan arbeitet, ein Freund von dir ist?«

»Ja, Herr Beerta«, antwortete Stoutjesdijk, während er begann, die Karteikarten einzusortieren.

»Wie heißt er?«

»Pier Schaafsma.«

»Also ein Friese.«

»Ich glaube schon«, sagte Stoutjesdijk gleichgültig.

»Wenn man Pier Schaafsma heißt, ist man Friese.«

»Dann ist er eben ein Friese.« Er lachte.

»Er raucht ziemlich viel, was?«

»Ja, ziemlich«, bestätigte Stoutjesdijk.

Beerta wog seine Worte ab. »Kannst du ihm nicht mal sagen, dass er etwas weniger rauchen soll? Denn ich habe in der Zeitung gelesen, dass das sehr ungesund ist.«

Stoutjesdijk hörte mit dem Einsortieren auf und sah zur Seite.

»Das wirst du nicht tun«, griff Maarten ein. »Wenn es ihm jemand sagt, dann bin ich es, und ich mache es nicht!«

Stoutjesdijk zögerte. »Was soll ich jetzt tun?«, fragte er unsicher und sah Beerta an.

»Herr Koning findet es nicht gut«, sagte Beerta gekränkt. Er setzte die Brille wieder auf und fuhr mit seiner Arbeit fort. Kurze Zeit später stand er auf und verließ den Raum.

»Fräulein Haan hat sich beklagt«, erklärte Maarten.

»So etwas habe ich schon vermutet«, sagte Stoutjesdijk.

»Er ist ziemlich verschlossen, nicht wahr? Er sagt nie etwas.«

»Er sondert sich ab«, bestätigte Stoutjesdijk. »Und wenn er mal irgendwo zu Besuch ist, trinkt er nur.«

Beerta kam wieder herein. Er trug seine Schreibmaschine zu seinem Schreibtisch und begann zu tippen. Stoutjesdijk beendete seine Arbeit und verließ den Raum. Wenig später ging die Tür auf und Hendrik kam herein. »Sie haben mich gesucht, Herr Beerta?«

Beerta hörte auf zu tippen. »Ja, ich habe dich gesucht.« Er rückte seinen Stuhl zur Seite, sodass er Hendrik sehen konnte. »Wie macht sich dein neuer Assistent?«

»Gut, Herr Beerta.«

Beerta nickte. »Aber er raucht ziemlich viel.«

»Ja, Herr Beerta.«

»Warum tut er das?«

»Das weiß ich nicht. Das müssten Sie ihn selbst fragen.«

»So viel, dass Frau Haan sich dadurch belästigt fühlt.«

»Das glaubte ich bereits bemerkt zu haben.«

»Hat sie mit dir denn schon darüber gesprochen?«

»Nein, Herr Beerta.«

»Wie hast du es denn bemerkt?«

Hendrik richtete sich ein wenig auf. »Weil sie den Aschenbecher einmal versteckt hat.«

Beerta hob die Augenbrauen. »Sie hat den Aschenbecher versteckt?«

»Ja, Herr Beerta.«

»Und was hat der junge Mann daraufhin gemacht?«

»Er hat eine Untertasse genommen.«

Beerta nickte mit einer kaum wahrnehmbaren Ironie. »Kannst du ihm nicht mal sagen, dass er etwas weniger rauchen soll?«

»Wenn Sie es möchten, mache ich das natürlich. Aber ich weiß nicht, ob es etwas nützt.«

»Ich möchte es«, sagte Beerta gemessen. »Denn so, wie es jetzt ist, kann ich es nicht länger verantworten. Wenn er weiterhin so viel raucht, wird er krank.«

»Ich werde es ihm sagen. War es das, weshalb Sie mich gerufen hatten?«

»Ja, du kannst gehen.«

Hendrik verließ den Raum.

Maarten hatte mit wachsender Verärgerung zugehört. »Der Junge wird nicht krank, Sie machen ihn auf diese Weise krank!«, brach es aus ihm hervor, als Hendrik die Tür hinter sich geschlossen hatte. »Er hat eine neurotische Persönlichkeitsstruktur. Er raucht nicht von ungefähr!«

»Dann muss er zum Arzt. Wenn jemand neurotisch ist, muss er zum Arzt.«

»Man stelle sich bloß vor, dass jeder, der nicht ganz normal ist, zum Arzt müsste. Es geht darum, dass man jemandem auf diese Weise das Leben unerträglich macht!«

»Mit unnormalen Menschen habe ich nichts zu schaffen«, sagte Beerta gemessen. »Meine Aufgabe ist es, die Mitarbeiter im Büro vor so jemandem zu schützen. Die Welt ist doch nicht für unnormale Menschen da! Das würde die Sache doch auf den Kopf stellen! Die Welt ist für das Mittelmaß da! Und ich lasse mir von dir nicht einreden, dass es anders ist! Und jetzt möchte ich nicht mehr darüber reden!« Wütend rückte er seinen Stuhl an den Schreibtisch und setzte die Brille auf. »Das wäre ja noch schöner«, sagte er zornig, »wenn unnormale Menschen hier das Sagen hätten! Ich habe schon genug mit den normalen zu tun.«

*

Frans hob die Tasche hoch und machte die Bänder los. »Ich habe ein paar Pralinen mitgebracht«, sagte er errötend. Hastig schob er ein blaues Tütchen auf den Tisch.

»Hey, scharf«, sagte Nicolien. Sie nahm die Tüte und sah hinein, während Frans zögernd zusah. »Lecker! Kirschpralinen! Die magst du doch so gern!« Sie sah Maarten an.

»Scharf!«, sagte Maarten. »Lecker!«

»Soll ich mich dann mal hier hinsetzen?«, fragte Frans unsicher, während er den Stuhl etwas nach hinten zog.

»Ja, natürlich«, sagte sie. »Und danke auch noch für die Karte! Da liegt sie.« Sie machte eine Kopfbewegung in Richtung des Tisches. Die Karte lag oben auf einem Stapel Bücher: die zuckersüße Abbildung eines Mädchens in Volendamer Tracht.

»Ja, es ist vielleicht eine etwas merkwürdige Karte«, sagte Frans scheu und errötete erneut, »aber weil ich van der Meer eine mit einem Jungen geschickt hatte, musste ich diese an euch schicken, schon um das Gleichgewicht zu wahren.« Den zweiten Teil des Satzes brachte er nur murmelnd heraus.

»Und warum hast du van der Meer dann einen Jungen geschickt?«, fragte Maarten ironisch.

Nicolien war aufgestanden. »Möchtest du vielleicht eine Tasse Kaffee?«

Frans wandte seinen Blick von Maarten ab und sah sie an. »Ja, gern«, sagte er zögernd. »Aber ihr habt sicher schon Kaffee getrunken?«

»Das ist schon eine ganze Weile her.« Sie ging in die Küche.

»Und warum hast du van der Meer einen Jungen geschickt?«, wiederholte Maarten.

Frans sah ihn rasch an. »Das ist eher eine private Aufmerksamkeit«, murmelte er und senkte den Blick.

Sie schwiegen. Aus der Küche drang das Geräusch des Kaffeemahlens zu ihnen. Die Katze miaute. »Ja, du kriegst auch was«, sagte Nicolien. »Warte nur.«

»Ich dachte eigentlich, dass ihr vielleicht böse auf mich wärt«, sagte Frans. Er sah Maarten rasch an.

»Warum?«, fragte Maarten erstaunt.

»Ja, das weiß ich eigentlich nicht«, sagte Frans verwirrt. »Es ist sicher Unsinn.«

»Ja, es ist Unsinn.«

Frans sah ihn an. »Hast du das denn nie, dass du denkst, dass die Menschen böse auf dich wären?«

Maarten zögerte kurz. »Doch, das habe ich auch.«

»Das dachte ich mir.«

»Aber ich habe Grund dazu«, sagte Maarten mit einem gemeinen Lachen.

Frans lachte unsicher. »Ich vielleicht auch.«

Maarten schwieg. Er versuchte, sich zu erinnern, was während ihrer letzten Begegnung vorgefallen war, doch ihm fiel nichts ein, was Anstoß hätte erregen können.

Nicolien betrat den Raum.

»Frans dachte, dass wir böse auf ihn sind«, sagte Maarten.

»Böse?« Sie blickte Frans verwundert an und sah danach zu Maarten. »Siehst du, wir hätten doch eine Karte zurückschicken müssen. Ich habe es noch gesagt.«

»War es das?«, fragte Maarten Frans.

Frans wurde rot. »Ja, das natürlich auch.«

»Aber wir schicken nie Karten. Und bloß eine Karte zu schicken, weil man eine bekommen hat, finde ich nicht so nett.«

»Nein, natürlich nicht«, sagte Frans rasch.

»Aber wir hätten es doch tun müssen«, fand Nicolien.

Maarten lachte. »Tut mir leid«, sagte er zu Frans. »Willst du noch eine haben? Ich schicke dir einfach eine.«

Frans lachte verlegen. »Ja, ich bin schon ein ziemlicher Tyrann, was?«

Nicolien nahm ein Schälchen aus dem Schrank und legte die Kirschpralinen hinein.

»Ich bin auch noch bei van der Meer gewesen«, erzählte Frans.

»Und was hat er gesagt?«, fragte Maarten.

»Er sagt jetzt, dass ich gesund bin und mir nie etwas gefehlt hat, dass ich mir das nur eingebildet habe.« Er lachte entschuldigend.

Maarten nickte.

»Aber als ich überzeugt war, dass ich gesund bin, wollten sie mich nicht gehen lassen.«

Nicolien kam mit dem Kaffee herein. Sie stellte ihnen die Tassen hin und setzte sich. Jonas kam hinter ihr her und sprang auf ihren Schoß. Sie langte über ihn hinweg zu dem Schälchen mit den Pralinen und hielt sie ihnen hin. »Wollt ihr eine Praline?«

Sie waren eine Weile damit beschäftigt, das Papier von den Pralinen zu entfernen. »Lecker«, sagte Maarten noch einmal, mit vollem Mund.

»Ja, die sind lecker, nicht wahr?«, sagte Frans.

»Frans war bei van der Meer«, erzählte Maarten. »Er ist nie krank gewesen.«

»Ach, wirklich?«, sagte sie überrascht.

Frans sah sie erschrocken an. »Oh, du findest es also schon?«

Sie lachte. »Nein, das tue ich nicht.«

Das schien ihn nur teilweise zu beruhigen.

»Bist du bei ihm zu Hause gewesen?«, fragte Maarten.

»Nein, in der Valeriusklinik. Aber er war doch so feinfühlig, mir den Hintereingang zu empfehlen.« Er lachte. »Dabei habe ich mir natürlich wieder allerhand schmutzige Dinge vorgestellt.«

»Natürlich«, sagte Maarten, obgleich er es nicht natürlich fand.

»Ja, jeder Mensch hat so seine geheimen Gedanken.«

»Und dann denkt er, dass der andere böse ist«, stellte Maarten fest.

Frans errötete. »Ja, so ungefähr.« Er zögerte. »Sagen wir einfach, dass es die Erbsünde ist.« Er blickte rasch zu Nicolien.

»Eigentlich ein komisches Wort: böse«, sagte Maarten nachdenklich. »B-ö-s-e«, er sprach das Wort langsam aus. »Merkwürdig.«

»Ja«, sagte Frans. »Als ich wegging, sagte van der Meer: ›Auf Wiedersehen‹. Ich hätte natürlich auch ›Auf Wiedersehen‹ sagen müssen, aber im selben Moment überblickt man dann den ganzen fürchterlichen Bedeutungsumfang eines solchen Wortes.«

»Ja«, stimmte Maarten zu, »ein Arzt sollte das nicht sagen.« Er lachte. »Hau ab! ist besser, obwohl ...«

Frans lachte auch. »Es ist natürlich nie wirklich passend.«

Sie schwiegen.

»Du wolltest uns doch noch die Zeichnung von dieser Milbe mitbringen?«, erinnerte sich Nicolien.

Frans wurde rot. »Ja«, sagte er verwirrt, »aber die habe ich doch lieber nicht mitgenommen.«

»Warum nicht?«, fragte sie enttäuscht.

»Eigentlich finde ich sie nicht rein. Die gehört nicht hierher.« Er sah schnell zu Maarten.

»Und wenn wir sie trotzdem sehen wollen?«, fragte Maarten.

»Ja, aber vielleicht kommt ihr mich ja auch mal besuchen?« Er sah von Maarten zu Nicolien.

»Ja, natürlich«, versprach sie.

Maarten stand auf. »Möchtest du einen Schnaps?«

»Hast du vielleicht auch ein Bier?«, fragte Frans.

»Habe ich auch«, sagte Maarten. »Und du?«

»Ich möchte gern einen Schnaps«, antwortete Nicolien.

Er ging in die Küche, holte den Genever sowie zwei Flaschen Bier aus dem Kasten, der direkt neben der Tür im Innenhof stand. Im Schuppen der Nachbarn, der den Innenhof begrenzte, summte eine Maschine. Er blieb kurz stehen und sah hoch zum rötlichen Abendhimmel über der Stadt, bevor er ins Haus zurückkehrte. Frans und Nicolien saßen schweigend da und warteten auf ihn, Nicolien mit Jonas auf dem Schoß. »Bitte.« Er reichte Frans die Bierflaschen, gab ihm einen Flaschenöffner und holte die Gläser aus dem Schrank. Während Maarten Nicolien und sich selbst einschenkte, versuchte Frans, die Kronkorken von den Flaschen zu hebeln. »Es geht nicht«, sagte er mit rotem Kopf, als er sah, dass Maarten ihn beobachtete.

»Das kommt, weil du ihn verkehrt hältst.«

Frans lachte und setzte den Öffner anders an. Er machte den Kronkorken ab. Ein Wölkchen stieg aus der Flasche. »Und ich trinke doch wirklich oft Bier«, entschuldigte er sich.

»Das ist, weil ich dir den Öffner so gereicht habe«, sagte Maarten. »Du bist beeinflussbar.«

Frans lachte. »Das sagt van der Meer auch. Ich nehme die Gestalt des anderen an, sagt er.«

*

Beerta stand vor dem Ofen, die Hände auf dem Rücken.

»Tag, Herr Beerta«, sagte Maarten. Er stellte seine Tasche neben den Schreibtisch.

»Tag, Maarten.«

Maarten drehte sich zum Tisch, nahm die Hülle von der Schreibmaschine, schlug das Buch, das daneben lag, an der Stelle mit dem eingelegten Zettel auf, sah, dass er keine Karteikarten mehr hatte, holte eine Packung aus der Schublade seines Schreibtisches, riss das Einpackpapier auf, warf es in den Papierkorb und setzte sich, während er den Packen Karteikarten griffbereit neben sich legte.

Beerta war seinen Bewegungen gefolgt. Als Maarten eine Karte in die Schreibmaschine spannte und das Buch etwas näher zu sich heranzog, sagte er: »Ich habe heute Nacht gar nicht gut geschlafen.«

Maarten ließ seine Hand wieder sinken und sah zur Seite. »Wieso denn?«

»Ich weiß es nicht«, seine Stimme hatte etwas Klagendes, »gar nicht gut.« Er wartete einen Moment. »Und ich habe auch schreckliche Träume gehabt.«

Maarten nickte.

»Wirklich schreckliche Träume.«

»Haben Sie vielleicht zu viel gegessen?«
»Ich esse nie zu viel.« Er sah Maarten prüfend an.
Der legte seine Hände neben die Schreibmaschine und blickte abwartend vor sich.
»Ich habe geträumt, dass ich auf dem Dachboden war und über Balken klettern musste.«
»Auf Ihrem eigenen Dachboden?«
»Ja, aber auch wieder nicht, denn auf meinem Dachboden gibt es keine Balken. Da sind Bücher. Es waren übrigens auch keine gewöhnlichen Balken, sondern Balken, die so schräg hoch stehen«, er machte eine winkende Handbewegung, »solche … wie heißen die noch gleich?«
»Streben.«
»Ja, Streben. Und als ich sie hinter mir hatte, musste ich noch einmal drüberklettern, wobei es darunter unermesslich tief war.«
Maarten blickte kurz zur Seite. Beertas Gesicht war vor Aufregung rot geworden.
»Und dann bemerkte ich auch noch, dass der Balken an der einen Seite lose war«, er winkte wieder, »und auf der anderen stand Karel und sagte spöttisch: ›Komm doch! Traust du dich nicht?‹« Seine Stimme war heiser geworden. »Und dann bin ich zum Glück aufgewacht.« Er sah Maarten forschend an. »Erklär mir jetzt mal, was das bedeutet.«
»Und das war ein Angsttraum?«, fragte Maarten ungläubig.
»Das war ein Angsttraum.«
Maarten schüttelte den Kopf. Die Symbolik schien so deutlich, dass er der Geschichte misstraute.
»Als Junge bin ich natürlich viel geklettert, auch in Bäumen.«
»Das macht wohl jeder Junge.«
»Ja, das macht wohl jeder Junge.«
Maarten sah ihn an. »Aber ich glaube nicht, dass jeder Junge davon träumt.«
Beerta schmunzelte listig. »Nein.«
»Also normal scheint es mir nicht zu sein.«
»Nein, vielleicht nicht. Das ist es wohl nicht.« Er sah Maarten direkt ins Gesicht und blinzelte nervös.
Maarten wandte den Blick ab und zog den Wagen seiner Schreibma-

schine nach rechts, an die Stelle, an der das Schlagwort auf die Karteikarte kommen sollte. »Dann kann man ja von Glück sagen, dass Träume nur Schäume sind«, sagte er abwehrend. »Wenigstens sagt das meine Schwiegermutter.«

*

»Aber jetzt mal etwas anderes«, sagte Kaatje Kater abrupt und sah Maarten mit großen Augen von der anderen Seite des Tisches an. »Wie steht es mit den Plänen für eine Doktorarbeit? Ich meine ja nur.«

Maarten erschrak. Der Angriff kam so unerwartet, dass er einen Moment lang nicht reagieren konnte. »Es gibt keine Pläne«, sagte er steif.

»Das wird dann aber Zeit. Bald steht Herrn Beertas Nachfolge an, und was dann? Ich meine ja nur.« Sie hatte sich etwas vornübergebeugt, mit den Händen an der Tischkante, als wolle sie ihn auf seinem Platz festnageln.

Maarten schwieg. Er spürte Widerstand in sich aufsteigen, doch die Aggressivität, mit der sie ihn ansah, machte ihn unsicher.

Buitenrust Hettema richtete sich etwas auf und schob seine Unterlippe nach vorn. »Aber das ist doch noch gar kein Thema!«, sagte er.

»In Kürze wird es sehr wohl ein Thema sein, wenn ich richtig informiert bin«, bemerkte Stelmaker in präziser Aussprache.

Vervloet, der neben ihm saß, sah verlegen vor sich auf den Tisch, als wolle er mit dieser Wendung des Gesprächs lieber nichts zu tun haben.

»Ich mache es jedenfalls zum Thema!«, sagte Kaatje Kater entschieden.

»Frau Vorsitzende, wenn ich mir eine Bemerkung erlauben darf«, sagte van der Land und beugte sich über den Tisch, sein Gesicht Kaatje Kater zugewandt, »was genau steht darüber in der Stellenbeschreibung von Herrn Koning?«

Kaatje Kater sah Beerta an. »Herr Schriftführer?«

Beerta verzog den Mund. »Es gibt keine Stellenbeschreibung«, antwortete er verschmitzt.

Frau Wagenmaker beugte sich zu Fräulein Veldhoven hinüber und flüsterte etwas, woraufhin Fräulein Veldhoven den Kopf schüttelte.

»Sie hören es«, sagte Kaatje Kater zu van der Land. »Es gibt keine Stellenbeschreibung.«

Buitenrust Hettema richtete sich noch etwas weiter auf, sodass er die anderen weit überragte. »Dann frage ich mich, ob wir diese Forderung überhaupt stellen dürfen.«

Kaatje Kater zog die Augenbrauen hoch. »Warum sollten wir diese Forderung nicht stellen dürfen? Wenn es keine Stellenbeschreibung gibt, machen wir sie eben! Das ist doch gerade unsere Aufgabe als Kommission! Ich meine ja nur!«

»Wobei sich dann jedoch das Problem stellt, Frau Vorsitzende«, sagte van der Land, »ob wir im Nachhinein etwas von Herrn Koning verlangen dürfen, mit dem er sich nicht einverstanden erklärt hat.«

Vervloet nickte zustimmend.

»Juristisch ein in der Tat interessantes Problem«, fand Stelmaker.

»Ich meine selbstverständlich juristisch«, bestätigte van der Land. »Wenn Herr Koning sich allerdings damit einverstanden erklären könnte, würde ich das natürlich begrüßen.« Er sah Maarten von der Seite an.

Maarten reagierte nicht. Er sah vor sich hin, als ginge ihn die Diskussion nichts an. Er fühlte sich bedroht und versuchte vergeblich, Haltung zu gewinnen.

»Selbst dann noch finde ich es nicht richtig, es als Forderung zu formulieren«, sagte Buitenrust Hettema knapp. »Ich finde, es ist eine persönliche Angelegenheit.«

»Das finde ich ganz bestimmt nicht«, sagte Stelmaker mit großer Entschiedenheit.

»Aber, Herr Buitenrust Hettema«, sagte Kaatje Kater. »Wir können uns als Kommission doch unmöglich damit abfinden, dass auf unseren Publikationen der Name einer nicht promovierten Person steht! Ich meine ja nur!«

Buitenrust Hettema schob seine Unterlippe etwas weiter nach vorne und hob sein Kinn, ohne zu antworten.

»Frau Vorsitzende«, sagte Vervloet mit leiser Stimme und gesenktem Blick, wobei er sein Federmäppchen etwas verschob, »dazu würde ich gern auch die Meinung von Herrn Beerta hören.«

»Schriftführer!«, sagte Kaatje Kater. Sie sah Beerta an, als amüsiere die Frage sie.

Beerta spitzte die Lippen. »Ich muss gestehen, Frau Vorsitzende, dass ich selbst auch lange für die Promotion gebraucht habe.«

»Aber das waren andere Zeiten. Ich meine ja nur.«

»Das waren andere Zeiten«, gab Beerta zu.

»Und, nehmen Sie es mir nicht übel, das war nicht die Frage!«

»Nein. Die Antwort auf die Frage lautet, dass ich es sehr begrüßen würde, wenn Herr Koning eine Doktorarbeit schriebe, und dies auch wünschenswert finde.« Er sah sie fest an.

Maarten empfand die Antwort als Verrat. Beerta wusste, wie er über das Schreiben einer Doktorarbeit dachte. Zumindest hätte er sagen können, dass er es nicht wichtig fände. Das regte ihn auf. Wütend sah er in seine Richtung, doch Beerta wich seinem Blick aus. Um seine Lippen spielte ein leises Lächeln.

»Herr Koning!«, sagte Kaatje Kater. »Sie haben es gehört! Wie denken Sie selbst darüber?« Es klang nicht wie eine Frage, sondern wie ein Befehl.

Maarten zögerte. »Ich habe noch nicht darüber nachgedacht«, sagte er und sah sie an.

»Das ist mir klar«, sagte sie ironisch, »aber jetzt ...«

Er fasste sich ein Herz. »Ich werde jedenfalls keine Doktorarbeit schreiben, um einen Titel zu haben.« Er verbarg seine Unsicherheit hinter einer großen Entschiedenheit. »Wenn ich eine Doktorarbeit schreibe, muss ich auch daran glauben.«

»Hört, hört!«, sagte Kaatje Kater ironisch.

»Ich sehe Ihnen jetzt mal direkt in die Augen«, sagte Stelmaker, während er Maarten eindringlich ansah, »weil ich es doch sehr wünschenswert fände!«

»Ja«, sagte Maarten unbestimmt.

»Und, Herr Buitenrust Hettema, finden Sie es auch wünschenswert?«, fragte Kaatje Kater.

»Wünschenswert schon«, antwortete Buitenrust Hettema zurückhaltend.

»Herr van der Land?«

»Sicher, Frau Vorsitzende.«

»Herr Vervloet?«

»Ich fände es auch wünschenswert«, sagte Vervloet verlegen, »zumindest, wenn Herr Koning sich damit einverstanden erklären kann.« Er sah Maarten unsicher an.

»Frau Wagenmaker?«

»Ich würde mich dieses Mal gern noch der Stimme enthalten«, sagte Frau Wagenmaker bescheiden.

»Dann schlage ich vor, Herr Schriftführer, dass es so ins Protokoll aufgenommen wird«, entschied Kaatje Kater.

»Ich muss dir sagen, dass ich das Gespräch als höchst unangenehm und auch dreist empfunden habe«, sagte Buitenrust Hettema. Er war mit Maarten und van der Land zurückgeblieben, nachdem die anderen Mitglieder der Kommission zusammen mit Beerta und Fräulein Veldhoven den Raum verlassen hatten.

»Ja«, sagte Maarten. Er fühlte sich todunglücklich. Der unerwartete Angriff aus der Kommission hatte ihn aus dem Lot gebracht und lag wie ein schwarzer Schatten über der Zukunft.

»So etwas sollten wir nicht entscheiden!«, sagte Buitenrust Hettema. »Das sollten wir dir überlassen!«

»Und sie sehen nicht, dass sie ihr Ziel eher erreichen würden, wenn sie es dir überlassen, anstatt zu versuchen, dich zu zwingen«, meinte van der Land, »denn du lässt dich doch nicht zwingen, und davor habe ich großen Respekt!«

»Ja«, sagte Maarten vage.

»Davon einmal abgesehen«, fand Buitenrust Hettema.

»Aber es ist nicht nur Dickköpfigkeit«, sagte Maarten. »Es ist auch, weil ich das Schreiben einer Doktorarbeit für Unsinn halte. Wenn ich etwas zu sagen habe, kann ich es auch so veröffentlichen. Dafür brauche ich keinen Titel.«

Buitenrust Hettema sah ihn erstaunt an. »Da bin ich völlig anderer Meinung. Zur wissenschaftlichen Arbeit gehört ein Titel.«

»Nun, das finde ich nicht.« Er begriff, dass sein letzter Verbündeter von ihm abfiel, und realisierte erst jetzt, dass Buitenrust Hettema und van der Land beide eine Doktorarbeit geschrieben hatten. »Ich kann nicht erkennen, was ein Doktortitel dem hinzufügt.«

»Aber ein Titel hat schon Vorteile«, fand van der Land. »Ich werde dir mal ein Beispiel nennen: Vor ein paar Wochen musste ich meine Hose dämpfen lassen, was laut dem Schneider ein paar Wochen dauern könnte. Ich sage: ›Notieren Sie eben meine Adresse! Doktor A. R. G. R. van der Land!‹ – ›Jawohl, Herr Doktor! Natürlich, Herr Doktor!‹ – Und es war in einer Woche gemacht, denn dann glauben sie auch noch, dass man Mediziner ist, und einem Mediziner liegt das halbe Land zu Füßen!«

Während er dies erzählte, sah Buitenrust Hettema von oben auf ihn herab, seine Unterlippe vorgeschoben, mit einem Gesicht, das tiefe Verachtung ausdrückte. »So kann man es auch sehen«, sagte er skeptisch. Er gab Maarten die Hand, »ich grüße dich«, wandte sich ab und verließ den Raum.

»Wiedersehen, Koning«, sagte van der Land, schüttelte ihm herzlich die Hand und zwinkerte. »Denk noch mal darüber nach.«

Während van der Land den Raum verließ, machte Maarten die Fenster weit auf. Der Garten war mit einer dünnen Schneeschicht bedeckt. Es begann schon zu dämmern. Auf der gegenüberliegenden Seite brannten bereits die Lichter. Er sah van der Haar hinter seinem Schreibtisch aufstehen und zur Tür gehen. Während er dort stand, spürte er, wie die Kälte in den Raum zog. Als er sich umdrehte, um den Tisch wieder vollzuräumen, kam Beerta herein. »Es wird kein Vergnügen für dich werden, den Wunsch der Kommission zu ignorieren«, sagte er. In seiner Stimme lag reichlich Schadenfreude. Er ging weiter zu seinem Schreibtisch.

»Sie scheinen Ihren Spaß daran zu haben«, sagte Maarten.

Beerta drehte sich um. »Ich habe keinen Spaß daran«, sagte er ernst. »Ich habe einzig und allein dein Wohl im Auge. Nur siehst du selbst es noch nicht.«

»Wollen wir zu Hendrik und Annechien gehen?«, schlug Maarten vor, als Nicolien nach dem Essen mit dem Kaffee ins Zimmer kam.

»Ach, nein«, sagte sie. »Warum gerade zu Hendrik und Annechien?«

»Ich dachte.«

»Annechien findet es doch überhaupt nicht nett, wenn wir kommen?«

»Das weiß ich nicht.«

»Ja, das sagst du so.«

»Gut«, sagte er ergeben.

Sie stellte die Tassen vor sich auf den kleinen Tisch. Er beugte sich vor, rührte in seinem Kaffee und führte die Tasse zum Mund.

»Warum wolltest du denn zu Hendrik und Annechien gehen?«, fragte sie.

»Ich hatte Lust darauf, aber ich bleibe ebenso gern zu Hause.«

»Gehen wir dann zu Frans Veen, wenn du unbedingt raus willst!«

»Ich sage doch nicht, dass ich unbedingt raus will!«

»Aber du willst *wohl* zu Hendrik und Annechien?«

»Das war nur so eine Idee, aber ich gehe auch gern zu Frans Veen, wenn dir das lieber ist.«

»Du willst also doch unbedingt raus!«

»Das habe ich nicht gesagt. Wir können auch gern zu Hause bleiben.«

»Und warum schlägst du dann vor, zu Hendrik und Annechien zu gehen?«

Er antwortete darauf nicht sofort. Ihm war vage bewusst, dass es mit dem bedrohlichen Verlauf der Kommissionssitzung zu tun hatte, doch es war zu unbestimmt, um es auch auszusprechen. »Es kam mir einfach so in den Sinn.«

Sie trank die Tasse in einem Zug leer und stellte sie zurück auf die Untertasse. »Gut.« Sie stand auf. »Lass uns dann zu Hendrik und Annechien gehen, wenn du das unbedingt willst.«

»Nein, gehen wir zu Frans Veen.«

»Nein! Wir gehen zu Hendrik und Annechien, denn du willst zu Hendrik und Annechien!«

»Und du willst zu Frans Veen!«

»Aber jetzt gehen wir zu Hendrik und Annechien!« Sie lief wütend ins Vorderzimmer. »Kommst du?«

Er stand widerwillig auf. »Ich habe jetzt überhaupt keine Lust mehr, zu Hendrik und Annechien zu gehen.«

»Dann musst du es nicht vorschlagen!«

»Ich darf es doch wohl vorschlagen«, sagte er gekränkt und folgte ihr ins Vorderzimmer.

»Dann musst du auch gehen!«, sagte sie bestimmt. »Du kannst nicht etwas vorschlagen und es dann wieder zurücknehmen! Das kann ich nicht ausstehen!«

Annechien öffnete. »Oh, ihr seid es?«, sagte sie, nicht sehr begeistert.

»Kommen wir ungelegen?«, fragte Maarten. Er fühlte sich schuldig.

»O nein, gar nicht.« Sie ging ihnen voraus über den dicken Läufer und die breite, glänzend gebohnerte Treppe in den ersten Stock hinauf. Unten an der Treppe hing ein kupferner Gong.

»Hendrik hat gerade seinen Intelligenzquotienten ausgerechnet«, erzählte sie, als sie die Zimmertür vor ihnen öffnete.

»Warum macht er das?«, fragte Maarten erstaunt.

»Das findet er schön. Er puzzelt nun einmal gern.«

Hendrik saß am Esstisch, mit einem Büchlein und einem Schreibblock vor sich. Er sah sie schläfrig an und stand dann träge auf.

»Und, wie hoch ist er?«, fragte Maarten.

»Hundertsechzig«, antwortete Hendrik. »Tag, Nicolien.« Er gab nur Nicolien die Hand, Maarten hatte er tagsüber schon gesehen.

»Ist das hoch?«, fragte Maarten.

»Das ist ziemlich hoch. Setzt euch doch.«

Annechien hatte den Raum wieder verlassen.

»Ich dachte, dass Intellektuelle hundertzwanzig hätten«, sagte Maarten, während er sich setzte.

»Na ja, das ist dann aber die Untergrenze.«

»Dé Haan hat hundertzwanzig«, erinnerte sich Maarten. Er schmunzelte vergnügt.

Hendrik sah ihn nachdenklich an, ohne zu reagieren. Er stand wieder auf. »Willst du eine Zigarre?«

»Ich habe eine Pfeife.« Er kramte in seinen Taschen.

»Willst *du* vielleicht eine kleine Zigarre?«, fragte Hendrik Nicolien.

»Wie klein ist sie?«

»Klein.« Er öffnete eine Schublade des Büfetts und zog eine Schachtel mit Zigarillos heraus.

»Nein, die sind zu groß. Ich nehme lieber meine eigenen.«

»Sind die zu groß?«, fragte er erstaunt und hob die Augenbrauen. »Ich dachte, dass die gerade besonders klein wären.«

»Und was machst du jetzt mit diesem IQ?«, fragte Maarten.

»Ich glaube nicht, dass ich damit irgendetwas mache«, antwortete Hendrik mit dem Zigarillo im Mundwinkel. Er setzte sich wieder. »Was sollte ich denn damit machen?« Er holte eine Schachtel Streichhölzer aus der Tasche und steckte die Zigarre an.

»Etwas Geniales«, schlug Maarten boshaft vor.

»Ach«, sagte Hendrik, als fände er die Bemerkung unter seinem Niveau.

Annechien kam wieder ins Zimmer. »Wenn ihr Gaitjan noch sehen wollt, müsst ihr jetzt mitkommen«, sagte sie, nicht besonders freundlich. Sie standen wieder von ihren Stühlen auf. Nicolien legte ihren Zigarillo auf den Rand des Aschenbechers, Maarten seine Pfeife, und sie folgten Annechien.

Das Kind lag in einem kleinen Zimmer zur Straße hin, im gedämpften Licht einer Lampe, die in der Ecke stand. Im Raum standen eine weiße Kommode und ein weißes Kinderbettchen, um das herum Stofftiere drapiert waren, an der Wand hingen Kinderbilder und ein Harlekin. Das Kind schlief. Nur Stirn, Nase und die Knöchel einer kleinen Faust ragten aus der Decke heraus.

»Ich glaube, es schläft, oder?«, sagte Nicolien leise. An ihrer Stimme hörte Maarten, dass sie verlegen war.

»Ja, aber du brauchst nicht leise zu sein«, sagte Annechien.

Sie betrachteten das Kind.

»Und was sagt man jetzt in solch einem Fall?«, fragte Maarten.

»Meinetwegen brauchst du nichts zu sagen.« Sie richtete die Bettdecke des Kindes ein wenig, damit seine Nase etwas freier lag, und wandte sich dann von ihm ab. »Als Beerta hier zu Besuch war«, erzählte sie, während sie hinter ihnen aus dem Zimmer ging, »sagte er: ›Und das alles muss Nicolien Koning jetzt missen.‹« Es klang neutral, doch Maarten war sich nicht sicher, ob nicht auch ein wenig Schadenfreude in ihrer Stimme mitschwang.

Nicolien lachte. »Hat er das gesagt?« Der Klang ihrer Stimme blieb im Raum hängen, da keine Antwort darauf kam, während sie wieder ins Wohnzimmer gingen.

»Wir haben uns euer Kind angesehen«, sagte Maarten.

Hendrik saß mit ausgestreckten Beinen in seinem Sessel und rauchte, dabei andächtig seine Zigarre betrachtend, als überlege er sich eine Antwort, doch er antwortete nicht. »Hat die Sitzung noch lange gedauert?«, fragte er, als sie sich hingesetzt hatten.

»Bis halb sechs. Sie wollen, dass ich eine Doktorarbeit schreibe.« Er war plötzlich aufgebracht.

Hendrik reagierte nicht. Er sah zunächst Maarten und dann die Spitze seiner Zigarre an, nahm träge einen Zug und tippte die Asche in den Aschenbecher.

»Ich war rasend vor Wut.«

»Das hast du mir noch gar nicht erzählt«, sagte Nicolien.

»Nein«, er lachte verlegen. »Und das nur aus dem Grund, weil sie es nicht ertragen, dass man diesen Blödsinn nicht ernst nimmt«, sagte er zu Hendrik.

»Das ist auch etwas viel verlangt.«

Annechien setzte sich dazu.

»Viel verlangt?«, sagte Maarten entrüstet. »Man darf doch wohl von einem halbwegs intelligenten Menschen erwarten, dass er erkennt, wie vollkommen sinnlos das ist, was er tut?«

»Na, das weiß ich nicht. Schließlich haben sie selbst auch eine Doktorarbeit geschrieben.«

»Aber das ist doch kein Grund, jemand anderen zu zwingen, es auch zu tun?«

»Ach.«

»Es bedeutet, dass sie sich verdammt unsicher über den Wert dessen sind, was sie tun«, sagte Maarten aufgebracht. »Diese Doktorarbeit ist für sie der Beweis, dass sie wichtig sind. Wenn sich jemand weigert, dies zu akzeptieren, fühlen sie sich bedroht. Ich finde das verdammt dumm! Ein Tischler, der zum ersten Mal in seinem Leben einen Schrank macht, bekommt doch auch keinen Titel? Und da würde es sogar noch halbwegs Sinn ergeben.«

»Früher hat er sehr wohl einen Titel bekommen.«

»Das ist dann ja auch zu Recht abgeschafft worden. Er soll nicht *ein* Mal einen guten Schrank machen, er soll ihn jedes Mal gut machen! Aber wenn man sich mit so einem Blödsinn wie wir beschäftigt, hat man offenbar so etwas nötig!«

»Ach«, er beugte sich nach vorne und tippte die Asche von seiner Zigarre, »ich würde daraus nicht so eine große Sache machen. Ich habe nicht so hohe Prinzipien.«

»Es geht nicht darum, wie hoch deine Prinzipien sind!«, sagte Maarten entrüstet. »Es geht darum, dass man so etwas nicht *kann*! Ich kann ein Problem untersuchen! Ich kann herausfinden, was eine solche Kulturgrenze eigentlich wert ist, oder vielleicht kann ich es auch nicht, darum geht es nicht. Aber sie können doch nicht von mir verlangen, dass ich so einen idiotischen Titel vor meinen Namen setze, weil sie sonst das Gefühl haben, dass ihr Leben sinnlos ist!«

Hendrik sah ihn an. Er hatte seine Oberlippe auf der einen Seite etwas nach oben gezogen, sodass ein Zahn sichtbar wurde. Es wirkte, als ob das, was Maarten sagte, ihn peinlich berührte.

Maarten schwieg, plötzlich verlegen wegen seines Gefühlsausbruchs.

»Und was wirst du tun, wenn sie es von dir verlangen?«, fragte Hendrik.

»Das weiß ich nicht.«

»Du wirst es doch sicher nicht tun!«, sagte Nicolien heftig. »Du lässt doch nicht so ein Arschloch aus dir machen!«

»Ich habe noch nicht darüber nachgedacht.«

»Nun, wenn dir nur klar ist, dass ich es nicht akzeptieren werde.«

»Das weiß ich. Aber ich werde es doch selbst entscheiden müssen.«

Sie schwieg.

»Wollt ihr eine Tasse Tee?«, fragte Annechien. Sie stand auf.

»Gern«, sagte Maarten.

Sie schwiegen.

»Wie geht es Pier Schaafsma jetzt?«, fragte Maarten.

»Ich glaube, dass er ein paar Stunden lang versucht hat, etwas weniger zu rauchen«, sagte Hendrik, »aber jetzt raucht er wieder genauso viel.«

Maarten schmunzelte. »Er scheint ein netter Bursche zu sein.«

»Na, das weiß ich nicht«, wehrte Hendrik ab. »So viel Kontakt habe ich zu ihm nicht.«

Sie gingen durch den Vondelpark zurück nach Hause. Es schneite leicht, zarte Flocken, die vor dem friedlichen, gelben Licht der Laternen nach unten wirbelten. Der Schnee knirschte unter ihren Füßen. Es war ganz still, abgesehen von dem leisen Rauschen der Stadt in der Ferne.

»Warum sollte Beerta eine derart idiotische Bemerkung machen?«, fragte sie.

Er hatte auch gerade darüber nachgedacht. »Weil er so konventionell wie sonst was ist, wenn es darauf ankommt.«

»Er muss doch begreifen, dass es auch Menschen gibt, die keine Kinder haben wollen!«

»Genau das versteht er eben nicht.«

»Ich dachte, dass *gerade* Beerta es verstehen würde.«

»Vielleicht versteht er es ja doch, mag es aber, ein solches Klischee zu benutzen. Bei Beerta weiß man so etwas nie. Genau wie beim Schreiben einer Doktorarbeit.«

»Das machst du doch nicht, oder?«

Er zögerte. »Nein.«

»Weil du sagtest, dass du es noch nicht wüsstest.«

»Ich hatte noch nicht darüber nachgedacht.«

»Hast du denn jetzt darüber nachgedacht?«

»Ja.«

Von hinten kam ein Fahrradfahrer. Sein Dynamo surrte. Das Licht der Lampe bewegte sich zögernd auf dem Schnee hin und her, als er an ihnen vorbeifuhr.

»Wenn sie es von dir verlangen, kündigst du doch sicher?«

»Ja, dann kündige ich.«

Sie nahm seine Hand. »Fast würde ich mir wünschen, dass sie es verlangen«, sagte sie. »Dann hätte ich dich wenigstens wieder ganz für mich.«

*

»Tag, Fräulein Haan«, sagte er, als er an ihrem Schreibtisch vorbeiging.

Sie gab keine Antwort.

Er betrat sein Zimmer, schloss die Tür hinter sich, schob die Tasche neben seinen Schreibtisch und setzte sich. Mechanisch zog er die Zeitschrift, die dort lag, zu sich heran und schlug sie auf. Im selben Moment wurde die Tür aufgerissen. »Wann hören Sie endlich einmal mit diesem abscheulichen ›Fräulein‹ auf?« Er sah erschrocken auf. Sie stand, vor Wut zitternd, in der Tür.

Er erstarrte und wusste einen Moment lang nicht, wie er reagieren sollte. »Weil es für Sie eine Statusfrage ist«, sagte er dann. »Sie wollen nur mit ›Frau‹ angesprochen werden, weil Sie eine Doktorarbeit geschrieben haben.« Er war angespannt und klemmte seinen Stift wie eine Waffe in die Hand.

Sie sah ihn fassungslos an. »Aber darum geht es doch gar nicht.«

Ihre Bestürzung überzeugte ihn halbwegs und machte ihn unsicher. »Und warum sagen Sie dann selbst ›Fräulein Bavelaar‹?«, fragte er etwas weniger heftig.

Sie schüttelte sprachlos ihren Kopf.

Plötzlich tat sie ihm leid. »Wenn es keine Statusfrage ist, werde ich Sie fortan mit ›Frau‹ ansprechen«, sagte er und wandte sich ab.

Sie schloss die Tür, ohne zu reagieren, und ließ ihn mit dem Gefühl zurück, eine Niederlage erlitten zu haben.

*

»Wer soll mein Nachfolger im Bauernhausverein werden?«, fragte Beerta und drehte sich zu Maarten um.

»Hendrik«, antwortete Maarten, ohne die Arbeit zu unterbrechen.

»Mir wäre es lieber, wenn du das machen würdest.«

»Hendrik ist für die bäuerliche Kultur zuständig.«

»Bei Hendrik weiß ich nie, woran ich bin.«

Maarten sah von seiner Schreibmaschine auf. »Und bei mir schon?«

»Ja, bei dir schon«, sagte Beerta steif.

»Trotzdem finde ich, dass Hendrik Ihr Nachfolger werden muss«, beharrte Maarten.

*

»Hat Beerta dich schon gefragt, ob du seinen Sitz im Bauernhausverein übernehmen willst?«, fragte Maarten.

Hendrik sah von der Arbeit auf. »Muss das sein?«

»Ja. Er will, dass ich es mache, aber ich finde, dass du es machen solltest.«

»Damit habe ich nichts zu tun«, wehrte Hendrik ab.

Seine Reaktion irritierte Maarten. »Damit hast du sehr wohl zu tun, denn *du* musst in diesen Verein!«

»So, das findest du also«, schlussfolgerte Hendrik träge.

»Ja, das finde ich!«

Hendrik zuckte mit den Achseln. »Gut, wenn du mich darum bittest, werde ich es tun.«

*

»Tag, Herr Koning«, sagte Ad Muller.

»Tag, Ad«, antwortete Maarten, ohne sich umzudrehen. Obwohl er sich damit abgefunden hatte, dass er mit Herr Koning angeredet wurde, gab es ihm jedes Mal wieder ein unbehagliches Gefühl und hemmte ihn im Umgang mit seinen studentischen Hilfskräften. Dass er dem selbst ein Ende bereiten könnte, wurde ihm zwar klar, sobald er wieder allein war, doch in ihrem Beisein genierte er sich, diesen Schritt zu tun, und sagte sich dann, wie auch jetzt wieder, dass er damit dann bei Bart Asjes anfangen müsste.

Ad Muller stellte einen Karteikasten auf die Ecke von Maartens Schreibtisch, zog einen Stuhl heran und begann, die Karteikarten einzusortieren. Maarten saß an dem Tisch in der Mitte hinter seiner Schreibmaschine. Um ihn herum lagen die letzte Karte der zweiten

Ausgabe des Atlas, eine topografische Karte von Nordost-Groningen, eine Bodenkarte, ein historischer Atlas sowie eine Reihe von Büchern über die Agrargeschichte der Moorkolonien und des Gebietes Westerwolde. In seiner Schreibmaschine steckte ein Blatt mit der Rohfassung eines Textes, voller Streichungen und Ergänzungen zwischen den Zeilen und am Rand. Während Ad Muller die Karteikarten einsortierte, versuchte er, sich zu konzentrieren, doch das Klappern der Schubfächer, die herein- und herausgeschoben wurden, das Umlegen der Karteikarten und das dumpfe Klacken, mit dem die neue Karte ihren Platz fand, lenkten ihn ab. Überdies drang ihm vage ins Bewusstsein, dass Ad Muller einen etwas stickigen, muffigen Geruch um sich herum verbreitete, den Geruch eines Menschen, der sich nicht allzu oft wäscht. Ohne dabei nachzudenken stand er auf, öffnete das Fenster noch ein Stück weiter, setzte sich wieder und sah erneut auf sein Papier, doch die Anwesenheit eines Fremden in seinem Zimmer hinderte ihn daran, seine Gedanken zu ordnen. Er zog die Karte zu sich heran und betrachtete die Grenze, die er darauf eingezeichnet hatte. Aus dem Nebenzimmer, hinter dem Bücherregal, hörte er die Schreibmaschinen von Heidi Bruul und Kees Stoutjesdijk, und von der anderen Seite die Stimme von Fräulein Haan, die gerade telefonierte. Er las noch einmal die letzten Sätze, die er geschrieben hatte, drehte das Blatt zurück, ixte ein Wort durch, ersetzte es durch ein anderes und drehte das Blatt wieder zu der Stelle, an der er steckengeblieben war. Er legte seine Hände auf die Knie und wiegte sich unwillkürlich etwas vor und zurück, als könne er so seine Gedanken dazu zwingen zurückzukehren.

Ad Muller hatte seine Arbeit beendet. Er stand auf, schob den Stuhl zurück, blieb mit dem leeren Kasten in den Händen an Maartens Tisch stehen und blickte neugierig auf die Karten und Bücher. »Darf ich Sie auch mal fragen, womit Sie gerade beschäftigt sind?«

Die Frage überraschte Maarten. »Ja, natürlich.«

Ad Muller kam einen Schritt näher und blieb neben ihm stehen.

Maarten zog den Stuhl neben sich unter dem Tisch hervor. »Dann setz dich mal hierhin.«

Ad Muller setzte sich, dicht neben Maarten, und betrachtete begierig die Karte. In dieser Gier lag etwas, das Maarten beunruhigte, doch er unterdrückte das Gefühl ebenso wie seine Abscheu vor der allzu körperlichen Präsenz dieses fremden jungen Mannes so dicht neben sich. »Ja«, sagte er zögernd und blickte auf die Karte, »wie soll ich das jetzt erklären?«

»Heidi hat mir schon einiges darüber erzählt. Sie sollen Kulturgrenzen suchen, haben aber erst zwei gefunden.«

Maarten lachte. »Ja, aber das ist nur die eine Hälfte der Arbeit.« Er blickte auf die Karte.

»Ist das hier eine solche Karte?« Er beugte sich vor, mit den Händen auf seinen Knien, als wollte er die Karte in ihrer Gesamtheit in sich aufnehmen.

»Das ist eine Karte des Kornschrecks. Wenn Eltern ihren Kindern verbieten, im Korn zu spielen, drohen sie damit.«

»Und ist da auch eine Kulturgrenze drauf?« Er suchte die Karte ab.

»Hier!« Maarten zog die Karte zu sich heran und zeigte auf ein kleines Gebiet im äußersten Nordosten, wo ein und dasselbe Zeichen gleich mehrfach auftauchte. »Dort drohen sie mit der Roggenmutter, und das machen sie nirgendwo anders.«

»Sie haben also jetzt drei?«

»Ja«, er lachte, »aber darum geht es eigentlich nicht. Es geht darum, wie man es erklären soll.« Er zögerte, es war das erste Mal, dass er jemandem begreiflich machen musste, was er tat, und es war ihm peinlich, so als gäbe er sich eine Blöße. »Es gibt die Theorie, wonach es sich bei dieser Roggenmutter ursprünglich um einen Korngeist gehandelt hat, der in die Kinderwelt hinabgesunken ist, und die Kritik daran lautet, dass es niemals mehr als ein Scherz gewesen ist, den Eltern ihren Kindern gegenüber gemacht haben. Die Frage ist, wer recht hat.«

»Und wer hat recht?« Ad Muller sah Maarten mit einem derart treuherzigen, ungeheuchelten Interesse an, dass Maarten den aufkommenden Gedanken, zum Narren gehalten zu werden, sofort wieder verwarf.

»Das weiß ich nicht. Ich fürchte, dass es sich nicht sagen lässt, aber es ist schon merkwürdig, denn auch wenn es sich um einen Scherz handelt, stellt sich die Frage, warum dieser Scherz ausschließlich dort vorkommt. Wenn man die Angaben auf eine Bodenkarte überträgt«, er suchte zwischen seinen Papieren und zog die Skizze einer Bodenkarte darunter hervor, in die er außer den Bodentypen auch die Daten über die Roggenmutter eingezeichnet hatte, »sieht man nämlich, dass nur Eltern, die auf Sandboden leben, diesen Scherz machen, nicht aber Eltern, die im Moor wohnen, obwohl sie dort ebenfalls Roggen anbauen.«

»Komisch, nicht?«

»Ja, komisch«, sagte Maarten lachend.

»Und wie erklären Sie sich das jetzt?« Er blickte ihn mit großen, naiven Augen an. Die Naivität, mit der der junge Mann ihn ansah, ließ Maartens aufkommenden Argwohn erneut schwinden. »Ich glaube ... « Er brach den Satz ab und fing von vorne an. »Auf alle Fälle kann die Roggenmutter nicht älter sein als der Roggen selbst, und der ist erst zu Beginn unserer Zeitrechnung hierhergekommen. Von diesem Zeitpunkt an kann also auf Sandboden Roggen angebaut worden sein. Im Moor war das erst ab dem fünfzehnten Jahrhundert möglich, als das Land dort allmählich trockengelegt wurde. Geht man nun davon aus, dass das Moor von Menschen urbar gemacht worden ist, die von anderswo herkamen, und geht man außerdem davon aus, dass die Roggenmutter auf dem Sandboden ihre Vitalität verloren hatte, sodass sie sich nicht mehr weiter verbreitete – beispielsweise, weil sie bereits in die Kinderwelt hinabgesunken war –, dann ist es möglich, dass es im Frühmittelalter ein Korngeist gewesen ist, aber beweisen lässt sich nichts.«

»Das ist also Ihre Schlussfolgerung?«

»Ja, mehr kann ich auch nicht daraus machen.«

»Ich glaube, dass ich dann doch lieber an diesem Karteisystem arbeite.«

»Das war auch der Grund, weshalb ich mit dem Karteisystem angefangen habe.«

»Ja?«, fragte der junge Mann erstaunt.

»Angefangen habe ich mit den Wichtelmännchen. In den Aufsätzen, die ich darüber las, verstand ich nichts – und ich verstehe noch immer nichts.« Er lachte. »Ich habe noch nie einen Aufsatz über diese Dinge gelesen, von dem ich auch nur ein Wort verstehe. Und wenn ich etwas nicht verstehe, fange ich an, Karteikarten anzulegen, für später, in der Hoffnung, dass ich es dann doch irgendwann verstehe.«

»Ja?« Er sah Maarten an, als ob er so etwas noch nie gehört hatte.

»Ja. Wenn der Minister hier hereinkäme und sagen würde: ›Herr Koning, was tun Sie hier eigentlich?‹, würde ich ihm antworten: ›Nichts, Exzellenz! Meine Arbeit ist vollkommen sinnlos und ohne jeden Wert.‹« Er genoss ein stilles Vergnügen angesichts seiner Worte. »Aber der Minister hat keine Zeit dafür.«

»Und Herr Beerta?«

»Herr Beerta ist mit allem einverstanden, solange ich nur den Schein wahre.«

Der junge Mann sah ihn ungläubig an.

»Sozusagen«, korrigierte Maarten sich ein wenig. Einen Augenblick lang saßen sie schweigend beisammen. Der junge Mann betrachtete die Karte, Maarten den Text in seiner Schreibmaschine.

»Und darf ich Sie noch etwas fragen?«, sagte der junge Mann.

»Ja, natürlich.«

»Was macht Herr Asjes hier eigentlich?«

»Bart? Bart kommt hier ab und zu wegen des Ausschnittarchivs her, und wenn er sein Studium beendet hat, wird er vielleicht hier arbeiten.«

»Und Herr Slofstra, arbeitet der auch für Sie?«

»Slofstra tippt Register ab, auch für das Karteisystem. Wann bist du mit dem Studium fertig?«

»Ich hoffe, nächstes Jahr.«

»Und was machst du dann?«

»Ich werde wohl Lehrer werden.«

Maarten nickte. »Das war ich auch.«

»Und das gefiel Ihnen nicht?«

»Nein, das ist noch schlimmer. Aber dir gefällt es ja vielleicht.«

In diesem Moment ging die Tür auf, und de Gruiter kam herein. Mit einem etwas kurzsichtigen Blick sah er sich im Zimmer um.

»Suchen Sie etwas?«, fragte Maarten.

Ad Muller stand auf. »Dann gehe ich mal wieder.«

»Ich suche eigentlich Herrn Beerta«, sagte de Gruiter.

»Herr Beerta ist in Arnheim.«

»Danke.« Er verließ den Raum, zusammen mit Ad Muller.

Maarten blickte auf das Blatt in seiner Schreibmaschine und versuchte, sich wieder zu konzentrieren, doch das Gespräch hatte ihn unruhig gemacht. Er stand auf, griff zu seiner Milchflasche und verließ das Zimmer. Fräulein Haan war verschwunden. Van Ieperen stand hinter seinem Zeichenbrett. Am Mitteltisch saß Frau Moederman und war damit beschäftigt, einen Stapel Fragebogen in einen Karton zu packen.

»Ha, die Volkskultur!«, sagte van Ieperen. Er blähte seine Backen auf und zog eine Grimasse.

Maarten lächelte vage.

»Mit dem deutschen Atlas ist man schon ein ganzes Stück weiter, nicht?«, sagte van Ieperen. »Dagegen sind wir ein Nichts!« Er kicherte.

»Dagegen sind wir ein Nichts«, gab Maarten zu.

»Und das holt man auch nicht mehr ein!«

»Ich fürchte, nein.«

»Dann müssen Sie doch einmal etwas dagegen unternehmen, Herr Koning«, sagte Frau Moederman und sah auf.

»Warum?«, fragte Maarten. Er blieb an ihrem Tisch stehen und schmunzelte.

»Das müssen Sie doch einholen?«

»Soll ich Ihnen einmal etwas verraten?«, sagte Maarten vertraulich. »Der ganze Atlas interessiert mich einen Dreck! Ich lasse es, wie es ist.«

»Und Herrn van Ieperen erzählen Sie genau das Gegenteil!«

»Weil ich keine Lust habe, Scherereien mit ihm zu bekommen«, erläuterte Maarten. »Ich rede ihm nach dem Mund, dann bin ich ihn los.«

Van Ieperen kicherte unsicher, während Maarten seinen Weg fortsetzte. Als er mit einer vollen Milchflasche zurückkehrte und sein Zimmer betrat, kam van Ieperen hinter ihm her. Er blieb beim Tisch stehen, während Maarten an seiner Schreibmaschine Platz nahm. »Da hatte sie uns eben schön am Wickel, was?«, sagte er kichernd und zuckte dabei die Achseln. »Ich habe nur gesagt: Das sagt er jetzt zwar knallhart, aber er meint es nicht so.« Er machte eine Geste in Richtung Tür. »Sonst geht es geradewegs zu Deetje und von da aus nach oben.«

»Das ist mir egal«, sagte Maarten, seinen Widerwillen unterdrückend.

»Ja, natürlich«, beeilte sich van Ieperen zu sagen, »aber es ist doch besser so.«

Maarten reagierte nicht darauf. Er sah erneut auf das Papier in seiner Schreibmaschine und hob die Hände, um weiterzutippen.

»Lass mal sehen«, sagte van Ieperen. »Hatte ich noch etwas, was ich sagen wollte? Nein, oder?«

Er sah Maarten an. Als dieser keine Antwort gab, wandte er sich ab und verließ mit tapsigen Schritten den Raum.

*

Das Telefon klingelte. Beerta nahm den Hörer ab. »Beerta. … Danke, Herr Dekker.« Er wartete eine Weile. »Ta-ag.« – Von seinem Platz aus konnte Maarten die aufgeregte Stimme Karels am anderen Ende der Leitung fast wörtlich verstehen. – »Mittwoch?«, fragte Beerta. Er lachte, ganz hinten in seiner Kehle. »Ja, natürlich weiß ich, welchen Tag wir haben. Wenn ich nicht mehr weiß, welchen Tag wir haben, darfst du mich in eine Einrichtung bringen. … Heute haben wir Freitag. … Aber kannst du das Auto denn nicht ein paar Tage stehen lassen? … Aber wenn der Mann dich nun mal nicht früher empfangen kann? … Ja, aber wenn er dich nun nicht früher empfangen kann? … Er wird wahrscheinlich viel zu tun haben, ja. Jeder hat viel zu tun. … Ja, ich auch. Darüber brauchst du gar nicht zu lachen. … Aber was willst du denn dagegen unternehmen? … Ein Brett? … Nein, davon habe ich noch nie gehört. … Ich werde ihn fragen, aber es würde mich nicht wundern, wenn er auch noch nie davon gehört hätte. … Und was für ein Brett soll das dann sein? … Aber haben wir nicht noch so ein Brett im Keller? … Na ja, einigermaßen passend. … Und was so ein Brett wieder kosten wird! … Nein, deine Gesundheit geht vor. … Gut. Nun, dann mach es nur. Aber sei vorsichtig. … Tschü-hüss.« Er legte den Hörer auf die Gabel und drehte sich zu Maarten um. »Hast du schon mal gehört, dass Menschen, die es am Rücken haben, auf einem Brett schlafen müssen?«

»Ja, natürlich«, sagte Maarten. »Meine Mutter musste auch auf einem Brett schlafen, als sie Probleme mit ihrem Rücken hatte.«

»Das ist dann sicher etwas Neues. Ich habe noch nie davon gehört.«

»Hat Karel es im Rücken?«

Beerta nickte ernst. »Karel hat einen Bandscheibenvorfall. Das glaubt er zumindest. Und das Ärgerliche ist, dass er vor allem Probleme beim Autofahren hat.«

»Und deshalb muss er auf einem Brett schlafen?«

»Nein, denn mit dem Schlafen hat er keine Probleme. Er will jetzt ein Brett ins Auto legen, um darauf zu sitzen, weil der Orthopäde ihn erst am Mittwoch empfangen kann, und so lange will er nicht warten.«

Maarten schmunzelte, doch als Beerta seine Augenbrauen ironisch hob, zwang er sich, ernst zu sein. »Er hat doch eine Ente?«, fragte er, um seinem Ernst Rückhalt zu verleihen.

»Karel hat einen Opel.«

»Voriges Jahr, als wir diesen Ausflug gemacht haben, hatte er doch eine Ente?«

»Voriges Jahr hatte er eine Ente, aber weil die bald überall zu sehen waren, hat er sie gegen einen Simca eingetauscht, und weil er mit dem Mann, der ihm den Simca verkauft hatte, Streit bekam, ich weiß nicht, worüber, irgendetwas mit dem Service, hat er ihn wiederum in einen VW umgetauscht, und in diesem VW hat er Rückenschmerzen bekommen.«

»Und dann hat er einen Opel gekauft.«

Beerta nickte. »Es war ein bisschen komplizierter, denn er hat es erst noch mit einem neuen Sitz versucht und dann wieder mit dem alten, aber darauf läuft es wohl hinaus, ja.«

»Großer Gott«, sagte Maarten mit unterdrückter Schadenfreude, »da wird er ja schwer gestraft.«

»Wie meinst du das? Karel arbeitet hart.«

»Das bezweifle ich nicht, aber wenn der eigene Großvater kein Auto gehabt hat, darf man selber auch keines haben.«

Die Antwort amüsierte Beerta. »Du bist doch ein altmodischer Mensch«, fand er. »Wenn der Fortschritt von dir abhinge, würde die Welt es nicht weit bringen.«

*

Sie kamen aus dem Polder, auf einem schmalen Weg. Es herrschte frisches Frühlingswetter. Vor ihnen lagen die Sportplätze mit wehenden Fahnen und Fußballern. Dahinter befand sich die Straße, auf der die Autos glitzerten und glänzten. Sonntagnachmittag. Leute standen als Zuschauer am Rand der Sportplätze oder spazierten in ihren Sonntagsanzügen auf der Straße. Alle waren zufrieden und glücklich, soweit das in einer Zivilisation möglich war, in der es keine Unglücklichen mehr gab. Alle Menschen sind zu Kindern geworden, dachte er, so war es früher.

*

Sie verließen die Kirche gemeinsam mit den anderen Besuchern, nach dem Ende der *Matthäus-Passion*. Sobald er draußen war, empfand er ein Gefühl der Befreiung: der hohe, dunkle Himmel über den kleinen Häusern, der platt getretene, verwahrloste Platz hinter der Kirche, mit dem schiefen, rostigen Zaun. Die Leute vor ihnen wandten sich nach links, sie selbst gingen nach rechts auf einem schmalen Weg, der rund um die Kirche führte, zwischen dem hohen Seitengiebel und den niedrigen Häusern, in denen ein paar Fenster erleuchtet waren. Niemand folgte ihnen. Dass ihnen niemand folgte, dass er hier den Weg kannte, die Stille, das hell erleuchtete Fenster, das alles zusammen verschaffte ihm ein Glücksgefühl.

*

Beim Überqueren des Voorburgwal musste er mitten auf der Fahrbahn die Linie 2 abwarten, die gerade bei einer Haltestelle anfuhr. Ungewöhnlich, dachte er. Und er fühlte sich plötzlich glücklich.

*

Um neun Uhr war der letzte Vortrag beendet. Danach zog sich ein Teil der Anwesenden, unter ihnen Beerta, zurück, um über die Möglichkeiten eines Europäischen Atlas zu beraten, während die übrigen Kongressteilnehmer den Rest des Abends freibekamen.

»Haben Sie Lust, mit mir in meinem Hotel noch eine Tasse Kaffee zu trinken?«, fragte Vanhamme, als er zusammen mit Maarten die Treppe des Universitätsgebäudes hinabstieg, »oder haben Sie andere Pläne?«

»Nein, ich habe keine Pläne«, antwortete Maarten.

»Dann lassen Sie uns doch noch eine Tasse Kaffee trinken«, entschied Vanhamme.

Vanhammes Hotel lag am Münsterplatz, nicht weit vom Universitätsgebäude entfernt. Es hatte im ersten Stock ein luxuriös eingerichtetes Café-Restaurant, das zu dieser späten Abendstunde nahezu verlassen war. Sie setzten sich an einen kleinen Tisch am Fenster, von dem aus sie den Platz überblicken konnten. Es war noch hell, ein diffuses Abendlicht, in dem sich ab und zu ein Passant träge und geräuschlos fortbewegte.

»Wollen Sie Kaffee?«, fragte Vanhamme, als der Kellner zu ihnen kam.

»Ja, gern«, sagte Maarten.

»Einen Kaffee und einen Kamillentee«, bestellte Vanhamme auf Deutsch. »Kaffee ist Gift für mich«, entschuldigte er sich, als der Kellner sich entfernt hatte.

»Wie geht es Ihnen jetzt mit Ihrem Magen?«

»In letzter Zeit geht es wieder etwas besser.«

Die Selbstverständlichkeit, mit der Vanhamme ihm antwortete, ließ Maarten sein Zögern überwinden. »Wie lange haben Sie das nun schon?«

»Oh, pfff. Das hatte ich schon, als ich ein junger Mann war, etwa in Ihrem Alter, vielleicht war ich sogar noch etwas jünger.« Er holte eine Zigarrenschachtel aus der Tasche und legte sie auf den Tisch. »Sie rauchen nicht?«

»So große Zigarren nicht.« Er erinnerte sich, dass Vanhamme nach dem Ersten Weltkrieg von der Universität ausgeschlossen worden war, und fragte sich, ob dessen Magenprobleme damit etwas zu tun haben könnten.

Der Kellner brachte eine überdimensionale Schale Kaffee und ein Glas heißes Wasser mit einem Beutel Kamillentee darin. Vanhamme hatte sich eine Zigarre in den Mund gesteckt und zündete sie an. Während er die Flamme ansog, paffend, sah er Maarten träge an. »Was halten Sie von Güntermanns Plan, den Schwerpunkt auf die bäuerliche Arbeit zu verlegen?« Das Licht der jedes Mal wieder aufflackernden Flamme gab seinem Gesicht etwas Groteskes.

»Den finde ich sehr gut.«

»Aber beschäftigen wir uns dann überhaupt noch mit der Volkskultur, oder sind wir dann schon bei der Geschichte der Landwirtschaft?«

»Wir haben im Büro auch jemanden speziell für die bäuerliche Arbeit eingestellt. Auf den Karten, die er zeichnet, zeigen sich sehr scharfe Grenzen, sehr viel klarer als auf unseren Karten.«

Vanhamme nahm nachdenklich einen Zug aus seiner Zigarre. »Aber sind das Kultur- oder Landwirtschaftsgrenzen?«

»Rational oder irrational«, brachte es Maarten auf den Punkt.

Vanhamme nickte und zog dabei an der Zigarre.

»Vielleicht gibt es für alle Grenzen eine rationale Erklärung. Die Erklärung einer landwirtschaftlichen Grenze scheint mir jedenfalls interessanter zu sein, als die Grenze dafür zu benutzen, um ein altes Kulturgebiet festzustellen.«

»Hö«, sagte Vanhamme.

Sie schwiegen.

Maarten dachte erneut an den Ausschluss Vanhammes von der Universität und versuchte abzuwägen, ob er danach fragen könne, ohne jedoch zu einer Entscheidung zu kommen. Er führte die Tasse an den Mund und sah, als er sie wieder absetzte, über den Platz, auf dem es allmählich zu dämmern begann. »Sie sind nach dem Ersten Weltkrieg von der Universität ausgeschlossen worden?«, fragte er unerwartet und richtete den Blick auf Vanhamme.

Vanhamme sah ihn an. Er nahm einen Zug aus der Zigarre und blies langsam den Rauch aus, bevor er antwortete. »Sie denken an meinen Magen.«

»Ja, auch, aber es interessiert mich einfach.«

Vanhamme dachte nach. Er sah an Maarten vorbei, während er bedächtig an der Zigarre zog.

Maarten beobachtete ihn. Er empfand Sympathie für den Mann, und das erzeugte Spannung.

Vanhammes Blick kehrte zu ihm zurück. Er musterte Maarten. »Ich will es Ihnen erzählen, aber dann müssen wir etwas anderes dazu trinken.« Er drehte sich zum Kellner um, der an der Bar stand und sich mit dem Barkeeper unterhielt, und hob langsam den Arm. »Sie mögen doch Weißwein?«, fragte er, sich Maarten zuwendend, während der Kellner zu ihnen unterwegs war.

»Gerne.«

Der Kellner blieb an ihrem Tisch stehen.

»Haben Sie eine Flasche Chablis für uns?«, fragte Vanhamme ihn auf Flämisch und sah zu ihm auf.

»Eine Flasche Chablis«, wiederholte der Kellner auf Deutsch.

»Er hat Sie verstanden«, sagte Maarten amüsiert, als er sich entfernt hatte.

»Habe ich Niederländisch gesprochen?«

Maarten lachte.

»Die meisten verstehen uns, und sei es, weil sie im Krieg bei Ihnen oder bei uns gewesen sind.«

Sie schwiegen. Auf dem Platz vor ihrem Fenster gingen die Straßenlaternen an. Am Himmel war noch etwas Licht. Der Kellner brachte zwei Gläser. Er zeigte Vanhamme das Etikett, entkorkte die Flasche und schenkte ihm einen kleinen Schluck ein. Vanhamme kostete andächtig. »Gut«, sagte er und sah hoch. »Danke.« Als der Kellner ihre Gläser gefüllt und ihnen die Flasche in einem kleinen Kübel mit Eis auf den Tisch gestellt hatte, hob Vanhamme sie noch einmal hoch, betrachtete das Etikett und ließ sie wieder in den Kübel sinken. »Für meinen Magen ist das die beste Medizin.« Er führte das Glas zum Mund und nahm einen vorsichtigen Schluck. »Gut.« Er sah Maarten an. »Kennen Sie das Borms-Gedicht von Willem Elsschot?«

»Ja.« Er versuchte, sich daran zu erinnern, doch ihm fielen nur die Zeilen ein: »Du blöder Kerl mit deinem Bart, / dürr im Geist, doch dichtbehaart« – die er intuitiv verwarf –, »aber ich kann mich nicht genau erinnern.«

»Es fängt folgendermaßen an«, er drückte seine Zigarre sorgfältig aus und beugte sich zu Maarten herüber. »›Mein kühner alter Freund, gekannt hab' ich dich nicht, / doch tatst du für die Niederlande deine Pflicht, / das weiß ich, und ich sag's, auf dass ihr's nie vergesst, / die ihr in unsrem Land das Brot in Schande esst.‹« Die Zeilen wühlten ihn sichtlich auf, seine etwas hervorstehenden Augen, die ihm etwas Froschartiges gaben, wurden feucht. »Ich habe Elsschot gut gekannt«, er wandte seinen Kopf ab und nahm eine neue Zigarre aus der Schachtel. »Sie sollten das Gedicht zu Hause noch einmal nachlesen.«

»Haben Sie Borms auch gekannt?« Maarten erinnerte sich dunkel, dass der flämische Nationalist August Borms nach dem Krieg in Belgien als Kollaborateur erschossen worden war, und er sich seinerzeit darüber gewundert hatte, dass der Schriftsteller Elsschot sich für ihn eingesetzt hatte.

»Ja, aber Borms war viel älter. Ich war ein Studienfreund von Wies Moens, wenn Ihnen der Name etwas sagt.«

»Der Kollaborateur? Der ist doch auch zum Tode verurteilt worden?«

»Aber glücklicherweise hat er bei Ihnen in den Niederlanden Unterschlupf finden können.«

Sie schwiegen. Vanhamme steckte sich seine Zigarre an. Gedankenverloren betrachtete Maarten den Wein in seinem Glas. Sowohl Borms als auch Wies Moens waren in seinen Augen Landesverräter, und er hatte nie verstanden, warum seine Regierung Wies Moens Asyl gewährt hatte, auch wenn er sich nicht sonderlich damit beschäftigt hatte.

»Für einen Holländer ist das schwer zu begreifen«, sagte Vanhamme, als erriete er seine Gedanken.

»Ja«, gab Maarten zu. »Ich habe sie immer als Landesverräter angesehen.«

Vanhamme nickte ergeben. »Ich nehme Ihnen das nicht übel. Aber für mich sind sie das nicht, auch wenn sie Fehler gemacht haben, große Fehler.« Er schenkte ihre Gläser nach. »Sie hätten die Finger von den Deutschen lassen müssen.«

»Und Sie haben das getan?«

»Ja. Ich habe den Deutschen nie getraut. Aber als sich 1916 – zwar unter den Deutschen, aber doch zum ersten Mal – die Gelegenheit bot, an der Genter Universität auf Niederländisch und nicht mehr auf Französisch zu lehren, habe ich die Chance ergriffen. Und dafür haben sie mich nach dem Krieg mit Ausschluss bestraft.«

»Aber in Gent findet die Lehre doch auf Niederländisch statt?«

»Ja, jetzt, seit 1930!« In seiner Stimme lag Bitterkeit. »Aber wir waren es, die dafür gekämpft haben!« Er nahm einen Schluck von seinem Wein und sah Maarten an. »Sie dürfen sich glücklich schätzen, dass Sie in einem Land leben, in dem es selbstverständlich ist, dass Sie Ihre eigene Sprache sprechen. Bei uns war das nicht so. Wir wurden auf eine Weise gedemütigt, die Sie nicht für möglich halten würden.«

*

»Setz dich mal hier hin«, sagte Beerta. »Ich möchte mit dir über meine Nachfolge sprechen.«

Maarten stand auf. Beerta ging vor ihm her zur Sitzgruppe. Beide nahmen Platz. Maarten sah ihn an, abwartend.

»Ich habe seinerzeit gedacht, dass du mein Nachfolger werden würdest«, er sah ihn ernst an, »aber ich habe begonnen, daran zu zweifeln.«

»Ich bin dafür nicht geeignet«, pflichtete Maarten bei.

»Du bist dafür sehr wohl geeignet, aber du bist nicht promoviert, und außerdem warst du so unvernünftig, van der Haar vor den Kopf zu stoßen. Hast du inzwischen mal über eine Doktorarbeit nachgedacht?«

»Ich brauche nicht darüber nachzudenken. Ich mache das nicht. Wenn ich etwas zu sagen habe, kann ich es auch ohne Doktorarbeit sagen.«

Beerta schüttelte den Kopf. »Man sagt, dass Esel stur sind, aber du kannst das auch ganz gut.«

»Außerdem fände ich es unangebracht, früher als mein Chef zu promovieren. Mein Chef hat seinen Doktor erst mit zweiundvierzig gemacht.« Er lachte spöttisch.

Beerta schmunzelte amüsiert. »Das waren besondere Umstände.«

»Das weiß ich, aber das sind die meinigen auch.«

»Nun denn«, er zuckte mit den Achseln, »wie die Dinge liegen, kann ich dich nicht als meinen Nachfolger vorschlagen. Ich werde mich also nach einem anderen umsehen müssen. Hast du eine Idee?«

»Maarten schüttelte den Kopf. »Nein, wenn es nur nicht Fräulein Haan wird. Wenn Fräulein Haan Ihre Nachfolgerin wird, gehe ich.«

Beerta nickte. »Ich selbst hatte an B-balk gedacht. Was hältst du davon?«

Maarten hatte merkwürdigerweise nicht eine Sekunde an Balk gedacht, doch nun, da sein Name gefallen war, erschien ihm das selbstverständlich. »Dagegen hätte ich nichts einzuwenden«, sagte er nach kurzem Zögern.

»Man k-könnte höchstens einwenden, dass Balk vielleicht Professor werden will. Balk ist p-professorabel.«

»Warum sollte das gegen ihn sprechen?«

»Dann wären wir ihn wieder los.«

»Das werden wir dann sehen, wenn es so weit ist. Darüber brauchen Sie sich doch keine Sorgen zu machen!«

»Ich werde mit ihm darüber sprechen«, entschied Beerta.

*

Beerta und Maarten saßen an ihren Schreibtischen, Hendrik stand mit dem Rücken zu ihnen vor dem Bücherregal und las in einem Buch, als es an der Tür klopfte und Swenker den Raum betrat. »Guten Morgen, meine Herren«, sagte er munter. »The money.«

»Gut so«, sagte Beerta. Er legte den Stift weg, setzte die Brille ab und drehte sich in seinem Stuhl um. »Darauf hatte ich schon gewartet.«

Hendrik drehte sich, immer noch lesend, zu Swenker um, Maarten sah auf. »Tag, Herr Swenker«, sagte er.

»Bitteschön«, sagte Swenker und überreichte Beerta eine durchsichtige Tüte. »Und das ist für Sie.« Er gab Maarten ebenfalls eine Tüte. »Und darf ich es Ihnen auch hier geben?«, fragte er Hendrik.

»Ja, geben Sie nur her«, sagte Hendrik. Er legte das Buch aufgeschlagen und mit dem Rücken nach oben auf den Tisch und nahm die Tüte in Empfang.

Beerta hatte seine Tüte aufgerissen und schüttete die Münzen auf seinem Schreibtisch aus. Er schlug darauf, damit sie liegen blieben, und nahm dann die Geldscheine heraus. Maarten schüttete sich die Münzen in die Hand, betrachtete sie, ließ sie in seine Tasche gleiten, faltete die Scheine auseinander und zählte sie nach. Hendrik machte dasselbe. Während sie damit beschäftigt waren, stand Swenker mit seiner Liste da und wartete.

»Es ist in Ordnung«, sagte Maarten und steckte die Geldscheine in die Innentasche. »Geben Sie mal her.« Er nahm die Liste, die Swenker ihm reichte, legte sie auf den Schreibtisch und zeichnete sie ab. »Stellen Sie sich einmal vor, dass es nicht in Ordnung gewesen wäre.«

»Dann hätte es irgendwo ein Versehen gegeben«, meinte Swenker.

Die Antwort amüsierte Maarten.

»Wie viel Geld soll ich aufs Konto legen?«, fragte Beerta, und drehte sich zu Maarten um, sein Geld noch in den Händen haltend.

Maarten sah ihn verständnislos an.

»Ist noch irgendetwas im Mai?«, drängte Beerta.

»Dann legen alle Vögel ein Ei«, antwortete Maarten. »Ich weiß nicht, ob Sie dafür noch etwas zurücklegen wollen?« Bei den letzten Worten konnte er sein Lachen fast nicht mehr unterdrücken.

Hendrik blickte auf, verwundert. Er hob die Augenbrauen, mit so viel Geringschätzung, dass Maarten es nicht mehr aushielt und vor Lachen losprustete. Er wandte sich ab, versuchte, sich zu beherrschen, doch es dauerte geraume Zeit, bis er sich wieder unter Kontrolle hatte. Währenddessen blickte Swenker regungslos vor sich hin. Beerta und Hendrik zählten ihr Geld, als wären sie allein im Raum.

*

Es war noch hell, ein stiller Frühlingsabend. Der Weißdorn auf dem kleinen Platz blühte. Auf einer Fernsehantenne sang eine Amsel.

Frans' Fahrrad stand hinter dem Gartenzaun in dem kleinen Kiesbeet, an die Fensterbank der Erdgeschosswohnung gelehnt.

»Er ist zu Hause«, sagte Maarten und klingelte dreimal kurz. Sie warteten. Aus dem Zimmer neben der Tür drang die Stimme eines Nachrichtensprechers. Von der Stelle aus, an der sie standen, konnten sie die helle Fläche des Fernsehgeräts flimmern sehen. Die Tür sprang auf. Sie stiegen die Treppe hinauf. Frans' Tür, auf dem Absatz der vierten Treppe, stand einen Spalt offen. Er zeigte sich erst, als sie seinen Flur betraten.

»Der Weißdorn blüht«, berichtete Maarten.

»Ha!«, sagte Frans scheu.

»Tag«, sagte Nicolien.

»Damals blühte der Weißdorn auch«, fuhr Maarten fort, hängte seine Jacke über die Leiter und betrat das Zimmer, »das ist lange her, schon fünf Jahre.«

»Es steht alles geschrieben«, antwortete Frans.

Das Zimmer lag in einem weißen, gesiebten Licht. Die Fenster waren mit Schrankpapier beklebt. Maarten blieb stehen. »Hast du deine Fenster beklebt?«, fragte er erstaunt und drehte sich zu Frans um.

Frans wurde rot. »Ja«, sagte er verwirrt.

»Warum?«

»Das war besser so. Wegen des Einblicks.«

Maarten öffnete das kleine Fenster auf der rechten Seite und sah nach draußen. Frans' Wohnung lag an der schmalen Seite des Häuserblocks. Rechts standen die Häuser der Jozef Israëlskade, links die der David Blesstraat. In der Tiefe lagen ihre kleinen grünen Gärten, durch Bretterzäune, Geräteschuppen, Sträucher und vereinzelte, hochgewachsene Pappeln voneinander getrennt. In der Ferne, von der anderen Seite des Daches, hörte man den Gesang der Amsel. »Aber das Zimmer ist doch überhaupt nicht einsehbar?«

»Nicht von Menschen, aber von Möwen. Die fliegen manchmal dicht vorbei. Ja, es ist vielleicht ein bisschen verrückt, aber ich weiß nicht, ob du schon mal gesehen hast, wie eine Möwe dicht an dir vorbeifliegt? Die schauen immer seitlich herein, und das kann ich nicht haben. Ich leide nun mal an Blickangst.«

»Das habe ich auch«, half Nicolien ihm.

»Aber doch nicht vor Möwen?«, sagte Maarten.

»Nein, vor Menschen«, sagte sie, »aber deshalb kann ich Frans schon verstehen.«

»Wollt ihr Kaffee?«, fragte Frans.

Während Frans in der Küche mit dem Kaffee beschäftigt war, setzte sich Nicolien. Maarten sah sich um. Der Handschuh auf dem Kaminsims war verschwunden. An seiner Stelle stand dort nun ein grauer Spielzeugsoldat aus Plastik mit erhobenem Schwert, ihm gegenüber ein Streifen Papier mit den Worten »Eines Tages habe ich genug davon«. Der Marienkäfer unter dem Glas war noch da, und die Frau mit dem Papier über ihren Augen ebenfalls. Er setzte sich neben den kleinen Arbeitstisch. »Und jetzt noch die Tassen«, hörte er Frans in der Küche sagen. »Sind die Tassen sauber? Nein, die Tassen sind nicht sauber. Eben die Tassen auswischen.« Maarten lachte kurz zu Nicolien hinüber, die vor sich hinsah. Er betrachtete den kleinen Arbeitstisch. Der Aschenbecher war voll mit halbnassen Kippen. Daneben lagen ein Päckchen Tabak und eine Packung Blättchen, ein paar Schachteln Streichhölzer sowie ein aufgeschlagener Schreibblock mit Stift und Bleistiften und an der Wand, neben der Lampe, ein Stapel Hefte und zwei Stapel Karteikarten, einer von ihnen oben mit einem Kreis versehen, der andere mit einem Quadrat. »Und jetzt noch die Milch«, hörte er Frans sagen. Die Tür des Kühlschranks öffnete und schloss sich wieder. Maarten streckte sich lang aus, die Hände in den Taschen, und sah vor sich hin. »Es ist still hier, nicht wahr?«, sagte er.

»Ja«, sagte Nicolien.

»Frans kam mit ihren Tassen herein. »Die Untertassen kommen sofort«, er stellte sie ihnen hin, »wegen des Kleckerns.«

»Warum liegt diese Streichholzschachtel da?«, fragte Maarten – mitten im Zimmer lag eine Streichholzschachtel.

»Oh, das.« Er hob sie rasch auf und legte sie auf den Tisch. »Die kann jetzt wohl weg, wo ihr nun da seid.« Er wurde rot.

»Bedeutete es denn etwas?«, fragte Maarten neugierig.

»Ja, nur noch eben die andere Tasse.« Er verließ den Raum wieder.

»Bedeutet es etwas?«, wiederholte Maarten seine Frage, als Frans mit seiner eigenen Tasse zurückkam und in seinem Sessel saß.

»Na ja, eigentlich nicht«, er wandte den Blick ab, »sie lag plötzlich da, und dann weiß man nicht mehr, ob es nicht vielleicht eine Bedeutung hatte«, er sah Maarten flüchtig an, »kennst du das nicht?«

Maarten dachte nach. »Ich kann mich an so etwas nicht erinnern«, sagte er nachdenklich. »Ich müsste darüber nachdenken.«

»Ich habe es natürlich selbst getan, aber ja, man ist nicht allein mit sich, also weiß man nie genau, was man damit bezweckt haben könnte.« Er sah rasch zu Nicolien.

Nicolien lachte.

Frans lachte nun auch, nicht ganz von Herzen. »Es ist natürlich ein bisschen verrückt.«

»Ja, es ist verrückt«, sagte Maarten.

»Ich habe aber nicht darüber gelacht, weil ich es verrückt finde«, sagte Nicolien.

»O nein«, sagte Frans, »nein, natürlich nicht.«

»Und wenn du nun draufgetreten wärst?«, fragte Maarten.

»Ich bin einmal draufgetreten«, gestand Frans, »und jedes Mal, wenn ich mich daran erinnere, wird mir die Zerbrechlichkeit meines Brustkorbs bewusst. Vielleicht ist es das?« Er sah Nicolien an.

Maarten nickte. »Das könnte sein. Jetzt verstehe ich es besser.«

Sie schwiegen. Frans drehte sich eine Zigarette. Maarten zog die Pfeife aus der Tasche. »Gibst du mir meinen Tabak?«, fragte er Nicolien. Sie hob ihre Tasche auf den Schoß, reichte ihm seinen Tabak und holte eine Packung Gauloises und eine Streichholzschachtel heraus.

»Soll ich dir keine Zigarette drehen?«, fragte Frans schnell.

»Nein, lass nur«, sie lachte verlegen, »ich habe selbst welche.«

Sie schwiegen. Im Haus war es still. Draußen, in der Ferne, sang die Amsel. In dem weißgesiebten Licht hatte das Zimmer etwas von einer Klosterzelle.

»Die Kommission will, dass ich eine Doktorarbeit schreibe«, erzählte Maarten.

»Oh«, sagte Frans. »Ja, das gehört natürlich dazu.« Er sah Nicolien an, als erwarte er von ihr eine Bestätigung.

»Es reicht nicht, dass sie ihre Hobbys auf Staatskosten betreiben dürfen und die Drecksarbeit von anderen machen lassen, sie wollen zusätzlich noch bestätigt bekommen, dass es einen Sinn hat und sie zur Spitze der Kultur gehören.« Er war wütend.

»Ja, aber vielleicht tun sie das ja auch. Meinst du nicht?«

»Das spricht dann nicht für die Kultur.«

»Nein, vielleicht nicht.«

»Die größten Dreckskerle kriegen die dicksten Brocken, und die Schwachen werden niedergemacht«, verdeutlichte Maarten. »Wie im Urwald.«

Sie schwiegen erneut.

»Ich habe auch wieder einen Schritt auf die Gesellschaft zu gemacht«, erzählte Frans und sah Maarten an.

Maarten lauschte.

»Ich habe einen Auftrag von Shell, zu Hause Tiere zu zeichnen. Die Apparatur dazu bekomme ich gestellt.« Er lachte und sah rasch zu Nicolien. »Ich werde hier ein ganzes Laboratorium haben. So muss es auch sein, nicht wahr?«

Nicolien lachte.

»Wie bist du da rangekommen?«, fragte Maarten.

»Durch van Kruysbergen.«

Maarten erinnerte sich, dass das der Direktor des Instituts war, bei dem Frans an einer Arbeitsbeschaffungsmaßnahme teilgenommen hatte. »Ist das eigentlich ein netter Mann?«

»Er raucht Pfeife.«

»Dann ist es ein netter Mann.«

Sie lachten.

»Ich fand eigentlich schon, dass ich das annehmen müsste«, sagte Frans. »Ich sollte keine Chance vorübergehen lassen.« Er sah rasch von Maarten zu Nicolien.

»Natürlich«, sagte Maarten. »Was sind das für Tiere?«

»Das weiß ich noch nicht.« Er sah Maarten hilflos an. »Ich denke, kleine Tiere.«

»Auf jeden Fall werden sie wohl etwas mit Öl zu tun haben.«

»Ja, es werden wohl Wimpertierchen sein, glaube ich.«

»Oder diese archäologischen Tiere.«

»Das wäre prima, denn die sind so schön symmetrisch.«

»Aber dafür brauchst du natürlich kein Mikroskop.«

»Es werden wohl kleine Tiere sein.«

»Dicke Öltiere«, sagte Maarten schmunzelnd.

»Bei uns haben wir nur kleine Tiere. Diese Woche kam van Son herein: ›Veen, komm mal her!‹ – Ich sollte ihm helfen, seinen Schreibtisch zu verrücken, weil zwei Läuse heruntergefallen waren.« Er lachte.

»Lebende?«, fragte Maarten erstaunt.

»Nein, präparierte. Zwei ganz seltene. Es gibt nur noch ein paar davon in Utrecht. Sonst nirgends.«

Sie lachten.

»Großartig«, sagte Maarten. »Habt ihr sie gefunden?«

»Nein. Wir haben den ganzen Boden abgesucht, van Son mit einer Lupe und ich mit bloßem Auge, jedes Dreckkrümelchen aufgehoben, denn so eine Laus ist nicht so einfach zu erkennen.«

»Herrlich!«, sagte Maarten vergnügt.

Sie lachten.

»Wie reagiert van Son dann?«, wollte Maarten wissen.

»Er pfeift. Wenn es irgendetwas Unangenehmes gibt, pfeift er immer.«

Maarten nickte. »Meine Mutter hat erzählt, dass ich immer angefangen hätte zu singen, als ich noch klein war.«

»Ja, so gibt es bei jedem etwas anderes.«

Sie schwiegen.

»Wie passiert so etwas?«, fragte sich Maarten, während er nachdenklich an seiner Pfeife zog. Er sah Frans an. »Hatte er vielleicht zu stark geatmet?«

»Ich glaube, er hat ein Schälchen umgestoßen, und da lagen sie drin.«

»Und wie ist die Suche dann ausgegangen?«

»Irgendwann habe ich aufgehört, daraufhin hat ein anderer helfen müssen.«

»Und der hat sie auch nicht gefunden.«

»Nein«, sagte Frans und lachte. »Ein kleines Bürodrama.«

»Ein kleines Soziodrama«, sagte Maarten zufrieden. »Eine scharfe Geschichte.«

»Ja, wer das Kleine nicht ehrt, ist des Großen nicht wert.«

Sie amüsierten sich noch eine Weile darüber.

»Du wolltest uns doch die Zeichnung zeigen?«, erinnerte sich Nicolien.

Er erschrak. »O ja«, sagte er, »aber möchtet ihr nicht erst etwas trinken?«

*

Beerta las einen Brief. »Dass die Leute sich doch nie trauen, einem die Wahrheit zu sagen«, sagte er. Er legte die Brille hin und drehte sich zu Maarten um.

»Selten«, gab Maarten zu, mit den Gedanken bei der Arbeit.

»Oder vielleicht interessiert es sie einfach nicht.«

»Das ist auch möglich.«

Beerta sah ihn an. »Beispielsweise dieser Bert Bakker.« Er hob den Brief ein wenig hoch.

Maarten blickte langsam auf.

»Der lag mir andauernd in den Ohren wegen eines Artikels über die niederländische Kritik, und im M-Muiderschloss, als ich ein bisschen betrunken war, habe ich ihm den dann zugesagt, weil ich dachte, er würde nicht mehr darauf zurückkommen. Aber natürlich kam er darauf zurück.« Er sah Maarten ernst an. »Da habe ich also schließlich so einen Artikel geschrieben, einen, in dem nicht viel drinsteht, zusammengeschustertes Zeug, und habe ihm mitgeteilt, dass er mir einen großen Gefallen tun würde, ihn abzulehnen. Und jetzt schreibt er mir«, er setzte die Brille wieder auf und sah in den Brief, »dass es genau das ist, was er braucht, und er davon sehr angetan ist. Was soll ich davon bloß halten?«

»Dass er es nicht so meint.«

»Aber warum sagt er es dann?«

»Das verstehe ich auch nicht. Ich hätte damit keine Probleme.«

»Ja, du«, er setzte die Brille wieder auf und wandte sich ab, »aber du würdest wieder das gesamte Porzellan zerschlagen, und das ist auch nicht Sinn der Sache.« Er legte den Brief zur Seite und nahm den Brieföffner, um den nächsten aufzuschneiden. »Und ich kann mich dann damit herumschlagen.«

In diesem Moment wurde die Tür geöffnet, und Balk trat ein. Er ging hastig und ohne zu grüßen zum Bücherregal, zog ein Buch heraus und ging dann wieder zur Tür zurück. »Dieses Buch steht von jetzt an bei mir!«, sagte er, sich dabei umdrehend, die Hand am Türgriff, »denn von diesem Thema versteht keiner von euch beiden etwas!« Er wandte sich entschlossen ab und verließ den Raum.

»Welches Buch war das?«, fragte Beerta, ohne sich umzudrehen.

»Der *De Vries*.«

»Den habe ich noch rezensiert«, erinnerte sich Beerta. Er schob den Stuhl zurück und stand auf, legte die Brille hin und ging um den Tisch herum zu der Stelle im Regal, an der der *De Vries* gestanden hatte. Mit den Händen auf dem Rücken betrachtete er die Lücke. »Man sollte doch meinen, dass es gerade deshalb auch hier stehen sollte«, sagte er und drehte sich zu Maarten um. Er sah ihn mit hochgezogenen Augenbrauen an.

»Soll ich mich darum kümmern? Dann schaffen wir einfach ein zweites Exemplar an.«

»Nein, das geht nicht. Das können wir dem Rechnungsprüfer gegenüber nicht rechtfertigen.«

»Dann schaffe ich es für das Hauptbüro an«, sagte Maarten boshaft.

Beerta reagierte nicht darauf. Er ging wieder an den Schreibtisch und setzte die Brille auf, um die Lektüre des Briefs, den er gerade bearbeitete, fortzusetzen. »Balk weiß, was er will«, stellte er fest. »Ich mag das.«

»Haben Sie schon mit ihm gesprochen?«

»Ja«, antwortete Beerta, bereits wieder in den Brief vertieft. »Er hat mir versprochen, dass er kein P-professor werden wird.«

*

Er zog die Tür hinter sich zu und zögerte einen Moment, bevor er nach links abbog, die Antoniebreestraat und die Brücke überquerte, um sich dann rechts zu halten und der Oude Schans zu folgen. Es war plötzlich Sommer. Er ging langsam, unter dem Grün der Bäume, und betrachtete gedankenverloren eine etwas schlampig wirkende Frau, die auf dem sonnigen Deck eines Wohnbootes Kartoffeln schälte. Sie saß dort in voller Breite, barfüßig, in einem ärmellosen Hemd. Als er zu ihr hinübersah, blickte sie kurz auf, lachte ihm zu und warf eine Kartoffel in den Eimer neben sich. Er wandte verlegen seinen Blick ab, betrachtete ein paar Schrottkähne, die am Ufer vertäut waren, und sah über das Wasser zum Kai auf der gegenüberliegenden Seite. Es war warm. Aus dem Schatten der Bäume kommend, spürte er die Wärme der Sonne bis tief in seinen Körper hinein, als träfe sie auf keinerlei Widerstand. Beim Bäckerladen an der Ecke zum Rechtboomsloot war die Luft vom Duft nach frischem Brot erfüllt. Das Wasser rund um den Montelbaansturm glitzerte, ein Ruderboot am Steg schaukelte sanft auf den kleinen Wellen. Er ging an den großen, farblosen Häusern der Binnenkant entlang, überquerte die Prins Hendrikkade und bog rechts ab, am Pollux und der Oosterdokskade vorbei zum IJ. Während er dort ging, dachte er daran, dass er hier wohl hundertmal vorbeigekommen war, als er noch studiert hatte, doch er konnte sich nicht mehr erinnern, so als steckte er in einem Dummy aus der Vergangenheit, der ohne Inhalt war. Für einen Moment drohte er, in Sehnsucht zu ertrinken, doch er drängte es beiseite. Ein Zug fuhr ratternd über die Eisenbahnbrücke, als er unter ihr hindurchging. Es roch dort nach Urin und Fäulnis. Er überquerte die De Ruyterkade und blieb am Ufer des IJ stehen. Am Wasser war es etwas frischer. Es roch nach Meer. Er sah auf die kleinen Wellen, die aus dem Wasser eine tanzende Fläche machten, auf der hier und da kleine Boote ihre Spuren zogen.

Als er zurückkam, war Hindriks in seinem Verschlag. Maarten blieb in der Tür stehen. Nach dem grellen Licht draußen musste er sich an die kühle Dunkelheit im Innern gewöhnen. Hindriks saß breitbeinig, die Hosenträger über dem Hemd, die Hände auf den Knien, beim Gasherd und wartete darauf, dass das Wasser kochte. Die obersten Knöpfe seines Hemdes und seiner Hose standen offen, seine Krawatte hing vor der Brust. Das Wasser zischte im Kessel.

»Was macht Ihr Asthma?«, fragte Maarten.

»Oh, das geht ganz gut, Mijnheer.« Er sah Maarten mit seinem gequälten Froschgesicht treuherzig an. »Bei diesem Wetter geht es besser, als wie wenn es dunstig ist, wissen Sie?«

»Wie lange haben Sie das jetzt schon?«

»Kann ich mich nich dran erinnern. Ich hatte das jedenfalls schon, als ich noch ein Junge war.«

»Das ist lange.«

»Das ist ziemlich lange. Aber wir leben noch, und ich sag immer: Solang' es Leben gibt, gibt es auch Hoffnung.« Er lachte vergnügt.

Maarten lachte ebenfalls. »So ist es.« Er ging weiter, schmunzelnd, ein Schmunzeln, das langsam wieder aus seinem Gesicht verschwand. So schön ist das Leben nun auch wieder nicht, dachte er. Die Tür zur Turnhalle war angelehnt. Er sah hinein. Niemand war dort. An der Garderobe hing eine alte Weste, die irgendwann einmal jemand dort aufgehängt, aber nicht wieder mitgenommen hatte. Er ging hintenherum und betrat durch die Hintertür das Zimmer von Fräulein Haan. Es war leer, bis auf van Ieperen. »Es scheint, dass alle weg sind«, bemerkte er.

Van Ieperen kicherte. »Wenn das Wetter schön ist, müssen plötzlich alle ganz dringend in die Bibliothek. Studieren!« Er schüttelte sich vor bösartigem Vergnügen.

»Und Sie glauben das nicht«, konstatierte Maarten.

»Aber natürlich glaube ich das«, er richtete sich auf und blies die Wangen auf. »Ich – glaube – alles!«

Maarten war stehen geblieben.

»Früher war ich jeden Nachmittag allein«, sagte van Ieperen vertraulich. Er nickte in Richtung Hauptgebäude und spielte damit auf die Zeit an, als er dort allein mit Beerta und Fräulein Haan gesessen hatte.

»Wie lange ist das jetzt her?«, fragte Maarten.

Van Ieperen dachte nach. »Na, lass mich mal nachdenken, du hast selbst den Umzug mitgemacht, das wird also gut und gern sechzehn Jahre her sein ...«

»Ja, das ist sechzehn Jahre her.«

»Hättest du damals bestimmt auch nicht gedacht, dass du hier noch mal landen würdest.« Er machte eine Bewegung mit dem Ellbogen, als wollte er Maarten einen Stups geben.

»Nein.«

»Und gefällt es dir immer noch?«

»Aber natürlich.«

»Ja, klar.« Er kicherte.

»Wie lange sind Sie jetzt schon hier?«

»Nächsten Monat zweiundzwanzig Jahre. Ich habe hier angefangen, als ich vierzig war, also kannst du es dir ausrechnen: Ich schaffe gerade noch das Silberjubiläum.«

»Also im Krieg.«

»Ja, im Krieg. Wenn ich daran zurückdenke: keine Kohlen, fast kein Essen, wir haben was mitgemacht.«

»Ja, das war kein Zuckerschlecken.«

»Ja, für dich natürlich auch nicht.«

»Aber wir haben es überlebt!« – Er wandte sich ab und ging zur Tür. »Und wie!«

Van Ieperen hielt dies für eine witzige Bemerkung, denn er kicherte.

Maarten ging in sein Zimmer, schloss die Tür hinter sich und setzte sich an die Schreibmaschine. Da ging die Tür schon wieder auf, und van Ieperen betrat den Raum. »Erzähl es besser nicht weiter, das mit den Nachmittagen.«

»Das ist doch schon verjährt«, sagte Maarten, seinen Widerwillen unterdrückend.

»Ja, natürlich«, sagte van Ieperen kichernd. Er zögerte. »Was hältst du eigentlich von diesem Schaafsma?«

»Ich finde ihn ganz nett.«

»Ich auch, na klar, aber wenn du mich fragst, ist er ein bisschen«, er fuhr sich mit der Hand vor der Stirn entlang, als ob er eine Fliege fangen wollte, »der sagt kein Wort, der arbeitet immer nur.«

»Bloß weil man nichts sagt, muss man noch nicht verrückt sein.«

»Nein, natürlich nicht«, sagte van Ieperen hastig. »Ich meine damit nichts Schlechtes. Aber eigenartig ist er schon.«

»Ach, er ist ein Friese, die sind nun einmal etwas schweigsamer als wir.«

»Ja, das wird es sein.«

»Das kommt daher, weil in Friesland ein schärferer Wind weht, davon kriegt man das.«

Die Bemerkung amüsierte van Ieperen sehr. Vor Lachen ging er in die Knie.

Maarten schmunzelte. Er sah vor sich hin, um zu verstehen zu geben, dass er nun gern wieder arbeiten würde.

Van Ieperen blieb noch einen Moment stehen und wartete. In die Stille hinein ertönte draußen das Glockenspiel. »Na, dann gehe ich mal wieder«, sagte er.

»Ja«, sagte Maarten, ohne zur Seite zu schauen. Er hörte, wie van Ieperen die Tür öffnete und hinter sich wieder schloss. Dann war er allein. Er fühlte sich traurig.

*

»Tag, Mutter«, sagte Maarten. Er beugte sich vor. Sie hob den Kopf und spitzte die Lippen. Er küsste sie auf die Wange. »Wie geht's?«

»Danke. Ich soll dich grüßen.«

»Du kommst spät«, sagte Nicolien.

»Ich war auf einer Sitzung der Gesellschaft für Volkskultur.« Er zog seine Jacke aus.

»Davon wusste ich nichts.«

»Nein«, er hängte die Jacke in die Nische unter der Treppe, nahm seine alte Hose mit in das hintere Zimmer, schloss die Vorhänge vor den Fenstern in der Zwischentür und zog sich um. Dann ging er weiter in die Küche, um sich die Hände zu waschen. Auf der Spüle standen drei Schälchen mit Erdbeeren und eine Schüssel mit Schlagsahne. Er nahm einen kleinen Löffel Schlagsahne und eine Erdbeere, gruppierte die übrig gebliebenen Erdbeeren um, damit das Loch nicht auffiel, und begab sich wieder in das vordere Zimmer.

»Worum ging es denn?«, fragte Nicolien, als er sich auf die Couch setzte.

»Es war die Jahresversammlung. Die findet jedes Jahr statt.« Er sah zu den Gläsern, ein Gläschen Eierlikör für seine Schwiegermutter und ein Schnaps für Nicolien. »Ihr habt inzwischen also schon mal angefangen?«

»Davon hast du mir noch nie etwas erzählt«, sagte sie verstimmt.

»Das ist doch nicht wichtig«, sagte er etwas irritiert, »das ist ein Haufen kompletter Idioten, die Beerta zusammengerufen hat und die jedes Jahr eine Sitzung über irgendwelche unsinnigen Themen abhalten.«

»Das hättest du mir dann doch wohl erzählen können!«

»Das tu ich doch jetzt.«

Sie stand auf. »Willst du auch einen Schnaps?«

»Gern.«

Sie ging in die Küche.

Er sah seine Schwiegermutter an. »Tag, Mien Gerstekorrel.«

»Tag auch, und so. Geht es dir gut?«

»Mir geht es gut.«

»Und du musst dann dabei sein?«, fragte Nicolien, als sie das Zimmer wieder betrat. Sie stellte ihm ein Glas hin und schenkte es voll.

»Ich bin Mitglied bei ihnen.« Er nahm das Glas hoch. »Beerta betrachtet es als eine Art Fachvereinigung.« Er nahm einen Schluck. »Er hat darauf bestanden, dass ich dort Mitglied werde. ›Dann tust du es eben für mich‹, hat er gesagt.«

»Wann war das denn?«

»Vor zwei Jahren, glaube ich.«

»Komisch, dass du nie etwas davon erzählt hast.«

»Vielleicht habe ich mich geschämt, oder ich fand es einfach nicht wichtig.«

»Aber so etwas erzählt man doch!«

»Ja«, sagte er schuldbewusst, »aber es ist einfach nicht zur Sprache gekommen. Ich habe nicht daran gedacht. Es ist auch nicht wichtig.«

»Und worum ist es heute gegangen?«

»Um das Sammeln von Liedern.«

»Liedern?«

»Da gibt es einen Mann, der sie sammelt, und der hat darüber erzählt. Jaring Elshout.«

»Und was war das für ein Mann?«, drängte sie, ein wenig ungeduldig, weil sie ihm alles aus der Nase ziehen musste.

»Ich fand ihn ganz nett«, sagte er abwesend. »Er hat auch noch eine Radiosendung.« Er sah seine Schwiegermutter an. »Kennen Sie noch Lieder?«

»Lieder?« Sie lachte, als ob sie zum Narren gehalten würde. »Nein, also wirklich.«

»Sie kennen doch wohl noch ein paar Lieder? Sie haben früher doch bestimmt Lieder gesungen, als Sie noch klein waren.«

»O ja, natürlich, aber das waren gewöhnliche Lieder.«

»Was waren das denn für Lieder?«

»Na ja«, sie dachte nach, »das weiß ich eigentlich nicht mehr so genau.«

»Eins reicht.«

Sie dachte angestrengt nach, dann klärte sich ihr Gesicht auf. »›Als ich jung war, wollt' ich mich nicht gut betragen‹«, sagte sie, ein wenig feierlich, »›und ich ging, wenn die Schulstund' geschlagen, / spazieren in dem grünen Wald, / ich wollt' nicht lernen, doch schon bald / musst' ich betteln für die Kost!‹ – das sagte mein Vater immer.«

Er schmunzelte. »Das ist kein Lied, das ist ein Reim. Kennen Sie keine Lieder, mit einer Melodie?«

Sie schüttelte den Kopf. »Nein, Lieder kenne ich nicht.«

Er sah auf sein Glas und dachte nach. Aus dem Nichts kam ihm unerwartet ein Lied in den Sinn, das seine Mutter für ihn gesungen hatte, als er klein war. »›Ich will bei dir sein, / ich lass dich nicht los, / doch du darfst nicht schrei'n, / ich bin ja bei dir, / du bist schon groß, / du bist schon groß.‹« Er sang es zögernd. Zu seiner Überraschung wühlte ihn das Lied auf. Er blickte seine Schwiegermutter verlegen an. »Kennen Sie das nicht?« Seine Stimme klang ein wenig heiser.

Sie lachte. »Nein.«

»Du auch nicht?«, fragte er Nicolien, um Haltung bemüht.

»Nein«, sagte sie.

»Seltsam.« Er wandte sich wieder seiner Schwiegermutter zu. »Das ist nun Wissenschaft, dass jemand etwas singt und wir es dann aufschreiben, damit es nicht verloren geht.« In seiner Stimme lag Spott.

»Ach, Junge«, sie lachte, »lass dich mal untersuchen.«
»Glauben Sie mir nicht?«
»Kein Stück.«
»Finden Sie es denn nicht wichtig, dass die Dinge aus der Vergangenheit festgehalten werden?«
»Ach, das geht doch gar nicht!«
»Warum nicht?«
»Früher war doch alles anders!«
»Was war denn anders?«
»Na ja, alles.« Sie dachte nach, ein bisschen verunsichert. »Früher waren die Menschen gläubiger.«
»Finden Sie das denn wichtig?«
»Ja«, sagte sie unsicher.
»Warum denn?«
»Weil der Mensch einen Halt haben muss«, sagte sie, in die Enge getrieben. »Es ist nicht gut, ganz allein dazustehen.«
»Nein«, gab er zu.
Nicolien stand auf, um in die Küche zu gehen.
»Soll ich dir helfen?«, fragte ihre Mutter und legte die Hände auf die Lehnen ihres Sessels.
»Ich ruf Sie dann schon.«
Maarten trank seinen Schnaps aus und schenkte sich erneut ein. »Möchten Sie auch noch?«, fragte er und sah seine Schwiegermutter an.
»Dank dir, ich habe genug.«
Er nickte. »Sie kennen Ihre Grenzen.«
»So gehört es sich doch auch?«
»So gehört es sich.«
»Denn sonst würden verrückte Dinge passieren.«
»Ja, ziemlich verrückte Dinge.« Er nahm einen Schluck und sah sie wieder an. »Was glauben Sie eigentlich, wie es kommt, dass die Menschen weniger gläubig geworden sind?«
»Ja, das weiß ich doch nicht. Von all diesen neuen Dingen vielleicht, dass sie jetzt auch schon zum Mond müssen. Dann fängt man an zu zweifeln, ob es wohl so etwas gibt.« Sie sah ihn unsicher an.

»Einen Himmel, meinen Sie?«
»Ja. Denn wenn sie auch schon zum Mond fliegen und das so weitergeht, dann fragt man sich doch, ob es *noch* etwas geben kann. Das ist nicht gut.«
»Das ist auch eine Frucht der Wissenschaft.«
»Ja. Ich glaube auch nicht, dass all die Wissenschaft gut für den Menschen ist. Manchmal gehen die Leute ein bisschen zu weit.«
Er schmunzelte.
Sie sah ihn unsicher an. »Meinst du nicht auch?«
Er nickte. »Das meine ich auch.«
Nicolien rief.
»Ruft das Kind?« – Sie legte ihre Hände auf die Lehnen.
»Ja, das Kind ruft«, sagte er.

*

Zehn Minuten vor Abfahrt stieg Maarten zum Bahnsteig hinauf. Er lief am Zug entlang bis ganz nach vorne und sah durch die Fenster ins Wageninnere. Als er sich umdrehte und zur Treppe zurückging, sah er in der Ferne Beerta aus dem Treppenaufgang kommen. Er trug einen schwarzen Hut, der, als er näherkam, etwas zu groß für seinen Kopf wirkte, und einen grauen Übergangsmantel mit einem bordeauxroten Schal, gegen den seine braune Aktentasche ein wenig armselig abstach. Als er sich Maarten bis auf einen Meter genähert hatte, nickte er kurz. »Tag, Maarten.« Er ging aufrecht und mit kleinen Schritten vor ihm her zum vordersten Waggon, in dem er ein Abteil in der Mitte betrat. Das Abteil war noch leer. »Willst du in Fahrtrichtung sitzen?«, fragte er und drehte sich zu Maarten um. »Mir ist es egal.«
»Ja, ich würde gern in Fahrtrichtung sitzen«, sagte Maarten.
Beerta öffnete seine Tasche, holte die jüngsten Ausgaben von *Vrij Nederland*, *De Bazuin* und *De Waagschaal* heraus, legte die Tasche ins Gepäcknetz, zog den Mantel aus, hängte den Hut an den Haken, setzte sich und schlug die Beine übereinander, ein wenig schräg zum Fenster hin. Er öffnete *Vrij Nederland* und begann zu lesen.

Maarten sah nach draußen. Ein Mann betrat ihr Abteil und setzte sich auf den Platz an der Tür. Der Zug fuhr los. Sie passierten Sloterdijk und Halfweg. Die Weiden an der Eisenbahnlinie lagen bis hin zum Spaarndammerdeich in einem herbstlichen Morgenlicht, das Erinnerungen an vergangene Urlaubsreisen wachrief. Sie hielten in Haarlem und fuhren anschließend durch mit Stroh abgedeckte Blumenfelder, auf denen hier und da ein freistehendes, weiß gekalktes oder schwarz gestrichenes Lagerhaus zwischen breiten Wassergräben stand. In Den Haag verließ der Mann an der Tür das Abteil. Maarten stand auf, um die Tür hinter ihm zu schließen. Beerta ließ die Zeitung sinken und sah ihn an. »Ich mache mir wirklich Sorgen um Hendrik«, sagte er ernst.

»Warum?«

»Es klappt nicht mit ihm.« Er blinzelte nervös. »Er kriegt überhaupt nichts fertig. Frau Haan hat sich über ihn beklagt.«

»Ich glaube, dass Sie einfach etwas Geduld haben müssen«, sagte Maarten unwillig. Dass Fräulein Haan sich eingemischt hatte, machte ihn argwöhnisch.

»Ich habe lange genug Geduld gehabt, aber es nützt nichts. Weißt du, woran er jetzt im Augenblick arbeitet?«

»An der Karte des Pflügens.«

»Siehst du. Daran sitzt er jetzt schon vier Jahre. Und ich habe nicht den Eindruck, dass er damit vorankommt.«

»Er nimmt seine Arbeit eben ernst.«

»Ich nehme meine Arbeit auch ernst, aber ich brauche keine vier Jahre für einen Artikel.«

Maarten konnte sich an keinen Artikel von Beerta erinnern, doch er behielt es für sich. »Es ist kein normaler Artikel«, sagte er nur.

»Und ich kann mir vorstellen, dass Frau Haan sich darüber ärgert«, sagte Beerta, ohne auf seine Worte zu achten. »Wenn man so lange für einen Kommentar braucht, ist man für die wissenschaftliche Arbeit ungeeignet.«

»Ich glaube, dass Sie die Probleme unterschätzen.« Er unterdrückte seinen Ärger. »Es ist viel schwieriger, auf einer solchen Karte eine Grenze zu datieren, als es oberflächlich scheint. Man hat keinen einzigen Anhaltspunkt.«

»Das ist überhaupt nicht schwierig. Wenn ein anderer es kann, sollte Hendrik es auch können, sonst passt er nicht hierher.«

»Dann nennen Sie einmal jemanden, der es kann.«

»Seiner zum Beispiel. Seiner *hat* in seinem Buch über die Heiligenverehrung die Grenzen datiert.«

»Weil er über datierte Angaben verfügte! Wenn ich weiß, dass sich die neuen Kirchen im Bistum Utrecht im dreizehnten Jahrhundert für Sankt Martin als Schutzpatron entschieden haben, ist es nicht schwer, die Grenze der Sankt-Martins-Verehrung zu datieren! Das ist nur ein bisschen Arbeit! Aber über die Art und Weise, wie damals gepflügt wurde, wissen wir nichts!«

»Dann hätte sich Hendrik für ein anderes Thema entscheiden müssen, was sehr wohl möglich gewesen wäre«, sagte Beerta verärgert.

»Das gibt es nicht auf seinem Gebiet!«

»Das mag schon sein, aber so geht es jedenfalls auch nicht. Ich kann nicht zulassen, dass jemand vier Jahre für einen Kommentar braucht, dann bekomme ich Schwierigkeiten mit der Kommission!«

»Ach, die Kommission! Die Kommission hat doch keine Ahnung!«

»In der Kommission sitzen exzellente Wissenschaftler, die in ihrem Fach einen ausgezeichneten Ruf haben!«

»Ja, in ihrem Fach vielleicht, aber von den Problemen mit einer solchen Karte wissen sie nichts.«

»Aber *ich* weiß es!«, wies ihn Beerta zurecht. »Und wenn Hendrik sich nicht ein bisschen mit dem Kommentar beeilt, kann ich ihn nicht länger halten! Sag ihm das ruhig!« Ärgerlich nahm er die Zeitung wieder hoch, sodass Maarten ihn nicht mehr sehen konnte. »Das wäre zu schön«, sagte er hinter seiner Zeitung, »wenn jeder machen könnte, was er wollte, ohne dass man dem etwas entgegensetzen kann!«

Maarten schwieg verstimmt. Er sah aus dem Fenster. Sie fuhren über die Insel von Dordrecht und überquerten das Hollands Diep. Der Zug ratterte über die Brücke, die eisernen Stützbalken jagten am Fenster vorbei, dazwischen glitzerte das Wasser so weit er blicken konnte.

Als sie in Antwerpen den Bahnhof verließen, schien Beerta seine Sorgen bereits wieder vergessen zu haben. »Antwerpen ist doch eine herrliche

Stadt«, sagte er, als sie auf der Keyserlei in Richtung Museum gingen, »ich würde für kein Geld der Welt hier leben wollen, aber ich komme gern hierher. Ich freue mich auf die Sitzung und das Essen.«

Die Sitzung fand im Museum hinter dem Rathaus statt. Es war das erste Treffen der Redaktion des Atlas, an der auch Professor Pieters und Maarten teilnahmen. Beerta und Maarten betraten das Museum durch eine Drehtür. Gleich dahinter befand sich eine große, menschenleere Halle, in die von oben ein wenig gedämpftes Licht fiel, sodass es schien, als beträten sie eine Kirche. Seitlich, hinter einem Tresen, stand ein Mann in Uniform, die Hände weit von sich gestreckt auf der Theke ruhend, und musterte sie schweigend. Hinter ihm befand sich eine Stange mit Kleiderbügeln, an denen kein einziges Kleidungsstück hing. Beerta ging mit kleinen Schritten auf ihn zu. »Mein Name ist Beerta«, sagte er. »Wir sind um halb zwölf mit Professor Pieters verabredet.«

»Einen kleinen Augenblick«, sagte der Mann. Er richtete sich langsam auf, nahm den Hörer vom Telefon und wählte eine Nummer. Es dauerte eine Weile, bis im Hörer etwas klickte und jemand seinen Namen nannte. »De Vilder«, sagte der Mann. »Die beiden Herren aus Holland für den Herrn Stadtdirektor sind gerade eingetroffen. Soll ich sie zu Ihnen schicken?« Die Stimme im Hörer gab eine unverständliche Antwort. »Sehr wohl, ich werde es ihnen sagen«, sagte der Mann ruhig. Er legte den Hörer sorgfältig wieder auf die Gabel. »Sie werden abgeholt«, sagte er, sich ihnen zuwendend.

»Ich danke Ihnen«, sagte Beerta.

Sie wandten sich ab und betrachteten die breite Marmortreppe in der Mitte der Halle, die nach oben führte. In der Stille hörte man, wie oben im Gebäude eine Tür geöffnet und wieder geschlossen wurde, kurz darauf ertönte das summende Geräusch eines Aufzugs. Der Lift stoppte. Neben der Garderobe öffnete sich eine Tür, und ein kleiner, untersetzter Mann mit einem Lockenkopf trat heraus. »Professor Beerta?«, fragte er und ging auf sie zu. Er streckte die Hand aus. »De Brouckere.« Er gab Maarten, eher beiläufig, ebenfalls die Hand. »Der Herr Stadtdirektor lässt sich entschuldigen«, er wandte sich wieder Beerta zu, »er hat sich wegen einer dringenden Angelegenheit im Rathaus verspätet, aber er wird gleich hier sein. Er hat mich gebeten, Sie inzwischen einzuweisen.«

»Gern«, sagte Beerta.

Sie folgten de Brouckere zum Aufzug. Die Tür schloss sich, der Aufzug setzte sich nach oben in Bewegung.

»Sie sind ein Mitarbeiter von Professor Pieters?«, erkundigte sich Beerta.

»Sozusagen«, sagte de Brouckere. »Ich bin sein erster Assistent, zuständig für die Museumsangelegenheiten und jetzt also auch für das Erzählvorhaben. Sie werden sicher davon gehört haben.«

»Davon haben wir gehört«, bestätigte Beerta. »Das muss sehr interessant sein.«

»Das ist es zweifellos.«

Der Aufzug hielt an, die Tür ging auf. Sie betraten einen breiten Marmorflur, von dem verschiedene Türen aus schwerem braunem Eichenholz abgingen.

»Gestatten Sie, dass ich kurz vorangehe«, sagte de Brouckere.

»Sie kennen den Weg«, stimmte Beerta zu.

De Brouckere lächelte. »In der Tat! Ich kenne den Weg.« Er ging vor ihnen her zu einer Tür am Ende des Flurs, die in eine großzügige Vorhalle führte, von der drei Türen abgingen. Die mittlere Tür stand einen Spaltbreit offen, sodass das Tageslicht hereinfiel. In der Halle selbst brannte Licht.

»Darf ich Ihnen vielleicht die Mäntel abnehmen?«, fragte de Brouckere. Er wartete geduldig, während sie sich ihrer Mäntel entledigten, und trug sie dann durch eine der beiden anderen Türen in einen Garderobenraum, in dem es auch eine Waschgelegenheit gab.

»Das ist aber luxuriös hier«, stellte Beerta fest, als de Brouckere die Garderobe wieder verließ.

»Bitte mir nach«, sagte de Brouckere.

Sie betraten einen großen Raum mit Fenstern an zwei Seiten, zwei riesigen Schreibtischen und einem schweren Versammlungstisch aus Eichenholz sowie hohen Bücherregalen an den Wänden, die auf den ersten Blick ausschließlich in rotes, braunes und schwarzes Leder gebundene Bücher mit Goldaufdruck enthielten. Am Versammlungstisch saß Vanhamme, mit einem Aschenbecher vor sich, und rauchte eine Zigarre. Als sie eintraten, stand er auf, sichtlich erfreut. »Sie haben es also gefunden«, stellte er fest.

»Es ging wie von selbst«, sagte Beerta, »aber dass es so luxuriös sein würde, hatten wir nicht erwartet.«

»Die Stadt hat viel Geld hineingesteckt«, pflichtete Vanhamme ihm zerstreut bei, »dank Professor Pieters.«

»Möchten Sie vielleicht einen Kaffee?«, erkundigte sich de Brouckere.

Er gab telefonisch die Bestellung für den Raum des Herrn Stadtdirektors durch. »Der Herr Stadtdirektor hat mich gebeten, Sie inzwischen über die Fortschritte bezüglich des Erzählvorhabens zu informieren«, sagte er, während er den Hörer auf die Gabel legte und sich aus seinem Stuhl erhob. »Wenn Sie erlauben.« Er holte eine Papierrolle von einem kleinen Schreibtisch, der in einer Ecke des Zimmers stand, und rollte sie vor ihnen auf dem Versammlungstisch aus. »Wenn Sie mal die Ecken festhalten würden«, sagte er zu Maarten. Maarten hielt die Ecken fest, Beerta und Vanhamme beugten sich über das Papier. Vor ihren Augen entrollte sich eine langgezogene Landkarte, auf der Maarten sich nicht so schnell zurechtfinden konnte. »Was Sie hier vor sich sehen, ist die Karte Flämisch-Belgiens bis zur Sprachgrenze«, sagte de Brouckere, als erriete er seine Gedanken. »Hier haben Sie Löwen, Antwerpen, Gent, Brügge«, er zeigte auf eine Reihe schwarzer Punkte. Zwischen den Punkten erkannte man ein bizarres Muster aus unregelmäßigen Feldern, manche weiß, manche gelb, einige orangefarben. »In den Gemeinden, die orange eingefärbt sind, ist das Erzählvorhaben bereits abgeschlossen«, erläuterte de Brouckere, »ich werde Ihnen davon gleich einige Beispiele zeigen. In den gelben ist es in Gang gesetzt worden, in den weißen suchen wir noch nach einem Studenten, der diese Arbeiten übernehmen kann.«

»Beeindruckend«, fand Beerta und wandte sich Maarten zu. »So etwas müssten wir auch haben.«

»Bei uns geht das nicht«, sagte Maarten unwillig, »denn wir arbeiten nicht mit Gemeinden.«

»Trotzdem solltest du einmal darüber nachdenken, denn dies hier ist doch sehr übersichtlich.«

»Sie können sofort auf einen Blick sehen, wo was gemacht worden ist«, bestätigte de Brouckere.

Vanhamme sagte nichts. Er betrachtete die Karte, während er an seiner Zigarre zog.

»Ich finde, es ist ein Kompliment wert«, sagte Beerta, sich an de Brouckere wendend. »Ich beneide Sie darum, was Sie damit zustande gebracht haben.«

»Vielen Dank«, sagte de Brouckere. »Aber jetzt die Ergebnisse!« Er ließ das Papier auf einer Seite los, sodass es sich blitzschnell zusammenrollte und vor Maartens Händen zum Stillstand kam. In diesem Moment ging die Tür auf, und ein Mädchen mit einem Tablett, auf dem vier Tassen Kaffee, ein Zuckertopf, ein Milchkännchen, Kuchenteller und eine Schale mit Gebäck standen, trat ein. »Sie hatten Kaffee bestellt?«, fragte sie. Sie trug ein schwarzes Kleid mit einer weißen Schürze.

»Stellen Sie es ruhig dorthin«, sagte de Brouckere mit einer achtlosen Geste zum Tisch. »Wollen Sie sich nicht setzen?«, sagte er zu Beerta, während das Mädchen das Tablett auf den Tisch schob. Sie setzten sich. Das Mädchen verließ den Raum wieder. De Brouckere stellte jedem von ihnen eine Tasse Kaffee und einen Kuchenteller hin, platzierte die Zuckerdose und das Milchkännchen vor Beerta und reichte ihm die Schale mit dem Gebäck. »Bedienen Sie sich.«

»Mmmm«, sagte Beerta genießerisch. Er streckte die Hand aus, zögerte kurz und entschied sich für ein Kuchenstück mit Schlagsahne. »Herrlich!« Sein Gesicht war vor Vergnügen rot geworden.

»Sie mussten dafür eine lange Reise machen«, meinte de Brouckere. Er stand auf. »Ich werde Ihnen in der Zwischenzeit einige der Ergebnisse zeigen. Er zog drei in rotes Leder gebundene Bücher aus dem Regal an der rückwärtigen Wand und reichte jedem von ihnen einen Band. Auf dem Rücken des Bandes, den Maarten bekam, stand in goldenen Druckbuchstaben zwischen goldenen Doppelstrichen: *Zevergem.* Als er das Buch aufschlug, erwies es sich als eine Sammlung von etwa zweihundert Schreibmaschinenseiten, einseitig beschrieben, mit Volkserzählungen, fünf bis sechs pro Blatt und fortlaufend nummeriert, das alles in Gruppen angeordnet, und über jeder Gruppe standen der Name und die persönlichen Angaben des Informanten. »Von diesen Bänden gibt es jetzt bereits einhundertsiebenundachtzig. Wenn wir damit erst einmal fertig sind, werden es annähernd fünfhundert sein«, teilte de Brouckere mit.

»Kaum zu glauben«, sagte Beerta entzückt.

»Hö«, sagte Vanhamme.

»Und werden Sie diese jetzt auch noch publizieren?«, erkundigte sich Beerta. »Denn das ist doch sehr interessantes Material.«

»Das ist ein anderes Kapitel«, sagte de Brouckere, »dazu müssten Sie Professor Pieters um nähere Auskunft bitten.«

Als ob es inszeniert gewesen wäre, öffnete sich die Tür und Professor Pieters trat ein. »Herr Beerta«, sagte er und ging auf ihn zu. »Ich bitte um Vergebung, dass ich Sie habe warten lassen, doch da gab es einige Probleme, die keinen Aufschub duldeten.« Er drückte Beerta herzlich die Hand.

»Professor Pieters«, sagte Beerta und erhob sich von seinem Stuhl, »Sie sind entschuldigt.«

»Herr Koning«, fuhr Pieters fort, während er sich Maarten zuwandte, »es ist mir ein Vergnügen, Sie ebenfalls hier zu sehen.«

»Guten Tag, Herr Pieters«, sagte Maarten lächelnd, seinen früheren Fehler wiedergutmachend. Die Eindringlichkeit, mit der der Mann zu ihm hochsah, mit den hellblauen Augen in diesem kugelrunden Kopf, amüsierte ihn.

»Und auch Ihnen ein herzliches Willkommen, mein Freund«, sagte Pieters und drückte Vanhamme die Hand.

»Und sind diese Probleme nun gelöst?«, fragte Beerta.

»Probleme sind dazu da, gelöst zu werden«, antwortete Pieters und berührte kurz Beertas Arm. »Ich nehme an, dass dies bei Ihnen auch so ist. Zum Glück, denn sonst gäbe es für uns keinen Platz.« Er wandte sich de Brouckere zu. »Haben Sie im Restaurant reserviert?«

»Ja, Herr Stadtdirektor.«

Pieters sah mit einer raschen Bewegung auf seine Armbanduhr. »Dann schlage ich vor, dass wir jetzt aufbrechen. Wir gehen zu Fuß. Es ist hier gleich um die Ecke.«

»Wir sind beeindruckt von dem, was Sie zustande gebracht haben«, sagte Beerta und zeigte auf die Bücher und die Karte. »Das ist ganz außergewöhnlich.«

»Wir geben unser Bestes«, versicherte Pieters, »aber gleich nach dem Mittagessen habe ich noch etwas völlig anderes, ein ganz neues Projekt, das wir soeben gestartet haben.«

Das Restaurant lag am Scheldekaai in einem schmalen Haus aus dem siebzehnten Jahrhundert. Unten, direkt am Eingang, gab es eine kleine Garderobe mit einer jungen Frau, die, genau wie das Mädchen im Museum, ein schwarzes Kleid mit weißer Schürze trug. Zwischen Garderobe und Wendeltreppe stand ein weiß lackiertes Tischchen mit einem großen Blumenstrauß darauf. Das Restaurant selbst befand sich im ersten Stock. Dort standen etwa ein Dutzend Tische, von denen die meisten besetzt waren. Sie bekamen den Tisch vor dem Fenster, einen runden Tisch mit Blick auf die Schelde. Unter ihnen, am Kai, herrschte reger Verkehr, dessen Lärm bis zu ihnen drang. Der Tisch war makellos weiß eingedeckt, für fünf Personen: Teller, Gläser und Besteck sowie eine Vase mit frischen Blumen in der Mitte.

»Sie sitzen neben mir«, sagte Pieters und legte seine Hand auf Maartens Arm, »denn ich habe gleich noch etwas mit Ihnen zu besprechen. Und wenn Sie an meine andere Seite kommen würden?«, sagte er zu Beerta.

Sie setzten sich, Maarten zwischen Pieters und de Brouckere, Beerta zwischen Pieters und Vanhamme. Von seinem Platz aus konnte Maarten auf die Schelde blicken, deren Wasser in der Herbstsonne funkelte und in der ein paar große Schiffe vor Anker lagen. Hinter ihm hörte man das kultivierte Stimmengewirr und das Klappern des Bestecks der anderen Gäste. Wie aus dem Nichts kam ein Ober herbeigeeilt, der die Speisekarten austeilte und sich zu Pieters hinüberbeugte. »Fragen Sie die Herren, was sie als Aperitif wünschen«, sagte Pieters, »und bringen Sie mir den Aperitif des Hauses. Und bitten Sie doch den Kellermeister, einmal zu uns zu kommen.«

»Was nimmt man hier als Aperitif?«, fragte Maarten, als sich der Ober an ihn wandte.

»Alles, was Sie wünschen«, antwortete der Ober.

Die Antwort brachte Maarten in Verlegenheit. »Dann eben einen jungen Genever!« Er schlug die Speisekarte auf und sah sich die dort aufgeführten Gerichte an. Seine Karte enthielt keine Preise.

»Ich schlage vor, dass wir uns auf die Suppe, eine Vorspeise Ihrer Wahl und den Hasenrücken als Hauptgericht beschränken, der ist hier nämlich sehr gut«, sagte Pieters. »Nachher können wir dann eine Entscheidung über das Dessert treffen.«

Während jeder für sich die Karte studierte, brachte der Ober die Aperitifs. »Haben Sie Ihre Wahl getroffen?«, fragte er Pieters und zog einen kleinen Schreibblock hervor.

Maarten war durch die Aussicht, Hasenrücken essen zu müssen, obwohl er es eigentlich gar nicht wollte, so befangen, dass er nicht hörte, was die anderen bestellten, und erschrak, als er an der Reihe war. »Ich will keine große Vorspeise«, sagte er.

»Die Vorspeisen sind hier immer bescheiden«, half Pieters. »Sie brauchen keine Angst zu haben, dass Sie sich überessen.«

»Dann nehme ich Hummer«, sagte Maarten aufs Geratewohl und dachte dabei an den Krabbencocktail, den Nicolien im letzten Jahr zu Weihnachten gemacht hatte.

»Ich schlage vor, dass wir auf die neue Formel für unseren Atlas anstoßen«, sagte Pieters und erhob sein Glas.

»Wie lautet die Formel?«, fragte Maarten und nahm sein Glas in die Hand.

»Vollständigkeit!«, antwortete Pieters.

Sie erhoben die Gläser, nahmen einen Schluck, erhoben sie erneut und stellten sie wieder neben ihren Teller.

Der Kellermeister kam an ihren Tisch. »Herr Stadtdirektor?«, fragte er höflich und mit einer kleinen Verbeugung.

»Ah«, sagte Pieters. »Bringen Sie uns einen guten Weißwein, ich denke da an einen Sancerre«, er legte seine Hand auf den Arm des Kellermeisters, »und suchen Sie uns einen Rotwein aus, der zum Hasenrücken passt. Ich verlasse mich auf Sie!«

Während der Kellermeister sich entfernte, wandte sich Pieters Maarten zu. »Herr Beerta wird nächstes Jahr fünfundsechzig und gibt dann seine dienstliche Stellung auf.«

»Ja«, sagte Maarten, griff mechanisch zu seinem Glas und umklammerte es mit seinen Fingern.

»Ich habe die Absicht, zu diesem Anlass eine Sonderausgabe von *Ons Tijdschrift* herauszubringen. Darin erwarte ich einen Artikel von Ihnen sowie einen umfassenden biografischen Abriss, in dem die Bedeutung von Herrn Beerta für die Wissenschaft ausführlich dargestellt wird. Zusätzlich werde ich auch die Mitglieder Ihrer Kommission einladen, einen Beitrag zu liefern, sodass es eine Ausgabe wird, die den großen Verdiensten von Herrn Beerta für unser Fach angemessen Rechnung trägt.« Er sah Maarten aus der Nähe an.

Maarten hatte das Gefühl, als stürze die Welt über ihm zusammen. Er erstarrte, betrachtete sein Glas und nahm einen Schluck. Für einen kurzen Moment sah er Beerta auf der anderen Seite des Tisches sitzen, wie er etwas rot angelaufen mit einem vergnügten Gesicht an seinem Aperitif nippte. »Darüber werde ich erst einmal nachdenken müssen«, sagte er und sah Pieters wieder an.

»Denken Sie darüber nach«, sagte Pieters in warmem Ton und tippte ihm auf den Arm, »und lassen Sie mich so bald wie möglich wissen, wie Ihre Entscheidung ausgefallen ist. Ich zähle auf Sie!« Er wandte sich von ihm ab und richtete das Wort an Beerta. »Herr Beerta!«

Was er zu Beerta sagte, entging Maarten. Abwesend sah er zu, wie der Kellner die Suppe austeilte und ein Sortiment an Gabeln, Zangen und Haken rund um seinen Teller legte. Er löffelte seine Suppe aus und sah kurz darauf zu seinem Entsetzen, dass man einen vollständigen Hummer vor ihm hinstellte. De Brouckere sagte etwas zu ihm. Er reagierte darauf mit einem Lächeln und gab irgendeine Antwort, an die er sich bereits im nächsten Augenblick nicht mehr erinnern konnte. Während er vergeblich mit einem Haken und einer Zange im Hummer herumzustochern begann, fühlte er sich todunglücklich. Als die anderen ihre Vorspeise verzehrt hatten, gab er seine Versuche auf und ließ den Hummer abräumen, in der traurigen Gewissheit, dass er ein besseres Los verdient hatte. Der Kellermeister brachte den Wein. Er zeigte Pieters das Etikett, entkorkte die Flasche und ließ ihn probieren. »Kennen Sie diesen Wein?«, fragte Pieters Maarten, als der Kellermeister sich wieder entfernt hatte. Er zeigte ihm die Flasche.

Es war ein Margaux aus dem Jahr, in dem Maarten sein Studium beendet hatte.

»Nur dem Namen nach.«

»Am Wein soll man nicht sparen«, meinte Pieters.

Es war vier Uhr, als sie wieder im Museum ankamen. Maarten hatte so viel getrunken, dass er sich anstrengen musste, geradeaus zu gehen. Ihm war schwindelig geworden, außerdem hatte er Kopfschmerzen bekommen, sodass die Worte der anderen wie aus großer Entfernung zu ihm drangen. Der Aufzug, der lediglich drei Personen gleichzeitig aufnehmen konnte, brachte sie in zwei Fahrten nach oben, erst Beerta, Vanhamme und Maarten, danach Pieters und de Brouckere.

»Sie haben doch sicher noch einen kurzen Augenblick?«, fragte Pieters, als sie sein Zimmer betraten. »Ich habe noch etwas ganz Besonderes, das ich Ihnen zeigen möchte.« Er wandte sich de Brouckere zu. »Holen Sie doch mal eben den Apparat!« Sie setzten sich um den Tisch herum. De Brouckere ging zu einem Wandschrank und öffnete ihn. »Sie werden überrascht sein!«, prophezeite Pieters. »Wenn es mir gelingt, die Gelder für dieses Projekt aufzutreiben, wird uns das einen neuen Schatz an Informationen liefern.« Er legte seine kleinen, dicken Arme vor sich auf den Tisch. Sein Gesicht war von der üppigen Mahlzeit noch röter geworden und leuchtete vor Zufriedenheit. Beerta saß kerzengerade neben ihm, seine Lippen gespitzt, als schöpfe er aus dem Beisammensein ein ironisches Vergnügen. Vanhamme rauchte unbeteiligt die Havanna, die Pieters am Schluss der Mahlzeit für ihn hatte kommen lassen. Hin und wieder betrachtete er kurz die Asche und streifte sie dann im Aschenbecher ab. Maarten schärfte seinen Blick jedes Mal, wenn ihre Körper wegdrifteten, und versuchte, sich auf einen Punkt zu konzentrieren, um die Situation unter Kontrolle zu halten. De Brouckere stellte ein kleines Diktiergerät in ihre Mitte und legte ein Band ein. Maarten betrachtete die Bewegungen seiner Hände, die sich gänzlich von der Person gelöst zu haben schienen.

»Und wie kommen Sie an die Gelder heran?«, fragte Beerta.

»Das ist eine Frage von Geben und Nehmen«, antwortete Pieters. »Eine Hand wäscht die andere.«

»Das geht wohl nur bei Ihnen.«

»Das geht bei Ihnen auch, Herr Beerta«, sagte Pieters und legte seine Hand auf Beertas Arm, »nur beschreitet man bei Ihnen andere Wege.«

Beerta nickte ironisch und presste seine Lippen aufeinander. »Ich weiß nicht, ob Sie damit recht haben«, sagte er sparsam.

»Jetzt aber!«, sagte Pieters und hob die Hand. »Hören Sie zu!«

De Brouckere drückte auf einen Knopf. Aus dem kleinen Lautsprecher ertönte mit einigem Knacken die Stimme eines alten Mannes. Er sprach einige Sätze in einem Dialekt, von dem Maarten lediglich ein paar Worte halbwegs verstand, auch weil der Mann wahrscheinlich keine Zähne oder zumindest ein schlecht sitzendes Gebiss im Mund hatte.

»Stoppen Sie kurz!«, sagte Pieters.

De Brouckere hielt den Apparat an.

»Der Mann, den Sie hier hören«, sagte Pieters und legte die Hand auf den Apparat, »ist mein Vater. Im nächsten Monat wird er sechsundneunzig, doch sein Geist ist noch ungetrübt, wie Sie gleich hören werden. Er erzählt hier, wie er in seiner Jugend zu einem Heiler gegangen ist, um von Schuppen geheilt zu werden.«

»Interessant«, fand Beerta.

Pieters lächelte stolz. Er zog seine Hand zurück und sah de Brouckere an. »Fahren Sie fort!«

Schweigend über den Apparat gebeugt lauschten sie zu fünft der Erzählung des alten Mannes. Weil Maarten kein Wort davon verstand, schweiften seine Gedanken schon bald ab. Seine Kopfschmerzen wurden stärker, er schloss die Augen und riss sie aus Furcht einzuschlafen wieder auf. Er wünschte sich nur noch, dass es endlich vorbei sein möge. Es dauerte eine Viertelstunde oder zwanzig Minuten, bis sich der Apparat unerwartet mit einem Klicken ausstellte.

»Sie haben es verstehen können?«, fragte Pieters mit der Hand auf dem Apparat und sah Beerta und Maarten an.

»Mir ist natürlich das ein oder andere Wort entgangen«, sagte Beerta, »aber das meiste habe ich doch verstanden. Ich finde es außerordentlich interessant.«

»Auf diese Weise planen wir ein großes Bänderarchiv anzulegen, in dem wir den Schatz an Wissen festhalten, über den die ältere Generation verfügt.«

Maarten sagte nichts.

»So etwas sollten wir auch machen«, sagte Beerta zu Maarten.

»Das haben wir versucht«, erinnerte ihn Maarten, »aber wir haben kein Geld bekommen, um Tonbandgeräte zu kaufen.«

»Dann sollten wir es noch einmal versuchen«, fand Beerta. Er wandte sich Pieters zu. »Ich beneide Sie darum, wie Sie es jedes Mal wieder schaffen, ein völlig neues Projekt ins Leben zu rufen.«

»Das ist nur eine Frage der Organisation«, antwortete Pieters bescheiden. »Ich wette mit Ihnen, dass Sie das auch können, wenn Sie nur erst einmal die Wege gefunden haben.«

»Haben Sie das wirklich verstanden?«, fragte Maarten, als sie am späten Nachmittag zusammen zum Bahnhof zurückgingen.

»Natürlich nicht«, sagte Beerta. »Ich habe kein Wort davon verstanden, aber du musst bedenken, dass es nun einmal sein Vater ist. Das kannst du ihm nicht übelnehmen.«

Maarten reagierte nicht darauf. Er genoss die frische Abendluft, die seine Kopfschmerzen linderte, und brauchte seine volle Konzentration, um auf Kurs zu bleiben.

»Musst du noch etwas für die Zugfahrt kaufen?«, fragte Beerta, als sie in der Nähe des Bahnhofs an einem Imbiss vorbeikamen.

»Nein, vielen Dank«, sagte Maarten mit Widerwillen.

»Ich auch nicht«, sagte Beerta. »Für heute habe ich genug.«

Sie betraten die hohe Halle des Bahnhofs und stiegen zu den Gleisen hinauf. Ihr Zug, der dort abfahrbereit stand, war überheizt, und sofort kehrten Maartens Kopfschmerzen zurück, und zwar noch heftiger als zuvor. Außerdem war ihm jetzt auch noch übel, so übel, dass er Angst hatte, sich übergeben zu müssen. Er zog das Fenster auf und lehnte sich hinaus, holte tief Luft und sah auf das gegenüberliegende Gleis, an dem Leute wartend hin- und hergingen. Als sich der Zug in Bewegung setzte, blieb er noch eine Weile stehen, bis sie die Überdachung verlassen hatten. Er schob das Fenster wieder zu und setzte sich Beerta gegenüber. Beerta wirkte munter. »So ein Treffen finde ich wichtig«, sagte er.

»Finden Sie?«

»Ja. Ein solcher Kontakt lässt sich mit Briefen nicht zustande bringen.«

»Aber wir haben über nichts gesprochen. Alle Probleme, die wir hätten besprechen müssen, sind noch da.«

»Das macht nichts. Worum es geht, ist, dass man sich einmal gesehen und die letzten Neuigkeiten ausgetauscht hat. Auf diese Weise schafft man ein Band, und daran hat man später dann sein Vergnügen.«

»Und die Tagesordnung mit den acht Punkten, über die wir zu einer Entscheidung kommen sollten? Die ist nicht einmal zur Sprache gekommen.«

»Das machen wir brieflich. Darüber werden wir uns jetzt bestimmt einig. Wenn man erst einmal miteinander gegessen hat, ist das kein Problem mehr.«

Maarten bezweifelte das, doch er schwieg. Er erinnerte sich an die Bitte Pieters, eine Festschrift für Beerta zu organisieren, doch er schob den Gedanken wieder beiseite. Es war ihm augenblicklich nicht möglich, auch noch daran zu denken.

*

»Hier ist Herr Beerta für Sie«, sagte der Telefonist.

»Danke«, sagte Maarten. Er wartete, bis die Verbindung zustande gekommen war. »Tag, Herr Beerta.«

»Bist du es?« Seine Stimme klang leidend. »Ich möchte heute einen Tag Urlaub nehmen. Würdest du das durchgeben? Ich fühle mich nicht gut.«

»Soll ich Sie dann nicht lieber krankmelden?«

»Nein, denn ich bin nicht so krank, dass ich zu Hause bleiben müsste, also nehme ich einen Tag Urlaub, um mich auszukurieren.«

»Gut.«

»Würdest du das tun?«

»Ja.«

»Denn Donnerstag muss ich wieder fit sein.«

»Für die Leitungssitzung?«

»Ja.«

»Ich erledige das. Ich wünsche Ihnen alles Gute.«

»Danke. Und würdest du noch etwas für mich tun?«

»Ja, natürlich.«

»Auf meinem Schreibtisch liegt ein Brief an den Vorstand des Vereins. Siehst du ihn?«

Maarten blickte suchend auf dem Schreibtisch herum.

»Da klebt schon eine Briefmarke drauf, denn es ist ein privater Brief.«

»Ja, ich sehe ihn.« Er langte hinüber zu dem Brief und zog ihn zu sich heran.

»Könntest du den für mich in die Post geben?«

»Das werde ich tun.«

»Danke dir«, sagte Beerta mit warmer Stimme. »Tschü-hüss.«

»Tschüss, Herr Beerta«, antwortete Maarten. »Alles Gute«, aber Beerta hatte bereits aufgelegt.

Maarten nahm den Brief mit zu seinem Schreibtisch und setzte sich wieder. Die Tür ging auf, Hendrik trat ein. Er blieb an Maartens Schreibtisch stehen. »Wie war es gestern in Antwerpen?« Schläfrig sah er auf den Brief.

»Idiotisch.«

Hendrik sah ihn an, ohne zu reagieren.

»Wir haben eigentlich nur gegessen und getrunken und uns eine unverständliche Tonbandaufnahme von Pieters Vater angehört.«

Sie schwiegen. Maarten erinnerte sich an das Gespräch auf dem Hinweg im Zug. »Wie läuft es eigentlich mit deinem Kommentar?« Er sah zu Hendrik hoch.

»Ich glaube nicht, dass er jemals fertig wird.«

»Weil es sinnlos ist.«

»Ach, sinnlos … Der Sinn besteht darin, dass man sein Essen damit verdienen muss, sonst stirbt man.«

»Aber das Dumme ist, dass wir zu viel Essen verdienen, und daran stirbt man auch.«

Hendrik reagierte nicht darauf.

»Darf ich die Karte noch mal sehen?« Er stand auf.

Hendrik wandte sich ab und ging vor ihm durch die Tür an seinen Platz.

»Ha, die Volkskultur!«, sagte van Ieperen, hob die Hand und kicherte.

»Tag, Herr van Ieperen«, antwortete Maarten trocken. »Tag, Herr Schaafsma«, sagte er, als er hinter Hendrik her an dessen Schreibtisch vorbeikam.

Schaafsma, der seinen Platz am Sitzungstisch hatte, nickte nur, aufrecht, mit einem kurzen Lächeln, mehr ein Nervenzucken als ein Lächeln, das sich auf die linke Seite seines Gesichts beschränkte.

Maarten setzte sich Hendrik gegenüber und zog die Karte, die dieser ihm reichte, zu sich heran. Er betrachtete sie aufmerksam, während Hendrik zusah. Die Karte lieferte eine Übersicht über die unterschiedlichen Bezeichnungen, die die Bauern in den verschiedenen Gegenden der Niederlande und Flämisch-Belgiens dem Stückchen Land gaben, auf dem sie den Pflug wendeten, bevor sie mit einer neuen Furche begannen. Die Bezeichnungen zeigten jede für sich eine auffallende Verbreitung in kleineren und größeren, deutlich eingegrenzten Gebieten. »Ich frage mich, inwieweit die Namen mit den unterschiedlichen Grundstücksformen zusammenhängen«, sagte Maarten nachdenklich. »Hast du schon einmal daran gedacht, diese Karte neben eine Flurkarte zu legen?«

»Nein«, sagte Hendrik.

»Denn das Dumme ist natürlich«, er sah auf die Karte, »dass wir immer nur nach Kulturgrenzen suchen, obwohl es vielleicht eine ganz normale, rationale Erklärung gibt.«

Hendrik reagierte nicht. Er sah schläfrig zu, als ginge ihn die Sache nichts an.

»Wenn du nun einmal zwei willkürliche Gebiete nimmst«, er sah auf, »und überprüfst, worin die Unterschiede der Parzellenformen in diesen Gebieten bestehen, hast du zumindest einen Anhaltspunkt.«

»Ach«, sagte Hendrik, »was bringt das schon, außer dass ein bisschen Staub aufgewirbelt wird?«

Maarten schmunzelte. »Aber was tut die Wissenschaft denn anderes?

Wenn sie nur sehen, dass man beschäftigt ist.« Er schob die Karte wieder von sich weg.

Hendrik zog sie zu sich heran, drehte sie um und sah sie sich an. »Ich weiß nicht recht, was ich damit machen soll.«

»Du kannst es probieren.« Er stand auf. »Vielleicht bringt es dich auf eine Idee.«

Hendrik reagierte nicht darauf.

Maarten ging zurück in sein Zimmer, schloss die Tür, wollte sich hinsetzen, besann sich, verließ den Raum wieder und ging durch den zweiten und ersten Büroraum in die Turnhalle. Im ersten Zimmer stand de Gruiter an Frau Moedermans Schreibtisch. Sein Arm war in einer Schlinge. Maarten blieb stehen. »Haben Sie etwas an Ihrem Arm?«

»Ich habe eine Prellung«, antwortete de Gruiter mit gedehnter Stimme, »und jetzt sagt der Doktor, dass ich Übungen machen muss, aber er hat nicht gesagt, wie oft ich üben soll. Wissen Sie das vielleicht?«

»Ich habe Herrn de Gruiter gerade gesagt, dass er das besser den Doktor selbst fragen soll«, sagte Frau Moederman. Ihr Kopf wackelte leicht, während sie Maarten ansah.

»Aber so ein Doktor hat viel zu tun«, sagte de Gruiter.

»Ich bin noch nie operiert worden«, tönte Slofstra laut von seinem Schreibtisch hinter dem von Frau Moederman, »außer einmal! An meinem Anus! Da mussten Hämorrhoiden weggemacht werden!«

Frau Moederman und Fräulein Bavelaar platzten los vor Lachen. De Gruiter drehte sich peinlich berührt um.

»Aber, Herr Slofstra«, sagte Frau Moederman strafend, »so etwas erzählt man doch nicht!«

»Ich wüsste nicht, warum nicht.«

»Jedenfalls sieht man nichts mehr davon«, sagte Maarten.

Slofstra musste laut darüber lachen. »Na, der ist gut!«, rief er. Maarten ging schmunzelnd weiter zur Turnhalle. Er schloss die Tür hinter sich und blieb stehen. Es waren nur Meierink, Rentjes und Frau Leguyt anwesend. Rentjes rauchte eine große Pfeife, Frau Leguyt saß aufrecht und gut gebaut an ihrem Schreibtisch und sah ihn mit einem herausfordernden Lächeln an. Er wandte sich von ihr ab und blickte Meierink fragend an. »Ist Balk nicht da?«

»Balk ist zur Bibliothek«, sagte Meierink träge. »Wolltest du ihn sprechen?«

»Sozusagen. Ich habe bei euch einmal eine Karte der Landbaugebiete im neunzehnten Jahrhundert gesehen. Die suche ich.«

Meierink drehte den Kopf langsam zu Rentjes. »Weißt du, wo die ist?«

»Ja, klar.« Er stand auf, die Pfeife im Mund, ging zu einem offenen Regal mit breiten, hervorstehenden Brettern, das an der Rückwand stand, suchte kurz und zog eine Karte heraus. »Das wird sie sein«, sagte er und nahm die Pfeife einen Moment aus dem Mund.

Maarten betrachtete sie, beeindruckt von der Schnelligkeit, mit der sich dieser junge Mann zurechtfand. »Vielen Dank. Darf ich sie kurz mitnehmen?«

»Ja, klar. Wenn wir sie nur zurückbekommen.« Er hatte eine merkwürdige, abgehackte Sprechweise, als wolle er den Worten hier und da einen kleinen Stoß versetzen.

»Sie liegt bei Ansing«, sagte Maarten. Er verließ damit die Turnhalle und ging hintenherum in den zweiten Raum. Hendrik saß abwesend über einem aufgeschlagenen Schreibblock. Oben auf der Seite stand ein Satz, der wieder durchgestrichen war. Die Karte des Pflügens lag neben ihm auf einem Tischchen. »Ich habe hier noch eine Möglichkeit«, sagte Maarten. Er schob die Karte der Landbaugebiete über den Schreibblock.

Hendrik sah sie an, ohne seine Haltung zu ändern. »Ja, die kenne ich schon.«

»Aber hast du deine Karte schon mal mit der hier verglichen?«

»Nein.«

»Vielleicht solltest du das dann mal tun«, sagte Maarten, etwas ungeduldig.

»Ich schau mal.« Er schob die Karte zur Seite, über seine eigene Karte, und blickte wieder auf den durchgestrichenen Satz auf seinem Schreibblock, als käme ihm Maartens Einmischung zu diesem Zeitpunkt ungelegen.

*

»Wie geht es Ihnen jetzt?«, fragte Maarten.

»Gar nicht gut, gar nicht gut«, antwortete Beerta. Er sah sich auf seinem Schreibtisch um und ordnete die Papiere ein wenig, bevor er sich langsam hinsetzte. »Ich bin müde, müde. Von diesem kleinen Stück Weg bin ich schon todmüde. Wenn die Sitzung nicht wäre, wäre ich nicht gekommen. Ich habe die Grippe. Die Grippe.«

»Hätten Sie die Sitzung dann nicht besser verschieben sollen?«

»Nein, das geht nicht. Da muss ich eben durch.«

Die Tür ging auf, de Gruiter trat ein. »Herr Slofstra sagt, Sie hätten nach mir gefragt, Herr Beerta?«

»Ja, ich habe nach Ihnen gefragt«, antwortete Beerta, ohne sich umzudrehen. »Kommen Sie doch einmal etwas näher.«

De Gruiter trat in den freien Raum auf der anderen Seite von Beertas Schreibtisch. Dieser suchte in einem Stapel Papiere herum, zog einen dicken Briefumschlag heraus und sah zur Seite. »Ist etwas mit Ihrem Arm?«

»Ich habe eine Prellung. Sehr unangenehm.«

»Ich hatte auch mal eine Prellung am Arm. Sie brauchen sich deswegen keine Sorgen zu machen. Das geht von selbst wieder vorbei.«

»Ja, der Doktor sagt, dass ich Übungen machen muss, aber ich weiß nicht, wie oft.«

»Dann üben Sie einfach so ein bisschen. Wenn Sie nur arbeiten können. Sie können doch damit arbeiten?«

»Es ist zum Glück mein linker Arm.«

»Bei mir war es der rechte. Das ist viel lästiger. Wann legen Sie jetzt Ihr Examen ab?«

»In drei Monaten, Herr Beerta.«

»Dann sind Sie noch früher dran als Asjes.«

»Nein, denn Herr Asjes hat nächste Woche sein Examen.«

»Nächste Woche?«, fragte Beerta überrascht. »Das erstaunt mich aber. Davon wusste ich nichts.« Er drehte sich zu Maarten um. »Hast du das gewusst?«

»Nein«, sagte Maarten.

»Ich habe ihn gestern noch gesprochen«, sagte de Gruiter.

»Ich bin gespannt«, sagte Beerta mit einigem Sarkasmus, »aber deswegen habe ich Sie nicht kommen lassen.« Er überreichte de Gruiter den Umschlag. »Das ist ein Brief von einem Dänen. Er hat ein internationales Wörterbuch gemacht und bittet mich nun, die bibliografischen Angaben der niederländischen Literatur zu kontrollieren. Könnten Sie sich darum kümmern?«

»Das müsste ich mir erst einmal ansehen«, sagte de Gruiter knapp.

»Natürlich, aber bitte nicht zu lange.«

De Gruiter verließ den Raum.

»Asjes macht sein Examen«, sagte Beerta sarkastisch und mehr zu sich selbst. »Wer hätte das jemals gedacht! Es geschehen noch Zeichen und Wunder.«

Balk betrat den Raum. »Morgen.« Er knallte seine Papiere auf den Tisch, zog einen Stuhl hervor, setzte sich und verschränkte die Arme.

Beerta sah sich um. »Tag, Jaap«, sagte er, etwas leidend. Er stand auf und begann, seine Seite des Tisches freizuräumen.

Balk sah zu. Unter dem Tisch bewegte sich sein Fuß ungeduldig hin und her. Die Tür öffnete sich erneut. Frau Moederman und Fräulein Bavelaar kamen lachend, in eine Unterhaltung vertieft, herein. Sie grüßten und setzten sich nebeneinander zu Balk an den Tisch.

Maarten drehte seinen Stuhl um und lauschte zerstreut ihrer Unterhaltung.

»Nicht wahr?«, sagte Frau Bavelaar. »Das tut man doch nicht?«

»Nein, das tut man nicht«, fand auch Frau Moederman.

Hendrik trat ein. Er grüßte Beerta und Maarten und setzte sich über Eck neben Maarten.

Beerta hob die Schreibmaschine vom Tisch, stellte sie auf seinen Schreibtisch und ging anschließend hinter Maarten vorbei zur Tür. Er öffnete sie und sah um die Ecke. »Kommst du auch, Dé?«

»Ich wüsste nicht, warum«, hörte Maarten Fräulein Haan sagen.

»Weil wir eine Personalversammlung haben.«

»In meinem Terminkalender steht, dass die Personalversammlung erst um zehn Uhr beginnt, und daran halte ich mich!«

»Jetzt sei doch vernünftig, Dé! Es sind schon alle da!«

»Ich bin vernünftig. Wenn ich um zehn Uhr einen Termin habe, bin ich um zehn Uhr da!«

»Aber unsere Sitzungen fangen doch immer um neun Uhr an!«

»Darüber habe ich mich auch gewundert, aber ich habe meine Zeit jetzt entsprechend geplant. Wenn du mir sagst, dass die Sitzung um zehn Uhr anfängt, dann fängt sie für mich um zehn Uhr an und nicht früher!«

Alle lauschten, ohne sich anzusehen. Beerta schloss die Tür und drehte sich zu ihnen um. Er blinzelte nervös. »Frau Haan kann erst um zehn Uhr.«

»Dann also um zehn«, sagte Balk gut gelaunt. Er stand auf, suchte seine Papiere zusammen und verließ den Raum. Die anderen folgten ihm. Hendrik musste dabei einen Schritt zurücktreten, um Fräulein Veldhoven hereinzulassen, und schloss die Tür hinter ihr.

»Tag, Herr Beerta. Tag, Herr Koning«, sagte Fräulein Veldhoven. Sie gab ihnen die Hand.

»Tag, Frau Veldhoven«, sagte Beerta ernst. »Sie kommen wegen der Sitzung?«

»Wir haben doch eine Sitzung?«

»Wir haben zwar eine Sitzung, doch ich höre gerade, dass die um zehn anfängt.«

»Zu dumm. Ich habe um zwölf Uhr schon wieder einen Termin, und ich war mir sicher, dass ich neun Uhr aufgeschrieben hatte.« Sie stellte ihre Tasche auf den Tisch, zog einen kleinen Taschenkalender heraus, setzte ihre Brille auf, die an einem goldenen Kettchen um ihren Hals hing, und suchte nach dem richtigen Datum. »Ja, neun Uhr«, sagte sie und sah auf. »Wie kann ich mich denn so getäuscht haben?«

»Sie haben sich nicht getäuscht, aber irgendwie hat es da wohl ein Missverständnis gegeben«, er spitzte die Lippen, »wenn Sie jedoch um zwölf Uhr einen Termin haben, werde ich sehen, ob wir nicht etwas früher anfangen können.« Er verließ den Raum.

»Ich war mir doch sicher, dass es um neun Uhr anfangen würde«, sagte Fräulein Veldhoven zu Maarten. Sie setzte sich neben ihn.

»Bei mir stand auch neun Uhr«, antwortete Maarten.

Sie schwiegen. Hinter der Tür waren die Stimmen von Beerta und Fräulein Haan zu hören.

»Wie fanden Sie den Vortrag von Jaring Elshout?«, fragte Maarten.

»Ich fand ihn ausgesprochen nett. Ja, ausgesprochen nett.«

»Sie machen das nicht, oder? Ins Feld gehen, um Lieder aufzunehmen?«

»Nein, das könnte ich auch gar nicht schaffen. Ich habe so schon alle Hände voll zu tun. Und ich könnte es auch gar nicht.«

»Wie weit gehen Sie mit Ihrer Forschung zurück?«

»Bis 1800. In Einzelfällen gehe ich auch mal ein bisschen darüber hinaus, aber man kann doch sagen, bis 1800.«

»Und die Lieder, die er aufnimmt, stehen die auch in den Liederbüchern, die Sie studieren?«

»Ja, sicher. Verschiedene Beispiele, die er nannte, stehen schon im *Antwerps Liedboek* aus dem Jahre 1544.«

»Das ist doch interessant, oder?«

»Das ist sicher interessant, aber das kann ich mir nicht auch noch aufhalsen.«

»Und wenn wir einmal versuchen würden, diesen Elshout für unser Büro zu gewinnen?«

»Wäre das möglich?«, fragte sie überrascht.

»Wir könnten es Herrn Beerta vorschlagen.«

»Glauben Sie, dass er sich das vorstellen könnte?«, fragte sie ungläubig.

»Wenn wir es ihm vorschlagen?«

In diesem Augenblick ging die Tür auf, und Fräulein Haan trat ein, gefolgt von Beerta.

»Aber glaube bloß nicht, dass ich das noch einmal akzeptiere«, sagte Fräulein Haan wütend, »Tag, Herr Koning, du kannst mit meiner Zeit doch nicht nach deinem Gutdünken umspringen!«

»Tag, Frau Haan«, sagte Maarten.

Fräulein Haan setzte sich auf ihren Stammplatz neben dem Ofen. Beerta nahm am Kopfende des Tisches Platz. Die Tür war offen geblieben. In der plötzlichen Stille hörte Maarten, wie Frau Moederman und Fräulein Bavelaar in eine Unterhaltung vertieft aus dem ersten Raum kamen. Im hinteren Zimmer wurde ebenfalls geredet. Er erkannte die Stimmen von Stoutjesdijk und Muller. Frau Moederman und Fräulein Bavelaar betraten den Raum. Sie schwiegen und nahmen wieder ihren Platz ein. Beerta sah zur Tür. Die Tür zwischen dem ersten und dem zweiten Raum wurde geschlossen, man hörte Hendriks Schritte. »Balk ist beim Friseur«, sagte er, als er hereinkam.

»Dann fangen wir ohne Balk an«, entschied Beerta und sah in die Runde. »Sind alle so weit?«

»Ich möchte zunächst etwas anderes ansprechen«, sagte Fräulein Haan böse. »Ich habe gehört, dass du die Absicht hast, Balk als deinen Nachfolger vorzuschlagen. Ich wusste nichts davon und akzeptiere das auch nicht. *Ich* bin deine Stellvertreterin! Ich verlange, dass so etwas erst mit mir besprochen wird!«

Beerta erstarrte. Er richtete sich ein wenig auf und sah sie streng an. Die anderen sahen peinlich berührt vor sich.

»Von wem hast du das gehört?«, fragte Beerta.

»Von jemandem, der sehr gut informiert ist!«

»Das ist er dann in diesem Fall nicht«, sagte Beerta kühl.

»Das ist er doch!«

»Meine Nachfolge ist Sache der Kommission«, sagte Beerta knapp. »Darum kümmere ich mich nicht.«

»Aber du gibst eine Empfehlung ab! Jetzt spiel hier bitte nicht den Ahnungslosen!«

»Und ich gebe auch keine Empfehlung ab. Ich werde höchstens, wenn es so weit ist, aber das ist es noch lange nicht, um Rat gefragt!«

»Meinem Informanten zufolge liegt die Sache anders!«

»Dann wüsste ich gerne einmal, wer dieser Informant ist«, sagte Beerta irritiert.

»Van der Haar!« In ihrer Stimme lag unverkennbar Triumph.

Beerta presste die Lippen zusammen. »Van der Haar.« Er sah ihr direkt ins Gesicht. »Dann weiß van der Haar dieses Mal nicht, was er redet. Über meine Nachfolge ist noch keinerlei Entscheidung gefallen! Und bevor es so weit ist, wird es ein Gespräch mit dir geben! Aber darauf möchte ich in dieser Sitzung nicht weiter eingehen.« Er sah zur Tür.

Die Tür war aufgegangen, Balk trat ein. »Was sind denn das für Sperenzchen!«, sagte er verärgert. Brüsk setzte er sich neben Fräulein Haan an den Tisch und legte seine Papiere vor sich hin.

Beerta sah ihn schmunzelnd an. »Ja«, sagte er.

»Dieser van der Haar ist ein Dummkopf«, sagte Beerta, als alle den Raum verlassen hatten. Er stellte seine Schreibmaschine wieder vom Schreibtisch auf den Tisch.

»Es sei denn, er hat es absichtlich gemacht«, sagte Maarten.

»Absichtlich?« Er blieb stehen und sah Maarten erstaunt an. »Warum sollte er das absichtlich tun? Daran hat er doch gar kein Interesse?«

»Ich weiß nicht.«

»Was sollte er daran für ein Interesse haben? Ich habe den Verdacht, dass Frau Haan ihn einfach danach gefragt hat, und er konnte den Mund nicht halten. Es wäre nicht das erste Mal.«

Die Tür ging auf, de Gruiter trat ein. Er hatte den Umschlag des Dänen bei sich. »Herr Beerta?«

»Ja, Herr de Gruiter?«, antwortete Beerta. Er stützte seine Hände auf den Tisch, zu beiden Seiten der Schreibmaschine, und sah de Gruiter an.

»Erwarten Sie von mir, dass ich das fehlerfrei mache?« Er hielt den Umschlag in die Höhe.

»Natürlich erwarte ich, dass Sie es fehlerfrei machen. Wenn ich Ihnen so etwas übergebe, dann erwarte ich, dass Sie es fehlerfrei ausführen.«

»Dann muss ich es Ihnen zu meinem Bedauern zurückgeben. Können Sie nicht Slofstra damit beauftragen?«

»Slofstra kann so etwas nicht. Und ich sehe keinen Grund, warum Sie es nicht machen könnten.«

»Oder vielleicht Muller?«

Beerta sah Maarten an.

»Kommt gar nicht in Frage!«, sagte Maarten. »Das hier ist die Arbeit des Bibliothekars. Es gibt doch eine Arbeitsteilung? Wiegel hat so etwas unbesehen gemacht! Ich werde das nicht Muller übertragen! Wenn Herr de Gruiter es nicht machen will, mache ich es eben selbst!« Während er sprach, regte er sich immer mehr auf.

»Aber ich kann es nicht fehlerfrei machen«, sagte de Gruiter betreten.

»Wie lange brauchen Sie, um es fehlerfrei zu machen?«, wollte Beerta wissen.

De Gruiter zögerte. »Bestimmt eine Woche, Herr Beerta.«

»Also bis Weihnachten.«

»Ja, bis Weihnachten ist es zu schaffen, denke ich.«

»Dann erledigen Sie es bis Weihnachten.«

»Vielen Dank«, sagte de Gruiter.

»Der Mann ist doch nicht ganz normal«, meinte Beerta, sobald de Gruiter die Tür hinter sich geschlossen hatte.

»Ich habe noch nie jemanden gesehen, der eine solche Ähnlichkeit mit Humpty Dumpty hat«, sagte Maarten mit unterdrückter Boshaftigkeit. »Bloß, dass bei ihm noch ein Körper darunter steckt.«

»Ja, mit dem hat er Ähnlichkeit«, sagte Beerta, während er sich an seinen Schreibtisch setzte, »aber er geht jeden Sonntag in die Kirche, und das spricht für ihn.«

»Vielleicht geht Humpty Dumpty ja auch jeden Sonntag in die Kirche.«

»Davon ist mir nichts bekannt«, antwortete Beerta trocken.

Maarten zögerte. »Sind Sie schon in der Stimmung für die Besprechung einer delikaten Angelegenheit?«

»Was ist das für eine delikate Angelegenheit?«, fragte Beerta, ohne von der Arbeit aufzublicken.

»Es geht um Ihre Verabschiedung.«

»Meine Verabschiedung?«, fragte Beerta erstaunt. Er drehte sich um und sah, über seine Brille hinweg, Maarten an, einen Arm auf der Lehne seines Stuhls. »Das steht doch noch lange nicht an?«

»Aber es *wird* anstehen.«

Beerta setzte die Brille ab. Er stand auf und legte die Hand auf die Stuhllehne. »Was ist mit meiner Verabschiedung?«, fragte er beunruhigt.

Maarten erhob sich nun ebenfalls. Sie standen sich gegenüber, beide mit einer Hand an ihrem Stuhl. »Es gibt Pläne, eine Festschrift für Sie zusammenzustellen, und ich frage mich, ob Sie das überhaupt möchten.«

»Eine Festschrift?«, fragte Beerta verstimmt. »Die Idee ist doch nicht von dir, hoffe ich.«

»Nein.«

»Zum Glück, denn das hätte ich dir sehr übelgenommen. Eine Festschrift! Wie kommen sie bloß darauf. Wenn es etwas gibt, das ich verabscheue, dann sind es Festschriften!«

»Aber Sie schreiben doch selbst alle naselang Festschriftbeiträge. Das ist doch so ziemlich das Einzige, was Sie überhaupt machen.«

»Und das finde ich ja auch schrecklich!«, sagte Beerta erregt. »Ich würde mich zu Tode schämen, wenn andere das auch noch für *mich* tun müssten. Eine Festschrift! Unglaublich!«

»Soll ich es dann also verhindern?«

»Ich gebe dir den Auftrag, es zu verhindern!«

»Gut, ich werde es verhindern.«

»Eine Festschrift!« Er wandte sich ab und setzte sich wieder hin. »Und das, wo ich erst fünfundsechzig werde. Wenn ich jetzt achtzig wäre. Und selbst dann nicht!«

Maarten war stehen geblieben. »Ich habe noch etwas.«

Beerta legte seine Brille wieder hin und drehte sich um. »Vielleicht noch etwas wegen meines Abschieds?«, fragte er argwöhnisch.

»Nein.« Er setzte sich. »Ich schlage vor, einen Posten für Elshout in die Haushaltsplanung aufzunehmen, denn jetzt, wo Fräulein Veldhoven zu unserer Abteilung gehört, finde ich, dass wir nicht bei 1800 aufhören können. Elshout könnte dann die Zeit von 1800 bis heute übernehmen.«

Beerta sah ihn prüfend an. »Das ist gar keine schlechte Idee. Weiß Elshout davon?«

»Nein.«

»Dann müssten wir erst einmal wissen, ob er überhaupt will. Frag doch Fräulein Veldhoven, ob sie mal bei ihm vorfühlen könnte.« Er wandte sich wieder seiner Arbeit zu.

»Und noch etwas«, sagte Maarten. Er stand auf und nahm einen Stoß Papiere von seinem Schreibtisch. »Ich habe zusätzlich zum Kommentar über den Kornschreck einen Artikel über die Roggenmutter geschrieben, in dem ich versuche, eine Kulturgrenze zu datieren. Wollen Sie ihn lesen?«

Beerta streckte die Hand aus. »Gib nur her. Ich werde ihn lesen.« Er nahm das Manuskript und legte es seitlich auf seinen Schreibtisch, dann beugte er sich wieder über seine Arbeit.

Zehn Minuten später kam de Gruiter wieder herein. »Herr Koning, könnte ich Sie vielleicht kurz sprechen?«

»Ja, natürlich.« Er richtete sich auf und sah ihn abwartend an.

»Nein, ich meine, bei mir.«

Maarten folgte ihm in den ersten Raum, hinter das Bücherregal. Sie blieben dort einander zugewandt stehen.

»Es geht darum«, sagte de Gruiter, »dass ich den Eindruck hatte, dass Herr Beerta ein bisschen böse auf mich war.«

»Das glaube ich nicht.«

»Denn das wäre mir sehr unangenehm.«

»Natürlich, aber ich glaube nicht, dass Sie sich darüber Sorgen zu machen brauchen.«

»Herr Beerta will, dass ich das fehlerfrei mache, und es ist unmöglich, so etwas fehlerfrei zu machen.«

»Auf jeden Fall ist es schwierig.«

»Denn Professor Springvloed hat mit drei Leuten aus seiner Fachgruppe, also vier der besten Experten des Landes, ein kurzes Werk von ein paar Seiten kontrolliert, und trotzdem sind noch fünfzehn Fehler stehen geblieben!«

»Das ist viel«, gab Maarten zu.

»Und wenn nicht mal Professor Springvloed es hinkriegt.«

»Aber Herr Beerta meint natürlich, dass Sie es nach Ihrem besten Wissen und Gewissen fehlerfrei machen.« Er hatte Mühe, seine Irritation zu unterdrücken.

»Glauben Sie?«

»Ich bin mir sicher.«

»Also wäre es nicht so schlimm, wenn irgendwo ein kleiner Fehler stehen bleiben würde?«

»Nein«, sagte Maarten mit großer Entschiedenheit. »Natürlich ist das nicht schlimm.«

»Was hatte er denn jetzt wieder?«, fragte Beerta, als Maarten ins Zimmer zurückkam.

»Er ist ein Schlappschwanz«, sagte Maarten übellaunig.

»Das Wort würde ich nicht benutzen«, sagte Beerta, »aber es kommt der Wahrheit doch sehr nahe.«

*

»Ich habe deinen Text gelesen«, sagte Beerta. Er erhob sich aus seinem Stuhl und drehte sich mit dem Manuskript in der Hand zu Maarten um. »Aber ich weiß nicht so recht, was ich davon halten soll.« Er sah Maarten ernst an. »Es ist doch ernst gemeint?«

»Ja, natürlich.«

»Weil du dich so kritisch über die Brauchbarkeit unserer Karten äußerst.«

»Das bin ich auch.«

»Aber wir machen doch einen Atlas!«

»Ja, natürlich, aber deswegen kann man doch wohl noch kritisch sein?«

»Ich weiß es nicht.« Er spitzte die Lippen. »Es ist ein schwieriger Text.«

»Na ja ... schwierig.«

»Für mich ist er zu schwierig. Manchmal schwindelt es mir.«

»Er ist kompliziert«, gab Maarten zu, »aber das Problem der Kulturgrenzen *ist* kompliziert.«

Beerta sah ihn an. »Ich würde es gern Balk lesen lassen. Wenn er es gut findet, finde ich es auch gut.«

»Warum Balk?«, fragte Maarten missmutig. »Der kennt sich mit diesem Problem doch gar nicht aus?«

»Balk kennt sich mit allem aus.« Er drehte sich um. »Balk ist ein sehr kluger Mann.« Er legte das Manuskript zurück auf den Schreibtisch. »Ich werde es ihm vorlegen.«

Maarten schwieg. Er fühlte sich unterschätzt, und das machte ihn wütend. Außerdem konnte er es nur schwer ertragen, dass Beerta die Verantwortung weiterreichte. Wenn jemand darüber ein Urteil abgeben musste, dann war er es. Er beugte sich wieder über seine Arbeit, konnte sich jedoch nicht mehr konzentrieren. Er stand auf, verließ das Zimmer und ging durch den zweiten Raum ins Hinterzimmer, in dem sich nur Heidi und Ad Muller aufhielten. Sie sahen auf, als er hereinkam, und beantworteten seinen Gruß. Er setzte sich an den leeren vierten Schreibtisch und legte seine Arme auf die Tischplatte. »Wie läuft es hier?«, fragte er.

»Gut«, sagte Ad Muller. Die Art und Weise, wie er dies sagte, hatte etwas Provozierendes, so als wolle er Maarten herausfordern, das Gegenteil zu beweisen.

»Aha«, sagte Maarten abwesend.

»Wir haben uns gerade darüber unterhalten, wie lange Sie diese Arbeit jetzt schon machen.«

»Sieben Jahre. Fast siebeneinhalb.« Er sah sie abwesend an. »Wieso?«

»Ach, einfach so.«

»Wir haben uns gefragt, wie lange man so etwas durchhält«, sagte Heidi. »Weil Ad demnächst auch eine Stelle braucht.«

»Möchtest du hier arbeiten?«, fragte Maarten und sah ihn prüfend an.

»Na ja, wenn es eine Möglichkeit gäbe, würde ich schon darüber nachdenken, aber Sie bekommen ja jetzt schon Herrn Asjes.«

»Wenn er will. Aber ich könnte vielleicht noch eine Stelle dazubekommen.« Er dachte nach. »Glaubst du, dass dir so etwas liegen würde?« Er sah ihn an.

»Natürlich liegt ihm das«, sagte Heidi entrüstet. »Es ist doch nett hier!«

»Ich würde es schon interessant finden«, sagte Ad begierig.

»Was findest du denn interessant?«, fragte Maarten erstaunt.

»Na ja, zum Beispiel die Arbeit am Wörterbuch.«

»Und hier ist es doch auch ruhig«, sagte Heidi. »Man wird wenigstens nicht angetrieben.«

»Nein, angetrieben wird man nicht.«

»Oder muss ich dann auch publizieren?«, fragte Ad, »denn das würde mir, glaube ich, nicht so liegen.«

»Soweit es mich betrifft, brauchst du nicht zu publizieren.«

»Na, dann nimmst du es doch sicher an?«, sagte Heidi.

»Jetzt warte mal«, sagte Ad. »Ich muss doch erst noch zu Ende studieren.«

»Wann bist du mit dem Studium fertig?«, fragte Maarten.

»Nächsten Sommer«, sagte Heidi. »Nicht wahr, Ad?«

»Vermutlich nächsten Sommer«, sagte Ad vorsichtig.

»Nun, denk noch mal darüber nach und lass es mich dann wissen.« Er stand auf und ging zurück in sein Zimmer. Beerta war nicht da. Er machte seine Tasche auf, holte sein Rosinenbrot heraus, ging damit zu Beertas Telefon, legte den Hörer neben den Apparat und wählte seine Privatnummer. Während er darauf wartete, dass der Hörer am anderen Ende der Leitung abgenommen wurde, führte er in Gedanken das Rosinenbrot an sein Ohr und lauschte.

»Frau Koning«, sagte eine Stimme, sehr viel weiter entfernt als sonst.

Er erschrak und blickte bestürzt auf den Hörer, der neben dem Apparat auf dem Schreibtisch lag.

»Hier Frau Koning«, wiederholte sie ungeduldig.

Er legte das Rosinenbrot weg und griff hastig zum Hörer. »Ja, ich bin's«, sagte er.

*

»Morgen«, sagte Balk. Er ging auf Beerta zu und legte Maartens Manuskript neben ihn auf den Schreibtisch. »Das ist ein guter Artikel.«

»Du hast also keine Kommentare?«, fragte Beerta unsicher und sah an ihm hoch.

»Ich wüsste nicht, was da zu kommentieren wäre. Ich würde es auf jeden Fall veröffentlichen.« Er wandte sich abrupt ab und ging zur Tür zurück.

Beerta drehte sich um und sah Maarten über seine Brille hinweg an. »Du hast es gehört. Balk findet den Artikel gut. Das ist einen Glückwunsch wert.«

Balk zog die Tür hinter sich zu.

Maarten kochte plötzlich vor Wut. »Wenn Balk es nicht gut gefunden hätte, wäre das heute hier mein letzter Tag gewesen!«, sagte er mit unterdrückter Wut.

Beerta erschrak. Er legte seine Brille hin und stand auf. »Warum nimmst du die Dinge bloß immer so schwer, mein Junge?«

»Manche Dinge nehme ich eben schwer«, sagte Maarten böse. »Ich finde, dass Sie es selbst hätten beurteilen müssen und nicht Balk.«

»Aber wenn ich es nun einmal nicht beurteilen kann, weil ich zu dumm bin«, sagte Beerta klagend.

»Das ist Unsinn. Sie sind nicht zu dumm. Sie haben bloß Angst vor der Verantwortung. Und das nehme ich Ihnen übel.«

»Dann nimm es mir eben übel«, sagte Beerta gekränkt, »als ob ich nicht schon genug am Hals hätte, jetzt auch wieder mit Frau Haan.«

»Das hat damit nichts zu tun«, sagte Maarten mürrisch. Im selben Moment überlegte er, dass es sehr wohl etwas damit zu tun hatte, doch er beließ es dabei.

»Aber an mir bleibt es hängen.« Beerta setzte sich wieder hin. »An mir bleibt es hängen«, wiederholte er, mehr zu sich selbst.

Maarten reagierte nicht. Er wandte sich wieder seiner Arbeit zu. Er hörte Beerta rascheln, aufstehen, seine Schreibmaschine auf den Schreibtisch heben, Papier einspannen und tippen, zunächst langsam, allmählich schneller. Die Vertrautheit dieser Geräusche ließ seinen Zorn verebben, und er begann sogar, so etwas wie Sympathie für Balks Auftreten zu empfinden. Nun, da er darüber nachdachte, war er sich fast sicher, dass Balk keine Lust auf die Rolle hatte, die ihm aufgedrängt worden war, und er spürte in seinem Verhalten, zu Recht oder zu Unrecht, Solidarität. Von Dé Haan hätte er so etwas nicht erwarten können.

Es klopfte leise an der Tür, die gleich darauf vorsichtig geöffnet wurde. Bart Asjes trat ein. »Tag, Herr Beerta. Tag, Herr Koning. Ich hoffe, ich störe nicht?«

»Nein, du störst nicht«, sagte Beerta, ohne aufzusehen. Er tippte den Satz zu Ende, legte die Brille weg und ruckte ein paar Mal mit seinem Stuhl, bis dieser quer zum Schreibtisch stand und er Asjes ansehen konnte.

Bart war in der Tür stehen geblieben.

»Ich habe gehört, dass du dein Examen abgelegt hast?«, fragte Beerta und musterte ihn ironisch.

»Das wollte ich Ihnen gerade erzählen«, sagte Bart erschrocken. »Dass Sie das schon wissen?«

»Ja, das weiß ich«, sagte Beerta mysteriös. »Hast du bestanden?«

»Ja, Herr Beerta.«

»Meine herzlichen Glückwünsche dann.«

»Vielen Dank.«

»Auch von mir«, sagte Maarten.

»Ich danke Ihnen«, sagte Bart, sich ihm zuwendend.

»Und, willst du nun hier arbeiten?«, fragte Beerta.

»Ja, das heißt«, sagte Bart, präzise artikulierend, »wenn es eine offene Stelle gibt, würde ich mich gern darauf bewerben.«

»Es gibt eine offene Stelle.«

»Dann werde ich mich gern darauf bewerben.«

»Gut.« Beerta stand auf. »Dann setz dich mal einen Moment. Setzt du dich auch dazu?«

Maarten stand auf.

Bart erschrak. »Sie meinen, jetzt?«

»Ja, natürlich jetzt.« Maarten hörte aus Beertas Stimme eine leichte Irritation heraus.

»Aber ich habe mich noch nicht vorbereitet.«

»Musst du dich darauf denn vorbereiten?«, fragte Beerta und zog die Augenbrauen hoch.

»Ja, ich würde mich gern zuerst vorbereiten.«

»Gut«, er setzte sich wieder und zog seinen Terminkalender zu sich heran, »dann machen wir einen Termin.«

»Mit diesem Burschen wirst du die größten Probleme bekommen«, prophezeite Beerta, als Bart den Raum wieder verlassen hatte. »Ich würde noch einmal gut darüber nachdenken.«

»Ich glaube, das ist alles halb so schlimm.«

»Ich hoffe es für dich.« An seiner Stimme war zu hören, dass er dem misstraute.

*

»Ich mache mir in letzter Zeit ernsthafte Sorgen um Karel«, sagte Beerta.

»Wieso?«, fragte Maarten.

»Ich weiß es nicht. Ich habe Angst, dass er sich in Schwierigkeiten bringt.« Er drehte sich um und sah ihn über den Rand seiner Brille hinweg an. »Das bleibt natürlich streng sub rosa.«

»Natürlich.«

Beerta legte die Brille weg und stand auf. »Karel hat etwas mit einer Frau«, sagte er geheimnisvoll.

»Einer Frau?«, fragte Maarten erstaunt.

»Ja, einer Frau«, er sah Maarten ernst an, wodurch sein Gesicht etwas ausgesprochen Scheinheiliges bekam, »und das wäre noch nicht einmal so schlimm, denn so etwas geht vorüber, ich habe selbst auch schon mal etwas mit einer Frau gehabt, aber diese Frau hat zwei Kinder, zwei uneheliche Kinder.«

»Von Karel?«, fragte Maarten ungläubig.

»Nein, nicht von Karel, von einem anderen Mann, der will sich aber nicht scheiden lassen, doch die Frau will die Kinder haben, und jetzt überlegt Karel, glaube ich, ob er die Frau heiraten soll.«

»Das wäre sehr edel«, sagte Maarten, nicht ohne Boshaftigkeit.

»Aber was wird dann aus seiner Karriere? Eine Frau mit zwei Kindern! Dann wird er doch nie wieder ungestört arbeiten können?«

»Das hört man häufiger.«

»Was hört man häufiger?«

»Dass jemand, der lange Junggeselle war, schließlich eine Frau heiratet, die schon Kinder hat.«

»Aber die Kinder sind nicht von Karel!«

»Nein, aber manche Männer zieht das offenbar an. Ich kenne mehrere solcher Fälle.«

»Ja?«, fragte Beerta beunruhigt.

»Ich kenne sogar jemanden, der eine Frau mit vier Kindern geheiratet hat«, sagte Maarten voller Schadenfreude. »Eine Witwe.«

»Und warum tun sie das?«

»Vielleicht aus Edelmut. Das kann man natürlich nur loben.«

»Ja, vielleicht«, sagte Beerta zögernd. Er wandte sich ab und setzte sich wieder an seinen Schreibtisch. Kurze Zeit später zog er das Telefon zu sich heran und wählte eine Nummer. Es dauerte einen Moment, bevor abgenommen wurde. »Ta-ag«, sagte er. »Ich bin froh, deine Stimme zu hören. … Nein, aber ich habe mir Sorgen gemacht. … Weil ich nicht gehört habe, dass du nach Hause gekommen bist. … Wie spät war das denn? … Nein, natürlich geht es mich nichts an, aber ich habe mir dennoch Sorgen gemacht. … Warst du wieder bei Josje? … Das darf ich doch wohl fragen? Du musst mir ja keine Antwort darauf geben. ... Natürlich mache ich mir deswegen Sorgen. Nicht meinetwegen, sondern wegen deiner Karriere. ... Maarten Koning sagt, dass so etwas häufiger vorkommt. ... Das weiß ich auch nicht, aber er sagt es. ... Sei bloß vorsichtig. ... Ja, ich werde auch vorsichtig sein. ... Tschühüss.« Er legte den Hörer auf. »Karel sagt, dass es seine Sache sei«, er drehte sich zu Maarten um, »aber ich weiß nicht, ob das so klug ist. Ich sehe schwarz.«

*

»Ich habe mir ein paar Stichpunkte zu Dingen gemacht, über die ich gern nähere Auskunft hätte«, sagte Bart.

»Schieß los«, sagte Beerta.

Sie saßen zu dritt in der Sitzgruppe. Bart hatte ein Papier aus der Tasche geholt, auf dem er in der Mitte eine Linie gezogen hatte. In der linken Spalte stand eine Reihe durchnummerierter, blau und rot unterstrichener Fragen.

»Punkt eins.« Er las die Frage vor. »Wenn ich diese Stelle annehmen würde, in welchem Rang würde ich dann angestellt?«

»Zurzeit wird jeder als wissenschaftlicher Beamter eingestellt«, antwortete Beerta. Er hatte die Ellbogen auf die Lehnen seines Stuhls gestützt, die Fingerspitzen berührten sich.

Bart schrieb die Antwort in die rechte Spalte und legte dafür das Blatt auf den Tisch. »Punkt zwei«, fuhr er fort und nahm das Papier wieder hoch. »Wie viele Dienstjahre umfasst dieser Rang?«

»Das weiß ich nicht aus dem Kopf. Das solltest du im Hauptbüro nachfragen.«

Bart machte ein Fragezeichen und schrieb dahinter: »Hauptbüro«. »Punkt drei. Wie hoch ist das Bruttogehalt, das ich bekäme, falls ich eingestellt würde, und wie hoch das Nettogehalt?«

»Dafür musst du dich auch an das Hauptbüro wenden.« Maarten hörte an seiner Stimme, dass er langsam ärgerlich wurde, und begann, sich ebenfalls unbehaglich zu fühlen. Er fand es nicht besonders klug von Bart, derart ausführlich auf solche Details einzugehen.

»Punkt vier. Welcher Linie folgt man hier in Bezug auf Beförderungen?«

Insgesamt hatte er ungefähr zwanzig Punkte, von denen Beerta fast keinen vollständig beantworten konnte und auf die er mit wachsender Irritation reagierte. Die Punkte bezogen sich auf die Arbeitsbedingungen, die Urlaubsregelung, die Pensionsansprüche, den Krankenkassenbeitrag, die Kündigungsregelungen und die Festanstellung sowie das Recht, gegebenenfalls Arbeit abzulehnen. Als er endlich fertig war, war Beertas Verärgerung so groß geworden, dass er sie kaum noch verbergen konnte.

»Ist das alles?«, fragte er sarkastisch.

»Ja, das ist alles.« Bart bemerkte den Sarkasmus nicht. »Ich danke Ihnen vielmals, dass Sie sich die Mühe gemacht haben, meine Fragen zu beantworten.«

»Und was tust du jetzt?«

»Ich würde gern hier anfangen«, antwortete Bart zu Maartens Überraschung – als sei all die Fragerei nicht mehr als ein Ritual gewesen.

»Das ist doch furchtbar«, sagte Beerta, als Bart den Raum verlassen hatte. »Es lässt sich wohl kaum behaupten, dass der Junge noch ganz normal ist.«

»Ich glaube, dass er von seinem Vater instruiert worden ist«, sagte Maarten beschwichtigend.

»Und selbst dann … Ich mag nicht daran denken, mit dem Burschen zusammenarbeiten zu müssen. Er irritiert mich maßlos. Ich würde noch einmal darüber nachdenken. Jetzt kannst du noch einen Rückzieher machen.«

»Ich will keinen Rückzieher machen«, sagte Maarten. »Jemand, der so präzise ist, kann uns nur Vorteile bringen.« Doch in diesem Moment war er sich dessen weniger sicher, als er vorgab.

*

»Aber du musst doch nicht noch jemanden einstellen?«, sagte Nicolien. »Du kannst doch auch allein weitermachen? Ich verstehe nicht, warum du das tust. Das ist doch nichts, jemanden zu haben, für den man Beschäftigung suchen muss? Was halst du dir damit bloß auf?«

»Ich brauche ihm keine Beschäftigung zu suchen. Er soll mir doch gerade Arbeit abnehmen. Man stelle sich vor, ich müsste ihm Arbeit besorgen. Das wäre natürlich idiotisch.«

»Aber warum muss er dir denn Arbeit abnehmen? Es ist doch Unsinn, womit du dort beschäftigt bist?«

»Ja, es ist Unsinn.«

»Warum muss er dir dann Arbeit abnehmen? Wenn es Unsinn ist, braucht es dir doch nicht abgenommen zu werden?«

»Das ist doch Quatsch«, sagte er verärgert. »Es ist zwar Unsinn, aber ich bin trotzdem dafür verantwortlich, dass es gemacht wird.«

»Na, dann wird eben weniger gemacht.«

»Das geht nicht!«

»Warum geht das denn nicht?«

»Weil es nun einmal nicht geht! Wenn Balk und Fräulein Haan ihre Abteilung vergrößern, muss ich meine Abteilung auch vergrößern!«

»Na, das ist gut!«, sagte sie entrüstet. »Wenn sie in einem großen Haus wohnen wollen, musst du sicher auch in einem großen Haus wohnen. Nein, ich wohne eigentlich lieber in einem kleinen Haus, aber ich muss nun einmal in einem großen Haus wohnen, denn sie wohnen auch in einem großen Haus! Das ist doch lachhaft! Das lässt dich doch sicher kalt, was Balk und Fräulein Haan machen? Dir sind solche Leute doch sicher zuwider, oder?«

»*Mich* lässt es auch kalt!«, platzte es aus ihm heraus. »Aber die Kommission lässt es nicht kalt! Wenn die anderen ihre Abteilungen vergrößern und ich nichts unternehme, kriege ich es mit der Kommission zu tun! Denn *ich* muss mich dafür verantworten!«

»Na, dann sagst du der Kommission eben, dass du es nicht tust, weil du es für Unsinn hältst! *Das* kannst du doch wohl sagen? Du lässt dir doch von so einer Kommission nicht vorschreiben, was du zu tun hast?«

»Das ist natürlich Unsinn.«

»Unsinn?«, sagte sie drohend. »Ich rede Unsinn? Willst du behaupten, dass ich Unsinn rede? Du bist doch sicher einer Meinung mit mir, hoffe ich! Du stimmst mir doch sicher zu, dass es sich nicht *gehört*, sich zu vergrößern? Dass es schon idiotisch genug ist, wenn sich *einer* mit einer solchen Arbeit beschäftigt? Da bist du doch sicher einer Meinung mit mir?«

Er antwortete nicht.

»In diesem Punkt hast du deine Meinung doch wohl nicht geändert, hoffe ich!«

Er schwieg, in die Enge getrieben.

»Bekomme ich noch eine Antwort oder nicht? In diesem Punkt hast du deine Meinung doch noch nicht geändert?«

»Ich habe Asjes nicht gefragt«, sagte er mürrisch. »Er hat selbst angeboten, diese Arbeit zu machen.«

»Du hast Asjes sehr wohl gefragt«, sagte sie heftig. »Das hast du mir selbst erzählt! Du hast mir erzählt, dass du Asjes gefragt hättest, weil du dachtest, dass er gern im Büro arbeiten würde! *Du* hast ihn gefragt. Du brauchst gar nicht drum herumzureden!«

Es stimmte. Jetzt erinnerte er sich auch wieder. Er hatte Asjes gefragt, nachdem Beerta gesagt hatte, dass er nicht hinter Balk und Fräulein Haan zurückbleiben dürfe. »Ja, ich habe Asjes selbst gefragt«, gab er zu.

»Dann musst du das auch *sagen*! Dann sollst du nicht sagen, dass du ihn *nicht* gefragt hast, denn so ist es nicht gewesen! Wenn Asjes bei dir anfängt zu arbeiten, dann deshalb, weil *du* ihn gefragt hast, und aus keinem anderen Grund!«

»Ja. Aber ich habe Asjes gefragt, weil ich fand, dass er mehr Recht auf diese Stelle hat als ich, denn er glaubt an diese Arbeit, und ich glaube nicht daran.«

»Nun, dann biete ihm deine Stelle an! Ich hab' die Lösung! Dann bietest du ihm einfach deine Stelle an, dann bist du deine Verantwortung mit einem Schlag los!«

»Das ist doch Unsinn. Und was soll ich dann machen? Ich brauche doch auch eine Stelle? Ich muss doch Geld verdienen?«

»Aber du brauchst doch nicht noch mehr Geld zu verdienen! Du brauchst doch nicht auch noch Leiter einer großen Abteilung zu werden, weil andere es wollen! Bloß weil andere so verrückt sind, brauchst du es doch nicht zu sein!«

»Ich bin nun mal Abteilungsleiter.«

»Ach was, Abteilungsleiter! Ja, von einer Abteilung ohne Personal! Sorg doch dafür, dass es so bleibt! Hol dir dann nicht noch andere mit ins Boot, die dir nur Ärger machen! Demnächst glaubst du auch noch, dass du Direktor werden musst!«

»Balk wird Direktor.«

»Ja, und dann wird Balk Professor, und dann fragen sie dich, und dann sagst du bestimmt: Ja, ich muss wohl, denn ich habe die Verantwortung. – Lass dich mal untersuchen! Abteilungsleiter! Du bist genauso viel oder so wenig Abteilungsleiter wie du es selbst willst, und du allein bestimmst, wie groß deine Abteilung ist. Und diese Abteilung bist nur du, und sonst niemand. Hörst du mich? Niemand! Nur du! Und das ist mehr als genug!«

Er zuckte mit den Achseln. »Das kannst du nicht beurteilen. Das musst du schon mir überlassen.«

»Dir überlassen?«, wetterte sie. »Das brauche ich dir überhaupt nicht zu überlassen, denn mich gibt es zufälligerweise auch noch! Mich geht es zufälligerweise auch noch etwas an, auch wenn du davon vielleicht nichts hören willst! Wenn du mit so einem Gesicht nach Hause kommst, weil du Ärger auf der Arbeit hast, muss ich es auffangen! Natürlich geht es mich etwas an! Stell dir vor, dass es mich nichts anginge!«

Er schwieg.

»Warum sagst du nichts?«

Er sah sie unglücklich an. »Was soll ich sagen? Ich habe Asjes nun einmal gefragt. Und ich habe ihn gefragt, weil ich mich verantwortlich gefühlt habe und weil ich dachte, dass er für diese Arbeit geeignet wäre. Was soll ich dazu noch sagen? Es ist nun einmal so. Ich mache das auch nicht zu meinem Vergnügen.«

»Dann sag es auch«, sagte sie etwas milder. »Und denk beim nächsten Mal besser nach, bevor du so etwas machst!«

Er reagierte nicht darauf. Er erinnerte sich, dass er Ad Muller mehr oder weniger eine Stelle in Aussicht gestellt hatte, doch es schien ihm nicht der geeignete Moment, damit nun auch noch anzufangen.

*

1965

Anfang Januar wurde die Baracke im Garten aufgestellt und zwei Wochen später vom Volksmusikarchiv in Betrieb genommen. Fräulein Veldhoven bezog mit ihrer Bibliothek, bestehend aus Liederbüchern, hauptsächlich aus dem siebzehnten und achtzehnten Jahrhundert, das hintere Zimmer, von dem aus sie Aussicht auf den Garten des Hauptbüros hatte. Den angrenzenden Raum, der durch eine Tür mit dem ihren verbunden war, bekamen ihre Mitarbeiter, zwei schon etwas ältere Herren, beide mit einer leichten Behinderung, wegen der sie beim Sozialamt gelandet waren. Ihre Aufgabe bestand darin, Bücher aus der Bibliothek abzuschreiben, in dreifacher Ausfertigung, und die Abschriften in Kästen abzulegen. In einem kleinen Zimmer ihnen gegenüber, mit Aussicht auf einen durch eine Mauer begrenzten Innenhof, saß ihre studentische Hilfskraft, ein Musikstudent namens Freek Matser. Obwohl Maarten jetzt faktisch sein Chef war, war er ihm noch nicht begegnet. Die beiden übrigen Räume in der Baracke lagen in der Nähe der Eingangstür, die sich in einem Durchbruch in der Außenmauer des Büros befand, und blieben vorläufig ungenutzt. Durch diese Eingangstür betrat Maarten die Baracke einige Tage nach dem Umzug. Er öffnete die Türen der beiden noch leeren Zimmer rechts und links, sah kurz hinein, schloss sie wieder und ging bis zum Ende des schmalen Flurs, in den durch die kleinen Fenster oberhalb der Türen ein fahles Licht fiel. Bevor er die letzte Tür öffnete, zögerte er kurz, fand es aber dann doch zu verrückt, anzuklopfen. Es war niemand da. An einem Haken hinter Fräulein Veldhovens kleinem Schreibtisch hing ein leerer Kleiderbügel. Er setzte einen Schritt über die Schwelle und sah sich um. Hinter dem Schreibtisch und an der Seitenwand standen zwei halbhohe, dunkel gebeizte Bücherregale aus Eichenholz mit alten, zum Teil braunledernen

Bänden. An den Wänden hingen, hinter Glas, das Plakat einer Ausstellung über religiöse Kunst mit einer Abbildung von Engeln, die auf verschiedenen Saiteninstrumenten spielten, sowie eine viel kleinere, in Rot- und Blautönen gehaltene Reproduktion der Miniatur eines Minnesängers. In dem Raum hing ein Hauch von Parfüm, sehr dezent, wie alles an Fräulein Veldhoven dezent war, was den Eindruck eines Mädchenzimmers noch verstärkte. Während Maarten dort stand, öffnete sich sehr langsam die Zwischentür rechts von ihm, und ein pausbäckiger, grauhaariger Mann mit einer dicken Brille sah vorsichtig um die Ecke.

»Tag, Herr Sartorius«, sagte Maarten.

»Oh, Tag, Herr Koning«, sagte der Mann. »Ich wusste nicht, dass Sie es sind.« Es überraschte Maarten, dass er erkannt wurde, weil er Sartorius erst einmal zuvor, bei einem flüchtigen Besuch des Archivs von Fräulein Veldhoven in der Frans van Mierisstraat, gesehen hatte. Er gab ihm die Hand.

»Tag, Herr Koning«, murmelte der Mann, als fände die Begrüßung erst jetzt statt.

»Ist Herr Serlé auch da?«, fragte Maarten, um Haltung bemüht.

»Ja, natürlich«, sagte Sartorius, »treten Sie ein.«

In dem Raum von Sartorius und Serlé stand nur ein großer Tisch mit zwei Stühlen, die beide Aussicht auf den Garten boten. Auf einem der Stühle saß Serlé, ein kümmerliches Männlein mit einem Buckel und einem eingefallenen, mageren Gesicht, das nur an den Wangenknochen etwas gerötet war.

»Tag, Herr Serlé«, sagte Maarten und gab ihm die Hand.

»Tag, Mijnheer«, sagte Serlé scheu, er erhob sich ein wenig, setzte sich jedoch gleich wieder hin.

»Mein Name ist Koning«, erklärte Maarten.

»Ja, ja«, sagte Serlé rasch, als wüsste er dies schon. Serlé war der am wenigsten Begabte beziehungsweise der Schwächere von den beiden.

Maarten sah auf den Tisch, der bedeckt war mit beschriebenem Papier, Büchern, aufgestapelten Kartons, danach durch das Fenster in den Garten. »Gefällt es Ihnen hier?«, fragte er.

»Na ja, man muss sich erst dran gewöhnen«, sagte Sartorius, »verglichen mit der van Mierisstraat.«

»Ja, ja, sehr gut«, sagte Serlé schnell, ohne zur Seite zu sehen und ohne auf die Worte von Sartorius zu achten.

»War es in der Frans van Mierisstraat gemütlicher?«, fragte Maarten Sartorius.

»Na ja, da war es älter.« Er nickte bedächtig.

»Aber hier ist es auch alt«, sagte Maarten und zeigte auf das Hauptbüro.

»Ich meine auch mehr die Baracke«, verdeutlichte Sartorius.

»Aber die Arbeit ist dieselbe geblieben«, sagte Maarten.

»Ja, ja«, sagte Serlé.

»Ja, die Arbeit ist dieselbe geblieben«, sagte Sartorius ruhig. »Zum Glück.« Er setzte sich hin, nahm seinen Stift, zog den Hemdsärmel etwas hoch, sodass sein Handgelenk freies Spiel hatte, sah seitlich auf das Buch, das aufgeschlagen neben ihm lag, und begann langsam, doch schwungvoll, den Text abzuschreiben. Serlé sah ebenfalls in sein Buch, während er nervös an seinem Stift fingerte, weil er sich offenbar durch Maartens Anwesenheit gestört fühlte.

Maarten blieb noch einen Moment stehen. »Nun, dann werde ich mal wieder gehen«, sagte er. »Wir werden uns jetzt ja häufiger sehen.«

»Ja, Wiedersehen, Herr Koning«, sagte Sartorius, ohne aufzublicken.

»Wiedersehen, Mijnheer«, sagte Serlé.

Maarten schloss die Tür hinter sich und öffnete die auf der gegenüberliegenden Seite des Flurs. An einem kleinen Tisch saß ein junger Mann Ende zwanzig, der argwöhnisch aufblickte. Er hatte ein neurotisches, etwas hysterisches Gesicht.

»Ich heiße Koning«, sagte Maarten. Er kam einen Schritt näher und streckte die Hand aus.

»Freek Matser.« Er gab ihm schlaff die Hand, ohne von seinem Stuhl aufzustehen. Sein Gesicht und seine Haltung hatten etwas Abwehrendes, so als misstraue er Maarten.

»Ich arbeite hier«, erläuterte Maarten. »Bei der Volkskultur.«

»Ja, das habe ich schon gehört.« Er hatte einen kleinen, beleidigt wirkenden Mund mit einer schmollenden Unterlippe.

»Sie studieren Musikwissenschaft?«

»Ja, wenn Sie es so nennen wollen.« Er kicherte kurz, es klang mehr wie ein Schluchzen, während er sich abwandte und den Mund hinter seiner Hand verbarg. »Tut mir leid«, sagte er, sich wieder beherrschend.

»Wie soll ich es denn sonst nennen?«, fragte Maarten erstaunt und mit leichtem Unbehagen.

»Nein, nennen Sie es ruhig so.« Er riss die Augen für einen Moment weit auf.

»Was beinhaltet das eigentlich?«, fragte Maarten, der nach einem Gesprächsthema suchte.

»Gute Frage.« Er kicherte erneut kurz. »Wenn ich das nur wüsste!«

»Aber es führt doch auf einen Beruf hin?«

»Das sollte man meinen, aber je länger ich mich damit beschäftige, umso mehr beginne ich, d-daran zu zweifeln.«

Erst jetzt fiel Maarten auf, dass er stotterte. »Natürlich mit Ausnahme der Arbeit hier«, sagte er.

»Ja, die Arbeit hier«, sagte der junge Mann, »aber ich mag nicht daran d-denken, dass ich d-diese Arbeit mein ganzes Leben lang machen müsste.«

»Ich bin in der Baracke gewesen«, sagte Maarten, als er wieder ins Zimmer trat.

»Und?«, fragte Beerta, ohne sich umzudrehen.

»Hieronymus Bosch.«

»Hieronymus Bosch«, sagte Beerta amüsiert. Er drehte sich um und sah Maarten über seine Brille hinweg an. »Das ist nicht der Geringsten einer …« Er wandte seinen Blick von Maarten ab, bevor dieser antworten konnte, weil die Tür aufging. Fräulein Haan trat ein, gefolgt von einem hochgewachsenen, mageren jungen Mann in einem braunen Anzug. »Anton«, sagte sie aufgeregt, »darf ich dir kurz mein Tausendpfötchen vorstellen?«

Beerta legte seine Brille hin, schob den Stuhl nach hinten und stand auf. Er streckte die Hand aus.

»Wim Bosman«, sagte der junge Mann. Er beugte sich etwas vor, als wolle er sich für seine Länge entschuldigen.

»Beerta«, sagte Beerta amüsiert. »Sie haben also tausend Pfötchen?«

»Fürs Erste habe ich nur zwei«, sagte der junge Mann schmunzelnd und hob seine Hände in die Höhe, »aber hoffentlich wachse ich mit meiner Arbeit.«

Er war ein wenig vornübergebeugt stehen geblieben, was ihm etwas Unterwürfiges verlieh.

»Sie haben auf jeden Fall vier«, sagte Fräulein Haan ausgelassen.

»Die beiden anderen sind keine Pfötchen, sondern Füße. Mit denen kann ich nur ausweichen«, scherzte der junge Mann.

Fräulein Haan lachte schallend. »Und das ist Herr Koning«, sagte sie und wandte sich lachend Maarten zu. »Herr Koning ist Leiter der Abteilung Volkskultur.«

*

»Ist eigentlich schon eine Entscheidung über Beertas Nachfolge gefallen?«, fragte sein Vater.

Sie saßen während Maartens Mittagspause in De Rode Leeuw.

»Ja, Balk wird sein Nachfolger«, antwortete Maarten.

»Warum Balk?«, fragte sein Vater missmutig. »Warum nicht du?«

»Weil ich dafür nicht geeignet bin.«

»Unsinn. Wer sagt das?«

»*Ich* sage das. Ich mag nicht einmal dran denken. Ich könnte das nicht.«

»Natürlich könntest du das. Dein Bruder kann das auch, der ist ein ausgezeichneter Direktor.«

»Ich bin nicht mein Bruder.«

»Aber du könntest es genauso gut wie dein Bruder. Ich wüsste nicht, warum du das nicht können solltest.«

»Weil ich nicht mit Menschen umgehen kann. Genau wie mein Vater«, fügte er boshaft hinzu.

»Quatsch. Dein Vater kann sehr gut mit Menschen umgehen.«

»Mein Eindruck ist ein anderer.«

Sein Vater schmunzelte, ein schiefes Lächeln. »Dein Bruder macht seine Sache übrigens verdammt gut. Vorige Woche musste er für sein

Institut nach England, und nächste Woche reist er nach Jugoslawien, und er hat regelmäßig ausländische Gäste. So macht er ein verdammt gutes Institut daraus.«

Maarten nickte. Er trank seinen Kaffee aus und sah nach draußen, den Leuten nach, die am Erker vorbeigingen.

»Habt Ihr eigentlich schon einen Fernseher?«, fragte sein Vater.

»Nein«, antwortete Maarten.

»Ich habe im Fernsehen neulich einen Film über Adoptionen gesehen.« Seine Stimme war plötzlich heiser, er räusperte sich. »Es gibt eine Organisation, die sich darauf spezialisiert hat.« Er räusperte sich wieder. »Die machen das sehr sorgfältig. Es sind griechische Kinder, und diese Organisation überprüft genau, woher die kommen.«

Maarten reagierte nicht. Er wandte den Blick von seinem Vater ab und dem Damrak zu.

»Wenn es dich interessiert, will ich mich gern nach der Adresse erkundigen«, sagte sein Vater, erneut heiser.

Maarten verstand, worum es ging. »Nein, das interessiert mich nicht«, sagte er und sah seinen Vater wieder an.

Sie schwiegen.

Maarten sah zu den Passanten hinüber. Die gut gemeinte, doch saudumme Bemerkung hatte ihn traurig gemacht. Als sein Vater auch weiterhin schwieg, schaute er ihn an. Er sah einen kleinen, traurigen Mann, der ihm wie ein Fremder vorkam. Sein Vater. Wie geht es Mutter, wollte er fragen, aus dem Bedürfnis heraus, den Kontakt wiederherzustellen, doch ihm fiel gerade noch rechtzeitig ein, dass seine Mutter bereits zehn Jahre tot war.

Als er ins Büro zurückkam und um die Ecke des Flurs bog, standen Bart Asjes und de Gruiter noch genauso an der Tür zum ersten Raum und unterhielten sich, wie er sie dort eine Dreiviertelstunde zuvor zurückgelassen hatte, um mit seinem Vater Kaffee trinken zu gehen. Das ärgerte ihn maßlos. Er ging an ihnen vorbei und öffnete die Tür zum zweiten Raum. Dort konnte er seinen Ärger nicht mehr unterdrücken. »Pass bloß auf«, sagte er zu Bart, »Herr de Gruiter ist der größte Schwätzer des gesamten Kontinents.«

Sie erschraken. Bart erstarrte. »Das ist keine sehr nette Bemerkung«, sagte er.

»Nein«, sagte de Gruiter.

»Das war auch nicht meine Absicht«, sagte Maarten mit einem gemeinen Lachen. Er betrat das Zimmer und schloss mit ungeheurer Genugtuung die Tür hinter sich.

»Wie war's mit deinem Vater?«, fragte Beerta.

»Ausgezeichnet«, antwortete Maarten.

Vielleicht hörte Beerta an seinem Tonfall, dass er verstimmt war, denn er drehte sich um und sah ihn über seine Brille hinweg an. »Hat er noch etwas über deinen Aufsatz gesagt?«

»Den habe ich ihn nicht lesen lassen. Er bekommt ihn, wenn er gedruckt ist. Außerdem weiß ich schon, was er dazu sagen wird.«

»Was denn?«

»Dass er genial ist. Mein Vater findet alles genial, was seine Söhne tun. Das Einzige, was er beanstandet, ist, dass ich so wenig reise und so wenige Leute treffe. Das kann mein Bruder besser. Der reist für sein Institut durch ganz Europa.«

»Aber du hast ihm doch erzählt, dass du neulich in der Achterhoek gewesen bist und dort mit einem Bauern gesprochen hast?«, fragte Beerta.

*

»Im Zimmer nebenan sieht es aus wie bei den Gammlern«, sagte Beerta amüsiert, als er hereinkam.

»Ich nehme an, dass Sie damit nicht auf Bart Asjes anspielen«, sagte Maarten.

»Nein, Ad Muller.« Er blieb bei seinem Schreibtisch stehen, drehte sich um, spitzte die Lippen und sah Maarten ironisch an. »Und dann ist da auch noch so ein blonder Junge«, er strich kurz an seinem Gesicht entlang, »ist das vielleicht ein Assistent von dir?«

»Nein, das ist ein Besucher.«

»Ein Besucher!« Er zog die Augenbrauen hoch. »Was macht der hier?«

»Er sucht Daten über das rituelle Pflügen.«
»Und hast du Daten dazu?«
»Nein, aber er spricht jetzt mit Bart.«
»Dann ist er also vorläufig noch da«, stellte Beerta fest. Er drehte sich um. »Setzt du dich kurz hierher? Ich möchte mit dir über den Besuch der Friesen reden.«
Maarten stand auf und setzte sich in Beertas Sitzecke.
Beerta sah ihn an. »Was wollen die Friesen hier eigentlich?«
»Über Zusammenarbeit reden.«
»Wenn Menschen über Zusammenarbeit reden möchten, dann nur, weil sie etwas von einem wollen. Haben wir etwas, was sie nicht haben?«
»Wir haben unsere Fragebogen, und wir haben dort zwei Leute, die Erzählungen für uns sammeln.«
»Und können sie die haben?«
»Nein. Nicht, bevor wir damit fertig sind.«
Beerta nickte. »Und wir?«
Maarten dachte nach. »Ich brauche noch jemanden in den Friese Wouden, aber ich glaube nicht, dass sie uns da helfen können. Ich denke, dass die ganze Expedition nur den Zweck hat, van der Meulen Stoff für seine Zeitungsartikel zu liefern.«
»Mir liegt van der Meulen nicht sonderlich.«
»Mir auch nicht.«
»Mir liegt allgemein nicht viel an den Friesen, aber das bleibt sub rosa.«
»Ich mag sie schon. Mein Onkel ist Friese.«
»Sie sind mir zu fanatisch«, sagte Beerta. »Hast du Hindriks Bescheid gesagt?«

Die Friesen kamen gegen elf mit dem Zug, der gegen Viertel nach acht in Leeuwarden losgefahren war. Sie stellten sich als Zandstra, Hoekstra und Ypma vor und nahmen nebeneinander auf der Beerta gegenüberliegenden Seite des Tisches Platz. Maarten drehte seinen Stuhl um und setzte sich ans kurze Ende des Tisches. Während sie ihre Papiere aus den Aktentaschen hervorholten, brachte Hindriks ein Tablett mit Kaffee und eine Schale mit Keksen, was das Chaos des Eintreffens noch vergrößerte. »Soll ich gleich noch einmal Kaffee bringen?«, fragte er Maarten besorgt.

»In einer halben Stunde, bitte«, antwortete Maarten.

Beerta wartete mit gestrecktem Rücken, die gefalteten Hände auf der Tischkante, bis sie sich eingerichtet hatten. »Dann heiße ich Sie nochmals herzlich willkommen«, sagte er, als sie so weit waren. »Sie haben eine lange Reise hinter sich.«

»Das macht uns nicht so viel aus«, antwortete Zandstra. »Wir sind das gewöhnt.« Er war der Älteste der drei und hatte scharf blickende, lebhafte Augen.

»Ich vermisse Herrn van der Meulen«, bemerkte Beerta. »Wollte er nicht ebenfalls kommen?«

»In der Tat«, sagte Ypma, ein unbeugsam wirkender Mann mit einem starren, ehrgeizigen Gesicht, »aber er war leider im letzten Moment verhindert.«

Hoekstra lächelte fast unmerklich. Er war der Größte der drei, ein Mann mit einem kleinen Kopf.

»Zu schade«, fand Beerta.

»Das finden wir auch«, sagte Zandstra, »wenngleich es das Gespräch vielleicht ein wenig einfacher machen wird.«

Beerta nickte. Es zuckte kurz um seinen Mund. Die Bemerkung überraschte ihn. »Und wem von Ihnen darf ich nun das Wort erteilen?« Er griff zu seinem Teelöffel und begann, von einem zum anderen blickend, in seinem Kaffee zu rühren.

»Pfarrer Zandstra?«, schlug Hoekstra vor und sah fragend zur Seite.

»Das will ich gern tun«, antwortete Zandstra, »wenn ich nur eben erst meinen Kaffee austrinken darf.« Er führte seine Tasse zum Mund, trank sie in einem Zug leer, stellte sie wieder auf die Untertasse und wischte sich mit der Hand den Mund ab.

Die anderen nahmen ebenfalls ihre Tassen in die Hand. Hoekstra trank in kleinen Schlucken, während er über den Tassenrand hinweg von Beerta zu Maarten sah. Ypma trank langsam, ohne aufzusehen.

»Ich will gar nicht drum herumreden«, sagte Zandstra kraftvoll und sah Beerta an, »aber wir sind in erster Linie gekommen, um etwas von Ihnen zu holen.«

Beerta nickte und spitzte die Lippen. »Zu dem Schluss waren wir auch schon gekommen.«

»Sie verfügen über Fragebogen mit friesischem Material, wie viele, wissen wir nicht.«

»Ein paar tausend«, versicherte Beerta.

»Sieh mal an, ein paar tausend! Und wie uns zu Ohren gekommen ist, zeichnen zwei unserer Leute Erzählungen für Sie auf.«

»In der Tat.«

»Und das interessiert uns.«

»Weil es schließlich friesisches Kulturgut ist«, verdeutlichte Ypma.

Hoekstra bereitete das Ganze sichtlich Vergnügen.

»So ist es«, sagte Beerta. »Und was wollen Sie nun von uns?«

»Wir hätten gern eine Kopie der Fragebogen und der Erzählungen.«

»Das verstehe ich«, sagte Beerta. Er schwieg und spitzte die Lippen.

Die vier sahen ihn an, abwartend.

»Wenn Sie nichts dagegen haben«, sagte Beerta und sah Zandstra in aufrechter Haltung an, »dann will ich auch nicht drum herumreden.«

»Bitte sehr«, sagte Zandstra.

»Zunächst einmal geht es darum, dass dieses Material unseres Erachtens nach Friesland gehört.«

»Genau das finden wir auch«, sagte Ypma.

»Es gibt nur einen Grund, weshalb wir noch zögern, und jetzt, da der Name doch schon gefallen ist, wage ich es hier auch auszusprechen, auch wenn es streng vertraulich bleiben muss.« Er wartete einen Moment, als müsse er seine Worte abwägen. »Wir sind etwas in Sorge wegen Herrn van der Meulen. Nicht, dass wir Herrn van der Meulen nicht schätzen würden, aber er hat gern einmal die Neigung, solche Daten dann auch zu publizieren, und dabei geht er nicht immer gleichermaßen w-wissenschaftlich vor.«

»Das stört uns auch«, sagte Zandstra.

»Und das könnte dann den Wert der Daten mindern.« Er sah von einem zum andern, die Fingerspitzen aneinandergelegt.

»Volles Verständnis«, versicherte Zandstra.

»Aber da wird sich doch sicher etwas machen lassen«, fand Ypma.

Hoekstra amüsierte sich.

»Da wird sich sicher etwas machen lassen«, fand Beerta ebenfalls.

Es klopfte an der Tür. Hindriks stieß mit dem Tablett gegen den Türpfosten. »Gott Allmächtiger«, sagte er halblaut. »Möchten die Herren noch Kaffee?«, fragte er beklommen und sah Maarten an.

Nachdem Hindriks eingeschenkt hatte, nahmen sie sich einer nach dem anderen Zuckerwürfel und Milch und rührten eine Weile schweigend in ihrem Kaffee.

»Ich verstehe, dass das ein heikles Problem ist«, sagte Zandstra schließlich.

»Aber dafür wird sich sicher eine Lösung finden lassen«, meinte Beerta, »wenn auch vielleicht nicht auf kurze Sicht.«

»Auf welche Sicht denn?«, wollte Ypma wissen.

»Vielleicht können wir darüber im Anschluss sprechen?«, schlug Beerta vor, »denn Herr Koning hat auch noch eine Bitte, sodass wir uns vielleicht gegenseitig behilflich sein könnten.« Er sah Maarten fragend an.

»Ja«, sagte Maarten und wandte sich an Zandstra, der am weitesten von ihm entfernt saß. »Wir haben derzeit zwei Personen, die in Friesland Erzählungen für uns sammeln, eine im südwestlichen Teil und eine im Norden. Ich suche noch jemanden in den Friese Wouden. Wenn Sie mir da jemanden besorgen könnten?«

Zandstra sah nachdenklich zu Hoekstra hinüber. »Damsma?«

»Damsma würde das nie machen«, meinte Ypma.

Hoekstra schmunzelte. »Damsma ist ein ziemlicher Sonderling«, erläuterte er und sah Maarten an, »einer, den man zu nehmen wissen muss.«

»Aber du kennst ihn«, sagte Zandstra. »Er könnte es schon machen?«

»O ja«, sagte Hoekstra. »Er könnte es sicher. Und er hat auch die Zeit dafür.«

»Aber Sie kriegen ihn nie so weit«, sagte Ypma. »Manche sagen, dass wir Friesen dickköpfig sind, aber dann kennen Sie Damsma nicht.«

»Und wenn du ihn einmal fragen würdest?«, wandte sich Zandstra an Hoekstra.

»Für uns macht er es sicher nicht«, sagte Hoekstra. »Aus demselben Grund, den schon Herr Beerta genannt hat.«

»Wo wohnt er?«, fragte Maarten.

»In Oostermeer«, antwortete Hoekstra. »Also was das betrifft, würde es gut passen.«

»Sie könnten es versuchen«, meinte Zandstra.

»J. J. Damsma, Oostermeer«, sagte Hoekstra.

»Aber das wird Ihnen nicht gelingen«, prophezeite Ypma.

*

»Tag, Herr Koning«, sagte Bart.

»Tag, Bart«, murmelte Maarten.

Bart stellte einen Kasten mit Karteikarten auf den Mitteltisch, zog einen kleinen Stapel heraus und ging damit zum Karteisystem.

Maarten hatte mit dem Tippen aufgehört und sah starr auf das Papier in seiner Schreibmaschine. Auf dem Weg zum Büro hatte er sich zum soundsovielten Mal vorgenommen, Bart endlich einmal zu sagen, dass er mit dem Gesieze aufhören solle, doch wie schon bei den Malen zuvor empfand er es auch nun, kurz bevor es so weit war, als eine unerhörte Intimität, die er nicht so einfach über die Lippen bringen konnte. Er suchte nach einer unverfänglichen Formulierung, verwarf jedoch jede Idee sogleich wieder, weil sie ihm zu kompliziert erschien. Er stand auf, ging zum Schreibtisch, drehte sich um, steckte die Hände in die Taschen und sah Bart zu, der, von ihm abgewandt, dabei war, die Karteikarten einzustecken.

»Wäre es dir recht, mich in Zukunft einfach zu duzen?«, fragte er plötzlich und schlug damit den Knoten durch.

Bart drehte sich um. »Das hättest du auch schon etwas früher vorschlagen können«, sagte er ein wenig grimmig. Er sprach die Worte sehr präzise aus.

Seine Reaktion überraschte Maarten. »Ich finde das schwierig«, entschuldigte er sich.

»Aber du sagst doch auch ›du‹ zu mir.«

»Weil ich dachte, dass so etwas von selbst geht.«

»Wie kann denn so etwas von selbst gehen, wenn man nichts sagt?«

»Bis jetzt ist es immer von selbst gegangen«, sagte Maarten unglücklich. »Das ist das erste Mal in meinem Leben, dass ich so etwas vorschlage.«

»Aber ich bin doch jünger. Du kannst doch nicht von mir erwarten, dass ich dich einfach so duze?«

»Ja, du hast recht.« Er wandte sich ab und setzte sich wieder an die Schreibmaschine, sich selbst und die Kompliziertheit der menschlichen Kontakte verfluchend. Er empfand Barts Reaktion als bedrohlich. »Ich bin dabei, einen Brief an Damsma zu schreiben«, sagte er, um die Angelegenheit abzuschließen. »Wenn ich ihn fertig habe, werde ich ihn dir zum Lesen geben.« Er hatte das nicht geplant, doch jetzt, da sie einander duzten, erschien es ihm selbstverständlich.

*

»Liest du manchmal die Interviews von de Vries?«, fragte Beerta und legte die Zeitung hin.

»Nein«, sagte Maarten. »Ich lese Ihre Zeitung nicht.«

»Der hat hier nach dem Krieg ein paar Jahre gearbeitet.«

»Aha?« Er verstand nicht, worauf Beerta hinauswollte.

»Der Junge kam«, er erhob sich, »mit kurzen Hosen ins Büro, die Beine ganz nackt«, er strich mit einer sanften Bewegung seiner Hand in Richtung der Beine, »völlig nackt!«

An seinem Gesichtsausdruck war zu erkennen, dass er die Erinnerung genoss. »Ich habe eine Bemerkung darüber gemacht, aber Frau Haan war schon damals anderer Meinung. Ich glaube, die fand es nett.« Er ging hinter Maarten vorbei und öffnete die Tür zum zweiten Raum. »Erinnerst du dich noch an de Vries, Dé?«

»Du meinst, diesen hochgewachsenen, jungen Mann?«, hörte Maarten Fräulein Haan sagen.

»Ja, den.«

»Der Bursche, der seine Freundin auf der Straße küsste. Du hattest etwas dagegen.«

»Ja«, sagte Beerta lächelnd, »in diesen Dingen bin ich in der Tat etwas altmodisch.« Er schloss die Tür und ging mit kleinen Schritten zurück an den Schreibtisch, nahm die Zeitung wieder auf und setzte die Lektüre fort.

*

»Hast du *Op weg naar het einde* gelesen?«, fragte Beerta. Er stand, mit den Händen auf dem Rücken, an Maartens Schreibtisch und sah ihn an.

»Ja«, sagte Maarten.

»Meine Nichte findet es ekelerregend«, sagte Beerta schmunzelnd. Er wippte kurz auf den Zehen.

»Sie haben doch sicher gesagt, dass Reve ein Freund von Ihnen ist?«

»Natürlich. Sie findet, dass ich ziemlich komische Freunde habe.«

»Das kann ich mir vorstellen«, sagte Maarten ironisch.

Beerta schmunzelte. »Das kommt natürlich daher, weil er homos-sexuell ist. Aber das wage ich meiner Nichte nicht zu erzählen. Die denkt: So ein alter, unverheirateter Onkel, der weiß vielleicht nicht einmal, was das ist.« Er kicherte.

*

Maarten stellte sein Fahrrad an die Hauswand und ging zur Eingangstür, einem breiten Tor aus dem achtzehnten Jahrhundert mit einer Unter- und einer Obertür. Neben der Zugglocke aus Messing befand sich ein kleines Namensschild aus Emaille, auf dem »J. J. Damsma« stand. Maarten zog an der Klingel und wartete. Es dauerte lange, bevor er im Haus Geräusche hörte. Es wurde eine Verriegelung hochgeschoben, die Tür vorsichtig geöffnet, und ein Mann um die Fünfzig mit einem roten Gesicht und einer auffallend großen Nase blickte scheu um die Ecke. »Herr Damsma?«, fragte Maarten.

Die Tür wurde nun weiter geöffnet. »Herr Koning, nicht wahr? Ich habe Ihren Brief bekommen.« Seine Stimme klang eigenartig, so als hätte er Probleme mit seiner Zunge. Er sah Maarten nicht an, sein Blick ging an ihm vorbei.

Sie gaben sich die Hand.

»Kommen Sie rein«, sagte Damsma.

»Ich will noch eben mein Fahrrad abschließen.«

»Sie sind mit dem Fahrrad gekommen?«, fragte Damsma überrascht. Er trat aus der Tür und sah zu, wie Maarten sich über sein Fahrrad beugte und die Sicherung des Schlosses nach unten drückte. »Doch nicht aus Amsterdam?«

»Nein, aus Heerenveen.« Er zog seine Tasche unter den Gepäckgurten hervor.

»Ich dachte, Sie würden mit dem Auto kommen«, sagte Damsma, während er Maarten voran ins Haus ging.

»Nein, ich habe kein Auto. Ich hasse Autos.«

»Es sind ekelhafte Dinger«, gab Damsma abwesend zu.

Aus dem Hinterhaus kam ein zweiter Mann, klein und mager, mit einer wilden Frisur.

»Nein, du nicht«, sagte Damsma aufgeschreckt. Er ging auf den Mann zu und stieß ihn gegen die Brust. »Weg mit dir!«

Der Mann stieß ein paar unzusammenhängende, böse Laute aus und sträubte sich.

»Nein, geh weg! Weg!«

Der Mann drehte sich unter Protest um und verschwand wieder im Halbdunkeln des Flurs.

»Das ist mein Bruder«, sagte Damsma zu Maarten. »Achten Sie einfach nicht auf ihn. Er ist nicht ganz richtig im Kopf.«

Sie betraten einen dunkel möblierten Raum, der wegen der halb heruntergelassenen Jalousie vor dem Fenster in einem schummrigen Licht lag. Vor den Fenstern stand ein Tisch mit Pflanzen, an den Wänden befanden sich Bücherregale, davor ein paar große, altmodische Sessel. Auf einem kleinen Tisch stapelten sich Zeitungen und Bücher. Außerdem gab es einen kleinen Schemel mit einer großen chinesischen Vase, einen großen, altmodischen Ofen mit einem Torfkasten daneben, einen mit Zeitungen und Zeitschriften vollgestopften Zeitungsständer, einen kupfernen Teekessel auf einem Stövchen, ein Teetischchen mit roten Porzellantassen …

»Setzen Sie sich«, sagte Damsma.

Maarten nahm Platz und stellte die Tasche neben sich auf den Boden.

»Sie kommen also aus Heerenveen?« Er richtete einen abwesenden Blick an Maarten vorbei auf einen Punkt im Raum. »Haben Sie dort denn übernachtet?«

»Nein, ich bin mit dem Zug gekommen. In Heerenveen habe ich ein Fahrrad gemietet.«

»Oh, geht das denn?«, fragte Damsma erstaunt.

»Am Bahnhof«, erklärte Maarten.

»Oh, das ist einfach.« Er schwieg einen Moment. »Sie haben also ein Fahrrad geliehen.« Als wäre er nicht ganz bei der Sache.

»Ja«, sagte Maarten.

Sie schwiegen. Damsma dachte vielleicht an etwas anderes, Maarten suchte nach einer Bemerkung, etwas Neutralem, denn es schien ihm zu früh, jetzt schon zum Zweck seines Besuchs zu kommen. Er sah beiläufig zum Bücherregal an der Seitenwand, in dem sich die Bretter unter dem Gewicht der aufgestapelten Bücher bogen. Die Bücherwand eines Sammlers. Sie erinnerte an Beertas Bücherregal, so, wie der ganze Raum etwas von Beertas Zimmer hatte, unordentlicher, doch in Maartens Augen auch gemütlicher, weniger prüde.

»Und wie sind Sie dann gefahren?«, fragte Damsma.

»Über Oranjewoud, und dann an der Compagnonsvaart entlang bis Jubbega.«

»Schön ist das, nicht wahr?«, sagte Damsma und sah in die Ferne.

»Ja, das ist sehr schön.«

»Oh, was ist das schön.«

»Herrlich«, bestätigte Maarten.

»Was sind die Friese Wouden doch schön, nicht wahr?«

»Ja, sehr schön.«

»Und dann sicher über Beetsterzwaag und Drachten.«

»Ja.«

»Beetsterzwaag ist auch schön, nicht wahr?«

»Sehr schön. Und dann von Drachten über Rottevalle hierher.«

»Auch das ist schön! Mit den Klinkerstraßen und den Bäumen entlang der Straße. Das finde ich so unglaublich schön.«

»Ja«, sagte Maarten.

Sie schwiegen.

»Sie sind also mit dem Fahrrad von Heerenveen hierhergekommen«, fasste Damsma zusammen.

»Ja«, sagte Maarten.

»Und werden Sie hier dann irgendwo übernachten?«

»Nein, ich fahre gleich wieder zurück.«

»Oh, Sie fahren gleich wieder zurück. Sie kommen also nur meinetwegen.«

»Ja«, sagte Maarten und lachte, »aber ich mache das zu meinem Vergnügen.«

Damsma reagierte nicht darauf. Er dachte an etwas anderes und erinnerte sich dann plötzlich, dass er nicht allein war. »Wollen Sie vielleicht eine Tasse Tee?«

Während Damsma draußen war, sah Maarten sich um. Neben dem Kamin hing ein großes, dunkles Gemälde mit einer Darstellung, die er nicht gut erkennen konnte. Er überlegte kurz, aufzustehen, fand dies aber dann doch zu indiskret. Außer dem Gemälde hingen überall, wo zwischen den Bücherregalen Platz war, farbige Drucke, Kinderbilder und alte Gravuren. Auf dem Kaminsims standen eine stehengebliebene alte Uhr, ein Kerzenständer aus Messing, eine alte Vase, ein paar gerahmte Porträts, und auf der Ecke lag eine Bibel mit einem silbernen Verschluss. Von seinem Platz aus versuchte er zu entziffern, welche Bücher auf dem Tischchen neben Damsmas Sessel lagen, doch er erkannte nur eine Ausgabe von *De Groene Amsterdammer*, die aufgeschlagen dalag.

»Lesen Sie *De Groene*?«, fragte er, als Damsma mit der Teekanne wieder hereinkam.

»Ja, schon sehr lange.« Er trug die Kanne vorsichtig vor sich her. »Schon seit vor dem Krieg.«

»Interessant.«

»Lesen Sie auch *De Groene*?«

»Ja, seitdem ich verheiratet bin.«

»Ich finde sie manchmal allerdings ein bisschen schwierig«, gestand Damsma. »Ich habe sie eigentlich vor allem wegen des Kryptogramms.

Damit war ich auch gerade beschäftigt, als Sie kamen. Ich liebe Kryptogramme.«

»Die finde ich gerade schwierig.«

»Ja?«, fragte Damsma erstaunt. »Finden Sie die schwierig? Ja, manchmal sind sie auch schwierig. Ich schaffe es nicht immer, sie zu lösen. Aber dann freue ich mich eben auf das nächste.« Er stand wieder auf. »Möchten Sie Milch und Zucker in Ihren Tee?« Er schenkte den Tee für sie ein und bot Maarten aus einer alten Keksdose einen Zimtzwieback an. »Mögen Sie Zimtzwieback?«

»Lecker«, sagte Maarten.

»Die finde ich auch so lecker. Manchmal nehme ich mir heimlich sogar zwei.« Er lachte schelmisch. »Nehmen Sie auch ruhig zwei.«

Maarten nahm einen zweiten Zwieback und legte ihn neben seine Tasse. Sie schwiegen.

»Sie haben meinen Brief also bekommen?«, fragte Maarten vorsichtig.

»Ja, das stimmt«, sagte Damsma. »Ich will das gern für Sie tun, diese Erzählungen sammeln, aber dafür brauche ich doch nicht bezahlt zu werden?«

»Es ist auch nicht als Entlohnung gedacht.« Er hatte Mühe, seine Überraschung zu verbergen. »Sie sollten es als eine Unkostenerstattung betrachten.«

»Sie meinen für Briefmarken?«

»Und für Papier. Und Fahrtkosten.«

»Aber ich mache doch alles mit dem Fahrrad, also habe ich eigentlich keine.«

»Ja, aber Ihr Fahrrad hat doch auch Verschleiß?«

»So viel ist das nicht.«

»Nein, so viel ist das nicht, aber wir haben es absichtlich etwas großzügiger gehalten, sonst gibt es so viel Rechnerei, und das hasse ich.«

»Das hasse ich auch«, gab Damsma zu. »Und wann möchten Sie, dass es fertig ist?«

»Das ist mir egal. Das dürfen Sie selbst entscheiden.«

»Das ist aber sehr einfach.«

»Es soll ein Spaß bleiben.«

»Ja, das finde ich nett, denn wenn es zu einer Verpflichtung wird, fängt man schnell an, es zu hassen.«

»So soll es auf keinen Fall sein.«

»Und dann schicke ich sie Ihnen also zu. Und was machen Sie dann damit?«

»Die Erzählungen heben wir auf, die Daten, die darin stehen, benutzen wir, um Verbreitungskarten zu zeichnen.«

»Und zeigen Sie sie auch anderen?«

»Nein.«

»Dann ist es gut, denn als ich Ihren Brief bekam, hatte ich erst Angst, dass Sie sie van der Meulen oder Ypma zeigen würden.«

»Kommt gar nicht infrage«, sagte Maarten entschieden.

»Dann ist es gut, denn das sind für mich«, er holte tief Luft, suchte nach dem richtigen Wort und sagte dann unerwartet und völlig aufgebracht: »Das sind für mich Betrüger!«

*

»Balk hat mir gesagt, dass er bereit ist, meine Nachfolge bei den Museen anzutreten«, sagte Beerta. »Was hältst du davon?«

Maarten brauchte nur den Bruchteil einer Sekunde, um zu ahnen, dass Balk dadurch eine Machtposition gewinnen würde, die seine eigene Entscheidungsfreiheit einschränkte. »Das geht nicht!«, sagte er entschieden.

»Wer soll es dann übernehmen?« Er stand auf und drehte sich zu Maarten um.

»Können Sie es nicht einfach weiterhin selbst machen?«

»Nein, wenn ich nicht mehr Direktor bin, habe ich dort auch keine Funktion mehr.«

»Dann muss ich es machen.«

»Ich hatte eigentlich gedacht, dass du das nicht wolltest.«

»Ich finde es nicht gerade schön, aber wenn Sie es nicht mehr machen, muss ich ja wohl. Es gehört zu meiner Abteilung.«

»Dann werde ich es Balk sagen.« Er wandte sich ab.

»Ich mag gar nicht daran denken, dass Balk sich in meine Entscheidungen einmischt. Balk hat von diesen Dingen keine Ahnung. Ich könnte das nicht ertragen.« Er dachte an seinen Artikel über die Roggenmutter.

Beerta hatte sich wieder zu ihm umgedreht und sah ihn an. »Ich werde es ihm ans Herz legen«, sagte er ernst. »Er wird mir versprechen müssen, dass er das nicht tut.«

»Vielen Dank.«

Beerta wandte sich erneut ab und setzte sich wieder an den Schreibtisch. Maarten dachte daran, wie Nicolien reagieren würde. Er konnte schon jetzt ihre Wut ahnen, wenn er mit der Nachricht nach Hause käme, dass er demnächst in verschiedenen Kommissionen sitzen würde, doch er sah keinen anderen Weg. Besorgt machte er sich wieder an die Arbeit, ohne das, was er las, wirklich zu erfassen.

»Und wer soll dann mein Nachfolger im Vorstand der Kirchenhistorischen Gesellschaft werden?«, fragte Beerta.

»Verlassen Sie die dann auch?«, fragte Maarten verstimmt.

»Natürlich verlasse ich die.« Er drehte sich um. »Ich kann doch dort keinen Sitz mehr haben, wenn ich pensioniert bin!«

»Ich sehe nicht ein, warum das nicht möglich sein sollte.«

»Weil ich das Büro vertrete.«

»Dann vertreten Sie das Büro eben weiter.«

»Nein, das geht nicht. Wenn ich nicht mehr Direktor bin, muss ich mich aus solchen Funktionen zurückziehen.«

»Aber Sie werden doch auch Mitglied unserer Kommission?«

»Das ist etwas anderes. Das tue ich, weil mich die Kommission darum gebeten hat.«

»Aber ich habe wirklich keine Lust, den Vorsitz der Gesellschaft zu übernehmen. Ich mag nicht einmal daran denken.«

»Das ist auch nicht nötig. Man ist übereingekommen, dass Buitenrust Hettema den Vorsitz übernimmt. Es genügt, wenn du für das Büro im Vorstand sitzt.«

Maarten zögerte. Er überschlug im Kopf die Möglichkeiten. »Kann Bart das nicht machen?«

»Bart?«, sagte Beerta bedenklich. »Ich weiß nicht, ob Bart dafür wirklich die geeignete Person ist.«

»Warum sollte Bart nicht die geeignete Person dafür sein?«
»Er ist so ein Pedant.«
»Das scheint mir nur von Vorteil.«
Beerta dachte nach. »Gut. Ich werde ihn fragen.«

»Aber ich bin kein Mitglied der Gesellschaft«, sagte Bart erschrocken.
»Das macht nichts«, fand Beerta. »Dann wirst du es eben. Wenn man hier im Büro arbeitet, muss man Mitglied werden. Maarten ist es auch geworden.«
»Aber ich weiß nicht, ob ich überhaupt Mitglied werden will. Dazu müsste ich erst einmal die Satzung und die Geschäftsbedingungen studieren.«
»Die werde ich dir heraussuchen«, versprach Beerta. An seinem Gesicht war zu erkennen, dass ihn die Bemerkung ärgerte. Er verzog den Mund und blinzelte nervös.
»Und außerdem fürchte ich, dass ich es nicht statthaft fände, jemanden, der gerade Mitglied geworden ist, gleich in den Vorstand zu befördern«, sagte Bart freundlich. »Wenn ich selbst Mitglied wäre, würde das keinen besonders guten Eindruck auf mich machen.«
»Aber du bist kein gewähltes Mitglied! Du bist ein vertretendes Mitglied! Du vertrittst das Büro!«
»Wenn du es nicht machst, muss ich es machen«, sagte Maarten. »und ich muss sowieso schon die Museumskommissionen von Herrn Beerta übernehmen.«
»Ich muss trotzdem erst die Satzung und die Geschäftsbedingungen studieren, bevor ich eine Entscheidung treffen kann«, sagte Bart störrisch.
»Gut«, sagte Beerta. »Ich werde sie dir besorgen.« Er wandte sich ab.
Die Tür öffnete sich, de Gruiter erschien. »Herr Koning. Haben Sie vielleicht einen Moment Zeit für mich?«
»Hier?«, fragte Maarten.
»Nein, unter vier Augen, falls das möglich ist.«
Maarten stand auf. »Ich höre dann von dir«, sagte er zu Bart. Er folgte de Gruiter durch den zweiten Raum bis zum Flur.

»Ja, das ist jetzt dumm«, sagte de Gruiter, als sie auf dem Flur standen, »dass ich kein eigenes Zimmer mehr habe. Jetzt müssen wir uns auf den Flur stellen, wenn wir ungestört miteinander reden wollen«, er sah sich um, »und dann kann auch noch jeden Moment jemand vorbeikommen, der auf die Toilette muss.«

»Dann gehen wir eben ins Schreibwarenmagazin«, schlug Maarten vor.

»Ja, gehen wir dorthin«, sagte de Gruiter resigniert.

Im Magazin war es dunkel. Maarten machte das Licht an. Neben den Regalen mit dem Büromaterial entlang der Wände standen in der Mitte des kleinen Raumes ein Tisch und ein Stuhl. »Es gibt sogar einen Stuhl«, stellte er fest. »Wenn wir noch einen dazustellen, können wir sitzen.«

»Den werde ich dann mal holen«, sagte de Gruiter.

Maarten setzte sich, sah zur Tür und wartete auf die Rückkehr de Gruiters. Er hatte nicht die leiseste Ahnung, worüber er mit ihm sprechen wollte. Durch das Glas in der Tür sah er de Gruiter mit einem Stuhl aus dem ersten Raum kommen und auf die Tür zugehen, ganz vorsichtig, als befürchte er, sich an den Stuhlbeinen zu stoßen. Er stellte den Stuhl kurz ab, um die Tür zu schließen, und platzierte ihn dann etwas seitlich des Tisches, Maarten schräg gegenüber, zog die Hose an den Knien etwas hoch, schlug die Beine übereinander und faltete die Hände in seinem Schoß.

»Die Sache ist die, Herr Koning, dass ich jetzt, da ich mein Hochschulexamen gemacht habe, an meine Zukunft denken muss und zu dem Schluss gekommen bin, dass es doch eine Schande wäre, wenn meine Qualitäten ungenutzt blieben.« Er sah Maarten fromm an.

»Das muss doch nicht sein?« Der Mann weckte seinen Widerwillen.

»Das muss auch nicht sein, aber in meiner derzeitigen Funktion habe ich doch nicht die Möglichkeit, sie in vollem Umfang einzusetzen.«

»Das sehe ich nicht so. Sie haben doch eine enorm große Freiheit, und Sie haben eine Bibliothek zur Verfügung. Sie können machen, was Sie wollen.«

»Aber ich befinde mich in einer sehr niedrigen Gehaltsstufe.«

»So niedrig ist sie auch wieder nicht.«
»Ich meine, für einen Akademiker.«
»Als wissenschaftlicher Beamter verdient man mehr«, gab Maarten zu.
»Darum. Das wollte ich damit sagen.«
Maarten sah ihn an. Er begann zu ahnen, worauf de Gruiter hinauswollte, und ging in Deckung.
»Bald geht Herr Beerta in Rente, und da habe ich mich gefragt, ob bei Ihnen dann vielleicht eine Stelle frei wird.«
Maarten brauchte ein paar Sekunden, um seine Position zu bestimmen. »Das weiß ich nicht, aber wenn eine Stelle frei wird, ist sie für Muller.«
»Für Muller? Aber Muller ist mit seinem Studium doch noch gar nicht fertig!«
»Muller wird bald fertig sein.«
»Ja, aber nicht in Niederlandistik, und Professor Springvloed hat meine Leistungen sehr gelobt. Ich weiß nicht, ob Mullers Professor das bei Muller auch tut.«
»Dass er kein Niederlandist ist, finde ich, ehrlich gesagt, nur von Vorteil. Ich habe keine besonders hohe Meinung vom Studium der Niederlandistik.«
»Nein?« Man konnte sehen, dass ihn dies in höchstem Maße erstaunte. »Aber Sie haben doch selbst auch Niederlandistik studiert.«
»Ebendarum.« Er lächelte gemein.
»Ach, das finde ich ganz furchtbar.«
Maarten schwieg.
»Ja, denn jetzt werde ich zum Opfer Ihrer schlechten Erfahrungen.«
»Na ja, Opfer …«
»Ja, so kommt es bei mir an.«
Sie schwiegen.
»Und wenn Sie nun, außer für Muller, auch für mich einen Posten in den Haushaltsplan aufnehmen würden?«
»Nein, das werde ich nicht tun.« Es war ihm klar, dass er diesen Menschen nicht loswerden würde, wenn er nicht hart durchgriff, und er fühlte sich bei dem Gedanken unbehaglich.

»Warum denn nicht?«

Maarten zögerte, nicht länger als ein paar Sekunden. »Weil Sie mich gewaltig irritieren würden. Ich möchte nicht einmal daran denken, mit Ihnen zusammenarbeiten zu müssen.«

De Gruiter sah ihn verblüfft an. Er suchte nach Worten, doch er fand keine.

»Ich sage nur, wie es ist«, sagte Maarten begütigend. »Es hat keinen Sinn, drum herumzureden.«

»Ich finde es ganz furchtbar, das zu hören. Das hätte ich nicht von Ihnen erwartet.«

»Und doch ist es besser, wenn Sie es jetzt hören, als es später am eigenen Leib zu erfahren.« Er wunderte sich über seine Härte, empfand jedoch kein Mitleid.

De Gruiter stand auf. »Na, dann werde ich mal gehen«, sagte er verletzt. »Sie werden verstehen, dass ich mir von diesem Gespräch mehr erwartet hatte.« Er verließ das Magazin und ließ Maarten allein zurück.

Maarten nahm seinen Stuhl, machte das Licht aus und schloss die Tür des Magazins hinter sich. Er öffnete die Tür des ersten Raums. De Gruiter stand vor seinem Schreibtisch. »Hier ist Ihr Stuhl«, sagte Maarten. Er stellte ihm den Stuhl hin und schloss die Tür wieder hinter sich.

»Was wollte de Gruiter mit dir besprechen?«, fragte Beerta, als Maarten ins Zimmer zurückkam. Er drehte sich um.

»Er will bei mir arbeiten.«

»Und was hast du ihm gesagt?«

»Dass es nicht geht.«

»Das war klug.« Er wandte sich ab. »Du wirst mit Bart schon genug zu tun haben.«

Die Tür ging auf, Fräulein Haan trat ein. »Wusstest du, dass Ansing weggeht?«, fragte sie heftig. »Ich habe gerade gehört, dass Ansing weggeht.«

»Was erzählst du mir da?«, sagte Beerta. Er drehte sich um und sah Maarten an. »Hast du das gewusst?«

»Nein.« Die Nachricht erschütterte ihn.

»Von wem hast du das gehört?«, fragte Beerta.

»Von Bavelaar! Er hat eine Lehrerstelle in Enschede.«

»Ich wusste von nichts!«

»Ich habe doch immer schon gesagt, dass der Junge nicht für die Wissenschaft taugt!« In ihrer Stimme lag Triumph. »Vielleicht können wir ja jetzt endlich jemand Geeigneten bekommen!« Sie verließ den Raum.

»Das ist wirklich ein starkes Stück«, sagte Beerta.

Maarten sagte nichts. Er fühlte sich im Stich gelassen. Zugleich sah er die Arbeit, die Hendrik für seine Abteilung erledigte, auf sich zukommen. Er stand auf und ging hinaus. Hendrik saß an seinem Schreibtisch. »Du gehst weg?« Maarten hatte Mühe, seine Emotionen zu verbergen.

Hendrik sah ihn unbeteiligt an. »Ja. Von wem weißt du das?«

»Von Dé Haan.«

»So war das nicht geplant. Weiß Beerta es auch?«

»Ja.«

»Dann werde ich es ihm selbst erzählen.« Er stand auf und ging, vor Maarten her, in Beertas Zimmer. Fräulein Haan, die an ihrem Schreibtisch saß und arbeitete, sah kurz auf, als sie an ihr vorbeikamen.

»Herr Beerta!«, sagte Hendrik, knöpfte sich die Jacke zu und richtete sich auf, »ich höre, dass Sie soeben von Frau Haan erfahren haben, dass ich weggehe. So war das nicht geplant. Aber es stimmt, ich werde Lehrer in Enschede.«

Beerta hatte sich zu ihm umgedreht. »Was war nicht geplant?«, fragte er ironisch.

»Dass Sie es von Frau Haan erfahren.«

»Ich finde das in der Tat ein starkes Stück.«

»Das kann ich mir vorstellen«, sagte Hendrik.

»Hendrik geht weg«, sagte Maarten, sobald er die Eingangstür hinter sich geschlossen hatte.

Nicolien saß im vorderen Zimmer und las Zeitung. »Hendrik geht weg?«, fragte sie überrascht und ließ die Zeitung sinken. »Wohin?«

»Nach Enschede. Als Lehrer!« Er stellte die Tasche neben den Schreibtisch und ging in das kleine Zimmer, um seine Jacke auszuziehen.

»Dahinter steckt natürlich Annechien. Jetzt hat sie ihren Willen bekommen. Wenn er erst einmal in Enschede ist, kannst du ihn nicht mehr beeinflussen.«

»Das weiß ich nicht, aber für mich ist es trotzdem eine Katastrophe. Er war der Einzige, mit dem ich noch etwas anfangen konnte.« Er zog sich um.

»Na ja, etwas anfangen konnte …«, sagte sie herablassend. »Wenn es darauf ankam, hat er dich immer im Stich gelassen.«

»Nicht, wenn es darauf ankam«, sagte Maarten entschieden. »Er war jedenfalls der Einzige, der das alles auch für Unsinn hielt. Wenn Balk demnächst Direktor wird, stehe ich alleine da.«

»Na, dann stehst du eben allein da. So schlimm ist das nun auch wieder nicht.«

»Und noch eine Katastrophe.« Er setzte sich auf die Couch.

»Pass auf!«, warnte sie.

»Ja, ich habe ihn gesehen.« Er strich kurz über einen Buckel unter der Couchdecke. »Tag, Jonas. Und noch eine Katastrophe«, wiederholte er und sah sie an.

»Willst du nicht erst einen Schnaps?«

»Ja.« Er stand auf und ging in das hintere Zimmer, holte den Genever aus der Küche und kam mit der Flasche und zwei Gläsern zurück.

»Was ist das denn für eine Katastrophe?«, fragte sie.

»Ich muss Beertas Sitz in den Museumskommissionen übernehmen.« Er war angespannt und vermied es, sie anzusehen.

»Das geht nicht!«, sagte sie entschieden.

»Es muss sein.«

»Dann solltest du kündigen! Auch noch in Kommissionen sitzen, das wäre das Ende!«

»Dann ist es eben das Ende.«

»Aber ich will es nicht! Ich will keinen Mann, der in Kommissionen sitzt!«

Er gab keine Antwort.

»Hast du mich verstanden? Ich will keinen Mann, der in Kommissionen sitzt!«

»Ich habe es verstanden.«

»Ich will einen Mann, den ich respektieren kann! Keinen Mann mit Status!«

»Dann hast du den falschen Mann geheiratet«, sagte er mit unterdrückter Wut.

»Dann hau doch ab!«

Er stand auf. »Gut.« Er ging zur Tür.

»Was tust du?«

»Abhauen!«

»Ach komm, bleib doch.«

»Nein! Ich haue ab!«, sagte er zornig. Er öffnete die Tür, schlug sie mit aller Kraft hinter sich zu, sodass die Türschelle klingelte, und trat auf die Straße.

*

»Leute! Seht mal hier hoch!«, rief Slofstra. »Da gehen wir heute Abend essen!« Er war von seinem Platz vorne im Bus aufgestanden und zeigte zum Euromast-Aussichtsturm hinauf, eine weiße Mütze auf dem Kopf, ein kariertes Sporthemd unter einer leichten Sommerjacke, ein Fernglas an einem Riemen um den Hals.

Die Mitteilung wurde mit lautem Applaus aufgenommen. Der Bus fuhr rund um den Euromast am Kai entlang und hielt vor dem Anlegesteg der Rundfahrtboote. Sie stiegen aus. Es wehte ein frischer Wind, große, weiße Wolken hingen an einem blauen Himmel. Als sie hintereinander über die Gangway auf das Schiff stiegen, wurden sie vom Deck aus von van der Haar gefilmt, der zu seinem Abschied als Direktor des Hauptbüros von den Mitarbeitern eine Filmkamera geschenkt bekommen hatte.

»Du gehst nach Enschede, nicht wahr?«, sagte Nicolien zu Hendrik, der hinter ihr war.

»Ja«, sagte Hendrik.

»Hat es dir hier nicht gefallen?«

»Ach, gefallen ...«

»Aber du glaubst, dass es dir als Lehrer besser gefällt?«

»Ich weiß nicht, ob es mir als Lehrer besser gefällt.«

»Aber warum gehst du dann weg?«

Sie gingen an Bord und suchten sich einen Weg zur anderen Seite des Schiffes, wo sie an der Reling stehen blieben.

»Ich mache es hauptsächlich wegen Annechien«, sagte Hendrik. »Sie will gern zurück in den Osten, und mit den beiden Kindern ist es in Amsterdam auch nicht so einfach.«

»Ihr könnt doch in den Vondelpark gehen?«

»Ja, der Vondelpark …«, sagte Hendrik überheblich, »aber damit hört es dann auch schon auf.«

»Da ist Bart«, sagte Maarten. »Soll ich ihn dir mal vorstellen?«

Bart stand ein paar Meter von ihnen entfernt und blickte, mit der Hand schräg vor der linken Seite des Gesichts, auf das gegenüberliegende Ufer der Nieuwe Maas. Statt eines Jacketts trug er eine weiße Windjacke, ansonsten war er angezogen wie immer. Er war so vertieft in das, was er sah, dass er sie nicht bemerkte, als sie sich ihm näherten.

»Bart!«, sagte Maarten.

Er ließ die Hand sinken und sah erschrocken zur Seite. »Oh, tut mir leid«, entschuldigte er sich. »Ich hatte euch nicht gesehen.«

»Das ist Nicolien«, sagte Maarten.

»Nicolien Koning«, sagte Nicolien, während sie ihm die Hand gab. Sie lachte verlegen.

»Tag, Frau Koning«, sagte Bart höflich. »Wie schön, dass Sie mit Maarten mitgekommen sind.«

»Sag ruhig Nicolien.« Sie lachte erneut, etwas nervös.

»Ja, gern. Bist du hier schon mal gewesen?«

»Ich bin hier geboren.«

»Du bist hier geboren? Wie schön. Das hätte ich nie gedacht.«

Die Motoren setzten sich in Bewegung. Ein leichtes Beben ging durch das Schiff. Es hupte zweimal kurz und legte ab. Aus einer kleinen Gruppe, die weiter hinten stand, ertönte lautes Jauchzen und Klatschen.

»Wir fahren«, bemerkte Maarten.

Bart beugte sich über die Reling und sah auf das Wasser, das am Rumpf entlangglitt und in dem etwas Unrat trieb. »Das ist jedes Mal ein sehr schöner Moment«, sagte er. »Findest du nicht auch?«

Das Schiff fuhr zur Mitte der Nieuwe Maas und nahm Kurs auf den Nieuwe Waterweg.

»Nein, weißt du, wie du dich hinstellen musst?«, hörten sie Rentjes holpernd und stockend sagen. »Weißt du, wie du dich hinstellen musst? So musst du dich hinstellen!« Er stellte sich mit dem Rücken an die Reling, streckte die Brust heraus und formte mit seinen Händen zwei enorme Brüste, die Pfeife im Mund.

Frau Leguyt kreischte vor Lachen.

Aus der Gruppe, zu der sie gehörten und die vornehmlich aus Beschäftigten des Hauptbüros bestand, ertönte Lachen und Applaus. Nun erst sah Maarten van der Haar, der aus der Hocke heraus Frau Leguyt gegen den Himmel filmte. Bart und Nicolien hatten sich umgedreht und sahen nun auch zu.

»Die Herren amüsieren sich«, bemerkte Bart trocken.

Nicolien lachte.

Die Bemerkung überraschte Maarten und weckte durch ihren bösartigen Unterton seine Sympathie.

»Herr Koning!«, rief Slofstra aus der Ferne, er kam von der anderen Seite des Schiffs auf ihn zu. »Wollen Sie vielleicht durch mein Fernglas schauen?«

»Natürlich«, sagte Maarten.

Slofstra hob das Fernglas über den Kopf und reichte es Maarten. »Hier können Sie es verstellen«, sagte er sachlich und drehte das Rädchen hin und her, »wenn es nicht scharf ist.« Er sah zu, wie Maarten das Fernglas an seine Augen führte und auf die andere Seite hinübersah, zu den Öltanks von Pernis. Es war ein Opernglas, außerdem war die Sicht vernebelt. Maarten drehte am Rädchen, doch es gelang ihm nicht, das Bild scharf zu bekommen, da der Nebel in den Gläsern hing. »Toll«, sagte er.

»Vielen Dank«, sagte Slofstra.

»Willst du auch mal durchsehen?«, fragte Maarten Bart. Er reichte ihm das Fernglas weiter.

»Vielleicht möchte Ihre Frau ja auch mal gucken«, schlug Slofstra vor.

Bart versuchte, das Fernglas direkt vor die Brillengläser zu halten. Als ihm dies nicht gelang, schob er die Brille hoch.

Maarten sah amüsiert zu.

»Ja, ich sehe es«, sagte Bart, »aber mit meinen Augen ist das ein bisschen schwierig.«

»Dann geben Sie mal her«, sagte Slofstra. Er nahm ihm das Fernglas ab und gab es Nicolien. »Schauen Sie auch mal durch.«

Nicolien schaute auch durch. »Ja, sehr schön.« Sie gab ihm das Fernglas zurück. »Vielen Dank.«

»Dann gehe ich mal wieder«, sagte Slofstra. »Vielleicht wollen andere ja auch noch durchschauen. Wünsche noch einen angenehmen Tag.« Er wandte sich steif ab.

»Slofstra ist ein bisschen verrückt«, bemerkte Maarten schmunzelnd.

»Ich finde Herrn Slofstra sehr nett«, sagte Bart, als wolle er die Kritik korrigieren, die er in Maartens Worte zu hören glaubte.

»Ich auch«, sagte Maarten. »Ich habe ihn eingestellt.«

Das Schiff fuhr, an einem ausgedehnten Fabrikkomplex vorbei, in die Oude Maas ein.

Balk kam Pfeife rauchend auf sie zu.

»Ich werde dir auch mal eben Balk vorstellen«, sagte Maarten rasch. Er ging einen Schritt auf Balk zu, um seine Aufmerksamkeit zu erregen. »Jaap!«

Balk blieb stehen und runzelte die Stirn.

»Das ist Nicolien«, sagte Maarten und zeigte auf Nicolien.

»Hallo«, sagte Balk. Er reichte ihr die Hand. »Balk!«

Es herrschte einen Moment lang Unsicherheit, weil niemand wusste, was er sagen sollte.

»Hast du deine Frau nicht mitgenommen?«, fragte Maarten.

Balk schmunzelte, ein schiefes Lächeln. »Die muss auf das Kleinvieh aufpassen.« Er betonte jedes Wort, wie um deutlich zu machen, dass es sich um einen Witz handelte.

Sie schwiegen.

»Aber ich war gerade unterwegs«, sagte Balk dann und wies mit der Pfeife zum Heck.

»Gut«, sagte Maarten. Als Balk weitergegangen war, genierte er sich. Was sollte er daran gut finden?

»Was für ein schrecklicher Mann«, sagte Nicolien. »Genau wie dein Vater.«

Ihre Bemerkung überraschte ihn. »Ja«, sagte er.

»Dass man sich so verhält, nur weil man sich in einer Situation keinen Rat weiß.«

»Ich weiß mir in der Situation auch keinen Rat.«

»Aber du verhältst dich nicht wie dein Vater!«, sagte sie scharf. »Sonst wäre ich nicht mit dir verheiratet.«

Er wandte seinen Blick von ihr ab. Bart hatte sich bescheiden zurückgezogen und stand nun ein paar Meter von ihnen entfernt im Gespräch mit Frau Moederman. »Sollen wir zum Vordeck gehen?«, schlug er vor.

Auf dem Vordeck war zu diesem Zeitpunkt niemand. Es standen dort Stühle. Sie setzten sich und sahen aufs Wasser und die Deiche an den Ufern, mit einem Park, Häusern und Land dahinter. Ein paar Möwen flogen vor dem Schiff her und drehten wieder ab.

»Ach, hier sitzt ihr«, sagte Beerta, als er das Vordeck betrat. »Ich habe euch schon gesucht.« Er blieb lächelnd bei ihnen stehen. »Tag, Nicolien.«

»Tag, Herr Beerta«, sagte Nicolien und stand von ihrem Stuhl auf.

»Ist das der Anzug, den ich mit dem Hähnchen eingesaut habe?«, fragte Maarten.

»An solche Dinge erinnere ich mich nicht«, sagte Beerta schmunzelnd.

Balk und Papendal, ins Gespräch vertieft, betraten das Vordeck. »Kannst du mal kommen, Anton?«, fragte Balk. »Ein Problem!«

Papendal sah sie nun ebenfalls dort sitzen. »Tag, Herr Koning!«, sagte er herzlich, ging auf Maarten zu und gab ihm die Hand.

»Wie schön, dass ich Sie nun auch einmal in einer anderen Umgebung sehe.«

Er sah zu Nicolien. »Und Sie sind Frau Koning?« Er gab ihr die Hand. »Es freut mich, Ihre Bekanntschaft zu machen.«

»Wer ist das?«, fragte Nicolien, als sich die drei Herren auf das Vorderdeck zurückgezogen hatten, um dort miteinander zu reden.

»Van der Haars Nachfolger.« Im selben Augenblick näherte sich ihnen van der Haar von der Seite aus mit der Kamera. Papendal und Balk bemerkten nichts, doch an Beertas Gesichtsausdruck war zu erkennen, dass er ihn gesehen hatte. Er strich sich das Haar glatt, das der Wind hochwirbelte, und richtete sich mit einem rätselhaften Lächeln auf. Van der Haar suchte sich seine Position in der Nähe ihrer Stühle. Maarten hörte das Summen des Kameramotors. »Sollen wir uns irgendwo anders hinsetzen?«, schlug er vor.

Sie standen auf und gingen zurück in Richtung Achterdeck. Das Schiff hupte, als eine Segeljacht dicht vor ihnen vorbeikreuzte. Die Besatzungsmitglieder der Jacht winkten. Vom Heck des Schiffes aus wurde etwas gerufen. Die Stimme von Frau Leguyt übertönte alles. Die Besatzung winkte noch einmal, einer streckte den Daumen hoch. Frau Moederman und Bart standen noch an der Reling, genau wie eine Viertelstunde zuvor.

»Wenn ich morgens mit dem Fahrrad zum Büro komme, fahre ich auch immer durch den Vondelpark«, sagte Frau Moederman, »denn ich muss einfach jeden Tag ein bisschen Grün sehen. Können Sie sich das vorstellen?«

»Ich kann mir das sehr gut vorstellen«, sagte Bart. »Manchmal braucht der Mensch so etwas.«

»Ach, wie nett, dass Sie das auch finden«, sagte Frau Moederman.

Sie gingen weiter und blieben zögernd stehen. Vom Achterdeck ertönte lautes Lachen und Geschrei. Sie konnten Leute in einem Halbkreis stehen sehen, in dem jemand hin und her lief. Meierink und seine Frau drängten sich durch und kamen auf sie zu.

»Jetzt haben sie auch noch angefangen, Blindekuh zu spielen«, sagte Meierink mit schleppender Stimme zu Maarten. »Die Männer müssen die Frauen fangen.«

»Dafür sind wir nun wirklich zu alt«, sagte seine Frau. Sie war eine große Frau, noch etwas größer als Meierink, mit einem blassen, säuerlichen Gesicht.

Es schien, als bemerke Meierink erst jetzt, dass sie bei ihm war.

»Das ist meine Frau«, sagte er mit einer trägen Handbewegung.

»Frau Meierink«, sagte sie und gab ihnen die Hand.

»Und das ist meine Frau«, sagte Maarten. Er lächelte.

»Nicolien Koning«, sagte Nicolien.

»Weißt du eigentlich, wo wir sonst noch hinfahren?«, fragte Maarten Meierink.

»Ich glaube, zu den Deltawerken«, sagte Meierink.

»Ja, und weiter?«

»Das Wetter ist zum Glück gut«, sagte Frau Meierink zu Nicolien, »denn was wäre, wenn es geregnet hätte?«

»Ich glaube, dass wir einfach nur eine Runde fahren«, sagte Meierink.

Nicolien lachte.

»Ich dachte, dass wir auch noch zum Delta-Institut fahren würden«, sagte Maarten.

»Ja, aber nur, weil wir es dann abrechnen können«, sagte Meierink. »Das ist doch auch der Grund, weshalb man uns mitgenommen hat. Wir können mehr abrechnen als das Verwaltungspersonal des Hauptbüros.«

Maarten dachte daran, dass Meierink bis vor Kurzem auch zu diesem Verwaltungspersonal gehört hatte. Er lächelte.

»Wie die Mädchen die Männer aufstacheln«, sagte Fräulein Bavelaar entsetzt zu Maarten und Meierink. Sie hatte sich zu ihnen gesellt und war bei ihnen stehen geblieben.

»Haben Sie Kinder?«, fragte Frau Meierink.

»So etwas tut man doch nicht?«, sagte Fräulein Bavelaar. »Oder?«

»Nein«, sagte Nicolien zu Frau Meierink.

»Wer ist es denn?«, fragte Maarten.

»Wir auch nicht«, sagte Frau Meierink.

»Die Typistinnen vom Hauptbüro und ein Mädchen aus der Bibliothek. Und Lotje natürlich«, sagte Fräulein Bavelaar.

»Aber es liegt an ihm«, sagte Frau Meierink mit einer Kopfbewegung. »Das haben wir untersuchen lassen.« Sie sagte es murmelnd, doch nicht so leise, dass Maarten es nicht auch verstanden hätte. Meierink sah abwesend zum Achterdeck.

»Das ist Fräulein Bavelaar«, sagte Maarten zu Nicolien.

»Jantje Bavelaar«, sagte sie und gab Nicolien die Hand. »Angenehm, Ihre Bekanntschaft zu machen.«

Slofstra kam auf sie zu. »Ist hier noch jemand, der durch mein Fernglas sehen will?«, rief er von Weitem. »Fräulein Bavelaar?«

»Nein, im Moment nicht, Herr Slofstra«, antwortete sie. »Gleich wieder.«

»Wenn wir an Dordrecht vorbeifahren, dann gerne«, sagte Maarten.

»Gut«, sagte Slofstra. »Herrn Meierink brauche ich nicht erst zu fragen«, fügte er hinzu, mehr zu sich selbst, »denn der sagt doch immer nein.« Er ging weiter zum Vorderdeck, auf dem die drei Herren sich noch immer unterhielten. »Herr Balk!«, rief er. »Möchten Sie vielleicht durch mein Fernglas sehen?«

»Haben Sie schon gehört, dass Herr de Gruiter sich bei der Bibliothek beworben hat?«, fragte Fräulein Bavelaar Maarten.

»Nein«, sagte Maarten.

»Er hätte gern bei Ihnen angefangen, nicht wahr?«

»Ja.«

»Aber das wollten Sie nicht.«

»Nein.«

»Ich glaube, dass ihn das arg gekränkt hat.«

»Ja«, sagte Maarten unbestimmt, »das kann ich mir vorstellen.«

»Schlimm.«

»De Gruiter geht es nur um seine eigenen Interessen«, erklärte Maarten.

»Ja, trotzdem finde ich es traurig.«

Maarten reagierte nicht darauf.

»Sie nicht?«

»Nein«, sagte Maarten. »Ich finde es nicht traurig.«

Vom Achterdeck drang lautes Geschrei und Gekreische zu ihnen herüber. »Nein! Ho!«, übertönte Rentjes Stimme den Lärm. »Nein, so geht das nicht! Das ist gegen die Spielregeln!« Gleich darauf durchbrach Frau Leguyt kreischend vor Lachen den Kreis und rannte an ihnen vorbei, gefolgt von Dekker, dem Telefonisten des Hauptbüros, der sich seine Augenbinde heruntergerissen hatte und versuchte, sie zu fangen. Rentjes lief hinter ihnen her, seine Pfeife in der Hand. »Haltet ihn!«, rief er. »Haltet ihn!« Ihm auf dem Fuß folgten drei weitere Männer. Sie verschwanden nacheinander um die Ecke beim Vorderdeck, wo die drei Herren ihr Gespräch unterbrachen und ihnen nachsahen, während van der Haar die Verfolgung zu filmen versuchte.

»So etwas geht doch nicht!«, sagte Fräulein Bavelaar.

»Leute!«, rief Slofstra, der aus dem Salon kam. »Es gibt Kaffee und Brötchen!« Er wandte sich von ihnen ab und ging auf die andere Seite des Schiffes. »Es gibt Kaffee und Brötchen!«, hörte Maarten ihn aus der Ferne rufen. »Sollen wir etwas essen gehen?«, schlug Maarten vor.

Im Salon war es noch ruhig. An einem Tischchen in der Ecke saßen vier Männer beim Kartenspiel, von denen Maarten nur Gerbrandy, den Hausmeister des Hauptbüros, kannte. Im hinteren Teil saß Hendrik allein am Tisch und aß. Maarten und Nicolien setzten sich zu ihm.

»Du amüsierst dich also, wie man sieht«, sagte Maarten, als er das Tablett mit ihren Brötchen und dem Kaffee auf den Tisch schob.

»Ja, gewaltig«, sagte Hendrik.

Der Salon füllte sich mit Menschen, die aufgeregt durcheinanderredeten, sich um die Theke mit Brötchen drängten und anschließend einen Platz an den Tischchen suchten. Auch Balk kam herein, allein, und setzte sich mit mürrischem Gesicht an einen Tisch neben ihnen.

»Hey, ich setze mich mal einen Moment zu euch«, sagte Frau Leguyt. Sie streckte spontan die Hand in Richtung Nicolien aus. »Lotje Leguyt.« Sie sah auf ihre Brötchen. »Was habt ihr denn da für leckere Sachen?«

»Soll ich dir etwas holen?«, fragte Hendrik und stand auf. Maarten fiel auf, dass er sie duzte.

»Aber nur eins.« Sie spitzte die Lippen, als dächte sie nach. »Salami! Die esse ich für mein Leben gern!« Sie lachte ihn an.

»Geht in Ordnung«, sagte Hendrik mit einer Lebhaftigkeit, die Maarten nicht von ihm kannte.

»Ein Kavalier, nicht wahr?«, sagte sie mit einer lustigen Grimasse zu Nicolien. Sie hatte eine Gesichtsfarbe, die Erregung ausdrückte, und ihre Augen glänzten.

»Lotje!«, hörte man es aus dem allgemeinen Lärm heraus rufen. Rentjes erschien in der Tür des Salons. »Komm! Wir drehen einen Film!«

Sie sah Maarten und Nicolien an und spreizte ihre Finger. »Ich muss wohl wieder los«, sagte sie mit einer Grimasse. »Sie gönnen einem keine Ruhe.« Sie sprang auf. »Und was ist meine Rolle? Natürlich wieder die Femme fatale!« Fröhlich lief sie zwischen den Tischen hindurch zur Tür, unterwegs das Brötchen von dem Tablett haschend, mit dem Hendrik gerade ankam. Den Kaffee ließ sie stehen.

Hendrik reagierte verblüfft, fasste sich wieder und setzte sich mit der Tasse Kaffee zu ihnen. »Na«, sagte er.

»Sind hier noch Leute, die durch mein Fernglas sehen wollen?«, rief Slofstra, während er die Stufen zum Salon hinunterstieg.

»Oh Gott, schon wieder dieser Mann«, sagte Balk verärgert am Tisch neben ihnen.

*

»Und wenn Sie abends zu Hause sind, machen Sie dann auch noch was fürs Büro?«, fragte Ad Muller neugierig.

»Nein«, sagte Maarten, »wenn ich zu Hause bin, bin ich zu Hause.«

»Auch nicht am Wochenende?«, fragte er ungläubig.

»Am Wochenende gehe ich wandern.«

»In den Dünen.«

»Auch schon mal in den Dünen, aber meist im Polder.«

»Kann man da denn wandern?«, fragte Heidi. »Das habe ich ja noch nie gehört.«

»Natürlich kann man da wandern. Sehr gut sogar.«

»Wo wandert man denn da?«

»Nun, auf der Straße und auf Deichen.«

»Und wie kommt man dahin?«

»Mit dem Bus.«

Sie musste lachen.

»Ist das so komisch?«, fragte er erstaunt und sah Bart an.

»Ich finde es nicht komisch«, sagte Bart. »Ich mache das auch oft.«

»Dazu hätte ich keine Lust«, sagte sie. »Was soll man denn im Polder? Da gibt es nicht einmal Bäume!«

»Manchmal gibt es schon Bäume«, sagte Maarten. »In Südholland findet man häufig Bäume.«

»An den Ufern der Kanäle gibt es oft sehr schöne Wäldchen«, sagte Bart.

»Kennst du die?«, fragte Maarten überrascht.

»Ja, da gehe ich immer mal wieder hin.«

»Aber man sieht dort fast nie jemanden.«

»Ja, und ich finde, das ist gerade das Schöne daran.«

Maarten hatte Mühe, seine Begeisterung zu verbergen. Wenn er daran gezweifelt haben sollte, ob er mit Bart den richtigen Mann eingestellt hatte, wurden die Zweifel nun zerstreut, da sich herausstellte, dass er ab und zu im Polder wanderte. »Kennst du die Hollandse Kade?«, fragte er.

»Ja, natürlich.«

»Und den kleinen Deich am Bijleveld?«

»Gegenüber von der Mühle? Ja, natürlich kenne ich den. Dort bin ich einmal von einem Hund angefallen worden, dem meine Anwesenheit dortselbst offenbar nicht so zusagte.« Er lachte bei der Erinnerung. »Manche Leute leben in der Annahme, dass sie mit Hilfe eines Hundes den Durchgang versperren müssen.«

»Und was hast du dann gemacht?«

»Ich bin zu dem Herrn hingegangen und habe ihm gesagt, dass sich so etwas nicht gehört«, er lachte amüsiert, »aber meine Hose war trotzdem ziemlich ramponiert.«

»Und wie hat er reagiert?«

»Wie so ein Mensch eben reagiert: als ob der Hund nicht mich, sondern ich den Hund gebissen hätte. Ich habe die Unterhaltung daraufhin lieber beendet.«

Sie lachten.

»Sind Sie dort am Wochenende gewandert?«, fragte Ad.

»Nein, am Wochenende habe ich einen Spaziergang am Ijsselmeer gemacht«, antwortete Maarten. Er wandte sich Bart zu. »Bist du schon mal am Deich entlang von Muiderberg Richtung Naarden gelaufen?«

»Ja, sogar mehrmals. Da ist Zutritt verboten.«

»Weißt du, dass man eine große Straße um Naarden herum bauen will? Alles wird da kaputt gemacht?«

»Am Meer entlang?«, fragte Bart erschrocken.

»Am Meer entlang! Naarden wird vom Meer abgeschnitten.«

»Oooh.« Er verbarg sein Gesicht in den Händen und blieb kurz so sitzen, bevor er wieder aufsah. »Glaubst du mir, wenn ich dir sage, dass mir davon speiübel wird?«, sagte er.

*

Beerta stand von seinem Schreibtisch auf und blieb bei dem von Maarten stehen. »Du interessierst dich doch so für Träume?«

Maarten sah auf.

Beerta spitzte schmunzelnd die Lippen. Er zwinkerte. »Heute Nacht habe ich geträumt, dass ich mit Johan Polak, dem Verleger, bei Loenen war«, er genoss, was jetzt kommen würde, »und Loenen mit einer Art Haustier im Bett lag, einer Art Salamander oder einem Otter, das weiß ich nicht genau, aber in jedem Fall mit etwas Glitschigem«, Maarten hob skeptisch die Augenbrauen, »und das Biest lag auf ihm, so«, er machte eine vage, flache Bewegung mit der Hand, »aber als wir in sein Schlafzimmer kamen, lief das Tier weg«, er wartete einen Moment und nickte, »und ich rief noch: ›Johan! Halt es fest, denn sonst läuft das Biest weg, und das wird Dirk gar nicht gefallen‹«, er kicherte, »und Johan sagte: ›Ja, Herr Beerta‹ – aber da war das Tier schon im Fluss verschwunden.« Er schob die Schultern etwas zurück, als fasse er sich ein Herz, »Und da habe ich es eben selbst verfolgt, und als ich an den Fluss kam, kroch das Tier heraus, aber da war es kein Tier mehr, sondern ein bildhübscher Knabe«, er kicherte wieder, »wenn auch mit etwas Animalischem, ein bisschen ungeformt noch, wie bei den Bauernjungen, aber wirklich bildhübsch!« Er wippte auf den Zehen, sein Gesicht war rot geworden.

»Aha«, sagte Maarten.

»Und wenn man das nun einem Psychiater erzählen würde«, er wandte sich ab, »dann würde der lauter interessante Dinge darin entdecken.« Er setzte sich wieder an den Schreibtisch.

»Aber das machen Sie nicht.«

Beerta drehte sich lächelnd um. »Ich werde mich hüten.«

*

»Du hast schon gehört, dass de Gruiter geht?«, fragte Beerta.

»Ich habe gehört, dass er das vorhatte«, antwortete Maarten.

»De Gruiter geht in die Bibliothek.« Er legte die Brille neben sich und drehte sich um. »Er findet, dass er hier, für jemanden mit seinen Qualitäten, zu wenig verdient.« Er sah Maarten an, als erwarte er eine Reaktion.

»Ja, das findet er.«

»Das sagt Dé Haan auch immer. Die findet auch, dass sie viel zu wenig verdient. Findest du das auch?«

»Nein, das ist Unsinn«, sagte Maarten missmutig. »Wir verdienen mehr als genug.«

»Ja, das finde ich auch. Aber ich habe den Eindruck, dass die jüngere Generation darüber doch anders denkt. Karel sagt auch immer, dass er zu wenig verdient, obwohl er als Professor doch ein ganz ordentliches Gehalt bekommt. Geld. Ich bitte nie um Geld. Wenn es für die Wissenschaft ist, dann mache ich es einfach. Habe ich dir schon mal erzählt, dass mein Steuerberater das nicht versteht?« Er sah Maarten ernst an – Beertas Ernst hatte stets etwas Scheinheiliges.

»Nein, aber daraus würde ich mir an Ihrer Stelle nichts machen.«

»Das tue ich auch nicht«, sagte Beerta, »aber sie machen es einem auf diese Weise schon schwer.«

*

Auf der Brücke über die Keizersgracht zwischen der Prinsenstraat und der Herenstraat stand ein Straßenkehrer und sah ins Wasser. Seinen Karren hatte er neben sich abgestellt, am Rand des Bürgersteigs. Als Maarten vorbeikam, auf dem Weg zum Büro, sah er auf einer Schicht Treibholz am Ufer ein paar Enten sitzen. Er ging weiter, bog in die Herenstraat ein, überlegte dann jedoch, dass mit den Enten etwas nicht in Ordnung sein könnte. Er zögerte, verlangsamte seinen Schritt und kehrte schließlich um. Der Mann stand noch genauso da, mit den Ellbogen auf dem Brückengeländer. Maarten blieb bei ihm stehen und folgte seinem Blick.

»Sie sind nicht mehr da«, sagte der Mann und sah zur Seite.

»Wer?«, fragte Maarten.

»Zwei junge Enten. Da waren zwei Junge. Sicher von den Ratten aufgefressen.«

Seine Worte rührten Maarten so sehr, dass ihm einen Moment seine Stimme versagte. Er räusperte sich. »Es wimmelt hier nur so von Ratten«, sagte er dann, noch etwas mühsam.

*

»Hast du dich schon entschieden, ob du nun hier arbeiten willst?«, fragte Maarten Ad Muller, als sie einen Augenblick allein waren.

»Ja«, sagte Ad. Er sah Maarten lächelnd an. »Ich lasse es lieber.«

»Du lässt es lieber …« Er hatte diese Antwort nicht erwartet.

»Ich werde Wirtschaftsprüfer.«

»Wirtschaftsprüfer?«, fragte Maarten erstaunt.

»Ja, das finden Sie sicher komisch, nicht wahr?« Sein Auftreten hatte etwas Herausforderndes, als bereite ihm Maartens Verwunderung Vergnügen.

»Ich finde es merkwürdig. Du hast doch Deutsch studiert?«

»Ja, aber das gefällt mir nicht mehr so. Wir haben jetzt ein Haus gekauft, und ich will viel Geld verdienen.«

»Ich bin gespannt, ob es dir gefällt.«

»Warum, glauben Sie, sollte es mir nicht gefallen?«

»Das weiß ich nicht, aber ich möchte nicht einmal daran denken, dass ich mich den ganzen Tag mit Geld beschäftigen müsste.«

»Ich glaube nicht, dass mir das etwas ausmacht.«

»Gut. Dann brauche ich also keine Stelle für dich zu beantragen. Schade.«

»Warum finden Sie das schade?«, fragte Ad erstaunt.

»Weil ich mich gerade ein bisschen an dich gewöhnt hatte.« Er lachte. »Aber so schade finde ich es nun auch wieder nicht. Wenn du Wirtschaftsprüfer werden willst, musst du es tun. Was hält Heidi davon?«

»Heidi hätte es, glaube ich, lieber gesehen, wenn ich hier angefangen hätte.«

Maarten lachte. »Heidi hat recht, aber so etwas wird einem erst bewusst, wenn es zu spät ist.«

*

Als Maarten nach der Mittagspause in sein Zimmer zurückkam, war der nächste Bewerber bereits da. Er saß mit Beerta in der Sitzecke, aufrecht, vorne auf dem Stuhl, die Beine steif nebeneinander, die Hände auf den Knien. Er hörte Beerta mit einem koketten Lächeln zu. Bevor Maarten sich abwandte und, ihnen den Rücken zukehrend, an seinen Schreibtisch setzte, sah er noch, dass er sich eine Welle in sein Haar gelegt und Koteletten hatte stehen lassen. Ein Scharlatan.

»Der letzte Hausmeister, de Bruin, konnte sehr guten Kaffee machen«, sagte Beerta. »Kannst du das auch?«

Maarten fiel auf, dass er den Mann bereits duzte, und er hörte an seiner Stimme, dass er entzückt war. Das steigerte seinen Argwohn.

»Ich glaube schon, dass Sie zufrieden sein werden, Herr Beerta«, sagte der Mann. »Und sonst mache ich so lange weiter, bis Sie es sind.«

»Auch, wenn ich sehr anspruchsvoll bin?«

»Das kann ich mir bei Ihnen natürlich nicht vorstellen, aber auch, wenn Sie sehr anspruchsvoll sind.«

»Gut.« An seiner Stimme hörte Maarten, dass er lächelte. »Und dann noch etwas. De Bruin hat einmal im Jahr die Bücher sauber gemacht. Dann zog er sie alle aus den Regalen und staubte sie ab. Er wurde dafür extra bezahlt, aber es war trotzdem Liebeswerk, denn man muss ein bisschen Gespür für Bücher haben. Hast du das?«

»Ich habe zu Hause auch Bücher, Herr Beerta.«

»Dann verstehst du, was ich meine.«

»Sicher. Sehr gut, Herr Beerta.«

»Und kannst du auch jemanden anleiten?«

»Was meinen Sie damit: jemanden anleiten?«

»Wir haben hier zwei Putzkräfte, die sind zwar alt, aber sie müssen dennoch mit Takt behandelt werden.«

»Finden Sie, dass ich keinen Takt habe?«

»Soweit ich dich kenne, hast du Takt«, antwortete Beerta amüsiert. »Es würde mich sehr wundern, wenn du das nicht könntest.«

»Das will ich aber auch meinen.« Seine Stimme hatte einen frechen Unterton, der im Widerspruch zu der Unterwürfigkeit zu stehen schien, mit der er Beerta ansonsten begegnete.

Das Gespräch hatte Maarten so verärgert, dass er aufstand und den Raum verließ. Fräulein Bavelaar saß an ihrem Schreibtisch. Er blieb bei ihr stehen. »Was ist das für ein Mann, der jetzt gerade drin ist?«

»Das ist Wigbold.« Sie suchte mit einer Hand in einem Stapel Briefe auf der Ecke ihres Schreibtisches, in der anderen Hand hielt sie eine Zigarette. »Der arbeitet gegenüber, im Magazin.« Sie gab ihm den Brief und sah zu, während er ihn las. »Sehr geehrter Herr Beerta. Hiermit hat der Unterzeichner die Ehre, sich um die Stellung eines Hausmeisters an Ihrem Büro zu bewerben. Ich verfüge über die Eigenschaften, die Sie in der Stellenanzeige fordern, sowie über gute Zeugnisse, und ich finde mich selbst sehr geeignet. Hochachtungsvoll, Henk Wigbold.« Er legte den Brief hin.

»Beerta kennt ihn«, sagte er.

»Wirklich?«, fragte sie erschrocken. »Er wird diesen Mann doch wohl nicht nehmen?«

»Ich hoffe es nicht.«

»Das soll er bloß nicht! Er muss den Mann von heute Morgen nehmen! Der war nett!«

»Ja. Der hier ist ein Scharlatan.«

»Aber können Sie denn da nichts unternehmen? Denn mit diesem Mann kriegen wir Schwierigkeiten.«

»Zweifellos.« Ihr Urteil überraschte ihn und nahm sie für ihn ein.

Als er in sein Zimmer zurückging, kam Henk Wigbold gerade heraus. Maarten ließ ihn vorbei. Der Mann grüßte ihn nicht.

»Das wird der neue Hausmeister«, sagte Beerta zufrieden, als Maarten den Raum betrat.

»Der Mann ist ein Betrüger«, sagte Maarten verstimmt, »den sollten wir nicht nehmen.«

»Wie kommst du denn darauf?«, sagte Beerta erstaunt und sah Maarten mit hochgezogenen Augenbrauen an. »Ich finde, er ist ein sehr netter Mann.«

»Der Mann von heute Morgen war nett. Den müssen Sie nehmen.«

Beerta wurde ernst. »Der Mann von heute Morgen wohnt noch bei seiner Mutter, und mit solchen Leuten kriege ich immer Schwierigkeiten, denn die hängen sich an mich. Das kann ich nicht leiden.«

»Aber Sie gehen nächsten Monat weg.«

»Ich werde doch weiterhin herkommen? Und außerdem kenne ich Wigbold schon sehr lange und weiß, was ich an ihm habe. Er ist verheiratet und hat zwei Kinder.«

»Das beeindruckt mich nicht«, sagte Maarten übellaunig.

»Und er hat mir jahrelang die Haare geschnitten, bevor er im Hauptbüro angefangen hat.«

»Das beeindruckt mich auch nicht. Der Mann ist ein Scharlatan.«

»Es tut mir leid«, sagte Beerta störrisch, »aber du überzeugst mich nicht. Ich habe großes Vertrauen in diesen Mann, und ich werde ihn nehmen!«

»Dann informiere ich Balk.«

»Informiere Balk nur«, sagte Beerta verstimmt.

»Gut.« Er verließ das Zimmer wieder. »Er nimmt ihn«, sagte er zu Fräulein Bavelaar, als er an ihrem Schreibtisch vorbeikam.

»Wirklich?«, fragte sie erschrocken.

Er betrat den Flur und ging in die Turnhalle. Balk war nicht da, sein Schreibtisch war verschwunden. »Wo ist Balk?«, fragte er Meierink.

Meierink sah träge auf. »Der hat sein neues Zimmer schon bezogen. Willst du ihn sprechen?«

Maarten ging weiter zur Baracke, in der Balk einen der beiden leer stehenden Räume zum Direktorenzimmer erklärt hatte. Er saß dort an seinem Schreibtisch und arbeitete. An den Wänden stapelten sich Bücher. Es gab dort noch keine Regale.

»Jaap!«, sagte Maarten.

Balk sah hoch.

»Beerta will für de Bruin einen Mann einstellen, den wir uns nicht aufhalsen sollten.« Er war plötzlich aufgeregt. »Der Mann ist ein Scharlatan! Wir müssen etwas dagegen unternehmen.«

Balk blickte ihn an, als hätte er ihn noch nie gesehen. Dann zuckte er mit den Achseln und beugte sich wieder über die Arbeit.

»Was hat Balk gesagt?«, fragte Beerta amüsiert.

»Balk wäscht seine Hände in Unschuld«, antwortete Maarten, noch verdattert von der Reaktion. Er wusste nicht, wie er sie sich erklären sollte, ob als Geringschätzung oder als Ohnmacht.

»Balk wird ein sehr guter Direktor«, meinte Beerta mit verhaltender Genugtuung.

*

»Sie haben nicht nur die Wissenschaft mit einer großen Zahl an Aufsätzen, Schriften, Büchern, Nachschlagewerken und Buchreihen bereichert«, tönte Balk mit erhobener Stimme und ausholender Geste, »sondern Sie waren auch ein wahrhafter Direktor im eigentlichen Sinn des Wortes, einer, der leitet, richtet, führt, schlichtet und verwaltet, der dieses Büro von einem Ein-Mann-Betrieb zu einem Institut ausgebaut hat, das über drei wissenschaftliche Abteilungen verfügt, an dem einundzwanzig gut ausgebildete Kräfte Lohn und Brot finden und das zudem auf die Unterstützung Hunderter, was sage ich: Tausender Ehrenamtlicher zählen kann, für die Ihr Name auf ewig mit Wissen, Gelehrsamkeit, geistigem Reichtum und weiser Einsicht verbunden sein wird. Das ist Ihr Verdienst, und nur Ihr – und zwar großes – Verdienst allein. Wir sind Ihnen dafür sehr dankbar und haben dieser Dankbarkeit mit einem Geschenk Ausdruck verleihen wollen, von dem wir wissen, dass wir Ihnen damit eine große Freude bereiten: die Gesamtaufführung der Naardener *Matthäus-Passion* unter Leitung von Doktor Anton van der Horst!« Als nach den letzten Worten der Applaus losbrandete, nahm er ein quadratisches Geschenk, das in schwarzem, mit kleinen goldenen Musikinstrumenten verziertem Glanzpapier die ganze Zeit über vor ihm auf dem Tisch gelegen hatte, und begab sich an den anderen vorbei zu dem Platz, an dem Beerta saß, im vorderen Teil des zweiten Raums.

Beerta war aufgestanden und nahm das Geschenk mit einem steifen Nicken entgegen, während Balk ihm die Hand schüttelte. »Darüber freue ich mich sehr«, sagte er. »Das hätte ich nicht zu hoffen gewagt.«

»Und jetzt gebe ich das Wort an Frau Doktor Haan«, sagte Balk, als er wieder an seinem Platz saß.

Dé Haan stand auf, sie hielt einen Zettel in der Hand. »Lieber Anton«, in ihrer Stimme lag eine ungewohnte Wärme, »wir kennen uns schon so lange – in diesem Monat werden es fünfundzwanzig Jahre, auch wenn es dir nicht so bewusst sein mag –, dass du es mir sicher gestatten wirst, wenn ich meine Rede etwas familiärer halte als Jaap Balk das soeben getan hat. Als ich dir das erste Mal begegnet bin, als junge Studentin, konnte ich noch nicht ahnen, was für einen wichtigen Platz du in meinem Leben einmal einnehmen würdest, und wenn ich jetzt auf diese Zeit zurückblicke, kann ich mir dieses Leben nicht mehr ohne dich vorstellen. Du hast mich die Liebe zur Arbeit gelehrt, die dein, aber auch mein Lebenswerk geworden ist, und du hast mich gelehrt, wie furchtbar wichtig es ist, was einfache Menschen uns zu erzählen haben. Dafür bin ich dir dankbar, und dafür werde ich dir immer dankbar bleiben, denn es hat mein Leben bereichert, wie es auch dein Leben bereichert hat, und ich betrachte es als ein großes Privileg, dies sagen zu können.« Sie hatte einen Moment den Faden verloren und sah auf ihren Zettel. »Dabei ist mir natürlich sehr wohl bewusst«, sagte sie, als sie wieder hochsah, »dass wir auch oft Meinungsverschiedenheiten hatten, und ich kann mir vorstellen, dass ich es dir nicht immer leicht gemacht habe. Wenn dem so ist, dann lass es dir einen Trost sein zu wissen, dass ich diese Meinungsverschiedenheiten, bei denen es stets um eine unterschiedliche Bewertung der besten Vorgehensweise bei wissenschaftlichen Problemen ging, immer schrecklich anregend fand, und sie mich ganz oft den richtigen Weg aus all den Wegen, die sich uns eröffnet haben, wählen ließen. Deiner Weisheit, gereift in den schweren Jahren, die hinter dir lagen, stand meine Ungeduld gegenüber, die Ungeduld der Jugend, die stets schneller erreichen will, was doch einzig durch Überlegung und Weisheit erworben werden kann. Von dem Vielen, was ich von dir gelernt habe, ist das Letztere vielleicht das Allerwichtigste: das Gefühl für die Verhältnismäßigkeit der Dinge, gestützt durch ein tiefes Bewusstsein dafür, dass nun einmal alles seine Zeit braucht. Ich werde es vermissen, nun nicht mehr jeden Tag mit dir reden und deinen Rat zu den vielen Problemen erbitten zu können, mit denen wir in unserer täglichen wissenschaftlichen Arbeit konfrontiert werden, doch ich schätze mich glücklich, dass du vorhast, noch ganz oft hierherzukommen, und ich freue mich darauf, davon auch weiterhin zu profitieren. Ich danke dir.«

Auch ihre Ansprache endete in einem lauten Applaus. Beerta stand auf und machte eine leichte Verbeugung. »Vielen Dank, Dé«, sagte er gerührt.

»Sollen wir jetzt nicht erst eine Tasse Kaffee trinken?«, übertönte Fräulein Bavelaar das Stimmengewirr. »Herr Balk, sollen wir nicht erst eine Tasse Kaffee und ein Stück Kuchen zu uns nehmen, bevor wir weitermachen?«

Balk war bereits aufgestanden, um den nächsten Redner anzukündigen. »Ja, gut«, sagte er, während er sich wieder hinsetzte und die Pfeife in den Mund nahm.

»Herr Wigbold?«, rief Fräulein Bavelaar. »Würden Sie für den Kaffee sorgen?«

»Ja, aber das kann ich doch nicht allein«, sagte Wigbold. »Dafür brauche ich Hilfe.«

»Ich werde Ihnen helfen.«

»Ich helfe Ihnen auch«, sagte Hindriks, der neben Maarten saß. Er stand auf und sah Fräulein Bavelaar an, etwas unsicher bezüglich seiner Rolle. Fräulein Bavelaar drehte sich gerade zu Frau Leguyt um und bemerkte ihn nicht.

»Wie geht es dir jetzt?«, fragte Maarten de Bruin, der auf der anderen Seite saß.

»Ach, Junge, erbärmlich«, sagte de Bruin. »Meine Pumpe will nicht mehr so richtig«, er klopfte sich auf die Brust, »und dann habe ich auch noch eine Lungenentzündung gehabt, also jetzt weißt du, wie es mir geht.«

»Beschissen.«

»Ja, Junge, das ist kein Vergnügen.«

Der Mann neben de Bruin, ein steinalter Mann, stand auf und ging mühsam auf Beerta zu.

»Wer ist das?«, fragte Maarten.

»Kennst du den nicht?«, fragte de Bruin erstaunt. »Ich dachte, dass du den noch gekannt hast. Das ist Westendorp, der war früher Hausmeister, als Beerta noch im gegenüberliegenden Gebäude saß.«

Maarten schüttelte den Kopf.

»Ein herzensguter Mann, eigentlich viel zu gut. Sie haben ihn ständig veräppelt.«

Frau Leguyt verteilte die Untertassen auf dem langen Mitteltisch, Fräulein Bavelaar stellte die Tassen darauf und legte einen Teelöffel daneben, Hindriks kam durch die Hintertür mit der Kaffeekanne herein, gefolgt von Wigbold mit einer großen Tortenschachtel. Der Raum war vom Lärm der Stimmen der vollzählig anwesenden Belegschaft erfüllt, die in einem großen Kreis um den Tisch saß.

Balk stand auf. »Und nun bitte ich um Aufmerksamkeit für Herrn Asjes«, sagte er, während Hindriks und Wigbold noch mit dem Kaffee und dem Kuchen die Runde machten.

Der Lärm verstummte. Westendorp schlurfte eilig zu seinem Platz zurück.

Bart stand auf. Er trug einen dreiteiligen schwarzen Anzug mit einer dunklen Krawatte, wodurch er mit seinem runden, rosigen Gesicht und seiner schweren, schwarzen Brille einem Vikar glich. »Ja, Herr Beerta«, sagte er freundlich und ganz ruhig, »Sie werden wahrscheinlich überrascht sein, dass ich ebenfalls das Wort ergreife, denn ich bin hier einer der Jüngsten und eigentlich noch nicht befugt, etwas vorzubringen, doch ich wollte die Gelegenheit nicht verstreichen lassen, um meiner Dankbarkeit und Bewunderung Ausdruck zu verleihen.«

Er hatte die Hände vor seinen Körper gefaltet und sah Beerta von seinem Platz aus, schräg gegenüber Maarten, direkt ins Gesicht. »Ich bin Ihnen dankbar, weil Sie mich hier eingestellt haben, und ich betrachte es als ein Privileg, hier arbeiten zu dürfen, in einer Tradition, die Sie begründet haben. Sie können gewiss sein, dass ich mein Bestes tun werde, das Vertrauen, das Sie in mich gesetzt haben, nicht zu enttäuschen. Ihre Arbeit wird für mich stets eine Richtschnur bleiben. Wenn ich dem hinzufüge, dass ich Sie bewundere, dann meine ich damit natürlich in erster Linie Ihre wissenschaftlichen Verdienste, doch das haben andere vor mir bereits besser und mit mehr Berechtigung als ich in Worte gefasst. Daneben bewundere ich Sie auch wegen Ihres Status als Unverheirateter. Ich finde es bewundernswert, dass Sie Ihr Leben so ganz und gar der Wissenschaft geweiht haben, und ich frage mich gelegentlich, ob diejenigen unter uns, die ein solches Opfer nicht gebracht haben, sich bewusst sind, wie schwer es sein muss, abends nach Hause zu kommen, ohne dass jemand auf einen wartet. Ich wollte dies doch eben erwähnen, da ich davon überzeugt bin, dass wir es unter anderem dieser Tatsache zu verdanken haben, dass wir unter solch besonderen Umständen an der Aufgabe arbeiten können, die uns allen lieb und teuer ist. Ich danke Ihnen sehr dafür.«

Auch seine Worte wurden durch Applaus unterstrichen. Diejenigen, die noch nicht mit ihrer Torte angefangen hatten, zogen sie nun zu sich heran und begannen zu essen. Hindriks und Wigbold waren inzwischen bei Westendorp, de Bruin und Maarten angelangt, die ein Fußtreppchen als Tisch bekommen hatten, weil sie zu weit von der Tafel entfernt saßen.

»Und jetzt hat Herr Koning das Wort«, sagte Balk.

»Ja, warte einen Augenblick«, sagte Maarten, »ich muss eben ein Törtchen aussuchen.«

Seine Worte bewirkten Heiterkeit. Es gab übrigens nicht mehr viel auszusuchen, denn es befanden sich nur noch drei Tortenstücke in der Schachtel. Er nahm eines mit einer Hülle aus rosafarbenem Marzipan und stellte es auf die Untertasse, während es im Raum still wurde. »So, jetzt bin ich so weit«, sagte er und richtete sich auf. Er sah Beerta an. »Herr Beerta!« – Sobald er zu reden begann, sank seine Nervosität in sich zusammen, als sei nicht er es, der das Wort ergriffen hatte. Gleichzeitig hörte er deutlich das klirrende Geräusch der Teelöffel, mit denen die Anwesenden ihre Torten aßen. Jemand stellte eine Tasse ab. »In den zurückliegenden sieben Jahren hatte ich das

Vorrecht, bei Ihnen im Zimmer zu sitzen, und das verpflichtet mich, mehr als die anderen, über Sie als Person zu sprechen, und nicht über Ihre wissenschaftlichen Verdienste, wenn ich dies denn überhaupt könnte. Und dann natürlich vor allem über die netten Seiten Ihrer Persönlichkeit, denn so macht man es bei einer Verabschiedung. Mit ›nette Seiten‹ meine ich selbstverständlich auch die Geste, mit der Sie die Brille weglegen, bevor Sie sich in Ihrem Stuhl umdrehen, oder die Geschwindigkeit, mit der Sie, mit *einem* Finger, Ihre Briefe tippen, aber vor allem meine ich die Eigentümlichkeiten Ihres Charakters, das, worin Sie sich von anderen unterscheiden. Als ich vor sieben Jahren hier anfing, hatte ich von diesem Charakter einen völlig anderen, sehr viel undifferenzierteren Eindruck als heute, und wenn Sie noch weitere sieben Jahre geblieben wären, wäre dieser Eindruck zweifellos wieder ein anderer gewesen, denn von allen Menschen, die ich kenne, ähneln Sie noch am meisten einem Zauberkasten.« – Hinter ihm lachte jemand, und er sah, dass Beerta amüsiert die Augenbrauen hob, doch es drang nicht wirklich zu ihm durch. »Als ich hier anfing, war das noch nicht so. Obwohl es schon eine ganze Weile her ist, glaube ich, dass ich in Ihnen vor allem einen Zyniker sah, einen Spieler, einen, dem die ganze Welt und auch die Wissenschaft völlig egal ist und der sich nicht darum schert, was andere darüber denken. Jetzt, da ich Sie besser kennengelernt habe, weiß ich, dass dies nicht stimmt, dass Sie das Leben im Gegenteil sehr ernst nehmen, so ernst, dass Sie vor der Verantwortung zurückschrecken, die dies mit sich bringt, und Ihre Zweifel selbst dann nicht aufgeben, wenn andere längst ihre Schlüsse gezogen haben. Ich nenne drei Beispiele, einen aus dem Bereich des Glaubens, einen aus dem der Politik und einen aus dem der Wissenschaft. Was den Glauben betrifft: Sie machen kein Geheimnis daraus, dass Sie Mitglied der niederländisch-reformierten Kirche sind, doch wer Sie ein wenig kennt, weiß, dass Ihr Herz eigentlich für die sogenannten Erneuerer der Zwijndrechter Nieuwlichter schlägt. Es ist ein offenes Geheimnis, dass Sie Mitglied der sozialdemokratischen Partei sind, aber Sie wählen die Sozialpazifisten, wie Sie mir einmal anvertraut haben. Und in der Wissenschaft schließlich haben Sie sich für ein Thema, die Volkskultur, stark gemacht, das zuvor verdächtig wirkte oder zumindest nicht ernst genommen wurde. Zusammengefasst könnte man sagen: Sie sind ein treuer Kirchgänger, doch wenn Sie einmal drin sind, suchen Sie sich Ihren Platz nicht im Kirchenschiff, sondern links von der Mitte. Sie gehören dazu, sind aber auch dagegen. Kurzum: Sie sind ungreifbar. Sie sind die niederländische Ausgabe von Doktor Jekyll und Mister Hyde. Mit dem Geschenk, das Ihnen gerade überreicht worden ist, die Aufführung der *Matthäus-Passion* unter Leitung von Doktor Anton van der Horst, wird Doktor Jekyll gewürdigt. Ich würde dem gern ein Geschenk für Mister Hyde hinzufügen.« Er drehte sich um und holte eine Single aus dem Bücherregal, die er zuvor oben auf die Bücher gelegt hatte. »Es ist eine Platte, die außerdem dem Halbstarken, den Sie tief in Ihrem Herzen verborgen halten, zu seinem Recht verhilft.« Er musste lachen, während er auf Beerta zuging und ihm die Schallplatte überreichte. »Eine Platte der Beatles.« Bei diesen letzten Worten musste er so lachen, dass ihm die Tränen in die Augen stiegen. Hinter ihm wurde auch gelacht, doch er hörte es kaum.

»Vielen Dank«, sagte Beerta gerührt.

Maarten wandte sich verlegen ab. Balk sagte etwas. Stühle wurden gerückt. Beerta packte die Geschenke zusammen und ging in sein Zimmer. Maarten holte sein Törtchen.

»Du hast wirklich eine schöne Rede gehalten, Koning«, sagte de Bruin gutmütig.

»Danke«, sagte Maarten. »Kommst du heute Nachmittag auch zur offiziellen Verabschiedung?«

»Na«, sagte de Bruin skeptisch. »Ich weiß nicht, ob ich das noch schaffe.«

»Versuch's!« Er wandte sich ab und ging mit dem Törtchen in sein Zimmer.

Beerta stand an seinem Schreibtisch. Er drehte sich um, als Maarten eintrat. »Deine Ansprache hat mich sehr berührt«, sagte er.

»Ich fand, was Bart gesagt hat, sehr nett«, sagte Maarten.

»Ja, das fand ich auch, aber deine Ansprache hat mich berührt.«

Die Tür ging auf. Bart betrat den Raum. »Wie fühlen Sie sich jetzt, Herr Beerta?«, fragte er fürsorglich.

Beerta drehte sich zu ihm um und sah ihn ernst an. »Das, was du gesagt hast, hat mich sehr berührt«, sagte er. »Ich fand es furchtbar nett.«

*

An der Garderobe hing nur die Jacke von Slofstra. Maarten betrat den ersten Raum. Slofstra saß mit einem Papiermesser am Schreibtisch und schnitt ein Buch auf. »Tag, Herr Koning«, sagte er.

Maarten blieb stehen. »Wie fanden Sie die Verabschiedung?«

»Die fand ich gut«, antwortete Slofstra.

»Und die Ansprachen?«

»Ich habe alle Ansprachen gehört, außer der von Herrn Beerta, denn da war es Viertel nach fünf.«

»Und da mussten Sie nach Hause?«

»Na ja, müssen ... Da bin ich nach Hause gegangen. Um Viertel nach fünf gehe ich immer nach Hause.«

»Natürlich.« Er ging schmunzelnd in sein Zimmer, stellte die Tasche an den Schreibtisch und setzte sich. Draußen begann gerade das Glockenspiel. Die Tür öffnete sich. Beerta betrat den Raum.

»Tag, Maarten«, sagte er.

»Tag, Herr Beerta«, antwortete Maarten. »Haben Sie es überlebt?«

»Ich habe es überlebt.« Er legte seine Tasche auf die Ausziehplatte des Schreibtisches, zog seinen Spiegel aus der Tasche und kämmte sich das Haar.

»Hätten Sie gedacht, dass Sie eine Reise nach Israel bekommen würden?«

»Nicht gedacht, aber schon gehofft. Ich bin davon sehr angetan.«

»Mein Vater hat auch eine Reise nach Israel bekommen.«

»Ja«, er setzte sich an den Schreibtisch, »wenn man Direktor ist, bekommt man derzeit eine Reise nach Israel. Das war früher doch anders.«

»Früher bekam man einen Lehnstuhl.«

»Nicht, wenn man Direktor war.«

Die Tür ging auf, Balk und Rentjes betraten den Raum. Sie gingen grußlos zur Sitzecke, Balk hob den Tisch hoch, Rentjes einen der Armstühle, und verließen das Zimmer damit. Die Tür blieb offen.

Beerta war aufgestanden und blickte ihnen nach. Maarten war der Erste, der das Gespräch wieder aufnahm. »Was bekam man denn, wenn man Direktor war?«

»Das weiß ich eigentlich nicht mehr«, sagte Beerta und sah zur Tür. »Dazu sollten wir mal eine Frage stellen.«

»Ja, notiere das.«

In der Stille, die darauf folgte, hörten sie Balk und Rentjes zurückkommen. Sie betraten das Zimmer durch den zweiten Raum, Balk vorneweg. Er packte einen der beiden übrig gebliebenen Stühle, Rentjes nahm den anderen, dann verließen sie hintereinander das Zimmer, Balk mit seinem Stuhl hoch vor der Brust, Rentjes den seinen auf dem Kopf balancierend. Er schloss die Tür hinter sich.

»Balk ist eine d-dynamische Person«, sagte Beerta, als die Tür zwischen dem zweiten und dem ersten Raum ebenfalls zufiel. »Das gefällt mir.« Er setzte sich an den Schreibtisch.

Maarten schwieg.

Es war eine Weile still. Maarten hatte ein Buch zu sich herangezogen, Beerta ordnete seine Papiere. Nach einiger Zeit stand er wieder auf und drehte sich zu Maarten um, mit der Hand auf der Lehne seines Stuhls. »Wir haben noch gar nicht über meinen Schreibtisch geredet.«

»Das bleibt Ihr Schreibtisch«, antwortete Maarten, ohne von der Arbeit aufzusehen.

»Und kann er hier stehen bleiben?«

»Natürlich, wo sonst?«

»Danke.« Er setzte sich wieder hin.

Es war erneut eine Weile still.

»Vielleicht werde ich hier ab und zu Sitzungen abhalten müssen«, sagte Maarten, seine Stimme war ein wenig heiser, »aber wenn es Sie nicht stört, können Sie einfach sitzen bleiben.«

Beerta reagierte nicht darauf.

Es war eine ganze Zeitlang still. Dann stand Beerta wieder auf. Er sah Maarten an. »Wir müssen noch darüber sprechen, wie du mich nun in Zukunft anreden sollst, jetzt, wo ich kein Direktor mehr bin.«

Die Bemerkung überraschte Maarten. »Ich werde einfach weiter ›Herr Beerta‹ sagen«, sagte er, ohne aufzublicken.

»Wie du willst«, sagte Beerta kühl. Er drehte sich um und setzte sich wieder. Maarten hatte den Eindruck, dass ihn diese Antwort tief verletzt hatte.

*

Amsterdam, 7. September 1990 – 20. Juli 1991

Das Büro – ein Buch des Trostes

Von Gerd Busse

Kurz vor der Jahrtausendwende konnte man in den Niederlanden Zeuge eines sonderbaren Phänomens werden: Die Nation nahm über mehrere Jahre hinweg und mit wachsender Intensität Anteil am Schicksal eines Büroangestellten namens Maarten Koning. Mit atemloser Spannung folgte man seinem Treiben, durchmaß mit ihm die Höhen und Tiefen einer dreißig Jahre währenden Büroexistenz mit all ihren Sinnkrisen und verlor dabei doch nie ganz die Hoffnung, dass sich das Blatt eines Tages wenden und sein Martyrium ein Ende nehmen könnte.

So viel Anteilnahme am Schicksal eines Romanhelden, der anders als Harry Potter ganz ohne übernatürliche Kräfte auskommen muss, ist bemerkenswert und bedarf der Erklärung. In der Figur des Maarten Koning hatte sich ihr Schöpfer, der niederländische Autor J. J. Voskuil, sein Dasein als wissenschaftlicher Beamter an einem Amsterdamer Institut für Volkskunde von der Seele geschrieben. An diesem Ort hatte er selbst dreißig Jahre seines Lebens zugebracht und ihn anschließend zum schillernden Gegenstand eines fünftausend Seiten umfassenden Megaromans mit dem schlichten Titel *Het Bureau* (*Das Büro*) erkoren. In nur viereinhalb Jahren, zwischen Herbst 1990 und Januar 1995, schrieb er den Zyklus, der es im Umfang mit Marcel Prousts Roman *Auf der Suche nach der verlorenen Zeit* aufnehmen kann und zwischen 1996 und 2000 in sieben voluminösen Bänden erschien.

Bereits kurz nach dem Erscheinen des ersten Bandes im Jahre 1996 entwickelte sich der Roman in den Niederlanden zu einem nationalen Großereignis. Der Verlag G. A. van Oorschot verkaufte mehr als

400.000 Exemplare des Werks, und die Leser waren so fasziniert von der Lebensbeichte des kleinen Angestellten Maarten Koning, dass sie sich jedes Mal morgens vor den Buchhandlungen drängten, wenn ein neuer Band der *Büro*-Saga ausgeliefert wurde. Doch das Heer derer, die Anteil am Leben Maarten Konings genommen haben, dürfte noch um ein Vielfaches größer sein. Ein Theaterstück nach Motiven des Buches war monatelang ausverkauft, und im niederländischen Radio wurde jahrelang eine Hörspielfassung des kompletten Romans ausgestrahlt; 2011 startete wegen der regen Nachfrage eine Wiederholung.

Als das reale »Büro« 1998 an den Stadtrand von Amsterdam umzog, wurden auf vielfachen Wunsch aus der Bevölkerung in den alten »Büro«-Räumen Führungen für Voskuil-Fans veranstaltet. Dabei liefen manche der Mitarbeiter mit Namensschildern herum, auf denen ihr eigener Name und der ihres Roman-Egos standen, und führten vor ihrem Publikum kleine Rollenspiele auf. Der Besucherandrang war überwältigend. Und wer in Amsterdam auf den Spuren Maarten Konings wandeln und die Wege etwa von seiner Schlafhöhle zu seinen beruflichen Wirkungsstätten und von dort zum Markt für den mittäglichen Einkauf der Kartoffeln für Nicolien abschreiten will, dem hilft ein (leider inzwischen vergriffener) literarischer Stadtführer zu J. J. Voskuil (Onno-Sven Tromp: *Wat doe jij in mijn stad*, 2000). Ein Kreuzweg der besonderen Art.

Ganze Belegschaften niederländischer Fabriken und Büros haben sich zu *Het Bureau*-Fanclubs zusammengefunden, darunter auch einige begeisterte Leser, die dem Autor ein ganzes Buch mit ihren eigenen ergreifenden Büroschicksalen füllten und es ihm feierlich bei einem seiner Auftritte überreichten. Doch nicht nur auf den Bürofluren, an den Fließbändern und in den Amtsstuben, selbst auf den Sterbelagern des Königreichs war *Het Bureau* noch ein Thema. So wandte sich die schwerkranke Amsterdamer Stadträtin Annemarie Grewel 1998 an den Voskuil-Verleger Wouter van Oorschot und bat um Einblick in die bis dahin noch nicht erschienenen Bände des Romans, damit sie in Frieden sterben könne …

Um *Het Bureau* und seinen Helden Maarten Koning kam es zu einem Medienhype, wie ihn die Niederlande noch nicht erlebt hatten.

Es gab lange Interviews mit dem Autor in Funk und Presse, die um ausführliche Hintergrundberichte über das reale Büro und dessen Insassen ergänzt wurden, und die Literaturkritik übertraf sich in Lobeshymnen, wenn sie sich nicht verwundert über den Riesenerfolg des Werks die Augen rieb. Mit *Het Bureau* war ein Roman zum Bestseller avanciert, der keinen wirklichen Plot kennt, (fast) völlig auf Sex and Crime verzichtet und stattdessen mit einem so aufregenden Thema wie dem Alltag in einem Büro aufwartet – ein Roman überdies, der in einer so nüchternen, fast holzschnitzartigen Sprache geschrieben ist, dass sie von Kritikern gelegentlich als »Buchhalterprosa« verspottet wurde.

Was hat dieser Roman bloß, dass er unsere ansonsten doch eher nüchternen Nachbarn zu solchen Begeisterungsstürmen reizte und Sterbenden das letzte Sakrament ersetzte? Ist es der schonungslose Blick in die Abgründe einer kleinen, aber aufrechten Bürokratenseele namens Maarten Koning, der den Nerv seiner Leser getroffen hat? Oder sind es die intimen Einblicke in die Abläufe einer modernen Arbeitsorganisation, wie man sie sonst nur bekommt, wenn man selbst Teil dieser Organisation ist und sein Dasein in einem ähnlichen geistigen Vakuum zwischen Eingangskörbchen und Ausgangskörbchen fristet, wie es Voskuil in seinem Roman so eindringlich beschreibt?

Es ist wohl beides, doch es ist vor allem die Tatsache, dass viele Leser des Voskuil'schen Büro-Epos in sich selbst auch so einen Maarten Koning spüren, der versucht, einer durch und durch sinnlosen Arbeit in einer perfekt durchorganisierten und dabei, seien wir ehrlich, völlig überflüssigen Institution eine tiefere Bedeutung abzuringen. Denn Maarten ist einer wie sie: ein unbedeutender und unverstandener Büromensch, ein Lohnsklave, der tagtäglich seine Pflicht tut in diesem, wie es bei Voskuil heißt, »Dschungel da draußen«, einer, der gelegentlich von der Flucht aus seinem Joch träumt und sich schließlich mit den Verhältnissen zu arrangieren lernt – aber auch einer, der bei alledem das nagende Gefühl nicht los wird, dass es das allein doch nicht gewesen sein kann, was man sich vom Leben erhofft hat.

Der niederländische Theologe und Voskuil-Fan Erik van Halsema sieht in *Het Bureau* ein »Buch des Trostes«. Vielleicht hat er sogar recht damit: Den dumpfen Grundzweifel am Sinn des eigenen Tuns und Strebens – bei Voskuil findet man ihn eindrucksvoll in Worte gefasst. Endlich steht man nicht mehr allein da, sondern hat in Maarten Koning einen treuen Verbündeten gefunden. Und das hat in der Tat etwas ungemein Tröstendes.

*

Wer ist dieser Maarten Koning, und was ist das Besondere an diesem Roman, der eine ganze Nation innerhalb kürzester Zeit mit dem »Morbus Voskuil« infizierte und in ein Volk von *Bureau*manen verwandelte?

Die Geschichte beginnt 1957. Maarten, ein kontaktscheuer Zeitgenosse – aber mit großen Idealen –, heuert an einem halbvergessenen Institut zur Erforschung niederländischer Volkskultur in Amsterdam an, ebenjenem Büro, das von einem wendigen, mit allen Wassern gewaschenen, homosexuellen Direktor namens Anton Beerta geleitet wird.

> Beerta sah ihn unbewegt und ein wenig ironisch an. Er verzog den Mund und spitzte die Lippen. »Und, weißt du schon, weshalb du hier arbeiten willst?«
>
> »In erster Linie, weil es keinen Anspruch auf irgendetwas erhebt.«
>
> Seine Antwort überraschte Beerta. Er zog die Augenbrauen hoch. »Das bedeutet doch hoffentlich nicht, dass du dir hier kein Bein ausreißen willst?« Er stotterte kurz.
>
> »Nein, so war das nicht gemeint.«
>
> Beerta sah ihn prüfend an, als ob er sich fragte, was Maarten damit meinte.
>
> Dieser lächelte schuldbewusst. »Ich werde meine Sache so gut machen, wie es mir möglich ist. So wie ein Tischler einen Schrank macht.«

Zu seinen ersten Aufgaben im Büro, einem getreuen Abbild jenes Instituts, an dem Voskuil selbst von 1957 bis 1987 arbeitete, gehört eine Untersuchung über Wichtelmännchen-Erzählungen – nicht eben das, was Maarten sich unter einem seriösen Forschungsthema vorgestellt hat. Doch auch bei den anderen Projekten, mit denen er sich im Büro beschäftigen muss, kann er sich des Spotts seiner Umwelt gewiss sein. So versucht man etwa – weitgehend vergeblich –, in einer groß angelegten Feldstudie über den Umgang des Volkes mit der Nachgeburt des Pferdes – wird sie aufgehängt oder vergraben? – sogenannte Kulturgrenzen aufzuspüren. Kurzum, es handelt sich um Projekte, die man dem Steuerzahler besser verschweigt, völlig aus dem Ruder gelaufene Hobbys der Institutsleitung, wie Maarten später einmal einem jungen Kollegen anvertraut.

Verteilt über das ganze Land unterhält das Büro ein Netz von »Korrespondenten«, Informanten, die regelmäßig Besuch von den Forschern aus Amsterdam erhalten, um »über früher« befragt zu werden. Einen Ausgleich für die strapaziöse Feldforschung bieten die Besuche bei den flämischen Kollegen in Antwerpen zum feuchtfröhlichen Gedankenaustausch oder, ebenfalls ein beliebtes Reiseziel, den Volkskundlern in Münster, mit denen man dann meist feudal im Ratskeller speist. Höhepunkte des wissenschaftlichen Büro-Jahres sind jedoch die internationalen Konferenzen über den »Europäischen Atlas«, bei denen man sich mit der internationalen Kollegenschaft über europaweite Weihnachtsbaum- oder Jahresfeuer-Karten streitet, Gerüchte austauscht und vor allem Intrigen spinnt. Unnötig zu erwähnen, dass auch der Europäische Atlas nicht eben zu einem Ruhmesblatt der Wissenschaft gerät.

So ist es schließlich auch kein Wunder, dass Maarten seiner Arbeit wenig Sinn abgewinnen kann, doch er tut sie aus einem tiefen Pflichtgefühl heraus.

> »Als ich hier anfing zu arbeiten […], fand ich alles, was man hier tat, idiotisch, Unsinn! […] Es hat Jahre gedauert, bis ich begriff, welcher Gedankengang dahinter steckte und was Beerta eigentlich wollte. Dass sich das schließlich auch als Unsinn herausstellte,

war natürlich schon eine Erleichterung, aber ich habe trotzdem versucht, in seinem Geiste weiterzuarbeiten, denn dafür war ich eingestellt worden.«

Maarten verbringt seine Tage mit dem Anlegen von Karteikarten über alles, was er nicht versteht und von dem er hofft, es später vielleicht doch einmal zu verstehen, langweilt sich auf zahllosen Sitzungen wissenschaftlicher Museumskommissionen oder heimatgeschichtlicher Arbeitsgruppen, bei denen er den Wissenschaftler geben muss – und hadert derweil mit seinem Los.

Das Institut wächst mit den Jahren, und nicht immer hat man eine besonders glückliche Hand bei der Auswahl des Personals. Dabei hätte man es bei so manchem Vorstellungsgespräch bereits ahnen können:

»Setzen Sie sich, Herr Slofstra«, sagte Beerta freundlich.

»Vielen Dank.« Er setzte sich, stellte seine Aktentasche neben sich auf den Boden und sah Beerta an. »Je parle toutes les langues, exceptée la langue française, parce que c'est une langue très difficile«, sagte er hart und tonlos, als ob er aus einem Lehrbuch zitierte.

»Gut so«, sagte Beerta ungerührt. »Das kann Ihnen hier nützlich sein.«

Doch die wirklichen Probleme – um der Geschichte schon ein wenig vorzugreifen – beginnen erst mit der Einstellung von Ad Muller und Bart Asjes, zweier Gestalten, die sich schon bald als personelle Totalausfälle erweisen. Während der eine bereits kurz nach Dienstantritt von »müden Augen«, hartnäckigen »Rachenpusteln« und anderen ominösen Krankheiten heimgesucht wird, die ihn über Jahre hinweg immer wieder wochenlang ans Krankenlager fesseln, ist der andere eher der Kategorie der Totalverweigerer zuzurechnen: Geschickt versteht er es, Maarten in endlosen Diskussionen über noch den kleinsten Arbeitsauftrag so zu zermürben, dass dieser schließlich aufgibt und Barts Job gleich mit erledigt. Zwei wahre Geißeln der arbeitenden Menschheit, man kann es nicht anders sagen.

Und es kommen im Laufe der Zeit weitere hinzu. Denn auch viele der anderen aus diesem »Haufen von Tölpeln«, mit denen der inzwischen zum Abteilungsleiter aufgestiegene Maarten sich tagtäglich herumschlagen muss, sind alles andere als eine Zierde der Zunft: Wenn sie nicht gerade an einer ihrer (insgesamt eher seltenen) Publikationen herumwerkeln – deren wissenschaftliche Qualität gelegentlich so hundserbärmlich ist, dass Maarten nur noch durch ein Veröffentlichungsverbot den gröbsten Schaden vom Büro abwenden kann –, feiern sie krank oder hecken Intrigen gegen ihren Chef aus. Dabei wäre Maarten der Allerletzte, der ein solches Verhalten verdient hätte – ein Mann, der sich, wie er selbst findet, um seine Leute stets wie der gute Hirte um seine Schäfchen bemüht. Und wie wird es ihm gedankt? Kaum hat Maarten im letzten Band des Zyklus den wohlverdienten Ruhestand angetreten, macht sich seine Abteilung daran, rigoros die Spuren seines Wirkens zu tilgen – bis hin zur unangekündigten Entfernung seines Schreibtisches, den man ihm zunächst noch als eine Art letzte Bleibe belassen hatte.

Während all der Jahre lebt Maarten an der Seite einer Frau, die man, um es vorsichtig auszudrücken, mögen muss, um sie ertragen zu können. Nicolien, so ihr Name, hatte sich eigentlich ein Leben mit ihm im trauten Heim vorgestellt, in dem man – arm, aber glücklich – den alten, linken Idealen von einem »wahrhaftigen« Leben nachhängen kann. So passt es ihr gar nicht, dass Maarten den ganzen Tag außer Haus ist und langsam aber sicher Karriere macht – und das lässt sie ihn nur allzu deutlich spüren. Sie kritisiert, dass er sich immer mehr anpasst, immer mehr Geld verdient, immer weiter in der Hierarchie aufsteigt und demzufolge auch immer mehr Arbeit am Hals hat. Und vor allem hasst sie es, wenn er das Büro auch noch mit nach Hause bringt.

»Mach das Ding aus!«, rief sie wütend. Sie ging auf den Tisch zu. »Ausmachen!«

»Warum?« Er hatte Angst, dass sie den Apparat vom Hocker werfen würde, und hielt seine Hände bereit, um ihn zu schützen.

»Weil ich es *will*! Weil ich dieses Scheißding nicht in meinem Haus haben will! Ausmachen, sag ich!« Sie war außer sich.

Widerwillig schaltete er den Apparat aus. »Verdammt noch mal«, sagte er missmutig.

»Was fällt dir ein, mich heimlich aufzunehmen! In meinem eigenen Haus! Und ich weiß von nichts! Was fällt dir bloß ein!«

»Es war nicht heimlich!«, sagte er und wurde seinerseits zornig. »Ich wollte dich nur mal hören lassen, wie deine Stimme klingt! Ich dachte, es würde dir gefallen!«

»Gefallen?«, wiederholte sie wütend. »Gefallen? Kennst du mich noch immer nicht? Weißt du nach sechzehn Jahren immer noch nicht, dass ich so ein Scheißding nicht in meinem Haus haben will? Es ist schon schlimm genug, dass du im Büro damit zu tun hast! Dann brauchst du es doch nicht auch noch mit nach Hause zu bringen!«

So löst sich für Maarten auch die letzte Hoffnung allmählich in nichts auf, dass es für ihn auf dieser Welt doch noch irgendwo ein Plätzchen an der Sonne geben könnte.

*

Johannes Jacobus (Rufname: Han) Voskuil wurde am 1. Juli 1926 in Den Haag geboren. Sein erster Roman *Bij nader inzien* (1963) über die Freundschaft zu seinen Studienkollegen, in dem Maarten Koning ebenfalls schon als Hauptfigur auftritt, fand zunächst nur wenige Leser, wurde aber Anfang der Neunzigerjahre »wiederentdeckt«, nachdem im niederländischen Fernsehen eine sechsteilige Serie nach Motiven des Romans gelaufen war, die beim Publikum großen Anklang gefunden hatte. Seinen eigentlichen literarischen Durchbruch hatte Voskuil jedoch erst gut dreißig Jahre nach dem Erscheinen seines Debüts mit seinem zweiten Roman *Het Bureau* (1996–2000). Zuvor war der Autor in den Niederlanden nur einem kleinen Fachpublikum aus Volkskundlern bekannt gewesen, da er sich als wissenschaftlicher Beamter am Amsterdamer Meertens Instituut insbesondere mit dem Aufbau eines riesigen Schlagwortkatalogs zur Volkskunde – der auch im Roman eine wichtige Rolle spielt – einen Namen gemacht hatte.

Noch vor Erscheinen des letzten Bandes von *Het Bureau* erschien ein weiterer Roman, *De moeder van Nicolien* (1999), in dem Voskuil über das Leben mit seiner dementen Schwiegermutter schreibt. Darauf folgten weitere autobiografische Romane über einen langjährigen Freund (*Requiem voor een vriend*, 2002) sowie – postum – über die Liebesaffäre mit einer alten Freundin (*Binnen de huid*, 2009) und über die Beziehung des Ehepaars Voskuil – beziehungsweise Koning – zu ihren beiden homosexuellen Nachbarn in der Herengracht in Amsterdam (*De buurman*, 2012). Außerdem sind von Voskuil zwei Bände mit Porträts und Erinnerungen erschienen (*Onder andere*, 2007, und *Jeugdherinneringen*, 2010), eine Reihe von Reiseskizzen (*Reisdagboek 1981*, 2000, *Terloops, voettochten 1957–1973*, 2004, *Buiten schot, voettochten 1974–1982*, 2005, und *Gaandeweg, voettochten 1983–1992*, 2006), kurze Texte, Tagebuchfragmente und eine Erzählung (*Bestiarium*, *Kladboek 1955–1956* und *Alleen op de wereld*, allesamt 2007) sowie ein Theaterstück (*Mensenkinderen*, 2008). 2014 ist das vorerst letzte Werk aus seiner Feder erschienen, *Ik ben ik niet*, eine Sammlung von Literaturrezensionen aus den Fünfzigerjahren.

Han Voskuil starb 2008 in Amsterdam. Der schwerkranke Autor hatte über den Zeitpunkt seines Todes selbst entscheiden wollen und deshalb um Sterbehilfe gebeten. Für den letzten Besuch seines Hausarztes wurde der 1. Mai vereinbart, der Tag der Arbeit (der in diesem Jahr zufällig auf den Himmelfahrtstag fiel). Ob Voskuil die Symbolik seines selbstgewählten Todestags bewusst war, wissen wir nicht – passend ist sie allemal: Denn »Arbeit« war das große Thema dieses außergewöhnlichen Autors, der uns mit *Das Büro* einen Höhepunkt der modernen niederländischen Literatur beschert hat.

Liste häufig vorkommender Personen in *Das Büro*, Band 1

AD: siehe Muller, Ad
ANNECHIEN: siehe Rensink, Annechien
ANSING, HENDRIK: früher studentische Hilfskraft im Büro, jetzt Assistent von Dé Haan, im Gespräch für eine Abteilung Bäuerliche Sprache und Arbeiten in der Landwirtschaft
ANTON: siehe Beerta, Anton P.
ASJES, BART: zunächst studentische Hilfskraft als Nachfolger von Hein de Boer, später wissenschaftlicher Beamter in der Abteilung von Maarten Koning
BALK, JAAP: Leiter der Abteilung Volksnamen im Büro; später Nachfolger von Direktor Beerta
BART: siehe Asjes, Bart
BAVELAAR, JANTJE: Verwaltungskraft; Nachfolgerin von Teun Nijhuis
BEERTA, ANTON P.: Direktor des Büros; Schriftführer der Kommission und Mitglied zahlreicher Arbeitsgruppen
BOER, HEIN DE: studentische Hilfskraft in der Abteilung von Maarten Koning
BOESMAN, KARST: Bauer aus Drente, Informant des Büros zum Thema Mähen und Dreschen
BOSMAN, WIM: Mitarbeiter von Fräulein Haan in der Abteilung Volkssprache
BROUCKERE, DE: Assistent von Professor Pieters
BRUIN, COR DE: Hausmeister des Büros
BRUUL, HEIDI: studentische Hilfskraft in der Abteilung von Maarten Koning; befreundet mit Ad Muller, den sie später heiratet

Buitenrust Hettema, Karst: Direktor des Freilichtmuseums in Arnheim, Mitglied der Kommission für die Abteilung Volkskultur

Damsma, J. J.: Bauer aus Friesland, den Maarten als Informant gewinnen kann

Dé / Deetje: siehe Haan, Dé

Dekker: Telefonist im Hauptbüro

Elshout, Jaring: Sammler von Volksliedern

Fagel, Henriette: ehemalige Kommilitonin und Freundin von Maarten und Nicolien Koning und Klaas de Ruiter

Gerbrandy: Hausmeister im Hauptbüro

Gruiter, Caspar Paulus de: Bibliothekar im Büro, Nachfolger von Koert Wiegel

Güntermann, Wolf: deutscher Volkskundler

Haan, Dé / Deetje: Leiterin der Abteilung Volkssprache im Büro; Stellvertreterin des Direktors

Haar, Jan ter: Angestellter im Büro, zuständig für den Schriftwechsel mit den Korrespondenten

Haar, van der: Jurist, Schriftführer des Verwaltungsrat des Hauptbüros, später dessen Direktor, Maarten Konings oberster Vorgesetzter

Heertjes: Professor, Mitglied der für die Abteilung Volkssprache zuständigen Kommission

Heidi: siehe Bruul, Heidi

Hendrik: siehe Ansing, Hendrik

Henriette: siehe Fagel, Henriette

Hillebrink: Professor, Mitglied der für die Abteilung Volkskultur zuständigen Kommission

Hindriks: Vertreter von Cor de Bruin als Hausmeister

Hoiting: Bauer aus Drente, Informant des Büros zum Thema Mähen und Dreschen

Ieperen, van: Zeichner im Büro

Kasteele, van de: Sammler von Volkserzählungen

Karel: siehe Ravelli, Karel

Kater, Kaatje: Vorsitzende der Kommission für die Abteilung Volkskultur

Kees: Maarten Konings Bruder
Klaas: siehe de Ruiter, Klaas de
Koning, Klaas: Maarten Konigs Vater
Koning, Maarten: wissenschaftlicher Beamter im Büro, zuständig für den Atlas der Volkskultur, Leiter der Abteilung Volkskultur
Koning, Nicolien: Maarten Konings Frau
Land, Ritsaert van der: wissenschaftlicher Beamter, Mitglied der Kommission für Volkskultur
Leguyt, Lotje: Sekretärin von Jaap Balk
Mannetje, 't: Vorsitzender des Bauernwagenvereins
Matser, Freek: studentische Hilfskraft im Volksmusikarchiv
Meer, van der: Psychiater, behandelt Frans Veen
Meierink, Geert: Assistent von Jaap Balk
Meulen, van der: konkurrierender niederländischer Volkskundler
Moederman, Marietje: Nachfolgerin von Teun Nijhuis für die Korrespondentenverwaltung
Muller, Ad: studiert Deutsch; studentische Hilfskraft und Nachfolger von Annechien Rensink in der Abteilung von Maarten Koning; befreundet mit Heidi Bruul
Nijhuis, Teun: Verwaltungsbeamter im Büro, zuständig für die Korrespondentenverwaltung und Organisatorisches
Pameijer: Mitglied des Verwaltungsrats des Hauptbüros, Jurist
Papendal: Jurist; Nachfolger von van der Haar im Verwaltungsrat des Hauptbüros
Pieters, G. J.: Professor für Volkskunde und Stadtdirektor von Antwerpen; zusammen mit Beerta Redakteur der Zeitschrift *Ons Tijdschrift*, Vorsitzender der Belgischen Kommission
Ravelli, Karel: Anton Beertas Freund und Lebenspartner
Rensink, Annechien: studiert Niederländisch; studentische Hilfskraft und Nachfolgerin von Bart Asjes in der Abteilung von Maarten Koning; später Hendrik Ansings Frau
Rentjes, Koos: studentische Hilfskraft bei Jaap Balk
Roode, Bart de: wissenschaftlicher Beamter in der Abteilung Volkssprache
Rosiers: Mitglied der Kommission für die Abteilung Volkskultur

Ruiter, Klaas de: Maarten und Nicolien Konings Freund und ehemaliger Kommilitone von Maarten
Sartorius: Aushilfskraft im Büro
Schaafsma, Pier: Mitarbeiter der Abteilung Volkssprache; Assistent von Hendrik Ansing
Seiner: Volkskundeprofessor aus Bonn
Serlé: Aushilfskraft im Büro
Slofstra, Douwe: Faktotum des Büros; als Nachfolger für Veerman zunächst zuständig für das Ausschnittarchiv, später für das Karteisystem
Sonderegger: Doktor, Volkskundler aus Basel
Springvloed: Professor, Lehrer von Maarten Koning und verschiedenen im Büro tätigen Studenten
Stelmaker: Jurist, Professor, Mitglied der Kommission für die Abteilung Volkskultur
Stoutjesdijk, Kees: studiert Medizin, studentische Hilfskraft in der Abteilung von Maarten Koning, zuständig für das Gebiet Volksheilkunde, Nachfolger von Bart Asjes
Swenker: Buchhalter in der Verwaltung des Hauptbüros
Vanhamme, Jan: flämischer Volkskundler, Redakteur des Atlas'
Veen, Frans: im Büro angestellt als Nachfolger von Jan ter Haar; auch nach der Entlassung befreundet mit Maarten und Nicolien
Veerman: zuständig für das Ausschnittarchiv
Veldhoven, Berthe: Leiterin des Volksmusikarchivs, das dem Büro und der Abteilung von Maarten Koning angegliedert wird
Vervloet: Professor für Anthropologie, Mitglied der Kommission für die Abteilung Volkskultur
Wagenmaker: Mitarbeiterin von Fräulein Veldhoven im Volksmusikarchiv
Weinert: Professor, Mitglied der Kommission für die Abteilung Volkssprache
Wiegel, Koert: Bibliothekar im Büro
Wigbold, Henk: Hausmeister im Büro, Nachfolger von de Bruin
Zwiers: Bauer aus Drente, Informant des Büros zum Thema Mähen und Dreschen

Editorische Nachbemerkung

Das Büro enthält einige sprachliche Besonderheiten, die vielleicht einer kurzen Erläuterung bedürfen.

So wurden die niederländischen Dialektpassagen im Roman wie z. B. in den Besuchen bei den Bauern in Drente einem etwas aufgehübschten plattdeutschen Dialekt aus dem Nordwesten Deutschlands, dem Oldenburger Münsterland, nachgebildet und phonetisch angepasst. Dieses »Südoldenburger Platt« ist dem von Voskuil verwendeten Dialekt sehr ähnlich. Eine große Hilfe bei der Übertragung war das Wörterbuch *Ollenborger Münsterland. Use Wörbauk* (Cloppenburg 2009).

Lokale sprachliche Färbungen, etwa das Amsterdamer Platt, wurden meist in Soziolekten wiedergegeben (Wortverkürzungen, Umgangssprache, Straßenjargon, etc.). Heißt es jedoch im Roman etwa: »sagte er mit einem starken friesischen Akzent«, handelt es sich um eine wortgetreue Übersetzung dessen, was im Original steht, und ist keine zusammenfassende Beschreibung des Übersetzers.

Die Verkehrssprache unter den europäischen Volkskundlern war in der Periode, die *Das Büro* beschreibt, Deutsch. Im Original sind deshalb etliche Dialogpassagen des Romans – Kongresse, Besuchsreisen nach Deutschland oder Besucher aus Deutschland – auf Deutsch geschrieben. Solche Passagen wurden im Prinzip in der ursprünglichen Form beibehalten, mit dem Effekt, dass sich die nichtdeutschen Protagonisten des Romans bei solchen Gelegenheiten durch kleine sprachliche Unebenheiten zu erkennen geben, da Deutsch nicht ihre Muttersprache ist.

Bis in die Sechzigerjahre hinein war es in den Niederlanden üblich, dass Kinder ihre Eltern siezten. So siezt auch Nicolien ihre Mutter und ihren Schwiegervater. Dass Maarten seine Schwiegermutter siezt, seinen Vater hingegen duzt, liegt daran, dass er aus einem sozialdemokratischen Milieu stammte, in dem man diese förmliche Anredeform zwischen Eltern und Kinder bereits früher aufgegeben hatte.

Auch das flämische Niederländisch der *Büro*-Kollegen aus Antwerpen hält eine Besonderheit bereit, der in der Übersetzung Rechnung getragen wurde. Im Flämischen gibt es eine dritte Form zwischen »Du« und »Sie«, die es weder im Niederländischen noch im Deutschen gibt, in den Niederlanden jedoch als ein wenig steif gilt. Diese Form, das »Gij«, wurde daher in der Übersetzung konsequent zum »Sie«.

Inhalt